Irrésistible !

Meg Cabot

Irrésistible !

L'INTÉGRALE

Traduit de l'anglais (américain)
par Florence Schneider

wiz
Albin Michel

Titres originaux :
SIZE 12 IS NOT FAT ; SIZE 14 IS NOT FAT EITHER ; BIG BONED
(Première publication : Avon, Trade,
an imprint of HarperCollins Publishers Inc., New York, 2006 ; 2007)

Une (irrésistible) envie de sucré

1

Chaque fois que je t'aperçois
J'ai une envie de sucré
Tu es ma barre de nougat
J'ai qu'une envie, c'est de te croquer !
J'oublie les calories !
Pas moyen de résister
À une envie de sucré !

« Une envie de sucré »
Interprété par Heather Wells
Paroles et musique : Valdez/Caputo
Extrait de l'album *Une envie de sucré*
Disques Cartwright

– Ohé, il y a quelqu'un pour me renseigner ?

La cliente, dans la cabine d'essayage voisine de la mienne, a une voix de dessin animé.

– Ohé...

On croirait entendre Titi.

Un vendeur s'approche : je distingue le bruit de son porte-clés, cliquetant au rythme de ses pas.

– Oui, madame. Je peux vous aider ?

– Ouais.

La voix haut perchée – toujours sans corps et sans visage – de la fille me parvient par-dessus la cloison séparant nos deux cabines.

– Dites, ce jean extra-small, vous l'auriez dans une plus petite taille ?

Je me fige, une jambe en dedans et une jambe en dehors du jean dans lequel je m'efforce de rentrer. Waouh… Je me fais des idées, ou c'est limite une question existentielle ? Parce qu'au-dessous de l'extra-small, qu'est-ce qu'il peut y avoir ? On quitte le monde matériel, non ?

– Parce que normalement je fais du trente-quatre ou de l'extra-small, commence à expliquer Titi au vendeur. Et pourtant, je nage dans ce jean ! Ce qui est bizarre. Vu que je n'ai pas perdu de poids depuis que je suis venue dans votre boutique pour la dernière fois.

Miss Extra-small n'a pas tort, me dis-je tandis que j'achève d'enfiler le jean dans la cabine. Je ne sais plus quand je suis rentrée dans un quarante-deux pour la dernière fois. À vrai dire, si, je me souviens. Mais ça correspond à une période de ma vie que je préfère oublier.

Petit problème… D'habitude, je fais du quarante-six. Or, quand j'ai essayé le quarante-six, il était beaucoup trop large. Idem avec le quarante-quatre. Ce qui est étrange, car je n'ai pas fait le moindre régime amincissant récemment – à moins de compter la Sucrette que j'ai mise dans mon café au lait ce matin.

Mais je parierais que le petit pain au fromage et bacon qui l'accompagnait a annulé l'effet de la Sucrette !

Et je suis loin d'être accro aux clubs de gym, ces temps-ci. Non que je ne fasse jamais de sport. Simplement, je m'entraîne en dehors des salles de gym. Savez-vous qu'on brûle autant de calories en marchant qu'en pratiquant le jogging ? Alors, à quoi bon courir ? Il y a un bout de temps que j'ai fait le calcul : pour me rendre à la sandwicherie de Bleecker Street, histoire de voir ce qu'ils proposent comme « Spécial du jour », il me faut dix bonnes minutes de marche.

Et, de la sandwicherie à la boutique Betsey Johnson, dans Wooster Street – j'adore son velours stretch ! –, je dois encore marcher dix minutes.

Après le déjeuner, dix autres minutes sont nécessaires pour aller déguster un cappuccino chez Dean & Deluca à Broadway – et m'assurer qu'ils font toujours ces écorces d'orange confites enrobées de chocolat noir, dont je raffole !

Et ainsi de suite, jusqu'à avoir accompli, sans même m'en rendre compte, soixante minutes d'exercice physique. Ce qui prouve qu'il n'est pas sorcier de se conformer aux recommandations du gouvernement en matière de santé publique. Si j'en suis capable, c'est à la portée de tout le monde !

Mais toute cette marche à pied a-t-elle pu me faire perdre deux tailles depuis mon dernier achat de jean ? Je sais bien que j'ai réduit ma consommation quotidienne de matières grasses d'environ la moitié depuis que j'ai remplacé les chocolats, dans la bonbonnière de mon bureau, par les préservatifs gratuits du centre médical universitaire, mais tout de même...

– Eh bien, madame, répond le vendeur à miss Extra-small, ces jeans sont extensibles. Ce qui signifie que vous devez les choisir deux tailles au-dessous de votre taille habituelle.

– Hein ?

Miss Extra-small paraît complètement perdue. Je la comprends.

– Ce que je veux dire par là, reprend le vendeur d'un ton patient, c'est que si vous faites habituellement du trente-quatre, il vous faudra un jean extensible deux tailles au-dessous.

– Pourquoi ne pas indiquer les vraies tailles ? demande miss Extra-small – à juste titre, à mon avis.

Si le trente-quatre est en réalité un trente-huit, et l'extra-small un small, pourquoi ne pas l'inscrire sur l'étiquette ?

– C'est pour flatter l'ego des clientes, explique le vendeur, en baissant la voix.

– Hein ?

Elle aussi a baissé la voix – qui n'en demeure pas moins perçante.

– Vous comprenez… chuchote le vendeur à son intention (mais je distingue tout de même ses paroles). Nos clientes plus enrobées se réjouissent de pouvoir enfiler un trente-huit. Alors qu'en fait elles font du quarante-deux, vous me suivez ?

Une seconde ! *C'est quoi, cette histoire ?*

J'ouvre soudain la porte de ma cabine d'essayage, sans prendre le temps de réfléchir, et lance à la figure du vendeur :

– Je fais du quarante-six !

Il a l'air surpris. Rien d'étonnant à ça, j'imagine. J'embraye :

– En quoi c'est un problème, de faire du quarante-six ?

– Ce n'est pas ça ! rétorque le vendeur, saisi de panique. Loin de là ! Je voulais juste dire que…

– … Qu'on est grosse, si on fait du quarante-six, c'est ça ? je lui demande.

– Non, insiste le vendeur. Vous vous méprenez… Je voulais dire que…

– Parce que, quarante-six, c'est la taille moyenne des femmes américaines. (Comme je viens tout juste de l'apprendre, grâce à un article du magazine *People*.) Est-ce que vous insinuez que la majorité des femmes sont grosses ?

– Non ! s'égosille le vendeur. Ce n'est pas du tout ce que je voulais dire. Je...

La porte de la cabine voisine de la mienne s'ouvre et je vois enfin qui est la personne dotée d'une voix de dessin animé. C'est une jeune fille, guère plus âgée que les gamines à qui j'ai affaire dans mon travail. Elle ne se contente pas d'avoir la voix de Titi. Elle lui ressemble. Vous voyez le genre, mimi et guillerette. Et assez petite pour qu'on puisse facilement la glisser dans sa poche.

– Et comment expliquez-vous qu'il n'y a même pas sa taille ? je demande au vendeur, en désignant miss Extra-small d'un geste du pouce. Après tout, je préfère avoir des mensurations moyennes qu'être carrément ignorée !

Miss Extra-small commence par paraître un peu déconcertée.

– Mmm, ouais... finit-elle par lancer au vendeur.

Celui-ci avale nerveusement sa salive. Et bruyamment, qui plus est. Il est clair qu'il passe un mauvais quart d'heure. Après le travail, il s'arrêtera sûrement dans un bar pour boire un verre en racontant ses misères : « Il y a ces deux hystéros qui m'ont tanné avec des histoires de tailles de jean... L'horreur, quoi ! »

À nous, il se contente de dire :

– Je... euh... je crois que je vais aller voir si on a les jeans que vous cherchez... euh... en réserve.

Et il s'empresse de décamper.

Je regarde miss Extra-small. Elle me regarde. Elle est blonde, et doit avoir dans les vingt-deux ans. Moi aussi, je suis blonde – grâce aux shampooings décolorants. En revanche, voilà plusieurs années que je n'ai plus vingt ans.

Pourtant, il est clair qu'au-delà des différences d'âge et de mensurations miss Extra-small et moi sommes désormais unies par un lien indissoluble : cette histoire de tailles de jean nous a sérieusement gonflées !

– Vous comptez le prendre ? s'enquiert miss Extra-small, en désignant le jean que j'ai sur moi.

– Je pense que oui. De toute façon, il m'en fallait un nouveau. On a vomi sur le dernier qu'il me restait, au boulot.

– Mon Dieu ! s'exclame miss Extra-small. Vous travaillez où ?

– Euh... dans un dortoir. Enfin... dans une résidence étudiante.

– C'est vrai ? s'écrie miss Extra-small, visiblement intéressée. À l'université de New York ?

J'acquiesce, et la voilà qui glapit :

– J'étais sûre de vous avoir déjà vue ! J'ai obtenu mon diplôme l'année dernière. Vous bossez dans quel dortoir ?

– Euh... dis-je, hésitante. En fait, j'ai commencé cet été.

– Ah bon ? demande miss Extra-small, confuse. C'est bizarre. J'étais sûre de vous avoir vue quelque part...

Avant que j'aie pu lui expliquer pourquoi, la sonnerie de mon portable fait entendre les premières notes de la chanson des Go-Go's *Vacation* (« Les Vacances », spécialement choisie pour me rappeler que je n'en aurai pas avant d'avoir accompli ma période d'essai de six mois, laquelle ne s'achève que dans trois mois). Sur l'écran, je vois s'afficher le nom de ma patronne. Qui m'appelle un samedi !

Une urgence, sans aucun doute...

Sauf que ce n'est probablement pas le cas. OK, j'adore mon

nouveau boulot – c'est génial de bosser avec des étudiants, parce qu'ils s'emballent sur des trucs dont personne ne se soucie, tels que libérer le Tibet ou faire obtenir des congés de maternité aux ouvrières surexploitées, etc.

Mais l'un des gros inconvénients de mon travail à Fischer Hall, c'est que mon appartement est situé à moins de cent mètres. Et qu'être trop facilement accessible me complique beaucoup la vie. C'est une chose d'être joignable en permanence quand vous êtes médecin, et qu'un patient a besoin de vous. C'est une autre paire de manches, quand on vous appelle en dehors des heures de boulot parce que le distributeur de boissons fraîches a avalé la monnaie de quelqu'un, et qu'on a besoin de vous pour parvenir à mettre la main sur les formulaires de réclamation.

Je suis néanmoins consciente que certaines personnes rêveraient d'habiter assez près de leur lieu de travail pour pouvoir intervenir en cas d'incident de distributeur. Surtout à New York. La résidence n'est qu'à deux minutes à pied de chez moi. Soit quatre minutes de sport à ajouter à mon entraînement quotidien !

À propos de situation idéale, la mienne est quelque peu tempérée par la modestie de mon salaire. Je ne touche que vingt-trois mille dollars brut par an (soit environ douze mille dollars après déduction de la totalité des charges) et à New York, avec douze mille dollars par an, on peut tout juste se payer de quoi manger et, de temps à autre, un jean comme celui que je suis sur le point de m'offrir – quelle que soit la taille indiquée sur l'étiquette. Je n'aurais pas les moyens de vivre à Manhattan sans mon second boulot, lequel me permet de payer mon loyer. Je n'ai pas de logement de fonction car à l'université de New York seuls les directeurs de dortoir – euh... de résidence universitaire –, et non les directeurs adjoints, ont le « privilège » de pouvoir y loger.

Et cependant, j'habite assez près de Fischer Hall pour que ma chef se sente le droit de m'appeler quand bon lui semble, et de me demander de passer dès qu'elle a besoin de moi.

Le samedi par exemple. Alors que, par une belle journée de septembre, je m'apprête à acheter un nouveau jean, parce que la veille au soir un étudiant de première année est tombé ivre mort après avoir bu quelques gins tonic de trop au Corbeau ivre. Et qu'il a eu la mauvaise idée de tout vomir sur moi au moment où, accroupie auprès de lui, je lui prenais le pouls.

Avant de répondre, je pèse le pour et le contre. Le pour : peut-être Rachel m'appelle-t-elle afin de me proposer une augmentation – c'est très improbable. Le contre : sans doute Rachel va-t-elle me demander de conduire à l'hôpital un gamin de vingt ans plongé dans un coma éthylique – très probable. C'est alors que miss Extra-small pousse un cri perçant.

– Oh mon Dieu ! Je sais pourquoi j'avais l'impression de vous connaître ! On ne vous a jamais dit que vous étiez le sosie d'Heather Wells ? Vous savez, la chanteuse...

Je décide, vu les circonstances, de laisser la boîte vocale répondre à ma place. Les choses vont déjà assez mal comme ça, avec cette histoire de taille. Et maintenant... ça ! Décidément, j'aurais mieux fait de rester chez moi, et de commander ce nouveau jean sur Internet !

– Ah oui, vous trouvez ? je réponds, avec un manque d'enthousiasme évident, auquel elle semble peu sensible.

– Oh mon Dieu ! s'exclame-t-elle à nouveau. Vous avez aussi sa voix ! C'est vraiment troublant. Mais, ajoute-t-elle dans un gloussement, pourquoi Heather Wells irait-elle travailler dans un dortoir ?

– Dans une résidence universitaire.

J'ai corrigé machinalement. Après tout, c'est comme ça qu'on est censé les appeler, le mot « résidence » donnant l'impression de rapports chaleureux et solidaires entre les étudiants – à qui l'idée de vivre dans un dortoir pourrait paraître froide et institutionnelle.

Comme si le fait que les Frigidaires sont fixés au sol n'était pas une sacrée preuve de froideur institutionnelle !

– Ohé, reprend miss Extra-small en recouvrant ses esprits. Il n'y a pas de honte à ça... Être directrice adjointe d'un dortoir, je veux dire. Et ça ne vous a pas vexée, j'espère, que je vous compare à Heather Wells. En fait... j'avais tous ses albums. Et un grand poster d'elle sur le mur de ma chambre... quand j'avais onze ans.

– Je ne suis pas du tout vexée.

Miss Extra-small est visiblement soulagée.

– Tant mieux ! dit-elle. Eh bien, je crois que je vais devoir me mettre en quête d'une boutique qui vende des vêtements à ma taille.

– Ouais, je rétorque, à deux doigts de lui suggérer le rayon enfant du magasin Gap.

Mais je me ravise. Après tout, ce n'est pas sa faute si elle est si menue. Pas plus que la mienne, si je suis dans la moyenne des femmes américaines.

Ce n'est qu'une fois devant la caisse que j'écoute ma messagerie pour savoir ce que Rachel, ma chef, attend de moi. Sa voix, d'habitude parfaitement maîtrisée, dissimule mal un tremblement de panique :

– Heather, je t'appelle pour te dire qu'il y a eu un décès dans le bâtiment. Quand tu recevras ce message, appelle-moi tout de suite, je t'en prie.

Je laisse le jean taille quarante-deux à la caisse et accomplis quinze minutes d'entraînement supplémentaire en me précipitant hors du magasin, et en courant – oui, en courant – jusqu'à Fischer Hall.

2

Je vous ai vus, tous les deux
Enlacés, amoureux
Tu dis que c'est ta cousine !
Tu me prends pour une crétine ?
Qu'est-ce que tu t'imagines ?
Qu'est-ce que tu t'imagines ?
Si tu voulais m'aimer
Fallait me dire la vérité
Qu'est-ce que tu t'imagines ?

« Qu'est-ce que tu t'imagines ? »
Interprété par Heather Wells
Paroles et musique : Valdez/Caputo
Extrait de l'album *Une envie de sucré*
Disques Cartwright

En tournant à l'angle de Washington Square West, la première chose que j'aperçois est un camion de pompiers garé sur le trottoir. Si le véhicule se trouve sur le trottoir, et non sur la chaussée, c'est à cause de cet étal qui encombre la rue, proposant des strings à imprimé léopard à cinq dollars pièce – une affaire, sauf qu'en y regardant de plus près on remarque que les strings en question sont bordés d'une dentelle noire rêche, qui doit démanger là où je pense.

Il est rare que la municipalité fasse fermer Washington Square West – la rue de Fischer Hall – à la circulation. Mais pour ce samedi-ci, l'association des habitants du quartier a dû se ménager les bonnes grâces d'un conseiller municipal ou un truc dans ce goût-là, vu qu'ils sont parvenus à faire bloquer toute cette partie de la place, laquelle accueille une grande braderie. Vous voyez le genre : pleine de vendeurs d'encens, de marchands de chaussettes, de caricaturistes et de gens qui fabriquent et vendent des clowns en fil de fer.

La première fois que je suis allée à une braderie à Manhattan, je devais avoir l'âge des gamins avec qui je travaille. « Oh, un marché en plein air ! Ce que c'est chouette ! » m'exclamai-je alors, saisie d'enthousiasme. Je ne savais pas encore que les stands de chaussettes du marché pratiquent des tarifs encore plus élevés que les magasins les plus chics.

Et, à dire vrai, quand vous avez vu l'une des braderies de Manhattan, vous les avez toutes vues.

Rien ne pourrait détonner davantage qu'un étalage de strings devant Fischer Hall – c'est un bâtiment si austère. Sa silhouette en brique rouge domine majestueusement Washington Square depuis les années 1850. J'ai appris, dans des fichiers trouvés dans mon bureau lors de mon tout premier jour de boulot, que la municipalité oblige l'université à faire venir une entreprise, tous les cinq ans, pour retirer le vieux mortier et le remplacer par du nouveau, pour éviter que les briques de Fischer Hall ne se détachent du bâtiment et ne fracassent la tête des passants.

En soi, ce n'est pas une mauvaise idée. Sauf qu'en dépit des efforts de la municipalité toutes sortes de choses tombent de Fischer Hall, pour atterrir sur la tête des gens – et ce n'est pas aux briques que je fais allusion. On m'a signalé la chute de bouteilles, de canettes de bière, de vêtements, de livres, de

CD, de légumes, de sachets de bonbons et même, une fois, d'un poulet rôti entier.

Croyez-moi, chaque fois que j'approche de Fischer Hall, je jette un coup d'œil en l'air, au cas où.

Mais pas aujourd'hui, cela dit : aujourd'hui, j'ai les yeux rivés sur l'entrée du bâtiment tandis que je me demande comment parvenir à la franchir, vu la densité de la foule amassée devant, et la quantité de flics présents. On dirait qu'une bonne moitié des étudiants habitant la résidence sont là – à attendre qu'on les laisse rentrer chez eux –, mêlés aux dizaines de badauds venus assister à la grande braderie. Ils n'ont pas la moindre idée de ce qui se passe. Je le devine aux questions qu'ils échangent, s'égosillant pour se faire entendre par-dessus le son de la flûte de Pan. Celui-ci provient d'un autre stand installé devant le bâtiment, lequel vend des – euh – des cassettes de flûte de Pan.

– Qu'est-ce qui se passe ?

– J'en sais rien. Il y a peut-être un début d'incendie.

– Quelqu'un a encore dû oublier sa ragougnasse sur le feu !

– Non, c'est Jeff. Il a laissé tomber son joint.

– Tu crains, Jeff !

– Cette fois-ci, j'y suis pour rien, juré !

Ils ignorent sans doute qu'il y a eu un mort dans le bâtiment, ou ils ne seraient pas là, à échanger des blagues stupides. Du moins, j'imagine.

Enfin... j'espère.

C'est alors que je repère un visage familier. Vu son expression, sa propriétaire est au courant de ce qui est arrivé. Elle n'est pas simplement contrariée par le refus des pompiers de la laisser entrer dans le bâtiment. Elle est décomposée, parce qu'elle SAIT.

– Heather !

M'apercevant dans la foule, Magda agite vers moi sa main aux longs ongles vernis.

– Oh, Heather, c'est épouvantable !

Magda est plantée là, vêtue de la blouse rose de la cafétéria et d'un fuseau panthère, à secouer ses boucles décolorées en tirant nerveusement des bouffées de la cigarette extra-fine qu'elle tient entre ses ongles extra-longs. Chacun est décoré d'un mini-drapeau des États-Unis. Car Magda a beau se rendre en République dominicaine – son pays natal – chaque fois qu'elle en a l'occasion, elle n'en est pas moins très attachée à son pays d'adoption, et tient à le faire savoir au moyen de ses ongles.

C'est comme ça qu'on s'est rencontrées, à vrai dire. Il y a environ quatre mois, chez la manucure. C'est aussi comme ça que j'ai entendu parler du poste au dortoir (euh... je voulais dire à la résidence universitaire). Celle qui l'occupait avant moi, une certaine Justine, venait d'être renvoyée après avoir détourné sept mille dollars de la caisse du bâtiment – ce qui n'avait pas manqué de scandaliser Magda, la caissière de la cafétéria du dortoir – euh... de la résidence universitaire.

– C'est incroyable, non ! se plaignait-elle à quiconque voulait bien l'écouter, tandis que je me faisais vernir les ongles des orteils en rouge vif – parce que, après tout, ce n'est pas parce qu'on a toute sa vie qui s'écroule (comme la mienne, à cette époque-là) qu'on ne peut pas avoir de jolis orteils !

À quelques chaises de moi, Magda se faisait peindre de

mini-statues de la Liberté sur l'ongle des pouces, et déblatérait à n'en plus finir au sujet de Justine.

– Elle a commandé vingt-sept radiateurs céramique à nos fournisseurs ! Et les a offerts à ses amies comme cadeaux de mariage !

J'ignore toujours ce qu'est un radiateur céramique, ou qui pourrait en vouloir comme cadeau de mariage. Mais, en entendant que quelqu'un avait été renvoyé sur le lieu de travail de Magda, j'ai sauté sur l'occasion. Car, outre vingt jours de congé par an et une couverture sociale à cent pour cent, l'un des avantages d'un tel boulot c'est qu'il vous dispense de payer les droits d'inscription à la fac.

J'admets que je dois beaucoup à Magda. Pas seulement parce qu'elle m'a aidée à obtenir le job, ou parce qu'elle me laisse manger gratis à la cafétéria chaque fois que ça me chante (ce qui explique en partie pourquoi je ne fais plus du quarante-deux, sauf lorsqu'une marque de jeans souhaite flatter mon ego), mais parce qu'elle est devenue l'une de mes meilleures amies.

– Mag, je chuchote en me glissant vers elle. C'est qui ? La personne qui est morte ?

Je redoute de la connaître, c'est plus fort que moi. Et si c'était l'un des employés de l'équipe d'entretien – lesquels acceptent toujours si gentiment de nettoyer le vomi des étudiants, même si ce n'est pas censé faire partie de leurs attributions ? Ou bien l'un des RE – les responsables étudiants, employés par la résidence, que je suis censée superviser ? J'ai bien dit *censée*, vu que je compte sur les doigts de la main ceux qui ont daigné obéir à mes ordres depuis trois mois que je travaille à Fischer Hall, la plupart étant demeurés loyaux envers Justine la cupide.

Et quand l'un d'entre eux finit par faire ce que je lui demande, c'est seulement parce que ça l'arrange. Comme quand il s'agit de vérifier l'état des chambres après le départ d'un résident pour s'assurer qu'il n'a rien oublié – l'oubli le plus fréquent consistant en des bouteilles encore à moitié pleines.

Ce qui explique que le lendemain matin, je n'arrive pas à en faire descendre un seul pour m'aider à trier le courrier : tous ont la gueule de bois.

Il y a deux ou trois gosses auxquels j'ai tout de même réussi à m'attacher, des boursiers qui ne sont pas arrivés à la fac avec la carte Visa de papa-maman en poche, et qui ont vraiment besoin de travailler pour payer leurs livres et leurs frais d'inscription. Ceux-là sont prêts à tenir la réception de seize heures à minuit sans que j'aie à me mettre à genoux.

– Oh, Heather, murmure Magda. (Si elle murmure, c'est parce qu'elle ne veut pas que les gamins puissent deviner ce qui se passe – et allez savoir ce qui se passe !) C'est une de mes petites stars de cinéma !

– Un étudiant ?

Je vois des gens, dans la foule, regarder Magda avec curiosité. Pas parce qu'elle a une allure excentrique – ce qui est effectivement le cas, vu qu'elle est tellement maquillée que Christina Aguilera, à côté, paraîtrait presque naturelle. En plus, elle a ces ongles archi-longs et tout le reste...

Mais à Greenwich Village, les tenues de Magda paraissent presque sobres.

Ce que les gens ne saisissent pas, c'est cette histoire de

« stars de cinéma ». Chaque fois qu'un étudiant entre dans la cafétéria de Fischer Hall, Magda prend sa carte magnétique, la passe dans le lecteur, et se met à chantonner : « Visez un peu toutes les belles stars de ciné qui viennent manger ici ! Quelle chance on a, à Fischer Hall, d'avoir toutes ces stars ! »

Au début, je croyais que Magda cherchait à flatter les nombreux étudiants en art dramatique – et à l'université de New York, il y en a des flopées, bien plus qu'en médecine ou en économie.

Et puis, un jour où nous nous gavions de crèmes glacées chantilly, Magda a lâché la bombe : Fischer Hall était, à sa façon, un lieu célèbre. Pas pour les raisons que vous imaginez, à savoir parce qu'il est situé sur Washington Square, la place historique où a vécu Henry James ; ou parce qu'il se trouve juste en face du fameux arbre aux Pendus où, au XVIIIe siècle, on exécutait les condamnés à mort ; ou parce que son parc a autrefois servi de cimetière pour les indigents – eh oui, les bancs et les stands de hot dogs sont dressés sur des fosses communes...

Rien de tout cela. À en croire Magda, Fischer Hall doit sa célébrité au fait qu'on y a tourné une scène des *Tortues Ninja*. Donatello, ou Raphael ou l'une des autres tortues – je ne sais plus laquelle –, s'élançait vers l'immeuble voisin depuis le toit en terrasse de Fischer Hall. Les gamins du bâtiment avaient tous été employés comme figurants, levant les yeux et désignant du doigt la prouesse de la tortue.

Sans blague. Fischer Hall a vraiment une histoire passionnante !

Sauf que les gamins ayant figuré dans le film ont obtenu leur diplôme et quitté Fischer Hall il y a un bail.

Je comprends donc que des gens trouvent bizarre que Magda parle toujours de ça, après toutes ces années.

En même temps, vous imaginez que, pour quelqu'un comme Magda, le fait qu'une scène d'une grosse machine hollywoodienne se déroule sur son lieu de travail est une preuve de plus de la grandeur de l'Amérique.

Mais vous pensez bien que, pour quelqu'un qui ignore le pourquoi du comment, ces histoires de star de cinéma peuvent paraître cinglées.

Ce qui explique probablement pourquoi on nous fixe avec curiosité, suite à l'exclamation de Magda.

Par crainte que les gamins ne réalisent qu'il se passe quelque chose de très grave, je prends Magda par le bras et l'entraîne à l'écart des regards indiscrets, vers l'un des pins en pot qui décorent l'entrée du bâtiment – et que les étudiants ont trop souvent tendance à prendre pour des cendriers.

– Qu'est-ce qui s'est passé ? je lui demande à voix basse. Rachel m'a laissé un message pour dire que quelqu'un est mort. Sans rien préciser d'autre. Tu sais qui c'est ? Et comment c'est arrivé ?

– Je ne sais pas, murmure Magda en secouant la tête. J'étais assise à ma caisse, j'ai entendu un hurlement, et quelqu'un a dit qu'une fille gisait au fond de la cage d'ascenseur, et qu'elle était morte.

– Oh mon Dieu !

Je suis soufflée. Je m'attendais à un décès dû à une overdose, ou à une agression – les gardiens ont beau surveiller le bâtiment vingt-quatre heures sur vingt-quatre, impossible d'empêcher qu'un type louche, de temps à autre, parvienne à s'y faufiler. On est à New York, après tout.

Mais une mort par ascenseur ?

Magda, les yeux embués de larmes, s'efforce de ne pas éclater en sanglots – ce qui indiquerait aux étudiants, par ailleurs enclins aux démonstrations bruyantes, que quelque chose cloche sérieusement. Et puis, vu les innombrables couches de mascara de Magda, mieux vaut éviter ça.

– Ils racontent qu'elle... bredouille-t-elle. Comment on appelle ça, déjà ? Quand on grimpe sur le toit de l'ascenseur ?

– Elle surfait ?

C'est encore pire que ce que je croyais.

– Elle surfait dans l'ascenseur ?

– Oui.

D'un ongle peint avec un art consommé, Magda frôle délicatement le coin de son œil afin d'écraser une larme.

– C'est pour ça qu'ils ne laissent personne entrer dans le bâtiment. Les petites stars de cinéma ont besoin de l'ascenseur pour atteindre les vestiaires, mais il faut d'abord déplacer le...

Magda laisse échapper un sanglot. Je passe un bras sur son épaule et la fais pivoter vers moi, autant pour la réconforter que pour étouffer le bruit de ses sanglots. Les étudiants continuent à nous observer. Il ne faut pas qu'ils sachent à quel point c'est grave. Ils l'apprendront bien assez tôt.

Seulement, ils auront sans doute moins de mal que moi à digérer ça.

À vrai dire, ça ne devrait pas m'étonner autant. Les étudiants qui surfent dans l'ascenseur, c'est un problème sur les campus – pas juste à l'université de New York, mais dans toutes les facs du pays. Des ados, qui n'ont rien de mieux à faire, se défoncent et se défient de grimper sur les cabines, tandis que celles-ci montent et descendent dans les cages d'ascenseur obscures et menaçantes. Sans cesse, on signalait des cas de gamins décapités au cours de ces défis d'ivrognes.

Fallait bien que ça arrive un jour à Fischer Hall.

Sauf que...

Sauf que Magda n'arrête pas de dire « elle ». C'est une *fille* qui est morte.

Ce qui est bizarre, vu qu'aucune fille, à ma connaissance, n'a jamais joué à ce genre de jeu. Du moins, pas à Fischer Hall.

Magda relève la tête.

– Oh...

Je fais volte-face et, voyant ce qu'elle a vu, je prends une grande bouffée d'air. Car Mme Allington, la femme de Phillip Allington – qui occupe depuis le printemps la fonction de président de l'université –, s'avance sur le trottoir dans notre direction.

Je sais pas mal de choses sur les époux Allington car j'ai aussi trouvé, dans les dossiers de Justine – juste avant de les balancer à la corbeille –, un article découpé dans le *New York Times*. Il soulignait que le nouveau président avait choisi d'habiter en résidence étudiante, plutôt que dans l'un des prestigieux bâtiments que possédait l'université :

« Phillip Allington est un universitaire qui ne souhaite pas perdre le contact avec la population étudiante. Lorsqu'il rentre chez lui, une fois sa journée finie, il prend le même ascenseur que les étudiants auprès de qui il réside. »

Ce que le *Times* négligeait totalement de mentionner, c'est que le président et sa famille vivent dans l'appartement terrasse de Fischer House – lequel occupe la totalité du vingtième étage. Et qu'ils ont tellement râlé de voir l'ascenseur s'arrêter à tous les étages à cause des étudiants avec qui ils le partageaient, que Justine leur a donné la clé permettant l'accès direct au vingtième.

Hormis se plaindre de l'ascenseur, Eleanor Allington, l'épouse du président, semble n'avoir pas grand-chose à faire. Chaque fois que je la croise, elle sort du grand magasin Saks, sur la Cinquième Avenue. Ou s'apprête à s'y rendre. Elle se consacre à ses emplettes avec un zèle singulier – semblable à celui d'une athlète s'entraînant pour les jeux Olympiques.

Mais son sport favori, en dehors du shopping, c'est de vider des bouteilles entières de vodka. Lorsque le docteur Allington et elle reviennent, tard dans la soirée, d'un dîner avec les administrateurs, Mme Allington pique invariablement une petite crise dans le hall, dans laquelle il est en général question de ses cacatoès – du moins, c'est ce que m'a raconté Pete, mon agent de sécurité préféré.

– Mes oiseaux ! lui a-t-elle balancé un jour. Mes oiseaux, ils peuvent pas te blairer, Bouboule !

Ce qui est plutôt méchant, à la réflexion. Et injuste : Pete n'est pas gros du tout. Il est simplement... dans la moyenne.

Les attaques verbales avinées de Mme Allington font beaucoup rire à l'accueil, où se relaient vingt-quatre heures sur vingt-quatre les RE – les responsables étudiants, que je dois superviser. Tard dans la nuit, si le docteur Allington n'est pas rentré, il arrive que Mme Allington appelle le standard, pour leur signaler les incidents les plus surprenants : quelqu'un a mangé ses artichauts farcis, il y a des coyotes sur sa terrasse, des nains minuscules et invisibles martèlent sa tête de lit...

D'après Pete, les étudiants étaient, au tout début, déconcertés par de telles réclamations. Ils appelaient le responsable de leur étage, un de ces étudiants de dernière année qui, en échange du gîte et du couvert, sont censés faire office de chaperons. Les responsables d'étage prévenaient le responsable du bâtiment – lequel prenait l'ascenseur afin d'aller voir, au vingtième étage, de quoi il retournait.

Or, lorsque Mme Allington ouvrait la porte, le regard éméché, en peignoir de velours-éponge (je sais ! En velours-éponge ! Ça vaut presque le velours Stretch), elle se contentait de dire :

– Je ne sais pas de quoi vous voulez parler, Bouboule !

Pendant que, derrière elle (selon les nombreux RE qui ont raconté la scène), les cacatoès sifflaient frénétiquement.

Drôlement flippant !

Enfin, pour nous plus que pour elle, apparemment. Car elle est comme frappée d'amnésie les lendemains de cuite, et reprend tranquillement le chemin de Saks, telle une reine – la reine de Fischer Hall.

Comme à présent, par exemple. Les bras chargés de sacs de shopping, Mme Allington foudroie du regard le flic posté devant la porte, et lui lance :

– Vous permettez... J'habite ici.

– Désolé, m'dame, dit l'agent. Seuls les secours sont autorisés à entrer. Les résidents n'ont pas encore le droit de pénétrer dans le bâtiment.

– Je ne suis pas une résidente, proteste Mme Allington, en bouillonnant de rage au milieu de ses sacs. Je suis... je suis...

Mme Allington ne semble pas se rappeler qui elle est. Mais le flic ne s'en soucie visiblement guère.

– Désolé, m'dame, répète-t-il. Profitez donc un peu de la braderie, hein ? Ou bien des jolis bancs, là-bas, dans le parc.

Allez donc prendre un peu le soleil, jusqu'à ce qu'on nous donne le feu vert pour laisser entrer les gens, d'accord ?

Mme Allington a l'air si mal en point que je me précipite vers elle. J'abandonne Magda, Mme Allington ayant encore davantage besoin de moi. Elle reste plantée là, dans son jean griffé trop moulant, son top en soie, et ses tonnes de bijoux en or. Les sacs de shopping lui tombent des mains et, dans son trouble, elle ouvre et ferme la bouche. Elle est décidément très mal en point.

– Vous m'avez entendu, m'dame, insiste le flic. Personne n'a le droit d'entrer. Vous voyez tous ces gamins, là ? Eux aussi, ils attendent. Alors, soit vous attendez avec eux, soit vous circulez.

Or, Mme Allington a de toute évidence perdu la faculté de « circuler ». À peine tient-elle sur ses pieds, si vous voulez mon avis. Je m'avance vers elle et lui prends le bras. Elle n'est même pas consciente de ma présence. Je doute qu'elle soit en mesure de me reconnaître. Et ce, bien qu'elle m'adresse chaque jour un signe de la tête quand elle sort de l'ascenseur, situé juste en face de mon bureau, afin de se lancer dans une nouvelle razzia – euh... séance de shopping – en me gratifiant d'un sempiternel « Bonjour, Justine » (j'ai beau la reprendre). Je suppose que le fait de me voir dehors, et un samedi, l'aura déconcertée.

– Son mari est le président de l'université, monsieur l'agent, dis-je en agitant la tête en direction de Mme Allington, laquelle regarde fixement un étudiant aux cheveux violets et au sourcil orné d'un piercing. Phillip Allington, vous connaissez ? Il habite l'appartement terrasse, au dernier étage. Je crois qu'elle ne se sent pas très bien. Je ne pourrais pas… je ne pourrais pas l'aider à entrer ?

Le flic me scrute.

– On s'est déjà vus quelque part, non ? demande-t-il.

Ce n'est pas de la drague. Quand les gens me sortent ça, ce n'est jamais pour me draguer.

– On a dû se croiser dans le quartier, dis-je avec une gaieté forcée. Je travaille dans ce bâtiment.

J'exhibe ma carte de membre du personnel de la fac, avec la photo où je parais bourrée, alors que je ne l'étais pas. Du moins, pas avant d'avoir vu quelle tête j'avais sur la photo !

– Vous voyez ? Je suis la directrice adjointe de la résidence.

Il ne paraît guère impressionné par le titre, mais lâche avec un haussement d'épaules :

– Si vous le dites. Faites-la entrer, si ça vous chante ! Mais je vois pas comment vous allez pouvoir la conduire là-haut. Les ascenseurs sont fermés.

Moi non plus, je ne vois pas comment ramener Mme Allington chez elle, vu qu'elle tient à peine sur ses pieds. Je vais pratiquement devoir la porter. Par-dessus mon épaule, je jette un coup d'œil à Magda. Me voyant ainsi empêtrée, elle lève les yeux au ciel. Mais écrase tout de même sa cigarette et se dirige vaillamment vers nous, prête à venir nous aider dans la mesure de ses moyens.

Avant qu'elle ne soit parvenue jusqu'à nous, deux jeunes femmes, arborant ce que je considère comme le look officiel des étudiants new-yorkais – jean taille basse et piercing au nombril –, se précipitent hors du bâtiment, le souffle court.

– Nom de Dieu, Jeff ! crie l'une d'elles, à l'adresse du type censé avoir laissé tomber son joint. Qu'est-ce qui se passe avec les ascenseurs ? On a dû descendre dix-sept étages à pied.

– Je vais mourir ! annonce l'autre fille.

– Sérieusement, reprend la première d'une voix haletante, avec tout ce qu'on paie en droits d'inscription et d'hébergement, le président pourrait tout de même investir dans des ascenseurs qui ne tombent pas constamment en panne.

Je remarque son regard hostile, dirigé droit sur Mme Allington. Celle-ci a fait l'erreur de laisser *La Gazette du campus* publier sa photo, ce qui en fait une cible aisément repérable.

– Allez, madame Allington, dis-je aussitôt, la tirant un peu par le bras. Entrons dans le bâtiment.

– C'est pas trop tôt ! rétorque-t-elle.

Elle trébuche, et Magda vient lui prendre l'autre bras. Nous lui faisons toutes deux franchir l'entrée, parmi les protestations des étudiants : « Hé ! Pourquoi elles rentrent, et pas nous ? », « Nous aussi, on habite ici », « C'est pas juste ! », « Fascistes ! ».

À sa façon prudente de placer l'un devant l'autre ses pieds chaussés d'escarpins à petits talons, je jurerais que Mme Allington est déjà un peu éméchée, bien que midi n'ait pas encore sonné. Mes soupçons se confirment, lorsqu'une fois parvenue dans le hall elle se penche et vomit son petit déjeuner sur l'une des plantes vertes de l'entrée.

On dirait que Mme Allington a accompagné ses œufs brouillés de quelques bloody mary ce matin !

– *Santa Maria !* s'exclame Magda, horrifiée – et qui pourrait s'en étonner ?

Je ne sais pas comment ça se passe pour les autres mais, lorsqu'il m'arrive de vomir (ce qui – désolée d'avoir à le reconnaître – se produit invariablement tous les 31 décembre), j'aime sentir autour de moi un minimum de compassion, même si je suis seule responsable de mon état.

Je tapote donc l'épaulette de Mme Allington :

– Voilà... Vous ne vous sentez pas mieux à présent ?

Mme Allington me regarde en plissant les yeux, comme si elle ne m'avait pas remarquée auparavant.

– Vous êtes qui, nom d'un chien ?

– Euh... Je suis la directrice adjointe... Heather Wells. Vous vous souvenez ? On a fait connaissance, il y a deux mois ?

Mme Allington paraît perdue.

– Et Justine, où est-ce qu'elle est ?

– Justine a trouvé un autre emploi.

C'est un mensonge. Justine a été renvoyée. Mais, à vrai dire, je ne connais pas sa version à elle. Qui sait ? Peut-être avait-elle réellement besoin de cet argent ? Il se peut qu'elle ait de la famille qui vit en Bosnie ou dans un autre endroit très froid. Imaginez qu'ils n'aient pas de quoi se chauffer, et que ces radiateurs céramique leur aient permis de tenir tout l'hiver ? On ne sait jamais.

Mme Allington me fixe toujours.

– Heather Wells ? Vous ne seriez pas... vous ne seriez pas cette fille... celle qui chantait dans les centres commerciaux ?

Je réalise alors que Mme Allington m'a enfin reconnue... mais pas en tant que directrice adjointe du bâtiment dans lequel elle vit.

Waouh. J'aurais jamais soupçonné Mme Allington d'écouter de la pop pour ados. Je la voyais plutôt dans le trip Barry Manilow – de la pop pour vieux ados.

– Oui, c'est moi, je lui réponds (elle me fait de la peine,

avec le coup du vomi, et tout le reste...), mais j'ai arrêté de me produire.

– Pourquoi ? demande-t-elle, soudain curieuse.

Magda et moi échangeons un regard. Celle-ci paraît retrouver son sens de l'humour, car le coin de ses lèvres dessinées au crayon se relève distinctement.

– Euh... je commence. C'est une longue histoire, à vrai dire. En deux mots, j'ai perdu mon contrat...

– Parce que vous êtes devenue grosse ? renchérit Mme Allington.

C'est alors, je l'avoue, que j'ai cessé d'avoir pitié d'elle.

3

Je te dis que je ne peux pas
Mais tu ne l'entends pas
Je te dis que je ne peux pas
Et tu fais comme si j'étais pas là
Je peux pas t'attendre toujours
Je t'attendrai pas toujours
C'est maintenant ou jamais !
Dis-moi que tu m'aimes, bébé,
Ou bien rends-moi ma liberté !

« Je ne peux pas »
Interprété par Heather Wells
Paroles et musique : O'Brien/Henke
Extrait de l'album *Une envie de sucré*
Disques Cartwright

Par chance, l'arrivée de ma chef, Rachel Walcott, me dispense d'avoir à répondre à la réflexion de Mme Allington. Rachel se précipite vers nous, ses sandales en cuir verni claquant sur le marbre de l'entrée.

– Heather ! clame-t-elle en m'apercevant. Merci mille fois d'être venue !

Elle paraît effectivement soulagée de me voir. Ça fait du bien de réaliser qu'on a vraiment besoin de moi, même si je ne vaux guère que vingt-trois mille cinq cents dollars par an.

– C'est normal, je dis. Je suis désolée. Était-ce... est-ce... c'est quelqu'un qu'on connaît ?

Mais Rachel m'adresse un regard de mise en garde – du type : « On ne discute pas des histoires de famille devant les étrangers », en l'occurrence, Mme Allington et Magda (les employés de la cafétéria ne font pas partie de l'équipe de direction, et les épouses des présidents de l'université encore moins) – puis elle se tourne vers Mme Allington.

– Bonjour, madame Allington ! crie-t-elle, comme si elle parlait à une femme très âgée, alors que Mme Allington a soixante ans à peine. Je suis vraiment désolée pour tout ça. Vous allez bien ?

Mme Allington est loin d'aller bien mais, aussi vexante qu'ait pu être sa remarque au sujet de mon poids, je ne veux pas vendre la mèche. Elle reste, après tout, l'épouse du président.

Je me contente donc de dire :

– Mme Allington est légèrement indisposée.

J'accompagne cette déclaration d'un coup d'œil éloquent en direction de la plante verte sur laquelle Mme Allington vient de vomir, en espérant que Rachel saisira le message. Nous ne faisons pas équipe depuis si longtemps, Rachel et moi. Elle a été embauchée une semaine ou deux avant moi pour remplacer l'ancienne directrice, partie juste après le départ de Justine – pas par solidarité, ou quoi que ce soit dans ce goût-là. La directrice avait lâché son poste parce que son mari avait trouvé un boulot de garde forestier dans l'Oregon.

Je sais. Un mari garde forestier. Mmmm... Moi aussi, j'aurais tout abandonné pour le suivre !

Or, si Rachel fait ses premières armes en tant que directrice de Fischer Hall, elle a déjà une bonne expérience du milieu universitaire. La dernière résidence étudiante qu'a dirigée

Rachel, diplômée de Yale, se trouvait à Richmond, dans l'Indiana.

Rachel m'a raconté quel choc ç'avait été pour elle de débarquer à New York après avoir travaillé à Richmond, où les gens ne ferment même pas leur porte à clé avant d'aller se coucher. Mais, selon toute apparence, Rachel n'a pas trop souffert de son séjour prolongé dans l'Indiana. Elle possède une garde-robe qui ferait pâlir de jalousie n'importe quelle New-Yorkaise, remplie de vêtements Armani et d'escarpins Manolo Blahnik ce qui, vu son salaire (à peine plus élevé que le mien, étant donné que les directeurs du personnel ont droit à un logement de fonction dans le bâtiment, lequel est considéré comme un complément de salaire), relève du tour de force. Grâce à une fréquentation assidue des ventes privées des grandes marques, Rachel fait en sorte de demeurer à la pointe de la mode. Sa fidélité aux substituts de repas et à ses deux heures d'exercices quotidiens lui permet de conserver une taille mannequin, et de se glisser dans les modèles de défilé invendus.

Rachel prétend que si je voulais bien arrêter de manger toutes ces sucreries et passer une demi-heure par jour sur un stepper, j'aurais tôt fait de retrouver ma taille quarante-deux. Et que ça me serait d'autant plus facile que l'adhésion gratuite au club de gym de l'université fait partie des avantages en nature de mon boulot.

Sauf que j'y suis allée, au fameux club de gym, et que ça m'a fait flipper. Toutes ces filles qui ont la peau sur les os, et agitent leurs bras épais comme des cure-dents dans des cours d'aérobic ou de yoga... sérieusement, un de ces quatre, il y en a une qui risque de crever l'œil de quelqu'un.

Toujours est-il que Rachel prétend qu'à condition de perdre suffisamment de poids, je n'aurai aucun mal à me trouver un petit ami sexy. C'est exactement ce qu'elle a l'intention de faire : dégoter, à Greenwich Village, un mec qui ne soit ni gay ni dégarni. Et qui gagne au moins cent mille dollars par an.

Mais comment diable pourrais-je renoncer aux nouilles froides au sésame ? Même pour un gars qui pèse cent mille dollars par an ?

Par ailleurs, ainsi que je le répète fréquemment à Rachel, ce n'est pas parce qu'on fait du quarante-six qu'on est grosse. C'est la moyenne des femmes américaines. Eh oui ! Et un grand nombre d'entre nous (les filles qui font du quarante-six) ont des petits copains, merci !

Pas moi, d'accord. Mais des tas d'autres filles qui font du quarante-six, voire plus.

Or, bien que nos objectifs diffèrent, à Rachel et moi (elle veut un petit ami et je me contenterais, pour le moment, d'une équivalence de bac), ainsi que nos critères en matière de repas (pour elle, trois feuilles de salade sans vinaigrette ; pour moi, un falafel avec double dose de sauce au sésame, un pita fourré à l'houmous et de la crème glacée pour le dessert), je dirais que nous nous entendons plutôt bien. En tout cas, elle semble avoir saisi le sens de mon coup d'œil en direction de la plante verte.

– Madame Allington, dit-elle. On va vous raccompagner chez vous, d'accord ? Je vais vous conduire là-haut. Ça ira, madame Allington ?

Celle-ci hoche mollement la tête, ayant perdu tout intérêt pour mes changements de plan de carrière. Rachel saisit la femme du président par le bras tandis que Pete contient une flopée de pompiers, afin que toutes deux puissent s'engouffrer dans l'ascenseur – que l'on a remis en service pour Mme Allington. Je ne peux me retenir de glisser un œil à l'intérieur au moment où les portes s'ouvrent. Et s'il y avait du sang ? Je sais qu'ils ont dit l'avoir trouvée au fond de la cage d'ascenseur, mais si une partie d'elle était restée dans la cabine ?

Mais il n'y a pas de sang, à ce qu'il semblerait. L'ascenseur est tel qu'il a toujours été, avec ses panneaux en imitation acajou et garnitures de cuivre, sur lesquels des centaines d'étudiants de première année ont griffonné leurs initiales, ou des obscénités, avec la pointe des clés de leur chambre.

Comme la porte se referme, j'entends Mme Allington dire, d'une voix très faible :

– Les oiseaux...

– Mon Dieu ! s'exclame Magda, pendant que nous regardons les numéros au-dessus des portes s'allumer tour à tour, alors que la cabine se dirige vers le dernier étage. J'espère qu'elle ne va pas se remettre à vomir là-dedans !

J'acquiesce.

– T'imagines ? Vingt étages, ça risque de paraître long !

Magda secoue la tête, comme si elle venait d'avoir une pensée désagréable – le vomi de Mme Allington, sans doute –, et jette un coup d'œil à la ronde.

– Ce que c'est calme ! fait-elle remarquer en serrant ses bras sur sa poitrine. Ça n'a pas été aussi calme depuis que les petites stars de ciné sont revenues pour la rentrée.

Elle a raison. Pour un bâtiment qui héberge une telle quantité de jeunes gens – sept cents, pour la plupart de moins de vingt ans –, le hall est étrangement silencieux. Personne pour brailler parce qu'il faut une éternité aux RE pour trier le courrier (environ sept heures, mais j'ai entendu dire qu'il n'en fallait que deux, sous le règne de Justine – parfois je me demande si elle n'avait pas signé un pacte avec le diable) ; personne pour se plaindre du changeur de monnaie cassé, dans la salle de jeux ; pour faire du roller sur les sols en marbre ; ou pour se chamailler avec Pete quant aux entrées et sorties des visiteurs dans l'immeuble.

Non que le hall soit désert. Bien au contraire, il grouille d'activité. Des flics, des pompiers, des administrateurs, des employés de l'équipe de sécurité en uniforme bleu ciel et une poignée d'étudiants – tous RE – vont et viennent dans l'entrée de marbre et d'acajou. Ils sont livides...

... et silencieux. Parfaitement silencieux.

– Pete, dis-je en m'avançant vers l'agent de sécurité, au poste de contrôle. Tu sais qui est la victime ?

Les agents de sécurité sont au courant de tout ce qui se passe dans les bâtiments où ils travaillent. Ce n'est pas leur faute. Tout est là, sous leur nez, sur les écrans de circuit fermé, des étudiants qui fument dans les cages d'escalier aux doyens qui se curent le nez dans l'ascenseur, en passant par les bibliothécaires qui s'envoient en l'air dans les cabines d'étude...

Vachement ragoûtant !

– Bien sûr.

Comme à son habitude, Pete surveille l'entrée, tout en gardant un œil sur les nombreux moniteurs de son bureau. Chacun montre une partie différente du bâtiment, de l'entrée de l'appartement terrasse des Allington à la buanderie située au sous-sol.

– Alors ? demande Magda, visiblement angoissée. C'est qui ?

Pete s'assure que les RE ne peuvent pas l'entendre.

– Kellogg, dit-il enfin. Elizabeth. Une étudiante de première année.

Je me sens soulagée. Je n'ai jamais entendu parler d'elle.

Je m'en veux aussitôt de cette pensée. Elle vient tout de même de mourir à dix-huit ans, qu'elle ait ou non travaillé pour moi !

– Qu'est-ce qui s'est passé ? je l'interroge.

Peter me jette un regard ironique.

– À ton avis ?

– Mais... je balbutie.

C'est plus fort que moi. Il y a quelque chose qui me chiffonne :

– Les filles ne font pas ça. Surfer dans les cages d'ascenseur, je veux dire.

– Celle-là, oui, réplique Pete en haussant les épaules.

– Pourquoi elle serait allée faire un truc pareil ? s'écrie Magda. Un truc aussi idiot ? Elle se droguait ?

– Qu'est-ce que j'en sais ?

Pete semble agacé d'être ainsi assailli de questions, mais je sais que c'est parce qu'il flippe autant que nous. Ce qui est inquiétant, quand on pense à tout ce qu'il a dû voir. Ça fait vingt ans qu'il travaille à la fac. Comme moi, ce sont les avantages en nature qui l'ont attiré. Veuf et père de quatre enfants, il y a vu le moyen de leur garantir des études brillantes (et gratuites). C'est, avant tout, pour cette raison qu'il s'est fait embaucher dans une structure universitaire, après qu'une blessure au genou l'a contraint à exercer son métier de policier dans un bureau. Nancy, sa fille aînée, veut devenir pédiatre.

Mais cela n'empêche pas Pete de bouillonner de rage chaque fois qu'un des étudiants, mécontent de s'être vu refuser l'accès au bâtiment à cause d'une lampe à halogène d'avant-garde ne correspondant pas aux normes anti-incendie, le traite de « sale vigile ». Ce qui n'est pas juste, car Peter fait vraiment très bien son boulot. Les seules fois où les livreurs de pizza parviennent à entrer dans Fischer Hall et à glisser des menus sous les portes des résidents, c'est quand Pete n'est pas de service.

Pourtant, c'est le gars le plus sensible du monde. Lorsque des gamins descendent de leurs chambres en tenant du bout des doigts des pièges à glu sur lesquels gigotent des souris vivantes, Pete emporte les pièges dans le jardin public, et graisse les petites pattes des rongeurs afin de leur rendre leur liberté. Il ne supporte pas l'idée qu'une créature puisse mourir (ne serait-ce qu'une souris !) pendant qu'il est de garde.

– Le médecin légiste va certainement effectuer des tests pour savoir s'il y a eu consommation de drogue ou d'alcool, dit-il en s'efforçant, sans y parvenir, de conserver un ton neutre. Du moins, s'il se décide à arriver.

Je suis horrifiée.

– Tu veux dire qu'elle... qu'elle est toujours là ? Enfin... le corps ?

Pete hoche la tête.

– Tout en bas. Au fond de la cage d'escalier. C'est là qu'ils l'ont trouvée.

– Qui ça, « ils » ?

– Les pompiers, répond Pete. Après que quelqu'un a déclaré l'avoir vue.

– L'avoir vue tomber ?

Non, l'avoir vue qui gisait là... Quelqu'un a jeté un coup d'œil... vous savez... dans l'interstice entre le sol et la cabine... et l'a aperçue.

Je suis stupéfaite.

– Personne n'a signalé l'accident quand ça s'est produit ? Les gens qui étaient avec elle...

– Qui ça ? me coupe Pete.

– Les gens avec qui elle surfait dans l'ascenseur. Fallait bien qu'elle soit accompagnée. Personne ne pratique ce jeu débile en solitaire. Ils n'ont rien signalé, alors ?

– Personne ne m'a rien dit, insiste Pete. Jusqu'à ce matin, quand un des gamins l'a vue, par l'interstice.

Je suis affligée.

– Ce qui signifie qu'elle est restée étendue là pendant des heures ? je demande d'une voix brisée.

– Elle était déjà morte, rétorque Pete, comprenant aussitôt où je veux en venir. Elle est tombée la tête la première.

– *Santa Maria !* s'exclame Magda, en se signant.

Cela me paraît à peine moins horrible.

– Alors... À quoi l'a-t-on identifiée ?

– Elle avait sa carte d'étudiante dans la poche, explique Pete.

– C'est ce qui s'appelle être prévoyante ! fait remarquer Magda.

– Magda !

Je suis choquée, mais Magda se contente de hausser les épaules.

– C'est vrai. Quitte à jouer à un jeu aussi débile, autant

garder sa carte d'étudiante sur soi, pour pouvoir être identifiée une fois morte, non ?

Avant que Pete ou moi ayons pu répliquer, Gerald, qui dirige la cafétéria, en surgit soudain, à la recherche de cette caissière qui n'en fait qu'à sa tête.

– Madga ! s'écrie-t-il lorsqu'il la repère enfin. Qu'est-ce que vous fichez ? Les flics disent qu'on va pouvoir rouvrir d'une minute à l'autre, et j'ai personne à la caisse !

– Oh, j'arrive tout de suite, mon chou ! rétorque Magda avant d'ajouter, dès qu'il s'est éloigné : Tête de nœud !

Puis, nous saluant à regret du bout des doigts, Magda retourne à son poste, à la cafétéria, située juste au-delà du poste de contrôle.

– Heather ?

Faisant volte-face, j'aperçois l'une de mes RE qui m'adresse de grands signes de détresse depuis l'accueil. L'accueil, c'est un peu le cœur du bâtiment. C'est là que l'on trie le courrier des résidents, que les visiteurs appellent les chambres de leurs amis, et où tous les incidents doivent être signalés. L'une de mes premières tâches, après mon embauche, avait consisté à taper une longue liste de numéros de téléphone, à laquelle l'employé de garde devait se référer en cas d'incident grave, quelle que soit sa nature. Apparemment, Justine avait été trop occupée à détourner les fonds de la fac afin d'acheter des radiateurs céramique à ses copines pour trouver le temps de s'occuper de ça.

Incendie ? Le numéro des pompiers était sur la liste.

Viol ? Le numéro de la ligne d'urgence était sur la liste.

Vol ? Le numéro du commissariat de quartier était sur la liste.

Chute dans une cage d'ascenseur ?

Pour ça, il n'y avait pas de numéro.

– Heather...

L'étudiante de service, Tina, parle d'une voix aussi geignarde que lorsque, la rencontrant pour la première fois, je lui avais expliqué qu'elle ne pouvait pas mettre les appels en attente pendant qu'elle finissait ses parties de Tetris sur sa Game Boy (ça n'avait jamais gêné Justine, m'étais-je entendu répliquer !).

– Quand est-ce qu'ils emmènent le corps ? Ça me rend dingue de savoir qu'elle est toujours étendue là.

– On a vu sa camarade de chambre... glisse Brad à voix basse, en se penchant vers moi. (Brad, c'est le malheureux RE qui est de garde ce week-end – ce qui signifie qu'il ne doit sous aucun prétexte sortir du bâtiment, au cas où on aurait besoin de lui... si un étudiant venait à mourir, par exemple.) Elle ne savait même pas que Beth... c'est le nom de la morte... que Beth était au courant de ces histoires de surf dans l'ascenseur. Elle n'aurait jamais pensé que Beth fréquentait des gens pareils. D'après elle, Beth était plutôt du genre BCBG.

– Eh bien, dis-je mollement, consciente que les gamins voudraient que je les rassure.

Mais je n'ai aucune compétence pour les aider à surmonter la mort d'un camarade de classe. Je flippe autant qu'eux.

– Ça prouve qu'on ne connaît jamais aussi bien les gens qu'on le croit, non ?

– Ouais... mais de là à faire du rodéo sur une cabine d'ascenseur ? rétorque Tina en agitant la tête. Elle devait être un peu cinglée.

– Encore une candidate au Prozac, surenchérit Brad d'une voix sombre, déployant les talents de psychologue que l'administration de la résidence tient absolument à faire acquérir aux étudiants qu'elle emploie.

– Heather ?

Tournant la tête, j'aperçois Sarah, étudiante de dernière année et assistante de Rachel. Elle s'avance vers moi, tenant un épais dossier, et portant les vêtements dernier cri sur le campus – une salopette et des bottes fourrées. Elle me prend le bras, et le serre.

– Oh mon Dieu ! elle crie, sans même s'efforcer de baisser la voix pour ne pas être entendue de tout l'étage. C'est pas insensé ? Les téléphones n'arrêtent pas de sonner dans notre bureau. Il y a tous ces parents qui appellent pour être sûrs qu'il ne s'agit pas de leur gosse. Mais Rachel a dit qu'on ne pouvait pas confirmer l'identité de la victime avant l'arrivée du médecin légiste. Même si on sait qui c'est. Enfin... Rachel m'a envoyée chercher son dossier, pour que je le donne au docteur Flynn. Ça te dirait, d'y jeter un œil ?

Sarah brandit une chemise en carton épais. Elizabeth Kellogg avait un dossier dans le bureau de la directrice – ce qui signifiait qu'elle s'était attiré des ennuis, ou qu'elle avait été malade au cours de ses études...

... ce qui était bizarre, vu qu'Elizabeth était en première année, et que l'année commençait à peine.

– Écoutez un peu...

Sarah est impatiente de partager ce qu'elle vient d'apprendre avec moi, Brad et Tina. Ces derniers sont pendus à ses lèvres. Pete, au poste de contrôle, fait semblant de se concentrer sur ses écrans. Mais je sais qu'il tend lui aussi l'oreille.

– La mère a appelé Rachel. Elle était dans tous ses états, parce que les étudiants ont le droit de recevoir qui ils veulent dans leur chambre, et qu'elle refusait qu'Elizabeth puisse avoir des visiteurs masculins. Visiblement, la maman espérait que sa fille reste vierge jusqu'au mariage. Elle voulait que Rachel fasse en sorte qu'Elizabeth soit autorisée à ne recevoir que des filles. De toute évidence, il y a des conflits dans la famille, mais quoi qu'il en soit...

Les assistants comme Sarah ont pour fonction d'aider la directrice à gérer les problèmes au jour le jour. En échange de quoi, ils sont logés, nourris, et se préparent, sur le terrain, à travailler dans l'administration universitaire – ce qui correspond, le plus souvent, à leur cursus.

Sarah ne s'attendait sans doute pas à ce type d'expérience sur le terrain, avec accident mortel et tout le tralala...

– Apparemment, on a affaire à un cas extrême de rivalité mère-fille, annonce Sarah. Facile de conclure que Mme Kellogg était jalouse parce qu'elle perdait sa beauté, alors que sa fille...

Sarah possède un DEUG de sociologie. Elle pense que je souffre d'un complexe d'infériorité. Elle me l'a dit quand on s'est rencontrées pour la première fois, le jour de la rentrée. S'avançant pour me serrer la main, elle s'est écriée :

– Oh mon Dieu, tu es *vraiment* Heather Wells !

J'ai reconnu que oui, et elle a voulu savoir pourquoi diable je travaillais dans une résidence universitaire (contrairement à moi, Sarah n'a pas la langue qui fourche). Je lui ai répondu que je comptais obtenir mon équivalence au bac un de ces quatre, ce à quoi elle a rétorqué :

– Tu n'as pas besoin d'aller à l'université. Tu devrais plutôt te questionner sur les sentiments d'abandon et d'inadaptation que tu as dû ressentir, après que ta maison de disques t'a lâchée, et que ta mère t'a mise sur la paille.

Si je dois vraiment travailler sur quelque chose, ce sera, avant tout, sur l'antipathie que m'inspire Sarah !

Par chance, le docteur Flynn, psychologue en poste de la résidence, se précipite alors vers nous, portant une serviette bourrée à craquer de documents.

– C'est le dossier de la personne décédée ? déclare-t-il en guise d'entrée en matière. J'aimerais le consulter, avant de m'entretenir avec sa camarade de chambre et appeler les parents.

Sarah lui tend le dossier. Tandis qu'il le feuillette, le docteur Flynn plisse le nez :

– C'est quoi, cette odeur ?

– Euh... je commence. C'est Mme Allington... elle a...

– Elle a gerbé, termine Brad. Sur la plante verte, juste là.

Le docteur Flynn pousse un soupir.

– Elle a remis ça ?

Son portable sonne.

– Excusez-moi, dit-il en le sortant de sa poche.

Au même instant, la sonnerie du téléphone de l'accueil retentit. Vu que personne ne décroche, je m'en charge.

– Fischer Hall.

À l'autre bout du fil, une voix inconnue.

– Je suis bien au dortoir de Washington Square ?

– Vous êtes bien à la résidence étudiante, oui, je réponds, soudain respectueuse du protocole.

– J'aurais souhaité parler à quelqu'un, au sujet de la tragédie d'aujourd'hui, explique la voix mystérieuse.

La *tragédie* ? J'ai aussitôt la puce à l'oreille...

– Vous êtes journaliste, pas vrai ?

J'ai assez vécu pour les repérer à des kilomètres.

– Eh bien, oui, je travaille pour le *Post*...

– Dans ce cas, il faudra vous mettre en rapport avec le service communication. Ici, personne n'a de déclaration à faire. Au revoir.

Je raccroche violemment le combiné.

Brad et Tina me fixent, les yeux écarquillés.

– Waouh ! s'exclame Brad. Tu es forte !

Sarah remet ses lunettes en place, celles-ci ayant commencé à glisser sur son nez.

– Il a bien fallu qu'elle le devienne, dit-elle. Vu ce qu'elle a dû affronter par le passé. Les paparazzi ne t'ont jamais fait de cadeau, hein, Heather ? Surtout la fois où, en rentrant chez toi, tu as trouvé Jordan Cartwright en train de se faire faire une fellation par... par qui, déjà ? Ah, oui... Tania Trace.

– Waouh ! dis-je avec une stupéfaction non feinte. Tu as une sacrée mémoire, pas vrai, Sarah ?

Sarah sourit pudiquement, tandis que Tina reste bouche bée.

– Heather, tu es sortie avec *Jordan Cartwright* ? s'écrie-t-elle.

– Et tu l'as chopé avec *Tania Trace* ? ajoute Brad, aussi radieux que si on venait de lui balancer un billet de cent dollars.

– Ouais, je marmonne. (J'ai pas vraiment le choix ; ils peuvent facilement vérifier sur Internet.) Il y a très longtemps de ça.

C'est alors que je me retire poliment pour aller chercher un soda, en espérant que l'effet combiné de la caféine et des édulcorants me fera passer l'envie de causer une mort de plus parmi les résidents du bâtiment.

4

Ne leur dis pas !
Je t'en supplie
C'est un secret et si
Tu ne leur dis pas,
C'est promis
Tu le regretteras pas !

Ne leur dis pas !
Personne ne sait
Que je t'ai ouvert mon cœur
Ne leur dis pas !

« Ne leur dis pas ! »
Interprété par Heather Wells
Paroles et musique : Valdez/Caputo
Extrait de l'album *Une envie de sucré*
Disques Cartwright

Le distributeur de boissons fraîches le plus proche se trouve dans la salle télé, où l'administration de l'université a réuni une cellule de crise. Je ne veux pas me risquer à demander un café gratuit à Magda, quand elle a déjà des soucis avec son boss.

Je ne reconnais que quelques-uns des administrateurs présents – et uniquement pour avoir passé des entretiens avec eux quand j'ai postulé pour cet emploi. L'un d'eux, le docteur Jessup, qui dirige le département logement, s'écarte d'un de ses confrères lorsqu'il m'aperçoit, et se dirige vers moi. Sans son costume gris, et vêtu pour le week-end d'une chemise polo et d'un pantalon de coton, c'est un tout autre homme.

– Heather, dit-il d'une voix grave et bourrue. Comment ça va ?

– Ça va.

Comme j'ai inséré mon dollar dans le distributeur, il est trop tard pour prendre mes jambes à mon cou. C'est pourtant ce que je voudrais faire vu que tous, dans la pièce, me regardent avec la même question dans les yeux :

Qui est cette fille ? Je ne l'ai pas déjà vue quelque part ? Qu'est-ce qu'elle fiche ici ?

Au lieu de m'enfuir, je choisis ma boisson. La canette fait un bruit d'enfer en heurtant le fond métallique du distributeur – d'autant que chacun, dans la salle télé, parle d'une voix étouffée, par respect pour la victime et ses proches. La télé – réglée à plein volume vingt-quatre heures sur vingt-quatre et sept jours sur sept – est exceptionnellement éteinte.

Je récupère la canette et la tiens entre mes mains sans l'ouvrir, de peur de faire du bruit et d'attirer davantage l'attention.

– Les gamins vous semblent aller comment ? me demande le docteur Jessup. En général ?

– Je suis là depuis peu. Mais tout le monde m'a l'air plutôt secoué. Ce qui est assez compréhensible, quand on songe qu'il y a un cadavre dans la cage d'ascenseur...

Le docteur Jessup écarquille les yeux et me fait signe de baisser d'un ton – alors que je n'ai fait que murmurer. Jetant un coup d'œil alentour, je constate qu'il y a beaucoup de gros bonnets de la fac dans la salle télé. Le docteur Jessup est très soucieux de l'image de son service, qu'il souhaite attentif et proche des étudiants. Il s'enorgueillit de son aptitude à communiquer avec les jeunes générations. Je m'en suis rendu compte lors de mon premier entretien, au moment où il m'a fixée en plissant ses yeux gris, et m'a posé l'inévitable question.

– On ne se serait pas déjà vus quelque part ?

Tout le monde a l'impression de m'avoir déjà vue. Mais personne ne réussit à savoir où. On me pose beaucoup de questions du type : « C'est pas toi qui étais la cavalière de mon frère au bal de promo ? » Ou bien : « On n'aurait pas suivi un cours ensemble, à la fac ? »

C'est d'autant plus bizarre que je ne suis jamais allée à un bal de promo, et encore moins à la fac.

– J'étais chanteuse.

Voilà ce que j'ai répondu au docteur Jessup, le jour de mon entretien d'embauche

– Une chanteuse... euh... de variétés, j'avais précisé. Quand j'étais... enfin... quand j'étais ado, quoi.

– Ah oui, a rétorqué le docteur Jessup. *Une envie de sucré*, c'était vous. C'est ce que j'avais pensé, mais je n'en étais pas sûr. Vous permettez que je vous pose une question ?

Je me suis tortillée sur ma chaise, mal à l'aise, sachant ce qui m'attendait.

– Je vous en prie.

– Pourquoi vouloir être employée dans une résidence universitaire ?

Je me suis raclé la gorge.

J'aimerais bien que la chaîne musicale me consacre une émission. Comme ça, je n'aurais plus à faire ça. À tout expliquer à chaque fois, je veux dire.

Mais pour la chaîne musicale, je peux toujours courir. Je n'ai jamais été aussi célèbre que Britney Spears ou Christina Aguilera. Voire qu'Avril Lavigne. J'étais juste une ado dotée de poumons sains et puissants, qui avait eu la chance d'être au bon endroit au bon moment.

Le docteur Jessup avait fait montre de compréhension. Du moins, il avait eu le tact de changer de sujet après que j'eus précisé que ma mère avait fui à l'étranger en compagnie de mon manager – ah oui... et de toutes mes économies –, que ma maison de disques m'avait laissée tomber, et mon petit copain aussi – tout ça, dans l'ordre chronologique.

Quand on m'a proposé le poste de directrice adjointe de Fischer Hall, pour un salaire annuel équivalant à ce que je gagnais en une semaine dans le circuit des concerts, j'ai accepté sans hésiter. Je ne me projetais pas dans une longue carrière de serveuse – boulot qui, pour une fille qui n'aime pas se laver les cheveux parce que ça l'oblige à se tenir debout, peut s'avérer violent. Faire des études me semblait donc une bonne idée. Passé ma période d'essai de six mois (dont trois restent encore à accomplir), je pourrai m'inscrire à tous les cours que je voudrais.

Je commencerai par l'UV de psycho, histoire de voir si je suis aussi névrosée que le prétendent Sarah et Rachel.

Voilà justement que le docteur Jessup se soucie de l'état mental de Rachel.

– Elle parvient à tenir le coup ? me demande-t-il.

– J'ai l'impression, oui.

– Vous devriez lui offrir des fleurs, ou quelque chose dans ce goût-là, me dit-il. Quelque chose qui lui remonte le moral. Des bonbons, par exemple.

– Quelle bonne idée ! je rétorque, même si je ne comprends rien à ce qu'il raconte.

Pourquoi devrais-je acheter des fleurs ou des bonbons à *Rachel* ? La mort d'Elizabeth Kellogg l'affecte-t-elle plus qu'elle n'affecte Julio, le responsable de l'équipe de maintenance – qui va certainement devoir nettoyer à grande eau le sang d'Elizabeth dans la cage d'ascenseur ? Quelqu'un va-t-il offrir des bonbons à Julio ?

Je devrais peut-être leur offrir des fleurs à tous les deux.

– Rachel ne s'est pas encore habituée à la grande ville, poursuit le docteur Jessup, sans doute en guise d'explication. Tout ça risque de lui provoquer un choc. Ce n'est pas encore une New-Yorkaise endurcie comme nous autres, n'est-ce pas, Wells ? conclut-il avec un clin d'œil.

– Je vois, dis-je, bien que je sois toujours dans le flou le plus total.

Une boîte de chocolats ordinaire fera-t-elle l'affaire, ou faut-il que j'aille chercher un assortiment de petits-fours ? Ce qui me convient assez – vu qu'au passage je pourrai me prendre quelques-unes de ces écorces d'orange confites enrobées de chocolat noir...

Sauf que Rachel ne mange pas de sucreries. Son régime le lui interdit. Je devrais peut-être lui offrir des fruits secs ?

Notre conversation s'interrompt brusquement lorsque le président Allington entre dans la pièce d'un pas vif.

Je vais vous avouer une chose : je mets toujours un moment à reconnaître le président Allington, même si je le vois sortir de l'ascenseur tous les matins depuis que j'ai commencé à travailler à Fischer Hall, en juin.

Si je ne le reconnais jamais au premier coup d'œil, c'est

parce que le président Allington ne s'habille pas exactement comme un président d'université. Il a un faible pour les pantalons blancs – qu'il continue à porter bien après la rentrée, sans se soucier du protocole – et pour les tee-shirts dorés avec le logo de l'université –, voire pour les débardeurs quand il fait lourd. Il porte également des tennis Adidas et, en cas d'intempéries, un anorak blanc et doré. D'après un article que j'ai trouvé dans les dossiers de Justine, le président a le sentiment de se rendre plus accessible à ses étudiants en s'habillant comme eux.

Sauf que je n'ai jamais vu un étudiant arborant les couleurs de l'université. Ils portent tous du noir, pour mieux se noyer dans le flot des New-Yorkais.

Aujourd'hui, le président a opté pour le tee-shirt, et non pour le débardeur, bien que la température extérieure dépasse les vingt degrés. Qui sait, peut-être était-il censé assister à une réunion du conseil d'administration, et cherchait-il à faire bonne impression ?

Tous les administrateurs se précipitent à sa rencontre, chacun tenant à assurer qu'il fera tout ce qui est en son pouvoir pour calmer le jeu après « le drame » – ainsi *La Gazette du campus* ne manquera-t-elle sans doute pas de mentionner la mort d'Elizabeth, dès lundi. Alors seulement, je me dis : « Ah oui... C'est le président ! »

Ignorant tous les autres, le docteur Allington fixe le docteur Jessup droit dans les yeux, et déclare :

– Vous devriez faire quelque chose, Stan. Tout ça n'est pas bon. Pas bon du tout.

À en croire son expression, le docteur Jessup aurait préféré qu'on le retrouve, lui, au fond de cette cage d'ascenseur. Je me mets à sa place.

– Phil, répond-il au président. Ça arrive. Dans une population aussi importante, rien d'anormal à ce qu'il y ait des décès. On en a eu trois rien que l'année dernière, et deux l'année d'avant...

– Pas dans mon bâtiment ! proteste le président Allington.

Je ne peux m'empêcher de penser qu'il se prend pour Harrison Ford dans *Air Force One* (quand il lance : « Sortez de mon avion ! »).

Mais il serait plus à sa place dans *Y a-t-il un pilote dans l'avion ?*

Ça me paraît le bon moment pour retourner à mon poste. Je découvre Sarah assise à mon bureau, occupée à parler au téléphone. Bien qu'elle soit seule dans la pièce, l'atmosphère est désagréablement tendue. Cela semble dû à Sarah elle-même, qui raccroche brusquement le téléphone et me lance un regard noir.

– Rachel dit qu'il va falloir annuler la fête de ce soir, m'annonce-t-elle, littéralement indignée.

– Et alors ? (Ça m'a l'air très raisonnable.) Annule-la !

– Tu ne comprends pas ? On a carrément fait venir un orchestre. Tout ça risque de nous coûter quinze mille dollars.

– Sarah. Une étudiante est morte. MORTE !

– Et en modifiant nos projets en raison de son acte égoïste, nous ne ferons qu'inciter les étudiants à trouver sa mort romantique.

Mais alors, quittant ses grands chevaux et revenant une seconde sur terre, elle ajoute :

– Je suppose qu'on pourrait combler le déficit en vendant

des tee-shirts ? Toujours est-il que je ne vois pas pourquoi on devrait annuler notre soirée, sous prétexte qu'une tarée a plongé du haut d'une cabine d'ascenseur !

Et le monde du show-biz passe pour être cruel ! Allez donc voir comment ça se passe dans les dortoirs !

Pardonnez-moi... je voulais dire les résidences étudiantes.

5

Je ne le comprends pas
Ce gouffre entre toi et moi
Hier encore on dirait
Tu m'appelais « bébé »
À présent tu es parti
Moi je pleure jour et nuit

Tout reprendre à zéro
Bébé je veux
Tout reprendre à zéro
Je ne suis pas prête, bébé,
À te laisser t'en aller

« Tout reprendre à zéro »
Interprété par Heather Wells
Paroles et musique : Dietz/Ryder
Extrait de l'album *Une envie de sucré*
Disques Cartwright

Parce qu'on est à New York, où les morts violentes sont monnaie courante, il faut quatre heures au médecin légiste pour parvenir auprès du corps d'Elizabeth.

Le médecin arrive à quinze heures trente. Cinq minutes plus tard, Elizabeth Kellogg est déclarée morte. La cause du décès, en attendant l'enquête et l'autopsie : « traumatisme aigu » – en fait, elle a eu le cou, le dos et l'os du bassin brisés, ainsi que de multiples fractures au visage et aux membres.

Je me fais peut-être des illusions, mais il me semble que

personne, parmi les étudiants, ne « trouvera sa mort romantique » en apprenant ça.

Pire encore, le médecin légiste pense qu'Elizabeth est morte depuis presque douze heures. Ce qui signifie qu'elle gît au fond de la cage d'ascenseur depuis la veille au soir.

Certes, elle est morte sur le coup en heurtant le sol. Ce n'est pas comme si elle était restée là, toute la nuit, à agoniser.

Mais tout de même...

La camionnette du médecin légiste est bien visible, et le corps finit par être emporté et chargé dans le véhicule. Si bien qu'à quatre heures de l'après-midi, tous les résidents de Fischer Hall savent que quelqu'un est mort dans le bâtiment. Ils savent également – lorsque les ascenseurs ont été réactivés et qu'ils peuvent les utiliser pour regagner leurs étages – de quelle manière. Après tout, ce sont des étudiants, et pas les derniers des crétins. Ils ont vite fait d'additionner deux plus deux.

Je ne suis pas trop soucieuse de connaître la réaction des sept cents résidents de Fischer Hall, suite à la nouvelle de la mort d'Elizabeth. Car ce qui m'inquiète, en premier lieu, c'est la réaction de ses parents.

C'est pourquoi le docteur Jessup a décidé – approuvé en cela par le docteur Flynn – que, parce qu'elle avait été en contact avec Mme Kellogg au sujet d'éventuels visiteurs masculins d'Elizabeth, c'était à Rachel d'appeler les parents de la jeune fille.

– Le choc sera moins terrible pour les Kellogg, assure le docteur Flynn, si c'est une voix familière qui leur apprend la nouvelle.

Une fois la décision prise, Sarah est chassée du bureau sans ménagement, tandis que le docteur Jessup me prie de rester.

– Vous pourrez réconforter Rachel, précise-t-il.

On voit qu'il n'a jamais vu, comme moi, Rachel passer un savon aux employés du coin salade de la cafétéria, pour avoir inversé, par mégarde, la vinaigrette normale et la vinaigrette allégée. Rachel est loin d'être une petite chose fragile.

Mais qui suis-je pour en juger ?

La scène est d'une tristesse épouvantable et, lorsque Rachel raccroche enfin, j'ai un début de migraine et l'estomac retourné.

Bien sûr, ce pourrait être à cause des bonbons et du paquet de chips qui m'ont tenu lieu de déjeuner. Qui sait ?

Ces symptômes sont encore aggravés par le docteur Jessup. Blessé par les remarques du docteur Allington, le vice-président adjoint en a oublié sa prudence et le code de la santé publique, et fume cigarette sur cigarette, assis sur un coin du bureau de Rachel. Nul ne propose d'ouvrir une fenêtre, du fait qu'elles se trouvent au rez-de-chaussée et que, chaque fois que l'une d'entre nous se risque à le faire, il y a un petit malin qui s'approche et qui hurle : « Et un cornet de frites, s'il vous plaît ! » dans notre bureau.

C'est alors que je réalise que Rachel en a fini avec ses coups de fil, et qu'elle n'a donc plus besoin de moi pour la réconforter. J'ai fait tout ce que je pouvais pour me rendre utile.

Je me lève donc, et annonce :

– Je vais rentrer chez moi, à présent.

Tous me regardent. Par chance, le docteur Allington est parti depuis longtemps. Son épouse et lui possèdent une résidence secondaire dans les Hamptons, et ils s'y rendent dès qu'ils en ont l'occasion.

Sauf qu'aujourd'hui Mme Allington n'a pas souhaité sortir par l'entrée principale – pas avec le véhicule du médecin légiste garé là, sur le trottoir, juste derrière le camion des pompiers. J'ai dû désactiver l'alarme, de façon qu'elle puisse emprunter la sortie de secours, au fond de la cafétéria. C'est par là, également, que les vigiles introduisent dans le bâtiment les invités les plus prestigieux des Allington – les époux Schwarzenegger, par exemple, lorsqu'ils viennent dîner chez eux – afin qu'ils ne soient pas importunés par les étudiants.

C'est Christopher, le fils unique des Allington (un très beau gosse frisant la trentaine, presque toujours habillé en Brooks Brothers, et vivant dans un logement réservé aux diplômés tout en suivant les cours de la faculté de droit) qui se trouvait au volant de leur Mercedes vert sapin lorsqu'ils sont enfin partis. Le docteur Allington a précautionneusement fait asseoir son épouse sur le siège arrière, avant de fourrer leurs affaires dans le coffre et de se glisser à côté de son fils, sur le siège passager.

Christopher Allington a démarré en trombe, au point que les badauds venus assister à la grande braderie – car la fête continuait, en dépit des pompiers et de la camionnette du médecin légiste – se sont précipités sur le trottoir, s'imaginant qu'on cherchait à les écraser.

Je vais vous avouer un truc : si les Allington étaient mes parents, j'essaierais moi aussi d'écraser les gens !

Le docteur Flynn recouvre ses esprits, après que j'ai annoncé mon départ précipité.

– Bien sûr, Heather, dit-il. Vous pouvez rentrer chez vous. Nous n'avons plus besoin de Heather, n'est-ce pas, Stan ?

Le docteur Jessup exhale une volute de fumée gris bleu.

– Rentrez chez vous ! Et buvez un verre. Un truc fort.

– Oh, Heather ! s'écrie Rachel.

Elle bondit alors hors de sa chaise pivotante et, à ma grande surprise, m'entoure de ses deux bras. Elle ne s'est jamais montrée aussi démonstrative avec moi.

– Je te suis si reconnaissante d'être venue ! Je ne sais pas comment on aurait fait sans toi. Tu sais si bien garder ton sang-froid dans les moments de crise.

J'ignore de quoi elle parle. Je n'ai rien fait du tout. Je ne lui ai pas offert de fleurs en tout cas, ainsi que me l'a recommandé le docteur Jessup. Tout au plus ai-je calmé les étudiants et dissuadé Sarah de maintenir la soirée dansante. Mais c'est tout. Je n'ai sauvé personne.

J'évite de croiser le regard des autres, tandis que Rachel me serre contre elle. Enlacer Rachel, c'est un peu comme enlacer un bâton. Elle est si maigre. Elle me fait un peu pitié. Qui voudrait enlacer un bâton ? Soit, je sais qu'il y a quantité de gars qui courent après les mannequins. Mais... enfin... quel homme normalement constitué voudrait étreindre – ou être étreint par – un sac d'os saillants ? Si encore elle était *naturellement* mince. Seulement voilà... je sais que Rachel se prive de tout, parce qu'elle a *envie* d'être comme ça.

Ça me paraît tordu.

Dieu merci, Rachel me relâche presque aussitôt. À peine libérée, je m'empresse de quitter le bureau sans un mot – par crainte, à vrai dire, d'éclater en sanglots. Pas parce que Rachel est un sac d'os, mais à cause de tout ce gâchis. Car enfin...

une jeune fille morte, des parents désespérés. Et tout ça pour quoi ? Pour avoir voulu se procurer des sensations fortes dans une cage d'ascenseur ?

C'est à n'y rien comprendre.

Comme l'alarme est toujours désactivée, je sors moi aussi par la sortie de secours, soulagée de ne pas avoir à repasser par l'accueil. Je risquerais fort de craquer, si on m'adressait encore une fois la parole. Il me faut marcher jusqu'à la Sixième Avenue et contourner le pâté de maisons pour éviter de croiser quelqu'un que je connais (je passe devant la boutique Banana Republic, qui fait ses modèles en quarante-six, mais les a rarement en stock... Vu que c'est la taille la plus demandée, ils disparaissent rapidement des portants), mais cela en vaut la peine. Je ne suis pas d'humeur à papoter avec qui que ce soit.

Hélas, lorsque je parviens à ma porte d'entrée, je réalise que je ne vais pas pouvoir échapper à la discussion. Car mon ex-petit ami Jordan Cartwright est là, en train de se prélasser sur ma véranda.

Et moi qui pensais que la journée ne pouvait pas être pire !

Il se redresse en m'apercevant, et éteint le portable dans lequel il était en train de brailler. Les dernières lueurs du soleil font ressortir les reflets dorés de ses cheveux blonds. Je ne peux m'empêcher de remarquer que, en dépit de la chaleur de l'été indien, sa chemise blanche et son pantalon blanc assorti (je n'invente rien !) sont impeccables.

Avec sa tenue blanche et sa chaîne en or autour du cou, il a l'air d'un rescapé d'un très mauvais boys band.

Ce qui, hélas, est son cas.

– Heather, dit-il.

Je ne peux pas lire dans ses yeux, cachés derrière ses lunettes de soleil Armani. Mais je suppose qu'ils sont, comme toujours, pleins de tendre sollicitude à mon égard. Jordan est très fort pour faire croire aux gens qu'il se soucie d'eux. C'est une des raisons pour lesquelles son premier disque solo, *Baby, Be Mine*, a été deux fois album de platine. Sur MTV, le clip a été en tête de liste des clips les plus demandés pendant plusieurs semaines d'affilée.

– Te voilà enfin ! s'exclame-t-il. J'ai essayé de te joindre. Visiblement, Coop n'est pas là. Tu vas bien ? Je suis venu dès que j'ai appris la nouvelle.

Je le regarde avec surprise. Que fait-il ici ? On a rompu, l'aurait-il oublié ? On dirait. Visiblement, il a fait beaucoup de sport. C'est impressionnant. Il a de sacrés biceps. Qui sait... peut-être un haltère lui est-il tombé sur la tête, ou un truc dans ce goût-là ?

– Elle vivait dans ton bâtiment, non ? poursuit-il. La fille dont ils ont parlé à la radio... celle qui est morte ?

Quelqu'un d'aussi sexy ne devrait pas avoir le droit d'être tellement... eh bien, tellement dénué de sentiments humains.

J'extirpe mon trousseau de clés de la poche avant de mon jean.

– Tu n'aurais pas dû venir ici, Jordan.

Des gens nous observent – surtout les dealers du coin, à vrai dire. Il y en a énormément, car l'université, désireuse de « nettoyer » Washington Square (pour les étudiants et, plus encore, pour leurs parents), a fait pression sur la police afin qu'elle chasse du parc tous les trafiquants et les SDF. Depuis, ils errent dans les rues environnantes... Celle où je vis, par exemple.

Bien évidemment, quand j'ai accepté la proposition du frère de Jordan de m'installer chez lui, j'ignorais que le quartier était si mal famé. Car enfin, on est à Greenwich Village, qui a cessé depuis bien longtemps d'être un refuge pour artistes crève-la-faim. Cela, depuis que les bobos se sont installés, que c'est devenu un quartier branché, et que les loyers se sont envolés. Je croyais que ce serait comme Park Avenue, où j'avais vécu avec Jordan, et où « ces gens-là » (pour reprendre l'expression de ce dernier) n'ont pas idée d'aller traîner.

Tant mieux pour lui, vu que « ces gens-là » le mangent littéralement des yeux. Et pas simplement à cause de sa chaîne en or archi-tape-à-l'œil.

– Hé ! hurle l'un d'entre eux. Tu serais pas ce gars... Ohé, tu vois de qui je parle !

Habitué à être harcelé par les paparazzi, Jordan ne bronche pas.

– Heather, dit-il de sa voix la plus suave – celle qu'il a utilisée dans son duo avec Jessica Simpson, lors de leur tournée « Get Funky », l'été dernier. Je t'en prie, Heather, sois raisonnable. Ce n'est pas parce que ça n'a pas marché entre nous, sentimentalement parlant, qu'on ne peut pas être amis. On a traversé tellement de choses ensemble. On a grandi ensemble.

Sur ce dernier chapitre, il n'a pas tort. J'ai rencontré Jordan quand j'ai signé mon premier contrat avec le label de son père, les Disques Cartwright. J'étais une ado de quinze ans, très impressionnable. Jordan avait déjà dix-huit ans.

À l'époque, j'avais cru à son numéro d'artiste torturé. Je le croyais, quand il me répétait que, comme moi, il détestait les chansons que la maison de disques lui donnait. Je le croyais lorsqu'il me disait que, comme moi, il allait cesser de les chanter pour se mettre à interpréter ses propres compositions. Je l'avais cru jusqu'au moment où j'avais posé mon ultimatum à la maison de disques : mes chansons à moi, ou plus de chansons du tout ! Celle-ci avait choisi : plus de chansons du tout... et Jordan, au lieu de dire pareil à la maison de disques (c'est-à-dire à son propre père), avait déclaré : « Faudrait peut-être qu'on rediscute de tout ça, Heather. »

Je jette un coup d'œil alentour, pour m'assurer que la scène n'est pas en train d'être filmée par une quelconque caméra cachée. À mon avis, Jordan est tout à fait capable d'avoir accepté de participer à une émission de télé-réalité. Il fait partie des gens que cela ne gêne pas, de voir leur vie exhibée sur une chaîne de télévision nationale.

C'est alors que je remarque la BMW gris métallisé décapotable garée près de la bouche d'incendie, devant la maison.

– C'est nouveau, ça ? je demande. Un cadeau de papa ? Il a voulu te récompenser parce que tu sors avec Tania Trace ?

– Allons, Heather ! proteste Jordan. Je te l'ai déjà dit, ce truc avec Tania... ce n'est pas ce que tu imagines.

– D'accord, je m'esclaffe. Je suppose qu'elle a trébuché et qu'elle s'est retrouvée, par hasard, avec le visage au niveau de ta braguette.

Jordan a alors un geste étonnant. Il ôte brusquement ses lunettes et me fixe droit dans les yeux. Cela me rappelle notre première rencontre, au centre commercial Mall of America. La maison de disques (c'est-à-dire le papa de Jordan) nous avait organisé une tournée commune, à moi et au groupe Easy Street, afin de faire venir un maximum de préadolescents et leurs parents – ainsi que le portefeuille de ces derniers.

Jordan m'avait gratifiée de ce même regard intense. « Bébé, t'as les yeux les plus bleus du monde », m'avait-il lancé.

Ce qui, en ce temps-là, ne m'avait pas fait l'effet d'une phrase de dragueur lourdingue.

Mais qu'est-ce que j'y connaissais ? On m'avait arrachée au lycée juste après la seconde et, depuis, j'avais passé ma vie en tournée, surveillée de près. Je n'avais aucun contact avec les garçons de mon âge, à part quand ils venaient me demander un autographe. Comment aurais-je pu me douter que « Bébé, t'as les yeux les plus bleus du monde » était une réplique de dragueur ?

C'est seulement des années plus tard que je m'en suis aperçue, lorsque « Bébé, t'as les yeux les plus bleus du monde » a reparu, dans les paroles d'un des singles extraits du premier album solo de Jordan. Il s'avère qu'il s'était beaucoup entraîné à dire cette phrase. Avec sincérité, même...

En tout cas, ça avait marché sur moi.

– Heather, dit à présent Jordan, tandis que les rayons du soleil, filtrant entre les bâtiments et les toits situés à l'ouest, jouent sur son beau visage régulier, et encore légèrement enfantin. Il y avait quelque chose entre toi et moi. Tu es bien certaine de vouloir y renoncer ? Enfin, je sais que je ne suis pas blanc comme neige dans cette histoire. Ce truc avec Tania... Je ne sais pas ce que tu as dû en conclure...

Je le regarde avec stupéfaction.

– Tu veux dire, quand elle t'a fait une pipe ? J'en ai conclu qu'elle te faisait une pipe !

Jordan sursaute comme si je l'avais giflé.

– Tu vois, c'est là que je voulais en venir. Quand on s'est connus, Heather, tu disais jamais ce genre de choses. Tu as changé, tu ne t'en rends pas compte ? C'est un des aspects du problème. Tu n'es plus la fille que j'ai connue il y a des années.

Je décide, s'il a la mauvaise idée de jeter un coup d'œil à mon tour de taille – ce qui a le plus changé en moi, depuis dix ans –, de lui coller un pain.

Il ne le fait pas.

– Tu es devenue... je ne sais pas. Cassante, je crois que c'est le mot juste, poursuit-il. Et après tout ce que tu as traversé, avec ta mère et ton manager, qui pourrait t'en vouloir ? Mais, Heather, tout le monde n'a pas l'intention de te voler tout ton argent et de s'enfuir en Argentine, comme eux. Il faut que tu me croies, quand je te dis que je n'ai jamais eu l'intention de te faire du mal. Nous avons juste pris des voies différentes, toi et moi. Nous n'avons pas les mêmes désirs. Tu veux chanter tes propres compositions et tu es prête, pour cela, à détruire ta carrière – ou, du moins, ce qu'il en reste. Alors que moi... eh bien... moi je veux...

– Hé ! hurle le dealer. Tu es JORDAN CARTWRIGHT !

Je n'y crois pas ! D'abord Elizabeth, et maintenant ça !

Qu'est-ce que Jordan attend de moi, d'ailleurs ? C'est ce que je n'ai jamais pu saisir. Ce type a trente et un an, mesure près d'un mètre quatre-vingt-dix et gagne beaucoup d'argent – beaucoup plus que les cent mille dollars par an que Rachel souhaite voir gagner à l'homme de sa vie. Et puis je sais que ses parents n'ont pas sauté de joie, quand nous avons décidé de vivre en concubinage. Ça faisait mauvais effet, deux de leurs ados chanteurs les plus populaires qui couchent ensemble...

Peut-être notre relation n'avait-elle constitué pour lui

qu'une façon de se venger de ses parents, M. et Mme Grant Cartwright, pour avoir cédé à ses supplications et l'avoir autorisé – lui, leur fils cadet – à passer une audition pour le Club Mickey quand il avait neuf ans ? Une croix qu'il n'avait cessé de porter depuis. Essayez donc de devenir un rocker crédible, quand *Teen People* publie régulièrement des photos de vous affublé d'oreilles de Mickey !

– Jordan.

Je l'interromps tandis qu'il énumère tout ce qu'il veut dans la vie... et qui consiste principalement à « amener un rayon de soleil dans la vie des gens, et qu'est-ce qu'il y a de mal à ça ? ». Sauf que j'ai jamais dit que c'était mal.

– Jordan, je répète. Tu veux bien t'en aller ?

Je le bouscule, mes clés à la main. Mon plan consiste – j'imagine – à ouvrir la porte et à me faufiler à l'intérieur, avant qu'il n'ait pu m'en empêcher.

Mais avec trois serrures à ouvrir, pas facile d'agir avec diligence.

– Je sais que tu ne me prends pas au sérieux en tant qu'artiste, Heather, continue Jordan, à présent intarissable. Mais, crois-moi, ce n'est pas parce que je ne compose pas moi-même les chansons que j'interprète que je suis moins créatif que toi. Je fais mes chorégraphies quasiment tout seul, désormais. Ce pas que je fais dans le clip de « Just Me and You Now »... Tu sais, celui-ci... (Il effectue un mouvement giratoire, accompagné d'une flexion du bassin – là, sur la véranda, devant chez moi.) C'est moi qui l'ai inventé ! Ça a peut-être l'air de rien, n'empêche que... Toi, tu ne crois pas que tu devrais te poser des questions sur ta vie ? Après tout, qu'est-ce que tu as fait d'aussi gratifiant, d'un point de vue artistique, ces derniers temps ? C'est pas dans cette idiotie de dortoir que...

Déjà deux serrures. Il n'en reste plus qu'une...

– ... et habiter ici, avec tous ces drogués en bas de chez toi... et avec Cooper ! Il a fallu que tu le choisisses, lui ! Tu sais ce que ma famille pense de Cooper, Heather !

Je sais fort bien ce que sa famille pense de Cooper. Il ne leur inspire pas plus de respect que son grand-père – lequel a fait son coming-out à soixante-six ans et s'est acheté un immeuble en grès rose vif à Greenwich, qu'il a légué à sa brebis galeuse de petit-fils. Cooper s'est installé dans l'appartement avec jardin du rez-de-chaussée, a transformé le premier étage en agence de détective, et m'a proposé le deuxième étage gratos – à condition que je fasse sa compta – lorsqu'il a appris que j'avais surpris Jordan avec Tania.

– D'accord, je sais qu'il n'y a rien entre vous deux, continue Jordan. Ce n'est pas ce qui m'inquiète. Tu n'es pas le genre de Cooper.

Sur ce point, il ne se trompe pas. Hélas.

– Mais je me demande si tu réalises que Cooper a un casier judiciaire. Pour acte de vandalisme. D'accord, il était mineur, mais tout de même, Heather, il n'a aucun respect pour la propriété publique. C'était une tente d'Easy Street qu'il a taguée, tu le savais ? Je sais bien qu'il a toujours été jaloux de mon talent, mais c'est pas ma faute, si je suis né avec un tel don...

J'ouvre la troisième serrure. Enfin libre !

– Au revoir, Jordan ! dis-je en me glissant à l'intérieur, avant de fermer la porte avec précaution.

Vous comprenez, je ne voudrais pas la lui claquer au nez et risquer de lui faire mal. Non que je me soucie encore de lui, mais ce serait mal élevé.

Et puis, je ne voudrais pas que son père me colle un procès sur le dos. On ne sait jamais.

6

Je t'aime en secret
Oui, je suis celle
Qui t'aime en secret
Même si je le sais :
C'est elle que tu aimes
Et c'est elle que tu veux

Et que ferais-tu
Je me le demande
Si tu savais
Que je t'aime en secret
Oh oui, c'est vrai
Je t'aime en secret

« Je t'aime en secret »
Interprété par Heather Wells
Paroles et musique : Valdez/Caputo
Extrait de l'album *Une envie de sucré*
Disques Cartwright

Jordan donne de grands coups sur la porte, mais je l'ignore.

Il fait chaud à l'intérieur, et il règne une vague odeur d'encre, provenant de la photocopieuse du bureau de Cooper. Je commence à monter l'escalier qui mène à mon appartement, et songe que Lucy – l'ai-je déjà mentionnée... C'est ma chienne – doit avoir hâte que je la sorte. C'est alors que, jetant un coup d'œil dans l'entrée, je réalise que les portes-fenêtres pour accéder à la terrasse située à l'arrière du bâtiment sont ouvertes.

Au lieu de monter, je retourne au rez-de-chaussée – que le grand-père de Cooper a fait tapisser d'un papier peint à rayures noires et blanches, probablement très en vogue dans la communauté gay des années 70. Là, sur la terrasse, je trouve le maître de céans assis sur une chaise longue, une bouteille de bière à la main, ma chienne et une glacière rouge à ses pieds.

Il écoute – comme toujours, lorsqu'il est à la maison – une radio qui diffuse du jazz. Cooper est l'unique membre de sa famille à préférer les harmonieuses inflexions de Sarah Vaughan ou de Coleman-Hawkins aux braillements d'Easy Street et de Tania Trace.

– Ça y est, il est parti ? demande Cooper, lorsqu'il me voit plantée dans l'entrée.

– Il va pas tarder, je réponds.

Je prends soudain conscience de la situation.

– Hé, dis, tu ne serais pas en train de te planquer ?

– Bien vu ! réplique Cooper.

Il ouvre la glacière et en sort une bière.

– Tiens, me propose-t-il. Je crois que tu en as bien besoin.

J'accepte la bière, pleine de reconnaissance, et me laisse tomber sur le coussinet vert molletonné d'une chaise en fer forgé. Lucy fonce aussitôt vers moi et pose la tête sur mes genoux, en me flairant joyeusement. Je lui frotte les oreilles.

C'est ce qu'il y a de chouette, avec les chiens. Ils sont toujours si contents de vous voir. En plus, figurez-vous, ils sont bons pour la santé. La tension des gens baisse lorsqu'ils voient un chien. Pareil avec les chats. C'est un fait avéré. Je l'ai lu dans le magazine *People*.

Bien sûr, il n'y a pas que les animaux pour faire baisser

votre tension. Vous pouvez obtenir le même résultat en vous relaxant dans un endroit vraiment paisible. Comme sur la terrasse du grand-père de Cooper, par exemple, ou dans le jardin situé juste au-dessous – deux des secrets les mieux gardés de Manhattan. Le jardin en question est une oasis de verdure, protégée par de hauts murs recouverts de lierre, conçue sur les ruines d'une écurie du XVIIIe siècle. On y trouve même une petite fontaine – dont Cooper, à ce que je vois, a ouvert le robinet. Elle émet un bruissement réconfortant, dans le silence de cette journée qui s'achève. Tout en caressant les oreilles de Lucy, je sens que mon cœur recommence à battre normalement.

Peut-être, une fois terminée ma période d'essai, lorsque j'aurai enfin le droit de m'inscrire en fac, pourrais-je faire une année de prépa en médecine ? Ouais, ce sera dur avec un job à temps complet – sans parler de la comptabilité de Cooper. Mais je me débrouillerai pour réussir à tout faire.

Et alors – qui sait ? – j'obtiendrai peut-être une bourse, ou un truc dans le genre, pour suivre les cours de la fac de médecine. Une fois diplômée, je ferai mes visites accompagnée de Lucy, afin qu'elle calme mes patients. J'éradiquerai toutes les maladies de cœur en encourageant les malades à chouchouter mon chien. Je deviendrai célèbre ! Comme Marie Curie !

Sauf que je ne porterai pas d'uranium autour du cou et ne mourrai pas irradiée – j'ai lu que c'est ce qui lui était arrivé.

Je ne fais pas part de mes projets à Cooper. Dieu sait pourquoi, je sens qu'il ne serait pas sensible à mes arguments. Il a pourtant l'esprit large...

Arthur Cartwright, le grand-père de Cooper, furieux de la façon dont l'avaient traité tous les autres membres de sa famille après qu'il eut révélé son homosexualité, avait légué la quasi-totalité de son immense fortune à la recherche contre le sida ; son exceptionnelle collection de tableaux à Sotheby's, afin qu'elle soit mise aux enchères au profit d'une association d'aide aux malades du sida ; et ses biens immobiliers à l'université de New York, où il avait fait ses études...

... à l'exception de sa bien-aimée maison rose de Greenwich Village, qu'il avait laissée à Cooper – avec un gentil petit million de dollars – parce que Cooper avait été le seul, parmi les Cartwright, à lui dire : « Si ça te rend heureux, papi... », en entendant pour la première fois parler de Jorge, le nouvel amoureux de son grand-père.

Non que Jordan ou le reste de la famille se soient inquiétés d'être tenus à l'écart du partage. Les Cartwright avaient assez d'argent en banque pour se suffire à eux-mêmes.

Cependant, cela n'avait pas fait de Cooper – qui était déjà la brebis galeuse de la famille, pour s'être fait virer de pas mal de lycées et avoir préféré suivre des études plutôt que devenir membre d'Easy Street, sans parler de sa tendance à sortir avec de très séduisantes cardiologues ou galeristes prénommées Saundra ou Yokiko – le membre le plus populaire du clan Cartwright.

Même physiquement, il ne ressemble pas aux autres – il est brun, alors qu'ils sont tous blonds. Il est toutefois doté de la beauté qui caractérise les Cartwright, et de leur regard bleu vif.

Mais la ressemblance entre lui et son frère Jordan s'arrête là. Certes, ils sont tous deux grands, dégingandés et musclés.

Or, si les muscles de Jordan ont été sculptés par un coach personnel qui vient le faire travailler plusieurs heures par jour dans sa salle de gym perso, ceux de Cooper sont dus à ses solos de basket agressifs, sur les terrains de la Sixième et la Troisième Avenue, et – bien qu'il refuse de l'admettre – à ses courses folles à travers Grand Central, lors des filatures qu'il effectue pour le compte de ses clients. Je le sais parce que je m'occupe de sa comptabilité, et que je vois les reçus. Nul ne peut aller d'un taxi (une course à six dollars, achevée à 17:01) à un guichet de Metro North (un aller-retour pour Stamford, départ à 17:07) sans courir.

C'est à cause de tout cela – de sa gentillesse, de ses yeux, du basket... sans parler du jazz – que je suis tombée follement amoureuse de Cooper.

Je sais bien que je n'ai aucune chance. Il me traite avec le genre d'indifférence amicale que l'on accorde à la copine de son petit frère, ce que je suis visiblement destinée à demeurer à ses yeux. Car, comparée aux filles avec qui il sort – de sublimes créatures éthérées qui enseignent la littérature de la Renaissance, quand elles ne sont pas micro-physiciennes –, je suis ordinaire.

Et qui se contenterait de l'ordinaire, quand il peut s'offrir le meilleur ?

Je me promets de tomber amoureuse de quelqu'un d'autre dès que j'en aurai l'occasion. Mais, en attendant, ai-je vraiment tort d'apprécier sa compagnie ?

Cooper, tout en buvant une longue gorgée de bière, examine le toit des immeubles environnants... parmi lesquels se trouve Fischer Hall. Depuis le jardin d'Arthur Cartwright, on en distingue les derniers étages – du douzième au vingtième – et notamment l'appartement terrasse du président.

On aperçoit aussi les ouvertures d'aération de la cage d'ascenseur.

– Alors ? dit Cooper. Ç'a été dur ?

Ce n'est pas à ma rencontre avec Jordan qu'il fait allusion – ainsi que l'indique clairement son signe de tête en direction du campus.

Ça ne m'étonne pas, qu'il soit au courant. Il a dû entendre les sirènes, et voir la foule rassemblée. D'ailleurs, je ne serais pas surprise qu'il cache, quelque part, un scanner de police.

– C'était pas joli à voir.

Je prends une gorgée de ma bière tout en frottant de ma main libre les oreilles dressées de Lucy.

C'est une chienne bâtarde que j'ai récupérée à la SPA peu de temps après que ma mère eut mis les voiles. Sarah, sans aucun doute, en conclurait que j'ai voulu, en l'adoptant, compenser le fait d'avoir été abandonnée par toute ma famille.

En réalité, je n'avais jamais pu avoir d'animal de compagnie parce que je passais mon temps en tournée. Le moment était tout simplement venu. Lucy ressemble à un croisement de colley et de renard, et je n'ai pas pu résister à sa bouille rieuse – même si Jordan voulait un pure race, si possible un cocker. Il n'avait pas sauté de joie lorsque, au lieu de la Belle, je lui avais ramené la Clocharde.

Mais ça n'avait pas été trop gênant vu que, de toute façon, Lucy n'aimait pas Jordan. Elle lui avait vite manifesté son hostilité en déchiquetant l'un de ses pantalons en daim. Curieusement, elle n'a rien contre Cooper. C'est peut-être dû au fait qu'il ne lui a jamais balancé de magazine people à la gueule pour la punir d'avoir mâchouillé ses CD de Dave Matthews Band. Cooper n'a même pas de CD de Dave Matthews Band. C'est un fan de Wynton Marsalis.

– On sait comment c'est arrivé ? demande Cooper.

– Non. Ou, si c'est le cas, ils préfèrent ne pas le crier sur les toits.

– Eh bien, dit-il, avant de reprendre une gorgée de bière. Ce sont des gamins. Ils doivent avoir peur que ça leur cause des ennuis.

– Je sais. Mais quand même... comment est-ce qu'ils ont osé l'abandonner comme ça ? Elle a dû rester là pendant des heures. Et ils n'ont rien fait...

– Qui ça, ils ?

– Ceux qui étaient avec elle.

– Comment tu sais qu'il y avait des gens avec elle ?

– Personne ne va surfer tout seul dans les cages d'ascenseur. C'est tout l'intérêt du truc. Les gamins grimpent sur la cabine par la trappe de maintenance du plafond, et se défient, quand leur cabine en croise une autre, de sauter sur son toit. S'il n'y a personne pour te défier, le jeu n'a aucun intérêt.

Il est facile d'expliquer les choses à Cooper, car il sait écouter. Il ne coupe jamais la parole, et paraît réellement intéressé par vos propos – trait de caractère qui le distingue des autres membres de sa famille.

Je suppose que ça doit également l'aider dans son travail. On peut apprendre beaucoup de choses en laissant les gens parler, et en se contentant de les écouter.

Du moins, c'est ce que j'ai lu, un jour, dans un magazine.

– Les gamins s'encouragent les uns les autres à faire des sauts de plus en plus grands et de plus en plus risqués. On n'aurait pas idée de surfer seul dans une cage d'ascenseur. Il y avait forcément quelqu'un avec elle. À moins que...

Cooper me jette un regard en coin.

– À moins que ?

– Eh bien, à moins qu'elle n'ait pas été en train de surfer... je déclare, me décidant enfin à formuler ce qui m'a taraudée toute la journée. Enfin... les filles ne jouent pas à ça. En général. Du moins, j'ai jamais entendu mentionner un seul cas, à l'université de New York. C'est un délire de mecs qui ont bu un coup de trop.

– Dis-moi... (Cooper se redresse sur sa chaise longue.) ... si elle ne surfait pas dans la cage d'ascenseur, comment s'est-elle retrouvée au fond ? Tu penses que les portes ont pu s'ouvrir, et qu'elle a pu sauter sans se rendre compte que la cabine n'était pas là ?

– Je ne sais pas... c'est impossible, non ? Les portes ne peuvent pas s'ouvrir si l'ascenseur n'est pas là. Et même si c'était le cas, on regarde toujours avant d'entrer, non ?

C'est alors que Cooper rétorque :

– Peut-être que quelqu'un l'a poussée ?

Je le fixe. Là où nous sommes, à l'arrière du bâtiment, il n'y a pas un bruit. On n'entend pas les voitures circulant sur la Sixième Avenue, ni le vacarme des bouteilles qui s'entrechoquent quand les SDF font les poubelles, sur Waverly Place. Peut-être ai-je mal compris ses paroles ?

– Poussée ? je répète.

– C'est à ça que tu songeais, non ?

Le regard bleu de Cooper ne trahit aucune émotion. C'est ce qui en fait un détective privé hors pair. Et c'est pourquoi je m'obstine à penser qu'il y a peut-être quelque chose de possible entre lui et moi, sentimentalement parlant – parce que je n'ai jamais rien vu, dans ses yeux, qui puisse me laisser imaginer le contraire.

– Elle n'est peut-être pas tombée en surfant. On l'a peut-être poussée.

À vrai dire, c'est EXACTEMENT à ça que j'avais songé.

Mais je m'étais dit, aussi, que ça paraîtrait trop délirant pour que j'ose le dire à haute voix.

– Ne nie pas ! insiste Cooper. C'est ce que tu penses, je le sais. C'est écrit sur ton visage.

C'est donc avec soulagement que je lâche :

– Les filles ne surfent pas dans les cages d'ascenseur, Coop. Un point, c'est tout ! Dans d'autres villes, elles le font peut-être, mais pas ici, à l'université de New York. Et cette fille... Elizabeth... c'était une BCBG !

C'est au tour de Cooper d'écarquiller les yeux.

– Excuse-moi ?

– Une BCBG... tu vois... une fille bon chic bon genre, un peu collet monté. Les BCBG ne jouent pas à ces jeux-là. Mais imaginons que ce soit le cas... on l'a LAISSÉE là. Qui ferait ça à une copine ?

– Des gamins, répond Cooper.

– Ce ne sont plus des gamins. Ils ont dix-huit ans.

Cooper hausse les épaules.

– Pour moi, à dix-huit ans, ce sont encore des gamins. Mais supposons que tu aies raison et qu'elle ait été trop... euh... collet monté pour surfer dans les cages d'ascenseur... Tu as idée de qui aurait pu vouloir la pousser dans le vide – en imaginant que la personne ait su comment s'y prendre, pour commencer ?

– La seule chose qu'on trouve dans son dossier, c'est que sa mère a appelé la résidence pour que sa fille ne puisse pas recevoir de garçons dans sa chambre.

– Pourquoi ça ? demande Cooper. Maman voulait qu'un ex trop insistant soit déclaré PNG ?

Un avis de PNG (pour *persona non grata*) est transmis aux gardiens chaque fois qu'un résident – ou ses parents, ou un membre de la direction – souhaite voir interdire à une certaine personne l'accès au bâtiment. Vu qu'on ne peut entrer sans présenter une carte d'étudiant ou de membre du personnel, un permis de conduire ou un passeport, les gardiens peuvent aisément refuser de laisser passer les personnes dont les noms figurent sur la liste de PNG. Une fois, pendant ma première semaine de boulot, les étudiants ont lancé contre moi un avis de PNG. Soi-disant pour blaguer.

Je parie que Justine n'a pas eu à subir ça.

Je suis stupéfaite que Cooper ait prêté assez d'attention à mes déblatérations au sujet de mon travail de cinglée pour se souvenir de ce qu'est un PNG.

– Non, dis-je en rougissant un peu. Elle n'a pas mentionné de petit copain.

– Ce qui ne signifie pas qu'il n'y en a pas. Les gamins doivent signer le registre chaque fois qu'ils ont un invité, non ? Quelqu'un s'est-il assuré qu'Elizabeth n'avait pas reçu de petit copain – quelqu'un dont sa maman n'aurait pas entendu parler, qui sait ? Hier soir ?

Je secoue la tête, gardant les yeux rivés sur Fischer Hall, que nimbe la lumière rouge des derniers rayons du soleil.

– Elle avait une camarade de chambre, j'explique. Elle ne va pas passer la nuit avec un amoureux, quand il y a une fille qui dort dans la même pièce.

– Les filles BCBG ne font pas ce genre de chose, c'est ça ?

Je me tortille sur ma chaise, mal à l'aise.

– Eh bien... non.

Cooper hausse les épaules.

– Sa camarade de chambre a peut-être passé la nuit ailleurs ?

Je n'y avais pas songé.

– Je vais consulter le registre. Ça mange pas de pain.

– Tu veux dire, rectifie Cooper, que tu vas suggérer à la police de consulter le registre.

Je tombe des nues.

– La police ? Tu crois que la police va s'en mêler ?

– Il y a des chances, répond laconiquement Cooper. Surtout s'ils commencent à soupçonner, comme toi, que les filles BCBG ne font pas ce genre de chose.

Je lui fais une grimace. À cet instant, on sonne à la porte et nous entendons Jordan hurler :

– Heather ! Allez, Heather, ouvre cette porte !

Cooper ne daigne même pas tourner la tête vers l'entrée.

– Comme c'est touchant, l'affection qu'il a pour toi ! fait-il remarquer.

– Ça n'a rien à voir avec moi. Il veut juste t'agacer. Tu sais, faire en sorte que tu me jettes dehors. Il ne sera pas satisfait tant que je ne vivrai pas dans une boîte en carton, sur le terre-plein central d'Houston Street.

– D'accord, à t'entendre, c'est fini entre vous deux, mais...

– C'est pas ça... Ne va pas croire qu'il tient encore à moi. Il cherche juste à me punir parce que je l'ai quitté.

– Ou parce que tu as le cran de mener ta barque comme tu l'entends. Ce qu'il n'aura jamais le courage de faire.

– Bien vu.

Cooper n'est pas très bavard, mais il sait trouver les mots justes. Lorsqu'il a appris que j'avais surpris Jordan avec Tania, il m'a appelée sur mon portable pour me dire que si je cherchais un nouvel appartement, le dernier étage de sa maison – où avait vécu le petit copain de son grand père – était disponible. Lorsque je lui ai expliqué à quel point j'étais fauchée – merci, maman ! –, Cooper m'a proposé, pour m'acquitter de mon loyer, de me charger de sa comptabilité en entrant sur un logiciel les innombrables reçus qui traînaient un peu partout, ce qui lui éviterait d'avoir à verser cent soixante-quinze dollars de l'heure à son comptable pour s'acquitter de cette tâche.

C'est ainsi que, le plus simplement du monde, j'ai quitté l'appartement en terrasse de Park Avenue que nous partagions, Jordan et moi, pour m'installer chez Cooper. J'y avais dormi une seule nuit que déjà nous avions le sentiment, Lucy et moi, de n'avoir jamais vécu ailleurs.

Certes, le boulot n'est pas si cool que ça. Cooper l'estimait à une dizaine d'heures par semaine. Une vingtaine serait plus près de la vérité. Je passe en général tout mon dimanche, et plusieurs soirées par semaine, à tenter de déchiffrer les tas de papiers griffonnés, de notes gribouillées sur des boîtes d'allumettes et de reçus roulés en boule qui traînent çà et là dans son bureau.

Néanmoins, avec vingt heures de saisie informatique par semaine, je m'en tire plus que bien pour le loyer. Je vous parle d'un étage entier, dans l'ouest de Greenwich Village, qui pourrait facilement être loué pour trois mille dollars par mois.

Bon, je sais ce qui l'a motivé à me proposer ça... et ce n'est pas un penchant secret pour les anciennes chanteuses de variété qui font du quarante-six. Pour tout dire, tout comme l'insistance de Jordan à vouloir entrer dans l'appartement, cela n'a rien à voir avec moi. La vraie motivation de Cooper, c'est qu'en m'accueillant chez lui il emmerde royalement sa famille – et en premier lieu son frère cadet. Cooper adore importuner Jordan et, en retour, Jordan le déteste, lui reprochant d'être immature et irresponsable.

Mais, en réalité, je pense qu'il est jaloux parce que Cooper, lorsque ses parents l'ont menacé de lui couper les vivres s'il refusait d'entrer dans le boys band familial, s'en est complètement fichu, et a fait son petit bonhomme de chemin sans l'aide des Disques Cartwright. J'ai toujours soupçonné que Jordan – quel que soit son amour de la scène – regrettait de ne pas avoir envoyé ses parents au diable, comme l'avait fait Cooper, et comme j'avais fini moi-même par le faire.

Cooper est visiblement d'accord.

– Eh bien... dit-il – tandis que Jordan braille, en arrière-fond sonore : « Allez, ouvrez, je sais que vous êtes là ! » Bien que je prenne grand plaisir à écouter Jordan craquer sur ma véranda, il faut que je me remette au boulot.

Je ne peux m'empêcher de suivre Cooper des yeux, tandis qu'il pose sa bière et se lève. Cooper est un spécimen de choix. La lumière du couchant met en valeur son bronzage. Mais son teint n'est pas artificiellement hâlé, comme celui de son frère. Si Cooper est bronzé, c'est qu'il peut passer des heures tapi derrière un buisson, équipé d'un téléobjectif pointé sur la porte d'une chambre d'hôtel...

Non que Cooper m'ait jamais raconté précisément à quoi il occupe ses journées.

– Tu travailles ? je lui demande. Un samedi soir ? Tu fais quoi ?

Il glousse. C'est devenu un jeu entre nous. J'essaie de le piéger pour savoir sur quel genre d'affaire il travaille, et il esquive mes questions. Cooper prend le respect de la vie privée de ses clients très au sérieux.

Et il pense aussi que certains aspects des affaires en question pourraient choquer l'ex-petite amie de son petit frère. J'ai l'impression que je resterai toujours, aux yeux de Cooper, une éternelle ado de quinze ans en débardeur et queue-de-cheval proclamant depuis la scène d'un centre commercial qu'elle souffre d'une « envie de sucré ».

– Laisse tomber ! dit Cooper. Et toi, qu'est-ce que tu vas faire ?

Je me penche sur la question. Magda fait des heures sup ce soir, à la caisse de la cafétéria, et aura envie de rentrer directement se laver les cheveux, pour les débarrasser de l'odeur du gâteau de pommes de terre. Je pourrais appeler ma copine Patty – l'une des anciennes danseuses de la tournée d'*Une envie de sucré*, et l'une des rares amies qu'il me reste de mes années show-biz.

Mais elle est désormais mariée, avec un bébé, et n'a plus beaucoup de temps à consacrer à ses copines célibataires.

Je réalise que cette soirée va certainement ressembler à presque toutes les autres : je vais m'occuper de la comptabilité de Cooper, ou m'amuser avec ma guitare, un crayon et du papier à musique, à tenter de composer une chanson qui, contrairement à « Une envie de sucré », ne me donne pas envie de vomir chaque fois que je l'entends.

– Oh, rien... je réponds sur un ton décontracté.

– Eh bien, essaie de ne pas y passer la nuit ! Si en sortant je vois que Jordan est encore là, j'appelle les flics pour qu'ils embarquent sa décapotable.

Je lui souris, touchée. Lorsque j'aurai obtenu mon diplôme

de médecine, l'une des premières choses que je ferai sera d'inviter Cooper à dîner. Il semble incapable de résister aux femmes archi-diplômées. Alors, qui sait ? Il se peut qu'il accepte...

– Merci, dis-je.

– Je t'en prie.

Cooper entre dans la maison en emportant sa radio et nous laisse, Lucy et moi, dans l'obscurité grandissante. Je reste assise là un moment, et je finis ma bière, les yeux rivés sur Fischer Hall. Le bâtiment paraît si accueillant, si calme... Difficile d'imaginer qu'il a été le décor d'un si grand drame, ce matin même.

Je n'entre dans la maison que lorsqu'il fait suffisamment sombre pour que les fenêtres de Fischer Hall aient commencé à s'illuminer.

C'est alors que je réalise que la remarque de Cooper, lorsque je lui ai dit que je ne faisais rien ce soir, avait quelque chose d'ironique. Se peut-il qu'il ait deviné que je n'avais pas réellement l'intention de ne rien faire ? Se peut-il qu'il sache à quoi j'occupe toutes mes soirées... et que cela n'est pas *rien* ? Entend-il la guitare du rez-de-chaussée ?

Impossible.

Alors dans ce cas, pourquoi a-t-il répondu sur ce ton-là ? *Comme s'il savait...*

Aucune idée.

Mais bon, j'avoue que je n'ai jamais compris grand-chose aux hommes.

Cependant, lorsque je sors ma guitare ce soir-là, j'en joue le plus doucement possible, au cas où Cooper rentrerait à l'improviste. Je ne suis pas prête à autoriser qui que ce soit

– pas même Cooper – à écouter mes dernières compositions. Pas après que son père m'eut ri au nez lorsque je les lui ai interprétées, peu de temps avant ma rupture avec Jordan.

« C'est du rock de rebelle à deux balles, avait déclaré Grant Cartwright. Pourquoi ne pas laisser la composition aux gens dont c'est le métier, et te contenter de faire ce que tu fais le mieux : ânonner des tubes ? Dis-moi, tu n'aurais pas pris du poids ? »

Un de ces jours, je montrerai à Grant Cartwright ce que c'est qu'une vraie rebelle !

Plus tard, alors que je me lave la figure avant d'aller au lit, je jette un coup d'œil à la fenêtre et vois Fischer Hall tout illuminé, se découpant sur le ciel nocturne. Je distingue les minuscules silhouettes d'étudiants déambulant dans leurs chambres, et perçois les notes de musique qui s'échappent de certaines d'entre elles.

Certes, quelqu'un est mort, aujourd'hui, dans ce bâtiment. Mais pour tous les autres la vie continue.

Les filles se pomponnent devant le miroir de leur salle de bains, tandis que les garçons descendent des bières en les attendant.

Pendant ce temps, à travers les ouvertures de ventilation, je distingue des éclairs de lumière intermittents, alors que les cabines montent et descendent dans les cages d'ascenseur.

Et je ne peux m'empêcher de me demander ce qui a bien pu se passer. Pourquoi a-t-elle fait cela ?

Ou...

Qui le lui a fait faire ?

7

Beau comme un esquimau
Ah, ce que c'est délicieux !
Beau comme un esquimau
Rien à faire, c'est lui que je veux !
Beau comme un esquimau
Attends un peu d'avoir goûté !
Beau comme un esquimau
Y'a pas moyen de résister
Beau comme un esquimau
Et moi je le mange des yeux

« Beau comme un esquimau »
Interprété par Heather Wells
Paroles et musique : Dietz/Ryder
Extrait de l'album *Beau comme un esquimau*
Disques Cartwright

Lundi, Sarah et moi nous rendons dans la chambre d'Elizabeth afin de rassembler ses affaires.

Tout ça parce que ses parents, trop effondrés pour le faire, ont demandé à la direction de la résidence de s'en charger.

Ce que je n'ai aucun mal à comprendre. Car enfin, la dernière chose à laquelle on s'attend en envoyant sa gamine à la fac, c'est à recevoir, trois semaines plus tard, un coup de fil qui vous informe qu'elle est morte – et que vous devez venir récupérer tout son barda.

Surtout quand votre fille est aussi collet monté que semblait l'être Elizabeth... du moins, à voir le contenu de sa garde-robe, dont Sarah a dressé l'inventaire pendant que j'emballais ses vêtements (de façon à ce que les Kellogg, au cas où ils s'apercevraient qu'il manque quelque chose, ne puissent nous accuser de vol – ce qui, selon le docteur Jessup, s'est malheureusement déjà produit, suite au décès d'étudiants). Cette jeune fille possédait sept chemises Lacoste. Vous vous rendez compte... Sept ! Et pas un seul soutien-gorge noir ! Toutes ses culottes étaient blanches, en coton.

Pardonnez-moi d'insister, mais les filles qui portent des culottes blanches en coton ne surfent pas dans les cages d'ascenseur.

Sauf que je suis visiblement l'une des seules à le penser. Sarah, tout en prenant note de chaque article que je tire de la commode d'Elizabeth, insiste pompeusement sur les aspects les plus subtils de la schizophrénie – maladie qu'elle étudie ce semestre dans son cours de psycho. Chez les individus qui en souffrent, m'informe-t-elle, les symptômes ne se manifestent généralement pas avant l'âge qu'avait Elizabeth au moment de sa mort. Elle poursuit en m'expliquant que c'est sans doute ça qui l'a poussée à agir avec une audace inhabituelle, le soir du drame. Ses voix intérieures...

De ce côté-là, Sarah n'a sans doute pas tout faux. Ce n'était pas un soi-disant petit ami, en tout cas – comme l'avait suggéré Cooper. Je le sais car ce matin, à peine levée et sans même avoir pris le temps d'engloutir un café et un beignet à la cafétéria, j'ai vérifié le registre pour la soirée de vendredi.

Et je n'y ai rien trouvé. Elizabeth n'a fait entrer personne.

Pendant que Sarah et moi passons la journée à emballer les affaires d'Elizabeth – sans croiser une seule fois sa camarade de chambre, qui semble passer toute sa journée en cours –,

Rachel s'affaire à organiser une messe en hommage à la défunte, ainsi qu'à obtenir le remboursement, à l'économat, des frais d'inscription et d'hébergement d'Elizabeth pour l'année.

Cela ne suffit pas à amadouer les Kellogg. Au cours de la messe en hommage à leur fille (à laquelle je n'assiste pas car Rachel souhaite qu'un adulte reste dans le bureau pendant son absence, au cas où un étudiant aurait besoin de soutien, ou un truc dans le genre – la direction redoute que la mort d'Elizabeth n'affecte les autres résidents même si, à ce jour, ceux-ci ne paraissent guère traumatisés), Mme Kellogg assure d'une voix stridente à tous les gens présents que l'université, responsable de la mort de sa fille, ne va pas s'en tirer comme ça, et qu'elle a l'intention de se battre tant que les responsables n'auront pas été punis. (Propos qui m'ont été rapportés par Pete, affecté à la surveillance de la chapelle et posté à l'entrée.)

Mme Kellogg refuse de croire que la mort d'Elizabeth est due à un acte irréfléchi, et affirme que les résultats des examens de sang, dans quinze jours, confirmeront sa version des faits : Elizabeth ne consommait jamais d'alcool et encore moins de drogues, et ne traînait donc pas avec une bande de casse-cou défoncés le soir de sa mort.

Non, pour Mme Kellogg, Elizabeth a été poussée dans la cage d'ascenseur – et personne ne la fera changer d'avis.

Cependant, M. et Mme Kellogg ne sont pas les seuls à passer de sales moments suite à la mort de leur fille. Vu tout ce que Rachel a subi cette semaine, je commence à comprendre où le docteur Jessup voulait en venir, avec ses fleurs. Rachel méritait amplement son bouquet.

À vrai dire, c'est une augmentation qu'elle aurait dû recevoir.

Mais, étant donné la pingrerie généralisée de la fac – on a carrément cessé d'y embaucher du personnel depuis les années 90, sauf cas de force majeure, comme après le renvoi de Justine –, je crois qu'elle peut toujours attendre.

Mardi matin, après la messe en hommage à Elizabeth, je m'arrête donc à la supérette du coin de la rue. Là, au lieu de m'acheter comme chaque jour un paquet de bonbons aux fruits, un café au lait à emporter et un billet de loterie, je choisis le plus beau bouquet de fleurs, que je dispose dans un vase, sur le bureau de Rachel.

Lorsqu'elle entre et les aperçoit, au retour de Dieu sait quelle réunion de crise, sa réaction est presque effrayante d'intensité.

– C'est pour moi ? demande-t-elle, les yeux embués de larmes. (Je n'exagère pas !)

– Eh bien oui. Je suis tellement désolée... de tout ce que tu as traversé.

Finie, la minute d'émotion !

– Ah, elles viennent de toi, dit-elle en changeant de ton.

– Euh... oui.

J'imagine qu'elle a cru que les fleurs venaient d'un homme. D'un gars qu'elle aurait rencontré à son club de gym, par exemple. Non... impossible. Sarah et moi en aurions forcément entendu parler. Rachel ne plaisante pas avec ça – se dégoter un homme avec qui fonder une famille, je veux dire. Elle ne rate jamais sa manucure-pédicure hebdomadaire, et se fait colorer les racines deux fois par mois (comme elle est brune, ses cheveux blancs se voient beaucoup, affirme-t-elle).

Et, bien entendu, elle s'entraîne comme une championne, soit au club de gym de la fac, soit en faisant du jogging dans Washington Park. Rachel est capable d'en faire le tour une bonne douzaine de fois en une demi-heure.

Je lui ai fait remarquer que faire le tour du parc en marchant est tout aussi bon pour la santé, et permet d'éviter, à l'âge mûr, les fractures du tibia et les problèmes de genou. Mais, chaque fois que j'y fais allusion, elle se contente de me regarder.

– Ç'a été dur pour nous tous, Heather, soupire-t-elle à présent, en me passant un bras sur l'épaule. Pour toi aussi, ne prétends pas le contraire !

C'est vrai, mais pas pour les raisons qu'elle croit. Elle pense que si j'en ai bavé, c'est parce que j'ai dû me coltiner pas mal de corvées – du genre supplier l'équipe de maintenance de me trouver des cartons, y fourrer toutes les affaires d'Elizabeth, me charger de leur expédition. Et, par-dessus le marché, déplacer les dates des conseils de discipline de Rachel, supporter les jérémiades des RE (qui exigent d'être exemptés de tri de courrier pendant plusieurs jours pour cause de deuil, quand aucun d'entre eux ne connaissait réellement la victime – Justine, prétendent-ils, aurait pris en compte leurs revendications).

À vrai dire, le plus difficile a été de devoir admettre que Fischer Hall, qui m'a paru dès mon premier jour de boulot l'un des endroits les plus sûrs au monde... n'était pas si sûr que ça.

Non que je sois certaine qu'Elizabeth a été poussée, comme le pense Mme Kellogg. Mais rien que le fait qu'elle soit morte... ça me fait vraiment flipper. Les gosses qui s'inscrivent à l'université de New York sont en général plutôt gâtés. Ils ne se rendent pas compte de leur chance, ces gamins-là... Des parents aimants, des arrivées d'argent régulières, pas d'autres soucis que de réussir leurs partiels ou de trouver quelqu'un qui puisse les déposer chez eux en voiture à Thanksgiving.

Moi-même, je n'ai pas été aussi insouciante qu'eux depuis... euh... depuis la seconde.

Penser que l'un d'entre eux a pu commettre un acte aussi monstrueusement stupide que sauter sur une cabine d'ascenseur et tenter de s'y maintenir – ou, pire encore, s'élancer du toit d'une première cabine vers celui d'une seconde... Et qu'un autre étudiant a vu Elizabeth faire une chute mortelle, et ne s'est pourtant pas manifesté...

C'est ça qui me fiche les jetons.

Évidemment, Cooper a sans doute raison. La personne qui était avec Elizabeth au moment de sa mort ne veut pas se faire connaître de crainte de s'attirer des ennuis.

Ou bien, allez savoir, peut-être Sarah a-t-elle vu juste et Elizabeth souffrait-elle des premiers symptômes d'une schizophrénie – voire d'une dépression nerveuse causée par un déséquilibre hormonal, ou Dieu sait quoi d'autre – qui l'aurait poussée à agir ainsi ?

Nous ne le saurons jamais. C'est ça le problème. Nous ne le saurons jamais.

Et ce n'est pas normal.

Mais personne ne semble s'en soucier, à part Mme Kellogg.

Et moi.

Ce vendredi – presque une semaine après la mort d'Elizabeth –, Sarah et moi, assises dans le bureau du recteur, commandons des fournitures de bureau. Pas des radiateurs céramique à distribuer à nos amis, mais des choses dont nous avons vraiment besoin, comme des stylos, du papier pour la photocopieuse, etc.

Je le reconnais, c'est moi qui m'en charge. Sarah est trop occupée à me faire un cours sur ma prise de poids qui, d'après elle, trahit un désir inconscient de déplaire au sexe opposé, de façon à ce qu'aucun homme, après Jordan, ne puisse encore me blesser.

Je me retiens de lui faire remarquer que je ne suis pas grosse. Je le lui ai déjà dit, à plusieurs reprises. Quarante-six, c'est la moyenne des Américaines. Sarah devrait être au courant, vu qu'elle aussi fait du quarante-six.

En réalité, il me paraît clair, désormais, que Sarah aime avant tout s'écouter parler. Je la laisse donc déblatérer, puisqu'elle n'a personne d'autre à qui s'adresser. Rachel est à la cafétéria, où elle assiste à un petit déjeuner donné en l'honneur des Coquelicots, l'équipe de basket de l'université de New York.

Oui, ils s'appellent vraiment comme ça. Les Coquelicots. Autrefois, ils s'appelaient les Pumas ou un truc dans le genre, et c'était une équipe de première division. Mais il y a de ça une vingtaine d'années, plusieurs de ses membres ont été surpris en train de tricher, suite à quoi la Fédération américaine d'athlétisme, après avoir rétrogradé l'équipe en troisième division, l'a obligée à changer de nom.

Comme si ce n'était pas déjà suffisamment honteux de s'appeler les Coquelicots, le président Allington est si désireux de remporter le championnat annuel de troisième division qu'il a recruté les joueurs les plus grands qu'il pouvait trouver. Or, comme les bons joueurs sont inscrits dans des facs dont les équipes jouent en première ou en deuxième division, il a récupéré tous les chiens galeux – et, entre autres, les types qui ont les pires dossiers scolaires du pays. Je n'exagère pas. Les joueurs me laissent des petits mots parfois à peine lisibles, bourrés de fautes d'orthographe, quand quelque chose ne va pas dans leur chambre. En voici un exemple :

« Chaire Heather. Mes toilettes ne marches pas. Pa moillen detiré la chasse, et sa fée un drole de bruit. Peu tu m'aidé ? »

Et un autre :

« Aux persones concerné : mon lit nez pas assez long. Je peux en avoir un notre ? Mersi. »

Je n'invente pas, c'est juré.

Sarah et moi n'entendons pas le cri. Plus tard, on nous dira qu'elle a hurlé tout au long de sa chute.

Mais nous distinguons des pas précipités dans le hall d'entrée. Et Jessica Brandtlinger, l'une des étudiantes de notre équipe, déboule dans le bureau. Son visage, déjà pâle en temps normal, est blafard.

– Heather ! lance-t-elle, le souffle court. C'est arrivé encore une fois ! La cage d'ascenseur. On a entendu un cri. On voit ses jambes, par l'interstice entre le sol et la cabine...

Sans lui laisser le temps de finir, je bondis de ma chaise.

– Appelle police secours, je demande à Sarah en sortant. Et va chercher Rachel !

Je suis Jessica dans le hall jusqu'au bureau du gardien, et je remarque que Pete n'est pas à son poste. Nous descendons les marches qui mènent au sous-sol, et le trouvons déjà là, qui se tient devant le tableau de commandes de l'ascenseur et hurle dans son talkie-walkie, pendant que Carl – l'un des gardiens – tente de forcer les portes avec un pied-de-biche.

– Oui, une autre ! braille Pete. Non, je ne plaisante pas. Envoyez-nous vite une ambulance !

Lorsqu'il nous aperçoit, il baisse le bras, désigne Jessica et lui crie :

– Toi, remonte et appelle cet ascenseur-là, ordonne-t-il en frappant les portes de la cabine de gauche. Maintiens-le au premier étage. Ne laisse entrer ou sortir personne et, quoi qu'il arrive, fais en sorte que les portes ne se referment pas avant que les secours ne soient là et ne le désactivent. Heather, va chercher la clé !

Je me maudis intérieurement de ne pas y avoir songé avant de descendre. Nous conservons un jeu de clés derrière la réception. Il contient une clé d'accès prioritaire, semblable à celle fournie aux Allington lors de leur installation afin qu'ils aient directement accès à leur appartement terrasse du dernier étage ; la clé de la salle des machines, en cas de problème technique ; et une clé qui permet d'ouvrir les portes depuis l'extérieur.

– Tout de suite ! je m'écrie, m'empressant de gravir les marches à la suite de Jessica.

Lorsque j'atteins la réception, j'ouvre brusquement la porte et fonce vers l'armoire à clés, censée rester fermée en permanence. En principe, seul le RE de service à la réception est autorisé à vous donner les clés.

Mais, vu que l'équipe de maintenance et les RE ne cessent de les emprunter pour effectuer des réparations, nettoyer, ou libérer des étudiants enfermés dans leur chambre, le meuble est rarement – voire jamais – fermé à clé. Je passe comme une flèche devant Tina, l'étudiante de service à l'accueil, et constate que le meuble est grand ouvert.

– Qu'est-ce qui se passe ? questrionne Tina d'une voix tremblante. C'est vrai qu'ils en ont trouvé une autre... au fond de la cage d'ascenseur ?

Je fais mine de l'ignorer. Parce que je suis concentrée. Et si je suis concentrée, c'est parce que, si la clé d'accès prioritaire et la clé de la salle des machines sont bel et bien là...

... la clé permettant l'ouverture des portes de l'ascenseur a, quant à elle, disparu.

Et lorsque je consulte la feuille de registre accrochée à la porte de l'armoire à clés, je vois qu'il n'y a ni signature ni mention du fait qu'elle a été empruntée.

– Où est la clé ? je demande à Tina, en faisant volte-face. Qui a pris la clé des portes de l'ascenseur ?

– Je... je sais pas, bafouille Tina. Elle n'était pas là quand je suis arrivée. Tu peux vérifier sur ma feuille de service.

Une autre de mes innovations, par rapport à la façon dont Justine gérait les choses, a été – outre l'obligation de signaler le retrait d'une clé – de contraindre les employés à noter scrupuleusement ce qui se passe pendant leur service. Si quelqu'un emprunte une clé, il ne suffit pas qu'il le signale par écrit. La personne à l'accueil doit elle aussi l'indiquer sur sa feuille de service. Et la première chose que doit faire un employé à son arrivée, c'est signaler l'absence de telle ou telle clé.

– Qui l'a prise, alors ? je m'écrie en saisissant le registre, et en consultant la feuille de service de l'employé précédent.

Mais si celui-ci a mentionné l'emprunt de toutes les autres

clés, pas un mot, en revanche, sur celle des portes de l'ascenseur.

– Je ne sais pas ! glapit Tina, visiblement à bout de nerfs. Je ne l'ai donnée à personne, je le jure !

Je la crois. Malheureusement, ça ne m'avance à rien.

Je pivote sur mes talons et dévale les escaliers pour dire à Carl de forcer les portes s'il le faut. Mais le président Allington me barre le passage. Lui et d'autres membres du conseil d'administration sont sortis pour connaître la cause de toute cette agitation.

– Nous aimerions bien pouvoir nous réunir en paix, figurez-vous ! me lance-t-il sèchement.

– Ah ouais ? je rétorque de but en blanc. Eh bien nous, nous aimerions bien sauver la vie de quelqu'un !

Je ne traîne pas assez longtemps pour écouter sa réponse. Je m'empare de la première trousse de secours que je trouve dans le bureau, et dévale une nouvelle fois les escaliers... pour y croiser Pete, qui remonte lentement, le teint blême.

– Je n'ai pas mis la main sur la clé, dis-je. Quelqu'un l'a prise. Il va falloir forcer les portes.

– C'est déjà fait, réplique Pete en me prenant le bras. Viens, on remonte.

– Mais j'ai la trousse ! je réplique en agitant la trousse en plastique rouge.

– C'est fini pour elle, explique Pete qui me tire à présent par le bras. Allez, viens. Ne regarde pas ! Ça vaut mieux, je t'assure.

Je n'ai pas de mal à le croire.

Je me laisse entraîner en haut des marches. Lorsque nous pénétrons dans le hall, je constate que le président est toujours planté là, entouré de quelques joueurs de basket et membres du conseil d'administration en costumes gris. À côté d'eux Magda, qui a quitté sa caisse pour voir ce qui se passait, apporte une éclatante tache de couleur, avec sa blouse rose et son short fuchsia.

Son visage se décompose lorsqu'elle voit mon expression.

– Oh non ! Pas une autre de mes petites stars de ciné ?

Pete l'ignore, et se dirige vers le téléphone du poste de contrôle. Il a à la main une chaîne porte-clés, à laquelle est fixée une carte d'étudiant, ainsi qu'une figurine en caoutchouc – c'est Ziggy, le personnage de dessin animé. Pete commence à lire à ses supérieurs du service de sécurité les informations relatives à l'identité de la défunte.

– Roberta Pace, dit-il d'un ton neutre. Résidente de Fischer Hall. Première année. Numéro d'identification : cinq, cinq, sept, trois, neuf...

Je me tiens un peu à l'écart de la réception et du poste de sécurité. Un frisson me parcourt. Le nom m'est inconnu. Je ne cherche pas à voir la photo sur la carte. Je ne voudrais pas risquer de reconnaître le visage.

C'est alors qu'apparaît Rachel, sortant des toilettes.

– Que se passe-t-il ? demande-t-elle en nous fixant tour à tour, moi, Pete et le président Allington.

C'est Tina qui répond, d'une voix faible :

– Une autre fille est tombée du haut de l'ascenseur. Elle est morte.

Rachel devient livide, sous son fond de teint soigneusement appliqué.

Mais lorsqu'elle parle, quelques secondes plus tard, c'est d'une voix on ne peut plus assurée.

– La police a été alertée, j'imagine ? Parfait. Elle a pu être identifiée ? Oh, je vous remercie, Pete. Tina, appelez l'équipe de maintenance, et faites-leur désactiver tous les ascenseurs ! Heather, tu veux bien appeler le bureau du docteur Jessup, et les prévenir de ce qui est arrivé ? Monsieur le président, je suis désolée de tout ça. Je vous en prie, retournez prendre le petit déjeuner…

Toujours tremblante, le cœur battant à tout rompre, je retourne à mon bureau pour y passer les coups de téléphone.

Seulement, cette fois-ci, avant de joindre le bureau du docteur Jessup, j'appelle Cooper.

– Agence Cartwright, annonce-t-il, parce que j'ai composé son numéro professionnel dans l'espoir qu'il réponde.

– C'est moi.

Je parle à voix basse car Sarah est dans le bureau de Rachel, juste à côté, occupée à appeler tous les RE pour leur annoncer la nouvelle, et les prier de retourner à leur étage dès que possible.

– Ça recommence, dis-je.

– Quoi ? demande Cooper. Pourquoi tu chuchotes comme ça ?

– L'ascenseur a encore frappé.

– Tu parles sérieusement ?

– Ouais.

– La personne est morte ?

Je revois l'expression de Pete.

– Ouais.

– Nom de Dieu, Heather ! Je suis désolé.

– Ouais, je répète, pour la troisième et dernière fois. Écoute… Tu pourrais venir ?

– Venir ? Pourquoi ça ?

Les pompiers déboulent devant notre bureau, en casque et combinaison. L'un d'eux porte une hache d'incendie. Visiblement, la personne qui a alerté les hommes les plus courageux de New York a omis de leur signaler la nature de l'urgence.

– En bas, dis-je en leur désignant l'escalier qui mène au sous-sol. C'est un autre… euh… un autre accident d'ascenseur.

Leur capitaine semble surpris, mais hoche la tête et entraîne loin de la réception et dans les escaliers ce qui est soudain devenu une triste procession.

Je murmure, à l'adresse de Cooper :

– Je veux comprendre le fond de cette affaire, et j'aurais grand besoin d'un enquêteur professionnel, Cooper.

– Waouh… du calme, championne ! La police est là, pas vrai ? Ce sont des enquêteurs professionnels, non ?

– Ils vont conclure la même chose que la dernière fois. Qu'elle surfait dans l'ascenseur et qu'elle a glissé.

– Parce que c'est sans doute ce qui s'est passé, Heather.

– Non. Pas cette fois-ci. Cette fois-ci, c'est sûr que non.

– Pourquoi ? Celle-ci aussi, c'est une BCBG ?

– J'en sais rien. C'est pas drôle.

– Je ne cherchais pas à être drôle. Je voulais juste…

– C'était une fan de Ziggy, Cooper.

Ma voix s'étrangle, mais ça m'est égal.

– Une fan de qui ?

– De Ziggy. Le personnage de dessin animé.

– Jamais entendu parler.

– Parce qu'il n'y a pas plus ringard, comme dessin animé.

Quelqu'un qui aime Ziggy n'aurait pas idée de surfer dans une cage d'ascenseur, Cooper. C'est impossible.

– Heather...

– Et c'est pas tout, j'ajoute doucement.

Les paroles de Sarah, et son ton plein de suffisance, me parviennent depuis le bureau voisin : « Il faut que vous reveniez à la résidence, dès que possible. Il y a eu un autre décès. Je ne suis pas autorisée à vous faire part des détails pour le moment, mais il est impératif que vous... »

– Quelqu'un a pris la clé, j'annonce à Cooper.

– Quelle clé ?

– La clé permettant d'ouvrir les portes de l'ascenseur.

Je craque. Je suis à deux doigts d'éclater en sanglots. Mais je tiens à garder le contrôle.

– Personne n'a signalé l'avoir prise, Cooper. Alors que c'est obligatoire. Rien n'a été noté. Ce qui signifie que celui ou celle qui l'a prise ne veut pas que ça se sache. Et qu'il ou elle peut, à tout instant, ouvrir les portes de l'ascenseur... même s'il n'y a pas de cabine à l'étage.

– Heather... dit Cooper d'une voix que je trouve incroyablement réconfortante – et sensuelle – en dépit de mon degré d'agitation. Ça, il faut que tu le signales à la police. Et sur-le-champ !

– D'accord, je réponds sans conviction.

J'entends Sarah, depuis le bureau de Rachel :

– Ça m'est égal que ce soit l'anniversaire de votre grand-mère, Alex. Il y a eu un accident mortel dans le bâtiment. Qu'est-ce qui compte le plus à vos yeux ? L'anniversaire de votre grand-mère ou votre boulot ?

– Va répéter à la police tout ce que tu viens de me dire,

souffle à mon oreille la voix chaude et rassurante de Cooper. Et ensuite, va te chercher une grande tasse de café avec plein de lait et de sucre, et bois-la pendant qu'elle est bien chaude.

Ce dernier conseil me surprend.

– Pourquoi ?

– Parce que j'ai découvert, dans l'exercice de ma profession, que les boissons lactées et sucrées font du bien, en cas de choc, quand on n'a pas de whisky sous la main. OK ?

– OK. Salut.

Je raccroche, puis compose le numéro du docteur Jessup, et explique à son assistante, qui m'affirme que le docteur est en réunion, ce qui s'est passé. En apprenant la nouvelle, Jill s'écrie, sur le ton paniqué qui s'impose :

– Oh mon Dieu ! Je le préviens immédiatement.

Je la remercie, et je raccroche. Puis je fixe le téléphone.

Cooper a raison. Il faut que je prévienne la police, pour la clé.

Je préviens Sarah que je reviens tout de suite, et quitte le bureau. Je me dirige vers le hall. Là, c'est le chaos. Les joueurs de basket sont perdus au milieu des pompiers. Les administrateurs monopolisent tous les téléphones – y compris ceux de Pete et de l'accueil – pour tenter de limiter les dégâts. Rachel hoche la tête pendant que le chef des pompiers lui parle.

Je jette un coup d'œil vers l'entrée du bâtiment. Un agent – le même que le jour de la mort d'Elizabeth – planté devant la porte interdit aux étudiants l'accès à la résidence.

– Vous pourrez entrer quand je vous le dirai, et pas avant ! hurle le flic à un skinhead avec un piercing à la lèvre, lequel lui rétorque :

– Mais faut que j'aille chercher ma disserte dans ma chambre. Ils vont me mettre zéro si je l'ai pas rendue à midi !

– Je vous demande pardon, je lance au flic. Vous pourriez me dire qui dirige les opérations, ici ?

Le flic me regarde, puis désigne Rachel d'un doigt.

– À ma connaissance, c'est elle, répond-il.

– Non... je veux dire, il n'y a pas un inspecteur ou...

– Ah, d'accord.

Le flic me signale un homme grand aux cheveux gris, portant une veste en velours côtelé et une cravate écossaise. Il s'appuie contre le mur et, sans le savoir, est probablement en train de se mettre des paillettes plein le dos, vu qu'il se frotte contre une affiche recouverte de paillettes autocollantes invitant les étudiants à passer une audition pour *Pippin*, la comédie musicale de Bob Fosse. À part mâchouiller vaguement le cigare éteint qu'il a au coin des lèvres, il ne fait rien du tout.

– L'inspecteur Canavan, précise le flic.

– Merci, je lui dis alors qu'il lance à un autre résident :

– Vous pourriez me supplier à genoux, que ça ne changerait rien ! Vous n'entrerez pas dans ce bâtiment avant que je vous y autorise.

Je m'approche de l'inspecteur, la gorge nouée. C'est la première fois que je m'adresse à un inspecteur. Enfin, sauf quand j'ai déposé plainte pour escroquerie contre ma mère.

– Inspecteur Canavan ? je demande.

Je réalise tout de suite que ma première impression était erronée. L'inspecteur Canavan n'est pas tout à fait inoccupé. Il fixe les jambes de ma boss, joliment mises en valeur par sa jupe droite.

Il s'arrache à sa contemplation, et se tourne vers moi. Sa moustache grise et broussailleuse lui va plutôt bien. C'est rare, les hommes qui portent bien la barbe ou la moustache.

– Ouais ? répond-il d'une voix éraillée par le tabac.

– Bonjour. Je m'appelle Heather Wells. Je suis la directrice adjointe de la résidence. Et... euh... je voulais simplement signaler... que la clé de l'ascenseur a disparu. C'est peut-être sans importance... les clés disparaissent tout le temps ici. Mais je me suis dit qu'il valait mieux le préciser à quelqu'un. Parce que ça me semble vraiment louche, ces filles qui meurent en surfant dans l'ascenseur. Vu que les filles ne font jamais ça, vous savez. Surfer dans l'ascenseur... du moins, pas à ma connaissance.

L'inspecteur Canavan, après avoir patiemment écouté mon laïus, retire le cigare de sa bouche et le pointe vers moi.

– *Une envie de sucré*, c'est ça ?

Je suis tellement surprise que j'en reste bouche bée. Je parviens tout de même à bafouiller :

– Euh... oui.

– C'est ce que je pensais, déclare-t-il avant de remettre le cigare dans sa bouche. Ma gamine avait un poster de vous sur la porte de sa chambre. Il fallait que je vous voie dans cette fichue minijupe chaque fois que j'allais lui demander de baisser sa fichue musique.

Comme je ne trouve absolument rien à répondre, je demeure silencieuse.

– Comment diable vous êtes-vous retrouvée à bosser ici ?

– C'est une longue histoire, je réplique, en espérant qu'il ne va pas m'obliger à la lui raconter.

Ce qu'il ne fait pas.

– Comme disait ma fille à l'époque où elle était votre plus grande fan, *si c'est comme ça* ! Alors, c'est quoi, cette histoire de clé qui a disparu ?

Je lui réexplique toute l'affaire. Et lui précise aussi, en passant, qu'Elizabeth était BCBG et Roberta fan de Ziggy – deux détails qui en font d'improbables surfeuses. Mais j'insiste surtout sur la clé manquante.

– En somme, si je comprends bien, résume l'inspecteur Canavan lorsque j'en ai fini, vous ne croyez pas que ces filles – qui étaient toutes deux, si j'ai bien saisi, étudiantes en première année, new-yorkaises depuis peu et, comme dirait ma gamine qui a fait du français en première langue au lycée, pleines de *joie de vivre* – s'amusaient à surfer sur le toit des cabines d'ascenseur ? Vous pensez que quelqu'un rôde, ouvre les portes d'ascenseur quand il n'y a pas de cabine à l'étage, et assassine les gens en les poussant dans le vide. C'est bien ça ?

En l'entendant la formuler ainsi, je réalise à quel point ma théorie doit lui paraître idiote, voire délirante.

Et pourtant... il y a Ziggy !

– Imaginons que vous ayez raison, poursuit l'inspecteur. Comment cette personne a-t-elle pu se procurer la clé, pour commencer ? Vous dites que vous la rangez dans un meuble verrouillé derrière... quoi, déjà ? Le bureau de l'accueil, juste là ?

– Ouais.

– Et qui y a accès ? Tout le monde ?

– Non. Juste les RE et les membres du personnel.

– Vous pensez donc que l'un de vos employés assassine des étudiantes. Lequel, d'après vous. Lui, par exemple ? Ou bien lui, là bas ? demande-t-il en désignant Pete, puis Carl – lequel est toujours livide, mais n'en décrit pas moins à un policier ce qu'il a vu au fond de la cage d'ascenseur.

– OK, dis-je.

J'ai envie de disparaître sous terre, en réalisant soudain ma bêtise. En cinq secondes à peine, ce type a trouvé dans ma théorie plus de trous que dans un gros morceau de gruyère.

Et pourtant...

– OK, vous avez sans doute raison. N'empêche que...

– Pourquoi ne pas me montrer où vous rangez cette clé ? interrompt Canavan en se redressant.

Je me réjouis, en le suivant jusqu'à l'accueil, de constater que j'avais raison : il a des paillettes roses plein les épaules, comme si on lui avait jeté de la poudre de perlimpinpin.

Comme nous nous approchons du bureau, je constate que Tina n'est plus là. J'interroge Pete du regard.

– Les colis, me lance Pete, interrompant sa conversation avec le chef des pompiers.

Ce qu'il entend par là, c'est que Tina est partie accompagner le livreur de colis à l'endroit où nous les maintenons sous clé jusqu'au moment où les étudiants sont prévenus de leur arrivée et priés de venir les chercher à l'accueil.

J'acquiesce. Qu'il pleuve ou qu'il vente, le courrier doit être acheminé... même si une fille gît, morte, dans la cage d'ascenseur.

Je me glisse derrière le bureau en ignorant les téléphones qui sonnent en continu, et me dirige droit vers l'armoire à clés.

– C'est ici que nous les rangeons, j'explique à l'inspecteur Canavan, qui a franchi la porte à ma suite, et se tient à présent avec moi derrière le comptoir.

L'armoire, large et métallique, est fixée au mur. À l'intérieur, des rangées et des rangées de clés. Il y en a environ trois cents, un double de chaque chambre de la résidence, plus diverses clés à l'usage exclusif du personnel. Elles sont toutes plus ou moins semblables, à l'exception de celle de l'ascenseur, qui fait penser à ces outils avec lesquels on desserre les vis, et non à une clé traditionnelle.

– Alors comme ça, pour les prendre, il faut passer par ici ? demande l'inspecteur Canavan.

Je le vois écarquiller les yeux à la vue des sacs de courrier répandus pêle-mêle sur le sol, à nos pieds. L'accueil n'est certes pas l'endroit le mieux surveillé du bâtiment.

– Et pour parvenir ici il faut franchir le contrôle de sécurité, où un homme est posté vingt-quatre heures sur vingt-quatre ?

– C'est ça, je réponds. Les gardiens savent qui a le droit d'entrer à l'accueil. Ils ne laissent personne y accéder, à part les gens qui travaillent ici. Et, en général, il y a quelqu'un derrière le comptoir, qui ne vous laisse toucher aux clés que si vous faites partie du personnel. Même alors, il faut signer un registre pour signaler l'emprunt d'une clé. Mais personne n'a rien signalé par écrit. Elle a tout simplement disparu.

– Ouais. C'est ce que vous m'avez dit. Écoutez, je suis pressé... Il y a de vrais crimes – parmi lesquels un triple meurtre à l'arme blanche, au-dessus d'une épicerie de Broadway Avenue – sur lesquels il faut que j'enquête. Mais je vous en prie, montrez-moi où est censée se trouver la fameuse clé qui pourrait prouver qu'il ne s'agit pas d'un accident.

Je passe en revue les rangées de clés, avec l'envie de tuer Cooper. Je n'en reviens pas qu'il m'ait convaincue de faire ça ! L'inspecteur ne me croit pas. Comme si ça ne suffisait pas, qu'il ait vu ce poster de moi ! Rien de pire, pour vous discréditer, qu'une photo de vous, braillant dans un micro et vêtue d'une minijupe pastel à imprimé panthère.

D'accord, ma conviction que les filles ne surfent pas dans

l'ascenseur – en particulier les étudiantes BCBG ou les fans de Ziggy – n'a peut-être pas valeur de preuve. Mais la clé qui a disparu... ce n'est pas une preuve, ça ?

Sauf que, en fouillant dans la rangée qui contient habituellement la clé de l'ascenseur, je vois quelque chose qui me glace le sang.

Là, à l'endroit précis où elle est censée être – et où elle n'était pas il y a un instant –, se trouve la clé des portes de l'ascenseur.

8

Je vais pas le rater !
Je vais pas le rater !
Ce garçon-là, il sera à moi !

Attendez de voir
Quelle tête vous ferez
Quand ce garçon-là sera à moi !

Je vais pas le rater !
Je vais pas le rater,
Ce garçon-là, il sera à moi

« Ce garçon-là »
Interprété par Heather Wells
Paroles et musique : Valdez/Caputo
Extrait de l'album *Beau comme un esquimau*
Disques Cartwright

Il m'a dit qu'il serait là dans les cinq minutes, mais voilà qu'il apparaît dans le hall en moins de trois.

Il n'est encore jamais entré dans le bâtiment, et détonne par son allure... sans doute parce qu'il n'arbore ni piercings ni tatouages, contrairement à ceux qui défilent devant l'accueil.

Ou c'est peut-être simplement qu'il est tellement plus beau que les autres, avec ses cheveux hérissés comme au sortir du lit (bien qu'il soit levé depuis des heures – il va courir, tôt le matin), son jean délavé et sa veste en cuir usée.

– Ohé ! lance-t-il en m'apercevant.

– Salut.

Je m'efforce vainement de sourire, avant de me contenter d'ajouter, en désespoir de cause :

– Merci d'être venu.

– Je t'en prie.

Il jette un coup d'œil à la salle de télévision, juste à côté de la cafétéria, où Rachel, le docteur Jessup qui vient de se joindre à elle, et une demi-douzaine de RE tournent en rond, le visage inquiet et la mine sombre.

– Où sont passés les flics ? demande-t-il.

– Ils sont partis, dis-je en m'efforçant de dissimuler mon amertume. Il y a eu un triple meurtre à l'arme blanche, dans un appartement de Broadway. Ils ont laissé un seul homme, pour surveiller la cage d'ascenseur jusqu'à l'arrivée du médecin légiste et l'évacuation du corps. Vu qu'ils ont décrété que la mort était accidentelle, j'imagine qu'ils ont estimé qu'il était inutile de traîner ici.

Je trouve mes propos très diplomates, comparés aux paroles qui me viennent en tête quand je songe à l'inspecteur Canavan et à ses petits camarades.

– Et d'après toi, ils se trompent, réplique Cooper.

C'est une affirmation, pas une question.

– Quelqu'un a pris cette clé, Cooper. Et l'a remise quand tout le monde avait le dos tourné. Je n'invente rien. Je ne suis pas folle.

Cependant, je suis bien consciente qu'à m'entendre prononcer – sur une voix soudain haut perchée – ces derniers mots, on pourrait facilement s'imaginer le contraire.

Mais Cooper n'est pas là pour juger de ma santé mentale.

– Je sais, m'assure-t-il d'une voix douce. Je te crois. Je suis venu, non ?

Regrettant mon ton véhément, je réponds :

– Je sais. Je te remercie. Bon, on y va.

Cooper semble hésiter.

– Une minute... On va où ?

– Dans la chambre de Roberta. (J'exhibe le passe-partout que j'ai chipé dans l'armoire à clés.) Je crois qu'on devrait commencer par passer sa chambre en revue.

– Pourquoi ça ?

– Je sais pas. Il faut bien commencer par quelque chose.

Cooper fixe la clé. Puis son regard se pose à nouveau sur moi.

– Pour moi, ce n'est pas une bonne idée, je tiens à ce que tu le saches.

– Je sais, dis-je – parce que je le pense vraiment.

– Dans ce cas, pourquoi est-ce qu'on le ferait ?

Je suis à deux doigts d'éclater en sanglots. Je suis dans cet état depuis que Jessica a déboulé dans mon bureau pour m'annoncer que quelqu'un d'autre était mort. Et l'humiliation éprouvée devant l'inspecteur Canavan n'a rien arrangé.

Mais je m'efforce de ne pas laisser ma voix trahir mes nerfs.

– Parce que c'est arrivé dans *mon* bâtiment. C'est arrivé à *mes* étudiantes. Et je veux m'assurer que la version des flics et des autres est bien la bonne, et qu'il ne s'agit pas de... tu sais de quoi je veux parler.

– Heather. Tu te souviens, quand *Une envie de sucré* est sortie, que la maison de disques a reçu des tonnes de courrier de fans, et que tu as insisté pour lire chaque lettre et y répondre personnellement ?

Je me hérisse. J'y peux rien, c'est comme ça.

– Ohé, j'avais quinze ans.

– Ça ne change rien. Quinze ans plus tard, tu es toujours

la même. Tu as toujours le sentiment d'être personnellement responsable de tous les gens qui croisent ta route – y compris ceux que tu n'as jamais rencontrés. À croire qu'on t'a envoyée sur Terre pour veiller sur l'ensemble de tes congénères.

– Ce n'est pas vrai. Et d'abord, ça ne fait que treize ans.

Il ignore la remarque.

– Heather. Quelquefois les ados font des bêtises. Et alors d'autres gosses, précisément parce que ce sont des gosses, les imitent. Et ils en meurent. Ce sont des choses qui arrivent. Tout ça ne signifie pas qu'un crime a été commis.

– Ah ouais ? dis-je, plus contrariée que jamais. Et la clé, alors ? Comment tu expliques ça ?

Il n'a toujours pas l'air convaincu.

– Je tiens à ce que tu saches, reprend-il, que si je fais tout cela, c'est parce que je ne tiens pas à ce que tu te fiches davantage dans le pétrin – vu qu'on dirait que c'est ta spécialité.

– Vraiment, Cooper, ta confiance me touche. Crois-moi.

– Je ne voudrais pas que tu perdes ton gagne-pain, c'est tout. Je ne pourrais pas te payer une assurance maladie, en plus du gîte et du couvert.

– Merci, je rétorque d'un ton revêche. C'est trop gentil de ta part.

Mais quelle importance ! Puisque, pour finir, il m'accompagne.

Il y en a, des marches à monter, pour atteindre la chambre de Roberta Pace, située au seizième étage. Impossible de prendre l'ascenseur, bien sûr, vu qu'ils ont tous été désactivés. Lorsque nous atteignons enfin le long couloir désert, nous ne distinguons aucun son, hormis notre propre respiration. Surtout la mienne, car j'ai du mal à reprendre mon souffle.

À part ça, c'est le silence. Un silence de mort. Certes, il n'est pas encore midi, et la plupart des résidents – du moins, ceux que les sirènes de l'ambulance et des voitures de pompiers n'ont pas réveillés – sont encore en train de cuver les bières ingurgitées la veille au soir.

J'indique la direction à l'aide de mon trousseau de clés, et commence à me diriger vers la chambre 1622. Cooper me suit, examinant au passage les affiches qui, sur les murs du couloir, incitent les étudiants à se rendre à leur centre de santé s'ils veulent s'assurer de ne pas avoir contracté une maladie sexuellement transmissible, ou les invitent à assister gratuitement à la Nuit du cinéma à la Maison des étudiants.

La RE du seizième étage a un faible pour Snoopy. Elle en a découpé et accroché partout. Il y a même une affiche cartonnée de Snoopy, où il tient un véritable plateau surmonté d'une flèche où l'on peut lire : « Préservatifs gratuits offerts par la Mutuelle des étudiants new-yorkais. Hé, pour quarante mille dollars par an, les étudiants méritent bien un petit cadeau ! »

Bien entendu, le plateau est vide.

Sur la porte de la chambre 1622, un tableau jaune – le genre qu'on efface à sec – sur lequel on n'a rien écrit. Et un autocollant de Ziggy.

Mais quelqu'un lui a dessiné un piercing au nez, et un autre a ajouté, dans une bulle au-dessus de sa tête : « Où est passée ma culotte ? »

Je brandis mon trousseau et m'en sers pour frapper bruyamment à la porte.

– Ici la direction ! je m'écrie. Il y a quelqu'un ?

Pas de réponse. J'appelle une fois de plus, puis j'insère la clé dans la serrure, et pousse la porte.

À l'intérieur, un ventilateur ronronne bruyamment sur une commode, bien que la chambre soit climatisée, comme toutes celles de Fischer Hall. Hormis les pales du ventilateur, rien ne bouge. La camarade de chambre de Roberta n'est pas dans les parages. Ça risque de lui faire un sacré choc lorsque, une fois rentrée de Dieu sait où, elle apprendra qu'elle dispose d'une chambre à elle toute seule jusqu'à la fin de l'année.

Il n'y a qu'une fenêtre, d'environ deux mètres de large sur un mètre cinquante de haut avec, de chaque côté, une manivelle pour ouvrir les panneaux. Au loin, au-delà des toits aux terrasses arborées et des châteaux d'eau, on distingue le fleuve Hudson, qui s'écoule tranquillement, les rayons du soleil ricochant sur sa surface miroitante.

Cooper examine des photos de famille sur l'une des deux tables de nuit.

– La fille qui est morte... dit-il. Elle s'appelait comment ?

– Roberta.

– Dans ce cas, c'est son lit.

Sur un morceau de parchemin peint par un dessinateur des rues, son nom s'affiche en lettres couleur arc-en-ciel. Il est accroché au-dessus du lit le plus en désordre, celui qui se trouve près de la fenêtre. Tous deux, défaits, indiquent que les filles y ont dormi. Visiblement, ni l'une ni l'autre n'est une fée du logis. Les draps sont enchevêtrés et les coloris des deux couvre-lits jetés en travers s'accordent mal (comme c'est souvent le cas quand deux étudiants cohabitent). Ziggy est très présent dans la partie de la chambre occupée par Roberta. Il y a des Post-it Ziggy un peu partout, un calendrier Ziggy punaisé au mur et du papier à lettres Ziggy sur le bureau.

Toutes deux sont, comme je le constate, des fans de Jordan Cartwright. Elles possèdent la totalité des CD d'Easy Street plus *Baby, Be Mine.*

Elles n'ont pas un seul de mes albums. Ce qui n'a rien d'étonnant. J'étais surtout populaire chez les préados.

Cooper s'agenouille et commence à inspecter sous le lit de la morte. Comment se concentrer dans ces conditions-là ? Je m'efforce de continuer à fureter, mais le derrière de Cooper est particulièrement beau. Le voir si joliment moulé par son jean délavé tandis qu'il se penche en avant m'empêche de prêter attention à quoi que ce soit d'autre, bien que l'heure soit des plus graves et tout le tralala...

– Regarde-moi ça ! s'exclame-t-il, alors que sa tête aux cheveux ébouriffés émerge de dessous le lit.

Je m'empresse de me détourner pour qu'il ne devine pas que j'étais en train d'admirer son anatomie. J'espère qu'il ne s'est rendu compte de rien.

– Quoi ? je demande sur un ton faussement concentré.

– Regarde !

Au bout d'un crayon Ziggy, que Cooper a trouvé dans un pot sur le bureau de Roberta, se balance une chose pâle et flasque. L'examinant de plus près, je vois de quoi il s'agit.

Un préservatif usagé.

– Oh... Beurk !

– Il a servi il n'y a pas longtemps, affirme Cooper. Je dirais que Roberta a eu un rendez-vous galant hier soir.

De sa main libre, il prend une enveloppe dans le nécessaire de correspondance Ziggy, et glisse le préservatif à l'intérieur.

– Tu fais quoi, là ? je m'exclame. Ce n'est pas de la destruction de preuves ?

– De preuves de quoi ? rétorque Cooper en pliant à deux reprises l'enveloppe sur elle-même avant de la fourrer dans la poche de sa veste. Si la police a décrété qu'aucun crime n'a été commis...

– Alors, dans ce cas, pourquoi tu l'emportes ?

Cooper hausse les épaules, et balance le crayon.

– Il y a une chose que j'ai apprise dans ce boulot, c'est qu'on ne sait jamais ce qui peut servir.

Il promène son regard dans la chambre de Roberta, puis secoue la tête.

– C'est vrai que c'est bizarre. Pourquoi aller surfer dans l'ascenseur après avoir eu des relations sexuelles ? À la limite, je comprendrais si c'était le contraire... J'imagine que l'adrénaline et tous ces trucs qu'on sécrète quand on risque sa vie peuvent exciter sexuellement. Mais faire des galipettes ? À moins qu'on ait affaire à un genre de tordu.

J'écarquille les yeux.

– Tu veux dire le genre de type qui aime s'envoyer des filles avant de les balancer dans la cage d'ascenseur ?

– Quelque chose dans ce goût-là.

Cooper est visiblement mal à l'aise. Il n'aime pas discuter de perversions sexuelles avec moi, et s'empresse de changer de sujet.

– Et l'autre fille ? La première à qui c'est arrivé. Tu as vérifié, c'est ça ? Elle n'a laissé entrer personne, le soir de sa mort ?

– Non. Mais j'ai consulté le registre, et Roberta n'a reçu personne, elle non plus.

C'est alors qu'une idée me vient :

– Si... s'il y avait eu un truc comme ça, dans la chambre d'Elizabeth... un préservatif, je veux dire... les flics l'auraient trouvé, pas vrai ?

– Non, à moins de le chercher. Et s'ils étaient convaincus d'avoir affaire à une mort accidentelle, comme cette fois-ci, ils n'ont même pas dû regarder.

Je me mordille la lèvre.

– Personne n'occupe le lit d'Elizabeth. Sa camarade de chambre a désormais la pièce pour elle toute seule. On pourrait aller y jeter un coup d'œil.

Cooper paraît sceptique.

– Je reconnais que c'est bizarre, la façon dont cette fille est morte, Heather. Surtout en pensant à ce préservatif, et à cette histoire de clé... Mais ce que tu suggères...

– C'est toi qui l'as suggéré le premier ! je lui rappelle. Et puis, on a bien le droit de *regarder*, non ? On ne fait de tort à personne.

– À supposer qu'on y aille, il y a une semaine qu'elle est morte. Il y a peu de chances qu'on trouve quoi que ce soit.

– On ne le saura jamais si on ne tente pas le coup, dis-je en me dirigeant vers la porte. Allez, viens !

Cooper se contente de me fixer.

– Pourquoi veux-tu absolument prouver que ces filles ne se sont pas suicidées ?

– Hein ?

– Tu as très bien entendu. Pourquoi tiens-tu tant à prouver que ces filles ne sont pas mortes de manière accidentelle ?

Je ne peux pas le lui dire, bien sûr. Parce que je ne voudrais pas passer pour ce que Sarah ne manquerait pas de décréter que je suis, si elle était au courant : une psychopathe. Et je sais que je donnerais forcément cette impression à Cooper, si je devais lui avouer ce que je ressens... C'est au bâtiment lui-même, à Fischer Hall, que je dois cela : de découvrir ce qui est vraiment arrivé dans ses murs. Parce que Fischer Hall m'a, d'une certaine façon – ainsi que Cooper –, sauvé la vie.

Bon, d'accord, tout ce dont ils m'ont sauvée, c'est d'un job de serveuse à vie dans un tex-mex.

Mais n'est-ce pas déjà beaucoup ? Certes, ça peut paraître absurde, et Sarah m'accuserait sans doute d'avoir transféré l'affection que j'avais pour mes parents et pour mon ex sur un tas de briques érigé en 1850. N'empêche que j'ai le sentiment de devoir prouver que Fischer Hall n'est pour rien dans ce qui est arrivé. Son personnel n'a pas négligé de remarquer que ces filles suivaient une mauvaise pente. Elles semblaient beaucoup trop raisonnables pour commettre un acte aussi insensé. On ne peut même pas reprocher au bâtiment de ne pas être assez accueillant, ou Dieu sait quoi d'autre. *La Gazette du campus* avait déjà fait paraître une enquête « approfondie » sur les dangers du saut entre ascenseurs. Qui sait ce qu'elle allait publier demain ?

Je vous avais prévenus. C'est trop bête.

Et pourtant, c'est ce que je ressens.

Seulement je ne peux pas l'expliquer à Cooper. Je sais que ça ne vaut pas la peine d'essayer.

– Parce que les filles ne surfent pas dans l'ascenseur.

Voilà tout ce que je trouve à lui répondre.

Tout d'abord, je crains qu'il ne s'éloigne sans un mot – comme l'a fait l'inspecteur Canavan – en m'en voulant à mort de lui avoir fait perdre son temps.

Au lieu de ça, le voilà qui rétorque, avec un soupir :

– Bien… Il faut qu'on visite une autre chambre, si je comprends bien.

9

Bouge ton popotin
Bouge ton popotin
Bouge-le, bébé,
Jusqu'au petit matin

« Bouge-le ! »
Interprété par Heather Wells
Paroles et musique : O'Brien/Henke
Extrait de l'album *Beau comme un esquimau*
Disques Cartwright

La colocataire d'Elizabeth Kellogg ouvre la porte de la chambre 1412 au premier coup que je frappe. Elle porte un tee-shirt blanc flottant et un caleçon long noir, et tient son téléphone portable dans une main, une cigarette allumée dans l'autre.

J'affiche un sourire et lui lance :

– Salut. Je m'appelle Heather. Et voici...

– Salut, rétorque la camarade de chambre sans me laisser le temps de finir – à peine remarque-t-elle Cooper qu'elle écarquille les yeux.

Quoi d'étonnant à cela ? C'est une jeune Américaine saine et vigoureuse, après tout. Et Cooper ne ressemble pas qu'un peu à l'un des acteurs américains les plus populaires.

– Cooper Cartwright, déclare-t-il.

Il lui décoche un sourire dont j'aurais juré – si je ne connaissais pas Cooper mieux que ça – qu'il l'a mis au point devant son miroir, en vue de situations extrêmes, comme dans le cas présent.

Sauf que Cooper n'est pas le genre de gars à tester ses sourires devant le miroir.

– Marnie Villa Delgado, annonce la fille.

Marnie est une fille bien en chair, comme moi, sauf qu'elle a plus de seins que de fesses. Elle a une chevelure abondante, longue, très noire et très bouclée. Je constate qu'elle me jauge, ainsi que le font parfois les femmes, en se demandant si je sors avec Cooper ou s'il est libre.

– On se demandait, Marnie, si vous voudriez bien échanger quelques mots avec nous, au sujet de votre ex-colocataire, Elizabeth, dit Cooper – son sourire révélant une telle profusion de dents blanches que j'en suis tout éblouie.

– Je dois y aller, répond Marnie dans le combiné avant de raccrocher.

Elle a visiblement conclu que Cooper et moi n'étions pas ensemble (à quoi le voit-elle ? Sérieusement. Comment se fait-il que les filles – Marnie, Rachel ou Sarah, entre autres... – arrivent à deviner ce genre de choses, quand j'en suis incapable ?).

– Je vous en prie, entrez, propose Marnie, fixant toujours sur Cooper des yeux ronds comme des soucoupes.

Je me glisse à l'intérieur, talonnée par Cooper. Je constate qu'elle s'est empressée de revoir la déco après la mort d'Elizabeth. Les lits jumeaux ont été poussés l'un contre l'autre, de manière à former un seul grand lit, recouvert d'un dessus-de-lit géant à motif tigré. Les deux commodes ont été superposées, Marnie disposant désormais de huit tiroirs au lieu de quatre. Quant au bureau d'Elizabeth, reconverti en table multimédia, il permet d'avoir télé, lecteur DVD et lecteur CD à portée de main, depuis le lit.

– J'ai déjà discuté avec la police à son sujet.

Marnie laisse tomber les cendres de sa cigarette sur la descente de lit, près de ses pieds nus. Détournant quelques secondes son attention de Cooper, elle se tourne vers moi.

– Au sujet de Beth, je veux dire. Hé, une minute ! Vous n'êtes pas actrice, ou un truc dans ce goût-là ?

– Moi ? Non, dis-je, sans même avoir à mentir.

– Mais vous êtes dans le monde du spectacle, non ? insiste Marnie, d'un ton plein d'assurance. Hé, vous faites un film sur la vie de Beth, c'est ça ?

Avant que Cooper n'ait pu ouvrir la bouche, je réplique :

– Pourquoi ? Vous pensez... euh... que la vie de Beth fournirait un bon scénario ?

Marnie tente d'avoir l'air cool, mais je l'entends tousser, tandis qu'elle tire une bouffée de sa cigarette. Elle appartient visiblement à cette catégorie de fumeurs qui fument avant tout pour se donner un genre.

– Oh ouais... je vois bien l'aspect de l'histoire qui pourrait vous intéresser : la petite provinciale qui débarque dans la grande ville, qui ne parvient pas à s'adapter, et qui finit par mourir, à cause d'un défi débile. Je pourrais jouer mon rôle. J'ai largement l'expérience suffisante pour...

Or, voilà que Cooper met fin à l'imposture :

– Nous ne travaillons pas dans le monde du spectacle. Heather est la directrice adjointe du bâtiment, et je suis un ami à elle.

– Mais j'étais sûre que...

Marnie me dévisage alors franchement, cherchant à se rappeler où elle m'a vue.

– J'aurais juré que vous étiez actrice. Je vous ai déjà vue quelque part.

– À l'accueil, sûrement, je bafouille aussitôt.

– Votre camarade de chambre... commence Cooper.

Il a levé les yeux après avoir passé en revue tout ce que Marnie a fourré dans son coin cuisine : un four à micro-ondes, une plaque chauffante, un robot ménager, une cafetière, et l'une de ces balances dont se servent les gens au régime, pour peser leur blanc de poulet.

– ... elle venait d'où ?

– Ben... de Mystic. Vous savez, dans le Connecticut...

Cooper ouvre des placards à présent, mais Marnie est si déconcertée qu'elle ne songe même pas à protester.

– Hé, je sais. Vous avez joué dans *Sauvés par le gong*, c'est ça ? demande-t-elle.

– Non. Vous avez dit qu'Eliz... Beth, je veux dire... détestait habiter ici ?

– Non, c'est pas vraiment ça, rétorque Marnie. Elle n'avait rien à faire ici, c'est tout. Vous imaginez... elle voulait être infirmière.

Cooper la regarde avec surprise. Je constate qu'il n'est pas habitué à fréquenter les étudiants de l'université de New York :

– Qu'est-ce que vous avez contre les infirmières ?

– Pourquoi venir étudier à l'université de New York, si c'est pour devenir infirmière ? réplique Marnie d'une voix pleine de mépris. Pourquoi dépenser autant d'argent pour venir étudier ici quand il y a tellement d'écoles d'infirmières bon marché ?

– C'est quoi, votre matière principale ? l'interroge Cooper.

– À moi ?

Marnie semble à deux doigts de nous envoyer promener, mais sans doute ne veut-elle pas se montrer grossière. Du moins avec Cooper. Au lieu de ça, elle écrase sa cigarette dans un cendrier en forme de main, et répond :

– L'art dramatique.

Puis elle s'assied sur son nouveau lit à deux places et me fixe à nouveau.

– Je vous assure que je vous ai vue quelque part.

Je prends le cendrier entre mes mains, histoire de la distraire – à la fois pour qu'elle cesse de vouloir me remettre, et pour qu'elle ne prête pas attention au manège de Cooper, lequel est en train d'effectuer une fouille en règle.

– Il est à vous ou à Elizabeth ? je lui demande, bien que je connaisse déjà la réponse.

– Il est à moi, dit Marnie. Évidemment. Les affaires de Beth, ils les ont toutes emportées. D'ailleurs, elle ne fumait pas. Elle ne faisait rien du tout.

– Qu'est-ce que vous voulez dire par là : elle ne faisait rien du tout ?

– Ça, précisément. Elle faisait rien. Elle ne sortait pas. Elle ne recevait personne. Sa mère refusait qu'elle sorte avec des garçons. Vous savez ce qu'elle a fait, à la messe en hommage à Elizabeth ? Sa mère, je veux dire ?

Cooper est en train d'inspecter la salle de bains. Sa voix nous parvient, étouffée :

– Elle a fait quoi ?

Marnie se met à farfouiller dans un sac à dos en cuir noir.

– Elle a passé son temps à promettre qu'elle allait poursuivre l'université de New York pour n'avoir pas rendu les cages d'ascenseur suffisamment inaccessibles aux surfeurs. Ohé, qu'est-ce que vous trafiquez dans ma salle de bains ?

– À ce que j'ai compris, la mère refusait que sa fille puisse recevoir des garçons, dis-je, ignorant la question relative à la présence de Cooper dans sa salle de bains.

– Beth ne m'en a jamais parlé.

Marnie retrouve son paquet de cigarettes. Par bonheur, il est vide. Elle le balance par terre, l'air contrarié.

– Mais ça ne m'aurait pas étonnée plus que ça, reprend-elle. On aurait dit qu'elle vivait dans un autre siècle. Je ne crois pas que Beth ait jamais embrassé un mec, jusqu'à une ou deux semaines avant sa mort.

Cooper apparaît dans l'encadrement de la porte de la salle de bains. Il paraît bien trop grand pour pouvoir y tenir, mais y parvient Dieu sait comment.

– Qui ça ? je demande, avant que Cooper ne s'immisce dans la conversation. C'était qui, ce mec ?

– J'en sais rien.

Marnie hausse les épaules, perdue sans ses cigarettes. C'étaient de chouettes accessoires, pour jouer la colocataire éplorée.

– Il y avait un type dont elle parlait tout le temps, juste avant de... vous voyez ce que je veux dire.

Marnie émet un long sifflement et désigne le sol.

– Ce qui est sûr, c'est qu'ils venaient de se rencontrer. Mais il suffisait qu'elle parle de lui pour que son visage... c'est difficile à expliquer.

– Ce type, vous l'avez vu ? Vous savez comment il s'appelle ? Il s'est rendu à la messe en hommage à Elizabeth ? C'est lui qui l'a convaincue d'aller surfer dans l'ascenseur ?

Marnie se rebiffe.

– Nom de Dieu, vous me bombardez de questions !

Cooper vient à la rescousse, comme toujours.

– Marnie, c'est d'une importance capitale. Vous n'avez aucune idée de l'identité de ce gars ?

Avec moi, elle rechigne. Pour Cooper, elle est plus que disposée à faire un effort.

– Attendez voir...

Marnie fronce les sourcils. Sans être jolie, elle a un visage intéressant. Elle pourrait peut-être interpréter des seconds rôles. La meilleure copine, celle qui est un peu rondouillarde.

Pourquoi la meilleure copine est-elle toujours grassouillette ? Pourquoi l'héroïne ne l'est-elle jamais ? Elle pourrait... je ne sais pas, moi... faire du quarante-six ? Voire du quarante-huit ? Pourquoi l'héroïne entre-t-elle toujours dans du trente-six ?

– Ouais, elle disait qu'il s'appelait Mark, ou un truc dans le genre, lance Marnie, interrompant le fil de mes pensées. Mais je ne l'ai jamais vu. Après tout, ils n'ont commencé à sortir ensemble qu'une semaine avant sa mort, peut-être. Il l'emmenait au cinéma. Ils sont allés voir un film étranger à l'Angelika. C'est pour ça que j'ai trouvé ça tellement bizarre...

Je secoue la tête.

– Quoi ? Qu'est-ce que vous avez trouvé bizarre ?

– Ben, qu'un gars qui aime... euh... les films étrangers soit du genre à surfer dans l'ascenseur. C'est tellement... puéril, comme jeu. Les étudiants de première année s'amusent à ça. Vous savez, ceux qui portent des baggy et qui paraissent à peine douze ans ? Mais ce type-là était plus âgé, vous comprenez. Et raffiné. Du moins, d'après Beth. Alors pourquoi l'aurait-il incitée à sauter du toit d'une cabine d'ascenseur ?

Je m'assieds à côté de Marnie, sur le lit immense.

– Elle vous en a parlé ? Elle vous a dit qu'il voulait qu'elle surfe avec lui ?

– Non. Mais il a bien dû le lui demander, non ? Elle n'y aurait jamais été seule. À mon avis, elle ne devait même pas savoir ce que c'était.

– Elle y est peut-être allée avec les étudiants de première année auxquels vous faisiez allusion, suggère Cooper.

Marnie fait la grimace.

– Impossible. Ces gars ne lui auraient jamais proposé de les accompagner. Ils sont trop branchés – du moins, c'est ce qu'ils croient – pour s'intéresser à quelqu'un comme elle. Qui plus est, si elle avait été avec eux, elle ne serait pas tombée. Ces gars l'en aurait empêchée. Ils sont hyper-calés.

– Vous n'étiez pas là, n'est-ce pas, le soir où elle est morte ? je demande.

– Moi ? Non, j'avais une audition. On n'est pas censés passer des auditions quand on est en première année, vous savez. Mais je me suis dit qu'il fallait tenter le coup. Après tout, c'est ça, Broadway ! Si j'étais engagée dans un show, je laisserais tomber la fac sur-le-champ.

– Elizabeth avait donc la chambre pour elle toute seule, ce soir-là ?

– Ouais. Elle l'avait invité. Le fameux mec. Elle était toute excitée. Elle s'était mise à préparer un repas romantique pour deux sur la plaque chauffante.

Marnie s'interrompt, soudain soupçonneuse.

– Vous n'allez pas cafter, hein ? Vous ne direz rien, pour la plaque chauffante. Je sais que c'est interdit à cause des risques d'incendie, mais...

Je l'arrête :

– Ce gars, ce Mark... ou quel que soit son nom... Il est venu... ce soir-là ?

– Ouais, confirme Marnie. Du moins, c'est ce que j'en ai conclu. Ils n'étaient plus là quand je suis rentrée, mais ils avaient laissé la vaisselle du dîner dans l'évier. Il a fallu que je m'en charge pour éviter que ça n'attire les cafards. Quand même, vu ce qu'on paye pour habiter ici, vous pourriez faire désinsectiser le bâtiment régu...

– Quelqu'un a-t-il rencontré ce Mark ? l'interrompt Cooper. L'un de vos amis communs, par exemple ?

– Beth et moi n'avions pas d'amis communs, rétorque Marnie d'un ton acerbe. Je vous ai dit que c'était une pauvre fille. D'accord, on était camarades de chambre, mais je n'aurais jamais eu idée de traîner avec elle. Et quand elle est morte, je ne l'ai appris que vingt-quatre heures plus tard. Elle n'est pas revenue ce soir-là. Je me suis donc imaginé qu'elle passait la nuit chez le type en question.

– Vous avez confié cela à la police ? demande Cooper. Qu'Elizabeth avait reçu le type dans sa chambre le soir de sa mort ?

Marnie hausse les épaules.

– Ouais. Ils n'ont pas eu l'air de s'en soucier. Après tout, c'est pas comme si le mec l'avait assassinée. C'est sa propre bêtise qui l'a tuée. Parce qu'enfin, même si on s'est envoyé je ne sais combien de verres de vin, on ne saute pas du toit d'un ascenseur...

J'aspire une longue bouffée d'air.

– Ils ont bu ? Mark et Beth ?

– Ouais. J'ai trouvé les bouteilles dans la poubelle. Il y en avait deux. Et drôlement chères, en plus. C'est Mark qui a dû les apporter. Elles devaient valoir dans les vingt dollars chacune. Pour quelqu'un qui vit dans ce trou à rats, ce gars-là a les moyens.

Je retiens mon souffle.

– Une seconde... Il vit à Fischer Hall ?

– Ouais. Enfin... forcément, non ? Puisqu'elle n'a pas eu à l'inscrire sur le registre.

Nom de Dieu ! Je n'y avais même pas songé ! Que Beth ait pu recevoir un garçon dans sa chambre sans qu'il soit inscrit sur le registre parce qu'il n'en avait pas besoin – vu qu'il vivait dans le bâtiment ! Lui aussi réside à Fischer Hall !

Je jette un coup d'œil à Cooper. J'ignore où cela va nous mener, mais je jurerais que nous tenons une piste... et une sacrée piste ! À son expression, impossible de deviner s'il pense la même chose que moi.

– Marnie, dis-je. Vous ne vous souviendriez pas d'un détail, même insignifiant, au sujet de ce garçon que fréquentait votre camarade ?

– Je vous ai raconté tout ce que je savais, répond Marnie d'un ton contrarié. Il s'appelle Mark, ou un nom comme ça. Il aime les films étrangers, apprécie les vins coûteux, et je suis quasiment sûre qu'il vit ici. Oh, et Beth n'arrêtait pas de répéter qu'il était hyper-mignon. Mais il devait pas l'être tant que ça ! Je vois pas pourquoi un mec mignon se serait intéressé à elle. C'était un vrai thon !

La Gazette du campus avait publié une photo d'Elizabeth

extraite de l'annuaire des étudiants de première année, le lundi suivant sa mort. Marnie, je dois l'admettre, n'exagérait pas. Elizabeth n'était pas ce qu'on appelle une jolie fille. Pas maquillée et affublée de lunettes à double foyer, elle avait une coupe de cheveux démodée à la Farrah Fawcett, et un sourire révélant plus de gencives que de dents.

Or, comme les clichés des photographes employés par la fac sont rarement flatteurs, j'en avais déduit qu'Elizabeth devait être plus jolie au naturel.

Mais je m'étais peut-être trompée.

Il était également possible – qui sait ? – que Marnie ait été jalouse parce que sa colocataire avait un petit ami, et pas elle.

Eh oui, ces choses-là arrivent ! Pas besoin d'avoir une licence de psycho – ou de détective privé – pour le savoir.

Cooper et moi remercions Marnie et prenons congé, sans avoir pu éviter un nouveau couplet du style « je sais que je vous ai déjà vue quelque part ». Dans le couloir, je maudis une fois de plus ma décision – ou plutôt celle de ma mère – de renoncer à des études secondaires pour faire carrière dans le show-biz.

En redescendant péniblement l'escalier, je me demande si Cooper n'a pas raison. Je suis peut-être folle, après tout ? Est-ce que je pense sérieusement qu'il y a, à Fischer Hall, un maniaque qui s'amuse à traquer les étudiantes de première année et à les convaincre d'aller surfer dans l'ascenseur ? Et qui, après se les être envoyées, les assassine en les poussant dans le vide ?

Lorsque nous parvenons au palier du dixième étage, je dis, pour tester Cooper :

– J'ai lu un article dans un magazine au sujet de gens qui tuent pour se procurer des émotions fortes.

– Ouais, rétorque sèchement Cooper. On voit ça au cinéma. Dans la réalité, ce n'est pas si fréquent. La plupart des crimes sont de nature passionnelle. Les gens ne sont pas aussi tordus qu'on veut bien l'imaginer.

Je le regarde du coin de l'œil. Il ne s'imagine pas à quel point j'ai l'esprit tordu. En ce moment même, par exemple, j'imagine que je l'assomme et que je lui arrache tous ses vêtements avec les dents.

Non, pas vraiment. Mais je n'en suis pas loin.

– Il faudrait discuter avec la colocataire de l'autre fille, je suggère, résolue à balayer de mon esprit ces images de dents et de vêtements déchiquetés. Tu sais, de celle qui est morte aujourd'hui. La questionner au sujet du préservatif. Elle sait peut-être à qui il appartenait.

Cooper me scrute de son regard bleu vif.

– Laisse-moi deviner. Tu penses qu'il pourrait appartenir à un certain Mark, qui aime les films étrangers et apprécie les bons bordeaux ?

– Ça ne coûte rien de se renseigner.

– Il y a un gars, dans le personnel, qui correspondrait à la description ?

– Eh bien... dis-je, me penchant sur la question. Non. Pas vraiment.

– Alors comment a-t-il pu se glisser derrière la réception et prendre la clé ?

Je fronce les sourcils.

– Tu n'as pas encore trouvé de solution à ce mystère, pas vrai ? demande-t-il avant que j'aie pu répondre. Écoute,

Heather, pour faire un bon détective, il ne suffit pas d'aller fouiner partout et de poser des questions. Faut s'assurer que ça en vaut la peine. Et, je suis désolé, ici j'en vois pas la nécessité.

– Mais... le préservatif ! Le mystérieux inconnu !

Cooper secoue la tête.

– C'est triste pour ces filles. Vraiment triste. Mais rappelle-toi comment tu étais à dix-huit ans, Heather. Toi aussi, tu faisais des truc insensés. Peut-être pas aussi dingues que grimper, par défi, sur le toit d'une cabine d'ascenseur, n'empêche que...

– Elles n'ont pas fait ça ! je proteste. Crois-moi, ces filles n'ont pas fait ça.

– Eh bien, elles se sont tout de même retrouvées au fond d'une cage d'ascenseur. Et, même si je sais que tu voudrais penser qu'un dangereux maniaque les y a poussées, il y a presque un millier de gamins qui vivent dans ce dortoir, Heather. Tu ne crois pas que l'un d'entre eux se serait rendu compte de quelque chose si un gars avait jeté sa petite copine dans une cage d'ascenseur ? Et tu ne penses pas qu'il en aurait aussitôt parlé autour de lui ?

– Mais... mais...

C'est tout ce que je trouve à répliquer.

Il jette alors un coup d'œil à sa montre.

– Écoute. Je vais arriver en retard à mon rendez-vous... On peut reparler de ça plus tard, miss Marple ? Il faut que j'y aille.

– Ouais, je dis d'une voix découragée. J'imagine.

– OK. À plus tard.

Et il continue à descendre l'escalier, trop rapide pour me laisser l'espoir de le rattraper.

Malgré tout, à l'étage du dessous, le voilà qui se fige et se tourne vers moi. Le bleu de ses yeux m'éblouit une fois encore.

– Et, soit dit en passant... commence-t-il.

– Oui ?

Je m'empresse de me pencher par-dessus la rampe.

Si je ne tiens pas à ce que tu mènes seule l'enquête, c'est que je supporte pas de te savoir en danger. Tu comprends, Heather, je t'aime. Je t'ai toujours aimée. Voici les mots que j'attends... euh... que je rêve d'entendre. Au lieu de ça, j'ai droit à :

– On n'a plus de lait. Pense à t'arrêter au supermarché quand tu rentreras, tu veux bien ?

– D'accord, dis-je faiblement.

Et le voilà parti.

10

Fuyons, toi et moi,
Vers cet endroit
Où le soleil brille toute l'année
Pars avec moi,
Tu ne vas pas le regretter

Fuyons loin d'ici !
Oublions tous nos soucis !
À nous de décider,
Ils ne peuvent rien empêcher
Fuyons loin d'ici !

« Fuyons »
Interprété par Heather Wells
Paroles et musique : Dietz/Ryder
Extrait de l'album *Beau comme un esquimau*
Disques Cartwright

– C'était qui, ça ? me demande Sarah. Le mec qui vient de partir ?

– Ça ? dis-je en me glissant derrière mon bureau. C'était Cooper.

– Ton camarade de chambre ?

Sarah a dû m'entendre discuter avec lui au téléphone, ou quelque chose dans ce goût-là.

Je rectifie :

– Mon colocataire. Non... mon propriétaire, en fait. J'occupe le dernier étage de sa maison.

– Parce qu'en plus d'être beau il est riche ? rétorque Sarah, bavant littéralement de convoitise. Et tu ne t'es pas encore jetée sur lui ?

– Nous sommes amis, rien de plus.

Je souffre de prononcer chacun de ces mots. *Nous.* Aïe ! *sommes.* Aïe ! *Amis.* Aïe ! *Rien de plus.* Aïe aïe aïe !

– Et puis, je suis vraiment pas son genre.

Sarah semble offusquée.

– Pourquoi ? Il est homo ? Pourtant mon détecteur d'homos ne s'est pas déclenché !

– Non, il n'est pas homo ! je m'écrie. Il aime les femmes qui réussissent.

– Tu as réussi, toi ! Ton premier disque a été album de platine quand tu n'avais que quinze ans ! réplique Sarah d'un ton indigné.

– Je voulais dire « brillantes ». (J'aimerais mieux discuter de n'importe quoi d'autre.) Il aime les filles qui possèdent des tas de diplômes. Qui sont archi-séduisantes. Et minces.

– Oh, fait Sarah, un peu refroidie. Dans le genre de Rachel, c'est ça ?

Dieu sait pourquoi, j'ai un serrement au cœur.

– Ouais. Dans le genre de Rachel.

Est-ce vraiment le cas ? Cooper aime-t-il réellement les femmes comme Rachel ? Les femmes dont le sac à main est assorti aux chaussures ? Les femmes qui connaissent le logiciel PowerPoint et savent comment s'en servir ? Les femmes qui consomment leur salade avec la vinaigrette à part, et sont capables de faire des centaines de pompes sans s'essouffler ? Les femmes qui ont étudié à Yale ? Les femmes qui prennent des douches plutôt que des bains – contrairement à moi, qui suis trop paresseuse pour rester aussi longtemps debout.

Avant que j'aie pu me pencher sérieusement sur la question, Rachel déboule dans la pièce, un peu décoiffée mais toujours sexy.

– Oh, Heather, te voilà ! Où étais-tu passée ?

– J'étais en haut, avec un des enquêteurs, dis-je. (Après tout, c'est la vérité. Enfin, à peu de chose près.) Il avait besoin de jeter un coup d'œil à la chambre de la victime.

– Oh, rétorque-t-elle d'un ton impatient. Maintenant que tu es revenue, pourrais-tu appeler le bureau d'aide psychologique et voir s'ils peuvent nous envoyer quelqu'un immédiatement. La camarade de chambre de Roberta ne va pas bien du tout...

Me voilà soudain ragaillardie.

– Bien sûr.

Je tends la main vers le téléphone, oubliant aussi sec que j'ai promis à Cooper de ne plus jouer les miss Marple.

– Aucun problème. Tu as besoin de quelqu'un pour l'accompagner là-bas ? je demande à Rachel.

– Oh, oui.

Rachel vient peut-être d'être confrontée à un drame mais, à la regarder, on ne le devinerait pas. Sa robe portefeuille Diane von Furstenberg épouse gracieusement les courbes de son corps souple (sur mes formes à moi, les robes portefeuilles font l'effet opposé) et elle a le rose aux joues.

– Tu crois que tu peux arranger ça ?

– Je serais heureuse de me rendre utile, je réponds.

D'accord, j'éprouve un soupçon de mauvaise conscience, en prononçant ces mots – vu que si je suis si disposée à me rendre utile, c'est davantage pour interroger que pour aider la camarade de chambre de la morte.

Mais ce n'est pas ça qui va m'arrêter.

J'appelle le bureau d'aide psychologique. Évidemment, ils sont déjà au courant de l'« autre tragédie », et me prient aussitôt de leur amener sans attendre la camarade de chambre en question, une certaine Lakeisha Green. Cela fait partie de mes attributions, d'escorter les étudiants devant se présenter au bureau de soutien psychologique jusqu'au bâtiment où il se trouve. Tout ça parce qu'un jour on a laissé une étudiante s'y rendre seule, qu'elle s'est perdue, et qu'on l'a retrouvée à Washington Heights, portant son soutien-gorge sur la tête, et s'obstinant à proclamer qu'elle était Cléopâtre.

C'est vrai, je le jure. Ce genre de chose ne s'invente pas.

Lakeisha est assise dans un coin de la cafétéria, sous un poster de chatons que Magda a accroché là pour égayer les lieux car, *dixit* Madga : « Les vitraux anciens et les lambris d'acajou, c'est quand même supermoche ! » Magda est également présente, et s'efforce de la convaincre, à force de cajoleries, de manger des oursons gélifiés.

– Juste une petite poignée ? dit Magda, en agitant le sachet en plastique sous le nez de Lakeisha. Je t'en prie. C'est cadeau. Je sais que tu les aimes bien. Hier soir, vous en avez acheté un sachet, toi et tes amies.

Par politesse, Lakeisha prend le sachet.

– Merci, murmure-t-elle.

Le visage de Magda s'illumine. C'est alors qu'elle m'aperçoit.

– Ma pauvre petite star de ciné... chuchote-t-elle à mon intention à propos de Lakeisha. Elle refuse d'avaler une bouchée. (Elle baisse encore la voix.) C'était qui, cet homme avec qui Pete et moi t'avons vue aujourd'hui, Heather ? Un homme très beau...

– Oh, c'était Cooper, je me contente de répondre, vu que Magda sait déjà tout ce qu'il y a à savoir sur Cooper.

Car entre deux bouchées de hamburger, à midi, il nous paraît tout naturel de discuter de mecs craquants.

– C'est lui, Cooper ? demande Magda, visiblement stupéfaite. Oh, ma chérie, rien d'étonnant à ce que...

– À ce que quoi ?

– Oh, rien du tout.

Madga me tapote le bras dans un geste qui pourrait être réconfortant si je ne craignais qu'elle me blesse avec l'un de ses ongles.

– Tout finira par s'arranger. Peut-être...

– Euh... merci.

J'ignore de quoi elle parle, au juste... et je préfère ne pas le savoir. Je concentre mon attention sur la camarade de chambre de Roberta.

Lakeisha est visiblement très, très triste. Sa chevelure est entièrement tressée et elle porte, au bout de chaque tresse, une perle de couleur vive. Les perles s'entrechoquent et cliquettent chaque fois qu'elle remue la tête.

– Lakeisha, dis-je d'une voix douce. J'ai cru comprendre que tu devais t'entretenir avec quelqu'un du bureau d'aide psychologique. Je suis ici pour t'y conduire. Tu veux qu'on y aille maintenant ?

Elle hoche la tête. Mais ne se lève pas. Je jette un coup d'œil à Magda.

– Elle veut peut-être se reposer un peu, suggère Magda. Ma petite star de ciné veut se reposer ?

Lakeisha hésite un instant.

– Non, c'est bon. Allons-y.

– Tu es sûre que tu ne veux pas un esquimau au chocolat ? demande Magda.

Parce que les esquimaux au chocolat sont, bien évidemment, la solution à tous les problèmes du monde.

Or Lakeisha se contente de secouer la tête, ce qui fait joliment cliqueter les perles dans ses cheveux.

Ce qui explique sans doute sa minceur. Le fait qu'elle refuse les esquimaux qu'on lui propose, je veux dire... Je ne me souviens pas d'avoir jamais dit non à un esquimau gratuit. Surtout s'il est au chocolat.

Nous nous dirigeons vers la sortie d'un pas lent et accablé. À l'entrée, ils filtrent les étudiants au compte-gouttes, en les prévenant qu'ils vont devoir utiliser les escaliers pour retourner à leur chambre. Comme on peut s'y attendre dans une communauté aussi restreinte, la rumeur d'un nouveau décès s'est répandue comme une traînée de poudre. Et lorsque des étudiants nous voient quitter le bâtiment, Lakeisha et moi, quantité de chuchotements nous parviennent aux oreilles... *C'est la camarade de chambre de... Oh, la pauvre...* Lakeisha ne les entend pas, ou fait mine de les ignorer. Elle marche la tête haute, mais le regard au sol.

Nous nous tenons là, au coin de la rue, à attendre que le feu passe au rouge, quand je trouve enfin le courage d'aborder la question qui m'intéresse.

– Lakeisha. Sais-tu si Roberta avait un rendez-vous hier soir ?

Lakeisha me regarde comme si elle me voyait pour la première fois. C'est une fille petite et menue, toute en genoux et pommettes. Le sachet d'oursons gélifiés que Magda l'a pressée d'accepter semble presque trop lourd pour elle.

– Pardon ? demande-t-elle d'une voix douce.

– Ta camarade de chambre. Elle n'avait pas un rendez-vous hier soir ?

– Je suppose. Je n'en suis pas certaine, murmure Lakeisha d'une voix désolée et à peine audible, au milieu de toute cette circulation. Je suis sortie hier soir – j'avais une répétition de danse à huit heures. Bobby dormait quand je suis rentrée. Il était vraiment tard... plus de minuit. Et elle dormait toujours quand je suis partie ce matin.

Bobby. Avaient-elles été proches, Lakeisha et sa camarade fan de Ziggy ? Sans doute, si la première appelait Roberta « Bobby ». Et moi, qu'est-ce que je fais là, à interroger cette malheureuse, alors qu'elle vient de subir un choc terrible ?

Jordan aurait-il vu juste ? Ses accusations de l'autre jour sont-elles fondées ? Me suis-je réellement endurcie ?

J'imagine, vu que je ne tarde pas à remettre ça :

– Si je te pose cette question, Lakeisha...

Je me fais vraiment l'effet d'une garce de première. Ça vaut peut-être mieux, de se trouver naze, dans ce genre de situations. Vous voyez ce que je veux dire ? Car enfin, j'ai lu que les cinglés... euh... les gens souffrant de troubles mentaux... ne se considéraient pas comme anormaux. Alors c'est peut-être pareil avec les garces ? Peut-être les véritables garces ne se considèrent-elles pas comme des garces ? Ce qui signifierait que, si je me trouve à vomir, je ne le suis pas vraiment...

Faudra que je songe à consulter Sarah à ce sujet.

– Si je te pose cette question, Lakeisha, c'est parce que la police a découvert un préservatif usagé sous le lit de Roberta, ce matin. (D'accord, c'est un mensonge, mais bon...) Il avait été... euh... utilisé il y a peu.

Cela semble tirer un peu Lakeisha de sa torpeur. Elle me fixe franchement et, cette fois-ci, me voit pour de bon.

– Pardon ? demande-t-elle d'une voix plus forte.

– Un préservatif. Sous le lit de Roberta. Il a dû être mis là hier au soir.

– Impossible ! réplique Lakeisha d'un ton ferme. Impossible. Pas Bobby. Elle n'a jamais...

Elle s'interrompt et baisse les yeux sur ses Nike.

– Non, répète-t-elle avant de secouer la tête si énergiquement que ses perles s'entrechoquent comme des castagnettes.

– Enfin, quelqu'un a bien dû laisser traîner ce préservatif, dis-je. Si ce n'était pas Roberta, qui...

– Oh mon Dieu ! s'écrie Lakeisha, soudain toute excitée. C'est sûrement Todd !

– Qui est Todd ?

– C'est l'homme... le mec de Bobby. Bobby n'a jamais eu d'homme avant.

– Oh, dis-je, déconcertée par cette information. Elle était... euh...

– Vierge, ouais, répond Lakeisha d'un air absent.

Elle est encore sous le coup de ce que je viens de lui apprendre.

– Ils ont dû... reprend-elle. Ils ont dû faire ça après que je suis partie. Il a dû venir la rejoindre. Ce qu'elle devait être contente !

Mais l'exaltation de Lakeisha retombe aussitôt, et elle secoue une fois de plus la tête.

– Dire qu'après il a fallu qu'elle aille faire un truc aussi insensé...

Parfait. On est sur la bonne voie.

Je ralentis le pas et, sans s'en rendre compte, Lakeisha fait de même. Nous ne sommes plus qu'à deux blocs du centre de soutien psychologique.

– Ta colocataire n'était pas habituée à surfer dans l'ascenseur ? je demande – bien que je devine déjà la réponse.

– Bobby ? répète Lakeisha d'une voix brisée. Surfer dans l'ascenseur ? Non ! Jamais ! Pourquoi elle aurait joué à un jeu aussi débile ? C'est une fille intelligente... *c'était* une fille intelligente. Trop intelligente pour ça, en tout cas. En plus, ajoute-t-elle, Bobby était sujette au vertige. Elle n'osait même pas regarder par la fenêtre, elle trouvait qu'on vivait bien assez haut comme ça.

Je le savais. Je le savais. Quelqu'un l'a poussée. C'est la seule explication possible.

– Et ce garçon, ce Todd, dis-je, m'efforçant de dissimuler ma curiosité et le fait que mon cœur se soit mis à battre à la vitesse grand V, Roberta l'a rencontré quand ?

– Oh, la semaine dernière, à une soirée dansante.

– À une soirée ?

– La soirée dans la cafétéria.

Pour finir, la soirée prévue le jour de la mort d'Elizabeth avait été maintenue. Sarah n'avait pas été la seule à plaider énergiquement en faveur de son maintien. L'association des étudiants s'y était mise elle aussi, et Rachel avait cédé. La soirée avait fait salle comble, et il n'y avait eu qu'un seul moment désagréable : lorsque des fans de Jordan Cartwright s'étaient irrités de la sélection musicale et avaient failli en venir aux mains avec des résidents fans de Justin Timberlake.

– Todd y était, déclare Lakeisha. C'est ce soir-là que Bobby et lui ont commencé à se fréquenter.

– Ce Todd... tu connais son nom de famille ?

– Non.

Lakeisha paraît troublée. Puis son visage s'éclaire :

– Mais il réside dans le bâtiment !

– Vraiment ? Comment tu le sais ?

– Parce que Bobby n'a jamais eu à l'inscrire sur le registre.

– Et ce gars, ce Todd... (je retiens littéralement mon souffle) Tu l'as rencontré ?

– Rencontré, non. Mais Bobby me l'a montré du doigt, à la soirée. On n'était pas tout près, cela dit.

– Il ressemblait à quoi ?

– Il était grand.

Comme Lakeisha en reste là, je la titille un peu :

– Grand... et quoi d'autre ?

Lakeisha hausse les épaules.

– Il était blanc, répond-elle sur un ton navré. Et les Blancs... ils ont tous... vous voyez ce que je veux dire.

OK. Chacun sait que les Blancs ont tous la même tête.

– Vous pensez que ce Todd – à présent, Lakeisha l'appelle elle aussi « ce Todd » – a quelque chose à voir dans... dans ce qui est arrivé à Bobby ?

– Je n'en sais rien, dis-je.

Et, à cet instant précis, je réalise que nous sommes devant le bâtiment qui abrite le bureau de soutien psychologique. Déjà ! Je suis déçue.

– Eh bien, Lakeisha, nous y voilà.

Lakeisha regarde la porte à deux battants sans paraître réellement la voir.

– Vous ne croyez pas... vous ne croyez tout de même pas que ce Todd... l'aurait *poussée*, par exemple ?

Les battements de mon cœur semblent s'espacer, puis carrément cesser.

– Je ne sais pas, dis-je avec circonspection. Pourquoi ? Tu y as songé, toi ? Roberta a-t-elle laissé entendre qu'il pouvait être violent ?

Lakeisha secoue la tête. Nouveau cliquetis de perles.

– Non. Justement. Elle était si heureuse. Pourquoi est-ce qu'elle a fait un truc aussi bête ? demande-t-elle, les yeux embués de larmes. Pourquoi faire une chose pareille alors qu'elle venait de trouver l'homme de ses rêves ?

C'est justement la question que je me pose.

11

Oh la la la
Oh la la la
J'ai dit
Oh la la la
Oh la la la
C'est ce que je dis
Chaque fois
Qu'il regarde vers moi
Je dis : encore !
Oh la la la

« Oh la la la »
Interprété par Heather Wells
Paroles et musique : Valdez/Caputo
Extrait de l'album *Beau comme un esquimau*
Disques Cartwright

Pendant la pause déjeuner, je mets Magda et Pete au parfum. Je leur raconte tout, sans omettre de mentionner Cooper...

Mais je me garde bien de préciser que j'en suis folle, ou quoi que ce soit dans ce goût-là. Ce qui, évidemment, rend mon histoire plus courte et bien moins palpitante.

La seule réaction de Pete consiste à prendre une grande fourchetée de chili con carne, qu'il examine d'un œil soupçonneux.

– Il y a des carottes là-dedans ? Tu sais que je déteste les carottes.

– Pete, tu as entendu ? J'étais en train de dire que je pensais...

– J'ai entendu.

– Oh. Eh bien, tu ne crois pas que...

– Non !

– Mais tu n'as même pas...

– Heather, m'interrompt Pete en déposant délicatement le morceau de carotte à côté de son assiette. Je crois que tu as passé trop de temps à regarder *New York District*.

– Je t'adore, ma louloute, dit à son tour Magda. Mais franchement... tout le monde sait que tu es un peu... (Elle lève l'index et se tapote la tempe.) Un peu zarbi, si tu vois ce que je veux dire.

J'ai du mal à croire qu'une femme capable de passer cinq heures à se faire peindre la statue de la liberté sur les ongles ose prétendre que je suis *zarbi*.

Je leur jette un regard noir.

– Enfin... Deux filles, qui n'avaient jamais manifesté le moindre intérêt pour les cages d'ascenseur, y sont mortes en l'espace de deux semaines ?

– Ce sont des choses qui arrivent, soupire Pete en haussant les épaules. Tu prends tes cornichons ?

– Ohé, les amis, je suis sérieuse. Je pense réellement que quelqu'un a poussé ces filles dans la cage d'ascenseur. Parce qu'enfin... il y a des points communs entre les deux affaires. Les deux filles étaient du genre candide. Elles n'avaient jamais eu de petit copain, ni l'une ni l'autre. Or, voilà que soudain, une semaine avant leur mort, elles sortent toutes les deux avec un garçon...

– Qui sait... réplique Magda. Peut-être qu'elles ont décidé

d'en finir quand, après s'être préservées pour le prince charmant pendant toutes ces années, elles ont réalisé que le sexe, c'était pas si terrible que ça...

Cela met fin à la conversation, Pete manquant de s'étouffer avec son thé glacé.

La journée se prolonge dans la confusion. Les deux décès, si rapprochés, nous valent d'être assaillis par les journalistes – surtout ceux de la presse à scandale, mais un reporter du *Times* se fend également d'un appel.

Et puis il y a une note interne que Rachel tient à faire parvenir à tous les résidents pour leur faire savoir qu'un psychologue sera à leur disposition vingt-quatre heures sur vingt-quatre cette semaine, afin de les aider à surmonter le traumatisme. Ce qui signifie que je vais devoir faire sept cents photocopies, puis convaincre les RE de glisser le communiqué en question dans les trois cents boîtes aux lettres correspondant aux chambres – deux exemplaires pour les chambres doubles, et trois pour les chambres à trois lits, plus économiques.

Tina, de service à l'accueil, refuse tout net. Apparemment, Justine s'était toujours contentée de faire une seule photocopie par étage et de l'afficher à côté des ascenseurs.

Mais Rachel insiste pour que chaque résident ait son exemplaire. Je suis contrainte de dire à Tina que je ne me soucie pas de savoir comment Justine procédait et qu'à présent, c'est moi qui décide. Ce à quoi elle rétorque, d'un ton théâtral :

– Personne ne se soucie de ce qui est arrivé à Justine ! Il n'y avait pas meilleur boss au monde, et ils l'ont renvoyée sans raison valable. Je l'ai vue pleurer le jour où elle l'a appris. L'université de New York est d'une telle injustice !

J'ai envie de préciser que si Justine pleurait, c'était sans doute de soulagement : après tout, elle n'était que renvoyée, et non poursuivie.

Malheureusement je ne suis pas censée mentionner le fait que Justine a été renvoyée pour vol devant les étudiants – un peu pour la même raison que nous ne sommes pas censés appeler la résidence un dortoir : cela pourrait leur donner l'impression de ne pas être réellement protégés.

Au lieu de ça, je promets à Tina de lui payer des heures sup pour qu'elle distribue la note interne. Ça lui donne aussitôt des ailes.

Quand je rentre à la maison, ma bouteille de lait sous le bras, il est presque dix-huit heures. Cooper n'est pas dans les parages. Il doit être planqué quelque part à filer quelqu'un – c'est surtout à ce genre de choses, non, que les détectives occupent leurs journées ? Et c'est tant mieux, car j'ai plein de trucs à faire. J'ai subtilisé le registre des résidents, et je vais le passer en revue en entourant au crayon tous les Mark et les Todd. Plus tard, je compte les appeler – grâce à l'annuaire de Fischer Hall – et demander à chacun d'entre eux s'il connaissait Elizabeth ou Roberta.

Je ne sais pas encore comment je réagirai si l'un d'eux répond « oui ». J'imagine que je ne pourrai pas dévoiler mes cartes, en répliquant : « Ah... et vous ne l'auriez pas balancée dans la cage d'ascenseur, par hasard ? » Mais je me dis que je saurai bien trouver une solution le moment venu.

À peine me suis-je installée devant le registre, avec un verre de vin et des biscuits dégotés dans le placard, qu'on sonne à la porte.

Et je me rappelle soudain que j'avais proposé à mon amie Patty de lui garder son bébé, ce soir.

Sitôt la porte ouverte, Patty comprend que quelque chose cloche.

– Qu'est-ce qui s'est passé ? demande-t-elle.

– Rien, j'assure, en lui prenant Indy des bras. Enfin... il ne m'est rien arrivé à moi, mais il s'est tout de même passé quelque chose. Une autre fille est morte, aujourd'hui. C'est tout.

– Encore une ? demande Frank, le mari de Patty, que la nouvelle met visiblement en joie.

Il y a quelque chose, dans les morts violentes, qui fascine certaines personnes. Frank fait de toute évidence partie de leur club.

– Comment elle a fait son compte ? Une overdose ?

– Elle est tombée dans la cage d'ascenseur, je réponds, pendant que Patty flanque à Frank un grand coup de coude dans les côtes, au point de lui faire pousser un grognement de douleur. Ou du moins, c'est ce qu'on a conclu. Ne vous faites pas de souci pour moi. Tout va bien, je vous assure.

– Sois sympa avec elle ! lance Patty à son mari. Elle a eu une sale journée.

Patty a toujours tendance à en faire trop, quand elle sort. Elle ne se sent pas à l'aise, en robe du soir – sans doute parce qu'elle n'a pas encore perdu tous les kilos pris pendant sa grossesse. Pendant un temps, Patty et moi avons tenté, à SoHo et en soirée, de pratiquer la marche à raison d'une heure par jour – fidèles en cela aux recommandations du gouvernement qui conseille aux Américains de faire une heure de sport par jour.

Mais Patty est incapable de passer devant la vitrine des

boutiques sans s'arrêter, me demander : « Dis, tu crois que ces chaussures m'iraient ? », et entrer les acheter.

Quant à moi, c'est aux boulangeries que je ne pouvais résister, et j'en ressortais systématiquement avec une baguette.

Nous fûmes donc contraintes de cesser de pratiquer la marche, car les placards de Patty sont bien assez remplis comme ça. Et puis, qu'est-ce que j'allais faire avec tout ce pain ?

Qui plus est, Patty n'a pas tellement l'occasion de profiter d'une telle garde-robe. C'est une authentique pantouflarde – un comble pour une femme de rocker.

Et Frank Robillard est une légende du rock, une vraie. À côté de lui, Jordan est le dernier des ringards. Patty a rencontré Frank sur un plateau de télé, dans le show de David Letterman – il chantait, elle était l'une de ces figurantes court-vêtues qui portent les plateaux d'amuse-gueules. Ç'avait été le coup de foudre. Vous savez, cette chose dont on parle tellement, mais qui ne vous est jamais arrivée ? À eux, si.

– Dépêche-toi, Frank, dit Patty à l'amour de sa vie. On va être en retard.

Mais Frank va et vient dans la pièce, passant en revue les affaires de Cooper.

– Il a déjà descendu quelqu'un ? questionne-t-il en parlant de Cooper.

– Si c'était le cas, il ne me le dirait pas.

Depuis que je me suis installée chez Cooper, Frank a une bien meilleure opinion de moi. Car, s'il n'a jamais aimé Jordan, Cooper est son héros. Il est même allé s'acheter la même veste que lui – en cuir vieilli, puisqu'il l'a achetée d'occasion. Frank ne comprend pas que le boulot des détectives privés ne ressemble pas à ce qu'il en a vu à la télé. Cooper ne possède même pas d'arme à feu ! En fait, pour être détective, il suffit d'avoir un bon appareil photo et de savoir se fondre dans la foule.

Aussi surprenant que ça puisse paraître, Cooper sait très bien se fondre dans la foule.

– Alors, vous ne sortez pas encore ensemble ? Toi et Cooper ? demande Frank, sautant du coq à l'âne.

– Frank ! s'écrie Patty.

– Non, Frank, je réponds – ce doit être la centième fois depuis le début du mois.

– Frank, reprend Patty. Cooper et Heather partagent une maison. On ne sort jamais avec son colocataire. Tu sais comment ça se passe. Enfin... comment fantasmer sur quelqu'un une fois qu'on l'a vu en robe de chambre ? Pas vrai, Heather ?

J'écarquille les yeux. Je n'y avais jamais songé. Et si Patty avait raison ? Alors Cooper ne verra jamais en moi une petite amie potentielle, même si je remporte un prix Nobel de médecine. Parce qu'il m'a trop souvent vue en survêtement ! Et sans maquillage !

Patty et Frank me disent au revoir. Depuis le seuil, Indy et moi leur faisons signe tandis qu'ils descendent les marches du perron et remontent dans leur limousine. Les dealers de la rue gardent respectueusement leurs distances. Tous vénèrent le groupe de Frank. Je suis convaincue que si la maison de Cooper n'a jamais été cambriolée ou couverte de tags, c'est parce que tout le quartier est au courant qu'on est amis avec le légendaire Frank Robillard, et par conséquent intouchables.

Ou bien, c'est peut-être à cause du système d'alarme et des barreaux aux fenêtres du rez-de-chaussée et du premier étage. Qui sait ?

Indy et moi passons une agréable soirée à regarder *Les Experts* et *Affaires classées* sur la télé de ma chambre. Là, je peux à la fois surveiller d'un œil le fils de ma meilleure amie et la façade arrière de Fischer Hall. Alors que je fixe le grand bâtiment de brique et ses nombreuses fenêtres éclairées, je ne peux m'empêcher de me rappeler la plaisanterie de Magda – comme quoi Elizabeth et Roberta avaient préféré en finir après avoir découvert que le sexe, ce n'était pas si terrible que ça. Bobby était vierge... du moins, à en croire sa camarade de chambre. Et Elizabeth Kellogg aussi, selon toute vraisemblance.

Est-ce que c'est cela ? Le lien entre les deux filles ? Quelqu'un est-il en train d'exterminer les vierges de Fischer Hall ?

Ou bien ai-je trop regardé *Les Experts* ?

Patty et Frank viennent récupérer leur progéniture un peu après minuit. J'ouvre la porte et tends le bébé à Patty – Frank attend dans la limousine. Indy a fermé l'œil pendant un épisode de *Preuve à l'appui*.

– Il a été comment ? demande Patty.

– Parfait, comme d'habitude.

– Avec toi, peut-être, déclare-t-elle avec un petit rire, en prenant dans ses bras le bébé assoupi. Tu sais si bien t'y prendre avec lui. Tu devrais en faire un, un de ces quatre.

– Vas-y. Enfonce le clou !

– Je suis désolée. J'adore que tu gardes Indy, mais tu te rends compte que tu ne nous as jamais dit que tu ne pouvais pas parce que tu avais autre chose à faire ? Heather, il faut que tu sortes de ta tanière ! Et je ne parle pas seulement de la musique. Il faut que tu rencontres quelqu'un.

– Je rencontre des tas de gens, fais-je sur la défensive.

– Je ne voulais pas dire un étudiant de première année à l'université de New York.

– Ouais. C'est facile pour toi, de critiquer. Tu as épousé l'homme de tes rêves. Tu ne sais pas comment on vit, dans la réalité. Tu penses que les types comme Jordan sont des exceptions ? Mais, Patty... c'est la norme !

– Ce n'est pas vrai ! proteste-t-elle. Tu vas trouver quelqu'un. Il suffit que tu oses prendre des risques.

Mais qu'est-ce qu'elle raconte ? Je passe ma vie à prendre des risques ! J'essaie d'empêcher un psychopathe de tuer à nouveau. Qu'est-ce qu'il lui faut ? En plus de ça, il faudrait qu'on me passe la bague au doigt ?

Il y a des gens qui trouvent toujours à redire à tout.

12

Je suis agent secret,
Et j'espionne ton cœur !

J'ai mes lunettes pour voir la nuit,
Et j'espionne ton cœur !

Oh, dépêche-toi, file vite d'ici
Quand j'en aurai fini

Tu me l'offriras sur un plateau,
Ton cœur que j'espionne !

« Espionne de ton cœur »
Interprété par Heather Wells
Paroles et musique : O'Brien/Henke
Extrait de l'album *Espionne de ton cœur*
Disques Cartwright

J'ai beau essayer de me la sortir de la tête, cette pensée ne me lâche pas du week-end. Les vierges de Fischer Hall.

Je sais que ça semble délirant. N'empêche que ça m'obsède.

Peut-être que Patty a raison, et que je reporte sur les gamins de la résidence l'amour que j'aurais pour mes enfants à moi, si j'en avais. Vu que je n'arrête pas de me faire du souci pour eux.

Mais tout de même... il ne peut pas en rester tant que ça, des vierges, à Fischer Hall – et je suis bien placée pour le savoir. Depuis que j'ai remplacé les chocolats par des sachets de préservatifs, dans ma bonbonnière, les ados déboulent en pyjama dans mon bureau à neuf heures du matin pour se servir allègrement – et si vous trouvez que neuf heures, ce n'est pas si tôt que ça, c'est que vous n'avez jamais fréquenté la fac.

Ils ne sont ni embarrassés ni reconnaissants. Bien au contraire. Que le stock s'épuise et que la bonbonnière soit vide un jour ou deux, le temps que je me réapprovisionne auprès du service médical, et ce sont des plaintes à n'en plus finir ! Les gamins me tombent aussitôt sur le paletot. « Hé, où sont les préservatifs ? Il n'y en a plus ? Je vais faire comment, à votre avis ? »

Tout ça pour dire que je sais très bien qui s'envoie en l'air, dans le bâtiment.

Et, croyez-moi, ça fait beaucoup de monde. Il ne reste pas beaucoup de vierges, à Fischer Hall !

Or, d'une façon ou d'une autre, un gars était parvenu à en dégoter et à en tuer deux.

Pas question de laisser mourir d'autres filles. Mais comment m'y prendre pour empêcher ça, quand je n'avais aucune idée de l'identité du type ? Je n'étais arrivée à rien, avec la liste des résidents. Il y avait, dans la résidence, trois Mark et zéro Todd – mais un Tad, tout de même. L'un des trois Mark était noir (j'avais appelé Jessica, la RE de son étage, et l'avais questionnée à son sujet) et un autre coréen (j'avais également joint son RE). Ça les excluait tous deux du rang des suspects, Lakeisha ayant affirmé que le type était blanc. Quant à Tad, il était si manifestement gay que j'avais bafouillé des excuses en prétendant avoir fait un faux numéro.

Le troisième Mark était rentré chez ses parents pour le

week-end et serait de retour lundi, selon son camarade de chambre. Mais, à en croire son RE, il mesurait moins d'un mètre soixante-quinze – et n'était donc pas ce que l'on appelle « grand ».

À ce stade de l'enquête, je reconnais que j'étais dans l'impasse.

Et, comme Cooper s'était absenté pour tout le week-end, je ne pouvais même pas avoir recours aux conseils d'un professionnel. J'ignore s'il cherchait à m'éviter, ou s'il était pris par son travail... ou par autre chose. Depuis que je me suis installée chez lui, aucune petite amie de Cooper n'a passé la nuit ici. Ce qui constituerait pour lui (à en croire ce que raconte Jordan à son propos, du moins) un record d'abstinence. Mais vu qu'il s'absente souvent plusieurs jours d'affilée, je ne peux que supposer qu'il dort chez sa conquête du moment – un mystère total, celle-là !

C'est tout à fait lui, d'ailleurs. Ne pas vouloir m'imposer le fait qu'il s'envoie en l'air, tandis que, moi, je mène une vie de nonne.

Pourtant, comme le week-end s'étire interminablement, j'ai bien du mal à apprécier sa délicatesse, et mon enquête pour découvrir l'assassin – si assassin il y a – des vierges de Fischer Hall est au point mort.

Ce qui explique pourquoi, quand arrive enfin le lundi matin, je suis la première au bureau. J'ai déjà engouffré mon petit pain et mon café au lait, et me plonge aussitôt dans l'examen de la fiche de Roberta Pace.

Son contenu ressemble comme deux gouttes d'eau à celui de la fiche d'Elizabeth, même si toutes deux venaient de régions très éloignées – Roberta était originaire de Seattle.

Toutes deux avaient des mères abusives. La mère de Roberta avait appelé Rachel pour exiger que sa fille change de camarade de chambre.

Ce qui m'étonne. Comment ne pas apprécier Lakeisha ? Or, à en croire le « rapport d'incident » (que l'on doit remplir chaque fois qu'un membre du personnel s'entretient avec un résident), Rachel s'était rendu compte, en discutant avec Roberta, que c'était à Mme Pace – et non à sa fille – que Lakeisha posait problème. « Je n'ai rien contre les Noirs », avait dit Mme Pace à Rachel d'après le rapport. « Je ne veux simplement pas que ma fille soit obligée de vivre avec eux. »

J'ai découvert que c'était le genre de choses auxquelles on est confronté tous les jours, quand on travaille en milieu universitaire. Le bon côté c'est que, le plus souvent, ce sont les parents qui ont un problème, et non les ados. Une fois les parents rentrés chez eux, tout finit par s'arranger.

Le mauvais côté, c'est qu'il y aura toujours des gens comme Mme Pace.

Je m'oblige à poursuivre. D'après le rapport, Rachel a convoqué Roberta dans son bureau et lui a demandé si elle souhaitait changer de chambre, comme l'avait exigé sa mère. Roberta avait répondu que non, qu'elle aimait bien Lakeisha. Rachel explique alors avoir laissé partir Roberta, et rappelé la mère pour lui sortir le petit speech que nous réservons à ce genre de cas : « L'éducation des étudiants ne se fait pas que dans les salles de classe, mais aussi en dehors – c'est là que nos résidents font l'apprentissage de nouvelles cultures et de nouveaux modes de vie. Ici, à l'université de New York, nous cherchons par tous les moyens à encourager la prise de conscience face à la diversité des cultures. Ne souhaitez-vous pas que votre fils/fille puisse s'entendre avec toutes sortes de personnes quand il/elle entrera sur le marché du travail ? »

Puis, après avoir dit à Mme Pace qu'il n'était pas question que sa gamine change de chambre, elle avait raccroché.

C'était tout. Le seul incident mentionné sur la fiche de Roberta. L'unique détail pouvant laisser supposer qu'elle avait eu du mal à s'adapter à la vie de l'université.

Sauf qu'à présent elle est morte.

J'entends le tintement de l'ascenseur, et le claquement des talons de Rachel sur le sol de marbre. Une seconde plus tard, elle apparaît sur le seuil avec une tasse de café fumant dans une main, et le *Times* dans l'autre. Elle paraît surprise de me voir là de si bonne heure. Bien que quatre minutes de marche me séparent de mon lieu de travail, j'ai presque toujours cinq minutes de retard.

– Mon Dieu ! s'exclame Rachel, visiblement contente de me voir. Tu es drôlement matinale ! Tu as passé un bon week-end ?

– Ouais, dis-je en refermant le dossier de Roberta, avant de le glisser plus ou moins discrètement sous un tas de documents, sur mon bureau.

Non qu'il me soit interdit de le consulter. C'est simplement que je ne souhaite pas faire part à Rachel de mes soupçons – quant au fait qu'elles auraient été poussées dans la cage d'ascenseur, et tout le reste... En principe, certes, j'aurais dû lui toucher un mot au sujet de la clé, du préservatif, ou au moins mentionner le fait que les deux filles venaient de rencontrer un mec...

Mais je ne peux m'empêcher de douter. Et si Cooper avait raison ? Et si Elizabeth et Roberta étaient réellement tombées, et que je m'agitais pour rien, avec cette histoire de meurtre ?

Rachel signalerait-elle alors dans mon rapport d'évaluation que j'étais sujette au délire paranoïaque ? Ce genre de chose risquerait-il de me griller au terme de mes six mois d'essai ? Auraient-ils le droit de me renvoyer, comme ils avaient renvoyé Justine – bien que je n'aie pas détourné le moindre radiateur céramique ?

Autant ne pas courir le risque. Je décide de garder mes soupçons pour moi.

– Ouais, plus ou moins, je marmonne, en répondant à la question de Rachel, au sujet du week-end.

Car, à part appeler les Mark et le Tad, je me suis bornée à promener Lucy, à regarder la télé, et à gratouiller sur ma guitare. Rien qui mérite d'être mentionné.

– Et toi ?

– Épouvantable ! réplique Rachel en secouant la tête.

N'empêche qu'elle est drôlement jolie, pour quelqu'un qui a passé un si mauvais week-end. Elle porte un nouveau tailleur, très bien coupé. Le noir fait ressortir son teint d'ivoire et le châtain foncé de ses cheveux.

– Les parents de Roberta sont venus chercher ses affaires, poursuit Rachel. Ç'a été un cauchemar. Les malheureux... je les plains tellement.

– Ouais. Ç'a dû être l'horreur.

Le téléphone du bureau de Rachel se met à sonner.

– Oh, bonjour, Stan, dit-elle en décrochant. Oh je vous remercie, mais je vais bien, je vous assure. Oui, ç'a été une terrible épreuve...

Waouh. Stan. Alors comme ça, Rachel et le docteur Jessup s'appellent par leur petit nom ? Eh bien... J'imagine que d'avoir deux gamines qui meurent dans votre résidence, ça vous rapproche de vos supérieurs hiérarchiques.

Je commence à examiner les feuilles de service laissées par les RE en poste à l'accueil ce week-end. En général, à onze heures, j'ai fini de m'occuper des salaires, du budget et de toutes les communications internes qui nécessitent d'être entrées sur ordinateur. Et je suis donc libre de passer le reste de la journée à naviguer sur le Net, à papoter avec Magda ou Patty, ou à tenter de découvrir qui assassine des filles sur mon lieu de travail – et c'est précisément à cela que j'ai décidé de consacrer mon lundi.

Même si j'ignore encore comment je vais m'y prendre.

Je finis à peine de m'occuper des fiches de paie lorsque deux pieds chaussés de Nike entrent dans mon champ de vision. Je lève la tête, certaine d'avoir affaire à un joueur de basket – porteur, avec un peu de chance, d'une note quasi illisible que je pourrai ajouter à ma collection.

Au lieu de quoi, je vois Cooper.

– Salut ! lance-t-il.

Est-ce ma faute si mon cœur bondit dans ma poitrine ? Après tout, je ne l'ai pas vu depuis un bout de temps. Soixante-douze heures, ce n'est pas rien. Et puis, vous comprenez, je suis frustrée au dernier degré. Ce qui explique sans doute pourquoi je ne peux quitter son jean des yeux, surtout aux endroits où l'étoffe, plus tendue, est légèrement délavée : les genoux, par exemple, et d'autres points plus intéressants...

Il est également vêtu d'une chemise bleue, sous sa veste en cuir – du même bleu que son regard cerné...

– Qu...

C'est tout ce que je parviens à articuler, à cause du fameux jean… et du fait que je suis une pauvre fille amoureuse jusqu'au trognon !

Je le regarde sortir le journal coincé sous son bras, le déplier et le poser devant moi.

– Qu… dis-je à nouveau – du moins c'est ainsi que ça sonne à mes oreilles.

– Je tenais à ce que tu sois au courant, déclare Cooper. Je veux dire, avant qu'un journal à scandale ne t'appelle, et te l'apprenne de but en blanc.

Je baisse les yeux sur le journal. C'est le *New York Post*. Sur la couverture, on voit un cliché très agrandi de mon ex-fiancé en train de dîner avec Tania Trace à la terrasse d'un restaurant de SoHo. Au-dessous, on peut lire, en énormes caractères :

ILS SONT FIANCÉS !

13

Elle t'a laissé tomber
Et tu l'avais pas mérité
Elle t'a laissé tomber
Comme un vieux Kleenex usagé

Et elle croyait que tu le prendrais bien ?
Que tu aimais qu'on te traite comme un chien ?

Moi je te laisserai jamais tomber
Tu peux me croire c'est promis juré
Moi je te laisserai jamais tomber
Je n'aime que toi
Tu ne le vois pas ?
Oh, bébé, garde-moi !

« Elle t'a laissé tomber »
Interprété par Heather Wells
Paroles et musique : Valdez/Caputo
Extrait de l'album *Espionne de ton cœur*
Disques Cartwright

Waouh. C'est allé drôlement vite. Car enfin, quand avons-nous rompu, au juste ? Il y a quatre mois ? Cinq, peut-être...

– Qu...

Je suis toujours incapable d'en dire davantage.

– Oui, approuve Cooper. J'étais sûr que tu réagirais comme ça.

Je reste assise là, les yeux fixés sur la bague de Tania. Elle ressemble à s'y méprendre à la mienne. Celle que j'avais retirée avant de la leur balancer à la figure, lorsque je les avais surpris en train de folâtrer dans notre chambre à coucher.

Ça ne peut pas être la même. Jordan craint, mais quand même, pas à ce point-là.

J'ouvre le journal à la page où se trouve l'article en question.

Regardez-moi ça ! Ils ne se contentent pas de se fiancer. Ils annoncent également une tournée commune.

– Ça va ? demande Cooper.

– Ouais, je réponds, contente de pouvoir enfin articuler autre chose que « qu... ».

– Si ça peut te soulager, le nouveau single de Tania Trace vient d'être retiré du Top 50 des téléspectateurs.

Je me garde bien d'essayer de savoir pourquoi il suit le Top 50. Au lieu de ça, je l'informe :

– Ils retirent les clips quand ils sont depuis trop longtemps sur la liste. Ça signifie que la chanson marche encore du feu de Dieu.

– Oh.

Cooper jette un coup d'œil alentour, cherchant visiblement un autre sujet de conversation. Mon bureau sert en quelque sorte de vestibule à celui de Rachel – seule une sinistre grille d'aération les sépare, que je m'efforce, depuis mon arrivée, de faire remplacer par l'équipe de maintenance. À peine installée, j'avais décoré mes murs avec des reproductions de Monet. Bien que Rachel ait insisté pour que je remplace les *Nymphéas* par des affiches pour la prévention anti-viol ou pour l'intégration des minorités ethniques, j'avais tenu bon.

À ce que j'ai lu un jour dans un magazine, Monet est

relaxant. C'est pourquoi on trouve si souvent des repros de ses toiles dans les cabinets médicaux

– C'est joli, ici, lance Cooper.

Son regard s'arrête alors sur le bocal de préservatifs, sur mon bureau. Je me sens devenir rouge comme une pivoine.

Rachel choisit cet instant précis pour raccrocher, avancer la tête et demander :

– Je peux vous aider ?

Lorsqu'elle s'aperçoit que notre visiteur est un homme mesurant plus d'un mètre quatre-vingts et âgé de moins de quarante ans – et archi-sexy, qui plus est –, elle module d'une voix totalement différente.

– Oh, *bonjour.*

– Bonjour, répond Cooper d'un ton poli – celui qu'il utilise avec tout le monde, excepté les membres de sa famille proche. Vous devez être Rachel. Je suis Cooper Cartwright.

– Enchantée de faire votre connaissance.

Rachel serre la main qu'il lui tend et lui adresse un sourire béat.

– Cooper... Cooper... Ah oui, Cooper ! L'ami de Heather. J'ai tellement entendu parler de vous.

Cooper me jette un coup d'œil, plissant plus que jamais les yeux.

– Ah oui ?

Je voudrais pouvoir rentrer sous terre. Je tente de me rappeler ce que j'ai bien pu dire à Rachel au sujet de Cooper. En dehors du fait qu'il est mon proprio, je veux dire. Et si j'étais allée raconter des choses vraiment audacieuses... que Cooper correspond à mon idéal masculin, et que j'imagine parfois que je déchiquette ses vêtements avec les dents. Il m'est arrivé de lâcher ce genre de confessions, après m'être gavée de beignets, et avoir bu quelques cafés de trop.

Or, Rachel se contente de demander :

– Je suppose que vous êtes au courant de nos soucis, ici, à Fischer Hall ?

Cooper hoche la tête.

– Oui.

Rachel lui adresse un nouveau sourire, moins béat que le premier. Je devine qu'elle cherche à estimer la valeur de la montre de Cooper – il porte l'une de ces grosses montres-gadgets en plastique noir – et décide qu'il ne peut pas peser cent mille dollars par an. Si seulement elle savait !

Le téléphone de son bureau sonne une nouvelle fois. Elle va répondre :

– Allô. Vous êtes à Fischer Hall. Ici, Rachel. En quoi puis-je vous aider ?

Cooper me regarde en dressant les sourcils et, en un éclair, les paroles de Magda me reviennent à l'esprit, comme quoi Rachel serait le genre de Cooper.

Non ! Ce n'est pas juste ! Rachel plaît à TOUT LE MONDE. Enfin... elle est séduisante, sportive, bien faite, brillante et prend son travail au sérieux. Et MOI, alors ? Que dire, sur les filles comme moi qui sont tout simplement... de gentilles filles ? Que deviennent les gentilles filles, avec une telle concurrence ? Comment pouvons-nous rivaliser avec ces femmes qualifiées et athlétiques, qui prennent des douches plutôt que des bains, et arborent fièrement leurs diplômes, leurs agendas Palm et leurs derrières minuscules ?

Avant que j'aie pu trouver un argument choc pour défendre

ma catégorie, l'un des employés de l'équipe de maintenance déboule dans le bureau.

– Heather ! s'exclame Julio, en se tordant les mains.

C'est un petit gars en uniforme marron qui, sans qu'on le lui ait jamais demandé, nettoie chaque jour la statue de Pan, dans le hall, avec une brosse à dents.

– Heather, il y a un garçon qui remet ça, annonce-t-il avec un accent à couper au couteau.

J'écarquille les yeux.

– Gavin, tu veux dire ?

– *Si.*

Je jette un coup d'œil à Rachel, qui épanche son cœur au téléphone.

– Oh président Allington. Je vous en prie, ne vous faites pas de souci pour moi. Ce sont avant tout les *étudiants* qui me préoccupent...

Avec un soupir résigné, j'écarte ma chaise du bureau et je me lève. Il va falloir que j'accepte le fait que, devant Cooper, j'aurai toujours l'air de la dernière des taches.

Et je ne peux rien y faire.

– Je m'en occupe tout de suite, dis-je.

Julio regarde Cooper et, sans cesser de se tordre les mains, me demande d'un ton nerveux :

– Tu veux que je t'accompagne, Heather ?

– Qu'est-ce que ça signifie ? intervient Cooper, visiblement soupçonneux. C'est quoi le problème ?

– Rien, je rétorque. Merci d'être passé. Je dois y aller, à présent.

– Tu dois aller où ?

– Faut que je règle un truc. À plus tard.

Je sors précipitamment du bureau et fonce vers l'ascenseur de service, réservé à l'équipe de maintenance, dont les portes pourvues de grilles métalliques sont censées empêcher les étudiants de pénétrer dans la cabine.

Or je sais quel levier actionner pour rabattre la grille. Ce que je fais, avant de me retourner pour lancer à Julio :

– C'est bon pour moi. Préviens-moi quand tu seras prêt...

Sauf que ce n'est pas Julio qui m'a suivie. C'est Cooper.

– Où est Julio ? je m'écrie d'une voix paniquée.

– Je ne sais pas, répond Cooper. Là où tu l'as laissé, j'imagine. Tu vas où comme ça ?

Je distingue des petits cris, provenant de la cage d'ascenseur. Pourquoi moi ? Nom de Dieu, pourquoi ?

Impossible d'y couper, cela dit. C'est mon boulot. Et s'il me faut supporter ça pour faire des études de médecine à l'œil...

– Tu sais te servir d'une cabine de service ? je demande à Cooper.

Il paraît de plus en plus contrarié.

– Oui, je crois que je peux y arriver.

D'autres glapissements nous parviennent aux oreilles, depuis la cage d'ascenseur.

– Très bien. Alors, allons-y !

Cooper, à présent aussi intrigué qu'agacé, me suit à l'intérieur, baissant la tête pour ne pas se cogner au montant. Je referme la grille et tire d'un coup sec sur le levier de mise en marche. Comme l'ascenseur s'ébranle dans un gémissement, je mets un pied sur les barres d'appui et entreprends de me hisser hors de la cabine en saisissant les bords de la grande ouverture ménagée, sur le toit, par le retrait d'un panneau amovible. Au travers, je distingue les câbles et les murs de brique nue de la cage d'ascenseur et, loin au-dessus, des trouées de lumière vive, là où le soleil s'insinue par les lucarnes de désenfumage.

La curiosité de Cooper disparaît, laissant place à la seule contrariété.

– Ohé, dit-il. Je peux savoir ce que tu comptes faire ?

– Ne t'inquiète pas. Tout va bien. Ce n'est pas la première fois.

Je suis déjà parvenue à sortir la tête et les épaules de la cabine et, à force de me hisser et de me tortiller, je parviens également à en extirper mes hanches.

Et puis, je m'arrête pour souffler. Les tractions, ça n'a jamais été mon fort.

– C'est à ça que tu occupes tes journées ? demande Cooper, au-dessous de moi. Où est-il précisé, dans ton contrat de travail, que tu es censée poursuivre les gars qui surfent dans l'ascenseur ?

– Nulle part, je concède en le regardant par l'intervalle entre mes genoux.

Les murs sombres de la cage d'ascenseur glissent comme un cours d'eau devant mes yeux, tandis que la cabine s'élève.

– Mais il faut bien que quelqu'un s'en charge, j'ajoute. (Si je me défile, comment être sûre d'être embauchée à l'issue de ma période d'essai ?) On est à quel étage ?

Cooper jette un coup d'œil à travers la grille aux numéros peints qui défilent, à chaque niveau, à l'arrière des portes palières.

– Au neuvième. Tu sais, il suffirait que ton pied glisse pour que tu finisses comme ces filles qui sont mortes, Heather.

– Je sais. C'est pourquoi il faut que je les empêche de faire ça. Quelqu'un pourrait se blesser. Quelqu'un d'autre que moi, je veux dire.

Cooper marmonne quelque chose qui ressemble à un juron... Chose étonnante, chez lui qui ne jure quasiment jamais.

À l'étage au-dessus, il n'y a plus de cloison entre les ascenseurs, et je peux plonger le regard dans les autres cages. L'une des cabines attend au dixième étage et, tendant le cou, j'aperçois l'autre, environ cinq étages plus haut.

Les criailleries s'accentuent.

C'est alors que la cabine numéro deux commence à descendre et que je vois – perché sur le toit au milieu des câbles et des bouteilles vides de bière extra-forte – Gavin McGoren, étudiant en licence de cinéma, fan invétéré de *Matrix* et incorrigible adepte du saut entre ascenseurs.

– Gavin ! je hurle, alors que son ascenseur croise le mien.

Contrairement à moi, il se tient debout, s'apprêtant à sauter sur le toit de la cabine numéro un, au passage de cette dernière.

– Descends de là tout de suite !

Gavin me regarde d'un air étonné, puis pousse un grognement lorsqu'il reconnaît mon visage entre les câbles. Des bras et des jambes s'agitent en tous sens, tandis que ses camarades de surf s'empressent de replonger dans la cabine à travers la trappe de maintenance afin d'éviter que je ne les identifie.

– Ah merde ! s'exclame Gavin, qui n'a pas su s'esquiver aussi vite que ses amis. Je me suis fait pécho !

– Je t'ai tellement bien chopé que tu vas passer la nuit dans le parc, crois-moi, dis-je, bien que personne n'ait encore été renvoyé pour avoir surfé dans l'ascenseur... du moins, jusqu'à aujourd'hui.

Qui sait ? Peut-être le conseil d'administration va-t-il enfin faire preuve de fermeté ? Parce qu'il faut faire un truc vraiment atroce – comme lancer un hachoir à viande à la tête du RE, par exemple, comme l'a fait un gamin l'année dernière, à en croire ce que j'ai lu dans les fichiers. Et encore, le gamin a été réadmis à l'automne suivant, une fois établi qu'il avait suivi une thérapie pendant l'été.

– Nom de Dieu ! crie Gavin dans la cage d'ascenseur.

Ça ne m'inquiète pas le moins du monde. Je connais Gavin.

– Tu te crois drôle ? je lui demande. Tu sais que deux filles sont mortes en jouant à ce jeu-là, au cours des deux dernières semaines. Mais toi, tu t'es réveillé ce matin et tu t'es dit « pourquoi pas aller surfer un petit coup » ?

– C'étaient des amateurs. Tu sais que j'suis un putain de pro, Heather !

– Je sais surtout que tu es un crétin fini. Et tu veux bien arrêter de parler comme si tu sortais du ghetto ? Tout le monde sait que tu as grandi chez les rupins de Nouvelle-Angleterre ! Maintenant, descends de là. Et si je te trouve pas dans le bureau de Rachel quand j'arrive en bas, je fais changer les serrures de ta porte et je confisque toutes tes affaires.

– Merde !

Gavin disparaît en se faufilant dans la cabine par la trappe de maintenance, et replace le panneau amovible derrière lui.

La cabine numéro deux entame sa longue descente jusqu'au hall et, assise sur le toit de la nôtre, je profite quelques instants de l'obscurité et du silence. J'apprécie vraiment les cages d'ascenseur. Ce sont les endroits les plus paisibles de la résidence.

Du moins, tant que les gens n'y font pas de chutes mortelles.

Lorsque je regagne la cabine – et aucun juge ne me donnerait un dix sur dix pour la façon dont j'exécute cette figure imposée –, Cooper se tient dans un coin de l'ascenseur, les bras croisés sur sa large poitrine, la mine renfrognée.

– C'était quoi, ça ? demande-t-il, tandis que j'actionne le levier de mise en marche, et que nous nous apprêtons à retourner au rez-de-chaussée.

– Ça, c'était Gavin. Il fait ça tout le temps.

– Ne me prends pas pour une andouille ! rétorque Cooper, qui a vraiment l'air furieux. Tu l'as fait exprès. Pour me montrer à quoi ressemblent les gars qui surfent dans l'ascenseur, et à quel point les deux filles ne correspondent pas au profil.

Je le fusille du regard.

– D'accord... Tu penses que j'ai tout manigancé avec Gavin ? Que j'avais prévu que tu viendrais me balancer à la figure la nouvelle des fiançailles de mon ex ? Et que j'ai appelé Gavin pour lui proposer un truc du genre : « Hé, ça te dirait pas, d'aller faire un petit tour sur la cabine de l'ascenseur deux, histoire que je te chope et que je montre à mon pote Cooper la différence entre les vrais pros de l'ascenseur et les nazes qui se la jouent ? »

Cooper paraît un peu déconcerté... mais pas pour la raison que je crois.

– Je ne suis pas venu te balancer la nouvelle à la figure, Heather. J'ai voulu faire en sorte que tu le saches avant qu'un journaliste de troisième zone ne te l'apprenne de but en blanc.

Soudain, je prends conscience que j'y suis peut-être allée un peu fort.

– Ah ouais. C'est ce que tu as dit, en effet.

– Ouais. En effet. Tu fais ça souvent ? Grimper sur le toit des cabines d'ascenseur, je veux dire ?

– Je n'ai pas grimpé dessus. Je me suis assise dessus, nuance. Et je ne le fais que quand quelqu'un nous signale avoir entendu des bruits suspects dans la cage d'ascenseur. C'est ce qui est bizarre aussi, dans le cas d'Elizabeth et de Roberta. Personne n'a rien entendu. Du moins, pas avant la chute de Roberta...

– Et si quelqu'un entend du bruit, c'est à toi d'aller arrêter les surfeurs ?

– Eh bien, nous ne pouvons pas exiger ça des RE. Ce sont des étudiants. Et ça ne figure pas dans les statuts du syndicat des personnels de maintenance.

– Et dans les tiens ?

– Je ne suis pas syndiquée.

Je ne peux m'empêcher de me demander où il veut en venir. Enfin... s'inquiète-t-il réellement pour moi ? Et si c'est le cas, est-ce simplement par amitié ? Ou parce qu'il éprouve un sentiment plus profond ? Va-t-il actionner le frein, arrêter l'ascenseur, m'enlacer avec fougue et m'avouer enfin, d'une voix haletante, qu'il m'aime et tremble d'angoisse à la pensée de me perdre ?

– Heather, tu pourrais te blesser grièvement, voire te tuer, en te comportant de façon aussi insensée – à l'entendre, je comprends que m'enlacer avec fougue ne fait pas partie du programme. Comment as-tu pu… (Il me fixe en plissant ses yeux bleus.) Une minute… ça t'a plu !

Je le regarde sans comprendre.

– Hein ?

Eh oui, c'est moi la reine de la repartie !

– C'est ça ! s'écrie-t-il en secouant la tête, visiblement stupéfait. Ça te plaît, ce que tu viens de faire, pas vrai ?

Je hausse les épaules, ne sachant pas trop où il veut en venir.

– C'est plus marrant que s'occuper des fiches de paie, je te le concède.

– Ça te plaît ! continue-t-il, comme si je n'avais rien dit. Parce que ça te manque, toute cette excitation : être là, sur scène, à t'égosiller devant des milliers d'ados.

Je le toise pendant une ou deux secondes. Puis je m'esclaffe.

– Oh mon Dieu ! je parviens à articuler entre deux éclats de rire. Tu ne parles quand même pas sérieusement ?

Mais, à son expression, je vois bien que si.

– Rigole autant que tu veux ! Tu détestais la soupe que la maison de disques te donnait à chanter, mais tu prenais ton pied à te produire en public. Ne le nie pas ! Tu prenais ton pied. C'est pour ça que tu fais tout ça, pas vrai ? Que tu cours après les assassins et que tu traques les types qui surfent dans l'ascenseur ? Ça te manque, les émotions fortes !

J'arrête de rire, et je sens mes joues s'empourprer. Que diable veut-il dire par là ?

D'accord, il y a peut-être du vrai. Ça ne me fait pas peur, de me produire devant les foules. Demandez-moi de papoter avec trente personnes à une garden-party, c'est comme si vous me demandiez de définir le théorème de Pythagore. Mais donnez-moi des chansons et collez-moi devant un micro... alors là tout va bien. Je dirais même que...

Eh bien, que j'aime ça. Que j'adore ça !

Est-ce que ça me manque ? Peut-être un peu. Mais pas suffisamment pour que j'y retourne. Oh non, je ne ferai jamais de come-back.

Sauf si je peux fixer les conditions.

– C'est pas pour ça que j'ai traqué Gavin, je dis.

Parce que, vraiment, je ne vois pas le rapport. Poursuivre les accros au saut entre ascenseurs, ça n'a rien à voir avec chanter devant trois mille préados déchaînés. Et puis, Sarah passe déjà son temps à me psychanalyser. Faut-il que Cooper s'y mette aussi ?

– Il aurait pu se tuer, là-haut, dis-je.

– *Tu* aurais pu te tuer, là-haut, Heather.

– Non, impossible, je rétorque du ton le plus raisonnable possible. Je suis extrêmement prudente. Pour ce qui est de... comment tu as dit... de courir après les assassins... je te l'ai répété... je ne crois pas que ces filles étaient...

– Heather...

Cooper secoue la tête.

– Pourquoi tu n'appellerais pas ton agent pour lui demander de te trouver un concert ?

J'en reste bouche bée.

– Hein ? Qu'est-ce que tu racontes ?

– Il est clair que tu meurs d'envie de remonter sur scène. Je respecte le fait que tu veuilles obtenir un diplôme, mais l'université ne convient pas à tout le monde, tu sais ?

– Mais...

Je n'en crois pas mes oreilles ! Mon service à l'hôpital ! Mon prix Nobel ! Notre premier rendez-vous ! Notre agence de détectives privés, et nos trois enfants – Jack, Emily et Rose, la petite dernière !

– Impossible... je ne peux pas ! je m'écrie, avant de me raccrocher au seul argument qui me vient à l'esprit : Je n'ai pas assez de chansons pour donner un concert.

– Cause toujours, dit Cooper, les yeux rivés sur les numéros qui défilent à la vitesse grand V tandis que nous descendons, 14, 12, 11...

– Que... qu'est-ce que tu veux dire par là ? je bafouille, pétrifiée.

C'est vrai, alors. Il m'imagine sur scène ! Il m'entend ! Pour de bon !

Or, voilà que c'est au tour de Cooper de paraître mal à l'aise. Il regrette d'avoir parlé, comme l'indique sans équivoque sa mine contrariée.

– Aucune importance. Laisse tomber !

– Non. Tu insinuais quelque chose.

Pourquoi refuse-t-il de le reconnaître ? De reconnaître qu'il m'a entendue jouer ?

Je sais pourquoi. Je sais pourquoi, et ça me plonge dans le désespoir.

C'est parce qu'il les déteste. Mes chansons. Il les a entendues, et trouve qu'elles craignent un max.

– C'est-à-dire ?

– Laisse tomber, répète Cooper. Tu as raison. Tu n'as pas assez de chansons pour donner un concert. Oublie ce que j'ai dit, tu veux bien ?

La cabine atteint le rez-de-chaussée. Cooper tire violemment la porte et me la tient, mais son expression est moins galante que franchement féroce.

Super. Maintenant, il m'en veut à mort !

Nous voilà dans le hall et, vu qu'il est encore assez tôt (du moins pour des gamins de dix-huit ans), nous sommes les seules personnes alentour, à l'exception de Pete et du RE de service à la réception. Le premier est plongé dans la lecture d'un tabloïd, le second écoute, extatique, un CD de Marilyn Manson.

Je devrais lui poser la question. La lui poser carrément. Il ne dira jamais qu'elles craignent. Il n'est pas comme son père. Ni comme Jordan.

Or, justement... Je n'ai pas de mal à supporter les critiques du père de Cooper. Ou de son frère. Mais les critiques de Cooper ?

Non ! Parce que si les chansons ne lui plaisent pas...

Oh, nom de Dieu, Heather, cesse de te comporter comme une gosse ! POSE-LUI LA QUESTION ! ALLEZ, VAS-Y !

– Heather, commence Cooper, en passant la main dans ses cheveux. Écoute. Je pense simplement que...

Avant que j'aie eu la possibilité d'entendre ce que pense Cooper, Rachel déboule dans le hall.

– Oh, vous êtes là ! s'exclame-t-elle en nous apercevant. Gavin attend dans ma salle de réunion. Je vais m'entretenir avec lui dans un petit moment. Je te suis tellement reconnaissante de l'avoir fait descendre. Au fait, Heather, je me demandais si tu pouvais faire venir le RE de service pour qu'il affiche ces tracts.

Rachel me tend une liasse de papiers. J'y jette un coup d'œil et constate qu'ils annoncent un concours de play-back, que le conseil des étudiants a décidé d'organiser ce soir, après dîner, à la cafétéria.

– Au début, j'ai failli leur refuser l'autorisation, commente Rachel, éprouvant visiblement le besoin de se justifier. Tout de même, un concours de play-back, après ces deux morts tellement tragiques... Mais Stan pense que ça peut faire du bien aux gamins, de se changer les idées. Et je n'ai pu qu'accepter.

Stan. Waouh. Rachel est de plus en plus pote avec le boss.

– Ça me paraît une bonne idée, je réplique.

– J'allais recharger mes batteries à la cafétéria, avant d'asticoter Gavin, explique-t-elle en brandissant sa tasse au logo de l'Association américaine de conseil et d'aide. Ça vous tente de vous joindre à moi ?

La question s'adresse à nous deux, mais c'est Cooper qu'elle regarde.

Oh mon Dieu ! Rachel vient d'inviter Cooper à prendre un café avec elle. *Mon* Cooper.

Sauf qu'elle ignore que c'est *mon* Cooper. Ce n'est pas mon Cooper, d'ailleurs. Et, à ce train-là, il ne le sera probablement jamais...

Dis-lui non ! Je tente de lui imposer mes pensées par télépathie, comme dans *Star Trek. Dis-lui non ! Dis-lui non ! Dis-lui non...*

– Merci, mais je ne peux pas, s'excuse Cooper. J'ai du travail.

Bingo !

Rachel sourit.

– Une autre fois, peut-être ?

– Avec plaisir.

Et Rachel s'éloigne, ses talons claquant sur le sol.

– Écoute, faut que je me remette au boulot, dis-je une fois Rachel partie, sans laisser paraître que je viens d'utiliser sur lui le pouvoir télépathique des Vulcaniens.

J'espère qu'il ne va pas me reparler de ce dont nous avons discuté dans l'ascenseur. Je crains que ce ne soit trop pour moi. Avec la nouvelle des fiançailles de Jordan, j'ai eu ma dose. Il y a des limites à ce qu'une fille peut endurer en une seule journée, pas vrai ?

Peut-être Cooper en est-il conscient ? Ou bien ma façon d'éviter son regard lui met-elle la puce à l'oreille ?

Toujours est-il qu'il se contente d'un :

– C'est bon. À plus tard, alors. Et, Heather...

Mon cœur bondit dans ma poitrine. Non. Pitié. Pas maintenant. J'étais à deux doigts de m'en tirer...

– La bague, dit-il.

Une seconde. Quoi ?

– Quelle bague ?

– Celle de Tania.

Oh ! La bague de fiançailles de Tania ! Celle qui ressemble comme deux gouttes d'eau à celle que j'ai renvoyée à la figure de son frère !

– Ouais ?

– Ce n'est pas la tienne.

Et il s'en va.

14

Tu la trouves
Tellement distinguée
Moi je la trouve
Archi-névrosée !

Pourquoi l'avoir choisie ?
Pourquoi elle et pas moi ?
Elle n'a pas besoin de toi
Elle a besoin d'un psy !

Qu'est-ce qu'elle a de plus que moi ?
Moi, je t'aurais tout donné
Alors pourquoi l'aimer ?
Pourquoi elle et pas moi ?

« Qu'est-ce qu'elle a de plus que moi ? »
Interprété par Heather Wells
Paroles et musique : O'Brien/Henke
Extrait de l'album *Espionne de ton cœur*
Disques Cartwright

L'association des étudiants a été bien inspirée en organisant à Fischer Hall un concours de play-back. Car, disons-le franchement, l'université de New York est essentiellement fréquentée par des gosses qui, tout comme moi, adorent se produire en public.

Ce qui explique sans doute pourquoi on m'a demandé de faire partie du jury, honneur que je me suis empressée d'accepter. Non parce que je meurs d'envie de remonter sur scène, comme l'a suggéré Cooper, mais parce que si je veux pouvoir mettre un jour la main sur le mystérieux Mark/Todd (à supposer qu'il existe), c'est dans ce genre de manifestation interne qu'il faut que je le cherche, vu que le type réside très certainement à Fischer Hall.

Et qu'il est fort possible qu'il y travaille aussi, comme me l'avait suggéré – en me taquinant, je le sais – l'inspecteur Canavan.

Il m'est quasiment impossible d'imaginer que l'assassin puisse être l'un de mes collègues. Or, comment expliquer autrement qu'il ait eu accès à l'armoire à clés ? Sans parler du fait que les dossiers des deux filles se trouvaient dans le bureau de la directrice. Non que ce soit forcément en rapport avec leur mort, mais comme Sarah ne manquerait sans doute pas de le formuler, toutes deux avaient un passif...

Un passif qui était mentionné dans leur dossier.

Le problème, c'est que les quinze RE, ainsi que la totalité de l'équipe de maintenance, possèdent les clés du bureau que nous partageons, Rachel et moi. Par conséquent, si un gars écume les dossiers pour repérer des filles inexpérimentées et potentiellement fragiles qu'il puisse facilement séduire, je dois le connaître.

Mais qui cela peut-il bien être ? Qui, parmi les gens que je connais, serait capable de commettre un acte aussi affreux ? L'un des RE ? Parmi les quinze, sept sont des garçons – et aucun ne me donne l'impression d'être un tombeur, et encore moins un tueur psychopathe. À vrai dire, collant à l'image traditionnelle des RE, ils sont tous plutôt nunuches – le genre qui croit les résidents quand ceux-ci leur racontent qu'ils fumaient des cigarettes au clou de girofle et non des pétards. Sincèrement, ils ne voient pas la différence !

Par ailleurs, tout le monde les connaît dans le bâtiment : leur groupe se livre, à l'heure du dîner, à des interventions – sous forme de sketches ou autres – destinées à sensibiliser les étudiants à l'usage du préservatif. Si Mark/Todd avait été RE, Lakeisha l'aurait forcément déjà vu.

Pour ce qui est des employés de l'équipe de maintenance, ils sont tous d'origine hispanique et âgés de plus de cinquante ans. Seul Julio parle assez bien anglais pour être compris par les non-bilingues.

Par ailleurs, tous travaillent à Fischer Hall depuis des années. Pourquoi se mettraient-ils tout à coup à assassiner des gens ?

Ne restent donc que les femmes du personnel. Je devrais, dans un souci de parité, les inclure dans ma liste de suspects...

Sauf qu'aucune d'entre elles n'a pu laisser le préservatif dans la chambre de Roberta.

Mais j'imagine que je suis la seule à trouver bizarre que deux filles – qui avaient toutes deux un dossier dans mon bureau, et qui ont toutes deux déniché un petit ami à une semaine d'intervalle – aient soudain décidé d'aller surfer dans la cage d'ascenseur et fait une chute mortelle, au moment précis où la clé des portes palières s'était volatilisée. Pour réapparaître aussitôt après la découverte d'au moins l'un des deux corps.

C'est pourquoi, à sept heures ce soir-là, je sors discrètement de la maison – je n'ai pas échangé trois mots avec Cooper depuis l'incident de ce matin dans l'ascenseur, et ça me va très bien, étant donné que je ne vois vraiment pas ce que je pourrai lui dire la prochaine fois qu'on se croisera.

Or, sur qui je tombe ? Sur Jordan, qui gravit au même moment les marches du perron.

– Heather ! s'écrie-t-il.

Il porte une de ses chemises bouffantes archi-ringardes, et un pantalon en cuir.

Eh oui, je suis désolée de devoir le constater. Un pantalon en cuir.

Le pire, c'est que ça lui va pas mal du tout.

– Je suis venu voir comment tu allais, fait-il d'une voix dégoulinante de sollicitude pour ma santé mentale.

– Je vais très bien ! dis-je en claquant la porte, avant de m'attaquer aux serrures.

Ne me demandez pas pourquoi nous en avons autant quand la maison est équipée d'une alarme anti-vol et défendue par un chien, sans parler de la protection dont nous bénéficions de la part des rastas du coin. Toujours est-il que...

– Passez une bonne soirée ! nous lance l'un des dealers.

– Merci, je lui réponds avant de m'adresser à Jordan : Je suis désolée. Je n'ai pas le temps de discuter. On m'attend ailleurs.

Jordan me suit en bas des marches.

– C'est juste que... je ne sais pas si tu es au courant... pour Tania et moi. Je voulais t'en parler l'autre jour, mais tu t'es montrée tellement agressive... Je ne voulais pas que tu l'apprennes comme ça, Heather, dit-il sans me lâcher d'une semelle tandis que je longe le trottoir d'un pas rapide. Je te jure, je voulais être le premier à te le dire.

– Ne te fais pas de souci pour ça, Jordan. Vraiment.

Mais pourquoi ne veut-il pas s'en aller ?

– Hé ! interpelle l'un des dealers, en nous barrant la route. Tu serais pas ce gars...

– Non ! rétorque Jordan avant d'ajouter à mon intention : Heather ! Tu veux pas ralentir un peu ? Il faut qu'on parle.

– Ce n'est vraiment pas nécessaire, je lui assure d'une voix aussi gaie que possible. Je vais bien. Tout baigne.

– Tout ne baigne pas ! proteste Jordan. Je ne supporte pas de te voir souffrir comme ça ! Ça me déchire le...

– Ohé, dis-je au dealer qui ne veut pas nous lâcher. C'est Jordan Cartwright. Tu sais, le chanteur d'Easy Street.

– Le mec d'Easy Street ! s'exclame-t-il en montrant Jordan du doigt. Je savais bien ! Hé, les gars, visez un peu ! crie-t-il à ses copains. C'est le mec d'Easy Street !

– Heather !

Jordan est assailli par une meute de chasseurs d'autographes.

Je poursuis mon chemin.

Et qu'auriez-vous fait à ma place ? Il est fiancé, après tout. FIANCÉ ! Et pas avec moi.

Il n'y a rien à ajouter. Et puis j'ai des affaires plus pressantes.

Rachel paraît un peu surprise de me voir franchir le seuil de Fischer Hall à la nuit tombée. En me voyant entrer dans le hall, elle écarquille les yeux.

– Heather ! Qu'est-ce que tu fais là ?

– On m'a demandé d'être juré.

Dieu sait pourquoi, elle semble soulagée. Je comprends une seconde plus tard.

– Oh tant mieux ! Un autre juré pour le concours de

play-back. C'est formidable. J'espérais que Sarah et moi ne serions pas les seules à juger. Comment aurions-nous départagé les candidats ?

– Heather !

Jordan vient de débouler dans le hall.

Autour de nous, tous – l'ayant aussitôt identifié – retiennent leur souffle. Puis se mettent à chuchoter : « Ce serait pas... », « Non, pas possible ! », « Si, c'est lui ! », « Regarde-le ! »

– Heather ! dit Jordan, s'avançant à grands pas vers Rachel et moi.

Sous la chemise bouffante, ses grosses chaînes en or frémissent sur sa poitrine haletante.

– Je t'en prie, il faut qu'on parle.

Je me tourne vers Rachel qui fixe Jordan, les yeux ronds comme des soucoupes.

– Voici un juré de plus pour toi, lui dis-je.

C'est ainsi que nous nous retrouvons, Jordan et moi, une écritoire à pince sur les genoux, au premier rang d'une assemblée de près de quatre cents personnes assises sur des chaises, en face du gril et du bar à salades, fermés pour l'occasion. Vous imaginez combien il est difficile, pour Jordan, de me parler de notre relation, quand bien même il en meurt d'envie.

Ça me va très bien – même si ma seule raison d'être ici, c'est de traquer le mystérieux Mark/Todd, et qu'en cela ça ne va guère m'aider d'être juré.

Mais tant mieux si ça peut me permettre de ne pas avoir à écouter les excuses de Jordan quant à son comportement. D'ailleurs, je ne vois pas pourquoi il se soucie tant de ce que je pense de lui, alors qu'il m'a si clairement fait comprendre qu'il ne voulait plus de moi... Sarah aurait peut-être une explication ?

La présence de Jordan met les gamins dans tous leurs états. Ils ignoraient que le jury compterait une célébrité. (Moi, je ne compte pas. Les quelques ados qui m'ont reconnue à l'entrée ne m'accordent pas la moindre attention. Ce soir, il n'y en a que pour Jordan... même si je crains que certains ne se moquent de lui à cause de la chemise bouffante, d'Easy Street et tout le tralala.) Le fait que Jordan soit là donne au concours une crédibilité qui lui avait jusque-là fait défaut.

Et rend visiblement les candidats encore plus nerveux.

Le bar à salades abrite une complexe installation son et lumière, et les étudiants tournent autour, discutant et se gavant de chips et de sodas gratuits. Je cherche à repérer les couples, ou les duos, garçon et fille, qui se sont isolés pour discuter. Car si Todd/Mark a l'intention de frapper à nouveau, il a ici l'embarras du choix, parmi les étudiantes de première année.

Mais je ne vois que des groupes de gosses : des garçons, des filles, des Blancs, des Noirs, des Asiatiques et tout ce que vous voulez, en jean et en tee-shirt, qui s'interpellent joyeusement en engouffrant des chips mexicaines.

Miam... des chips mexicaines !

Sarah, assise à côté de Jordan, ne le quitte pas des yeux. Elle l'assaille de questions sur l'industrie du disque, les mêmes qu'elle m'a posées quand nous nous sommes rencontrées. Du type : N'avait-il pas eu le sentiment de vendre son âme, en jouant dans cette pub Pepsi, ou en participant au concert de mi-temps du Superbowl ? Comment vivait-il sa vocation ? Est-ce que ça le dérangeait, de maîtriser le chant, mais de ne pas savoir jouer d'un instrument ? Cela ne signifiait-il pas, dans un sens, qu'il n'était pas un véritable musicien, mais un simple porte-parole – grâce auquel les disques Cartwright pouvaient assouvir leur désir d'expansion et de domination ?

Lorsque les lumières s'éteignent enfin, et que le président de la résidence, Greg, se lève pour saluer tout le monde, j'ai sérieusement pitié de lui.

Enfin arrive le premier numéro. Un trio de filles interprète en play-back la nouvelle chanson de Christina Aguilera, chorégraphie incluse. Dans la pénombre, je peux passer en revue l'assistance sans trop me faire remarquer.

Les étudiants sont venus en nombre. Les sièges sont presque tous occupés, et la cafétéria en contient quatre cents. Sans compter les gamins adossés au mur, au fond de la salle, qui huent, applaudissent et, en règle générale, se comportent comme des ados de dix-huit ans vivant pour la première fois loin de chez papa-maman.

À côté de moi, Jordan fixe les pseudo-Christina en tenant fermement son écritoire à pince. Pour un juré enrôlé de force, il paraît prendre son rôle très au sérieux.

Ou peut-être ne fait-il mine d'être intéressé que pour dissuader Sarah de lui poser davantage de questions ?

Le trio finit par cesser de remuer des hanches, et quatre garçons lui succèdent sous le feu des projecteurs. Les murs de la cafétéria vibrent au son des basses – ils interprètent le tube de *NSync « Bye Bye Bye », et je plains le voisinage, qui comprend, entre autres, une église épiscopalienne.

Les gars y vont à fond. Ils connaissent la chorégraphie sur

le bout des doigts – je ris tellement que je manque de faire pipi dans ma culotte.

Or, je constate que Jordan ne rit pas du tout. Il n'a pas l'air de réaliser qu'il s'agit d'une parodie des boys band. Il s'applique à les noter, pour l'originalité, et pour la maîtrise des paroles.

Le plus sérieusement du monde.

Jetant un coup d'œil par-dessus l'écritoire à pince – je leur donne une majorité de cinq sur dix, vu qu'ils ne sont pas costumés –, je remarque un homme de grande taille errant dans la salle à manger, les mains enfoncées dans les poches de son treillis.

Au début, je crois reconnaître le président Allington. Mais le président ne porte jamais de treillis, il leur préfère – comme je pense l'avoir mentionné plus tôt – les pantalons à pinces blanc cassé. Le nouveau venu ne pourrait pas être le président de la fac, il est beaucoup trop bien habillé.

Lorsqu'il s'avance dans un rai de lumière provenant du distributeur de sodas, je réalise qu'il s'agit de Christopher Allington, le fils du président. Ce qui explique la confusion.

Il arrive à Christopher de se montrer. Après tout, ses parents habitent juste au-dessus. Sans doute est-il descendu pour savoir le pourquoi de tout ce raffut.

Or, lorsqu'il se dirige vers un groupe d'étudiants adossés à un mur, tout au fond de la salle, je commence à me poser des questions. Que fait-il ici, au juste ? Ce n'est plus un étudiant de première année, il prépare son diplôme de droit.

Pete m'a raconté que, lorsque les Allington ont débarqué après avoir quitté la fac d'Indiana où le directeur occupait son poste précédent, ils ont tout fait pour cacher que

Christopher avait raté son examen d'entrée à l'université de New York. Visiblement, son père a fait appel à ses relations de manière à ce qu'il y entre tout de même.

Certes, avec une mère alcoolique et un père qui se balade devant tout le monde en débardeur, le pauvre gosse n'a pas été gâté côté gènes, et méritait un petit coup de pouce.

*NSync achève bruyamment son morceau, et un pseudo-Elvis tente sa chance. Durant son interprétation de « Viva Las Vegas », et vu qu'il n'y a pas grand-chose à voir, je regarde Christopher Allington se fondre dans l'assistance. Il se fraye un chemin dans la foule, avant de s'installer sur une chaise, derrière un rang uniquement composé de filles. Toutes sont étudiantes de première année – on le devine à leurs gloussements embarrassés. Elles n'ont pas encore pris le pli, comme le prouvent leurs visages dépourvus de piercings, leurs cheveux non décolorés et leurs vêtements Gap. L'une d'entre elles, un peu plus raffinée que les autres, se retourne sur sa chaise et se met à discuter avec Christopher, qui se penche en avant pour mieux l'entendre. La voisine de la fille refuse délibérément de se joindre à la conversation, regardant droit devant elle.

Mais il est clair qu'elle n'en loupe pas une miette.

Elvis achève sa prestation sous d'honorables applaudissements, puis Marnie Villa Delgado – oui, la camarade de chambre d'Elizabeth Kellogg – monte sur scène. Elle est littéralement ovationnée. Je m'efforce de ne pas penser que, si on l'applaudit ainsi, c'est parce qu'elle a gagné une chambre individuelle jusqu'à la fin du semestre...

Marnie, coiffée d'une longue perruque blonde et vêtue d'un jean taille basse, salue poliment. Et voilà qu'elle se lance dans une chanson qui me dit vaguement quelque chose. Au début, impossible de la reconnaître. Tout ce que je sais, c'est que je ne l'aime pas beaucoup...

Et soudain, ça y est ! C'est « Une envie de sucré ». Marnie se donne à fond dans l'interprétation de la chanson qui, dix ans plus tôt, m'a fait entrer dans tous les foyers du pays – ou, du moins, dans ceux qui comptaient une fille préadolescente parmi leurs membres.

À côté de moi, Jordan s'esclaffe. Certains des étudiants qui sont au courant de mon passé rient avec lui. Marnie elle-même m'adresse un regard sournois en mimant les paroles : « J'oublie les calories/Pas moyen de résister. »

Je souris en m'efforçant de ne pas laisser voir mon malaise. Me concentrer à nouveau sur Christopher m'y aide. Il est toujours en train de baratiner la rangée de devant. Il est enfin parvenu à attirer l'attention de la fille timide. Sans être jolie, elle a un visage plus intéressant que sa camarade plus vive. Elle s'est retournée sur son siège et, les genoux remontés sur la poitrine, sourit timidement à Christopher en repoussant derrière ses oreilles des mèches rebelles de cheveux roux.

Sur la scène, la façon qu'a Marnie d'agiter sa perruque blonde – et ses hanches – suscite l'hilarité du public. J'espère de tout cœur que cela ne se veut pas une imitation fidèle.

Et alors, comme ça, tout d'un coup, je réalise que Christopher Allington pourrait être Mark.

Ou Todd.

15

Tu es un ouragan
Qui souffle dans mon cœur
Tu es un ouragan
Et tu feras mon malheur

Tu détruis tout
Sur ton passage
Mais qui sait, après tout
Qui de nous rira le dernier ?
Tu es un ouragan
Tu as emporté mon cœur

« Tu es un ouragan »
Interprété par Heather Wells
Paroles et musique : Dietz/Ryder
Extrait de l'album *Espionne de ton cœur*
Disques Cartwright

Je ne mentirais pas en disant que mon sang s'est figé.

OK, c'est juste une façon de parler. Mais j'ai quand même eu le sentiment que quelqu'un me renversait du Coca glacé dans le dos, ou un truc dans ce goût-là.

Tout à coup, j'ai les mains si moites que j'ai du mal à tenir l'écritoire. Mon cœur bat plus fort, mais irrégulièrement, comme la fois où j'ai chanté mes compositions devant le père de Jordan, et qu'il m'a ri au nez.

Christopher Allington ? Christopher Allington ? Pas possible !

Sauf que...

Sauf que Christopher Allington circule librement dans le bâtiment. Il n'a pas à noter ses entrées et sorties sur le registre, et a le droit de demander à être introduit dans le bureau de la directrice quand ça lui chante. Je le sais parce qu'un jour, alors que les RE déploraient qu'il n'y ait jamais de papier dans la photocopieuse le lundi matin, Rachel avait rétorqué que c'était à cause de Christopher Allington – qui, tous les dimanches soir, demandait à l'un des employés de l'équipe de maintenance de lui ouvrir notre bureau pour pouvoir photocopier les notes de cours de ses camarades.

Par conséquent, il aurait fort bien pu consulter les dossiers de Rachel, y repérer des victimes potentielles : des filles inexpérimentées et influençables, qu'il pourrait aisément séduire.

Et ensuite, il ne lui restait plus qu'à faire connaissance, en entamant d'innocentes conversations et en se présentant sous un faux nom... Tout ça, histoire de s'envoyer en l'air sans trop de frais. Il n'avait qu'à piocher, en somme, dans son petit harem d'étudiantes de première année.

Mon Dieu. C'est diabolique. C'est ingénieux. C'est...

Totalement tiré par les cheveux ! Cooper se moquerait de moi.

Mais Cooper n'est pas là...

Et Christopher Allington est drôlement séduisant. Il mesure plus d'un mètre quatre-vingts, a de longs cheveux blonds dégradés sur la nuque. Il a la beauté juvénile... d'un chanteur de boys band. Quelle étudiante de première année ne serait pas flattée qu'il la remarque... si flattée qu'elle accepterait de coucher avec lui en très peu de temps ? Nom de Dieu, il est mignon, raffiné, et plus âgé... N'importe quelle fille de dix-huit ans craquerait pour lui. N'importe quelle fille de *vingt-cinq* ans craquerait pour lui. Ce type n'a pas de souci à se faire.

Pourquoi les a-t-il tuées ? Tomber les nanas est une chose, les tuer en est une autre. Et puis, n'est-ce pas nuire à son propre intérêt ? Une fois mortes, impossible de refaire des galipettes avec elles.

Et surtout, *de quelle façon* les a-t-il tuées ? Enfin, je sais de quelle façon – à supposer qu'elles aient bien été assassinées –, mais comment est-il parvenu à précipiter des femmes adultes dans une cage d'ascenseur alors qu'elles devaient de toute évidence se débattre ? Les aurait-il droguées ? Si ç'avait été le cas, le médecin légiste n'aurait-il pas trouvé de traces ?

J'ai le visage en feu. Je m'évente à l'aide de l'écritoire et me concentre à nouveau sur Marnie. Elle s'apprête à achever son numéro avec, notamment, des mouvements giratoires du bassin comme je n'en ai pas vu depuis la dernière prestation de Shakira aux Music Video Awards de MTV. Il est clair, à présent, qu'elle ne m'imite pas. J'ai toujours dansé comme un pied, et fait le désespoir de tous les chorégraphes auxquels j'ai eu affaire. J'avais du mal, prenaient-ils plaisir à me répéter, à séparer mon esprit de mon corps, et à me laisser aller.

Marnie effectue une sorte de salto arrière qui s'achève en grand écart et toute l'assistance lui fait une standing ovation. Je me lève moi aussi... et me dirige vers elle. Lakeisha est peut-être rentrée chez elle, mais Marnie est bien là, et va peut-être pouvoir me dire si sa camarade de chambre était jamais, oui ou non, sortie avec Christopher Allington.

Or, Jordan me saisit par le bras avant que j'aie pu m'éloigner d'un pas.

– Tu vas où comme ça ? demande-t-il d'un ton soucieux. Tu n'essaies tout de même pas de t'esquiver d'ici avant qu'on ait pu parler, n'est-ce pas, Heather ?

Jordan est parfumé au Drakkar noir, ce qui me trouble. Il portait du Carolina Herrera pour homme, quand il était avec moi – le Drakkar noir vient donc clairement de Tania.

– Je reviens dans une minute, je promets en lui tapotant le bras pour le rassurer.

Drôlement musclé, son bras. Il a fait de la gonflette en préparation de sa tournée, et le résultat est impressionnant.

– C'est promis, j'ajoute.

– Heather... commence Jordan, mais je ne le laisse pas finir sa phrase.

– C'est promis. Une fois le spectacle terminé, on aura une vraie discussion.

Cela semble apaiser Jordan.

– D'accord. Très bien.

Je vois Marnie traverser la partie de la cafétéria où tous les autres candidats se sont rassemblés pour attendre la décision des jurés. Alors que le groupe suivant se prépare à entrer en scène, je me précipite vers elle.

Marnie a retiré la perruque blonde et essuie son visage couvert de sueur. Elle sourit en me voyant approcher.

– Bravo, Marnie. Jolie prestation !

– Oh, merci, minaude-t-elle. J'avais peur que ça vous vexe. J'ai fini par vous reconnaître, comme vous voyez.

– Ouais. Écoute... il faut que je te demande quelque chose. Ce type qu'Elizabeth fréquentait, juste avant sa mort... c'est possible qu'il se soit prénommé Chris ?

Marnie, visiblement déçue que je ne sois venue la trouver

que pour lui reparler de sa camarade de chambre décédée, hausse les épaules d'un air indifférent.

– Je ne sais pas. Un truc dans le genre... Chris ou Mark.

– Merci.

Elle se retourne et, s'adressant à l'une des filles du trio de pseudo-Christina Aguilera, fait un commentaire désobligeant à l'égard de l'un des participants. Je suis obligée de tendre la main, et de la tirer par la manche.

– Euh... Marnie ?

Elle se tourne à nouveau vers moi.

– Quoi ?

– Tu vois cette fille, là-bas, au cinquième rang ? Sur la dixième chaise, environ, en partant de la gauche ? Qui parle avec un type blond ?

Marnie regarde. Écarquille les yeux.

– Il est hyper-mignon. C'est qui ?

– Alors, tu ne le connais pas ?

– Pas encore, réplique-t-elle, laissant entendre qu'elle compte bien y remédier.

Je m'efforce de dissimuler ma déception. Peut-être que si j'arrivais à mettre la main sur une photo de Christopher Allington, je pourrais choper Lakeisha à la sortie de l'un de ses cours, et ainsi faire en sorte qu'elle l'identifie...

C'est alors que j'ai une autre idée.

– La fille, tu la connais ? je demande à Marnie.

Elle pince les lèvres.

– Vaguement. Elle a sa chambre au douzième étage. Je crois qu'elle s'appelle Amber, ou un truc dans le genre.

Amber. Parfait. J'ai un nom, à présent. Et l'étage qui va avec.

Je retourne à ma place, tandis que deux gars travestis se lancent dans une interprétation de « Dude Looks Like a Lady ». Jordan se penche et me chuchote à l'oreille :

– Qu'est-ce que tu étais allée faire ?

Je me contente de sourire, avec un haussement d'épaules. Inutile de crier avec tous ces décibels. De plus, Sarah me foudroie du regard, par-dessus son écritoire à pince. Je crois qu'elle n'apprécie pas que je fraternise avec les participants, étant donné que cela pourrait influencer mon jugement.

Je reste donc coincée sur ma chaise, impuissante, pendant que Christopher est peut-être (et même certainement) en train d'emballer sa prochaine victime. Amber – à ce que je peux en juger car, ne voulant pas avoir l'air de l'observer, je me contente de lui jeter de rapides coups d'œil – s'anime de plus en plus, du fait de l'attention que lui porte Christopher. Elle tripote ses cheveux brun-roux, se tortille sur son siège, ne cesse de sourire et se comporte, de manière générale, comme une fille n'ayant encore jamais suscité l'intérêt d'un beau garçon. J'observe la scène d'un œil inquiet. Va-t-on, demain matin, retrouver le corps d'Amber au fond de la cage d'ascenseur ?

Si ce n'est que je n'arrive pas à voir en Christopher un type capable de tuer. Déniaiser les vierges, peut-être. Mais les assassiner ?

Certes, le mari d'Eva Peron avait beau être un débauché notoire, ça ne l'avait pas empêché – comme je l'ai lu quelque part – de tuer des tas de gens en Argentine – ce qui explique pourquoi Madonna ne voulait pas que les gens la pleurent, dans cette célèbre chanson « Don't cry for me, Argentina ».

Le concours de play-back s'achève enfin. Greg, le président

de la résidence, s'avance et annonce que les jurés vont entamer leurs délibérations. L'assistance se lève en masse, et fonce sur les chips mexicaines (les veinards !). Rachel fait pivoter sa chaise de manière à nous faire face, à Jordan, Sarah et moi.

– Alors, dit-elle en me souriant. Qu'est-ce que tu en as pensé ?

Je pense qu'on est mal barrés ! Drôlement mal barrés. Et pas à cause du concours ! j'aimerais répliquer.

Au lieu de ça, je réponds :

– J'ai bien aimé Marnie.

– Ça m'étonne pas ! s'exclame Jordan. Mais les gars qui ont interprété la chanson de *NSync étaient bien meilleurs. Ils connaissaient la chorégraphie par cœur. Je leur ai mis dix partout.

– Comme parodie des boys band, c'était très amusant, concède Sarah.

– Euh... moi, j'ai bien aimé Marnie.

Rachel approuve sincèrement mon choix :

– Et elle a subi une telle épreuve ! C'est le minimum que nous pourrions faire, pas vrai ?

Désireuse de voir tout cela se terminer au plus vite afin de pouvoir me retirer pour aller parler avec Chris, je propose :

– Ouais, je suis d'accord. Donnons la première place à Marnie, la deuxième au boys band et la troisième au trio de Christina Aguilera.

Jordan paraît un peu vexé que nous ayons ignoré son avis, mais ne proteste pas.

Rachel va communiquer notre décision à Greg, et je me retourne sur mon siège pour jeter un nouveau coup d'œil à Christopher...

... qui se dirige à cet instant précis vers la sortie, un bras nonchalamment placé autour de l'épaule d'Amber.

Je bondis aussitôt hors de ma chaise, sans dire un mot à Jordan ou aux autres. Je l'entends qui m'appelle, mais je n'ai pas de temps à perdre en explications. Christopher et Amber ont déjà à moitié franchi la salle de télé. Si je n'agis pas rapidement, cette fille risque de finir en compote au fond de la cage d'ascenseur.

Or, à ma grande stupéfaction, au lieu de s'approcher des ascenseurs, Christopher et Amber sortent du bâtiment par l'entrée principale.

Je les suis, passant en flèche devant les groupes de jeunes rassemblés dans le hall. C'est à la nuit tombée que le bâtiment commence réellement à s'animer. Des résidents que je n'ai encore jamais vus, accoudés au comptoir de l'accueil, discutent avec le RE de service. Le gardien – pas Pete, qui ne travaille que la journée – asticote un groupe d'ados qui prétendent connaître quelqu'un dont ils ont oublié le nom, au cinquième étage. Pourquoi le gardien ne veut-il pas être cool et les laisser monter ? protestent-ils.

Je fonce parmi tout ce monde, ouvre grand les portes et me précipite dehors, dans la tiédeur d'une belle soirée d'automne.

Le soir, Washington Square grouille de flics. De flics, mais aussi de touristes, de dealers et de joueurs d'échecs qui, assis à leurs tables, jouent jusqu'à minuit – heure de fermeture du parc – à la lueur des réverbères. Des lycéens de Westchester sillonnent tranquillement la rue, au volant de la Volvo de leurs parents, la radio réglée à un volume d'enfer. De temps à autre, on leur confisque leur véhicule, pour cause de tapage nocturne. C'est un lieu très agité, et l'on comprend pourquoi tant d'étudiants demandent des chambres donnant sur Washington Square... Les soirs où il n'y a rien d'intéressant à la télé, il reste toujours le spectacle de la rue.

Christopher et Amber sont justement en train d'en jouir. Appuyés à l'un des arbres en pot à l'entrée de Fischer Hall, ils fument en regardant la police procéder à une arrestation sur le trottoir d'en face. Christopher, les bras croisés sur la poitrine, tire sur sa cigarette à la façon de Johnny Depp ou Dieu sait qui, pendant qu'Amber gazouille tel un petit oiseau, et tient la sienne comme quelqu'un qui n'a guère l'habitude de fumer.

Il n'y a pas une seconde à perdre, j'en suis consciente. Je m'approche d'eux en prenant l'air décontracté. J'imagine que c'est ainsi que Cooper aurait géré la situation.

– Hé ! je lance à Christopher d'un ton aimable. Je peux te taxer une clope ?

– Bien sûr, répond Christopher.

Il tire un paquet de la poche de sa chemise, et me tend une cigarette.

– Merci.

Je la coince entre mes lèvres et me penche, de manière à ce que Christopher puisse l'allumer avec le Zippo qu'il vient de brandir.

Fumer n'a jamais été mon truc. Pour commencer, si vous êtes chanteuse, ça fiche en l'air vos cordes vocales. Et puis, je ne comprends pas comment, quitte à craquer, on peut préférer une cigarette à une barre chocolatée !

Mais, toujours plantée là, je fais mine d'avaler la fumée en me demandant comment je vais bien pouvoir enchaîner. Que ferait Nancy Drew ? Ou Jessica Fletcher ? Et cette autre... c'est quoi son nom déjà... la médecin légiste de *Preuves à l'appui* ? Nom de Dieu, je suis nulle comme détective ! Que va-t-il se passer quand nous vivrons ensemble, Cooper et moi – vous savez, une fois que j'aurai obtenu mon diplôme et tout le tralala ? Comment pourrons-nous jouer les Nick et Nora Charles, alors que Nora est incapable de faire correctement son boulot ? Voilà une pensée bien déprimante. Je m'efforce de la chasser de mon esprit.

Sur le trottoir d'en face, les flics sont en train d'arrêter un ivrogne qui a trouvé amusant de dévoiler les détails de son anatomie aux joueurs d'échecs. J'ignore pourquoi certains hommes ne peuvent s'empêcher d'exhiber leurs organes génitaux – d'autant plus que ceux qui le font ont, invariablement, un membre pas très impressionnant.

J'en fais la remarque à Christopher et Amber. Histoire, vous comprenez, d'entamer la conversation. Cela semble la choquer un peu mais Christopher, lui, éclate de rire.

– Ouais, approuve-t-il. Il devrait y avoir une loi. Au-dessous de quinze centimètres, les ivrognes ne devraient pas avoir le droit de la montrer.

Je le fixe, les yeux écarquillés. Plutôt marrant, ce Christopher Allington. Ted Bundy avait-il le sens de l'humour ? Oui, interprété par Mark Harmon dans le film que j'ai vu l'autre soir à la télé...

De l'autre côté de la rue, l'ivrogne insulte violemment les flics qui lui ont passé les menottes, et quelques-uns des joueurs d'échecs lui répondent sur le même ton. Les joueurs d'échecs sont bien loin de l'image raffinée qu'en donnent les médias, figurez-vous.

– Oh la la ! s'exclame Amber, lorsqu'une injure pas piquée des hannetons nous parvient aux oreilles. Chez nous, personne ne s'adresse comme ça à la police.

– Et c'est où, chez toi ? je l'interroge en faisant tomber la cendre de ma cigarette sur le trottoir d'un geste nonchalant – ou tout au moins censé l'être.

– À Boise, dans l'Idaho, précise-t-elle, comme s'il y avait plusieurs Boise.

– Boise, je répète. Je n'y suis jamais allée.

Pur mensonge. Je me suis produite à la salle des fêtes de Boise, devant cinq mille préados déchaînés, pendant la tournée d'*Une envie de sucré.*

– Et toi ? je demande à Christopher.

– Non. J'ai jamais mis les pieds à Boise. Hé, on se connaît pas, par hasard ?

– Ah bon ? dis-je en feignant l'étonnement. Je ne crois pas, non.

– Si. J'en suis sûr. Tu serais pas à la fac de droit ?

– Non, je réponds en tapotant à nouveau ma cigarette.

Les clopes filent peut-être le cancer et tout ce qui s'ensuit, mais rien de tel comme accessoire si vous cherchez à paraître naturel. Quand vous traquez un criminel potentiel, par exemple.

– Vraiment ? fait Christopher en exhalant par les narines un nuage de fumée pâle. (C'est pas juste. Il est rodé aux trucs de fumeurs.) Je suis sûr de t'avoir déjà vue quelque part.

– Ici même, sans doute. Moi, je te vois tout le temps. Tu es Christopher, le fils du président Allington, pas vrai ?

À croire que je viens de le frapper avec un sachet d'oursons gélifiés : il en est bouche bée. L'espace d'une seconde, je crains qu'il n'avale sa cigarette.

Mais il recouvre rapidement ses esprits.

– Euh… ouais. D'où tu sais ça ?

Il a les yeux gris et, pour le moment, son regard reste aimable.

– Quelqu'un m'a dit qui tu étais. Tu vis ici ? Avec tes vieux ?

Ça le pique au vif. Il s'empresse de rétorquer :

– Oh non. Enfin… j'ai mon appart à moi, mais c'est dans Midtown, et vu que je suis les cours ici…

– Tu n'es pas étudiant de première année, alors ? demande Amber. (Elle est un peu longue à la détente, on dirait…) Tu es à la fac de droit ?

– Ouais, reconnaît Christopher.

Il paraissait bien plus sûr de lui avant que je ne vienne lui tirer dans les pattes. Et ce qu'il ignore, c'est que j'ai encore une sacrée dose de munitions.

– Je ne savais pas que tu étais le fils du président Allington, lâche Amber d'une voix de petite souris, quelque peu teintée de reproche.

– Eh bien, je n'aime pas le crier sur les toits, marmonne Christopher.

– Et tu m'as dit que tu t'appelais Dave.

– Ah oui ?

Christopher aspire une dernière bouffée de sa cigarette, laisse tomber le mégot sur le trottoir et l'écrase du pied.

– Tu as sûrement mal compris, continue-t-il. Il y avait tellement de raffut là-dedans. Je suis sûr de t'avoir dit que je m'appelais Chris.

En face, les flics traînent l'ivrogne déculotté dans une voiture de patrouille. À présent, ils se sont regroupés autour du véhicule et remplissent des formulaires fixés sur des écritoires à pince, tout en buvant du café que quelqu'un vient de rapporter d'un bar, au coin de la rue. L'ivrogne frappe à grands coups sur la vitre de la voiture : lui aussi veut du café !

Personne ne fait attention à lui.

J'avoue, ça craint. Je suis en train de me révéler la pire détective au monde. Décidément, j'ai intérêt à suivre un module de justice pénale. Une fois que j'aurais accompli ma période d'essai de six mois, évidemment. Et que je pourrai commencer à assister gratuitement aux cours.

– C'est triste, hein ? je demande, d'une voix qui me semble, même à moi, bien trop guillerette. (On dirait la voix de miss Extra-small, la fille croisée l'autre jour dans la boutique de jeans.) Je veux dire... le nombre de paumés qu'il y a dans cette ville ! Comme cet ivrogne exhibitionniste qu'ils viennent d'embarquer ! Ou ces pauvres filles, dans le bâtiment... Celles qui sont mortes... de quelle façon, déjà ? Ah ouais. En surfant dans l'ascenseur. Difficile d'imaginer qu'on puisse faire un truc aussi bête, non ?

Je jette un coup d'œil à Chris pour voir comment il encaisse cette allusion directe à ses victimes. Ça ne semble guère le troubler...

... À moins d'interpréter comme un signe de trouble le fait d'allumer une nouvelle cigarette.

Et... euh... pourquoi pas ? Mais j'attendais quand même mieux, comme réaction.

– Oh ! souffle Amber, s'efforçant vaillamment de reprendre

sa place dans la conversation. C'est vrai ! Quelle tristesse ! Je connaissais la deuxième fille... enfin, plus ou moins. Un jour, on s'est retrouvées bloquées dans l'ascenseur en panne, toutes les deux. Ça n'a pas duré plus d'une minute, mais elle était dans tous ses états, car elle avait le vertige. Quand j'ai appris comment elle était morte, je me suis dit : « Quoi ? Comment une personne sujette au vertige a pu faire quelque chose d'aussi risqué ? »

– Tu parles de Roberta Pace, c'est ça ?

Je jette un nouveau coup d'œil à Christopher pour voir comment il prend ça.

Mais il est occupé à consulter sa montre, une Rolex. Une vraie, croyez-moi, et pas une de ces copies achetée quarante dollars dans la rue.

– Ouais, c'est comme ça qu'elle s'appelait. Mon Dieu, c'est pas affreux ? Elle était tellement gentille.

J'approuve d'un ton grave :

– C'est vrai. Et le plus bizarre, c'est pas qu'elle soit allée surfer dans l'ascenseur alors qu'elle était sujette au vertige. Le plus bizarre, c'est qu'on raconte qu'elle avait rencontré un type, la veille de sa mort et...

Je ne parviens pas à finir ma phrase. Car des doigts d'acier se sont refermés sur mon bras. Tout à coup, on me tire brutalement en arrière.

16

À dix heures du matin, réveil
Et puis la plage, sous le soleil
Un petit film l'après-midi
Et ça suffit pour aujourd'hui !

Le soir, mettre les voiles
Et sous un ciel plein d'étoiles
Danser, crier de joie
Oh, dites-moi pourquoi

C'est pas tous les jours l'été
Tous les jours l'été
Tous les jours l'été
Et pourquoi je ne passe pas
Toute l'année dans tes bras

« Été »
Interprété par Heather Wells
Paroles et musique : Dietz/Ryder
Extrait de l'album *Été*
Disques Cartwright

Je chancelle et tends la main pour reprendre mon équilibre. C'est alors que je sens l'inimitable tablette de chocolat, dure comme l'acier – et due à une fréquentation assidue des salles de gym.

Y a-t-il une seule partie de Jordan Cartwright qui ne soit pas dure ?

Pas sa tête, en tout cas...

– Qu'est-ce qui te prend ? demande Jordan, m'arrachant la cigarette de la bouche et l'écrasant du pied. Tu fumes, maintenant ? Il a suffi que tu vives quelques mois avec ce dégénéré de Cooper pour te mettre à fumer ? Tu ne sais pas quel effet a cette cochonnerie sur les cordes vocales ?

– Jordan !

Je n'arrive pas à croire qu'il me fasse ça ! Et devant mon principal suspect !

Je m'efforce de parler à voix basse, de façon à ce que Chris ne distingue pas mes paroles.

– Je n'avalais pas la fumée. Et d'abord, je ne vis pas avec Cooper, c'est clair ? Enfin... je vis dans sa maison, mais pas au même étage.

Et puis je cesse de chuchoter, car soudain, la colère m'envahit. Après tout, il se prend pour qui ?

– D'ailleurs, en quoi ça te concerne ? Dois-je te rappeler que tu es fiancé ? Et pas avec moi !

– Je suis peut-être fiancé avec une autre, Heather. Mais ça ne m'empêche pas de me soucier, profondément, de toi. Tu sais, papa m'avait dit que tu avais touché le fond, mais je ne savais pas à quel point. Un type comme ça, Heather ? Franchement... Enfin, il a aussi peu de classe que... (Jordan jette un coup d'œil au treillis de Chris et tressaille) que Cooper !

– Ce n'est pas ce que tu crois, Jordan.

Je regarde par-dessus mon épaule. Chris et Amber sont toujours là, trop loin – Dieu merci ! – pour nous entendre, même si nous avons haussé la voix. Chris semble relativement peu affecté par la conversation que nous venons d'avoir. Mais je remarque que, de temps à autre, ses yeux gris errent dans notre direction. Aurait-il peur ? Peur que la fête soit finie pour lui ?

Ou bien se demande-t-il juste où Jordan a acheté sa chemise bouffante ?

– Ne regarde pas ! je chuchote à l'attention de Jordan. Ce mec avec qui je parlais... je le soupçonne d'être un assassin.

Jordan examine Chris de la tête aux pieds.

– Je t'ai dit de pas regarder !

Jordan tourne la tête, et baisse les yeux vers moi.

– Oh, ma pauvre petite chérie ! Qu'est-ce que Cooper t'a fait ?

Je lutte pour échapper à son étouffante étreinte, ou du moins pour parvenir à m'exprimer sans avoir les poils de son torse dans la bouche.

– Cooper n'a rien à voir avec ça ! je proteste, consciente que le RE de service à l'accueil s'efforce de cacher un petit sourire narquois, en nous observant par les portes vitrées. Il y a des filles qui meurent dans cette résidence, et je pense que...

– Alors c'est là que vous étiez passés !

Nous pivotons tous deux sur nos talons et nous retrouvons face à Rachel, que nous n'avions vu ni l'un ni l'autre sortir du bâtiment.

– Vous avez raté la cérémonie de remise des prix, nous gronde Rachel d'un ton moqueur. Marnie était tellement émue qu'elle a pleuré.

– Waouh ! dis-je sans le moindre enthousiasme.

– Je suis venue vous chercher parce que j'ai pensé que ça vous dirait peut-être de venir boire un verre chez moi...

Jordan et moi échangeons un regard. Le sien brille d'un éclat désespéré. Dans le mien, j'ignore ce qu'il voit. De la confusion, sans doute. Rachel ne m'a invitée qu'une seule fois chez elle, pour boire un verre de vin, après l'installation à la résidence des étudiants de première année. Je m'étais sentie extrêmement mal à l'aise, et pas seulement parce qu'elle est ma patronne et que j'étais très désireuse de faire tout ce qui s'imposait pour réussir ma période d'essai, mais aussi parce que...

OK, je suis un peu désordonnée. Je reconnais qu'il y a plein d'affaires balancées en vrac dans mes placards, sous mon lit et... un peu partout, à vrai dire.

Or, chez Rachel, tout était rangé avec soin. Pas de magazine people oublié à côté des toilettes, comme chez moi, ni de soutiens-gorge pendus aux poignées de porte, ni d'emballages chiffonnés de barres de chocolat sur la table de nuit. À croire qu'elle attendait de la visite.

Soit ça, soit son appart est toujours nickel.

Non. Ce n'est pas possible... Ce ne serait pas *humain*.

Et puis, j'avais remarqué, parmi les quelques CD de sa collection – méticuleusement empilés par ordre alphabétique –, des artistes comme Phil Collins ou Faith Hill.

PHIL COLLINS. ET FAITH HILL.

Non qu'ils ne me plaisent pas. Au contraire, ce sont des artistes de grand talent. J'ai adoré cette chanson, « Circle of Life », les cinquante premières fois que je l'ai entendue...

– À vrai dire, Rachel, je glisse d'un ton prudent. Je suis très fatiguée.

– Moi aussi, glisse aussitôt Jordan. J'ai eu une longue journée.

Rachel est visiblement déçue.

– Oh. Une autre fois, peut-être ?

– Bien sûr, dis-je sans regarder Jordan.

Car, au fond, tout cela est sa faute. Rachel ne m'aurait jamais invitée à boire un verre sans la présence de Jordan. Elle avait fait mine de ne pas le reconnaître, mais j'avais entendu un RE la renseigner à son sujet. Demain, elle va sûrement m'assaillir de questions pour savoir s'il est toujours célibataire.

Vu qu'il gagne bien plus de cent mille dollars par an.

– Eh bien, dis-je, à demain matin.

– Oui, bonne nuit ! lance Rachel avec un sourire avant de s'adresser à Jordan : Enchantée d'avoir fait votre connaissance, Jordan.

– Pareil pour moi, répond-il.

Pour un peu, il aurait l'air sincère.

Je saisis son bras et l'entraîne vers Waverly Place avant que la conversation ne dégénère, et qu'il ne m'embarrasse davantage devant mes collègues de travail.

– Oh mon Dieu ! je m'écrie, tandis que nous marchons. Je devrais faire quoi, à ton avis ? Au sujet d'Amber, je veux dire... Et si elle allait être sa prochaine victime ? Je ne me le pardonnerais jamais... Mais je lui ai cassé son coup, avec cette histoire de prénom. Tu penses pas que je lui ai cassé son coup ? Elle va sûrement se méfier, à présent ? Oh, nom de Dieu ! À ton avis, je devrais aller prévenir la police ? Je n'ai aucune preuve que c'est lui, ceci dit... Sauf que... Sauf que Cooper a dû garder le préservatif ! Je pourrais m'en servir, exercer une pression sur lui, du genre : « Avoue ou bien je l'apporte aux flics ! » Un truc dans ce goût-là...

Jordan semble horrifié.

– Un *préservatif* ? Heather, qu'est-ce que tu...

– Je te l'ai dit ! je m'exclame en tapant du pied. Je traque un assassin – du moins, je le soupçonne d'en être un. Je le jurerais pas non plus. D'après ton frère, j'ai trop d'imagination. Mais honnêtement, Jordan, tu ne trouves pas ça bizarre ? Deux filles qui meurent en l'espace de deux semaines, alors que ni l'une ni l'autre n'a une réputation de surfeuse… et toutes deux viennent de sortir avec un garçon, pour la première fois de leur vie ? Enfin, ça ne te paraît pas louche ?

Nous tournons à l'angle et déboulons sur Waverly Place. L'un des rastas s'approche, en espérant sans doute que je vais enfin changer d'avis et accepter sa proposition.

– Cannabis ? Marijuana ?

– Tire-toi de là ! hurle Jordan au dealer, au lieu de l'ignorer et de répondre à ma question.

Le type n'est pourtant guère menaçant. Je suis beaucoup plus grande que lui, et je dois peser vingt kilos de plus. Rien d'étonnant à ce que le malheureux soit si déconcerté par l'accès de colère de Jordan. C'est alors que je prends conscience de la personne que j'ai en face de moi. Ce n'est pas un ami. Pas même une connaissance. C'est mon ex-petit ami.

– Oh, laisse tomber ! je soupire, lâchant son bras et piquant droit vers ma porte.

Léger problème : Jordan me suit.

– Qu'est-ce que j'ai fait ? demande-t-il. Heather, dis-le-moi. Je suis désolé. Comment tu voudrais que je réagisse, au juste ? Toutes ces filles mortes, ces préservatifs, ces dealers… C'est ça, la vie que tu mènes, Heather ? C'est ça ?

Je commence à grimper les marches, farfouillant dans mon sac pour trouver mes clés, à la lueur des réverbères.

– Écoute (j'ouvre les verrous aussi vite que possible, en réalisant que Jordan m'a suivie en haut des marches et fait écran à la lueur du réverbère avec sa grosse chemise bouffante), c'est ma vie, d'accord ? Désolée qu'elle soit si chaotique. Mais tu sais, Jordan, tu n'y es pas pour rien

– Je sais, s'écrie Jordan. Mais tu as refusé que nous allions consulter un spécialiste des problèmes du couple, tu te rappelles ? Quand je t'avais suppliée...

Ses deux mains puissantes se posent sur mes épaules, non pour me secouer cette fois-ci, mais pour m'obliger à lui faire face. Je plisse les yeux, incapable de distinguer ses traits, car la lumière du réverbère, tout en dessinant un halo autour de sa tête, plonge son visage dans la pénombre.

– Heather, poursuit-il. Tout couple a ses problèmes. Mais si l'on n'est pas deux pour les affronter, une relation ne peut pas durer.

– Ouais, dis-je d'un ton ironique. C'est ce qui s'est passé.

– OK... lâche Jordan, les yeux rivés sur moi.

En fait je ne les vois pas, mais je sens son regard me transpercer... Qu'est-ce qui lui prend, d'ailleurs, de me regarder comme ça ? À croire qu'il...

– Oh non ! je m'exclame.

Je m'empresse de reculer d'un pas, pour me cogner à la porte – le bouton me rentre dans le dos.

– Jordan, qu'est-ce que tu viens faire là ? Pour de bon ?

– Mes parents donnent une soirée pour mes fiançailles, explique-t-il, d'une voix soudain rauque. Enfin, pour nos fiançailles, à Tania et moi. Chez eux. Sur le toit en terrasse. En ce moment, à vrai dire.

M. et Mme Cartwright n'avaient pas organisé de fête,

lorsque Jordan et moi nous étions fiancés. Au lieu de ça, Mme Cartwright avait voulu savoir si j'étais enceinte.

Je suppose qu'elle ne pouvait imaginer d'autre raison pour que son fils se mette en tête d'épouser une fille dont la carrière déclinait à mesure qu'augmentait son tour de taille.

– Eh bien, tu ne devrais pas y être, alors ? je demande.

– Je devrais.

Tout à coup, je réalise que si sa voix est rauque, elle est également lourde de tristesse.

– Je sais que je devrais y être, poursuit-il. Mais c'est juste que... de toute la journée, je n'ai pas cessé de penser à toi.

J'avale ma salive et m'efforce de garder les idées claires. Après tout, je suis détective. Et c'est ce que font les détectives. Ils gardent les idées claires en toutes circonstances.

Mais il y a quelque chose, dans la présence de Jordan, sans parler de son désarroi... et du désir qu'exprime sa voix, qui ne me facilite pas la tâche.

Et la pression de ses mains sur mes épaules est très agréable. Et, soudain, les effluves de Drakkar noir ne me dérangent plus autant.

Qui plus est, dans l'obscurité, je ne vois ni sa grosse chaîne en or, ni la gourmette à son nom.

Je ne blague pas : une gourmette à son nom !

– À mon avis... je marmonne en tentant de contenir la vague d'hystérie qui menace de m'engloutir. À mon avis, toute cette agitation – l'annonce de vos fiançailles, les reporters, etc. – t'est montée à la tête. Tu devrais peut-être rentrer chez toi et prendre un cachet d'aspirine.

– Je n'ai pas besoin d'aspirine, murmure Jordan. Tout ce que je veux, c'est toi.

– Non ! je m'exclame, saisie de panique au contact de la chemise bouffante sur ma joue. Non, ce n'est pas vrai ! Rappelle-toi ! Tu n'arrêtes pas de me répéter que j'ai changé. Eh bien oui, Jordan, j'ai changé ! Nous ne sommes plus les mêmes, ni l'un ni l'autre. Il faut qu'on avance, et que chacun de nous commence à vivre sa vie de son côté. C'est ce que tu fais avec Tania. Et c'est ce que je fais avec... avec... (Avec qui ? Je n'ai personne ! Ce n'est pas juste qu'il ait quelqu'un, et pas moi !) Eh bien... avec Lucy, je conclus – non sans bravoure, si vous voulez mon avis.

– C'est ce que tu désires ? me demande Jordan, ses lèvres dangereusement proches des miennes. Que je sorte avec Tania ?

Je n'en crois pas mes oreilles.

– C'est maintenant que tu me poses cette question ?

Et, sans que j'aie rien vu venir, voilà qu'il colle sa bouche contre la mienne.

En général, je sais garder la tête froide, dans ces cas-là. Je veux dire que, quand un type entreprend de m'embrasser – ce qui n'arrive pas si fréquemment –, j'ai la présence d'esprit de le prier d'arrêter si cela ne me plaît pas, ou de lui rendre son baiser, si cela me plaît.

Or, dans ce cas précis, ma surprise est telle que je demeure figée sur place. Enfin, je suis encore consciente que le bouton de porte me rentre dans le dos, et que toutes les lumières de la maison sont éteintes. Ce qui signifie, Dieu merci, que Cooper n'est toujours pas rentré.

Mais, au-delà de ça, et au-delà de l'embarras dû au fait que les dealers crient des « vas-y, mon gars ! » en guise d'encouragements, je n'éprouve... rien.

Rien que du plaisir, à vrai dire.

Je sais aussi bien que les dealers du coin qu'il y a un bon bout de temps que je n'ai pas fait de galipettes.

Il en va de même pour Jordan, visiblement. (Soit c'est ça, soit Tania ne fait pas le poids au lit... Ce qui n'aurait rien d'étonnant, vu qu'elle doit peser cinquante kilos maximum.) À peine ai-je glissé les bras autour de son cou – la force de l'habitude, rien de plus – qu'il me plaque contre la porte et se presse si fort contre moi que je sens chacun des boutons de la braguette de son pantalon de cuir...

... sans parler du gonflement du... euh... du muscle sous les boutons en question.

Puis sa langue est dans ma bouche, et ses mains dans mes cheveux...

Je n'ai qu'une seule pensée en tête : PITIÉ, NON !

Parce qu'il est fiancé. Et pas avec moi. Et je... eh bien, je ne suis pas ce genre de fille ! Vraiment pas !

Mais il y a cette petite voix intérieure qui me souffle : *Si ça arrive, c'est que ça devait arriver* et *Mmmm, rappelle-toi comme c'était bon !* et *En tout cas, ils n'ont pas l'air de le déranger, ces quelques kilos en plus !* Cela ne me facilite guère la tâche pour faire la seule chose possible : le repousser.

En vérité, eh bien... la petite voix me rend la tâche littéralement IMPOSSIBLE.

Tous ces chorégraphes devaient faire erreur. Vous savez, en affirmant que j'avais du mal à mettre mon esprit en veille, afin de libérer mon corps. En réalité, mon corps s'exprime très bien, sans avoir besoin du soutien de mon esprit...

Sans doute conviendrait-il que nous entrions dans la maison, à présent, pour ne pas décevoir nos supporters déchaînés.

Je pivote donc sur mes talons et ouvre la porte. Nous nous écroulons dans le vestibule plongé dans l'obscurité...

Là, j'appuie les mains sur son torse et, profitant de mes derniers instants de lucidité, je balbutie :

– Tu sais, Jordan, je crois vraiment que nous ne devrions pas...

Trop tard. Il m'a déjà tiré le chemisier hors du jean. Et, presque aussitôt, ses mains palpent mes seins à travers la dentelle du soutien-gorge, pendant qu'il m'embrasse. Avec fougue. Et sincérité, dirait-on...

OK. Je songe, l'espace d'une seconde, à lui rappeler que, ce matin à peine, j'ai appris ses fiançailles (avec une autre) dans le journal.

Mais, croyez-moi, il arrive que le corps prenne la situation en main, quand l'esprit vous manque.

Et mon corps semble s'être mis en pilote automatique, et ne se souvient que d'une chose : tout le bon temps qu'il a passé, avec cet autre corps qui, à présent, se serre contre lui.

Et il en redemande !

Pendant un petit moment, je suis incapable de penser à autre chose. Sauf...

Sauf vers la fin, où j'ai cette pensée qui me traverse l'esprit. Une pensée dont je me serais bien passée, à vrai dire.

Ce n'est pas le bon frère.

Tout simplement. Aucun doute là-dessus, je suis en train de me vautrer par terre avec le mauvais frère !

Et je n'en suis pas franchement fière.

Le pire, c'est que ce n'est pas si bien que ça. Le seul bon côté, c'est que c'est bref – Dieu merci, parce que je suis sur le tapis du vestibule, et que c'est loin d'être le plus confortable de la maison. Et c'est sans danger : Jordan est venu équipé, comme tout membre d'Easy Street qui se respecte.

À part ça, ça ne diffère pas tellement des rapports sexuels que nous avions tous les lundis, mercredis et samedis...

Sauf qu'à présent, de toute évidence, c'est moi qui suis la maîtresse.

Tania avait-elle aussi mauvaise conscience que moi ? J'en doute. Tania ne fait pas l'effet de quelqu'un qui culpabilise au sujet de quoi que ce soit. Je l'ai vue jeter un emballage de chewing-gum par terre, à Central Park. Même quand elle salit les lieux publics, elle n'a pas d'états d'âme !

Une autre différence notable, comparé à nos rapports sexuels d'avant la rupture, c'est que Jordan se relève presque aussitôt après que nous avons fini, et commence à se rhabiller. Autrefois, du temps où nous sortions ensemble, il se tournait sur le côté et s'endormait aussi sec.

Lorsque je me redresse et que je le regarde, il m'annonce, comme quelqu'un qui vient de se rappeler qu'il avait rendez-vous chez le dentiste :

– Je suis désolé, mais faut que j'y aille !

C'est ça, le plus embarrassant : je me sens triste. Comme si j'avais cru, au fond de moi, qu'il allait changer ses projets et rompre avec elle SUR-LE-CHAMP, parce que c'est avec moi qu'il a envie de passer sa vie.

Je ne serais pas retournée avec lui pour autant, s'il me l'avait demandé. Non, sûrement pas.

Tout de même... on se sent seul quand on n'a personne. Enfin, je ne voudrais pas donner l'impression de penser comme Rachel. Je ne dis pas qu'avoir un petit copain – même si c'était Cooper, mon idéal masculin – résoudrait tous mes problèmes.

Et je ne suis certainement pas prête à manger mes salades sans vinaigrette pour pouvoir m'en dégoter un. Je ne suis pas désespérée à ce point-là.

Mais... ce serait chouette d'avoir quelqu'un qui se soucie de moi.

Pas question d'en faire part à Jordan, néanmoins. J'ai encore un peu d'orgueil. Au lieu de ça, je me contente de répliquer : « OK. »

– Franchement, je serais bien resté, dit-il en enfilant sa chemise, mais j'ai une interview marathon demain. Pour le nouvel album, tu comprends.

– OK.

– Je t'appelle, crie-t-il depuis le vestibule.

– Très bien.

Nous savons tous deux que c'est un mensonge, bien sûr.

Après qu'il est parti et que j'ai fermé la porte derrière lui, je monte à mon appartement, où je suis accueillie avec enthousiasme par Lucy, impatiente de faire sa promenade du soir. Alors que je cherche sa laisse, je regarde par la fenêtre de ma cuisine. Mon regard s'arrête sur les étages supérieurs de Fischer Hall. Je me demande si Amber s'est aussi facilement laissé retirer son pantalon par Christopher Allington, que je me suis laissé retirer le mien par Jordan.

Et puis, je me souviens que ledit pantalon est toujours en bas, et m'empresse d'aller le chercher avant que Cooper ne rentre et ne trouve, sur le tapis du vestibule, la preuve de ma profonde stupidité.

17

Tu m'as dit : « C'est fini »
Je t'ai dit : « Je ne te crois pas »

Tu m'as dit : « T'es qu'une pauvre fille »
Moi tout ce que je veux, c'est être avec toi

Et je vous ai vus, elle et toi
Et là, j'ai dit : « Si c'est comme ça ! »

Si c'est comme ça !
Si c'est comme ça !
N'en parlons plus
Si c'est comme ça !

« Si c'est comme ça ! »
Interprété par Heather Wells
Paroles et musique : Valdez/Caputo
Extrait de l'album *Été*
Disques Cartwright

J'avais vu juste : Rachel est extrêmement intriguée par Jordan, et par la nature de nos relations.

À peine suis-je entrée dans le bureau, le lendemain matin – les cheveux mouillés, une tasse de café fumant à la main et la grosse lettre écarlate désignant les femmes adultères brodée sur mon chemisier (je blague !) –, que Rachel attaque :

– Vous paraissiez très bien vous entendre, hier soir, ton ex-petit ami et toi.

Si elle savait à quel point !

– Ouais, je me contente de dire, en m'asseyant à mon bureau afin de chercher le numéro de téléphone de la chambre d'Amber.

– Je vous ai vus dehors, tous les deux. En train de discuter avec le fils du président Allington.

– Chris, ouais.

Je décroche le téléphone et compose le numéro d'Amber.

– Il a l'air sympa, fait remarquer Rachel. Le fils du président.

– Ouais, sûrement.

Surtout pour un assassin !

Le téléphone sonne chez Amber. Mais personne ne répond.

– Il est beau gosse, en plus, continue Rachel. Et très riche, à ce que j'ai cru comprendre. La succession de ses grands-parents...

Voilà une chose que j'ignorais. Oh, mon Dieu, peut-être Christopher Allington est-il un genre de Bruce Wayne ? Mais en méchant. Qui sait s'il ne s'est pas fait creuser une cave dans les tréfonds de Fischer Hall où il entraîne ses innocentes victimes, les dépucelle, les drogue avant de les amener là-haut afin de les précipiter dans la cage d'ascenseur...

Sauf que j'ai passé pas mal de temps dans les entrailles de Fischer Hall avec le type du service de dératisation, et qu'il n'y a rien là-dessous, hormis des souris et des piles de vieux matelas.

Quelqu'un décroche enfin dans la chambre d'Amber.

– Allô, répond une voix féminine ensommeillée.

– Allô. C'est Amber ?

– Mmmmoui. C'est Amber. Vous êtes qui ?

– Personne, dis-je. (*Je voulais juste m'assurer que vous étiez encore en vie !*) Retournez vous coucher !

– Très bien, marmonne Amber, toute groggy.

Eh bien, Amber est toujours vivante. Du moins, pour le moment.

– Alors vous allez vous remettre ensemble, Jordan et toi ? veut savoir Rachel.

Elle ne semble pas trouver étrange que j'appelle des étudiants et les réveille sans raison valable. Ce qui est très révélateur de la bizarrerie de l'endroit où nous travaillons, et du métier que nous y exerçons.

– Vous faites un si joli couple !

Par chance, mon téléphone se met à sonner à cet instant précis, ce qui me dispense d'avoir à répondre. Je décroche. Je me demande si ce n'est pas Amber qui, ayant identifié le numéro, veut savoir ce qui me prend de la réveiller à neuf heures du matin un jour de semaine.

Mais ce n'est pas Amber. C'est Patty, qui lâche de but en blanc :

– OK, raconte-moi tout !

– À quel sujet ?

Je ne me sens pas très bien, à vrai dire. Je n'avais qu'une envie, à mon réveil : enfouir mon visage sous la couverture et ne plus jamais sortir de mon lit.

Jordan. J'ai couché avec Jordan. Mais pourquoi, mon Dieu, pourquoi ?

– Comment ça « à quel sujet » ? rétorque Patty d'un ton choqué. Tu n'as pas vu le journal de ce matin ?

Mon sang se glace pour la seconde fois en vingt-quatre heures.

– Quel journal ?

– Le *Post*. Il y a une photo de vous deux en train de vous embrasser, carrément en couverture. Bon, on ne te reconnaît pas vraiment, mais on voit bien que ce n'est pas Tania Trace. Et c'est le porche de la maison de Cooper, aucun doute là-dessus...

Je laisse échapper un mot qui projette Rachel, dans un cliquetis de talons, hors de son bureau, pour me demander si tout va bien.

– Tout à fait bien, je réponds en plaquant une main tremblante sur le combiné. Tout va bien, je t'assure.

Pendant ce temps, Patty me braille dans l'oreille :

– « La rue de la Honte ! » C'est ce que dit le gros titre. J'imagine que c'est parce que Jordan trompe sa fiancée. Mais ne t'inquiète pas, ils te désignent comme « la femme non identifiée ». Nom de Dieu, c'est fou qu'ils n'aient pas fait le rapprochement ! Mais, visiblement, c'est une photo d'amateur. Ton visage est plongé dans l'ombre. N'empêche que quand Tania verra ça...

– Là, tout de suite, je n'ai pas vraiment envie d'en parler, je l'interromps, prise d'une soudaine envie de vomir.

– Tu ne veux pas ? rétorque Patty, d'un ton surpris. Ou tu ne peux pas ?

– Euh... la deuxième chose.

– Pigé. On déjeune ensemble ?

– OK.

– Tu es vraiment une andouille ! glousse Patty. Je passe vers midi. Je n'ai pas vu Magda depuis un bout de temps. J'ai hâte de savoir ce qu'elle pense de tout ça !

Moi de même.

Je raccroche. Sarah déboule et me bombarde de questions au sujet de... de quoi, à votre avis ? de Jordan. Je n'ai qu'une envie : me rouler en boule et pleurer. Pourquoi ? POURQUOI ? POURQUOI a-t-il fallu que je sois si FAIBLE ?

Mais il est impossible de verser une larme, au bureau, sans que soixante-dix personnes viennent vous consoler à coups de « Qu'est-ce qui ne va pas ? », « Ne pleure pas ! », « Tout va s'arranger ». Je sors donc une liasse de demandes de remboursement relatives aux pièces de monnaie avalées par le distributeur. Je commence à les traiter et, penchée sur ma calculatrice, m'efforce de paraître archi-concentrée et responsable.

Et puis, Rachel a elle aussi du pain sur la planche. Elle a appris, en début de semaine, qu'on allait lui attribuer un Coquelicot. Les Coquelicots sont des médailles – en forme de coquelicot – que l'université remet chaque semestre aux membres des équipes d'entretien ou aux administratifs lorsqu'ils ont fait quelque chose de particulièrement remarquable dans l'exercice de leur métier. Par exemple, Pete a été décoré pour avoir défoncé la porte de la chambre d'une fille qui s'y était barricadée avant d'ouvrir le gaz. Il lui avait carrément sauvé la vie.

Magda a eu elle aussi une médaille car – aussi bizarre soit-elle, avec cette histoire de « stars de ciné » – les gamins l'adorent. Elle leur donne le sentiment d'être chez eux. Surtout au mois de décembre quand, au mépris du règlement de l'université, Magda décore sa caisse avec un Père Noël en peluche, une crèche miniature, une menora et des chandelles de Kwanzaa.

Je me réjouis, personnellement, que Rachel soit sur le point d'être récompensée. Elle a eu beaucoup de choses à gérer depuis son arrivée à Fischer Hall, notamment la mort de deux étudiantes en deux semaines. Il lui a fallu apprendre tour à tour à deux familles le décès de leur enfant, rassembler des affaires à deux reprises (bon, d'accord, les deux fois, c'est moi qui m'en suis chargée), et organiser deux messes funéraires. Cette femme mérite – au moins – une médaille en forme de coquelicot.

Toujours est-il que, parce qu'elle va être décorée, Rachel est automatiquement invitée au bal du Coquelicot, cet événement mondain qui a lieu chaque année au rez-de-chaussée de la bibliothèque universitaire. Elle est dans tous ses états, car le bal a lieu ce soir, et elle prétend n'avoir rien à se mettre. Elle dit qu'elle va aller faire un tour chez Bloomingdale à l'heure du déjeuner, histoire de tenter de dégoter une tenue potable.

Je sais ce que cela signifie, bien entendu. Elle va revenir avec la plus belle robe qu'on puisse imaginer. Quand vous faites du trente-six, il vous suffit d'entrer dans n'importe quelle boutique pour que s'offrent à vous des centaines de tenues toutes plus renversantes les unes que les autres.

Lorsque j'ai fini de traiter les demandes de remboursement, j'annonce que je vais à l'intendance chercher l'argent. Rachel me salue d'un geste de la main. Par chance, elle se garde de proposer d'y envoyer un étudiant à ma place pour m'épargner d'avoir à faire la queue chez l'agent comptable (le lieu de prédilection de Justine).

Évidemment, en me rendant au service compta, je fais un crochet par la cafétéria pour voir Magda. À peine remarque-t-elle l'expression de mon visage qu'elle annonce à son superviseur, Gerald, qu'elle prend une pause de dix minutes, en dépit des protestations de ce dernier, du type : « Tu ne vas quand même pas faire des pauses toutes les demi-heures ! »

Madga et moi marchons jusqu'au parc, nous asseyons sur un banc, et je lui raconte mes déboires avec Jordan.

Lorsqu'elle a fini de rire de mon récit, Magda se frotte les yeux :

– Ma pauvre chérie ! Tu imaginais quoi, au juste ? Qu'il allait te supplier de te remettre avec lui ?

– Eh bien, oui.

– Et tu l'aurais fait ?

– Eh bien, non. Mais ç'aurait été gentil de sa part de demander.

– Écoute, ma chérie. Nous savons toi et moi que tu es la meilleure chose qui lui soit jamais arrivée. Mais lui ? Tout ce qu'il désire, c'est une fille qui lui obéisse au doigt et à l'œil. Et ça, c'est pas toi. Qu'il reste donc avec sa planche à pain ! Et toi, attends qu'un homme bien se présente. On ne sait jamais. Il est peut-être plus près que tu n'imagines.

Je sais que c'est à Cooper qu'elle pense.

– Je t'ai déjà dit que j'étais pas son genre, je rétorque d'une voix piteuse. Il va falloir que j'obtienne au moins six diplômes pour pouvoir rivaliser avec sa dernière petite amie en date. Elle a découvert un soleil nain ou un truc dans ce goût-là auquel on a donné son nom.

Magda se contente de hausser les épaules.

– Et ce Christopher Allington dont tu n'as pas arrêté de me parler, alors ?

– Christopher Allington ? Magda, je ne peux pas sortir avec lui. C'est un assassin potentiel !

Je lui fais part de mes soupçons au sujet de Christopher, ce qui la passionne aussitôt.

– Et personne n'aurait idée de le suspecter, s'écrie-t-elle. Parce que c'est le fils du directeur. On se croirait dans un film, c'est génial !

– Ouais, enfin, pas tout à fait... Après tout, pourquoi il s'amuserait à tuer des filles qui ne lui ont rien fait ? C'est quoi, son mobile ?

Magda se penche quelques instants sur la question, et me propose une série de théories, toutes inspirées de films – notamment que Chris doit tuer des gens parce que cela fait partie des rites initiatiques de Dieu sait quelle société secrète d'étudiants en droit, ou qu'il possède une double personnalité ou un jumeau pervers. Suite à quoi elle me fait remarquer que Chris assistera très certainement au bal du Coquelicot et que, si je tiens tant à jouer les détectives, je devrais me dégoter un billet afin de l'observer dans son élément naturel.

– Les billets coûtent deux cents dollars. Je ne peux pas me le permettre.

– Même pour attraper un assassin ?

– Un assassin *potentiel*.

– Je parie que Cooper pourrait obtenir deux invitations.

J'avais oublié que le grand-père de Cooper avait été l'un des plus importants donateurs de l'université de New York. Magda, non. Magda n'oublie jamais rien.

– Pourquoi vous n'iriez pas ensemble ? poursuit-elle.

Peu de choses m'ont paru amusantes ces derniers temps mais, à la pensée de Cooper enfilant un smoking, je suis prise d'une envie de rire. Je doute qu'il en ait jamais possédé un.

Puis je cesse de sourire en m'imaginant l'inviter au bal du

Coquelicot. Car il n'accepterait jamais. Il voudrait savoir pourquoi j'ai tellement envie d'y aller, puis me sermonnerait sous prétexte que je fourre mon nez là où je ne devrais pas.

Magda soupire en entendant cela.

– Dommage ! Ç'aurait été vraiment comme dans les films.

Chez l'agent comptable, je passe mon temps à m'efforcer de *ne pas* penser à la veille au soir – qui n'avait décidément rien d'un film. Si ç'avait été le cas, Jordan se serait pointé ce matin avec un gros bouquet de roses et deux billets d'avion pour Las Vegas.

Ce n'est pas pour autant que je serais partie avec lui. Mais, tout de même, ç'aurait été sympa qu'il me le demande.

Je retraverse le parc, en direction de Fischer Hall. Je rumine dans ma tête le speech commençant par « Je suis désolée, Jordan, mais je ne peux pas t'épouser » que je compte bien lui servir, s'il doit débouler avec les fleurs et les deux billets pour Vegas.

Lorsque je lève les yeux, il est là.

Ce n'est pas une blague. Je lui rentre quasiment dedans, sur le trottoir, devant la résidence.

– Oh ! dis-je en pressant sur mon cœur l'enveloppe contenant les billets verts, comme si cela pouvait me permettre de l'esquiver. Salut !

– Heather, répond Jordan.

Il se tient à côté d'une limousine extra-longue garée, très peu discrètement, à vrai dire, devant le bâtiment. Il revient apparemment de son interview marathon. Il n'a pas apporté de roses mais arbore, en revanche, une quantité de grosses chaînes en platine et un air de chien battu.

Et pourtant, j'ai du mal à le plaindre. Après tout, c'est moi qui ai le derrière tout irrité à cause du tapis du vestibule.

– Ça fait un petit moment que je t'attends, insinue Jordan. Ta boss a dit que tu n'allais pas tarder, mais...

Oh la la ! Il est onze heures et demie, et j'ai quitté le bureau à dix heures. Rachel n'avait pas prévu que je ferais un détour par le parc pour papoter avec Magda.

– Eh bien, me voici !

Je jette un coup d'œil alentour, mais je ne vois toujours pas le bouquet. C'est tant mieux, car j'ai oublié mon speech, de toute manière.

– Qu'est-ce qui se passe ? je lui demande.

Pas question que tu retournes avec lui ! me dis-je intérieurement. *Même s'il se traîne à genoux !*

Ah, s'il se traîne à genoux...

Non ! Pas question ! C'est le mauvais frère, tu te souviens ? Le mauvais frère !

Jordan regarde autour de lui, visiblement gêné.

– Écoute. On ne pourrait pas aller discuter quelque part ?

– On peut parler ici.

Je sais trop bien que si je vais quelque part avec lui, je pourrai faire quelque chose que je regretterai par la suite.

Je pourrai ? C'est déjà fait !

– Je préférerais, insiste-t-il, que nous discutions à l'intérieur de la limousine.

– Je préférerais (*Tiens bon, Heather, tiens bon !*) que tu me dises tout de suite ce que tu as à me dire.

Jordan paraît étonné de ma fermeté. Moi-même, je n'en reviens pas.

Il est sans doute convaincu que je m'imagine qu'on va se remettre ensemble, ou un truc dans ce goût-là.

Hum hum.

Et voilà que, soudain, il se met à déballer ses tripes sur le trottoir.

– C'est simplement que... je ne... je sais plus où j'en suis, Heather. Tu es tellement... bref, tu es une fille géniale. Mais il y a Tania... j'ai parlé de tout ça avec papa, et je peux pas... eh bien, je ne peux pas rompre avec Tania... pas maintenant... pas avec le nouvel album qui va sortir. Papa dit que...

– *Hein ?*

Je n'en crois pas mes oreilles ! Enfin, je crois tout ce qu'il raconte. Ce qui me paraît incroyable, c'est qu'il ose l'admettre.

– À vrai dire, Heather, la photo du *Post* l'a vraiment fichu en rogne.

– Tu ne penses quand même pas que j'y suis pour...

– Non, non, bien sûr que non. Mais ça fait vraiment tache, Heather. L'album de Tania est au top des meilleures ventes de la maison de disques. À ce que dit mon père, je risquerais de compromettre les chances de mon nouvel album en la quittant...

Je crains de ne pouvoir en entendre davantage. Et puis, j'étais si loin de prévoir ça, quand j'ai préparé mes speechs...

– C'est bon, Jordan. Tout va bien, je t'assure.

Et le plus étrange, c'est qu'à cet instant je le pense pour de bon. Entendre Jordan me dire que nous ne pouvons pas nous remettre ensemble parce que son papa ne veut pas me libère totalement de la vague inclination (et encore !) que je pouvais avoir pour lui.

Jordan en reste bouche bée. Il s'attendait visiblement à des larmes ou à une crise. En un sens, j'ai envie de pleurer. Mais pas à cause de lui.

Je ne vois pas l'intérêt d'en faire part à Jordan, cela dit. Ce type a assez de problèmes comme ça. Sarah pourrait s'en donner à cœur joie, à diagnostiquer toutes ses névroses profondes...

Jordan me sourit, avec un soulagement presque enfantin.

– Waouh... Super ! C'est vraiment gentil de ta part, Heather.

Bizarrement, à ce moment-là, je ne pense qu'à Cooper. Pas pour me dire qu'il est dommage qu'un garçon aussi sexy ne se rende même pas compte de mon existence... sauf, vous savez, lorsqu'il voit lentement disparaître les piles de factures sur son bureau.

Non... je me surprends à prier pour que Cooper, où qu'il soit, ne se retrouve pas avec le *Post* entre les mains. Parce que je ne voudrais surtout pas qu'il sache que j'ai roulé un patin à son frère – Dieu merci, les preuves photographiques du *Post* n'en laissent pas supposer davantage – devant sa porte d'entrée.

Je ne sais pas si c'est grâce à mon boulot à Fischer Hall, mais j'ai une espèce de sixième sens pour ce genre de choses... Et là, soudain, je sens un truc... un brusque mouvement d'air, un point sombre dans un coin de mon champ de vision. Je lâche aussitôt la main de Jordan et hurle « Attention ! » avant même d'avoir saisi ce qui se passait.

Et puis, très vite, un épouvantable bruit sourd, suivi d'un fracas terrible. De la terre et des éclats jaillissent de toutes parts.

Lorsque je baisse les bras – que j'avais levés pour me protéger la tête –, je constate avec horreur que Jordan gît sur le trottoir à côté de la limousine, une immense entaille sur la tempe, d'où le sang s'écoule régulièrement, se mêlant à la fine couche de terre, aux géraniums et aux éclats du pot qui jonchent le sol.

J'en reste pétrifiée une seconde ou deux.

Puis je m'agenouille auprès de Jordan.

– Oh mon Dieu !

Une fille qui essayait de héler un taxi à quelques pas de là se précipite vers nous.

– Oh mon Dieu, j'ai tout vu ! C'était une plante ! Une plante en pot ! Elle est tombée tout droit de cette terrasse, là-haut !

– Entrez dans le bâtiment, lui dis-je d'une voix calme que j'ai du mal à reconnaître comme la mienne. Dites au gardien d'appeler une ambulance et de prévenir la police. Puis demandez la trousse de premiers secours à l'employé de la réception.

La fille s'exécute, oscillant sur ses talons hauts. Elle s'est mise sur son trente et un, pour un entretien professionnel, et n'a pas l'air de réaliser qu'elle va être très, très en retard.

Que m'avait conseillé cet instructeur en réanimation, quand j'avais postulé pour cet emploi, déjà ?

Ah oui. *Calmez-vous. Regardez. Et écoutez.*

Je me calme et constate, soulagée, que la poitrine de Jordan se soulève au rythme de son souffle. Jordan respire encore. Je prends son pouls au niveau du cou. Il est fort et régulier. Jordan est sonné, mais loin de frôler la mort – du moins, pas pour le moment. Le pot de fleurs l'a atteint de biais, effleurant la tête derrière l'oreille et laissant une énorme zébrure sur son épaule. Sa chemise est déchiquetée.

Le sang s'écoule néanmoins toujours de sa plaie ouverte à la tête. Je songe un instant à retirer mon chemisier pour en faire un bandage – ce qui risquerait de déplaire fortement au clan des joueurs d'échecs – quand le chauffeur de la limousine contourne la voiture, à l'instant même où Pete se précipite hors de la résidence.

– Tiens, Heather !

Pete me fourre dans les mains la trousse de premiers secours, l'air stupéfait.

– J'ai appelé les secours, ils arrivent.

– Il est mort ? demande le chauffeur d'une voix anxieuse, le portable collé à l'oreille.

Il est évidemment en ligne avec le père de Jordan.

Je tends l'enveloppe pleine de billets à Pete, et fouille dans la trousse. J'y trouve un rouleau de gaze que je presse contre la blessure. Il se gorge presque aussitôt de sang.

– Va me chercher une serviette ou quelque chose comme ça ! je lance à Pete de cette étrange voix calme qui ressemble si peu à ma voix habituelle. (C'est peut-être ma future voix, vous savez, celle que j'utiliserai dans mon cabinet médical, une fois que j'aurai obtenu mon diplôme.) Il reste du linge de toilette de l'université d'été dans la salle des colis. Rapporte-moi deux serviettes !

Pete file aussi sec. Les gens ont commencé à se rassembler autour de nous – résidents de Fischer Hall ou joueurs d'échecs du parc voisin. Tous ont plein de conseils avisés à donner :

– Faut lui soulever la tête ! me crie un dealer.

– Non ! C'est les pieds qu'il faut lui soulever ! réplique quelqu'un d'autre. Quand le visage est rouge, faut soulever la tête. Quand le visage est livide, faut soulever les pieds.

– Mais sa figure est rouge, mec !

– C'est le sang qui fait ça !

– Hé, ce serait pas Jordan Cartwright ?

Pete revient avec plusieurs serviettes blanches. La première devient rouge au bout d'une minute à peine. La seconde semble faire son office. Le sang cesse de s'écouler de façon aussi alarmante, tandis que je la presse sur la tempe de Jordan.

– Comment c'est arrivé ? demandent les uns et les autres.

L'un des joueurs d'échecs propose sa version des faits :

– J'ai tout vu. Vous avez de la chance d'être encore vivante, ma petite dame. Ce truc vous tombait droit dessus. Si vous n'aviez pas fait un bond de côté...

La police est là avant l'ambulance. Les agents me jettent un coup d'œil et semblent approuver mes gestes, puisqu'ils se mettent presque aussitôt à disperser les gens, en leur disant qu'il n'y a rien à voir.

– Prenez les dépositions des témoins ! Ce pot de fleurs n'est pas tombé par hasard, vous savez. Quelqu'un l'a poussé ! j'affirme d'une voix autoritaire.

Tous les badauds se groupent autour des policiers, impatients de raconter ce qu'ils ont vu. C'est alors que Rachel sort précipitamment du bâtiment, ses hauts talons claquant sur le trottoir.

– Oh, Heather ! s'écrie-t-elle en se frayant un chemin à travers les fragments de pot, les mottes de terre et les géraniums. Oh, Heather, on vient de m'avertir que... Est-ce qu'il est... ? Est-ce qu'il va... ?

– Il respire encore, dis-je, tout en maintenant la serviette pressée contre la blessure, qui a enfin cessé de saigner. Alors, elle arrive, cette ambulance ?

Elle débarque au même instant. Les secouristes bondissent hors du véhicule et, Dieu merci !, prennent le relais. C'est très volontiers que je leur cède la place. Rachel me passe un bras autour de l'épaule, tandis que nous les regardons vérifier les signes vitaux de Jordan. Pendant ce temps, l'un des flics ramasse un gros morceau de pot.

– C'est qui la responsable, ici ? demande-t-il.

– Moi, je suppose, répond Rachel.

– D'après vous, d'où est-ce que ça peut provenir ? interroge le flic, son bout de pot entre les doigts.

– Eh bien, on dirait l'un des pots en ciment de la terrasse des Allington.

Elle se retourne et désigne du doigt la façade de Fischer Hall.

– Là-haut, dit-elle en étirant le cou vers le sommet de l'immeuble. C'est au vingtième étage. L'appartement sur le toit. Il y a une quantité de pots de ce genre tout autour de la terrasse.

Elle baisse le bras et me regarde.

– Je ne vois pas comment il a pu tomber. Un coup de vent, peut-être ?

Je suis transie, mais le vent n'y est pour rien. Pour une journée d'automne, il fait vraiment bon.

Madga, qui vient de nous rejoindre, est du même avis.

– Il y a pas de vent aujourd'hui. Sur New York Première, ils ont annoncé qu'il ferait doux toute la journée.

– Aucun de ces pots n'est jamais tombé, précise Pete. Et ça fait vingt ans que je travaille ici.

– Enfin, vous ne voulez pas suggérer que quelqu'un l'a poussé ? s'écrie Rachel, horrifiée. Les étudiants n'ont même pas accès à la terrasse...

– Les étudiants ? rétorque le flic, en tiquant un peu. C'est quoi, ici ? Un genre de dortoir ?

Rachel et moi rectifions d'une même voix :

– Une résidence universitaire.

Les secouristes placent Jordan sur une planche dorsale, puis sur un brancard qu'ils chargent à l'arrière de l'ambulance. Lorsqu'ils referment les portières, je jette un coup d'œil à Rachel.

– Je devrais l'accompagner, dis-je.

Elle me pousse gentiment vers le véhicule.

– Bien sûr qu'il le faut, approuve-t-elle avec douceur. Vas-y. Je m'occupe de tout, ici. Tiens-moi au courant !

Je promets de le faire, et cours après les secouristes pour qu'ils me laissent les accompagner à l'hôpital. Ils se montrent on ne peut plus cool et m'invitent à prendre place à l'avant, sur le siège passager.

Depuis mon siège, je peux voir, à travers une petite ouverture, comment le secouriste qui n'est pas au volant s'occupe de Jordan. Il ne cesse de lui demander quel jour on est. Apparemment, Jordan est en train de reprendre connaissance. Il ignore néanmoins quel jour on est, et se contente de grogner, comme quelqu'un qui aimerait bien se rendormir.

Je songe à leur suggérer de demander à qui il est fiancé, avant de me raviser – ce ne serait vraiment pas gentil.

Alors que nous démarrons, je remarque que Rachel, Sarah, Pete et Magda sont tous massés sur le trottoir, d'où ils me regardent partir d'un œil inquiet.

Je réalise alors, le cœur serré, que je n'ai peut-être pas de petit copain, OK...

Mais que j'ai tout de même une famille.

Une drôle de famille, je vous l'accorde.

Mais une famille tout de même !

18

J'ai tellement pleuré
Quand toi tu me trompais

Pourquoi faut-il que tu sois
Si méchant avec moi ?

Bébé, tu ne le vois pas ?
C'est le destin, toi et moi

Mais toi tu me fais pleurer
Sans même le faire exprès

Bébé, dis-moi pourquoi
Pourquoi tu es comme ça

« J'ai tant pleuré »
Interprété par Heather Wells
Paroles et musique : Dietz/Ryder
Extrait de l'album *Été*
Disques Cartwright

Depuis que j'ai commencé à travailler à l'université de New York, il y a presque quatre mois, je me suis rendue aux urgences de tous les hôpitaux de Manhattan, à cause d'étudiants malades ou blessés. Celles de l'hôpital St Vincent sont loin d'être mes préférées. Il y a une télé dans la salle d'attente, mais elle diffuse en permanence des séries débiles, et mes biscuits favoris sont toujours en rupture de stock dans le distributeur.

Par ailleurs, il y a tous ces junkies qui s'efforcent de

convaincre l'infirmier de l'accueil qu'ils ont besoin de morphine pour soulager de mystérieuses douleurs aux pieds. Les junkies sont marrants à observer pendant un petit moment, mais deviennent agressifs dès qu'ils commencent à ressentir les effets du manque. Le gardien doit les jeter dehors, et les types se mettent alors à donner de grands coups sur les vitres... Bref, il devient très difficile de se concentrer sur son magazine féminin ou toute autre lecture...

Bien que la salle d'attente de St Vincent craigne un max, le personnel hospitalier est, lui, de premier ordre. Ils me posent toutes sortes de questions au sujet de Jordan, auxquelles je suis incapable de répondre. Mais à peine ai-je prononcé son nom complet qu'ils l'expédient avant tout le monde dans la salle des urgences – car, croyez-moi, même les médecins ont entendu parler d'Easy Street.

Les visiteurs ne sont pas admis aux urgences, sauf au cours des cinq premières minutes de chaque heure. Je dois donc m'en tenir à la salle d'attente. Ne perdant pas de temps, j'appelle le père de Jordan pour lui exposer les circonstances de l'accident.

M. Cartwright est – il fallait s'y attendre – très choqué par la nouvelle que la plus populaire de ses vedettes masculines (qui se trouve être son fils) a été assommée par un géranium en pot. S'il me parle très sèchement, je ne le prends pas personnellement. Notre dernière conversation n'a pas été plus cordiale – il m'avait dit qu'il prierait Jordan de quitter Tania et de « filer doux » si je n'exigeais plus d'interpréter mes propres compositions sur mon prochain album.

M. Cartwright est un gros enfoiré. Ce qui explique pourquoi Cooper ne lui parle plus depuis presque un an.

Après avoir raccroché, je ne vois pas qui appeler d'autre. Cooper, peut-être ? Pour lui dire que son frère a été blessé.

Mais Cooper ne va pas manquer de demander pourquoi Jordan est venu traîner du côté de Fischer Hall. Et à vrai dire, question mensonge, il y a pas plus nulle que moi ! J'ai le sentiment que Cooper va déjouer toutes mes tentatives de lui embrouiller les idées.

Je me laisse donc tomber sur une chaise en plastique, dans un coin de la salle d'attente, et m'amuse à regarder les patients qu'on pousse sur leurs brancards dans la salle des urgences. C'est comme cette série documentaire, sur le câble, mais en direct... Je vois un ivrogne jovial avec une main en sang ; une mère exténuée qui a renversé un cappuccino sur son bébé ; un gamin vêtu de l'uniforme de son lycée, escorté par une bonne sœur et arborant une grosse coupure au menton ; et un groupe de femmes espagnoles sans problème visible, qui parlent très fort et se font hurler dessus par l'infirmier de l'accueil.

Je reste là une vingtaine de minutes, jusqu'à ce que l'agent de sécurité annonce que les visiteurs disposent de cinq minutes pour voir leurs proches dans la salle des urgences. Je suis donc le groupe composé de la bonne sœur, la mère angoissée et les dames espagnoles, franchis les portes battantes, et cherche Jordan du regard.

Il est à nouveau sans connaissance ou, du moins, il a les yeux fermés. La blancheur du bandage, autour de sa tête, fait ressortir son bronzage (ses parents ont une super maison de vacances dans les Hamptons. La piscine est équipée d'une cascade et tout le bazar). Ils ont mis son chariot un peu à l'écart des autres, dans un coin tranquille. Lorsque je la questionne, l'infirmière m'explique qu'un lit a été préparé pour lui là-haut. Ils attendent toujours le résultat des radios, mais il semble qu'il s'agisse d'une simple commotion.

J'ai sans doute l'air très inquiet, car l'infirmière me sourit et pose la main sur mon bras :

– Ne vous faites pas de souci ! Je suis certaine qu'il pourra se remettre à danser en un rien de temps.

En dépit des affirmations de l'infirmière, je ne peux me résoudre à le laisser seul ici. J'ai peine à croire qu'aucun membre de sa famille ne se soit encore présenté. Une fois les cinq minutes écoulées, je regagne donc ma chaise en plastique, dans la salle d'attente, déterminée à rester jusqu'à son transfert dans la chambre, ou l'arrivée de l'un de ses proches. Et ensuite...

Ensuite, j'ignore ce que je ferai. Je suis persuadée à cent pour cent – moi qui, dans ma vie, n'ai jamais été sûre de grand-chose – qu'on a essayé de me tuer.

Vous me suivez ? Après tout, n'était-ce pas ce qu'avait dit ce gars, un des joueurs d'échecs ? « Heureusement que vous avez bougé, ma petite dame, ou ce pot de fleurs vous tombait en plein dessus » ?

Et qui d'autre que Christopher Allington aurait pu pousser ce pot de fleurs ? Qui d'autre a accès à la terrasse de ses parents ? Qui d'autre avait des raisons de me défoncer le crâne à coups de pot de géraniums ? Ce n'était pas une tentative de meurtre préméditée... car comment aurait-il pu savoir que je me dirigerais vers le bâtiment à cet instant précis ?

Non. Il avait dû baisser les yeux, décider que le destin lui donnait un coup de pouce, et balancer le pot. Si je ne l'avais pas esquivé, c'est moi qu'il aurait frappé, et non Jordan. Et il m'aurait très certainement tuée car, croyez-moi, je suis loin d'avoir la tête aussi dure qu'un ex-membre d'Easy Street.

Mais pourquoi Chris voudrait-il me tuer ? Parce que je le soupçonne d'être un meurtrier ? Soupçonner quelqu'un et posséder les preuves de sa culpabilité sont deux choses bien différentes. De quelle preuve Chris craignait-il que je dispose ? Car enfin, en dehors du préservatif – lequel prouve qu'il est un chaud lapin, mais pas un assassin –, je n'ai rien contre lui. Je ne peux même pas prouver qu'il y ait eu meurtre.

Alors pourquoi cherche-t-il à m'éliminer ? Ne ferait-il pas mieux de faire le mort ? D'autant que personne ne croit à un acte criminel...

À part moi, évidemment.

Une voix grave et familière vient interrompre mes méditations. Je cesse de fixer le junkie aux ronflements sonores sur lequel mon regard s'était distraitement arrêté. Levant les yeux, j'aperçois le visage calme et souriant de Cooper...

... et je suis prise d'une soudaine envie de vomir.

– Heather, dit-il avec une nonchalance amicale, en s'asseyant sur la chaise en plastique voisine.

– Mmmm...

C'est tout ce que je trouve à répondre. Drôlement vive, n'est-ce pas ? Après m'être remué les méninges, je finis par ajouter : « Salut. »

Cooper fixe avec détachement le junkie assoupi. Avec son jean usé mais seyant et son blouson de cuir noir, il est à croquer. Plus appétissant, d'ailleurs, que toutes les barres chocolatées du monde. Cooper, je veux dire... pas le junkie.

– Alors ? demande-t-il, gardant son ton décontracté. Quoi de neuf ?

Une vague de froid m'envahit, puis une vague de chaleur. C'est pas croyable, l'effet que ce type a sur moi ! Et il ne m'a jamais invitée à dîner une seule fois ! OK, il m'a proposé de vivre avec lui, mais juste parce qu'il avait pitié de moi. Et je ne vis pas au même étage. J'ai ma porte et mes serrures à moi. Certes, je ne les ferme jamais. Mais s'est-il jamais donné la peine de le découvrir ? Non !

– Pas grand-chose, je réplique, en espérant qu'il ne voie pas mon cœur battre à tout rompre sous mon tee-shirt. C'est... euh... ton père qui t'a prévenu ?

– Non. C'est ton amie Patty. Quand elle est allée te chercher à ton bureau, Magda lui a raconté ce qui s'était passé. Patty avait son bébé avec elle, sinon elle serait venue elle-même.

Le rendez-vous avec Patty. Ça m'était complètement sorti de la tête. Jetant un coup d'œil à l'horloge de la salle d'attente, je vois qu'il est plus de deux heures.

– Oh. Eh bien...

- Ce qu'elle n'a pas su m'expliquer, c'est ce qui s'est passé, au juste.

C'est alors que je crache le morceau.

Ce n'est pas ce que je voulais. Ce n'est pas ce que j'avais prévu, mais...

... c'est sans doute ce qui fait de Cooper un si bon détective. Il y a quelque chose, dans sa voix grave, qui vous fait avouer tout ce que vous savez...

D'accord, je ne lui dis pas *tout*. Je me débrouille pour censurer l'épisode du tapis du vestibule. On me ferait subir la pire des tortures, que je ne dirais rien à ce propos.

Oh, et j'omets aussi de mentionner ce désir que j'ai de lui arracher ses vêtements avec les dents.

Le reste déboule comme un torrent, ou comme le chocolat chaud lorsqu'il sort de la chocolatière automatique de la cafétéria. Je raconte tout, depuis le concours de play-back de la veille, durant lequel j'ai commencé à soupçonner Christopher Allington d'être l'assassin d'Elizabeth et de Roberta, jusqu'au pot de géraniums venu fracasser la tête de Jordan. Je laisse tomber la scène centrale – son frère et moi faisant la bête à deux dos dans l'entrée.

J'ai entendu, à deux ou trois reprises, Cooper s'entretenir avec ses clients. Le lave-linge est au même étage que son bureau, juste à côté de la cuisine. Je nettoyais ma culotte gainante (que je ne porte qu'en de rares occasions – les séminaires de relations clientèle ou les ateliers de sensibilisation à la diversité socioculturelle) pendant qu'il était en rendez-vous avec des clients. Il s'adresse à eux sur un ton calme et maîtrisé.

... qui n'a rien à voir avec celui sur lequel il s'adresse, en ce moment même, à sa clientèle non-payante :

– Heather, tu es dingue ou quoi ?! s'écrie-t-il, visiblement fou de rage. Tu es allée parler à ce type ?

J'aimerais penser qu'il est furieux parce qu'il a pris conscience de la véritable nature de ses sentiments pour moi, depuis que j'ai frôlé la mort.

Mais, en fait, je crois que ça n'a fait que le conforter dans son opinion que je suis une débile profonde.

– Pourquoi tu me cries dessus ? Après tout, c'est moi la victime !

– Non, ce n'est pas toi. C'est Jordan. Et si tu avais bien voulu m'écouter...

– Si je t'avais écouté, je ne saurais pas que Chris Allington est le dangereux psychopathe que nous recherchions !

– Ce dont tu n'as toujours pas la preuve, fait remarquer Cooper en secouant la tête.

Ses cheveux noirs et épais, qu'il ne fait presque jamais couper, lui retombent jusqu'au col du tee-shirt, ce qui lui donne l'air franchement rebelle – et, en plus, il est détective privé !

– N'importe qui a pu faire tomber ce pot. Qui sait si le jardinier des Allington ne l'a pas balancé sans le faire exprès, en arrosant les fleurs ?

– Précisément juste au-dessus de ma tête ? Bonjour, la coïncidence ! Alors que j'avais justement interrogé Chris Allington la veille au soir ?

À ces paroles, je jurerais que Cooper réprime un sourire.

– Pardonne-moi, Heather, mais je doute que tes talents d'enquêtrice suffisent à transformer Chris Allington en fou meurtrier.

OK, je ne suis peut-être pas miss Marple. Mais faut-il qu'il me le rappelle sans cesse ?

– Je t'assure qu'il a essayé de me tuer. Pourquoi tu ne me crois pas ? je m'écrie, avant d'avoir pu songer à me maîtriser. Tu ne vois pas que je ne suis plus la petite chanteuse de variétés nunuche d'autrefois, et qu'il se pourrait que je sache de quoi je parle ?

À peine ai-je prononcé ces mots que je le regrette. Qu'est-ce qui me prend ? *Qu'est-ce qui me prend* ? C'est comme ça que je m'adresse au mec qui, sans que j'aie eu à lui demander quoi que ce soit, m'a accueillie sous son toit quand je n'avais nulle part où aller... enfin, à part la chambre d'ami, dans le loft de Frank et Patty.

Tout de même... faut-il que je sois ingrate !

– Je suis vraiment désolée, je bafouille, saisie de panique. C'est pas ce que je voulais dire. Je sais pas ce qui m'a pris. Je suis pas... pas dans mon assiette, voilà ! C'est le stress...

Cooper reste assis là, et me fixe avec une expression totalement indéchiffrable.

– Je ne te vois pas comme une petite chanteuse de variétés nunuche, se contente-t-il de répliquer, sur un ton trahissant un léger étonnement.

– Je sais, dis-je aussitôt.

Oh, mon Dieu ! Pourquoi suis-je incapable de me taire ? POURQUOI ?

– Il m'arrive de m'inquiéter pour toi, voilà tout, poursuit Cooper avant que j'aie pu ajouter quoi que ce soit. Enfin, tu te mets dans des situations... et puis toute cette histoire, avec mon frère.

Comment ça ? Quelle histoire ? Fait-il allusion à ma *relation* avec son frère ? Ou à ce qui s'est passé hier soir ? Oh, pitié, pourvu qu'il n'ait pas lu le *Post*...

Il secoue une nouvelle fois la tête.

– Et qui plus est, tu n'as personne... pas de famille pour veiller sur toi.

– Toi non plus.

– Ce n'est pas pareil.

– Je vois pas pourquoi. Je suis plus jeune, c'est tout.

C'est rien du tout, sept ans de différence ! Le prince Charles et Lady Diana avaient bien douze ans d'écart. Bon, c'est sûr, leur histoire a mal tourné... mais pourquoi Cooper et moi devrions-nous commettre, dans notre couple, les mêmes erreurs ? À supposer que nous formions jamais un couple, bien sûr. De toute façon, nous n'aimons ni l'un ni l'autre le polo.

– Et puis, je continue en me souvenant de ce que j'ai vu par la vitre de l'ambulance, j'en ai une, de famille. En quelque sorte. J'ai Rachel et Magda et Pete et Patty et toi...

C'est venu tout seul. Et voilà ces derniers mots qui restent suspendus entre nous. *Toi*. Tu fais partie de ma famille, Cooper. Ma nouvelle famille, maintenant que les membres de ma vraie famille sont soit en prison soit en cavale. Félicitations !

Cooper me regarde comme si j'étais cinglée (grande nouveauté !). C'est pourquoi j'ajoute sans conviction :

– ... et Lucy aussi.

Cooper laisse échapper une longue bouffée d'air et, ignorant délibérément mon petit speech sur la famille :

– Si tu as réellement le sentiment que ce qui vient de se produire n'est pas un accident, et si tu es convaincue qu'on tente de te tuer, je suggère que nous allions voir la police.

Je lui rafraîchis la mémoire.

– J'ai essayé. Tu te rappelles pas ?

– Si. Mais cette fois je t'accompagne, et je compte bien m'assurer que...

Il s'interrompt lorsqu'une jolie brune, petite et menue, se précipite vers la réception en haletant. Elle porte une jupe en cuir et, à la main gauche, un diamant trop lourd pour elle.

À vrai dire, de là où je suis, je ne vois pas la bague. Mais je sais qui est la fille. Je l'ai surprise avec le machin de mon ex-petit copain dans la bouche. Son image restera à jamais imprimée sur ma rétine.

– Je vous demande pardon, souffle-t-elle, s'adressant à l'impassible réceptionniste. Mais je crois que mon fiancé est ici. Jordan Cartwright. Quand pourrai-je le voir ?

Tania Trace, la femme qui m'a remplacée dans le cœur et dans l'appartement de Jordan – et même dans le Top 50.

– C'est marrant, fait remarquer Cooper. Elle a l'air de bien supporter la douleur.

Je lui jette un coup d'œil intrigué, avant de comprendre qu'il fait allusion à quelque chose que je lui ai raconté il y a un bout de temps, juste après m'être installée chez lui.

– Oh, bien sûr. C'est parce qu'elle est accro aux anti-douleurs. Crois-moi, Cooper, difficile de bannir la douleur de son existence quand on s'est tout fait refaire. Je veux dire, elle est passée sous le bistouri je ne sais combien de fois... Normalement, elle devrait faire du quarante-six.

– Parfait, rétorque Cooper. On dirait que mon frère est en de bonnes mains, à présent. On y va ?

Nous partons.

Et c'est pas trop tôt, si vous voulez mon avis.

19

Salut, les filles du quartier
Salut, toutes mes copines

Salut, vous qui m'aimez
Vous sur qui je pourrai toujours compter

Salut, les filles des beaux quartiers
Qui, sans mec pour les escorter,
Vont acheter seules leurs bagues chez Cartier

Salut,
On est toutes sœurs,
Et je vous laisserai jamais tomber !

« Salut, les filles ! »
Interprété par Heather Wells
Paroles et musique : Dietz/Ryder
Extrait de l'album *Été*
Disques Cartwright

Au commissariat, je commence par raconter mon histoire à la femme de service à l'accueil, jolie mais visiblement épuisée. Elle a rassemblé ses longs cheveux noirs en chignon. J'imagine que c'est la coiffure réglementaire, pour les policières. Je me promets de ne jamais passer de diplôme de justice pénale.

La femme nous oriente vers un type grassouillet, assis à son bureau. Je lui répète mon laïus. Tout comme la fille de l'accueil, il paraît s'ennuyer...

... jusqu'à ce que je prononce le nom de Jordan. Tous dressent l'oreille à la mention du chanteur d'Easy Street.

Après nous avoir fait attendre quelques minutes, le type replet nous introduit dans une pièce impeccablement rangée. Nous nous installons et patientons une minute ou deux devant un bureau nickel. Lorsque l'occupant des lieux arrive enfin, je constate qu'il n'est autre que l'inspecteur Canavan, mâchouillant son sempiternel cigare.

– Vous ! je m'exclame, presque dans un cri.

– Vous ! réplique-t-il sur le même ton.

Il a dans les mains un café, dans une tasse en polystyrène, et... un beignet ! Fourré à la crème pâtissière, avec glaçage au sucre, à ce qu'il semble. Le petit veinard !

– À quoi dois-je le plaisir de votre visite, cette fois-ci, mademoiselle Wells ? Attendez, laissez-moi deviner... ce n'est pas en rapport, par hasard, avec un Backstreet Boy qui se serait pris un méchant coup sur la tête ?

– Un membre d'Easy Street. Si. C'est pour ça que je suis là.

L'inspecteur Canavan s'assied à son bureau, retire de sa bouche le cigare pas encore allumé, arrache un morceau de son beignet, le trempe dans le café, mastique et avale.

– Allez-y, éclairez ma lanterne !

Je jette un coup d'œil à Cooper, qui m'a laissée raconter mon histoire à deux reprises sans piper mot. Je comprends qu'il ne va pas non plus m'aider cette fois-ci, et je repars dans mon récit, tout en me demandant pourquoi je trouve Cooper tellement séduisant, quand il peut être si peu communicatif.

L'inspecteur Canavan écoute, les mains jointes derrière la tête et la chaise renversée en arrière, jusqu'au point maximum. Soit il a oublié son déodorant, soit il souffre d'une transpiration excessive, mais il a de grandes auréoles de sueur au niveau des aisselles. Ce qui ne l'embarrasse nullement, dirait-on.

– Alors comme ça... lance-t-il une fois mon récit achevé, en fixant le faux plafond couvert de taches d'humidité. Cette fois-ci vous vous imaginez que le fils du président de l'université de New York est un assassin ?

– Eh bien... je bafouille. (Parce que, résumé ainsi, c'est vrai que ça semble complètement naze.) Eh bien oui, c'est ce que je crois.

– Mais vous n'avez aucune preuve. D'accord, le jeune homme ici présent dispose d'un préservatif. Dont nous pourrions sans doute prouver que votre suspect a fait usage. Cependant, ce ne serait pas valable, devant un tribunal. Et vous ne pouvez toujours pas prouver qu'il y a eu crime. Même ce pot tombé de la terrasse... Qui sait si ce n'est pas un accident ?

– Ces pots sont là depuis des années, je l'interromps. Et jusqu'à aujourd'hui aucun n'est jamais tombé...

– Le rapport du médecin légiste conclut dans les deux cas à une mort accidentelle.

L'inspecteur Canavan cesse de fixer le plafond et me regarde droit dans les yeux.

– Écoutez, mademoiselle... C'est toujours mademoiselle, n'est-ce pas ?

Sans raison valable, je me sens rougir. C'est peut-être juste que, si Tania Trace ne s'était pas pointée, je serais désormais « madame ». Même si, à mon avis, je ne le serais pas restée longtemps.

– Je préfère que vous disiez madame, je rétorque d'un ton ferme.

L'inspecteur Canavan hoche la tête.

– Ma femme est comme vous, elle n'aime pas qu'on fasse la distinction. Quoi qu'il en soit, écoutez-moi bien, mademoiselle Wells. À cet âge-là, les gamins sont de vraies andouilles. Les accidents constituent la première cause de mortalité chez les jeunes de dix-sept à vingt-cinq ans. Ces ados cherchent à se trouver en prenant des risques insensés...

– Pas ces filles ! dis-je, sûre de moi.

– Peut-être pas. Mais le fait est, mademoiselle Wells, que vous ne pouvez rien prouver contre ce garçon. Les crimes dont vous l'accusez n'ont même pas été avérés. Si le chanteur des Backstreet Boys meurt, on aura peut-être quelque chose. Et encore. Le médecin légiste pourrait là aussi conclure à un accident.

– Eh bien...

J'admets que je suis très abattue. Si l'inspecteur Canavan ne s'est pas franchement payé ma tête cette fois-ci, il n'a pas non plus pris de notes. Je ramasse mon sac à dos.

– Désolée de vous avoir fait perdre votre temps. À nouveau.

Je me lève. L'inspecteur me fixe comme si j'étais dingue.

– Où est-ce que vous allez comme ça ? Rasseyez-vous. Je n'en ai pas encore fini avec vous.

Je me rassieds, perplexe.

– Vous jouez à quoi ? je demande d'un ton un poil trop vif. Vous me prenez visiblement pour une espèce de toquée. Pourquoi devrais-je traîner plus longtemps ici ? Si j'ai envie qu'on se fiche de moi, mes amis font très bien l'affaire ! (J'évite de regarder Cooper.) J'ai pas besoin de la police pour ça !

L'inspecteur Canavan termine son beignet et reprend son cigare. Il se tourne vers Cooper.

– Elle est tout feu tout flamme, hein ? commente-t-il en me désignant d'un geste du menton.

– Ça, on peut le dire ! approuve gravement Cooper.

Mon regard va de l'un à l'autre, tandis qu'un soupçon me vient soudain à l'esprit.

– Une seconde ! Vous vous connaissez, tous les deux ?

Cooper hausse les épaules.

– Je le croise souvent dans les parages, répond-il.

– Impossible de faire trois pas sans tomber sur ce gars, embusqué derrière une voiture ou une boîte aux lettres, à prendre des photos d'un pauvre crétin que sa femme veut quitter, explique Canavan.

– Super ! dis-je, en me sentant plus nulle que jamais. Vraiment super ! J'espère que cette blague à mes dépens vous amuse, au moins...

– J'ai l'air de rigoler ? me demande l'inspecteur Canavan. Est-ce que j'ai seulement esquissé un sourire ? Votre petit copain, là, je ne l'ai pas non plus vu rigoler.

– La situation ne me fait pas rire du tout, confirme Cooper.

Je lève les yeux vers lui. Pas l'ombre d'un sourire sur ses lèvres. Et je remarque qu'il n'a pas protesté quand Canavan l'a appelé mon « petit copain ».

– Ce n'est pas mon petit copain ! je m'écrie aussitôt.

J'ignore dans quel but. Ce qui est certain, c'est que j'ai les joues en feu.

L'inspecteur hoche la tête comme si je venais de dire un truc du style : « Le ciel est bleu. »

– À présent, mademoiselle Wells, sachez qu'un grand

nombre de « cinglés » – pour reprendre votre expression – viennent ici afin de signaler des crimes réels ou imaginaires. Certains de ces prétendus cinglés sont d'honnêtes citoyens désireux d'aider la police à faire son travail. Je vous rangerais dans cette catégorie. Vous avez accompli votre devoir en me faisant part de vos soupçons. De mon côté et en temps voulu, je me pencherai dessus.

– C'est vrai ? je m'exclame, soudain ragaillardie. Vous allez enquêter ? Vous allez interroger Chris ?

– Oui, répond Canavan, replaçant le cigare dans sa bouche. En toute discrétion. C'est mon boulot. Or voilà, il se trouve que ce n'est pas le vôtre. Et je ne saurais trop vous conseiller, mademoiselle Wells, de ne pas vous impliquer davantage dans cette affaire.

– Parce que vous croyez que Christopher Allington pourrait essayer de me tuer, moi aussi ? je demande d'une voix haletante.

– Parce que je crois que Christopher Allington pourrait vous poursuivre pour avoir porté de fausses accusations contre lui, et qu'il aurait même des chances de gagner son procès, réplique l'inspecteur, en ignorant ma mine déconfite. Vous suggérez, mademoiselle Wells, que Christopher Allington est un tueur en série doué et intelligent au point d'effacer non seulement les traces permettant de remonter à lui (mis à part un éventuel préservatif), mais aussi les traces permettant d'établir qu'un crime a bel et bien été commis. Je suis désolé de vous décevoir mais l'expérience m'a appris que les assassins sont loin d'être aussi malins. À vrai dire, ils sont souvent d'une bêtise exceptionnelle. C'est pourquoi ils tuent : leurs facultés intellectuelles sont si limitées qu'ils n'ont pas trouvé d'autre moyen de s'en sortir. (L'inspecteur Canavan fronce pensivement ses sourcils gris foncé.) Et malgré tout le foin que les médias font autour des tueurs en série, je n'en ai encore jamais rencontré personnellement. Alors que j'ai enquêté sur plus de sept cents homicides. Je vous suggère d'arrêter de faire la maligne, en ce qui concerne Christopher Allington, mademoiselle Wells. Je serais désolé que vous perdiez votre boulot pour une raison de ce genre.

Je suis tellement déçue que je n'essaie même plus de le cacher. Mes épaules s'affaissent et je baisse la tête en murmurant :

– Je vous remercie, inspecteur.

Canavan me tend sa carte en me priant de l'appeler si je me souviens d'un détail susceptible de l'aider dans son enquête. Puis, après avoir posé à Cooper une ou deux questions au sujet de Dieu sait quelle filature qu'il l'a surpris à mener dans les parages, il nous invite à prendre congé.

Cooper hèle un taxi. Tout au long du trajet, il garde une expression on ne peut plus sérieuse. Il semble avoir pris à cœur mon accusation – comme quoi il me considérait toujours comme la gamine nunuche d'autrefois – et faire tout ce qui est en son pouvoir pour me prouver que je me trompe. Dans le taxi, il va jusqu'à me dire que Canavan est un bon enquêteur et un brave homme, et que c'est l'homme de la situation s'il faut pousser l'enquête plus loin, à Fischer Hall.

Ce qui me remonte le moral. Enfin, plus ou moins.

Une fois de retour à la maison – je sais que je devrais retourner au bureau mais, maintenant que je suis là, je décide d'aller rapidement promener Lucy –, je m'arrête un instant devant le miroir ancien, à cadre doré, du vestibule. Je me remets une couche de rouge à lèvres, pendant que Cooper va à son bureau consulter ses messages. J'ai pris soin d'inspecter les lieux pour m'assurer qu'il ne reste aucune trace des galipettes que Jordan et moi avons faites, la veille au soir, sur le tapis de l'entrée.

C'est pourquoi, lorsque Cooper sort de son bureau, une seconde plus tard, et me demande « Qu'est-ce qui se passe, au juste, entre toi et Jordan ? », je manque d'avoir une attaque cardiaque.

– Qu'est-ce que... qu'est-ce que tu veux dire ? je bafouille.

– Eh bien, qu'est-ce qu'il faisait devant Fischer Hall aujourd'hui, pour commencer ?

– Oh, je soupire, soulagée. Rien. On discutait, c'est tout.

– Je vois.

Cooper s'adosse au chambranle, son regard bleu plus vif qu'à l'ordinaire.

– Dans ce cas, poursuit-il, tu ne dois probablement rien savoir au sujet de cette blonde qu'il embrasse devant ma porte, sur la photo du *Post* ?

J'avale ma salive. Je n'arrive pas à croire qu'il l'ait vue ! Le destin cessera-t-il un jour de s'acharner sur moi ? Ai-je déjà épuisé toute ma chance ? Vous savez, ces dix années de chance auxquelles chacun d'entre nous est censé avoir droit dans sa vie, à ce que j'ai lu quelque part ? Cette décennie magique où tout marche comme sur des roulettes ou, du moins, presque tout.

Ma décennie chanceuse est-elle derrière moi ? Et, si oui, n'est-il pas possible de tout reprendre de zéro ? Parce que franchement, si quelqu'un m'avait proposé « Hé, Heather, tu aimes mieux avoir la baraka de quatorze à vingt-quatre ans, ou de vingt-quatre à trente-quatre ans ? », j'aurais choisi la seconde possibilité. Sans hésiter.

Qui voudrait que ses meilleures années aient été ses années de *lycée* ?

Je suppose que mon extrême affliction se lit sur mon visage. Car Cooper se redresse presque instantanément et, d'une voix suggérant qu'il se soucie de moi, me demande :

– Qu'est-ce qui se passe ?

Ce qui me donne envie d'éclater en sanglots, là, tout de suite, dans l'entrée.

– Tout va bien, je réponds. Je t'assure.

Tu parles que tout va bien ! Même si personne ne me croit, je sais avec certitude que quelqu'un essaie de me tuer. J'ai couché avec mon ex, qui est fiancé à une autre à la carrière bien plus brillante que la mienne et aux hanches bien plus fines. Et, pour couronner le tout, Cooper a vu la preuve photographique de ma faute... ou du moins, de ses prémices.

– Non, ça ne va pas, dit Cooper, en venant près de moi devant le miroir. Ne prétends pas le contraire. N'oublie pas que c'est mon métier d'observer les gens. Tu as ce petit pli entre les yeux quand tu es contrariée. Tu le vois ? demande-t-il en montrant mon reflet du doigt.

Mon Dieu ! Il a raison. Le souci creuse un petit sillon entre mes sourcils. Nom de Dieu, si je continue comme ça, je serai ridée à trente ans.

Je me force à prendre une expression plus détendue.

– C'est rien, dis-je hâtivement, en m'arrachant à l'examen de mon reflet. Vraiment... ce truc, hier soir avec Jordan... c'était un petit bisou de rien du tout, comme ça, pour se dire au revoir.

Cooper me regarde, l'œil sceptique.

– Un petit bisou pour se dire au revoir, répète-t-il.

– Ouais. Parce que c'est vraiment fini, crois-moi, entre Jordan et moi. (Je m'éclaircis la gorge.) Vraiment, vraiment fini, tu peux me croire.

Cooper hoche la tête, même s'il n'a toujours pas l'air convaincu.

– OK. Puisque tu le...

– On est tous les deux prêts à aller de l'avant, je l'interromps, de plus en plus prise par mon histoire. Ce n'est pas trop tôt. Il fallait qu'on trouve un moyen de conclure, tu comprends. Vu comment ça s'est fini... vu que je suis partie sur un coup de tête, et tout ça... c'était pas très sain, tu comprends. Maintenant, les choses sont claires... lui et moi, on sait que c'est fini pour de bon.

– Si c'est vraiment, vraiment fini entre vous, que faisait-il devant Fischer Hall ce matin, quand ce pot de fleurs lui est tombé sur la tête ?

Flûte ! J'avais oublié ça !

Aucune importance. Je maîtrise la situation.

– Oh, ça ? je demande avec un rire décontracté.

Eh oui, je parviens à rire avec décontraction ! Peut-être, comme Britney Spears ou Mandy Moore, puis-je espérer faire du cinéma ? Je devrais peut-être prendre des cours d'art dramatique, comme Marnie. Peut-être, un jour, remporterai-je un Oscar que je mettrai sur l'étagère, à côté de mon prix Nobel. Une seconde... le prix Nobel, c'est une statuette ou une médaille ? J'ai oublié.

– Ouais, dis-je (toujours aussi à l'aise). Il est passé me rendre un… euh… un CD que j'avais laissé chez nous. Tu sais, quand j'ai déménagé.

– Un CD ?

– Ouais ouais. Mon… euh… la BO de *Tank Girl*. On ne la trouve plus. C'est devenu une rareté.

– Je vois.

À présent qu'il a retiré sa veste en cuir, je m'efforce de ne pas remarquer que ses biceps – que l'on voit à peine, au-dessous des manches courtes de son tee-shirt gris uni – sont aussi sculptés que ceux de son frère…

Sauf que c'est dû au travail, et pas à la musculation, je le sais. Les détectives ne se contentent pas de prendre des photos en douce. J'imagine que Cooper doit aussi… je ne sais pas, moi… soulever des trucs. Je me demande s'il lui arrive de transpirer et, ce faisant, d'être obligé de retirer son tee-shirt parce qu'il a tellement chaud…

Waouh… Il est temps que je me remette au boulot.

Mais ces histoires de détective m'ont rappelé quelque chose. Et je me sens plus audacieuse, maintenant que je suis parvenue à éviter de fondre en larmes.

– Ouais… et en fait, puisque tout est réglé entre Jordan et moi, j'ai bien envie… à vrai dire, j'ai bien envie de faire la fête !

– De faire la fête ? répète Cooper d'une voix blanche.

– Ouais. Tu vois bien, je ne sors plus du tout. C'est pourquoi j'ai pensé : « Hé, pourquoi ne pas aller au… euh… au bal du Coquelicot ce soir ? »

– Au bal du Coquelicot ?

Cooper ne me quitte pas des yeux. J'espère qu'il n'est pas en train de me scruter pour savoir si je dis vrai. J'ai *réellement* envie d'aller au bal du Coquelicot. Et pas seulement pour les raisons que je viens de citer.

– Ouais. C'est un bal en l'honneur des administrateurs et des membres du personnel qui ont reçu un Coquelicot. Pour services rendus à l'université, tu sais. Rachel va être décorée.

Mon imagination me joue-t-elle des tours ? À peine ai-je prononcé le nom de ma chef que Cooper se désintéresse soudain de la conversation. D'ailleurs, il se dirige vers le courrier, que l'on vient de glisser sous la porte, et qui suscite chez Lucy un vif intérêt. Après le lui avoir arraché de haute lutte, il commence à le passer en revue.

– Rachel, hein ?

– Ouais. Cela dit, les billets coûtent dans les deux cents dollars. Pour le bal. Dieu sait que c'est au-dessus de mes moyens. Mais j'ai pensé… ton grand-père était un donateur, pas vrai ? Je suis sûre que tu pourrais t'en procurer… des invitations, je veux dire…

– Sans doute, répond Cooper, en donnant à mastiquer à Lucy, qui gémit piteusement, un catalogue de vente par correspondance.

– Et tu crois que je pourrais en avoir une ? je demande, pleine de tact.

C'est tout moi : la subtilité faite femme !

– Pour que tu puisses espionner Christopher Allington ? rétorque Cooper, sans même lever les yeux de son courrier. Pas question !

J'en reste bouche bée.

– Mais…

– Heather, tu n'as donc pas écouté un mot de ce qu'a dit l'inspecteur ? C'est lui qui va s'en charger. Discrètement. En attendant, tu ferais mieux de te tenir à carreau. Au mieux, tout ce que peuvent te valoir tes efforts, c'est d'être poursuivie pour diffamation.

J'insiste, en levant trois doigts pour faire le serment d'honneur des scouts (sauf que ça ne compte pas, vu que je n'ai jamais été girl-scout !).

– Je jure de ne pas lui parler ! De ne même pas l'approcher !

– Corrige-moi si je me trompe, réplique Cooper. Mais est-ce que tu n'es pas convaincue qu'il a essayé de te tuer aujourd'hui ?

– Eh bien, c'est justement ce que je cherche à découvrir. Allez, Cooper ! Qu'est-ce qui pourrait bien arriver au bal du Coquelicot, nom de Dieu ! Il ne va pas s'en prendre à moi là-bas, devant tout le monde...

– Non, il ne le fera pas. Parce que je ne te quitterai pas d'une semelle.

J'écarquille les yeux. Une seconde. Ai-je bien entendu ?

– Tu... tu veux m'accompagner ?

– Juste parce que, si je ne veille pas sur toi, qui sait ce qui va te tomber sur la tête la prochaine fois... (Cooper pose le courrier. Son regard bleu me scrute, éblouissant comme les phares d'une voiture.) Et aussi parce que je n'ai qu'à te regarder pour savoir que tu réussiras Dieu sait comment à te procurer un billet. Même s'il te faut, pour ça, séduire un malheureux péquenaud du département de géologie.

Je n'en reviens pas ! Cooper m'emmène au bal du Coquelicot. Cooper et moi allons sortir ce soir. C'est presque un...

... presque un rendez-vous.

– Oh, Cooper ! dis-je dans un souffle. Je te remercie du fond du cœur. Tu n'as pas idée de ce que ça signifie pour moi...

Cooper s'en retourne déjà vers son bureau, en secouant la tête. Il garde ses pensées pour lui, mais je n'ai pas de mal à deviner qu'il n'est pas, comme moi, en train d'angoisser en se demandant ce qu'il va bien pouvoir porter ce soir.

C'est tellement plus facile, pour les mecs.

20

Tu prends tout de travers
Tout ce que je te dis
Tout de travers
Sinon pourquoi
Tu me ferais ça ?
Tout de travers
Tu crois que je te mens
Tout de travers
Et à dire vrai
Que tu prennes tout de travers
J'en ai assez !

« Tout de travers ! »
Interprété par Heather Wells
Paroles et musique : Dietz/Ryder
Extrait de l'album *Été*
Disques Cartwright

Le reste de ma journée de travail me paraît interminable, tant mon impatience est grande.

Comme tout le monde me demande des nouvelles de Jordan, je réalise, non sans honte, que je ne sais même pas comment il va. Je n'ai guère eu le temps d'y songer, depuis que je suis sortie de l'hôpital : je me suis entretenue avec des enquêteurs, j'ai été invitée (façon de parler...) au bal du Coquelicot par mon idéal masculin, et j'ai dû me creuser la tête pour savoir comment m'habiller pour cette occasion...

J'appelle donc l'hôpital St Vincent. Après avoir été baladée de poste en poste une bonne demi-douzaine de fois dans un souci de respect de la vie privée – vu que Jordan est une star, et tout le tralala... –, je finis par tomber sur quelqu'un qui m'apprend (après que j'ai assuré que je n'étais pas journaliste, et même fredonné quelques mesures d'« Une envie de sucré » pour les convaincre que j'étais vraiment moi) que l'état de santé de Jordan est considéré comme très satisfaisant et que les docteurs s'attendent à un complet rétablissement.

Lorsque je communique la nouvelle à Rachel, elle s'exclame :

– Oh, formidable ! J'étais tellement inquiète. Quelle chance, Heather, que le pot de fleurs l'ait atteint, lui, et pas toi ! Tu aurais facilement pu être blessée.

Magda ne se réjouit pas autant du diagnostic.

– Dommage ! dit-elle carrément. J'espérais qu'il allait mourir.

– Magda ! je m'écrie, horrifiée.

– Regardez mes jolies petites stars de cinéma ! lance-t-elle à un groupe d'étudiants venus dîner de bonne heure, lorsqu'ils lui présentent leur carte de resto U.

Elle les prend, les passe au lecteur de cartes magnétiques et, s'adressant à moi :

– Ben quoi, il méritait bien de se prendre un coup sur la tête, vu comment il t'a traitée !

Magda a vraiment de la chance. À ses yeux, tout est blanc ou noir. L'Amérique est un grand pays, et tant pis pour ceux qui ne sont pas d'accord. Et les chanteurs de boys band qui trompent leurs copines ? Ils méritent de se prendre des pots de fleurs sur la tête, un point, c'est tout.

Patty est soulagée de m'entendre, quand je l'appelle. Elle a dû drôlement flipper, quand elle a traversé le parc, et a vu tout ce sang répandu sur le trottoir devant Fischer Hall. Elle s'est persuadée qu'il m'était arrivé quelque chose et est restée une bonne vingtaine de minutes prostrée à la cafétéria, la tête sur les genoux, ne la relevant que pour manger les deux esquimaux que Magda l'a pressée d'accepter, avant d'avoir enfin la force de héler un taxi pour rentrer chez elle.

– Tu tiens vraiment à obtenir ce diplôme universitaire, Heather ? demande-t-elle d'une voix soucieuse. Parce que, sinon, je suis sûre que Frank peut t'arranger un rendez-vous avec les gens de sa maison de disques...

– Ce serait chouette, dis-je. Sauf que je doute que les producteurs de Frank soient très impressionnés par le fait que la plupart de mes concerts aient eu lieu dans des centres commerciaux.

– Tu crois qu'ils se préoccupent de ça ? s'écrie Patty.

C'est super-gentil de sa part, mais c'est précisément le genre de chose dont les producteurs se soucient, comme j'ai déjà pu m'en rendre compte.

– On peut essayer de te dégoter un rôle dans une comédie musicale ? suggère Patty. Tu sais, comme Debbie Gibson. Il y a beaucoup de stars qui...

– Tu viens de prononcer le mot clé. *Star*. Et je n'en suis pas une.

– Je pense simplement que tu devrais cesser de travailler dans ce dortoir, Heather, reprend Patty, visiblement inquiète. C'est trop risqué. Ces filles qui meurent... ces gens qui se prennent des pots de fleurs sur la tête...

Je suis touchée par son attention.

– Oh, Patty ! Ne t'inquiète pas pour moi !

– Je parle sérieusement, Heather. On en a parlé, Cooper et moi. Et on a tous les deux le sentiment que...

– Cooper et toi avez parlé de *moi* ?

J'espère ne pas paraître trop pressante. De quoi ont-ils bien pu discuter ? Je me le demande. Cooper a-t-il avoué à Patty qu'il me voue, depuis longtemps, une profonde passion ? Passion qu'il n'ose exprimer, du fait que je suis l'ex-copine de son frère et, en quelque sorte, son employée à lui.

Mais, s'il lui avait confié ça, ne me l'aurait-elle pas répété tout de suite ?

– Cooper et moi avons le sentiment – et Frank est d'accord avec nous – que si toute cette histoire de meurtre est fondée il se pourrait que tu te sois mise en danger...

Visiblement, Cooper a omis de mentionner la grande passion qu'il éprouverait pour moi. Rien d'étonnant à ce que Patty ne m'ait pas aussitôt appelée pour cafter.

– Patty. Tout va bien. Vraiment. J'ai le meilleur garde du corps au monde.

C'est alors que je lui parle du bal du Coquelicot, et du fait que Cooper m'y emmène.

Patty ne se montre pas aussi emballée que j'aurais imaginé. Certes, elle propose de me prêter sa robe – la robe Armani rouge qu'elle a portée aux Grammy Awards alors qu'elle était enceinte de sept mois, dans laquelle j'espère par conséquent pouvoir entrer. Mais elle ne s'écrie pas : « Oh, il t'invite enfin à sortir avec lui ! »

Sans doute parce que ce n'est pas vraiment le cas. Ce n'est pas un *vrai* rendez-vous quand le mec vous accompagne uniquement pour s'assurer que personne ne vous tuera.

Nom de Dieu. Ce que Patty a mûri !

– Eh bien, promets-moi de faire attention à toi, Heather, dit-elle, toujours inquiète. D'après Cooper, cette histoire de tentative de meurtre est... assez peu vraisemblable. Mais je n'en suis pas si sûre. Et je ne tiens pas à ce que tu sois la prochaine victime.

Je m'efforce de convaincre Patty que je ne risque absolument rien, bien que je sois persuadée du contraire. Ici, à Fischer Hall, quelqu'un veut bel et bien ma mort.

Ce qui signifie que j'ai certainement vu juste en concluant à l'assassinat d'Elizabeth Kellogg et de Roberta Pace.

Ce n'est qu'après avoir raccroché que je sens un regard posé sur moi. Levant les yeux, je vois Sarah assise à son bureau, occupée à fourrer des Carambar dans des sachets en plastique, qu'elle compte offrir à chacun des RE ; ils ont besoin d'un petit remontant après un début de semestre aussi agité, avec ces deux décès et tout le reste...

Or, je constate que Sarah a interrompu sa tâche pour me fixer, avec des yeux ronds comme des soucoupes derrière ses lunettes à double foyer. Elle ne porte ses lentilles que dans les grandes occasions. Pour la rentrée universitaire par exemple (au cas où elle rencontrerait de charmants papas célibataires) ou pour les lectures de poésie à l'église St Mark (au cas où elle rencontrerait de charmants poètes sans le sou).

– Je n'ai pas fait exprès d'écouter ta conversation, commence-t-elle, mais je t'ai bien entendue dire que quelqu'un voulait te *tuer* ?

– Euh...

Comment présenter cela de manière à ne pas l'effrayer pour rien ? Après tout, si je rentre chez moi tous les soirs, elle est, elle, obligée de vivre ici. Que va-t-elle ressentir quand elle saura qu'un dangereux psychopathe déambule librement dans Fischer Hall ?

Certes, Sarah a perdu sa virginité dans un kibboutz israélien, l'été suivant sa première année de fac (ou, du moins, c'est ce qu'elle m'a raconté). Elle ne constitue donc pas une victime potentielle.

Je hausse les épaules.

– Oui, je réponds enfin.

Alors, comme Rachel est montée à son appartement afin de se préparer pour le bal (elle s'est débrouillée pour passer chez Bloomingdale et se trouver quelque chose à mettre, qu'elle a refusé de nous montrer « pour ne pas gâcher la surprise »), j'expose à Sarah ma théorie en ce qui concerne Chris Allington et la mort d'Elizabeth Kellogg et de Roberta Pace.

– Tu as parlé de tout ça à Rachel ? me demande-t-elle, une fois mon récit achevé.

– Non. Rachel a suffisamment de soucis comme ça, tu ne crois pas ?

Qui plus est – et je me garde bien de le mentionner –, s'il s'avère que je me suis trompée, mieux vaut que ça ne figure pas dans le rapport sur ma période d'essai... Le fait que j'ai soupçonné le fils du président d'être l'auteur d'un double meurtre, je veux dire.

– Bien, ne lui en parle pas ! m'ordonne Sarah. Est-ce que tu as jamais songé que tout ça – ta conviction qu'Elizabeth et Roberta ont été assassinées, par exemple – n'était peut-être que la manifestation de ton insécurité, après que tu as été trahie et abandonnée par ta mère ?

J'écarquille les yeux.

– Hein ?

– Eh bien, poursuit-elle en remontant ses lunettes sur son nez. Ta mère t'a volé tout ton argent, puis elle s'est enfuie avec ton manager. Ça a dû être l'événement le plus traumatisant de ton existence. Enfin, tu as tout perdu : tes économies, et les personnes qui te paraissaient les plus fiables. Et ton père qui n'a quasiment jamais été là, avec la longue peine de prison dont il a écopé pour avoir signé des chèques en bois ! Pourtant, quand quelqu'un fait allusion à tout ça, tu préfères changer de sujet, comme si c'était sans importance.

– Non, ce n'est pas vrai !

Parce que ce n'est pas vrai. Ou, si c'est le cas, je ne m'en rends pas compte.

– Si ! insiste Sarah. Tu n'es même pas fâchée avec ta mère. Je t'ai entendue parler avec elle au téléphone, l'autre jour. Vous discutiez, toutes les deux, de ce que vous alliez offrir à ton père pour son anniversaire – en prison ! La femme qui t'a volé tout ton argent et s'est enfuie en Argentine !

– Et alors ? dis-je, légèrement sur la défensive. Elle reste ma mère, quoi qu'elle ait fait.

J'ai toujours du mal à me faire comprendre, en ce qui concerne ma mère. C'est sûr, quand j'ai fait savoir aux Disques Cartwright que je tenais désormais à écrire les paroles de mes chansons et que le père de Jordan m'a virée sans cérémonie (il est vrai que je ne battais plus des records de vente) – bref quand tout a commencé à sentir le roussi –, ma mère a fichu le camp.

Mais c'est sa nature. Je lui en ai pas mal voulu pendant un bout de temps, évidemment.

Or, en vouloir à ma mère, c'est comme être en colère parce

qu'il pleut. Elle n'est pas responsable de ses actions, pas plus que les nuages ne le sont de la pluie.

Si Sarah entendait ça, elle prétendrait sans doute que c'est du déni, voire pire.

– Est-ce que tu ne crois pas que tu transfères sur ce malheureux Christopher Allington la violence que t'inspire le comportement de ta mère ? me demande-t-elle.

Je commence à en avoir assez de me répéter :

– Pardonne-moi, mais ce pot de fleurs n'est pas tombé du ciel. Enfin, si, dans un sens, mais pour ça il a fallu que quelqu'un le pousse !

– Et il se pourrait aussi que l'attention de tes fans te manque, au point que tu sois prête à saisir n'importe quel prétexte pour te faire remarquer. C'est pourquoi tu aurais imaginé ce grand mystère que tu es censée résoudre.

Je me souviens avec un pincement au cœur des paroles de Cooper, devant l'ascenseur de service. N'a-t-il pas dit quelque chose dans ce goût-là ? Que je voulais retrouver l'excitation que j'éprouvais, du temps où j'étais la reine des centres commerciaux...

Toutefois, il me semble qu'il y a une sacrée différence entre vouloir démasquer un assassin qui a tué deux personnes sur votre lieu de travail, et chanter devant des milliers de gens occupés à faire leurs courses.

Pas vrai ?

– Euh... peut-être. J'en sais rien.

Voilà tout ce que je trouve à répondre aux allégations de Sarah.

Tout ce que je sais, c'est que Sarah a de la chance de l'avoir rencontré, son fameux Yael. Le mec du kibboutz, je veux dire... Sinon, elle aurait fait une victime toute désignée pour Chris.

Sauf qu'il n'aurait peut-être pas apprécié sa manie de vous psychanalyser en permanence. Ça peut devenir lassant, à la longue !

Il y a une éternité que je ne suis pas allée à une soirée habillée. Quand je quitte enfin le bureau, le soir venu, j'ai donc un tas de choses à prévoir. Tout d'abord, je dois aller chez Patty chercher la robe, qui me va, Dieu merci, mais tout juste.

Ensuite, il faut que je me fasse une séance de pédicure et manucure maison, car je n'ai plus le temps de me faire faire les ongles par des pros. Puis, que je me lave les cheveux et me rase les jambes (et les aisselles, étant donné que la robe de Patty est une robe-bustier). Enfin, par précaution, je me fais aussi le maillot parce qu'on ne sait jamais, même s'il est peu probable que je touche deux fois le gros lot en deux jours. Ah... j'oubliais le masque. Et le massage corporel hydratant. Il ne me reste plus qu'à m'épiler les sourcils, à me sécher et à me coiffer les cheveux, à me maquiller et à me parfumer.

C'est alors que je remarque que les talons de mes escarpins rouges ont dû avoir maille à partir avec une grille de métro. Je résous le problème grâce à un marqueur magique rouge.

Et bien sûr, au milieu de tout ça, je m'accorde une ou deux pauses grignotage : quelques biscuits fourrés pour m'aider à tenir le coup – je n'ai rien mangé depuis le sandwich à la viande fumée de cet après-midi, que Magda m'a fait passer en douce.

Cooper frappe à la porte de mon appartement à l'instant précis où je m'efforce de remonter la fermeture éclair de la robe de Patty, en me demandant pourquoi je n'y parviens plus alors que j'y arrivais deux heures plus tôt, dans son loft.

– Une seconde !

Qu'est-ce que je vais bien pouvoir porter, nom de Dieu, si je ne peux pas la fermer...

Enfin, le mécanisme se décoince. Je saisis mon étole et mon sac à main, et descends bruyamment les escaliers, tout en regrettant de ne pas avoir quelqu'un pour ouvrir la porte et dire : « Elle sera là dans une minute », afin de pouvoir faire une entrée digne d'une héroïne de série télévisée. Au lieu, comme à présent, de me battre avec Lucy pour atteindre la porte.

Je suis au regret d'avouer que je ne prends pas la peine d'observer la réaction de Cooper lorsqu'il m'aperçoit – à supposer qu'il en ait eu une, ce dont je doute –, étant moi-même trop stupéfaite de ce que je vois... Cooper possède un smoking. Drôlement bien coupé, d'ailleurs.

Et ça le rend sexy en diable.

D'où vient le pouvoir du smoking ? Pourquoi ça va si bien aux hommes ? Parce que ça fait ressortir le torse et les épaules, peut-être ? Ou est-ce que cela tient au contraste saisissant entre le blanc immaculé de la chemise et l'élégant revers noir de la veste ?

Quoi qu'il en soit, je crois que je n'ai jamais vu un type à qui ça n'allait pas. Mais Cooper est l'exception. Ça ne lui va pas bien.

Ça lui va *sublimement* bien.

Je suis tellement éblouie que j'en oublie que je vais au bal pour démasquer un tueur. L'espace d'une seconde – à peine ! –, je me laisse aller à croire que Cooper et moi devons sortir en amoureux. Surtout lorsqu'il s'exclame :

– Tu es en beauté !

La réalité reprend néanmoins ses droits lorsqu'il consulte sa montre et lance d'un air détaché :

– On y va, tu veux bien ? J'ai quelqu'un à voir un peu plus tard. Alors si on doit y aller, c'est maintenant ou jamais.

Mon cœur se serre. Quelqu'un à voir ? Qui ça ? Qui doit-il voir ? Un client ? Un indic ?

Ou une *petite amie* ?

– Heather ? demande Cooper, le sourcil levé. Ça va ?

– Très bien, je réponds d'une voix faiblarde.

– Tant mieux, réplique Cooper en me prenant le coude. Allons-y !

Je descends l'escalier et franchis le seuil dans son sillage, en me disant que je suis une idiote. Il doit voir quelqu'un plus tard ? Qu'est-ce que ça peut me faire ! Ceci n'est pas un rendez-vous. Si j'ai rendez-vous avec quelqu'un, ce soir, c'est avec le tueur d'Elizabeth Kellogg et de Roberta Pace.

Je me le répète inlassablement, tandis que nous coupons par le parc, dépassons le monument de Washington Square et traversons la rue jusqu'à la bibliothèque où la soirée doit avoir lieu – transformée pour l'occasion en salle de bal grâce à des ampoules colorées, des bannières et des tapis savamment disposés.

Pour parvenir à l'imposant bâtiment ocre, il nous faut contourner quelques limousines extra-longues, ainsi qu'une poignée de gardiens en uniforme gantés de blanc, un sifflet entre les lèvres. (Pete a été prié de faire des heures supplémentaires, mais il a refusé, car sa fille prépare un exposé de sciences.) Il y a des cordes en velours, pour tenir le populo à distance… sauf que le populo en question n'a pas du tout l'air de vouloir taper l'incruste. Seuls traînent quelques étudiants en licence pressant contre eux leurs sacs à dos, visiblement furieux que la soirée leur interdise l'accès à la bibliothèque.

Cooper montre les billets à un gars posté devant la porte, et l'on nous fait entrer dans le bâtiment. Aussitôt, nous sommes assaillis par une horde de serveurs proposant des boissons et des champignons farcis au crabe. Assez savoureux, je dois dire. Quant aux biscuits fourrés, ils me pèsent un peu sur l'estomac, sous ma culotte gainante.

Cooper chope deux verres au passage, préférant l'eau gazeuse au champagne.

– Ne jamais boire d'alcool quand on bosse ! me conseille-t-il.

Je repense à Nora Charles et aux cinq gins vermouth qu'elle descend dans L'*Introuvable*, quand elle tente de faire aussi fort que Nick. Imaginez combien de meurtres ils auraient pu résoudre s'ils avaient suivi les conseils de Nick en restant sobres !

– À la santé des assassins ! ironise Cooper en choquant son verre contre le mien.

Ses yeux bleus lancent une étincelle. Une fois de plus, leur éclat me coupe le souffle.

– Tchin, dis-je avant d'en prendre une gorgée, tout en balayant du regard la vaste salle à la recherche de visages familiers.

Un orchestre interprète une version jazzy de « Moon River », près de la section des dictionnaires. Sur de longues tables disposées devant les ascenseurs, un buffet a été dressé, et les gambas disparaissent à une vitesse alarmante. Les gens s'empressent tout autour, et semblent prendre un plaisir inhabituel à discuter les uns avec les autres. J'aperçois le docteur Flynn, parlant rapidement à la directrice du premier cycle, une femme au regard rendu vitreux par l'ennui ou par l'alcool – c'est difficile à déterminer.

Je repère une poignée d'administrateurs planqués derrière une bannière dorée de l'université de New York, telle une famille de réfugiés d'Ellis Island tapie dans l'ombre de la statue de la Liberté. Les administrateurs, j'ai remarqué, n'inspirent pas un grand respect aux étudiants ni aux professeurs. Le plus souvent, ceux qui gèrent les résidences de l'université de New York sont perçus comme des espèces de chefs de camp. Le docteur Jessup et son équipe de coordinateurs et d'assistants sont un peu méprisés. Ce qui est injuste vu qu'ils... bon, d'accord, que *nous* travaillons comme des malades, bien plus que la plupart des professeurs qui passent en coup de vent donner une heure de cours par semaine, et emploient le reste du temps à poignarder leurs collègues dans le dos, à coups d'articles publiés dans les revues littéraires.

Pendant que Cooper se fait mettre le grappin dessus par un des membres du conseil d'administration – un vieil ami de la famille Cartwright –, j'observe mes supérieurs hiérarchiques, planquée derrière mon verre d'eau. Le docteur Jessup paraît mal à l'aise dans son smoking. Près de lui, une femme sculpturale, qui doit être son épouse, puisqu'elle a l'air d'échanger des plaisanteries avec celle qui est, sans aucun doute, la moitié du docteur Flynn. Toutes deux sont minces, et élégamment vêtues de scintillantes robes-fourreaux.

Mais ni l'une ni l'autre n'arrive à la cheville de Rachel. Elle se tient à côté du docteur Jessup, et ses yeux pétillent autant que la coupe de champagne dans sa main. Moulée dans la soie, elle resplendit. Sa robe bleu nuit contraste de façon saisissante avec la blancheur de sa peau, que fait également ressortir sa chevelure sombre, ramassée sur le haut de la tête à l'aide d'épingles ornées de brillants.

Quand je pense qu'elle est passée chez Bloomingdale en vitesse, alors que j'étais à l'hôpital, sous prétexte qu'elle n'avait « rien à se mettre » ! On peut dire qu'elle a réussi son coup.

À tel point, en fait, que je commence à me sentir méchamment boudinée, dans la robe de Patty.

Il me faut un moment pour repérer l'illustre directeur de l'université. Je finis par l'apercevoir derrière le guichet des emprunts. Le président Allington a renoncé au débardeur, pour une fois. C'est peut-être pour ça que j'ai mis tant de temps à le remarquer. Il porte un smoking, qui lui donne l'air étonnamment distingué.

Hélas, on ne peut pas en dire autant de la malheureuse Mme Allington. Les amples manches de son tailleur-pantalon en velours noir tire-bouchonnent sur ses bras chaque fois qu'elle porte un verre à ses lèvres… ce qu'elle fait avec une fréquence alarmante.

Où peut bien être le rejeton des Allington, le mielleux Chris/Todd/Mark ? Je ne le vois nulle part, alors que j'étais certaine de le trouver ici. Quel joli garçon de vingt et quelques années pourrait ne pas être tenté par une telle soirée ? Allons… pouvoir picoler à l'œil ?

Cooper parle caméras miniature, ou un truc dans ce goût-là, avec un monsieur d'âge mûr qui m'a appelée « mademoiselle » et m'a complimentée à propos de ma robe (sur un ton si sincère que je me suis aussitôt assurée que la fermeture Éclair avait bien tenu), lorsqu'une femme très mince, très séduisante et toute de noir vêtue, s'approche soudain.

– Cooper ? articule-t-elle d'une voix très surprise

La femme, qui se débrouille pour avoir l'air aussi intello que glamour, lui prend le bras. Elle veut marquer son territoire, comme si elle avait autrefois touché Cooper à des endroits bien plus intimes et qu'elle était libre, par conséquent, de disposer librement de son bras.

– Qu'est-ce que tu fais ici ? demande-t-elle. J'ai l'impression qu'il y a des mois que tu ne m'as pas donné de nouvelles. Où étais-tu passé ?

Cooper ne paraît certes pas pris de panique. Mais, tout de même, on dirait vraiment qu'il préférerait être ailleurs.

– Marian, dit-il, lui posant une main sur le dos et se penchant pour l'embrasser – sur la joue. Quel plaisir !

Après l'avoir présentée au vieux type, il se tourne vers moi.

– Heather, je te présente le professeur Marian Braithwaite. Marian enseigne l'histoire de l'art. Marian, voici Heather Wells. Elle est également employée par l'université de New York.

Marian lève le bras pour me serrer la main. Ses doigts palpitent comme un oisillon pris au piège entre mes grosses patoches. Malgré tout, je parie qu'elle fréquente régulièrement la salle de sport de l'université. Et qu'elle prend des douches, et non des bains. On le devine rien qu'à la regarder.

– Ah oui ? réplique Marian en exhibant un sourire aussi éclatant que celui d'Isabella Rosselini. Vous enseignez quelle matière ?

– Euh...

J'aimerais tant que quelqu'un me balance un pot de fleurs sur la tête, à cet instant précis, pour m'épargner d'avoir à répondre. Malheureusement, cela reste un souhait vain.

– ... je n'enseigne pas, en fait. Je suis directrice adjointe dans un des dortoirs... une des résidences universitaires, je veux dire, des étudiants de premier cycle.

– Oh.

Marian conserve son sourire impeccable mais je vois, à la façon dont elle regarde Cooper, qu'elle ne désire qu'une chose : l'entraîner et lui arracher tous ses vêtements, de préférence avec les dents. Et non rester plantée là, à discuter avec la directrice adjointe d'une résidence universitaire. Je peux difficilement lui en vouloir.

– Comme c'est charmant ! Alors, Cooper, tu étais en voyage ? Tu n'as pas répondu à un seul de mes appels...

Je ne distingue pas la suite de sa conversation, car quelqu'un me saisit le bras. Quand je me retourne, ce n'est pas un ex que j'aperçois – ce qui serait bien sûr impossible, le mien étant à l'hôpital – mais Rachel.

– Salut, Heather ! s'écrie-t-elle.

Ses joues sont d'une rougeur inhabituelle. Je réalise qu'elle est pompette. Elle a dû abuser du champagne.

– Je ne savais pas que tu venais ce soir. Tu vas bien ? Et Jordan ? Je me suis fait tellement de souci pour lui. Comment va-t-il ?

Je réalise, avec une ombre de mauvaise conscience, que je n'ai pas pensé une seule fois à Jordan de toute la soirée. Depuis que j'ai ouvert la porte de chez moi et posé les yeux sur Cooper, en fait.

– Euh... il va bien. Son état est très satisfaisant, même. Il n'aura pas de séquelles.

– Quel semestre on a eu, hein ! s'exclame Rachel, en me donnant un petit coup amical dans les côtes. On aurait vraiment besoin de quelques semaines de vacances, toi et moi, après tout ce qu'on a enduré. J'en reviens toujours pas ! Deux morts en deux semaines ! (Elle jette un coup d'œil alentour, craignant qu'on ait pu surprendre ses paroles.) J'en reviens pas !

Je lui souris. Rachel est complètement saoule. À moins, et c'est plus probable, qu'elle n'ait rien mangé du tout, et que le champagne lui soit aussitôt monté à la tête. La plupart des amuse-gueules, que ce soit les champignons fourrés au crabe ou les feuilletés à la crevette, n'ont pas l'air très diététiques. Rachel se sera sans doute abstenue.

Ça me fait quand même plaisir de la voir de bonne humeur, pour une fois – bien que je m'étonne qu'une soirée comme celle-ci, qui me paraît guindée et barbante, suffise à révéler la fêtarde qui est en elle. Mais bon, je ne suis jamais allée à Yale, et ceci explique peut-être cela.

– Moi non plus, dis-je. Au fait, tu es ravissante. Cette robe te va drôlement bien.

– Merci, réplique-t-elle, rayonnante. J'ai dû y mettre le prix, mais je pense que ça vaut la peine. (Son regard se pose sur Cooper, et se met à briller d'un éclat encore plus vif.) Heather, chuchote-t-elle d'une voix tout excitée. Tu es venue avec Cooper ? Tous les deux, est-ce que vous...

Tournant la tête, je jette un coup d'œil à mon cavalier, qui tente visiblement d'expliquer au professeur Braithwaite où il a passé les derniers mois. (Dans notre maison, voilà où il les a passés... Aurait-il essayé de plaquer Marian. Sinon, pourquoi ne l'a-t-il jamais rappelée ? Bien que ça dépasse mon entendement, qu'un mec puisse larguer pareille conquête. Elle a tout pour elle : la beauté, l'intelligence, la réussite. Et, en plus, elle prend des douches... Nom de Dieu, à la place de Cooper, je sortirais avec elle.)

Je sens mes joues s'empourprer à la pensée que Cooper et moi pourrions... vous savez... être ensemble.

– Euh... non. Il avait une invitation en plus, et j'en ai profité. On est amis, rien de plus.

Et nous ne serons jamais plus que ça. Selon toute évidence.

– Comme Jordan et toi, fait remarquer Rachel.

– Ouais, je réponds en parvenant Dieu sait comment à sourire. Comme Jordan et moi.

Ce n'est pas sa faute. Elle ne peut pas savoir qu'elle enfonce le clou.

– Il faut que je te laisse, me glisse-t-elle. J'ai promis à Stan de lui ramener un de ces amuse-gueules au crabe...

– Oh, je t'en prie. À plus tard.

Rachel s'éloigne, flottant sur son petit nuage. Je me demande s'il y a du vrai, dans les bruits de couloir que Pete m'a répétés. Rachel serait sur le point d'obtenir une très grosse promotion. Cela ne m'étonnerait pas. Personne d'autre, sur le campus, n'a dû tâter autant de pouls en deux semaines. Que pourrait faire l'université pour lui exprimer sa reconnaissance, si ce n'est lui offrir une promotion ? Un Coquelicot, ce n'est pas suffisant. Après tout, Magda prétend que Justine a reçu la médaille pour avoir prêté son annuaire à un étudiant.

– Ohé, la blonde ! lance une voix derrière moi.

Je l'ignore et me concentre sur Cooper. Il est toujours en

train de discuter avec Marian Braithwaite, qui le mange des yeux et glousse en l'écoutant raconter Dieu sait quoi. Comment se sont-ils rencontrés ? Peut-être Marian l'a-t-elle engagé alors qu'elle soupçonnait son professeur de mari de la tromper ? Elle a fait appel à lui, et il lui a prouvé qu'elle s'inquiétait pour rien. C'est pourquoi elle est si contente de le voir, et n'arrête pas de lui toucher le bras...

– La blonde !

Une main se pose sur mon épaule. Je me retourne, surprise, m'attendant à ce que l'un des sbires du président exige de voir mon billet d'entrée...

... et voilà que mes yeux rencontrent le regard gris et amusé de son fils.

21

Lance-toi
Tu sais que j'attends que ça !
Lance-toi !

Lance-toi !
Je ferai jamais le premier pas !
Lance-toi !
Il se pourrait bien que je dise oui

« Lance-toi »
Interprété par Heather Wells
Paroles et musique : Roberts/Ryder
Extrait de l'album *Été*
Disques Cartwright

– Ohé ! s'exclame Chris avec un grand sourire. Tu me remets ?

Je le fixe avec terreur, incapable de prononcer un mot.

Christopher Allington. Christopher Allington est venu vers moi. *Chris Allington* me tient le bras et me sourit comme si nous étions deux vieux copains qui viennent de se croiser au bowling. Il me propose même une coupe de champagne.

Ça ne se refuse pas.

Je prends la flûte en silence, mon cœur battant à tout rompre. Christopher Allington. Christopher Allington. Oh, mon Dieu ! Comment oses-tu te tenir là, devant moi, et me parler comme si de rien n'était ! Tu as essayé de me tuer aujourd'hui, tu te souviens pas ?

– On s'est rencontrés hier soir, devant Fischer Hall, précise-t-il, croyant que je ne le situe pas – comme si je risquais de l'oublier ! C'était bien toi, non ?

Je fais mine de retrouver soudain la mémoire.

– Oh, je réponds d'un ton dégagé (bien que je sois très sensible au contact de ses doigts sur ma peau). Ah oui ! Tu vas bien ?

Il me lâche. Ce n'était pas désagréable, sa main sur mon bras. Loin de là.

Bizarre... ç'aurait pourtant dû l'être, vous ne pensez pas ? Vu que c'est un assassin et tout le bazar.

Vraiment bizarre.

– Oui, je vais bien, dit-il.

Ce qui est sûr, c'est que le smoking lui va bien. Le sien est beaucoup mieux coupé que celui de son père. Au nœud papillon, Chris a préféré une cravate ordinaire. Et, sur lui, c'est tout ce qu'il y a de chic.

– En fait, je suis soulagé de te rencontrer, poursuit-il. J'ai horreur de ce genre de soirées, pas toi ?

Je hausse les épaules.

– Oh, j'en sais rien. C'est pas si terrible que ça. Au moins, il y a à boire.

Je vide d'un trait la coupe de champagne qu'il m'a tendue, bien que Cooper m'ait déconseillé de boire pendant le boulot. Après le choc que je viens de subir en voyant Chris débouler de nulle part, je mérite bien ça.

Chris m'observe, amusé.

– Alors, tu es venue avec qui ? demande-t-il. Les billets d'entrée ne sont pas vraiment bon marché. Tu es déléguée étudiante ?

Je hausse à nouveau les épaules, et me rappelle les paroles de l'inspecteur Canavan – comme quoi l'expérience lui avait appris que les tueurs étaient souvent des crétins finis. Je pense que, dans le cas de Christopher, c'est peut-être vrai. Car, enfin, le fait que j'ai presque dix ans de plus que la majorité des RE n'a pas l'air de le troubler...

... et c'est tant mieux. Puisque j'opère incognito, et que j'espère ainsi le piéger, lui faire avouer des trucs, et ainsi de suite... Même si je suis encore loin de savoir comment je vais m'y prendre.

Au moins, contrairement à d'autres, Chris a l'air de me trouver à son goût dans la robe empruntée à Patty. Je vois son regard s'attarder à plusieurs reprises sur mon décolleté. Et ce n'est pas parce que la fermeture a craqué et que tout ballotte de tous les côtés – j'en suis sûre, parce que je vérifie.

Le groupe commence par un slow. Et, à ma totale surprise, des couples se dirigent nonchalamment vers ce qui fait office de piste et se mettent à danser. Parmi eux, le papa et la maman de Chris. Je vois le président Allington entraîner sa femme et, dans un geste ample, la faire ployer en arrière, sous les rires et les applaudissements des membres du conseil d'administration.

C'est presque attendrissant.

Du moins jusqu'à ce que Mme Allington se prenne les pieds dans son pantalon pattes d'éléphant, et manque de s'étaler face contre terre. Par bonheur, le président Allington la fait aussitôt tourbillonner comme s'il s'agissait d'un mouvement complexe délibérément exécuté.

C'est encore plus attendrissant. Chris n'est peut-être pas

aussi malchanceux que je l'aurais imaginé. Côté parents, je veux dire.

– Hé ! s'exclame Chris, me surprenant à nouveau, cette fois-ci en m'arrachant ma coupe de champagne des mains pour la poser sur le plateau qu'un des serveurs fait circuler. Tu danses ?

Je tourne si vite la tête vers lui qu'une longue mèche de cheveux frappe ma bouche et se fixe à mon gloss.

– Hein ?

Je m'efforce désespérément de l'enlever. La mèche, bien sûr – qui me colle à la bouche.

– Tu danses ? répète Chris.

Son sourire est légèrement moqueur – il réalise aussi bien que moi que danser au bal du Coquelicot est... plutôt ringard. Mais il est prêt à jouer le jeu, et tient à me le faire savoir.

Son sourire est contagieux. C'est le sourire qu'ont les capitaines des équipes de foot, les plus beaux gars de la fac... le sourire de ces mecs si sûrs d'eux et de leur physique qu'ils ne songent pas une seconde qu'une fille pourrait répondre « Tu rêves, mon coco ! » quand ils l'invitent à danser... Tout ça, parce qu'on ne leur a sans doute jamais dit non.

Et ce n'est pas moi qui vais commencer.

Pas seulement parce que je veux découvrir si Chris est, oui ou non, l'assassin d'Elizabeth et de Roberta.

– Bien sûr, dis-je avec un grand sourire, avant de le suivre sur la piste.

Je suis loin d'être la meilleure danseuse du monde, mais ça n'a pas d'importance, car Chris est bon. Il a dû fréquenter l'une de ces prépas où l'on enseigne la valse, ou Dieu sait quoi. Il est tellement fort qu'il parvient à discuter en dansant.

Alors qu'il me faut compter dans ma tête. Un-deux-trois. Un-deux-trois... changement de direction... Ah non, je me trompe de danse !

– Alors, dit Chris d'une voix décontractée, en serrant mon corps contre lui et en me faisant pivoter d'une main experte (sans même ciller lorsque je lui écrase les pieds). C'est quoi, ta matière principale ?

Je cherche, discrètement, Cooper des yeux. Il est censé veiller sur moi, non ?

Mais je ne le vois nulle part. Marian non plus, d'ailleurs. M'a-t-il lâchée pour une de ses ex ? Après m'avoir rebattu les oreilles sur le fait que je risquais ma vie à traquer l'assassin de Fischer Hall, voilà qu'il me laisse sur le carreau ?

Eh bien ! C'est comme ça qu'il se soucie de moi !

Certes, je n'ai pas vraiment le droit de m'en plaindre – vu qu'il me loge presque gratuitement. Après tout, combien d'habitants de Manhattan ont si facilement accès à une machine à laver-sèche-linge ?

– Euh... j'ai pas encore choisi, dis-je.

Là, au moins, je dis la vérité.

– Vraiment ? demande Chris, avec une curiosité non feinte. Bravo. Il vaut mieux se donner le temps de choisir. Je trouve que les gens s'inscrivent trop souvent en fac avec des idées toutes faites quant au métier qu'ils feront une fois qu'ils auront obtenu leur diplôme. Ils acceptent le tronc commun en ne s'intéressant qu'à leur matière, sans s'accorder la possibilité de changer de voie. Tu sais, de découvrir pour quoi ils sont doués. Ça pourrait être quelque chose à quoi ils n'ont jamais pensé. Confectionner des bijoux, par exemple...

Waouh. J'ignorais qu'il existait des UV de fabrication de

bijoux. Vous imaginez ? Pouvoir *porter* son examen de fin d'études ? Drôlement pratique !

– Et tu aimerais t'orienter vers quoi ? m'interroge Chris.

Je suis sur le point de répondre « des études de médecine ». Mais je me ravise au dernier moment.

– La criminologie, je prétends, pour voir comment il va réagir.

Mais il ne s'enfuit pas pour aller, terrorisé, se tapir dans un coin. Au lieu de ça, il réplique calmement :

– Ouais, c'est fascinant, la criminologie. Moi aussi, j'ai songé à m'orienter dans cette voie.

Tu m'étonnes !

Prenant un ton taquin, je m'intéresse :

– Alors, pourquoi un grand étudiant en droit comme toi traîne-t-il encore dans une résidence universitaire ?

Au moins Chris a-t-il la délicatesse de paraître embarrassé.

– Eh bien, mes parents habitent ici.

– Tout comme une quantité de charmantes résidentes.

Tu te souviens pas ? Tu en as tué deux !

– Il y a aussi ça, réplique-t-il avec un sourire. Je reconnais que les filles de ma section ne sont pas vraiment...

Regardant par-dessus l'épaule de Chris, j'aperçois enfin Cooper. Il discute avec le professeur Braithwaite devant le buffet, et leur conversation semble des plus houleuses. Cooper jette un coup d'œil dans ma direction.

Il ne m'a pas oubliée. Il veille toujours sur moi.

Et se dispute avec son ex, visiblement.

Mais veille tout de même sur moi.

Comme il ne sait pas à quoi ressemble Chris, je réalise qu'il n'a sans doute pas saisi que je dansais avec mon principal suspect. Je lui désigne donc le dos de Chris, en mimant les mots : *C'est lui, c'est Chris.*

Malheureusement, ça n'a pas l'effet escompté. Certes, Cooper reçoit le message cinq sur cinq.

Mais Marian aussi. Voyant Cooper relâcher son attention, elle suit son regard et m'aperçoit.

Ignorant comment régir, j'agite mollement la main. Marian détourne les yeux avec froideur.

Gloups... désolée !

– Les filles de la fac de droit...

Je mets un moment à réaliser que Chris me parle.

– Eh bien, disons qu'elles ne voient pas meilleure manière d'employer leurs soirées que potasser jusqu'à minuit à la bibliothèque, explique-t-il avec un clin d'œil.

Qu'est-ce qu'il raconte ?

Ah oui, ça me revient ! Il comparait les résidentes de Fischer Hall aux étudiantes en droit. Ah oui, c'est vrai... mon enquête !

J'approuve d'un air entendu.

– Ah, les filles de la fac de droit ! Rien à voir avec ces première année fraîchement débarquées de leur cambrousse, pas vrai ?

Il éclate de rire.

– Tu es marrante. Tu es en quelle année ?

Je hausse les épaules, en m'efforçant de ne pas laisser voir que ça fait... euh... sept ou huit ans que la loi m'autorise à boire de l'alcool.

– Ton nom, au moins, me presse-t-il d'une voix grave – dont, j'en suis sûre, une de ses ex lui a dit qu'elle la trouvait sensuelle.

– Tu peux continuer à m'appeler « la blonde », je minaude. Comme ça, au moins, tu pourras me distinguer de tes autres petites copines.

Chris écarquille les yeux et sourit.

– Quelles autres petites copines ?

– Oh, toi alors ! dis-je d'un ton perçant, en lui donnant une tape sur le bras. On m'en a raconté, à ton sujet. J'étais copine avec Roberta, figure-toi !

Il me regarde comme si je déraillais.

– Qui ça ?

Nom de Dieu, ce mec est balèze ! Son regard gris ne trahit pas la moindre culpabilité.

– Roberta.

J'avoue que mon cœur bat à tout rompre, tant mon audace est grande. Je me suis lancée ! Je mène l'enquête ! Je me suis lancée pour de bon !

– Roberta Pace, je répète.

– Je ne sais pas de qui tu parles.

Franchement, ce type est incroyable.

– Bobby, je fais.

Le voilà qui éclate soudain de rire.

– *Bobby* ? Tu es une copine de *Bobby* ?

Je ne peux m'empêcher de noter qu'il insiste sur le « tu », et qu'il parle au présent. Après tout, je suis détective. Ou, du moins, je m'occupe de la comptabilité d'un détective.

– J'*étais* une copine de Roberta.

J'ai cessé de sourire ou de faire mine d'avoir moins de vingt et un ans. Parce que le calme de ce type me semble insensé. Même pour un tueur.

– Jusqu'à ce qu'elle tombe de cet ascenseur la semaine dernière.

Chris arrête aussitôt de danser.

– Une seconde ! Tu as dit quoi ?

– Tu as très bien entendu. Bobby Pace et Beth Kellogg. Elles sont toutes les deux mortes, prétendument parce qu'elles auraient surfé dans l'ascenseur. Et toi, tu as couché avec les deux, juste avant que ça ne se produise.

Je n'avais pas l'intention de tout lâcher comme ça. Cooper se serait montré plus subtil, aucun doute là-dessus. Mais j'ai pété un câble. Le voir conserver un ton si léger, en évoquant la mort de Roberta et d'Elizabeth...

Les vrais détectives ne pètent pas un câble, je suppose. Les vrais détectives conservent leur sang-froid.

Peut-être ne suis-je pas destinée à devenir l'associée de Cooper, après tout ?

Chris s'est figé, à croire que ses pieds sont collés au dallage noir et blanc.

Mais ses mains restent crispées sur ma taille. Resserrent même leur étreinte, à vrai dire, jusqu'à ce que nos corps soient l'un contre l'autre.

– Quoi ? demande-t-il, les yeux si écarquillés que ses iris bleu-vert semblent flotter comme des billes dans des mares jumelles, d'un blanc de lait. Quoi ? répète-t-il.

Même ses lèvres sont devenues livides.

À peine quelques centimètres séparent nos deux visages. Sur le sien, je lis l'incrédulité et, malgré mes piètres qualités de détective, une horreur grandissante.

C'est alors que l'évidence me frappe.

Il n'est pas au courant. Pour de bon. Chris ignorait, jusqu'à ce que je le lui révèle, que les deux victimes de Fischer Hall étaient les filles avec qui il avait... euh... batifolé peu de temps auparavant.

Est-il dragueur au point de ne connaître que les prénoms, voire les surnoms, des femmes qu'il séduit ?

On dirait bien que oui.

Chris est de toute évidence très affecté par mes révélations. Ses doigts me triturent la taille et il commence à secouer la tête d'avant en arrière, comme Lucy après un bon shampooing.

– Non. Ce n'est pas vrai. C'est pas possible !

Je comprends soudain que j'ai fait une énorme erreur.

Ne me demandez pas pourquoi. Après tout, je ne suis pas très expérimentée en la matière.

J'en suis sûre, c'est tout. Comme je suis sûre du taux de matières grasses dans un Milky Way.

Christopher Allington n'a pas assassiné ces filles.

D'accord, il a couché avec. Mais il ne les a pas tuées. Quelqu'un d'autre s'en est chargé. Quelqu'un de dangereux, de beaucoup plus dangereux que lui...

– C'est bon maintenant, dit une voix grave, derrière moi.

Une main se pose lourdement sur mon épaule.

– Désolé, Heather. Mais, à présent, faut qu'on parte, annonce Cooper.

D'où sort-il ? Je ne peux pas partir. Pas *maintenant.*

– Euh, dis-je. Une petite seconde, tu veux bien ?

Mais Cooper n'a pas l'air disposé à attendre. Il semble pressé de prendre la fuite.

– Faut qu'on parte, répète-t-il. Tout de suite !

Il me saisit alors le bras, et tire.

– Cooper ! je m'écrie en essayant de me libérer.

Je vois que Chris est encore sous le choc. Il est très probable que je pourrais lui extirper davantage d'informations, en traînant ici un moment. Cooper ne voit-il pas que je suis en train de mener un interrogatoire crucial ?

– Pourquoi ne pas aller te chercher quelque chose à manger ? je suggère à Cooper. On se retrouve au buffet dans une minute...

– Non ! rétorque Cooper. On s'en va ! Maintenant.

Je comprends que Cooper soit pressé de partir. Franchement. Après tout, certaines personnes ne gèrent pas leurs rapports avec leurs ex en... en couchant avec sur le tapis du vestibule.

Néanmoins, je sens qu'il ne faut pas que je parte tout de suite. Pas après avoir fait cette découverte capitale. Chris est réellement troublé. Si troublé qu'il ne semble même pas s'être rendu compte qu'un détective privé a surgi devant sa cavalière. Il m'a tourné le dos et quitte la piste de danse en vacillant, en direction des ascenseurs.

Où a-t-il l'intention d'aller ? Dans le bureau de son père, au douzième étage, pour y boire des boissons vraiment fortes, ou juste pour téléphoner ? Ou bien va-t-il monter sur le toit et se jeter dans le vide ? Je devrais le suivre, ne serait-ce que pour m'assurer qu'il ne va pas faire une bêtise.

Or, quand je m'apprête à le faire, Cooper m'en empêche.

– Cooper, je peux pas m'en aller maintenant ! dis-je en luttant pour me dégager. Je lui ai fait admettre qu'il les connaissait ! Roberta et Elizabeth ! Et tu sais quoi ? À mon avis, il ne les a pas tuées ! Je suis sûre qu'il ne savait même pas qu'elles étaient mortes !

– Formidable, réplique Cooper. Maintenant, on y va. J'ai un rendez-vous, je t'avais prévenue. Et je suis déjà bien assez en retard.

– Un rendez-vous ? Un *rendez-vous* ?

Je n'en crois pas mes oreilles.

– Cooper, tu ne comprends donc pas ? Chris m'a dit que...

– J'ai entendu. Félicitations ! Allons-y, à présent. Je suis venu avec toi. Je n'ai pas promis de rester toute la soirée. J'ai de vrais clients, tu sais, des clients qui paient pour mes services.

Je réalise qu'il est inutile d'insister. Même si Cooper changeait d'avis et me laissait partir, j'ignore totalement où Chris a bien pu disparaître. Et ce n'était sans doute pas une très bonne idée de vouloir le suivre, étant donné ce qui est arrivé aux dernières filles avec lesquelles il a – comment dire ? –, ah oui, « batifolé ». Hé, je devrais peut-être m'inscrire dans un atelier d'écriture ? Comme ça, je pourrais devenir écrivain ET médecin ET détective. ET créatrice de bijoux...

Cooper et moi nous esquivons. Je n'ai même pas le temps de saluer qui que ce soit, ou de féliciter Rachel pour son Coquelicot. Je n'ai jamais vu un mec si pressé de quitter un endroit.

– Ralentis un peu, tu veux bien ? je proteste, tandis que Cooper m'entraîne jusqu'au trottoir. J'ai des talons hauts, tu sais ?

– Désolé.

Cooper me lâche le bras. Puis siffle avec ses doigts pour arrêter un taxi.

– On va où ? je demande avec curiosité, comme le taxi s'arrête au coin de la rue, dans un crissement de freins.

– Toi, tu rentres à la maison, commande Cooper.

Il ouvre la portière à l'arrière du véhicule, et me fait signe de m'y engouffrer. Puis il donne au chauffeur l'adresse de la maison de son grand-père.

– Hé ! je lance, en tendant le cou. C'est à deux pas d'ici. Je peux y aller à pied...

– Pas toute seule. Et moi, je vais dans la direction opposée.

– Pourquoi ?

Je ne manque pas de remarquer que Marian, le professeur d'histoire de l'art, vient juste de franchir les portes de la bibliothèque, juste après nous.

Au lieu de s'avancer vers nous pour rejoindre Cooper, elle lui jette un regard noir et s'éloigne d'un pas rapide.

Cooper, qui tourne le dos à la bibliothèque, ne voit ni le professeur, ni ses yeux furibonds.

– J'y vais, se contente de me dire Cooper, en me fourrant dans la main un billet de cinq dollars. J'ai d'autres chats à fouetter. Ne m'attends pas.

– Comment ça, des chats à fouetter ? Pourquoi fouetter des chats, Cooper ? Tu ne voudrais pas plutôt aller promener Lucy ?

Mais le taxi est déjà pris dans le flot des voitures. Cooper fait volte-face et s'éloigne à grands pas en direction de la Troisième Rue. Je le perds rapidement des yeux.

Qu'a-t-il bien pu vouloir dire ? Sérieusement. Je sais que ses clients comptent beaucoup pour lui, et tout le tralala. Et que tous ces crimes commis dans le bâtiment n'existent que dans mes fantasmes, etc.

Tout de même. Il aurait pu m'écouter, au moins.

C'est alors que le chauffeur de taxi, qui semble être indien – indien d'Inde, et non d'Amérique –, dit gentiment :

– Je crois que c'est une expression.

Je croise son regard dans le rétroviseur.

– Quoi ?

– « Avoir d'autres chats à fouetter », répond le chauffeur. Comme « pierre qui roule n'amasse pas mousse ». Vous voyez ?

Je m'enfonce à nouveau dans mon siège. Non, je ne le savais pas. Je ne sais pas grand-chose, apparemment.

Certes, ce n'est pas une nouveauté. Car enfin, c'est bien pour ça que j'ai trouvé un emploi à l'université de New York : pour pouvoir faire des études.

C'est sûr, j'apprends beaucoup de choses ces derniers temps. Dire que je n'ai même pas commencé les cours !

22

Tu as enchanté ma vie
Par toi je suis
Ensorcelée
Tous mes amis
L'ont remarqué
Par toi je suis
Ensorcelée

« Ensorcelée »
Interprété par Heather Wells
Paroles et musique : Dietz/Ryder
Extrait de l'album *Ensorcelée*
Disques Cartwright

Après que nous avons quitté le bal, Cooper et moi (et Chris Allington), Rachel s'est vu remettre son Coquelicot, en récompense de sa conduite exemplaire au sein de l'université.

Elle me montre la petite broche en forme de coquelicot le lendemain matin, ses jolis yeux marron brillants de fierté. Elle la porte au revers de sa veste de tailleur en lin noir, comme si c'était la Légion d'honneur.

J'imagine que c'est quasiment ça à ses yeux. Il est vrai qu'il lui a fallu affronter davantage de drames en un seul semestre que la plupart des administrateurs pendant toute leur carrière.

Moi, je n'ai jamais rien gagné de ma vie. Bon, à part un contrat dans une maison de disques. Je sais qu'il est rare que des chansons comme « Une envie de sucré » soient primées. Mais tout de même, je n'ai jamais remporté de People's Choice Award non plus. Ni de Teen People's Choice.

J'étais pourtant la reine des ados. Du moins, jusqu'à ce que je cesse d'en être une.

Je m'efforce de ne pas laisser paraître ma jalousie devant Rachel. Non que je sois si jalouse que ça. Juste un peu vexée.

Car c'est moi qui suis allée chercher, au sous-sol, les cartons où nous avions rangé les affaires de Roberta et d'Elizabeth. Et c'est moi qui me suis chargée de faire les paquets et les transporter à la poste pour les faire expédier. Je trouve que je mérite moi aussi une récompense. Peut-être pas un Coquelicot, mais au moins un Pissenlit...

Tant pis. Quand je serai en mesure de prouver que les filles ne sont pas mortes accidentellement mais qu'elles ont été tuées, et que je démasquerai leur meurtrier, on me récompensera peut-être en me donnant les clés de la ville. Ou un truc dans le genre. Je rigole pas ! Le maire me les remettra en personne, et la cérémonie sera retransmise sur New York Première. Cooper la verra et réalisera que, bien que je ne sois pas professeur d'histoire de l'art et que je ne rentre pas dans du trente-six, je suis tout de même drôlement maligne, et mignonne comme tout. Alors, il me demandera de sortir avec lui et nous nous marierons. De notre union naîtront Jack, Emily et Charlotte Wells-Cartwright...

On a bien le droit de rêver, pas vrai ?

Je suis tout de même heureuse pour Rachel. Je la félicite et, tout en sirotant mon café, je l'écoute me décrire ce que ça lui a fait de recevoir une récompense aussi prestigieuse devant ses pairs. Elle me raconte comment le docteur Jessup l'a serrée dans ses bras, et comment le président Allington l'a personnellement remerciée pour avoir rendu à l'université des services allant bien au-delà des limites de sa fonction. Elle s'étend sur le fait qu'elle est la première administratrice dans l'histoire de l'université de New York à avoir fait l'objet de sept propositions de nomination, plus que n'importe qui à ce jour – et tout cela alors qu'elle n'est employée que depuis quatre mois ! Elle se réjouit, dit-elle, de s'être orientée vers l'université plutôt que vers les affaires ou le droit, comme nombre de ses anciens camarades de Yale.

– Ça fait du bien, n'est-ce pas, Heather, de savoir qu'on est si utile aux autres ?

– Euh... sûrement.

Bien que je sois sûre que ceux à qui j'apporte le plus, les RE, ne désirent qu'une seule chose : le retour de Justine.

Pendant que Rachel redescend de son petit nuage, je décroche le téléphone afin de réparer quelques-unes de mes négligences.

Pour commencer, j'appelle Amber dans sa chambre. Lorsqu'elle braille « ouais », d'une voix ensommeillée, je raccroche discrètement. OK, Amber est toujours en vie.

Puis j'appelle l'hôpital St Vincent pour prendre des nouvelles de Jordan. On m'apprend qu'il va beaucoup mieux, cependant, ils préfèrent le garder en observation une nuit de plus. Je n'en ai pas franchement envie, mais je me dis que je devrais lui parler – c'est quand même ma faute s'il a pris ce pot de fleurs sur la tête.

Mais, lorsque la standardiste me passe sa chambre, c'est une femme qui répond. Tania. Je n'ai pas le courage d'affronter les fiancées de si bonne heure, et je préfère raccrocher.

Me sentant aussitôt coupable, je commande une demi-douzaine de ballons à l'hélium à un fleuriste, en demandant à ce qu'ils soient livrés à l'hôpital St Vincent avec un message archi-personnel, du style *Rétablis-toi vite, Jordan. Heather.* Il y a de grandes chances pour qu'il se perde dans la multitude de cadeaux que ses fans ne manquent pas de lui envoyer – visiblement, il y a eu une veillée aux chandelles, toute la nuit, devant le parking des ambulances – mais au moins, je pourrai me dire que j'ai fait un effort.

Penser à Jordan et à son coup sur la tête me ramène à Christopher Allington. Une détective digne de ce nom reprendrait la conversation là où elle l'a abandonnée la veille.

Je décide donc de tenter le coup une fois de plus. Je dis à Rachel que je vais aux toilettes. Mais, en réalité, je prends l'ascenseur et monte au vingtième étage.

Personne n'est supposé s'y rendre, à part les Allington et leurs invités. C'est pourquoi le couloir menant à l'appartement des Allington est équipé d'un tapis détecteur de mouvement, qui se met en branle chaque fois que quelqu'un l'emprunte, y compris les Allington. Cette alarme déclenche une caméra, et l'image de l'intrus est aussitôt transmise sur un écran dans le bureau des gardiens, à l'entrée du bâtiment.

Comme c'est Pete qui est de service aujourd'hui, je n'ai pas trop peur d'être chopée. On a surpris bon nombre d'étudiants de première année au vingtième étage, pour la plupart envoyés là par des étudiants plus âgés, afin d'y trouver « la piscine de Fischer Hall ». L'introuvable piscine a bel et bien existé, mais au sous-sol et non au vingtième étage. C'est une blague classique, chez les aînés : envoyer les malheureux nouveaux venus là-haut, en sachant très bien qu'ils vont déclencher les détecteurs et se faire choper pour s'être approchés de l'appartement du président.

Je foule avec audace le tapis que rien ne distingue d'un tapis ordinaire, et lève un doigt pour appuyer sur la sonnette d'entrée des Allington. Je distingue un étrange sifflement derrière la porte, et réalise que cela doit provenir des oiseaux de Mme Allington, les cacatoès pour lesquels elle s'inquiète à n'en plus finir quand elle a trop bu. Lorsque j'appuie sur la sonnette, le sifflement se mue en un cri glaçant et, l'espace d'une seconde, je suis saisie de panique. J'en oublie ma future carrière de détective/romancière/médecin/créatrice de bijoux, et m'apprête à regagner l'ascenseur en courant.

Mais, avant que j'aie pu battre en retraite, la porte s'ouvre et Mme Allington, vêtue d'un caftan en velours vert, pose sur moi son regard vitreux.

– Oui ? demande-t-elle.

Son ton est étonné et peu amical, quand on songe qu'à peine deux semaines plus tôt je lui ai tenu la main pendant qu'elle vomissait dans une des plantes vertes du hall d'entrée. En arrière-fond, j'entrevois une cage en osier de deux mètres de haut, contenant deux grands oiseaux blancs qui me hurlent à la figure.

– Euh... salut, dis-je gaiement. Christopher est là ?

Mme Alington écarquille un peu ses yeux bouffis, puis retrouve son expression habituelle.

– Quoi ?

– Chris. Votre fils Christopher. Il est là ?

Mme Allington paraît totalement excédée. Parce que je l'ai réveillée, j'imagine tout d'abord. Mais ce n'est qu'un aspect des choses.

Non, mon crime est, avant tout, de ne pas avoir respecté la bienséance.

Je sais... qui aurait cru qu'elle s'en souciait ! Or il s'avère que si.

Elle répond, en articulant comme si je comprenais à peine l'anglais :

– Non, Chris n'est pas là, Justine. Et si vous aviez reçu une éducation correcte, vous sauriez qu'il est très inconvenant, pour une jeune femme, de harceler ainsi les garçons.

Elle me claque alors la porte au nez. Les oiseaux, surpris, s'égosillent de plus belle.

Je reste une minute ou deux plantée devant la porte. Je suis, je le reconnais, un peu blessée. J'avais pensé que Mme Allington et moi-même étions proches.

Or elle m'appelle toujours Justine.

Sans doute devrais-je m'en aller. Mais voilà il faut que je sache où trouver Chris.

C'est pourquoi je lève à nouveau la main vers la sonnette. Le cri des oiseaux se fait frénétique et, lorsque Mme Allington m'ouvre la porte cette fois-ci, elle ne paraît pas simplement exaspérée, mais prête à tuer.

– Quoi encore ?

– Désolée, je déclare d'une voix aussi polie que possible. Je ne voudrais vraiment pas vous déranger. Mais pourriez-vous me dire où je peux trouver Chris ?

Mme Allington a la peau flasque. Un petit lifting ne lui ferait pas de mal, mais elle n'est pas le genre à se faire ravaler la façade. C'est plus le genre vieille Angleterre, issue d'une de ces anciennes familles fortunées, où les gens parlent en ouvrant à peine la bouche. Un peu comme Mme Cartwright. En plus flippante.

Toujours est-il que la chair flasque tremble sous son menton tandis qu'elle me fusille des yeux.

– Vous ne pouvez pas le laisser tranquille, vous et les autres filles ? Toujours à le poursuivre, et à lui causer des ennuis. Vous ne voulez pas courir après un autre garçon ? Il y en a pourtant plein dans ce dortoir…

Je la reprends :

– Dans cette résidence universitaire.

– Quoi ?

– C'est une résidence universitaire. Vous avez dit « dortoir ». Alors que c'est une…

– Allez au diable ! rétorque-t-elle en me claquant une seconde fois la porte au nez.

Waouh… Dans le genre hostile, on ne fait pas mieux ! Au lieu de passer ses journées à me psychanalyser, Sarah devrait concentrer son attention sur les Allington. Ils ont beaucoup plus de problèmes que moi.

En soupirant, je pivote sur mes talons, et appuie sur le bouton de l'ascenseur. Je n'en suis pas certaine, mais je parierais que Mme Allington a déjà commencé à picoler – et il n'est pas encore dix heures du matin ! Est-elle toujours bourrée de si bonne heure, est-ce une occasion particulière ?… Peut-être a-t-elle voulu fêter le Coquelicot de Rachel ?

En bas dans l'entrée, je manque de percuter une fille maigrichonne. Elle se dirige vers le bureau de Rachel. Comme je lui demande si je peux l'aider, elle se retourne, et je reconnais Amber.

Oui, c'est bien elle.

Amber, la copine de Christopher, fraîchement débarquée de l'Idaho. Que je viens de réveiller par téléphone.

– Oh ! dit-elle, en me reconnaissant. Salut.

Son « salut » est tout sauf enthousiaste. Ce qui n'a rien d'étonnant, car elle est encore à moitié endormie. Elle est toujours en pyjama, d'ailleurs.

– Vous ne seriez pas... vous ne seriez pas la directrice de la résidence ?

– Non, pourquoi ?

– Parce qu'on vient de m'appeler pour que je passe voir Rachel Walcott de toute urgence...

À ce moment-là, Rachel sort de son bureau dans un claquement de talons, un dossier pressé sur la poitrine.

– Oh, Heather, te voilà ! Cooper est là.

Il se peut que je pousse, sans m'en rendre compte, un petit cri de surprise. Car Rachel me scrute avec perplexité et ajoute :

– Si, si, il est là.

Puis son attention se porte sur la jeune fille à côté de moi.

– Amber ?

– Oui, m'dame, répond Amber d'un ton docile.

Mais quel étudiant de dix-huit ans obligé de se réveiller à dix heures parce qu'il est convoqué chez la directrice de la résidence n'aurait pas un ton docile ?

– Par ici, Amber, dit Rachel en lui posant la main sur l'épaule. Heather, si tu veux bien prendre mes appels pendant quelques minutes...

– Pas de problème.

J'entre dans notre bureau. Où, évidemment, je trouve

Cooper qui secoue la tête, les yeux rivés sur le bocal de préservatifs, sur mon bureau.

– Salut, Cooper ! dis-je, un peu inquiète.

Ce qui n'a rien d'étonnant : la dernière fois qu'il s'est pointé ici, c'était pour me révéler que mon ex était fiancé à une autre. À quoi dois-je m'attendre, cette fois-ci ?

Soudain, je repense à Marian Braithwaite, et un vent de panique s'abat sur moi. Oh, mon Dieu ! Cooper et elle se sont réconciliés et ont décidé de se marier, et il est venu m'avertir qu'il veut récupérer l'appartement car ils vont y installer la nounou…

– Salut, Heather, lance Cooper, qui a retrouvé son look habituel – jean et veste en cuir. Tu as une minute ?

Salut, Heather, tu as une minute ? Salut, Heather, tu as une minute ? Est-ce ainsi qu'on débute une conversation ? Y a-t-il quatre mots plus glaçants que ceux-là ? *Tu as une minute ?* Non, non, non ! Je n'ai pas une minute ! Pas si tu as l'intention de m'annoncer ce que je redoute d'entendre ! Pourquoi elle ? POURQUOI ? Juste parce qu'elle est brillante, jolie, mince, et qu'elle a réussi dans la vie…

– Bien sûr, je réponds d'une voix que je voudrais calme et pleine d'assurance mais qui, j'en suis certaine, ressemble davantage à un glapissement.

Je fais signe à Cooper de s'asseoir et je me tasse sur ma chaise, en regrettant de ne pas avoir de bouteille à portée de main pour pouvoir m'en jeter un derrière la cravate – comme Mme Allington l'a fait toute la matinée.

– Écoute, Heather, commence Cooper. C'est au sujet d'hier soir…

Non ! S'il existe une expression pire que *Tu as une minute ?* c'est bien celle-ci : *C'est au sujet d'hier soir...*

Dire que j'ai droit aux deux, l'une après l'autre. Ce n'est pas juste !

D'ailleurs, qu'est-il arrivé, au juste, la veille au soir ? Rien du tout ! Après être sortie du taxi dans lequel m'a fourrée Cooper, je suis tout de suite allée me coucher.

OK, avant ça, j'ai passé à peu près une heure à travailler sur une nouvelle chanson...

Et cette chanson parlait peut-être de lui.

Mais il n'a pas pu entendre. Je jouais hyper-doucement. Et à aucun moment je n'ai distingué le bruit de la porte d'entrée.

Oh, pourquoi ça m'arrive à moi ? POURQUOI ?

– Je crois que je te dois une explication.

Je ne m'attendais pas à ça. Une seconde ! *Je te dois une explication ?* Ce n'est pas comme ça qu'on commence quand on veut demander à quelqu'un de déménager... Ça ressemble davantage à des excuses. Pourquoi diable Cooper voudrait-il me faire des excuses ?

– J'ai fait un saut au bureau du coroner, hier soir, après qu'on a quitté le bal. J'y ai retrouvé une amie, et elle m'a dit...

Une seconde ? *Une* amie ? Cooper m'a lâchée pour une autre fille ?

– C'est là que tu es allé ? je laisse échapper, avant d'avoir pu me raviser. Retrouver une *fille* ?

Oh... mon Dieu ! Qu'est-ce qui ne va pas chez moi ? Pourquoi est-ce que je n'arrive pas à me maîtriser et à rester calme comme... comme Rachel, par exemple ? Pourquoi faut-il toujours que je me comporte comme une andouille ?

Par chance, Cooper, qui ignore tout de mes plans d'avenir

(à savoir que nous allons nous marier, qu'il sera le père de mes trois enfants, et que j'obtiendrai, grâce à lui, le prix Nobel de médecine), ne saisit pas que je suis jalouse. Il semble plutôt penser que je lui en veux toujours de m'avoir obligée à quitter la soirée de bonne heure.

– Je ne voulais pas t'en parler avant, poursuit-il. Au cas où elle n'aurait rien eu à m'apprendre. Mais le fait est que l'examen des corps a révélé quelque chose d'anormal.

Je me contente de le fixer. Parce que j'ai du mal à y croire. Ce qui m'étonne, ce n'est pas tant que son « amie » du bureau du coroner ait constaté qu'un truc clochait, mais que Cooper se soit donné le mal de la consulter suite à mes soupçons.

– Mmm... mais... je bafouille. Je pensais que... que tu pensais... que j'avais tout inventé... parce que je ne supportais pas de ne plus me produire en public...

– C'est vrai, dit Cooper en haussant les épaules. Du moins, c'est ce que je croyais. Mais j'ai estimé qu'il ne serait pas mauvais de m'en assurer.

– Alors ? je demande avec avidité, me penchant en avant. Qu'est-ce qu'ils ont trouvé ? De la drogue ? Elles étaient droguées, c'est ça ? Pourtant, d'après Canavan, on n'a décelé aucune trace de drogue dans leur organisme.

– Non, en effet. Aucune drogue. Mais des brûlures.

– Des brûlures ? Quel genre de brûlures ? Du type... brûlures de cigarette ?

– Non. Angie est encore dans le flou.

Angie ? Cooper a, au bureau du coroner, une amie qui s'appelle Angie ? Comment se sont-ils donc rencontrés, cette Angie et lui ? Ce n'est pas un prénom de médecin légiste,

Angie ! De strip-teaseuse, peut-être. Mais pas de médecin légiste !

– Il faut tenir compte du fait que les corps... eh bien, qu'ils sont dans un sale état, poursuit Cooper. Mais Angie dit qu'ils ont trouvé des traces de brûlures, dont la nature leur échappe, sur le dos des deux filles. Ça ne suffit pas à changer la conclusion du coroner – à savoir que la mort était accidentelle. Mais c'est... bizarre.

– Bizarre, je répète.

– Ouais. Bizarre.

– Alors...

Je n'arrive pas à le regarder dans les yeux. Je n'en reviens pas, qu'il me prenne enfin au sérieux ! *Moi*, Heather Wells, révélée par *Une envie de sucré* !

Et deux petits meurtres avaient suffi...

– Alors je n'ai peut-être pas tout inventé parce que je transfère sur les autres le sentiment d'hostilité que m'inspire ma mère ?

Cooper tombe des nues.

– Je n'ai jamais dit une chose pareille.

Ah oui, en effet, c'était Sarah...

– Mais tu me crois maintenant ? Tu ne me vois plus comme l'ex-copine givrée de ton petit frère, mais comme une personne raisonnable ?

– Je t'ai toujours considérée comme une personne raisonnable, rétorque Cooper, l'air un peu contrarié.

Puis, voyant mon expression, il ajoute :

– Un peu fofolle, d'accord. Mais pas déraisonnable. Sérieusement, Heather. Je ne sais pas où tu vas chercher tout ça. Je t'ai toujours considérée comme...

Comme une des plus belles, des plus envoûtantes créatures que tu aies jamais rencontrées ? Comme la plus intelligente, la plus sublime de toutes les femmes de ta connaissance ?

Malheureusement, avant qu'il ait le temps de m'avouer ce qu'il a toujours pensé de moi – ou de s'agenouiller pour me demander ma main (ça ne coûte rien, de rêver !) –, le téléphone sonne.

– Garde la suite pour plus tard ! je lance à Cooper en décrochant. Fischer Hall. Ici, Heather.

– Heather ? (C'est Tina, la réceptionniste.) Ne quitte pas ! Julio veut te parler.

Julio lui succède à l'appareil.

– Oh, Heather, je suis désolé, se lamente-t-il. Mais il remet ça !

– Qui remet ça ?

– Ce garçon, Gavin. Mlle Walcott a prétendu que...

– OK, Julio, dis-je, prenant soin de ne rien laisser deviner à Cooper, étant donné ce qui s'était passé la fois précédente. Je te retrouve à l'endroit habituel.

Je raccroche.

Tu parles d'une tuile ! Alors que Cooper était sur le point de me dire ce qu'il pense vraiment de moi !

Quoique, en réfléchissant bien, je ne suis pas sûre de vouloir le savoir. Et si c'était un truc du genre : « Je t'ai toujours considérée comme une des meilleures aides-comptables que j'ai jamais connues » ?

– Ne bouge pas d'ici ! dis-je à Cooper.

– Quelque chose ne va pas ? demande-t-il, l'air soucieux.

– Ce sera réglé en moins de deux. (Mon Dieu, quelle expression ringarde, « en moins de deux » !) Je reviens tout de suite.

Sans lui laisser le temps de répliquer, je me précipite hors du bureau et fonce vers l'ascenseur de service. À Julio, qui m'attendait, je demande d'actionner le levier. *Allez, allez, allez !*

Plus vite on en aura fini, plus vite je pourrai découvrir s'il me reste un espoir avec Cooper, ou s'il me faut déjà oublier l'amour. Peut-être l'université de New York propose-t-elle une formation de bonne sœur ? Histoire de renoncer une fois pour toutes aux hommes – car j'ai bien l'impression que ma destinée, c'est le célibat.

Pendant que Julio me conduit au dixième étage, j'escalade les cloisons de l'ascenseur et me hisse au-dehors par le panneau de maintenance ouvert. La cage d'ascenseur est tiède et silencieuse, comme d'habitude.

Sauf que je n'entends pas ricaner Gavin, ce qui n'est pas habituel. Peut-être a-t-il finalement été décapité par un câble coulissant ? Rachel lui a souvent répété que c'est ce qui risquait d'arriver. Il se peut aussi qu'il soit tombé... Oh, mon Dieu, ne me dites pas qu'il gît au fond de cette cage d'ascenseur !

Je réfléchis à cela – à ce que je vais bien pouvoir faire si, sur le toit de la cabine numéro un, je trouve le cadavre décapité de Gavin – tandis que l'ascenseur de service se rapproche des deux autres cabines, arrêtées au dixième étage.

Aucun signe de Gavin, avec ou sans tête. Pas de bouteilles de bière, pas de gloussements hystériques, rien. À croire que Gavin n'a jamais mis les pieds ici.

Soudain, un coup de tonnerre déchire le silence de la cage d'ascenseur, me provoquant un bourdonnement d'oreilles semblable au bruit des vagues, en mille fois plus fort.

Je me suis redressée en vacillant pour mieux observer les toits des cabines au-dessous de moi, lorsque l'explosion retentit, et que le sol se dérobe sous mes pieds. Instinctivement, je m'agrippe à ce qui se présente.

C'est comme si un millier de lames de rasoir me lacéraient les mains… Je réalise alors que je me retiens à un câble métallique qui vibre encore frénétiquement, suite à la détonation. Cependant je résiste, car lui seul me sépare du gouffre. En d'autres termes, je me balance au-dessus du vide. Il y a un instant à peine, je me tenais sur le toit de l'ascenseur de service… et voilà que le toit s'est effondré sous mes pieds, aplati comme un paquet de chips.

Des chips… miam miam.

Marrant, les trucs qui vous traversent la tête, quand vous êtes à deux doigts de mourir.

C'est un coup de chance si je parviens à éviter la pluie d'acier qui s'abat autour de moi. Le câble auquel je me suis raccrochée continue de trembler violemment, mais je m'y cramponne des quatre fers en positionnant mes pieds l'un au-dessus de l'autre.

Quelque chose me heurte l'épaule, assez fort pour manquer de me faire lâcher prise. La douleur me coupe le souffle.

Baissant les yeux, je constate, effarée, que la cabine de service n'est plus là.

Enfin, elle est toujours là… mais tombe en chute libre, au-dessous de moi, comme une canette balancée dans un vide-ordures. Les câbles distendus, à l'exception de celui auquel je m'agrippe, l'accompagnent dans sa chute comme le tulle d'un voile de mariée.

Elle ne peut pas s'écraser, me dis-je pour me rassurer. Un jour, j'ai demandé aux types de l'équipe de maintenance si ce qu'on voit dans le film *Speed* pouvait arriver pour de bon.

Ils m'ont répondu que non. Parce que, même si tous les câbles auxquels est suspendue la cabine cédaient simultanément (ce qui, d'après eux, ne peut en aucun cas se produire. Mais... euh... nous y sommes presque), un contrepoids coulissant dans la paroi empêcherait la cabine de se fracasser sur le sol.

Or, les câbles sectionnés retombent sur le toit avec un fracas assourdissant, la cage d'ascenseur vibrant sous les impacts consécutifs. Je reste fermement agrippée au seul câble restant, avec une seule pensée en tête : dans tout ce chahut, je n'ai pas entendu une fois la voix de Julio. Je sais qu'il est toujours dans la cabine. Le contrepoids lui aura évité de se retrouver broyé au contact du sol. Les câbles, en retombant, ont tout de même défoncé le toit de la cabine. Et Julio est sous cet enchevêtrement d'acier...

Dieu sait s'il est encore en vie.

Le silence qui succède à la chute de la cabine est encore plus terrifiant que l'effroyable vacarme des câbles sectionnés. J'avais un faible pour la cage d'ascenseur, le seul endroit silencieux de la résidence. À présent, ce silence s'ajoute aux ténèbres entre le sol et moi. Plus il s'installe, plus la panique m'envahit... Jamais, auparavant, je n'ai éprouvé une telle peur.

De ma gorge nouée, un son s'échappe enfin... c'est alors que je me mets à hurler.

23

Je tombe...
Je tombe amoureuse de toi
Et ça fait mal, crois-moi !
Alors tends les bras !
Et rattrape-moi !
Car je tombe
Je tombe amoureuse de toi

« Je tombe »
Interprété par Heather Wells
Paroles et musique : Dietz/Ryder
Extrait de l'album *Ensorcelée*
Disques Cartwright

L'attente me paraît interminable. Pourtant, il ne s'est peut-être pas écoulé une minute entière, lorsqu'une voix masculine, criant mon nom, me parvient depuis les étages inférieurs.

– Je suis là ! je hurle. Là-haut ! Au dixième étage !

La voix dit quelque chose. Puis, au-dessous de moi sur la gauche, les deux ascenseurs restants commencent à descendre.

Si j'avais eu la moindre présence d'esprit, j'aurais sauté afin d'atteindre le toit de la cabine la plus proche.

Mais plus d'un mètre cinquante m'en sépare : la distance qu'Elizabeth et Roberta ont tenté de franchir d'un bond, avant de rater leur coup – à supposer qu'elles soient vraiment mortes en surfant dans l'ascenseur. Et la peur me paralyse.

Néanmoins, j'ai conscience que mes forces m'abandonnent. Mon épaule est engourdie par la douleur, après avoir été heurtée par Dieu sait quoi. Quant à mes mains, écorchées par le câble rouillé et rendues glissantes par le sang, elles risquent à tout instant de lâcher prise...

C'est alors qu'un vague souvenir me traverse l'esprit, qui remonte aux cours de gym de l'école primaire. La corde lisse n'était pas mon fort – pas plus qu'aucune autre activité physique, d'ailleurs –, mais je me rappelle tout de même que le truc, pour rester suspendu à la corde, c'était de s'en enrouler un morceau autour du pied.

S'enrouler un câble métallique autour du pied s'avère beaucoup plus ardu, mais je finis par y parvenir. Je sais que cela ne pourra, tout au plus, que me faire gagner quelques minutes. Mon épaule et mes mains me font affreusement souffrir. De plus, mon seuil de tolérance à la douleur a toujours été peu élevé. En fait je suis un gros bébé – plutôt renoncer et mourir qu'endurer ça plus longtemps !

Et puis j'aurai eu une belle vie, après tout ! Certes, certaines périodes auront été plus mouvementées que d'autres. Mais j'ai eu une enfance plutôt cool – au moins, mes parents ont toujours fait en sorte que je n'aille pas me coucher l'estomac vide.

On ne m'a jamais battue ou violentée. Et j'ai réussi professionnellement – OK, j'avais dix-huit ans à l'apogée de ma carrière !

N'empêche que j'ai dîné dans pas mal de très bons restaurants.

Et je sais que je n'ai pas à m'inquiéter de l'avenir de Lucy. Cooper veillera sur elle, si quelque chose doit m'arriver...

Or voilà qu'à la pensée de Cooper je me dis que je n'ai pas la moindre envie de mourir ! Pas maintenant, alors que les choses commençaient à devenir intéressantes. Si je meurs, je ne saurai jamais ce qu'il pense de moi ! Il allait justement me le dire... Et je raterais ça !

À moins que la mort ne permette de parvenir à la connaissance universelle.

Et si ce n'est pas le cas ? Et s'il n'y a rien après la mort ?

Dans ce cas, on ne s'en soucie guère, j'imagine.

Et l'équipe de maintenance, alors ? Ils m'ont bien affirmé que les câbles ne pouvaient pas céder. D'accord, il se peut qu'il y en ait un qui casse, mais pas tous en même temps. Ces câbles n'ont pas rompu par hasard. Quelqu'un les a délibérément sabotés. Je revois la boule de feu qui a surgi sous mes pieds, et je songe aussitôt à une bombe.

Oui, une bombe !

Quelqu'un a essayé de me tuer.

Une fois de plus.

Et cette question, « Qui peut bien vouloir ma mort ? », me taraude à nouveau, me faisant oublier la douleur – et même mes interrogations au sujet de Cooper – l'espace d'une minute ou deux. Bien sûr, il y a Christopher Allington, qui m'a peut-être déjà balancé un pot de fleurs sur la tête parce que je le soupçonne de meurtre. Il a intérêt à avoir un alibi en béton, cette fois-ci.

Mais comment Christopher Allington a-t-il pu savoir que je me trouverais dans cette cabine ? J'emprunte rarement l'ascenseur de service. Je ne le prends que pour traquer les ados surfeurs.

Gavin McGoren serait-il en quelque façon impliqué dans la mort de Beth Kellogg et de Bobby Pace ? Ça me semble tiré par les cheveux, mais il faut bien qu'il y ait une explication. Impossible que Julio soit l'assassin. Pour ce que j'en sais, il se peut qu'il soit mort, sous ce tas de ferraille. Pourquoi aurait-il voulu se tuer, et me tuer *moi aussi* ?

Soudain, la cabine la plus proche revient. Cette fois, il y a quelqu'un sur le toit. Et ce n'est pas Gavin McGoren. Clignant les yeux à cause de la fumée qui envahit la cage d'ascenseur, je reconnais Cooper, qui vient à mon secours avec une mine de déterré.

Ce qui veut sans doute dire qu'il m'aime bien. Au moins, un peu. Sinon, pourquoi risquerait-il sa vie pour sauver la mienne ?

– Heather ! lance-t-il d'une voix aussi maîtrisée et autoritaire qu'à l'ordinaire. Ne bouge pas, d'accord ?

– Où veux-tu que j'aille ? je rétorque.

Je ne distingue qu'une sorte de gémissement inintelligible. Ça ne sort pas de moi, tout de même ?

– Écoute-moi, Heather !

Perché sur le toit de la cabine numéro un, il s'agrippe à l'un de ses câbles. À travers le rideau de fumée, je vois qu'il a pâli, sous son teint hâlé. Pourquoi ça ? Je me le demande...

– Je veux que tu fasses ce que je vais te demander, dit-il.

– OK, je réponds – ou du moins, j'essaie.

– Je veux que tu te propulses par ici. Ne t'inquiète pas ! Je t'attraperai.

– Euh...

Je commets l'erreur de regarder en bas.

– ... Non !

Je suis tout de même parvenue à articuler un mot.

– Ne regarde pas en bas ! ordonne Cooper. Allez, Heather ! Tu peux le faire. Il y a à peine un mètre cinq...

– Pas question que je me propulse ! dis-je, me cramponnant un peu plus fermement à mon câble. J'attends ici l'arrivée des pompiers.

– Heather ! insiste Cooper, retrouvant ce ton impatient qu'il a souvent quand il s'adresse à moi. Écarte-toi du mur et propulse-toi vers moi. Lâche le câble à mon signal. Je te jure que je te rattraperai.

– Tu es complètement fêlé ! dis-je d'une voix étrangement aiguë, en secouant la tête. Je comprends que ta famille t'ait coupé les vivres !

– Heather, répète Cooper. D'après le gardien, le câble auquel tu t'accroches n'est pas fiable du tout. Il pourrait céder à tout moment, comme les autres...

– Oh.

Ça change tout.

– À présent, fais ce que je te demande !

Sur la cabine, Cooper se penche en avant, autant que possible, tout en gardant un appui.

– Repousse le mur du pied et propulse-toi jusqu'ici. Je te rattraperai, ne t'inquiète pas !

Un grognement s'élève du toit de la cabine de maintenance. Je jurerais que ça ne vient pas de moi. Du câble auquel je me cramponne, plus probablement.

Super.

Je ferme les yeux et me balance en arrière, vers le côté

opposé de la cage d'ascenseur. Puis je libère mon pied et, rassemblant mes forces, donne une poussée contre le mur de brique. Telle une pierre lancée par une fronde, me voilà propulsée en direction de Cooper, qui m'attend les bras grands ouverts...

... mais qui me semble loin, tellement loin.

Et pourtant il s'écrie :

– Lâche ! Lâche, Heather, maintenant !

Ça y est. Je suis morte ! Du coup, j'aurai peut-être droit à une soirée spéciale sur MTV...

Je lâche le câble.

Et je ressens, l'espace d'une seconde, ce qu'ont dû ressentir Elizabeth et Roberta : l'horrible sensation de tomber dans le vide, sans filet ni plan d'eau, au-dessous de vous, pour amortir votre chute...

Sauf qu'au lieu de plonger tout droit vers la mort, je sens des doigts fermes se refermer autour de mes deux poignets. Mes épaules manquent de se démettre, tandis que le reste de mon corps frappe le flanc de la cabine d'ascenseur. Les yeux toujours fermés, je sens que l'on me hisse, lentement...

J'agite les pieds pour trouver une prise, jusqu'à ce que je sente enfin quelque chose de solide sous mes fesses...

Ouvrant alors les yeux, je constate que Cooper a réussi à me remonter saine et sauve. Nous avons tous deux le souffle court, à cause des efforts et de la peur. En tout cas, moi j'ai eu peur...

Mais nous sommes en vie. Je suis en vie !

Un grognement se fait à nouveau entendre, au-dessus de nos têtes. Dans l'instant qui suit, le câble auquel je m'étais agrippée et la poulie à laquelle il était relié se détachent de leurs supports, sont précipités dans le vide, et viennent s'écraser sur le toit de la cabine, au fond de la cage d'ascenseur.

Parvenant enfin à lever les yeux de l'épave, je réalise que je me cramponne à la chemise de Cooper, et qu'il m'entoure de ses bras dans un geste protecteur. Son visage a la couleur de la fumée qui nous entoure. Mes mains ont laissé, sur l'étoffe de sa chemise, des traces de rouille et de sang.

– Oh ! dis-je en lâchant le coton chiffonné et souillé. Je suis désolée.

Cooper desserre aussitôt son étreinte.

– Aucune importance.

Sa voix reste assurée. Mais il y a quelque chose dans son regard bleu que je n'avais encore jamais vu...

Avant que j'aie pu deviner quoi, une voix fuse de l'intérieur de la cabine sur laquelle nous sommes assis.

– Alors, elle est saine et sauve ?

Jetant un coup d'œil par la trappe de maintenance ouverte, je vois une expression de soulagement s'inscrire sur le visage de Pete.

– Tu nous as fichu la trouille de notre vie, Heather. (En effet, sa voix de grand gaillard de Brooklyn frémit d'émotion.) Ça va ?

– Très bien.

Et je m'efforce de le démontrer en me laissant fébrilement glisser dans la cabine quasiment sans assistance. Un élancement à l'épaule finit par me rappeler à la prudence, mais la main ferme de Peter sur mon coude et celle de Cooper au niveau de ma ceinture m'empêchent de perdre l'équilibre. Une fois à l'intérieur, il s'avère que j'ai du mal à tenir debout sans m'appuyer tant mes genoux tremblent.

J'y parviens, en m'adossant mollement à la paroi.

– Et Julio ? je demande.

Cooper et Pete échangent un coup d'œil.

– Il est vivant, répond Cooper, la mâchoire serrée.

– Du moins, il l'était il y a une minute, précise Pete, faisant tourner la clé qu'il a insérée dans le bouton d'accès prioritaire. Quant à savoir s'il le sera toujours lorsqu'ils l'extirperont de...

La tête me tourne.

– Qu'ils l'extirperont... ?

– Vont devoir utiliser les cisailles...

Je consulte Cooper du regard, attendant des explications plus détaillées, mais il ne m'en fournit guère.

Et, soudain, je ne suis plus sûre d'avoir envie de savoir.

Pour la seconde fois en deux jours, je me retrouve aux urgences de l'hôpital St Vincent.

Sauf que cette fois-ci c'est moi la patiente.

Étendue sur un chariot, j'attends de passer une radio de l'épaule. Cooper est allé me chercher un sandwich thon-crudités, car la peur m'a creusé l'estomac.

Pendant ce temps, je considère avec tristesse mes doigts et mes paumes déchiquetés, enveloppés dans de la gaze. Ça me tiraille là où on m'a fait des points de suture. Il me faudra des semaines, m'a expliqué un médecin à la jeunesse irritante, pour en recouvrer pleinement l'usage. D'ici là, je peux oublier la guitare. C'est à peine si j'arrive à tenir un stylo.

Je me demande avec angoisse comment je vais bien pouvoir faire mon travail, alors que je ne peux plus (ou presque) me servir de mes mains – Justine, elle, aurait très certainement trouvé une solution –, lorsque l'inspecteur Canavan fait son apparition, mâchouillant son sempiternel cigare éteint. Je ne jurerais pas que c'est le même que la dernière fois, mais on dirait.

– Ah, bonjour, mademoiselle Wells ! lance-t-il, d'un ton aussi décontracté que s'il m'avait croisée dans une galerie marchande. À ce qu'on raconte, vous avez eu une matinée agitée.

– Oh. Vous faites allusion au moment où on a essayé de me tuer, enfin, réessayé ?

– Précisément, répond Canavan, en retirant son cigare de sa bouche. Vous m'en voulez ?

Oui, je l'ai un peu mauvaise. En même temps, ce n'est pas sa faute. Après tout, ce pot aurait pu tomber accidentellement. Et Elizabeth et Roberta auraient vraiment pu mourir en surfant dans l'ascenseur.

Sauf que rien ne s'était passé comme ça.

– Je vous comprendrais, croyez-moi ! dit l'inspecteur Canavan, sans me laisser le temps de répliquer. À présent, on a un des Backstreet Boys blessé à la tête, et un gardien en soins intensifs.

Je lui rafraîchis la mémoire :

– Et deux mortes. N'oubliez pas les deux filles qui sont mortes.

L'inspecteur Canavan s'assied sur une chaise orange vissée au mur, devant la salle de radiologie.

– Ah ouais. Et deux mortes. Sans oublier une certaine directrice adjointe qui devrait être morte à l'heure qu'il est.

Il remet le cigare dans sa bouche :

– Nous pensons que c'était une bombe artisanale.

– Une quoi ? je hurle.

– Une bombe artisanale. Rudimentaire, mais efficace. Dans un espace clos, comme la cage d'ascenseur en brique, ç'a été beaucoup plus destructeur que ça ne l'aurait été dans une valise, une voiture ou ailleurs...

L'inspecteur Canavan mâchouille son cigare.

– Quelqu'un a drôlement envie de vous zigouiller, mon petit.

Je le regarde. Un frisson me parcourt le corps. Cooper m'a jeté sa veste en cuir sur les épaules dès que nous nous sommes retrouvés dans le hall car, Dieu sait pourquoi, je m'étais mise à grelotter. Et, à leur arrivée, les ambulanciers ont ajouté une couverture par-dessus.

Mais je suis transie depuis que j'ai vu la cabine de service au fond de la cage d'ascenseur, écrabouillée comme une boîte de conserve. Les pompiers ont tenté d'écarter les portes avec d'énormes pinces – « les mâchoires de la vie », qu'ils appellent ça –, mais le métal déformé s'est contenté d'émettre un gémissement de protestation. Et Julio, qui était prisonnier de ce tas de ferraille... Par la suite, j'ai appris qu'il souffrait de fractures multiples, mais qu'il avait de bonnes chances de s'en sortir. Toujours est-il que, depuis que j'ai vu l'épave de l'ascenseur, la sensation de froid ne m'a plus quittée. Mes mains me font l'effet de deux morceaux de glace.

– Une bombe ? je répète. Comment quelqu'un a-t-il pu...

– On l'a placée sur le toit de l'ascenseur. C'est facile à fabriquer, avec un mode d'emploi. Il suffit d'un tuyau d'acier, fileté aux deux extrémités, de façon à pouvoir le boucher. Vous percez deux trous sur les côtés, pour les deux mèches. Dans ces deux trous, vous introduisez deux pétards, vous mettez un peu de colle pour qu'ils restent en place, et vous calez avec des cigarettes. Et ensuite vous n'avez plus qu'à bourrer votre tuyau de poudre de soufre. Un jeu d'enfant !

Un jeu d'enfant ! Ça m'a l'air plus balèze que les examens d'entrée à la fac !

Remarquant mon expression de surprise, Canavan retire le cigare de sa bouche.

– Je voulais dire un jeu d'enfant pour qui sait s'y prendre. Quoi qu'il en soit, quelqu'un a allumé la mèche quelques minutes avant que vous et... c'est quoi son nom, déjà ? (Canavan consulte son bloc-notes.) Ah oui, M. Guzman ! Avant que M. Guzman et vous ne preniez l'ascenseur. À présent, vous voudriez bien m'expliquer ce que vous fichiez sur le toit de la cabine ?

Troublée, je tente de faire un effort de mémoire. Une bombe artisanale avec des mèches faites de cigarettes ? Je ne sais pas du tout à quoi ça peut ressembler, mais je suis certaine de ne rien avoir vu de tel lorsque j'étais perchée sur le toit de la cabine. Certes, avec toutes ces poulies et ces mécanismes, on pourrait aisément dissimuler une petite bombe.

Tout de même... une bombe ! Une bombe artisanale à Fischer Hall !

Derrière les portes de la salle d'attente, une infirmière s'écrie :

– Monsieur ! Vous n'avez pas le droit d'entrer ! Monsieur, attendez...

Cooper franchit en trombe la porte battante, les bras chargés de sacs en papier. Une jolie infirmière lui emboîte le pas, visiblement furieuse.

– Monsieur, vous ne pouvez pas entrer ici comme dans un moulin. Je vais devoir alerter les gardiens...

– Calmez-vous, madame l'infirmière, exige l'inspecteur Canavan, exhibant son portefeuille ouvert pour lui montrer son insigne. Il est avec moi.

– Il serait avec l'Académie royale de médecine que ça ne changerait rien ! rétorque l'infirmière. Il n'a rien à faire ici !

– Prenez donc un cornet à la crème, propose Cooper, plongeant la main dans un des sachets.

L'infirmière le fixe comme s'il était fou à lier.

– Allez ! insiste-t-il. Prenez-en un ! Je vous l'offre.

Dégoûtée, l'infirmière prend le cornet à la crème, mord dedans à pleines dents et s'éloigne en mastiquant. Cooper hausse les épaules, et gratifie Canavan d'un regard franchement hostile.

– Ça alors ! Le flic le plus doué de New York ! s'exclame-t-il.

– Cooper ! je m'écrie, surprise. L'inspecteur Canavan venait juste de me dire que...

– Quoi ? Que tu as imaginé tout ça ? rétorque Cooper avec un rire amer, avant de pointer son index vers l'inspecteur stupéfait. Permettez-moi de vous expliquer ceci, Canavan : il est impossible que les six câbles reliés à une cabine d'ascenseur cèdent au même moment, à moins que quelqu'un ne les ait délibérément...

– Cooper ! je crie, tandis que Canavan glousse.

– Du calme, jeune homme ! dit-il en agitant son cigare. Nous avons déjà établi que votre petite amie venait d'être victime d'une seconde tentative de meurtre. Personne ne prétend que ce qui s'est passé dans l'ascenseur était un accident. Pas la peine de retrousser vos manches, je suis de votre côté.

Cooper paraît déconcerté, puis me regarde. Je m'attends à ce qu'il rétorque un truc du genre : « C'est pas ma petite amie. » Il n'en fait rien. Au lieu de ça, il dit :

– Le thon-crudités n'avait pas l'air frais. J'ai préféré te prendre un saucisson-beurre.

– Super !

Cooper me tend un sandwich long de trente centimètres au moins. Ce qui me convient tout à fait.

L'inspecteur Canavan examine les nombreux sacs.

– Vous n'auriez pas des chips ?

– Désolé, répond Cooper, en sortant le sandwich de son emballage et en y prélevant des morceaux que je peux mettre directement dans la bouche, vu que je ne peux me servir de mes mains. Des olives ?

L'inspecteur Canavan semble déçu.

– Non, merci. Alors, reprend-il comme si nous n'avions jamais interrompu notre discussion, qui vous a ordonné de prendre cet ascenseur ?

J'ai trop faim pour attendre davantage, et c'est la bouche pleine que je lui réponds :

– Tout ce que je sais, c'est qu'on m'a appelée de la réception pour me dire que Gavin – ce gosse qui vit à la résidence – avait remis ça, dans la cage d'ascenseur. On y est donc allés, Julio et moi, pour essayer de le coincer.

– Ah ouais ? Et quand vous vous êtes retrouvés là-bas, il s'est passé quoi ?

Je lui décris l'explosion, qui s'était produite alors que je réalisais tout juste que Gavin n'était pas là...

– Eh bien, fait Canavan. Qui a demandé à la gamine de l'accueil de vous appeler ?

– Ça, nous le savons tous ! l'interrompt Cooper, d'un ton vibrant de rage contenue. Pourquoi restez-vous assis là, Canavan, au lieu d'aller tout de suite l'arrêter ?

– Arrêter qui ? intervient Canavan.

– Allington. C'est lui, l'assassin. Heather lui a fichu une peur bleue !

– Tu parles, Charles ! réplique Canavan, en secouant la tête. Chris a quitté la ville hier soir. Sa voiture est garée devant chez ses parents, dans les Hamptons. Il n'a pas pu poser cette bombe, pas sans aide extérieure. Il se trouve à trois heures de route d'ici, par la voie express. Quelqu'un veut tuer votre petite amie, c'est certain. Mais ce n'est pas Chris Allington.

24

Cette nuit, oui, cette nuit
Nous nous dirons tout, toi et moi
Cette nuit, oui, cette nuit
Je l'attends depuis si longtemps
Cette nuit, oui, cette nuit
J'en rêve depuis la nuit des temps
Cette nuit, oui, cette nuit
Nous nous aimerons, toi et moi

« Cette nuit »
Interprété par Heather Wells
Paroles et musique : Dietz/Ryder
Extrait de l'album *Ensorcelée*
Disques Cartwright

La radio se révèle plutôt douloureuse, le radiologue devant me faire prendre plusieurs positions alambiquées afin de saisir l'angle qui l'intéresse. Mais on ne me donne rien pour soulager mes souffrances, à part un comprimé de Nurofen.

Hé, pour ça il n'y a même pas besoin d'ordonnance ! Où est le Valium ? Et la morphine ? On ne trouve plus rien, dans les hôpitaux !

Une fois la radio effectuée, on me ramène dans une salle d'attente sur mon chariot. Là, d'autres patients sont étendus sur des brancards.

La plupart paraissent bien plus mal en point que moi. Mais beaucoup plus gâtés, rayon analgésiques.

Par chance, on me permet de garder mon sandwich. C'est ma seule source de réconfort. Enfin, ça et les chips de maïs que je suis allée chercher au distributeur, à l'autre bout de la salle. Pas facile, croyez-moi, d'insérer des pièces de vingt-cinq cents dans une fente quand on a, comme moi, les doigts enveloppés dans de la gaze.

Les chips ne suffisent cependant pas à me ragaillardir. Après tout, je devrais être morte à l'heure qu'il est. Cette bombe aurait vraiment dû me tuer. Mais voilà, j'ai survécu.

Contrairement à Elizabeth Kellogg et Roberta Pace. Quelles pensées leur ont traversé l'esprit alors qu'elles étaient suspendues dans le vide, à quatorze ou seize étages du sol ? Se sont-elles débattues quand on les a poussées ? Rien ne l'indique, apparemment. Il y a juste ces traces de brûlures...

Mais quel genre de traces ?

Et pourquoi m'en suis-je sortie, tandis qu'elles sont mortes ? Dans quel but le sort m'a-t-il épargnée ? Ai-je une tâche à mener à bien ? Découvrir l'assassin, peut-être ?

Ou bien suis-je destinée à accomplir des choses encore plus nobles ? Faire moi-même carrière dans la médecine, par exemple, et m'assurer que les futures victimes de bombes artisanales auront droit à des analgésiques plus puissants à leur arrivée à l'hôpital ?

Un médecin, visiblement pas plus vieux que moi, finit enfin par arriver, alors que je termine mon paquet de chips. Il a mes radios à la main, et le sourire aux lèvres. Du moins, jusqu'à ce qu'il me dévisage...

– Vous ne seriez pas...

Il s'interrompt, affolé.

Je suis trop fatiguée pour jouer à ce petit jeu.

– Oui. Je suis Heather Wells. C'est moi qui chantais « Une envie de sucré ».

– Oh. (Il a l'air déçu.) Je vous avais prise pour Jessica Simpson.

Jessica Simpson ! Je suis si consternée que je reste sans voix, même lorsqu'il m'annonce gaiement que je n'ai rien de grave à l'épaule, hormis une contusion profonde. Je ne dois plus bouger et, non, il ne peut rien me prescrire contre la douleur. Je jurerais que je l'entends siffloter, en s'éloignant, le refrain du dernier tube de Jessica Simpson.

Je n'ai rien de commun avec Jessica Simpson ! D'accord, on a toutes les deux de longs cheveux blonds. Mais ça s'arrête là.

Enfin, j'imagine...

Je trouve enfin des toilettes, et j'entre. J'étudie mon reflet dans le miroir, au-dessus du lavabo, et suis soulagée de constater que je ne ressemble pas du tout à Jessica Simpson.

À vrai dire, je ne ressemble à rien – en tout cas à rien d'humain. Mon jean porte des traces de sang et de cambouis. J'ai la veste en cuir de Cooper et une couverture orange sur les épaules, le visage souillé de sang et de poussière, les cheveux gras et enchevêtrés, et mon rouge à lèvres s'est totalement estompé.

Bref, je fais peur à voir.

Je répare les dégâts du mieux que je peux. Le résultat ne me donne guère envie de sauter de joie.

J'ai été bien inspirée de me rafraîchir un peu. Car, à peine ai-je franchi le seuil de la salle d'attente, ma note d'hôpital en poche (mille sept cents dollars, totalement pris en charge par l'université de New York), que je suis mitraillée par les flashs. Une douzaine de personnes que je n'ai jamais vues sont là, à crier : « Mademoiselle Wells ! », « Par ici, mademoiselle Wells ! », « Juste une petite question, mademoiselle Wells ! », pendant qu'un des gardiens s'efforce désespérément d'empêcher un nouveau flot de reporters de pénétrer dans l'hôpital.

– Heather ! s'écrie une voix familière, noyée dans la foule.

Mais aussitôt une femme au visage tartiné de fond de teint et à la coiffure volumineuse me colle un micro sous le nez.

– Mademoiselle Wells, confirmez-vous que vous et votre ancien fiancé, l'ex-chanteur du groupe Easy Street, Jordan Cartwright, êtes à nouveau ensemble ?

Sans me laisser le temps de répliquer, un autre journaliste me lance :

– Mademoiselle Wells, est-il exact que c'est la seconde fois qu'on tente de vous tuer en deux jours ?

– Mademoiselle Wells, glisse un troisième, faut-il ajouter foi aux rumeurs selon lesquelles cette attaque fait partie d'un complot terroriste de grande envergure, visant à éliminer les ex-vedettes préférées des Américains ?

– Heather ! s'exclame à nouveau la voix familière.

Cooper se dresse au-dessus des micros tendus et des caméras. D'un geste, il me désigne une petite porte sur laquelle on peut lire « Réservé au personnel ».

Or, avant que j'aie pu me frayer un chemin jusqu'à la porte en question, une main se referme sur mon épaule endolorie, et quelqu'un s'écrie :

– Heather, est-il vrai que vous allez faire votre retour sur scène pour le lancement du prochain parfum Calvin Klein, lors de la présentation des collections automne-hiver ?

Dieu merci, un flic apparaît, franchit la barrière de journalistes et s'empare de mon bras valide. Il me propulse littéralement hors de leur groupe, les écartant avec le bout de sa matraque pour accélérer le mouvement.

– Écartez-vous, écartez-vous, répète-t-il avec ce morne accent de Brooklyn, que j'ai appris à reconnaître et à aimer depuis que je vis à New York. Laissez passer la dame. Ayez un peu de compassion pour la patiente, et libérez le passage.

L'agent anonyme me conduit jusqu'à la porte « Réservé au personnel », et se poste devant, tel un super-héros de bande dessinée.

Je me retrouve dans un couloir, qui s'avère être celui où j'ai laissé Cooper et l'inspecteur Canavan quand je suis allée passer ma radio. Ils ont été rejoints, depuis, par tout un groupe de gens. Parmi eux, Patty, Frank, Magda, Pete et – Dieu sait pourquoi – le docteur Jessup.

Patty et Magda poussent des gémissements horrifiés lorsqu'elles m'aperçoivent. Je ne comprends pas pourquoi. J'ai pourtant fait un brin de toilette !

Néanmoins, Patty bondit hors de sa chaise et me serre dans ses bras tentaculaires. Un geste amical, sans doute, mais affreusement douloureux. Elle pleure en bafouillant des propos tels que :

– Je t'avais conseillé de chercher un autre boulot ! Celui-ci n'est pas pour toi. Il est trop dangereux.

Pendant ce temps, Magda examine mes mains, bouche bée, les yeux ronds comme des soucoupes.

– Oh mon Dieu ! s'exclame-t-elle en boucle, en jetant des regards accusateurs en direction de Pete. Tu m'avais dit que c'était sérieux, mais pas à ce point-là.

– Je vais bien. Je t'assure, Patty, je vais bien...

– Nom de Dieu, Pat, tu lui fais mal ! s'exclame Frank, en s'efforçant de la détacher de moi.

Ce faisant, il me jette un regard soucieux :

– Ça va, mon petit ? Tu es dans un sale état !

– Ça va.

C'est un mensonge. Je suis encore drôlement secouée. Pas tant par l'épisode de l'ascenseur que par l'épreuve des journalistes. D'où sortent-ils ? Et comment ont-ils été prévenus si vite, pour la bombe ? L'université de New York fait rarement l'objet de gros titres – et quand c'est le cas, c'est en bien. Quelles conséquences tout cela aura-t-il sur mon bilan, au terme de mes six mois d'essai ? Est-ce que ça ne risque pas de me nuire ?

Le docteur Jessup toussote, et tous les regards se dirigent vers lui. Il tient dans ses bras un énorme bouquet de tournesols. Pour *moi*. Le docteur Jessup m'a apporté des fleurs.

– Wells, dit-il de sa voix rocailleuse. Il faut toujours que vous soyez sous les feux des projecteurs, pas vrai ?

Je souris, muette d'émotion. Après tout, le docteur Jessup est un homme débordé, avec son siège de vice-président et tout le reste. Je n'en reviens pas, qu'il ait pris le temps de venir jusqu'à l'hôpital pour m'apporter un bouquet de fleurs.

Mais le docteur Jessup ne s'arrête pas là. Il se penche et m'embrasse la joue.

– Heureux que vous soyez saine et sauve, Wells. C'est de la part du département.

Il me fourre le bouquet sous le nez. Je lève mes mains entourées de bandages dans un geste d'impuissance. Magda s'avance pour les prendre à ma place. Le docteur Jessup fait mine de ne pas remarquer son air renfrogné. Et de ne pas l'entendre marmonner :

– Il lui offre des fleurs, quand il ferait mieux de lui accorder une grosse augmentation...

– Rachel me charge de vous dire qu'elle est désolée de ne pas avoir pu venir. Mais il faut bien que quelqu'un garde la maison ! (Il sourit de toutes ses dents.) Bien sûr, elle ne savait pas qu'il y aurait tous ces paparazzi. Je suis sûr qu'elle regrettera d'avoir loupé ça, quand elle l'apprendra ! Alors, à quelle chaîne de télé allez-vous vendre votre histoire ?

– Le *Post* t'offrira un max, m'informe Magda – qui n'a pas compris que le docteur Jessup plaisantait. Ou bien l'*Enquirer*.

– Ne vous inquiétez pas, dis-je aimablement. Je n'ai pas l'intention de parler à la presse.

Le docteur Jessup n'a pas l'air convaincu. Son visage n'exprime plus le souci et la bienveillance, mais la méfiance. Je réalise soudain que, s'il est venu me voir, c'est uniquement pour s'assurer que je ne vais pas m'exprimer publiquement sur cette affaire.

J'aurais dû m'en douter. Si le docteur Jessup est là, ce n'est pas par bonté d'âme. Il n'a qu'un seul but : limiter les dégâts.

Je pense qu'il redoutait le pire – pourquoi, sinon, se coltiner les embouteillages pour parvenir jusqu'ici ? –, mais que la réalité dépasse ses inquiétudes les plus folles. Une bombe qui explose dans le dortoir – euh... la résidence universitaire – de l'université de New York, ça c'est un scoop ! Des faits similaires s'étaient produits à Yale. CNN en avait parlé, et les chaînes de télé locales en avaient fait l'ouverture de leur JT, même si la piste terroriste avait été vite abandonnée.

Et le fait que l'une des victimes soit une ex-vedette de

variétés ? Eh bien, ça rend l'histoire encore plus juteuse. Ma disparition de la scène musicale n'est pas passée inaperçue, et les raisons de cette éclipse (parmi lesquelles l'installation de ma mère dans un ranch argentin, afin d'y élever des bovins) ont été évoquées dans tous les détails. J'imagine déjà la première page du *New York Post* :

UNE BLONDE EXPLOSIVE

> **L'ex-chanteuse de variétés Heather Wells a failli être déchiquetée par une bombe à l'université de New York, où elle est contrainte d'exercer un emploi mal rémunéré depuis que sa carrière a touché le fond et que son ex-petit ami Jordan Cartwright, ancien membre d'Easy Street, l'a jetée à la rue.**

Néanmoins, je comprends que le docteur Jessup se fasse du mouron. Avoir deux employés blessés dans un accident d'ascenseur, c'est une chose.

Mais une bombe dans l'une des résidences étudiantes ! Pire encore, une bombe dans *la* résidence où vit le président de l'université ? Que va-t-il raconter aux membres du conseil d'administration ? Sans doute craint-il de devoir dire adieu à la vice-présidence.

Je ne peux pas lui en vouloir de tenir davantage à sa peau qu'à la mienne. Après tout, il a des gamins. Moi, je n'ai qu'un chien.

– Heather, reprend le docteur Jessup. Je suis sûr que vous me comprenez. C'est un cauchemar, pour les administrateurs. Il ne faudrait pas que les gens s'imaginent que nos résidences sont mal gérées...

À ma grande surprise, l'inspecteur Canavan interrompt le vice-président. Il se racle bruyamment la gorge puis, après avoir cherché en vain un endroit où cracher, déglutit à contrecœur.

– Hé, désolé de vous interrompre, mais plus Mlle Wells s'attarde ici, plus il devient difficile pour mes hommes de canaliser la foule.

Je sens qu'on me passe un bras autour de l'épaule. Levant la tête, je constate avec étonnement que ce bras appartient à Cooper. Mais il ne me regarde pas. Il a les yeux rivés sur la porte.

– Viens, Heather. Frank et Patty sont venus en voiture. Ils l'ont garée en bas, au parking. Ils nous raccompagnent à la maison.

– Oh oui, allons-y ! réplique vivement Patty, son beau visage crispé par une grimace de dégoût. Je déteste les hôpitaux, et je déteste encore plus les journalistes !

Ses yeux noirs en amande se posent sur le docteur Jessup, et elle paraît sur le point d'ajouter : « Mais ce que je hais pardessus tout, ce sont les bureaucrates collet monté. » Elle se ravise, dans mon intérêt – car, à cet instant-là, je juge opportun de lui écraser le pied si fort qu'elle laisse échapper un gémissement de douleur.

Après que j'ai salué Pete et Magda, qui promettent de ne pas lever le camp tant qu'ils n'auront pas vu Julio, une administratrice nous accompagne de bon gré jusqu'au parking souterrain. Elle est bien prête à se donner cette peine pour se débarrasser de nous, et, par la même occasion, des journalistes.

Pendant que nous marchons vers la voiture, je n'ai qu'une

idée en tête : *Mon Dieu, ça y est, je suis virée !* Du moins, lorsque je ne suis pas en train de me demander ce que fait le bras de Cooper autour de mon épaule...

Mais, comme il le retire dès que nous prenons place sur la banquette arrière, il ne me reste vite qu'un seul sujet d'angoisse.

– Oh, mon Dieu ! ne puis-je m'empêcher de dire, d'une voix brisée.

– Personne ne va te virer, Heather, m'assure Cooper. Ce type veut juste protéger ses intérêts.

– Si cet homme te jette ne serait-ce qu'un regard de travers, je te jure qu'il aura affaire à moi ! grogne Patty, les mains crispées sur le volant.

Patty est une conductrice pleine d'assurance – agressive, même, pourrait-on dire. C'est pourquoi c'est elle, et non Frank, qui conduit, lorsqu'ils roulent en ville. Elle appuie sur le Klaxon, alors qu'un taxi lui fait une queue-de-poisson.

– Que personne n'aille chercher des crosses à ma meilleure copine !

Frank, assis sur le siège passager, se retourne vers moi.

– Cooper t'a donné sa veste ?

Je baisse les yeux sur la veste que je porte toujours sur les épaules. Elle sent, comme Cooper, le cuir et le savon. Je voudrais ne jamais avoir à la retirer. Mais je sais que je vais devoir le faire, une fois à la maison.

– Non. Enfin... il me l'a juste prêtée.

– Oh, réplique Frank. Parce qu'elle est couverte de sang, tu sais...

– Frank, siffle Patty. Tais-toi !

– C'est pas grave, dit Cooper en observant, par la vitre, tous les originaux qui font de West Village une sorte de parc d'attractions permanent.

C'est pas grave ! Mon cœur bat plus fort. Cooper dit que ce n'est pas grave, si j'ai mis plein de sang sur sa veste ! Serait-ce que notre histoire va enfin commencer, et qu'il a l'intention de me donner sa veste de toute façon ? Et je l'aurais toujours avec moi – ainsi que Cooper – pour me tenir chaud...

Mais voilà qu'il ajoute :

– Je connais un teinturier qui est très fort pour retirer les taches de sang.

Décidément, ce n'est pas mon jour !

25

Allô
Est-ce que j'ai fait le bon numéro ?
Allô
Oui, je cherche l'homme que j'aimais
Allô
Pouvez-vous aller me le chercher ?
Allô
Je sais que c'est là qu'il habitait
Allô
Et je sais aussi qu'il m'aimait
Allô
Je vous en prie, je voudrais lui parler

« Allô »
Interprété par Heather Wells
Paroles et musique : Jones/Ryder
Extrait de l'album *Ensorcelée*
Disques Cartwright

Patty arrête la voiture devant la maison, même si Frank ne cesse de répéter que je n'y serai pas en sécurité, puisque quelqu'un essaie de me tuer et tout le tralala.

Tout ce que je veux, c'est prendre un bain, me mettre au lit, et dormir un millier d'années. Et non discuter à n'en plus finir au sujet de l'assassin, et du fait qu'il sait peut-être où je vis. Or Frank insiste pour que j'aille dormir chez eux.

Jusqu'à ce que Cooper fasse remarquer que ça pourrait mettre Indy en danger. Tout d'abord, je suis choquée que

Cooper puisse dire quelque chose d'aussi affreux. C'est seulement en constatant la rapidité avec laquelle Frank réplique qu'« il vaut effectivement mieux que je reste avec Cooper, vu que c'est son métier de lutter contre le crime », que je comprends où Cooper voulait en venir. Il sait que je veux rentrer à la maison. Il sait que je n'ai pas envie de dormir dans la chambre d'ami, chez Frank et Patty.

Et parce que c'est Cooper, et qu'il me vient toujours en aide dans les situations critiques (en m'hébergeant quand je n'ai nulle part où aller, et que je n'ai pas l'argent pour payer un loyer ; en m'accompagnant à une soirée à laquelle il n'a pas vraiment envie d'aller, car il pourrait y croiser une ex avec qui les choses ont mal fini ; en risquant sa vie pour sauver la mienne...), il a fait en sorte que j'obtienne ce que je désire.

Sauf, bien sûr, ce que je désire le plus au monde.

Mais qu'il n'est visiblement pas près de me donner, pour des raisons que j'ignorerai sans doute toujours – et que je préfère, de toute façon, ne pas connaître.

Ce qui ne me pose aucun problème. Je suis compréhensive, comme fille. J'ouvrirai toute seule mon cabinet médical, mon agence de détective, ou ma boutique de bijoux.

Bien sûr, j'aurai plus de mal à faire les enfants sans lui, mais je trouverai bien un moyen.

Heureusement, mon téléphone est sur liste rouge et, lorsque nous nous arrêtons devant la maison, aucun journaliste ne rôde autour de la maison. Juste les dealers habituels.

À ma vue, Lucy saute de joie – même si c'est Cooper qui va devoir la promener, puisque je suis incapable de tenir une laisse, vu l'état de mes mains. Lorsqu'ils sont tous deux sortis, je monte à mon appartement. Là, je retire mes vêtements crasseux et me glisse enfin dans la baignoire.

Or, prendre un bain avec des points de suture aux mains n'est pas une mince affaire. Avant de pouvoir me laver les cheveux, il me faut sortir de la baignoire, aller à la cuisine, trouver des gants en caoutchouc et les enfiler. Le docteur m'a bien dit que si je mouille les points de suture, je risque de perdre mes mains, ou un truc dans ce goût-là.

Une fois débarrassée de tout ce sang et de tout ce cambouis, je reste étendue dans la baignoire, à laisser tremper mon épaule, et à m'interroger sur la marche à suivre.

Car, tout de même, les choses se présentent mal. Quelqu'un essaie de me tuer, et ce quelqu'un a, sans doute, déjà tué au moins deux personnes. Le seul point commun entre les deux victimes paraît être le fils du président de l'université.

Or, à en croire la police, Chris n'a vraisemblablement pas pu essayer de me faire sauter, puisqu'il n'était pas en ville au moment des faits.

Ce qui signifie qu'un individu, autre que Chris, cherche à me tuer. Et que ce serait cet individu, et non Chris, qui aurait tué les deux filles.

Mais qui ? Et pourquoi ? Et d'abord, pour quelle raison pourrait-on vouloir assassiner Elizabeth Kellogg et Roberta Pace ? Qu'ont-elles bien pu faire pour mériter de mourir ? À part s'installer à Fischer Hall, bien sûr. Oh, et avoir une aventure, aussi brève fût-elle, avec Chris Allington.

Est-ce *ça* ? *Ça* qui a provoqué leur mort ? Le fait qu'elles soient sorties avec Chris ? Magda aurait-elle vu juste ? Pas en suggérant que les filles se sont suicidées quand elles ont découvert – après avoir patiemment conservé leur virginité jusque-là – que le sexe était loin d'être une expérience aussi transcendante qu'on le prétend. Mais en laissant entendre que les filles sont mortes à cause du sexe. Seulement, elles ne se sont pas suicidées. Quelqu'un, qui désapprouvait leur conduite, les a tuées.

Une personne dans le genre de Mme Allington, par exemple ? Qu'est-ce qu'elle m'a dit, au juste, avant l'incident de l'ascenseur ? Quelque chose au sujet des « filles comme moi ».

« Les filles comme vous n'arrêtent pas de lui courir après », a-t-elle affirmé. Ou un truc dans ce goût-là.

« Les filles comme vous. » Son attitude envers moi a été des plus hostiles, et va bien au-delà de la simple contrariété d'avoir été réveillée par mon coup de sonnette. Mme Allington serait-elle l'une de ces mères abusives, qui pensent qu'aucune femme n'est digne de leur précieux rejeton ? Mme Allington aurait-elle tué Elizabeth et Roberta ? Puis tenté de me tuer, moi, lorsque j'ai menacé de percer son secret à jour ?

Euréka ! J'ai trouvé ! C'est Mme Allington l'assassin ! Mme Allington ! Ce que je suis fortiche ! La plus grande détective depuis Sherlock Holmes ! Une seconde... c'est un personnage de fiction, non ? Il n'a pas existé pour de bon...

Eh bien, disons... la plus grande détective depuis... depuis... Eliot Ness ! Il a existé, lui ?

– Heather ?

Je sursaute, faisant gicler l'eau savonneuse.

Ce n'est que Cooper.

– Je voulais m'assurer que tu allais bien, dit-il à travers la porte close. Tu as besoin de quelque chose ?

Euh, oui. De toi, tout nu, avec moi dans la baignoire. Et tout de suite !

– Non, ça va bien.

Devrais-je lui révéler que j'ai deviné qui m'a fait cela ? Ou vaut-il mieux que j'attende d'être sortie du bain ?

– Bon, on pourrait manger un morceau, quand tu auras fini. Je nous fais livrer un truc. Ça te va, de la nourriture indienne ?

Miam miam... des samoussas aux légumes.

– Super !

– Très bien. Dépêche-toi de sortir. Il faut que je te parle.

Faut qu'il me parle ? De quoi ? De ce qu'il éprouve réellement pour moi ? *Je t'ai toujours considérée comme...* J'ignore toujours ce qu'il pense de moi, vu qu'il n'a jamais fini sa phrase. Va-t-il me le dire enfin ? Et ai-je vraiment envie de savoir ?

Deux minutes plus tard, emmitouflée dans un peignoir en tissu-éponge et mes cheveux mouillés enveloppés d'une serviette, je m'installe à la table de la cuisine, sur mon siège habituel. Oh, j'ai envie de savoir, aucun doute là-dessus !

– C'était rapide, me lance Cooper, assis en face de moi.

Puis il ouvre son ordinateur portable.

Une minute ! Son ordinateur portable ? A-t-on déjà entendu parler de types utilisant des supports audiovisuels pour dire aux filles ce qu'ils pensaient d'elles ?

– Que sais-tu, au juste, de Christopher Allington ? demande Cooper.

– Christopher Allington ?

Ma voix se brise. Peut-être parce que j'ai tellement crié, plus tôt dans la journée. Ou parce que j'ai la gorge nouée tant je suis choquée de découvrir que Cooper veut juste me parler de ses soupçons à l'égard de Chris, et non de ses sentiments pour moi. C'est rageant, à la fin.

– Ça ne peut pas être Chris, dis-je, histoire de changer de sujet et d'en revenir à... à moi, quoi ! L'inspecteur Canavan affirme que...

– Lorsque j'enquête sur une affaire, interrompt Cooper d'une voix calme, je l'examine sous toutes les coutures. Pour le moment, Christopher est le seul dénominateur commun entre les victimes. Et ce que je te demande, c'est : que sais-tu de lui, au juste ?

Peut-être pourrais-je encore une fois lui imposer mes pensées par télépathie, comme dans *Star Trek* ? C'EST QUOI, CE QUE TU AS TOUJOURS PENSÉ DE MOI ?

– Eh bien. Pas grand-chose...

– Tu sais où il a fait son premier cycle ?

– Non.

C'EST QUOI, CE QUE TU AS TOUJOURS PENSÉ DE MOI ?

Levant les yeux vers lui, j'ajoute :

– Pourquoi ? Tu le sais, toi, où Chris a fait son premier cycle ?

– Oui, dit Cooper. À Earlcrest.

– Où ça ?

La suggestion télépathique n'a pas l'air de marcher ! La preuve, au lieu de me dire ce qu'il pense de moi, il ne fait que déblatérer au sujet de Chris Allington. Qui se soucie de Chris ? Et moi, alors ! QU'EST-CE QUE TU PENSES DE MOI ?

– À l'université d'Earlcrest, dit-il. C'est là que Chris a effectué son premier cycle.

J'ai le ventre qui gargouille. Bon, alors, ils arrivent, ces samoussas ?

– Qu'est-ce que tu racontes, Cooper ? Et d'abord, comment sais-tu où Chris a fait ses études ?

Il hausse ses larges épaules

– Le SIE.

– L'essieu ? je répète, confuse.

– Non. Le SIE. Le système d'information sur les étudiants.

Comme je continue à le fixer sans comprendre, il pousse un soupir.

– Ah oui... J'avais oublié que tu étais nulle en informatique.

– C'est pas vrai ! Je passe mon temps à surfer sur le Net. Et je fais toute ta compta...

– Mais, à ton bureau, ils ont un train de retard. Le SIE n'a pas encore trouvé sa voie jusqu'à la direction des dortoirs...

– Des résidences universitaires !

– Des résidences universitaires.

Cooper est en pleine action. Il pianote sur son clavier plus vite que je ne change les accords à la guitare.

– Regarde ! J'entre dans le système d'information. Tu vas comprendre ce que je voulais dire, à propos de Christopher Allington. Ça y est ! Allington, Christopher Phillip. Jette un coup d'œil !

Je fixe l'écran miniature. Il y a là tout le dossier scolaire de l'étudiant Christopher Allington, enrichi d'informations supplémentaires, tels les résultats de ses examens et ses emplois du temps. Il s'avère que Chris a fréquenté bon nombre de lycées privés. Il a été renvoyé d'un établissement suisse pour avoir triché. Et d'un autre, dans le Connecticut, pour un motif non précisé. Tout cela ne l'a pas empêché d'entrer à l'université de Chicago, qui a pourtant la réputation d'être sélective. Je me demande quelles ficelles son père a bien pu tirer pour faciliter son admission.

Le séjour de Chris dans la ville venteuse a été de courte durée. Il a laissé tomber au bout d'un semestre. Et a fait un break... qui a visiblement duré quatre ans.

Et puis, soudain, il a débarqué à Earlcrest, d'où il est sorti l'année dernière, avec quelques années de plus que ses camarades, mais ayant tout de même obtenu sa licence.

– L'université d'Earlcrest. Dont son père était président avant d'être nommé à l'université de New York, je me souviens.

– Ah, le népotisme ! s'exclame Cooper avec un sourire. Toujours bel et bien présent dans les couloirs de nos universités.

– D'accord, dis-je, toujours dans l'incompréhension. Alors il a été viré de quelques bahuts quand il était gosse, et la seule fac où il a pu entrer est celle dont son père est président. Ça prouve quoi ? Ça n'en fait pas forcément un tueur psychopathe.

Je n'en reviens pas, de me retrouver à prendre la défense de Chris. Sa mère est-elle tellement plus crédible, comme meurtrière ?

– Comment es-tu parvenu à accéder à ce fichier, d'ailleurs ? Ce n'est pas censé être confidentiel ?

– J'ai ma technique ! dit Cooper en orientant à nouveau l'écran vers lui.

– Mon Dieu. (Y a-t-il une chose que cet homme ne sache pas faire ?) Tu as piraté le système !

– Tu t'es toujours demandé à quoi je passais mes journées, réplique-t-il en haussant les épaules. À présent, tu le sais. En partie, du moins.

– J'en reviens pas ! Je savais pas que tu étais un petit génie informatique !

Ça change tout. À présent, il va falloir qu'on ouvre un(e) cabinet médical/agence de détectives/boutique de bijoux/service de dépannage informatique. Une seconde ! Et mes chansons, alors ?

Cooper fait celui qui n'a rien entendu.

– On devrait trouver quelque chose là-dedans, dit-il en tapotant son ordinateur. Quelque chose qui nous a échappé. Le seul rapport entre ces deux filles, pour le moment, c'est Allington. Du moins, c'est le seul que nous connaissons. Mais, à ce que je vois ici, il doit sûrement y avoir autre chose. Je veux dire, à part le fait que ces deux filles étaient vierges, qu'elles avaient un dossier au secrétariat, et qu'elles n'avaient jamais fait parler d'elles avant que Chris ne les touche...

Mme Allington. Je suis à deux doigts de dire : « Et Mme Allington ? » Après tout, elle a un mobile. Elle a, de toute évidence – comment Sarah appellerait-elle ça ? Le complexe d'Œdipe. Mais à l'envers, car elle n'est pas amoureuse de son père, mais de son fils...

Bon, d'accord, Mme Allington trouve son fils sexy et en veut aux filles qui lui courent après. Au point de les tuer ? Et puis, Mme Allington a-t-elle pu fabriquer cette bombe, celle qui a été placée sur le toit de l'ascenseur ? Si l'on pouvait aller s'acheter une bombe dans les grands magasins, je pense que Mme Allington n'hésiterait pas à se procurer la sienne.

Comme on ne peut pas, on est contraint de la faire soi-même. Et pour faire une bombe, mieux vaut être sobre. Du moins, il me semble.

Or, depuis que Mme Allington vit à Fischer Hall, je ne l'ai jamais vue sobre une seule fois.

Avec un soupir, je jette un coup d'œil à la fenêtre. Je vois que l'appartement du président est éclairé. Que font les Allington à l'heure qu'il est ? Je me le demande. Il est près de sept heures. Sans doute regardent-ils les actualités.

Ou peut-être complotent-ils d'assassiner d'autres vierges innocentes ?

Lorsque la sonnerie de la porte d'entrée retentit, je sursaute.

– C'est le dîner, dit Cooper en se levant. Je reviens tout de suite.

Il descend chercher la nourriture indienne. Pendant ce temps, je garde les yeux rivés sur la fenêtre. Aux étages inférieurs, d'autres fenêtres s'illuminent tandis que les étudiants reviennent de leurs cours, de la cafétéria, de la salle de gym ou de leurs répétitions. L'une des minuscules silhouettes que j'aperçois aux fenêtres est peut-être celle d'Amber, la petite rousse fraîchement débarquée de l'Idaho. Est-elle assise sur son lit, à attendre un coup de fil de Chris ? Sait-elle qu'il est allé se planquer dans les Hamptons ? Pauvre petite Amber ! Je n'imagine pas ce qu'elle a pu faire, pour être convoquée par Rachel, ce matin.

C'est alors que je réalise...

J'ouvre la bouche pour parler mais, l'espace d'une minute, je suis incapable de prononcer un mot. Amber ! J'ai complètement oublié Amber et sa convocation de ce matin ! Pourquoi Rachel voulait-elle la voir ? Amber elle-même ignorait pourquoi la directrice l'a priée de se rendre à son bureau. Qu'a-t-elle fait, au juste ?

Amber n'a rien fait du tout. Hormis discuter avec Chris Allington.

C'est tout ce qu'elle a fait.

Et Rachel le sait, car elle m'a vue en leur compagnie après le concours de play-back.

Tout comme elle a vu Roberta et Chris à la soirée de la résidence. Et Elizabeth et Chris... où ça ? Où les a-t-elle surpris ensemble ? À une réunion d'information, peut-être ? Ou à une projection de film ?

Mais quelle importance, au fond ?

C'est Rachel qui a dit à Julio d'aller me chercher, sous prétexte que Gavin avait remis ça dans la cage d'ascenseur.

Et c'est sans doute elle qui s'est faufilée sur la terrasse des Allington et a tenté de me balancer ce pot sur la tête.

Et, lorsque la seconde fille est morte, Rachel ne se trouvait pas là où elle aurait dû être, c'est-à-dire à la cafétéria. Non... je l'ai rencontrée qui sortait des toilettes, situées juste à l'angle, juste après l'escalier, qu'elle a dû dévaler en courant après avoir poussé Roberta Pace dans le vide.

La clé qui a reparu aussi vite qu'elle avait disparu ? C'est Rachel qui l'avait. Rachel, la seule personne à qui le RE de service ne ferait pas signer le registre si elle empruntait une clé. La seule, aussi, dont la présence derrière le comptoir d'accueil n'attirerait pas l'attention... Parce qu'elle est la directrice de la résidence.

Quant aux deux victimes, ce n'est pas parce qu'elles avaient des dossiers dans le bureau de Rachel qu'elles sont mortes.

Elles avaient leurs dossiers dans le bureau de Rachel, parce que cette dernière avait décidé qu'elles devaient mourir.

– J'espère que tu as faim, dit Cooper en remontant à mon

appartement, tenant un grand sac en plastique avec « J'aime New York » écrit dessus. Ils se sont plantés dans la commande, et nous ont mis un curry de crevettes *et* un curry de poulet... (Il s'interrompt, et me fixe bizarrement, d'un air soucieux.) Heather ? Ça va ?

Je parviens à peine à articuler :

– Earlcrest...

Cooper pose le sac sur la table de la cuisine.

– Oui.. Earlcrest... Et alors ?

– C'est où ?

– Je n'en ai pas la moindre... marmonne Cooper, en se penchant pour consulter son ordinateur. Oh, c'est dans l'Indiana. À Richmond, dans l'Indiana.

Je secoue la tête si fort que la serviette se détache, et mes cheveux humides me retombent sur les épaules. Non ! Pas possible !

– Oh mon Dieu ! je m'écrie, haletante. Oh mon Dieu !

Cooper me regarde comme si j'étais cinglée. Et vous savez quoi ? Je crois que c'est le cas, je crois que je suis cinglée. Sinon, comment expliquer que je n'aie rien vu quand, depuis le début, l'évidence était là, sous mon nez...

– Rachel y a travaillé, dis-je enfin d'une voix rauque. Rachel travaillait dans une résidence universitaire à Richmond avant de venir ici.

Cooper, qui était en train de sortir les barquettes de nourriture du sac en plastique, se fige soudain.

– Qu'est-ce que tu racontes ?

– À Richmond, dans l'Indiana, je répète.

Mon cœur bat à tout rompre, si fort qu'il me semble voir le revers de mon peignoir se soulever à chaque battement.

– C'est là que Rachel a occupé son poste précédent. À Richmond, dans l'Indiana.

Le visage de Cooper s'éclaire soudain. Il a compris.

– Rachel a travaillé à Earlcrest ? Tu crois que... Tu crois que c'est *Rachel* qui a tué ces filles ? demande-t-il en secouant la tête. Mais pourquoi ? Tu penses qu'elle serait allée jusque-là pour obtenir un Coquelicot ?

– Non.

Impossible que Rachel se soit amusée à pousser des gens dans la cage d'ascenseur pour obtenir un Coquelicot ni une promotion d'aucune sorte.

Car ce que veut Rachel, ce n'est pas une promotion.

C'est un homme.

Un hétérosexuel pesant plus de cent mille dollars par an, en comptant ses biens sous tutelle.

Christopher Allington. Christopher Allington est cet homme-là.

– Heather, dit Cooper. Heather ? Écoute, je suis désolé, mais c'est impossible. Rachel Walcott n'est pas une meurtrière.

Je retiens mon souffle. Puis :

– Et comment peux-tu l'affirmer ? Pourquoi ça ne pourrait pas être elle, autant que n'importe qui d'autre ? Parce que c'est une femme ? Parce qu'elle est jolie ?

– Parce que c'est de la folie. Allez, tu as eu une journée épuisante. Tu devrais peut-être te reposer.

– Je ne suis pas fatiguée. Réfléchis-y, Cooper. *Sérieusement.* Elizabeth et Roberta ont eu une entrevue avec Rachel juste avant de mourir... Ces trucs dans leur dossier, comme quoi leurs mères auraient appelé, je parie que ce n'est même pas vrai. Je parie que leurs mères n'ont jamais appelé. Et voilà qu'Amber...

– Sept cents étudiants résident à Fischer Hall, fait remarquer Cooper. Est-ce que tous ceux qui ont été convoqués par Rachel Walcott sont morts ?

– Non, juste les filles qui ont aussi eu une relation avec Christopher Allington.

Cooper secoue la tête.

– Heather, je t'en prie, sois logique. Comment Rachel Walcott pourrait-elle avoir suffisamment de force pour pousser dans une cage d'ascenseur une jeune femme adulte et capable de se débattre ? Rachel ne doit pas peser plus de cinquante-cinq kilos. C'est impossible, Heather.

– Je ne sais pas comment elle y parvient, Cooper. Je sais juste que c'est un peu gros, comme coïncidence. Rachel et Christopher étaient à Earlcrest l'année dernière, et à présent, comme par hasard, ils se retrouvent tous les deux à l'université de New York. Je te parie ce que tu veux que Rachel a suivi Christopher Allington, et ses parents, ici.

Comme Cooper semble toujours dubitatif, je me lève, repousse ma chaise contre la table, et lui lance :

– Il n'y a qu'une façon de s'en assurer !

26

Qu'est-ce que j'ai fait
Pour tellement t'enrager ?
Qu'est-ce que j'ai dit
Qui t'a tellement meurtri ?
Ce n'est pas ce que je voulais
Je te jure, je mentais
Car, ô mon amour,
Je t'aime depuis toujours
Oh, ne sois pas fâché
Viens dans mes bras
Et laisse-moi t'aimer

« Pardonne-moi »
Interprété par Heather Wells
Paroles et musique : Caputo/Valdez
Extrait de l'album *Été*
Disques Cartwright

C'était à prévoir, Cooper rechigne à l'idée de prendre la voiture à sept heures du soir et en semaine, pour rouler jusqu'aux Hamptons, et ce dans le seul but de discuter avec un homme que la police elle-même n'a pas jugé utile d'interroger.

Lorsque j'objecte que Chris sera plus disposé à nous parler à nous qu'à la police, Cooper ne semble toujours pas convaincu. Il soutient qu'après l'agression que j'ai subie ce matin, j'ai davantage besoin d'une bonne nuit de sommeil que de six heures de voiture – le temps qu'il faut pour effectuer l'aller-retour.

Je lui rappelle alors que c'est notre devoir de citoyen de faire en sorte que cette femme se retrouve derrière les barreaux avant d'avoir pu tuer à nouveau. Cooper me promet d'appeler l'inspecteur Canavan dans la matinée afin de lui exposer ma théorie.

– Mais, demain matin, Amber sera peut-être morte ! je crie.

Je sais qu'elle est toujours en vie parce que je viens de l'appeler et que j'ai appris, par sa camarade de chambre, qu'elle était en train de regarder un film chez une autre étudiante, au bout du couloir.

– Si la directrice de la résidence la convoque, dis-je d'un ton quasi hystérique à la camarade d'Amber, dites à Amber qu'IL NE FAUT PAS qu'elle y aille. C'est bien compris ?

– Mouais, marmonne la jeune fille. OK.

– Je ne plaisante pas ! ai-je le temps de crier avant que Cooper ne parvienne à m'arracher le téléphone des mains. Dites à Amber que la directrice adjointe de Fischer Hall lui défend de se rendre à une éventuelle convocation de la directrice de la résidence. Ou même de lui ouvrir la porte. Vous saisissez ? Vous réalisez que vous aurez des comptes à rendre à la directrice adjointe de Fischer Hall, si vous ne transmettez pas ce message ?

– Ben... ouais, je lui transmettrai le message.

J'aurais pu m'y prendre de manière plus subtile. Mais au moins je suis sûre qu'Amber ne risque rien.

Pour le moment.

– Il faut qu'on y aille, Cooper ! dis-je d'un ton pressant,

à peine le téléphone raccroché. Faut que je sache la vérité ! Maintenant !

– Heather, rétorque Cooper, visiblement fâché. Je te jure, de tous les gens que j'ai rencontrés dans ma vie, tu es la plus...

Je retiens mon souffle. Il va le dire ! Ce qu'il s'apprêtait à dire, ce matin, dans mon bureau. Il va le dire...

Sauf qu'alors – ce matin – j'avais tout lieu de croire qu'il allait me faire un compliment. Or, là, à voir son visage crispé, je crains que ses paroles ne soient beaucoup moins tendres. En fait, je crois que je n'ai plus du tout envie de les entendre.

Et puis, sincèrement, la priorité c'est de coincer Rachel.

C'est pourquoi je lance :

– Je suis bête, j'y avais pas pensé... Il y a des trains pour les Hamptons. Je vais consulter les horaires sur Internet et...

Il finit par céder. Sans doute parce qu'il réalise que c'est le seul moyen de me faire taire. Ou parce qu'il craint que je n'aille m'amocher un peu plus pendant le trajet en train. Peut-être cherche-t-il juste à calmer la foldingue convalescente que je suis ?

Quoi qu'il en soit, le temps que je m'habille, Cooper va récupérer sa voiture au parking. C'est une BMW datant de 1974, qui suscite les huées des dealers de la rue – les modèles récents étant les seuls à trouver grâce à leurs yeux. Ça semble énerver Cooper, comme tout le reste, d'ailleurs. À vrai dire, je suis à peu près certaine qu'il maudit le jour où il m'a proposé de venir vivre sous son toit.

Et j'ai sacrément mauvaise conscience, je le reconnais.

Mais pas assez pour lui proposer de laisser tomber. Parce que, tout de même, la vie d'une jeune fille est en jeu.

Nous n'avons pas de mal à localiser la résidence secondaire des Allington – ils sont dans l'annuaire d'East Hampton. S'ils n'avaient pas souhaité qu'on passe les voir, ils se seraient mis sur liste rouge, pas vrai ?

Certes, il y a une haute grille en fer forgé au bout de l'allée, avec Interphone et tout le tralala, qui pourrait laisser croire que les visiteurs impromptus ne sont pas les bienvenus.

Mais on ne me décourage pas si facilement ! Je bondis hors de la voiture et vais appuyer sur le bouton. Même lorsque personne ne répond, je ne m'avoue pas vaincue.

– Heather ! crie Cooper par la vitre baissée de sa voiture. Je ne pense pas que quelqu'un va...

C'est alors que l'Interphone grésille et qu'une voix – celle de Chris, de toute évidence – répond :

– Qu'est-ce que c'est ?

Je comprends qu'il paraisse irrité. Je me suis pour ainsi dire appuyée de tout mon poids sur l'Interphone, dans l'idée de rendre dingue celui qui l'entendrait, et de l'obliger par conséquent à réagir. C'est un truc que j'ai appris grâce aux paparazzi qui faisaient le siège de la maison que nous habitions, Jordan et moi.

– Euh... salut, Chris ! dis-je dans l'Interphone. C'est moi.

– Qui ça, moi ? demande Chris, d'une voix toujours agacée.

– Tu sais bien... je réponds, sur le ton du flirt. Allez, laisse-moi entrer !

C'est alors que j'ajoute les cinq mots magiques. Ceux auxquels, à en croire les fiches de Justine, aucun étudiant (et Chris en est un, après tout) ne peut résister :

– J'apporte de la pizza !

Un silence. Puis la grille s'ouvre lentement.

Je me précipite vers la voiture. Cooper me paraît – je me fais peut-être des idées – quelque peu épaté.

– De la pizza... répète-t-il. Faudra que je m'en souvienne !

– Ça marche à tous les coups.

Je me garde de préciser mes sources. J'en ai ma claque de Justine, à vrai dire.

Nous nous engageons dans l'allée circulaire. La villa des Allington se dresse devant nous, resplendissante avec sa façade de stuc blanc.

Je suis déjà allée dans les Hamptons, bien sûr. Les Cartwright y possèdent une propriété au bord de l'eau, entourée sur trois côtés par une réserve d'oiseaux protégée par l'État, si bien que personne ne peut construire, et leur gâcher la vue.

J'ai aussi eu l'occasion d'y visiter d'autres demeures, considérées comme des merveilles d'architecture, et même, une fois, un château du sud de la France, transporté et reconstruit pierre par pierre. Je ne plaisante pas.

Cependant, je n'ai jamais rien vu qui ressemble à la résidence des Allington. Du moins, pas dans les Hamptons. Imposante, éclatante de blancheur, dotée de gracieuses arcades de style méditerranéen et entourée de plantes en fleurs, elle est aussi violemment illuminée que le Rockefeller Center.

Mais au lieu de la grande statue dorée de Prométhée qui domine la patinoire, on a une immense maison blanche dominant la piscine.

– Que dirais-tu, suggère Cooper lorsque nous sortons de la voiture, de me laisser parler, pour une fois ?

Je scrute son visage.

– Tu ne vas pas le frapper, au moins ?

– Pourquoi je ferais une chose pareille ? demande-t-il, surpris.

– Tu ne frappes jamais les gens ? Je veux dire... dans l'exercice de ta profession ?

– Si ça m'est arrivé, j'ai oublié, réplique doucement Cooper.

Ça me déçoit un peu.

– Je crois que Christopher Allington est le genre de type qu'on peut avoir envie de cogner. Si on est violent, s'entend.

– Je suis d'accord, approuve Cooper en esquissant un sourire. Mais je ne lèverai pas la main sur lui. Du moins, pas dans l'immédiat.

Tout d'abord, nous distinguons le son de leurs voix. Puis, écartant un rideau d'ipomées retombant des arcades, nous les voyons. Nous esquivons les plantes grimpantes, et nous retrouvons dans le jardin, à l'arrière de la maison. À gauche de la piscine, la vapeur d'un Jacuzzi s'élève dans la fraîcheur du soir.

Dans le Jacuzzi, il y a deux personnes. Je suis soulagée de constater qu'il ne s'agit ni du président Allington ni de son épouse. Je crois que je n'aurais pas survécu à la vision du président Allington en maillot de bain.

Ils ne nous remarquent pas immédiatement. À cause, sans doute, de la vapeur, et de l'éclat des projecteurs de la piscine – tandis que le Jacuzzi est, lui, plongé dans l'ombre. Des chaises longues à coussinet rose pâle sont disséminées çà et là sur le parquet à larges planches du patio. En retrait de la piscine, on a construit un bar. Un vrai, avec comptoir, tabourets et étagères éclairées remplies de bouteilles.

Je m'approche du Jacuzzi, et me racle bruyamment la gorge.

Chris, qui a le nez fourré dans les seins de la fille qui est avec lui, relève la tête et nous fixe. Il est saoul, selon toute apparence.

Et la fille aussi.

– Hé, elle a même pas de pizza ! s'exclame-t-elle, déçue, même si, rayon blé, ils n'ont pas vraiment l'air en manque.

– Salut, Chris, dis-je.

Je m'assieds sur l'une des chaises longues. Sous mes fesses, le coussinet est humide. Il a plu récemment, dans les Hamptons.

Chris met quelques secondes à me reconnaître. Et, lorsqu'il y parvient, ça ne semble pas lui faire plaisir.

– La blonde ? (Il plaque en arrière des mèches qui lui tombaient dans les yeux.) C'est toi ? Qu'est-ce que tu fais ici ?

– On est juste venus te poser quelques questions.

Lucy nous accompagne – je n'ai pas pu me résoudre à l'enfermer dans la maison toute la soirée. Elle frotte sa tête contre mes genoux, puis se couche, haletant joyeusement.

– À part ça, tu vas bien ? j'ajoute.

– Ouais, ça va pas mal. (Il jette un coup d'œil à Cooper.) C'est qui, lui ?

– Un ami, répond Cooper. Enfin, un ami à elle, précise-t-il.

De manière à ce qu'il n'y ait pas de confusion, j'imagine.

– Ah, dit Chris.

Puis, s'efforçant de tirer le meilleur parti d'une situation impossible :

– Je vous offre un verre ?

– Non merci, réplique Cooper. Ce qu'on voudrait surtout, c'est vous parler d'Elizabeth Kellogg et de Roberta Pace.

Ça n'a pas l'air d'impressionner Chris. À vrai dire, ça n'a même pas l'air de le surprendre.

– Oh, bien sûr. Bien sûr. Mais où est mon sens de l'hospitalité ? Faith, mon chou, tu veux bien aller nous préparer un petit truc à bouffer ? Et rapporte-nous une bouteille de vin, pendant que tu y es.

La fille fait la moue.

– Mais, Chris...

– Allez, vas-y, mon chou !

– Mon nom c'est Hope, pas Faith.

– Comme tu voudras !

Il lui tapote les fesses tandis qu'elle se hisse hors du Jacuzzi, ruisselante comme une sirène. Elle porte un maillot deux pièces, mais le top est si étriqué et sa poitrine si imposante que les minuscules triangles de Lycra sont purement symboliques.

Cooper remarque tout de suite le phénomène, comme l'indiquent ses yeux écarquillés. Un pro ne laisse rien passer.

Son derrière est aussi impressionnant que son buste. Pas un gramme de cellulite. Je me demande si, comme Rachel, elle l'a chassée en transpirant sur son stepper.

– Alors, Chris, dit Cooper dès qu'elle a disparu, qu'est-ce que tu traficotes avec Rachel Walcott ?

Chris manque de s'étouffer avec son chardonnay.

– Que... Quoi ? bafouille-t-il, lorsqu'il peut à nouveau parler.

Cooper examine Chris comme il pourrait examiner un gros insecte un peu dégueu qu'il vient de trouver dans sa salade.

– Rachel Walcott. C'était la directrice de la résidence où tu vivais, quand tu étais en licence à Earlcrest. À présent, elle dirige Fischer Hall, où habitent tes parents. Et où travaille Heather, ici présente.

Chris s'empare du briquet et des cigarettes posés au bord du Jacuzzi. D'une main tremblante, il en tire une du paquet, et l'allume. Il inhale la fumée. Le bout de la cigarette rougeoie dans la pénombre.

– Merde ! se contente-t-il de dire.

J'ai beau ne pas être une pro, je trouve sa réponse un peu louche.

– Alors, quels sont vos rapports à tous les deux ? l'interroge Cooper. Au cas où t'aurais pas remarqué, il y a des gens qui meurent...

– J'ai remarqué, rétorque Chris. OK ? Qu'est-ce que vous croyez, bordel !

Visiblement, Cooper juge que Chris aurait pu s'abstenir. De jurer, s'entend. Car le voilà qui réplique, d'un ton bien plus vif qu'avant :

– Tu savais ? Et depuis quand ?

Chris plisse les yeux, dans la vapeur du bain.

– Quoi ? demande-t-il, comme s'il n'était pas sûr d'avoir bien entendu.

– Depuis quand ? répète Cooper.

Vu le ton qu'il emploie, je suis contente qu'il s'adresse à Chris et non à moi. Ça me fait aussi douter de ses propos. Vous savez, comme quoi il n'en vient jamais aux mains...

– Depuis quand sais-tu que c'est Rachel qui assassine ces filles ?

Chris me semble aussi blafard que l'éclairage subaquatique

de la piscine, et ce n'est pas à cause de la fumée de sa cigarette.

Je le comprends. À moi aussi, Cooper fiche un peu la frousse...

– Je ne savais pas, répond Chris d'une voix étranglée, très différente de celle, pleine d'assurance, avec laquelle il nous parlait il y a un instant. Je n'avais pas fait le rapprochement avant hier soir, quand on... (il me regarde) quand on a dansé, toi et moi, et que tu m'as dit que Beth et Bobby étaient... que c'étaient elles qui...

– Ça suffit, Chris, interrompt Cooper. Tu ne t'attends quand même pas à ce qu'on te croie, avec toute la pub qu'il y a eu sur le campus, suite à ces prétendus accidents...

– Je savais pas !

Chris souligne l'effet de ses paroles en frappant la surface du Jacuzzi, ce qui fait gicler l'eau sur les pattes de Lucy. Celle-ci les regarde d'un air dubitatif, puis se met à les lécher.

– Sur la tête de ma mère, j'étais pas au courant ! J'ai pas beaucoup de temps libre et, quand c'est le cas, je ne le perds pas à lire *La Gazette du campus*. Enfin, j'ai entendu dire, bien sûr, que deux filles étaient mortes. Mais j'ignorais que c'étaient mes deux copines.

– Et ça t'a pas étonné, qu'elles ne te rappellent pas ?

Chris baisse la tête. Je jurerais qu'il a honte.

– Parce que toi-même, tu ne les as jamais rappelées, c'est ça ? demande Cooper, d'une voix glaçante.

Chris paraît sur la défensive.

– Et vous, alors ? rétorque-t-il à Cooper. Vous appelez toujours la fille, le lendemain ?

– Si j'ai envie de la revoir, répond Cooper sans une seconde d'hésitation.

– Précisément, dit Chris d'une voix pleine de sous-entendus.

Au début, je ne saisis pas le sens de ses paroles.

Et puis, je pige.

Oh.

Cooper secoue la tête, son expression de dégoût reflétant parfaitement mon sentiment. Enfin, presque...

– Tu veux me faire croire que tu ignorais que ces filles étaient mortes, jusqu'à ce qu'Heather te l'apprenne hier soir ?

– C'est pourtant ce qui s'est passé.

Chris envoie, d'une chiquenaude, sa cigarette dans les rhododendrons. Puis il s'extirpe brusquement du Jacuzzi. Il porte un caleçon de bain flottant. Son corps est mince mais musclé, sa peau légèrement hâlée. Il n'a pas la moindre touffe de poils sur le corps, si ce n'est des frisottis au niveau des aisselles.

– Et quand j'ai su, je me suis empressé de venir ici, poursuit Chris en s'enveloppant dans un drap de bain rose pâle. Il fallait que je prenne un peu le large, pour réfléchir et pour...

– Pour éviter d'être embarqué et interrogé par les flics, conclut Cooper.

– Ça aussi. Écoutez, j'ai couché avec elles...

C'est plus que je n'en puis supporter. Vraiment. J'ai envie de vomir, et pas seulement à cause de la nourriture indienne qu'on a mangée dans la voiture.

Non, ce n'est pas un problème d'ordre digestif. C'est le dégoût.

– Ne fais pas comme si c'était pas grave, Chris, dis-je. Le fait d'avoir couché avec ces filles, et de ne jamais les avoir rappelées. De ne même pas leur avoir donné ton vrai nom, pour qu'elles ne puissent pas deviner qui était ton père. Parce que *c'est* grave. Ou du moins, ça l'était, à leurs yeux. Tu t'es servi d'elles. Tu t'en es servi, parce que tu sais que tu... tu sais que tu n'assures pas vraiment, côté sexe.

– Hein ? rétorque Chris, visiblement choqué. C'est pas vrai !

– Bien sûr que si. Sinon, pourquoi vas-tu chercher des filles qui n'ont aucune expérience sexuelle ? (D'accord, Hope a l'air d'être une exception.) Parce qu'elles ne peuvent pas juger de ta performance, puisqu'elles n'ont aucun point de comparaison !

Chris semble aussi stupéfait que si je l'avais giflé.

Et, en effet, il s'est pris une grande claque.

Cooper me tire par la manche et me murmure à l'oreille :

– Du calme, la tigresse ! Ne confondons pas les rôles. C'est moi, le flic méchant. Toi, t'es le flic sympa.

Il me tapote doucement le dos, comme je fais avec Indy pour qu'il s'arrête de pleurer. Puis, s'adressant à Chris, qui a viré à l'écarlate :

– Écoute, personne ne t'accuse d'avoir tué qui que ce soit. On veut juste connaître la nature de tes rapports avec Rachel Walcott.

– Pourquoi ?

Chris a cessé d'avoir peur, et repris son ton arrogant. Ma remarque – comme quoi il n'assurait pas côté sexe – l'a vexé. Sans doute parce que j'ai mis dans le mille.

Chris dépasse Cooper à grands pas et se dirige vers la piscine.

– Il y a eu un truc entre vous ? lance Cooper.

– Vous voulez dire une histoire ?

Chris laisse glisser le drap de bain et grimpe sur le plongeoir. Aussitôt, il saute dans la piscine, éclaboussant à peine les alentours tandis que son corps long et fin décrit un arc en fendant la surface. Il nage vers nous et, parvenu à notre niveau, sort la tête de l'eau. À ce qu'on dirait, son plongeon lui a éclairci les idées :

– Très bien. Je vais vous raconter tout ce que je sais.

27

Elle dit
Qu'elle te trouve séduisant
Elle dit
Ce n'est qu'une question de temps
Elle dit
Que tu finiras dans ses bras
Mais moi je dis
Hé ! Pas touche à ce mec-là !

Parce que tu es
Mon genre de mec
Oh oui, tu es
Mon genre de mec,
Mes amis me trouvent cinglée
Mais toi tu es
Mon genre de mec

« Mon genre de mec »
Interprété par Heather Wells
Paroles et musique : Dietz/Ryder
Extrait de l'album *Été*
Disques Cartwright

– OK, avoue Chris en claquant des dents. OK, j'ai couché avec elle pendant quelques mois. Je lui ai pas demandé de m'épouser ni quoi que ce soit. Mais elle a pété les plombs, vous comprenez ? J'ai cru qu'elle allait me couper les couilles !

Je ramasse le drap de bain et recouvre ses épaules secouées

de frissons. Il ne semble pas s'en rendre compte, trop impatient qu'il est, maintenant, de cracher le morceau. Il est sorti de la piscine et se dirige vers la demeure. Nous le suivons, Cooper, Lucy et moi. On dirait la petite cour de...

... Eh bien, d'une star du rock.

– Quand ça a commencé, j'étais en DEUG.

À présent qu'il s'est mis à parler, impossible de l'arrêter. Ou de lui faire ralentir le rythme. Difficile de ne pas admirer la méthode de Cooper : ne pas cogner, voilà le secret !

– On nous avait chopés, un groupe de potes et moi, à fumer de l'herbe dans le dortoir. On a donc été convoqués chez la directrice, Rachel, pour qu'elle nous sanctionne. On était tous certains de se faire virer. C'est pourquoi ils m'ont sorti des trucs du genre : « Hé, Chris, fais-lui du rentre-dedans ! » vu que j'étais plus âgé qu'eux, et que j'avais cette réputation avec les filles, vous voyez...

J'imagine Rachel, en escarpins Manolo Blahnik et tailleur Armani, se faire draguer par ce blond Adonis à la voix mielleuse. Certes, on est loin du séduisant homme d'affaires qu'elle espérait capturer avec ses fesses archi-fermes et son brushing impeccable.

Mais c'était sans doute ce qui s'en approchait le plus à Richmond, dans l'Indiana.

– Quoi qu'il en soit, elle nous a laissés tranquilles. Pour l'histoire des joints, je veux dire. Elle a dit que ce serait notre secret, raconte-t-il avec un petit sourire qui n'a rien de gai. Au début, j'ai cru que si elle avait fait ça, c'était parce que j'étais le fils de mon père. Et puis j'ai commencé à la croiser dix fois par jour, à la cafétéria et ailleurs. Enfin, c'est elle qui se débrouillait pour qu'on se croise, vous saisissez ? Et les copains en rajoutaient une couche : « Vas-y, mon pote ! Si tu sors avec la directrice, on pourra faire toutes les conneries qu'on veut ! » Comme j'avais pas de petite copine à ce moment-là, j'ai pensé : « Pourquoi pas ? » Et, de fil en aiguille, on s'est retrouvés à la colle.

Baissant la tête, il s'engage dans une galerie à arcades. Nous le suivons, et franchissons à sa suite une porte-fenêtre coulissante qui ouvre sur un salon en contrebas, faiblement éclairé. Niveau déco, c'est le cuir noir qui donne le ton. Les canapés revêtus de cuir noir, tout comme les méridiennes et, à première vue, le manteau de cheminée.

Ça ne peut pas être le cas... Ça prendrait feu, non ?

– J'étais son premier amant, explique Chris.

Il se dirige vers la cheminée et fait tourner un cadran. Soudain, la pièce baigne dans une lumière d'un rose irréel. On se croirait dans un bordel, ou dans l'un de ces bars branchés de SoHo.

– Elle n'a pas toujours été aussi... raffinée. À vrai dire, elle était plutôt... Quand je l'ai rencontrée, à Richmond, Rachel était plutôt grosse.

J'écarquille les yeux.

– Hein ?

D'un regard, Cooper me ramène à l'ordre. Maintenant que Chris s'est mis à table, pas question de l'interrompre.

– Eh bien oui, dit-il en haussant les épaules. Elle était grosse. Enfin, pas vraiment grosse. Mais... très enrobée. Et elle ne portait quasiment que des sweat-shirts. Je ne sais pas ce qui lui est arrivé depuis, elle a dû suivre une sacrée cure d'amaigrissement et se faire... je sais pas, moi... relooker de la tête aux pieds. Parce qu'en ce temps-là...

– Une seconde ! (J'ai du mal à avaler ça !) Rachel était *grosse* ?

– Ouais, répond-il en haussant les épaules. Tu as peut-être raison, m'avoue-t-il. C'est peut-être moins intimidant, de sortir avec quelqu'un qui n'a pas de points de comparaison. Sans doute y avait-il quelque chose d'excitant dans le fait de sortir avec une nana plus âgée, très brillante dans certains domaines, et complètement ignare pour le reste...

– Elle était *grosse* ? (Je n'en reviens toujours pas !) Elle court plus de six kilomètres par jour. Elle ne mange que de la laitue. Sans vinaigrette !

– Eh bien, c'était pas le cas alors. Elle m'a confié qu'elle avait été en surpoids toute sa vie, et que c'est pour ça qu'elle n'avait jamais... vous savez quoi. Couché avec un mec.

Ça alors ! Rachel était encore vierge à sa sortie de la fac ? Elle n'avait rencontré personne au lycée ? Ni même à l'université ?

Visiblement, non.

– Ça a duré combien de temps, cette aventure ? demande Cooper, s'efforçant selon toute apparence, de me faire lâcher mon refrain – *Rachel était grosse !*

Chris s'enfonce dans l'un des canapés en cuir noir, sans paraître se soucier de mouiller les coussins. Ça n'a pas grande importance, j'imagine, pour quelqu'un d'aussi riche que lui.

– Jusqu'à la moitié de ma seconde année de DEUG. J'ai réalisé, alors, que j'allais devoir me mettre au boulot si je voulais réussir mes examens d'entrée pour le second cycle. Après m'avoir laissé faire l'andouille jusqu'à vingt et quelques années, mes parents me tannaient pour que j'entre en fac de droit. Je lui ai donc déclaré – à Rachel – que j'allais devoir prendre un peu de recul. Ça me semblait une bonne manière de rompre. Parce qu'enfin ça ne pouvait pas continuer, elle et moi, une fois que j'aurais obtenu mon diplôme. Pas question que je traîne à Richmond.

– Tu lui as dit tout ça ? demande Cooper.

– Quoi, ça ?

Le visage de Cooper se crispe.

– Tu lui as dit que ça ne pouvait pas continuer, elle et toi ?

– Oh, répond Chris en évitant de croiser nos regards. Ouais.

– Et ?

– Ça l'a rendue dingue, mec. Et pas qu'un peu... Elle s'est mise à hurler et à tout casser. Elle a pris mon écran d'ordinateur et l'a balancé en travers de la piaule. Je plaisante pas ! J'ai tellement flippé que je me suis installé, jusqu'à la fin de l'année, chez des copains qui vivaient en dehors du campus.

– Et tu ne l'as jamais revue ?

D'un côté, j'ai du mal à croire ce que raconte Chris. De l'autre, je n'y crois que trop. Non qu'il me soit facile d'imaginer Rachel balançant un écran d'ordinateur en travers d'une pièce.

Mais je ne l'imagine pas non plus en train de tuer deux filles ni de tenter de tuer trois autres personnes.

– Non. Jusqu'à il y a quelques semaines de ça, quand je suis revenu de Richmond. J'y avais passé l'été, à faire du bénévolat – ça faisait partie du deal avec mon père, au sujet de la fac de droit. J'avais à peine franchi le seuil de Fischer Hall que j'ai vu Rachel à la réception, en train d'engueuler un gosse pour Dieu sait quoi. Elle était... mince comme tout. J'ai failli me trouver mal, croyez-moi. Mais elle s'est contentée de sourire et, le plus naturellement du monde, m'a demandé comment j'allais, depuis le temps. Puis elle m'a affirmé qu'elle ne m'en voulait plus, et tout le tralala.

– Et tu l'as crue ? réplique Cooper d'une voix neutre.

– Ouais, soupire Chris. Elle semblait vraiment s'être détachée de tout ça. J'ai pensé que... vous savez... la perte de poids, la nouvelle coiffure, les vêtements. J'ai pensé qu'elle était passée à autre chose.

– Et tu n'as pas trouvé louche qu'elle se soit débrouillée pour être nommée directrice du bâtiment où habitent tes parents ? Un peu curieux, non, si elle avait si bien « dépassé ça » ?

– Faut croire que non. Jusqu'à... jusqu'à ce que j'apprenne, hier soir...

– Ah ! vous êtes là ! braille une voix féminine. Je vous ai cherchés partout, dans le jardin. Je savais pas que vous étiez rentrés.

Hope descend d'un pas traînant les marches menant au salon. Elle apporte, sur un plateau, ce qui a tout l'air de mini-feuilletés aux épinards. De sa main libre, elle tient l'extrémité de son long peignoir à motif léopard.

– Les amuse-gueules sont prêts, annonce-t-elle. Vous les voulez ici ou au bord de la piscine ?

– Au bord de la piscine, tu veux bien, mon chou ? On te rejoint dans une minute.

Très accommodante, Hope repart avec le sourire vers la porte-fenêtre.

– Ne tardez pas trop ! nous lance-t-elle. Ça va refroidir.

À peine a-t-elle tourné le dos que Chris reprend :

– J'ai pas arrêté d'y penser – enfin, depuis notre conversation d'hier soir. De me demander si Rachel est capable de ça, d'avoir assassiné ces filles. OK, je suis pas mal... mais de là à ce qu'on tue pour moi !

Il sourit vaguement à sa petite plaisanterie. Pas Cooper. J'imagine qu'on joue toujours au flic méchant et au flic sympa. Comme je suis censée être le flic sympa, je souris moi aussi. Je n'ai même pas besoin de me forcer. Parce que, malgré tout, je ne parviens pas à le détester. Je n'y peux rien. Il est tellement... bref, il n'y en a pas deux comme lui.

– Quand nous avons rompu, poursuit Chris comme si de rien n'était, elle est devenue... violente, comme je vous l'ai expliqué. Elle a balancé mon écran en travers de la piaule, qui était loin d'être petite. Elle est très forte. Une fille... une fille menue comme Beth ou Bobby, Rachel n'aurait pas de mal à avoir le dessus. À condition d'être suffisamment remontée.

– Et d'après toi, c'est ce qui est arrivé à ces filles ? demande Cooper, visiblement désireux de s'en assurer. Elles ne sont pas mortes accidentellement ? C'est Rachel qui les a tuées ?

– Oui, répond Chris d'une voix faible. Enfin... c'est la seule explication possible, non ? Toutes ces histoires de saut entre ascenseurs... Les filles ne surfent pas dans l'ascenseur !

Je jette à Cooper un regard du style « je te l'avais bien dit ! ». Il ne remarque rien, tout occupé qu'il est à fusiller Chris du regard.

Dans le silence qui s'ensuit, je distingue le chant d'un criquet, à l'extérieur. J'avoue que je suis un peu... comment dire... émue par la confession de Chris. D'accord, c'est un enfoiré, et tout ce que vous voudrez. Mais, au moins, il ne s'en cache pas. C'est déjà ça.

Cooper est loin de paraître aussi touché que moi.

– Chris, à présent, tu vas rentrer en ville avec nous. Et, demain matin, nous irons voir la police.

Ce n'est pas une proposition. C'est un ordre.

Chris fait la grimace.

– Pourquoi ? Ça va m'avancer à quoi ? Ils vont m'arrêter, c'est tout. Ils ne croiront jamais que Rachel est coupable. Jamais.

– Ils ne t'arrêteront pas, si tu as des alibis.

Soudain, le visage de Chris s'éclaire.

– J'en ai un. J'étais en cours quand la seconde fille, Bobby, a été tuée. Je le sais parce qu'on a entendu le hurlement des sirènes, et on est tous allés aux fenêtres voir ce qui se passait. Fischer Hall est dans la même rue que le bâtiment de la fac de droit...

Chris secoue la tête. Sa chevelure, en séchant, forme un casque d'or sur sa tête.

– Ils ne croiront jamais que Rachel Walcott tue les filles avec qui je couche. Sérieusement... Rachel vient juste de gagner un putain de Coquelicot pour son dévouement à la communauté ou un truc dans le genre...

Cooper ne le quitte pas des yeux.

– Les filles avec qui tu as couché cette année... elles sont toutes mortes, non ?

Chris paraît mal à l'aise.

– Euh, oui, mais...

Je jette un coup d'œil par-dessus mon épaule, vers les arcades menant à la piscine.

– Et Hope, dans tout ça ?

– Comment ça, Hope ? réplique Chris.

– Tu veux qu'elle finisse comme les deux autres ?

– Non ! s'exclame Chris, visiblement horrifié. Mais enfin... c'est juste la fille au pair des voisins. Comment Rachel pourrait-elle... ?

– Chris, dit Cooper. Tu n'as jamais songé à oublier les filles pendant un petit moment ?

Chris avale sa salive.

– À vrai dire, si. Je commence à penser que ce serait pas une mauvaise idée.

28

Je ne veux pas de fleurs
Quelle que soit leur couleur
Pas non plus de diamants
Que les filles aiment tant
Je ne veux pas d'argent
Je sais ce qu'il fait aux gens
Je ne veux que toi
Je ne veux que toi
Je ne veux que toi

« Je ne veux que toi »
Interprété par Heather Wells
Paroles et musique : Dietz/Ryder
Extrait de l'album *Ensorcelée*
Disques Cartwright

– Imagine un peu, dis-je à Patty. Rachel rencontre ce type, vraiment très beau, qui se comporte comme si elle lui plaisait pour de bon, et c'est peut-être le cas, en partie.

– Ouais, la partie qu'il cache dans son caleçon, commente Patty d'un ton ironique.

– Quoi qu'il en soit, c'est le premier mec qui se soit jamais intéressé à elle. Et, en plus, il correspond en tous points à son idéal. Il est sexy, riche, hétéro. Bon, d'accord, il a un petit côté glandeur... (Je m'interromps pour soulever le verre de jus d'orange qui se trouve sur ma table de nuit, et en boire quelques gorgées.) Et il vit de l'argent que ses grands-parents lui ont mis de côté. Mais à part ça...

– Ne quitte pas ! dit Patty. Lâche ça tout de suite ! lance-t-elle à son fils. Excuse-moi, Heather. On en était où ?

– À Rachel.

– Ah oui. Le fameux Christopher ! Il est si sexy que ça ?

– Il est sexy, oui. En plus, c'est un étudiant. Comme on n'est pas censé coucher avec les étudiants, ça lui donne l'attrait du fruit défendu. Elle commence à fantasmer sur lui... Après tout, quoi d'étonnant ? Elle a trente ans passés, et c'est une femme de son temps. Elle veut tout : la réussite professionnelle, le mariage, les gamins...

– Et pour ça, elle est prête à tuer.

– Tu m'étonnes ! Or voilà qu'au moment où tout semble réuni pour son bonheur ce cher Chris décide de jouer les cow-boys solitaires, et de partir tout seul dans le soleil couchant.

– Une seconde, Heather... Indy, j'ai dit non ! Indy !

Je tiens le téléphone à distance de mon oreille, pendant que Patty gronde son bébé. C'est bien agréable d'être couchée dans un lit douillet sans avoir à traquer les assassins, pendant que les autres, qui ont enfin décidé de s'en charger, s'agitent de tous les côtés. Je tenais vraiment à aller voir l'inspecteur Canavan avec Cooper et Chris. Hier soir, avant de me traîner jusqu'à mon lit, j'ai même demandé à Cooper de me réveiller ce matin.

C'était compter sans le contrecoup suite à toute l'agitation de la journée (l'explosion, la visite à l'hôpital, le trajet aller-retour jusqu'à Long Island). Car, lorsque Cooper a frappé à la porte de ma chambre, je lui ai ordonné de fiche le camp.

Ce dont je ne me souviens absolument pas. Bien sûr, je n'aurais jamais osé lui parler comme ça si j'avais été consciente. Il m'a laissé un petit mot pour m'expliquer la situation, lequel se termine par : *Ne va pas travailler aujourd'hui ! Reste à la maison et repose-toi. Je t'appelle dans la journée. Cooper.*

J'aurais préféré : *Je t'embrasse tendrement. Cooper.*

Toujours est-il qu'il doit m'estimer davantage, maintenant qu'il s'est avéré que je n'ai pas inventé tout ça. Que quelqu'un a réellement essayé de me tuer, et tout le tralala... À l'heure qu'il est, il doit se dire que ce serait génial de m'avoir pour associée dans son agence de détective.

Et qui sait où ça peut nous entraîner ? Ne serait-il pas logique qu'ensuite il tombe follement amoureux de moi ?

C'est pourquoi je suis de bonne humeur. Dehors, il pleut à verse, mais je m'en bats l'œil. Je suis tellement bien, dans mon lit, à regarder les dessins animés du matin, avec Lucy couchée près de moi. Peut-être parce que j'ai bien failli la perdre, je trouve que la vie est belle, si belle...

C'est ce que j'ai expliqué à Patty d'une voix enthousiaste.

Elle s'est montrée très impressionnée par ma théorie. J'espère que l'inspecteur Canavan le sera tout autant une fois qu'il aura entendu Chris. Et qu'il se précipitera à Fischer Hall avec un mandat d'arrêt.

– Me revoilà ! dit Patty. On en était où ?

– À Rachel. Soudain, la voilà seule à mener sa barque. Et que fait-elle alors, en vraie femme du XXIe siècle ?

– Oh, attends, attends, laisse-moi deviner. Elle forme un... c'est comment, déjà ? Elle forme un gang ?

– Non. Elle décide d'éliminer ses rivales. Parce qu'elle est assez tordue pour s'imaginer qu'en tuant toutes les petites amies de Christopher, elle le récupérera « par défaut ». Elle aura éliminé toutes les autres, et il sera donc forcé de lui revenir.

– Waouh ! Et elle s'y prend comment ?

– Comment ça, elle s'y prend comment ? Elle les précipite dans la cage d'ascenseur.

– Oui… mais de quelle manière, Heather ? Comment cette garce de Rachel, maigre comme elle est, parvient à pousser des femmes adultes – qui n'ont certainement pas envie de mourir – dans une cage d'ascenseur ? Moi-même, je n'arrive pas à mettre dans son sac le fichu chihuahua de ma sœur, et ce n'est qu'un minuscule chien… Tu réalises comme ce doit être difficile de précipiter dans une cage d'ascenseur quelqu'un qui n'a aucune envie de mourir ? Pour commencer, il faut ouvrir les portes. Et les filles, elles font quoi, pendant ce temps ? Pourquoi ne se débattent-elles pas ? Pourquoi Rachel n'a-t-elle pas de traces de griffures sur le visage et sur les bras ? Le chien de ma sœur me griffe méchamment quand j'essaie de le mettre dans son sac.

Je me creuse la tête pour me souvenir de toutes ces connaissances acquises devant ma télé.

– Elle a dû les endormir. Avec du chloroforme.

– Le médecin légiste en aurait détecté la trace, non ?

Ça alors ! Elle est fortiche. Surtout pour quelqu'un qui prétend ne pas avoir le temps de regarder *Les Experts*.

– OK, OK. Peut-être qu'elle les assomme avec une batte de base-ball avant de les traîner, inconscientes, jusqu'à l'ascenseur.

– Et le médecin légiste ne s'en serait pas rendu compte ?

– Elles ont fait une chute de seize étages. C'est quoi, une bosse de plus ou de moins ? (Un bip. C'est mon signal d'appel.)

Oh, c'est sûrement Cooper. Écoute, Patty, je te rappelle plus tard. On pourrait bruncher ensemble, demain, histoire de fêter ça ? Pas avant que ma boss ait été arrêtée, bien sûr.

– Super. Je m'en réjouis d'avance.

Patty raccroche. Je bascule sur le deuxième appel et dis « allô » dès le déclic. Or, la voix que j'entends n'est pas celle de Cooper. C'est celle d'une femme.

Et la femme en question sanglote.

– Heather ?

Il me faut quelques secondes pour réaliser qui c'est.

– Sarah ? C'est toi ?

– Oui, répond-elle en reniflant.

– Ça va ? je demande en me redressant. Sarah, que se passe-t-il ?

– C'est... c'est Rachel.

Ça alors ! Les flics sont-ils déjà venus l'arrêter ? Ça va être dur à encaisser, pour le personnel de la résidence. On avait déjà une voleuse de radiateurs céramique, et nous voici maintenant avec une tueuse en série !

Mais ils s'en remettront. Et si je faisais une distribution générale de beignets, demain ?

– Ouais ? dis-je, soucieuse de ne pas laisser paraître que je suis pour quelque chose dans l'arrestation de Rachel – du moins, pour le moment. Quoi, Rachel ?

– Elle... elle est *morte*.

Je manque de laisser tomber le téléphone.

– Hein ? je m'écrie. Rachel ? Morte. Qu'est-ce que...

Je n'en reviens pas. C'est impossible. Rachel. Morte ? Comment diable...

– Je crois qu'elle s'est tuée, bredouille Sarah entre deux

sanglots. Heather, je suis entrée dans le bureau, et elle... elle était pendue là. À la grille d'aération, entre vos deux bureaux.

Oh mon Dieu !

Rachel s'est pendue. Rachel a réalisé qu'elle avait perdu la partie. Et, au lieu de se retirer bien gentiment, elle a préféré se tuer. Oh, mon Dieu !

Il faut que je reste calme. Dans l'intérêt de la résidence. C'est moi qui en suis responsable, à présent. Il n'y a plus de directrice. Il n'y a plus que moi, la directrice adjointe. J'ai intérêt à assurer. Je vais devoir réconforter tout le monde, au cours des sombres jours prochains.

Pour ça, aucun souci. Je m'y attendais. Ça n'aurait pas été différent, si Rachel avait été emprisonnée. Elle est partie ailleurs, voilà tout. De toute façon, il aurait fallu faire sans elle.

– Je sais pas quoi faire ! gémit Sarah, sa voix partant dans les aigus. Si quelqu'un entre et voit ça...

– Fais en sorte que personne n'entre ! je rétorque.

Mon Dieu... les RE. C'est bien la dernière chose dont ils aient besoin.

– Sarah, ne laisse personne entrer. Et ne touche à rien ! (C'est ça, non ? C'est ce qu'ils conseillent toujours dans *New York District*, pas vrai ?) Appelle une ambulance. Et la police. Immédiatement ! N'ouvre à personne, à part à la police. OK, Sarah ?

– OK, dit-elle en reniflant. Mais... Heather ?

– Ouais ?

– Tu peux venir ? J'ai... j'ai tellement peur.

J'ai déjà bondi hors de mon lit, et je tends le bras vers mon jean.

– Je viens tout de suite. Tiens bon, Sarah, j'arrive.

29

C'est bon d'être chez soi
Du moins, c'est ce qu'on dit
Je n'ai jamais eu de chez-moi
Alors, je n'en sais trop rien

C'est bon d'être chez soi
Là où tout le monde vous aime
Où tout ce qu'on attend de vous
C'est que vous soyez vous-même

Mais moi j'en sais trop rien
Je n'ai jamais eu de chez-moi
Tout ça, je le connais pas

Heather Wells
« Un chez-soi »

C'est ma faute.

Si Rachel est morte, je veux dire.

J'aurais dû m'en douter. J'aurais dû savoir que ça arriverait. Elle était instable, de toute évidence, et craquerait dès qu'elle se sentirait menacée. J'ignore comment elle a réalisé que nous la soupçonnions. En tout cas, elle a compris.

Et a choisi la seule issue possible, à ses yeux.

À présent, je ne peux plus rien y faire. À part soulager ceux que la mort de Rachel risque d'affecter en premier lieu : le personnel de la résidence.

J'appelle Cooper sur son portable. Il ne répond pas, et je lui laisse donc un message, où je lui répète ce que m'a dit Sarah. Je lui demande de prévenir l'inspecteur Canavan. Et de me rejoindre à Fischer Hall dès que possible.

Impossible, évidemment, de mettre la main sur un parapluie. C'est toujours pareil, quand on en a vraiment besoin !

Rentrant la tête pour me protéger du crachin, je me précipite vers Washington Square West. La rapidité avec laquelle les dealers disparaissent quand il fait mauvais temps me stupéfie. Où vont-ils donc quand il pleut ? Au troquet du coin ? Faudrait que je m'en assure, un de ces quatre. Sans doute doivent-ils s'y envoyer d'énormes escalopes panées !

Parvenue à Fischer Hall, je m'engouffre à l'intérieur, secoue ma chevelure mouillée et adresse à Pete – qui fait des heures sup au contrôle – un sourire gêné. Est-il au courant ? Se doute-t-il de quelque chose ?

– Heather ! s'écrie-t-il. Qu'est-ce que tu fais là ? Après tout ce que tu as subi hier, j'aurais cru qu'ils te donneraient un mois de congé maladie. Tu ne vas pas travailler, quand même ?

– Non.

Il ne sait rien. Mon Dieu ! Il n'est pas au courant.

Et je ne peux rien lui dire. Car le RE qui tient l'accueil est là, à nous observer.

– Oh, fait Pete. Tiens, au fait, Julio va beaucoup mieux. Ils le laissent sortir dans quelques jours.

– Génial ! dis-je, aussi enthousiaste que possible. À plus tard, alors.

– À plus !

Je franchis le couloir en courant jusqu'à la direction. À ma grande surprise, la porte est entrouverte, alors que j'avais bien précisé à Sarah de la fermer. N'importe qui pourrait entrer et voir Rachel, se balançant au bout de sa corde... À moins qu'elle ne soit de son côté de la grille d'aération. Ce qui serait plus logique, d'ailleurs. Son bureau est collé au mur, au-dessous de la grille. Elle a dû grimper dessus pour se pendre, puis sauter...

– Sarah ?

J'ouvre grand la porte. Nulle trace de Rachel. Le premier bureau est désert. Sarah et le corps doivent être dans le bureau de Rachel.

– Sarah ? Tu es là ?

– Oui, je suis là, répond une voix geignarde.

Je jette un coup d'œil à la grille. Rien n'y est accroché. Sarah a dû détacher Rachel. Aussi terrible que ç'ait pu être de la voir ainsi, Sarah n'aurait pas dû toucher au corps. Ça s'apparente à de la destruction d'indices, non ?

– Sarah, dis-je. Je t'avais demandé de ne pas...

Ma voix se brise. Pas parce qu'il me faut affronter le spectacle d'une Sarah en pleurs, tenant dans ses bras le corps sans vie de Rachel. Mais parce que je me retrouve face à une Rachel en grande forme, vêtue d'un nouveau et ravissant twin-set en cachemire et d'un pantalon anthracite. Elle se tient appuyée contre son bureau, un pied botté calé sur sa chaise...

... à laquelle elle a attaché Sarah avec le fil du téléphone et des câbles d'ordinateur.

– Oh, salut Heather ! s'exclame Rachel d'une voix guillerette. Tu as fait vite.

– Heather, bafouille Sarah, qui sanglote si fort que les verres de ses lunettes sont embués. Pardonne-moi ! Elle m'a obligée à t'appeler...

– La ferme ! rétorque Rachel en lui flanquant une grosse gifle.

Le claquement me fait sursauter.

Et me réveille.

C'est un piège. Je suis prise au piège. Sans réfléchir, je me retourne vers la porte et...

– Ne bouge pas ou je la bute !

La voix de Rachel refroidit instantanément l'atmosphère de la pièce. Même les *Nymphéas* de Monet sont impuissants à la réchauffer.

Je me fige. Rachel me bouscule et se dirige vers la porte du premier bureau, qu'elle referme à clé.

– Voilà. C'est mieux. Comme ça, on ne nous embêtera pas.

Je la regarde, tout en serrant plus fort la bretelle de mon sac à dos, en dépit des points de suture. Peut-être que je pourrais lui en balancer un coup sur la tête ? Un coup de sac à dos, je veux dire. Bien qu'il n'y ait rien de lourd à l'intérieur. Juste une brosse à cheveux, mon portefeuille, et du rouge à lèvres. Oh, et une barre chocolatée, en cas de petit creux.

Comment a-t-elle su ? Comment a-t-elle deviné qu'on la soupçonnait ?

– Rachel...

Je ne reconnais pas le son de ma voix. C'est parce que j'ai la gorge sèche. Je ne me sens pas très bien, soudain. Mes doigts sont gelés, et me font mal.

Ça y est, ça me revient !

J'ai un aérosol de défense dans mon sac à dos. Il est vieux de plusieurs années, et le bouchon est plein de sable, suite à une balade à la plage. Fonctionnera-t-il tout de même ?

Reste calme. Voilà ce que je me répète. Comment Cooper se comporterait-il, face à un tueur ? Il garderait son calme.

– Waouh ! je fais, espérant paraître aussi décontractée que le serait Cooper. C'est quoi toute cette histoire, Rachel ? Un moyen d'éprouver notre confiance, ou un truc dans le genre ? Quoi qu'il en soit, permets-moi de te dire que Sarah n'a pas l'air de trouver ça drôle.

– Arrête tes conneries, Heather ! rétorque Rachel.

Je ne l'ai jamais entendue parler sur ce ton. Pas même aux joueurs de l'équipe de basket. Mon sang se glace. C'est aussi la première fois que je l'entends s'exprimer de façon vulgaire.

– Le coup de la blonde idiote, ça marche peut-être avec les autres, ça n'a jamais marché avec moi ! Je sais exactement quel genre de fille tu es et, crois-moi, je ne t'ai jamais prise pour une idiote. Du moins, jusqu'à aujourd'hui, ajoute-t-elle en me jetant un regard méprisant.

Elle n'a pas tort. Je n'en reviens pas d'être tombée dans son piège. Mais Sarah sanglotait pour de bon, au téléphone... simplement, pas pour les raisons qu'elle invoquait.

– Autant que tu le saches... je sais tout, au sujet d'hier soir.

Je fais mine de ne pas saisir.

– Hier soir ? Rachel, je...

– Hier soir, répète-t-elle d'un ton amusé. Votre petite excursion dans les Hamptons. Pas la peine de nier ! Je vous ai vus.

– Tu... tu y étais ?

Je ne sais absolument pas comment réagir. J'ai le sentiment que tous les atomes de mon corps me crient : « Fais demi-tour et sauve-toi ! »

Mais je reste figée sur place, les doigts crispés sur la bretelle de mon sac à dos. Je ne peux pas laisser Sarah ici. Si je m'enfuis, qu'est-ce que Rachel va lui faire ?

– Évidemment, j'y étais, me révèle Rachel d'une voix dédaigneuse. Normal, que je ne perde pas de vue mes intérêts, non ? À ton avis, pourquoi je garde ma voiture ? Personne n'a besoin de voiture dans cette ville... à moins de vouloir suivre des gens jusque dans les Hamptons.

Nom de Dieu ! J'avais oublié cette satanée voiture, qu'elle gare dans un parking de West Side Highway.

Je m'efforce de parler doucement pour que Rachel ne sente pas ma panique :

– OK. J'y suis allée. Je suis au courant pour Chris et toi. Et alors ? Rachel, je suis solidaire. Je comprends très bien ce que tu as vécu. Moi aussi, je me suis fait larguer par des mecs. Pourquoi ne pas en parler plus...

Rachel secoue la tête avec incrédulité. À croire que c'est moi qui pète un câble, et pas elle.

– Il n'est pas question d'en parler, dit-elle dans un éclat de rire. Il est fini, le temps de la discussion... et mettons tout de suite les choses au point, Heather.

Elle décroise les bras, et pose la main droite sur quelque chose de saillant, sous son gilet, que je n'avais pas remarqué auparavant.

– C'est moi la directrice ! poursuit-elle. C'est moi qui commande, et c'est à moi de décider si nous allons oui ou non en parler. Puisque c'est moi qui t'ai convoquée, tout comme j'ai convoqué Elizabeth et Roberta. Tout comme je reconvoquerai Amber, un peu plus tard. C'est moi qui ai arrangé cette rencontre entre toi et moi. C'est donc moi qui commande. Tu sais ce qui m'en donne le droit, Heather ?

Je hoche la tête en silence, les yeux rivés sur la protubérance, sous son gilet. Je crois que c'est un revolver. Pas de discussion possible : celui qui a le revolver a tous les droits.

Or, voilà : ce n'est pas un revolver. C'est un objet en plastique noir, qu'elle tient bien en main. Il a deux petites antennes métalliques à son extrémité, laquelle rappelle une tête de cafard. Je ne vois pas du tout de quoi il s'agit, jusqu'à ce que Rachel appuie sur un bouton. Aussitôt, une décharge électrique dessine une fine ligne bleue entre les deux languettes.

Je devine ce que c'est avant qu'elle ne me l'explique :

– Heather, je te présente le *Taser*, ou pistolet électrique si tu préfères (elle dit ça avec cet orgueil qu'ont certains parents en vous présentant leur enfant, le jour de son installation dans la résidence). Une seconde au contact de sa décharge de cent vingt mille volts entraîne la confusion, la perte de l'équilibre et des réflexes et une paralysie qui dure plusieurs minutes. Le plus merveilleux, c'est que la décharge traverse les vêtements et ne laisse qu'une brûlure minime sur la peau. C'est une arme défensive d'une redoutable efficacité, qu'on peut se procurer dans de nombreux catalogues américains. Le mien n'a coûté que quarante-neuf dollars et quatre-vingt-dix-neuf cents, pile neuf volts non comprise. D'accord, c'est illégal de posséder un pistolet électrique, ici, à New York. Mais on s'en tape !

Je fixe le faisceau bleu crépitant.

Alors, c'est ainsi qu'elle s'y est prise. Pas avec du chloroforme ou un coup de batte de base-ball sur la tête. Elle a juste sonné à la porte de Beth, et plus tard de Bobby, puis les a neutralisées grâce au pistolet électrique. Avant de pousser leurs corps inertes dans la cage d'ascenseur. Un jeu d'enfant !

Et l'inspecteur Canavan qui prétendait que les tueurs étaient des imbéciles. Rachel n'a rien d'une imbécile. Comment un crétin aurait-il pu concevoir un tel plan ? Il arrive si fréquemment que des jeunes gens se tuent en jouant à des jeux dangereux – en sautant d'une cabine d'ascenseur à l'autre, par exemple... Personne ne pouvait songer que ces filles avaient été assassinées, vu que leur mort ne paraissait même pas suspecte.

Personne, si ce n'est une tarée comme moi.

Non, Rachel n'est pas idiote.

Et pas folle non plus. Elle a élaboré un plan idéal pour se débarrasser de ses rivales. Personne n'aurait rien soupçonné, si je ne m'en étais pas mêlée.

Mais si je ne m'en étais pas mêlée, Sarah et moi ne serions pas sur le point de devenir ses troisième et quatrième victimes.

– Ce n'est pas la seule chose qui me donne le droit de décider de tout, tu sais, m'affirme Rachel, agitant tranquillement son pistolet électrique pour souligner l'effet de ses paroles. Je suis diplômée en génie physique. Tu savais ça, Heather ?

Je secoue la tête. Peut-être l'un des RE va-t-il ouvrir le bureau pour ramasser son courrier ? Ouais. Et Cooper va bien finir par écouter mon message...

– C'est étonnant, tout ce qu'on peut faire, grâce à un diplôme de génie physique. On peut apprendre à fabriquer de petits engins explosifs, par exemple – rudimentaires, et pourtant si efficaces. Tu sais ce qu'est un engin explosif, Heather ? Non, j'imagine que non... Tu étais trop occupée à remuer du popotin sur des scènes ringardes pour aller jusqu'au bac, non ? Tiens, tu la connais, celle-ci ? Comment fait-on, pour faire rire une blonde le vendredi ?

Je jette un coup d'œil à Sarah. Elle sanglote toujours, mais en silence, pour ne pas recevoir une nouvelle gifle.

Je secoue la tête.

Rachel émet un rire glaçant et s'exclame :

– On lui raconte une blague le lundi, Heather !

– Waouh, Rachel ! dis-je, en revenant sur mon opinion précédente. (En fait, elle est complètement cinglée.) C'est vraiment marrant. Mais bon... Maintenant, il faut que j'y aille. Cooper m'attend devant le bureau du gardien. Si je le fais attendre trop longtemps, il va forcément venir me chercher ici.

– Il pourra chercher autant qu'il voudra, rétorque Rachel en haussant les épaules. Il n'a pas la clé. Et comme on ne va pas lui ouvrir... On a du *travail*, Heather. Et pas n'importe lequel.

– Tu sais quoi, Rachel ? Si on ne lui ouvre pas la porte, Cooper demandera à Pete de la lui faire ouvrir par un des RE.

– Les RE n'ont plus les clés du bureau. J'ai fait changer la serrure.

Rachel a les joues en feu, et ses yeux brillent d'un éclat aussi vif que le faisceau qui jaillit des électrodes de l'arme serrée dans sa main.

– Parfaitement, confirme-t-elle joyeusement. J'ai fait changer la serrure hier, pendant que tu étais à l'hôpital, et je suis la seule à avoir la clé. (Elle me fixe de son regard trop intense) Tu saisis, n'est-ce pas, Heather ? Tu n'es pas faite pour ce métier. Pour toi, c'est un boulot comme un autre. Directrice ajointe de Fischer Hall. Une petite pause entre deux séries de concerts, c'est ça ? Un chèque qui tombe tous les mois, jusqu'à ce que tu aies le cran d'entreprendre un come-back, après ta petite dispute avec ta maison de disques. Pour toi, ce poste ne compte pas plus que ça. Pour moi, c'est différent, Heather. L'université, c'est toute ma vie. Toute ma vie, Heather. Ou du moins, ça l'était. Jusqu'au jour où... (elle dirige à nouveau vers moi l'éclat perçant de ses yeux) où je l'ai rencontré, conclut-elle simplement.

J'ai envie de m'asseoir. J'ai les genoux qui tremblent chaque fois que je jette un coup d'œil à l'arme.

Mais je n'ose pas. Assise, je serai encore plus vulnérable. Non... il faut que je parvienne, d'une façon ou d'une autre, à l'empêcher de nous faire subir, à Sarah et moi, ce qu'elle a décidé (et dont j'ai une vague idée).

– Qui ça, Rachel ? dis-je en m'efforçant de paraître amicale, comme si nous étions en train de discuter en buvant un expresso à la cafétéria – ce qui nous est d'ailleurs arrivé une ou deux fois, avant le début du massacre. Tu parles de Christopher, n'est-ce pas ?

Elle laisse échapper un ricanement, qui m'effraie davantage que tout le reste, pistolet électrique compris.

– Christopher, répète-t-elle en se délectant de chaque syllabe. (À croire qu'elle savoure un carré de chocolat – ce qu'elle ne s'autorise jamais. Trop calorique !) Oui, Chris. Tu ne peux pas comprendre, Heather. Je l'aime, vois-tu. Et toi, tu n'as jamais aimé personne à part toi-même. Tu ne peux pas savoir ce que c'est. Tu ne peux pas savoir ce que ça fait quand un seul individu tient ta vie et ton bonheur entre ses mains... et que cet individu se détourne de toi, et te repousse...

Le regard qu'elle braque sur moi suffirait à congeler un

croissant chaud. Je songe à lui faire remarquer que je ne sais que trop bien de quoi elle parle... C'est exactement ce que j'ai ressenti avec Jordan, lequel, en ce moment même, doit jouer au docteur avec Tania Trace dans son lit d'hôpital.

Hélas, j'ai comme l'impression qu'elle ne m'écouterait pas.

– Non, tu ne peux pas comprendre, poursuit Rachel. Tu as toujours eu tout ce que tu désirais, pas vrai, Heather ? Tout t'a été offert sur un plateau d'argent. Il y en a qui ont dû trimer pour obtenir ce qu'ils ont, figure-toi ! Moi, par exemple. Tu crois que j'ai toujours été aussi belle ? (Elle passe la main sur son ventre plat et ferme, grâce à ses exercices quotidiens.) Eh bien, non. J'étais grosse. Une grosse vache. Un peu comme toi maintenant. Je faisais du quarante-six. (Nouvel éclat de rire.) Je m'empiffrais de sucreries pour oublier mes malheurs, je ne faisais jamais de sport, comme toi. On ne m'a jamais invitée à sortir, pas une seule fois, avant l'âge de trente ans. Pendant que tu te pavanais comme une petite pétasse pour les Disques Cartwright, j'avais le nez fourré dans mes bouquins et je bossais comme une malade, parce que je savais que personne n'allait débarquer pour *me* faire signer un contrat avec une maison de disques. Pour échapper à ma chienne de vie, je savais que j'allais devoir me servir de ma tête.

Je jette un coup d'œil à Sarah. Elle regarde par la fenêtre, espérant de toutes ses forces que quelqu'un va passer devant le bâtiment et se rendre compte de ce qui se trame à l'intérieur.

Mais il pleut des cordes et les rues sont quasi désertes. Les rares personnes qui sont encore dehors pressent le pas, recroquevillées sous leur parapluie.

– Avec lui, j'ai fait pareil, continue Rachel. Je le voulais, et j'ai fait ce qu'il fallait pour l'avoir. J'étais pas son genre. Je l'ai réalisé quand... quand il m'a quittée. J'ai su, alors. J'ai su que j'allais devoir changer, de manière à être son type. Tu ne peux pas comprendre ça, bien sûr. Sarah et toi, vous pensez que les hommes devraient vous aimer pour votre *personnalité*, pas vrai ? Les hommes s'en fichent pas mal, de la personnalité. Crois-moi, Heather, si tu ne t'étais pas laissée aller comme ça, Jordan Cartwright t'appartiendrait toujours. Et tout ce pataquès, pour pouvoir chanter tes chansons à toi... Nom de Dieu, tu crois qu'il s'en souciait ? Les hommes se fichent qu'une fille soit intelligente ou pas. À propos, c'est quoi, les six pires années de la vie d'une blonde ?

Je secoue la tête.

– Crois-moi, Rachel, je ne...

– L'année du bac !

Rachel renverse la tête en arrière et part à nouveau d'un grand éclat de rire.

Eh ouais... c'est fichu pour moi. Aucun doute là-dessus.

30

Quand viendra le jour
Où je pourrai voler
Sans me brûler les ailes ?

Quand viendra le jour
Où ils cesseront de dire
« Elle ne changera jamais » ?

Quand viendra le jour
Où l'on me trouvera forte et déterminée
Et non bête et paumée ?

Quand viendra le jour
Où je t'entendrai dire :
À présent, c'est ton tour !
À présent, c'est ton tour !
À présent, c'est ton tour !

Heather Wells
« Quand viendra le jour ? »

Elle est folle. Car, enfin, seule une folle pourrait rester plantée là à me raconter des histoires de blondes en me menaçant avec un pistolet électrique.

J'ai déjà eu affaire à des cinglés. Avec toutes ces années où j'ai travaillé dans le show-biz... Neuf personnes sur dix étaient pathologiquement atteintes, dans le milieu que je fréquentais, y compris ma propre mère.

Puis-je dissuader Rachel de me tuer ?

Je peux toujours essayer.

– Il me semble, dis-je d'un ton prudent, que c'est à Christopher Allington que tu devrais en vouloir. C'est lui qui t'a fait du tort, Rachel. C'est lui qui t'a trahie. Comment ça se fait que tu n'aies jamais cherché à le buter ?

– Parce que c'est mon futur époux, Heather, répond Rachel en me fusillant du regard. Décidément, tu piges rien ! Je sais que pour toi les hommes sont interchangeables. Ça ne marche pas avec Jordan et, hop, tu t'installes avec son frère ! Contrairement à toi, je crois au véritable amour. Comme celui qui nous lie, Christopher et moi. Il faut juste que j'élimine toutes ces choses qui peuvent le distraire, et il me reviendra, j'en suis sûre.

– Rachel, dis-je, en faisant appel au peu de raison qu'il lui reste. Ces « choses », ce sont des *êtres humains*.

– Eh bien, ce n'est pas ma faute si ces malheureuses étaient désespérées que Chris les largue, au point de tenter quelque chose d'aussi casse-gueule que le saut entre ascenseurs. J'ai fait de mon mieux pour les mettre en garde. Pareil pour toi, Heather. Mais bon... que tu aies choisi de te suicider n'étonnera personne. Tu n'as plus vraiment de raison de vivre, de toute façon.

Elle a l'esprit tellement tordu que j'ai du mal à suivre son raisonnement. Mais maintenant qu'elle m'a clairement fait savoir que je serai sa prochaine victime, je fais mon maximum pour l'embobiner, croyez-moi.

– Enfin, Rachel, ça ne marchera jamais... je suis déjà allée voir les flics...

– Et ils t'ont crue ? demande Rachel d'un ton serein. Quand ils découvriront ton corps désarticulé et sanguinolent, ils sauront que tu as fait tout ça pour attirer l'attention sur toi... que tu as placé la bombe avant de te suicider, quand tu t'es su démasquée. Et ce ne sera pas difficile à admettre : tout va tellement mal pour toi, ces derniers temps. Jordan qui est fiancé avec une autre. Et son frère... franchement, tu ne sembles pas beaucoup l'intéresser, pas vrai ? Et nous savons toutes deux que tu l'aimes à la folie. Ça se lit sur ton visage chaque fois qu'il apparaît devant toi.

Est-ce la vérité ? Tout le monde sait-il que j'aime Cooper ? *Cooper* sait-il que j'aime Cooper ? Mon Dieu, comme c'est embarrassant !

Hé, une seconde ! Qu'est-ce qui me prend, d'écouter cette cinglée ?

– Très bien, Rachel, dis-je en jouant le jeu parce que je ne vois pas comment je pourrais m'en tirer autrement. Très bien. Tue-moi ! Mais Sarah ? Elle ne t'a rien fait, la malheureuse. Pourquoi ne pas la libérer ?

– Sarah ? (Rachel regarde son assistante comme si elle venait de se rappeler sa présence.) Ah oui, Sarah. Tu sais, je crois que Sarah va devoir... disparaître.

Sarah laisse échapper un hoquet épouvanté. Un regard de Rachel la réduit au silence.

– Oui, reprend Rachel. Je crois qu'on va envoyer Sarah se reposer quelques semaines dans sa famille, après le traumatisme qu'aura suscité ta mort. Seulement, elle n'arrivera jamais là-bas. Elle va disparaître quelque part sur la route. Ça s'est déjà vu.

– Oh non, supplie Sarah d'une voix étranglée. Ne me fais pas disparaître. Je t'en prie...

– La ferme ! hurle Rachel.

Elle lève la main pour flanquer une nouvelle claque à Rachel, lorsque retentit la sonnerie de mon téléphone de bureau, si bruyamment que Rachel sursaute, et que le mince faisceau bleuté, entre les électrodes, oscille dangereusement vers moi. Je fais un bond en arrière et viens heurter la porte. Alors, opérant une rapide volte-face, je saisis la poignée.

En une fraction de seconde, Rachel est sur moi, son bras osseux serre mon cou comme un étau. Je suffoque... Elle est d'une force peu commune, pour quelqu'un de sa stature. Néanmoins, je pourrais parvenir à me dégager si...

Si elle ne me flanquait pas sous le nez l'arme crépitante, en sifflant :

– Laisse tomber ! N'y songe même pas ! Ou je t'envoie ça dans la figure ! Et, ensuite, je vous tue toutes les deux...

Je m'immobilise, le souffle court. Rachel s'accroche à mon dos, comme une cape. Le téléphone continue à sonner. Trois... Quatre... Je devine, au type de sonnerie, que c'est un appel interne, passé depuis la résidence.

D'une voix brisée par la peur, je murmure :

– Rachel, l'appel provient sûrement de l'accueil. Tu sais que j'ai dit à Cooper de m'attendre. Il est chez le gardien.

Rachel desserre l'étreinte de son bras, en maintenant néanmoins l'extrémité du pistolet électrique à quelques centimètres de mon cou.

– Dans ce cas, il faut qu'on bouge. (Elle jette à Sarah un regard menaçant.) Je m'occuperai de toi plus tard !

Elle ouvre alors la porte du bureau. Un coup d'œil à droite, puis à gauche, et elle me pousse dans le couloir désert...

... sans cesser, néanmoins, de me tenir en joue. Elle m'oblige à me diriger vers les ascenseurs, en face de nos bureaux – lesquels sont hélas intacts, après l'explosion d'hier –, et appuie sur le bouton d'appel. Je prie pour voir apparaître, à l'ouverture des portes, l'équipe de basket au grand complet – j'ai besoin d'un coup de main pour maîtriser Rachel.

Pas de bol. La cabine était arrêtée au premier étage et, lorsque ses portes s'ouvrent, elle est vide.

– Entre ! ordonne Rachel.

Je m'exécute.

Elle s'engouffre elle aussi dans la cabine, insère son passe à l'endroit prévu à cet effet et appuie sur le bouton du vingtième étage.

Nous allons à l'appartement terrasse. Sans escale.

– Les filles comme toi, Heather... dit-elle sans me regarder. Toute ma vie, j'ai eu affaire à des filles comme toi. Les jolies filles, vous êtes toutes les mêmes. Vous croyez depuis toujours que tout vous est dû. C'est vous qui raflez les contrats avec les maisons de disques, les promotions, et les mecs craquants. Et les gens comme moi, pendant ce temps ? C'est nous qui nous tapons tout le boulot. Sais-tu que le Coquelicot est la première récompense que j'ai reçue, dans l'exercice de ma profession ?

Je la fusille du regard. Cette femme va me tuer. Je ne vois pas pourquoi je me forcerais encore à être polie.

– Ouais, et tu l'as obtenue pour avoir tout remis en état après tes propres crimes. Toutes ces choses, dans les dossiers des filles... La mère d'Elizabeth qui ne voulait pas qu'elle reçoive de garçons dans sa chambre, Mme Pace qui n'aimait pas Lakeisha... Tout ça, c'est inventé, pas vrai ? Ces femmes ne t'ont jamais appelée. Il te fallait un prétexte pour justifier les convocations. D'ailleurs, de quoi leur as-tu parlé quand tu les as rencontrées ? Quel genre de trucs tordus et malsains tu leur as raconté pour les terroriser ?

– Heather, dit Rachel, en me considérant d'un œil critique. Tu ne comprendras jamais, pas vrai ? Toute ma vie, j'ai travaillé dur pour obtenir ce que j'ai. Ce n'est pas comme toi, je n'ai jamais rien eu facilement. Rien. Ni les hommes, ni les boulots, ni les amis. Et ce que j'ai, je le garde. Christopher, par exemple. Ou ce boulot. Est-ce que tu imagines le mal que je me suis donné pour dégoter un poste ici, dans le même bâtiment que lui ? Alors, tu comprends pourquoi il faut que tu meures. Parce qu'à cause de toi je risque de perdre tout ça. Si tu n'avais pas eu idée de fourrer ton nez partout, je t'aurais épargnée. Je trouvais qu'on formait une bonne équipe, toi et moi. Quand on nous voit ensemble, j'ai l'air encore plus mince. C'est le genre de chose qu'on apprécie vraiment, chez une assistante.

Un tintement. Puis les portes s'ouvrent. Nous sommes au vingtième étage, dans le couloir menant à l'appartement terrasse du président Allington. Je sais qu'à la seconde où nous poserons le pied sur la moquette, le détecteur de mouvement se déclenchera. Pete jettera-t-il alors un coup d'œil à l'écran de contrôle, et verra-t-il Rachel et son pistolet électrique ?

Je t'en prie, Pete, regarde ! me dis-je, m'essayant une fois de plus à la télépathie, bien qu'il se trouve vingt étages plus bas. *Regarde, Pete, regarde. Regarde, Pete, regarde...*

Rachel me pousse dans le couloir.

– Allez, viens ! dit-elle, tirant de sa poche un passe-partout. Je parie que tu as toujours voulu savoir où vivait le président.

Eh bien, c'est l'occasion ou jamais. Dommage qu'il te reste si peu de temps pour en profiter.

Rachel ouvre la porte de l'appartement, et me guide dans le vestibule au sol recouvert de carrelage noir et blanc. C'est là que Mme Allington m'a reproché de courir après son fils. Le vestibule débouche sur un salon spacieux, dont deux côtés consistent en une baie vitrée, donnant sur le toit en terrasse. Comme dans la villa des Hamptons, le cuir noir est à l'honneur, c'est le moins qu'on puisse dire. Mme Allington n'est pas du genre à se meubler chez Ikea. En fait, je m'en serais doutée...

– Joli, n'est-ce pas ? demande Rachel, d'un ton décontracté. À part ces horribles oiseaux !

Un peu en retrait du vestibule, dans une cage en osier haute de deux mètres, les cacatoès sifflotent et s'agitent en roulant vers nous des yeux soupçonneux. Rachel dirige le pistolet électrique vers eux, et ils poussent de hauts cris à la vue de l'éclair bleuté.

– Crétins d'oiseaux ! s'exclame-t-elle.

Elle me saisit par le bras et commence à m'entraîner vers l'une des portes-fenêtres.

– Viens ! Il est temps de passer au dernier acte. J'ai pensé qu'une star comme toi méritait une fin vraiment spectaculaire. C'est pourquoi je te réserve autre chose que la cage d'ascenseur. Tu vas te précipiter du toit de Fischer Hall. Un peu comme cette tortue, dans ce film dont ta tarée de copine de la cafétéria parle tout le temps. Sauf que toi, malheureusement, tu ne seras pas sauvée par une corde jaillissant de ta carapace !

Avant que j'aie pu réagir, une porte s'ouvre toute grande à

l'autre bout du salon. Mme Allington nous regarde fixement, dans son jogging rose.

– Que diable... qu'est-ce que vous faites là, vous deux ? demande-t-elle.

Rachel sourit aimablement.

– Ne faites pas attention à nous, Eleanor. Nous n'allons pas vous embêter longtemps.

– Comment êtes-vous entrées ici ? (Mme Allington se dirige vers nous à grands pas, visiblement furieuse.) Sortez immédiatement ou j'appelle la police !

– Je voudrais bien, Eleanor, réplique Rachel à la femme qui, dans une autre vie, aurait pu être sa belle-mère. Mais il y a des raisons officielles à notre présence ici...

– Je me contrefiche de vos raisons, rétorque Mme Allington, tendant la main pour s'emparer d'un téléphone mural. Vous ne savez donc pas qui est mon mari ?

Soudain, je pousse un cri :

– Attention, madame Allington !

Trop tard. Rapide comme un cobra passant à l'attaque, Rachel a brandi son arme.

Mme Allington se raidit, écarquillant les yeux comme quelqu'un qui vient de recevoir une très mauvaise nouvelle (les résultats des partiels de son fils, par exemple...).

Puis elle est comme propulsée sur le dossier d'un canapé en cuir, et se tortille jusqu'à se retrouver, prostrée, sur le parquet. Elle a les yeux exorbités et la mâchoire qui tombe. Un filet de bave lui coule sur le menton.

– Oh mon Dieu ! je m'écrie.

C'est, sans aucun doute, la pire scène à laquelle il m'ait

jamais été donné d'assister... C'est bien pire que ce que j'ai vu Tania faire à Jordan, alors qu'il était toujours mon fiancé.

– Rachel, tu l'as tuée.

– Elle n'est pas morte ! affirme Rachel sans chercher à dissimuler son mépris. Quand elle reprendra connaissance, elle ne saura pas ce qui s'est passé. Elle ne se souviendra pas de son nom de famille, et encore moins de moi. Mais après tout, elle en a l'habitude ! Allez, viens ! dit-elle en me saisissant à nouveau par le bras.

À présent que j'ai pu observer les effets du pistolet électrique, je ne suis pas trop pressée de les subir à mon tour. Je comprends quelle lourde erreur j'ai commise, en ne tentant pas de m'échapper tant que nous étions en bas. D'accord, elle aurait pu me neutraliser, puis me traîner jusqu'à l'ascenseur. Mais j'aurais été un poids mort, et ça lui aurait compliqué la tâche. Alors que là, ça la lui facilite, tandis que ça me la complique ! Que faire à présent, si ce n'est tomber de haut...

À cette pensée, je décide de tenter l'impossible. Je dégage brusquement mon bras et me mets à courir. J'ignore pourquoi, mais je fonce vers la porte par où Mme Allington est apparue. Je ne peux pas courir très vite, mon corps étant encore tout engourdi, du fait des événements de la veille. Mais, au hurlement de rage que pousse Rachel, je comprends que je l'ai prise au dépourvu. Cela me rassure, car ça signifie qu'elle n'a plus le dessus.

Je me fais un rapide aperçu des pièces que je traverse à toute allure : une salle à manger où je jurerais qu'aucun dîner n'a eu lieu depuis longtemps, avec sa longue table de douze couverts en acajou soigneusement cirée, et son buffet décoré de faux fruits – oui, faux ! Une cuisine d'une propreté impeccable, carrelée de bleu et de blanc. Puis une sorte de petit salon, lui aussi équipé de baies vitrées sur deux côtés, avec une télé grand format disposée devant un énième canapé en cuir – vert foncé, cette fois-ci. La télé diffuse un vieux film avec Debbie Reynolds. Sur le canapé, un panier contenant des pelotes de laine et une bouteille de vodka. Mme Allington sait profiter de son temps libre...

Je me jette sur l'unique porte ne donnant pas sur la terrasse, et déboule dans une chambre à coucher plongée dans la pénombre, tous les rideaux des portes-fenêtres coulissantes étant tirés. Le lit deux places est défait, et les draps gris en soie sont enchevêtrés dans un coin. Une autre télé à écran large, réglée sur un talk-show, le son baissé. Un slip noir traîne sur le sol. Serait-ce la chambre de Chris ? Mais Chris habite la résidence étudiante de la fac de droit. Ce qui ne peut signifier qu'une chose : les Allington font chambre à part. Tu parles d'un scoop !

Il n'y a plus de portes, hormis celle de la salle de bains. Me voilà prise au piège.

J'entends Rachel qui approche. Elle claque les portes et hurle comme une possédée. Je cherche fébrilement des yeux quelque chose qui pourrait me servir d'arme. En vain. Le plafond en miroir (pas de chance !) étant équipé d'un système d'éclairage, il n'y a même pas de lampe à débrancher et à lui balancer à la figure. Je songe à me glisser sous le lit ou à me dissimuler derrière les rideaux en soie damassée, mais je sais qu'elle me découvrirait. Parviendrai-je à trouver les arguments pour qu'elle m'épargne ? Oh, je me suis tirée de pires situations... Quand ça, au juste ? Je ne me souviens plus !

Rachel déboule dans la pièce, trébuchant sur le pas de la

porte. Elle plisse les yeux, tandis qu'ils s'accoutument à l'obscurité. À l'autre bout de la pièce, derrière le lit, j'essaie de ne pas me laisser distraire par mon reflet au plafond.

– Écoute, Rachel, dis-je doucement d'une voix saccadée. T'es pas obligée de me tuer. Ni moi ni Sarah. Je te jure qu'on ne répétera rien de tout ça. Ce sera notre secret, entre filles... Je comprends à fond ce que tu as ressenti. Moi aussi, je me suis fait jeter par des mecs. Enfin... Chris ne mérite pas que tu ailles en prison pour...

– Je n'irai pas en prison, Heather. J'organiserai ton hommage funèbre. Et mon mariage. Je ne manquerai pas de faire jouer tes plus grands tubes à ces deux occasions. Du moins, s'il y en a plus d'un... N'étais-tu pas une de ces « stars d'un seul tube » ? Quel gâchis... Je me demande si quelqu'un assistera à ton enterrement. Tu te rends compte, tu es déjà *has-been* à... tu as quel âge, d'ailleurs ? Vingt-cinq ans ? Vingt-six ? Une ex-Lolita pop qui s'est laissée aller...

– Vingt-huit. Très bien, tue-moi ! Mais pas Sarah. Enfin, Rachel, c'est qu'une gamine.

Rachel sourit et secoue la tête.

– Oh, si c'est pas mignon ! Tu me supplies de lui laisser la vie sauve. À Sarah ! Alors qu'en réalité je sais combien elle te tape sur le système ! Crois-moi, Heather, c'est ça votre problème, à toi et aux filles dans ton genre : vous êtes trop *gentilles*. Vous n'êtes pas des tueuses. Dès que les choses se corsent, vous vous rebiffez. Au départ, vous avez tout pour vous, et puis vous balancez tout. Tu t'es laissée grossir, tu as laissé ton mec se tirer et ta carrière toucher le fond. Nom de Dieu... Tu as même laissé ta mère te piquer tout ton fric. Et avec ça, tu restes... une *gentille fille* ! Et ne parlons pas de

Jordan et toi. Toujours amis. Tu ne supportes pas Sarah, et tu es là, à m'implorer de l'épargner. Je parie que tu envoies toujours une carte à ta maman pour la fête des mères, pas vrai ?

J'avale ma salive. Et hoche la tête.

Qu'est-ce que je pourrais bien dire ?

– Tu vois, continue Rachel, c'est vraiment triste. Les gentilles filles arrivent toujours les dernières. En te tuant, je vais rendre un service au monde. C'est la sélection naturelle, au fond. Une blonde de moins pour nous faire pitié !

En disant ces mots, Rachel s'avance vers moi et plonge vers le lit, tenant l'arme à bout de bras.

Je virevolte, écarte les rideaux, ouvre le loquet de la première porte-fenêtre, et me précipite sur la terrasse.

31

Debout, regarde autour de toi !
Ils ont tous les pieds sur terre
Jamais, ça m'arrivera à moi
Je ne t'aime plus, c'est fini
On n'y peut rien, c'est comme ça
Sors de ma vie, à présent
Je ne veux pas t'épouser
Je ne suis pas ta maman
Va-t'en, prends la porte !
Fini de m'embobiner,
Je ne t'aime plus, c'est fini
Plus rien à espérer
Je ne t'aime plus, c'est fini

Heather Wells
« Sors de ma vie ! »

Il pleut toujours, et de plus en plus fort, à vrai dire. Tout autour de moi, le ciel est couleur de plomb.

Je ne l'avais jamais réalisé avant ce jour, mais Fischer Hall est le bâtiment le plus élevé, de ce côté-ci du parc. La terrasse offre des vues sidérantes sur Manhattan. Au nord, sur l'Empire State Building, à peine visible dans la brume. Au sud, sur le vide laissé par les tours du World Trade Center, enveloppé d'un linceul de brouillard. On voit aussi East Village et West Village baignés par la pluie.

L'endroit rêvé pour tourner une scène de film. *Les Tortues Ninja*, par exemple.

Mais voilà, je ne suis pas en train de jouer dans un film. C'est la réalité. *Ma* réalité. Que je ne vais pas tarder à quitter pour l'autre monde...

Il souffle un vent violent au vingtième étage, et les gouttes de pluie tambourinent sur mon visage. J'ai du mal à choisir une direction car, où que je regarde, je vois des géraniums en pots, simplement posés sur une balustrade en pierre peu élevée, par-dessus laquelle on doit pouvoir facilement être balancée...

Faute de mieux, je baisse la tête et entreprends de contourner le bâtiment, histoire de rejoindre l'autre côté de la terrasse. Rachel ne me collant pas au train, j'ai le temps de m'arrêter, d'ouvrir mon sac à dos et d'y farfouiller pour y dégoter mon aérosol de défense. J'ignore si ce truc marche encore mais, au point où j'en suis, tout ce qui peut m'aider à éviter de recevoir la décharge de ce pistolet électrique est bienvenu.

Je trouve enfin l'aérosol. Je retire le bouchon de sécurité, lorsqu'un vacarme assourdissant se fait entendre. Dans une explosion d'éclats de verre et de bois, Rachel franchit la porte-fenêtre, telle une Tortue ninja, sans s'être donné la peine de l'ouvrir avant. Elle me percute violemment, et nous tombons toutes deux à la renverse sur les dalles trempées.

Je tombe sur mon épaule meurtrie. La douleur me coupe le souffle. J'essaie de rouler sur moi-même, malgré les morceaux de verre et de bois, afin de m'éloigner d'elle.

Elle est debout la première, et fonce vers moi. Dans toute

cette agitation, elle est parvenue à ne pas lâcher le pistolet électrique.

Mais j'ai toujours l'aérosol, dissimulé dans mon poing crispé. Elle se penche sur moi. La pluie plaque ses cheveux noirs sur son visage, sa bouche est crispée en un rictus qui me rappelle l'expression de Lucy, quand elle tient dans sa gueule une balle de tennis ou un catalogue de vente par correspondance.

– Tu es vraiment une pauvre fille ! lance-t-elle, pleine de mépris, en agitant le pistolet sous mon nez. Comment est-ce qu'on reconnaît une brune ?

Je tente de me positionner de façon à pouvoir lui envoyer le jet de l'aérosol en pleine figure. Je ne voudrais pas que le vent renvoie ce machin vers moi.

– Je comprends rien à ce que tu racontes, dis-je d'une voix faible, n'ayant toujours pas retrouvé mon souffle après ma chute. Mon Dieu ! Je n'en reviens pas d'avoir, un jour, offert *des fleurs* à cette femme !

D'accord, elles venaient de la supérette du coin, mais quand même...

– Alors, comment est-ce qu'on reconnaît une brune ? répète-t-elle, son visage à quelques centimètres du mien. On prend une blonde, et on la met à l'envers !

Tandis qu'elle tente de m'envoyer une décharge de cent vingt mille volts dans la hanche droite, je lève la main et lui vaporise le produit à la figure. Rachel pousse un cri et bondit en arrière, ramenant un bras devant elle pour protéger son visage.

Sauf que le bouton-poussoir refuse de s'enfoncer à fond.

Tant et si bien que le liquide toxique, au lieu de l'atteindre aux yeux, mousse et dégouline le long du cylindre.

– Aïe ! je m'écrie lorsqu'il atteint mes points de suture.

Comprenant qu'elle n'a pas été touchée, Rachel éclate de rire.

– Nom de Dieu ! Ce que tu peux être pathétique, Heather !

Mais lorsqu'elle se jette à nouveau sur moi, j'ai eu le temps de me relever, et je suis prête à la recevoir.

– Rachel. Il y a un truc que j'ai toujours voulu te dire. C'est pas parce qu'on fait du quarante-six… (les doigts endoloris crispés sur le cylindre métallique, je la frappe au visage de toutes mes forces) qu'on est grosse !

Mes articulations me font horriblement mal. Rachel pousse un hurlement, et vacille en arrière, portant les mains à son nez, duquel jaillit une prodigieuse quantité de sang.

– Mon nez ! s'écrie-t-elle. Tu m'as cassé le nez ! Espèce de salope !

Je tiens à peine debout. J'ai des élancements à l'épaule, des éclats de verre dans le dos, les articulations de la main droite engourdies, et le liquide de l'aérosol me brûle les mains. Du sang s'écoule d'une plaie, à proximité de mon front. Je me frotte les yeux à cause de l'eau et du sang. Je n'ai qu'une envie : retourner à l'appartement et m'étendre un petit moment. En regardant la chaîne cuisine, par exemple.

Seulement je ne peux pas. Parce que j'ai ma cinglée de boss sur le dos.

Elle est là, tenant son nez d'une main et le pistolet électrique de l'autre. Je la saisis à bras-le-corps, la ceinturant et la soulevant du sol. Elle tombe et se tortille afin de se dégager, tandis que je tente de lui arracher le pistolet des mains.

Et pendant tout ce temps, elle sanglote. Non de peur, comme elle le devrait (car, croyez-moi, j'ai bien l'intention de la tuer), mais de fureur. Son regard brille d'une telle haine que je m'étonne de ne pas m'en être aperçue plus tôt.

– Alors comme ça, les gentilles filles arrivent les dernières ? je demande, en lui donnant un violent coup de pied dans le genou. Tu me trouves encore trop gentille, là ?

Sauf que j'ai l'impression de frapper un de ces mannequins à apparence humaine utilisés pour les *crash tests*. Rachel semble insensible à la douleur... à moins que son visage ne soit touché. Son précieux petit nez, par exemple...

Et elle est forte... tellement plus forte que moi, bien que je sois folle de rage, plus grande et plus épaisse. Impossible de lui arracher le pistolet des mains. J'ai lu quelque chose au sujet de gens qui, dans des moments désespérés, voient leurs forces décuplées : des mères qui soulèvent des véhicules pour sauver leurs enfants, des flics de la garde montée extirpant leur cheval du trou où il est tombé... ce genre de chose. Rachel, quant à elle, est forte comme un homme... un homme qui voit sa vie se désintégrer.

Elle n'abandonnera pas avant qu'une de nous deux soit morte. Et quelque chose me dit que ce sera moi.

Je ne peux rien faire d'autre que maintenir mes mains sur les siennes, toujours crispées sur le pistolet. J'ai les doigts glissants de pluie et de sang, endoloris par les points de suture et la brûlure du gaz de défense. Difficile de tenir bon. Rachel a réussi à se remettre debout malgré mes coups de pied, et voilà que nous nous disputons l'arme sous la pluie battante. La violence de notre corps à corps nous a projetées dangereusement près de la balustrade.

Rachel parvient, Dieu sait comment, à faire volte-face. Si bien que c'est *mon* dos qui s'appuie à présent contre un pot de géraniums ruisselant d'eau, lequel ressemble à s'y méprendre à celui qui a failli tuer Jordan. Mon visage est orienté vers le ciel et je ne vois plus rien, avec toute cette pluie qui me tombe dans les yeux. Je baisse les paupières et tente de me concentrer sur cette tâche quasi impossible : maintenir les bras de Rachel en hauteur, et la tête crépitante de l'arme à distance de mon corps. Je sens le pot de fleurs osciller, puis tomber. Je garde les yeux fermés, mais j'entends ce bruit terrible lorsqu'il s'écrase sur le trottoir quelques secondes plus tard.

C'est ça le plus effrayant : le temps qui s'écoule entre le moment où le pot a basculé, et celui où il a touché le sol. J'ai eu le temps de compter jusqu'à dix.

Plusieurs secondes en chute libre... à regarder la mort en face.

Mes bras faiblissent. Je sens que je pleure, car le sel de mes larmes picote mon visage éraflé.

Et, au-dessus de moi, Rachel éclate de rire en constatant que mes forces m'abandonnent.

– Tu vois. Je t'avais prévenue, Heather. Tu es trop gentille pour gagner. Trop faible. Pas assez sportive. Parce que quand on fait du quarante-six, on *est* grosse ! Oh, je sais ce que tu vas me dire... Que les femmes américaines font, en moyenne, du quarante-six. Mais tu sais quoi ? Les Américaines sont grosses, Heather !

– Oh mon Dieu ! dis-je en crachant de l'eau et du sang. Tu es cinglée, Rachel. Il y a vraiment un truc qui va pas chez toi. Tu devrais te faire aider...

– De toute façon, tu n'as plus de raison de vivre, continue-t-elle comme si elle n'avait rien entendu – ce qui est sans doute le cas. Ta carrière musicale est à l'eau, ton petit copain t'a larguée, et ta propre mère t'a poignardée dans le dos. Tu aurais dû mourir hier, dans l'ascenseur. Et tu aurais dû mourir avant-hier, mais j'ai loupé mon coup. Laisse tomber, Heather. Les gentilles filles ne gagnent jamais...

En prononçant ces derniers mots, Rachel commence à faire fléchir mes bras. C'est elle la plus forte, et je ne vais pas pouvoir lutter plus longtemps. Je pleure franchement à présent, tandis que je me débats en m'efforçant de ne pas écouter sa voix chantonnante :

– Pense un peu... Ils parleront de toi aux nouvelles, sur MTV. Ta mort va faire les gros titres. Peut-être pas du *Times*, mais du *New York Post*. Et qui sait ? La chaîne divertissement fera peut-être une émission spéciale... sur les stars d'un seul tube qui meurent avant trente ans...

J'ouvre les yeux et lui jette un regard noir. Je suis incapable de dire un mot tant je mobilise toutes mes forces pour l'empêcher de m'électrocuter.

Et, lorsque je sens un tremblement parcourir mes muscles épuisés, le rire triomphant de Rachel me parvient aux oreilles. Et une dernière blague :

– Il faut combien de blondes pour changer une ampoule ?

C'est alors que sa tête explose devant moi.

Sérieusement. Elle est là, à me rigoler au nez. Et soudain, elle n'est plus là, escamotée par l'impact d'un objet, si violent que le sang jailli de la blessure m'aveugle. Le pistolet électrique retombe, en même temps que son corps, lequel s'affaisse sur les dalles avec un bruit sourd.

Je m'agrippe à la balustrade et, secouée de sanglots, m'essuie les yeux du revers de la main, le seul endroit où je ne suis pas blessée. Je ne distingue aucun son, si ce n'est le sifflement de la pluie et… une respiration haletante.

Il me faut quelques instants pour réaliser que ce n'est pas la mienne. Lorsque je peux enfin me servir de mes yeux, je vois Rachel étendue à mes pieds, du sang s'échappant d'une blessure à la tempe. Autour d'elle, les flaques ont pris une teinte rosée.

Et devant moi, une bouteille de vodka ensanglantée à la main, se tient Mme Allington. Son jogging rose est trempé, elle respire avec peine, et c'est avec le plus grand mépris qu'elle toise le corps de Rachel, étendu face contre terre.

Mme Allington secoue la tête.

– Je fais du quarante-six ! dit-elle.

32

Vas-y, trouve ta voie
Oublie les jours bons ou mauvais
Oublie les jours d'autrefois
Personne ne sait
Ce qui sera
On est toujours seul
Au début du chemin
Fais quelques pas
Ne t'arrête pas
Et un jour tu diras :
Me voilà chez moi !

Heather Wells
« Sans titre »

Pour finir, je passe la nuit à l'hôpital à cause des points de suture qui n'ont pas tenu, de multiples contusions et de tous ces éclats de verre qui me sont rentrés dans les chairs.

C'est tout de même une nuit de trop, si vous voulez mon avis. Vous savez ce qu'ils servent comme dessert, à l'hôpital ? Une espèce de gelée aux fruits. Sans même les petits morceaux de guimauve qu'on y ajoute parfois.

En plus, il n'y a même pas de baignoire. Pour se laver, c'est soit la douche, soit le gant de toilette.

Je m'efforce tout de même de tirer le meilleur parti de mon séjour à l'hôpital. Je quitte mon étage en douce pour aller rendre visite à Julio, lequel se remet bien des blessures subies suite à l'explosion. Il est censé reprendre le travail le mois prochain, sans trop de séquelles.

Tant que j'y suis – à l'hôpital, je veux dire –, je vais aussi voir Jordan dans sa chambre.

Il semble très gêné de me voir. Et sa fiancée, Tania ? Carrément agressive. Pour un peu, je pourrais penser qu'elle se sent menacée par moi, ou un truc dans ce goût-là.

Je ne vois vraiment pas pourquoi ce serait le cas. Son dernier single, « Garce », vient d'entrer dans la liste des dix disques les plus vendus.

Je leur souhaite tout le bonheur du monde, néanmoins. Je leur dis qu'ils sont faits l'un pour l'autre.

Le pire, c'est que je le pense vraiment.

S'il ne me reste qu'une nuit à l'hôpital, Fischer Hall m'a tout de même accordé deux semaines de congé maladie (payé). Je suppose que c'est comme ça qu'on vous remercie, à l'université de New York, quand vous parvenez à coincer votre boss coupable d'un double homicide. Même si vos droits ne sont pas encore ouverts, en théorie.

À mon retour au bureau, quinze jours plus tard, le climat s'est rafraîchi. Dans le parc de Washington Square, le feuillage des arbres commence à prendre des nuances rouges ou dorées – pâles, en regard des teintures de cheveux qu'arborent les étudiants.

Honnêtement, j'ai l'impression de vivre dans un cirque.

Beaucoup d'autres choses ont changé, à Fischer Hall. Pour commencer, avec Rachel en prison dans l'attente de son procès, j'aurai bientôt une nouvelle boss. Que je ne connais pas encore. Ils ont encore des candidats à voir pour le poste. Mais le docteur Jessup n'engagera personne sans mon feu vert.

Je crois que ce serait chouette, pour une fois, d'avoir *un* boss. Comprenez-moi bien : j'adore bosser pour des femmes et tout le tralala. Mais un peu moins d'œstrogènes au bureau, ça nous fera du bien.

Sarah est d'accord avec moi. Elle et tous les autres RE sont beaucoup plus gentils avec moi depuis que j'ai risqué ma vie pour démasquer la personne qui tuait leurs camarades. Je n'entends plus parler de Justine. Sauf l'autre jour, quand Tina est venue me dire : « Tu sais, Justine ne venait jamais travailler en jean, comme toi. Soi-disant, elle n'en trouvait pas à sa taille, tellement elle était mince. C'est un truc que je détestais, chez elle. »

Même Gavin s'est mis à m'écouter, et il a définitivement renoncé à surfer dans l'ascenseur. Au lieu de ça, il explore les égouts de la ville.

J'imagine qu'il ne va pas tarder à laisser tomber aussi, parce que son odeur ne le rend pas très populaire.

Oh, et les Allington ont déménagé. Dans le bâtiment juste à côté (celui sur lequel Donatello, ou je ne sais quelle autre Tortue ninja, sautait, dans cette fameuse scène du film). Assez loin de leur ancien foyer, cependant, pour que Mme Allington ait le sentiment que les oiseaux et elle seront plus au calme... d'autant plus qu'ils vivent désormais dans un bâtiment qu'ils n'auront pas à partager avec sept cents étudiants de premier cycle, ainsi que le personnel de la résidence.

On ne peut pas dire que les Allington aient été regrettés par les étudiants. En revanche, leur fils l'a été. Chris est devenu une sorte de célébrité : utilisant comme rampe de lancement la notoriété que lui a conférée la passion de Rachel – à laquelle tous les journaux ont consacré leurs gros titres –, il a ouvert sa propre boîte de nuit à SoHo. La fac de droit était apparemment une idée de son père. À présent que des magazines et des chaînes de télé veulent lui acheter son histoire, Chris s'est libéré du joug paternel et se débrouille par ses propres moyens.

Je parie que ces moyens ne vont pas tarder à lui attirer des ennuis avec la justice.

Les résidents de Fischer Hall, les RE et le personnel ont décidé, ensemble, de quelle façon il convenait de rendre hommage à Elizabeth Kellogg et Roberta Pace : nous avons planté deux arbres, des cornouillers identiques, dans une jolie partie du parc. Au-dessous, sur une plaque, on peut lire *À la mémoire de* suivi des noms, prénoms, dates de naissance et de décès des deux jeunes filles, et des mots *Nous les regretterons*. Des millions de gens verront la plaque et les arbres – qui fleuriront au printemps, m'assurent les gars du département d'horticulture. Et des centaines d'étudiants bénéficieront de la bourse d'études que nous venons également d'instituer, et qui portera les noms de Beth et de Bobby.

J'ai hâte de voir les arbres en fleurs. Il n'y a pas grand-chose d'autre que j'attende avec impatience, ces temps-ci. Car j'ai (enfin) découvert ce que Cooper pense de moi.

Non qu'il sache que je le sais. Il s'imagine sans doute que j'ai tout oublié. Ça s'est passé lorsqu'il a déboulé sur la terrasse, quelques secondes après que Mme Allington eut assommé Rachel avec la bouteille de vodka. Il avait écouté mon message et avait aussitôt rappliqué avec l'inspecteur Canavan. Et avait appris, de la bouche de Pete – qui nous avait vues sur son écran de contrôle –, non seulement que Rachel était vivante, mais que nous étions toutes deux montées rendre visite à Mme Allington. (L'image n'était pas assez bonne pour que Pete puisse voir que Rachel pressait, au même instant, un pistolet électrique sur ma nuque. Il va nous falloir améliorer la qualité du matériel de surveillance sur tout le campus.)

Pendant que l'inspecteur se chargeait d'une Rachel inconsciente et d'une Mme Allington au bord de la crise de nerfs, Cooper s'est agenouillé près de moi, sous la pluie, et m'a demandé comment j'allais.

Je me rappelle l'avoir fixé en croyant que c'était une hallucination. Tout comme le coup que Rachel s'était pris sur la tête. À ce moment-là, je croyais être en train de mourir, à cause de la brûlure du spray sur mes points de suture, des éclats de verre enfoncés dans mon dos, de mon épaule meurtrie, et de tout le reste...

Ce qui explique sans doute pourquoi je répétais inlassablement (tout au moins, dans mon souvenir) : « Promets-moi de t'occuper de Lucy. Quand je serai morte, promets-moi de t'occuper de Lucy. »

Cooper a retiré sa veste, celle qui était toute tachée de mon sang, et m'en a recouverte. Elle avait la tiédeur de son corps – ça, je m'en souviens – et aussi son odeur.

– Ne t'inquiète pas pour ça ! a dit Cooper. Et tu ne vas pas mourir. Écoute, je sais que ça fait mal. Les secours seront là d'une minute à l'autre. Tout va bien se passer, crois-moi.

– Non, c'est pas vrai ! j'ai rétorqué.

Parce que j'étais certaine d'être agonisante. Plus tard, l'un des secouristes m'a appris que j'étais en état de choc, à cause de la douleur, du froid, de la pluie, etc.

Mais je n'avais pas moyen de le savoir, alors.

– Je n'aurai pas dépassé les vingt-huit ans, ai-je expliqué à ce que je prenais pour un Cooper imaginaire. La star d'un seul tube ! Voilà ce que je suis ! Fais en sorte qu'on inscrive sur ma pierre tombale : *Ci-gît la star d'un seul tube.*

– Heather, a déclaré Cooper, en souriant (j'en suis sûre). Tu ne vas pas mourir. Et tu n'es pas une star d'un seul tube.

– Oh, d'accord.

Alors, j'ai éclaté de rire. Puis éclaté en sanglots. Sans parvenir à m'arrêter.

Il paraît que c'est aussi un grand classique, en cas de choc. Mais là aussi, je ne pouvais pas m'en douter.

– Rachel avait raison, je me rappelle avoir affirmé avec amertume. Elle a raison ! J'avais tout, et j'ai tout fichu en l'air. Je suis la fille la plus lamentable du monde !

C'est alors que Cooper m'a forcée à me redresser, et serrée dans ses bras.

– Heather, a-t-il dit d'une voix très ferme. Tu n'es pas lamentable ! Tu es l'une des personnes les plus courageuses que j'aie jamais rencontrées. N'importe qui d'autre ayant subi ce que tu as subi – avec ta mère, mon frère, ta carrière et tout le reste – aurait renoncé. Mais, toi, tu as continué. Tu es repartie de zéro. J'ai toujours admiré la façon dont, quoi qu'il arrive, tu es toujours d'attaque.

Je suis désolée de devoir avouer que j'ai alors répliqué :

– Comme ce petit lapin rose qui joue du tambour ?

Mettons cela sur le compte du choc...

Cooper a joué le jeu :

– Exactement comme le petit lapin rose qui joue du tambour. Tu n'es pas lamentable, Heather. Et tu ne vas pas mourir. Tu es une gentille fille, et tu vas te remettre d'aplomb.

Ces paroles de Cooper n'ont pas manqué de troubler mon esprit déjà embrumé, vu la conversation que j'avais eue, un peu plus tôt, avec la femme qui avait voulu me tuer.

– Mais... les gentilles filles arrivent toujours en dernier.

– Il se trouve que j'aime les gentilles filles, a dit Cooper.

Et puis, il m'a embrassée.

Juste une fois. Et sur le front. Vous savez, comme le grand frère de votre ex-copain pourrait vous embrasser si... si vous aviez été attaquée par une folle meurtrière, que vous étiez en état de choc, et qu'il pensait que vous seriez, de toute façon, incapable de vous en souvenir.

N'empêche qu'il l'a fait. Et que je m'en souviens.

Il me trouve courageuse. Non, mieux que ça ! Il trouve que je suis l'une des personnes les plus courageuses qu'il ait jamais rencontrées.

Et il m'aime bien. Parce qu'il aime les gentilles filles.

D'accord, ce n'est pas grand-chose. Mais vous savez quoi ?

Ça me suffit. Pour le moment.

Ah, et puis, j'allais oublier : je ne suis jamais retournée dans cette boutique pour acheter le jean taille quarante-deux. D'abord, parce que je ne vois pas en quoi c'est un problème, de faire du quarante-six.

Ensuite, parce que j'ai été trop occupée. J'ai réussi ma période d'essai de six mois. Je démarre en janvier ma première année d'études à l'université de New York. Mon premier cours ?

Introduction à la justice pénale.

Il faut bien commencer quelque part, non ?

Une (irrésistible) envie d'aimer

1

Joli-Serveur
Aux yeux ravageurs
Tu peux pas m'dire « Viens donc qu'on s'aime »
Au lieu d'me dire « T'as un problème ? »

« Joli-Serveur »
Écrit par Heather Wells

Derrière le bar, le gars qui prépare et sert le café me détaille des pieds à la tête. Si, si, je vous assure.

Il est sexy, il y a pas à dire. Enfin, sexy comme peut l'être un serveur de vingt ans. Je parie qu'il joue de la guitare. Qu'il passe, comme moi, la moitié de la nuit à pincer sa gratte. Je le vois aux légers cernes sous ses yeux verts aux longs cils, et à ses cheveux hérissés, qui ont eu du mal à quitter l'oreiller ! Il n'a pas eu le temps de prendre sa douche ce matin, ayant veillé très tard pour travailler son instrument. Exactement comme moi.

– Qu'est-ce que je vous sers ? demande-t-il.

En me regardant. De façon insistante.

Je suis certaine que c'est moi qu'il zieute, vu qu'il n'y a personne derrière.

Et puis, pourquoi ne me reluquerait-il pas ? Je suis jolie. Du moins, ce qui dépasse de ma volumineuse tenue d'hiver. Je n'ai pas manqué, ce matin, d'appliquer une bonne couche de mascara *et* de fond de teint (contrairement à Joli-Serveur, je tiens à dissimuler mes cernes). Et avec ma parka, impossible de remarquer les deux... euh, les cinq kilos que j'ai pris pendant les vacances d'hiver. Mais qui compte les calories à Noël ? Ou au Nouvel An ? Ou juste après le Nouvel An, quand toutes les friandises des fêtes sont en promo ? On a encore tout le temps de maigrir pour rentrer dans son maillot avant l'été !

D'accord, il y a cinq ou six ans que j'y pense sans jamais avoir essayé – de maigrir pour être belle sur la plage, je veux dire. Qui sait ? Cette année sera peut-être la bonne ! On me doit deux jours de congé – c'est tout ce que j'ai réussi à cumuler depuis mon embauche en octobre, à la fin de ma période d'essai. Je pourrais aller à Cancún. D'accord, juste pour le week-end. C'est déjà ça.

Alors, quelle importance que j'aie cinq, voire huit ans de plus que Joli-Serveur ? J'ai encore tout ce qu'il faut. Du moins, il me semble.

– Un grand café viennois ! je demande.

En général, ce n'est pas mon truc, les boissons à base de café et de chantilly. Mais c'est le premier jour officiel du semestre de printemps (de printemps, parfaitement !), il fait un froid de canard, un blizzard est annoncé, Cooper est parti ce matin (pour une destination secrète, comme d'habitude) sans avoir mis la cafetière en marche, et ma chienne Lucy a refusé de sortir parce qu'il faisait trop froid – je suis donc presque assurée d'avoir en rentrant une mauvaise surprise... Voilà pourquoi j'ai VRAIMENT besoin d'un remontant, histoire d'arrêter de m'apitoyer sur mon sort.

Et puis vous comprenez, tant qu'à mettre cinq dollars dans un café, autant que ce soit le top du top.

– Et un grand café viennois ! annonce Joli-Serveur, en balançant habilement ma tasse comme les serveurs aiment le faire. Vous savez, en la faisant tournoyer comme si c'était un pistolet, et lui un truand dans un western-spaghetti.

Ouais... Il joue de la guitare, c'est sûr. Je me demande si, comme moi, il passe son temps à composer des chansons qu'il n'a pas le cran d'interpréter sur scène. Et si, comme moi, il passe son temps à douter de son talent.

Non. Il ne craint pas de faire face à la foule avec sa guitare et ses paroles à lui. C'est clair, il suffit de le regarder.

– Lait de soja ou lait écrémé ?

Mon Dieu ! Du lait écrémé pour affronter le premier jour du semestre ? Ou de soja ? De *soja* ?

– Lait entier, je vous prie !

Je ferai attention plus tard. Pour déjeuner, je me contenterai de poulet *parmigiana* accompagné de salade – et peut-être d'une cuillerée de yaourt glacé.

Mmm... À moins que Magda n'ait reçu ses fameuses barres glacées chocolat-vanille...

– En fait, me dit Joli-Serveur en encaissant, j'ai vraiment l'impression qu'on se connaît.

– Oh !

J'en rougis de plaisir. Il se souvient de moi ! Il doit voir chaque jour des centaines, voire des milliers de New-Yorkais accros à la caféine, et il se souvient de MOI ! Par chance, il fait si froid dehors, et si chaud ici, que mes joues rouges peuvent facilement laisser croire que je transpire dans ma parka, et non que je me pâme parce qu'il ne m'a pas oubliée.

– Eh bien, je vis et je travaille dans le quartier, dis-je. Je passe beaucoup de temps ici.

Ce qui n'est pas tout à fait vrai, mon budget des plus réduits (du fait de mon salaire de misère) n'incluant pas les boissons chaudes à la crème fouettée. D'autant que des cafés, j'en bois autant que je veux gratis à la cafétéria.

Sauf qu'ils ne sont pas surmontés de crème fouettée. On a bien essayé d'en stocker des bombes, mais les étudiants les chouraient pour organiser des combats de chantilly.

– Non, dit Joli-Serveur en secouant sa tête voluptueusement ébouriffée. C'est pas ça... Dites-moi, on vous a jamais fait remarquer que vous ressembliez beaucoup à Heather Wells ?

Je prends la boisson qu'il me tend. Ce moment-là est toujours le plus délicat. Que suis-je censée dire ? « En fait, oui... étant donné que c'est moi ! » Mais il risque alors de me demander de sortir avec lui dans le seul espoir que j'aie conservé des contacts dans l'industrie musicale (ce qui n'est pas le cas ; voir plus haut : peur d'être huée par le public, etc.).

Ou dois-je me contenter de rire avec un : « Ah non, celle-là, on me l'avait jamais faite ! » Mais que se passera-t-il ensuite, quand nous aurons commencé à sortir ensemble et qu'il réalisera que je suis effectivement Heather Wells ? Parce que, enfin, même si j'arrive à lui cacher quelque temps mon véritable nom, il finira bien par le découvrir. À la douane, par exemple, quand on reviendra de Cancún. Ou au moment de signer le certificat de mariage.

C'est pourquoi j'opte pour un simple :

– Ah oui, vous trouvez ?

– Oui. Enfin, si vous étiez plus mince, dit Joli-Serveur avec un sourire. Votre monnaie... Régalez-vous !

Je n'en reviens pas de voir que, même si la ville se prépare de pied ferme à affronter la tempête de neige annoncée – des camions chargés de sable et de sel dévalent lourdement la Dixième Rue en arrachant des branches d'arbres sur leur passage, les supermarchés ont épuisé leurs stocks de lait et de pain, et la télévision diffuse en boucle des flashs d'information sur la progression de la tempête –, les dealers n'en sont pas moins nombreux et actifs autour de Washington Square.

Ils sont là, plantés sur les trottoirs dans leurs parkas, savourant eux aussi des cafés viennois. Une quantité assez considérable (du moins pour New York) de neige étant, ce matin-là, censée tomber d'un instant à l'autre, les passants sont rares. Ceux-ci se voient néanmoins proposer de l'herbe par des vendeurs pleins d'entrain.

Leurs propositions ont beau être systématiquement rejetées, les dealers me dressent tout de même l'inventaire de leur marchandise lorsque je passe à proximité d'eux en traînant les pieds.

J'en rirais si je n'étais pas encore en boule à cause de Joli-Serveur. Impossible de sortir de chez moi sans me faire aborder par ces gars. Le fait que je ne leur aie jamais acheté quoi que ce soit ne semble pas les troubler. Ils se contentent de hausser les épaules comme si je mentais en leur confiant que, ces derniers temps, le stimulant le plus fort que je consomme est le café. Hélas.

C'est pourtant la vérité. Et parfois aussi une petite bière. C'est à ça que se bornent mes extravagances.

Light, la bière, bien entendu. Hé ! Une fille doit surveiller sa ligne.

Un gentil dealer nommé Reggie s'écarte du groupe de ses comparses et me demande avec bienveillance :

– Tu en penses quoi, de ces machins blancs censés tomber du ciel, Heather ?

– Plus de bien que de ces machins blancs dont toi et ta bande faites le trafic, Reggie !

Je suis choquée de m'entendre lui parler sur ce ton. Nom de Dieu ! Qu'est-ce qui me prend ? En temps normal, je suis archi-polie avec Reggie et ses collègues. Il est souhaitable d'être en bons termes avec les dealers de son quartier.

Mais en temps normal, je ne viens pas de me faire traiter de grosse par mon serveur favori.

– Ohé, chérie ! proteste Reggie, visiblement vexé. T'es pas obligée d'être blessante.

Il a cent fois raison. Ce n'est pas bien de traiter Reggie et ses copains comme de la racaille, et de voir dans les industriels du tabac des messieurs respectables.

– Je suis désolée, Reggie, dis-je d'une voix sincère. J'ai eu tort. C'est juste qu'il y a neuf mois que tu essaies de me fourguer ta came devant ma porte, et neuf mois que je te réponds « non » ! Qu'est-ce que tu t'imagines ? Que je vais devenir accro à la coke du jour au lendemain ? Lâche-moi un peu !

– Heather, soupire Reggie, levant les yeux vers les gros nuages gris au-dessus de nous. Je suis un commerçant. Quel genre de commerçant je serais si je laissais une jeune femme comme toi traverser une période très éprouvante de sa vie sans chercher à l'intéresser à ma marchandise, alors qu'un petit remontant lui ferait sans doute le plus grand bien ?

Et, comme pour illustrer ses paroles, Reggie brandit l'exemplaire du *New York Post* qu'il tenait sous le bras. En première page, la manchette hurle en caractères de cinq centimètres : « C'EST REPARTI ! » au-dessus d'un cliché en noir et blanc de mon ex-fiancé main dans la main avec sa fiancée par intermittence, la princesse pop Tania Trace.

– Reggie… je commence, après m'être revigorée avec une gorgée de mon café viennois.

Cela seulement à cause du froid. En fait, je n'en veux plus, de ce café – Joli-Serveur m'en a dégoûtée. Enfin, peut-être pas de la crème fouettée. C'est bon pour la santé après tout, c'est un produit laitier. Et sans produit laitier, pas de petit déjeuner équilibré !

– Reggie… Tu crois que je passe mes journées à rêver de ressortir avec mon ex ? Parce que rien ne pourrait être plus éloigné de la réalité.

La vérité, c'est que je passe mes journées à rêver de sortir avec le frère de mon ex – lequel demeure obstinément insensible à mes charmes.

Mais inutile de raconter ça au dealer du quartier.

– Je suis désolé, Heather, insiste Reggie en repliant le journal. J'ai pensé qu'il valait mieux que tu saches. Ce matin, sur New York Première, ils ont dit que le mariage aurait lieu samedi prochain à la cathédrale Saint-Patrick, comme prévu. Et la réception au Plaza.

Je le fixe avec stupéfaction.

– Tu regardes New York Première, Reggie ?

Il paraît quelque peu offensé.

– Je regarde la météo, comme n'importe quel New-Yorkais, avant de sortir bosser.

Waouh. C'est-y pas mignon ? Il regarde la météo avant de sortir vendre sa came au coin de ma rue !

– Reggie, dis-je, impressionnée. Pardonne-moi, veux-tu ? J'admire ton zèle. Non seulement tu refuses de laisser les éléments te détourner de ton travail, mais tu te tiens au courant des potins locaux. Continue comme ça, je t'en prie, et ne renonce jamais à essayer de me vendre tes drogues !

Reggie sourit en montrant les dents, dont la plupart sont en or (ce qui donne à son sourire un air de fête).

– Merci, chérie, réplique-t-il, comme si je venais de lui faire un très grand honneur.

Je lui rends son sourire et reprends ma pénible marche jusqu'à mon bureau. Le mot « pénible » est un peu exagéré car il est à deux pas de chez moi – une bonne chose, vu le mal que j'ai à me lever le matin. Si j'habitais Park Slope, l'Upper West Side ou un endroit comme ça, et que je devais prendre le métro tous les jours pour aller bosser, je ne m'en tirerais pas. J'ai vraiment du bol, en un sens. D'accord, c'est à peine si je peux me payer un café viennois et, après toutes les soirées auxquelles j'ai assisté pendant les vacances, je ne rentre plus dans mon pantalon en velours stretch taille quarante-six, sauf à porter une gaine.

Certes, mon ex est sur le point d'épouser l'une des « cinquante plus belles personnes de l'année » (*dixit* le magazine *People*). Je n'ai pas de voiture. Ni de maison.

Mais au moins, je vis dans un appartement du feu de Dieu, pour lequel je ne paie aucun loyer, au dernier étage d'une maison en grès brun située à deux pas de mon boulot, dans la ville la plus chouette du monde.

Bien sûr, j'ai accepté ce job de directrice adjointe d'un dortoir de l'université de New York dans le but d'être dispensée d'avoir à payer des droits d'inscription, et de pouvoir obtenir pour de bon la licence que je prétends avoir sur mon CV.

D'accord, j'ai du mal à entrer à la fac d'art et de sciences humaines à cause de mes résultats à l'équivalence du bac, si faibles que la doyenne refuse de m'y admettre avant que j'aie suivi (et validé) un cours de rattrapage en maths – bien que je lui aie expliqué que je me chargeais, en échange du loyer, de la comptabilité d'un très séduisant détective privé et que je n'avais jamais fait une seule erreur de calcul, du moins à ma connaissance.

Mais peut-on attendre d'une bureaucratie sans âme – même si elle vous emploie – qu'elle vous traite comme un être humain ?

Me voilà donc, à vingt-neuf ans, contrainte de faire de l'algèbre pour la première fois de ma vie (et laissez-moi vous dire que j'ai beau me creuser la tête, je ne vois pas à quoi ça pourra bien me servir).

Et puis je compose des chansons jusque tard dans la nuit, même si je n'ai pas le cran de les chanter devant qui que ce soit.

Mais tout de même... Deux minutes suffisent pour me rendre au boulot et je peux de temps à autre admirer mon patron et proprio – dont je suis raide dingue – avec juste une serviette nouée autour de la taille, lorsqu'il se précipite de la salle de bains à la buanderie, à la recherche d'un jean propre.

Tout ne va donc pas si mal, malgré Joli-Serveur.

Cependant, habiter si près de son lieu de travail a aussi ses inconvénients. Par exemple, les gens n'hésitent pas à m'appeler chez moi pour des problèmes anodins du style toilettes bouchées ou nuisances sonores. Comme si, parce que je n'habite qu'à deux pâtés de maisons, je devais débouler à n'importe quelle heure à la résidence pour y régler les problèmes dont mon patron (le directeur, qui y possède un logement de fonction) est censé se charger.

Mais au fond, j'aime mon boulot. Et même mon nouveau chef, Tom Snelling.

C'est pourquoi, lorsque je réalise, une fois franchies les portes de Fischer Hall par cette matinée polaire, que Tom n'est pas arrivé, ça me fiche en rogne, et pas uniquement parce que personne n'est là pour apprécier le fait que je sois arrivée avant neuf heures et demie. Personne, à part Pete, l'agent de sécurité. Il est au téléphone et cherche à joindre la surveillante générale d'un de ses nombreux enfants pour savoir pourquoi celui-ci a été collé.

Il y a aussi l'étudiante de service à l'accueil. Or elle ne lève même pas les yeux quand je passe, trop absorbée par le numéro de *Us Weekly* qu'elle a piqué dans la corbeille du courrier (Jessica Simpson est en couverture. Une fois de plus. Elle et Tania Trace sont au coude à coude pour le prix de la dinde « people » de l'année).

C'est après avoir tourné un angle et dépassé les ascenseurs que je vois la file des étudiants de premier cycle qui poireautent devant le bureau du directeur. Je me rappelle alors, un peu tard, que le premier jour du semestre de printemps est aussi le jour où un tas de gamins reviennent de leurs vacances d'hiver. Ceux qui ne sont pas restés au dortoir (euh... à la résidence universitaire) pour faire la fête jusqu'à la reprise des cours. C'est-à-dire jusqu'à aujourd'hui, lendemain de la journée Martin Luther King.

Lorsque Cheryl Haeblig – une sémillante pom-pom girl en première année de DEUG qui veut à tout prix changer de chambre vu qu'elle cohabite avec une gothique qui méprise toutes les manifestations de l'esprit étudiant et possède en outre un boa constrictor – bondit du canapé bleu placé devant mon bureau en criant « Heather ! », je comprends que la matinée ne sera pas une franche partie de rigolade. Heureusement que j'ai mon café viennois grand modèle pour m'aider à tenir le coup !

Les autres étudiants (je reconnais chacun d'entre eux, car tous sont déjà venus me voir pour se plaindre de leurs camarades de chambre) se lèvent précipitamment du sol de marbre où ils étaient assis, le canapé ne comportant que deux places. Je sais pourquoi ils attendent.

Je sais ce qu'ils veulent. Et ça ne va pas être joli-joli.

– Écoutez, les jeunes ! dis-je en sortant avec difficulté de ma veste les clés de mon bureau. Je vous avais prévenus. Pas de changement de chambre avant que tous les étudiants transférés soient installés. On verra ce qui restera après.

– C'est pas juste ! s'exclame un type maigre avec des disques de plastique insérés dans le lobe des oreilles. Pourquoi un abruti d'étudiant transféré serait-il favorisé ? On était là les premiers !

– Je suis désolée, dis-je. (Sans mentir : si seulement je pouvais les changer de chambre, je n'aurais plus à supporter leurs jérémiades.) Mais vous allez devoir attendre qu'ils soient tous arrivés. Là, s'il nous reste des places, on vous les donnera. Il faut patienter jusqu'à lundi prochain... On saura alors qui est arrivé et qui ne s'est pas présenté.

Je suis interrompue par un concert de protestations.

– Lundi prochain, je serai mort ! affirme un résident à un autre.

– C'est mon camarade de chambre qui sera mort, répond son interlocuteur. Parce que je l'aurai tué !

– Pas question de tuer votre camarade de chambre, dis-je, une fois la porte de mon bureau ouverte et les lumières allumées. Ou de vous tuer. Allez, les jeunes ! Une semaine, c'est vite passé.

La plupart s'éloignent en râlant. Seule Cheryl reste là. Visiblement excitée, elle me suit dans le bureau, traînant dans son sillage une fille effacée.

– Salut, Heather ! Dites, vous vous rappelez m'avoir dit que je pourrais changer de chambre si je trouvais une fille prête à prendre ma place ? Eh bien, je l'ai trouvée. Voici Ann, la camarade de chambre de mon amie Lindsay. Elle dit qu'elle veut bien qu'on échange.

J'ai retiré ma veste et l'ai pendue à un crochet. Puis je me laisse tomber sur une chaise et regarde Ann, qui semble être enrhumée, à voir la façon dont elle se mouche dans un Kleenex qui ne ressemble plus à rien. Je lui tends la boîte de mouchoirs que j'ai toujours sous la main – au cas où je renverserais du Coca light.

– Tu veux changer de chambre avec Cheryl, Ann ? je lui demande.

J'aime mieux m'en assurer. Je ne vois pas pourquoi quiconque voudrait vivre avec une personne ayant peint sa moitié de chambre en noir.

Certes, ça a dû être tout aussi douloureux pour la camarade de chambre de Cheryl de voir celle-ci décorer son côté d'une profusion de coquelicots (le symbole de l'équipe de basket de la fac).

– Mouais, répond la pâlichonne Ann.

– Elle veut changer ! affirme Cheryl d'une voix guillerette. Pas vrai, Ann ?

– Mouais, répète Ann en haussant les épaules.

Je commence à avoir l'impression qu'Ann a été poussée, un peu malgré elle, à accepter ce changement de chambre.

– Ann, dis-je. As-tu rencontré la camarade de chambre de Cheryl ? Tu sais qu'elle... euh... qu'elle aime le noir ?

– Oh... ouais, c'est une gothique. Je sais. Ça me dérange pas.

– Et... (J'hésite à mentionner ça, parce que... beurk !) Le serpent non plus ?

– Ça ou autre chose... (Elle regarde Cheryl.) Parce que, enfin... ne le prends pas mal... mais je préfère vivre avec un serpent qu'avec une pom-pom girl.

Loin d'être offusquée, cette dernière tourne vers moi un visage radieux.

– Qu'est-ce que je vous disais ? On peut remplir les formulaires à présent ? Parce que mon père est venu exprès du New Jersey pour m'aider à déménager. Il veut rentrer avant que n'éclate cette grosse tempête de neige.

En sortant les documents, je me surprends à hausser les épaules, comme Ann. Serait-ce contagieux ?

– OK, dis-je.

Je leur tends les feuilles à remplir en vue de l'échange. Lorsque c'est chose faite, elles repartent – Cheryl excitée comme une puce, Ann décidément plus calme. Puis je passe en revue les comptes rendus de la veille au soir. À Fischer Hall, le personnel se relaie vingt-quatre heures sur vingt-quatre : agent de sécurité, étudiants de service au bureau d'accueil des étudiants, RE (les responsables étudiants qui, en contrepartie du gîte et du couvert, servent en quelque sorte de chaperons aux résidents de chacun des vingt étages). Tous doivent rédiger un rapport à la fin de leur service. Mon boulot à moi, c'est de les lire et de prendre les mesures qui s'imposent. Grâce à quoi, je ne m'ennuie jamais le matin.

Les faits relatés vont de l'absurde au banal. Hier soir, par exemple, six bouteilles de bière, balancées depuis la fenêtre de l'un des étages supérieurs, ont atterri sur le toit d'un taxi qui passait dans la rue. Une dizaine de flics du Central 6 ont déboulé, et monté et descendu les escaliers à plusieurs reprises, tentant en vain de découvrir qui pouvait bien être le lanceur.

Dans un tout autre genre, l'accueil a visiblement égaré un CD promotionnel des grands tubes du mois, ce qui aurait plongé sa propriétaire dans le désarroi. Et l'un des RE rapporte gravement qu'une résidente a claqué sa porte quatre ou cinq fois de suite en hurlant : « Je supporte plus cet endroit ! » Le RE souhaite qu'on oriente celle-ci vers le service de soutien psychologique.

Un autre rapport mentionne qu'une dispute a éclaté lorsqu'une employée de la cafétéria a grondé un étudiant qui avait voulu se servir du grille-pain pour cuire des mini-pizzas.

Quand mon téléphone émet un cliquetis, je décroche, contente d'avoir quelque chose à faire. J'adore mon boulot, franchement. Mais pour ce qui est de la stimulation intellectuelle, j'avoue qu'il y a mieux.

– Fischer Hall, ici Heather. En quoi puis-je vous être utile ?

Rachel Walcott, ma chef précédente, était très exigeante quant à ma façon de répondre au téléphone. Même si elle n'est plus là, on ne se débarrasse pas aisément des vieilles habitudes.

– Heather ?

À l'autre bout du fil, je distingue, en arrière-fond, un bruit d'ambulance.

– Heather, c'est Tom.

– Salut, Tom.

Je consulte ma montre. Neuf heures vingt. Victoire ! J'étais là quand il a appelé. Peut-être pas pile à l'heure, mais au moins avant dix heures !

– Tu es où ? je demande.

– À l'hôpital Saint-Vincent.

À sa voix, je sens Tom épuisé. Pas facile d'être le directeur d'un dortoir de l'université de New York. Il faut veiller sur environ sept cents étudiants de premier cycle qui, à l'exception des séjours en colonie de vacances ou d'un éventuel bref passage en pension, n'ont jamais passé de longues périodes loin de chez eux, et encore moins partagé une salle de bains avec un autre être humain. Les résidents viennent voir Tom avec tous les problèmes possibles et imaginables : conflits avec leur camarade de chambre, soucis liés à leurs études, difficultés financières, crises d'identité sexuelle... Il a droit à tout. Et si un étudiant se blesse ou tombe malade, c'est au directeur de la résidence de veiller à son rétablissement. Inutile de préciser que Tom est très souvent aux urgences – surtout le week-end, car c'est alors que les mineurs enfreignent l'interdiction de consommer de l'alcool.

Tout cela vingt-quatre heures sur vingt-quatre et trois cent quarante-trois jours par an (les cadres supérieurs de l'université de New York n'ont droit qu'à vingt-deux jours de congé par an) pour un salaire à peine plus élevé que le mien (mais avec le gîte et le couvert en plus).

Faut-il s'étonner que ma chef précédente n'ait tenu que quelques mois ?

Tom m'a l'air plutôt équilibré, cela dit. Du moins, autant que peut l'être un ancien seconde ligne de l'équipe de foot de l'université du Texas d'un mètre quatre-vingt-dix pour quatre-vingt-dix kilos, dont le film préféré est *Les Quatre Filles du docteur March*. C'est dans le but de faire (enfin) son coming out que Tom est venu à New York.

– Écoute, Heather, dit-il d'une voix lasse. Je suis coincé ici pour quelques heures encore. On a eu un anniversaire de vingt et un ans, hier soir.

– Oh là là...

Les anniversaires de vingt et un ans sont les pires. Le malheureux ou la malheureuse qui le fête est systématiquement contraint(e) par ses invités à boire cul sec vingt et une mesures d'alcool. L'organisme n'étant pas capable d'en intégrer autant en aussi peu de temps, le résident se retrouve généralement à fêter son anniversaire aux urgences. Sympa, non ?

– Ouais, dit Tom. Désolé d'avoir à te demander ça, mais tu pourrais jeter un coup d'œil à mon planning et reporter tous mes entretiens de médiation de ce matin ? J'ignore si le gosse va être accepté aux urgences, et il refuse qu'on prévienne ses parents.

– Ne t'inquiète pas. Tu es là-bas depuis quand ?

– Sept verres lui ont suffi pour s'écrouler. Je dois être ici depuis environ minuit. J'ai perdu la notion du temps.

– Je viens te relayer, si tu veux.

Quand un étudiant attend aux urgences sans y avoir encore été admis, le règlement exige que l'un des représentants de la fac reste avec lui en permanence. Vous n'êtes pas autorisé à rentrer chez vous ne serait-ce que pour prendre une douche tant qu'il n'y a pas quelqu'un pour vous remplacer à son chevet. L'université de New York ne laisse pas ses étudiants seuls aux urgences. Même s'il est fréquent que ceux-ci s'en aillent sans se donner la peine de vous avertir, si bien que vous restez une heure assis à regarder des *telenovelas* avant de réaliser que le gamin n'est plus là.

– Comme ça, tu pourras au moins prendre un petit déj'.

– Tu sais, Heather, je crois que je vais accepter, si tu es sûre que ça ne te dérange pas.

Je lui promets que non et, avant même d'avoir raccroché, je prends dans la cagnotte de quoi payer le trajet en taxi. J'adore la cagnotte ! C'est comme avoir sa propre banque, là, dans le bureau. Par malheur, Justine (la fille qui m'a précédée à ce poste) partageait mon sentiment et en avait dépensé la totalité pour acheter des radiateurs céramique à ses amis et à sa famille. Depuis lors, la comptabilité détaille scrupuleusement nos factures chaque fois que je les leur apporte, même si toutes sont à cent pour cent justifiées.

Par ailleurs, je n'ai toujours pas compris ce qu'est un radiateur céramique.

Je finis de reporter tous les rendez-vous de Tom et engloutis ce qui me reste de café viennois. *Si tu étais plus mince...* Eh bien, tu sais quoi, Joli-Serveur ? Avec ces ongles trop longs que tu te refuses à couper parce que tu n'as pas de quoi te payer un onglet tu ressembles à une fille ! Ouais, t'as bien entendu. À une fille ! Qu'est-ce que tu dis de ça, Joli-Serveur ?

Un petit arrêt à la cafétéria pour me prendre un bagel que je mangerai pendant le trajet jusqu'à l'hôpital, et je serai prête à partir. Parce que, après tout, c'est bien bon, le café viennois, mais ça n'apporte pas d'énergie sur la durée... contrairement au bagel. Surtout quand ce dernier est tartiné de fromage frais (produit laitier) auquel on a ajouté plusieurs couches de bacon (protéines).

Je saisis mon manteau et me lève pour aller chercher mon bagel lorsque j'aperçois Magda, ma meilleure copine de boulot et caissière de la cafétéria, plantée devant la porte de mon bureau, visiblement bouleversée.

– Bonjour, Magda, dis-je. Tu ne devineras jamais ce que m'a sorti Joli-Serveur.

Mais Magda, habituellement très curieuse (et par ailleurs grande fan de Joli-Serveur), ne paraît pas intéressée.

– Heather, j'ai quelque chose à te montrer.

– Si c'est la première page du *Post*, Reggie t'a coiffée au poteau. Et à vrai dire, Mags, tout va bien. Crois-moi. J'en reviens pas qu'elle l'ait repris après cette sale histoire avec Paris Hilton, au concert des Pussycat Dolls ! Mais après tout, c'est le père de Jordan qui produit les disques de Tania. Elle n'a pas vraiment le choix, non ?

Magda secoue la tête.

– Non, dit-elle. C'est pas le *Post*. Viens avec moi !

Intriguée – plus parce qu'elle n'a pas encore souri une seule fois que parce que je m'attends à quelque chose de réellement stupéfiant –, je suis Magda dans le hall. Nous dépassons le bureau des délégués étudiants, encore fermé si tôt dans la matinée, et le bureau du chef de Magda, étrangement vide. En général, il est plein d'employés mécontents et de fumée. Car Gerald Eckhardt, le directeur de la cafétéria, est un fumeur invétéré. Il n'est pas censé fumer à l'intérieur, mais je le surprends tout le temps en train de cloper assis à son bureau. Il évacue la fumée par la fenêtre ouverte, comme s'il pensait que personne ne remarque son petit manège.

Mais pas aujourd'hui. Aujourd'hui, le bureau est désert et non enfumé.

– Magda, dis-je, tandis que sa tunique rose disparaît derrière les portes battantes de la cuisine de la cafétéria. Qu'est-ce qui se passe ?

Magda ne répond pas. Mais se fige devant une énorme cuisinière industrielle, sur laquelle mijote une cocotte. Gerald, lui aussi planté là, ne semble guère à sa place, son complet-veston détonnant parmi les uniformes roses de ses employés. Avec son allure massive (pour avoir trop souvent testé sur lui-même sa recette de poulet *parmigiana*), il les fait tous paraître malingres.

Gerald a l'air – n'ayons pas peur des mots – terrifié. Idem pour Sandra, la serveuse du bar à salades, et pour Jimmy, chargé des plats chauds. Quant à Magda, elle est livide sous son maquillage criard. Et Pete – qu'est-ce que *Pete* vient fiche ici ? – semble prêt à bondir.

– OK, les amis, dis-je.

Je suis persuadée que quelqu'un s'est amusé à faire une farce de mauvais goût. Il faut savoir que, travaillant dans la restauration, Gerald a toujours aimé les grosses blagues, du genre rat en caoutchouc dans les tiroirs ou araignée en plastique dans la soupe.

– Qu'est-ce qui se passe ? Pour les poissons d'avril, vous avez trois mois d'avance. Pete, qu'est-ce que tu fais là ?

C'est alors que Pete, qui porte Dieu sait pourquoi un gant de cuisine, tend la main et soulève le couvercle de la cocotte dont le contenu bout allégrement. Et que je jette un coup d'œil à l'intérieur.

2

Cette culotte, qu'est-ce qu'elle fait ici
Au beau milieu de notre lit ?
Pas besoin d'y regarder à deux fois :
Je vois bien qu'elle est pas à moi !

Tu n'verras jamais mes fesses
Dans un mini-string taille « S »
Alors qui a eu qui
Là, pendant toute la nuit ?

« Le chant du string »
Écrit par Heather Wells

La cafétéria de Fischer Hall est bondée – mais pas d'étudiants. Nous avons dit aux résidents qu'il y avait une fuite de gaz. Pas suffisamment importante pour qu'on évacue tout le bâtiment, mais assez pour justifier la fermeture de la cafèt'.

Le pire, c'est qu'ils ont tellement fait la fête, hier soir, qu'ils ont paru gober notre explication. En tout cas, personne n'a protesté, du moins pas après que j'ai commencé à leur distribuer des tickets-repas pour le resto U.

Au lieu de gamins de dix-huit ans affamés, la cafétéria est pleine d'employés, de doyens, d'administrateurs, d'agents de police et d'inspecteurs de la brigade criminelle.

Pourtant, la salle est étrangement peu bruyante, à tel point que les ampoules à basse consommation des luminaires suspendus au-dessus de nos têtes semblent émettre un bourdonnement plus fort qu'à l'ordinaire. Par-dessus, je distingue les sanglots de Magda. Elle est assise à un bout de la cafétéria en compagnie de ses collègues – les femmes ont toutes un uniforme rose, les cheveux recouverts d'un filet et les ongles manucurés. Un agent de police s'adresse à eux d'une voix douce :

– Vous serez libres de rentrer chez vous dès que nous aurons pris vos empreintes, dit-il.

– Pourquoi avez-vous besoin de nos empreintes ? demande Magda, le menton frémissant de peur ou d'indignation. Aucun d'entre nous n'a tué cette fille !

Les autres employés émettent un murmure d'approbation. Aucun d'entre eux n'a tué cette fille non plus !

L'agent de police garde un ton calme :

– Si nous avons besoin de vos empreintes, madame, c'est pour déterminer lesquelles sont les vôtres et lesquelles sont celles du tueur. À supposer qu'il en ait laissé.

– Déterminez tout ce que vous voudrez ! s'écrie Gerald, prenant la défense de son personnel. Mais je vous le dis tout de suite : il n'y a pas d'assassin parmi mes employés. Hein, les amis ?

Tout ce qui porte un uniforme rose hoche la tête. N'empêche que leurs yeux brillent – et pas forcément parce qu'ils ont pleuré. Serait-ce d'excitation ? Il y aurait de quoi : pour commencer, ils trouvent la victime d'un meurtre dans leur cuisine, parmi les hot-dogs et les barres beurre de cacahouètes-confiture. Ensuite, en tant que témoins de premier plan, on ne les traite plus comme de simples employés de la cafétéria (des intouchables, du point de vue des étudiants qu'ils servent) mais comme des êtres humains.

Pour certains d'entre eux, c'est sans doute une première.

Je repère le docteur Jessup, directeur du service du logement, attablé avec plusieurs autres administrateurs. Tous ont l'air hébété. La découverte d'une tête sur le campus aura donné l'occasion à toute l'administration de se mettre au travail avant dix heures du matin, en dépit du blizzard qui s'annonce. Même Phillip Allington, le président de l'université, est là, assis à côté du nouvel entraîneur en chef de l'équipe de basket, Steven Andrews. Celui-ci affiche une mine inquiète. On le comprend : l'équipe universitaire au complet – pour ne pas mentionner le groupe des pom-pom girls – est logée à Fischer Hall, du fait de la proximité de la résidence avec Winer Complex, le centre sportif de l'université.

Après la mort de deux étudiantes au cours du premier semestre (qui a valu à Fischer Hall le surnom de « Dortoir de la mort »), tous ceux qui y travaillent, entraîneurs sportifs compris, sont un peu nerveux. Surtout le président Allington. Conserver son poste n'a pas été chose aisée. Nul n'est mieux placé que moi, directrice adjointe du Dortoir de la mort, pour le savoir.

Or on dirait bien que la situation a considérablement empiré, pas seulement pour le président, mais aussi pour le boss de mon boss, le docteur Jessup. Ce dernier accuse le coup. La pochette qui dépasse de sa poche de poitrine est froissée, comme si quelqu'un – faisant appel à ma remarquable faculté de déduction, je présume que ce quelqu'un n'est autre que lui-même – s'en était servi. Le fait qu'il soit vautré depuis une demi-heure sur une chaise devant une table poisseuse n'a pas non plus arrangé la tenue de son costume.

– Heather, me dit-il d'une voix exagérément posée, alors que je me dirige vers lui, l'inspecteur Canavan souhaite s'entretenir avec vous. Vous n'avez pas oublié l'inspecteur Canavan du Central 6, n'est-ce pas ?

Ça ne risque pas !

– Inspecteur, dis-je en tendant la main droite à un monsieur d'âge mûr à l'allure légèrement chiffonnée et à la moustache grisonnante, qui se tient devant moi, un pied posé sur une des chaises de la cafèt'.

L'inspecteur Canavan lève la tête de sa tasse de café. Il a les yeux couleur ardoise et, tout autour, la peau ridée à force d'avoir été exposée aux éléments. Être inspecteur de la Criminelle à New York, c'est pas du gâteau. Du coup, hélas, ils ne ressemblent pas tous à Chris Noth dans *New York Section criminelle*. Aucun ne lui ressemble, à vrai dire, à ce que j'ai pu observer.

– Enchanté de vous revoir, Heather, dit l'inspecteur. (Sa poignée de main est toujours aussi énergique.) J'ai cru comprendre que vous l'aviez vue... Alors, une petite idée ?

Mon regard passe de l'inspecteur au grand manitou de mon service. Puis se fixe à nouveau sur Canavan.

Je ne saisis pas trop la situation. Une minute ! Le docteur Jessup et l'inspecteur Canavan veulent que je les aide à élucider ce crime abominable ? Parce que la dernière fois, me voir me mêler de l'enquête ne les avait pas mis en joie...

– Euh... sur l'endroit où se trouve le reste du corps ?

– Ce n'est pas ce que voulait dire l'inspecteur Canavan, Heather, réplique le docteur Jessup avec un sourire forcé. L'inspecteur voulait savoir si vous... si vous l'aviez reconnue.

Carol Ann Evans, la conseillère pédagogique – ouais, celle qui refuse de m'admettre dans sa fac tant que je ne suis pas capable de multiplier les fractions –, se trouve être assise non loin de là. Elle est prise d'un haut-le-cœur et se couvre la bouche d'un mouchoir roulé en boule en entendant l'allusion à la chose.

Je suis pourtant certaine qu'elle n'a pas jeté un seul coup d'œil au contenu de la cocotte.

Oh. Ils n'ont donc pas besoin de moi. Du moins, pas de cette façon-là.

– Eh bien, c'est difficile à dire, je bredouille.

Pas question que j'annonce, devant tous ces gens, que Lindsay Combs, reine du bal de la promo et ex-future camarade de chambre de sa meilleure amie, Cheryl Haebig, a selon toute apparence été décapitée par une ou plusieurs personnes dont on ignore l'identité, et sa tête placée dans une cocotte sur la cuisinière de la cafétéria de Fischer Hall.

Je sais... Beurk !

– Allons, Heather, insiste le docteur Jessup avec un sourire pas franchement hilare.

Avant de lancer à l'adresse de l'inspecteur Canavan, suffisamment fort pour que toute la cafèt' l'entende (visiblement dans l'intention d'impressionner le président Allington, lequel serait incapable de mettre un nom sur mon visage, quoique son épouse et moi ayons failli, il y a peu, être assassinées par la même personne) :

– Heather ici présente est capable d'identifier chacun des sept cents résidents de Fischer Hall. Pas vrai, Heather ?

– Eh bien, en général, dis-je, mal à l'aise. Mais pas quand ils ont mijoté plusieurs heures.

Vous trouvez ma réponse un peu légère ? Sans doute... Carol Ann Evans a un nouveau haut-le-cœur. Je ne voulais pas faire de l'humour noir. C'est juste que... allez !

J'espère que la conseillère pédagogique ne va pas retenir ça contre moi. Vous savez, rapport à mon admission à la faculté d'art et de sciences humaines...

– Alors, c'est qui, la fille ? (L'inspecteur ne semble pas conscient du fait que tous, dans la cafétéria, espionnent notre conversation.) Ce serait bien qu'on sache comment elle s'appelle.

Mon estomac se retourne, comme tout à l'heure dans la cuisine, quand Pete a soulevé le couvercle et que je me suis retrouvée à fixer des yeux sans vie...

Je respire un grand coup. L'air de la cafétéria charrie les odeurs habituelles. Des odeurs de petit déjeuner : œufs, saucisses et sirop d'érable. On ne distingue pas la sienne à elle.

Du moins, il ne me semble pas.

Je suis quand même soulagée, après coup, de ne pas avoir eu le temps de manger mon habituel bagel fromage frais-bacon. Le café viennois me suffit amplement, du moins pour le moment. Le sol de la cafèt' tangue sous mes pieds.

Je m'éclaircis la gorge. Ça y est. Ça va déjà mieux.

– Lindsay Combs, dis-je. Elle sort... enfin... sortait avec le meneur de jeu des Coquelicots.

Les Coquelicots, c'est le nom (malheureux) de l'équipe de basket de troisième division de l'université de New York. Ils ont dû abandonner leur nom d'origine, les Pumas, dans les années 1980, après avoir été surpris en train de tricher. Ils sont depuis lors, pour leur plus grande honte et à la grande joie des équipes adverses, affublés du nom de « Coquelicots ».

Dans la salle, tous retiennent leur souffle. Le président Allington – vêtu comme à son habitude selon son idée de ce que pourrait porter l'un de ses étudiants, si l'on était en 1955 :

une veste marquée de l'insigne de l'université de New York et un pantalon de velours côtelé gris – s'écrie :

– Non !

À côté de lui, l'entraîneur en chef Andrews blêmit, comme c'était à prévoir.

– Mon Dieu ! s'exclame-t-il.

C'est un gars robuste, qui doit avoir mon âge, aux cheveux noirs hérissés et aux yeux d'un bleu désarmant. Un de ces ténébreux Irlandais... Il serait craquant, s'il n'était pas aussi obsédé par le sport. Oh, et s'il daignait réaliser que j'existe.

Non qu'il en sortirait quoi que ce soit si c'était le cas, vu que mon cœur appartient à un autre.

– Pas Lindsay ! dit-il dans un gémissement.

Je compatis. Pour de bon. Cheryl Haebig n'était pas la seule personne à aimer Lindsay. Nous l'aimions tous. Enfin, tous à l'exception de Sarah, étudiante et assistante de mon chef. Lindsay, capitaine de l'équipe des pom-pom girls de l'université, était incroyablement populaire, avec ses cheveux couleur de miel lui tombant jusqu'à la taille et ses seins gros comme des pamplemousses – et faux, d'après Sarah. Même si son attachement excessif à la culture étudiante et son allégresse finissaient parfois par agacer – moi, du moins –, son style contrastait agréablement avec celui des étudiants défilant dans nos bureaux, ces gosses gâtés et insatisfaits qui menaçaient d'appeler l'avocat de leur papa si nous ne leur obtenions pas une chambre individuelle ou un lit extra-long.

– Doux Jésus !

Le docteur Jessup ne m'a pas crue quand je l'ai appelé pour lui dire qu'il devait venir dès que possible à Fischer Hall car une étudiante y avait, littéralement, perdu la tête. On dirait qu'il commence tout juste à réaliser.

– Tu en es sûre, Heather ?

– Ouais, j'en suis sûre. C'est Lindsay Combs, tête d'équipe des pom-pom girls. (Je déglutis.) Désolée... je voulais pas faire de mauvais jeu de mots.

L'inspecteur Canavan a sorti un carnet de notes de sa ceinture, mais il n'y note rien. Au lieu de ça, il en feuillette lentement les pages et demande, sans lever les yeux :

– À quoi la reconnaissez-vous ?

Je fais mon possible pour ne pas me remémorer ces yeux morts, qui me regardaient sans me voir.

– Lindsay portait des lentilles de contact teintées. Vertes.

Une nuance de vert si peu naturelle que Sarah demandait toujours, à peine Lindsay sortie du bureau : « Qui croit-elle bluffer ? Cette couleur n'existe pas dans la réalité ! »

– C'est tout ? demande l'inspecteur Canavan. Des lentilles teintées ?

– Et les boucles d'oreilles. Trois d'un côté et deux de l'autre. Elle passait souvent dans mon bureau, dis-je, histoire d'expliquer pourquoi ses piercings me sont si familiers.

– Une enquiquineuse ? demande l'inspecteur Canavan.

– Non.

La plupart des étudiants qui atterrissent dans le bureau du directeur de la résidence ou de ses acolytes y viennent soit parce qu'ils ont des ennuis, soit parce qu'ils ont un problème avec leur camarade de chambre. Ou, comme c'était le cas pour Lindsay, parce qu'ils veulent les contraceptifs gratuits que je conserve dans un bocal sur mon bureau au lieu de Quality Street (c'est moins calorique).

– Elle venait pour les préservatifs.

L'inspecteur Canavan écarquille les yeux.

– Je vous demande pardon ?

– Lindsay venait souvent chercher des capotes, dis-je. Elle et son petit copain étaient des chauds lapins.

– Le nom du garçon ?

Je réalise, un peu tard, que j'ai réussi à compromettre l'un des résidents. Andrews s'en rend compte lui aussi.

– Oh, voyons, inspecteur, Mark ne ferait pas de mal à une...

– Mark comment ?

L'entraîneur en chef est visiblement affolé. Le président Allington vole au secours de son employé favori. Enfin, si l'on peut dire.

– Les Coquelicots disputent demain soir un match très important, commence le président d'une voix inquiète. Contre les Diables du New Jersey. On se bat pour prendre la tête de notre division, vous comprenez.

Ce à quoi l'entraîneur en chef ajoute, sur la défensive :

– Et aucun de mes gars n'a rien à voir avec ce qui est arrivé à Lindsay. Je ne veux pas qu'ils soient mêlés à cette histoire.

– Je comprends votre dilemme, monsieur l'entraîneur, dit l'inspecteur Canavan d'un ton sincère (alors qu'il s'en contrefiche). Le vôtre aussi, monsieur Allington. Mais il se trouve que j'ai un boulot à faire. À présent...

– J'ignore ce que vous comprenez, inspecteur, l'interrompt Phillip Allington. Mais le match sera retransmis demain sur New York Première. Des millions de dollars d'espace publicitaire sont en jeu.

Bouche bée, je fixe le président. Et remarque que Carol Ann Evans fait de même. Nos regards se croisent et il est clair que nous pensons la même chose. *Waouh... Il a vraiment osé dire ça ?* On pourrait croire, étant donné qu'on est sur la même longueur d'onde, qu'elle saura se montrer plus compréhensive pour ce qui est des cours de maths de rattrapage. Mais j'en doute.

– C'est vous qui ne comprenez pas, monsieur le président.

L'inspecteur Canavan a dit cela d'une voix ferme, et assez fort pour que Magda et ses collègues cessent de pleurer et lèvent la tête.

– Si vos employés ne me donnent pas le nom du petit copain de la fille, vous renverrez d'autres filles chez elles dans des sacs à cadavre avant la fin du trimestre. Parce que je vous garantis que le salopard dégénéré qui a fait ça à Mlle Combs recommencera bientôt.

Phillip Allington dévisage l'inspecteur, qui soutient son regard sans broncher.

– Mark Shepelsky, dis-je rapidement. Son petit copain s'appelle Mark Shepelsky. Il occupe la chambre 212.

Andrews se laisse tomber sur la table, enfouissant la tête dans ses bras. Phillip Allington pousse un gémissement en pinçant l'arête de son nez entre le pouce et l'index, comme soudain atteint de sinusite. Le docteur Jessup se contente de fixer le plafond pendant que le docteur Flynn, le psychologue du service du logement, me sourit tristement, depuis la table où il est assis en compagnie des autres administrateurs.

Lorsqu'il ouvre son carnet de notes et y griffonne le nom, l'inspecteur Canavan paraît s'être un peu calmé.

– Eh bien, dit-il. Ce n'était pas trop douloureux, n'est-ce pas ?

– Mais… (À peine ai-je prononcé ce « mais » que Canavan soupire. Je l'ignore.) Il est impensable que le petit copain de Lindsay soit mêlé à ça.

L'inspecteur Canavan tourne vers moi son regard implacable.

– Et comment le savez-vous, au juste ?

– Eh bien… celui qui l'a tuée avait forcément accès à la clé de la cafétéria. Sans clé, impossible pour Mark d'y entrer en douce, d'y découper sa copine, de faire le ménage et de sortir avant l'arrivée du personnel. Or, comment se serait-il procuré une clé ? Au fond, quand on y songe, ce sont les employés de Fischer Hall qui devraient être vos principaux suspects.

– Heather… (Les yeux de fouine de Canavan rapetissent encore lorsqu'il les plisse.) Que ce soit bien clair : n'allez pas vous mettre en tête de mener votre enquête perso sur le meurtre de cette fille ! C'est l'œuvre d'un cerveau pervers et dérangé, et il serait préférable pour tout le monde, et surtout pour vous, que vous laissiez le travail d'investigation à des professionnels. Croyez-moi, nous maîtrisons la situation.

Je détourne les yeux. L'inspecteur Canavan peut impressionner, quand il veut. Je vois que les administrateurs sont effrayés. Et que l'entraîneur lui-même paraît terrorisé, alors qu'il a une tête et vingt bons kilos de muscles de plus que l'inspecteur.

Je meurs d'envie de faire remarquer à celui-ci que je n'aurais pas eu à mener l'enquête sur les meurtres du précédent semestre s'il avait bien voulu croire, comme je le lui répétais depuis le début, qu'il s'agissait *effectivement* de meurtres.

Mais il est clair qu'il n'a, cette fois-ci, pas le moindre doute.

Je devrais lui assurer que je n'ai pas la moindre intention d'être mêlée à cette affaire-là. C'est une chose de balancer des filles dans une cage d'ascenseur, une autre de leur couper la tête ! Pour rien au monde, je n'irais m'occuper de ça ! Mes genoux tremblent encore, après ce que j'ai vu dans la cocotte. Cette fois-ci, l'inspecteur n'a pas à redouter de me voir jouer les détectives. Les pros sont les bienvenus.

– Vous m'écoutez, Wells ? demande Canavan. J'ai dit qu'il n'était pas question que vous remettiez ça.

Je l'interromps aussitôt :

– Pigé !

Je m'étendrais volontiers sur le thème « les pom-pom girls décapitées, c'est vraiment pas ma tasse de thé ». Mais je décide qu'il est plus sage d'en rester là.

– Je peux repartir ?

C'est avant tout au docteur Jessup que je m'adresse, vu que c'est lui mon chef. Enfin, mon chef direct c'est Tom, mais comme celui-ci est en train de chercher à voir s'il manque des clés de la cafétéria (une tâche dont il s'acquitte avec joie, vu que ça lui permet de se tenir à distance du truc qu'ils ont trouvé sur la cuisinière), Stan Jessup est ce qui s'en rapproche le plus. En outre, le fait qu'on ait chargé Tom d'une telle vérification confirme les propos de l'inspecteur Canavan... Le département de police de New York maîtrise la situation.

Or Stan a les yeux rivés sur son chef à lui, le président Allington, lequel tente d'attirer l'attention de l'inspecteur Canavan. Ce qui me soulage en quelque sorte, car en ce qui concerne l'attention de Canavan, j'ai eu ma dose. Ce gars peut être flippant.

– D'après ce que vous laissez entendre, inspecteur, cette malheureuse affaire ne sera pas résolue d'ici l'heure du déjeuner ? commence le docteur Allington, son prudent tour de phrase dénotant une formation couronnée par l'obtention d'un doctorat. Or il se trouve que mon bureau devait justement organiser, cet après-midi, une cérémonie destinée à rendre hommage à la persévérance de nos joueurs. Il serait regrettable d'avoir à la reporter.

L'inspecteur jette au président de l'université un regard propre à refroidir un volcan.

– Président Allington, il n'est pas question ici d'un gamin qui a vomi son petit déjeuner dans les vestiaires après le cours de gym.

– J'en suis conscient, inspecteur, dit Phillip Allington. J'avais néanmoins espéré que...

– Bon sang, Phil, l'interrompt le docteur Jessup. (Il craque enfin.) Quelqu'un fait du ragoût d'étudiante, et tu as envie de rouvrir le bar à salades ?

– Tout ce que je disais, c'est que l'expérience m'a appris qu'il vaudrait mieux ne pas laisser cet incident troubler les habitudes des étudiants, réplique le président Allington, visiblement indigné. Souvenez-vous de ce qui s'est passé il y a quelques années, quand l'université a subi cette vague de suicides. C'est la publicité qu'on leur a faite qui a donné le mauvais exemple...

Face à cet argument, l'inspecteur Canavan ne peut se retenir d'écarquiller les yeux.

– Vous craignez qu'une demi-douzaine de résidents ne se précipitent chez eux pour se décapiter ?

– Je tiens juste à dire, insiste Phillip Allington d'un ton hautain, que si le déjeuner est annulé, sans parler du match de demain soir, il nous sera impossible de cacher aux étudiants la vérité sur ce qui est arrivé. Nous ne pourrons pas garder ça longtemps pour nous. Je ne fais pas allusion au *Post* ou à la chaîne d'infos locale. Je parle du *New York Times*, voire de CNN. Si vos hommes ne se hâtent pas de retrouver le corps de cette fille, nous risquons d'attirer tous les médias du pays. Et cela pourrait terriblement nuire à la réputation de l'université...

– Tête sans corps retrouvée dans la cafétéria du dortoir, lance Carol Ann Evans, à la grande surprise de tous.

Tous les regards se tournent vers elle, et elle ajoute, d'une voix étranglée :

– Ce soir dans le JT de vingt heures.

L'inspecteur Canavan retire son pied de la chaise et se redresse.

– Président Allington, commence-t-il. Dans cinq minutes environ, mes hommes vont poser des scellés et interdire l'accès au lieu du crime à tout le monde, y compris à vos employés. Nous allons déployer tous les moyens possibles pour résoudre cette affaire. Nous vous prions de vous montrer coopératif. Vous pourrez l'être en quittant les lieux et en faisant en sorte que vos employés se retirent, eux aussi, dès que nous aurons fini de les interroger. Ensuite, je demanderai que la cafétéria soit fermée et le demeure jusqu'à ce que sa réouverture ne me semble plus présenter aucun risque. À moins que je ne me trompe (le ton de l'inspecteur laisse entendre que c'est très improbable), l'un de vos étudiants a été assassiné sur le campus dans la matinée, et le meurtrier court toujours. Peut-être n'a-t-il pas quitté les bâtiments universitaires. Peut-être même se trouve-t-il dans cette pièce. Je ne vois pas ce qui pourrait nuire davantage à la réputation de la faculté. Je ne pense pas que le fait de reporter un déjeuner, voire un match de basket, soit comparable, n'est-ce pas ?

On ne peut en vouloir à Carol Ann Evans de partir d'un fou rire nerveux. La suggestion que l'équipe administrative de la résidence universitaire compte un tueur dans ses rangs suffirait à susciter un accès d'hilarité hystérique chez l'individu le plus sérieux. Il n'existe pas, au monde, un groupe de gens plus barbants. Gerald Eckhardt, avec sa manie de fumer en douce et son épingle à cravate en forme de croix, brandissant un couperet de boucher ? L'entraîneur Andrews, en pantalon de jogging et gilet aux couleurs de la fac, découpant une pauvre fille en morceaux ? Et le docteur Flynn, ce gringalet, démembrant une pom-pom girl à l'aide d'une scie circulaire ?

Ça dépasse l'imagination !

Et pourtant...

Et pourtant Carol Ann Evans elle-même doit avoir compris, à l'heure qu'il est, que l'assassin de Lindsay avait libre accès à la cafétéria. Seule une personne travaillant à Fischer Hall – ou au département Vie étudiante – a pu se procurer la clé.

En d'autres termes, il y a peut-être un tueur dans le personnel de la résidence.

Le plus triste, c'est que ça ne me surprend guère.

Faut croire que je suis vraiment une New-Yorkaise blasée.

3

T'as beau toucher une grosse prime
On s'ra jamais tes esclaves
T'as beau t'payer des trucs sublimes
Dans l'immeuble de la vie, ta place est à la cave !

« Petit banquier »
Écrit par Heather Wells

– Tu as une tonne de messages, m'annonce Sarah, la jeune diplômée qui nous sert d'assistante, quand j'entre dans le bureau de la direction.

Chaque résidence a droit à son ED (employé diplômé) qui, en échange du gîte et du couvert, nous aide à en gérer les aspects administratifs.

– Les téléphones sonnent non-stop, poursuit-elle. Tout le monde veut savoir pourquoi la cafétéria est fermée. J'ai continué à prétexter une fuite de gaz, mais je ne sais pas combien de temps les gens vont nous croire, avec tous ces flics qui vont et viennent. Ça y est, ils ont trouvé le reste de la fille ?

– Chut ! dis-je, jetant un coup d'œil alentour, comme pour m'assurer qu'aucun étudiant n'est tapi dans un coin du bureau.

Mais nous sommes seules dans la pièce, encore ornée de couronnes de houx, d'une menora et de calebasses kwanzaa, du fait de mon goût frénétique pour les décorations de Noël, et de mon altruisme excessif. Seules à l'exception de Tom qui, de retour dans son bureau – séparé du nôtre par une grille d'aération métallique – chuchote au téléphone.

– T'inquiète pas ! dit Sarah, levant les yeux au ciel. (Elle est en maîtrise de psycho ; l'esprit humain et ses mécanismes n'ont donc pas de secrets pour elle. Du moins, c'est ce qu'elle s'imagine.) La moitié des résidents de ce bâtiment ne sont pas encore levés. Et si c'est le cas, ils ont déjà filé en cours. Alors, dis-moi... Tu crois qu'ils vont annuler le match de demain soir ? Pas à cause de cette prétendue tempête de neige, mais à cause de... tu me comprends... d'elle ?

– Mmm, dis-je en me faufilant derrière mon bureau.

Ça fait du bien de s'asseoir. Je n'avais pas réalisé à quel point mes genoux tremblaient.

Bien sûr, c'est pas tous les jours qu'on voit la tête d'une pom-pom girl dans une cocotte. Qui plus est, d'une pom-pom girl qu'on connaissait. Il y a de quoi avoir les genoux qui tremblent ! D'autant plus que, à part le café viennois, je n'ai pas pris de petit déjeuner.

Non que j'aie faim. Du moins, très faim.

– Je ne sais pas, dis-je. Ils souhaitent interroger Mark.

Sarah semble irritée.

– Il n'y est pour rien ! déclare-t-elle avec mépris. Il n'est pas assez malin. À moins qu'on ne l'ait aidé.

Elle a raison. Les critères d'admission à l'université de New York sont parmi les plus sévères du pays... sauf pour les sportifs. En bref, tout joueur de basket passable y est admis, vu que notre équipe est en troisième division, et que les meilleurs joueurs choisissent les facs dotées d'équipes de première ou de deuxième division. Le président Allington n'en est pas moins déterminé à rester dans l'histoire de la fac comme l'homme qui aura permis à son équipe de regagner ses galons dans le monde du basket universitaire. Son but suprême serait de faire revenir les Coquelicots en première division.

Bien que cette probabilité soit très mince, surtout à la lumière des récents événements.

– Je ne m'en remets pas ! soupire Sarah. Où le corps peut-il bien être ?

– Là où finissent tous les cadavres à New York, dis-je en consultant mes messages. Quelque part au fond du fleuve. Personne ne le trouvera avant le printemps, quand la température aura suffisamment monté pour que le corps flotte.

Certes, je ne suis pas experte en médecine légale. Je n'ai même pas pu m'inscrire à des UV de droit à cause des cours de maths auxquels il faut que j'assiste avant.

Mais j'ai beaucoup regardé *New York Section criminelle* et *Les Experts.*

Et puis je vis avec un détective privé. Ou je devrais plutôt dire que lui et moi vivons « sous le même toit ». « Vivre avec » donne l'impression que nous partageons plus que cela, ce qui n'est pas le cas. Hélas.

Sarah frissonne de façon théâtrale, quoiqu'il fasse chaud dans le bureau et qu'elle porte l'un de ses épais pulls à rayures tricotés pour elle par une camarade du kibboutz où elle a passé l'été de sa première année de DEUG. Drôlement seyant, sur sa salopette...

– Tout ça ne rime à rien, dit-elle. Comment un autre meurtre a-t-il pu être commis dans le bâtiment ? On est vraiment en train de devenir le Dortoir de la mort.

Je consulte mes messages. Ma meilleure amie Patty – sans aucun doute a-t-elle vu la une du *Post* de ce matin et s'inquiète-t-elle autant que Reggie de la manière dont ça a pu m'affecter ? Quelqu'un qui ne dit pas son nom et ajoute qu'il rappellera plus tard... Un créditeur, probablement. J'ai quelque peu abusé de mes découverts autorisés dans ma folie acheteuse d'avant Noël. Si j'arrive à les faire patienter jusqu'au mois de mars, je les rembourserai tous avec mon trop-perçu des impôts. Et...

Je tends à Sarah la liste des appels.

– C'est sérieux ? Il a vraiment appelé ? Ou tu me fais marcher ?

Sarah paraît surprise.

– Franchement, Heather. Tu crois que j'ai la tête à faire des blagues, par une journée pareille ? Oui, Jordan Cartwright a appelé. Du moins, quelqu'un qui a affirmé être Jordan Cartwright. Il veut que tu le rappelles tout de suite. Il a dit que c'était d'une importance vitale. En insistant sur le mot « vitale ».

Eh bien... ça ressemble au Jordan que je connais. Aux yeux de Jordan, tout est d'une importance vitale. Surtout quand il s'agit de m'humilier d'une façon ou d'une autre.

– Et si le cadavre de Sarah n'était pas dans le fleuve ? Et s'il était encore dans le bâtiment ? Et si... mon Dieu... s'il était encore dans la chambre de Lindsay ?

– Dans ce cas, on le saurait déjà par Cheryl, dis-je. Vu qu'elle et la camarade de chambre de Lindsay ont changé de chambre tôt dans la matinée.

– Oh...

Sarah est visiblement déçue. Puis son visage s'illumine :

– Il est peut-être ailleurs dans le bâtiment ! Dans la chambre de quelqu'un d'autre, par exemple ? Imagine... Tu rentres chez toi après les cours et tu trouves un corps sans tête sur ta chaise pivotante, devant ton bureau !

J'en ai la nausée. Le café viennois m'est resté sur l'estomac.

– Ce n'est pas drôle, Sarah ! Tais-toi !

– Oh, mon Dieu ! Et si on le trouvait dans la salle de jeux, appuyé contre le baby-foot ?

– Sarah !

Je la foudroie du regard.

– Oh, ne te laisse pas abattre, Heather ! lance-t-elle dans un éclat de rire. Tu ne comprends pas que si je fais de l'humour noir, c'est pour casser le lien entre un stimulus épouvantable et une réaction émotionnelle non désirée du type frayeur ou répulsion – laquelle ne serait, étant donné la situation, ni utile ni professionnelle.

– Je me contenterai de la répulsion, dis-je. Je ne vois pas comment on peut rester professionnel face à une pom-pom girl décapitée.

C'est l'instant que choisit Tom pour apparaître dans l'embrasure de la porte.

– Pourriez-vous ne plus prononcer ce mot ? demande-t-il d'une voix nauséeuse.

– Lequel ? rétorque Sarah en rejetant une partie de sa chevelure bouclée derrière son épaule. « Pom-pom girl » ?

– Non, dit Tom. « Décapitée ». Nous avons la tête. C'est le reste qui manque. Oh, mon Dieu ! J'en reviens pas, d'avoir dit une chose pareille...

Il me jette un regard piteux. Autour de ses yeux injectés de sang, des cernes violacés dus à sa nuit passée aux urgences.

Ses cheveux blonds sont plaqués sur le front de manière très inesthétique, faute de gel. En temps normal, Tom aimerait mieux mourir que présenter un aspect aussi négligé. Il passe plus de temps que moi à s'occuper de ses cheveux.

– Tu devrais aller te coucher, lui dis-je. On se charge de tout, Sarah et moi.

– Comment ça, aller me coucher ? (Tom a l'air choqué.) On vient de retrouver une fille morte dans ma résidence ! Vous imaginez comment Jessup et les autres prendraient la chose ? Si je... si j'allais me coucher ? Je suis encore en période d'essai, vous savez. Ils pourraient décider que je ne suis pas à la hautueur... (Il déglutit.) Euh... je veux dire : « à la hauteur ».

– Retourne dans ton bureau, claque la porte et ferme les yeux un petit moment ! j'insiste. Je te couvre.

– Impossible, dit Tom. Chaque fois que je ferme les yeux, je vois... je *la* vois.

Pas besoin de lui demander de quoi il parle. Je ne le sais que trop bien. Il m'arrive la même chose à moi.

– Hé !

Un ado en gilet à capuche, aux narines piercées d'une minuscule paire d'haltères en argent passe la tête dans le bureau.

– Pourquoi la cafétéria est-elle fermée ?

Sarah, Tom et moi répondons comme un seul homme :

– Fuite de gaz !

– Nom de Dieu ! s'exclame le gamin avec une grimace. Je vais devoir traverser tout le campus pour prendre mon petit déj' ?

– Va au resto U, rétorque Sarah en lui tendant un ticket-repas. Cadeau de la maison.

Le gosse le regarde.

– Super !

Grâce au ticket, le repas ne sera pas déduit de son quota journalier. Il pourra déjeuner DEUX FOIS si ça lui chante. Il s'éloigne gaiement en traînant les pieds.

– Pourquoi ne pas simplement leur dire la vérité ? demande Sarah, dès qu'il est parti. Ils finiront bien par la découvrir.

– Certes, réplique Tom. Mais nous ne voulons pas semer la panique, vois-tu, en révélant qu'un tueur psychopathe se balade dans le bâtiment.

– Et puis, j'ajoute d'une voix prudente, nous ne voudrions pas que les gens découvrent l'identité de la victime avant qu'on ait pu prévenir les parents de Lindsay.

– Ouais, dit Tom. Bien parlé.

C'est bizarre, d'avoir un chef qui ne sait pas trop ce qu'il fait. Enfin, Tom est génial, comprenez-moi bien.

Mais on est loin de Rachel Walcott.

Ce qui, tout bien considéré, est plutôt une bonne chose...

– Ohé, les amis ! Qu'est-ce qu'on demande, en priorité, à une pom-pom girl ? questionne Sarah.

Tom et moi nous fixons, hébétés.

– Je ne sais pas, dis-je.

– D'avoir la tête sur les épaules. Ha, ha, ha !

Voyant que nous ne trouvons pas ça drôle, Sarah nous regarde avec réprobation.

– C'est juste de l'humour noir, les amis. Pour nous aider à tenir le coup.

Je me tourne vers Tom.

– Qui est avec le gosse qui a fêté son anniversaire ? Celui qui est à l'hosto ? Puisque nous sommes ici, toi et moi...

– Oh, merde ! s'exclame Tom en blêmissant. Ça m'était sorti de la tête. J'ai eu ce coup de fil et...

– ... et tu l'as laissé seul ?

Sarah lève les yeux au ciel. Elle méprise notre nouveau chef et ne cherche pas à s'en cacher. Elle pense que le docteur Jessup aurait dû lui demander, à elle, de prendre la succession de Rachel – bien qu'elle soit étudiante à plein temps. Une étudiante à plein temps dont le dada consiste à analyser les problèmes de tous ceux qu'elle croise. Je souffre par exemple à ses yeux d'un complexe d'abandon du fait que ma mère s'est tirée en Argentine avec mon manager... et tout mon argent.

Et parce que je n'ai pas contre-attaqué en portant l'affaire devant les tribunaux, je souffre également de passivité, ainsi que d'un manque d'amour-propre. Du moins, d'après Sarah.

Or j'ai le sentiment d'avoir le choix (pas vraiment, en réalité : je n'ai de toute façon pas assez d'argent pour engager un procès). Je peux soit passer le temps à en vouloir à ma mère de ce qu'elle a fait, soit tourner la page et vivre ma vie.

Ai-je eu tort de choisir cette seconde option ?

C'est ce que Sarah semble penser. Elle ne me parle que de ça, quand elle ne m'accuse pas de souffrir d'une sorte de complexe de Superwoman, qui me pousserait à vouloir préserver de tous les maux les résidents de Fischer Hall.

Je n'ai pas de peine à comprendre pourquoi Tom a obtenu le boulot, et pas Sarah. Quand Tom m'adresse la parole, c'est pour me dire qu'il adore mes chaussures ou me demander si j'ai regardé la « Nouvelle Star » de la veille, ce genre de trucs, quoi. Il est beaucoup plus facile de s'entendre avec Tom qu'avec Sarah.

– Eh bien, je pense qu'un assassinat prévaut sur une intoxication due à l'alcool, dis-je, prenant la défense de Tom. Mais il faut tout de même envoyer quelqu'un aux urgences, surtout pour le cas où le résident n'y serait pas admis.

Si jamais Stan apprend que nous avons un résident aux urgences sans personne pour veiller sur lui, il va péter un câble. Et je ne voudrais pas avoir à me passer de mon nouveau chef alors que je commence à m'attacher à lui.

– Sarah...

– J'ai cours, rétorque-t-elle sans même lever les yeux des formulaires qu'elle rassemble afin de les photocopier, pour permettre à la police de vérifier si Lindsay avait reçu, la veille, des invités susceptibles de la remercier de son hospitalité en la décapitant.

Sauf que ce n'était bien entendu pas le cas. Nous avions passé deux fois de suite les formulaires en revue. En vain.

– Mais...

– Je ne peux pas le louper ! proteste Sarah. C'est le premier du second semestre !

– J'y vais, moi, alors.

– Non ! me lance Tom, visiblement affolé.

J'ignore si c'est qu'il veut m'épargner d'avoir à poireauter dans la salle d'attente des urgences d'un hôpital new-yorkais après ce que j'ai déjà subi ce matin, ou s'il craint simplement que je le laisse seul dans le bureau, lui qui a encore si peu d'expérience du métier...

– Je vais y envoyer l'un des RE.

– Ils ont tous cours, comme Sarah, dis-je.

Je suis déjà debout, tendant la main vers mon manteau. En vérité, je ne suis pas du genre à me sacrifier de bon cœur. C'est juste que je suis soulagée de pouvoir sortir d'ici. Bien que je m'efforce de le dissimuler.

– Ça me dérange pas, je t'assure. Et puis, ils ne vont pas tarder à l'admettre, non ? Ou à l'autoriser à repartir ? Je n'en ai pas pour longtemps. C'est bien d'un garçon qu'il s'agit ?

– Quelle fille serait assez bête pour boire vingt et une mesures d'alcool ? demande Sarah, levant les yeux au ciel.

– Oui, c'est un garçon, confirme Tom.

Il me tend un bout de papier avec le nom et le numéro de sécu du résident. Je le fourre dans ma poche.

– Il ne m'a pas ébloui par sa conversation. Mais bon, il est vrai qu'il n'avait toujours pas repris connaissance quand je suis parti. Peut-être s'est-il réveillé depuis ? Tu as besoin de monnaie pour le taxi ?

Je lui explique que j'ai toujours l'argent prélevé un peu plus tôt dans la cagnotte, alors que je m'apprêtais à prendre la relève aux urgences... avant que nous n'apprenions ce qui était arrivé à Lindsay.

– Dis-moi, me demande Tom d'une voix douce tandis que je me dirige vers la porte, tu as déjà eu à gérer ce genre de situation. (Nous savons tous deux à quoi il fait allusion.) Qu'est-ce que... euh... qu'est-ce que je suis censé faire ?

Il a vraiment l'air angoissé. Son expression, ainsi que ses cheveux en bataille, le font paraître plus jeune que son âge... bien qu'à vingt-six ans, il soit tout de même plus jeune que moi. Et à peine plus vieux que Joli-Serveur.

– Tiens bon ! dis-je en lui posant la main sur l'épaule. (Il porte un pull Lacoste.) Et quoi que tu fasses, ne tente surtout pas de résoudre le crime par tes propres moyens. Je t'en prie !

Il déglutit.

– Ne t'inquiète pas. Tu crois que j'ai envie qu'on retrouve *ma* tête dans une cocotte ? Non merci.

Je lui tapote l'épaule pour le rassurer.

– Tu peux me joindre sur mon portable.

Je m'empresse de gagner le hall, où je tombe sur Julio, le chef du service d'entretien, et son neveu Manuel, qui vient à peine d'être embauché. (À l'université de New York, le népotisme se porte aussi bien qu'ailleurs.) Manuel dispose sur le sol des carrés de moquette pour empêcher que le marbre ne soit abîmé par le sel que les résidents traîneront sur leurs semelles quand ce fichu blizzard aura enfin éclaté.

– Heather, me demande Julio d'une voix inquiète, comme nous nous croisons. C'est vrai ce qu'on raconte ? Au sujet de...

Il dirige son noir regard vers l'entrée, autour de laquelle policiers et administrateurs grouillent toujours, telles des *fashionistas* à des soldes privées.

Je m'arrête pour le lui confirmer, à voix basse.

– Oui, Julio. On a trouvé un... (Je m'apprête à dire un « cadavre », mais ce n'est pas le mot juste.) Une... fille morte dans la cafétéria, dis-je, histoire de terminer ma phrase.

– C'est qui ?

Manuel Suarez paraît soucieux. C'est un type sublimement beau, sur lequel j'ai entendu soupirer pas mal d'étudiantes, voire d'étudiants, employés par la résidence (je ne me sens pas concernée vu que l'amour au bureau, c'est pas mon truc, et qu'il n'a jamais prêté attention à moi et ne risque guère de le faire, avec la quantité de jeunes filles de dix-neuf ans exhibant alentour leur ventre plat sous des tee-shirts ultra-courts. Je n'ai pas, quant à moi, dénudé mon ventre depuis que... qu'un gros bourrelet a commencé à se former au-dessus de la ceinture de mon jean).

– C'était qui, la fille ? demande-t-il.

– Je ne peux rien dire pour le moment, je réponds.

On est censés attendre que la famille du défunt ait été informée, avant de communiquer son nom.

La vérité, c'est que si ç'avait été n'importe qui d'autre que Lindsay, je le leur aurais dit aussi sec. Mais tout le monde appréciait Lindsay, y compris le personnel, lequel se contente d'habitude de tolérer tout au plus les étudiants, aux parents de qui nous devons nos fiches de paie.

Alors, pas question d'être celle qui leur annoncera ce qui est arrivé.

C'est pour cette raison, entre autres, que je suis soulagée de pouvoir quitter le bâtiment.

Jetant à son neveu un regard contrarié, Julio marmonne quelque chose en espagnol. C'est qu'il sait aussi bien que moi que je n'ai pas le droit de donner de nom. Manuel rougit et prend un air sombre, mais reste silencieux. De même que Tom, il vient d'être embauché et n'a pas fini sa période d'essai. Et son oncle le soumet à la plus sévère des surveillances. Je ne voudrais pas avoir Julio comme chef. J'ai vu dans quel état ça le mettait de surprendre les résidents en train de faire du roller sur ses sols fraîchement cirés.

– Faut que j'aille voir un autre gosse à l'hôpital, lui dis-je. Avec un peu de chance, je serai vite de retour. Veille sur Tom, tu veux bien ? Il n'est pas habitué à ce genre de choses.

Julio hoche gravement la tête. Je sais qu'il va faire ce que je lui demande. Même s'il lui faut, pour cela, renverser une canette de soda devant la porte du bureau de Tom, pour pouvoir passer une demi-heure à la nettoyer.

Je parviens à me frayer un chemin parmi la foule assemblée dans le hall, et à retrouver la fraîcheur de l'extérieur sans être à nouveau interceptée. Miracle : un taxi attend devant Fischer

Hall. Mais je ne le prends pas. Au lieu de ça, je me hâte de tourner au coin de la rue et de regagner la maison que j'ai quittée à peine deux heures plus tôt. S'il faut que je passe la journée à poireauter à l'hôpital, je vais devoir emporter deux ou trois trucs, comme mon manuel de maths de rattrapage (afin d'être préparée pour mon premier cours, s'il n'est pas annulé pour cause de blizzard) et peut-être aussi ma Game Boy avec Tetris. Qui crois-je leurrer ? Entre mes révisions et Tetris, il y a fort à parier que je vais passer la matinée à essayer de battre mon record sur la Game Boy. Cela dit, je pourrais peut-être convaincre Lucy de sortir et de faire la grosse commission maintenant, histoire de ne pas avoir à craindre de mauvaise surprise plus tard dans la journée.

Au-dessus de nous, les nuages sont encore sombres et lourds d'humidité. Mais ce n'est pas ça, je le sais, qui a fait fuir Reggie et ses compagnons. Ce qui les a dispersés, c'est la présence de très nombreux policiers à deux pas d'ici, à Fischer Hall. Sans doute sont-ils allés faire une pause-café au fast-food de Washington Square ? Un meurtre, ça a des répercussions négatives sur tout, y compris sur le commerce de la drogue.

Hébétée de me voir rentrer aussi tôt, Lucy en oublie de protester quand je l'entraîne dans le jardinet glacial du grand-père de Cooper. Lorsque je redescends, après avoir ramassé manuel de mathématiques et Game Boy, elle est assise devant la porte, à quelques mètres de sa commission fumante. Je n'ai plus à m'inquiéter de ce que je vais trouver au retour. Je la laisse rentrer et nettoie rapidement ses saletés. Alors que je m'apprête à quitter la maison, je remarque que le voyant du répondeur clignote, sur le téléphone de l'entrée – la ligne commune, Cooper possédant aussi une ligne professionnelle privée. J'appuie sur la touche « marche » et la voix du frère de Cooper retentit dans le vestibule.

– Euh, salut ! commence mon ex-fiancé. C'est un message pour Heather... Heather, j'ai essayé de te joindre sur ton mobile et au bureau, mais j'arrête pas de te louper, on dirait. Pourrais-tu me rappeler dès que tu auras eu ce message ? Il faut que je te parle de quelque chose de vraiment important !

Waouh... Ce doit l'être, s'il m'appelle sur la ligne que je partage avec Cooper. La famille de celui-ci ne lui adresse plus la parole depuis des années – depuis qu'ils ont appris qu'Arthur Cartwright, le patriarche du clan et fondateur des Disques Cartwright, avait légué à sa brebis galeuse de petit-fils sa maison en grès brun de West Village – un produit de tout premier choix sur le marché de l'immobilier new-yorkais ; coût estimé : huit millions de dollars. Avant ça, les relations n'étaient déjà pas très chaleureuses, Cooper ayant refusé d'intégrer l'entreprise familiale et, plus précisément, d'être le bassiste d'Easy Street, le boys band que son père était en train de monter.

En fait, sans moi, ma meilleure amie Patty et son mari, Frank, Cooper aurait passé seul Noël et le Nouvel An (non que cette perspective eût l'air de beaucoup le déranger), au lieu de profiter de la chaleureuse intimité d'une famille... de la famille de Patty, tout du moins, la mienne moisissant en prison (papa) ou s'étant fait la belle avec mon argent (maman). Au fond, il vaut sans doute mieux que je sois enfant unique.

J'ai pris conscience, pendant les années où je suis sortie avec le frère de Cooper, que ce qui était important pour Jordan l'était rarement à mes yeux. Je ne m'empresse donc pas de le rappeler. Je préfère écouter les autres messages. Mais les gens, des télévendeurs à coup sûr, ont raccroché sans en laisser.

Je ressors et, affrontant le froid, me dirige vers l'hôpital Saint-Vincent. À présent que je cherche un taxi, je n'en trouve évidemment pas. Il me faut donc parcourir à pied les cinq ou six blocs (je parle des blocs d'une avenue, pas de petits pâtés de maisons !) qui me séparent de l'hôpital. Ça me va très bien. À en croire le gouvernement, on devrait s'imposer une demi-heure de sport par jour. Ou bien une heure ? Quoi qu'il en soit, cinq blocs par ce froid glacial, ça suffit amplement. Lorsque j'arrive à l'hôpital, je ne sens plus mon nez ni mes joues.

Au moins, il fait bon dans la salle d'attente, même si c'est la pagaille. Moins que d'habitude, cela dit. Les bulletins météo ont visiblement dissuadé la plupart des hypocondriaques de sortir de chez eux, et je parviens sans mal à trouver où m'asseoir. Une infirmière attentionnée a réglé la télévision, diffusant en général des *telenovelas* en boucle, sur New York Première. Ainsi, tous peuvent suivre la progression de la tempête. Pour être à l'aise, il ne me manque qu'un chocolat chaud : j'y remédie sans peine, en glissant quelques pièces dans la fente du distributeur de boissons chaudes. Et un petit déjeuner.

Il est plus difficile de se procurer de quoi manger, aux urgences de Saint-Vincent, à moins d'être prêt à se satisfaire des chips ou des friandises du distributeur. En temps normal, ce serait le cas.

Mais les événements de ce matin m'ont pas mal retourné l'estomac, et je doute qu'il soit en mesure d'assimiler aussi aisément qu'à l'ordinaire un soudain apport de sel ou de caramel.

Et puis il est l'heure passée de cinq minutes. Le moment où les gardiens ouvrent la porte des urgences et autorisent les patients à recevoir la visite de leurs proches – mon étudiant devra se contenter de la mienne.

Au moment voulu, je ne retrouve évidemment pas le bout de papier que m'a donné Tom, celui où il a griffonné le nom et le numéro de sécu du résident. Une fois dans la salle, il va me falloir improviser. Avec un peu de chance, il n'y aura pas trop de gosses qui viennent d'avoir vingt et un ans et cuvent leur cuite de la veille. Les infirmières sauront me donner un coup de main, j'imagine...

Mais il s'avère que je n'ai pas besoin d'aide. À la seconde où je pose les yeux sur lui, je reconnais mon étudiant, étendu sur un brancard et recouvert d'un drap blanc.

– Gavin !

Il gémit et enfouit sa tête dans l'oreiller.

– Gavin.

Plantée devant le brancard, je le foudroie du regard. J'aurais dû m'en douter. Gavin McGoren, étudiant en licence de cinéma et roi des emmerdeurs de Fischer Hall. Qui d'autre, pour contraindre mon chef à passer une nuit blanche ?

– Je sais que tu ne dors pas, Gavin, dis-je d'un ton sévère. Ouvre les yeux !

Gavin s'exécute.

– Nom de Dieu, frangine ! s'exclame-t-il. Tu vois pas que je suis malade ?

Il désigne l'intraveineuse plantée dans son bras.

– Oh, je t'en prie, je rétorque avec dégoût. Tu n'es pas malade. Tu es juste une grosse tache. Vingt et un verres en une seule fois, Gavin ?

Il replie son bras libre, afin de protéger ses yeux de l'éclat des néons, au-dessus de lui.

– De toute façon, marmonne-t-il, j'étais avec ma bande de potes. Je savais que rien de grave ne pourrait m'arriver.

– Parlons-en, de tes potes ! dis-je, méprisante. C'est sûr, ils se sont bien occupés de toi !

– Eh ! (Gavin grimace comme si le son de sa propre voix lui faisait mal, ce qui est probablement le cas.) Ils m'ont amené ici, non ?

Je rectifie :

– Ils t'ont largué ici. Et ils se sont tirés ! Je n'en vois plus un seul alentour, et toi ?

– Ils avaient cours ! proteste Gavin d'une voix vaseuse. D'abord, qu'est-ce que tu en sais ? T'étais pas là. C'était l'autre glandu de la direction. Il est passé où, d'ailleurs ?

– Si c'est à Tom, le directeur de la résidence, que tu fais allusion, il lui a fallu s'occuper d'une autre affaire urgente. Tu n'es pas l'unique résident de Fischer Hall, figure-toi, Gavin.

– Pourquoi tu me prends la tête ? C'est mon anniversaire !

– Drôle de manière de le fêter !

– Qui plus est... je filmais... un projet, pour la fac.

– Tu passes le temps à te filmer en train de faire des conneries pour tes travaux de fac. Tu te souviens, quand tu as voulu reconstituer cette scène de *Hannibal*... celle avec la cervelle de vache ?

Il relève le bras et me jette un regard noir.

– Comment je pouvais savoir que j'étais allergique aux fèves ?

– Gavin, tu seras peut-être étonné d'apprendre, dis-je tandis que mon portable vibre dans la poche de ma veste, que Tom et moi avons mieux à faire que te tenir la main chaque fois que tes petites expériences te conduisent aux urgences.

– Quoi, par exemple ? grogne Gavin. Permettre à ces fayots de RE de vous lécher les bottes plus longtemps ?

Je dois faire un gros effort pour ne pas lui parler de Lindsay. Le voir étendu là, à se lamenter sur son sort, alors que c'est l'invraisemblable stupidité de ses actes qui lui vaut de se retrouver dans cette situation quand, à la résidence, une fille est morte sans qu'on puisse mettre la main sur son corps !

– Écoute, tu veux pas essayer de savoir quand je vais pouvoir me tirer d'ici ? demande Gavin, dans un gémissement. Et, pour une fois, m'épargner tes sermons ?

– J'y vais, dis-je, bénissant cette occasion de m'éloigner de lui. (À vrai dire, il ne sent pas la rose...) Tu veux que j'appelle tes parents ?

– Mon Dieu, non... glapit-il. Pourquoi je le voudrais ?

– Peut-être pour leur raconter comment tu as fêté ton anniversaire. Je suis sûre qu'ils seraient très fiers de...

Gavin se met l'oreiller sur la tête. Je souris et me dirige vers l'une des infirmières pour m'informer de son éventuelle sortie. Elle me dit qu'elle s'en remettra à la décision du médecin. Je la remercie et, tout en regagnant la salle d'attente, je sors mon portable pour voir qui a appelé...

... et frémis d'excitation en voyant s'afficher sur l'écran *Cartwright, Cooper*.

Frémissement qui redouble lorsque, une seconde plus tard, j'entends une voix s'exclamer :

– Heather !

Et que, levant les yeux, je croise le regard de l'homme en question.

4

Je me souviens du temps béni
Où ce qui m'faisait envie coûtait pas un radis
À présent je dois bien l'admettre
Si ça vient pas d'chez Gap, j'ai pas envie de le mettre !

Sans titre
Écrit par Heather Wells

Oh, et puis zut ! D'accord, je suis folle de lui alors qu'il ne m'a jamais laissé entendre qu'il partageait mes sentiments. Et puis ? On a bien le droit de rêver, non ?

Et au moins, l'objet de mes fantasmes a l'âge qui convient. Cooper ayant dépassé la trentaine, il a une dizaine d'années de plus que Joli-Serveur.

Et il n'est pas du genre à trimer derrière un bar pour un salaire de misère. Non, il dirige sa propre affaire.

Bon, d'accord, il refuse de me dire à quoi il passe ses journées, histoire de ne pas heurter ma sensibilité.

Mais c'est bien la preuve qu'il se soucie de moi, non ?

De toute façon, je sais qu'il se soucie de moi. Sinon, pourquoi m'aurait-il proposé d'emménager chez lui (au dernier étage de sa maison, du moins...) après que Jordan m'a larguée ? (Jordan a toujours nié ce point. Selon lui, c'est moi qui l'ai quitté. Or, je suis désolée, mais c'est lui qui a laissé Tania plonger tête baissée sur ses parties intimes, dans notre appartement qui plus est ! Qui n'interpréterait pas ça comme une invitation à faire ses valises ?)

Mais Cooper est on ne peut plus clair : il m'aime comme une amie, rien de plus. Il ne m'a en tout cas jamais draguée.

Certes, il m'a un jour confié – alors que, suite à une tentative de meurtre, j'étais en état de choc et à moitié inconsciente – qu'il trouvait que j'étais une gentille fille.

Dois-je y voir un signe encourageant ? Une « gentille fille » ? Les gars ne tombent jamais amoureux des gentilles filles. Ils craquent pour des filles comme Tania Trace qui, dans le clip de son dernier single, « Coup de chienne », se trémousse, le corps huilé et simplement vêtu d'une culotte en cuir et d'un débardeur.

Je jurerais qu'on ne fabrique pas de culottes en cuir à ma taille.

Et puis, ce n'est peut-être pas son truc, à Cooper, les culottes en cuir. Après tout, il a déjà prouvé, par sa bienveillance à mon égard, qu'il n'avait rien à voir avec le reste de la famille. Tout n'est peut-être pas perdu. Qui sait s'il n'est pas venu m'annoncer qu'il ne peut vivre une seconde de plus sans mon amour, et que sa voiture attend devant l'hôpital, prête à nous conduire à l'aéroport, direction Las Vegas pour le mariage, et Hawaii pour la lune de miel ?

– Ohé, lance Cooper en me tendant un sac en papier. Je me suis dit que tu n'avais pas eu le temps de déjeuner. Je t'ai pris un sandwich chez Joe.

Adieu le mariage à Las Vegas et la lune de miel à Hawaii !

Mais le sandwich vient de chez Joe le Laitier, ma fromagerie préférée ! Et s'il vous est arrivé de goûter sa mozzarella fumée, vous savez qu'elle vaut toutes les lunes de miel à Hawaii.

– Comment tu as su que j'étais ici ? je demande en prenant le sac.

– C'est Sarah qui me l'a dit. J'ai appelé ton bureau quand j'ai appris ce qui s'était passé. J'ai entendu ça sur la fréquence de la police.

– Oh.

Bien sûr. Cooper écoute la fréquence de la police quand il est sur une filature. Ça, ou du jazz. Il est raide dingue d'Ella Fitzgerald. Si Ella n'était pas morte, je serais jalouse d'elle.

– Tes clients ne vont pas se demander où tu es passé ?

Je n'en reviens pas, qu'il laisse en plan une affaire à cause de moi.

– C'est bon, répond Cooper. Le mari de ma cliente est occupé pour le moment.

Je ne me donne pas la peine de lui demander ce que ça signifie, certaine qu'il ne me le dira pas.

– J'étais sur le point d'aller déjeuner, de toute façon. Et j'ai pensé que tu n'avais pas mangé, ajoute-t-il.

Mon estomac gargouille d'impatience à la mention du mot « déjeuner ».

– Je meurs de faim. Tu me sauves la vie !

– Alors... commence Cooper, en m'entraînant vers la rangée de sièges en plastique orange de la salle d'attente, pourquoi le gosse a-t-il été amené ici ?

Je jette un coup d'œil en direction de la porte des urgences.

– Qui ça, Gavin ? Pour imbécillité chronique.

– Ah, c'est encore Gavin ?

Cooper tire deux petites briques de lait chocolaté de la poche de sa parka et m'en tend une. Mon cœur se dilate. Du lait chocolaté ! Mon Dieu, ce que j'aime cet homme ! Qui pourrait lui résister ?

– Je serais surpris que ce gosse vive assez longtemps pour obtenir son diplôme de fin d'études. Sinon, ça se passe comment pour vous, là-bas ? Avec la fille qui a été tuée, je veux dire.

J'ai mordu dans la baguette croustillante – remplie de mozzarella fumée, de poivrons grillés à l'ail et de tomates séchées au soleil. Impossible, après ça, d'articuler un mot – l'intérieur de ma bouche est en train de vivre un orgasme.

– À vrai dire, j'ai passé un coup de fil à un ami qui bosse au bureau du coroner, poursuit Cooper en voyant que j'ai la bouche pleine (bien qu'inconscient, du moins je l'espère, de l'explosion en cours). Ils sont arrivés là-bas très vite, étant donné que les affaires tournent au ralenti à cause de cette tempête censée éclater. Toujours est-il qu'ils sont quasiment sûrs que la fille a été tuée bien avant d'être... tu vois ce que je veux dire.

Décapitée. Je hoche la tête, sans cesser de mâcher.

– J'ai pensé que tu serais soulagée de l'apprendre, poursuit Cooper, en retirant son sandwich (au jambon cru, me semble-t-il) de son emballage. Qu'elle n'a pas souffert, je veux dire... Ils sont presque certains qu'elle a été étranglée.

Je déglutis.

– Comment peuvent-ils le savoir ? je demande. Vu que... enfin... qu'il n'y a pas de cou ?

Cooper vient tout juste de prendre une bouchée de son sandwich. Elle lui reste coincée en travers de la gorge, mais finit par passer.

– La décoloration, réplique-t-il dans un toussotement. Autour des yeux. Cela signifie qu'elle a cessé de respirer avant que la mort ne survienne par strangulation. On appelle ça l'inhibition vagale.

– Oh, je suis désolée. (Parce qu'à cause de moi, il a failli s'étouffer.)

Il boit de grandes gorgées de lait chocolaté, ce qui me donne l'occasion de l'observer sans qu'il s'en rende compte. Il ne s'est pas rasé ce matin... non que ce soit gênant. Il reste l'un des gars les plus sexy que j'aie jamais vus. Sa barbe de trois jours, ou plutôt d'un jour, ne donne que plus de force à ses traits anguleux, mettant en valeur les pommettes hautes et la finesse du bas du visage. Certaines personnes, comme son père, Grant Cartwright, jugeraient que Cooper a besoin d'une bonne coupe de cheveux.

Mais moi, j'aime pouvoir passer les doigts dans les cheveux d'un homme.

À condition qu'il me laisse faire, s'entend.

Cependant, même si ses cheveux légèrement trop longs lui donnent, à mes yeux, l'apparence d'un gentil chien de berger, son allure impressionne visiblement les autres. Preuve en est donnée quand un SDF portant sa bouteille dans un sac en papier, entré dans l'hôpital pour échapper quelques instants au froid, repère une chaise vide à côté de moi et se dirige vers elle...

... avant de changer d'avis à la vue des larges épaules de Cooper, rendu encore plus impressionnant que d'habitude par son anorak volumineux et ses grosses Timberland.

Celui-ci ne se rend compte de rien.

– Ils pensent qu'elle était là depuis un bon moment, dit-il après être parvenu à avaler ce qui le faisait tousser. Sur la cuisinière, je veux dire. Depuis avant l'aube, au moins.

– Doux Jésus !

Je n'ai pourtant aucun mal à finir mon sandwich, alors qu'au dortoir (euh... à la résidence), la seule pensée de ce qui était arrivé à Lindsay me donnait envie de vomir. Il faut croire que j'ai très faim.

Ou bien la présence réconfortante de Cooper y est pour quelque chose... L'amour fait des miracles, dit-on.

Quand on parle d'amour...

Mon portable grésille. Le sortant de ma poche, je constate que Jordan m'appelle. Une fois de plus. Je m'empresse de replonger le téléphone dans les profondeurs de ma veste.

Pas assez vite, néanmoins.

– Faut croire qu'il a vraiment besoin de te parler. Il a laissé un message à la maison, aussi.

– Je sais, dis-je d'un ton penaud. Je l'ai écouté.

– Je vois.

Cooper paraît amusé par quelque chose, à en croire la façon dont le coin de ses lèvres rebique.

– Et tu ne le rappelles pas parce que... ?

– Aucune importance.

Je suis agacée. Pas à cause de Cooper. C'est à son frère que j'en veux, de ne pas réaliser que, quand on rompt avec quelqu'un, on rompt pour de bon. On ne passe pas le temps à appeler son ex, surtout quand on est fiancé à quelqu'un d'autre, après avoir rompu. Enfin... c'est la base du savoir-vivre !

Certes, ça n'a pas arrangé les choses que je continue à coucher avec lui. Avec Jordan, je veux dire.

Mais en fait, ça n'a eu lieu qu'une fois, sur le tapis du vestibule de Cooper, dans un moment de faiblesse totale. Aucune chance que ça se reproduise.

Du moins, ça m'étonnerait...

Je l'avoue, je m'en veux aussi un peu à moi-même.

– Alors, tu la connaissais ? demande Cooper, ayant la délicatesse de parler d'autre chose lorsqu'il constate que Jordan n'est pas mon sujet de conversation favori.

– Qui ça, la morte ? (J'avale une gorgée de lait chocolaté.) Ouais. Comme tout le monde. Elle avait des tas d'amis. C'était une pom-pom girl.

Cooper paraît stupéfait.

– Il y a des pom-pom girls à la fac ?

– Bien sûr. L'équipe de basket est parvenue en finale, l'année dernière.

– En finale de quoi ?

– Aucune idée ! Ce qui est sûr, c'est qu'ils en sont fiers. Lindsay – c'est le prénom de la morte – l'était tout particulièrement. Elle étudiait la comptabilité. La vie étudiante, c'était vraiment son truc. Elle...

Je m'interromps. Même une gorgée de lait chocolaté ne m'est d'aucun secours cette fois-ci.

– Cooper... Qui aurait l'idée d'infliger ça à quelqu'un ? Et *pourquoi* ?

– Eh bien... que sais-tu, au juste, sur cette fille ? Je veux dire, à part qu'elle était pom-pom girl et faisait des études de compta ?

Je me penche sur la question, puis :

– Elle sortait avec l'un des joueurs de l'équipe de basket. En fait, j'ai l'impression qu'on le soupçonne. L'inspecteur Canavan, du moins. Mais Mark n'y est pour rien. J'en suis certaine. C'est un garçon bien. Il ne ferait pas de mal à une mouche. Et encore moins à sa petite amie. Et pas de cette manière-là.

– C'est justement la manière qui me frappe comme... (Cooper hausse les épaules sous son anorak.) J'ai presque envie de dire que le tueur en a trop fait, poursuit-il. À croire que cette mise en scène est une sorte d'avertissement.

– Adressé à qui ? À Jimmy, le cuisinier de la cafèt' ?

– Si on le savait, ça nous aiderait à découvrir l'identité de l'assassin, non ? Et son mobile. Canavan a raison de commencer par le petit copain. Il est bon ? En tant que joueur de basket, je veux dire.

Je le regarde d'un air hébété.

– Cooper... On est en troisième division. Il ne peut pas être *très* bon.

– Mais les Coquelicots ont beaucoup progressé depuis l'arrivée du nouvel entraîneur, cet Andrews, réplique Cooper avec un petit sourire, suscité, j'imagine, par mon ignorance en matière de sport. Désormais, leurs matchs sont même retransmis à la télévision. Sur les chaînes locales, d'accord. Mais tout de même... Je suppose que le match de demain va être annulé, avec tout ça ?

Je pousse un grognement.

– Tu rigoles ? On affronte, à domicile, les Diables de l'université du New Jersey. On se bat pour la tête de division, figure-toi !

Cooper sourit plus largement. Mais son ton a quelque chose de glacé :

– Le match de demain est maintenu alors qu'on vient de trouver la tête d'une pom-pom girl dans la cafétéria du dortoir ?

Je rectifie :

– De la résidence universitaire.

Une doctoresse sort de la salle des urgences, tenant une écritoire à pince.

– Heather Wells ?

– Excuse-moi ! je lance à Cooper.

Je me précipite vers le médecin des urgences, qui m'annonce que Gavin se remet bien, et qu'elle le laissera sortir dès qu'il aura signé les documents réglementaires. Je remercie la doctoresse et m'en retourne auprès de Cooper. Déjà debout, il rassemble les restes de notre pique-nique et les jette dans une poubelle proche.

– Gavin peut repartir, dis-je.

– Je m'en doutais.

Cooper remet ses gants, s'apprêtant à se replonger dans le climat polaire.

– Je vous dépose à la résidence ? demande Cooper.

– Je crains que Gavin ne soit pas en mesure de marcher. Mais on va choper un taxi. Je ne tiens pas à ce qu'il gerbe dans ta voiture.

– Et je t'en suis reconnaissant, répond Cooper d'un ton grave. Bon, on se voit à la maison. Eh, Heather, pour ce qui est de Lindsay...

– Ne t'inquiète pas. Je n'ai pas la moindre intention de fourrer mon nez dans l'enquête. J'ai plus que retenu la leçon du semestre dernier. Cette fois-ci, le département de police de New York devra se débrouiller sans moi.

Cooper garde une expression sérieuse.

– Ce n'est pas ce que j'allais dire. Que tu puisses ne serait-ce qu'envisager de te mêler de ce qui est arrivé aujourd'hui à Fischer Hall ne m'a pas effleuré. Surtout après ce qui s'est passé la dernière fois.

Je sais que c'est ridicule, mais ça me vexe.

– Tu veux parler de la fois où j'ai démasqué l'assassin avant tout le monde ? Avant que quiconque ait réalisé que ces filles étaient victimes de meurtres et non de leur prétendue intrépidité ?

– Ohé, relax, Max. Je voulais juste...

– Parce que tu réalises que la personne qui a fait ça à Lindsay avait forcément accès aux clés de la cafèt', c'est ça ?

Je me fiche que ce soit MOI, à présent, que le SDF regarde d'un œil apeuré. Je ne suis pas aussi large d'épaules que Cooper, mais je compense par mon tour de hanches. Oh, et par ma voix perçante.

– ... car il n'y avait pas le moindre signe d'effraction. La personne qui y a laissé la tête de Lindsay devait disposer d'un passe. Il y a trois ou quatre serrures. Personne n'aurait pu, en une seule nuit, en crocheter un si grand nombre sans se faire remarquer. Le coupable travaille donc nécessairement pour la résidence. Il a accès aux clés. Et c'est sans doute quelqu'un que je connais.

– OK.

Cooper dit ça d'un ton rassurant : le ton qu'il utilise avec ses clientes, ces épouses hystériques convaincues que leur mari les trompe et qui l'embauchent pour le prouver ; ce, afin de récupérer la maison en bord de mer, dans les Hamptons.

– Du calme. L'inspecteur Canavan est sur le coup, n'est-ce pas ?

– Oui, dis-je.

Je me garde de préciser que les talents d'enquêteur de l'inspecteur Canavan m'inspirent une confiance limitée. Après tout, ils ont bien failli me coûter la vie.

– Oh, ne te fais pas de souci, dit Cooper. (Il a posé une main sur mon épaule. Dommage que je sois trop vêtue – veste molletonnée, pull, maillot de corps et soutien-gorge – pour la sentir.) Canavan va arrêter celui qui a fait ça. Rien à voir avec la dernière fois. Personne, à part toi, n'aurait juré qu'il s'agissait de meurtres. Aujourd'hui... eh bien, ça ne fait pas de doute. La police va s'en occuper, Heather.

Ses doigts se resserrent sur mon épaule. Il me fixe. J'ai l'impression que je pourrais plonger dans le bleu de ses yeux et nager à n'en plus finir, sans jamais atteindre la ligne d'horizon.

– Ohé, Wells !

Évidemment, Gavin McGoren n'aurait pas pu mieux choisir son moment pour sortir des urgences en boitillant.

– Ce gars t'importune, Wells ? demande Gavin, en pointant les trois poils de son bouc vers Cooper.

Je réprime, avec peine, mon envie de le frapper. Le personnel n'a pas le droit de battre les résidents, si tentant que cela puisse être parfois. Chose étonnante, nous ne sommes pas autorisés non plus à les embrasser. Non que j'aie jamais eu à le regretter, du moins pas dans le cas de Gavin.

– Non. Il ne m'*importune* pas, dis-je. C'est mon ami Cooper. Cooper, je te présente Gavin.

– Salut, lance Cooper en tendant sa main.

Que Gavin ignore.

– Ce mec est ton *petit ami* ? me demande-t-il, carrément lourdingue.

– Gavin, dis-je, affligée. (Je n'ose pas regarder dans la direction de Cooper.) Non. Tu sais très bien que ce n'est pas mon petit ami.

Gavin semble se détendre un peu.

– Ah oui, c'est vrai. T'aimes les gars propres sur eux. Comme Jordan Cartwright. Mr Easy Street.

Cooper a laissé retomber sa main. Il fixe Gavin d'un œil mi-amusé, mi-moqueur.

– Eh bien, Heather, dit-il. Ravi d'avoir fait la connaissance d'un des bambins dont tu as la charge, mais je crois que je vais y aller.

– Eh ! proteste Gavin, visiblement offensé. C'est moi que tu traites de bambin ?

Cooper prête à peine attention à Gavin.

– On se retrouve à la maison, me dit-il avec un clin d'œil, pivotant sur ses talons.

– « On se retrouve à la maison » ? (Gavin fusille des yeux le dos de Cooper.) Vous vivez ensemble, lui et toi ? Je croyais que t'avais dit que c'était pas ton petit ami !

– C'est mon propriétaire. Et il a raison. Tu es un bambin. C'est bon, on peut rentrer à la résidence ? Ou tu veux faire un détour chez le caviste, histoire de t'acheter une bouteille de gin pour te finir en beauté ?

– Ohé, frangine, dit Gavin en secouant la tête. C'est quoi, ton problème ? Pourquoi t'es toujours à me chercher ?

Je lève les yeux au ciel.

– Gavin... je te jure, j'appelle tes parents.

Aussitôt, il oublie son rôle de dur à cuire.

– Non ! Ma mère me tuerait !

Je lui prends le bras en soupirant.

– Allez, viens ! On va te ramener chez toi avant qu'il ne se mette à neiger. Tu as demandé au médecin de te faire un mot pour justifier ton absence au cours ?

Il hausse les épaules.

– Ils refusent d'en faire dans les cas d'intoxication due à l'alcool.

– Pauvre bébé ! dis-je d'un ton joyeux. Ça va peut-être te servir de leçon.

– Ohé, frangine ! s'écrie Gavin, à nouveau remonté. J'ai pas besoin que tu me dises comment je dois me comporter !

Et nous sortons dans le froid glacial, nous chamaillant comme frère et sœur. Du moins, c'est ma vision des choses.

Que ne partage pas du tout Gavin, ce dont je suis encore loin de me douter.

5

Mon pauvre cœur se fend
Comme une vitre brisée
C'est l'essoufflement
Je commence à tousser
Faut qu'ça cesse !
Quelqu'un sait-il comment
Éteindre ce fichu Stairmaster ?

« Au club de gym »
Écrit par Heather Wells

La journée semble s'écouler au ralenti. Étonnant, à vrai dire, comme le temps peut paraître long quand on n'a qu'une seule idée en tête : rentrer chez soi.

Au moins, lorsque je regagne Fischer Hall au retour de l'hôpital, c'est chose faite : les parents de Lindsay ont été avertis de sa mort. Ce qui signifie que nous sommes libres d'annoncer au personnel et aux résidents du bâtiment ce qui lui est arrivé.

Comme je l'avais prévu, cela ne nous facilite pas la tâche pour autant. La réaction des gens, en apprenant que la cafétéria est fermée parce qu'on y a trouvé la tête tranchée d'une pom-pom girl et non du fait d'une simple fuite de gaz, va de l'hébétude au gloussement nerveux, en passant par les sanglots et les haut-le-cœur.

Impossible, cependant, de leur cacher la vérité. Surtout quand l'information est retransmise par New York Première, la chaîne d'infos locale. À peine en prend-elle connaissance sur le poste de télé du hall que Tina, l'étudiante qui tient l'accueil, se précipite pour nous en informer, pleine de zèle. Puis monte le son au maximum lorsque nous nous joignons à elle.

« Le campus de l'université de New York est sous le choc, suite à la macabre découverte faite à Fischer Hall, l'une de ses résidences étudiantes », annonce le présentateur d'un ton dramatique, tandis qu'apparaît à l'arrière-plan une vue de la façade de Fischer Hall, les étendards de l'université de New York claquant au vent au-dessus de l'entrée principale (devant laquelle on a renforcé la garde, pour tenir à distance la presse et les curieux qui se sont rassemblés de l'autre côté de la rue, dans le carré des joueurs d'échecs – au grand dam de ceux d'entre eux qui ont bravé le froid pour venir jouer dehors).

« Certains se souviendront que ce même dortoir a été, à l'automne dernier, le théâtre du meurtre de deux jeunes femmes, poursuit le journaliste. Cette tragédie avait valu à la résidence, sur le campus, le surnom de Dortoir de la mort. »

À ces mots, je jette un coup d'œil à Tom. Il pince les lèvres, mais rien n'en sort. Le malheureux ! À peine son diplôme obtenu, il dégote son premier poste, et il faut que ce soit au Dortoir de la mort !

« Ce matin, le personnel de la cafétéria de Fischer Hall a fait une autre découverte macabre : une tête humaine dans une cocotte, sur la cuisinière de la cafétéria. »

À ces paroles, Tina et la plupart des étudiants (ainsi que quelques administrateurs) réunis dans le hall pour regarder les infos poussent un « beurk » collectif. Quant à Tom, il gémit et plonge le visage dans ses mains. Pete, l'agent de sécurité, n'en mène pas large, lui non plus.

« La tête a été formellement identifiée par la famille de la victime comme étant celle de Lindsay Combs, étudiante en DEUG et pom-pom girl de l'équipe de basket de l'université de New York », poursuit le reporter tandis qu'une photo de Lindsay s'affiche sur l'écran. Elle a été prise le soir où elle avait été couronnée reine du bal de sa promo. Elle arbore un sourire aussi étincelant que la tiare ornant ses cheveux d'un blond doré. Vêtue de satin blanc, elle serre entre ses bras une douzaine de roses rouges. Quelqu'un, resté hors cadre, lui passe un bras sur l'épaule et la tiare retombe de travers sur l'un de ses yeux d'un vert si peu naturel. Je ne comprends vraiment pas ce qu'elle leur trouvait, à ses lentilles de couleur.

« Selon des témoins, Lindsay aurait été vue hier soir pour la dernière fois. Elle aurait quitté sa chambre aux environs de dix-neuf heures, précisant à sa camarade de chambre qu'elle se rendait à une soirée. Elle n'est jamais revenue. »

Tout ça, nous le savions déjà. Cheryl était passée au bureau un peu plus tôt, en larmes, accablée par ce qui était arrivé à son amie et future camarade de chambre... Avec laquelle elle n'avait même pas eu le temps de partager des fous rires nocturnes et un bon petit bourbon par-ci, par-là – puisque Lindsay avait été tuée avant que Cheryl ne s'installe avec elle.

Ann, la précédente camarade de chambre de Lindsay, avait pris la chose un peu plus calmement, et fourni aux policiers ce qui était pour le moment leur unique piste : celle qui concernait la soirée. Bien sûr, les rapports entre Lindsay et Ann n'étant pas franchement cordiaux, la jeune fille n'avait pu préciser à Canavan à QUELLE fête Lindsay était censée se rendre... Cheryl, à peine intelligible entre deux sanglots, ne s'était pas révélée plus utile. À vrai dire, Tom avait chargé l'un des RE d'accompagner Cheryl au service de soutien psychologique, où nous espérons tous qu'on saura lui donner la force de surmonter son chagrin... et la perspective de n'avoir personne avec qui partager sa chambre pendant ce qui reste de l'année universitaire.

Cheryl étant bien sûr la seule, sur le campus, à ne pas avoir envie d'une chambre individuelle !

« La question de savoir comment Lindsay s'est retrouvée dans la cuisine de la cafétéria de Fischer Hall intrigue les autorités », continue le journaliste. Apparaît à cet instant sur l'écran le président de l'université, Phillip Allington, juché sur une estrade dans le hall de la bibliothèque. Près de lui, l'inspecteur Canavan, débraillé et visiblement mécontent. Quant à Andrews, qui se tient Dieu sait pourquoi de l'autre côté du président, il parvient à garder l'air calme tout en paraissant un peu perdu. Mais c'est une expression courante chez les entraîneurs sportifs, comme je l'ai souvent remarqué chaque fois que je suis tombée sur la chaîne sportive au cours d'une séance de zapping.

Le présentateur poursuit :

« Un porte-parole du département de police de New York tient à souligner que, bien qu'il n'ait encore été procédé à aucune arrestation, la police a identifié plusieurs suspects et suit plus d'une dizaine de pistes. Comme l'a affirmé cet après-midi aux représentants de l'université le président Phillip Allington lors d'une conférence de presse, il n'y a pas de raison de paniquer. »

La chaîne diffuse alors un extrait de la conférence de presse :

« Nous voudrions profiter de cette occasion », dit le président Allington avec raideur (lisant manifestement ce qu'il a chargé quelqu'un de lui écrire), « pour assurer à nos étudiants, et au public en général, que les autorités judiciaires de cette ville auront recours à tous les moyens pour tenter de retrouver l'auteur de cet acte barbare. En même temps, nous recommandons fortement à nos étudiants de prendre des mesures de sécurité supplémentaires tant que le meurtrier de Lindsay n'aura pas été arrêté. Bien que nos résidences aient pour mission d'encourager l'esprit communautaire – c'est pour ça qu'on les appelle des *résidences* universitaires et non des dortoirs –, il importe que les étudiants songent à bien verrouiller leurs portes. Et qu'ils ne laissent pas pénétrer des inconnus dans leurs chambres ou tout autre bâtiment du campus. Même si, à ce stade de l'enquête, la police voit dans ce crime gratuit un acte isolé de violence aveugle, nous ne soulignerons jamais à quel point la prudence s'impose tant que le coupable n'aura pas été appréhendé... »

À peine le président a-t-il prononcé les mots « bien verrouiller leurs portes » que la moitié des étudiants présents se volatilisent, fonçant vers les ascenseurs avec des mines inquiètes. C'est l'usage pour des tas de gamins, dans des résidences comme Fischer Hall, de laisser leurs portes ouvertes pour accueillir les visiteurs éventuels.

Apparemment, ça va changer.

Cela dit, aucun ne semble prendre en compte que Lindsay n'a pas été tuée dans sa chambre. Et que la violence de l'acte qui lui a coûté la vie n'a rien d'aveugle. Son tueur la connaissait visiblement assez bien, ainsi que la cafétéria de Fischer Hall.

Or, si la population étudiante n'a pas encore saisi cela, les employés de la cafétéria ne peuvent l'ignorer. On les autorise tout juste à rentrer chez eux, au terme d'une épuisante journée d'interrogatoires. Je suis choquée de les voir sortir en masse de la cafétéria alors que le président Allington termine à peine sa conférence de presse, à cinq heures moins le quart... quand ceux de l'équipe du matin devraient être rentrés chez eux depuis une éternité. L'inspecteur Canavan et ses collègues les ont mis sur le gril – sans mauvais jeu de mots.

Pourtant, malgré sa fatigue, Magda parvient à sourire en se dirigeant vers moi. Elle s'est tartiné les mains de gel nettoyant et les essuie à l'aide d'un Kleenex. Lorsqu'elle s'approche, je comprends pourquoi : elle a les doigts couverts d'encre noire. On a pris ses empreintes digitales.

– Oh, Magda, dis-je quand nous sommes tout près l'une de l'autre.

Je lui passe un bras sur l'épaule et l'entraîne à l'écart du hall, vers mon bureau, où nous serons plus au calme.

– Je suis vraiment désolée...

– Ça va, réplique Magda en reniflant. (Elle a les yeux rougis, son eye-liner et son mascara ont coulé.) Après tout, ils font leur boulot. Ils n'y sont pour rien, si une de mes petites stars de ciné...

Magda éclate en sanglots. Je la pousse dans nos bureaux, afin de lui permettre d'échapper aux regards inquisiteurs des résidents rassemblés devant les ascenseurs, rentrant chez eux après une première journée de cours, pour aussitôt découvrir qu'ils vont devoir aller dîner ailleurs. Magda se laisse tomber dans le canapé, devant mon bureau, et plonge la tête dans ses mains. Je m'empresse de refermer la porte, qui se verrouille automatiquement quand on la claque. Nous ayant entendu nous agiter, Tom sort de son bureau et reste planté là, à fixer Magda d'un air embarrassé, pendant que s'échappent des lèvres de celle-ci des mots aussi incohérents que « petite star de ciné » et « joli petit cœur ». (Je devrais plutôt dire qu'ils s'échappent de son giron, où elle a enfoui son visage.)

Tom me regarde :

– C'est quoi, déjà, cette histoire de stars de ciné ? demande-t-il dans un murmure.

– Je t'ai expliqué, je murmure à mon tour.

Tom est parfois vraiment largué, pour un homo.

– Ils ont filmé une scène du film *Les Tortues Ninja* ici, à Fischer Hall. Magda y travaillait déjà, à l'époque.

– Dis donc, s'étonne Tom, les yeux toujours rivés sur elle. Ça l'a marquée. Quand on pense que personne n'a jamais vu le film...

– Des gens l'ont vu, je proteste. Tu n'as rien à faire, dis ?

Il soupire.

– J'attends quelqu'un du service de soutien psychologique. Une permanence va être installée ici, dans les bureaux, de dix-sept à dix-neuf heures, pour aider les résidents à gérer ce qui est arrivé à Lindsay.

Je ne dis rien. Pas la peine. Il sait.

– Je leur ai dit que personne ne viendrait ! précise-t-il, visiblement sous pression. À part peut-être Cheryl Haebig et les RE. Mais l'ordre vient du président. L'administration veut donner l'impression que nous prenons les choses au sérieux.

Je désigne Magda, qui sanglote toujours, d'un geste de la tête.

– Eh bien, en voici une, qui a besoin de soutien psychologique.

À cette suggestion, Tom blêmit.

– C'est *ton* amie, dit-il d'un ton accusateur.

Je le fusille du regard.

– C'est toi qui as une maîtrise.

– En gestion du personnel étudiant ! Il faut que je t'avoue un truc, Heather. Tout ça, ça me dépasse. (Il est livide.) La vie était beaucoup plus simple au Texas.

– Oh non, dis-je. Tu ne vas pas me laisser tomber, Tom ! Pour un petit meurtre de rien du tout !

– « Petit » ? (Il n'a pas repris ses couleurs.) Là-bas, on ne coupe pas la tête des gens pour la mettre à mijoter dans une cocotte ! D'accord, il y a bien, chaque année, deux ou trois gosses qui meurent écrabouillés sous les grands bûchers qu'on dresse pour la fête de Guy Fawkes. Mais pas assassinés ! Sincèrement, Heather, au fond, chez moi, c'était pas si mal.

– Oh, d'accord, dis-je d'un ton sarcastique. Si la vie était tellement plus belle là-bas, pourquoi tu as attendu d'arriver ici pour faire ton coming out ?

Tom déglutit.

– Eh bien...

– On reparlera de tout ça plus tard, tu veux bien ? Pour le moment, j'ai d'autres soucis en tête.

Je me laisse tomber sur le canapé, à côté de Magda.

Tom lui jette un dernier coup d'œil paniqué.

– OK, je vais... je vais finir de m'occuper de la paperasse, lance-t-il avant de disparaître dans son bureau.

J'ai la main posée sur le dos de Magda, pendant qu'elle pleure. Je sais que c'est ce qu'il faut faire en tant qu'amie. Mais j'ignore si c'est ainsi que je dois me comporter en tant que professionnelle chargée d'aider les gens. *Comment le docteur Jessup a-t-il pu embaucher quelqu'un comme moi ?* Je me le demande. Certes, je suis la seule à avoir posé ma candidature, et tout le tralala... Mais je ne suis vraiment pas faite pour ce boulot. Je n'ai pas la moindre idée de l'attitude qui s'impose face à un chagrin comme celui de Magda. D'ailleurs, où est la psy censée gérer ça ?

– Magda, dis-je, lui tapotant le dos à travers l'uniforme rose de la cafétéria. Euh... écoute, je suis sûre qu'ils ne te soupçonnent pas pour de bon. Enfin... tous ceux qui te connaissent savent que tu ne peux en aucune façon être mêlée à... à ce qui s'est passé. Tu n'as pas à t'inquiéter, je t'assure ! Personne ne te croit coupable. La police se contente de faire son boulot.

Magda lève un visage où larmes et mascara ont laissé des traces, et me fixe avec stupéfaction.

– C'est... ce n'est pas ça qui me chagrine, bredouille-t-elle en secouant ses boucles – striées de blond, cette semaine. Je sais bien qu'ils se contentent de faire leur boulot. C'est pas grave. Aucun d'entre nous n'est coupable. Aucun d'entre nous n'aurait *pu*.

– Je sais, dis-je avec empressement, lui tapotant toujours le dos. Mais tu comprends...

Magda poursuit comme si je n'avais rien dit :

– C'est juste que... j'ai entendu... j'ai entendu dire que c'était *Lindsay*. Mais c'est pas possible. Pas la petite Lindsay, avec les yeux... et les cheveux ? La pom-pom girl ?

Je tombe des nues ! Je n'en reviens pas qu'elle n'ait pas reconnu Lindsay, lorsqu'elle a regardé dans la cocotte. Il est vrai que je voyais plus fréquemment la jeune fille, du fait de son attachement à mon bocal à capotes. Il n'y a donc rien d'étonnant à ce que je l'aie identifiée. Ou bien...

Ou bien je suis douée pour ça ? Reconnaître le visage des morts qui ont mijoté pendant un bout de temps ? Quel genre de poste cela me permettra-t-il d'occuper ? Parce que, enfin, il ne doit pas y avoir une grosse demande pour cette sorte de talent... sauf peut-être dans les rares sociétés pratiquant encore le cannibalisme. Et en reste-t-il seulement ?

– Si, dis-je en réponse à la question de Magda. Je suis désolée. C'est bien Lindsay.

Son visage se décompose à nouveau.

– Oh non, gémit-elle. Heather, non !

– Magda, dis-je, alarmée par sa réaction.

Qui, à la réflexion, est plus naturelle que la mienne (quitter les lieux et me réfugier dans la chaleureuse atmosphère des urgences de Saint-Vincent) ou celle de Sarah (raconter des mauvaises blagues).

– Je suis vraiment désolée, Magda. Mais si ça peut te consoler, Cooper m'a dit que le coroner pense qu'elle a été étranglée avant... je veux dire qu'on ne l'a pas tuée en... pas tuée en lui coupant la tête. Ça a été fait après.

Comme c'était à prévoir, cette information ne la réconforte guère. Pour ce qui est du soutien psychologique, je peux repasser. Je devrais peut-être m'orienter vers la compta ?

– C'est seulement, sanglote Magda, que Lindsay était... c'était une si gentille fille ! Elle se plaisait tellement ici ! Elle mettait toujours son uniforme les jours de match. Elle n'a jamais fait de mal à personne. Elle ne méritait pas de mourir comme ça, Heather. Pas Lindsay !

– Oh, Magda.

Je lui tapote le bras. Que puis-je faire d'autre ? Je remarque que ses ongles sont vernis aux couleurs de l'université : blanc et or. Grande fan de l'équipe de basket universitaire, Magda ne loupe presque jamais un match.

– Tu as raison. Lindsay n'a rien fait pour mériter ça.

D'après ce qu'on sait, du moins...

Oh, vous avez vu ? Ça recommence ! D'où me vient cet esprit cynique et blasé ? Quand même pas du fait que je suis une ex-chanteuse de variétés ruinée qui tente tant bien que mal de reconstruire sa vie, et s'entend dire qu'elle doit prendre des cours de maths de rattrapage !

Qui sait ?

– Les gens vont raconter des choses, explique Magda, me fixant droit dans les yeux. Tu sais comment ça se passe, Heather. Ils diront : « Eh bien, elle n'avait qu'à pas fréquenter autant de garçons ! » ou des trucs dans ce goût-là. Mais c'était pas sa faute si elle était si jolie et avait tant d'amis ! C'était pas sa faute si les garçons lui tournaient autour comme des abeilles autour d'un pot de miel !

Ou des mouches au-dessus d'une bouse de vache ?

Nom de Dieu, qu'est-ce qui cloche chez moi ? Pourquoi chercher à salir la victime ? Je suis sûre que Sarah pourrait me le dire, si elle était là. C'est pour prendre de la distance avec ce qu'a subi Lindsay, grâce à un raisonnement du genre : *Eh bien, ça ne risque pas de m'arriver à moi, vu qu'on ne peut pas dire que les garçons me tournent autour comme les abeilles autour d'un pot de miel. Ainsi, personne n'aura idée de m'étrangler et de me couper la tête...*

Ou bien n'ai-je pas tout à fait tort de supposer que la mort de Lindsay n'est pas simplement la conséquence d'un « acte de violence aveugle » ? La reine du bal de la promo cachait-elle quelque chose, derrière ses lentilles aux reflets changeants ?

Magda serre ma main au point de me faire mal. Ses yeux baignés de larmes brillent du même éclat que les strass qu'il lui arrive de coller sur ses ongles vernis. Ses lèvres au contour soigneusement dessiné au crayon frémissent.

– Écoute-moi, Heather. Il faut que tu démasques celui qui a fait ça ! Que tu le trouves, afin qu'il soit jugé !

Je me relève aussitôt. Tel un étau, la main de fer de Magda me retient.

– Magda. Honnêtement, je suis touchée de ta confiance en mes talents d'investigatrice. Tu ne dois cependant pas oublier que je ne suis que la directrice adjointe de la résidence.

– Mais tu étais la seule à penser que ces deux autres filles avaient été assassinées, le semestre dernier ! Et tu avais raison ! Si malin qu'il soit, l'inspecteur Canavan n'aurait pu arrêter le meurtrier, vu qu'il ne croyait même pas qu'elles avaient été tuées. Mais toi, Heather, toi, tu savais... Tu sais t'y prendre avec les gens.

Je lève les yeux au ciel.

– Ouais, c'est ça.

– Tu ne t'en rends peut-être pas compte, mais c'est le cas. C'est pour ça que tu es si forte... Parce que tu ne t'en rends pas compte ! Je te le redis, Heather, il n'y a que toi qui puisses coincer celui qui a fait ça à Lindsay... et prouver que c'était une fille bien. Je t'en supplie. Essaie, au moins !

– Magda… (Ma main commence à suer sous ses doigts crispés.) Je ne suis pas flic. Je n'ai pas à me mêler de ça. J'ai promis de rester en dehors de l'enquête.

Elle est folle, ou quoi ? Elle n'a pas compris que ce gars ne se contente pas de balancer des gens dans la cage d'ascenseur ? Il les étrangle et leur coupe la tête avant de dissimuler le corps. Ça n'a rien à voir. C'est beaucoup plus glauque.

– Cette petite pom-pom girl mérite de reposer en paix, insiste-t-elle. Et ce ne sera pas possible tant que son assassin n'aura pas été démasqué et traîné en justice.

– Magda… dis-je, mal à l'aise. À ton avis, comment réagirait un conseiller psychologique si l'un de ses patients lui demandait de trouver le meurtrier de la victime qu'il est en train de pleurer ? Je crois que tu regardes trop de séries policières.

Ce n'était visiblement pas la chose à répondre car, serrant ma main encore plus fort, Magda demande :

– Tu y réfléchiras, dis, Heather ?

Un jour, elle m'a confié que, ex-reine de beauté dans sa jeunesse, elle avait concouru deux années de suite à l'élection de Miss République dominicaine. Je n'ai aucun mal à le croire, tandis qu'elle lève sur moi des yeux aussi éblouissants que des phares. Il y a, sous sa couche de maquillage, ses sourcils redessinés et ses cheveux dressés de quinze centimètres au-dessus du front, une beauté délicate que tout le rayon cosmétique d'un supermarché ne suffit pas à cacher.

Je pousse un soupir. Je n'ai jamais pu résister à une jolie frimousse. Après tout, c'est pour ça que je me coltine Lucy.

– Je vais y penser, dis-je, soulagée de sentir la main de Magda desserrer son étreinte. Mais je ne te promets rien. Parce que enfin, Magda... je ne voudrais pas qu'on me coupe la tête à moi aussi.

– Merci, Heather ! s'exclame Magda avec un sourire béat (en dépit du rouge à lèvres qui bave). Merci. Je suis sûre que le fait de savoir qu'Heather Wells veille sur elle soulagera l'esprit de Lindsay.

Je lui donne une dernière tape sur l'épaule. Souriant toujours, elle se lève pour repartir. Elle franchit lentement le couloir pour gagner la salle du personnel, où les employés de la cafèt' accrochent leurs manteaux. Je la regarde s'éloigner, en proie à une drôle de sensation.

Peut-être parce que je n'ai rien mangé aujourd'hui, à part un sandwich à la mozzarella fumée – agrémenté de poivrons frits et de tomates séchées, lesquels comptent comme des légumes, non ? – et un grand café viennois.

Ou parce que je lui ai fait du bien sans comprendre comment. À dire vrai, je comprends comment... mais je n'arrive pas à y croire. S'imagine-t-elle réellement que je vais mener mon enquête sur la mort de Lindsay ? L'acétone de son dissolvant a dû lui monter au cerveau.

Qu'attend-elle de moi, au juste ? Que je recherche un gars qui a un couperet de boucher à la main et, dans son jardin, une tombe fraîchement creusée contenant un corps décapité ? Ouais, génial... Pour qu'il me coupe la tête à moi aussi ! C'est grotesque. L'inspecteur Canavan est loin d'être un crétin. Il ne va pas tarder à retrouver le tueur. Un corps sans tête ne se dissimule pas aisément. Tôt ou tard, il finira par ressurgir.

Et ce jour-là, j'espère que je serai loin. Le plus loin possible.

6

Toi et moi, dis-tu, on est à la colle
De moi tu es fou, de toi je suis folle
Mais tu me connais bien mal, crois-moi
Si tu me crois mordue à ce point-là.

« Mordue »
Écrit par Heather Wells

Il ne neige toujours pas lorsque je sors du bureau. Mais il fait nuit noire, bien qu'il soit à peine dix-sept heures. Les véhicules des équipes télé sont encore garés de l'autre côté de la rue, le long du parc de Washington Square. Il y en a plus qu'avant, à vrai dire. On voit même les camions des grandes chaînes nationales, y compris CNN, comme l'avait prédit le président Allington.

Leur présence ne décourage pas pour autant l'activité des trafiquants de drogue. En fait, à peine ai-je tourné à l'angle, au niveau de la maison de Cooper, que je tombe sur Reggie. Alors qu'il avait entonné « premier choix, premier choix », son visage s'assombrit quand il me reconnaît.

– Heather, j'ai été désolé d'apprendre qu'il y avait eu un drame dans ton bâtiment.

– Merci, Reggie.

Je l'observe. Dans la lueur rosée du réverbère, il paraît totalement inoffensif. Pourtant, d'après Cooper, Reggie porte, dans un holster de cheville, un calibre 22 qu'il a déjà eu l'occasion d'utiliser.

– Euh... tu n'aurais pas, par hasard, entendu raconter pourquoi la fille a été tuée ? Ou par qui ? Hein, dis ?

Reggie sourit jusqu'aux oreilles, visiblement aux anges.

– Heather, tu veux savoir ce qui se raconte dans la rue, c'est ça ?

– Euh... (J'hésite parce que tourné comme ça, ça fait vraiment ringard.) Ouais, en quelque sorte.

– Je n'ai rien entendu à ce sujet. Mais si ça devait se produire, tu en seras la première informée.

À la façon dont il a cessé de sourire et, plus encore, dont il soutient mon regard, je sens qu'il dit vrai.

– Merci, Reggie.

Je me remets en marche... et me fige quand il me rappelle.

– J'espère que tu n'as pas l'intention de fourrer ton nez dans les magouilles de cette jeune dame, Heather. (Il ne sourit plus du tout.) Parce qu'elle était mêlée à des trucs pas jolis-jolis, tu peux en être certaine. Et c'est pour ça qu'elle s'est fait tuer. Je voudrais pas que ça arrive à une gentille fille comme toi.

– Merci, Reggie.

Ce n'est pas ce que j'aurais voulu dire. J'aurais voulu répliquer un truc du genre : « J'aimerais que les gens aient un tant soit peu confiance en moi. Je ne suis pas gourde à ce point-là ! » Mais je sais qu'ils essaient juste d'être gentils. C'est pourquoi j'ajoute :

– T'inquiète ! Cette fois-ci, je laisse l'enquête aux professionnels. Tout ce que tu me diras avoir entendu, je le leur rapporterai aussi sec.

– Tant mieux.

Apercevant alors une bande de jeunes loups des start-up typique de West Village, il s'écarte rapidement et chuchote à leur adresse :

– Hasch ! Hasch ! Premier choix, premier choix !

Je souris. Le spectacle d'une véritable vocation fait toujours chaud au cœur.

Une fois déverrouillées toutes les serrures de la porte d'entrée, c'est à peine si je parviens à l'ouvrir, avec tout le courrier amassé sous la fente. Après avoir allumé la lumière – Cooper doit être sur l'une de ses filatures –, je ramasse l'énorme pile en grommelant à la vue des diverses offres promotionnelles et autres packs Internet. Je me demande pourquoi on ne reçoit jamais de *vrai* courrier, et non juste des factures et de la publicité, lorsque Lucy, qui m'a entendue rentrer, descend l'escalier, un catalogue de Victoria's Secret dans la gueule. Lequel ne ressemble plus à rien, Lucy ayant de toute évidence passé l'après-midi à le mâchouiller.

C'est un animal réellement remarquable ! Ne serait-ce que par sa capacité à identifier le seul catalogue susceptible de me donner des complexes, et à le détruire sans me laisser le temps de le feuilleter.

Je tente de le lui arracher pour éviter qu'elle ne disperse aux quatre coins de la maison des fragments de la poitrine d'Heidi Klum, quand le téléphone du vestibule sonne. Je décroche machinalement, sans regarder qui appelle.

– Allô, dis-je d'un ton distrait, les doigts encore pleins de bave.

– Heather ?

La voix de mon ex-fiancé, manifestement inquiet, me parvient aux oreilles.

– C'est moi, Heather. Mon Dieu, où étais-tu passée ? J'ai essayé de te joindre toute la journée. Il y a un truc... dont il faut que je te parle.

– C'est quoi, Jordan ? je demande d'une voix impatiente. Je suis très occupée.

Je ne précise pas à quoi. Il n'a pas besoin de savoir que je suis occupée à empêcher ma chienne de manger un catalogue de lingerie. Qu'il s'imagine donc que je suis occupée à faire des galipettes avec son frère !

Si seulement...

– Voilà. Tania m'a dit l'autre jour que tu avais renvoyé l'invitation au mariage en précisant que tu n'y assisterais pas.

Je commence à comprendre où il veut en venir.

– En effet. J'avais déjà quelque chose de prévu samedi.

– Heather ! s'exclame-t-il d'un ton blessé.

– Je t'assure. Il faut que je travaille ! C'est le jour où les étudiants transférés s'installent à la résidence.

Ce n'est qu'un demi-mensonge. Les nouveaux venus emménagent bien un samedi. Seulement, ce n'est pas ce samedi, mais ça, Jordan n'a aucun moyen de le savoir.

– Heather, le mariage est à dix-sept heures. Ne me dis pas que tu n'auras pas fini ta journée à dix-sept heures !

Et merde !

– Heather, je ne comprends pas que tu refuses d'y assister, poursuit-il. Certes, nos rapports ont été un peu houleux pendant un temps...

– Jordan, je t'ai surpris avec ta future épouse... alors qu'à l'époque, je croyais que c'était moi, ta future épouse ! Il me semble que mon indignation était légitime !

– J'en suis conscient. Et je me suis dit que c'était peut-être ça qui te retenait de venir... au mariage, je veux dire. C'est pourquoi je t'appelle, Heather. Pour que tu saches à quel point tu comptes à mes yeux. Et combien je tiens à ce que tu sois là. Tania aussi. Elle s'en veut toujours terriblement de ce qui est arrivé. Nous tenons réellement à te prouver...

– Jordan !

J'atteins la cuisine, les doigts crispés sur le téléphone sans fil et Lucy dans les jambes. Après avoir jeté le catalogue de lingerie, je tends la main vers la poignée du réfrigérateur.

– Je ne viendrai pas à ton mariage !

– Tu vois ! rétorque Jordan, mécontent. J'étais sûr que tu dirais ça. C'est pourquoi j'appelle. Faut pas prendre les choses ainsi, Heather. Je croyais qu'on avait dépassé ça. Mon mariage est un événement important de mon existence, et je souhaite à cette occasion être entouré de tous ceux que j'aime. J'ai bien dit *tous*...

– Jordan...

Que vois-je, là, derrière le lait ? (Je suis allée faire les courses hier, en apprenant qu'une tempête de neige s'annonçait, si bien que la brique est pleine et, chose exceptionnelle, loin d'être périmée.) Un carton de poulet frit du bar à vins. En d'autres termes : la merveille des merveilles !

– ... je ne viendrai pas à ton mariage.

– C'est parce que Cooper n'est pas invité, c'est ça ? demande Jordan. Parce que si c'est ça, et si ça compte tellement à tes yeux, je suis prêt à l'inviter lui aussi. Et zut ! Amène-le si ça te fait plaisir. Je ne comprends pas ce que tu lui trouves mais après tout, vous vivez ensemble. Si tu as tellement envie qu'il vienne...

– Je n'emmènerai pas ton frère à ton mariage, Jordan...

J'ai sorti du frigo la boîte blanche en carton, ainsi qu'un gros morceau de gouda, une pomme rouge et la brique de lait. Le téléphone coincé entre la joue et l'épaule, je referme la porte du réfrigérateur d'un coup de pied. Lucy, littéralement collée à moi, ne m'aide guère. Elle l'aime autant que moi, le poulet frit du bar à vins.

– ... étant donné que je ne viendrai pas à ton mariage. Et cesse de répéter que tu veux m'y voir parce que tu m'aimes bien, Jordan. La vérité, je la connais : c'est ton agent qui a suggéré que je vienne, pour donner l'impression que j'ai pardonné ton infidélité et qu'on est à nouveau copains.

– Ce n'est pas... bredouille Jordan d'un ton offensé. Heather, comment oses-tu insinuer une chose pareille ? C'est vraiment absurde...

– Ah oui ?

Je laisse tomber tout ce que j'ai sorti du frigo sur le billot de boucher qui tient lieu de table, prends un verre et une assiette et m'assieds.

– Ton dernier album solo n'a-t-il pas fait un bide ? Et n'était-ce pas en partie parce que ton image de mec cool et sympa a été légèrement écornée par les gros titres des journaux, quand ils ont révélé que tu me trompais, moi, la princesse des centres commerciaux, avec la dernière découverte de ton père ?

– Heather ! m'interrompt Jordan d'un ton sec. Permets-moi de te dire que le public américain n'a pas si bonne mémoire. Lorsque nous avons rompu, toi et moi, tu n'avais pas sorti d'album depuis des années. S'il est vrai que tu as eu ton heure de gloire auprès d'un certain public, ce public est depuis longtemps passé à autre chose...

– Ouais, dis-je, vexée malgré moi. Et ne s'intéresse plus ni à toi ni à moi. Tu fais bien de te raccrocher à la gloire montante de Tania. Mais ne me demande pas de te regarder faire !

– Heather. Pourquoi le prends-tu ainsi ? Je croyais que tu m'avais pardonné ce qui s'est passé avec Tania. En tout cas, on aurait dit, ce fameux soir, dans le vestibule chez Cooper...

Je me sens blêmir. Je n'en reviens pas, qu'il ose remettre ça sur le tapis.

– Jordan ! Je croyais qu'on était d'accord pour ne jamais reparler de cette soirée.

Pour ne jamais en reparler et surtout faire en sorte que ça ne se reproduise pas.

– Bien sûr, dit Jordan d'une voix mielleuse. Mais tu ne peux pas me demander de me comporter comme si ce n'était jamais arrivé. Je sais que tu as encore des sentiments pour moi, Heather, de même que j'ai encore des sentiments pour toi. C'est pourquoi je tiens tellement à ce que tu...

– Je vais raccrocher, Jordan.

– Non, Heather ! Une minute ! Ce truc dont ils viennent de parler aux nouvelles, la tête de cette fille qu'ils ont retrouvée... c'était dans ton dortoir ? Bon sang, c'est quoi, cet endroit où tu bosses ? On se croirait dans un film d'horreur !

– Au revoir, Jordan.

Je raccroche.

Je repose le téléphone et tends la main vers le poulet. Près de moi, Lucy se met en position, guettant toute nourriture susceptible de rater son transfert de l'assiette à ma bouche et de retomber malencontreusement par terre ou sur mes genoux. Nous formons ainsi une sorte d'équipe.

Je sais que nombre de gens préfèrent consommer chaud leur poulet frit. Mais sans doute n'ont-ils jamais goûté celui du bar à vins situé au coin de notre rue. Le poulet frit du bar à vins n'est pas destiné à la consommation quotidienne. C'est un délice bien supérieur au poulet frit ordinaire, au Kentucky Fried Chicken ou au Chicken McNuggets… J'en avais acheté neuf morceaux la veille, consciente que j'allais passer une journée infernale, vu que c'était le premier jour du nouveau semestre.

Je n'avais pas prévu qu'elle le serait à ce point. Peut-être vais-je devoir manger les neuf morceaux à moi toute seule. Dommage pour Cooper. Un peu de sel et…

Oh. Oh oui ! Pas d'orgasme buccal, mais je n'en suis pas loin.

Je farfouille dans le carton et en extirpe un second pilon, tandis que Lucy gémit car je n'ai encore rien laissé tomber. Le téléphone sonne à nouveau. Je m'essuie les doigts avec une serviette en papier et réponds, en prenant soin, cette fois-ci, de jeter un coup d'œil au numéro. Je respire : c'est Patty, ma meilleure amie. Je décroche à la deuxième sonnerie.

– Je suis en train de m'envoyer le poulet frit du bar à vins, dis-je.

– À ta place, je ferais pareil. Vu la journée que tu as passée.

La voix de Patty a, comme toujours, la chaleur réconfortante du cachemire.

– Tu as regardé les actualités ? je lui demande.

– Les actualités *et* les journaux de ce matin. Tu ne devineras pas qui m'a appelée, il y a un instant.

– Oh, mon Dieu ! Il t'a appelée, toi aussi ?

Je suis abasourdie.

– Comment ça, « moi aussi » ? demande Patty. Il t'a appelée, toi ?

– Pour s'assurer que je viendrais. Alors que j'ai répondu « non » à l'invitation.

– Non !

– Si ! Il a même dit que je pouvais venir avec Cooper.

– Nom de Dieu ! C'est son agent qui a dû lui donner l'idée.

C'est ce que j'adore chez Patty : elle comprend toujours tout.

– Ou celui de Tania, dis-je, finissant le pilon et fourrant la main dans le carton pour en sortir une cuisse.

Je sais que je ferais mieux de manger la pomme. Mais désolée, la pomme ne va pas suffire. Pas après une journée comme celle-ci !

– Elle aurait l'air moins garce si j'assistais au mariage. Ça donnerait l'impression que je ne lui en veux pas d'avoir brisé mon couple.

– Ce qui est d'ailleurs le cas.

– De toute façon, on fonçait droit vers la rupture. Grâce à Tania, on est arrivés plus vite à destination. N'empêche que je n'irai pas. C'est bien gentil d'inviter son ex, histoire de montrer qu'on a enterré la hache de guerre et tout le tralala... Mais l'ex n'est pas censée y aller pour de bon !

– Je ne sais pas. C'est la mode, en ce moment. À en croire la page « Nouvelles tendances » du *Times*.

– Ça m'est égal, dis-je. Je ne suis plus à la mode depuis les années 1990. Pourquoi m'y remettre maintenant ? Tu ne vas pas y aller, toi ?

– Tu es dingue ? Bien sûr que non ! Je t'en prie, Heather, on pourrait parler de ce qui s'est passé aujourd'hui dans ton dortoir… enfin… dans ta résidence étudiante ? Tu la connaissais, cette pauvre fille ?

– Ouais, dis-je, en retirant d'entre mes dents un filandreux fragment de poulet. (Par chance, nous ne sommes pas en visiophonie !) Plus ou moins. Elle était gentille.

– Mon Dieu ! Qui a pu faire une chose pareille ? Et pourquoi ?

Je détache un morceau de viande de la cuisse et, après m'être assurée qu'il ne contient ni os ni cartilage, le donne à Lucy. Elle l'engloutit et me regarde tristement, comme pour dire : « Ben, où est-ce qu'il est passé ? »

– Je ne sais pas. C'est à la police de le découvrir.

– Une seconde ! rétorque Patty d'un ton incrédule. Tu peux répéter ?

– Tu m'as entendue. Je compte bien rester en dehors de tout ça.

– Tant mieux !

Patty éloigne sa bouche du téléphone et crie à quelqu'un :

– C'est bon. Elle n'a pas l'intention de s'en mêler.

– Dis bonsoir à Frank de ma part.

– Elle te dit bonsoir ! lance Patty à son mari.

– Ça se passe comment, avec la nouvelle nounou ?

Ils viennent d'engager une véritable nounou anglaise. Une dame d'âge mûr, Patty s'étant jurée de ne jamais vivre ce qu'a vécu Sienna Miller.

– Oh. Elle est très bien. Elle nous terrifie, Frank et moi. Mais Indy a l'air de l'adorer. Oh, et Frank me dit de te dire qu'il est très fier de toi. C'est bien, que tu laisses la police enquêter… Ça prouve que tu as gagné en maturité.

– Merci. Ce n'est pas ce que pense Magda.

– Comment ça ?

– Elle craint que les flics ne chargent la victime. En quoi elle n'a sans doute pas tort. Après tout, même Reggie a suggéré que ce qu'a subi Lindsay pourrait être une sorte de châtiment.

– Reggie ? Le dealer qui bosse dans ta rue ? demande Patty, stupéfaite.

– Ouais. Il va se renseigner pour moi. Chercher à savoir ce qui se raconte dans le quartier.

– Heather. Pardonne-moi, mais je ne te suis plus. Quand je t'entends parler comme ça, je n'ai pas du tout l'impression que tu comptes rester en dehors de l'enquête.

– Eh bien, détrompe-toi !

J'entends, en arrière-fond, marmonner une voix masculine. Puis Patty dire à Frank :

– Très bien, je vais lui demander. Mais tu sais ce qu'elle répondra.

– Me demander quoi ?

Ça m'intrigue.

– Frank donne un concert au Joe's Pub la semaine prochaine, répond Patty d'une voix anxieuse. Il veut savoir si tu aimerais venir.

– Un peu que j'irai ! je m'exclame, étonnée qu'elle y mette tellement les formes. J'adore cet endroit.

– Euh... pas pour assister au concert, précise-t-elle, toujours aussi nerveuse. Il voudrait que tu y participes.

Je manque de m'étouffer avec un morceau de poulet.

– Tu veux dire... que je *chante* ?

– Non, que tu fasses un strip-tease ! réplique Patty. Que tu chantes, évidemment.

Soudain, la voix de Frank succède à celle de Patty :

– Réfléchis avant de dire non, Heather. Je sais que tu bosses sur tes propres compositions.

– Comment tu sais ça ? je demande d'un ton enflammé.

C'est une question idiote. Patty est encore moins capable que moi de fermer sa bouche. Elle ne passe néanmoins pas le temps à y fourrer des esquimaux, ce qui explique qu'elle fasse du trente-huit alors que je fais du quarante-six... voire davantage.

– Ça n'a pas d'importance, répond Frank, toujours loyal envers sa femme. Il y a des années que tu n'es pas montée sur scène, Heather. Il faut t'y remettre.

– Frank. Je t'adore. Tu sais que je suis sincère. C'est pourquoi je refuse. Je ne veux pas gâcher ton concert.

– Heather, ne prends pas les choses comme ça. Tu as été lâchée par ce salopard de Cartwright... Je parle du père. Mais ne te fie pas à son opinion. Je suis sûr que tes compos sont géniales. Je meurs d'envie de les découvrir. Et les gars du groupe vont adorer les jouer. Allez ! On va se marrer !

– Non, merci, dis-je, m'efforçant de garder un ton décontracté pour qu'il ne sente pas ma panique. Je doute que mon style « rockeuse en colère » plaise aux fans de Frank Robillard.

– Hein ? C'est n'importe quoi ! Ils vont adorer. Allez, Heather ! Quand une occasion pareille se représentera-t-elle ? C'est l'endroit idéal pour une rockeuse en colère. Toi, avec juste un tabouret et un micro...

Par chance, il est interrompu par le bip du double appel.

– Oh. On cherche à me joindre. Il faut que je réponde. C'est peut-être Cooper.

– Écoute-moi, Heather ! Ne...

– Je te rappelle !

Je passe sur l'autre ligne, soulagée d'avoir ainsi pu m'en tirer.

– Allô ?

– Heather ? bafouille une voix masculine vaguement familière.

– Elle-même, dis-je, tout aussi hésitante.

C'est que je reçois très peu d'appels de types que je ne connais pas. Je ne donne jamais mon numéro personnel. En fait, personne ne me le demande jamais.

– Qui est-ce ?

– C'est moi, répond la voix d'un ton surpris. Ton papa.

7

Le jardin noyé dans le brouillard
Me rappelle mon cœur en déroute
Où tu as ôté tout espoir
Que tu as plongé dans le doute
Mais tout r'deviendra plus clair
Quand tu seras six pieds sous terre !

« Six pieds sous terre »
Écrit par Heather Wells

J'en reste quelques secondes bouche bée.

Puis je m'exclame :

– Oh, papa ! Salut ! Je suis désolée, je t'ai pas reconnu tout de suite. J'ai eu une longue journée.

– C'est ce que j'ai cru comprendre.

À sa voix, il paraît fatigué. Vous le seriez sans doute aussi, si vous purgiez, pour fraude fiscale, dix à vingt ans dans une prison fédérale.

– C'est le dortoir où tu travailles, hein ? Celui où ils ont trouvé la tête de la fille ?

– Résidence, pas dortoir. (Je rectifie machinalement.) Ouais Ça a été drôlement éprouvant !

Je tente frénétiquement de deviner la raison de son appel. Ce n'est pas mon anniversaire. Ni Noël. C'est peut-être son anniversaire à lui ? Non... C'est en décembre.

Alors, qu'est-ce qui me vaut ce coup de fil ? Mon père n'a jamais été du genre à décrocher son téléphone pour tailler une bavette. D'autant plus qu'il a beau effectuer sa peine à Camp Eglin, l'une des prisons les plus cool des États-Unis, il n'est autorisé à appeler qu'en PCV, et à des horaires...

Une seconde ! Ce n'est pas un appel en PCV ! Du moins, aucun opérateur ne m'a demandé si j'acceptais de le prendre.

– Euh... papa, dis-je. Tu m'appelles d'où ? Tu es toujours à Camp Eglin ?

Qu'est-ce que je raconte ? Évidemment qu'il y est toujours ! On m'aurait prévenue s'il avait été libéré, pas vrai ?

Oui, mais qui ? Ma mère ne lui parle plus et, depuis qu'elle vit à Buenos Aires, elle a quasiment coupé les ponts avec moi.

– C'est justement ça, ma chérie, dit papa. On m'a libéré, vois-tu.

– Ah oui ?

Je tente d'analyser ce que je ressens. Et je m'étonne de constater... que je ne ressens rien. Enfin, j'aime mon père et ainsi de suite. Mais il y a si longtemps que je ne l'ai pas vu... Maman ne m'emmenait jamais lui rendre visite, parce qu'elle lui en voulait à mort de s'être ruiné et de l'avoir contrainte à travailler – en tant qu'agent de sa fille.

Et lorsque j'ai eu l'âge d'aller lui rendre visite toute seule, j'étais trop fauchée pour me payer le voyage en Floride. Papa et moi n'avons jamais été très proches, de toute façon. Nous entretenons des rapports polis et distants... plutôt qu'une relation père-fille. Grâce à maman.

– Waouh, c'est formidable, papa ! Alors... tu m'appelles d'où ?

J'examine l'intérieur de la boîte pour voir combien il reste de morceaux foncés. Je suis bien décidée à laisser les blancs à Cooper – ce sont ses préférés.

– C'est marrant que tu poses la question. À vrai dire, j'appelle d'en bas de chez toi. Du fast-food de Washington Square. Je me demandais si tu accepterais de prendre un café.

Franchement, il y a un truc qui m'échappe. Il ne m'arrive rien d'extraordinaire pendant des mois. Mes journées, passées à promener Lucy, à travailler et à regarder des rediffusions de séries des années 1980, se ressemblent toutes. Et soudain, BOUM ! En l'espace de vingt-quatre heures, je trouve une tête qui mijote dans une cocotte ; on me propose d'interpréter mes chansons au Joe's Pub aux côtés de Frank Robillard, légende vivante du rock ; et mon père sort de prison, se pointe dans le fast-food au coin de ma rue et demande à me voir.

Pourquoi les événements ne se produisent-ils pas un par un ? Par exemple, un jour je trouve la tête. Un autre jour, Frank me demande de monter avec lui sur scène. Et encore un autre, mon père m'appelle pour m'annoncer qu'il est sorti de prison et qu'il vient de débarquer dans ma ville.

Mais j'imagine qu'on ne peut pas décider de ces choses-là.

Sinon, je n'aurais certainement pas mangé tout ce poulet avant d'aller voir mon père. Parce qu'à le voir, assis dans ce box (sans qu'il se sache observé, ce qui me permet de l'examiner librement), j'ai l'estomac tout retourné. Pas comme quand j'ai vu la tête de Lindsay dans la cocotte – ça, c'était l'horreur. Le spectacle de mon père m'attriste, voilà tout.

Peut-être parce que lui-même a l'air triste. Triste et amaigri. Il n'a plus rien du robuste joueur de golf d'il y a deux décennies que j'ai vu pour la dernière fois au centre d'accueil des visiteurs de Camp Eglin. On dirait qu'il a été vidé de l'intérieur. Mince comme un fil, il a les cheveux grisonnants, une barbe et une moustache naissantes encore plus blanches.

Pourtant, son expression se modifie lorsque, jetant un coup d'œil dans ma direction, il finit par me voir, plantée devant la porte. Non que la joie paraisse le submerger. Il se contente de plaquer sur son visage un sourire qui n'atteint pas son regard triste et las, aussi bleu que le mien.

Que dire à un père perdu de vue depuis si longtemps, avec qui on a toujours eu une relation... inexistante, même du temps où l'on vivait ensemble ?

– Ohé, papa ! dis-je en me glissant sur la banquette en face de lui.

Qu'est-ce que vous voudriez que je dise d'autre ?

– Heather !

Il tend le bras au-dessus de la table et, une fois que j'ai retiré mes gants, prend ma main dans la sienne. Je sens la tiédeur de ses doigts sur ma peau. En souriant, je serre moi aussi sa main.

– Pour une surprise, c'est une surprise ! dis-je. Quand est-ce qu'on t'a laissé sortir ?

– La semaine dernière. J'ai songé à t'appeler à ce moment-là, mais... eh bien, je craignais que tu ne sois pas contente de me voir.

– Bien sûr que je suis contente de te voir, papa.

Ce n'est pas de mon père que j'ai lieu de me plaindre. Enfin, pas vraiment. D'accord, c'était pas très cool de sa part, de ne pas payer ses impôts pendant toutes ces années. Mais ce n'était pas MON argent qu'il détournait (ou avec lequel il s'est tiré, comme l'a fait maman).

– Quand es-tu arrivé ici ? À New York, je veux dire.

– Ce matin. J'ai pris le bus. C'est une jolie façon de voir du pays.

Comme il prononce ces mots, la serveuse s'avance vers nous. Il m'interroge du regard. Puis :

– Tu as dîné ?

– Oh oui. Je prendrai juste un chocolat chaud.

À l'adresse de la serveuse, je précise :

– Avec de la crème fouettée.

Papa commande une soupe de nouilles au poulet pour accompagner son café. La fille hoche la tête et s'éloigne. Elle a l'air distrait. Sans doute s'inquiète-t-elle du blizzard – imminent, assure un présentateur météo de New York Première, dans le poste suspendu au-dessus du comptoir.

– Alors, dis-je. Le bus…

Dieu sait pourquoi, je n'arrête pas de penser au trajet qu'effectue Morgan Freeman dans le film *Les Évadés*. Enfin, rien d'étonnant quand on y réfléchit : Morgan Freeman y joue un prisonnier.

– Ce n'est pas un cas de violation de probation ? Quitter l'État de Floride comme tu l'as fait ?

– Ne te fais pas de souci pour moi, mon petit, répond papa en me tapotant la main. Je contrôle la situation. Pour une fois.

– Bien. C'est super, papa.

– Alors… tu as des nouvelles de ta mère ? demande-t-il.

Je remarque qu'il évite de croiser mon regard en posant la question. Au lieu de ça, il s'affaire à rajouter une minidose de crème légère dans son café.

– Tu veux dire depuis qu'elle s'est tirée à Buenos Aires avec le contenu de mon compte en banque ? Pas des masses !

Papa pince les lèvres et secoue la tête.

– J'en suis navré, Heather. Tu ne peux pas savoir à quel point. Ça ressemble si peu à ta mère. Je ne comprends pas ce qui lui a pris.

– Vraiment ? Pour moi, c'est très clair, dis-je tandis que la serveuse revient avec sa soupe et mon chocolat chaud.

Papa s'attaque à sa soupe comme s'il n'avait pas mangé de la journée. Pour un gars aussi maigre, il a un sacré appétit.

– Oh ? Qu'est-ce qui est clair ?

– La maison de disques venait de résilier le contrat de son gagne-pain.

– Voyons, Heather, proteste papa en levant les yeux de sa soupe. Ne dis pas cela. Ta mère t'aime énormément. Elle a toujours été faible, c'est tout. Je suis sûr que ce n'est pas elle qui a eu l'idée... de partir avec ton argent, je veux dire. Je parie que c'est ce type, ce Ricardo, qui l'a poussée à faire ça.

Je jurerais quant à moi que c'est le contraire. Mais je le garde pour moi, car je ne tiens pas à me disputer avec papa à ce sujet. Je me contente donc de lui demander :

– Et toi ? Tu as eu des nouvelles ?

– Non, pas depuis un bail.

Il ouvre le sachet de biscuits salés servis avec la soupe.

– Évidemment, je l'ai tellement déçue, j'imagine que je n'en mérite pas.

– Je ne m'en voudrais pas trop si j'étais toi, papa, dis-je.

J'ai à nouveau une boule à l'estomac. Sauf qu'elle s'est déplacée vers le haut. À vrai dire, ce serait plutôt un pincement au cœur. À croire que j'ai pitié de lui.

– Elle-même n'a pas mérité le titre de « maman de l'année ».

Papa secoue la tête.

– Pauvre Heather ! soupire-t-il. Quand il y a eu distribution de parents, là-haut dans le ciel, tu as dû tirer la paille la plus courte.

– Je ne sais pas, dis-je, bizarrement sur la défensive. Je trouve que je ne m'en sors pas si mal. Après tout, j'ai un boulot, je vis dans un bel endroit et... et je vais m'inscrire en licence.

Ça semble étonner papa... dans le bon sens.

– Bravo ! s'exclame-t-il. Où ça ? À l'université de New York ?

Je hoche la tête.

– Du fait que j'y bosse, je suis exemptée des frais d'inscription. Il va falloir que je prenne des cours de maths avant de pouvoir réellement suivre les cours, mais...

– Et tu vas étudier quoi ? La musique ? J'espère que tu vas étudier la musique. Tu as toujours été si douée !

Son enthousiasme me prend un peu au dépourvu.

– Euh... en fait, je pensais plutôt au droit pénal.

Papa paraît stupéfait.

– Grands dieux ! Pourquoi ? Tu veux être agent de police ?

– Je ne sais pas.

J'ai honte de dire la vérité... de lui avouer que j'espère que, grâce à ma licence, Cooper me prendra pour associée et que nous enquêterons ensemble sur des crimes. Comme dans *Pour l'amour du risque* ou *Les Enquêtes de Remington Steele*.

Il est regrettable que l'essentiel de mes fantasmes s'inspirent des séries des années 1980.

– Tu ferais mieux d'étudier la théorie musicale, réplique papa avec fermeté. Ça t'aiderait pour écrire tes chansons.

Je me sens rougir. J'avais oublié : une année, je lui ai envoyé, pour Noël, une cassette où je chantais mes propres compositions. Qu'est-ce qui m'était passé par la tête ?

– Je suis trop vieille pour faire une carrière d'auteur-compositeur-interprète. Enfin... tu as vu ces filles sur MTV ? Je ne peux plus porter de minijupes. J'ai trop de cellulite.

– N'importe quoi ! rétorque papa d'un ton péremptoire. Tu es très jolie. Et puis, tu n'as qu'à te mettre en pantalon si tu es complexée.

Il me tue ! Sérieusement...

– Ce serait un tel gâchis, continue papa. Un péché ! Laisser se perdre un don comme le tien.

– Justement, dis-je. Je me trouve pas si douée que ça. J'ai déjà tenté ma chance de ce côté-là. Peut-être le temps est-il venu, pour moi, de me découvrir un nouveau talent ?

– Le droit pénal ? demande papa. C'est un talent ?

– Au moins, je ne risque pas de me faire huer ! je lui fais remarquer.

– Qui oserait faire une chose pareille ? s'écrie papa. Tu chantes comme un ange ! Et tes chansons... elles valent tellement mieux que cette soupe qu'on entend à la radio. Cette fille qui déblatère sur ses plans ou sur ses implants... Et l'autre, cette Tracy Trace avec qui ton ex-petit ami se marie ce week-end. Elle est à moitié à poil dans son clip !

Je réprime un sourire. Et rectifie :

– Tania Trace. Et son clip est en tête du classement de MTV.

– N'empêche qu'il est nul, soutient papa d'un ton ferme.

– Et toi, papa ? (Je préfère changer de sujet avant qu'il ne se mette dans tous ses états.) Tu as quand même passé... mon

Dieu... presque vingt ans à Camp Eglin. Que vas-tu faire maintenant que tu es libre ?

– J'ai quelques pistes. Dont certaines sont prometteuses.

– Ouais ? Formidable. Ici, à New York ?

– Oui.

Je remarque que ses réponses se font plus hésitantes. Et qu'il évite de croiser mon regard.

Oh-oh.

– Papa... ?

J'ai à nouveau l'estomac noué. Or je n'éprouve ni horreur ni pitié. Juste une terrible appréhension.

– Tu m'as vraiment appelée parce que tu voulais me voir et rattraper le temps perdu ? Ou bien il y a autre chose ?

– Bien sûr que je voulais te voir ! Tu es ma grande fille, nom de Dieu !

– Bien, dis-je. Mais...

– Pourquoi y aurait-il forcément un « mais » ?

– Papa, je n'ai plus neuf ans. Je sais qu'il y a toujours un « mais ».

Il repose sa cuillère, puis respire un grand coup.

– OK, admet-il. Il y a un « mais ».

Alors, il lâche le morceau.

8

Tic-tac
Le réveil
Oublie de sonner
Tic-tac
J'ai sommeil
Mais gare à la panne d'oreiller !
Je voudrais tant me reposer
Il y a pas quelqu'un qui voudrait me tuer ?

« Chanson du matin »
Écrit par Heather Wells

Le lendemain matin, j'arrive au bureau avec un quart d'heure de retard. Personnellement, je trouve qu'un quart d'heure, c'est rien. Ça ne devrait même pas être considéré comme du retard... surtout quand on tient compte de ce qui m'est tombé dessus la veille au soir – le retour du père prodigue et tout le tralala.

Mais un quart d'heure, ça peut représenter une longue période dans le cycle vital d'une résidence universitaire. Assez longue, en fait, pour permettre à une représentante du service de soutien psychologique de trouver mon bureau et de s'y installer.

Et lorsque je me précipite dans la pièce, à bout de souffle, et lui demande « Puis-je vous aider ? », le quart d'heure qu'elle a passé sur ma chaise a suffi à lui donner l'impression d'être chez elle, au point de me répondre : « Non merci, sauf si vous aviez l'intention d'aller vous chercher un café, auquel cas j'en prendrais bien un, allongé et sans sucre. »

Je la regarde avec stupéfaction. Elle porte un élégant twin-set gris en cachemire – agrémenté d'un collier de perles, rien que ça ! – et me donne l'impression que je suis vraiment négligée, dans ma tenue de boulot constituée d'un jean et d'un pull en grosse laine à motif tressé. Elle n'est même pas décoiffée. Ses boucles châtaines sont attachées en un chignon impeccable. Comment diable a-t-elle pu traverser le parc (ou, comme je l'ai récemment surnommé, la « toundra gelée ») tête nue sans mourir de froid ?

C'est alors que je l'aperçois, dépassant du trench noir en laine qu'elle a pendu au crochet : un cache-oreilles ! Évidemment.

Rusée, la *fashionista* !

– Oh, Heather, te voilà ! lance Tom en sortant de son bureau.

Il a bien meilleure mine qu'hier, à présent qu'il a dormi, et lavé et coiffé ses cheveux blonds. Il porte même une cravate. D'accord, il la porte avec un jean et une chemise rose bonbon. Mais c'est tout de même un progrès.

– Voici le docteur Gillian Kilgore, du service de soutien psychologique, poursuit-il. Elle est là pour aider les étudiants qui en éprouveraient le besoin à surmonter leur douleur, suite aux événements d'hier.

J'adresse un rapide sourire au docteur Kilgore. Qu'est-ce que vous voudriez que je fasse ? Que je lui crache dessus ?

– Salut. Vous êtes assise à mon bureau.

– Oh. (Tom vient tout juste de s'en rendre compte, on dirait.) En effet. Ceci est le bureau d'Heather, docteur Kilgore. Je pensais que vous vous installeriez à celui de notre assistante...

– J'aime mieux celui-ci.

Le docteur Kilgore nous en bouche un coin (je vois que Tom est interloqué car son visage devient aussi rose que sa chemise) en ajoutant calmement :

– Et, bien entendu, monsieur Snelling, quand les étudiants viendront me consulter, je m'entretiendrai avec eux dans votre bureau. Pour plus d'intimité.

Tom ne s'attendait visiblement pas à ça. Il reste planté là à émettre une sorte de bêlement digne d'une brebis égarée (bêêêê, bêêêê... mais... mais...) tandis que la première victime... euh... le premier patient du docteur Kilgore entre à grands pas dans le bureau : Mark Shepelsky, deux mètres cinq, pivot de l'équipe des Coquelicots, et l'un des occupants actuels de la chambre 212. La 212 est l'une des plus convoitées du bâtiment, pour sa vue sur le parc et parce qu'elle est située au deuxième étage, ce qui permet à ses habitants d'emprunter l'escalier sans avoir à dépendre d'ascenseurs bondés, dans le meilleur des cas, ou hors service, les trois quarts du temps.

– Quelqu'un voulait me voir ? demande Mark.

Ça ressemble à des grognements plus qu'à des paroles. Mince, le teint terreux, Mark est beau gosse dans le genre sportif avec coupe en brosse.

Mais n'arrive pas à la cheville de Joli-Serveur, si vous voulez mon avis !

Non que Joli-Serveur me plaise. Plus maintenant.

– Vous devez être...

Le docteur Kilgore consulte le cahier de rendez-vous ouvert sur son bureau. Pardon... *mon* bureau.

– ... Mark, c'est ça ?

Mark s'approche en traînant des pieds chaussant du quarante-sept.

– Ouais. C'est pour quoi ?

– Eh bien, Mark, commence le docteur Kilgore. (Elle met une paire de lunettes afin, j'imagine, de paraître plus compréhensive. Ça ne marche pas.) Je suis le docteur Kilgore, du service de soutien psychologique. J'ai cru comprendre que vous étiez proche de Lindsay. Lindsay Combs ?

Loin d'éclater en sanglots en entendant prononcer le nom de sa dulcinée, Mark a l'air exaspéré.

– C'est nécessaire ? demande-t-il. J'ai déjà parlé aux flics toute la journée d'hier. J'ai un match ce soir. Faut que je m'entraîne !

– Je comprends, Mark, réplique Gillian Kilgore d'un ton réconfortant. Mais nous nous faisons du souci. Nous voulons nous assurer que vous allez bien. Après tout, Lindsay comptait beaucoup pour vous.

– Ben... elle était sexy, c'est sûr ! dit Mark, visiblement perdu. Mais on ne sortait même pas ensemble. On déconnait, c'est tout... vous voyez ce que je veux dire ?

– Vous aviez d'autres aventures, elle et toi ?

Tom et Gillian Kilgore se tournent tous deux vers moi. Le docteur Kilgore manifestement irritée ; Tom en écarquillant les yeux comme pour me demander : « Tu tiens vraiment à me causer des ennuis ? » J'ignore son regard.

– D'autres aventures ? demande Mark. Évidemment. Enfin... nous deux, c'était pas sérieux ! Je l'ai déjà dit à ce gars, à cet inspecteur. Ces derniers temps, on ne se croisait plus qu'aux matchs, et pendant les vacances on ne s'est quasiment pas vus.

– Eh bien, allons discuter de ça ! dit le docteur Kilgore, prenant Mark par le bras et tentant de l'entraîner vers le bureau de Tom, pour plus d'intimité.

Bonne chance, avec cette grille d'aération entre le bureau de Tom et le mien !

– Lindsay fréquentait-elle quelqu'un d'autre ? je demande, avant que Mark ne nous soit arraché.

Il hausse les épaules.

– Ouais, je suppose. Je sais pas. J'ai entendu dire qu'elle se faisait... euh, qu'elle sortait... avec un gars membre d'une fraternité.

Je me laisse tomber sur la chaise de mon bureau.

– Ah oui ? De quelle fraternité ?

Mark paraît déconcerté.

– J'en sais rien.

Il fait chaud dans mon bureau. J'entreprends de retirer ma parka.

– Tu en as parlé à l'inspecteur Canavan ?

– Il me l'a pas demandé.

– Mark ! lance Gillian Kilgore, d'une voix aussi glaçante que l'air du dehors. Suivez-moi, voulez-vous, afin que nous puissions...

Je suis interloquée.

– L'inspecteur Canavan ne t'a pas demandé si toi et ta petite amie aviez d'autres aventures ? Et tu ne lui as pas précisé que c'était le cas ?

Mark hausse une nouvelle fois les épaules. C'est un véritable tic chez lui.

– Non. Je pensais que c'était pas important.

– Mark ! (Le ton est carrément brusque.) *Venez avec moi, je vous prie !*

Surpris, Mark suit le docteur Kilgore dans le bureau de Tom. Elle claque presque la porte derrière eux, non sans m'avoir gratifiée d'un regard noir. Puis, à travers la grille, Tom et moi l'entendons dire :

– À présent, Mark, dites-moi ce que vous ressentez à propos de tout ça.

N'a-t-elle pas remarqué la grille ? Croit-elle réellement que nous ne distinguons pas ses paroles ?

Tom me dévisage, l'air abattu.

– Heather, dit-il. (Nous n'avons pas à craindre que le docteur Kilgore écoute aux portes. Elle-même jacasse si fort de l'autre côté de la grille.) Qu'est-ce que tu traficotes ?

Je me lève de mon bureau et vais pendre ma parka sur un crochet, à côté du manteau du docteur Kilgore.

– Rien. Il fait chaud ici, non ? Ou c'est juste une impression ?

– Il fait chaud, confirme Tom. J'ai éteint le radiateur, mais il... irradie toujours. Sérieusement, où est-ce que tu voulais en venir ?

– Nulle part, dis-je en haussant les épaules. (Ma parole, c'est contagieux !) Je me pose des questions, c'est tout. Ils ont rouvert la cafétéria ?

– Oui, pour le petit déjeuner. Heather, tu ne serais pas en train de...

– Super ! Tu as pris ton café ?

Tom fixe sombrement la porte de son bureau.

– Non. Elle était déjà là quand je suis arrivé.

– Elle est entrée comment ?

– Pete lui a ouvert avec son passe, soupire Tom. Tu me rapporterais un café ? Avec du lait et du sucre ?

– Tout de suite ! je réponds avec un sourire.

– Tu sais que, comme directrice adjointe de dortoir, il y en a pas deux comme toi ! Pour de bon ?

– Tom, Tom, Tom ! Tu veux sans doute dire comme directrice adjointe de RÉSIDENCE UNIVERSITAIRE ?

Parvenue à la cafétéria, je ne m'étonne guère de la trouver quasi déserte. Je suppose que la découverte d'une tête coupée dans la cuisine a de quoi dégoûter les âmes sensibles. À part moi, il n'y a que deux ou trois personnes éparpillées dans la salle. Je m'arrête à la caisse pour saluer Magda. Elle a une sale mine. Son eye-liner est estompé et son rouge à lèvres de traviole.

– Ohé ! je lui lance de ma voix la plus chaleureuse. Comment ça va, Mags ?

Elle n'esquisse même pas un sourire.

– Aucune de mes petites stars de ciné ne vient plus ici, dit-elle d'un ton lugubre. Elles mangent toutes à Wasser Hall.

Elle prononce ces mots comme s'ils étaient empoisonnés.

Wasser Hall, résidence universitaire récemment rénovée et équipée d'une piscine en sous-sol, est notre rivale la plus redoutable. Après que la presse et les étudiants ont commencé à surnommer Fischer Hall le Dortoir de la mort, j'ai reçu de nombreux coups de fil de parents demandant que leurs gosses soient transférés à Wasser Hall. Inutile de préciser qu'à cause de ça, leur directrice adjointe ne se sent plus !

J'ai néanmoins eu ma revanche, lors d'un exercice de mise en confiance, au cours d'un stage de formation du personnel. On était censées se jeter dans les bras l'une de l'autre et j'ai malencontreusement – mais volontairement ! – oublié de la rattraper au vol.

– C'est normal, dis-je, cherchant à la remonter. Ils ont peur. Ils reviendront une fois que la police aura trouvé l'assassin.

– À supposer qu'elle le trouve, réplique Magda d'une voix déprimée.

– T'inquiète pas pour ça !

Puis j'ajoute, histoire de lui changer les idées :

– Devine avec qui j'ai dîné hier soir.

Son visage s'illumine.

– Cooper ? Il t'a enfin invitée à sortir ?

À mon tour d'arborer une expression sinistre.

– Euh... non. Avec mon père. On l'a libéré. Il est ici, en ville.

– Ton père est sorti de prison ? demande Pete, qui entre à ce moment précis, sa tasse vide à la main, venu refaire le plein de café. Sans blague ?

– Sans blague !

Ça semble intriguer Pete qui, du coup, en oublie son café.

– Alors ? De quoi avez-vous discuté, tous les deux ?

Je hausse les épaules. Maudit Mark, qui m'a collé son tic !

– Je ne sais pas, dis-je. De lui. De moi. De maman. De tout et de rien.

Magda est tout aussi fascinée. Se penchant vers moi, elle glisse :

– Un jour, j'ai lu un livre où un type va en prison, et quand il ressort, il est... tu sais quoi. Comme Tom, ton chef ! Parce qu'il y a tellement longtemps qu'il n'a pas été avec une femme...

J'écarquille les yeux.

– Je suis quasiment certaine que mon père n'est pas homo, Magda. Si c'est ce que tu insinues.

Magda se redresse, visiblement déçue.

– Oh.

– Il veut quoi ? demande Pete.

Je le fixe.

– Comment ça, « il veut quoi » ? Il ne veut rien !

– Ce type vient te voir à peine sorti de prison, rétorque Pete, incrédule. Il prétend qu'il n'attend rien de toi... et tu le crois ? Il te manque une case, ou quoi ?

Je confie d'une voix hésitante :

– D'accord, il a bien dit qu'il avait besoin d'être hébergé quelques jours. Le temps de se requinquer.

Pete part d'un rire sonore, qui signifie : « Je te l'avais bien dit ! »

– Quoi ? je m'écrie. C'est mon père ! Il m'a élevée pendant les dix premières années de ma vie.

– Ouais. Et maintenant, il vient profiter de ta fortune et de ta célébrité, insiste Pete avec cynisme.

– Quelle fortune ? Il sait parfaitement que son ex-femme m'a volé tout mon argent.

Gloussant toujours, Pete se dirige vers la machine à café.

Je proteste :

– Pourquoi n'aurait-il pas simplement envie de renouer avec une fille qu'il connaît à peine ?

Pete rit de plus belle.

– Laisse tomber, mon chou ! murmure Magda en me tapotant la main. Ignore-le ! Moi, je trouve ça bien que ton papa soit revenu.

– Merci, dis-je, encore indignée. C'est vrai que c'est bien.

– Bien sûr. Et Cooper, il a dit quoi, quand tu lui as demandé si ton père pouvait s'installer chez vous ?

– Eh bien... (Soudain, j'évite de croiser le regard de Magda.) Cooper n'a rien dit. Vu que je ne le lui ai pas encore demandé.

– Oh !

– Non que je n'aie pas confiance en mon père, mais on ne s'est pas croisés depuis, Cooper et moi. Il est sur une affaire, en ce moment. Je lui demanderai dès que je le verrai. Je suis sûre qu'il sera d'accord. Étant donné que mon père compte réellement changer de vie.

– Bien sûr.

– Non, Magda. Je suis sérieuse.

– Je sais, mon chou.

Son sourire ne fait pas briller son regard. On dirait celui de papa.

Sans doute n'est-ce pas lié à ce que je viens de lui dire. Mais à ce qui est arrivé hier à Lindsay.

Quant à Pete, qu'il rie autant qu'il voudra ! Qu'est-ce qu'il connaît à ces choses-là ?

Certes, en tant que veuf et père de quatre enfants qu'il élève seul, il doit en connaître un rayon.

Merde !

Sourcils froncés, je pique vers le bar et fourre dans le grille-pain un bagel coupé dans le sens de la longueur. Ensuite, je vais à la machine à café. J'en prépare un pour Tom : au lait et sucré. Et un pour moi : moitié café, moitié chocolat chaud, et des tonnes de crème fouettée. Puis je reviens au bar lorsque le grille-pain éjecte mon bagel. Je tartine de fromage frais les deux moitiés, que je recolle après avoir ajouté du bacon. Voilà. Le petit déjeuner idéal !

Je dispose le bagel dans une assiette, et l'assiette sur un plateau, avec les deux cafés. Or, comme je m'apprête à quitter la cafétéria, un éclair blanc et or s'insinue dans mon champ de vision. Tournant la tête, j'aperçois Kimberly Watkins, l'une des pom-pom girls de l'équipe des Coquelicots – en uniforme car aujourd'hui, il y a match –, assise seule à l'une des tables, un grand manuel ouvert devant elle, à côté d'une assiette contenant ce qui ressemble à une omelette de blancs d'œufs et un demi-pamplemousse.

Sans avoir pris le temps de réfléchir à ce que je fais, je pose bruyamment mon plateau sur la table, en face d'elle.

– Salut, Kimberly !

9

Quelque chose qui me touche
Il y a toujours quelque chose qui me touche
Dans le métro, entre deux stations.

« Dans le métro »
Écrit par Heather Wells

– Euh... salut, fait Kimberly, levant vers moi un regard méfiant.

Elle ne sait visiblement pas bien qui je suis, ni pourquoi je me suis assise en face d'elle.

– Je m'appelle Heather, dis-je. La directrice adjointe de la résidence...

– Oh !

Lorsqu'elle me reconnaît, son expression change, devenant presque chaleureuse. Maintenant qu'il est clair que je ne suis pas là pour... (pour quoi, au juste ? Que s'imaginait-elle ? Que j'allais la draguer ? Tenter de la convertir à Dieu sait quoi ?), elle semble se détendre.

– Écoute, dis-je. Je voulais juste voir comment tu allais. Après ce qui est arrivé à Lindsay, je veux dire. J'ai appris que vous étiez amies...

Je n'ai rien appris de tel. Mais je suppose que deux filles faisant partie de la même équipe de pom-pom girls devaient être amies. Vous me suivez ?

– Oh ! s'exclame Kimberly sur un tout autre ton, ravalant soudain son sourire Colgate. Je sais... C'est horrible. Pauvre

Lindsay ! Je... je ne supporte même pas d'y penser. J'ai passé la moitié de la nuit à pleurer.

Pour une fille qui a passé la moitié de la nuit à pleurer, Kimberly a sacrément bonne mine. Elle a dû passer les vacances dans un endroit chaud car, bien qu'on soit en hiver, ses jambes nues sont bronzées. Visiblement, elle ne se soucie pas trop des températures extérieures ou de ce blizzard que New York Première s'obstine à annoncer comme imminent, alors qu'il est manifestement bloqué au-dessus de Washington.

Manger là où l'on a trouvé, vingt-quatre heures plus tôt, la tête d'une de ses bonnes amies n'a pas non plus l'air de la troubler !

– Waouh... dis-je. Tu dois être anéantie.

Elle croise sous la table ses longues jambes de gazelle et se met à triturer entre ses doigts une mèche de ses cheveux noirs, lissés bien entendu.

– Et comment ! dit-elle en écarquillant ses yeux de biche. Lindsay était... – comment dire ? – ma meilleure copine. Enfin, après Cheryl Haebig. Mais Cheryl n'aime plus trop sortir, vous comprenez, vu que maintenant elle passe les trois quarts de son temps avec Jeff. Jeff Turner.

Elle me fixe :

– Vous le connaissez, non ? C'est un des gars qui partagent la chambre 212 avec Mark.

– Bien sûr que je le connais.

Comme tous les joueurs de l'équipe de basket, souvent convoqués à mon bureau pour avoir enfreint le règlement. (En général parce qu'ils ont introduit de l'alcool, en principe interdit, à Fischer Hall.)

– Ces deux-là… c'est presque comme s'ils étaient mariés. Ils n'ont quasiment plus jamais envie de faire la fête.

Et à présent que Cheryl s'est installée dans la chambre de Lindsay et ne risque désormais guère de devoir la partager avec une autre fille, Jeff et elle vont pouvoir batifoler sans interruption.

Mais une seconde : on ne tue pas quelqu'un pour ça !

– Lindsay était donc ta meilleure amie après Cheryl. Mon Dieu, ce doit être terrible de perdre quelqu'un d'aussi proche. Ne le prends pas mal, mais je m'étonne que tu puisses… manger ici.

Mes paroles lui rappelant sa nourriture, Kimberly prend une grosse bouchée de son omelette de blancs d'œufs. Inspirée par ce geste, je mords dans mon bagel au bacon et au fromage frais. Mmmm. Quel régal !

– Ouais… En fait, je crois pas aux fantômes et à tous ces trucs. Quand on est mort, on est mort !

– Je vois que tu as le sens pratique, dis-je après avoir pris une gorgée de mon chocolat chaud arôme moka.

– Faut bien, réplique Kimberly en haussant les épaules. Je suis dans le merchandising de produits vestimentaires.

Elle me désigne l'imposant manuel posé devant elle : *Introduction à la comptabilité de gestion.*

– Oh. Puisque Lindsay et toi étiez si proches, tu n'aurais pas idée de qui pouvait avoir une dent contre elle ? Et désirer s'en débarrasser… au point de la tuer ?

Kimberly fait longuement tourner la mèche de cheveux autour d'un autre de ses doigts.

– Eh bien, répond-elle en prenant son temps. Beaucoup de gens la détestaient. Ils étaient jaloux, et ce genre de choses.

J'ai parlé d'Ann, sa camarade de chambre, au policier qui est venu hier soir.

– Ann détestait Lindsay ?

– C'est peut-être pas le mot. Mais elles ne s'entendaient pas. C'est pourquoi Lindsay était folle de joie en apprenant qu'Ann avait enfin accepté d'échanger sa chambre avec Cheryl. Même si Cheryl ne traîne plus trop avec nous, au moins Lindsay n'aurait plus à s'inquiéter des sales coups que lui faisait Ann.

– Quel genre de sales coups ? je demande en prenant une autre bouchée de mon bagel.

– Oh, des idioties. Comme effacer les messages que les gens laissaient pour Lindsay sur le tableau blanc de la porte ; dessiner des cornes de diable sur toutes les photos de Lindsay parues dans le journal de la fac avant de le lui donner ; ou utiliser tous les tampons de Lindsay sans jamais remplacer la boîte. Des trucs comme ça.

– Eh bien, Kimberly, Ann et Lindsay avaient de très mauvaises relations ! Mais tu ne crois tout de même pas qu'Ann l'a tuée, n'est-ce pas ? Elle n'avait aucune raison de le faire. Elle savait qu'elle allait changer de chambre, pas vrai ?

Kimberly paraît songeuse.

– Ouais, j'imagine. Quoi qu'il en soit, j'ai dit à cet inspecteur de vérifier son alibi. Parce qu'on sait jamais. Ça pourrait être une histoire du style *Jeune fille recherche appartement.*

Je suis certaine que l'inspecteur Canavan a dû sauter sur cette piste.

– Et les petits copains ? je demande.

Le changement de sujet est trop brutal pour que la jeune et tendre cervelle de Kimberly puisse suivre.

– Hein ? demande-t-elle en haussant les sourcils, visiblement perdue.

– Lindsay fréquentait-elle quelqu'un ? Enfin, je sais qu'elle sortait avec Mark Shepelsky...

– Oh... (Lindsay lève les yeux au ciel.) Mark. En fait, ils n'étaient quasiment plus ensemble. Mark est tellement... immature. Jeff – le petit ami de Cheryl, vous savez – et lui ne pensent qu'à boire des bières et à mater le sport à la télé. Ils n'emmenaient jamais Cheryl et Lindsay danser en boîte ou ce genre de choses. Ça ne dérange pas Cheryl, j'imagine. Mais Lindsay... il lui fallait une vie plus palpitante, plus sophistiquée, en quelque sorte.

– C'est pour ça qu'elle a commencé à fréquenter quelqu'un d'autre ?

Devant l'expression stupéfaite de Kimberly, j'explique :

– Mark est passé au bureau ce matin et a fait allusion à un type membre d'une fraternité.

Kimberly a une expression de mépris.

– C'est ce qu'a dit Mark ? Qu'il était membre d'une fraternité ? Il n'a pas précisé que c'était un *Winer* ?

– Un quoi ? (L'espace d'un instant, je crois qu'elle suggère que le nouveau petit ami de Lindsay est le contraire d'un *loser.*)

– Un Winer. W-I-N-E-R.

Comme je continue à la regarder sans comprendre, elle exprime son incrédulité en secouant ses longs cheveux.

– Mon Dieu, ça vous dit rien ? *Doug Winer*. La famille *Winer*. Les Constructions *Winer*. Le centre sportif *Winer*.

Ça y est. Je sais de quoi elle parle. Impossible, dans cette ville, de passer devant un bâtiment en construction (et il y en a pas mal, bien que Manhattan soit une île dont on pourrait croire chaque centimètre carré déjà exploité) sans remarquer le nom WINER sur le blindage des bulldozers, les rouleaux de câble ou les échafaudages. Aucun bâtiment ne voit le jour, à New York, qui ne soit érigé par les Constructions Winer.

Et cela a visiblement rapporté un paquet d'argent à la famille Winer. S'ils sont encore loin des Kennedy ou des Rockefeller, ils s'en rapprochent sans doute de très près aux yeux d'une pom-pom girl de l'université de New York. Ils ont, en tout cas, versé beaucoup d'argent à la fac. Assez pour bâtir le centre sportif et tout le tralala.

– Doug Winer, je répète. Alors comme ça, ce Doug a une bonne situation ?

– Si vous appelez être plein aux as « avoir une bonne situation ».

– Je vois. Et Doug et Lindsay étaient... intimes ?

– Ils n'étaient pas fiancés ou quoi que ce soit, répond Kimberly. N'empêche que Lindsay pensait que Doug allait lui offrir un joli bracelet pour son anniversaire. En diamants. Elle l'avait vu dans un tiroir de sa commode.

Alors qu'elle prononce ces mots, le tragique de la mort de Lindsay frappe momentanément Kimberly. La voilà soudain moins pétulante...

– J'imagine qu'il va devoir le rapporter à la boutique. Dire que l'anniversaire de Lindsay était la semaine prochaine. Mon Dieu, ce que c'est triste !

Je compatis : quel dommage que Lindsay ait loupé le bracelet de si peu ! Puis je demande à Kimberly si elle avait eu vent de désaccords entre Doug et Lindsay (non) ; si elle sait où habite Doug (dans le bâtiment de sa fraternité, la Tau Phi

Epsilon) ; et quand Doug et Lindsay se sont vus pour la dernière fois (ce week-end, mais elle ignore quand précisément).

Il s'avère bientôt que, bien que Kimberly ait affirmé être la meilleure amie de Lindsay, les deux filles ne devaient pas être si proches. Ou que Lindsay menait une vie terriblement barbante, étant donné que Kimberly ne peut rien me dire de plus sur sa dernière semaine ici-bas... Ou du moins, rien qui pourrait m'aider à retrouver son assassin.

Sauf que ce n'est pas ce que je prétends faire ! Il ne s'agit pas de fourrer mon nez dans l'enquête sur la mort de Lindsay ! Dieu m'en garde ! Je pose juste quelques questions. Ce n'est pas parce qu'on pose des questions sur un crime qu'on est en train d'enquêter, pas vrai ?

C'est ce que je me dis en regagnant le bureau de Tom, son café dans une main – je lui en ai repris un après que l'original a refroidi pendant mon entretien avec Kimberly – et un second chocolat-café-chantilly dans l'autre. Sarah arbore une mine sinistre aujourd'hui, ce qui ne m'étonne guère. Trois jours sur quatre, Sarah est malheureuse.

On dirait que sa mauvaise humeur est contagieuse. Tom et elle sont affalés devant leur bureau, ou plutôt, dans le cas de Tom, affalé devant *mon* bureau. Il semble souffrir le martyre. Jusqu'à ce qu'il m'aperçoive.

– Tu me sauves la vie ! s'exclame-t-il lorsque je pose le café devant lui. Pourquoi tu as mis tant de temps ?

– Oh, tu sais... dis-je en me laissant tomber sur le canapé à côté de mon bureau. Il a fallu que je réconforte Magda.

Je désigne d'un signe de tête la porte du bureau de Tom, toujours fermée. À travers la grille, des voix nous parviennent.

– Elle est toujours là-dedans avec Mark ? je demande.

– Non, rétorque Sarah avec une expression de dégoût. Elle est avec Cheryl Haebig.

– Qu'est-ce qui ne va pas ?

Sarah s'enfonce plus profondément dans sa chaise et ne daigne pas répondre à ma question.

– Apparemment, m'explique Tom d'une voix stoïque, le docteur Kilgore est l'un des professeurs de Sarah. Et pas sa préférée !

– C'est une freudienne ! explose Sarah, sans même chercher à baisser la voix. Elle croit réellement à ces foutaises sexistes selon lesquelles toutes les femmes sont amoureuses de leur père et rêvent secrètement d'avoir un pénis !

– Le docteur Kilgore a mis un « D » à l'un de ses devoirs le semestre dernier, m'informe Tom avec un sourire presque imperceptible.

– Elle est antiféministe ! affirme Sarah. Je suis allée me plaindre chez la doyenne, mais ça n'a servi à rien puisqu'elle en est, elle aussi ! (« En » se référant de toute évidence aux freudiens.) C'est une conspiration ! Je songe sérieusement à écrire à *La Gazette de l'enseignement supérieur* à ce sujet.

– Si la présence du docteur Kilgore la contrarie à ce point-là, dit Tom (gardant son sourire discret), j'ai suggéré à Sarah d'apporter à la compta toutes les factures correspondant à l'argent pris dans la cagnotte...

– Dehors, il doit faire moins quinze ! proteste Sarah.

Je me porte gentiment volontaire :

– J'y vais.

Tom et Sarah n'en croient pas leurs oreilles.

– Je ne plaisante pas, dis-je, posant ma boisson mi-café, mi-chocolat et me levant pour prendre mon manteau. De toute façon, impossible de faire ce que j'ai à faire quand tu occupes mon bureau. Et ça me fera du bien, un bon bol d'air frais !

– Dehors, il doit faire moins quinze ! répète Sarah.

J'enroule mon écharpe autour de mon cou.

– Et alors ? Je reviens tout de suite.

Je rassemble les factures qui traînent sur le bureau de Sarah et sors de la pièce. Dans le hall, Pete éclate de rire en me voyant. Pas seulement parce que je suis comique, avec toutes mes épaisseurs de vêtements, mais parce qu'il se rappelle ce que j'ai dit à propos de mon père.

Et alors ? Pourquoi un père n'aurait-il pas le désir de reconstruire une relation avec une fille qu'il connaît si peu ?

J'ignore Pete.

Franchement, qui a besoin d'ennemis avec des amis tels que lui ?

À peine sortie, je manque de faire demi-tour tant l'air est glacial. On dirait que la température a chuté depuis que je suis allée à pied au bureau, il y a de ça une heure. Le froid me coupe littéralement le souffle.

Mais je suis décidée. Trop tard pour faire machine arrière.

Baissant la tête pour me protéger du vent, j'entreprends de traverser le parc, sourde aux « shit, shit, premier choix, premier choix ! » des comparses de Reggie tandis que je me dirige vers l'autre extrémité du campus – à l'opposé du bâtiment où est située la compta, mais dans la direction d'où le vent souffle ses rafales polaires.

C'est pourquoi je ne me retourne pas aussitôt en entendant, derrière moi, quelqu'un m'appeler. Comme j'ai les oreilles gelées sous mon bonnet, je me dis que je dois entendre des voix. Mais alors je sens une main sur mon bras et fais volte-face, m'attendant à voir Reggie et son sourire plein de dents en or.

J'ai une nouvelle fois le souffle coupé, et pas à cause du vent, mais en me retrouvant face à Cooper Cartwright.

– Oh ! je m'exclame, le regardant avec des yeux ronds.

Il est aussi emmitouflé que moi. À part les écureuils et les dealers, nous sommes les deux seules créatures assez bêtes ou désespérées pour errer dans le parc par cette matinée glaciale.

– Cooper, dis-je malgré mes lèvres gercées. Qu'est-ce que tu fais ici ?

– Je suis passé te voir.

Il est un peu essoufflé. Visiblement, il a couru pour me rattraper. Couru... Par ce temps ! Et avec tous ces vêtements ! À sa place, je ne serais plus qu'une masse gélatineuse sur le sol givré. Mais vu que c'est Cooper, il respire juste un peu plus fort que d'habitude.

– Et Sarah et Tom m'ont dit que tu allais à la compta. (Il désigne du pouce un point derrière son épaule.) Mais ce ne serait pas plutôt par là ?

Oups ! Faut vite que je trouve quelque chose !

– Oh, ouais... mais j'ai voulu faire d'une pierre deux coups et passer voir un gars au sujet d'un truc. C'est important, ce dont tu voulais discuter ?

Par pitié. Faites qu'il n'ait pas parlé à mon père avant que j'aie eu l'occasion de lui en parler, de mon père !

– Ouais, répond Cooper.

Ce matin non plus, il ne s'est pas rasé. Sa peau doit être voluptueusement râpeuse...

– Ça concerne mon frère. Il m'a laissé un message où il dit vouloir me parler de toi. Tu ne saurais pas à quel propos ?

– Oh ! (Mon soulagement est tel que j'en ai la nausée ; à moins que ce ne soit à cause de toute cette crème fouettée !) Ouais, il veut que j'aille à son mariage. Tu sais, pour montrer qu'on a enterré la hache de guerre...

– ... devant les photographes de *People*, conclut Cooper. Pigé. J'aurais dû me douter que ce n'était pas important. Alors, ajoute-t-il en braquant sur moi, tels deux rayons laser, ses yeux bleu clair. Tu passes voir un gars au sujet de *quel* truc ?

Flûte ! Rien ne lui échappe ! Jamais !

– Eh bien, dis-je lentement, il s'avère que Lindsay avait commencé à fréquenter un autre mec avant sa mort. Un Winer.

– Un quoi ?

– Tu sais. (Je lui épelle le nom.) Comme dans les « Constructions Winer ».

– Heather, rétorque-t-il, plissant les yeux. Je me trompe, ou tu es en train d'enquêter sur la mort de cette fille ?

– Tu ne te trompes pas.

Il s'apprête, après avoir respiré un grand coup, à me faire un sermon. Je lève mes mains gantées pour l'en empêcher.

– Cooper ! Songes-y ! Les Constructions Winer ! Le centre sportif Winer ! Ils doivent avoir des doubles des clés qui ouvrent toutes les serrures de la ville. Doug aurait parfaitement pu accéder à la cafété...

– Il a été inscrit sur le registre des visiteurs ce soir-là ? demande Cooper.

Mince ! Il connaît le règlement de Fischer Hall presque aussi bien que moi.

– Ben non. Mais il a pu entrer dans le bâtiment de mille manières possibles. Les livreurs des restaurants chinois le font tout le temps pour glisser des menus sous la porte des résidents.

– Non.

Il n'en dit pas plus. Et accompagne le mot d'un unique hochement de tête.

– Écoute-moi, Cooper, dis-je (même si je sais que c'est inutile). L'inspecteur Canavan ne pose pas les bonnes questions. Il ne sait pas s'y prendre pour faire parler les gamins. Moi, si. Je jure que je ne fais rien d'autre. Je rassemble des informations. Que je compte lui transmettre intégralement.

– Tu t'attends réellement à ce que je gobe ça, Heather ?

Il me fusille du regard. Le vent qui me gifle le visage et me pique les yeux n'a pas l'air de le déranger, lui. Peut-être sa barbe de trois jours le protège-t-elle ?

– C'est très stressant, tu sais, de bosser dans un endroit que les gens surnomment le Dortoir de la mort, dis-je. Tom vient tout juste d'être embauché, et il a déjà envie de démissionner. Sarah est infernale. Je veux faire en sorte qu'on ait de nouveau plaisir à travailler à Fischer Hall. Faire mon boulot, en somme.

– S'occuper d'une étudiante qui a mis de la crème dépilatoire dans le flacon de shampooing de sa camarade de chambre (Cooper se réfère à une torture hélas trop fréquente dans les résidences de l'université de New York) et trouver la personne qui a fait bouillir la tête d'une pom-pom girl sur une cuisinière sont deux choses très différentes ! La première relève de tes attributions. Pas la seconde.

– Je veux juste m'entretenir avec le jeune Winer. Parler n'a jamais fait de mal à personne.

Cooper s'obstine à me fixer, pendant que le vent continue à souffler.

– Ne fais pas ça, je t'en prie, chuchote-t-il, si bas que je ne jurerais pas qu'il l'ait vraiment dit.

Sauf que j'ai vu ses lèvres bouger. Ces lèvres étonnamment pulpeuses (pour un garçon) qui m'évoquent parfois des coussinets, sur lesquels j'aimerais presser mes...

– Accompagne-moi si tu veux ! je propose gaiement. Viens avec moi et tu verras que je ne fais que parler. Et que je n'enquête pas... mais alors, pas du tout !

– Tu es dingue ! rétorque Cooper, non sans dégoût. Sérieusement, Heather. Sarah a raison. Tu as un genre de complexe de Superwoman.

– Allez, on est partis ! dis-je en le prenant par le bras. Alors ? Tu viens ou pas ?

– J'ai le choix ?

Je me penche sur la question.

– Non !

10

J'ouvre la porte d'entrée
C'est pas le poulet curry que j'attendais
C'est pas le livreur indien
Mais juste toi, espèce de bon à rien !

« Livraison à domicile »
Écrit par Heather Wells

Également connu sous le nom de Waverly Hall, Fraternity Row est une immense bâtisse située à l'autre bout de Washington Square, en face de Fischer Hall. En retrait de la rue, elle est protégée par un mur de briques enserrant une cour où l'on pénètre par un passage voûté. Son style parisien la distingue des autres édifices érigés autour de la place. Sans doute est-ce pour cela que les administrateurs ont décidé qu'elle abriterait les fraternités grecques de l'université, alors que les sororités, moins nombreuses, occupent un immeuble plus moderne sur la Troisième Avenue.

Il y a une fraternité par étage.

N'ayant, comme vous vous en doutez, jamais appris le grec, je suis incapable de déchiffrer la plupart des signes sur les sonnettes, à côté de la porte d'entrée.

Je n'ai aucun mal, en revanche, à reconnaître celle qui correspond à la Tau Phi Epsilon car, sur le porte-étiquette, on peut lire TAU PHI EPSILON non en caractères grecs, mais dans notre alphabet.

Contrairement au trottoir bien entretenu devant Fischer Hall, la cour de Waverly Hall, jonchée de bouteilles de bière, est cradingue. De part et d'autre de l'entrée, des arbustes en pots portent comme décorations, au lieu de guirlandes de Noël, des sous-vêtements féminins aux couleurs, tailles et styles variés. Cela va du string en dentelle noire au slip blanc Calvin Klein, en passant par la culotte à pois.

– Voilà ce qui s'appelle gâcher de la jolie lingerie ! dis-je.

Cette semi-boutade n'arrache pas un sourire à Cooper, qui garde un air furieux. Il ouvre la porte d'un geste sec, attend que j'aie franchi le seuil, puis entre à son tour.

À l'intérieur, il fait si chaud que je sens aussitôt dégeler mon nez. Nous pénétrons dans un hall à peu près propre, surveillé par un agent de sécurité de l'université de New York aux cheveux grisonnants et au visage si couperosé qu'il est clair qu'il abuse du whisky en dehors, du moins espérons-le, des heures de service. Lorsque je lui montre ma carte de membre du personnel et annonce que nous sommes venus voir Doug Winer, de la fraternité Tau Phi Epsilon, il ne se donne même pas la peine de décrocher son téléphone pour vérifier si Doug est là, se contentant de nous désigner l'ascenseur d'un geste du bras. Quand nous passons devant son poste, je comprends pourquoi : il est occupé à regarder des *soap operas* sur l'un de ses écrans de surveillance.

Je rejoins Cooper dans le minuscule ascenseur pour trois personnes maximum. Dans la cabine tressautante, je demeure silencieuse... jusqu'à ce qu'elle s'arrête brusquement au cinquième étage et que les portes s'ouvrent sur un long couloir assez miteux, sur lequel quelqu'un a tagué, en lettres fluo de près d'un mètre : « DEHORS, LES GROSSES ! »

Je fixe avec stupéfaction l'inscription, qui m'arrive au niveau des hanches et recouvre aussi bien les portes que les murs. Les Tau Phi Epsilon vont avoir, à la fin de l'année, à payer une note salée pour dégradation des locaux.

– Eh bien, dis-je, les yeux rivés sur le mur.

– C'est pour ça, *précisément*, que je trouve que tu ne devrais pas fourrer ton nez dans cette affaire, explose Cooper.

– Parce que je suis une grosse et que ma place est dehors ? je demande, piquée au vif.

L'expression de Cooper se fait encore plus sombre, chose que j'aurais crue impossible.

– Non. Parce que… parce que… ce style de gars… ce sont des *bêtes* !

– Féroces au point de couper la tête d'une pom-pom girl et de la mettre à mijoter sur la cuisinière de la cafétéria du dortoir ? je lui demande d'un ton cassant.

L'indignation lui coupe visiblement le sifflet. Je frappe donc à la porte la plus proche de l'ascenseur sur laquelle on lit TAU PHI EPSILON.

Le battant s'ouvre et une femme de service brune, vêtue d'un uniforme traditionnel à manches longues et jupe au-dessous du genou (et non d'une de ces coquines tenues de femmes de ménage vendues sur Bleecker Street), nous regarde avec étonnement. Plutôt jeune – la quarantaine –, elle tient un chiffon. Dieu merci, elle ne porte pas de coiffe en dentelle.

– Oui ? dit-elle, avec un très fort accent espagnol.

Je lui montre ma carte de membre du personnel.

– Salut. Je suis Heather Wells. Et voici mon ami Cooper Cartwright. Je travaille au service du logement. Je voulais simplement…

– Allez-y, réplique la femme d'un ton indifférent.

Elle s'écarte pour nous laisser entrer, avant de refermer la porte derrière nous. Nous nous retrouvons dans des combles spacieux et bien éclairés, des combles d'autrefois, avec haut plafond, moulures et parquet.

Elle nous désigne une porte à deux battants, à notre droite.

– Ils sont là-dedans.

– Euh... en fait, nous cherchons quelqu'un de précis, dis-je. Doug Winer. Savez-vous quelle chambre il...

– Écoutez, répond la femme sans aucune trace d'hostilité. Je fais le ménage, ici, c'est tout. Je ne connais pas leurs noms.

– Merci de nous avoir accordé de votre temps, lui glisse poliment Cooper.

Me prenant par le bras, il m'entraîne vers la porte fermée en marmonnant des paroles que j'ai peine à distinguer... peut-être parce qu'à la seconde où sa main m'agrippe, le battement de mon cœur s'intensifie au point de couvrir tous les autres sons. Même à travers sept couches de vêtements, Cooper me fait un effet du tonnerre.

Je sais. Je ne suis qu'une pauvre fille.

En tapant à petits coups sur l'un des panneaux de verre de la porte à deux battants, Cooper s'écrie :

– Ohé, là-dedans !

Une voix, de l'autre côté, braille une réponse incompréhensible. Cooper m'interroge du regard. Je hausse les épaules. Il ouvre la porte toute grande. À travers un écran de fumée de cannabis, je discerne le feutre vert d'une table de billard et, tout au fond, une télévision à écran large retransmettant un match de foot. La pièce est éclairée par une rangée de fenêtres laissant entrer la grisaille du dehors ; et par la chaude lumière d'un lustre coloré suspendu au-dessus du billard. Plus loin, dans un coin, se dispute une joyeuse partie de hockey pneumatique. Tout près de moi, sur la gauche, quelqu'un ouvre un minibar et en sort une bière.

Il me vient alors à l'esprit que Cooper et moi sommes morts – sans doute dans ce vieil ascenseur branlant – et qu'on m'a envoyée, par erreur, au paradis des garçons.

– Eh ! lance un blondinet qui, penché sur le billard, s'apprête à jouer un coup difficile. Une seconde !

Il tient, coincé entre les lèvres, un joint allumé. Et porte, de façon invraisemblable, une veste de smoking en satin rouge et un jean Levi's.

Il ramène la queue de billard vers l'arrière, puis vise. Le cliquetis des boules se perd dans la soudaine clameur des fans de foot acclamant l'un de leurs joueurs favoris. Le jeune homme se redresse, retire le joint de sa bouche et, derrière une longue mèche de cheveux blonds, nous examine, Cooper et moi.

– Que désirez-vous ? demande-t-il.

Je fixe avec nostalgie la bière qu'il saisit et engloutit en attendant notre réponse. Jetant un coup d'œil à Cooper, je réalise que lui aussi se souvient du temps béni où il était normal, et même bien vu, de boire de la bière avant le déjeuner. Bon, d'accord, je n'ai pas vécu ça, vu que je ne suis pas allée à la fac !

– Euh... dis-je. On cherche Doug Winer. Il est ici ?

Le gosse éclate de rire.

– Ohé, Brett ! crie-t-il par-dessus le satin rouge de son épaule. Cette poupée veut savoir si Doug est là.

À la table de hockey pneumatique, Brett pouffe.

– Serions-nous en train de savourer ce sublime cannabis si le Doug n'était pas là ? demande-t-il (en levant sa bière, comme ce personnage qui, dans une pièce de théâtre, brandit un crâne en déclarant qu'il l'avait bien connu de son vivant). Bien sûr que le Doug est là. Le Doug est toujours là où on le cherche !

Cooper, qui regarde d'un œil nostalgique la télé à écran large, n'a pas tiqué en m'entendant appeler « poupée » – terme qui, bien que sexiste, constitue un accueil beaucoup plus chaleureux que ce qu'aurait pu me laisser craindre l'inscription du couloir.

Mon partenaire étant visiblement en état de transe, je sens que c'est à moi d'orienter la conversation dans une direction plus fructueuse :

– Eh bien, pourriez-vous me dire où, exactement, je peux trouver M. Winer ?

L'un des gars qui suivent le match à la télé se retourne brusquement en aboyant :

– Nom de Dieu, Scott ! Ce sont des flics !

Tous les joints de la pièce, ainsi qu'une impressionnante quantité de canettes de bière, disparaissent en une fraction de seconde, les uns écrasés sous les semelles, les autres planquées derrière les coussins des canapés.

Scott, le joueur de billard, balance son joint d'un air dégoûté.

– Des flics ! Vous n'êtes pas censés vous présenter en tant que tels ? Vous ne pouvez pas me coincer ! Vous ne vous êtes pas annoncés !

– On n'est pas des flics, dis-je en levant mes deux mains gantées. Du calme ! On vient juste voir Doug.

– Ah ouais ? ricane Scott. Dans ce cas, vous venez sûrement acheter. Parce que sapés comme vous l'êtes, il est clair que vous vendez pas.

Des rires moqueurs approuvent ses paroles.

Je jette un coup d'œil à mon jean, puis à l'anorak de Cooper dont la fermeture éclair est ouverte sur un pull en shetland où l'on voit s'élancer, sur un fond géométrique où prédomine le rose, un renne vert. Je sais qu'il lui a été offert par une grand-tante attentionnée. Cooper est très apprécié des membres les plus âgés de sa famille.

– Euh... dis-je, réagissant au quart de tour. C'est ça, ouais.

Scott lève les yeux au ciel et sort sa bière de l'endroit où tombent les boules, où il l'avait planquée.

– Vous ressortez, vous longez le couloir, et ce sera la première porte sur la gauche. N'oubliez pas de frapper, hein ? Le Winer est rarement seul.

J'acquiesce et Cooper et moi revenons sur nos pas, jusqu'au mur hurlant « DEHORS, LES GROSSES ! ». La femme de ménage n'est plus dans les parages. Cooper est dans tous ses états.

– Tu as remarqué l'odeur ? souffle-t-il.

– Ouais. Dieu sait pourquoi, j'ai comme l'impression qu'ils ont un meilleur fournisseur que Reggie.

– Ce bâtiment ne dépend-il pas du service du logement ? demande Cooper. Ils n'ont pas de RE ?

– Non, un ED, comme Sarah. Mais un pour la résidence entière, pas un par étage. Il ne peut pas être partout à la fois.

– Surtout quand il est clair que les Tau Phi Epsilon le paient pour regarder ailleurs.

J'ignore ce qui lui fait soupçonner ça, mais je parie qu'il a raison. Après tout, les ED sont aussi des étudiants – endettés, pour la plupart.

La première porte à gauche est tapissée du poster grandeur nature d'une pin-up en bikini. Je frappe poliment sur son sein gauche. Un « quoi ? » étouffé me parvient en réponse. Je tourne la poignée et entre.

La chambre de Doug Winer est plongée dans la pénombre, mais la lumière grise du dehors, filtrant par le store, suffit à révéler un très grand lit à eau et deux silhouettes allongées au milieu d'une quantité de canettes. Toute la déco de la pièce est en rapport avec la bière : bouteilles et canettes s'entassent aux quatre coins de la chambre, jonchée d'emballages de bière. Sur les murs, des affiches pour des marques de bière et, sur les étagères, des piles et des totems à base de canettes. Je n'ai rien contre la bière – ce serait plutôt le contraire, à vrai dire. Pourtant, j'ai honte pour Doug.

Boire de la bière est une chose, s'en servir pour décorer sa chambre en est une autre.

– Euh... Doug ? dis-je. Désolée de te réveiller, mais il y a deux ou trois trucs dont il faut qu'on discute.

Sur le lit à eau, l'une des silhouettes remue.

– Il est quelle heure ? demande une voix masculine.

Je consulte la montre de Cooper (je n'en ai pas moi-même), après qu'il a allumé l'écran en appuyant sur un petit bouton.

– Onze heures.

– Merde !

Doug s'étire, puis semble réaliser qu'il n'est pas seul dans le lit.

– Merde ! répète-t-il sur un tout autre ton, avant de donner des coups de coude, assez violents, à la personne couchée près de lui. Ohé ! s'écrie Doug. Lève-toi !

Avec un gémissement plaintif, la fille se détourne de lui. Mais comme Doug insiste, la fille finit par se redresser, clignant ses yeux noircis de mascara et serrant le drap marron contre sa poitrine.

– Où est-ce que je suis ? demande-t-elle.

– À Xanadu, répond Doug. Maintenant, tire-toi !

Elle le fixe, hébétée.

– Tu es qui, toi ?

– Le comte Dracula. Ramasse tes sapes et fiche-moi le camp ! La salle de bains est juste là. Et ne balance pas de protections féminines dans les chiottes, ça les bouche !

La fille nous voit, Cooper et moi, plantés sur le seuil.

– C'est qui, eux ?

– Qu'est-ce que tu veux que j'en sache, bordel ? rétorque Doug, exaspéré. Allez, dégage ! J'ai des trucs à faire !

– Très bien, monsieur le râleur.

La fille se glisse hors du lit et nous offre, à Cooper et moi, une généreuse vue de son ravissant derrière tandis qu'elle enfile une culotte qui ne finira pas sur les arbustes de l'entrée. Pressant sur sa poitrine une robe pailletée, elle minaude et se trémousse en passant devant Cooper pour se rendre à la salle de bains, et me regarde de travers.

Je fais de même.

– Vous êtes qui, bordel ? demande Doug, se penchant et relevant le store juste assez pour que je constate qu'il est bâti comme un lutteur poids léger – petit mais baraqué. Il a cette bizarre coupe de cheveux qui fait fureur sur le campus, ces derniers temps : crâne rasé de toutes parts, sauf sur le haut, où les cheveux sont en brosse. Il porte une médaille de saint Christophe et, selon toute apparence, pas grand-chose d'autre.

– Bonjour, Doug, dis-je, surprise de l'hostilité qui perce dans ma voix.

Je n'ai pas apprécié la façon dont Doug a traité la fille, mais j'espérais pouvoir mieux le dissimuler. Oh, et puis flûte...

– Je m'appelle Heather Wells. Voici Cooper Cartwright. Nous sommes ici pour te poser quelques questions.

Doug farfouille sur la table de nuit, cherchant ses cigarettes. Ses doigts courts et épais se referment sur un paquet de Marlboro.

Alors Cooper s'avance de deux grands pas et saisit violemment le gosse par le poignet. Doug pousse un gémissement et tourne son regard bleu et chargé de colère vers cet agresseur plus robuste.

– Qu'est-ce qui vous prend, bordel ?

– Fumer nuit à la croissance ! rétorque Cooper, lui arrachant le paquet des mains avant de le fourrer dans sa poche.

Tandis que Doug tente de dégager son poignet, la main de Cooper se resserre tel un étau.

– Tu as déjà vu la photo des poumons d'un fumeur ? insiste-t-il.

– Putain, vous vous prenez pour qui ? demande Doug Winer.

Je suis tentée de lui répondre un truc comme « ton pire cauchemar ». Or, jetant un coup d'œil à Cooper, je prends conscience de ce que nous sommes réellement : la directrice adjointe d'un dortoir, que son indice de masse corporelle classe parmi les personnes en surpoids, et un détective privé portant un pull en shetland – n'ayant jamais appartenu, ni l'un ni l'autre, à une fraternité.

Cooper peut néanmoins être intimidant, ne serait-ce que par sa stature. C'est visiblement la tactique qu'il choisit d'adopter en se dressant, menaçant, au-dessus de Doug.

– Peu importe pour qui nous nous prenons, dit Cooper de sa voix la plus impressionnante. (Je réalise, à cet instant, que lui non plus n'a pas apprécié la manière dont Doug a traité la fille.) Il se trouve que je suis enquêteur, et j'ai quelques questions à te poser, au sujet de la nature de tes relations avec Lindsay Combs.

Doug Winer écarquille les yeux.

– Rien ne me force à causer aux flics ! glapit-il. C'est l'avocat de mon père qui me l'a dit.

Cooper se penche sur le matelas, qui se met à tanguer.

– Eh bien, il se trompe, Douglas. Si tu refuses de causer aux flics, on t'arrêtera pour entrave au bon fonctionnement de la justice. Et je ne crois pas que ton père et son avocat apprécieront.

J'admets que Cooper a fait fort : il a fichu au gamin une frousse de tous les diables et, pour ça, n'a même pas eu besoin de lui mentir. Il est effectivement enquêteur... et la police est en droit d'inculper Doug pour entrave au fonctionnement de la justice. Cooper néglige juste de préciser qu'en tant que détective *privé,* ce n'est pas lui qui pourrait procéder à l'arrestation.

Voyant l'expression agressive du jeune homme se dissiper sous l'effet de la peur, Cooper lui lâche le poignet. Il recule d'un pas, croise les bras, et le toise d'un air menaçant comme s'il était à deux doigts de lui arranger le portrait – ce qu'il pourrait bien faire, en cas de provocation.

Doug se masse le poignet que Cooper a serré, le foudroyant du regard.

– T'étais pas obligé de faire ça, mec. C'est ma chambre. J'ai le droit de fumer si j'en ai envie.

– En fait... dit Cooper – avec ce ton mielleux qui laisse croire à ses clients les plus désagréables qu'il est de leur côté –, c'est à l'association de la Tau Phi Epsilon qu'appartient cette chambre, et non à toi. Et il me semble que ça pourrait les intéresser d'apprendre que l'un de leurs membres gère un commerce lucratif de substances illicites dans l'une de leurs propriétés.

– Hein ?

Le visage de Doug se décompose. Je remarque, dans la lumière grise, qu'il a le menton couvert d'acné.

– Qu'est-ce que t'insinues, mec ?

Cooper ricane.

– Pour le moment, laissons ça de côté, tu veux bien ? Quel âge as-tu, Douglas ? Dis-moi la vérité, fiston !

À ma grande surprise, Doug ne rétorque pas : « Je ne suis pas ton fiston ! » comme je ne m'en serais pas privée à sa place. Au lieu de ça, il répond, redressant son menton boutonneux :

– Vingt ans.

– Vingt ans, répète Cooper en balayant la pièce du regard. Et toutes ces canettes de bière sont à toi, Doug ?

Ce dernier n'est pas aussi bête qu'il en a l'air. Son visage se décompose. Il a flairé le piège.

– Non !

– Non ? Oh, je te prie de m'excuser. Je suppose que tes frangins de la Tau Phi Epsilon, du moins ceux qui ont plus de vingt et un ans (l'âge à partir duquel on est autorisé, dans cet État, à consommer de l'alcool), ont bu toutes ces bières et les ont déposées dans ta chambre pour te faire une blague. Dis-moi si je me trompe, mais les boissons alcoolisées sont interdites sur le campus, non ? Pas vrai, Heather ? demande-t-il, alors qu'il connaît parfaitement la réponse.

– Il semblerait que oui, Cooper, dis-je, comprenant son petit jeu et lui donnant la réplique. Il y a pourtant, dans la chambre de ce jeune homme, une grande quantité de bouteilles et de canettes vides. Tu sais quoi, Cooper ?

Il prend l'air intrigué.

– Non, Heather. Quoi ?

– J'ai l'impression que la Tau Phi Epsilon enfreint le règlement de l'université. Je pense que votre chambre devrait beaucoup intéresser l'association des fraternités grecques, monsieur Winer.

Doug s'appuie sur ses coudes. Son torse nu et imberbe se soulève lorsqu'il pousse un gros soupir.

– Écoutez, je ne l'ai pas tuée, c'est clair ? Je ne vous dirai rien d'autre. Et vous feriez mieux de cesser de me harceler !

11

Le « non » d'annonciation
Le « mince ! » d'émincer
Le « rat » d'aberration
Le « con » de contrariété.

« La chanson du non »
Écrit par Heather Wells

Cooper et moi échangeons un regard médusé. Cette fois-ci, notre stupéfaction n'est pas feinte.

– On t'a accusé d'avoir tué quelqu'un, Douglas ? demande Cooper.

– Ouais, dis-je en secouant la tête. On accusait juste ta fraternité d'avoir fourni de l'alcool à un frère qui n'a pas l'âge légal.

Doug fronce les sourcils.

– Laissez ma fraternité en dehors de ça, OK ?

– On le fera peut-être, dit Cooper en caressant d'un air songeur son menton hérissé de poils. Si tu te montres plus coopératif quand mon amie te pose des questions.

Winer me jette un coup d'œil.

Puis il soupire, s'enfonce dans les coussins de son lit et joint les mains derrière la tête, ce qui nous laisse le loisir de contempler ses aisselles. Beurk !

– OK. Qu'est-ce que vous voulez savoir ?

Ignorant les aisselles, je réponds :

– Je veux savoir depuis combien de temps vous étiez ensemble, Lindsay et toi.

– Ensemble... répète Doug, les yeux rivés au plafond, un sourire suffisant aux lèvres. Voyons... Elle s'est pointée à une soirée improvisée en septembre. C'est là que je l'ai rencontrée. Elle était avec la fille que fréquente Jeff. Cheryl quelque chose.

– Jeff est un Tau Phi Epsilon ? je demande.

– Il voudrait. Vu qu'il est parrainé, il y arrivera sans doute, s'il réussit son initiation. Enfin, bref... je l'ai trouvée mignonne. Lindsay, je veux dire. Je lui ai servi à boire. Je savais pas qu'elle avait moins de vingt et un ans, ajoute-t-il, sur la défensive. Voilà... tout est parti de là.

– Qu'est-ce qui est parti de là ?

– Vous imaginez...

Doug Winer hausse les épaules et adresse à Cooper un sourire d'une telle arrogance que j'ai du mal à ne pas me jeter sur lui, faire un trou dans son matelas, et lui plonger la tête dedans jusqu'à ce qu'il s'y noie.

Bien sûr, je me garderais bien de faire une chose pareille... Je ne tiens pas à ce qu'on me vire.

– Non, je n'imagine pas, dis-je en serrant les dents. Mais vous allez m'expliquer.

– Elle s'occupait de moi, OK ? (Winer ricane.) Tu parles d'une reine du bal ! Et c'était une pro, croyez-moi ! Aucune fille ne m'a jamais aussi bien...

– C'est bon, l'interrompt Cooper. On a compris.

Lorsque je me sens rougir, je me maudis intérieurement. Pourquoi me faut-il réagir comme une oie blanche ? Surtout devant Cooper, déjà convaincu que je suis une « gentille fille ».

En piquant des fards continuellement, je ne fais que renforcer son opinion.

C'est pourquoi je prétends avoir trop chaud. Car il fait chaud, dans la chambre de Doug. Surtout depuis que sa petite copine (ou quel que soit son statut) est sous la douche, comme l'indique le bruit qui nous parvient de la salle de bains. J'entreprends de retirer mon écharpe.

– T'inquiète ! je lance à Cooper, pour lui montrer que je ne suis pas gênée du tout. Et à Doug : Vas-y, continue !

Toujours aussi fier de lui, Douglas reprend :

– Alors j'ai pensé que ce serait une bonne idée de la garder sous la main, vous comprenez ? En cas d'urgence !

Sa froideur me prend tellement au dépourvu que je ne trouve rien à dire. C'est donc Cooper qui demande, en examinant calmement les petites peaux autour de ses ongles :

– Qu'est-ce que tu veux dire par « la garder sous la main » ?

– Vous savez... garder son numéro à disposition. Pour les jours de pluie... À chaque coup de cafard, j'appelais cette bonne vieille Lindsay et elle venait me requinquer.

Je ne me souviens pas avoir jamais été si près de tuer quelqu'un. Puis ça me revient : il y a une heure à peine, mon désir de rouer Gillian Kilgore de coups était aussi fort que mon envie présente d'étrangler Doug Winer.

Et si Sarah avait raison ? Si je me prenais pour Superwoman ?

Cooper me regarde et sent que j'ai du mal à me retenir. Il baisse à nouveau les yeux sur ses ongles et demande à Doug, d'un ton désinvolte :

– Et Lindsay ne se plaignait pas de la nature de vos relations ?

– Putain, non ! s'esclaffe Doug. Si elle s'était plainte, elle aurait eu à le regretter !

Cooper tourne aussitôt la tête :

– Ah oui ? Comment ça ?

Doug semble réaliser son erreur. Il retire les mains de derrière sa tête et se redresse un peu. Je constate que son ventre est parfaitement plat, sauf aux endroits où les muscles saillent. Un jour, j'ai eu les abdos aussi bien dessinés... quand j'avais onze ans.

– Eh, pas comme ça, mec ! Pas comme ça ! J'aurais arrêté de l'appeler, c'est tout.

– Seriez-vous en train de nous dire (ça y est, j'ai retrouvé ma voix) que Lindsay Combs était disposée, chaque fois que vous l'appeliez, à venir... euh... vous faire du bien ?

Doug Winer me fixe.

– Oui, pourquoi ?

– En général, les filles ne pratiquent pas ce genre de rapports sans contrepartie. (Du moins, pas celles que je connais.) C'était quoi, son intérêt ?

– Comment ça, « c'était quoi, son intérêt » ? C'était *moi*, son intérêt !

À mon tour de me marrer :

– *Toi ?*

– Ouais. Vous savez pas qui je suis ?

Comme si nous nous étions donné le mot, Cooper et moi échangeons un regard perplexe. Le gosse reprend, d'une voix insistante :

– Je suis un Winer.

Face à notre incompréhension, Doug nous souffle, comme s'il nous prenait pour deux faibles d'esprit :

– Les Constructions Winer, le centre sportif Winer ? Vous n'en avez pas entendu parler ? Ohé, les copains, cette ville nous appartient, bordel ! On a quasiment construit cette putain de fac ! Du moins les nouveaux bâtiments. Et moi, je suis un Winer. Un *Winer* !

C'est pour cette raison que Lindsay Combs lui avait si généreusement « fait du bien » ? Impossible ! Ce n'était pas le genre de Lindsay.

Enfin, je ne crois pas.

– Et je lui filais des merdouilles, admet Doug à contrecœur.

On arrivait enfin quelque part...

Cooper écarquille les yeux.

– Des quoi ?

– Des merdouilles.

Devant la mine de Cooper, Doug me jette un coup d'œil nerveux et précise :

– Des trucs, quoi... Je lui offrais des trucs. Le style de babioles qui plaît aux filles. Des bijoux, des fleurs...

Ça, c'était le genre de Lindsay ! Ça collait avec ce que je savais d'elle, en tout cas.

– Je comptais même lui offrir ce bracelet pour son anniversaire...

Le jeune homme bondit soudain du lit, nous offrant le spectacle, dont je me serais bien passée, de son derrière moulé dans un slip Calvin Klein. Il se dirige vers la commode et sort d'un tiroir un petit écrin de velours noir. Se retournant, il me le lance. Je parviens, quoique maladroitement, à le rattraper au vol.

– Je ne sais pas ce que je vais en faire à présent, dit-il.

Je soulève le couvercle de l'écrin et ouvre – je l'avoue – des yeux ronds comme des soucoupes à la vue du fin rang de diamants couché sur la soie bleu royal qui en tapisse l'intérieur. Si c'est à ce type d'avantages qu'avait droit Lindsay en échange de ses services, je comprends mieux ses motivations.

Réprimant le désir de siffler, je montre le contenu de l'écrin à Cooper, qui hausse ses sourcils sombres.

– Jolie babiole ! commente-t-il sobrement. Tu dois avoir pas mal d'argent de poche.

– Ouais. (Doug hausse les épaules.) Le fric, ça ne compte pas.

– L'argent, il te vient de ton papa, demande Cooper, ou bien il est à toi ?

Depuis un petit moment, Doug farfouille sur le dessus de la commode, cherchant quelque chose. Il pousse un soupir lorsque sa main se referme autour d'un flacon d'aspirine.

– C'est quoi, la différence ? Mon argent, l'argent de mon père, l'argent de mon grand-père ? C'est la même chose.

– Vraiment, Doug ? Ton père et ton grand-père ont fait fortune dans le bâtiment. D'après ce que j'ai cru comprendre, ton commerce à toi est d'une tout autre nature.

Le gosse le regarde avec stupéfaction.

– De quoi tu parles, mec ?

Cooper a un sourire affable.

– Les garçons au bout du couloir ont insinué que tu savais toujours où t'approvisionner, en matière de substances illicites...

– Je me fiche de ce qu'ils ont insinué ! déclare Doug. Je deale pas, et si vous m'accusez ne serait-ce que de vendre un seul de ces cachets (il secoue le flacon d'aspirine) à qui que ce soit, mon père va vous pourrir la vie. Il est ami avec le président, vous savez. Le président de cette université...

– Arrête, dis-je. J'ai peur !

– Tu sais quoi ? Tu ferais mieux de...

Doug s'avance vers moi. Mais à peine a-t-il fait un pas que Cooper – impressionnant mélange de muscles, d'anorak et de barbe de trois jours – lui barre la route.

– Tu fais quoi, là ? demande Cooper.

Comme Cooper s'y attendait (ces jeunes gars sont si prévisibles), Doug tente de lui décocher un coup de poing. Cooper se baisse pour esquiver et sourit de plus belle. À présent, il a toute licence pour coller une dérouillée au gamin, comme il en rêve sans doute depuis un bon moment.

– Coop ! dis-je, soudain consciente que la situation m'échappe. Arrête !

C'est inutile. Il fait un pas en avant à l'instant où Winer lève une nouvelle fois le poing – que Cooper saisit au vol. Alors, par la seule force de ses doigts, il le contraint à mettre genou à terre.

– Où étais-tu, avant-hier soir ? grogne-t-il, le visage à quelques centimètres de celui du gosse.

– Hein ? rétorque celui-ci, le souffle court. Tu me fais mal, mec !

– Où étais-tu, avant-hier soir ? insiste Cooper, resserrant l'étau autour de la main de Winer.

– Ici, mec ! Je suis pas sorti de la soirée. T'as qu'à demander aux autres gars ! On a fait une soirée fumette. Tu vas me casser la main, nom de Dieu !

– Cooper, dis-je, le cœur battant à tout rompre.

Si je laisse Cooper blesser un étudiant, je suis sûre d'avoir des ennuis, voire d'être virée. Et puis, malgré le peu de sympathie que Doug m'inspire, je supporte mal de le voir se faire torturer sous mes yeux, même s'il l'a bien mérité.

– Lâche-le !

Cooper m'ignore.

– Tu n'es pas sorti ? répète-t-il. Tu étais à la soirée fumette jusque tard ? À quelle heure elle a commencé ?

– À neuf heures, mec. Lâche-moi !

– Cooper !

Je n'en reviens pas. C'est un aspect de lui que je ne connaissais pas.

Et que je ne tiens pas à connaître. C'est peut-être pour ça qu'il refuse de me dire à quoi il occupe ses journées. Parce qu'il les occupe à ce genre de choses...

Cooper desserre enfin son étreinte. Le gamin se laisse tomber sur le sol en position fœtale.

– Tu vas le regretter, mec ! gémit-il en retenant ses larmes. Je te jure que tu vas le regretter !

Cooper cligne des yeux, comme s'il revenait brusquement à lui. Il me jette un coup d'œil et, voyant mon expression, dit d'un ton penaud :

– Je me suis servi d'une seule main.

Cette explication, si c'en est une, me laisse bouche bée.

Une tête blonde ébouriffée émerge de la salle de bains. La fille du lit à eau a réussi à enfiler sa robe de soirée orange vif, mais elle est pieds nus. Elle a les yeux rivés sur Doug, couché face contre terre.

Elle ne s'enquiert pas de ce qui s'est passé.

– Personne n'a vu mes chaussures ? demande-t-elle à la cantonade.

Je me baisse pour ramasser des escarpins orange à hauts talons.

– C'est ça ?

– Oh oui ! s'exclame la fille, reconnaissante. Merci beaucoup.

Contournant soigneusement son hôte, elle vient les prendre.

Elle met les chaussures et glisse à Doug :

– Enchantée de t'avoir rencontré, ducon !

Doug se contente de gémir, serrant toujours sa main endolorie. La fille écarte les mèches qui lui retombent sur les yeux et se penche, révélant un décolleté généreux.

– Appelle-moi quand tu veux, à la résidence Kappa Alpha Thêta. Je m'appelle Dana. OK ?

Doug acquiesce en silence. Dana se redresse, saisit son sac à main et son manteau sur un tas d'affaires à même le sol, et agite les doigts à notre intention.

– Au revoir, alors ! lance-t-elle, avant de s'éloigner d'un pas provocant.

– Vous aussi, vous sortez ! nous dit Doug. Si vous ne vous cassez pas, je... j'appelle les flics.

La menace semble intriguer Cooper.

– Vraiment ? À vrai dire, je pense qu'il serait bon qu'ils apprennent deux ou trois trucs à ton sujet. Alors, vas-y, je t'en prie. Appelle-les !

Doug se remet à geindre, tenant toujours sa main.

– Allez, on y va ! dis-je à Cooper.

Il hoche la tête et nous quittons la chambre, fermant la porte derrière nous. De retour dans l'antichambre de la Tau Phi Epsilon – où flotte la puissante odeur du cannabis et s'entendent les bruits du match de foot provenant de la salle commune –, je contemple une dernière fois le slogan peint à la bombe, que la femme de ménage en uniforme tente de faire disparaître à l'aide d'un chiffon et de décapant. À peine a-t-elle commencé à frotter le « D » de « DEHORS ». Il y a encore du boulot !

– Je ne crois pas un mot de ce que nous a raconté le gosse, déclare Cooper en remontant la fermeture de son anorak. Et toi ?

– Non. On devrait vérifier son alibi.

La femme de ménage nous regarde.

– Quoi qu'il affirme, les autres gars le soutiendront, vous savez, déclare-t-elle. Ils sont obligés... Ils font partie de la même fraternité.

Cooper et moi échangeons un regard.

– Elle n'a pas tort, dis-je. Enfin, s'il n'a pas voulu parler quand tu lui as fait le coup de la main de fer ou Dieu sait quoi...

Cooper hoche la tête.

– Les fraternités sont vraiment une institution remarquable, fait remarquer Cooper.

– Oui, approuve la femme de ménage d'un ton tout aussi grave.

Puis elle éclate de rire et se remet à frotter le « D » de « DEHORS ».

– À propos de ce qui s'est passé là-dedans, commence Cooper, tandis que nous attendons l'ascenseur. Ce mec... il m'a... La façon dont il a traité cette fille... J'ai juste...

– Qui c'est, à présent, qui a le complexe de Superman ? je demande.

Cooper sourit.

Et je réalise que je l'aime plus que jamais. Sans doute devrais-je le lui dire, que nous en discutions franchement au lieu de tourner autour du pot. (Bon, d'accord, lui ne tourne peut-être pas autour du pot ; mais moi, en revanche… !) Ainsi, je saurais, une bonne fois pour toutes, si j'ai des raisons d'espérer.

J'ouvre la bouche, décidée à lui avouer mes sentiments… et remarque que lui aussi a ouvert la bouche. Mon cœur bat à tout rompre – et s'il allait, *lui*, me déclarer son amour ? On a vu des choses plus étranges…

Il m'a bien proposé de m'installer chez lui, de but en blanc. Certes, c'est peut-être parce qu'il me plaignait d'avoir surpris mon ex-fiancé, par ailleurs son propre frère, avec une autre femme ?

Mais tout de même… Ne serait-ce pas parce qu'il a toujours été secrètement amoureux de moi ?

Il a cessé de sourire. Ça y est ! Il va me le dire !

– Tu devrais appeler au bureau pour les prévenir que tu vas être en retard.

– Pourquoi ? je demande d'une voix haletante en espérant, contre toute attente, qu'il va répondre : « Parce que j'ai l'intention de te ramener chez moi et de passer la journée à profiter de ton corps ! »

– Parce que je t'emmène au Central 6 pour que tu racontes à l'inspecteur Canavan tout ce que tu sais sur cette affaire.

Les portes de l'ascenseur s'ouvrent et Cooper me pousse sans ménagement dans la cabine.

– Et ensuite, tu resteras en dehors de tout ça, comme je te l'ai demandé.

– Oh !

Bon, d'accord... Ce n'est pas une déclaration d'amour, mais au moins, ça prouve qu'il se soucie de moi.

12

Le « nou » de « nourriture »
Le « ment » d'« éternellement »
Le « fin » de « raffinement »
Le « pou » de « pourriture »

« La chanson du non »
Écrit par Heather Wells

– Comment ça, il *faut* qu'on assiste au match de ce soir ?

– Note de service ! dit Tom en la posant sur mon bureau.

Je devrais peut-être dire *son* bureau, puisqu'il le considère comme tel, tant que Gillian Kilgore est parmi nous.

– Présence obligatoire. En signe de soutien aux Coquelicots, précise-t-il.

– Je ne soutiens pas les Coquelicots !

– Eh bien, change d'état d'esprit ! D'autant plus qu'avant on doit dîner ici, à la cafétéria, avec le président Allington et Andrews, l'entraîneur.

Je n'en reviens pas.

– HEIN ?

– Il pense que ça s'impose pour prouver au public que la cafétéria de Fischer Hall est un endroit où l'on peut manger et vivre en paix. Ça l'affecte beaucoup que tout le monde appelle la résidence le Dortoir de la mort.

Tom a dit cela d'un ton enjoué, que je sais uniquement destiné au docteur Kilgore, derrière la grille d'aération séparant les deux bureaux.

Je le fixe.

– Moi aussi, ça m'affecte, Tom. Mais je ne vois pas en quoi manger du bœuf Strogonoff réchauffé et assister à un match de basket va arranger les choses.

– Moi non plus, concède Tom en baissant la voix. C'est pourquoi j'apporte une petite flasque de schnaps à la menthe. On pourra la partager, si ça te dit.

Si généreuse que soit sa proposition, la soirée ne m'en paraît pas plus aguichante. J'avais de grands projets pour ce soir : préparer à Cooper son plat favori, du steak mariné, accompagné d'une salade et de pommes rôties. Cela afin de le mettre dans de bonnes dispositions, et de pouvoir lui demander s'il serait prêt à héberger mon père quelque temps.

Dieu sait qu'il va falloir que je le caresse dans le sens du poil, si je veux qu'il cesse de m'en vouloir, pour Doug Winer. Après s'être remis d'avoir malmené Doug – ou plutôt, du fait que je l'avais vu faire –, Cooper n'a pas manqué d'exprimer haut et fort sa réprobation quant à mon implication dans l'enquête. Je crois même, au milieu de notre entretien avec l'inspecteur Canavan, l'avoir entendu prononcer les mots « franchement débile ».

Voilà qui ne présage rien de bon ! Et moi qui avais l'intention d'être un jour la mère de ses enfants. Et, auparavant, de lui demander si mon père pouvait s'installer chez lui...

Hélas, l'inspecteur Canavan n'avait manifesté aucun intérêt, ou alors très bien caché, pour les informations que j'étais venue lui fournir sur la vie amoureuse mouvementée de Lindsay. Pendant tout mon topo, il était resté assis à son bureau, le visage exprimant un profond ennui. À la fin, il s'était contenté de dire :

– Mademoiselle Wells, laissez le fils Winer tranquille. Avez-vous la moindre idée de ce que son père pourrait vous faire ?

– Me couper en petits morceaux et les couler dans une dalle de ciment, sous les fondations d'un de ses immeubles ?

L'inspecteur Canavan avait levé les yeux au ciel.

– Non. Vous poursuivre pour harcèlement. Ce gars a plus d'avocats que Donald Trump.

– Oh. (Je suis déçue.)

– Le fils Winer a-t-il été inscrit sur le registre des visiteurs le soir où Lindsay a été tuée ? avait demandé le détective, alors qu'il connaissait très bien la réponse (il désirait juste l'entendre de ma bouche). Pas forcément par Lindsay, mais par quelqu'un... par n'importe qui d'autre ?

– Non, avais-je admis à contrecœur. Mais comme j'ai dit à Cooper, les gens trouvent plein de façons de s'introduire dans le bâtiment s'ils le veulent vraiment.

– Vous pensez que l'assassin a agi seul ? Ou bien que lui et ses complices sont parvenus à entrer sans être remarqués par le gardien payé pour les en empêcher ?

– Peut-être a-t-il des complices parmi les résidents ? Ça expliquerait comment ils ont eu la clé...

L'inspecteur m'avait fusillée du regard. Avant de m'informer que lui et ses collègues étaient déjà au courant de la liaison entre Doug Winer et la victime, et qu'il valait mieux que j'arrête de leur casser les couilles (même s'il avait utilisé un langage plus châtié). Sentiment dont un Cooper encore furax s'était fait l'écho pendant le trajet de retour.

J'avais tenté de lui expliquer la requête de Magda : empêcher que Lindsay ne soit, pendant l'enquête, massacrée une seconde fois. Tout ce que Cooper avait trouvé à répliquer, c'est que les belles filles aux mœurs légères, ce qu'était visiblement Lindsay, finissent souvent mal.

Ce qui prouve que Magda a raison de s'inquiéter !

– Maintenant, de toute façon, ça lui fait une belle jambe ! avait fait remarquer Cooper, ce à quoi j'avais rétorqué :

– Encore faudrait-il qu'on la retrouve, sa jambe !

L'atmosphère n'était donc pas franchement cordiale quand nous nous sommes séparés devant Fischer Hall. D'où la nécessité du steak mariné, avant d'aborder la question de mon père.

– Je dois rentrer sortir le chien, dis-je à mon chef, tentant une dernière fois d'échapper à ce qui promet d'être une soirée pleine de rires et de joie.

Je blague.

– Très bien, réplique-t-il. Mais sois de retour à six heures ! Eh, pas la peine de me regarder comme ça ! Ce matin, tu as passé plus de deux heures à la « compta ». (À ce mot, il fait le geste d'ouvrir et de fermer des guillemets.) Je ne te l'ai pas reproché, pas vrai ?

Je grimace, mais renonce à protester davantage. Il n'a pas tort. Il aurait pu me coincer pour mon numéro d'auto-escamotage, et ne l'a pas fait. C'est probablement le boss le plus cool du monde. Sauf quand il veut démissionner et retourner chez lui, au Texas, où l'on ne décapite apparemment pas les étudiantes dans les cafétérias de leurs résidences.

L'obligation d'assister à ce dîner contrarie sérieusement mes plans. Mais, rentrant à la maison pour promener Lucy, je constate que Cooper n'est pas là, de toute manière. Le voyant du répondeur clignote. J'appuie sur la touche lecture. La voix irritée de Jordan retentit et, en l'écoutant, je comprends pourquoi Cooper préfère éviter la maison : « Ne crois pas te débarrasser de moi en me raccrochant au nez, Cooper ! Je n'en resterai pas là. Je t'offre l'occasion de prouver à la famille que tu peux être un gars solide et généreux. Ne la laisse pas passer ! »

« Un gars solide et généreux. » Pas étonnant que Cooper lui ait raccroché au nez !

Pauvre Cooper... M'avoir recueillie chez lui quand il avait décidé de rompre les ponts avec les siens ne lui a pas facilité la tâche. Car Jordan ne supporte pas que j'habite avec lui. Si bien qu'au lieu d'ignorer sa brebis galeuse de frère, ce qu'il ferait sans doute si je n'étais pas là, il passe un temps fou à se demander ce qu'il y a entre Cooper et moi.

Alors qu'il n'y a rien, hélas...

Non que ça me gêne que Jordan puisse penser le contraire. Ce qui m'embête, en revanche, c'est que si son frère le bassine constamment à mon propos, Cooper ne risque pas de tomber amoureux de moi. Cela, et ma fâcheuse tendance à attirer les assassins, aurait de quoi le décourager. Sans parler du fait qu'il m'a vue en survêtement...

Il n'y a pas d'autres messages. Pas même de mon père, alors qu'il était censé appeler. Je jette un rapide coup d'œil à New York Première, où le présentateur de la météo parle encore du blizzard qui nous menace. Celui-ci planerait quelque part au-dessus de la Pennsylvanie. Je lace mes bottes de neige, persuadée qu'elles n'auront pas croisé le moindre flocon lorsque je les retirerai, en fin de soirée. Et mes pauvres pieds qui vont transpirer à grosses gouttes, dans une salle de sport étouffante et bondée...

Une fois ressortie, je m'apprête à tourner en direction de Fischer Hall quand j'aperçois Reggie, en pleine transaction avec le conducteur d'un coupé. J'attends poliment qu'il ait fini, puis lui souris. Il s'avance vers moi.

– Les affaires marchent, non ? dis-je.

– Tant que la tempête qu'ils annoncent se tient à carreau… Avec un peu de bol, on va y échapper.

– Que le dieu du climat puisse t'entendre !

Puis, mettant ma – très relative – mauvaise conscience de côté, je fais quelque chose que Cooper et Canavan désapprouveraient tous les deux. Mais si l'un ou l'autre avait témoigné d'un minimum de respect pour la victime, je ne m'y sentirais pas obligée. Car enfin, comment se fait-il qu'on considère les mecs qui se tapent plein de filles comme des séducteurs, et les filles qui se tapent plein de mecs comme des putes ?

– Écoute, Reggie. Que sais-tu au sujet d'un certain Doug Winer ?

Reggie garde un visage impassible.

– Jamais entendu parler. Je devrais ?

– Je ne sais pas. Il a l'air d'être le caïd du campus. Il vit dans l'une des fraternités.

– Ah, réplique Reggie d'un ton averti. Un fêtard.

– C'est comme ça qu'on les appelle, maintenant ?

– C'est comme ça que je les appelle, moi, rectifie Reggie, l'air vaguement amusé. Cela dit, les fêtards et moi, on ne fréquente pas vraiment le même monde.

Je revois le brouillard de cannabis flottant au-dessus de la table de billard de la Tau Phi Epsilon.

– Peut-être plus que tu ne l'imagines. Tu veux bien essayer de te renseigner sur lui ?

– Pour toi, Heather, répond Reggie en s'inclinant, je ferais n'importe quoi. Tu crois que ce gars a quelque chose à voir avec la jeune dame qui a perdu la tête ?

– Possible, dis-je avec prudence, me rappelant l'avertissement de Canavan, quant au goût prononcé du père de Doug pour les procès.

Il fronce les sourcils.

– Je verrai ce que je peux faire. Tu vas où ? Tu retournes bosser ? Ils vous imposent de sacrés emplois du temps, cette semaine...

– Je t'en prie ! dis-je, levant les yeux au ciel. Tu ne vas pas recommencer !

– En tout cas, si tu as besoin d'un remontant...

Je le fusille du regard.

– Reggie !

– Tant pis, lance-t-il en s'éloignant.

À Fischer Hall, la perspective de dîner et d'assister à un match de basket avec le président suscite, chez le personnel, une excitation manifeste. Je blague. En fait, c'est tout le contraire. La plupart des employés, rassemblés dans le hall, paraissent très mécontents. Ceux qui travaillent à la cafétéria – l'équipe de jour – protestent plus bruyamment que les autres. Si cette soirée est obligatoire, soutiennent-ils, ils devraient toucher des heures sup. Gerald, leur chef, leur rétorque qu'ils auront droit à un dîner gratuit et feraient donc mieux de se taire. Or, de façon prévisible, ses employés n'ont pas l'air de penser que le fait de manger la nourriture qu'ils ont contribué à préparer, dans la cafétéria qu'ils contribuent à entretenir, constitue un quelconque privilège...

Ça me fait bizarre, de voir les employés porter autre chose que leurs uniformes. C'est tout juste si je reconnais Carl, le responsable des machines, en jean et blouson noir (plus une quantité de chaînes en or autour du cou). Julio, le chef du service d'entretien, et son neveu Manuel sont comme métamorphosés, avec leurs cravates et leurs vestes chic. Apparemment, ils sont passés chez eux se changer.

Et Pete, sans son uniforme, ressemble à n'importe quel père de quatre enfants... stressé, débraillé et s'inquiétant de ce que ses gamins sont en train de traficoter à la maison. L'oreille collée au portable, il braille :

– Mais non, il faut d'abord les sortir de la boîte de conserve ! Tu ne peux pas les faire réchauffer au micro-ondes avec la boîte. Non, il faut pas... ! Tu vois ! Qu'est-ce que je t'avais dit ? Pourquoi tu ne veux pas écouter papa ?

– Cette soirée craint, je fais remarquer en m'approchant de Magda, comme toujours resplendissante dans son jean blanc moulant et son pull lamé or (les couleurs de la fac).

Mais ses joues sont de nouveau rouges... sans rien devoir au maquillage.

– N'empêche que je vois beaucoup plus de stars de ciné que dans la journée ! s'exclame-t-elle, tout excitée.

Il est vrai que le dîner est, à Fischer Hall, le repas qui attire le plus de monde. Et il semblerait que le fait que le président donne l'exemple, en se risquant à apporter son plateau sur le rail de la section plats chauds et à choisir la dinde sauce chasseur, porte ses fruits : les résidents affluent, ne craignant plus de manger dans le Dortoir de la mort !

Ou peut-être ont-ils juste envie de voir la tête de Phillip Allington, quand il prendra une bouchée du fameux (et infâme) gratin de pommes de terre ?

Tom s'avance vers moi, arborant une expression sinistre. Je comprends vite pourquoi : Gillian Kilgore le suit, étrangement guillerette.

– Vous voyez que c'était une bonne idée ? demande-t-elle en regardant les gens qui se bousculent autour du chariot à plateaux, tentant de saisir couteaux et fourchettes. Ça prouve à quel point les gens travaillant ici sont solidaires les uns des autres. À présent, le travail de deuil peut commencer.

– Apparemment, personne ne lui a dit qu'on était obligés de venir, me chuchote Tom en se plaçant derrière moi dans la file d'attente.

– Tu rigoles ? je murmure à mon tour. C'est elle qui a eu l'idée, c'est sûr. Tu crois que le président aurait trouvé ça tout seul ?

Tom jette un coup d'œil au docteur Kilgore par-dessus son épaule. Elle est devant le bar à salades, où il lui faut faire un choix difficile entre laitue nature et... laitue nature.

– Génial ! dit Tom avec un frisson.

Nous sommes aussitôt rejoints par une Sarah à bout de souffle.

– Merci de m'avoir prévenue ! lance-t-elle à Tom d'un ton acerbe, en posant son plateau vide sur le rail.

– Sarah ! rétorque-t-il. Cette soirée est destinée au personnel à plein temps, non aux étudiants employés par la résidence.

– Ah, je vois. Nous sommes des citoyens de seconde zone ! Nous n'avons pas le droit de profiter des bienfaits thérapeutiques de la douleur partagée ? C'est l'idée de Kilgore, hein ? D'exclure les employés diplômés ? Bon sang, c'est vraiment un truc de freudienne frus...

– Tais-toi ! l'interrompt Tom. Et mange !

Nous trouvons une table aussi éloignée que possible de celle du président et sommes sur le point de nous y installer quand celui-ci nous remarque.

– Ohé ! s'écrie-t-il en faisant signe à Tom. Venez vous asseoir avec nous, Scott !

– Tom, rectifie celui-ci d'une voix nerveuse. Je m'appelle… Tom. Tom Snelling, monsieur.

– C'est ça, c'est ça, réplique le président.

À côté de lui, le docteur Jessup – qui, jugeant opportun de soutenir l'initiative du président Allington, assiste au dîner et au match en compagnie du personnel de la résidence – précise :

– Tom est le directeur de Fischer Hall, Phillip.

C'est inutile. Le président n'écoute pas.

– Et vous êtes Mary, n'est-ce pas ? me demande Allington.

– Heather, dis-je en regrettant de ne pas pouvoir m'enfoncer sous terre. Vous ne vous souvenez pas de moi ? Vous vous rappelez… ce qui s'est passé dans l'appartement terrasse où vous avez vécu ?

Ses yeux se perdent dans le vide. Le président Allington n'aime pas qu'on lui rappelle cette journée. Sa femme non plus. D'ailleurs, elle ne quitte quasiment plus leur résidence secondaire des Hamptons pour venir en ville.

– C'est ça, c'est ça ! dit le président Allington tandis que le docteur Kilgore nous rejoint avec son plateau, apparemment sans se rendre compte qu'elle est suivie par une Sarah au visage furibard. Eh bien, je crois que nous nous connaissons tous…

– Vous permettez, président Allington ?

Cinq pom-pom girls se tiennent devant notre table, les yeux rivés sur lui.

– Euh… fait-il.

Il jette au docteur Kilgore un coup d'œil inquiet, comme pour l'appeler à la rescousse. Puis, se rappelant qu'il est censé être proche de ses étudiants, il s'efforce de sourire.

– Bonsoir, jeunes filles ! Que puis-je pour vous ?

Sur le siège voisin, l'entraîneur pousse un soupir et pose sa fourchette.

– Écoutez, les filles, commence-t-il avec lenteur, reprenant une discussion qui a visiblement commencé ailleurs. On en a déjà parlé. Et je vous ai répondu que...

– Ce n'est pas à vous qu'on parle ! rétorque Cheryl Haebig. (Le rouge lui monte aux joues, mais elle ne se laisse pas démonter pour autant.) C'est au président Allington que nous nous adressons !

Le regard du président passe des filles à l'entraîneur.

– Qu'est-ce que c'est que cette histoire, Steve ? demande-t-il à Andrews.

– Elles veulent que le maillot de pom-pom girl de Lindsay soit retiré, explique Andrews, d'une voix embarrassée.

Le président Allington semble perdu.

– Elles veulent *quoi* ?

– Laissez-moi m'en occuper, insiste l'entraîneur.

Puis, s'adressant aux jeunes filles :

– Mesdemoiselles, je ressens la même chose que vous au sujet de Lindsay. Croyez-moi. Mais à vrai dire, je pense qu'une véritable cérémonie funéraire, à laquelle les membres de sa famille...

– Ils sont tous là ce soir, lui annonce sèchement Megan McGarretty – chambre 1410.

Pour une créature aussi menue, elle est drôlement intimidante, avec ses bras croisés sur le grand « C » qu'elle a sur la poitrine, et son déhanchement menaçant.

– Et ils ne veulent pas de cérémonie funéraire. Ils s'attendent à ce qu'on parle d'elle, ce soir, au match.

Le président Allington écarquille les yeux.

– Oh, je crains que ce ne soit pas très convenable.

– Vous ne pouvez pas faire comme si rien ne s'était passé, déclare Hailey Nichols – chambre 1714.

– Ouais, reprend Cheryl Haebig, les yeux brillants de larmes. Nous ne permettrons pas que les gens l'oublient. Elle faisait autant partie de l'équipe que les garçons.

– Je crois que nous en sommes tous conscients, dit le docteur Kilgore, volant au secours du président. Néanmoins...

– Si l'un des joueurs était mort, glisse Tiffany Parmenter (la camarade de chambre de Megan), vous retireriez son numéro. Vous l'accrocheriez au plafond, avec les bannières de championnat.

– Euh... bafouille Gillian Kilgore, un peu perplexe. Vous avez sans doute raison, les filles. Mais les joueurs de basket sont des sportifs et...

– Voulez-vous insinuer que les pom-pom girls ne sont pas des sportives, docteur Kilgore ? lance Sarah d'une voix glaciale.

– Bbbb... bien sûr que non, bredouille celle-ci. Juste que...

– Alors pourquoi ne pouvez-vous pas retirer le pull de Lindsay ? demande Hailey, le balancement de sa blonde queue de cheval soulignant ses paroles. Hein, pourquoi ?

J'observe Kimberly Watkins pour voir si elle va joindre sa voix à celles de ses camarades. Or elle demeure étrangement silencieuse. Les cinq filles sont en tenue de pom-pom girls : petits pulls blancs arborant la lettre C et minijupes plissées blanches ou dorées. Toutes portent, sous leurs jupettes, des collants chair et des socquettes blanches ornées à l'arrière de pompons dorés. Elles ont des Reebok aux pieds et des mèches blondes. À l'exception de Kimberly, qui a les cheveux noir corbeau.

– Écoutez... explique l'entraîneur, qui semble épuisé, à voir ses cernes. Ce ne sont pas vraiment les maillots que nous retirons quand un joueur meurt. C'est le numéro sous lequel il a joué. Or Lindsay n'avait pas de numéro. Nous ne pouvons pas retirer un simple vêtement.

– Pourquoi pas ?

Tous les regards se tournent vers Manuel, assis à une table en compagnie de son oncle et d'autres membres de l'équipe d'entretien.

– Pourquoi pas ? répète-t-il tandis que son oncle Julio, sur le siège voisin du sien, est à deux doigts de mourir de honte.

Passant la table en revue, j'aperçois Magda tout au bout. Elle fixe les pom-pom girls, visiblement troublée. Sans avoir à le demander, je sais ce qu'elle pense. Car je pense comme elle. Et voilà que je m'entends dire :

– Je suis d'accord avec Manuel.

Évidemment, toutes les têtes se tournent vers moi. Ce qui soulage sans doute Manuel. Mais m'embarrasse, moi, au plus haut point.

Je n'en maintiens pas moins ma position :

– Je trouve que ce serait un joli geste. S'il est fait avec goût.

– Oh, ce sera le cas, assure Cheryl. On a déjà demandé à la fanfare de jouer l'hymne de l'université très, très lentement. On s'est cotisées pour acheter une couronne de roses blanches et dorées. Et j'ai le pull de Lindsay, lavé et repassé.

Je remarque que tous, y compris le docteur Jessup, chef du service du logement, ont les yeux rivés sur moi.

Ohé, où est le problème ? C'est juste un match de basket à la noix ! Qui se soucie qu'on... – comment on dit, déjà ? – qu'on retire son maillot à une pom-pom girl ? M'adressant au président Allington, j'insiste donc :

– Je crois que ça constituera un hommage touchant à une fille qui a su, mieux que quiconque, incarner l'esprit Coquelicot.

L'inquiétude se lit sur son visage.

– Mais... le match va être retransmis à la télévision... en direct. Toute la région va nous voir retirer le pull de pom-pom girl de Lindsay Combs !

– Nous serons la risée du basket-ball universitaire ! marmonne l'entraîneur.

– Vous ne l'êtes pas déjà ? je lui demande, sincèrement curieuse. Avec un nom comme les Coquelicots ?

Son expression s'assombrit.

– C'est vrai, concède-t-il.

Je parie que quand il s'est mis en quête d'un poste d'entraîneur, il n'imaginait pas se retrouver dans une équipe de troisième division ayant une fleur pour symbole.

Il soupire, levant les yeux au ciel.

– Si le président est d'accord, dit-il, c'est bon pour moi.

Le président paraît suffoqué. Sans doute parce qu'il vient de prendre une bouchée de gratin de pommes de terre et, qu'à voir sa tête, elle devait contenir un gros grumeau.

Après avoir englouti un demi-verre d'eau, il dit :

– Très bien. Faites comme vous voudrez.

Il a été vaincu par cinq pom-pom girls et un grumeau.

Cheryl Haebig cesse aussitôt de pleurer.

– C'est vrai ? demande-t-elle, ravie. C'est vrai, monsieur le président ?

– Oui.

Cheryl et ses amies poussent des cris, assez perçants pour que le docteur Kilgore porte les mains à ses oreilles, dans un geste machinal.

– Ils ne retransmettent pas les animations de la mi-temps, de toute manière, lance alors Andrews, haussant suffisamment la voix pour être entendu au milieu de tout ce vacarme.

Le président est soulagé.

– Bien, dit-il avant d'engouffrer une pleine fourchette de dinde.

Au soulagement succède le dégoût.

– Bien, répète-t-il sur un tout autre ton.

Il s'empresse de tendre une nouvelle fois la main vers son verre, signifiant à tous, par ce geste, que c'est le dernier repas qu'il prendra à la cafétéria.

13

Le « ver » de perversion
Le « aïe ! » de dérailler
Le « nul » d'annulation
Et voilà ton portrait !

« La chanson du non »
Écrit par Heather Wells

OK, je le reconnais : je n'ai encore jamais assisté à un match de basket. Ni lors d'une compétition professionnelle (Jordan passait pourtant le temps à essayer de me traîner aux matchs des Knicks ; par chance, je parvenais toujours à trouver une bonne excuse : qu'il fallait que je me lave les cheveux, par exemple), ni au lycée (j'ai laissé tomber l'école suite au succès de mon premier album), et encore moins à la fac (jusqu'à présent, j'ai toujours trouvé mieux à faire).

J'ignore à quoi je m'attendais. En tout cas, pas au spectacle auquel nous avons eu droit en franchissant les portes du gymnase : des centaines de supporters impatients (les matchs de troisième division n'en attirent évidemment pas des milliers, même quand ils ont lieu dans une métropole) tapant des pieds dans les gradins, leur visage peint aux couleurs de leur équipe ou recouvert de ballons coupés en deux fendus au niveau des yeux, tels des masques.

Magda, en supportrice endurcie – ses trois frères jouaient au lycée –, prend les choses en main, en nous conduisant, moi, Tom (« Ne me laissez pas tout seul ! »), Sarah (« C'est vraiment un sport sexiste ! ») et Pete (« Je t'avais prévenu ! Il ne fallait pas y mettre le hamster de ton frère ! ») vers des places libres, dans les gradins. Ni trop hautes, car nous ne voudrions pas avoir trop de chemin à faire pour atteindre les toilettes (*dixit* Magda), ni trop bas, pour éviter de se prendre des ballons en pleine poire.

Les autres représentants de Fischer Hall – y compris le président Allington qui, soulagé d'être enfin débarrassé de la lie de la résidence, se dirige vers une tribune qui leur est réservée, à lui, à Kilgore, à Jessup et aux autres administrateurs – se ruent vers les gradins et, pris par l'enthousiasme général, se mettent eux aussi à taper des pieds, jusqu'à en faire vibrer les chevrons d'acier, à une trentaine de mètres au-dessus de nous.

Ce n'est que lorsque la fanfare joue les premières notes de l'hymne national que la foule se tait, avant d'en entonner joyeusement les paroles en même temps qu'une jolie étudiante blonde, mention « Arts du spectacle », qui y met visiblement toute son âme. Sans doute s'imagine-t-elle qu'il y a, dans le public, un représentant d'une maison de disques qui va l'engager et lui faire signer un gros contrat ? Ou un producteur de Broadway qui, quand elle aura fini de chanter, viendra lui susurrer des trucs du genre : « Vous avez été sensass ! Vous ne voudriez pas être la star de *Pacifique Sud*, ma prochaine comédie musicale ? »

Ouais... Bonne chance, ma cocotte !

Puis, lorsque les ultimes paroles du refrain retentissent pour la dernière fois, la fanfare enchaîne avec l'hymne de la faculté. Cheryl et ses sœurs pom-pom apparaissent alors, traversant le terrain avec force roues et flips. Elles sont réellement impressionnantes. Jamais je n'ai vu une telle souplesse – en dehors d'un clip de Tania Trace, s'entend.

Aux pom-pom girls succèdent les grands dadais de l'équipe des Coquelicots, dans leurs maillots blanc et or. Sur le terrain, ils ressemblent moins à des étudiants en DEUG malheureux et davantage… eh bien, à des sportifs. Et au fond, c'est ce qu'ils sont ! En s'avançant, ils tapent dans la main de chacun des membres de l'équipe adverse – les Diables du New Jersey qui portent, eux, des maillots rouge et or. Je suis impressionnée par leur fair-play, même si je sais qu'ils se contentent de faire ce qu'on leur a dit de faire. Les caméras de télé suivent Andrews, l'entraîneur, au moment où lui et plusieurs autres hommes, probablement des entraîneurs adjoints, gagnent leurs places sur la ligne de côté et échangent une poignée de main avec l'entraîneur de l'équipe adverse. Enfin a lieu ce qui s'appelle l'« entre-deux », comme nous l'explique Magda.

Bien que dehors le thermomètre soit descendu au-dessous de zéro, on étouffe dans le gymnase, avec tous ces gens, leurs cris et leurs gros manteaux. On sent le public irritable. Sarah, en particulier, est d'humeur geignarde et ne cesse d'exprimer des opinions tranchées sur des sujets variés… Elle trouve par exemple que l'université de New York devrait, au lieu de dépenser tant d'argent pour le sport, investir davantage dans les laboratoires de psychologie. Et que le pop-corn a un sale goût ! À côté d'elle, Tom sirote tranquillement le contenu de sa flasque – pour ses vertus médicinales, précise-t-il à Sarah.

– Ouais, rétorque celle-ci d'un ton sarcastique. C'est ça !

– Je prendrais bien un peu de ton médicament, annonce Pete, qui a enfin lâché son mobile après avoir réglé avec succès l'épisode du hamster.

– Je t'en prie, répond Tom en lui passant la flasque.

Pete en boit une gorgée, fait la grimace et la rend à Pete.

– Ça a un goût de dentifrice, dit-il d'une voix rauque.

– Je t'avais dit que c'était médicinal, réplique joyeusement Tom, en levant à nouveau le coude.

Pendant cet échange, Sarah a commencé à s'intéresser au match...

– Pourquoi ce gars a-t-il été sanctionné ? demande-t-elle.

– Parce qu'il a commis un passage en force, explique patiemment Magda. Celui qui a le ballon n'a pas le droit de bousculer les autres joueurs s'ils sont en position de défense.

– Oh ! s'écrie Sarah en saisissant le poignet de Magda avec suffisamment de force pour faire gicler son soda. Regarde ! Andrews est en train de crier sur l'un des juges-arbitres ! Qu'est-ce qui lui prend ?

Magda essuie son pantalon blanc avec une serviette en papier.

– Ce sont des arbitres, pas des juges-arbitres.

– Oh ! Qu'est-ce qu'il raconte, celui-là ? (Sarah, sous l'effet de l'excitation, ne cesse de bondir sur le banc des gradins.) Pourquoi est-ce qu'il a l'air tellement en colère ?

Magda lui lance un regard agacé. Sa patience, que je croyais illimitée, a donc des limites !

– J'en sais rien ! rétorque-t-elle. Tu ne veux pas arrêter de t'agiter comme ça ? À cause de toi, j'ai renversé mon soda !

– Pourquoi ce gars lance-t-il directement le ballon ? Qu'est-ce qui lui en donne le droit ?

– Le fait qu'Andrews a traité l'arbitre de fils de... (Magda s'interrompt, levant les yeux au ciel.) Nom de Dieu !

Sarah balaie frénétiquement le terrain des yeux :

– Ohé ! C'est quoi, ça ? Un passing-shot ?

– Non. Dis, Heather, ce serait pas Cooper, là ?

Mon estomac se noue quand j'entends prononcer ce nom.

– Cooper ? Impossible ! Qu'est-ce qu'il viendrait faire ici ?

– Aucune idée, dit Magda. Mais je jurerais que c'est lui, là-bas, avec un homme plus âgé...

À ces mots, mon cœur cesse de battre. Parce qu'il n'y a qu'un seul *homme plus âgé* avec qui Cooper pourrait être – à l'exception de l'inspecteur Canavan, bien sûr.

Je les repère alors, non loin du banc des Coquelicots. Cooper passe la foule en revue, cherchant sans doute à m'apercevoir. Quant à papa, il... eh bien, papa a l'air d'apprécier le match.

– Nom de Dieu ! je m'exclame en plongeant ma tête vers mes genoux.

Magda me pose une main dans le dos.

– Quoi ? Qu'est-ce qu'il y a, mon chou ?

– Mon père... dis-je à mes genoux.

– Ton *quoi* ?

– Mon père.

Je relève la tête. Ça n'a pas marché. Il est toujours là. J'espérais, en fermant les yeux, pouvoir le faire disparaître. Ç'aurait été trop beau.

– C'est lui, ton père ? (Pete tend le cou pour mieux voir.) Le taulard ?

– Ton père a fait de la prison ? demande Tom.

Quand j'étais célèbre, lui n'avait pas encore fait son coming out. Il ne connaît donc rien de mon passé. Il ne m'admirait même pas en secret – ce qui est étrange, si l'on considère que mes fans les plus fervents étaient tous homos.

– Il a été condamné pour quoi ?

– Vous voulez bien vous rasseoir normalement ? se plaint Sarah. Je voudrais pouvoir regarder le match.

– Je reviens tout de suite, dis-je, parce que Cooper a fini par me débusquer dans la foule et se dirige vers moi d'un pas déterminé, talonné par mon père – qui marche plus lentement, sans quitter le match des yeux.

Que mes amis assistent à une scène qui promet d'être pénible est bien la dernière chose dont j'aie besoin !

Le cœur battant, je m'empresse de rejoindre Cooper avant qu'il n'ait pu atteindre notre groupe. Son expression est indéchiffrable. Mais je vois qu'il a pris le temps de se raser. Ce qui n'est pas forcément mauvais signe...

– Heather ! lance-t-il sèchement.

Oh là là... ça s'annonce mal.

– Regarde qui a sonné chez nous il y a un petit moment, poursuit-il.

Mon cœur bondit dans ma poitrine en l'entendant dire les mots « chez nous », même si je sais qu'ils n'évoquent guère, pour lui, des images de bonheur domestique.

– Quand comptais-tu m'annoncer que ton père était en ville ?

– Euh...

Je jette un coup d'œil derrière moi pour voir si les autres écoutent. Ce qu'ils font tous, à l'exception de Sarah, manifestement envoûtée par le match.

– J'attendais juste le bon moment. (Alors même que je la formule, je trouve mon explication minable.) Enfin... en fait, je...

– Laisse tomber ! rétorque Cooper.

Il se rend compte aussi bien que moi que tous boivent nos paroles, du moins ce qu'ils peuvent en distinguer par-dessus les cris et le vacarme de la fanfare.

– On en reparlera plus tard, à la maison.

Soulagée, je bafouille :

– Super. Mon père... laisse-le ici. Je vais m'en occuper.

– Il est d'une compagnie plutôt agréable, à vrai dire, fait remarquer Cooper en se tournant vers mon père qui, demeuré planté au milieu des gradins, regarde le match sans paraître réaliser qu'il gêne tout le monde autour de lui.

Sans doute n'a-t-il pas assisté à un événement sportif depuis une éternité ? Et le match est assez palpitant, apparemment, du moins pour qui s'intéresse à ce genre de distractions. On est à égalité à vingt et un points.

– Eh, c'est du pop-corn ?

Sarah nous surprend tous (moi, en tout cas) en montrant qu'elle n'a cessé de nous prêter attention lorsque, sans quitter le match des yeux, elle ajoute :

– Il n'y en a presque plus. Qu'Heather aille en rechercher !

– Pour moi ce sera un soda, dit Pete.

– Moi, je serais pas contre un paquet de chips, ajoute Tom.

– Non ! s'écrie Magda, réagissant selon toute apparence à un coup de sifflet de l'arbitre. C'est *vraiment* un fils de...

– Quoi ? demande Cooper en se glissant à la place que j'ai laissée libre. Pourquoi il a sifflé ?

– Faute offensive, répond Magda. Alors qu'il a à peine frôlé le gars !

Secouant la tête en signe de dégoût, je pivote sur mes talons et commence à descendre les gradins pour rejoindre mon père, toujours captivé par le match.

– Papa, dis-je en parvenant à son niveau.

Il garde l'œil rivé sur les joueurs, ne prononce pas une parole. Le tableau du score, au-dessus du terrain, décompte le temps qu'il reste à jouer – neuf secondes. Et les Coquelicots ont le ballon.

– Papa, je répète.

Au fond, rien d'étonnant à ce qu'il ne m'entende pas. Il y a des années que personne ne l'a appelé « papa ».

C'est Mark Shepelsky qui a le ballon. Il lui fait franchir le terrain en dribblant furieusement. Je ne lui ai jamais vu une expression aussi concentrée... pas même quand il remplit un formulaire de réclamation parce que l'un des distributeurs a avalé sa monnaie.

– Papa, dis-je pour la troisième et dernière fois, en criant.

Mon père sursaute et me regarde.

À l'instant précis où Mark s'arrête, se retourne et lance le ballon, qui franchit l'arceau du panier de l'équipe adverse – juste avant que ne retentisse le signal de la mi-temps. Aussitôt, la foule se déchaîne.

– Quoi ? demande papa. Qu'est-ce qui s'est passé ?

Mais pas à moi. C'est aux supporters qui l'entourent qu'il pose la question.

– Shepelsky vient de marquer un panier ! glapit une âme charitable.

– J'ai loupé ça ! Mince alors !

Papa paraît réellement déçu.

– Papa... pourquoi es-tu venu à la maison ? Tu avais promis d'appeler avant. Pourquoi tu ne l'as pas fait ?

– J'ai appelé, réplique-t-il en regardant les Coquelicots quitter le terrain au pas de course, en se tapant dans la main, le visage radieux. Personne n'a répondu. J'ai craint que tu ne cherches à m'éviter.

– L'idée t'a-t-elle traversé l'esprit que je n'étais peut-être pas encore rentrée, tout simplement ?

Mon père réalise, sans doute au ton de ma voix, que je ne suis pas contente. Et puis, l'activité sur le terrain étant momentanément interrompue, il daigne m'accorder quelques secondes d'attention.

– Que se passe-t-il, ma chérie ? demande-t-il. J'ai merdé ?

– C'est juste que... (Je m'en veux de réagir comme ça, mais c'est plus fort que moi.) Avec Cooper, mon propriétaire, la situation est... – comment dire ? – tendue. Et le fait que tu débarques comme ça, sans prévenir...

– Ça m'a l'air d'être un brave garçon, dit papa, jetant un coup d'œil en direction de Cooper. Intelligent. Drôle. Tu as l'approbation de ton paternel.

Je sens quelque chose se rompre en moi. Un anévrisme, peut-être...

– Je n'ai pas besoin de ton approbation, papa. Il y a vingt ans que je me débrouille sans !

Papa est stupéfait. Je ne devrais pas lui en vouloir. Après tout, ce n'est pas sa faute si les choses ne sont pas, entre Cooper et moi, telles qu'il les imagine.

D'une voix douce et repentante, je reprends :

– Ce que je veux dire, c'est que tu te trompes. Au sujet de Cooper et moi. On est amis, rien de plus. Je tiens sa compta.

Papa semble déconcerté.

– Je sais. Il me l'a dit.

À mon tour d'être perdue.

– Dans ce cas, pourquoi m'avoir dit que j'avais ton approbation ? Comme si tu pensais qu'on sortait ensemble.

– Eh bien... tu es amoureuse de lui, n'est-ce pas ? Ça se lit sur ton visage. Tu arrives peut-être à le lui cacher, mais tu ne peux pas tromper ton vieux papa. Tu avais exactement la même expression à l'âge de neuf ans quand cet acteur, ce Scott Baio, passait à la télévision.

Je le fixe bouche bée. Littéralement. Je m'oblige à la refermer, avec un claquement sec que je suis sans doute seule à entendre au milieu du vacarme de la salle de sport. Puis je dis :

– Papa... pourquoi tu n'irais pas t'asseoir avec Cooper ? Je reviens tout de suite.

– Tu vas où ? demande papa.

– Chercher des chips, je réponds.

Et je m'éloigne d'un pas vacillant.

14

J'ai vu la maison où on a habité
Je me suis souvenue de toi, et de tout ce qu'on y faisait
Je te trouvais beau comme un demi-dieu
Mais crois-moi, t'étais nul au pieu !

« La ballade des ex »
Écrit par Heather Wells

La configuration du centre sportif Winer ne m'est pas totalement étrangère. Je m'étais inscrite à un programme d'aérobic à vingt-cinq dollars le semestre à l'automne dernier, après la fin de ma période d'essai, et j'avais même assisté à un cours.

À mes dépens, j'avais vite appris que seules les filles très minces suivent les cours d'aérobic de l'université de New York et que les jeunes femmes plus opulentes, comme moi, sont tenues de rester au fond de la salle, pour ne pas obstruer la vue du professeur aux sylphides. Du coup, c'est nous qui ne voyons plus rien, hormis des bras squelettiques qui font des moulinets.

J'ai laissé tomber après un seul cours. Et ils n'ont même pas voulu me rembourser mes vingt-cinq dollars.

Cette unique séance aura au moins eu le mérite de me faire connaître les lieux. Ce qui me permet de trouver dans les entrailles du bâtiment, pendant la mi-temps, des toilettes pour femmes devant lesquelles il n'y a pas un kilomètre de queue.

Je me lave les mains au lavabo et observe mon reflet dans le miroir, en me demandant si je ne devrais pas laisser la nature reprendre ses droits et redevenir brune, quand retentit le bruit d'une chasse d'eau. Kimberly Watkins sort d'une des cabines, en jupette plissée dorée et pull blanc. Elle m'aperçoit et écarquille ses yeux rougis – oui, rougis, et je jurerais qu'elle a pleuré.

– Oh ! s'exclame-t-elle en se figeant. Vous... ?

– Salut, Kimberly, dis-je.

Je suis moi aussi très étonnée de la voir. J'aurais pensé que les pom-pom girls disposaient de toilettes à elles.

Peut-être est-ce le cas, mais Kimberly a-t-elle préféré s'isoler ici pour donner libre cours à son chagrin ?

Néanmoins, elle semble vite se ressaisir, et se lave les mains au lavabo voisin du mien.

– Le match vous plaît ? demande-t-elle.

Elle n'a pas l'air de réaliser que, vu l'état de son mascara, je devine qu'elle a pleuré.

– Bien sûr.

– Je savais pas que vous étiez fan de basket.

– Je ne le suis pas vraiment. On nous a obligés à assister au match. Pour montrer au monde que Fischer Hall n'est pas le Dortoir de la mort.

– Oh !

Elle referme le robinet et tend le bras, au même moment que moi, vers le distributeur d'essuie-mains.

– Je vous en prie, fait-elle.

Je prends un essuie-mains.

– Écoute, Kimberly, dis-je en me séchant les doigts. Je suis passée rendre visite à Doug, aujourd'hui.

Elle ouvre des yeux ronds comme des soucoupes.

– Vous avez fait ça ?

– Oui.

– Pourquoi ? (Sa voix se brise.) Je vous l'ai pourtant dit. C'est sa tarée de camarade de chambre qui l'a tuée ! Sa camarade de chambre, pas Doug !

– Ouais, je rétorque en balançant l'essuie-mains usagé à la poubelle. C'est ce que tu m'as dit. Mais ça ne rime à rien. Ann n'est pas une meurtrière. Pourquoi prétendre le contraire ? Peut-être pour empêcher la police de remonter jusqu'au véritable assassin ?

Manifestement affectée par mes paroles, elle évite mon regard et porte toute son attention sur ses mains mouillées. Prend une serviette dans le distributeur mural.

– Je ne sais pas de quoi vous voulez parler.

– Ah oui ? je demande. Alors tu prétends que tu ignorais que Doug dealait ?

Pinçant ses lèvres impeccablement maquillées, Kimberly fixe son reflet.

– Ouais, c'est ça. Enfin, je sais qu'il a tout le temps de la coke sur lui. Et de l'ecstasy.

– Oh, rien que ça ? dis-je sur un ton sarcastique. Pourquoi ne pas l'avoir mentionné avant, Kimberly ? Pourquoi avoir essayé de me faire croire qu'Ann était coupable, quand tu étais au courant de tout ça, pour Doug ?

– Bon sang ! s'écrie Kimberly, s'arrachant à la contemplation de son reflet pour me regarder. C'est pas parce qu'un gars deale que c'est forcément un assassin ! Enfin... il y a un tas de gens qui dealent !

– La distribution de substances illicites est punie par la loi, tu sais, Kimberly. Pareil pour la possession. On peut l'envoyer en prison. Ou le renvoyer de la fac.

Kimberly a un rire bref, semblable à un hoquet.

– Mais Doug Winer ne fera jamais de prison et ne sera jamais renvoyé.

– Ah oui. Et pourquoi ?

– C'est un *Winer*, rétorque Kimberly, comme si j'étais la dernière des imbéciles.

– Lindsay se droguait-elle, Kimberly ?

Elle lève les yeux au ciel.

– C'est quoi, votre problème, bon Dieu ? Pourquoi ça vous intéresse tellement ? Au fond, vous n'êtes qu'une ex-chanteuse de variétés frustrée, en fait. Personne n'écoute plus votre musique. Et maintenant, vous faites la bouffonne derrière un bureau dans une fac de troisième zone. Franchement... une guenon pourrait le faire, votre job ! À votre place, je laisserais tomber.

– *Lindsay se droguait-elle ?*

Je répète ça si fort, et d'une voix si glaçante, que Kimberly sursaute, stupéfaite.

– Je ne sais pas ! répond-elle en criant elle aussi. Lindsay faisait des tas de trucs... et se faisait des tas de types.

– Qu'est-ce que tu insinues ? je demande en la scrutant. Ça veut dire quoi, des « tas de types » ?

Kimberly me gratifie d'un regard très narquois.

– À votre avis ? Ils sont tous en train de faire croire que Lindsay avait une auréole au-dessus de la tête. Cheryl et ces gars, et cette idée débile de retirer son pull de pom-pom girl ! Ce n'était pas... une sainte. C'était juste... Lindsay.

– C'était qui, les types qu'elle se faisait, Kimberly ? Mark, Doug et... qui d'autre ?

Avec un haussement d'épaules, Kimberly se tourne à nouveau vers son reflet et tamponne ses lèvres recouvertes de gloss.

– Demandez à Andrews, l'entraîneur... si ça vous passionne tant que ça.

Je regarde son reflet.

– L'entraîneur ? Pourquoi serait-il au courant ?

À cela, Kimberly répond par un petit sourire suffisant.

Je n'en reviens pas !

– C'est pas possible, dis-je. Lindsay et l'entraîneur ? Tu parles sérieusement ?

C'est alors que s'ouvre la porte des toilettes pour femmes et que Megan McGarretty passe la tête par l'embrasure.

– Dieu merci, te voilà ! lance-t-elle à Kimberly. On te cherche partout ! Dépêche-toi, on est sur le point de retirer le pull de Lindsay.

Kimberly m'adresse un coup d'œil entendu, pivote sur ses talons et se dirige vers la porte, sa jupette plissée froufroutant derrière elle.

– Kimberly, attends !

Je voudrais savoir ce qu'elle sous-entend, au sujet de Lindsay et de l'entraîneur. Ça ne peut pas être ce à quoi je pense... Ou bien si ? Mais franchement ! L'entraîneur ? Il a l'air tellement... – comment dire ? – simplet.

Mais Kimberly quitte la pièce en se dandinant. Sans même un « au revoir », ce qui ne m'étonne guère.

Je reste plantée là, à fixer la porte par laquelle les deux filles viennent de disparaître. Lindsay et Andrews ?

Or, même à supposer que ce soit vrai et qu'Andrews fasse partie des suspects, je ne vois pas quel intérêt il aurait à assassiner

Lindsay. Elle était majeure. Certes, la fac condamne les aventures entre étudiants et personnel universitaire. Mais l'entraîneur ne se ferait jamais virer pour ce genre de délit. C'est le protégé du président Allington, l'homme censé permettre à l'université de New York de reconquérir les honneurs de la première division. Il pourrait coucher avec la totalité des étudiantes sans que les administrateurs ne bronchent, du moment que les Coquelicots continuent à remporter les matchs.

Alors, pourquoi aurait-il tué Lindsay ?

Comment cette sale gosse m'avait-elle appelée, déjà ? Une « bouffonne » ? Je suis bien plus que cela. Sans moi, Fischer Hall sombrerait dans le chaos. D'ailleurs, pourquoi croit-elle que je pose tellement de questions au sujet de Lindsay ? Parce que je me soucie de cet endroit et des gens qui y vivent. Sans moi, combien d'autres filles seraient mortes le semestre dernier ? Sans moi, personne ne récupérerait la monnaie avalée par le distributeur. Alors, Kimberly Watkins supporterait-elle seulement d'habiter Fischer Hall ?

Je sors des toilettes pour femmes en écumant de rage. Dans le couloir règne un silence de mort. Je réalise que c'est parce que les filles ont commencé l'hommage à Lindsay et que les spectateurs ont regagné leurs sièges pour y assister. J'entends les accents lointains de l'hymne de la fac, joué au ralenti par la fanfare, comme le désiraient les filles. J'ai plutôt envie d'y assister, moi aussi.

Mais je n'ai pas encore acheté les chips de Tom et le soda de Pete, sans parler du pop-corn de Cooper. C'est le bon moment, tout le monde étant occupé à regarder hisser le pull de Lindsay sur les chevrons. Sans doute n'y aura-t-il pas de file d'attente à la buvette ?

Je tourne le coin, dépassant plusieurs courts de squash déserts. Si Sarah jetait un sérieux coup d'œil au centre sportif, elle aurait encore plus de raisons de se plaindre du traitement réservé au département de psychologie. Entre vingt et trente millions des dollars de la famille Winer ont dû être employés à la construction de ce seul bâtiment. Tout y est flambant neuf. Pour y entrer, il faut franchir des grilles avec des cartes à puce spéciales. Même les distributeurs de boissons fraîches ont des scanners intégrés, permettant de payer son Coca avec sa carte de la cafétéria...

Sauf que pour des machines aussi perfectionnées, elles font vraiment un drôle de bruit. Pas le bourdonnement électronique habituel (si réconfortant, reconnaissons-le, pour l'amateur de soda), mais une espèce de martèlement sourd.

Pas du tout un bruit de distributeur...

Je prends conscience, alors, de n'être pas seule dans le couloir. Arrivée au bout de la rangée de distributeurs automatiques, je constate que le bruit provient du manche d'un couteau de cuisine heurtant de façon répétée la cage thoracique d'un homme en veste et cravate. L'homme gît affalé contre le mur, en face de la rangée de machines. Autour de lui se tiennent trois hommes accroupis, le visage couvert d'une moitié de ballon de basket, où de petites fentes ont été pratiquées au niveau des yeux.

Quand ils m'entendent crier (impossible de ne pas crier en tombant sur un spectacle pareil), ils tournent vers moi leurs trois têtes – trois demi-ballons de basket, avec deux fentes pour les yeux.

Évidemment, je me remets à hurler. Parce que, pardonnez-moi, c'est archi-flippant !

Puis l'un des hommes retire le couteau du corps étendu sur le sol, dans un écœurant bruit de succion. La lame fraîchement extirpée est sombre et luisante de sang. À sa vue, j'ai un haut-le-cœur.

Ce n'est que lorsque l'homme au couteau s'écrie « Tirez-vous ! » à ses compagnons que je réalise ce qui vient de m'arriver : j'ai assisté à un crime.

Ils n'ont cependant pas l'air de vouloir me tuer. Bien au contraire, ils semblent pressés de me fuir, comme paraît l'indiquer le couinement de la semelle de leurs baskets sur le sol poli, tandis qu'ils prennent la fuite.

Comme retentit faiblement, en arrière-fond, l'hymne des supporters de l'équipe (*Vive l'université de New York/Aux couleurs blanc et or/Que nous sommes venus acclamer/Mordez-les, les Pumas, mordez-les !* – les paroles n'ont pas changé après que l'équipe a été rétrogradée et privée de son symbole), je m'agenouille auprès du blessé en tentant de me rappeler les grandes lignes du cours de secourisme d'à peine une heure, donné par le docteur Jessup pendant les vacances d'hiver. Je me souviens qu'il convient, en premier lieu, d'appeler à l'aide, exploit que j'accomplis en sortant mon mobile et en composant le numéro de Cooper, car c'est le premier qui me vienne à l'esprit.

Il laisse passer trois sonneries avant de répondre. J'imagine que l'hommage à Lindsay doit être particulièrement prenant.

– Quelqu'un a été frappé à coups de couteau près des courts de squash, dis-je. (Il importe de rester calme en cas d'urgence. J'ai appris ça pendant ma formation de directrice adjointe.) Appelle une ambulance et alerte les flics ! Les coupables portent des ballons de basket en guise de masque. Qu'on empêche de sortir toute personne ainsi masquée ! Apporte une trousse de premier secours. Et viens tout de suite !

– Heather ? demande Cooper. Heather... Quoi ? Où es-tu ?

Je lui répète tout ce que je viens de dire. Au même moment, baissant les yeux sur la victime, je constate avec horreur que je le connais.

C'est Manuel, le neveu de Julio.

– Dépêche-toi ! je hurle au téléphone.

Puis je raccroche, parce que le sang de Manuel commence à former une flaque autour de mes genoux.

Je retire mon pull en cinq sec et le fourre dans la plaie béante, au niveau de l'estomac. Je ne vois pas ce que je peux faire d'autre. Notre cours de secourisme express n'abordait pas la question des plaies multiples par arme blanche dans la région du ventre.

– Tu vas t'en sortir, dis-je à Manuel, qui me fixe de ses yeux mi-clos.

Autour de lui, un sang visqueux et presque noir commence à imprégner mon jean. Je maintiens plus fermement le pull contre la plaie la plus importante, en faisant pression avec mes doigts.

– Manuel, ça va aller. Tiens bon, OK ? Les secours seront là d'une minute à l'autre.

– H... Heather, bredouille Manuel d'une voix rauque.

Le sang jaillit de sa bouche ce qui, je le sais, n'est pas bon signe.

– Tu vas t'en sortir, dis-je en m'efforçant moi-même d'y croire. Tu m'entends, Manuel ? Tu vas t'en sortir.

– Heather, souffle Manuel d'une voix à peine audible. C'est moi... c'est moi qui la lui ai donnée.

Je comprime toujours la plaie – le sang a imbibé mon pull et s'est insinué sous mes ongles.

– Ne dis plus rien, Manuel. Les secours vont arriver.

– Elle me l'a demandée et je la lui ai donnée, reprend Manuel. Je savais que c'était pas bien, mais elle pleurait. J'ai pas pu refuser. Elle était si... elle était si...

– Tu veux bien te taire, Manuel ! dis-je, alarmée par la quantité de sang qui s'écoule d'entre ses lèvres. Je t'en prie... ne parle plus, je t'en prie.

– Elle pleurait, répète inlassablement Manuel. *(Où est donc Cooper ?)* Comment j'aurais pu refuser alors qu'elle pleurait ? Mais je savais pas... je savais pas ce qu'ils allaient lui faire.

– Manuel... (J'espère qu'il ne distingue pas le tremblement dans ma voix.) Il faut que tu cesses de parler. Tu perds trop de sang !

– Mais ils ont su, reprend-il. Ils ont su où elle l'avait eue...

À cet instant, Cooper apparaît, talonné par Tom et Pete. En m'apercevant, ce dernier sort son talkie-walkie d'agent de sécurité et se met à brailler dedans qu'on m'a retrouvée et qu'il faut, le plus vite possible, apporter un brancard au niveau des courts de squash.

Cooper s'agenouille à côté de moi et – miracle ! – révèle une trousse de secours dégotée Dieu sait où.

– L'ambulance est en route, dit-il pendant que, sous mes doigts trempés de sang, Manuel ressasse les mêmes phrases, d'une voix affaiblie :

– Je la lui ai donnée, tu comprends, Heather ? C'était moi. Et ils ont su que c'était moi.

– Qui lui a fait ça ? demande Cooper en sortant un rouleau de gaze de la trousse de secours. Tu as pu voir son visage ?

– Ils avaient le visage recouvert d'un ballon de basket.

Je lui arrache le rouleau des mains, retire mon pull, dévide le pansement et l'enfonce dans la plus large des plaies.

– Un demi-ballon qu'ils portaient comme un masque, avec des petits trous pour les...

– Mon Dieu ! (Tom blêmit et nous regarde, stupéfait.) Est-ce que c'est... est-ce que c'est *Manuel* ?

– Oui, dis-je, tandis que Cooper se penche pour soulever l'une des paupières de Manuel.

– Il entre en état de choc, annonce Cooper, d'une voix très calme, si vous voulez mon avis. Vous le connaissez ?

– Il travaille à Fischer Hall. Il s'appelle Manuel Juarez.

Julio, je le sais, va s'effondrer en voyant ça. Je prie pour qu'il ne s'inquiète pas de l'absence de son neveu et ne vienne pas le chercher ici.

– C'est un avertissement qu'ils m'ont donné, reprend Manuel. Pour pas que je dise que c'est moi qui la lui avais donnée.

– Donné quoi à qui, Manuel ? lui demande Cooper – alors que je fais signe au jeune homme de se taire pour ne pas épuiser ses forces vitales.

– La clé, répond Manuel. Je sais que j'aurais pas dû, mais je lui ai donné ma clé.

– À qui ?

Je n'en reviens pas. Il interroge un homme à l'agonie. Je proteste :

– Cooper !

Il m'ignore.

– Manuel, à qui as-tu donné ta clé ?

– À Lindsay. (Manuel secoue la tête.) J'ai donné la clé à Lindsay. Elle pleurait... Elle disait qu'elle avait laissé quelque chose dans la cafétéria, quelque chose qu'il lui fallait récupérer. La nuit, après la fermeture...

Ses yeux se ferment.

– Merde ! s'exclame Cooper.

Mais ça y est, les secours sont là. Les ambulanciers nous poussent pour accéder au blessé. Soulagée, je me dis que tout va s'arranger.

Ce qui ne prouve qu'une chose : à quel point je suis larguée.

15

J'ai arrangé la vérité
Inutile de vouloir nier
À vrai dire
Je ne cherche même plus à bien te mentir.

« Mensonge »
Écrit par Heather Wells

Savez-vous ce qui se passe quand quelqu'un manque d'être assassiné au cours d'un match de basket de troisième division retransmis en direct sur New York Première ?

La partie continue !

Eh oui...

Certes, des flics ont été postés près de toutes les sorties. Après le match, que les Coquelicots ont perdu par vingt-quatre à quarante – ils n'ont cessé, après la mi-temps, de perdre du terrain... et pas parce qu'ils auraient appris ce qui est arrivé à Manuel, puisque personne ne leur en a parlé, ils ont juste joué comme des pieds –, les flics en quête d'armes ou de traces de sang ont contraint tous les spectateurs quittant la salle à s'arrêter pour leur montrer leurs mains, leurs pieds et le contenu de leurs sacs.

Sans préciser ce qu'ils cherchaient, bien évidemment.

Mais ils n'ont rien trouvé de compromettant. Et n'ont même pas pu maintenir en garde à vue, afin de les interroger, les individus masqués de demi-ballons de basket, puisque la quasi-totalité du public masculin en portait.

Ça ne faisait aucun doute, du moins à mes yeux : les types qui avaient poignardé Manuel s'étaient éclipsés depuis longtemps. Ils n'étaient évidemment pas restés là, à regarder la fin du match, jugeant préférable de s'esquiver avant l'arrivée de la police.

Ils n'ont donc pas assisté à l'humiliante défaite des Coquelicots.

Moi non plus. À peine Manuel a-t-il été chargé sur son brancard dans l'ambulance, son oncle désespéré à ses côtés (bien qu'il ait perdu beaucoup de sang et souffre de blessures internes, les ambulanciers pensent qu'il devrait s'en tirer, aucun organe vital n'ayant été touché), qu'on m'embarque au Central 6 pour me montrer des photos d'identité judiciaires avec l'inspecteur Canavan. Je lui ai pourtant bien expliqué que je n'avais pas vu leurs visages à cause des masques.

– Et leurs vêtements ? demande-t-il.

Je répète, pour la trentième fois ou plus :

– Je vous l'ai déjà dit. Ils portaient des vêtements ordinaires, des vêtements de tous les jours. Des jeans, des chemises en coton. Rien de spécial, quoi.

– Et vous ne les avez pas entendus dire quoi que ce soit à la victime ?

Ça me tape sur le système, que l'inspecteur Canavan s'obstine à désigner Manuel en tant que « la victime », alors qu'il sait parfaitement qu'il a un prénom, et quel est ce prénom.

Mais c'est peut-être, comme l'humour noir de Sarah, un moyen de mettre à distance l'horreur que peuvent susciter de tels actes de violence.

J'aimerais pouvoir faire de même, moi aussi. Chaque fois que je ferme les yeux, je revois le sang. Pas ce sang rouge qu'on voit à la télévision. Mais un sang brun foncé. La couleur qu'a prise mon jean au niveau des genoux.

– Ils n'ont rien dit du tout, je réponds. Ils lui donnaient juste des coups de couteau.

– Qu'est-ce qu'il faisait là ? demande l'inspecteur. Près des distributeurs de boissons fraîches ?

Je hausse les épaules.

– Qu'est-ce que vous voulez que j'en sache ? Il avait peut-être soif.

– Et *vous*, qu'est-ce que vous faisiez là ?

– Je vous l'ai dit. J'avais besoin d'aller au petit coin, et trop de gens attendaient devant les autres toilettes.

Quand Canavan était arrivé au centre sportif – car nous l'avions bien sûr appelé pour lui faire part des révélations de Manuel au sujet de la clé donnée à Lindsay – j'avais suggéré qu'il ordonne l'arrêt du match et interroge toutes les personnes présentes. Andrews, en particulier, que j'avais désormais des raisons de croire plus impliqué que je ne l'aurais pensé.

Mais le président Allington, que nous avions malheureusement été tenus d'informer de nos décisions vu le nombre de flics rôdant dans le bâtiment, avait rechigné, arguant que New York Première sauterait aussitôt sur le scoop, et que l'université s'était attiré assez de publicité négative en une semaine. La dernière chose dont elle avait besoin, d'après lui, c'était d'une armée de reporters sillonnant le campus et questionnant les gens au sujet d'une agression qui, pour autant qu'on sache, n'avait peut-être rien à voir avec la mort de Lindsay. J'avais pourtant informé tout le monde des propos de Manuel.

Le président Allington avait poursuivi en nous expliquant que New York Première serait par-dessus le marché en droit d'engager des poursuites, sous prétexte que l'interruption du match l'aurait privée d'un million de dollars de revenus publicitaires.

Personnellement, je n'aurais jamais pensé que des pubs pour du matériel de fitness puissent rapporter autant d'argent. Il faut croire que les matchs de troisième division sont suivis avec ferveur par les personnes les plus susceptibles d'acheter des bancs de musculation ou des vélos d'appartement.

– Il y a un point sur lequel je tiens à éviter tout malentendu, avait continué Allington à l'attention de l'inspecteur – parlant à voix basse pour qu'aucun reporter aux aguets ne surprenne ses paroles, mais tout de même assez fort pour que je puisse les distinguer. C'est que l'université n'est en rien responsable de la mort de cette jeune fille ou de l'agression subie ce soir par M. Juarez. S'il a procuré à la malheureuse une clé lui permettant d'avoir accès à la cafétéria, nous n'y sommes pour rien. Légalement, ça tient de l'effraction.

Ce qui avait poussé Canavan à observer :

– En somme, monsieur Allington, vous insinuez que, puisqu'elle s'est servie de la clé de Manuel pour accéder à la cafétéria, Lindsay méritait de se faire couper la tête !

Le président s'était offusqué de cette remarque (on le comprend), et l'un de ses loufiats avait volé à son secours :

– Ce n'est pas du tout ce que suggérait le président ! Il voulait juste dire que l'on ne peut pas tenir l'université pour responsable du fait que l'un de ses employés a donné les clés de certains de ses locaux à une étudiante qui, plus tard, a été assassinée...

L'inspecteur tourne les talons, peu désireux d'en entendre davantage. À mon grand soulagement, il m'emmène avec lui.

Soulagement de courte durée... Certes, cela me permet de remettre à plus tard l'explication que je dois avoir avec Cooper, au sujet de mon père.

Mais, au lieu de ça, c'est avec l'inspecteur Canavan qu'il va falloir que je parle.

– C'est tout, alors ? Vous ne vous rappelez rien d'autre ? Des jeans, des chemises en coton, des demi-ballons de basket sur le visage... Et leurs chaussures ? Ils portaient des tennis ? Des mocassins ?

– Des baskets, dis-je en me souvenant du couinement de leurs semelles sur le sol poli.

Il me fixe en plissant les yeux.

Il est tard, et il a dû passer la journée au commissariat. La quantité de tasses en mousse de polystyrène jonchant le sol autour de son bureau indique comment il maintient son niveau d'énergie.

– Eh bien... ça va nous permettre d'avancer !

– Je suis désolée. Que voulez-vous que je vous dise ? Ils portaient des...

– Des ballons sur la tête. Oui. Vous l'avez précisé.

– C'est fini ? je demande.

– Oui, c'est fini. Il ne me reste qu'à réitérer mon avertissement.

– Quel avertissement ?

– Ne vous avisez pas d'enquêter sur la mort de Lindsay Combs !

– C'est ça, dis-je. (Si je veux, je peux être aussi sarcastique que lui.) Parce que j'ai fait exprès de débouler quand le pauvre

Manuel était en train de se faire poignarder par les tueurs de Lindsay !

– Nous ignorons si l'agression est liée au meurtre, objecte Canavan.

Me voyant écarquiller les yeux, il précise :

– Pour le moment.

– Si vous le dites... Je peux y aller ?

Il hoche la tête et je quitte la pièce à toute berzingue. Je suis épuisée et je n'ai qu'une envie : rentrer chez moi. Et retirer mon pantalon empesé par le sang séché.

Je retourne dans l'entrée du Central 6, certaine de voir Cooper assis sur son siège habituel, celui qu'il occupe toujours en attendant que s'achève l'une ou l'autre de mes visites à l'inspecteur. (Aujourd'hui, j'ai battu un record : deux en moins de douze heures !)

Or le siège est vide. L'entrée aussi, d'ailleurs.

C'est alors que je remarque qu'il tombe beaucoup de neige, au-dehors. Vraiment beaucoup. C'est à peine si je distingue les contours de la Range Rover garée devant le commissariat. Mais lorsque je sors et jette un coup d'œil du côté conducteur, je reconnais Frank, le mari de Patty. Il sursaute quand je tapote sur la vitre, et la baisse.

– Heather ! s'exclame Patty, se penchant vers moi depuis le siège passager. Te voilà enfin ! On ne t'avait pas vue, désolée ! On écoutait *J'élève mon bébé*, un livre-cassette recommandé par la nounou.

– Celle qui vous terrorise ?

– Oui, précisément. Oh, mon Dieu ! Tu aurais vu sa tête quand on lui a dit qu'on venait ici... Elle a failli... Enfin, c'est sans importance. Entre vite, tu dois être frigorifiée !

Je m'engouffre sur la banquette arrière. Il fait chaud dans la voiture, où flotte une légère odeur de nourriture indienne. Frank et Patty ont mangé des samoussas en m'attendant.

– Comment saviez-vous que j'étais là ? je leur demande alors qu'ils m'en passent un, gorgé de sauce au tamarin. Miam !

– Cooper a appelé, explique Frank. Il devait filer et nous a priés de venir te chercher. Il est sur une de ses affaires, j'imagine. Elle consiste en quoi, au juste ?

– Qu'est-ce que j'en sais ? je rétorque, la bouche pleine. Comme s'il allait me le dire...

– C'est vrai que tu as vu quelqu'un se faire poignarder ? demande Patty, pivotant sur son siège. Tu n'as pas eu peur ? C'est quoi, sur ton jean ?

– J'ai pas eu le temps d'avoir peur, dis-je tout en mâchant. Et c'est du sang.

Patty se retourne aussitôt vers le pare-brise.

– Oh, mon Dieu ! Heather !

– C'est bon, c'est bon. J'en achèterai un autre.

D'ailleurs, avec ma chance, j'ai sans doute pris une taille pendant les fêtes.

Faire du quarante-huit, ça reste correct pour une Américaine. Mais renouveler sa garde-robe pour l'adapter à sa nouvelle taille, c'est dur pour le portefeuille. Peut-être vaut-il mieux réduire sa consommation de poulet frit ? Peut-être...

Tout dépend de l'allure que vous avez dans votre nouveau jean.

– Pour une tempête, c'est une tempête ! s'exclame Frank en démarrant dans la rue déserte.

Les flocons tombent, gras et pressés. Deux bons centimètres de blancheur duveteuse recouvrent déjà les trottoirs et la chaussée.

– Je ne comprends pas comment Cooper peut enquêter par ce temps, fait-il remarquer.

Frank est fasciné par la profession qu'exerce Cooper. La plupart des gens rêvent d'être des stars du rock. Eh bien, les stars du rock rêvent quant à elles d'être détectives. Ou, dans mon cas, de faire un quarante et de pouvoir manger tout ce que je veux.

Bien que je ne sois pas – *plus* – une rockeuse célèbre.

– Heather, j'espère que tu fais attention cette fois-ci, lance Patty d'une voix inquiète. Je veux dire… au sujet de la morte. Tu ne vas pas te mêler de l'enquête, hein ?

– Bon sang, non !

Patty n'a pas besoin d'être informée de mon expédition à la résidence des Tau Phi Epsilon. Elle a suffisamment de soucis comme ça, étant tout à la fois : ex-mannequin, épouse de rocker et mère d'un bambin qui, aux dernières nouvelles, a mangé, en une seule fois, un bagel aussi gros que sa tête.

Ça non plus, ça n'avait pas plu à la nounou !

– Tant mieux, dit Patty. Ils ne paient pas assez pour que tu risques la mort, comme la dernière fois.

Frank s'arrête devant la maison de Cooper et je constate, surprise, que certaines pièces sont éclairées. Il doit donc être chez lui…

Or, avant que j'aie pu sortir de la voiture, Frank me demande :

– Au fait, Heather, pour le concert au Joe's Pub…

Je me fige, la main sur la portière. Je n'en reviens pas (mais bon, tant de sang a coulé sous les ponts...) d'avoir oublié l'invitation de Frank à me produire avec lui et son groupe.

– Oh, dis-je, cherchant frénétiquement une excuse valable. Ouais. En effet... Je peux te rappeler ? Là, tout de suite, je suis trop fatiguée. Je peux pas réflé...

– Il n'y a pas à réfléchir ! rétorque gaiement Frank. Il y aura juste moi, les gars du groupe et à peu près cent soixante personnes... Que de la famille et des amis ! Viens, ça va être marrant !

– Frank ! s'écrie Patty, ayant visiblement surpris l'expression de mon visage. C'est peut-être pas le meilleur moment pour parler de ça.

Frank ignore sa femme.

– Allez, Heather ! insiste-t-il. Tu ne surmonteras jamais ton trac si tu ne remontes pas sur scène ! Pourquoi ne pas le faire entourée d'amis ?

Le trac ? Ce serait donc ça, mon problème ? Étrange, je pensais que c'était juste la peur de me faire huer et de me prendre des tomates pourries en pleine poire ! Ou pire : qu'on me ricane au nez, comme l'avaient fait Jordan et son père en ce funeste jour où j'avais interprété mes propres compositions, dans les bureaux des Disques Cartwright.

– Je vais y réfléchir, dis-je à Frank. Merci de m'avoir déposée.

Je bondis hors de la voiture et cours vers la porte d'entrée, tête basse pour me protéger de l'assaut des flocons.

Ouf ! Je l'ai échappé belle.

Lucy vient à ma rencontre dans le vestibule, excitée de me voir, mais pas d'une façon qui semble vouloir dire : « Sors-moi tout de suite ! » Quelqu'un lui a déjà fait faire sa promenade.

– Ohé ! je crie en retirant manteau et écharpe.

Personne ne répond. Mais une odeur inhabituelle me parvient aux narines. Il me faut un bon moment pour l'identifier. Et soudain, je réalise. Ça sent la bougie. Cooper et moi n'utilisons guère de bougies. Cooper, parce que c'est un garçon. Et moi, parce que je les ai vues provoquer tant de débuts d'incendie, à Fischer Hall, que ça m'a rendue parano et que je crains, moi aussi, de partir en oubliant de souffler dessus.

Alors, pourquoi aurait-on allumé une bougie dans cette maison ?

L'odeur provient d'en haut. Pas du séjour ou de la cuisine, ni du bureau de Cooper. Elle provient d'en haut... de là où Cooper dort.

C'est alors que je réalise. Cooper est à la maison. Et il reçoit.

Dans sa chambre.

À la lueur des bougies.

Ce qui ne peut signifier qu'une chose : il a une invitée.

Évidemment. C'est pourquoi il n'a pas pu m'attendre à la sortie du commissariat, et a dû appeler Frank et Patty. Il avait rendez-vous !

Je me fige en bas des marches, tentant de comprendre pourquoi cette constatation me plonge dans un tel désarroi. Après tout, ce n'est comme si Cooper SAVAIT que je suis folle de lui. Pourquoi n'aurait-il pas le DROIT de fréquenter d'autres gens ? Le fait qu'il NE VOIT PERSONNE (en tout cas à ma connaissance... Ce qui est sûr, c'est qu'il n'a jamais ramené quelqu'un ici) depuis que je me suis installée ne veut pas dire qu'il ne le DOIT PAS ou qu'il ne le PEUT PAS. Maintenant que j'y pense, on n'a jamais abordé la question d'un invité qui resterait pour la nuit. Le cas ne s'est jamais présenté.

Jusqu'à aujourd'hui.

Bon. Et alors ? Il passe la nuit avec quelqu'un. Ça ne me regarde pas. Je vais grimper au troisième et aller me coucher. Aucune raison de m'arrêter devant sa porte, de frapper et de lui demander comment ça va. Même si je meurs d'envie de savoir à quoi elle ressemble. Dans sa famille, Cooper a la réputation de ne sortir qu'avec des femmes super-brillantes et carrément splendides – voire franchement exotiques. Du genre neurologue qui se trouve être un ancien mannequin. Ce type de femmes, quoi...

Même si j'avais jamais pensé avoir la moindre chance avec Cooper, un seul coup d'œil à ses nombreuses ex me remettrait les idées en place. Car qui voudrait d'une ex-chanteuse ruinée qui travaille comme directrice adjointe d'un dortoir et fait du quarante-six (ou quarante-huit) quand il peut sortir avec une ex-Miss Amérique docteur en physique ?

Ouais, je sais... Personne. Enfin, à moins que la physicienne ne soit très rasoir. Et qu'elle n'aime pas Ella Fitzgerald. (Je connais, quant à moi, toutes ses chansons par cœur – y compris le scat.) Et qu'elle ne possède ni ma gentillesse ni mon humour...

Assez ! ÇA SUFFIT !

Je monte au deuxième étage aussi discrètement que possible, Lucy haletant à mes côtés, lorsque je remarque quelque chose d'étrange. La porte de la chambre de Cooper est ouverte, mais pas éclairée. Alors que la porte de la chambre d'amis, à l'autre bout du couloir, ouverte *et* éclairée, baigne dans une lueur vacillante... comme la flamme d'une bougie.

Qui diable peut se trouver dans notre chambre d'amis, avec une bougie ?

– Ohé ! je crie une nouvelle fois.

Après tout, si Cooper reçoit ses conquêtes dans notre chambre d'amis, c'est à ses risques et périls. Sa chambre est son sanctuaire, je n'ai jamais osé m'y aventurer... ne serait-ce que parce qu'il n'y est presque jamais. Et que les draps à mille dollars la pièce, ça m'angoisse !

Mais la chambre d'amis...

La porte est légèrement entrebâillée. D'un point de vue technique, on peut dire qu'elle est ouverte. C'est pourquoi je pousse sur la poignée afin de l'ouvrir un peu plus, tout en lançant un troisième :

– Ohé !

... avant de pousser un cri perçant, en voyant mon père dans la posture du chien.

16

L'amour, c'est une réplique dans un mauvais mélo
Le chagrin, une vieille chanson qui passe à la radio
Toi, tu m'as toujours fait souffrir
Quand ça vient de toi, je dois aimer ça...

« Sans titre »
Écrit par Heather Wells

– Le yoga me décontracte énormément, m'explique papa. Là-bas, au camp, j'en faisais matin et soir. Ça m'a permis de rester jeune.

Je le fixe, de l'autre bout de la pièce. Étrange d'entendre son père parler de la prison comme d'un camp militaire, surtout pendant qu'il pratique le yoga.

– Papa. Tu pourrais arrêter ça une minute, qu'on puisse discuter ?

– Bien sûr, ma chérie.

Papa se remet debout.

Je n'en reviens pas. Il a emménagé, c'est clair. Sa valise ouverte (et vide) repose sur la banquette de la fenêtre. Ses chaussures sont alignées au pied de la commode avec une rigueur toute militaire. Sur le bureau ancien, il y a une machine à écrire – une machine à écrire ! – et un tas bien net de papier à lettres. Papa porte un pyjama bleu clair avec liseré bleu foncé. Une grosse bougie verte se consume sur la table de nuit, à côté de la biographie d'Abraham Lincoln.

– Bon sang ! je m'exclame. Comment es-tu entré ici ? Tu as forcé la serrure ?

– Bien sûr que non ! rétorque papa, manifestement indigné. J'ai appris des tas de choses au camp, mais pas à crocheter les portes blindées. C'est ton galant qui m'a invité à venir ici.

– Mon... (Je lève les yeux au ciel.) Papa, je t'ai dit que ce n'était pas mon galant ! Tu ne lui as quand même pas parlé de ce que j'éprouve pour...

Papa semble affligé.

– Heather... Évidemment, non ! Je n'aurais jamais idée de trahir un tel secret. J'ai simplement déploré mes conditions de vie actuelles devant M. Cartwright, qui a proposé de m'héberger ici.

– Papa ! Tu n'as pas fait ça !

– Eh bien... l'hôtel Chelsea n'était pas un endroit très convenable pour un homme dans ma situation, dit-il d'une voix patiente. J'ignore si tu le sais, Heather, mais la plupart des gens qui l'ont fréquenté ont un casier judiciaire. Il a eu pour clients de véritables assassins. Ce n'est pas un environnement favorable pour qui cherche à se réinsérer. En plus, c'était bruyant. Cette musique assourdissante ! Et ces coups de klaxon ! Alors qu'ici... (Il balaie la pièce des yeux, le visage radieux.) Ça me ressemble beaucoup plus.

– Papa.

C'est plus fort que moi. Je ne tiens plus debout. Je me laisse tomber sur le bord du lit à deux places.

– Cooper a précisé combien de temps tu pouvais rester ?

– Oui, à vrai dire, répond papa en tendant la main pour caresser les oreilles de Lucy, qui m'a suivie dans la chambre. Il a dit que je pouvais rester le temps qu'il faudrait pour que je redémarre dans la vie.

J'ai envie de hurler.

– Papa, franchement, tu ne peux pas faire ça. Non que je ne souhaite voir évoluer notre relation... à toi et moi, je veux dire. C'est juste que... tu n'as pas le droit d'abuser ainsi de la générosité de Cooper.

– Qui te parle d'abuser ? réplique papa d'un ton posé. Je vais payer ma chambre en travaillant pour lui.

– Tu vas... quoi ?

– Il m'embauche dans l'Agence Cartwright, dit papa, un peu trop fièrement à mon goût. Comme toi. Je suis son employé. Je vais l'aider à effectuer ses filatures. Il dit que j'ai l'allure idéale... que je me fonds dans la foule... que je suis transparent.

Mon effarement ne fait que croître.

– *Transparent* ?

– C'est ça.

Papa ouvre le tiroir de la table de nuit et en sort une petite flûte en bois.

– Je m'efforce de prendre ça comme un compliment, poursuit-il. Le fait d'être transparent, je veux dire. Je sais que je faisais souvent cet effet à ta mère, mais j'ignorais que ce qui était vrai pour elle l'était aussi pour tout le monde. Bon, bon... Écoute ce petit air que j'ai appris au camp ! Il est très reposant. Et après la journée que tu as passée, je suis sûr que tu as besoin d'un peu de détente.

Il porte la flûte à ses lèvres et commence à jouer.

Je reste un moment assise là, à me laisser gagner par la mélodie plaintive, et étrangement reposante, en effet. Puis je me ressaisis.

– Papa !

Il cesse aussitôt de jouer.

– Oui, ma chérie.

Ce sont tous ces « chérie » qui me sortent par les yeux. Ou plutôt qui me donnent envie de lui arracher les siens.

– Je vais me coucher. On reparlera de ça demain matin.

– Très bien, dit-il. Mais je ne vois pas de quoi nous devrions reparler. Cooper sait ce qu'il fait. S'il veut m'embaucher, je ne vois pas pourquoi tu t'y opposerais.

Moi non plus, d'ailleurs. Sauf que... comment faire comprendre à Cooper que je suis la femme de ses rêves si mon père est constamment dans les parages ? Comment préparer un dîner romantique pour deux avec steak mariné, comme prévu ? Un dîner steak pour trois, ça n'a rien de romantique !

– Je suis conscient de ne pas avoir été le meilleur des pères, Heather, reprend papa. Ni ta mère ni moi n'avons constitué de très bons modèles. Mais j'espère que nous n'avons pas causé trop de ravages, et que tu es capable d'avoir avec les autres des relations aimantes. Parce que c'est mon vœu le plus cher : que toi et moi puissions entretenir de telles relations. On a tous besoin d'une famille, Heather.

Ah oui ? J'aurais besoin d'une famille, moi ? C'est ça, ce qui ne va pas chez moi ? Le fait que je n'aie pas de famille ?

– Tu as l'air fatiguée, fait remarquer papa. Rien d'étonnant, vu ta journée. Tiens, voilà qui va peut-être te réconforter.

Et il se remet à jouer de la flûte.

OK. De ça, c'est sûr, je n'ai pas besoin !

Je me penche, souffle la bougie de papa et la retire de la table de nuit.

– Risque d'incendie ! je lance de ma voix de directrice adjointe, avant de quitter la pièce d'un pas raide pour gagner mon appartement, à l'étage au-dessus.

Il neige encore le lendemain à mon réveil, comme je le constate en jetant un coup d'œil au-dehors. La neige tombe plus lentement, moins abondamment, mais toujours en gros flocons duveteux.

Et quand je me lève – un exploit, car mon lit est si douillet, avec Lucy couchée en travers – et me dirige vers la fenêtre, c'est un merveilleux paysage d'hiver que je contemple.

New York n'a plus la même allure après une tempête de neige. Une couche de deux centimètres suffit à la rendre méconnaissable, en recouvrant la crasse et les graffitis, conférant ainsi à toutes choses un air neuf et étincelant.

Et avec cinquante centimètres de neige – il semblerait que c'est ce que nous avons aujourd'hui – on se croirait carrément sur une autre planète. Le silence règne... Plus de coups de klaxon, plus d'alarmes de voitures. Tous les bruits sont étouffés, chaque branche ploie sous le poids de cette blancheur veloutée, chaque rebord de fenêtre en est revêtu. Soudain, je réalise.

L'alerte neige a dû être donnée.

Je bondis sur le téléphone pour appeler la hot-line météo de la fac. Oui. Les cours sont annulés aujourd'hui. La fac est fermée. La ville entière, à vrai dire. Personne ne devrait sortir, hormis le personnel d'urgence.

Sauf, bien entendu, les gens résidant à deux pas de leur lieu de travail – auquel cas, difficile de prétendre que l'on n'a pas pu y parvenir.

Mais bon... on peut arriver en retard.

Je m'accorde le temps de prendre un bain – pourquoi se laver debout quand on peut se laver couché ? – et de m'habiller. Je suis contrainte de me rabattre sur mon jean de secours, mon jean principal étant maculé de sang. À ma grande contrariété, je remarque qu'il me serre un peu. Enfin, plus qu'un peu... Il me faut recourir, pour le détendre, à l'un de mes vieux trucs : y coincer des chaussettes roulées en boule au niveau de la taille, pendant que j'effectue des flexions des jambes. Je me rassure en me disant qu'il vient à peine de sortir du sèche-linge. Il y a deux semaines !

Lorsque je retire les chaussettes, avant de descendre, le jean est un peu moins serré. Au moins, j'arrive à respirer.

C'est alors qu'une odeur peu familière s'insinue dans mes narines. Peu familière dans cette maison, en tout cas...

Ça sent le bacon. Et, sauf erreur de ma part, les œufs.

Je me précipite en bas des marches, Lucy pendue à mes basques. Et suis horrifiée quand, entrant dans la cuisine, je trouve Cooper lisant son journal tandis que mon père, vêtu d'un pantalon de velours marron et d'un pull en laine, est aux fourneaux. En train de préparer le petit déjeuner.

– Ça peut pas continuer comme ça ! dis-je à voix haute.

Papa se retourne et me regarde.

– Bonjour, mon trésor. Jus d'orange ?

Cooper replie une partie de son journal.

– Qu'est-ce que tu fais debout ? demande-t-il. Aux nouvelles, ils viennent d'annoncer que l'université de New York est fermée.

J'ignore ses paroles. Mais je ne peux ignorer Lucy qui gratte la porte donnant sur le jardin pour qu'on la laisse sortir. Je lui ouvre. Une bouffée d'air glacial entre dans la maison. Lucy paraît déçue de ce qu'elle voit mais, courageuse, trotte droit devant. Je referme derrière elle et, pivotant sur mes talons, fais face à mon père. Parce que j'ai pris une décision.

Et toutes les flûtes du monde ne me feront pas changer d'avis !

– Papa, dis-je, tu ne peux pas t'installer ici. Je suis désolée, Cooper. C'est sympa de ta part de l'avoir proposé. Mais c'est trop bizarre.

– Détends-toi ! réplique Cooper, derrière son journal.

Je sens ma pression artérielle monter de dix points. Pourquoi ça me fait toujours cet effet, quand quelqu'un me dit « détends-toi » ? Je poursuis :

– Non mais, sérieusement. Moi aussi, j'habite ici. Je travaille également pour l'Agence Cartwright. N'ai-je pas mon mot à dire ?

– Non, rétorque Cooper, le nez dans son journal.

Papa se retourne et me tend une tasse de café fumante.

– Bois ça, mon trésor ! Tu n'as jamais été du matin. Tu tiens de ta mère.

– Je ne tiens pas de maman !

Je prends quand même le café ; il sent si bon.

– C'est clair ? On n'a *rien* en commun, elle et moi. Tu vois, Cooper ? Tu as invité cet homme à s'installer ici, et regarde le résultat ! Il est déjà en train de me dire que je ressemble à ma mère ! Alors qu'on n'a rien en commun, elle et moi !

– Alors permets-lui de rester ici, réplique Cooper, ne daignant toujours pas lever les yeux de son canard. Afin qu'il s'en rende compte par lui-même.

– Ta mère est une femme charmante, Heather, dit papa en transférant des œufs au plat et du bacon sur une assiette. À part le matin. Un peu comme toi.

Il me tend l'assiette.

– Tiens ! C'est comme ça que tu les aimais quand tu étais petite. C'est toujours le cas, j'espère !

Je regarde l'assiette. Il a disposé les deux œufs et le bacon de façon qu'ils évoquent des yeux et une bouche – ainsi qu'il le faisait quand j'étais gamine.

Je suis prise d'une soudaine envie de pleurer.

Maudit soit-il ! Comment peut-il me faire ça ?

– C'est parfait, merci, je marmonne en me mettant à table.

– Eh bien, déclare Cooper, lâchant enfin son journal. Maintenant que tout est arrangé... ton père va habiter quelque temps avec nous, histoire de lui permettre de rebondir. Et c'est tant mieux, parce que j'ai besoin de lui. J'ai trop de boulot pour pouvoir m'en sortir seul, et ton père a les qualités requises pour faire un bon assistant.

– Il est *transparent* ! dis-je en mastiquant une tranche de bacon (exquis, d'ailleurs. Je ne suis pas seule à le penser. Lucy, que papa a fait rentrer en l'entendant gratter à la porte, se régale elle aussi du morceau que je lui ai passé sous la table).

– Précisément, confirme Cooper. Qualité qu'il ne faudrait jamais sous-estimer quand on travaille dans une agence de détectives.

Le téléphone sonne. Papa s'écrie :

– Je le prends !

Et sort de la cuisine pour aller répondre.

À peine a-t-il quitté la cuisine que Cooper poursuit, sur un tout autre ton :

– Écoute, si c'est réellement un problème, je peux lui trouver une chambre quelque part. Je n'avais pas réalisé que vos rapports étaient si... si houleux. Je pensais que ça pourrait te faire du bien.

Je le fixe, hébétée.

– Du *bien* ? Comment le fait de vivre avec mon ex-taulard de père pourrait-il me faire du *bien* ?

– Je ne sais pas, concède Cooper, embarrassé. C'est simplement que... tu n'as personne.

– On a déjà discuté de tout ça, dis-je d'une voix acerbe. Toi non plus, tu n'as personne.

– Mais ça ne me manque pas.

– À moi non plus !

– Heather, rétorque-t-il. Ce n'est pas vrai. Tu n'as pas, comme moi, hérité d'une maison de ville et d'une petite fortune. Ne le prends pas mal, mais vingt-trois mille dollars par an, à Manhattan, c'est une misère. Tu as besoin d'un maximum d'amis et de membres de ta famille...

– Même ceux qui ont fait de la prison ?

– Écoute. Ton père est un homme extrêmement intelligent. Je suis certain qu'il va retomber sur ses pieds. Et il serait bon que tu sois dans les parages le jour où ça arrivera, ne serait-ce que pour le culpabiliser assez pour qu'il te fasse un peu profiter de son argent. Il te doit au moins tes frais d'inscription à la fac.

– J'ai pas besoin de son argent, c'est gratis pour moi vu que j'y travaille. T'as oublié ?

– Non, réplique Cooper avec une patience un peu forcée. Mais tu n'aurais pas besoin d'y travailler si ton père était prêt à payer tes frais d'inscription.

Je le regarde avec stupéfaction.

– Tu veux dire... que je pourrais démissionner ?

– Pour étudier à plein temps, si obtenir un diplôme est vraiment ton objectif prioritaire ? répond-il, sirotant son café. Oui.

C'est marrant mais, même si ce qu'il dit est très sensé, je n'imagine pas ne plus travailler à Fischer Hall. Je n'occupe mon poste que depuis six mois et des poussières ; et j'ai pourtant l'impression d'avoir fait ce job toute ma vie. L'idée de ne pas y aller tous les jours me perturbe.

Ce sentiment est-il propre à tous les employés de bureau ? Ou serait-ce que j'aime réellement mon boulot ?

– Très bien, dis-je d'une voix triste, les yeux rivés sur mon assiette vide. Tu as sans doute raison. C'est juste que... déjà que j'ai l'impression d'abuser de ton hospitalité... je ne tiens pas à ce que ma famille vive elle aussi à tes crochets.

– Laisse-moi le soin de me protéger des parasites, proteste Cooper. Je me débrouille très bien tout seul. Qui plus est, tu n'abuses pas de mon hospitalité. Ma comptabilité n'a jamais été aussi bien gérée. Les factures partent toujours à temps, pour changer, et sont toutes exactes. C'est pourquoi je n'en reviens pas qu'on t'oblige à suivre des cours de maths de rattrapage. Tu es si douée pour...

Aux mots « cours de rattrapage », je sursaute, me rappelant soudain quelque chose. Oh non !

– Quoi ?

– Mon premier cours a eu lieu hier soir, dis-je en plongeant mon visage dans mes mains. Ça m'était sorti de la tête ! Mon premier cours pour obtenir mon équivalence... et je l'ai loupé !

– Je suis certain que ton professeur comprendra, Heather. Surtout s'il lit le journal ces jours-ci.

Papa revient dans la cuisine, brandissant le téléphone sans fil.

– C'est pour toi, Heather. C'est Tom, ton chef. Quel charmant jeune homme ! On a eu une chouette discussion à propos du match d'hier soir. Pour une équipe de troisième division, vos joueurs ont vraiment assuré.

Levant les yeux au ciel, je lui prends le téléphone des mains. Si on me parle de basket une seconde de plus, je vais hurler !

Et que suis-je censée faire de ce que Kimberly m'a révélé hier soir ? Y avait-il quelque chose entre l'entraîneur et Lindsay Combs ? Et si oui, pourquoi cela aurait-il poussé Andrews à la *tuer* ?

– Je sais que la fac est fermée, dis-je à Tom. Mais je viens quand même.

Vu mon nouveau colocataire, la mousson elle-même ne m'empêcherait pas d'y aller. Alors ce n'est pas un petit vent de nord-est...

– Je n'en doute pas, réplique Tom.

De toute évidence, l'idée que je puisse faire ce que tous les New-Yorkais font aujourd'hui – rester chez eux – ne lui a pas effleuré l'esprit.

– C'est pour ça que je suis content d'avoir pu te choper avant que tu partes, continue Tom. Le docteur Jessup a téléphoné...

J'émets un grognement. C'est mauvais signe.

– Ouais, approuve Tom. Il appelait de sa maison de Westchester ou je sais plus quoi. Il tenait à s'assurer qu'un représentant du service du logement irait rendre visite à Manuel à l'hôpital aujourd'hui. Pour montrer que ça nous affecte. Et aussi pour lui apporter des fleurs, même si tous les fleuristes sont fermés du fait de la tempête. Il a suggéré que tu achètes quelque chose à la boutique-cadeaux de l'hôpital, et que je te rembourse avec l'argent de la cagnotte.

– Oh...

Je suis déconcertée. C'est une mission de tout premier plan. Et le docteur Jessup n'a pas coutume de demander aux directeurs adjoints de représenter le service du logement. Non qu'il ne nous fasse pas confiance. Il se trouve juste que je ne suis pas la plus populaire des employées depuis que j'ai négligé, pendant le stage de formation, de rattraper au vol la directrice adjointe de Wasser Hall.

– Tu es sûr qu'il veut que j'y aille, *moi* ?

– Eh bien... en fait, il n'a pas précisé. Mais il tient à ce que quelqu'un du service du logement s'y rende, pour donner l'impression que ça nous importe.

– Ça nous importe !

– Évidemment que ça nous importe. Je crois que son « nous » désignait l'ensemble du service du logement, et non nous autres, qui connaissions Manuel personnellement. J'ai songé que comme vous vous fréquentiez déjà avant, lui et toi, et que c'est quand même toi qui lui as sauvé la vie, et...

– ... et que je suis plus près de l'hôpital Saint-Vincent que n'importe quel autre employé de Fischer Hall, dis-je, concluant pour lui.

Tout s'éclaire.

– Tu m'as compris. Alors, tu veux bien ? Faire un crochet par là-bas avant de venir ici ? Tu peux prendre un taxi à l'aller et au retour – si tu en trouves un. Le docteur Jessup dit qu'on te remboursera si tu rapportes les factures...

– Tu sais que je suis contente de pouvoir le faire. (Toute occasion de dépenser de l'argent et de faire casquer le service me met en joie.) Sinon, ça va comment, toi ? je demande d'un ton faussement désinvolte.

Alors que sa réponse est vitale pour mon avenir et mon bonheur... Qui sait quel horrible nouveau chef on pourrait me coller si Tom décidait de partir ? Quelqu'un comme le docteur Kilgore, peut-être...

– Tu songes toujours à... Enfin, l'autre jour, tu as insinué que tu pourrais décider de rentrer au Texas.

– J'essaie juste de régler les choses au fur et à mesure, Heather, soupire Tom. Tu sais, ma formation en gestion du personnel étudiant ne prenait pas en compte les cas d'agression et de meurtre.

– D'accord, dis-je. Mais au Texas, ils n'ont pas ces blizzards tellement rigolos !

– C'est vrai, concède-t-il, sans pour autant paraître convaincu de la supériorité de New York sur le Texas. On se voit dans un moment. Couvre-toi bien !

– Merci.

Et je raccroche...

... pour constater que Cooper me regarde d'un air bizarre, par-dessus sa tasse de café.

– Tu vas rendre visite à Manuel à Saint-Vincent ? demande-t-il d'un ton léger. Trop léger.

– Oui, dis-je en détournant les yeux. (Je sais ce qu'il s'imagine. Et rien ne saurait être plus éloigné de la vérité. Quoi que « rien », c'est beaucoup dire.) Comme j'ai peu de chances de trouver un taxi, je vais monter me rajouter des épaisseurs.

– Tu vas juste transmettre tes vœux de prompt rétablissement à Manuel et repartir, pas vrai ? Tu n'as pas l'intention de... de traîner et de l'interroger à propos de ses agresseurs et de leur mobile, n'est-ce pas ?

Je ris de bon cœur à ses paroles.

– Cooper ! je m'exclame. Mon Dieu, ce que tu es drôle ! Pourquoi j'irais faire une chose pareille ! Tu imagines ? Ce pauvre garçon a été brutalement agressé à coups de couteau. Il a passé toute la nuit au bloc. Il n'aura probablement même pas repris connaissance. Je vais entrer vite fait, déposer les fleurs ou les ballons... et repartir aussi sec.

– Tant mieux. Car l'inspecteur Canavan t'a demandé de ne pas fourrer ton nez dans l'enquête sur la mort de Lindsay.

– Absolument.

Papa, qui a suivi notre échange avec la même concentration que le match de la veille au soir, semble perdu.

– Pourquoi Heather irait-elle se mêler du meurtre de cette malheureuse jeune fille ?

– Oh, disons que votre fille a tendance à un peu trop se soucier de la vie des étudiants de sa résidence, répond Cooper. Et de leur mort.

Papa me regarde avec gravité.

– Enfin, mon trésor. Tu devrais laisser ce genre de choses à la police ! Tu ne voudrais pas courir le risque d'être blessée, n'est-ce pas ?

Mon regard passe, à plusieurs reprises, de l'un à l'autre. Et soudain, je réalise : je suis en minorité ! Ils sont deux fois plus nombreux que moi !

Je laisse échapper un cri exaspéré et quitte la pièce d'un pas furibond.

17

Cette ville, c'est pas que de l'acier, du béton
Cette ville, c'est aussi des milliards d'histoires
« On m'a cassé des dents, ça m'empêche pas de sourire »
Voilà ce que dit le petit malin, le combattant des rues :
« Vas-y, mets-moi à l'épreuve ! »

« Combattant des rues »
Écrit par Heather Wells

Par chance, la boutique-cadeaux de l'hôpital est ouverte. Cela dit, les fleurs ne sont pas de toute première fraîcheur. Il n'y a pas eu de livraison ce matin, vu l'état des routes, si mauvais que je n'ai pas trouvé de taxi et qu'il m'a fallu marcher au beau milieu de la rue pour éviter des congères qui m'arrivent au genou.

En revanche, ils ont toutes sortes de ballons et le gonfleur à hélium fonctionne. Je me fais donc une joie de composer un énorme bouquet de ballons et, pour faire bonne mesure, y ajoute un ours en peluche « prompt rétablissement », après m'être assurée que le ruban arborant le message se détache, pour que Manuel puisse plus tard fourguer l'ours à une petite amie ou à une nièce. Faut garder ces choses-là à l'esprit, quand on offre une peluche à un homme.

Je me dirige vers les soins intensifs, où l'on a transféré Manuel. À mon arrivée, il est conscient, quoique groggy, et il a une quantité de drains et de sondes insérés dans le corps. Il y a pas mal de gens dans la chambre – notamment une femme, vraisemblablement sa mère, affalée sur une chaise à côté de Julio. Tous deux somnolent. Si je remarque deux flics, un posté à chaque entrée de l'unité de soins intensifs, je ne vois l'inspecteur Canavan nulle part. Soit il n'est pas encore parvenu en ville, soit il est déjà passé et reparti.

Deux autres types, qui m'ont l'air de représentants des forces de l'ordre, se tiennent, dos au mur, devant la chambre de Manuel. Vêtus de costumes trempés jusqu'au genou pour avoir eu, eux aussi, à affronter les congères, ils ont une tasse de café à la main. Comme je m'approche, l'un d'eux lance à son collègue :

– Canavan l'a interrogé au sujet de la clé ?

– Ouais. Et il a reçu à peu près la même réponse. Que dalle.

– Et au sujet de la fille ?

– Que dalle.

– On devrait peut-être demander à l'oncle du gamin de lui poser des questions, dit le plus âgé. Il réagira peut-être mieux face à un visage familier.

– Le gosse est complètement sonné, rétorque son collègue en haussant les épaules. On n'en tirera rien.

Tous deux s'aperçoivent au même moment de ma présence. Difficile de me rater, avec mon énorme bouquet de ballons. Et puis, il est clair que je les espionne.

– On peut vous aider, mademoiselle ? demande le plus jeune sur un ton d'ennui.

– Oh, salut ! dis-je. Je ne voulais pas vous déranger. Je viens voir comment se porte Manuel Juarez. Je travaille au service du logement de l'université. Ce sont eux qui m'envoient.

– Vous avez une carte de membre du personnel ? demande le plus vieux des deux inspecteurs (ou Dieu sait ce qu'ils sont), d'une voix aussi lasse que le premier.

Je farfouille pour retrouver ma carte, priant le plus jeune de me tenir mes ballons pendant ce temps.

– Joli, l'ours ! observe-t-il sèchement.

– Merci. C'est ce qu'il m'a semblé.

Ils vérifient mon identité. Puis le plus âgé me rend ma carte et dit, désignant la porte de la chambre :

– Allez-y, entrez.

Je reprends mes ballons et, après voir eu toutes les peines du monde à leur faire franchir la porte, je vais discrètement me poster au chevet de Manuel. Il m'observe sans dire un mot. Un seul son me parvient aux oreilles : le souffle régulier de son oncle et de la femme que je pense être sa mère. Et le cliquetis de toutes ces machines, près de son lit, occupées à remplir leurs mystérieuses fonctions.

– Ohé, salut, Manuel ! je lance avec un sourire, en lui montrant les ballons. Ils sont pour toi, de la part de tout le personnel de Fischer Hall. On espère que tu seras bientôt rétabli. Désolée pour l'ours en peluche, il est un peu... Enfin, tu vois. Mais ils n'avaient plus de fleurs.

Manuel parvient à esquisser un sourire. Encouragée, je poursuis :

– C'est pas la grande forme, hein ? Je suis navrée, Manuel. C'est vraiment ignoble, ce que t'ont fait ces gars.

Manuel ouvre la bouche pour dire quelque chose, mais il n'en sort qu'un grognement. Je vois qu'il désigne du regard un broc marron, sur sa table de chevet. À côté, des gobelets en carton.

– Tu veux de l'eau ? je demande. Personne ne t'a dit que tu n'étais pas censé en boire ? Parce que quelquefois, ils ne veulent pas qu'on en boive... au cas où on devrait subir une autre intervention, ou un truc dans ce goût-là...

Manuel secoue la tête. Alors, après avoir lâché le fil et laissé les ballons monter au plafond pour libérer ma main, je verse l'eau dans un gobelet.

– Tiens, dis-je.

Comme il est trop faible pour lever les mains, lestées par toutes les sondes qui y sont insérées, je porte le gobelet à ses lèvres. Il boit avec avidité.

Puis il fixe à nouveau le broc. Concluant qu'il en veut encore, je le remplis à nouveau. Il boit plus lentement cette fois-ci. Lorsqu'il a fini, je lui demande s'il désire que je le resserve. Manuel secoue la tête. Il peut enfin parler.

– J'avais une de ces soifs ! J'ai essayé de le faire comprendre à ces types... (Il agite la tête en direction des deux inspecteurs, dans le couloir.) Mais ils n'ont pas compris ce que je voulais. Je ne pouvais pas parler, j'avais la gorge trop sèche. Merci.

– Oh, je t'en prie.

– Et merci pour hier soir...

Il ne parle pas très fort – et il n'a jamais été, même au top de sa forme, du genre à parler fort. J'ai donc du mal à distinguer ses paroles. En me penchant un peu, j'y parviens tout de même.

– Oncle Julio dit que tu m'as sauvé la vie.

Je secoue la tête.

– Oh non. Ce sont les secouristes qui t'ont sauvé. Je me suis trouvée au bon endroit au bon moment, c'est tout.

– Eh bien, dit-il avec un sourire. J'ai eu de la chance, alors. Mais personne ne veut me le dire... On a gagné ou pas ?

– Le match de basket ? (Je ne peux m'empêcher d'éclater de rire.) Non. On s'est fait laminer en seconde mi-temps.

– C'est ma faute, dit Manuel, visiblement chagriné.

– Non, c'est pas ta faute, je rétorque, sans cesser de rire. Les Coquelicots ont été nuls !

– Ma faute... répète-t-il, la gorge nouée.

Je cesse de rire. Parce que je réalise qu'il pleure. De grosses larmes s'accumulent dans ses yeux, menaçant de ruisseler sur ses joues. Il semble avoir envie de les essuyer, mais n'en est pas capable.

– Ce n'est pas ta faute, Manuel. Où vas-tu chercher ça ? Les gars de l'équipe n'étaient même pas au courant, pour toi. Ce n'est que plus tard que l'entraîneur leur a dit que tu...

– Non ! (Les larmes commencent à couler sur son visage.) Je veux dire que c'est ma faute pour Lindsay. Si elle est morte, c'est à cause de moi.

Oh-oh...

– Manuel, dis-je. Tu n'y es pour rien, si quelqu'un a tué Lindsay. Pour rien du tout.

– C'est moi qui lui ai donné la clé, insiste-t-il.

Il parvient à bouger l'une de ses mains. Serre le poing et frappe le matelas avec une pathétique absence de force.

– Ça ne signifie pas que tu l'as tuée.

– Elle ne serait pas morte si je ne la lui avais pas donnée. J'aurais dû refuser quand elle me l'a demandée. Mais... mais elle pleurait.

– OK.

Je jette un coup d'œil en direction des deux détectives, dans le couloir. Ils ne sont plus là. Où sont-ils allés ? Je suis tentée de les rattraper, de leur dire de venir tout de suite. Seulement, je ne voudrais pas que Manuel cesse de parler...

– Ça, tu nous l'as dit hier soir. Quand est-elle venue te voir, Manuel ? Quand t'a-t-elle demandé la clé ?

– Juste avant que je rentre chez moi. Lundi soir. Après la fermeture de la cafétéria, à sept heures. J'avais fait un double service pour remplacer Fernando, qui devait se rendre à l'anniversaire de sa grand-mère. Elle est venue vers moi quand j'enfilais mon manteau pour repartir, et m'a dit qu'elle avait besoin de la clé de la cafèt', parce qu'elle y avait laissé quelque chose.

– Elle a précisé quoi ? je demande en regardant vers la porte. (Mais où sont passés les deux types ?) C'était quoi, ce qu'elle y avait laissé ?

Manuel secoue la tête. Il pleure toujours.

– J'aurais dû y aller avec elle. J'aurais dû l'accompagner, lui ouvrir la porte et attendre qu'elle ait récupéré ce qu'elle avait à récupérer. Mais j'étais censé retrouver quelqu'un (au ton sur lequel il dit cela, je devine qu'il s'agit d'une petite copine). Et j'étais limite en retard. Et puis... et puis c'était Lindsay.

– Ouais, je réplique d'une voix encourageante. Tout le monde la connaissait. Tout le monde lui faisait confiance.

Bien que je commence à penser qu'on n'aurait peut-être pas dû...

– Ouais, je sais que je n'aurais pas dû la lui donner, poursuit Manuel. Mais elle était si jolie, si gentille. Nous l'aimions tous. Je pouvais pas imaginer qu'elle voulait la clé pour de mauvaises raisons. Elle m'a dit que c'était très important... qu'elle avait quelque chose à rendre à... aux gens à qui elle l'avait emprunté. Que sinon, ils allaient lui en vouloir...

Mon sang se glace – comment expliquer, sinon, que j'aie soudain si froid ?

– Elle n'a pas dit qui *ils* étaient ?

Manuel fait non de la tête.

– Et elle a réellement dit « ils » avec un « s », comme s'ils étaient plusieurs ?

Il acquiesce.

Voilà qui était bizarre. À moins que Lindsay n'ait utilisé la troisième personne du pluriel pour ne pas, en disant « il » ou « elle », révéler le sexe de la personne dont elle parlait.

– Tu lui as donc donné la clé.

Il hoche tristement la tête.

– Elle a promis de me la rendre. M'a dit qu'elle me retrouverait à l'accueil le lendemain matin à dix heures et qu'elle me rendrait la clé. J'ai attendu. C'est là que j'étais quand la police est arrivée. Personne ne m'a informé de ce qui se passait. Ils sont passés devant moi comme si j'existais pas. Je l'attendais et, pendant ce temps, elle était là-dedans, morte !

Manuel s'interrompt. Il s'étouffe un peu, tant ses sanglots sont violents. L'une des machines auquel il est relié par un tuyau émet un signal. La femme que je suppose être sa mère s'agite dans son demi-sommeil.

– Si... reprend-il. Si...

– Manuel, ne parle plus ! dis-je. Et, à l'adresse de la femme, qui vient de se réveiller :

– Allez chercher une infirmière !

Elle écarquille les yeux et se précipite hors de la chambre.

– Si... répète Manuel.

– Manuel, ne dis plus rien !

Entre-temps, Julio s'est lui aussi réveillé et murmure à son neveu des paroles en espagnol.

Mais Manuel refuse de se calmer.

– Si ce n'est pas ma faute, réussit-il enfin à articuler, pourquoi auraient-ils essayé de me tuer ?

– Parce qu'ils croient que tu sais qui ils sont. Ceux qui ont tué Lindsay pensent que tu pourrais les identifier. Ce qui signifie qu'elle a dû te dire quelque chose qui le leur a fait croire. C'était quoi, Manuel ? Essaie de te rappeler.

– Elle a dit… elle a dit quelque chose au sujet d'un certain…

– Doug ? je m'écrie. Est-ce qu'elle a mentionné un type nommé Doug ? Ou Mark, peut-être ?

Le signal s'intensifie. Une doctoresse et deux infirmières entrent en toute hâte, talonnées par la mère de Manuel… et les deux inspecteurs.

– Non, répond Manuel, d'une voix faiblissante. Il me semble que c'était… Steve… Elle a dit que Steve allait lui en vouloir à mort.

Steve ? C'est qui, *Steve* ?

Ses yeux se ferment.

– Poussez-vous de là ! aboie la doctoresse.

Je m'écarte, pendant qu'elle traficote les tuyaux de Manuel. Dieu merci, le signal reprend un rythme plus normal. La doctoresse paraît soulagée. Manuel s'est de toute évidence endormi.

– Tout le monde dehors ! lance l'une des infirmières en nous indiquant la porte. Il a besoin de se reposer maintenant.

– Mais je suis sa mère ! proteste la femme.

– Vous, vous pouvez rester, concède l'infirmière. Les autres, dehors !

Je ne suis vraiment pas fière de moi. Je m'éloigne en traînant les pieds en compagnie des deux détectives, tandis que Mme Juarez et Julio restent avec Manuel.

– Que lui est-il arrivé ? me demande le plus jeune, une fois dans le couloir.

Alors, je lui raconte tout. Tout ce qu'a dit Manuel. Surtout ce qui concerne Steve.

Ça a l'air de les raser.

– Tout ça, on le sait déjà, rétorque le plus vieux d'un ton culpabilisant, comme si je tenais absolument à leur faire perdre leur temps.

Je suis choquée.

– Ce n'est pas vrai !

– Si, on le sait ! insiste le plus jeune, soutenant son collègue. C'était dans le rapport. Tous ces trucs à propos de la clé, il les a déjà dits hier soir.

– Pas ce qui se rapporte à Steve ! dis-je.

– Je suis quasiment sûr que le rapport mentionne un Steve dit le plus âgé.

– Steve, confirme le plus jeune. À moins que ce ne soit John.

– Il n'y a pas de John, dis-je. Juste un Doug. Voire un Mark. Mark était le petit ami de la défunte. Enfin, à part qu'elle fréquentait en douce un certain Doug. Et à présent, il y a un Steve. Sauf que j'ai jamais entendu parler d'aucun Steve...

– Vous ne nous apprenez rien, répète le plus jeune, manifestement agacé.

Je les foudroie du regard.

– Où est l'inspecteur Canavan ?

– Il n'a pas pu arriver en ville ce matin. À cause de l'état des routes là où il habite.

– Eh bien, allez-vous l'appeler pour lui parler de ce Steve ? Ou dois-je le faire moi-même ?

– Mademoiselle, on vous l'a déjà dit. Nous savons... commence le plus jeune.

– Bien sûr qu'on va l'appeler ! l'interrompt son collègue.

Le premier paraît stupéfait.

– Mais Marty...

– On va l'appeler, répète le plus vieux en lui adressant un clin d'œil.

– Ah, OK, fait l'autre. Ouais, ouais, appelons-le !

Je reste plantée là à les regarder. L'inspecteur Canavan les a prévenus à mon sujet, c'est clair. Ce qui est tout aussi clair, c'est qu'il n'a pas fait mon éloge...

– Vous savez, dis-je d'une voix agressive, j'ai son numéro de portable. Je pourrais l'appeler moi-même.

– Qu'est-ce que vous attendez ? rétorque Marty, le plus âgé des deux policiers. Il sera content d'avoir de vos nouvelles, j'en suis certain !

L'autre s'esclaffe.

Je sens mes joues s'empourprer. Suis-je donc, aux yeux de Canavan, une telle emmerdeuse ? Certes, je m'en doutais un peu. Mais je n'aurais jamais pensé qu'il se plaignait de moi auprès des officiers du Central 6. Serais-je la risée du commissariat ?

C'est fort possible.

– Très bien, dis-je en faisant volte-face. Il faut que j'y aille, à présent.

– Une seconde ! Mademoiselle Wells ?

Je me retourne. Le jeune tient un stylo et un carnet.

– Désolé, mademoiselle Wells... j'ai failli oublier. (Il semble très sérieux.) Je peux avoir un autographe ?

Je le fixe avec étonnement. C'est une blague, ou quoi ?

– Je plaisante pas... J'ai dit à ma petite sœur que vous traîniez souvent au commissariat, et elle m'a demandé de lui rapporter un autographe, si c'était possible.

Il paraît sincère. Je prends le stylo et le carnet, m'en voulant de m'être montrée si irritable.

– Volontiers. C'est quoi, le prénom de votre sœur ?

– Oh, elle a juste besoin de la signature, répond l'officier. Elle dit que les autographes se vendent moins bien, sur eBay, quand ils sont personnalisés.

Je lui jette un regard noir.

– Elle veut un autographe pour pouvoir le vendre sur eBay ?

– Ben ouais. (Il a l'air très surpris que j'aie pu imaginer autre chose.) Qu'est-ce que vous voudriez qu'elle en fasse, de tous vos vieux CD ? Elle dit qu'elle aura plus de chances de les vendre si elle y ajoute un autographe. Que ça la distinguera des millions d'autres gens qui se débarrassent de leur collection de CD d'Heather Wells.

Je lui rends carnet et stylo.

– Au revoir, messieurs les inspecteurs ! dis-je en tournant les talons.

– Ohé, me crie le plus jeune. Heather ! Ne le prenez pas comme ça !

– On ne pourrait pas tous être amis ? demande Marty, riant tellement fort qu'il a du mal à articuler.

Parvenue à l'ascenseur, je fais volte-face pour leur dire ce que je pense d'eux. Avec mon majeur.

Ils s'esclaffent de plus belle.

C'est dans les moments de crise, prétend-on, que les New-Yorkais révèlent le meilleur d'eux-mêmes.

On raconte vraiment n'importe quoi !

18

Ne laisse pas l'amour filer comme un phare
Dans la nuit en emportant ton cœur
Pas la peine d'attendre que les choses arrivent
Allez, vas-y, bats-toi !

« Ne laisse pas l'amour... »
Écrit par Heather Wells

Je parviens à regagner Fischer Hall en un seul morceau – enfin, plus ou moins. Impossible de trouver un taxi. Il n'y en a pas. Les rares véhicules que je vois rouler sont des voitures de police. L'une d'entre elles effectue une marche arrière sur la Sixième Avenue puis reste bloquée là, ses roues patinant dans la neige. Un groupe de gens sort d'un salon de thé et d'un magasin Gap pour l'aider à se dégager.

Pas moi. Pour ce qui est des flics, j'ai eu ma dose aujourd'hui. Je suis toujours contrariée par cette histoire d'autographe quand je pénètre enfin dans mon bureau... pour y trouver Tom, assis à ma place, tandis que la porte de son bureau est fermée. J'entends chuchoter le docteur Kilgore.

– C'est pas vrai ! dis-je en retirant mon bonnet d'un geste vif. (Je sens mes cheveux flotter dans l'air, chargés d'électricité. Mais ça m'est égal.) Ne me dis pas qu'elle est revenue !

– Et va rester toute la semaine, je le crains, répond Tom d'une voix morose. Ne te laisse pas abattre ! Demain, c'est vendredi.

Je retire mon manteau et me laisse tomber sur la chaise de Sarah.

– N'empêche... J'ai l'impression qu'on viole mon espace vital. Elle est avec qui ?

– Cheryl Haebig.

– *Encore elle ?*

Il hausse les épaules.

– Sa future camarade de chambre a été assassinée. Elle est bouleversée, c'est normal.

Je lance un regard mauvais en direction de la repro de Monet, sur le mur.

– Lindsay était loin d'être aussi merveilleuse qu'on le raconte, dis-je malgré moi.

Tom écarquille les yeux.

– Pardon ?

– Je t'assure. Elle a baratiné Manuel jusqu'à ce qu'il lui donne sa clé de la cafèt'. Pourquoi en avait-elle besoin ? Elle lui a dit qu'elle y avait laissé quelque chose qu'il lui fallait récupérer. Dans ce cas, pourquoi n'est-elle pas allée trouver l'un des RE ? Ils auraient pu lui ouvrir aussi facilement que Manuel, puisqu'elle était censée entrer et sortir. Non. Elle est allée le voir parce qu'elle savait qu'il avait rendez-vous, qu'il n'aurait pas le temps de l'attendre pendant qu'elle récupérait son truc, et qu'il lui filerait la clé si elle la lui demandait. Bref, qu'elle pourrait la garder toute la nuit. Elle l'a embobiné. Comme elle embobinait tous les garçons. Et les filles aussi... Même Magda en était gaga.

– Tu as un problème avec Lindsay, on dirait. Tu devrais peut-être consulter le docteur Kilgore à ce sujet.

– La ferme !

– Tu as des messages, m'annonce-t-il avec un sourire narquois, avant de me les tendre.

– Jordan Cartwright. Jordan Cartwright. Jordan Cartwright. Tad Tocco.

Une seconde. C'est qui, Tad Tocco ?

– Je vais me chercher du café, déclare Tom en se levant, sa tasse à la main. Je t'en rapporte ?

– Ouais, dis-je d'une voix distraite. Bonne idée.

Qui est Tad Tocco, et pourquoi son nom m'est-il si familier ?

Tom sorti, je lui crie après :

– Rajoutes-y un peu de chocolat chaud !

– OK ! braille-t-il.

La porte de son bureau s'ouvre alors brusquement et le docteur Kilgore passe la tête dans l'embrasure.

– Pourriez-vous parler moins fort, je vous prie ? demande-t-elle d'un ton irrité. J'ai ici une étudiante très affligée.

– Oh, bien sûr ! dis-je d'une voix coupable. Je suis désolée.

Elle me foudroie du regard et claque la porte.

Je m'affale un peu plus sur ma chaise. Sarah a laissé, sur son bureau, un exemplaire du journal de la fac ouvert à la page « Sports ». On y voit une photo de l'entraîneur, frappant dans ses mains et hurlant quelque chose à l'attention d'une masse floue, sur le terrain. « Steven Andrews encourageant ses joueurs », lit-on en guise de légende.

Ça me glace le sang.

Steven. Steven *Andrews.*

En moins de temps qu'il n'en faut pour le dire, j'appelle le service des sports.

– Euh... salut, je bredouille lorsqu'on me répond enfin. M. Andrews est-il là, aujourd'hui ?

Mon interlocuteur est très mal luné... peut-être parce que, comme moi, on l'a obligé à venir travailler malgré l'alerte neige.

– Où voudriez-vous qu'il soit ? demande M. Grincheux. Un autre match va avoir lieu ce week-end, vous savez.

Le gars me raccroche au nez. Je m'en fiche. J'ai appris ce que je voulais apprendre. L'entraîneur est dans les parages. Ce qui signifie que je peux aller au centre sportif Winer l'interroger sur ses relations avec Lindsay.

Une seconde ! Je ne peux pas faire ça. J'ai juré. Oui, juré à tout le monde que cette fois-ci, je ne m'en mêlerais pas...

Mais j'ai aussi promis à Magda de ne pas permettre que le nom de Lindsay soit traîné dans la boue. Or, si Andrews couchait avec elle, comme l'a suggéré Kimberly, ça signifie qu'une personne ayant autorité profitait d'elle. Mais peut-on parler d'abus, en ce qui concerne les rapports entre un entraîneur et une pom-pom girl ? Quoi qu'il en soit, cette intimité était des plus déplacées...

Qu'avait bien pu oublier Lindsay à la cafétéria, qu'il lui fallait rendre de toute urgence à Andrews ?

Il n'y a qu'une façon de le savoir. C'est pourquoi je quitte le bureau de Sarah pour descendre au sous-sol et choisir, dans le tas de papiers à recycler au pied de la cage d'escalier, un carton de bonne taille. Je remonte précipitamment dans le hall et, alors que j'enroule mon écharpe autour de mon cou, je manque de percuter mon chef qui sort de la cafétéria avec deux tasses de café.

– Où tu vas ? demande Tom, en jetant un coup d'œil au carton.

– Les parents de Lindsay ont appelé.

C'est flippant de voir avec quelle facilité je mens, ces derniers temps. Rien d'étonnant à ce que je n'aie pas le cran de chanter en public. Je m'étais trompée de vocation.

– Ils veulent qu'on vide son casier au centre sportif.

Tom paraît surpris.

– Ah bon... Je croyais que Cheryl et ses copines s'en étaient déjà chargées. Quand elles sont allées chercher ce pull.

– Il faut croire que non, dis-je en haussant les épaules. Je me dépêche. À plus tard !

Sans lui laisser le temps de rien ajouter, je m'élance dans le froid et dans le vent, me servant du carton comme d'un bouclier anti-neige. Ma progression est lente. Personne n'a encore commencé à pelleter la neige sur les trottoirs car, bien que moins abondante, elle continue à tomber. Mais comme j'ai mis mes Timberland, je garde les pieds au sec et au chaud. De toute façon, j'adore la neige. Elle recouvre les sachets vides de marijuana et les très polluantes bombes aérosol qui jonchent les trottoirs, et étouffe le vacarme des sirènes et des coups de klaxon. Certes, les propriétaires des voitures ne pourront pas dégager leurs véhicules avant une semaine, étant donné que les chasse-neige – dont les lumières clignotantes blanches et orange se reflètent sur les tas de neige accumulés de part et d'autre de la chaussée – vont les recouvrir à nouveau.

N'empêche que c'est joli. Surtout Washington Square Park, où le bassin de la fontaine est entièrement rempli de neige, laquelle coiffe aussi les statues de George Washington de blanches perruques hivernales. Sur les arbres aux branches tortueuses où l'on pendait autrefois les condamnés étincellent des stalactites. Seuls les écureuils viennent troubler la blancheur immaculée entre les troncs – là où jadis, au lieu de bancs verts, se trouvaient des fosses communes. L'enclos à chiens est désert, tout comme les aires de jeux, où les balançoires à l'abandon oscillent tristement au vent. La seule activité provient du coin des joueurs d'échecs, comme toujours occupé par des SDF fuyant la sécurité toute relative du centre d'accueil d'urgence, et les joueurs invétérés prêts à braver les éléments pour disputer une bonne partie.

C'est ainsi que j'aime ma ville : habitants compris.

Bon sang, je suis décidément une vraie New-Yorkaise.

Si belle que soit la ville, je suis soulagée quand je pousse enfin la porte du centre sportif et retire la neige collée à mes bottes en tapant des pieds sur le paillasson. Mon visage se réchauffe lentement tandis que je montre ma carte de membre du personnel au gardien, qui me fait signe de franchir la borne biométrique. Dans le bâtiment flotte l'odeur habituelle, mélange de sueur et du chlore de la piscine. Il est quasiment désert. La plupart des étudiants ne sont vraisemblablement pas prêts à braver les éléments pour leur séance de sport quotidienne.

Les Coquelicots le sont, quant à eux. Comme je me penche au-dessus de la balustrade de l'atrium, je les vois sur le parquet du terrain de basket, qui s'exercent aux smashs qu'ils n'ont pas le droit de pratiquer pendant les matchs – en s'accrochant à l'anneau, par exemple. Le terrain paraît plus grand avec les gradins relevés. Pendant que je les observe, quelqu'un passe le ballon à Mark, que je reconnais à sa coupe en brosse.

– Shepelsky, dit son coéquipier. Tente un tir en course !

Mark saisit la balle d'une main experte, dribble et monte au panier. Je jurerais qu'il y a au moins un mètre entre le sol et la semelle de ses baskets. Quand il retombe, je perçois le couinement du caoutchouc sur une surface lisse et glissante, semblable à celui de la veille au soir, quand les agresseurs de Manuel ont pris la fuite.

Non que ça signifie quoi que ce soit. Toutes les baskets font ce bruit-là. Par ailleurs, Mark et ses camarades étaient sans doute dans les vestiaires en train de se faire remonter les bretelles par leur entraîneur lorsque Manuel a été poignardé. Ils ne peuvent donc pas être mêlés à son agression.

À moins que...

À moins qu'Andrews ne leur ait donné l'ordre d'agir.

Je me laisse emporter par mon imagination. Mieux vaut que je passe au bureau de l'entraîneur avec mon carton sous le bras et que je voie, par moi-même, si ma folle théorie tient le coup – avant d'échafauder des scénarios où Steven Andrews est une sorte de Svengali capable de convaincre des adolescents attardés de lui obéir au doigt et à l'œil...

Peut-être que dans les facs dotées d'équipes de première division, où l'entraîneur de basket est seul maître à bord après Dieu, un homme comme Andrews posséderait son propre assistant. Dans le cas présent, il a juste droit à un RE ronchon, assis dans la pièce d'accès au bureau des sports, le nez plongé dans un exemplaire défraîchi de *La Source vive*.

– Salut ! je lance. M. Andrews est dans le coin ?

Sans même lever les yeux, le gamin se contente de me désigner une porte ouverte d'un geste du pouce.

– Là-dedans, dit-il.

Je le remercie et me dirige vers la porte. Par l'embrasure, je vois Steven Andrews installé à son bureau, où s'empilent ce qui ressemble à des manuels de sport. La tête entre les mains, il fixe, découragé, une feuille couverte de X et de O. On dirait Napoléon dressant un plan de bataille.

Ou moi-même, quand je m'occupe de l'affectation des chambres, vu que je n'ai toujours pas compris le fonctionnement du logiciel du service du logement.

– Euh... Monsieur Andrews ?

Il lève les yeux.

– Oui.

Je retire mon bonnet. Lorsque mes cheveux chargés d'électricité retombent n'importe comment autour de mon visage, il paraît me reconnaître.

– Oh, bonjour. Vous êtes... Mary ?

– Heather, je rectifie en m'installant sur la chaise, de l'autre côté du bureau.

Je tiens ici à souligner que le mobilier du centre sportif Winer est beaucoup plus élégant que celui de mon bureau. Ici, pas de divan en vinyle orange, non monsieur, mais du cuir noir et du métal chromé.

Je parie que l'entraîneur gagne plus de vingt-trois mille dollars par an.

Bien qu'il n'ait pas droit aux esquimaux à volonté, lui.

Enfin, j'imagine.

– Ah oui. Désolé, Heather. Vous travaillez à Fischer Hall ?

– Oui. Là où vivait Lindsay.

J'étudie attentivement sa réaction au nom de « Lindsay ».

En vain. Il ne cille pas, ne blêmit pas. A juste l'air dubitatif.

– Euh...

Ah là là. Il cache bien son jeu !

– Oui, dis-je. Et je me demandais... Quelqu'un a vidé son casier ?

À présent, il semble perdu.

– Son casier ?

– Oui. Son casier, ici, au centre sportif. Elle devait bien en avoir un, non ?

– Très certainement, confirme l'entraîneur. Mais pour ça vous ne feriez pas mieux de vous adresser à Vivian Chambers, la coach des pom-pom girls ? C'est elle qui pourrait vous donner le numéro de casier de Lindsay et sa combinaison. Son bureau se trouve au bout du couloir. Seulement, je crains qu'elle ne soit pas là aujourd'hui. À cause de la neige.

– Oh, la coach des pom-pom girls. Très bien. Mais... puisque je suis là aujourd'hui. Et que j'ai apporté ce carton.

– Eh bien...

L'entraîneur tient manifestement à m'aider. Sans blague. Ce gars a un match super-important à préparer, et prend tout de même le temps de rendre service à une collègue de l'université. À une employée qui gagne beaucoup moins que lui.

– Je devrais pouvoir obtenir le numéro et la combinaison par le biais du service technique. Laissez-moi les appeler.

Se montre-t-il aussi serviable parce qu'il est réellement gentil ? Ou parce qu'il s'en veut de ce qu'il a fait à Lindsay ?

– Super ! C'est très sympa de votre part. Merci.

– Je vous en prie, réplique l'entraîneur en décrochant et en composant le numéro. Enfin, faut juste que les gars aient réussi à venir ici. Oh, Jonas ! s'exclame-t-il lorsque quelqu'un répond, à l'autre bout du fil. Tu es là, formidable. Écoute, j'ai ici une dame du service du logement qui a besoin de vider le casier de Lindsay Combs. Je me demandais si vous autres aviez accès à la combinaison. Oh, et aussi quel est le numéro de son casier, étant donné que Viv n'a pas pu être là ce matin. Tu l'as ? Super. Ouais, ce serait génial. OK, ouais, rappelle-moi !

Il raccroche et m'adresse un sourire radieux.

– Vous avez de la chance. Ils vont le chercher et rappeler pour nous le donner.

Je n'en reviens pas. Franchement.

– C'est... merci. C'était vraiment très aimable.

– Oh, c'est rien. Si je peux me rendre utile. Ce qui est arrivé à Lindsay est tellement épouvantable.

– N'est-ce pas ? D'autant plus que Lindsay... enfin... elle était si populaire. On imagine mal qu'elle ait eu des ennemis.

– Je sais, approuve l'entraîneur, se renversant sur sa chaise. C'est ce que je ne pige pas. Elle était aimée de tout le monde, sans exception.

– Enfin, presque... dis-je en pensant à Kimberly, qui ne semble franchement pas en avoir été dingue.

– Certes, à l'exception de la personne qui lui a fait ça, rectifie Andrews.

Il n'a pas l'air au courant de l'animosité entre Kimberly et Lindsay.

– Ouais, dis-je. Il est clair que quelqu'un ne l'aimait pas. Ou tenait à l'empêcher de parler.

– De parler de quoi ? réplique Steven Andrews en écarquillant ses candides yeux bleus. Lindsay était une fille bien. C'est pour ça que c'est si terrible. Enfin, pour moi. Pour vous, je suis sûr que c'est pire. Pour vous et votre patron... c'est quoi son nom, déjà ? Tom quelque chose ?

Je le fixe avec étonnement.

– Snelling. Tom Snelling.

– Ah ouais... Il est nouveau, non ?

– Il a commencé le mois dernier.

Une seconde ! Comment la conversation a-t-elle glissé de Lindsay à Tom ?

– Il vient d'où ? demande l'entraîneur.

– De l'université du Texas. Pour ce qui est de Lindsay...

– Waouh ! Il doit être drôlement dépaysé. Passer de College Station à la Grosse Pomme ! Dire que même pour moi ça a été dur, alors que je ne venais que de Burlington.

– Ouais. J'imagine. Mais Tom s'en sort très bien. (Je ne précise pas qu'il songe souvent à démissionner.) À propos de Lindsay, je me demandais si...

– Il n'est pas marié, n'est-ce pas ?

Il a dit cela sur un ton désinvolte. Trop désinvolte.

– Qui ça ? *Tom ?*

– Ouais, répond-il. (Soudain, je remarque que ses joues ont rosi.) Enfin... j'ai vu qu'il ne portait pas d'alliance.

– Tom est *homo*, dis-je.

D'accord, je parle à l'entraîneur d'une équipe de basket de troisième division. Mais être à ce point bas du front...

– Je *sais*. (À présent, il est franchement écarlate.) Je me demandais s'il avait quelqu'un dans sa vie.

Je secoue la tête.

– Nnn... non.

– Oh.

Il semble soulagé, voire heureux, d'entendre ça.

– Parce que j'avais pensé... poursuit-il. C'est dur de s'installer dans une nouvelle ville, de commencer un nouveau boulot et ainsi de suite. Si ça lui dit qu'un de ces quatre on aille boire une bière ou...

Son téléphone sonne. L'entraîneur répond.

– Andrews, annonce-t-il. Oh, super. Attendez, je prends un stylo.

Pendant que Steven Andrews griffonne le numéro et la combinaison du casier de Lindsay sur un bout de papier, je reste là, à réfléchir à ce que je crois avoir compris. À moins que je ne fasse fausse route, l'entraîneur est *homo*.

Et a manifestement envie de sortir avec mon chef.

– Formidable, merci beaucoup ! lance-t-il avant de raccrocher.

– Tenez, dit-il en me tendant les numéros. Longez le couloir jusqu'aux vestiaires des filles, et vous le trouverez. C'est le 625.

Je prends le bout de papier, que je plie et fourre dans ma poche, un peu sonnée.

– Merci.

– Je vous en prie. On en était où ?

– Je... je... je sais plus.

Je sens mes épaules s'affaisser.

– Ah oui, Tom ! reprend-il. Dites-lui de m'appeler... Vous savez, s'il a envie de sortir un soir...

– De sortir, je répète. Avec vous ?

– Ouais.

Sans doute mon expression l'inquiète-t-elle, car son ton est soudain anxieux :

– Attendez... Ce n'est pas convenable de vous demander ça à vous ? Je devrais peut-être l'appeler moi-même.

– En effet, dis-je d'une voix faible.

Il hoche la tête.

– Oui. Vous avez raison. C'est ce qu'il faut que je fasse. Je voulais juste... enfin, vous me comprenez. Vous avez l'air cool, et j'ai pensé que vous pourriez peut-être... Aucune importance.

Soit il s'agit d'un plan archi-élaboré pour détourner les soupçons de meurtre pouvant peser sur lui, soit l'entraîneur est homo.

Kimberly m'a-t-elle menti ? J'en ai bien l'impression. Surtout lorsque Steven Andrews murmure, en se penchant vers moi :

– Je voudrais pas vous paraître midinette, mais... j'ai absolument *tous* vos albums !

– Super ! À présent, je vais y aller.

– Au revoir ! lance-t-il d'une voix joyeuse.

Je prends mon carton et quitte le bureau. En toute hâte.

19

Il est quatre heures du mat', mais j'ai beau tendre le bras
Des taxis, y en a pas !
J'aurais dû me douter que pour aller faire dodo
Faudrait que j'me coltine le métro !

« Taxi »
Écrit par Heather Wells

– Appelle Andrews, l'entraîneur ! dis-je à Tom, de retour au bureau.

Il lève les yeux de son ordinateur, ou plutôt de *mon* ordinateur.

– Hein ?

Je m'effondre sur la chaise de Sarah et balance mon carton vide sur le sol. Tom avait dit vrai : quelqu'un avait déjà vidé le casier de Lindsay.

– Appelle Steven Andrews. Je crois qu'il a flashé sur toi.

Tom ouvre des yeux ronds comme des soucoupes.

– Tu te fous de ma gueule !

– Appelle-le, dis-je en retirant mon écharpe. Tu verras bien.

– L'entraîneur est *homo* ?

À voir la tête de Tom, on croirait qu'il vient de se prendre une claque.

– Il semblerait, oui. Pourquoi ? Ton radar à homos ne s'est pas déclenché ?

– Il se déclenche chaque fois que je vois un mec sexy, répond Tom. Ce qui ne signifie pas qu'il est fiable.

– En tout cas, il s'est informé à ton sujet. Ou ça fait partie d'un plan diabolique pour éviter que nous le soupçonnions du meurtre de Lindsay, ou bien il craque vraiment pour toi. Appelle-le, comme ça on saura à quoi s'en tenir.

Déjà, Tom tend la main vers le téléphone. Or, soudain, il se fige et me regarde, visiblement perdu.

– Une seconde ! Qu'est-ce qu'Andrews a à voir avec le meurtre de Lindsay ?

– Soit rien, soit tout. Appelle-le !

Tom secoue la tête.

– Non, non. Pas question de faire quelque chose d'aussi important en public. Même si le public, c'est toi. Je vais appeler de mon appartement. Et tout de suite !

Il repousse sa chaise en arrière et se lève.

– Tu me raconteras ce qu'il t'a dit, je m'écrie alors que Tom s'empresse de sortir et se précipite vers les ascenseurs.

Une fois Tom parti, je m'interroge. Jusqu'où l'entraîneur sera-t-il disposé à aller, au cas où il ne soit pas vraiment homo ? Jouera-t-il le jeu, avec Tom, et ce dans l'espoir de détourner les soupçons ? Un hétéro en serait-il seulement capable ? Sans doute, s'il est bi. Mais l'entraîneur ne me paraissait pas bi.

Bien sûr, il ne m'avait pas non plus paru homo, du moins pas avant aujourd'hui. Il cache parfaitement son jeu. Mais ça vaut mieux, j'imagine, quand on est l'entraîneur d'une équipe de basket. Enfin, si l'on tient à garder son job.

Je me demande si le président Allington se doute que son chouchou est une chochotte, lorsque Gavin McGoren entre dans le bureau d'un pas nonchalant.

– Quoi de neuf ? lance-t-il en se jetant sur le divan en face de mon bureau... ou de celui de Tom.

– Quoi, « quoi de neuf » ? dis-je. Il y a alerte neige aujourd'hui. Tous les cours sont annulés. Qu'est-ce que tu fais là ? Tu devrais pas être en train de prendre une cuite au fond d'un rade de Soho ?

– Je devrais, répond Gavin, sauf que ton chef m'a convoqué.

Il tire de la poche arrière de son pantalon une lettre disciplinaire crasseuse, pliée et repliée.

– Pour une « consultation consécutive à un incident lié à l'alcool ».

– Ah ! je m'exclame gaiement. Espèce de nul !

– On t'a déjà fait remarquer que ton attitude n'était pas très professionnelle ?

– On t'a déjà fait remarquer qu'il était extrêmement dangereux, pour ne pas dire débile, de boire vingt et une mesures d'alcool en une soirée ?

Il me jette un regard qui semble signifier : « Sans blague ! »

– Alors, pourquoi n'ont-ils pas encore chopé le gars qui a refroidi Lindsay ? demande-t-il.

– Parce que personne ne sait qui a fait le coup.

Et il y en a, parmi nous, qui se cassent la tête à essayer de le découvrir...

– Super ! réplique Gavin. Au moins, on a l'impression de vivre dans un endroit sûr ! Ma mère veut que je déménage à Wasser Hall, où les gens ne se font pas décapiter.

Je le fixe, réellement outrée.

– Tu ne vas pas faire ça !

– Pourquoi pas ? dit-il, détournant les yeux. C'est plus près de la fac de ciné.

Je n'en reviens pas.

– Bon sang. Tu es sérieux, ma parole !

– Ben ouais, quoi ! C'est pas cool de vivre au Dortoir de la mort.

– J'aurais pensé que si, pour quelqu'un qui aspire à être le prochain Quentin Tarantino.

– Eli Roth, rectifie-t-il.

– Comme tu voudras. Mais n'hésite pas, va t'installer à Wasser Hall, si tu as la trouille ! Tiens ! Commence à emballer tes affaires.

Je lui tends le carton que j'ai rapporté vide du centre sportif.

– J'ai pas la trouille ! proteste Gavin, repoussant le carton et redressant le menton (ce qui me permet de constater que son bouc est plus touffu). Et toi, tu ne flippes pas ?

– Non, dis-je. Je suis en colère. Je veux savoir qui a fait ça à Lindsay, et pourquoi. Je veux que les coupables soient arrêtés.

– Ils ont des pistes ? demande Gavin, me regardant enfin dans les yeux.

– Je ne sais pas. Si c'est le cas, je n'en ai pas été informée. Tu permets que je te pose une question ? Tu crois qu'Andrews, l'entraîneur, est homo ?

Gavin s'esclaffe.

– Homo ? Non !

Je secoue la tête.

– Pourquoi pas ?

– Ben... c'est un sportif !

– Il y a eu quelques homos dans l'histoire du sport, tu sais.

– Ouais... des golfeuses lesbiennes ! ricane Gavin.

– Non. Greg Louganis, par exemple.

Il semble déconcerté.

– C'est qui, ça ?

– Laisse tomber ! Il se pourrait que l'entraîneur soit homo, et qu'il ne tienne pas à ce que tout le monde le sache. Ça risquerait de stresser les joueurs.

– Tu m'étonnes !

– Mais toi, tu ne le crois pas homo ?

– Qu'est-ce que j'en sais ? demande Gavin. Je l'ai jamais vu ! Tout ce que je sais, c'est qu'il est entraîneur de basket, et que les entraîneurs sont pas homos. En général.

– Bon... Tu n'as jamais entendu parler d'une histoire entre Andrews et Lindsay ?

– Une histoire de cœur, tu veux dire ?

– Ouais.

– Non. Ce serait dégueu ! Il a... je sais pas, moi... dans les trente ans.

Je le fixe, stupéfaite.

– Ah ouais, c'est un vieux croûton !

Gavin a un sourire sarcastique.

– Enfin, bref... Je croyais que Lindsay était à la colle avec Mark Shepelsky.

– Plus trop, à ce qu'on dirait. Ces derniers temps, elle fréquentait un certain Doug Winer. Tu le connais ?

– À peine, répond-il en haussant les épaules. Je connais mieux son frère, Steve.

Soudain, c'est comme si la terre tremblait sous mes pieds.

– *Quoi* ?

Ce que je viens d'entendre me sidère.

Surpris par ma réaction, Gavin bredouille :

– Ste... Steve. Ouais, Steve Winer. Pourquoi, tu ignorais que...

– *Steve* ? Doug Winer a un frère prénommé *Steve* ? Tu parles sérieusement ?

– Ouais, confirme Gavin, me regardant bizarrement. On a suivi le même cours de ciné, le semestre dernier. On a bossé ensemble sur un projet, assez nul d'ailleurs. Ce qui n'a rien de surprenant, vu que Steve est lui-même assez nul. Mais on a pas mal traîné ensemble. Il est plus âgé. Il vit dans le bâtiment de la Tau Phi Epsilon.

– Il fait lui aussi partie de la fraternité ?

– Ouais, je crois qu'il est leur président, ou un truc dans ce goût-là. Ce qui est logique, vu qu'il doit être le plus vieux. Ce gars a vingt-cinq ans et suit toujours des cours du genre « Introduction au travail social ». Steve voudrait gagner plein d'oseille, comme son papa. Mais il est trop bête et trop flemmard pour y parvenir autrement qu'en dealant. C'est pourquoi il vend de la coke et du shit aux gosses de riches de la fac pendant que papa – et l'université de New York, si tu veux mon avis – fait semblant de ne rien voir. Pas étonnant que la fac ne réagisse pas, car le père Winer leur a fait don du centre sportif. (Il glousse.) Dommage que ses propres gosses soient trop souvent défoncés pour s'en servir.

– Alors, comme ça, les frères Winer sont de gros dealers ? je demande.

Soudain, l'entraîneur m'intéresse nettement moins...

– « Gros », je ne sais pas, répond Gavin en haussant les épaules. Ils dealent tous les deux, ça c'est sûr. Mais les revendeurs ne sont pas censés tester leur marchandise... Steve, quant à lui, n'arrêtait pas, pendant la période où je suivais ce cours avec lui. Du coup, il dormait tout le temps. Il tombait comme une masse, alors qu'on était censés bosser sur le projet.

C'est moi qui ai dû me taper quasiment tout le boulot. On a eu un « A », bien sûr. Mais pas grâce à Winer.

– Il deale de quoi ? je demande.

– Tout ce que tu veux, le Winer te le trouve. Bien qu'il ait des principes. Il ne vend qu'aux gens prêts à expérimenter les dimensions alternatives de la réalité, dimensions que la drogue peut les aider à atteindre.

Gavin lève les yeux au ciel.

– Des principes... répète-t-il. Tu sais ce que ce gars adorait faire, quand il était gosse ? Enterrer des chats jusqu'au cou, dans son jardin, puis leur rouler sur la tête avec la tondeuse à gazon.

– C'est immonde, dis-je, les yeux écarquillés.

– C'est pas tout. Steve aimait aussi attacher une brique à leur queue et les balancer dans la piscine. Ce type est sadique. Et puis il a ce délire, au sujet du fric. Leur paternel a fait fortune dans le bâtiment. Et il veut que ses gosses suivent l'exemple. Tu sais, qu'ils fondent leur propre entreprise et tout le bordel... Il a donc l'intention de leur couper les vivres dès qu'ils auront obtenu leur diplôme. C'est pourquoi Steve essaie d'exploiter le filon le plus longtemps possible.

Je le dévisage.

– Gavin, comment es-tu au courant de tous ces trucs ?

– Quels trucs ?

– Ces histoires à propos des Winer.

Gavin paraît déconcerté.

– Je sais pas. J'ai fait la fête avec eux.

– Tu as fait la fête avec eux ?

– Ouais. Je considère Steve comme un nul mais ce gars a des relations, tu sais. C'est pourquoi j'ai pas coupé les ponts même s'il a complètement merdé sur notre projet. Quand j'aurai fondé ma propre compagnie de production, il me faudra des investisseurs. Et mieux vaut de l'argent sale que pas d'argent du tout ! Je serai pas obligé de demander d'où il vient. Et puis il y a toujours des poules canon dans les soirées de la Tau Phi. Il y en a une ce soir...

Il s'interrompt et me jette un coup d'œil inquiet.

– Je voulais dire des filles, pas des poules. Des filles.

– Tu as dit qu'il y avait une fête, ce soir, à la résidence des Tau Phi ?

– Euh... oui.

Soudain, je comprends où je vais devoir passer la soirée !

– Tu peux m'y amener ?

– Hein ? demande Gavin, manifestement perdu.

– À la soirée. Pour que j'y rencontre Steve Winer.

Les yeux perpétuellement ensommeillés de Gavin sont pour une fois grands ouverts.

– Tu veux acheter de la coke ? Oh, la vache ! Et moi qui ai toujours cru que t'étais clean ! Avec toutes ces pubs contre la drogue que tu faisais quand t'étais célèbre...

– Je ne veux pas de coke !

– Attention, la cocaïne, ça bousille la santé ! L'herbe, ça, c'est cool. Je peux t'avoir de l'herbe de première ! Ça va t'aider à te détendre parce que franchement, Heather, ce que tu peux être coincée, quelquefois ! Tu m'as toujours fait cette impression...

– Je ne veux pas d'herbe ! Je veux juste poser à Steve Winer quelques questions sur Lindsay Combs. Car je pense qu'il pourrait savoir des choses.

Les yeux de Gavin reprennent leur aspect habituel.

– Ah oui... C'est pas à la police de faire ça ?

– C'est ce que tu penses, pas vrai ? dis-je avec un petit rire amer. Mais la police n'a pas l'air de s'en soucier, d'après ce que j'ai pu constater. Alors, t'en dis quoi ? Tu crois que tu pourras me le présenter ?

– Bien sûr. C'est pas un problème. Si t'es d'accord, je t'emmène à la fête ce soir.

Je me penche au-dessus du bureau de Sarah.

– Vraiment ? Tu ferais ça ?

– Ben ouais... bredouille Gavin, comme s'il s'inquiétait de ma santé mentale. Je vois pas où est le problème.

– Super !

Je le scrute. J'ignore s'il cherche à s'insinuer dans mes bonnes grâces pour pouvoir monter un nouveau coup tordu, ou s'il veut réellement se rendre utile.

– Ce serait génial. Je suis encore jamais allée à une soirée organisée par une fraternité. Ça commence à quelle heure ? Faut que je m'habille comment ?

Je m'efforce de ne pas songer à ce « DEHORS, LES GROSSES ! » s'étalant sur le mur en lettres géantes. L'inscription sera-t-elle toujours là ? Et si l'on refuse de me laisser entrer sous prétexte que je suis trop grosse ? Ce serait la honte !

Pour eux, évidemment.

– T'es jamais allée à une soirée de fraternité ? demande Gavin, carrément choqué. T'es jamais allée à la fac, ou quoi ?

Je préfère ne pas lui répondre.

– Le genre pouffiasse, c'est bon ? Il faut que je me sape dans le genre pouffiasse ?

– Ouais, approuve Gavin, évitant de croiser mon regard. Le genre pouf, ça le fait ! En général, ça ne démarre pas avant onze heures. Je passe te prendre à onze heures ?

– À onze heures ? je m'écrie.

Me rappelant alors le docteur Kilgore – elle s'entretient avec quelqu'un dans le bureau de Tom, comme l'indiquent des voix discrètes, derrière la grille –, je baisse d'un ton.

– Onze heures ?

D'habitude, c'est le moment où je sors ma guitare pour travailler sur mes derniers morceaux, juste avant de faire un bon dodo.

– Onze heures, c'est hyper tard !

Gavin me fixe à nouveau, un grand sourire aux lèvres.

– Va falloir mettre son réveil, hein, grand-mère ?

– Non, dis-je, fronçant les sourcils. (C'est moi qu'il appelle « grand-mère » ?) Si c'est pas possible plus tôt...

– Non.

– OK, très bien. Et mieux vaut que tu ne viennes pas me chercher. On se retrouve devant Waverly Hall à onze heures.

– C'est quoi, le problème ? T'as peur que ton petit copain nous voie ensemble ?

– Je t'ai déjà dit que c'était pas mon...

– Ouais, ouais, c'est ça, c'est pas ton petit copain. Après, tu diras que tu n'es pas en train de me demander de sortir avec toi !

– Je ne te demande pas de sortir avec moi ! Je croyais que tu avais compris. C'est une mission d'exploration pour découvrir la vérité sur le meurtre de Lindsay Combs, pas un rendez-vous galant ! Même si j'apprécie vraiment ton...

– Nom de Dieu ! explose Gavin. Je te faisais marcher ! Pourquoi faut-il que tu sois tout le temps comme ça ?

– Comment, comme ça ?

– Chiante et professionnelle !

– Tu me disais, il y a un instant, que mon attitude n'était pas pro !

– Justement ! T'arrêtes pas de souffler le chaud et le froid ! C'est quoi, ton problème ?

Il prononce ces mots quand Tom entre dans le bureau, le visage radieux.

– Quelqu'un a un problème ? demande-t-il en se glissant sur la chaise, derrière mon bureau.

À son expression, je devine que son coup de fil à Steve Andrews s'est bien passé.

Que dois-je en conclure ? M'étais-je trompée de Steve, pour finir ?

Mais pourquoi Kimberly m'aurait-elle menti ?

– Cette chose, dit Gavin en agitant la lettre disciplinaire sous le nez de Tom. Écoute, mec, je suis conscient d'avoir merdé. Mais faut vraiment que j'en passe par là ? J'ai pas besoin d'une thérapie anti-alcool, mec ! Je l'ai faite aux urgences de Saint-Vincent.

– Eh bien, Gavin, dit Tom en se renversant sur ma chaise, tu as de la chance. Car, vu que je n'ai pas accès à mon bureau en ce moment et que je me trouve être d'excellente humeur, tu es dispensé, cette semaine, de suivi psychologique.

Gavin n'en revient pas.

– Une seconde. C'est vrai ?

– J'ai bien dit *cette* semaine. Je vais reporter les séances. À présent, file ! lance Tom en désignant la porte. Reprends ta liberté !

– Bordel de merde ! s'exclame gaiement Gavin.

Puis il se tourne et me montre du doigt.

– À plus tard, bébé !

Quand il a détalé, Tom me regarde.

– « Bébé » ?

– Cherche pas à comprendre ! Je t'en prie. Alors, je suppose que Steve et toi...

– Sept heures ce soir, dit Tom, le sourire jusqu'aux oreilles. On dîne chez Po, le restaurant italien.

– Romantique.

Tom rougit.

– J'espère que ce le sera !

Moi aussi... pour son bien. Parce que s'il s'avère que je me suis trompée et que l'entraîneur n'est pas homo, ça signifie qu'il y a du vrai dans ce que Kimberly m'a raconté hier soir, dans les toilettes des filles. Avant d'en être assurée, je me concentre sur mon unique autre piste : ce mystérieux « Steve » mentionné par Manuel... qui se trouve, par une trop troublante coïncidence, être le prénom du frère de Doug Winer. S'il sait des choses au sujet de la mort de Lindsay, je m'en rendrai compte... Du moins, je l'espère.

À supposer qu'on ne jette pas les grosses dehors !

20

Comme Michael Jackson et son fond de teint
OJ Simpson et son gant plein de sang
Toi et moi on s'accorde parfaitement
Pour former un couple aberrant !

« Accord parfait »
Écrit par Heather Wells

Ne m'étant encore jamais rendue à la soirée d'une fraternité, je ne sais pas trop comment je suis censée m'habiller. J'ai compris que « pouffiasse » était le mot d'ordre. Mais jusqu'à quel point faut-il l'être ? Et puis, il fait froid dehors... Pas un temps pour se balader en collants et minijupe ! Ce genre de tenue est-il seulement convenable, pour une femme de mon âge ? Sans parler de ces nombreux capitons qui, depuis peu, se multiplient sur mes cuisses...

Qui plus est, je n'ai personne pour m'éclairer. Je ne peux pas appeler Patty, de crainte qu'elle ne se souvienne que je n'ai toujours pas donné de réponse à Frank, pour le concert au Joe's Pub. Et Magda n'est pas de bon conseil. Quand je l'ai appelée pour lui demander si je pouvais porter une minijupe, elle s'est contentée de répondre : « Bien sûr ! » Quand je lui ai demandé s'il fallait que je porte un pull avec, elle a rétorqué : « Un pull ! Ça va pas, la tête ! T'aurais pas un petit top résille ? Ou à motif léopard ? »

Je finis par arrêter mon choix sur une minijupe noire un peu juste et un chemisier un peu transparent (mais pas résille) qui cache le gros bourrelet que forme mon ventre au-dessus de la taille de la jupe, en dépit de ma gaine-culotte amincissante. J'enfile une paire de bottes noires très ajustées (que le sel de la neige va aussitôt bousiller) et vais me coiffer. Je tiens à sembler aussi différente que possible de celle que j'étais lors de ma dernière visite à la résidence des Tau Phi. J'opte donc pour un look décoiffé mais sexy... Décoiffée, je le serai de toute façon forcément, quand je retirerai mon bonnet.

Un nuage de parfum et le tour est joué. Me voilà prête.

Il y a juste une chose que je n'ai pas prévue : tomber sur Jordan Cartwright en sortant de chez moi.

Franchement... Qu'est-ce que j'ai fait pour mériter ça ? Alors que j'ai réussi à descendre discrètement l'escalier sans que les deux autres hommes de ma vie ne remarquent quoi que ce soit... Papa est dans sa chambre à souffler dans sa flûte, et Cooper dans la sienne à traficoter Dieu sait quoi. Une chose est sûre : quelle que soit la nature de ses activités, il doit porter un casque ou des boules Quiès, car je ne vois pas ce qu'il pourrait parvenir à faire en écoutant ce que papa est en train de jouer... Or, que vois-je, une fois le seuil franchi ? Une silhouette emmitouflée, semblable à un yéti, cherchant à gravir les marches du perron chaussée d'une paire de skis de fond !

– Heather ?

Le yéti lève les yeux vers moi, dans la lueur qui se répand par la porte que je viens d'ouvrir.

– Dieu merci, c'est toi !

Sa voix a beau être étouffée par la quantité d'écharpes qu'il s'est enroulées autour du cou, je la reconnais.

– *Jordan !*

Je m'empresse de fermer et de verrouiller la porte derrière moi, avant de descendre avec précaution les marches du perron – un véritable exploit, entre le verglas et mes talons aiguilles de huit centimètres.

– Qu'est-ce que tu fais là ? Et ça, ce sont... des *skis* ?

Jordan baisse les écharpes, ce qui me permet de distinguer sa bouche, et retire les lunettes de ski qui dissimulaient son regard.

– Tu ne réponds pas à mes messages. Il faut absolument que je te parle. Papa a pris la limousine, et on ne trouve pas de taxis, ou bien ils refusent de franchir les ponts. J'ai dû skier tout le long de la Cinquième Avenue pour arriver jusqu'ici.

Je le fixe, hébétée.

– Jordan, tu aurais pu prendre le métro.

À la lueur du réverbère, je vois ses yeux s'écarquiller.

– Le *métro* ? À cette heure-ci ? Pour me faire dépouiller ?

Je secoue la tête. Bien qu'il ait enfin cessé de neiger, il fait encore un froid de canard. J'ai déjà les jambes gelées, sous le nylon des collants qui les protègent à peine.

– Jordan, dis-je d'une voix impatiente. Qu'est-ce que tu veux ?

– Je... je me marie après-demain, répond-il.

– Oui. En effet. J'espère que tu n'as pas fait tout ce chemin pour me le rappeler et me supplier d'assister à la cérémonie. Car je n'ai toujours pas l'intention d'y aller.

– Non.

C'est difficile à dire vu le peu de lumière, mais il n'a pas l'air en grande forme.

– Heather. Je me marie après-demain, répète-t-il.

– Je sais.

Tout à coup, je comprends ce qu'il est venu faire ici.

Et je réalise qu'il est bourré.

– Oh non, dis-je en levant ma main gantée. Non. Ne me fais pas ça, Jordan, pas maintenant ! J'ai rendez-vous.

Un éclair passe dans ses yeux.

– Avec qui ? Tu as l'air... tu t'es faite belle ! Heather, tu as un petit ami ?

– Bon sang !

J'y crois pas... Heureusement, ma voix ne résonne pas dans la rue. Les soixante centimètres de neige recouvrant tous les véhicules garés en atténuent la portée.

– Jordan, si tu as finalement décidé de ne pas l'épouser, c'est à elle que tu dois parler, pas à moi ! Je me fiche de ce que tu fais. On est séparés, tu te souviens ? Ou, plus précisément, c'est toi qui m'as quittée. Pour *elle* !

– L'erreur est humaine, murmure Jordan.

– Non, Jordan. Notre rupture n'était pas une erreur ! Nous avions besoin de rompre ! Nous avons eu raison de rompre ! Nous ne sommes pas faits l'un pour l'autre.

– Mais je t'aime encore.

– Bien sûr. Et moi aussi, je t'aime encore. Comme un frère. C'est pour ça qu'il *fallait* qu'on se quitte, Jordan. Parce que, quand on est frère et sœur, on n'est pas censés... tu sais quoi. C'est dégueu.

– C'était pas dégueu, le soir où on l'a fait là, dit-il en agitant la tête vers la porte de la maison.

– Ah oui ? je rétorque d'un ton sarcastique. C'est pour ça que tu as filé aussitôt après ? Parce que c'était pas dégueu ?

– C'était pas dégueu, insiste-t-il. D'accord, c'était peut-être bizarre... enfin, un peu...

– Parfaitement, dis-je. Tu veux être avec moi pour une seule raison : tu me connais par cœur. C'est facile. On est sortis si longtemps ensemble. On a quasiment grandi ensemble. Mais ça ne suffit pas, pour que deux personnes restent ensemble. Pour ça, il faut de la passion. Entre nous, il n'y en a pas. Alors qu'à mon avis, entre Tania et toi...

– Ouais, réplique Jordan d'une voix amère. Elle suinte la passion par tous les pores, ça, c'est sûr. J'ai du mal à suivre.

Ce n'est vraiment pas le genre de trucs qu'on a envie d'entendre sur la nouvelle petite copine de son ex, même si on considère ce dernier comme un frère. Enfin, presque.

– À présent, skie jusqu'à Uptown. Rentre chez toi, prends de l'aspirine et va te coucher ! Tu y verras plus clair demain matin, crois-moi.

– Tu vas où ? demande Jordan d'un ton lugubre.

– Il faut que j'aille à une soirée, dis-je en ouvrant mon sac pour vérifier que j'emporte bien mon rouge à lèvres et mon aérosol de défense.

– Comment ça, « il faut » ? C'est pour ton travail, ou quoi ?

Jordan skie à mes côtés, tandis que je marche prudemment sur le trottoir.

– Oui, en quelque sorte.

– Oh.

Jordan glisse auprès de moi jusqu'à ce que nous ayons atteint l'angle, où un feu de signalisation passe tristement d'une couleur à l'autre dans une rue où ne circulent plus les voitures. Par un temps pareil, même Reggie ne sort plus de chez lui. Soufflant du parc, le vent nous fouette. Je commence à avoir des doutes sur mon entreprise, et regrette de ne pas être dans mon bain à lire le dernier Nora Roberts plutôt qu'au coin de cette rue déserte avec mon ex.

– Bien, dit-il enfin. Alors, au revoir.

– Au revoir, Jordan.

Je suis soulagée de le voir partir.

Pendant qu'il glisse lentement en direction de la Cinquième Avenue, je m'engage dans le parc, en m'en voulant à mort de ne pas m'être mise en jean. Évidemment, je ne serais pas aussi séduisante. Mais j'aurais drôlement moins froid.

Traverser le parc est un cauchemar. Je n'admire plus toute cette blancheur nouvelle. Les allées, mal déblayées, sont déjà à nouveau recouvertes d'une neige plus récente. Mes bottes ne sont pas imperméables, étant avant tout conçues pour être portées à l'intérieur, de préférence sur une peau d'ours, devant un feu de cheminée. Du moins, c'est comme ça que la fille les portait, sur la photo du catalogue. Je sais que j'aurais dû m'aventurer dans les innombrables boutiques de la Huitième Rue au lieu de les acheter sur Internet. Mais commander en ligne est tellement moins risqué : aucune enseigne néon n'indique « Chauds, les beignets ! » sur mon écran d'ordinateur.

J'espère presque que Gavin ne sera pas au rendez-vous, et que je pourrai faire demi-tour et rentrer chez moi.

Mais il est là, frissonnant dans les rafales glacées. Comme je m'approche en vacillant sur mes talons aiguilles, il me lance :

– Tu me revaudras ça, frangine ! Je me gèle les couilles.

– Tant mieux, dis-je en parvenant à son niveau. De toute façon, elles ne t'ont jamais causé que des ennuis.

Pour conserver mon équilibre pendant que je secoue la neige de mes bottes, je suis contrainte de poser une main sur son épaule. Jetant un coup d'œil à mes jambes, il émet un sifflement.

– Bon sang, bébé ! C'est ce qui s'appelle se faire une beauté !

Je retire ma main et m'en sers pour lui donner une tape sur la nuque.

– Regarde devant toi, Gavin ! On est en mission, ce soir. Il n'y a rien à reluquer ! Et arrête de m'appeler « bébé » !

– C'est pas vrai, j'ai pas relu... pas reculé... Tu dis comment ?

– Allez, viens !

Je réalise que je rougis. C'est que la situation commence à m'embarrasser sérieusement. À cause de la minijupe, certes, mais aussi parce que j'ai mis Gavin à contribution. Une directrice adjointe responsable a-t-elle le droit de se comporter ainsi ? De retrouver des étudiants – même âgés de vingt et un ans – en pleine nuit, pour aller à des soirées ? Gavin a déjà fait preuve d'une immaturité prononcée en consommant de l'alcool de façon abusive. L'accompagner à une fête comme celle de ce soir, n'est-ce pas cautionner sa conduite ? L'encourager dans ses errements ? Si, hélas !

– Écoute, Gavin... dis-je alors que nous traversons la cour du bâtiment et nous dirigeons vers l'entrée.

Je ne distingue plus les sous-vêtements ornant les arbustes, désormais dissimulés sous une couche de neige. Mais j'entends la musique provenant des étages, si forte que je la sens se répercuter dans ma poitrine.

– ... c'était peut-être pas une très bonne idée. Je ne voudrais pas qu'à cause de moi tu aies des ennuis...

– Qu'est-ce que tu racontes ? demande-t-il en m'ouvrant la porte, avec sa galanterie habituelle. Quel genre d'ennuis ?

Un courant d'air chaud nous atteint, depuis le vestibule.

– Eh bien, avec tes problèmes d'alcool...

– Frangine, je boirai plus jamais une goutte d'alcool. Tu crois que j'ai pas retenu la leçon de l'autre soir ?

– Soit vous entrez, soit vous refermez la porte ! grogne le gardien, au poste de sécurité.

Nous nous empressons donc d'entrer.

– Et puis... je lui chuchote tandis que le gardien nous foudroie du regard. Si Steve et Doug ont réellement à voir avec ce qui est arrivé à Lindsay, ce sont des individus extrêmement dangereux.

– C'est juste, approuve Gavin. C'est pourquoi, une fois que nous serons entrés, tu ne dois rien boire que tu n'aies débouché ou que tu ne te sois servi toi-même. Et ne laisse pas traîner ta bière, pas même une seconde.

– Ah oui ? je demande en ouvrant grand les yeux. Tu crois vraiment...

– Je ne crois pas, répond-il. *Je sais.*

– Eh bien, je...

Derrière nous, la porte s'ouvre, et Nanouk l'Esquimau fait son entrée.

Sauf que ce n'est pas Nanouk. C'est Jordan.

Il relève ses lunettes de ski puis pointe un doigt sur moi.

– Ah, Ah ! dit-il. Je le savais !

Je n'en reviens pas.

– Jordan ! Tu ne m'as tout de même pas suivie ?

Jordan a du mal à franchir la porte, avec ses skis.

– Si. Et j'ai bien fait. Et toi qui prétends ne pas avoir de petit copain !

– Refermez la porte ! braille le vieil agent de sécurité bourru.

Jordan tente de s'exécuter, mais ses skis ne cessent de se coincer dans l'embrasure. Agacée, je l'aide en tirant un bon coup sur l'un de ses bâtons. La porte se referme enfin.

– C'est qui, ce type ? demande Gavin.

Avant d'ajouter, sur un tout autre ton :

– Nom de Dieu ! Vous êtes *Jordan Cartwright* ?

Jordan enlève ses lunettes de ski.

– Oui.

Il jette un coup d'œil à Gavin, remarque le bouc et les vêtements grunge.

– Tu les prends au berceau, Heather ?

– Gavin est l'un de mes *résidents*. Ce n'est pas mon petit ami.

Celui-ci affiche un léger sourire. Je devrais en conclure que ce qu'il va dire ne me plaira pas :

– Ma *mère* a adoré ton dernier album, mec ! Et ma grand-mère, j'en parle même pas. C'est ta plus grande fan.

Jordan, ses écharpes déroulées autour du cou, lui lance un regard noir.

– Va te faire foutre, mon gars !

Gavin feint d'être offensé.

– Est-ce une façon de parler au fils d'une des seules personnes à avoir acheté ton dernier CD ? Tu crains, mec !

– Je suis sérieux, réplique Jordan. J'ai traversé la ville en skis de fond pour arriver jusqu'ici et je ne suis pas d'humeur à plaisanter.

Gavin a l'air étonné. Puis se tourne vers moi, hilare.

– Attention ! Jordan Cartwright n'est pas d'humeur à plaisanter !

– Ça suffit ! Arrêtez, tous les deux ! dis-je. Jordan, remets tes skis ! On va à une soirée, et tu n'es pas invité. Gavin, appelle un de tes potes pour qu'il nous inscrive sur le registre !

– Les fraternités ne tiennent pas de registre des visites.

– Ne dis pas de bêtises ! Tous les résidents du campus sont tenus d'inscrire le nom de leurs visiteurs. Je leur montrerais bien ma carte de membre du personnel pour qu'ils nous laissent entrer, mais je ne tiens pas à ce qu'ils sachent qu'une représentante du service du logement s'apprête à monter.

Puis, m'adressant à mon ex, toujours occupé avec ses nombreuses écharpes :

– Jordan. Honnêtement... Gavin et moi sommes ici en mission, et tu n'es pas invité.

– Quel genre de mission ? demande Jordan.

– Le genre qui nous oblige à être discrets. Ce que nous ne pourrons pas être si nous entrons accompagnés de Jordan Cartwright.

– Je sais être discret, proteste Jordan.

– Dans les fraternités, il n'y a pas obligation de signer le registre pour faire entrer des invités, dit Gavin d'une voix lasse.

Je jette un coup d'œil à l'agent de sécurité.

– Vraiment ?

– N'importe qui peut monter, confirme le gardien en haussant les épaules, manifestement aussi ennuyé que Gavin. Ce que je pige pas, c'est qu'on puisse en avoir envie.

– Ça a un rapport avec la fille qui est morte ? demande Jordan. Heather, Cooper est-il au courant de tout ça ?

– Non, je réponds en serrant les dents. (C'est plus fort que moi, il m'agace tellement.) Et si tu le lui dis, je… je dirai à Tania que tu l'as trompée.

– Elle le sait déjà, rétorque Jordan. Je lui ai tout raconté. Elle a répondu que c'était pas grave, du moment que je ne recommençais pas. Écoute, pourquoi je ne peux pas venir avec vous ? Je suis sûr que je ferais un détective du tonnerre !

– Tu parles !

Je suis encore sous le choc de ce que je viens d'apprendre. La fiancée de Jordan sait qu'il l'a trompée ! Sait-elle seulement que c'était avec moi ? Si oui, rien d'étonnant à ce qu'elle me regarde de travers chaque fois que nous nous croisons. D'un autre côté, Tania regarde tout le monde de travers.

– Tu es incapable de te fondre dans la foule, dis-je à Jordan.

Il paraît vexé.

– Si, j'en suis capable !

Il baisse les yeux vers les skis et les bâtons qu'il a dans les bras, qu'il s'empresse de caler contre le mur.

– Vous voulez bien les surveiller ? demande-t-il à l'agent de sécurité.

– Non, répond ce dernier.

Il s'est remis à mater Dieu sait quoi sur sa télé miniature.

– Tu vois ? Je peux me fondre dans la foule, fait Jordan en tendant les bras.

Il porte un manteau en peau d'agneau, une multitude d'écharpes, un jean, des chaussures de ski, un pull en laine à motif « flocons de neige » et une cagoule militaire.

– On peut monter maintenant ? lance Gavin d'un ton nerveux, les yeux rivés vers la porte. Il y a des tas de gens qui arrivent. On ne rentre qu'à trois dans l'ascenseur, et j'ai pas envie d'attendre.

Fatiguée de me disputer avec Jordan, je hausse les épaules et me tourne vers l'ascenseur.

– Allons-y.

Je suis presque certaine d'entendre Jordan murmurer :

– Chouette alors !

Impossible...

Ou bien ?

21

Quand la fête s'achève
Aux premières lueurs de l'aube
On sait qu'il y a déjà un bout de temps
Qu'on devrait être chez soi !

« Party Song »
Écrit par Heather Wells

Je n'ai jamais trop aimé les soirées. La musique y est toujours trop forte pour qu'il soit possible d'avoir une conversation normale.

Quoique dans une soirée comme celle de la Tau Phi, c'est sans doute préférable. Personne, ici, ne m'a l'air d'être un brillant causeur, si vous voyez ce que je veux dire. Il n'y a que des gens archi-séduisants. Les filles ont les cheveux lisses et raides comme des baguettes, les garçons des boucles savamment travaillées au gel pour produire un effet décoiffé et donner l'impression qu'ils viennent de se lever – quand il est clair qu'ils sortent à peine de la douche.

Et il a beau geler dehors, on ne s'en douterait pas, à voir les filles habillées de tops à paillettes et de jeans à taille si basse qu'ils feraient rougir une strip-teaseuse. Je ne vois pas une seule paire de bottes fourrées. Les gosses de l'université de New York suivent de très près les tendances de la mode.

Quand nous parvenons à l'ascenseur bringuebalant, je constate avec dépit que les mots « DEHORS, LES GROSSES ! »

s'étalent toujours le long du couloir, même si les efforts pour les effacer n'ont pas été totalement vains : la peinture ne semble pas aussi vive que la dernière fois.

N'empêche qu'ils sont là...

Et que je ne vois, parmi les invitées, personne qui fasse du quarante-huit ou plus. À vue d'œil, je dirais que les filles font en moyenne du trente-quatre.

Je me demande comment elles arrivent à trouver des strings au rayon enfants, où la plupart d'entre elles doivent forcément se fournir pour trouver des vêtements à leur taille.

Leurs tailles sont incroyablement fines. Comment tous leurs organes rentrent-ils là-dedans ? Le foie, et tout le reste, ne sont-ils pas comprimés ? Ne faut-il pas faire au moins soixante-quinze centimètres de tour de taille pour que tout ait la place de fonctionner normalement ?

Mais il y en a à qui ça ne fait pas peur. Jordan, par exemple, qui ne tarde pas à beaucoup s'amuser ! Car à peine a-t-il franchi la porte qu'une Taille trente-quatre se précipite vers lui en s'écriant :

– Oh, mon Dieu ! Tu n'es pas Jordan Cartwright ? Tu n'étais pas dans Easy Street ? Oh, mon Dieu, j'ai tous tes CD !

Il est bientôt entouré d'autres trente-quatre qui tortillent leurs étroites hanches androgynes en glapissant. L'une d'entre elles lui offre, dans un verre en plastique, de la bière qu'elle tire d'un fût. J'entends Jordan expliquer :

– Ouais, vous savez, suite à la sortie de mon premier album solo, la critique a réagi très violemment. C'est que les gens n'aiment pas qu'on montre un autre aspect de soi...

Et je réalise qu'il est perdu pour nous, aspiré dans la Zone trente-quatre !

– Laisse-le, dis-je à Gavin, qui fixe Jordan d'un air inquiet. (Ça se comprend, on dirait que ces filles n'ont rien mangé depuis des jours.) C'est trop tard. Il va devoir s'en tirer tout seul. Tu as vu Doug quelque part ?

Gavin balaie la salle des yeux. Elle est pleine de monde et si faiblement éclairée que je ne sais pas comment il fait pour distinguer quoi que ce soit. Il repère néanmoins Doug Winer, occupé à tripoter une fille dans un coin, près des larges fenêtres. Je ne sais s'il s'agit de Dana, sa chérie de l'autre matin. Ce qui est sûr, c'est qu'elle accapare Doug… assez pour que je n'aie pas à craindre qu'il lève les yeux et me reconnaisse – du moins pour le moment.

– Très bien. À présent, montre-moi Steve.

Gavin jette un nouveau coup d'œil alentour. Cette fois, il désigne du doigt la table de billard et dit :

– C'est lui. En train de jouer au billard. Le grand, avec les cheveux blonds.

– OK.

Les fortes pulsations de la musique m'obligent à crier pour me faire entendre. C'est de la techno-pop, que j'aime plutôt bien. Pour danser. Malheureusement, personne ne danse. Ce n'est peut-être pas tendance, de danser aux soirées de la fac.

– On y va. Tu me présentes, hein ?

– D'accord. Je dirai que tu es ma petite amie.

Je secoue la tête.

– Il ne va jamais le croire. Je suis trop vieille pour toi.

– Tu n'es pas trop vieille pour moi ! proteste Gavin.

Je déboutonne ma veste et retire mon bonnet.

– Tu m'as appelée « grand-mère » !

– Je déconnais, rétorque Gavin, l'air penaud. Tu n'as pas vraiment l'âge d'être ma grand-mère. Tu as quel âge, d'ailleurs ? Vingt-cinq ans ?

– Euh... ouais, à quatre ou cinq ans près. N'empêche. Dis-lui que je suis ta sœur !

Le bouc de Gavin en frémit d'indignation.

– On se ressemble pas du tout !

– Mon Dieu...

La techno-pop me donne la migraine. Qu'est-ce que je fais là ? Je devrais être chez moi, au lit, comme toute personne frôlant la trentaine. C'est l'heure du show de David Letterman, et je suis en train de le louper ! Je tiens ma veste sur mon bras, car je ne sais pas où la mettre. Il n'y a pas de vestiaire et je n'ose pas la laisser traîner. Qui sait qui vomirait dessus ?

– Bien. Dis que je suis une amie qui cherche à altérer son état de conscience.

Gavin hoche la tête.

– OK. Mais fais en sorte de ne pas te retrouver seule avec lui. S'il te le demande.

Malgré moi, je suis flattée. Enfin, vaguement. Je remets en place les mèches échappées de ma coiffure.

– Tu crois qu'il le fera ?

– Steve saute sur tout ce qui bouge, répond Gavin de façon déroutante. C'est un animal !

J'arrête aussitôt de faire la coquette et, tirant sur ma minijupe, je l'allonge d'un bon millimètre.

– OK. Allons-y !

Nous frayant un chemin à travers la foule de corps qui se tortillent, nous rallions la table de billard, où deux gars jouent à tour de rôle, devant un public admiratif de Taille trente-quatre. D'où viennent toutes ces créatures chétives ? Y aurait-il une espèce d'île où on les tient prisonnières pour ne les libérer qu'à la nuit tombée ? Parce que je ne les vois jamais, pendant la journée...

Soudain, ça me revient. L'île s'appelle Manhattan, et si je ne les croise jamais quand il fait jour, c'est que toutes effectuent des stages chez Condé Nast.

Gavin attend poliment qu'un grand gars ait empoché la boule 6 – coup salué par les soupirs d'extase des Taille trente-quatre – avant de s'écrier :

– Eh, Steve !

Le type lève la tête et je reconnais les yeux bleu pâle de Doug Winer – en tout et pour tout. Sinon, Steve Winer est aussi élancé que son frère est râblé. Si l'un a un corps de joueur de basket, l'autre a un corps de lutteur.

Steve porte un pull noir en cachemire, aux manches relevées sur de beaux avant-bras aux muscles saillants, un jean trop effiloché pour ne pas être de marque, et arbore la même coiffure soigneusement ébouriffée que les autres garçons de la soirée – à l'exception de Gavin, décoiffé parce qu'il a réellement négligé de se coiffer ce matin.

– McGoren, répond Steve, tandis qu'un grand sourire illumine son visage régulier. Ça faisait un bout de temps, mec !

Gavin s'avance pour serrer la main que Steve lui tend, au-dessus de la table de billard. C'est alors que je remarque que le jean taille basse de ce dernier tombe assez sur ses hanches pour révéler dix bons centimètres d'un ventre plat et musclé.

C'est la vue de son ventre qui me fait cet effet – plus les quelques touffes de poils dépassant du jean. C'est comme si je venais de prendre un coup de poing dans l'estomac. Steve

Winer, étudiant et assassin potentiel, est par là doublement intouchable...

N'empêche qu'il est super bien balancé.

– Salut, mec ! lance Gavin, de son habituelle voix traînante et ensommeillée. Comment va la forme ?

– C'est chouette de te voir, mon pote ! réplique Steve tandis qu'ils claquent l'une contre l'autre leurs deux mains droites. Ça se passe bien, à la fac ? T'étudies toujours le cinéma ?

– Ah ça, ouais. J'ai réussi à passer en cinéma expérimental niveau supérieur, le trimestre dernier.

– Sans blague ! (Steve n'a pas l'air surpris.) Mais bon. Si quelqu'un pouvait y arriver, c'est bien toi. Tu le revois, quelquefois, ce Mitch chépluquoi qui était avec nous en techniques du cinéma ?

– Pas trop. Il s'est fait choper pour trafic de méthadone.

Steve secoue la tête.

– Merde ! Ça craint un max.

– Ouais, mais ils l'ont envoyé dans une prison d'État à sécurité minimale, pas dans une prison fédérale.

– Là, il a eu du bol.

– Ouais. Ils l'ont autorisé à emporter deux articles de sport. Il a embarqué un footbag et un frisbee. Il a déjà monté une équipe de frisbee hallucinante. La première dans le monde carcéral.

– Mike n'a jamais fait les choses à moitié, fait remarquer Steve.

Il tourne les yeux vers moi. Je m'efforce d'afficher le même air absent que les Taille trente-quatre que je vois autour de moi. Ce n'est pas difficile. Je me contente d'imaginer que, comme elles, je n'ai pas mangé depuis vingt-quatre heures.

– Qui est ton amie ? demande Steve à Gavin.

– Oh, ça c'est Heather. Elle est dans mon atelier d'écriture de scénario.

Je suis légèrement prise de panique face à cette improvisation de Gavin. Un atelier de scénario, je ne vois même pas à quoi ça peut ressembler. Je me penche donc, en m'assurant que mes seins, dans leur soutien-gorge balconnet noir à dentelles, frottent le plus possible l'étoffe transparente de mon chemisier.

– Enchantée de te rencontrer, Steve, dis-je. Je crois qu'on a une amie commune.

Steve semble obnubilé par ma poitrine. Eh ouais, n'en déplaise aux Taille trente-quatre !

– Vraiment ? demande-t-il. Et c'est qui ?

– Oh, cette fille... Lindsay. Lindsay... Combs, si je me souviens bien.

Près de moi, Gavin manque de s'étouffer. J'imagine qu'il n'apprécie pas plus mon impro que je n'ai apprécié la sienne.

– Je ne connais personne de ce nom-là, réplique Steve en s'arrachant à la contemplation de mon décolleté pour me fixer droit dans les yeux.

Preuve que les experts en langage corporel de *Us Weekly* disent n'importe quoi lorsqu'ils s'acharnent à répéter que les menteurs ne soutiennent jamais votre regard quand ils vous racontent des bobards !

– Ah oui ?

Je fais mine de ne pas me rendre compte que les Taille trente-quatre se sont rapprochées et murmurent entre elles. *Elles* savent qui est Lindsay Combs, aucun doute là-dessus.

– Mon Dieu, ce que c'est bizarre ! Elle m'a encore parlé de toi, la semaine dernière. Oh, une minute ! Elle a peut-être dit *Doug* Winer.

Est-ce que je me fais des idées, ou est-ce qu'il paraît soudain soulagé ?

– Ouais. C'est mon frère. C'est sûrement de lui qu'elle t'a parlé.

Je glousse comme une idiote.

– Oh ! Désolée. Au temps pour moi ! Je me suis trompée de Winer !

– Attends... me lance, dans un hoquet, une Taille trente-quatre paraissant un peu plus soûle (ou défoncée) que les autres. Tu sais ce qui lui est arrivé, n'est-ce pas ? À Lindsay ?

Je copie son expression : yeux écarquillés mais visage atone.

– Non. Il lui est arrivé quoi ?

– Oh, mon Dieu ! dit la fille. Elle a été assassinée.

– Assassinée de chez assassinée, renchérit son amie, qui n'est pas loin de faire un petit trente-six. On a retrouvé sa tête dans une cocotte, sur la cuisinière du Dortoir de la mort.

Un « beurk » unanime s'élève du groupe des Taille trente-quatre et trente-six.

Je prétends avoir le souffle coupé.

– Nom de Dieu ! je m'écrie. Pas étonnant que je ne l'aie pas vue à notre dernier cours sur les effets sonores.

Derrière moi, Gavin est devenu aussi blême que la boule blanche.

– Lindsay étudiait la comptabilité, me chuchote Gavin à l'oreille.

Merde ! J'avais oublié !

Mais ça n'a pas d'importance : la musique est si forte que je crois que personne, à part lui, ne m'a entendue. Steve Winer, pour sa part, tend la main vers son gin-vermouth – je ne blague pas, ce type boit du gin-vermouth à une soirée d'étudiants ! – tandis que son adversaire joue un coup qui oblige les spectateurs que nous sommes à reculer d'un pas.

Puis nous nous approchons à nouveau de la table, afin de voir Steve jouer après que son adversaire a raté son coup. C'est alors que, craignant d'avoir laissé tarir la conversation, je dis :

– Mon Dieu ! Qui aurait l'idée de faire une chose pareille ? Tuer Lindsay, je veux dire ? Elle était tellement gentille.

Je remarque que plusieurs Taille trente-quatre échangent des regards inquiets. L'une d'entre elles quitte même la table, prétextant une envie de faire pipi.

– Cela dit, j'avais entendu qu'il y avait un truc entre elle et l'entraîneur de basket.

Je balance ça comme ça, histoire de voir ce qui se passe.

Leur réaction ne me surprend guère. Les Taille trente-quatre ont l'air désaxées.

Une brune secoue la tête.

– Lindsay et *Andrews* ? J'ai jamais entendu parler de *ça*. Ce qu'on racontait sur elle, par contre, c'est qu'il ne fallait pas laisser traîner sa came quand elle était dans le coin...

La brune s'interrompt lorsque son amie lui donne un petit coup de coude.

– Chut ! fait-elle, jetant à Steve un regard nerveux.

Mais c'est trop tard. Steve a complètement raté son coup. Et ça ne l'amuse manifestement pas. Il regarde Gavin.

– On peut dire qu'elle cause, ta copine.

– Normal, elle est apprentie scénariste, rétorque Gavin, pas décontenancé.

Les yeux bleu pâle de Steve sont rivés sur moi. Il y a en lui, malgré sa beauté, quelque chose de réellement flippant – je ne parle pas de ses abdos en béton.

– Ah ouais ? demande-t-il. On t'a jamais dit que tu ressemblais beaucoup à... c'est quoi son nom, déjà ? Cette chanteuse de variétés qui se produisait dans les centres commerciaux ?

– Heather Wells !

Taille trente-six n'étant pas aussi bourrée (ou défoncée) que ses copines – sans doute une masse corporelle légèrement supérieure lui permet-elle de mieux assimiler l'alcool –, elle est moins longue à la détente.

– Mon Dieu ! C'est vrai qu'elle ressemble à Heather Wells ! Et... et tu as dit qu'elle s'appelait Heather ? ajoute-t-elle à l'adresse de Gavin.

– Ouais. Ouais, j'entends souvent ça. Puisque je m'appelle Heather. Et que je ressemble à Heather Wells.

– Quelle drôle de coïncidence ! s'exclame une Taille trente-quatre qui, tenant à peine debout, est contrainte de s'agripper à la table. Parce que vous n'imaginerez jamais qui est là. Jordan Cartwright ! Du groupe Easy Street. Pas juste un sosie qui porte le même prénom... L'original !

Les autres poussent des petits cris incrédules et lui demandent aussitôt où elle l'a vu. Elle le leur désigne. Les spectatrices de Steve se déplacent alors en masse, et d'un pas chancelant, pour prier Jordan de leur signer un autographe... sur les seins.

– Eh bien ! dis-je, une fois toutes les filles parties. On ne devinerait jamais que Jordan Cartwright reste aussi populaire, à voir les ventes de son dernier CD.

– Ce type est homo, déclare l'adversaire de Steve.

Il a gardé la main depuis que Steve a raté son coup et empoche, une par une, toutes les boules de ce dernier qui, à l'autre bout de la table, est vert de rage.

– J'ai entendu dire que son mariage avec Tania Trace, c'était du bidon. Pour qu'on ne sache pas qu'en fait, il se tape Ricky Martin.

– Waouh ! dis-je, excitée qu'une telle rumeur circule, même si je suis sûre qu'elle est fausse. Vraiment ?

– Oh ouais, répond l'adversaire de Steve. Et ses cheveux ? Ce sont des implants ! Ce gars est chauve comme une boule de billard !

– Waouh ! je répète. Ils arrivent drôlement bien à le cacher, quand il passe sur MTV.

– Bon, dit Gavin en me tirant soudain par le bras. Désolés d'avoir troublé votre partie. On y va, maintenant.

Appuyé sur sa queue de billard depuis deux ou trois minutes, Steve n'a cessé de m'observer.

– Restez un peu ! J'aime bien ta copine. Tu t'appelles Heather, c'est bien ça ? Heather comment ?

– Snelling, dis-je sans broncher. (J'ignore pourquoi le nom de mon chef m'est si facilement sorti de la bouche. Mais c'est comme ça. Soudain, je m'appelle Heather Snelling.) C'est polonais.

– Ah oui. Ça sonne plutôt anglais.

– Eh bien, ça ne l'est pas ! Et Winer, ça vient d'où ?

– C'est allemand, répond Steve. Alors comme ça, tu as rencontré Lindsay dans un cours d'écriture de scénario.

– À un cours sur les effets sonores, je rectifie. (Que je ne m'emmêle pas dans mes mensonges, au moins...) C'était quoi, ce que racontait cette fille, il y a un instant ? Comme quoi Lindsay était sympa, tant qu'on laissait pas traîner sa came...

– Décidément, Lindsay t'intéresse, dit Steve.

Entre-temps, son adversaire a enfin échoué à empocher une boule, et attend avec impatience que Steve se décide à jouer.

– C'est ton tour, lui lance-t-il toutes les cinq secondes.

Mais Steve l'ignore. Tout comme j'ignore Gavin, qui s'obstine à me tirer par le bras en répétant :

– Allez, viens, Heather ! Je vois des copains à moi. Je voudrais te présenter.

De toute façon, ce sont des bobards...

– En tout cas, dis-je en fixant Steve dans les yeux, elle était spéciale, comme fille.

– Ça, c'est sûr, elle était spéciale, approuve-t-il.

– Je croyais que tu ne la connaissais pas ?

– OK, crache Steve en lâchant sa queue de billard et en s'avançant rapidement vers moi et Gavin, dont la main s'est resserrée sur mon bras comme un étau. C'est qui cette garce, bordel, McGoren ?

– Bon sang ! s'exclame une voix – hélas familière – dans notre dos.

Tournant la tête, j'aperçois Doug Winer, un bras passé sur l'épaule d'une Taille trente-huit très peu vêtue (je constate avec plaisir que les Winer n'aiment pas que les maigrichonnes). Le visage cramoisi, Doug me montre du doigt :

– C'est la nana qui accompagnait le mec qui a failli me casser la main hier !

L'expression de Steve n'a plus rien d'affable.

– Alors, dit-il non sans satisfaction. Comme ça, c'est une copine de classe ?

Cela s'adresse à Gavin. Et le ton n'est pas des plus aimables.

Je regrette aussitôt de m'être mise dans cette situation. Non parce que je voudrais être sur mon lit à jouer de la gratte, Lucy couchée à mes pieds, mais parce que j'ai mêlé Gavin à tout ça. Certes, il s'est porté volontaire. Pourtant, je n'aurais pas dû accepter sa proposition. L'éclair qui passe dans le regard de Steve achève de m'en convaincre : ses yeux sont aussi durs et froids que les statues de George Washington, dans le parc au-dessous de nous.

Je ne sais pas si ce gars a tué Lindsay. Ce que je sais, c'est qu'on est mal barrés. Très mal barrés.

Gavin n'a pas l'air de se rendre compte qu'on va s'en prendre plein la gueule. En tout cas, c'est très calmement qu'il rétorque :

– Qu'est-ce qui te prend, mec ? Heather est une amie. Elle voulait juste t'acheter un peu de coke.

Une seconde ! *Je voulais quoi ?*

– Foutaises ! ricane Doug. Elle était avec le mec qui est venu dans ma chambre me poser toutes ces questions sur Lindsay. C'est une putain de flic !

Gavin ignorant ce à quoi Doug fait allusion, son indignation n'est pas feinte :

– Eh, mec ! dit-il, pivotant sur ses talons et foudroyant du regard le plus petit des frères Winer. T'aurais pas un peu trop testé ta propre marchandise ? Le crack, ça détraque, tu sais !

Steve croise les bras sur sa poitrine. Ses bras sont très hâlés. Sans doute a-t-il séjourné, récemment, dans un endroit chaud.

– Je ne deale pas de crack, tête de nœud !

– C'est une façon de parler, rétorque-t-il avec un sourire sarcastique.

Je l'observe d'un œil admiratif. Il est en fac de cinéma pour devenir metteur en scène, mais comme acteur, il est carrément bon.

– Écoute, tu me prends la tête. Si c'est comme ça, je me casse.

Steve esquisse un sourire.

– Tu sais ce que tu es, McGoren ?

Ça n'a pas l'air d'inquiéter Gavin.

– Non, mec. Je suis quoi ?

– Une balance.

À l'instant où Steve prononce ces mots, deux silhouettes s'extirpent de deux canapés en cuir noir d'où – sans que je les aie remarqués auparavant – ils étaient occupés à regarder un match de basket sur le téléviseur à écran large. Les filles qui sont allées demander un autographe à Jordan reviennent peu à peu. Elles ont cessé de glousser, et c'est bouche bée qu'elles assistent à la scène se déroulant sous leurs yeux, comme s'il s'agissait d'une émission de télé-réalité.

– Les balances, on n'aime pas ça ! annonce l'un des Tau Phi.

Un peu plus jeune que Steve, il a aussi de bien plus gros biscoteaux.

– Ouais, approuve son jumeau (du moins, en matière de biceps).

Mon regard passe de l'un à l'autre. Probablement sans être de la même famille, ils se ressemblent comme deux gouttes d'eau, avec leur ensemble jean et pull en cachemire – tout comme Steve. Et ces yeux bleus sans la moindre nuance de chaleur ou d'intelligence.

– Bon sang, Steve ! dit Gavin, assez méprisant pour sembler vexé par une telle insinuation.

Il me désigne du pouce. (Il n'a toujours pas lâché mon bras.)

– C'est juste une copine. Elle voulait t'acheter de la came. Mais si vous tenez à vous comporter comme des enfoirés, on oublie. Allez, on s'arrache. Viens, Heather !

Sa tentative de fuite est stoppée net par Doug Winer, qui se plante devant nous.

– Personne ne menace un Winer et s'en tire comme ça ! me lance Doug. Qui que tu sois, on va te le faire regretter !

– Ah ouais ?

Je ne sais pas ce qui me prend. Gavin a beau me tirer par le bras, je reste plantée là et refuse de bouger. Pire encore, je m'entends demander :

– Comme on l'a fait regretter à Lindsay ?

Quelque chose arrive alors à Steve. Son visage devient aussi rouge que les lumières que je vois clignoter sur les pylônes d'antennes, derrière lui, par-delà les vitres sombres.

– Va te faire foutre ! hurle-t-il.

Je ne devrais donc pas m'étonner, une seconde plus tard, que la tête de Doug vienne percuter mon ventre. Après tout, j'avais tout fait pour. Enfin, si on veut...

22

La vérité, c'est que c'est nul
D'avoir le gars
Quand une autre
À la bague au doigt

« Chanson de mariage »
Écrit par Heather Wells

Se prendre dans le ventre les quatre-vingt-dix kilos d'un membre d'une fraternité est une drôle d'expérience, que j'aurais du mal à décrire. À dire vrai, c'est une chance que je sois bien en chair. Je n'aurais sans doute pas survécu si j'avais fait un trente-quatre.

Mais vu que Doug n'est – ne nous voilons pas la face ! – guère plus lourd que moi et que j'ai eu le temps de le voir venir et de me préparer au coup, je me retrouve simplement étendue sur le sol, le souffle coupé. Je ne souffre d'aucune blessure interne – me semble-t-il, en tout cas.

Gavin, quant à lui, ne s'en tire pas aussi bien. Oh, il s'en serait sorti s'il s'était contenté de rester planté là. Mais il a fallu qu'il commette l'erreur de vouloir m'aider à me dégager de Doug. Celui-ci se bat de façon archi-brutale. À peine Gavin l'a-t-il saisi par les épaules que Doug fait volte-face et mord l'un de ses doigts comme s'il allait le lui arracher d'un coup de dents.

Décidée à ne pas laisser un de mes résidents être dévoré vivant, je ramène une de mes jambes en arrière et, tenant toujours d'une main ma veste et mon sac à main, balance un talon à Doug dans cette région du corps où les hommes, en général, n'aiment pas recevoir un coup de talon ! Je ne pratique peut-être pas le yoga, ni tout autre sport, d'ailleurs, mais comme toute New-Yorkaise qui se respecte, je sais comment on peut, grâce à ses souliers, faire très mal à quelqu'un.

Une fois Doug effondré sur le sol, les mains sur ses parties intimes, c'est le déchaînement total, la mêlée généralisée... Objets et corps sont propulsés à travers la pièce. Derrière les étagères du bar, les miroirs volent en éclats sous l'impact d'une boule de billard. Gavin parvient à envoyer valser un Tau Phi dans le téléviseur à écran large, qui se renverse avec fracas dans un jaillissement d'étincelles. Les Taille trente-quatre poussent de hauts cris et s'enfuient dans le couloir, passant devant « DEHORS, LES GROSSES ! » à l'instant où un flipper s'écroule sous le poids de Jordan. (Je ne demande pas ce qu'il trafiquait dessus... ni pourquoi il a le pantalon baissé jusqu'aux chevilles.)

Par chance, le chaos est tel que je réussis à empoigner Gavin et à lui hurler : « Partons ! » Puis, chacun de nous saisissant Jordan par un bras, car il n'est pas en état de se déplacer seul, nous l'entraînons hors de la salle, et dans le couloir...

... alors que se déclenche automatiquement le système d'extinction à eau, à cause du début d'incendie provoqué par la chute du téléviseur.

Tandis que les Taille trente-quatre glapissent parce que leurs cheveux lissés risquent de frisotter, nous franchissons une sortie portant la mention « escalier ». Nous ne cessons de courir, tout en traînant un ex-membre de boys band à moitié inconscient, jusqu'à débouler enfin dans la rue.

– Putain de merde ! s'exclame Gavin, comme un air glacial pénètre nos poumons. T'as vu ça ! Non mais, t'as vu ça !

– Ouais, dis-je, chancelant un peu dans la neige. (Jordan ne pèse pas trois tonnes, mais il n'est pas léger non plus.) C'était pas cool.

– Pas cool ? Comment ça, pas cool ?

Gavin secoue joyeusement la tête pendant que nous dérapons le long de Washington Square, nous efforçant d'aller vers l'ouest.

– Je regrette de n'avoir pas eu ma caméra vidéo ! Aucune de ces filles ne portait de soutif. Quand elles ont été aspergées...

Je m'empresse de l'interrompre :

– Gavin, cherche un taxi ! Il faut qu'on ramène Jordan là où il habite, dans l'Upper East Side.

– Il n'y a pas de taxis, rétorque Gavin avec dédain. Il n'y a personne dans la rue, à part nous.

Il a raison. Le parc est une zone de non-vie. Dans les rues alentour, la neige n'a même pas été déblayée. Pas de taxi en vue, ou bien trop loin, sur la Huitième Avenue. J'ai beau agiter le bras frénétiquement, leurs chauffeurs ne nous voient pas.

Je suis très embêtée. Que vais-je faire de Jordan ? Il avait raison : les taxis refusent de franchir les ponts. Pas question que j'appelle son père (l'homme qui m'a dit que personne ne voulait écouter mes « nullités de rockeuse rebelle ») pour lui demander de passer ici avec la limousine de la famille.

Si Jordan est gai comme un pinson, alors qu'il titube entre Gavin et moi, il n'en est pas moins dans un sale état. Je ne peux pas l'abandonner devant une porte – si tentant que cela puisse être. Il mourrait de froid. Et des blocs entiers (de longs blocs, pas des petits pâtés de maisons) nous séparent du métro qui, par ailleurs, se trouve dans la direction opposée. Pour atteindre Astor Place, il nous faudrait donc repasser devant Waverly House.

Or, pas question de courir le risque de croiser des Tau Phi en colère. D'autant plus que je distingue, dans le lointain, le mugissement des sirènes. Les pompiers doivent être alertés automatiquement, dès que le système d'extinction se déclenche.

Entre nous, Jordan relève la tête et s'exclame joyeusement, ayant lui aussi entendu les sirènes :

– Ohé ! V'là les flics !

– J'en reviens pas, que tu aies pu être fiancée à ce type, fait remarquer Gavin, dégoûté (révélant ainsi, malgré lui, qu'il m'a cherchée sur Google !). Un abruti pareil !

– Il n'a pas toujours été comme ça, j'assure à Gavin.

Sans y croire : Jordan a toujours été comme ça. C'est juste que je ne m'en rendais pas compte, parce que j'étais jeune et bête. Et entichée de lui.

– Et puis, il se marie après-demain. Normal qu'il soit un peu nerveux.

– Pas après-demain, rectifie Gavin. Demain. Il est minuit passé. On est déjà vendredi.

– Merde !

Les Cartwright doivent se demander ce qui est arrivé à leur fils cadet. Tania est probablement au désespoir – enfin, si elle a remarqué qu'il n'était plus là. Impossible de le lui renvoyer dans un tel état – avec la braguette ouverte et des traces de rouge à lèvres partout sur le visage. Mon Dieu, pourquoi ne peut-il pas ressembler un peu plus à son frère ?

Mon Dieu ! Son frère… Cooper me tuera lorsqu'il découvrira où je suis allée. Et je vais être obligée de le lui dire. Je ne peux pas traîner Jordan jusque chez nous sans explication.

Et il faut que je le ramène chez nous. C'est le seul endroit possible. Je crois que je ne pourrai pas le porter plus longtemps. Et puis, je meurs de froid. Les collants nylon ne sont décidément pas un vêtement adapté pour se balader en pleine nuit à Manhattan, à la mi-janvier, juste après un blizzard. Je ne sais pas comment toutes ces filles en jean taille basse supportent le froid. N'ont-elles pas le nombril gelé ?

– OK, dis-je à Gavin lorsque nous atteignons l'angle nord-ouest du parc de Washington Square. Voilà ce qui se passe : on le ramène chez moi.

– Pour de bon ? Je vais voir où tu habites ? Génial !

À la lueur rosée des réverbères, le sourire de Gavin m'inquiète.

– Non, Gavin, ce n'est pas génial ! C'est même tout le contraire. Le frère de Jordan, qui est mon propriétaire, sera fâché – *très* fâché – s'il nous entend entrer et voit Jordan comme ça. Il va falloir qu'on soit discrets. Archi-discrets.

– Pas de problème, m'assure galamment Gavin.

– Parce que Cooper n'est pas la seule personne que je crains de réveiller. Mon… euh… mon père habite là, lui aussi.

– Je vais rencontrer ton père ! Celui qui a fait de la prison ?

Pas de doute. Gavin a bien tapé mon nom sur Google.

– Non, tu ne vas pas le rencontrer. Avec un peu de chance, lui aussi dormira, comme Cooper. Et on ne le réveillera pas. Pigé ?

– Pigé, soupire Gavin.

– Heather… marmonne Jordan, traînant les pieds.

– Tais-toi, Jordan ! dis-je. On est presque arrivés.

– Heather, répète Jordan.

– Jordan… Je te jure que si tu vomis sur moi, je t'étrangle !

– Heather, lance Jordan pour la troisième fois. Je crois que quelqu'un a versé quelque chose dans mon verre.

Je le regarde, un peu inquiète.

– Tu veux dire que tu n'es pas tout le temps dans cet état, après une soirée ?

– Bien sûr que non, bafouille-t-il. J'ai bu une seule bière !

– Ouais. Mais combien de verres de vin avant de venir ici ?

– Une dizaine à peine, répond-il d'une voix candide. Eh, à propos… Où sont mes skis ?

– Oh, je suis sûre que personne n'y touchera, Jordan. Tu n'auras qu'à aller les chercher dans la matinée. Pourquoi aurait-on versé quelque chose dans ton verre ?

– Pour pouvoir abuser de moi, évidemment ! Tout le monde me veut… Tout le monde veut sa part du gâteau !

Gavin – qui, avec ces paroles, reçoit en pleine figure l'haleine de bière de Gavin – fait la grimace.

– Pas moi ! dit-il.

Nous nous trouvons devant la maison. M'arrêtant pour chercher mes clés dans mon sac, j'en profite pour mettre les choses au clair :

– Une fois à l'intérieur, j'explique à Gavin, nous coucherons Jordan sur le divan du séjour. Et puis je te raccompagnerai à Fischer Hall.

– J'ai pas besoin d'un chaperon ! proteste Gavin d'un ton arrogant et sûr de lui, se remettant à parler comme un chef de gang maintenant que les Tau Phi sont loin.

– Ces gars de la fraternité sont vraiment en colère. Et ils savent où tu vis.

– Tu parles, frangine ! À part mon nom, Steve sait que dalle sur moi. J'ai jamais été assez cool à son goût, vu que j'aime pas me foutre des produits chimiques dans le corps.

– Non, juste vingt et une mesures d'alcool.

– OK, à part l'alcool.

– Bien. On se chamaillera plus tard. Tout d'abord, on va coucher Jordan sur le divan. Et puis on se chargera de te ramener chez toi.

– J'habite à deux pas.

– Heather.

– Pas maintenant, Jordan ! dis-je. Gavin, je refuse que tu...

– Heather, répète Jordan.

– Quoi, Jordan ?

– Cooper nous regarde.

Je lève les yeux.

En effet, le visage de Cooper s'encadre dans la fenêtre, près de l'entrée. Une seconde plus tard, nous entendons déverrouiller la porte.

– OK, dis-je à Gavin, mon cœur battant à tout rompre. Changement de plan. À trois, on lâche Jordan et on court le plus vite possible ! Un, deux...

– N'y songez même pas ! lance Cooper en sortant sur le perron.

Il porte un pantalon en velours côtelé et un pull en laine. Paraît chaleureux, calme, sensé. Je n'ai qu'une envie : me précipiter vers lui, enfouir mon visage contre son torse, respirer son odeur et lui confier que j'ai passé une soirée terrible... Au lieu de ça, je dis :

– Je peux tout t'expliquer.

– Je n'en doute pas, répond Cooper. Allez, entrez. Amenez-le à l'intérieur.

Nous traînons Jordan dans la maison, non sans peine, d'autant plus que Lucy apparaît et, tout excitée, se met à bondir autour de nous. Heureusement, j'ai les jambes si glacées que je ne sens pas ses griffes labourer mes collants.

Lucy s'élance pour lécher la main de Jordan lorsque ce dernier s'anime soudain et, voyant Cooper dans le vestibule, s'exclame :

– Oh ! Salut, frangin ! Qu'est-ce qui se passe ?

– Ta fiancée a appelé, répond Cooper, claquant et refermant la porte derrière nous. Voilà ce qui se passe. Tu es parti comme ça, sans dire à personne où tu allais ?

– Exactement, confirme Jordan, comme nous le lâchons et qu'il tombe sur le divan rose et un peu délabré de son grand-père, où Lucy lui lèche la main de plus belle.

– Oh, le gentil chien-chien ! Empêche la pièce de tourner, s'il te plaît !

– Comment est-il parvenu jusqu'ici ? demande Cooper. Il n'y a pas de taxis. Et je peux pas croire qu'il ait pris le métro.

– Il a skié, j'explique d'une voix piteuse.

Il fait merveilleusement chaud, dans la maison. Mes cuisses frémissent en se réchauffant.

Cooper écarquille les yeux.

– Il a skié ? Où sont ses skis ?

– Il les a perdus, dit Gavin.

Cooper semble tout juste remarquer sa présence.

– Oh, encore toi ?

– Faut pas en vouloir à Heather, explique Gavin. Tout est la faute de ce mec. Vous comprenez, elle a essayé de le dessoûler en lui faisant faire une bonne balade dans le parc, mais il a rechigné. Par chance, je passais là par hasard et je l'ai aidée à l'amener ici. Qui sait ce qui aurait pu arriver sinon ! Ce gars aurait pu crever de froid. Ou pire. Il paraît qu'il y a un médecin qui saute sur tous les ivrognes qu'il trouve dans le parc et récolte leurs reins pour les fourguer à des Boliviens sous dialyse. Tu te réveilles un matin, t'as mal partout sans comprendre pourquoi, et... boum ! Il s'avère qu'on t'a piqué un rein !

Waouh... Gavin est vraiment le roi de l'impro ! Il ment avec un tel naturel, et de façon si convaincante, que je ne peux m'empêcher de me demander dans quelle proportion les histoires qu'il me raconte depuis des mois sont des fables, comme celle qu'il vient tout juste d'inventer.

Cooper n'a cependant pas l'air très impressionné.

– OK, fait-il. Merci du coup de main. Je crois qu'on va pouvoir se débrouiller, à présent. Alors, au revoir !

– Je te raccompagne, dis-je.

Avant d'être interrompue par une voix :

– La voilà enfin !

Mon père entre dans la pièce, en pyjama et robe de chambre. À voir une mèche hérissée, sur sa nuque, il est clair qu'il s'était endormi. Mais le coup de téléphone de Tania l'a réveillé en même temps que Cooper.

– Heather, on s'est tellement inquiétés ! Quand Tania a appelé et qu'on ne t'a pas trouvée... Ne nous refais plus jamais ça, jeune fille ! Si tu dois sortir, tu as intérêt à dire à l'un d'entre nous où tu vas.

Mon regard sidéré passe de Cooper à mon père.

– Tu parles sérieusement ? je demande, incrédule.

– C'est moi qui raccompagne Gavin, déclare Cooper, prouvant qu'il a anticipé mon action suivante – l'esquive. Heather, va chercher des couvertures pour Jordan. Allan, rappelle Tania et dis-lui que Jordan dort ici cette nuit.

Papa hoche la tête.

– Je prétendrai qu'il était à une soirée surprise pour l'enterrement de sa vie de garçon. Et qu'il est venu dormir ici pour ne pas la déranger.

J'en reste bouche bée. D'abord parce que j'avais oublié le prénom de mon père, que Cooper vient de prononcer. Ensuite, à cause de l'absurdité de cette proposition.

– Jordan n'a pas d'amis, dis-je enfin. Qui irait lui préparer une soirée surprise ? Et jamais il n'aurait la délicatesse de ne pas déranger Tania !

– Si, j'ai des amis ! proteste Jordan depuis le divan, où Lucy lui lèche désormais le visage. Vous deux, vous êtes mes amis ! Ou vous six... ou Dieu sait combien vous êtes.

– Je n'ai pas besoin qu'on me raccompagne ! insiste Gavin, tandis que Cooper tend la main vers sa veste.

– Peut-être bien, rétorque sombrement Cooper, mais moi, j'ai envie de prendre l'air. Allons-y.

Tous deux sortent, me laissant seule avec Jordan et mon père... Deux hommes qui m'ont abandonnée au moment où j'avais le plus besoin d'eux, et sont revenus me supplier de les reprendre quand je n'avais plus du tout besoin d'eux.

– Toi, je te retiens ! dis-je à Jordan, en retournant dans le séjour avec une couverture et un saladier, au cas où il voudrait vomir.

matin par ses propres moyens après une bringue comme celle d'hier soir. Le Jordan que j'ai connu se levait à quatre heures de l'après-midi les lendemains de fête. Notre aversion des réveils matinaux était l'une des rares choses que nous partagions – ça et un faible pour les assortiments de biscuits vendus par les girl-scouts (lui, les menthe-chocolat noir ; moi, les sablés).

Avec l'impression d'avoir gagné à la loterie, je laisse sortir Lucy pour qu'elle fasse ses besoins dehors, et prends une barre protéinée aux pépites de chocolat, qui m'apportera l'énergie nécessaire pour le trajet à pied jusqu'au bureau. Puis, après avoir rouvert à Lucy, je m'apprête à sortir.

C'est alors que je vois le mot, scotché sur la porte d'entrée.

On peut y lire, dans l'écriture soignée mais microscopique de Cooper (que j'ai été forcée d'apprendre à décrypter, en ma qualité de comptable) :

« Heather, il faut qu'on parle. »

« Heather, il faut qu'on parle » ? « Heather, il faut qu'on parle » ? Peut-on imaginer mots plus inquiétants que ceux-ci : « Il faut qu'on parle » ? Franchement, qui aurait envie de trouver un billet pareil scotché sur sa porte d'entrée ?

Personne.

C'est pourquoi je l'arrache, le chiffonne et le fourre dans ma poche en franchissant le seuil.

De quoi peut-il bien avoir envie de me parler ? Du fait que j'ai traîné son frère ivre mort chez lui hier soir, pour qu'il cuve son vin sur son divan, alors que Cooper a clairement signifié qu'il ne voulait plus avoir affaire aux membres proches de sa famille ? Que j'ai enquêté en douce sur le meurtre de Lindsay, sans dire à personne où j'allais, après avoir juré de laisser les pros faire leur boulot sans intervenir ? Ou que j'ai mis en danger, en désobéissant ainsi, la vie de l'un de mes résidents ?

Mais ça n'a peut-être rien à voir avec qui s'est passé hier soir. Qui sait s'il n'a pas décidé qu'il avait assez supporté les Wells et leurs extravagances – papa et sa flûte indienne et ma tendance à ramener à la maison des chanteurs de variétés bourrés et des étudiants de vingt et un ans portant des pantalons baggy et se prenant pour des chefs de gang ? Et s'il nous fichait tous à la porte ? Il y en a, parmi nous, qui le mériteraient bien.

Et je ne parle pas de Lucy et de papa.

Je suis donc d'humeur sombre et méditative tandis que je me dirige vers Fischer Hall. Même la barre protéinée me donne davantage l'impression de mâcher du carton qu'une barre chocolatée ordinaire. Je ne veux pas que Cooper me jette dehors. C'est le seul vrai foyer que j'aie jamais eu, si l'on excepte l'appartement où j'ai vécu avec Jordan, dont le souvenir est souillé à jamais par l'image de la bouche de Tania Trace comprimant le...

– Heather !

Reggie, qui a retrouvé son coin de rue habituel, semble surpris de me voir dehors de si bonne heure. Je suis moi-même étonnée de constater qu'il a repris le boulot. Même si le blizzard a cessé et que les chasse-neige ont un peu déblayé la voie, la chaussée praticable reste une bande étroite, entre de vastes tas de neige.

– Bonjour, Reggie ! je lance en sortant de derrière une congère de près de deux mètres recouvrant la voiture d'un malchanceux. Sacrée tempête, hein ?

– J'ai pas trop aimé, fait remarquer Reggie.

Il est emmitouflé dans une parka Tommy Hilfiger et tient un gobelet en carton de café fumant.

– Quelquefois, je me dis que je ferais mieux de retourner dans les îles, ajoute-t-il.

– Pour y faire quoi ? je demande avec un intérêt sincère.

– Mes parents possèdent une bananeraie. Je pourrais les aider à la diriger. Il y a déjà pas mal de temps qu'ils me supplient de rentrer au pays. Mais ici, je gagne plus d'argent.

Je ne peux m'empêcher de comparer mentalement les situations respectives des frères Winer et de Reggie. Le père de Doug et de Steve veut qu'ils réussissent seuls, et ses fils se sont mis à vendre de la drogue. Les parents de Reggie souhaitent qu'il reprenne l'affaire familiale, mais ce dernier gagne mieux sa vie en vendant de la drogue... Tout cela n'a aucun sens.

– Je crois que tu ferais mieux de travailler à la bananeraie, Reggie. Même si c'est moins rentable. C'est drôlement moins risqué.

Reggie paraît se pencher sur la question.

– Sauf pendant la saison des ouragans. Mais si j'y retournais, je regretterais de ne plus voir ton visage radieux tous les matins, Heather.

– Je pourrais venir te rendre visite, dis-je. J'ai jamais mis les pieds dans une bananeraie.

– Ça ne te plairait pas, rétorque Reggie avec un sourire qui dévoile ses dents en or. Là-bas, on se lève très tôt, avant l'aube. À cause des coqs.

– Mon Dieu ! Quelle horreur ! Pas étonnant que tu préfères vivre à New York !

– Et puis, celui qui réussit ici peut réussir n'importe où ! ajoute Reggie en haussant les épaules.

– Cent pour cent d'accord. Eh, tu as entendu des trucs au sujet de ce gars dont je t'ai parlé, ce Doug Winer ?

Reggie cesse de sourire.

– Non, répond-il. Mais il paraît qu'il y a eu un fichu chahut dans une des fraternités, hier soir.

J'ouvre tout grands les yeux.

– Ah oui ? Comment ça ?

– À ce qu'il semblerait, ton ex, Jordan Cartwright, était de la partie. Mais c'est sûrement une rumeur. Qu'irait faire le célèbre Jordan Cartwright dans une soirée d'étudiants l'avant-veille de son mariage ?

– Tu as raison, dis-je. C'est sûrement une rumeur. Bon, il faut que j'y aille. Je voudrais pas être en retard !

– Non, approuve Reggie d'un ton grave. Pas toi !

– À plus tard ! Ne prends pas froid !

Je lui adresse un joyeux signe de la main puis, parvenue au coin, prends vers l'ouest de la place. Oh là là... Je l'ai échappé belle ! Je n'en reviens pas que le récit des événements d'hier soir ait déjà atteint les oreilles des dealers. Je me demande si ça finira dans la rubrique « Potins ». Par bonheur, les fraternités grecques ne sont pas tenues de signaler le nom de leurs visiteurs. J'aurais de gros soucis au boulot, s'il venait à être découvert que j'y étais...

Lorsque je franchis les portes de Fischer Hall à neuf heures moins vingt, Pete manque de s'étrangler avec son bagel.

– Qu'est-ce qui t'arrive ? demande-t-il d'un ton faussement inquiet. Serait-ce la fin du monde ?

– Très drôle ! Ce n'est pas la première fois que j'arrive à l'heure, tu sais.

– Ouais. Mais tu n'es jamais arrivée *en avance* !

– Qui sait si je ne suis pas en train de tourner une nouvelle page ?

– Qui sait si je ne vais pas être augmenté cette année ? rétorque Pete, riant de bon cœur de sa plaisanterie.

Je lui fais une grimace, puis je passe voir l'étudiant de service à l'accueil pour y récupérer les rapports des RE de la veille au soir. Je me dirige ensuite vers mon bureau, constatant avec plaisir que la porte donnant sur le couloir est fermée à clé. Eh oui, je suis la première ! C'est Tom qui va être étonné !

Après avoir retiré manteau et bonnet, je vais me chercher un café et un bagel à la cafétéria. Je suis heureuse de voir que Magda a retrouvé son poste habituel. Et sa bonne mine, pour la première fois de la semaine. Elle a ombré ses paupières de rose fluo, ses cheveux se dressent sur une bonne quinzaine de centimètres au-dessus du front, et son eye-liner noir charbon ne déborde pas. Elle sourit à mon entrée.

– La voilà ! s'écrie-t-elle. Ma petite pop star ! Ta Magda t'a manqué ?

– Tu penses ! Tu as bien profité de ton jour de repos ?

– Oui, répond Magda, retrouvant son calme. J'en avais besoin. Tu vois ce que je veux dire. Ça m'a fait du bien, de ne pas avoir à penser à cet endroit... et à ce qui s'y est produit.

Un frisson la parcourt. Puis, lorsque deux étudiants s'avancent, derrière moi, Magda s'exclame avec une tout autre voix :

– Regarde ! Voici deux de mes petites stars de ciné. Bonjour, mes petites stars !

Les étudiants la dévisagent, mal à l'aise, pendant qu'elle insère leur carte de cafétéria (qui tient aussi lieu de carte d'étudiant) dans son scanner. Une fois les cartes restituées et les gamins repartis, Magda dit, reprenant une voix normale :

– Il paraît que tu es allée rendre visite à Manuel. Il va comment ?

– Euh... quand je l'ai vu, pas trop bien. Mais le soir, quand je suis repartie, on m'a dit qu'on l'avait sorti des soins intensifs et que son état était considéré comme stable.

– Tant mieux. Et la police n'a toujours pas retrouvé ceux qui lui ont fait ça ?

Je suis tentée de dire à Magda que moi, je suis à peu près certaine de savoir qui ils sont. Or je dois d'abord découvrir comment s'est passé le rendez-vous de Tom.

– Non. Mais je suis sûre que ça ne saurait tarder.

Magda prend l'air renfrogné.

– Ils ne sont pas près de découvrir qui a tué la petite Lindsay, dit-elle. Trois jours maintenant, et toujours pas d'arrestation... C'est parce que c'est une fille, précise-t-elle d'un ton sinistre, en appuyant son menton dans ses mains. Si c'était la tête d'un homme qu'ils avaient retrouvée là-dedans, ils auraient déjà arrêté quelqu'un. La police ne se soucie pas de ce qui arrive aux filles. Surtout aux filles comme Lindsay.

– Tu te trompes, Magda. Ils se donnent beaucoup de mal. Ils procéderont bientôt à une arrestation, crois-moi. Parce que, enfin... hier, la neige les a contraints à rester chez eux, comme toi.

Magda n'en demeure pas moins sceptique. Je réalise qu'il est vain de vouloir la faire changer d'avis quand elle est si convaincue d'avoir raison. Je prends donc mon bagel (avec fromage frais et bacon, évidemment) et mon mélange café-chocolat, et m'en retourne à mon bureau.

Je suis assise là, à me demander qui est Tad Tocco et pourquoi il souhaite que je le rappelle – le préfixe de l'université de New York indique qu'il s'agit d'un numéro interne – quand Tom entre en titubant dans la pièce, encore à moitié endormi. Il paraît surpris de me voir.

– Waouh... s'exclame-t-il. Je rêve, ou quoi ?

– Non. Je suis vraiment là. Je suis à l'heure.

– Tu es en avance ! (Tom secoue la tête.) Les miracles ne cesseront donc jamais !

– Alors... dis-je, l'examinant avec attention. Ça s'est passé comment ? Avec l'entraîneur, je veux dire.

Il sort ses clés de sa poche afin d'ouvrir la porte de son bureau. Je distingue son sourire, à peine esquissé, avant qu'il n'ait pu le réprimer.

– Bien, répond-il d'une voix neutre.

– Oh, arrête ! Crache le morceau !

– Je ne voudrais pas que ça me porte la poisse. Sérieusement, Heather, j'ai tendance à brusquer les choses. Mais pas cette fois-ci. Il n'en est pas question.

– Alors... (Je scrute son visage.) Si tu es décidé à faire en sorte que ça n'aille pas trop vite, c'est que ça a dû coller entre vous.

– Ça s'est très bien passé, confirme Tom, ne contenant plus son sourire. Steve est... eh bien, il est incroyable. Mais comme je te l'ai dit, nous ne sommes pas pressés.

Nous. Il parle déjà à la première personne du pluriel.

Bien sûr, je suis heureuse pour lui. Mais j'avoue que ça m'embête quand même un peu. Pas parce que, moi aussi, je voudrais un jour pouvoir dire « nous » – même si ça me plairait, évidemment.

Ça m'embête parce que ça m'oblige à me demander pourquoi Kimberly m'a menti… à moins que Steven Andrews ne soit aussi bon acteur qu'Heath Ledger, ce dont je doute.

Je me réjouis néanmoins pour Tom.

– Si lui et toi comptez prendre votre temps, c'est que tu n'as pas l'intention de repartir tout de suite, n'est-ce pas ?

Il hausse les épaules et pique un fard.

– On verra, dit-il avant d'entrer dans son bureau.

Ce qui me rappelle quelque chose…

– Où est le docteur La Mort ? je lui demande. Elle vient aujourd'hui ?

– Dieu soit loué, non ! Il a été décidé, au service de soutien psychologique, que si d'autres étudiants traumatisés avaient besoin de consulter un conseiller, ils n'auraient qu'à traverser le parc.

– Laisse-moi deviner ! Cheryl a rendu quelques visites de trop au docteur Kilgore, c'est ça ?

– Je crois même qu'elle a failli la rendre dingue ! réplique joyeusement Tom. Je récupère enfin mon bureau ! Mon bureau à moi ! Je vais à la cafèt' chercher un plateau – *un plateau !* – pour pouvoir prendre le petit déjeuner *dans mon bureau* !

– Tu as bien raison ! dis-je, moi aussi guillerette.

C'est vraiment cool d'avoir un chef comme Tom, qui trouve que le fait de prendre son petit déjeuner à son bureau n'a rien de choquant. Rayon chefs, j'ai eu du bol avec lui. Je suis contente qu'il ne songe plus à partir. Du moins, pas pour le moment.

Je commence à parcourir les rapports des RE quand Gavin fait son entrée, manifestement mal à l'aise.

– Euh... Salut, Heather, bredouille-t-il, planté devant mon bureau. Tom est dans les parages ? Je suis censé reporter ma consultation, pour mon problème d'alcool.

– Ouais, il est là. Il est juste allé chercher un truc à manger à la cafèt'. Assieds-toi. Il ne va pas tarder.

Gavin s'installe sur le divan, à côté de mon bureau. Mais au lieu de se vautrer dedans jambes écartées, comme par le passé, il se tient bien raide, regardant droit devant lui. Il ne tripatouille pas, ainsi qu'il en a l'habitude, les trombones ou les figurines *Toy Story 2* qui traînent sur mon bureau.

Je le fixe.

– Gavin ? Ça va ?

Il se tourne vers la repro de Monet qui orne le mur, évitant délibérément de croiser mon regard.

– Moi ? Oui, très bien. Pourquoi ?

– Je ne sais pas. Tu m'as simplement l'air un peu... un peu distant.

– Je ne suis pas distant. Je ne veux pas te mettre sous pression, c'est tout.

– Tu ne veux pas quoi ?

Il me fixe enfin.

– Tu comprends, réplique-t-il. Je veux pas te mettre sous pression. Hier, ton copain Cooper m'a dit qu'il fallait te laisser du champ. C'est ce que j'essaie de faire.

Soudain, je sens comme un courant d'air froid. Une sorte d'appréhension...

– Une seconde. Cooper t'a dit qu'il fallait me laisser du champ ?

Gavin hoche la tête.

– Ouais. Hier soir. Pendant qu'il me raccompagnait ici. Ce qui n'était pas nécessaire, soit dit au passage. Après tout, j'ai vingt et un ans. J'ai pas besoin d'un chaperon pour rentrer au dortoir.

– À la résidence, je rectifie. Et il t'a dit quoi d'autre, à mon sujet ?

Gavin hausse les épaules, embarrassé, et se tourne à nouveau vers le Monet, sur le mur en face de lui.

– Ben, tu sais... Que tu as beaucoup, beaucoup souffert quand son frère Jordan t'a trompée. Que ça t'avait déstabilisée, que tu n'avais pas fini de faire ton deuil et que tu n'étais pas prête à démarrer une nouvelle relation...

– QUOI ? Il a dit *quoi* ?

Gavin me regarde d'un air perplexe.

– Ben... enfin, vu que tu es toujours amoureuse de lui...

J'ai l'impression que mon cœur explose.

– *Amoureuse de* QUI ?

– Ben... de Jordan Cartwright, évidemment, répond Gavin, décontenancé. Oh, merde ! ajoute-t-il en voyant mon expression. J'ai oublié ! Cooper m'a demandé de ne pas te répéter ce qu'il m'a dit... Tu lui diras pas que je te l'ai dit, hein ? Il me fiche un peu la frousse, ce mec.

Gavin s'interrompt et me dévisage, manifestement inquiet. J'ignore pourquoi. Peut-être parce que je reste là, assise à mon bureau, bouche bée, les yeux exorbités.

– Enfin... C'est pour ça que tu ne veux pas assister au mariage de Jordan, demain ? bafouille Gavin. Parce que tu es toujours amoureuse de lui et que ça te fait trop mal de le voir épouser quelqu'un d'autre ? C'est ce que pense ton ami

Cooper, en tout cas. Il pense que c'est pour ça que tu n'es pas encore ressortie avec quelqu'un... parce que tu n'as pas surmonté la douleur de la rupture, et qu'il va te falloir un bout de temps pour t'en remettre...

Je sens le cri partir de mes pieds et s'élever lentement, telle la vapeur dans une bouilloire électrique. Je m'apprête à rejeter la tête en arrière pour l'expulser quand Tom entre dans la pièce, chancelant, aussi blanc que la neige qui recouvre la ville. Il ne porte pas son plateau de petit déjeuner.

– On vient de retrouver ce qui manquait d'elle.

Je ravale mon cri.

– Qui ça, elle ? demande Gavin.

– Lindsay, dit Tom.

24

On dit que seul le temps le dira
Mais ces jours-ci, ma vie est un enfer
J'sais plus quoi dire, j'sais plus quoi faire
Comment j'ai pu prendre autant de poids ?

« La balance »
Écrit par Heather Wells

Devant sa caisse, Magda sanglote.

– Magda, je répète pour la cinquième fois peut-être. Parle-moi. Raconte-moi ce qui s'est passé.

Magda secoue la tête. Malgré la laque et toutes les lois physiques, sa coiffure s'est affaissée et ses cheveux retombent tristement sur un côté du visage.

– Magda. Dis-moi ce qu'ils ont trouvé. Tom refuse d'en parler. Gerald ne laisse personne entrer dans la cuisine. Les flics vont arriver. Allez, dis-le-moi !

Elle en est incapable. Le chagrin l'étouffe. Pete ne rencontre aucune opposition, tandis qu'il donne ordre aux résidents d'évacuer la cafétéria. Tous partent de leur plein gré, tout en jetant des regards nerveux en direction de Magda.

À entendre ses effrayantes lamentations, je les comprends.

– Magda, dis-je. Tu es hystérique ! Il faut que tu te calmes.

C'est au-delà de ses forces. C'est pourquoi, après avoir poussé un long soupir, je lui balance une claque.

Or voilà qu'elle m'en flanque une, elle aussi !

– Aïe ! je m'écrie, choquée, en portant la main à ma joue. Qu'est-ce qui te prend ?

– C'est toi qui m'as frappée la première ! rétorque Magda d'un ton furibard, portant elle aussi la main à sa joue.

Magda a de la force dans les bras. Je vois des étoiles.

– Ouais, mais tu étais hystérique ! Je cherchais simplement à te calmer. Tu n'avais pas à me rendre ma gifle !

– On ne gifle pas les gens parce qu'ils sont hystériques ! réplique Magda. On ne t'a donc rien appris dans ces prétendus cours de secourisme qu'on t'a obligée à prendre ?

– Magda... (Des larmes finissent enfin par jaillir de mes yeux.) Dis-moi ce qu'ils ont trouvé.

– Je vais te montrer, dit Magda en tendant une main – pas celle avec laquelle elle m'a giflé.

Là, niché dans sa paume, se trouve un étrange objet. En or, il ressemble à une boucle d'oreille, en plus grand et plus arrondi, et le bout est orné d'un diamant. L'or est tout bosselé, comme s'il avait été mâchouillé.

– Qu'est-ce que c'est que ça ? je demande en l'examinant.

– OÙ AVEZ-VOUS TROUVÉ ÇA ?

La réaction de Cheryl Haebig – lorsqu'elle et son petit ami Jeff passent devant nous en sortant de la cafétéria – nous fait sursauter, Magda et moi. Cheryl écarquille les yeux, fixés sur l'objet dans la main de Magda. Pete, qui s'efforce de faire évacuer les lieux, semble mécontent.

– Cher, dit Jeff en tirant sa petite amie par le bras. Viens ! Ils veulent qu'on s'en aille.

– Non ! proteste Cheryl en secouant la tête, le regard toujours rivé sur ce que tient Magda. Où avez-vous trouvé ça ? Dites-le-moi !

– Tu sais ce que c'est, Cheryl ? je demande. (Alors que sa réaction indique clairement que oui.) C'est quoi ?

– C'est le piercing de nombril de Lindsay, répond-elle, le visage aussi blanc que le chemisier qu'elle porte. Oh, mon Dieu... Où l'avez-vous trouvé ?

Magda serre les lèvres. Et referme le poing.

– Oh non ! dit-elle de cette voix chantante qu'elle n'a qu'en présence des étudiants. Quelle importance... Va en cours, à présent, tu risquerais d'être en retard.

Or Cheryl s'avance d'un pas et, avec une expression aussi dure que le sol de marbre sous nos pieds, dit :

– Je veux savoir.

Magda avale sa salive, me jette un coup d'œil, puis commence, de sa voix habituelle :

– Il était coincé au fond du broyeur à déchets. Celui qui ne fonctionnait pas bien cette semaine. Le directeur du service technique a fini par venir voir. Et il a trouvé ça.

Elle retourne le bijou. Sur l'autre face est gravé le prénom Lindsay – à peine visible tant l'or est bosselé. Mais visible tout de même.

Cheryl pousse un gémissement et chancelle. Pete et Jeff l'aident à s'asseoir sur une chaise voisine.

– Dis-lui de laisser retomber la tête entre les genoux, je glisse à Jeff.

Il acquiesce, apparemment paniqué, et fait ployer le corps de sa petite amie, jusqu'à ce que ses longs cheveux couleur de miel balaient le sol.

Me tournant à nouveau vers Magda, je baisse les yeux vers le piercing.

– Ils ont mis le corps dans le broyeur à déchets ? je chuchote.

Magda secoue la tête.

– Ils ont essayé. Mais la machine a refusé de broyer les os.

– Tu veux dire que... *ils y sont toujours ?*

Magda hoche la tête. Nous parlons à voix basse, pour éviter que Cheryl ne nous entende.

– L'évier était bouché. Personne n'a songé à se demander pourquoi, du fait que ça arrive tout le temps. On s'est simplement servi de l'autre.

– Et la police n'a pas non plus cherché par là ?

Magda fait une grimace.

– Non. L'eau était toute... enfin, tu sais comment c'est, quelquefois. Et puis lundi soir, au menu, il y a eu du chili con carne...

Je suis sur le point de vomir.

– Mon Dieu !

– Je sais, déclare Magda en regardant le bijou de nombril. Qui a pu faire ça à une si jolie, à une si gentille fille ? Qui, Heather ? *Qui ?*

– Je vais le découvrir, dis-je.

Détournant d'elle mes yeux baignés de larmes, je me dirige à grands pas vers Cheryl – qui a toujours la tête entre les genoux – et m'agenouille auprès d'elle.

– Cheryl. Lindsay et Andrews couchaient-ils ensemble ?

– HEIN ? (C'est Jeff qui paraît le plus stupéfait.) L'entraîneur et Lind... IMPOSSIBLE !

Cheryl se redresse. Elle est très rouge à cause du sang qui lui est monté à la tête. Ses joues portent la trace de pleurs et de nouvelles larmes brillent encore sur ses longs cils.

– Andrews, l'entraîneur ? demande-t-elle en reniflant. Nnn... non. Bien sûr que non.

– Tu en es certaine ?

Cheryl hoche la tête.

– Ouais. L'entraîneur est... enfin...

Elle lève les yeux vers Jeff. Celui-ci a l'air effrayé.

– Quoi ? L'entraîneur est *quoi*, Cher ?

Celle-ci soupire et se tourne à nouveau vers moi.

– Eh bien, aucune d'entre nous n'en est certaine. Mais on a toujours supposé qu'Andrews était homo.

– QUOI ? (C'est Jeff, à présent, qui semble sur le point d'éclater en sanglots.) Andrews, homo ? Impossible. IMPOSSIBLE !

Cheryl me fixe de ses yeux mouillés.

– Vous comprenez pourquoi on préférait garder nos soupçons pour nous.

– Je comprends, dis-je en lui tapotant le poignet. Merci.

Je file aussitôt, bousculant Pete au passage, pour foncer droit vers les ascenseurs.

Magda me court après, juchée sur ses talons aiguilles.

– Heather ? Tu vas où ?

J'appuie sur le bouton « montée » et les portes s'écartent.

Pete me suit lui aussi dans le hall, manifestement soucieux.

– Heather. Que se passe-t-il ?

Les ignorant tous les deux, je m'engouffre dans la cabine et appuie sur le bouton du douzième étage. Alors que les portes se referment, je vois Magda qui s'avance, voulant m'empêcher de partir seule.

Mieux vaut qu'elle ne vienne pas. Elle n'apprécierait guère ce que je m'apprête à faire. Je n'apprécie pas moi-même ce que je m'apprête à faire.

Mais quelqu'un doit bien s'en charger.

Lorsque les portes s'ouvrent, au douzième étage, je sors de la cabine et me dirige à grands pas vers la chambre 1218. Dans le couloir (que le RE, fan de Winnie l'Ourson, a décoré à l'effigie du tigre Tigrou, mais un Tigrou second degré, puisque coiffé de dreadlocks), il règne un silence de mort. Il est à peine plus de neuf heures, et les étudiants qui ne sont pas en cours dorment encore.

– Bureau de la direction ! je hurle en frappant du poing sur la porte.

Nous ne sommes pas autorisés à entrer dans les chambres sans nous être annoncés.

Ça ne signifie pas pour autant qu'on doive attendre que le résident nous ouvre. Ce dont je me passe. J'introduis mon passe dans la serrure, puis tourne la poignée.

Kimberly est couchée, comme je l'espérais. Le lit jumeau de sa camarade de chambre (même les couvre-lits aux couleurs de l'université, blanc et or, sont identiques) est vide. Kimberly se redresse, visiblement sonnée.

– Que... que se passe-t-il ? demande-t-elle d'une voix ensommeillée. Oh, mon Dieu. Qu'est-ce que *vous* fichez là ?

– Lève-toi ! lui dis-je.

– Hein ? Pourquoi ?

Même à peine sortie d'une nuit de sommeil, Kimberly Watkins est ravissante. Sa peau n'est pas, comme la mienne au réveil, tartinée de crèmes anti-boutons ou anti-rides et, loin de se dresser comiquement d'un côté, ses cheveux retombent, parfaitement lisses, de part et d'autre de son visage.

– Il y a le feu ? demande-t-elle.

– Il n'y a pas de feu, dis-je. Dépêche-toi !

Kimberly s'est extirpée de son lit et se tient devant moi, dans un tee-shirt de l'université de New York trop grand pour elle, un boxer, et des chaussettes grises tire-bouchonnant sur ses mollets.

– Une minute ! lance-t-elle en ramenant une mèche derrière son oreille. On va où ? Il faut que je m'habille. Il faut que je me brosse les...

Or je l'ai saisie par un bras et l'entraîne déjà vers la porte. Elle tente de me résister. Mais voyons les choses en face : c'est moi la plus grosse des deux. Et, contrairement à elle, je suis bien réveillée.

– Où... où est-ce que vous m'emmenez ? bredouille-t-elle en trottant pour ne pas tomber tandis que je la tire jusqu'à l'ascenseur.

Elle n'a pas le choix, puisque je ne la lâcherai pas, ce dont elle semble pleinement consciente.

– J'ai un truc à te montrer, dis-je en guise de réponse.

Kimberly me jette un regard anxieux.

– Je... je ne veux pas le voir.

L'espace d'un instant, je suis tentée de la balancer contre le mur le plus proche, tel un ballon de handball. Au lieu de ça, je rétorque :

– Eh bien tu le verras quand même. Tu le verras et ensuite on discutera, toi et moi. Pigé ?

L'ascenseur est toujours au douzième étage. Je pousse Kimberly dans la cabine, j'entre et appuie sur le bouton du rez-de-chaussée.

– Vous êtes cinglée, bafouille-t-elle d'une voix tremblante, tandis que nous descendons. (Elle commence à émerger pour de bon.) Vous savez quoi ? À cause de ça, vous serez virée !

Je m'esclaffe :

– Ah ouais ! C'est la meilleure de la journée !

– Je ne plaisante pas. Vous n'avez pas le droit de me traiter comme ça. Le président Allington sera furieux quand il l'apprendra.

– Le président Allington peut aller se faire voir ! je réplique tandis que s'ouvrent les portes de l'ascenseur, au rez-de-chaussée.

Dépassant mon bureau, je l'entraîne dans le hall, en direction de l'accueil, où l'étudiante de service lève les yeux du *Cosmopolitan* piqué dans le courrier de quelqu'un, pour me fixer d'un air choqué. Pete, qui fait signe aux pompiers d'entrer dans le bâtiment, se fige en m'apercevant. Pourquoi, chaque fois que nous appelons les secours pour une urgence, qu'il s'agisse d'un étudiant défoncé à la méthadone ou d'ossements humains retrouvés dans un broyeur à déchets, faut-il que les pompiers soient toujours les premiers arrivés ?

– J'espère que tu sais ce que tu fais, déclare Pete, comme je passe près de lui, tirant Kimberly.

– Ne restez pas planté là ! lui crie celle-ci. Vous êtes aveugle, ou quoi ? Vous ne voyez pas qu'elle refuse de me lâcher ? *Elle me fait mal au bras !*

Le talkie-walkie de Pete grésille. Il le porte à ses lèvres.

– Non, dit-il. Tout est calme dans le hall.

– Espèce d'agent de sécurité à deux balles ! lui lance Kimberly, sarcastique, alors que je lui fais franchir la porte de la cafétéria.

Magda, qui se tient devant l'entrée en compagnie de son chef Gerald et de plusieurs pompiers, est interloquée. La main ouverte, elle leur montre sa trouvaille. Je vois Cheryl assise non loin d'elle, flanquée d'un Jeff Turner au visage aussi grave que livide. Saisissant Kimberly par la nuque, je la force à regarder ce qui se trouve dans la paume de Magda.

– Tu vois ça ? je demande. Tu sais de quoi il s'agit ?

Kimberly cherche en vain à se dégager.

– Non, rétorque-t-elle sombrement. Je sais pas de quoi vous parlez ! Vous feriez mieux de me lâcher.

– Montre-lui, dis-je à Magda.

Cette dernière s'exécute, lui fourrant le piercing sous le nez.

– Alors ? Tu le reconnais ?

Les yeux de Kimberly, ronds comme des soucoupes, sont rivés sur le bijou.

– Ouais, concède-t-elle d'une voix à peine audible. Je le reconnais.

– C'est quoi ? je demande en lui lâchant le cou.

Je n'ai plus besoin de ça pour l'obliger à regarder. À vrai dire, elle semble incapable de détourner la tête.

– C'est un piercing de nombril.

– Et à qui appartient ce piercing ?

– À Lindsay.

– C'est exact, dis-je. À Lindsay. Tu sais où on l'a trouvé ?

– Non.

Kimberly a la gorge nouée. J'ignore si elle va fondre en larmes ou si elle est à deux doigts de vomir.

– Dans le broyeur à déchets. Ils ont voulu réduire ta copine en bouillie, Kimberly. *Comme si c'était un déchet.*

– Non, répète Kimberly.

Elle s'exprime d'une voix de plus en plus faible, chose inhabituelle chez une pom-pom girl.

– Et tu sais ce que les personnes qui ont tué Lindsay ont fait à Manuel Suarez l'autre soir, dis-je. Juste parce qu'ils craignaient que Lindsay lui ait parlé d'eux. Qu'est-ce que tu penses de ça, hein, Kimberly ?

Parlant toujours aussi bas, le visage à présent bouffi par les larmes, Kimberly marmonne :

– J'ai rien à voir là-dedans.

– Ne te fiche pas de moi, Kimberly ! Pour commencer, tu as voulu me faire croire que la camarade de chambre de Lindsay l'avait tuée par jalousie. Plus tard, tu as cherché à me faire avaler qu'Andrews et Lindsay étaient amants, quand tu sais parfaitement que l'entraîneur préfère les individus de son sexe...

Derrière moi s'élève un petit cri. Cheryl Haebig, à coup sûr.

– Reconnais-le, Kimberly, dis-je sans me retourner. Tu sais qui a tué Lindsay.

Elle secoue la tête si fort que ses cheveux lui retombent dans les yeux.

– Non, je...

– Tu veux y jeter un œil, Kimberly ? Au broyeur à déchets par où ils ont essayé de faire passer Lindsay ? Il est bouché, avec ses os et son sang. Mais je peux te le montrer, si ça te chante.

Kimberly laisse échapper un gémissement. Les pompiers me dévisagent comme si j'étais une espèce de maniaque. Sans doute ont-ils raison. Je dois être tarée, puisque traiter Kimberly ainsi ne me pose pas le moindre problème de conscience.

– Tu veux savoir ce qu'ils ont fait à Lindsay, Kim ? Tu veux le savoir ?

Elle a beau secouer la tête de plus belle, je continue :

– D'abord quelqu'un l'a étranglée. Avec une telle force et pendant si longtemps que les capillaires sanguins ont éclaté autour de ses yeux. Elle devait suffoquer, mais son agresseur, qui s'en fichait bien, ne l'a pas lâchée. Alors, elle est morte. Mais ça ne s'arrête pas là. Ensuite, ils l'ont découpée... Et, après l'avoir découpée, ils ont fourré les différentes parties de son corps dans le broyeur...

– Non ! s'exclame Kimberly, à présent secouée de sanglots. Non, ce n'est pas vrai !

– C'est on ne peut plus vrai. Et tu le sais. Et faut que tu saches autre chose, Kimberly : la prochaine, c'est toi ! Tu es la prochaine sur leur liste.

Elle écarquille ses yeux baignés de larmes.

– Non ! Vous dites ça juste pour me faire peur !

– Lindsay. Manuel. Et puis toi.

– Non !

Kimberly s'écarte de moi. Mais, manque de bol, se retrouve face à Cheryl Haebig, qui s'est relevée et, plantée là, foudroie Kimberly du regard.

Sans prêter attention au regard noir, celle-ci s'écrie, en voyant Cheryl :

– Oh, Dieu soit loué ! Dis-lui, Cheryl. Dis à cette garce que je ne suis au courant de rien.

Cheryl fait non de la tête.

– Tu lui as raconté que Lindsay et l'entraîneur avaient une liaison ? rétorque-t-elle. Pourquoi ça ? Pourquoi ? Tu sais que c'est un mensonge.

Constatant que Cheryl ne lui apportera pas le soutien espéré, Kimberly recule, sans cesser de secouer la tête.

– Tu... tu ne peux pas comprendre, bredouille-t-elle entre deux hoquets.

– Oh, si. Je comprends très bien.

Pour chaque pas en avant de Cheryl, Kimberly en fait un en arrière – jusqu'à finir plaquée contre le comptoir de Magda, où elle se fige et fixe craintivement l'autre jeune fille, qui poursuit :

– Je comprends que tu as toujours été jalouse de Lindsay. Je comprends que tu as toujours voulu être aussi appréciée et populaire que Lindsay. Mais ça ne risquait pas d'arriver, vu que tu n'es qu'une saleté de...

Cheryl est forcée de s'interrompre. Car Kimberly s'est effondrée devant la caisse, glissant lentement sur le comptoir jusqu'à s'étaler sur le sol, telle une flaque blanc et or.

– Non, sanglote-t-elle. Je n'y suis pour rien. Je n'ai rien fait. Ce n'est pas moi qui l'ai tuée !

– Mais tu sais qui l'a tuée. N'est-ce pas, Kimberly ?

– Non ! Je jure que je sais pas ! Tout ce que je sais... Tout ce que je sais, c'est ce qu'a fait Lindsay.

Cheryl et moi échangeons un regard perplexe.

– Lindsay a fait quoi, Kimberly ? je demande.

Les genoux remontés jusqu'au menton, celle-ci murmure :

– Elle lui a volé sa came.

– Elle a *quoi* ?

– Elle a volé sa came ! Vous êtes bouchées, ou quoi ? Elle lui a volé toute sa réserve, plus de dix grammes de coke. Elle était furieuse contre lui parce qu'il était archi-radin. En plus, il se tapait d'autres filles. Elle en avait marre.

À ces mots, Cheryl recule machinalement d'un pas.

– Tu mens ! lance-t-elle à Kimberly.

– Une seconde, dis-je, un peu perdue. La came de qui ? De Doug Winer ? C'est de Doug Winer que tu parles ?

Kimberly hoche tristement la tête.

– Oui. Elle pensait qu'il ne s'en rendrait pas compte. Ou qu'il penserait, si c'était le cas, qu'un des gars de la fraternité l'avait prise. Oh, pas la peine de me regarder comme ça, Cheryl ! Lindsay n'était pas une sainte, bordel ! Même si toi et les autres filles tenez tellement à penser le contraire. Bon sang, je sais pas pourquoi vous n'avez jamais voulu voir ce qu'elle était vraiment... Elle n'a eu que ce qu'elle méritait !

Les sanglots de Kimberly se sont mués en halètements. Le front pressé sur les genoux et les genoux collés au buste, elle se tient le ventre comme si elle faisait une crise d'appendicite.

Si Cheryl a battu en retraite, horrifiée, je n'ai quant à moi pas l'intention de lâcher Kimberly.

– Mais Doug s'est rendu compte que la coke n'était plus là, dis-je. Il s'en est rendu compte et il est venu la chercher, pas vrai ?

Kimberly hoche à nouveau la tête.

– C'est pourquoi Lindsay avait besoin d'aller dans la cafèt'. Pour rendre sa coke à Doug. Elle l'y avait cachée, pas vrai ? Parce qu'elle s'était dit qu'il n'était pas prudent de la garder dans sa chambre, où Ann risquait de la trouver. (Hochement de tête de Kimberly.) Elle a donc soutiré la clé à Manuel, s'est introduite dans la cafèt', a fait entrer Doug dans le bâtiment d'une manière ou d'une autre et... et ensuite ? Si elle lui a rendu la came... pourquoi l'a-t-il tuée ?

Kimberly relève lentement la tête, comme si elle était très lourde.

– Qu'est-ce que j'en sais ! Tout ce que je sais, c'est que Lindsay méritait de finir comme ça !

– Espèce de...

Cheryl la fusille du regard, son torse se soulevant et s'abaissant rapidement sous l'effet de l'émotion, ses yeux brillant de larmes contenues...

– Espèce de... de... espèce de *salope* !

C'est alors que Cheryl rejette un bras en arrière pour gifler Kimberly, qui se recroqueville...

Mais la main de Cheryl est saisie au vol avant d'avoir pu atteindre la joue de Kimberly.

– Ça suffit comme ça, mesdames ! dit calmement l'inspecteur Canavan, surgi derrière nous.

25

Sur moi voilà qu'une tempête s'abat
Vents violents, mer démontée, et moi, l'accro au chocolat
Combien de temps je vais le maintenir à flot
Mon pauvre petit bateau ?

« Dans la tempête »
Écrit par Heather Wells

– Alors, ça y est ! dis-je à Pete, comme nous nous installons à une table poisseuse, au fond du Corbeau-Ivre, après le boulot. On l'a, notre mobile, clair comme le jour.

À l'expression de l'agent de sécurité, je comprends qu'il est au moins aussi perdu que Magda.

– Quoi ? me demandent-ils tous les deux d'une même voix.

– C'est pour ça qu'il l'a tuée, j'explique patiemment. Partout où elle allait, Lindsay racontait à ses amis que Doug dealait. Il a été contraint de la réduire au silence, s'il ne voulait pas risquer de se faire choper.

– On n'est pas obligé de couper la tête de quelqu'un pour le faire taire ! s'exclame Magda, indignée.

– Ouais, approuve Pete. C'est une solution un peu extrême, tu ne trouves pas ? C'est pas parce que ta petite amie cause un peu trop qu'il faut la tuer !

– Il a peut-être voulu que ça serve de mise en garde, lance Sarah depuis le bar, où elle s'est assise pour suivre un match de basket universitaire sur l'un des téléviseurs. Pour que ses autres clients ferment leur gueule de crainte de subir le même sort. Oh mon Dieu ! Il a chargé ! Il a chargé ! L'arbitre est aveugle, ou quoi ?

– C'est possible, concède Pete.

Il pique de sa fourchette le *burrito* réchauffé au micro-ondes acheté chez le traiteur au coin de la rue. Tel est le prix à payer, quand on ferme la cafétéria sur votre lieu de travail, pour que les équipes médicolégales puissent extirper des fragments de corps humain du broyeur de l'évier. Le *burrito* est la première chose que Pete peut se mettre dans le ventre depuis le petit déjeuner. Pour moi, c'est de bière et de pop-corn dont je me régale à présent.

– Ou qui sait si ce n'est pas le genre de trucs qui fait rigoler un malade comme Winer ? conclut-il.

– On n'est pas certains que Winer soit derrière tout ça, proteste Magda.

Nous la fixons, Pete et moi.

– Eh bien... poursuit-elle. Ce n'est pas parce que cette fille affirme que Lindsay devait le rencontrer que c'est forcément lui qu'elle a retrouvé. Vous avez entendu ce qu'a dit cet inspecteur.

Je lui rafraîchis la mémoire :

– Il nous a dit de nous mêler de nos affaires. Il n'a pas précisé s'il soupçonnait ou non Doug ou son frère.

J'avais pourtant pris Canavan à part et, après lui avoir raconté ce que j'avais pu observer la veille lors de la soirée des Tau Phi Epsilon, j'avais ajouté :

– Il est clair que Doug, et Steve (puisque, d'après Manuel, c'était le prénom qu'avait mentionné Lindsay) l'ont tuée pour qu'elle arrête de causer, et ont laissé traîner la tête en guise d'avertissement au reste de leur clientèle. Il faut que vous les arrêtiez. Il le faut !

L'inspecteur Canavan n'avait cependant pas apprécié de s'entendre dire ce qu'il devait faire. Il s'était contenté de me jeter un regard de reproche et de rétorquer :

– J'aurais dû me douter que c'était vous, à cette fête, hier soir. Vous arrive-t-il d'aller où que ce soit sans provoquer des catastrophes ?

Ça m'a vexée. Il y a des tas d'endroits que je fréquente sans que ça tourne au désastre. Des tas. Celui où je suis en ce moment même, par exemple, le bar en face de Fischer Hall...

Certes, il est à peine plus de dix-sept heures, la plupart des gens sont encore au boulot et, à part nous, il n'y a presque personne dans le café.

Mais je n'ai pas provoqué de catastrophe. Pour l'instant.

– Ils attendent quoi, alors, pour arrêter ces garçons ? demande Magda.

– À supposer qu'ils les arrêtent, nuance Pete.

– Mais il le faut ! dit Magda en levant rapidement les yeux de son cocktail (un russe blanc, mélange vodka-lait-café, que ni Pete ni moi ne pouvons regarder sans avoir un haut-le-cœur). Enfin... ils ont emmené cette Kimberly pour l'interroger après qu'elle a dit toutes ces choses devant nous... Même si plus tard elle leur a menti, ils ont entendu ce qu'elle nous a dit dans la cafétéria.

– Mais est-ce que c'est une preuve ? demande Pete. Ce serait pas plutôt... Comment ils appellent ça, dans *New York Section criminelle* ? Une preuve par ouï-dire ?

– Vous voulez dire qu'ils n'ont pas réussi à récupérer une seule empreinte digitale, dans cette cuisine ? s'étonne Magda.

Pas même un cheveu sur lequel ils pourraient faire un test ADN pour découvrir l'assassin ?

– Qui sait ce qu'ils ont trouvé ? dis-je en fourrant tristement dans ma bouche une poignée de pop-corn rassis. (Même rassis, ce que c'est bon... Surtout avec une bière fraîche !) On sera probablement les derniers à être informés.

– En tout cas, Manuel va s'en sortir, fait remarquer Pete. D'après Julio, son état s'améliore de jour en jour. Bien qu'ils aient laissé des agents postés devant sa chambre d'hôpital.

– Il fera comment, une fois qu'ils l'auront laissé sortir ? demande Magda. Ils ne vont pas poster un agent devant sa maison, non ?

– D'ici là, il faudra qu'ils aient arrêté Doug, lance Sarah depuis le bar. Parce que, enfin... c'est sûrement lui qui l'a étranglée. La seule question, c'est de savoir si c'était un accident. Peut-être l'a-t-il étranglée au cours d'un jeu sexuel qui aurait mal tourné, et il a paniqué ? À vous entendre, ce type ne semble guère capable de maîtriser sa colère...

– Ouais. Je vous ai raconté qu'il m'avait balancé un coup de tête dans le ventre ? je demande.

– Mais de là à mettre son corps découpé dans un broyeur pour effacer les preuves... (Sarah secoue la tête.) Doug est trop bête pour ça – même si ça n'a finalement pas marché, vu que la machine a cassé. Oh, mon Dieu ! Faute ! FAUTE !

M'arrachant à mon cornet de pop-corn, je constate que Pete et Magda ne sont pas les seuls à fixer Sarah d'un air incrédule. Belinda, la barmaid, une petite punkette en salopette et au crâne rasé, l'observe elle aussi avec stupéfaction.

Sarah s'en rend compte et, promenant son regard alentour, dit, un peu sur la défensive :

– Excusez-moi, mais on a le droit d'avoir des centres d'intérêt variés. C'est pas parce qu'on se passionne pour la psycho qu'on ne doit pas aimer le sport ! C'est ce qui s'appelle être équilibré, les amis.

– Encore du pop-corn ? demande Belinda, très effrayée pour quelqu'un qui a autant de piercings au nez.

– Non, dit Sarah. Ce truc a un sale goût.

– Euh, moi, je vais en reprendre, dis-je. Merci.

Pete se lève.

– Sur ce, je vous quitte. Faut que je sois chez moi avant que mes gosses n'aient mis la maison sens dessus dessous. Magda, je te dépose au métro ?

– Oh oui ! fait Magda en se levant elle aussi.

– Attends ! je proteste. Il me reste encore du pop-corn !

– Désolée, mon chou, réplique Magda, enfilant avec peine sa veste en faux lapin. Mais il doit faire moins dix, dehors. Pas question de marcher jusqu'au métro. À lundi.

– Salut, les amis ! je lance avec tristesse tandis qu'ils s'éloignent.

Je rentrerais bien, moi aussi. Si mon verre n'était encore à moitié plein. Et ça ne se fait pas, d'abandonner ainsi sa bière... C'est anti-américain.

Sauf qu'une minute plus tard, je regrette de ne pas être partie quand j'en avais l'occasion, car la porte s'ouvre et que pour mon malheur entre...

Jordan.

– Ah, tu es là ! s'exclame-t-il, me repérant tout de suite.

Ce qui n'est pas difficile, étant donné que je suis seule dans le bar, à l'exception de Sarah et de deux gars du département de mathématiques qui disputent une partie de billard. Jordan se glisse sur la chaise que Pete vient de quitter et m'explique, tout en retirant sa veste :

– Cooper m'a dit que tu venais ici, quelquefois, après le bureau.

Je lui jette un regard noir, Dieu sait pourquoi. Peut-être parce qu'il a mentionné le prénom « Cooper ». Et que celui-ci n'est pas, pour le moment, en tête de ma liste d'amis.

Son frère non plus, d'ailleurs.

– C'est sympa, ici ! fait remarquer Jordan en balayant la salle des yeux.

Il parle de manière ironique, c'est sûr. L'idée que Jordan se fait d'un endroit sympa, c'est le bar des Four-Seasons. Qui n'est pas (plus) vraiment dans mes moyens.

– Tu me connais, dis-je d'un ton plus léger que mon humeur. Il me faut toujours ce qu'il y a de mieux !

– Ouais.

Jordan cesse d'observer le décor pour se concentrer sur moi. En un sens, c'est pire. Je sais que je suis loin d'être ravissante en ce moment, et la folle équipée d'hier soir n'a guère arrangé les choses. J'ai les yeux cernés et je ne me suis pas lavé les cheveux ce matin, puisque je me suis fait un shampooing la veille, après la fête, pour me débarrasser de l'odeur de fumée de la résidence des Tau Phi Epsilon. Et quand je me couche avec les cheveux mouillés, ils sont tout collés le lendemain matin. Ajoutez à cela que, n'ayant pas eu le temps de remplacer l'autre, je porte toujours mon jean de rechange, qui me moule l'entrejambe au point que c'en est gênant, et vous voyez le tableau.

Mais Jordan est lui aussi dans un sale état. Là où j'ai des cernes, il a des valises. Et, son bonnet retiré, il se révèle encore plus mal coiffé que moi, avec ses cheveux blonds qui se hérissent par touffes.

– Tu prends une bière ? je demande, car Belinda semble attendre notre commande.

– Oh non ! répond Jordan en frissonnant. Plus question de boire une goutte d'alcool, après ce qui s'est passé hier soir. Je crois réellement qu'on a versé quelque chose dans mon verre. Je n'ai bu qu'une...

– Tu m'as dit avoir bu dix verres de vin avant de venir.

– Ouais, réplique-t-il avec une expression qui semble signifier : « Et alors ? » C'est ce que je bois presque tous les soirs. N'empêche que j'ai jamais été aussi bourré qu'hier soir.

– Pourquoi quelqu'un aurait voulu te faire prendre la drogue du viol ? C'est pas comme si tu rechignais à coucher avec des inconnues !

Il me foudroie du regard.

– Ohé, c'est pas gentil de dire ça ! Et j'ignore qui voudrait me faire ça. Peut-être une fille moche, ou quelqu'un avec qui je n'irais pas normalement.

– Je n'ai pas vu une seule fille moche à la soirée.

Soudain, j'ai une illumination :

– C'est sûrement un des mecs ! Les fraternités sont des nids d'homosexuels refoulés, c'est bien connu !

Jordan grimace.

– Je t'en prie, Heather. On pourrait parler d'autre chose ? Je ne boirai plus jamais une goutte d'alcool, point final.

– Eh bien... ça va être gai, demain, quand vous ouvrirez le champagne.

Évitant mon regard, Jordan caresse du doigt les initiales que quelqu'un a gravées dans le bois de la table.

– Écoute, Heather, dit-il. À propos d'hier soir...

– J'ignore où sont passés tes skis, Jordan. J'ai téléphoné à Waverly Hall et le gardien m'a répondu que personne n'avait laissé de skis, ce qui signifie qu'on a dû te les voler. Je suis sincèrement désolée, mais tu sais...

Il tressaille. Je parle sans doute trop fort pour lui.

– Rien à faire de ces fichus skis ! rétorque-t-il. C'est de nous que je veux parler.

Je le fixe, étonnée. Puis réalise que Cooper l'a probablement ramené chez lui ce matin....

Oh non !

– Jordan, dis-je aussitôt. Je ne suis plus amoureuse de toi ! Je me fiche de ce que Cooper a pu te raconter, c'est clair ? J'ai été amoureuse de toi, c'est sûr. Mais c'était il y a longtemps. Je suis passée à autre...

– Cooper ? De quoi tu parles ?

– Il ne t'a pas ramené en voiture ce matin ?

– Ouais. Mais on n'a pas parlé de toi. On a parlé de papa et maman. C'était bien. Il y a longtemps qu'on n'avait pas discuté comme ça, en tête à tête. Je crois qu'on a réglé des choses... au sujet de nos divergences, je veux dire. On s'est accordés sur le fait qu'on était très différents. Mais ce n'est pas un problème. Quels que soient ses rapports avec papa et maman, il n'y a pas de raison qu'on ne s'entende pas, lui et moi.

Je suis soufflée de ce que j'entends. Cooper ne supporte pas Jordan. Au point de ne pas vouloir répondre au téléphone quand il appelle, ni ouvrir quand il sonne à la porte.

– Waouh. C'est... eh bien... c'est un progrès. Tant mieux pour toi.

– Ouais, reconnaît Jordan, caressant toujours les initiales gravées. Je crois avoir réussi à le convaincre de venir au mariage demain. Enfin, il n'a pas accepté d'être mon témoin, comme je le lui demandais. Mais il a dit qu'il viendrait.

Je suis sous le choc. Cooper ne peut pas blairer sa famille, et voilà qu'il compte assister en leur compagnie à un fastueux mariage à la cathédrale Saint-Patrick, suivi d'une réception au Plaza ? C'est tellement peu son genre...

– Bon. (Je ne sais vraiment pas quoi dire.) C'est... c'est étonnant, Jordan. Franchement. Je suis si heureuse pour toi.

– C'est si important pour moi ! Je n'aurais pas pu espérer mieux, si ce n'est... eh bien, si ce n'est ta présence, demain, au mariage.

Je crispe les doigts autour de ma bière.

– Oh, Jordan. C'est très gentil, mais...

– C'est pourquoi il m'est très difficile de te dire ce que je vais te dire, poursuit-il comme s'il ne m'avait pas entendue. Or voilà, Heather...

Il tend la main pour prendre la mienne – celle qui ne serre pas la chope de bière – et me fixe droit dans les yeux.

– Ça me fend le cœur de devoir te dire ça, mais... je ne peux pas te laisser assister à mon mariage demain.

– Jordan, je...

– Je t'en prie, laisse-moi finir. Ce n'est pas que je ne veux pas que tu viennes, Heather. Je veux que tu viennes, plus que n'importe qui ! Je n'ai jamais été aussi proche de quelqu'un pendant aussi longtemps. S'il y a une personne au monde que je souhaite avoir à mes côtés en ce jour, le plus important de ma vie, c'est bien toi !

– Euh, Jordan, je suis flattée. Franchement. Mais la personne que tu souhaites le plus avoir à tes côtés ce jour-là, est-ce que ça ne devrait pas être...

– C'est Tania ! m'interrompt Jordan.

– Parfaitement ! C'est ce que je pense. C'est Tania qui devrait être celle que tu souhaites le plus voir à tes côtés ! Vu que c'est elle que tu...

– Non ! Tu n'as pas compris. C'est Tania qui ne veut pas que tu viennes. C'est à cause d'hier soir. Ça ne lui a pas fait plaisir d'apprendre que j'avais passé la nuit avec toi...

J'explose :

– Bon sang, Jordan ! (Je jette un rapide coup d'œil en direction de Sarah et de Belinda pour m'assurer qu'elles n'ont pas entendu.) Tu n'as pas passé la nuit avec moi ! Tu l'as passée sur le divan du salon de ton frère !

– Je sais, réplique Jordan en ayant le bon goût de piquer un fard. Mais Tania ne le croit pas. Elle pense, vois-tu, que tu es toujours amoureuse de moi et...

– Nom de Dieu ! Pourquoi est-ce que tout le monde pense que je suis encore amoureuse de toi ? Impossible de l'être moins ! J'ai cessé de t'aimer bien avant le jour où j'ai surpris Tania avec ta...

Jordan baisse la tête tandis que les deux matheux se tournent vers nous, intrigués.

– Oh, c'est bon ! Tu n'es pas obligée de parler comme ça.

– Sincèrement, Jordan, j'ai cessé de t'aimer lors de cette tournée qu'on a faite au Japon, tu te souviens ? Où tu passais ton temps à aller visiter des temples. Sauf que tu ne visitais pas réellement des temples, n'est-ce pas ?

Jordan est cramoisi à présent.

– Non. J'ignorais que tu étais au courant. Tu ne m'en as jamais parlé.

Je hausse les épaules.

– Qu'est-ce que j'aurais pu dire ? Et puis, je pensais que ça te calmerait peut-être. Ça n'a pas été le cas.

– Je n'aurais jamais imaginé qu'une femme puisse faire des choses pareilles avec une balle de ping-pong... murmure-t-il d'un ton songeur.

– Oui, je rétorque. Heureusement pour toi, Tania possède de multiples talents...

Le prénom de sa fiancée l'arrache à sa rêverie, comme je m'y attendais.

– Alors, c'est vrai ? Ça ne te dérange pas de ne pas pouvoir assister au mariage ? me demande-t-il, le visage soucieux.

– Jordan, je n'ai jamais eu l'intention de venir à ton mariage. Tu te souviens ? Je te l'ai dit au moins cinq fois !

Il prend à nouveau ma main.

– Heather, commence-t-il, plongeant ses yeux rouges de fatigue dans mes yeux rouges de fatigue. Si tu savais ce que ça signifie pour moi. Ça prouve que, quoi que tu prétendes, je ne te suis pas indifférent. Et j'espère que tu me crois quand je te dis que je suis désolé de la manière dont les choses se sont passées. Mais il est temps pour moi de débuter une nouvelle existence avec une nouvelle partenaire. Si ça peut te réconforter, je te souhaite de trouver un jour, toi aussi, quelqu'un avec qui partager ta vie...

– J'ai trouvé ce quelqu'un, Jordan. Son nom, c'est Lucy.

Jordan fait une grimace et me lâche la main.

– Je voulais parler d'un homme, Heather, pas d'un chien ! Pourquoi ne peux-tu jamais rien prendre au sérieux ?

– Je ne sais pas, dis-je dans un soupir. C'est ma nature, j'imagine. Dieu soit loué, tu y as échappé.

Jordan me fixe tristement et secoue la tête.

– Tu ne redeviendras jamais la fille que tu étais quand on s'est connus, pas vrai ? Tu étais tellement charmante, alors. Pas cynique pour un sou.

– C'est qu'à l'époque, mon petit copain ne regrettait pas que je ne sache pas faire des trucs avec mon vagin et une balle de ping-pong !

Jordan remet sa veste et se lève.

– Ça suffit. J'y vais. On se verra... eh bien... plus tard.

– Oui, quand tu reviendras de ta lune de miel. Tu pars où, d'ailleurs ?

– Au Japon, répond Jordan, en évitant de croiser mon regard. Tania y donne des concerts.

– Eh bien. *Ja mata.*

Jordan sort en trombe, le visage furieux. Une fois qu'il est parti, Sarah détourne son attention du match (pendant la publicité).

– Nom de Dieu ! s'exclame-t-elle. Tu lui as dit quoi ?

Je hausse les épaules.

– Je lui ai dit « au revoir ».

26

Mon cœur était un livre à la reliure brisée
Mon âme déchirée, pas digne d'un regard
Mais j'ai su, dès que je t'ai croisé
Que j'avais trouvé l'oiseau rare.

« Le livre »
Écrit par Heather Wells

Après une journée comme celle-ci, j'aspire à passer la soirée seule. J'ai l'intention de sortir ma vieille guitare, de faire une bonne série d'exercices, d'allumer un feu de cheminée et, blottie sur le divan, de regarder toutes les émissions de télé que j'ai enregistrées cette semaine. Il me semble qu'il reste, dans le frigo, de la nourriture de chez l'Indien. Je vais manger des samoussas et des nans devant *America's Next Top Model.* Imagine-t-on meilleure façon de passer un vendredi soir ? Surtout à la fin d'une semaine pleine de corps sans tête et de jeunes dégénérés.

Sauf que, parvenue devant chez Cooper, je réalise que j'ai oublié un petit détail.

Le fait que je vive avec mon père, désormais...

À peine ai-je franchi la porte que l'odeur me parvient aux narines. Je la reconnaîtrais entre mille. Quelqu'un est en train de faire cuire mes steaks marinés ! Ceux que j'ai achetés pour Cooper et moi, mais que je n'ai pas eu l'opportunité de préparer à cause de... enfin, de tout ce qui est arrivé.

Je retire ma veste en hâte et entre dans la cuisine d'un pas ferme. Papa est là, devant la cuisinière, un tablier noué autour de la taille. Dans une poêle en fonte, mes steaks, avec les oignons et les champignons que j'avais pris en même temps. Papa a mis la table pour deux. La totale, avec serviettes et chandelles... Lovée dans un de ses nombreux paniers (ce n'est pas moi qui les achète, mais Cooper, qui les trouve trop mignons...), Lucy lève la tête et remue la queue à mon arrivée. C'est tout. On l'a manifestement déjà promenée.

– Eh bien ! dis-je, obligée de parler très fort, papa écoutant de la musique de Bollywood sur la chaîne de Cooper. Tu attends de la visite ?

Papa sursaute et pivote sur ses talons. Il boit l'un de mes Coca light. Il se retourne si brusquement que du liquide gicle hors de la canette.

– Heather ! s'écrie-t-il. Te voilà enfin ! Je ne t'ai pas entendue entrer.

Je regarde les steaks d'un œil noir. C'est plus fort que moi. Ils étaient dans *mon* frigo, en haut, dans mon appartement. D'accord, je ne le ferme jamais à clé, mais ça ne signifie pas que j'autorise les étrangers à venir y rôder et à fouiner dans mes affaires.

Parce que papa *est* un étranger. À mes yeux, du moins.

– J'espère que tu ne vas pas m'en vouloir, dit papa à la vue de mon expression. J'ai pensé qu'il valait mieux les cuisiner plutôt que les laisser se gâcher. J'étais dans ton appartement, je cherchais le numéro de téléphone de ta mère.

– Dans le frigo ?

– J'étais curieux de voir ce que tu manges, explique-t-il d'un ton affable. J'ai l'impression de te connaître si peu. Je suis désolé. Tu gardais ces steaks pour une occasion particulière ? Parce que dans ce cas, tu aurais mieux fait de les mettre au congélateur, où ils se conservent plus longtemps.

L'odeur de la viande et des oignons qui grésillent est si exquise que j'en ai le tournis.

– En un sens, oui. Je les gardais pour... mais ça n'a pas d'importance, j'ajoute d'une voix piteuse.

Ça n'a pas d'importance puisque, selon Gavin, Cooper s'imagine de toute façon que je suis toujours raide dingue amoureuse de son frère. Lui faire à dîner ne changera rien. J'ai plus de chances de me retrouver sur scène à expulser des balles de ping-pong de mon minou, que de faire admettre que je ne suis plus amoureuse de Jordan.

– Tant mieux. C'est presque prêt. Tu aimes ta viande saignante, n'est-ce pas ?

J'écarquille les yeux, sincèrement surprise.

– Attends. C'est pour moi que tu les as préparés ?

– Pour qui, à ton avis ? réplique papa, déconcerté.

– Eh bien... (Je me mordille la lèvre.) Pour une bonne amie, peut-être ?

– Heather. Je suis sorti de prison il y a une semaine. Où aurais-je trouvé le temps de rencontrer une femme ?

– Ç'aurait pu être pour Cooper, alors.

– Cooper est sur une enquête. On est juste toi et moi, j'en ai bien peur. Je n'étais pas certain que tu serais là ce soir, bien sûr, mais j'ai risqué le coup. Assieds-toi. Il y a une bouteille de vin. J'espère que ça ne te dérange pas de boire seule. Moi, je m'en tiens au soda, ces jours-ci.

Sous le choc, je tire une chaise et m'y laisse tomber. Autant parce que je ne tiens plus debout que parce qu'il m'a invitée à m'asseoir.

– Papa, dis-je en contemplant la table dressée avec soin. Tu n'es pas obligé de me préparer à dîner. Ni de me faire mon petit déj', d'ailleurs.

– C'est la moindre des choses.

Il sort les steaks de la poêle et les dispose sur deux assiettes, avec les champignons et les oignons.

– Il faut les faire reposer une petite minute, explique-t-il. C'est meilleur. Plus juteux.

Il tire sa chaise et s'installe en face de moi.

– Alors, tu as passé une bonne journée ?

Je le fixe pendant un long moment. Je suis réellement tentée de rétorquer : « Eh bien, papa, pas si bonne, à vrai dire. On a trouvé ce qu'ils avaient fait du corps de Lindsay Combs et c'était pas joli-joli. Et puis j'ai malmené une étudiante et quand mes supérieurs l'apprendront, je me ferai sûrement virer. »

Au lieu de ça, je dis :

– Très bonne. Et toi ?

Parce que je n'ai pas vraiment envie de parler de tout ça.

– Oh oui. Cooper m'a chargé de suivre un homme qui sortait de son bureau pour se rendre à son rendez-vous de midi, et vice-versa.

J'ouvre des yeux ronds comme des soucoupes. Je n'en reviens pas, de pouvoir enfin découvrir à quoi Cooper passe ses journées.

– Ah oui ? Qui l'a engagé pour suivre le gars ? Et ce type, il a fait quoi, au juste ?

– Oh, je ne peux rien te dire à ce sujet, répond gentiment papa. Tiens.

Il verse du vin dans un verre, qu'il me tend.

Je proteste :

– Mais moi aussi, je suis employée par l'agence ! Le secret professionnel devrait s'étendre à moi !

– Non, je ne pense pas, réplique papa en secouant la tête. Cooper m'a expressément demandé de ne pas t'en parler.

– C'est pas juste !

– Il m'a dit que tu dirais ça. Je suis désolé, mon trésor. Mais il semble vraiment préférer que tu l'ignores. Je crois que c'est à cause de ta tendance à fourrer ton nez là où tu ne devrais pas. Comme cette affaire de meurtre, dans ton dortoir. J'ai l'impression que les steaks sont prêts...

Papa se lève pour aller les chercher. Je sirote mon vin, boudant à la lueur de la bougie.

– Résidence universitaire ! dis-je tandis qu'il pose devant moi une assiette contenant un steak cuit à la perfection.

– Je te demande pardon ?

– C'est une résidence, pas un dortoir. Le mot « dortoir » n'évoque pas la chaleur de la vie en communauté, ce à quoi nous aspirons. Enfin, ces crimes absurdes mis à part.

Je me coupe un morceau de viande et le mâche. Un vrai délice. Mariné à la perfection.

– Je vois, dit papa. C'est comme nous, qui appelions Eglin un camp pour ne pas avoir à le désigner comme ce que c'était vraiment : une prison.

– C'est ça, j'approuve en prenant une gorgée de vin. Ça vous permettait d'oublier les surins et de vous concentrer sur les sautoirs.

– Oh, personne n'avait de surin, réplique papa dans un gloussement. Le steak te plaît ?

– C'est exquis. (J'engouffre une autre bouchée.) Bon, puisqu'on en est à plaisanter sur nos lieux de travail ou d'incarcération… Il y a quoi, derrière tout ça, papa ? Pourquoi es-tu venu ici ? Ce n'est pas parce que tu n'as nulle part où aller. Je sais que tu as plein d'amis riches chez qui tu pourrais loger. Et ce prétendu désir de mieux connaître ta fille… Désolée, mais je ne marche pas. Alors, dis-moi franchement : qu'est-ce que tu traficotes ? Et n'oublie pas que je suis plus forte que toi !

Papa pose sa fourchette et pousse un soupir. Puis, après avoir bu un peu de Coca light :

– C'est fou ce que tu peux ressembler à ta mère !

J'éprouve un sentiment d'irritation (comme toujours lorsqu'il dit cela) que je m'efforce cette fois-ci de réprimer :

– Ouais, on a déjà abordé le sujet. Passons à autre chose maintenant, si tu veux bien… Pourquoi as-tu cherché le numéro de téléphone de maman dans mon appartement ?

– Parce que je travaille, depuis quelques années, à une sorte de… programme. Ceux qui choisissent de le suivre doivent passer par plusieurs étapes s'ils espèrent atteindre la révélation. L'une d'elles consiste à demander pardon à ceux à qui l'on a fait du tort. C'est pourquoi je voulais appeler ta mère. Pour tenter de me faire pardonner.

– Papa… C'est maman qui t'a quitté ! Tu ne penses pas que ce serait plutôt à elle de nous demander pardon, à toi et à moi ?

Papa secoue la tête.

– Lorsque j'ai épousé ta mère, je lui ai juré de l'aimer et de la soutenir. Pas seulement d'un point de vue affectif. J'ai juré de la soutenir matériellement parlant, tandis qu'elle resterait à la maison pour s'occuper de toi. Quand on m'a envoyé en prison, j'ai manqué à ma parole. C'est ma faute, en vérité, si ta mère a dû te faire faire des tournées pour subvenir à vos besoins à toutes deux.

– C'est ça, dis-je d'un ton sarcastique. Elle pouvait pas juste se dégoter un job de réceptionniste dans un cabinet médical ou un truc dans ce goût-là. Il fallait qu'elle exhibe sa petite chanteuse de fille dans les centres commerciaux comme un phénomène de foire !

Papa émet une sorte de « tssss » de protestation.

– Enfin, Heather, dit-il. Ne refais pas l'histoire à l'envers. Tu adorais te produire en public. On n'arrivait pas à te faire quitter la scène. J'ai essayé, crois-moi. Ta mère a agi de la façon qui lui semblait la meilleure... et tu ne t'en es pas plainte.

Je repose ma fourchette.

– Papa, j'avais onze ans. Tu penses vraiment que c'était à moi de décider de ce genre de choses ?

Papa baisse les yeux sur son assiette.

– Eh bien, c'est une question qu'il te faudra aborder avec ta mère. À cette époque, je n'étais hélas plus en mesure de jouer un rôle actif dans ton éducation.

– En effet.

Je doute fort de pouvoir un jour aborder cette question, ou d'autres, avec ma mère. Ça me paraît un peu compliqué par téléphone. Bien que pour papa, ce ne soit visiblement pas un problème.

– Alors ? Tu as trouvé son numéro ?

– Oui. Il était dans ton carnet d'adresses. Parmi tes numéros, il y en a qui datent sérieusement, d'ailleurs. Tu devrais t'acheter un nouveau calepin. Je peux m'en charger pour toi, demain, si tu veux.

J'ignore la proposition.

– Tu l'as appelée ?

– Oui.

– Et tu lui as demandé pardon ?

– J'ai essayé. Mais ta mère est parfois très dure, comme tu le sais. Elle a refusé d'admettre que je lui avais, de quelque façon que ce soit, fait du tort. Elle m'a même rappelé – ainsi que tu viens de le faire – que c'était elle qui m'avait quitté et que si quelqu'un devait chercher à se faire pardonner, c'était elle. Sauf qu'elle s'en souciait comme d'une guigne parce que, d'après elle, je n'avais eu que ce que je méritais.

Je hoche la tête.

– Ouais, c'est maman tout craché. Ça craint vraiment, au fait, quand tu dis que je lui ressemble. Si tu me demandais de te pardonner, je serais beaucoup plus réceptive.

– Tant mieux, dit papa. Car tu es la suivante sur ma liste.

Je hausse les épaules.

– C'est bon, je te pardonne.

– Je n'ai encore rien fait pour me faire pardonner.

– Mais si ! Ce dîner suffit amplement. Il est absolument délicieux.

– Comment ce dîner pourrait-il suffire ? Tu as été privée d'une figure paternelle pendant toute ton adolescence. Un seul bon dîner ne saurait guérir ce genre de blessures.

– Eh bien... puisque tu habites ici désormais, tu pourrais peut-être la guérir avec des tas de bons dîners. Tous les vendredis soir, par exemple. Et tu n'es pas obligé de t'en tenir au steak : j'adore les côtes de porc. Oh, et le poulet frit !

– Heather, réplique papa avec tristesse. La nourriture ne peut réparer tout le mal que je t'ai fait. Je suis conscient que, de tous ceux à qui j'ai fait du tort en enfreignant la loi, c'est toi qui as le plus souffert. T'avoir laissée seule avec ta mère, qui t'a embarquée dans cette tournée des centres commerciaux... Même si ça t'amusait, ce n'est pas une vie pour une enfant, vivre dans une caravane et aller d'un centre commercial à un autre, exploitée par la personne qui, entre toutes, aurait dû veiller sur tes intérêts.

– C'était plus drôle qu'aller à l'école. Et comme tu l'as dit toi-même... on ne pouvait pas m'arracher à la scène.

– Oui, mais tu as été frustrée des joies habituelles de l'enfance. Et je ne peux m'empêcher de penser que ce manque est en partie responsable de ta situation actuelle.

Je le fixe avec stupéfaction.

– Pourquoi ? Qu'est-ce qui ne va pas, dans ma situation actuelle ?

– Eh bien, pour commencer, tu as bientôt trente ans et tu n'as ni mari ni enfants. Tu n'as pas l'air de réaliser que la famille est la chose la plus importante du monde... et non cette guitare dont je t'entends gratouiller jusque tard dans la nuit, ni ton boulot. La *famille*, Heather. Crois-le, venant d'un homme qui a perdu la sienne... la famille, ça compte plus que tout.

– Papa, dis-je d'une voix douce en reposant ma fourchette. Il existe toutes sortes de familles, de nos jours. Toutes ne consistent pas en un mari, une épouse et des enfants. Certaines se composent d'une fille, de son chien, d'un détective privé, de son papa, de sa meilleure amie, et des différentes personnes avec qui elle travaille. Sans mentionner le dealer du coin...

Mon sentiment sur la question, c'est qu'il suffit d'aimer les gens pour qu'ils deviennent automatiquement votre famille.

– Mais ne crains-tu pas de n'avoir personne pour s'occuper de toi quand tu seras vieille, si tu n'as pas d'enfants ? demande papa après avoir mis quelques instants à digérer mes propos.

– Non. Je pourrais avoir des enfants et si ça se trouve, plus tard, ils me détesteraient. Ma vision des choses, c'est que si j'ai des amis qui se soucient de moi maintenant, j'aurai probablement des amis qui se soucieront de moi quand je serai vieille. On s'occupera les uns des autres. Et en attendant, je mets le plus d'argent possible dans mon livret d'épargne, ainsi que dans un plan retraite.

Papa me fixe, par-dessus son steak. Je constate, troublée, qu'il est au bord des larmes.

– C'est très profond, Heather. D'autant plus que j'ai le sentiment que ces pseudo-membres de ta pseudo-famille t'ont mieux traitée que ceux de ton sang.

– Certes. Aucun d'entre eux n'a fui le pays en emportant mes économies. Pas encore, du moins.

Papa lève son Coca.

– Je bois à leur santé. (Je choque mon verre de vin avec sa canette.) Alors, comme ça, dit-il lorsque nous avons fini de trinquer, tu veux bien que je reste un peu pour essayer de me faire pardonner – même si tu prétends que c'est déjà fait ?

– Pas de problème. À condition que tu comptes pas sur moi pour m'occuper de toi quand tu seras vieux. Parce que... il n'y a que deux mois que je cotise à mon livret d'épargne. Il ne contient déjà pas assez d'argent pour moi, alors imagine, avec un parent âgé...

– Je te propose une chose : pourquoi ne pas nous soutenir mutuellement d'un point de vue strictement affectif ?

– Ça me semble une bonne idée, dis-je en enfonçant ma fourchette dans mon dernier morceau de viande.

– Tu m'as l'air prête pour la salade ! lance papa.

Il se lève et se dirige vers le frigo, d'où il sort le saladier dans lequel Jordan n'a, par chance, pas gerbé hier soir. J'y distingue différentes sortes de salades, des tomates cerises et, à ma grande joie, des croûtons.

– Je vais mélanger, déclare papa en s'exécutant. Tu aimes la sauce au bleu, j'espère ?

Sans attendre la réponse (et il a bien raison, car qui pourrait ne pas aimer la sauce au bleu ?) il poursuit :

– À présent, pour ce qui est de toi et Cooper...

Je manque de m'étouffer avec une gorgée de vin.

– ... ce n'est jamais que mon avis, continue papa, et je reconnais que mon dernier rendez-vous galant remonte à un bail, mais si tu souhaites réellement que les choses prennent un tour romantique entre vous, est-ce que tu ne devrais pas un peu moins fréquenter son frère cadet ? Je réalise que Jordan et toi êtes sortis ensemble pendant très longtemps, et qu'il ne doit pas être facile de renoncer à vous voir. Or j'ai l'impression que Cooper est plus ou moins en conflit avec sa famille. À ta place, j'éviterais d'avoir trop de rapports avec eux. En particulier Jordan.

Je pique ma fourchette dans un morceau de laitue.

– Super, papa ! Merci pour le tuyau.

Qu'est-ce que vous voudriez que je dise ? Pas question de discuter de ma vie sentimentale – ou plutôt, de mon absence de vie sentimentale – avec mon père !

Il ne devine manifestement pas mes pensées, car il embraye :

– Je pense qu'une fois que Jordan sera marié, et Cooper conscient que tu as tourné la page, tu auras de bien meilleures chances de le conquérir. (Il se rassied et attaque sa salade.) Même si tu n'aurais rien à perdre à essayer d'être plus aimable le matin.

– C'est bon à savoir. Je suivrai tes conseils.

– Cependant, il m'a semblé que tu lui faisais de l'effet hier soir.

Je cesse de mâcher.

– Hier soir ? Tu veux dire quand il m'a surprise à traîner chez lui son frère ivre mort ?

– Non. Je fais allusion au fait que tu portais une jupe. Tu devrais t'habiller comme ça plus souvent. Les garçons adorent les filles en jupe. J'ai bien vu que Cooper regardait.

Je ne me donne pas la peine de rétorquer que si Cooper me regardait, ce n'est pas parce qu'il apprécie de me voir en jupe, mais parce qu'elle était si courte que j'avais l'air d'une pute. Sans doute s'efforçait-il de ne pas éclater de rire.

Mais ce n'est pas là le genre de choses qu'on peut dire à son père.

Un peu plus tard, alors que nous en sommes au dessert (des esquimaux chocolat-vanille, évidemment), mon père s'enquiert :

– Je n'ai même pas pensé à te le demander, mais tu avais peut-être prévu quelque chose, ce soir ? Je ne voudrais pas contrarier tes plans.

– Non. À part *America's Next Top Model*.

– C'est quoi ? fait mon père d'un ton candide.

– Oh, papa...

Je vais lui montrer. S'il tient tant que ça à se faire pardonner, regarder *America's Next Top Model* avec moi est un très bon début.

27

Ne commencez pas le compte à rebours
Qui est-ce que j'entends compter ?
Je ne ferai pas partie du bilan des victimes
Pas question pour moi de sombrer.

« Compte à rebours »
Écrit par Heather Wells

Après quatre épisodes d'affilée d'*America's Next Top Model*, papa dort. Comment le lui reprocher ? Alors que les femmes ne se lassent pas du spectacle de jolies filles s'entre-déchirant par tous les moyens (telles Cheryl et Kimberly aujourd'hui, à la cafétéria), l'homme hétéro lambda – comme papa ou Frank, le mari de Patty – ne peut supporter cela plus de quelques heures sans que l'ennui ne le fasse sombrer dans le sommeil.

Celui de mon père est assez profond pour que la sonnerie du téléphone ne le trouble pas. Le yoga a peut-être ça de bon, après tout : vous permettre de si bien dormir que même une sonnerie de téléphone ne vous réveille pas.

Je décroche, après avoir jeté un coup d'œil au cadran – c'est un numéro masqué.

– Allô, dis-je à voix basse.

– Allô, Heather ? demande une voix masculine vaguement familière.

– Oui. Qui est-ce ?

– Allez, un petit effort. Qui pourrait t'appeler à minuit, un vendredi ?

Je me penche sur la question. Personne, parmi mes connaissances, n'appellerait à une heure pareille. Sauf Patty. Mais à présent, avec son impitoyable nounou à demeure, elle ne doit plus oser décrocher son téléphone si tard.

Et puis Patty n'a pas une voix d'homme !

– Est-ce que c'est... (je sais que c'est ridicule, mais c'est tout ce que je trouve à dire) Tad Tocco ? Je suis désolée de ne pas vous avoir rappelé plus tôt, j'ai été très occupée.

Un rire convulsif se fait entendre, à l'autre bout de la ligne. Mon interlocuteur, quel qu'il soit, s'amuse manifestement beaucoup.

Aussitôt, je soupçonne une blague d'étudiants.

D'étudiants bourrés.

– Non, ce n'est pas Tad, reprend la voix. On a sympathisé hier soir. Ne me dis pas que tu as oublié !

Je suis soudain assaillie par le souvenir de son regard bleu et glaçant.

Mon sang reflue vers mon cœur. Je reste, transie, le téléphone à la main, assise entre mon père et Lucy, tous les deux assoupis.

– Bonsoir, Steve, je parviens à dire, bien que mes lèvres soient gelées. Comment tu as eu mon numéro ?

– C'est le petit oiseau qui me l'a dit. Tu veux lui parler ? Il est juste à côté de moi.

Brusquement lui succède une voix qui est indéniablement celle de Gavin McGoren, lançant une longue série de jurons. Je reconnaîtrais n'importe où ses « Fils de pute ! ». J'y ai eu droit chaque fois que j'ai surpris Gavin en train de surfer dans la cage d'ascenseur.

Puis je distingue un claquement – une gifle, à coup sûr – et Steve s'écrie :

– Dis-lui, connard ! Dis-lui ce qu'on t'a dit de lui dire !

– VA TE FAIRE FOUTRE !

Telle est la réponse de Gavin, vite suivie par des bruits de bagarre et de nouveaux claquements. Quand Steve reprend la parole, c'est d'une voix essoufflée :

– Bon... Je crois que t'as pigé l'idée, de toute façon. On fait une autre petite fête. Et cette fois-ci, tu es invitée. Comme on veut être sûrs que tu viendras, on garde ton copain Gavin avec nous. Si tu ne fais pas exactement ce que je te demande, ça va saigner. Et ce n'est pas ce que tu désires, pas vrai ?

Mon horreur est telle que j'ai du mal à respirer.

– Non !

– C'est ce que je pensais. Voilà le deal. Tu vas venir ici. Seule. Si tu préviens les flics, il va souffrir. Si tu ne viens pas, il...

– NE VIENS PAS, HEATHER ! j'entends brailler Gavin, avant que sa voix ne soit rapidement étouffée.

– ... pourrait souffrir encore davantage. Tu piges ?

– Je pige. Je vais venir. Mais où, au juste ? À la résidence des Tau Phi ?

– Je t'en prie... réplique-t-il d'une voix lasse. On est *ici*, Heather. Je suis certain que tu sais où.

– À Fischer Hall, dis-je, regardant en direction des fenêtres du séjour, qui donnent sur l'arrière du bâtiment de vingt étages où je travaille.

Il est encore tôt, selon les critères des résidences de la fac de New York. La plupart des fenêtres sont donc éclairées, leurs occupants se préparant à sortir sans se douter que des choses innommables sont sur le point de se produire au rez-de-chaussée, dans la cafétéria fermée à clé.

C'est alors que je cesse d'être transie et que la colère m'envahit. Comment osent-ils ? Franchement ! Comment osent-ils s'imaginer qu'on va les laisser remettre ça ? Croient-ils vraiment que je vais rester là, à me tourner les pouces, pendant qu'ils transforment Fischer Hall en Dortoir de la mort ?

Bon, d'accord, c'est déjà le Dortoir de la mort. Mais ce n'est pas pour ça que ça doit le rester.

– Heather ?

La voix de Steve est suave à souhait. C'est fou ce que les *serial killers* peuvent être charmants quand ils s'en donnent la peine.

– Tu es toujours là, Heather ?

– Oh, je suis là. Je viens tout de suite.

– Super, dit Steve, manifestement satisfait. On a hâte de te voir. Toute seule, donc.

– T'inquiète ! Je serai seule.

Comme si j'avais besoin d'aide pour lui botter le cul, à ce grand haricot ! Steve Winer commet une grosse erreur, en me défiant sur mon propre terrain. Il a peut-être pu zigouiller une maigrichonne comme Lindsay, mais s'il pense qu'une fille comme moi va tomber sans avoir lutté – et fait assez de raffut pour que tous les résidents viennent frapper à grands coups aux portes de la cafétéria – il se met le doigt dans l'œil.

C'est sûr que lui et son frère n'ont pas inventé le fil à couper le beurre.

– Bien, dit-il. Et souviens-toi : pas de flics. Ou ton petit copain est un homme mort.

Je distingue un bruit sourd, suivi d'un cri. Je reconnais la voix de Gavin.

Si bête soit-il, il ne faut pas que je sous-estime Steve.

Je raccroche et, me retournant, vois mon père se redresser, le visage ensommeillé.

– Heather ? Que se passe-t-il ?

– Il se passe un truc au dortoir, j'explique en saisissant une feuille où je note un numéro de téléphone. Euh... à la résidence. Une sale histoire... J'ai besoin que tu appelles cette personne pour lui dire de rappliquer là-bas le plus vite possible. Dis-lui que je le retrouve à la cafèt'. Et qu'il va falloir des renforts.

Papa fixe le numéro de téléphone.

– Tu vas où ?

– À Fischer Hall, je réponds en saisissant ma veste. Je reviens dès que je peux.

Papa semble déconcerté.

– Ça ne me plaît pas, Heather. On ne te paie pas suffisamment pour que tu t'y précipites, comme ça, en pleine nuit.

– Ça c'est sûr ! dis-je.

Et je file.

Jamais le trajet à pied jusqu'à Fischer Hall ne m'a paru aussi long. J'ai beau marcher au pas de course, j'ai l'impression qu'il me faut une éternité pour y parvenir. Sans doute à cause des trottoirs glissants, mais aussi, j'en suis certaine, parce que mon cœur bat à tout rompre. S'ils font le moindre mal à Gavin, s'ils ne lui font ne serait-ce qu'un bleu...

Je suis si pressée d'y arriver que je n'aperçois pas Reggie avant de lui être rentrée dedans.

– Ohé, petite dame ! s'écrie-t-il. Où cours-tu si vite, à une heure pareille ?

– Bon sang, Reggie, dis-je en m'efforçant de reprendre mon souffle. Tu ne rentres jamais chez toi ?

– Le vendredi, c'est mon meilleur soir. Heather, qu'est-ce qui t'arrive ? Tu es blanche comme... comme une fille blanche.

Je réponds, pantelante :

– Ce sont ces gars, ceux dont je t'ai parlé. Ils ont pris un de mes résidents en otage. Dans la cafétéria. Ils vont lui faire du mal si je n'arrive pas à...

– Oh, oh, oh...

Reggie me saisit par les bras et paraît décidé à ne pas me lâcher.

– Tu parles sérieusement, Heather ? Tu penses pas qu'on devrait appeler la police ?

J'agite violemment les bras pour réussir à me dégager.

– C'est bon ! Mon père appelle les flics. Mais en attendant, il faut que quelqu'un y aille.

– Et pourquoi faut-il que ce soit toi ? demande Reggie.

Trop tard. Je me suis déjà remise à courir, mes bottes de neige martelant le trottoir fraîchement désenneigé, mon cœur battant la chamade.

Quand j'ouvre la porte de Fischer Hall et que j'aperçois l'agent de sécurité, je comprends aussitôt comment Doug, son frère, et leurs copains de la fraternité ont pu s'introduire dans le bâtiment et tuer Lindsay sans que leurs noms soient inscrits sur le registre.

– Carte d'étudiante ? me demande-t-il.

Il ne me reconnaît même pas.

– Vous étiez à Waverly Hall hier soir ? dis-je, hors d'haleine, en pointant sur lui un doigt accusateur.

– Ouais, répond Vieux-Gardien-Bourru, avec un haussement d'épaules. C'est mon poste habituel. Mais je fais aussi des remplacements sur d'autres postes, comme ce soir. Si vous voulez passer, il faut me montrer votre carte.

J'ouvre mon portefeuille et exhibe ma carte de membre du personnel.

– Je suis la directrice adjointe de cette résidence. Je sais que vous y avez laissé entrer des membres de la Tau Phi Epsilon, ce soir, sans leur faire signer le registre. De même que vous l'avez fait lundi soir, quand ils ont tué quelqu'un.

Vieux-Gardien-Bourru – on peut lire « Curtiss » sur l'étiquette qui porte son prénom – pousse un grognement.

– Je sais pas de quoi vous voulez parler.

– Ouais, c'est ça. Eh bien, vous n'allez pas tarder à le savoir, croyez-moi. En attendant, je veux que vous téléphoniez au directeur de la résidence pour lui dire de descendre à la cafèt'. Et quand les flics débouleront, faudra les y envoyer eux aussi.

– Les flics ? demande Vieux-Curtiss-Bourru. Qu'est-ce que...

Je suis déjà loin devant.

Je ne fonce cependant pas droit vers la cafèt'. Pas question de tomber aveuglément dans le piège qu'ils m'ont tendu – si naze soit-il. Je me rue donc dans le hall et, dépassant mon bureau, le bureau des délégués étudiants et le bureau du directeur de la cafétéria, je parviens à l'entrée de service de la cuisine. Elle est fermée, ainsi que je le prévoyais.

Mais j'ai mon passe. Je le sors de ma poche et, mon autre main crispée autour d'un aérosol de défense, ouvre la porte aussi discrètement que j'en suis capable et me faufile dans la cuisine.

Il y fait noir. Comme je m'y attendais, ils sont dans la salle à manger. Ils n'ont pas songé à poster quelqu'un dans la cuisine. Ne se sont même pas donné la peine d'y allumer les lumières. Bande d'amateurs !

J'avance en tâtonnant, l'oreille tendue. J'entends murmurer des voix masculines, dans la pièce voisine. Et il y a de la lumière... mais pas la lumière des lustres. Ils n'ont pas non plus allumé les néons. Au lieu de ça, des lueurs vacillantes... Des lampes de poche, peut-être ?

Ou des flammes ?

S'ils ont allumé des bougies, ils vont avoir des ennuis. L'usage des bougies est interdit dans toutes les résidences.

Je n'ai pas de plan précis. Je crois que je vais tenter de m'approcher autant que possible des comptoirs de service et jeter un coup d'œil par-dessus, pour voir ce que ces gars traficotent. Puis je rebrousserai chemin et rapporterai ce que j'ai vu à l'inspecteur Canavan quand il sera arrivé avec les renforts. Comme ça, ils pourront se faire une idée précise du nombre de personnes à appréhender.

Je longe à l'aveuglette l'arrière des plaques chauffantes, en me disant qu'il va falloir que je dise deux mots à Gerald parce que c'est vraiment cradingue par ici. Franchement... Les genoux de mon jean sont dégoûtants et mes mains se posent sur un truc mou que j'espère de tout cœur être un beignet de pommes de terre moisi.

Sauf qu'on n'a jamais vu un beignet de pommes de terre bondir en poussant un petit cri.

Je parviens à grand-peine à ne pas hurler.

Et c'est tant mieux. Car, quand je regarde au-dessus des plaques chauffantes, un spectacle aussi stupéfiant qu'effrayant s'offre à moi.

Une douzaine de silhouettes portant des robes à large capuche – comme celles des moines, à part qu'elles sont rouge sang – se tiennent autour d'une des tables, déplacée pour l'occasion afin d'occuper le centre de la salle et recouverte d'un drap également rouge sang. Dessus ont été disposés plusieurs objets, dont je ne distingue pas clairement les contours, parmi lesquels doit se trouver un chandelier, la lumière vacillante provenant effectivement de bougies. Je suis assez près pour pouvoir identifier la silhouette assise sur un des côtés, les poignets liés derrière le dossier d'une chaise, du ruban adhésif sur la bouche.

Ça va lui faire super mal quand je le retirerai et que ça collera aux poils de son bouc...

Bien sûr, je comprends très vite à quoi j'ai affaire. Je suis abonnée à toutes les chaînes ciné du câble, après tout. C'est une espèce de rituel initiatique entre membres d'une même fraternité comme on en voit dans le film *The Skulls, société secrète*.

Et je n'ai pas la moindre envie d'y participer. Gavin a l'air d'aller bien – du moins, il ne paraît pas courir de danger imminent. Je décide que la meilleure chose à faire, pour moi, c'est de battre en retraite et d'attendre les renforts.

Je reviens donc à tâtons sur mes pas lorsque la poche de ma veste accroche un bol à mixer en acier rangé trop bas sur une étagère. Il tombe bruyamment sur le sol crasseux. En moins de temps qu'il n'en faut pour le dire, je me retrouve avec, devant moi, une paire d'Adidas dépassant de l'ourlet d'une robe rouge sang.

– Voyez un peu ce que nous avons ici ! s'exclame une voix masculine grave.

Une seconde plus tard, des mains se glissent sous mes bras et me soulèvent du sol.

Pas question, bien sûr, de me laisser faire sans résister ! Je brandis l'aérosol de façon à diriger un jet de gaz au poivre dans la capuche, mais le spray m'est arraché d'un coup de poing. Et puis, comme je porte des Timberland à coquille de protection métal, les chaussures les mieux adaptées aux intrépides directrices adjointes de dortoir, je flanque un grand coup de pied dans les tibias de mon agresseur – lequel pousse des jurons carabinés.

Malheureusement, il ne me lâche pas, et le seul résultat est qu'un deuxième type en robe vient l'aider à me maîtriser. Une quantité d'autres bols à mixer roulent à terre, dans un vacarme de tous les diables.

Or, c'est justement ce que je souhaite ! Je veux que tous les résidents accourent jusqu'ici. C'est pourquoi je me mets à hurler comme une folle pendant que l'on m'entraîne jusqu'à la table de cérémonie dressée par les Tau Phi Epsilon.

En tout cas jusqu'à ce que Steve Winer – du moins un type que je suppose être Steve, vu que c'est le plus grand et qu'il a une sorte de liseré doré autour de la capuche de sa robe, ainsi qu'il sied au président d'une fraternité – s'avance vers Gavin et le frappe violemment au visage avec une sorte de sceptre.

Je cesse de crier. La tête de Gavin a basculé en arrière et, l'espace d'une minute, demeure dans cette position. Puis il redresse lentement la tête et j'aperçois l'entaille laissée sur sa joue, et la colère brillant dans ses yeux.

Les larmes, aussi...

– Ça suffit, les hurlements ! ordonne Steve, un doigt pointé sur moi.

– Elle m'a aussi donné un coup de pied, précise Adidas, à côté de moi.

– Ça suffit, les coups de pied ! ajoute Steve. Tu recommences à donner des coups de pied ou à crier, et le gamin prend une autre torgnole, c'est clair ?

– Les flics vont arriver d'une minute à l'autre, dis-je d'une voix qui me semble relativement calme. Je sais que vous m'aviez dit de ne pas les appeler mais... c'est trop tard.

Steve rejette un peu sa capuche en arrière pour mieux m'observer. L'unique source lumineuse (il s'agit effectivement d'un chandelier, disposé au centre de l'autel de fortune) a beau être peu intense, je distingue assez bien son expression. Il n'a pas du tout l'air inquiet.

Et c'est bien ce qui m'inquiète, moi.

C'est encore pire lorsque, une seconde plus tard, la porte à deux battants de la cafétéria s'ouvre, et qu'entre Vieux-Curtiss-Bourru en traînant les pieds. Il a l'air ennuyé et tient un reste de sandwich à la main. Je crois que c'est un jambon-fromage-crudités.

Mon préféré, surtout avec les pickles épicés.

– Vous ne pouvez pas être plus discrets ? Les gens commencent à se demander ce qui se passe, ici.

Je le fixe, horrifiée. Voyant ma tête, Steve s'esclaffe.

– Eh oui, Heather ! Il y a des membres loyaux de la Tau Phi Epsilon dans le monde entier. Certains travaillent même comme agents de sécurité dans les universités des grandes villes.

– Des flics sont venus, me dit Curtiss, prenant une autre bouchée de son sandwich et parlant la bouche pleine. Je leur ai dit que je comprenais rien à leur histoire, que j'avais passé toute la soirée ici et que je t'avais pas vue. Alors, ils sont partis. Ils avaient l'air assez emmerdés. À mon avis, ils reviendront pas.

Je le fusille du regard.

– Vous êtes viré.

Ça fait rire Curtiss. Visiblement, il s'amuse comme un petit fou.

– Viré, glousse-t-il. Ouais, c'est ça.

Il pivote sur ses talons et repart comme il est venu, en traînant les pieds.

Je jette un coup d'œil à Steve.

– OK, réglons cette affaire. Mais libère Gavin. C'est avec moi que tu as un problème, pas avec lui.

– Nous n'avons aucun problème, explique Steve d'une voix polie. Ni avec l'un, ni avec l'autre.

Je balaie la pièce des yeux, passant les Tau Phi en revue. Je me demande lequel est Doug.

– Dans ce cas, qu'est-ce que je fais là ?

– Oh, je ne te l'ai pas expliqué au téléphone ? demande Steve. J'ai dû oublier.

Il s'avance et saisit un long couteau ornemental sur l'autel qu'il a fabriqué. Ornemental, dans la mesure où son manche est en or incrusté de pierres semi-précieuses.

La lame a l'air vraie, cependant. Et affûtée.

– Frères, dit Steve, le moment est venu.

Alors émergent des ténèbres une autre demi-douzaine de silhouettes en robes rouges, qui devaient être tapies au fond de la salle, près de la caisse de Magda.

– Le moment de quoi ? je demande, intriguée.

– De l'initiation, répond Steve.

28

Plus personne se soucie de toi
Tu vis terrée, toutes portes fermées
La lumière du jour, jamais tu la vois
C'est pas la vie que je voudrais mener.

« Sans titre »
Écrit par Heather Wells

– C'est pas vrai, vous me faites marcher ! je m'exclame d'un ton de dégoût.

Steve m'ignore.

– Frères, le moment est venu pour vous de prouver votre dévouement à la maison des Tau Phi Epsilon.

– Franchement, dis-je. C'est ridicule, votre truc.

Steve me prête enfin attention :

– Si tu ne la fermes pas, d'abord on bute ton amoureux, et puis ce sera ton tour !

Je voudrais pouvoir me taire. Pour de bon. Mais...

– Gavin n'est pas mon amoureux. Et entre nous, vous ne trouvez pas qu'il y a eu assez de meurtres comme ça ?

L'un des frères rejette sa capuche en arrière. Je suis stupéfaite de voir le petit copain de Cheryl Haebig, Jeff Turner.

– Euh... je suis désolé. Mais qu'est-ce qu'elle fait là ? demande-t-il.

Steve se tourne vers Jeff et lui jette un regard noir.

– La ferme ! Personne ne t'a donné la permission de parler.

– Mais mec… insiste Jeff. C'est la directrice adjointe de la résidence. Elle va raconter…

– Elle ne va rien raconter du tout, l'interrompt Steve. Les morts, ça ne cause pas !

Jeff n'est pas seul à être choqué par la réponse de Steve. Quelques autres frères gigotent nerveusement.

– Mec, dit Jeff. C'est une blague, ou quoi ?

– SILENCE, FRÈRES ! rugit Steve. Pour appartenir à notre fraternité, il faut être prêt à accomplir certains sacrifices.

Je me hâte de répliquer, tant que j'ai encore les Tau Phi – ou du moins, Jeff – de mon côté :

– Ah, d'accord. C'est ce que tu dirais, au sujet de Lindsay Combs, Steve ? Que c'était un sacrifice ? C'est pour ça que tu l'as tuée ?

Nouvelles gesticulations embarrassées. Steve me fusille du regard.

– Cette salope a trahi un membre de notre ordre. Elle méritait d'être punie !

– Très bien, dis-je. Comment ça ? En lui coupant la tête et en fourrant son corps dans le broyeur à déchets ?

Jeff se tourne vers Steve, l'air horrifié.

– Eh, mec, c'était toi ?

– Ça oui, c'était Steve, je confirme. Juste parce que Lindsay lui avait piqué…

– Quelque chose qui ne lui appartenait pas ! grogne Steve. Quelque chose qu'elle refusait de rendre…

J'insiste :

– Elle a essayé ! Elle a fait entrer ton frère ici…

– Et il n'y avait plus rien ! me hurle-t-il à la figure. Elle prétendait que quelqu'un la lui avait volée. Comme si on allait la croire ! C'était une menteuse, en plus d'être une voleuse. Elle méritait d'être mise à mort pour trahison !

Le visage de Jeff exprime un mélange de douleur et d'incrédulité.

– Eh, mec ! Lindsay était la *meilleure amie* de ma petite copine.

– Dans ce cas, tu devrais me remercier, rétorque Steve, catégorique. Parce que si ta petite copine avait continué à fréquenter une fille comme elle, ça lui aurait donné des idées et elle aurait fini par te trahir, toi aussi, tout comme a été trahi un de tes frères !

Jeff met un bon moment à enregistrer. Mais une fois qu'il a percuté, il n'hésite plus une seconde.

– C'est bon, dit-il en secouant la tête. J'ai eu ma dose. Si j'ai voulu appartenir à cette connerie de fraternité, c'est uniquement parce que mon père en a fait partie. Sûrement pas pour tuer des gens. Vous voulez me botter le cul à coups de pagaie ? Très bien. M'obliger à descendre vingt-quatre canettes de bière ? C'est pas un problème. Mais tuer des gonzesses ? Même pas en rêve. Vous êtes complètement tarés, les gars...

Tout en prononçant ces mots, il se baisse pour retirer sa robe. Steve l'observe en secouant tristement la tête. Puis fait signe à deux des silhouettes qui forment un cercle autour de son autel. Toutes deux traversent la salle et donnent à Jeff plusieurs coups de poing dans le ventre – alors qu'il essaie encore de se dépatouiller de sa robe. Lorsque Jeff s'effondre, les deux types se mettent à le frapper à coups de pied, sourds à ses hurlements de douleur. À la vue du traitement brutal infligé à l'un de leurs pairs, les autres frères demeurent figés sur place.

Ils ne sont pas les seuls à être tétanisés. Je n'en crois pas mes yeux. Où sont les flics ? Ils n'ont tout de même pas ajouté foi à ce que leur a dit ce crétin de Curtiss ?

Consciente qu'une seule personne peut tenter de mettre un terme à tout cela (même si elle doit y laisser sa peau), je lance d'une voix forte aux autres frères, qui restent plantés là, à regarder leur copain se faire démolir le portrait :

– Vous savez, ce que c'était, le truc que Lindsay a volé ? C'était le stock de coke de Doug.

Il m'est impossible de deviner comment les garçons réagissent à cette information, leurs visages étant dissimulés par les capuches. Mais leur gestuelle trahit le malaise.

– Ne l'écoutez pas ! ordonne Steve. Elle ment. C'est ce qu'ils font tous... Ils essaient de diaboliser notre ordre en faisant circuler des sales rumeurs.

– Euh, on n'a pas besoin de vous diaboliser, les gars. Vous vous en chargez très bien tout seuls. Ne me dis pas que ton frère Doug a étranglé sa petite copine parce qu'elle lui a piqué sa coke !

L'un des types occupés à passer Jeff à tabac s'interrompt. Une seconde plus tard, Doug Winer s'avance vers moi à grands pas, le visage découvert.

– Retire ce que tu viens de dire ! s'écrie-t-il, les yeux lançant des éclairs. C'est pas moi ! Je l'ai pas tuée !

Steve saisit son frère cadet par le bras.

– Doug...

– C'est pas moi ! répète ce dernier. Tu n'as aucune preuve !

Puis, à l'adresse de Steve :

– Elle n'a aucune preuve !

– Au contraire, on n'en manque pas.

Je cherche à gagner du temps. Sans doute Steve en est-il conscient. Mais il paraît avoir oublié Gavin et son intention de se servir de lui pour me réduire au silence. Et c'est tout ce que je souhaite.

– On a retrouvé son corps aujourd'hui, figure-toi. Enfin, ce qu'il en reste.

Steve me fixe, incrédule.

– De quoi tu parles, bordel ?

– Du corps. Le corps de Lindsay. Tu comprends, tu as négligé un détail : les broyeurs à déchets ne broient pas les os... ni les piercings de nombril. On a retrouvé celui de Lindsay ce matin.

Doug émet le genre de sons que font certaines filles en apprenant qu'elles n'auront pas la chambre individuelle tant convoitée. Un bruit à mi-chemin entre la protestation et le soupir.

Steve serre plus fort le manche du couteau. La lame brille à la lueur des bougies.

– Elle bluffe. Et même si c'était vrai... Ça change quoi ? Rien n'a pu leur permettre de remonter jusqu'à nous. Pas après le ménage qu'on a fait.

À présent, je transpire. J'ai tellement chaud dans ma parka. Ou bien ce n'est pas la chaleur. Ce sont les nerfs. J'ai une boule à l'estomac – j'aurais peut-être pas dû manger ce deuxième esquimau ? Jeff gît sur le sol, totalement immobile. Soit il est inconscient, soit il fait mine de l'être pour que les coups cessent de pleuvoir.

– Ouais. Vous êtes peut-être doués pour la fête et les rituels initiatiques chichiteux, mais pour le ménage, faudra repasser ! Ils ont carrément trouvé des cheveux !

Doug se tourne vers son frère, pris de panique.

– Steve !

– La ferme, Doug ! rétorque l'aîné. Elle bluffe.

Dans sa robe rouge sang, Doug est pâle comme un fantôme.

– Non, elle bluffe pas ! Elle sait ! Elle était au courant pour la coke !

– Votre première erreur a été de laisser la tête, je reprends sur un ton décontracté. Vous auriez pu vous en tirer, si vous n'aviez pas laissé la tête sur la cuisinière. Ils auraient découvert le piercing, les os et tout le reste, mais ne les auraient probablement pas identifiés comme tels. La mort de Lindsay aurait été assimilée à une banale disparition. Personne n'aurait deviné que vous étiez venus ici, et on ne se serait pas demandé comment vous étiez entrés. Votre seconde erreur a été d'essayer de liquider Manuel. Il n'aurait jamais rien dit au sujet de la clé si vous ne lui aviez pas fichu une telle frousse. Et même s'il l'avait fait… quelle importance ? Il est agent d'entretien. Qui écoute ce que racontent les agents d'entretien ? (Je secoue la tête.) Mais non. Il a fallu que vous fassiez les malins.

– Steve, gémit Doug. Tu disais que personne saurait que c'était nous ! Tu disais que personne saurait ! Si papa apprend ce qu'on a fait…

– La ferme ! hurle Steve.

Je sursaute, de même que les types qui me retiennent toujours par les bras.

– Ferme ta sale gueule de petit merdeux, pour une fois dans ta vie !

Doug n'a pas l'intention de s'exécuter.

– Nom de Dieu, Stevie ! braille-t-il. Tu m'avais dit que papa ne l'apprendrait jamais ! Tu m'avais dit que tu t'occuperais de tout !

– Je m'en suis occupé, petit merdeux ! rétorque Steve. Comme je m'occupe de réparer toutes tes conneries.

– Tu m'avais dit de ne pas me faire de souci. Tu m'avais dit que tu réglerais tout, espèce de fils de pute ! glapit Doug, à deux doigts de fondre en larmes. T'as rien réglé du tout ! Maintenant, Lindsay est morte, on va se faire arrêter, et je sais toujours pas où est passée ma came !

Ne réalisant visiblement pas que son frère les a tous incriminés, Steve s'écrie :

– Ouais, d'accord... Mais c'est qui, pour commencer, l'enfoiré qui a tué cette garce ? Est-ce que je t'ai demandé de la tuer ? Je te l'ai demandé, bordel ? Non !

– C'est pas ma faute si elle est morte !

Soudain, Doug s'avance en titubant et, à ma grande horreur, se cramponne au col de ma veste. Une seconde après, le voilà qui me sanglote au visage.

– Je ne voulais pas la tuer ! Sincèrement, je voulais pas. Mais ça m'a rendu dingue, qu'elle me pique ma came comme ça ! Et ensuite, elle voulait pas me la rendre ! Tout ce baratin, comme quoi quelqu'un la lui aurait volée ici... Des putains de bobards ! Si seulement elle me l'avait rendue quand je la lui ai demandée... Mais non ! Moi qui croyais que Lindsay était différente. Je pensais qu'elle m'aimait bien pour de bon, pas comme ces autres filles qui sortent avec moi seulement pour mon nom de famille. Je voulais pas serrer si fort...

– La ferme, Doug ! crie Steve. Tu entends ? Ferme ta grande gueule !

Doug me lâche, fait volte-face et, le visage ruisselant de larmes, s'adresse à son frère :

– Tu m'avais dit que tu arrangerais tout, Steve ! Tu m'avais dit de pas m'inquiéter ! Qu'est-ce qui t'a pris de faire ça avec sa tête, hein ? Je t'avais dit de pas...

– La ferme !

Je vois à ses mains qui tremblent que Steve va péter un câble. Les doigts toujours crispés sur le manche du couteau, il le braque tantôt vers Doug, tantôt vers moi. Je me demande si Steve Winer serait capable de poignarder son propre frère.

Au fond, qui sait si je ne l'espère pas ?

– Tu t'attendais à ce que je fasse quoi, hein, petit merdeux ? siffle Steve, fou de rage. Tu m'appelles au beau milieu de la nuit et, en chialant comme un bébé, tu me racontes que tu as tué ta putain de petite copine. Faut que je me lève et que je vienne jusqu'ici nettoyer tes saloperies. Et toi, tu as le culot de me critiquer ? De dénigrer mes méthodes ?

Doug me désigne, dans un geste d'impuissance.

– Nom de Dieu, Steve. Cette putain de DIRECTRICE DE DORTOIR a tout deviné. Combien de temps il faudra, tu crois, pour que la police en arrive aux mêmes conclusions ?

Steve me jette un coup d'œil et, la pointant comme le fait un serpent, se passe nerveusement la langue sur les lèvres.

– Je sais. C'est pour ça qu'on doit se débarrasser d'elle.

C'est alors qu'un des types, à côté de moi, s'agite et lance :

– Ohé, mec, on était juste censés leur fiche la frousse, comme à cet agent d'entretien...

– Lui fiche la frousse ? Il a failli y passer ! je m'écrie.

– Si tu l'ouvres encore, je te tue tout de suite, au lieu de faire les choses en douceur, dit Steve en pointant sur moi la lame du couteau. Puis il l'écarte et s'en sert pour désigner le verre qui se trouve sur l'autel – rempli d'eau, à première vue.

– Bois ça ! ordonne-t-il.

Je regarde le verre. Je ne sais pas ce qu'il contient. Mais j'ai ma petite idée, vu ce qui est arrivé l'autre soir à Jordan. Du Rohypnol, également appelé « drogue du viol », un sédatif très répandu sur le campus. Une dose, déjà dissoute dans l'eau, devrait me rendre beaucoup plus docile, quand viendra le moment de me découper.

C'est alors que je décide que j'ai eu ma dose. J'ai chaud, j'ai mal au ventre et je me fais beaucoup de souci pour Gavin et Jeff. Je regrette de ne pas avoir laissé Cooper massacrer Doug Winer quand il en avait l'opportunité. Je regrette de ne pas lui avoir moi-même écrasé la tête sous un de ses oreillers jusqu'à ce qu'il ait cessé de se débattre.

Non... C'est encore trop clément. Je regrette de ne pas avoir entouré son cou épais de mes deux mains, et serré, serré jusqu'à ce qu'il soit mort – comme lui-même avait serré le cou de Lindsay.

– Allez, Heather, dit Steve en agitant le couteau. On n'a pas que ça à faire.

– Euh... Steve, dit l'autre gars qui me colle de près. Franchement, mec, ça devient glauque.

– La ferme ! rétorque Steve à son camarade Tau Phi.

Il prend le verre, me l'apporte et me le fourre sous le nez.

– BOIS !

Je détourne le visage.

– Non.

Steve Winer n'en revient pas.

– *Quoi ?*

– Non, je répète.

Je sens que la salle est avec moi. Les Tau Phi commencent à réaliser que leur leader a perdu les pédales. Ils ne le laisseront pas me faire du mal, j'en suis sûre.

– Non, je ne boirai pas.

– Comment ça, tu ne boiras pas ? demande-t-il, avec un léger sourire qui revient sur ses lèvres. Tu es aveugle ou quoi ? Tu as un couteau sur la gorge.

Je hausse les épaules.

– Et alors ? Ça change quoi ? Tu as l'intention de me tuer de toute façon.

Ce n'est pas ce que Steve a envie d'entendre. Son sourire s'efface et il n'a plus du tout l'air de s'amuser lorsqu'il donne le verre au gars qui est à ma droite, se retourne, se dirige vers Gavin, le saisit par les cheveux, fait basculer sa tête en arrière et brandit le couteau sur sa gorge exposée...

– Steve ! Arrête, mec ! hurle l'un de mes gardiens, au moment où je m'écrie :

– C'est bon. Je bois. Je bois.

Je prends le verre et j'en vide le contenu.

– Ça suffit ! dit le gars qui le tenait. Je me tire. Jeff a raison, vous êtes des tarés de première !

Et il sort de la cafétéria, suivi par toute une bande de Tau Phi Epsilon. Jeff Turner gît toujours, comme mort, sur le sol.

– Ne les laissez pas sortir ! lance Steve aux types qui ont mis Jeff Turner KO – mais même eux hésitent. Vous avez entendu ?

Steve lâche les cheveux de Gavin et reste planté là, à regarder, hébété, les membres de sa fraternité s'éloigner un à un.

– Eh, les gars, vous ne pouvez pas faire ça ! Vous avez prêté serment de loyauté absolue. Où est-ce que vous... Vous ne pouvez pas...

Doug commence à avoir peur.

– Nom de Dieu, Steve, laisse-les s'en aller ! Laisse...

Doug n'achève pas sa phrase. Car Steve a lâché le couteau et, plongeant la main dans les profondeurs de sa robe, s'est débrouillé pour en tirer un petit revolver, qu'il tient à hauteur du torse de son frère.

– Douglas, dit-il. J'en ai ras le bol, de toi et de tes jérémiades !

– Nom de Dieu, Steve ! répète Doug.

Mais cette fois, la frayeur et les larmes contenues dans sa voix poussent les autres Tau Phi Epsilon à se retourner pour regarder.

C'est alors que je fais ce que je sais devoir faire. Après tout, personne ne prête attention à moi. Tous les yeux sont rivés sur Steve, qui me tourne le dos.

C'est pourquoi, lorsque je vois son doigt se poser sur la détente, je plonge, bras écartés, sur le sol. Car je sais quelque chose que Steve Winer ne saura jamais, à propos du sol de la cafétéria : il est d'une propreté irréprochable. Julio n'est peut-être pas responsable du pourtour des plaques chauffantes, mais c'est lui, en revanche, qui est chargé de l'entretien de la salle à manger – et le sol ciré est lisse comme de la glace. Ce qui signifie que je glisse en travers telle une patineuse olympique qui aurait atterri sur le ventre, jusqu'à atteindre les jambes de l'aîné des Winer, que j'enserre de mes bras. Tirant dessus, j'entraîne Steve vers le sol.

Alors je tends un bras et, saisissant son poignet, y enfonce les dents, le contraignant à lâcher son arme. Il hurle et se tortille de douleur et de frayeur.

Doug semble être le premier à se remettre de la stupéfaction générale suscitée par ce que je viens d'accomplir – peut-être parce que lui seul n'a pas eu la présence d'esprit de se baisser quand Steve agitait son revolver ; et que lui seul est, par conséquent, encore debout. Il avance en titubant, et ses doigts se referment sur la crosse de l'arme que son frère a laissé tomber. Il la brandit d'une main tremblante et vise...

Me vise, moi !

– Non ! crie Steve d'une voix rauque. Ne tire pas, petit con ! Tu risquerais de me toucher !

– Je veux te toucher ! pleurniche Doug. (Il pleure pour de bon, les larmes ruissellent sur son visage.) J'en ai tellement marre de t'entendre répéter que je suis qu'un nul ! OK, je suis peut-être un nul... Mais au moins, je suis pas un tordu comme toi ! Ouais, j'ai tué Lindsay, mais j'en avais pas l'intention. C'est toi, le connard pervers qui a trouvé que ce serait une bonne idée de laisser sa tête sur la cuisinière. Comment on peut concevoir des saloperies pareilles, Steve ? Comment ? Et c'est toi qui nous as ordonné de poignarder ce malheureux agent d'entretien... Et maintenant, tu veux qu'on tue cette jeune dame... Pourquoi ? Pour te donner une image de gros dur auprès de tes potes de la fraternité ? Parce que papa était un gros dur quand il était à la Tau Phi Epsilon ?

Le canon de l'arme que Doug pointe sur nous oscille entre Steve et moi, mettant mes nerfs à rude épreuve. Sous moi, ce dernier commence à transpirer. Abondamment.

– Doug, dit-il. Dougie. Je t'en prie. Donne-moi ce...

– Mais papa n'a tué personne, Steve ! Il n'a pas découpé de gens en morceaux ! Il n'a pas eu besoin de faire ce genre d'horreurs pour être un vrai dur ! Pourquoi tu ne t'en rends pas compte ? Pourquoi tu ne réalises pas que, quoi que tu fasses, tu ne seras jamais comme papa !

– Très bien. Je ne serai jamais comme papa. À présent, pose cette arme.

– Non ! hurle Doug. Parce que je sais ce qui va se passer ! Tu vas retourner la situation et te débrouiller pour que tout retombe sur moi. Comme tu fais toujours ! Comme tu as toujours fait ! Mais je ne veux plus avoir à supporter ça. Pas cette fois-ci !

Il vise alors son frère, au beau milieu du front.

Quand une voix calme et étrangement familière s'élève, depuis le seuil de la cafétéria :

– Laisse tomber ton arme, mon garçon !

Doug lève les yeux, avec une expression d'étonnement et d'indignation mêlés. Tournant la tête, je ne sais plus quoi penser lorsque je vois Reggie – oui, Reggie, le dealer du coin ! – braquer un volumineux et étincelant Glock 9 mm sur la poitrine de Doug Winer.

– Lâche-la ! dit Reggie. (Bizarrement, son accent jamaïcain a complètement disparu.) Je ne voudrais pas risquer de te blesser. Mais s'il le faut, je n'hésiterai pas. On le sait tous les deux, pas vrai ?

Toujours écrasé sous mon poids, Steve s'écrie :

– Oh, monsieur l'agent, vous êtes là, Dieu merci ! Ce type a pété un câble ! Il a voulu me tuer !

– Mmmh, répond Reggie d'un ton impassible. Donne-moi ce revolver, mon garçon.

Doug jette un coup d'œil à son frère, qui hoche la tête en signe d'encouragement.

– Allez, Dougie. Donne ton arme au gentil policier !

Doug, secoué de sanglots, n'est de toute façon plus en mesure de tirer.

– Tu es vraiment un salopard, Steve ! dit-il en remettant son arme à Reggie.

Celui-ci la passe à l'inspecteur Canavan qui se tient derrière lui, dans l'entrée, lui aussi l'arme au poing.

– Vous ne le savez peut-être pas, monsieur l'agent, mais vous venez de me sauver la vie, serine Steve Winer. Mon frère voulait me tuer...

– C'est ça, dit Reggie, en prenant les menottes qu'il porte à sa ceinture. Heather, pousse-toi pour permettre à M. Winer de se dégager.

Je lui obéis gentiment. Ce faisant, je constate que la salle semble tourner autour de moi, ce qui n'est d'ailleurs pas désagréable.

– Reggie ! je m'écrie, toujours vautrée par terre. Tu es un flic infiltré ! Pourquoi tu ne m'as rien dit avant ?

– Parce que c'est un agent fédéral ! répond l'inspecteur Canavan.

Se dressant au-dessus de moi, il donne ordre à une vingtaine d'agents en uniforme de passer les menottes à tout ce qui porte une robe rouge.

– Avec votre aplomb habituel, Wells, vous vous êtes débrouillée pour tomber au beau milieu d'une opération d'infiltration sur laquelle les stups travaillaient depuis des mois. Félicitations, au fait !

– Inspecteur ! je m'écrie. Pourquoi avez-vous mis tout ce temps ?

– On a eu du mal à entrer. L'agent de sécurité s'est montré... réfractaire. Et personne n'arrivait à trouver la clé. C'est assez caractéristique de cet endroit, d'ailleurs. Pourquoi avez-vous les pupilles dilatées ?

– Parce que ça me fait plaisir de vous voir ! je m'exclame, me redressant afin de me jeter à son cou, tandis qu'il se penche pour m'aider à me relever. Je vous aime tant !

– Euh... dit l'inspecteur Canavan, alors que je m'accroche à lui (parce que la pièce tourne vraiment beaucoup, à présent). Wells ? Vous êtes sous l'influence de quelque chose ?

– Ils lui ont fait boire un truc.

C'est Gavin qui a dit cela ; lequel vient à peine d'être détaché. Deux ambulanciers, apparemment tombés du ciel, sont en train d'examiner son entaille au visage. Comme je l'avais prévu, le ruban adhésif a laissé une trace rouge vif autour de la bouche et arraché un peu de ses poils duveteux et irréguliers, les rendant encore plus clairsemés.

– Gavin ! dis-je en lâchant l'inspecteur pour enlacer mon résident, à la grande contrariété des secouristes qui s'efforcent de nettoyer sa plaie. Toi aussi, je t'aime ! Mais juste comme un ami !

Ça ne paraît pas lui faire autant plaisir que ça devrait.

– Je crois que c'est la drogue du viol, dit-il en tentant de se dégager de mon étreinte.

Ce que je trouve incroyablement grossier, si vous voulez mon avis.

L'inspecteur Canavan me prend par le bras :

– OK, allons-y !

– Où ça ? je demande.

– Oh, répond l'inspecteur. L'hôpital me semble, pour l'instant, la destination qui s'impose. On va vous laver un peu l'estomac.

– Mais je suis propre ! En revanche, je mangerais bien un esquimau ! Ohé, quelqu'un veut un esquimau ? Il y en a, là, dans le congélateur. Ohé, les gars ! je hurle en tournant la tête. Prenez tous un esquimau ! C'est ma tournée !

– Allez, Wells ! dit l'inspecteur, la main toujours crispée sur mon bras. Ça suffit comme ça !

Mais alors, tandis qu'il m'entraîne vers le hall, je vois une chose qui me fait oublier tous les esquimaux de la terre... Ce n'est pas le spectacle de Vieux-Curtiss-Bourru portant les menottes, bien que ça réchauffe le cœur ! Ni la moitié des résidents rassemblés là, à essayer de comprendre ce qui se passe. Ni Tom, ni les RE, ni Sarah – laquelle s'acharne à leur rappeler qu'on est vendredi soir et qu'ils ont du pain sur la planche...

Non. C'est mon père.

– Papa ! je m'écrie, tout en m'arrachant à l'étreinte de Canavan pour me précipiter dans ses bras.

– Heather ! s'exclame-t-il, manifestement surpris (mais heureux) de mon accueil. Dieu merci, tu es saine et sauve.

– Je t'aime *tellement*.

– Elle aime beaucoup tout le monde en ce moment, explique l'inspecteur. Elle est sous Rohypnol.

– Ce n'est pas pour ça que je t'aime ! (Je rassure mon père, soucieuse de ne pas le blesser.) C'est pas non plus parce que tu as appelé les flics et empêché que je me fasse décapiter !

– Eh bien, réplique papa dans un gloussement. C'est bon à savoir. Elle a la bouche en sang... Pourquoi a-t-elle la bouche en sang ?

C'est alors que je réalise qu'il n'est pas seul. Cooper se tient à ses côtés ! Il tire de sa poche un de ses sempiternels mouchoirs.

Les mouchoirs sont apparemment un accessoire essentiel, en matière d'investigation privée.

– Oh, répond Canavan. C'est rien. Elle a mordu un type, c'est tout.

– Cooper ! dis-je en le serrant contre moi tandis qu'il en profite pour essuyer, sur ma bouche, le sang de Steve Winer. Ce que ça me fait plaisir de te voir !

– J'ai l'impression ! Ne bouge pas, tu as encore...

Il rit lui aussi, Dieu sait pourquoi.

– Je t'aime tellement ! je reprends. Même si tu es allé raconter à Gavin que j'étais toujours amoureuse de ton frère. Qu'est-ce qui t'a pris, Cooper ? Je ne suis plus amoureuse de Jordan. Plus du tout !

– OK, rétorque Cooper. On te croit sur parole. Une seconde, ne bouge pas !

– Du tout du tout du tout ! j'insiste. Je n'aime pas Jordan. C'est toi que j'aime ! Pour de bon !

Reggie reparaissant dans mon champ de vision à l'instant où Cooper finit de faire ma toilette, je m'écrie :

– Reggie, je t'aime ! Je t'aime à la folie ! Je veux venir te rendre visite dans ta bananeraie !

Lui aussi s'esclaffe. Qu'est-ce qu'ils ont tous à rigoler comme ça ? Si je suis tellement drôle, je devrais peut-être laisser tomber la chanson et me lancer dans le *one woman show* comique.

– Je n'ai pas vraiment de bananeraie, Heather. Je viens de l'Iowa.

– C'est pas grave, dis-je, tandis que les ambulanciers détachent délicatement mes bras du cou de Cooper. Je t'aime quand même. Et les autres aussi ! Toi, Tom... et Sarah... et aussi le docteur Kilgore. Où est-elle, au fait ?

Puis tout se met à tournoyer plus vite – très vite – autour de moi, et une torpeur m'envahit, à laquelle il m'est impossible de résister davantage.

Après ça, je ne me souviens plus de rien.

29

Tu as dit que tu m'aimais
Et ces trucs, ça peut pas venir de nulle part
Moi j'te le dis, ça vient du cœur !

« La chanson de Gavin »
Écrit par Heather Wells

Mon cœur bat à tout rompre.

Sérieusement.

Ça n'a rien de drôle.

Je n'en reviens pas que des gens puissent prendre cette drogue pour s'amuser ! Si c'est ce que Jordan éprouvait hier (ce n'était qu'hier ? Incroyable !) au Corbeau-Ivre, je comprends qu'il n'ait pas eu envie d'une bière. Moi-même, je jure de ne plus jamais boire. Pas même de l'eau. Pas même...

– Heather ?

J'ouvre un œil. Et qui vois-je là, près de mon lit roulant ? Mon chef ! En reprenant connaissance, je vois un visage, et il faut que ce soit celui de mon chef ! Je veux dire, j'aime beaucoup Tom, bien sûr...

Mais pas à ce point-là !

– Tu te sens comment ? demande-t-il.

– Dans un état de merde.

– Désolé pour toi.

Il tient un bouquet de ballons de la boutique-cadeaux portant le message « PROMPT RÉTABLISSEMENT ! »

– De la part du personnel.

Je pousse un grognement et referme les yeux. Franchement, c'est mauvais signe, quand les couleurs des ballons vous éblouissent...

– Tu devrais bientôt te sentir mieux, annonce Tom d'une voix tremblante. Ils t'injectent des tas de fluides et des vitamines B.

– Je veux rentrer chez moi !

J'ai tant d'aiguilles insérées dans les veines que je ne peux même pas lever le bras.

– Eh bien, tu as de la chance. Ils ne vont pas te garder. Encore quelques heures d'intraveineuses ici, aux urgences, et tu devrais pouvoir rentrer chez toi.

Nouveau grognement. Je n'en reviens pas ! Me voici aux urgences de Saint-Vincent, ces mêmes urgences où j'ai tant de fois rendu visite à des étudiants qui étaient dans l'état où je suis maintenant.

Mais je n'avais jamais réalisé, avant aujourd'hui, à quel point ils souffraient.

– Écoute ! dit Tom d'une voix pleine de joie contenue. Je tiens à ce que tu sois la première au courant...

Je rouvre un œil.

– Tu démissionnes pour de bon ? je demande.

– Pas du tout, glousse-t-il. Je suis promu au poste de coordinateur de secteur.

J'ouvre l'autre œil.

– HEIN ?

– La manière dont j'ai géré l'affaire Lindsay a tellement impressionné Stan qu'il m'a promu, explique Tom avec exaltation. Je reste au service du logement, mais je serai désormais affecté à Waverly Hall. Les fraternités, Heather. Stan a réalisé que le bâtiment nécessitait la présence de personnel sur place... Ça représente une augmentation de dix mille dollars par an. Bien sûr, je vais devoir me coltiner des tarés comme les Tau Phi Epsilon. Mais maintenant que Steve et Doug sont hors circuit... Et Steven – je veux dire Andrews, l'entraîneur – dit qu'il sera très heureux de me filer un coup de main...

Je referme les yeux. Incroyable ! J'avais enfin un chef qui me plaisait, et voilà qu'on me le prend !

Et puis, pardonnez-moi, mais ce n'est pas Tom qui a « géré l'affaire Lindsay ». C'est moi qui ai failli me faire tuer quand j'ai poussé les tueurs à cracher le morceau. Elle est où, *ma* promotion ?

En un sens, je regrette qu'ils ne m'aient pas tuée. Au moins, ma tête ne me ferait pas autant souffrir.

– Waouh ! C'est génial, Tom.

– Ne t'inquiète pas, dit Tom en me tapotant la main. Je vais me débrouiller pour que tu aies un chef de première ! OK ?

– Ouais. Super.

Sans doute me suis-je assoupie alors. Car, quand je rouvre les yeux, Tom n'est plus là. À sa place se tiennent Magda, Sarah et Pete.

– Allez-vous-en ! je leur lance.

– Dieu soit loué ! s'exclame Magda, manifestement soulagée. Elle va bien.

– Je ne plaisante pas. J'ai l'impression que ma tête va exploser.

– Ça fait ça, quand l'effet de la benzodiazépine s'atténue, explique Sarah d'une voix guillerette. Elle déprime le système nerveux central. Pendant quelque temps, tu vas être dans un état lamentable.

Je lui jette un regard noir.

– Merci.

– On voulait juste voir comment tu allais, glisse Pete. Et te dire de ne pas t'inquiéter.

– Oui, embraye Magda en s'agrippant au bord de mon lit roulant en bondissant d'excitation. Ils ont retrouvé la cocaïne !

– C'est exact, confirme Pete. Ils l'ont retrouvée. Le stock de Doug Winer. Celui que Lindsay avait volé.

À ces mots, j'ouvre grand les yeux.

– Ah oui ? Il était où ?

– À ton avis ? demande Sarah. Dans la chambre de Kimberly !

– Mais... (Je sais que je suis sonnée. N'empêche que je n'y comprends plus rien !) Kimberly était dans le coup avec Lindsay ?

Sarah secoue la tête.

– Non. Lindsay avait scotché la came sous sa table préférée, à la cafétéria. Et ne l'a pas retrouvée en revenant la chercher pour la rendre à Doug, quand il a pigé que c'était elle qui l'avait. Parce que quelqu'un l'avait trouvée avant elle. Quelqu'un qui partage – ou plutôt, partageait – régulièrement cette table avec elle.

Je la fixe, hébétée.

– *Kimberly Watkins* ? C'est Kimberly qui avait la coke de Doug pendant tout ce temps ?

Comme Sarah hoche la tête, je lui demande :

– Comment vous avez découvert ça ?

– Grâce à Cheryl, explique Magda. Elle était dans un tel état de rage, à cause de ce qu'avait raconté Kimberly au sujet de Lindsay et d'Andrews et, plus tard, de ce qui est arrivé à son pauvre Jeff (il va s'en tirer, au fait, il a juste quelques côtes cassées), qu'elle est allée demander des explications à Lindsay et... eh bien... disons qu'elles ne se sont pas comportées comme des stars de ciné...

– À moins que tu ne fasses allusion à Paris Hilton et Nicole Richie, fait remarquer Sarah.

– Cheryl a flanqué une dérouillée à Kimberly, poursuit Pete, et Kimberly a avoué. Elle avait l'intention de lancer son propre petit trafic, semblerait-il. Elle a vu Lindsay cacher la coke et l'a volée à la première occasion. Sauf qu'après ce qui est arrivé à Lindsay, elle a eu peur de faire quoi que ce soit avec. Elle était terrorisée à l'idée que les Winer découvrent qu'elle avait la came et lui fassent subir le même sort qu'à Lindsay.

– C'est pourquoi elle n'a cessé de m'envoyer sur de fausses pistes...

– Parfaitement, confirme Sarah. Quoi qu'il en soit, Cheryl est tout de suite allée répéter aux flics ce qu'elle avait appris, et Kimberly a elle aussi été arrêtée. J'imagine que les stups cherchaient depuis des mois à démanteler ce réseau de trafiquants – qu'ils considèrent comme le plus important sur le campus. Seulement, jusqu'au meurtre de Lindsay, ils ne savaient absolument pas où les gamins se procuraient la came. C'est pour ça qu'ils ont envoyé Reggie infiltrer le groupe des dealers du parc. Ils espéraient qu'il récolterait des infos... ce qui a été le cas, quand tu lui as parlé des frères Winer. Mais ils n'avaient toujours pas de preuves.

Sarah hausse les épaules.

– À présent, en plus d'être inculpés pour possession et trafic de drogue, ils sont accusés de meurtre et tentative de meurtre... de même que deux autres gars de leur fraternité. Papa Winer a déjà engagé, pour les défendre, un ténor du barreau. Mais je vois mal comment ils pourraient être acquittés avec toi comme témoin. Oh, et aussi Kimberly, qui a accepté d'être témoin à charge, en échange de l'abandon des poursuites pour possession de drogue...

– Mais elle est virée de la fac ?

– Ouais, répond Magda. Ils sont tous virés. Y compris les Winer.

– Tant mieux, dis-je d'une voix faible, mes yeux se fermant à nouveau. On aura davantage de lits disponibles la semaine prochaine, quand il faudra s'occuper des changements de chambre.

Tout redevient sombre pendant un petit moment – ce doit être mon système nerveux central qui déprime... Lorsque j'émerge, l'inspecteur Canavan et Reggie se tiennent là, devant moi.

– Tu m'as menti ! dis-je à Reggie.

Il sourit. Avec un pincement au cœur, je constate qu'il n'a plus de dents en or.

– Désolé, dit-il. Ma mission m'y obligeait.

– Brian est agent spécial du Bureau fédéral de lutte contre la drogue, explique l'inspecteur Canavan. Il y a plus d'un an qu'il est infiltré dans le parc et qu'il tente de découvrir d'où provient la drogue qui circule sur le campus. Grâce à votre tuyau sur les Winer, Brian a fait envoyer l'une de ses collègues, déguisée en femme de ménage, à la résidence des Tau Phi Epsilon. Elle a pu récolter les preuves nécessaires à l'arrestation des Winer pour trafic de drogue, mais aussi pour meurtre et coups et blessures.

Je regarde Reggie.

– Brian ?

Il hausse les épaules.

– Reggie, dans la rue, ça passait mieux.

– Tu es déjà allé en Jamaïque ? je lui demande.

– Mon Dieu, non ! Dès que j'ai des vacances, je pars à la montagne. J'adore skier.

Je me tourne à nouveau vers Canavan.

– On ne va pas me donner une médaille ou un truc dans ce goût-là ?

– Euh... Non, dit l'inspecteur. Mais je vous ai apporté ça, dit-il en me tendant une barre chocolatée. Un esquimau aurait fondu, explique-t-il.

Je lève la main (celle qui est pleine d'intraveineuses) et lui arrache la barre chocolatée.

– Cette ville est plutôt radine, pour ce qui est des médailles du courage !

Ils se retirent et je mange ma barre chocolatée. Elle est exquise. Tellement exquise que je me rendors. Quand je rouvre les yeux, Gavin m'observe d'un air amusé.

– Bien, bien, bien ! dit-il avec un grand sourire. Joli dénouement ! Pour une fois, c'est toi qui es dans le lit roulant, pas moi. Je dois t'avouer que j'aime mieux ça.

– Qui t'a laissé entrer ?

Gavin hausse les épaules.

– Je suis un patient, pas un visiteur.

Il bouge la tête pour me montrer sa joue, là où Steve l'a frappé.

– Sept points de suture. Qu'est-ce que t'en dis ? Ça va laisser une jolie cicatrice, non ?

Je ferme les yeux.

– Ta mère va me tuer !

– Qu'est-ce que tu racontes ? s'esclaffe Gavin. Tu m'as sauvé la vie.

– À cause de moi, tu as été kidnappé et battu, dis-je en rouvrant les yeux. Gavin, tu... tu ne peux pas savoir à quel point je regrette. Je n'aurais jamais dû te mêler à tout ça.

Autour de la bouche de Gavin, les traces rouges ont disparu. Tout comme son bouc. Il s'est visiblement rasé avant de venir me voir. Ça devrait me mettre la puce à l'oreille, quant à ce qui va suivre, mais mon esprit est encore embrumé par la drogue.

– Il y aurait un moyen de te faire pardonner, si tu le souhaites.

– Ouais ? Lequel ?

Je crois sincèrement qu'il va me demander une chambre individuelle avec vue sur le parc.

Au lieu de quoi, il m'invite à sortir avec lui.

– Tu sais... de temps en temps, comme ça. On pourrait traîner ensemble. Aller jouer au billard, ou ce genre de trucs. Quand tu seras rétablie. Pas forcé que ce soit un vrai rendez-vous... Je sais que tu es toujours raide dingue de Jordan Cartwright. Mais on pourrait tenter le coup, pour voir ce que ça donne...

Je ne le jurerais pas, mais je suis presque certaine d'être la première directrice adjointe d'une résidence de l'université de New York qu'un type invite à sortir avec lui tandis qu'elle se rétablit, allongée sur un lit d'hôpital, après qu'on lui a fait prendre la drogue du viol.

– Gavin ! Je ne peux pas sortir avec toi. Tu es un résident. Je n'ai pas le droit de sortir avec les résidents.

Gavin se penche sur la question et hausse les épaules.

– Je vais me prendre un appartement.

– Gavin ! dis-je, écarquillant les yeux. Tu as une idée du prix des loyers, à Manhattan ? De toute façon, tu restes un étudiant, et le personnel de l'université n'est pas autorisé à sortir avec les étudiants.

Gavin médite un bon moment.

– Très bien, reprend-il d'un ton calme. L'année prochaine, alors... Quand j'aurai obtenu mon diplôme. Tu voudras bien sortir avec moi ?

Je suis trop épuisée pour résister davantage.

– Oui, un soir je sortirai avec toi, quand tu auras obtenu ton diplôme, dis-je en refermant les yeux.

Ça a l'air de lui faire plaisir.

– Cool. Tu m'as dit que tu m'aimais, tu sais ?

Je rouvre les yeux, stupéfaite.

– J'étais sous l'effet de la drogue, Gavin.

– Je sais, dit-il, l'air toujours content. Mais ces trucs, ça vient pas de nulle part. Moi j'te le dis, ça vient du cœur !

Me réveillant pour la énième fois, je vois Frank et Patty.

– Salut, je lance d'une voix rauque.

– Tu aurais pu m'avouer que tu te sentais pas encore prête à te produire en public, au lieu de te donner tout ce mal pour ne pas avoir à participer à mon concert !

– Frank ! l'interrompt Patty, exaspérée. Ne l'écoute pas, Heather ! On vient à peine d'apprendre ce qui s'est passé. Tu te sens comment ?

– Oh, super ! dis-je, toujours affreusement enrouée.

– Tu sais, on joue toute la semaine au pub. Si tu n'as pas la pêche ce soir, il reste encore demain soir, et le soir d'après...

– Frank ! proteste Patty, manifestement contrariée. Laisse-la tranquille avec ça ! Tu ne vois pas que la dernière chose qu'elle ait envie de faire, c'est de chanter ?

– C'est pas vrai !

Frank et Patty me regardent bizarrement.

– Qu'est-ce qui est pas vrai, ma chérie ? demande Patty.

– J'ai envie de chanter !

Ce n'est qu'une fois les mots sortis de ma bouche que je réalise que je suis sincère.

– J'ai envie de participer à ce concert. Mais je ne chanterai qu'une seule chanson.

Patty secoue la tête.

– Oh, Heather, tu es encore sous l'influence de la drogue.

– Non, réplique Frank, avec un grand sourire. Elle est sérieuse. Tu parles sérieusement, pas vrai, Heather ?

– Mais pas ce soir, OK ? J'ai tellement mal au crâne !

Frank sourit de plus belle.

– C'est génial ! Tu vas chanter quoi, alors ? Un truc que tu as composé ? Une nouvelle chanson ?

– Non. Du Ella.

Frank cesse de sourire.

– Tu as raison, chuchote-t-il à Patty. Elle n'a pas encore atterri.

– Elle veut dire Ella Fitzgerald, lui souffle Patty. Souris et hoche la tête !

Frank s'exécute.

Je ferme les yeux et ils disparaissent.

Quand je me réveille, un peu plus tard, papa est là, qui m'observe. Il a l'air inquiet.

– Ma chérie ? C'est moi, papa.

– Je sais. Ça va, papa ?

Chaque parole est comme une plaie qui s'ouvre dans ma tête.

– Oui. Je suis tellement content que tu ailles bien. J'ai appelé ta mère, pour la tenir au courant.

J'ouvre un œil.

– Pourquoi, papa ? Elle ne savait même pas que j'étais... Laisse tomber.

– Il me semble qu'elle a le droit de savoir. Elle reste ta mère. Elle t'aime, vois-tu. À sa façon.

– Oh, ouais. Sûrement. Merci d'avoir prévenu l'inspecteur Canavan.

– C'est à ça que sert la famille, ma chérie. Écoute, j'ai discuté avec le médecin. Ils ne vont pas tarder à te laisser rentrer à la maison.

– Ils ne vont pas me donner quelque chose pour le mal de tête ? C'est tout juste si j'arrive à garder les yeux ouverts, avec ce martèlement...

– Je vais voir si je peux trouver un médecin, dit papa. Heather. C'est bien, ce que tu as fait. Je suis vraiment fier de toi, ma chérie.

– Merci, papa.

Si j'ai les larmes aux yeux, le mal de tête n'est pas seul responsable.

– Papa, où est Cooper ?

– Cooper ?

– Ouais. Tout le monde est venu me rendre visite sauf lui. Il est où ?

Il me déteste. Je le sais. Je lui ai dit un truc... Seulement, j'ai oublié quoi. Mais je sais que j'aurais pas dû ! Et maintenant, il me déteste à cause de ça.

– Eh bien, il est au mariage de Jordan, ma chérie. Tu te rappelles ? On est samedi. Il est resté très longtemps, pendant que tu dormais. Pour finir, il a été obligé de partir. Il a fait cette promesse à son frère, tu comprends ?

J'éprouve – même si c'est ridicule – une terrible déception.

– Oui, bien sûr.

– Oh, voici ton médecin ! Voyons un peu ce qu'il va nous dire.

On me libère dans la soirée. Après plus de douze heures sous intraveineuse, je ne suis pas au top de ma forme, mais au moins ma migraine a disparu et la chambre ne tourne plus autour de moi. Un coup d'œil au miroir des toilettes m'en dit long sur les effets du Rohypnol sur le teint des filles : je suis livide, j'ai les lèvres gercées et de tels cernes qu'on dirait que j'ai les yeux au beurre noir.

N'empêche que je suis en vie.

La malheureuse Lindsay Combs ne peut pas en dire autant.

Je signe une décharge et me dirige vers la sortie, emportant pour tout souvenir un sachet de paracétamol – ils n'ont pas trouvé mieux. Je m'attends à retrouver mon père dans le hall.

Au lieu de ça, c'est Cooper que je vois.

En smoking.

À sa vue, mon cœur bondit dans ma poitrine avec une telle violence que je suis tentée de me faire réadmettre aux urgences : ce n'est sûrement pas normal. Mon système nerveux central n'a sans doute pas eu sa dose de fluides.

Quand il m'aperçoit, il se lève et sourit.

Oh là là... Certains sourires devraient être interdits par la loi. Étant donné leur effet sur les filles – enfin, sur les filles comme moi.

– Surprise ! s'exclame-t-il. J'ai laissé ton papa rentrer. Il a passé toute la nuit ici, figure-toi.

– Toi aussi, à ce qu'on m'a dit.

Je n'ose pas le regarder en face. D'abord, parce que mon cœur bat la chamade. Ensuite, parce que je suis très gênée. Que lui ai-je dit, au juste ? Je suis quasiment certaine de lui avoir fait une déclaration d'amour...

Mais papa prétend que j'en ai fait à tout le monde... y compris aux deux arbustes en pots, devant Fischer Hall.

Cooper s'est sûrement dit que c'était à cause de la drogue.

Même si la drogue, dans ce cas précis, ne changeait rien à l'affaire.

– Ouais, fait Cooper. Tu as tendance à m'empêcher de dormir, ces derniers temps.

– Je suis désolée. Tu es en train de louper la réception, non ?

– J'ai accepté d'aller au mariage. J'ai rien dit au sujet de la réception. Je ne raffole pas du saumon. Et la danse des canards, c'est carrément pas mon truc !

J'ai en effet du mal à l'imaginer faisant la danse des canards.

– Oh. Eh bien, merci, dis-je.

– Je t'en prie.

Nous marchons dans le froid jusqu'à l'endroit où il a garé sa voiture, dans la Douzième Rue. Une fois à l'intérieur, il met le contact et laisse le chauffage tourner un peu. Il fait déjà sombre – alors qu'il est à peine cinq heures – et les réverbères projettent une lumière rosée sur la neige amassée le long de la rue. Elle a perdu sa beauté première, désormais souillée par la suie et la crasse.

– Cooper, je m'entends dire, tandis qu'il embraye. Pourquoi es-tu allé raconter à Gavin que j'étais encore amoureuse de ton frère ?

Je n'en reviens pas de cette soudaine audace. Je ne sais d'où est sortie cette question. Peut-être reste-t-il du Rohypnol dans mon système nerveux central ? Faut-il que je retourne à l'hôpital pour qu'on finisse de m'en débarrasser ?

– Encore ça ? demande Cooper d'un ton badin.

– Oui, encore ça !

– Qu'est-ce que tu voulais que je lui dise ? Qu'il avait ses chances ? Je suis désolé d'avoir à te l'annoncer, Heather, mais ce type craque complètement pour toi. Et en lui demandant de t'emmener à des soirées d'étudiants, tu ne fais que renforcer ses sentiments ! J'ai voulu lui dire quelque chose qui puisse tuer son amour dans l'œuf. Je croyais que tu m'en serais reconnaissante.

Je prends soin de ne pas croiser son regard.

– Alors, tu ne le penses pas vraiment ? Ce truc, au sujet de ton frère et moi ?

Cooper reste quelques instants silencieux. Puis :

– À toi de me le dire. Enfin, j'ai quand même du mal à imaginer qu'il n'y a rien entre vous quand, chaque fois que je tourne le dos, je vous retrouve ensemble.

– C'est lui ! je rétorque d'un ton catégorique. C'est pas moi ! Je n'éprouve plus rien pour ton frère. Point final.

– Très bien, réplique Cooper sur un ton réconfortant, comme on pourrait s'adresser à une personne atteinte de troubles mentaux. Je suis content qu'on ait réglé le problème.

– On n'a rien réglé du tout, je m'entends dire.

QU'EST-CE QUI ME PREND ?

Cooper, qui était sur le point de quitter sa place de parking, met le pied sur le frein.

– Comment ça, on n'a rien réglé ?

– Non, on n'a rien réglé du tout !

Je n'en reviens pas, des mots qui me sortent de la bouche. Mais ils s'échappent malgré moi, sans que je puisse rien faire pour les contenir. C'est sûrement le Rohypnol. Sûrement !

– Comment se fait-il que tu ne m'aies jamais proposé de sortir avec toi ? Je ne t'intéresse pas de cette façon-là, c'est ça ?

– Tu es l'ex-fiancée de mon frère, répond Cooper d'une voix amusée.

– Exactement ! dis-je en frappant du poing sur le tableau de bord. Ex-fiancée. *Ex !* Jordan est marié, désormais. Avec une autre. Tu es au courant, tu as assisté à son mariage. Alors, où est le problème ? Je sais que je suis pas vraiment ton genre...

Mon Dieu... ça va de mal en pis. Mais impossible, à présent, de faire machine arrière.

– ... mais on s'entend tellement bien. Enfin, en général.

– Heather... (Il y a dans sa voix comme un soupçon d'impatience.) Tu sors à peine d'une relation difficile, qui a duré des années...

– Ça fait un an !

– Tu commences un nouveau boulot...

– Ça fait presque un an !

– Tu retrouves un père que tu ne connaissais pour ainsi dire pas...

– Tout se passe très bien avec papa. On a eu une super discussion hier soir.

– ... et tu luttes pour découvrir qui tu es et ce que tu veux faire de ta vie, conclut Cooper. Je suis presque certain qu'un petit ami est la dernière chose dont tu aies besoin ! Et encore moins si c'est le frère de ton ex. Avec qui tu cohabites. Je crois que ta vie est assez compliquée comme ça.

Je finis par pivoter sur mon siège et le regarder droit dans les yeux.

– Tu ne penses pas que c'est à moi d'en juger ? je lui demande.

Cette fois-ci, c'est lui qui détourne la tête.

– OK, dit-il. C'est *ma* vie qui est trop compliquée. Heather, je n'ai pas envie d'être un amour-pansement. C'est juste que... ça ne me ressemble pas. Je ne fais pas la danse des canards. Et je n'aime pas jouer les lots de consolation.

Je suis estomaquée. Un amour-pansement ? Un lot de consolation ?

– Cooper, Jordan et moi avons rompu il y a un an...

– Et avec qui es-tu sortie depuis ? demande Jordan.

– Eh bien, je... je... Personne !

– Qu'est-ce que je te disais ! Tu es mûre pour un amour-pansement. Et ce ne sera pas moi !

Je le fixe.

Pourquoi ? J'aimerais pouvoir le lui demander. *Pourquoi ne veux-tu pas être mon pansement ? Parce que je ne te plais pas ?*

Ou parce que tu voudrais davantage ?

Tout en le regardant, je réalise que je ne le saurai probablement jamais.

En tout cas... pas tout de suite.

Je réalise aussi qu'il est préférable que je ne le sache pas.

Parce que si la seconde hypothèse est la bonne, je m'en rendrai bien compte un de ces jours.

Et si c'est la première...

Alors, je n'aurai plus du tout envie de vivre !

– Tu sais quoi ? dis-je en détournant les yeux. C'est toi qui as raison. Tout va bien.

– Vraiment ? demande Cooper.

Je me tourne à nouveau vers lui. Et lui souris.

Bien qu'il me faille, pour cela, rassembler le peu de forces qu'il me reste.

– Vraiment ! Rentrons à la maison.

– OK.

Et il me rend mon sourire.

Et ça me suffit.

Du moins, pour le moment.

30

Tad Tocco
Professeur adjoint
Horaires de réception : de 14 à 15 heures
Du lundi au vendredi

C'est ce qu'on lit sur la plaque.

C'est pourquoi, ouvrant la porte et voyant un dieu grec, je mets un moment à comprendre ce qu'il fait là.

Sans blague. Le type assis devant un ordinateur a de longs cheveux blonds – à peu près aussi longs que les miens ; une allure et un visage rayonnants de santé ; une affiche au-dessus de son bureau vantant les mérites du FRISBEE TUEUR ; et les manches de sa chemise relevées sur des avant-bras si beaux et si musclés qu'il me semble être entrée par erreur dans une boutique de surf des neiges, et pas dans un bureau.

– Salut, dit-il avec un sourire, dévoilant des dents blanches et régulières.

Mais tout de même pas parfaites. Ce qui me laisse libre d'imaginer qu'il a dû se battre avec des parents qui voulaient lui imposer le port d'un appareil dentaire.

Et que c'est lui qui a gagné.

– Une minute, ne dites rien ! Vous êtes Heather Wells, c'est ça ?

Il a mon âge. Quelques années de plus, peut-être. Trente, trente et un ans. Il ne doit pas avoir plus, bien qu'il porte des lunettes... de ravissantes lunettes à montures en métal doré. Et sur une étagère, au-dessus de sa tête, il y a une boîte à goûter Scooby-Doo, visiblement pas toute neuve. La boîte d'origine, celle qu'avaient tous les gamins quand j'étais en sixième.

– Euh... ouais. Comment est-ce que vous...

Je m'interromps soudain. Ah oui, c'est vrai ! Il m'arrive d'oublier que mon visage a autrefois tapissé les murs des chambres des adolescentes – et même de leurs frères, parfois.

– En fait, je vous ai vue sur scène, l'autre soir, avec Frank Robillard et son groupe.

J'ai comme un haut-le-cœur.

– Oh, vous avez vu ça ?

– A priori, je suis pas trop fan de jazz, dit le gars. Mais j'ai adoré cette chanson que vous avez interprétée...

– C'était une reprise d'Ella Fitzgerald.

À présent, j'ai vraiment envie de vomir. *I Wish I Were In Love Again* se trouve être une des chansons préférées de Cooper. Ce n'est pas forcément pour ça que je l'avais choisie, mais... c'était peut-être l'une des raisons.

Par chance, il avait été appelé pour une mystérieuse urgence et avait dû filer en catastrophe. Je crois que je n'aurais pas osé chanter en le sachant dans le public.

– Frank et moi... je bafouille. On... on a juste fait ça pour rigoler.

Enfin, Frank peut-être. Moi, j'avais été on ne peut plus sérieuse... Du moins, jusqu'à ce que je réalise que personne n'allait nous huer. Alors, je m'étais un peu détendue et j'avais même commencé à m'amuser. À la fin, les gens avaient applaudi. Bien sûr, c'était à Frank que leurs applaudissements s'adressaient. (Même si Patty m'assure qu'ils m'étaient tout autant destinés à moi. Mais seulement parce que j'avais eu le cran de monter sur scène, j'en suis sûre, et non pour ma voix... Je suis rouillée. Je n'avais pas manqué de remarquer, d'ailleurs, que c'était mon père qui applaudissait le plus fort. Quoi qu'il en soit, c'est quand même bon de savoir que j'ai au moins un parent qui veille sur moi.)

– En tout cas, ça m'a paru génial ! dit M. Dieu-Grec. Alors, vous avez fini par avoir mes messages ?

– Euh... je crois. J'ai eu un message d'un certain Tad Tocco...

– C'est moi.

Il sourit de plus belle. Se lève et me tend la main. Il est plus grand que moi. Peut-être même plus lourd. C'est un gars robuste et musclé.

– C'est moi, votre prof de maths, pour les cours de rattrapage. (Ma main est happée par la sienne.) Je voulais me présenter, l'autre soir, après le concert. Mais c'est comme si vous vous étiez évaporée après votre chanson.

Je dis quelque chose... je ne sais même pas quoi. Sa main est calleuse. À force d'avoir trop manié le frisbee tueur, sans doute !

Il finit par lâcher ma main et se rassied, à l'instant où je sens mes genoux fléchir. Je me laisse tomber sur la chaise en face de la sienne.

– En tout cas, je dois vous dire que vous avez une bien meilleure excuse que la plupart de mes étudiants pour avoir séché. C'est la première fois que quelqu'un manque ma première semaine de cours parce qu'il est occupé à démasquer un assassin !

J'en reste bouche bée.

– Vous êtes mon… vous êtes mon…

Ça y est, je ne sais plus parler.

– Je suis votre prof de maths, annonce gaiement Tad. J'ai cherché à vous contacter pour qu'on fixe des séances de rattrapage – vous savez, pour rattraper les cours que vous avez loupés ? Je ne veux pas que vous preniez du retard. J'ai pensé qu'on pourrait se voir en dehors du cours. Si ça vous convient, bien sûr. Après le boulot, ça vous irait ? Il y a un bar, à côté de l'endroit où vous travaillez… Fischer Hall, c'est ça ? On est un petit groupe à se réunir là-bas pour jouer aux fléchettes, alors ça m'arrange si on peut s'y retrouver, vu qu'on a tous les deux plus de vingt et un ans. (Et voilà qu'il me fait un clin d'œil. *Un clin d'œil !*) Je trouve que l'algèbre passe mieux avec du popcorn et une bière. Ça vous irait ?

Je ne peux que le contempler. Il est tellement… sexy.

Mille fois plus sexy que Joli-Serveur.

Tout à coup, je me dis que je vais aimer la fac.

À la folie.

– Et comment, que ça m'irait ! dis-je.

Une (irrésistible) envie de dire oui

1

Tu n'es pas grosse,
Bien sûr, tu pourrais être plus musclée,
Mais après tout, c'est pas ta faute
Si tu es une fille bien charpentée !

« Bien charpentée »
Écrit par Heather Wells

– Tu es venue !

C'est ce que s'exclame Tad Tocco, le professeur de maths qui me donne des cours de rattrapage, tandis que je m'avance vers lui, ce matin-là, dans le parc de Washington Square.

Il ne m'embrasse pas, car notre liaison est illicite. Les professeurs – surtout les professeurs adjoints titulaires du département de mathématiques – ne sont pas censés avoir des aventures avec leurs étudiantes.

Même les étudiantes qui comme moi frisent la trentaine et travaillent comme directrices adjointes d'un des dortoirs de la fac.

– Bien sûr que je suis venue ! dis-je, comme si le contraire eût été impossible.

Bien qu'une demi-heure plus tôt, me tournant dans mon lit pour jeter un coup d'œil au réveil et voyant la grande aiguille sur le douze et la petite sur le six, je n'aie eu qu'une envie : me rabattre les couvertures sur la tête et me replonger, jusqu'à huit heures et demie, dans un sommeil sans nuages. Parce qu'entre nous, à quoi bon vivre à deux pas de son lieu de travail, si ce n'est pour pouvoir dormir jusqu'à la dernière minute ?

Mais j'avais promis.

Et à présent, je suis contente d'être parvenue à m'extirper de ma couette moelleuse. Car Tad est canon. La lumière du petit matin fait briller sa blonde chevelure (coiffée en une queue-de-cheval presque plus longue que la mienne) ainsi que les poils dorés de ses jambes nues.

Et j'en vois une quantité, de ces poils dorés, car il porte un short de jogging riquiqui.

Salut, Dieu, tu es là ? C'est moi, Heather ! Je voulais juste te remercier. Merci pour ce beau soleil, merci pour la pureté et la douceur de l'air, merci pour toutes les jolies fleurs qui surgissent de terre avec le printemps.

Et puis merci pour les professeurs assistants de mathématiques en short riquiqui. Grâce à toutes ces choses, je ne regrette pas de m'être levée plus tôt que nécessaire. Si j'avais su, il y a un bout de temps que j'aurais commencé à me lever tôt.

Enfin, sans doute.

– Je me suis dit qu'il valait mieux y aller mollo au début, m'explique Tad.

En appui contre un banc, Tad fait des étirements. Sur ses cuisses, longues et musclées, pas un gramme de graisse. Même quand il est en position de repos, elles sont dures comme de la pierre. Je le sais pour les avoir touchées. Même si le règlement de l'université de New York, qui nous emploie tous deux, interdit les rapports amoureux entre étudiants et professeurs, Tad et moi faisons des galipettes en douce.

Mais après tout, vu qu'on a tous deux presque trente ans ou trente ans passés, et que ce cours de rattrapage n'est qu'une préparation à l'examen permettant d'assister aux véritables cours, qui pourrait s'en offusquer ?

De plus, je n'avais pas fait de galipettes depuis une éternité. Comment aurais-je dû me comporter, à votre avis ? Attendre la fin du cours, au mois de mai, pour le dévorer tout cru ? Enfin, façon de parler.

Parce qu'il n'y aurait pas grand-chose à manger. Certes, ce type est en pleine forme. D'abord parce qu'il est très sportif (il court, fait des longueurs à la piscine du gymnase et joue dans une équipe de Frisbee). Et aussi parce qu'il a une alimentation très saine – à supposer qu'il soit sain de ne pas manger de viande, ce dont je ne suis pas totalement convaincue.

Lorsque je suis en position de repos, mes jambes sont flasques. Cela est d'abord dû au fait que je ne pratique ni la course, ni la natation, ni le Frisbee. À quoi il faut ajouter une tendance à manger n'importe quoi qui contienne du chocolat ou du ketchup. Même si je n'ai rien contre les beignets fourrés crème pâtissière. (Tad en consomme lui aussi, car ils sont frits dans l'huile végétale, non dans la graisse animale. Cela dit, j'ai remarqué qu'il se satisfaisait d'un seul beignet alors que moi, je dois m'envoyer toute la boîte, car il m'est impossible de penser à autre chose tant qu'elle n'est pas complètement vide.)

Une seconde... Qu'est-ce qui me prend, de songer aux beignets ? On est censés faire du sport !

– Tu ne veux pas t'étirer ? me demande Tad en maintenant son talon contre ses fesses.

Celles-ci, je le sais, sont aussi fermes que ses cuisses. Quant aux miennes, elles sont encore plus flasques que le reste. Mais si grosses que je n'ai aucun mal à les toucher avec mon talon. À peine peut-on appeler ça un étirement...

– Bien sûr que si, dis-je.

Tout en m'étirant, je remarque que tous les gens qui courent dans le parc sont en short. Comme Tad. Je suis la seule à porter des leggings. Je devrais plutôt dire un pantalon de yoga, car vous ne me verrez jamais porter des leggings. Regardons les choses en face : je ne suis pas Mischa Barton.

C'est pourquoi j'ai été heureuse de dégoter un pantalon de yoga limite pattes d'ef. C'est ce que je porte au lieu d'un short ou de leggings. J'espère que la forme évasée équilibre ma silhouette, de sorte que je ne ressemble pas trop à un Teletubby.

– OK, dit Tad en me souriant.

Il porte ses lunettes à monture dorée, qui lui donnent vraiment l'air d'un prof. Je les adore car il est impossible de deviner que sous leurs verres se cachent les plus beaux yeux du monde. Jusqu'à ce qu'il les retire. Ce qu'il ne fait qu'au moment de dormir.

– Quatre fois le tour du parc, ça fait un peu plus d'un kilomètre et demi. En général, je fais douze tours, soit cinq kilomètres. Ça te paraît raisonnable ? On va y aller mollo pour commencer, vu que c'est ton premier jour.

– OK. Ne t'occupe pas de moi. Va à ton rythme ! Je te rattraperai.

Tad fronce ses sourcils dorés.

– Heather... tu en es sûre ?

– Mais oui ! dis-je dans un éclat de rire. T'inquiète pas pour moi. Un petit jogging matinal de rien du tout !

– Heather, réplique Tad, l'air toujours soucieux. Ne joue pas les blasées. Je sais que ça représente un effort immense pour toi, et le seul fait que tu sois venue me remplit de fierté. À dire vrai, je me soucie de toi, et je prends ta santé physique très au sérieux. La course à pied, c'est pas du gâteau. Si on s'y prend mal, on peut se blesser grièvement.

Ce qu'ils sont tatillons, ces sportifs ! Le jogging... la course à pied... ça change quoi ? Appelez ça comme vous voudrez, c'est toujours l'enfer sur Terre !

Une seconde... Je pense vraiment ça ? Pas possible ! Honnêtement, ça va être super. Je me remets en forme. Car, comme Tad ne cesse de me le répéter, je ne suis pas grosse. J'ai seulement besoin de me muscler un peu.

– Vas-y, lui dis-je avec un sourire. Je te suis.

Tad hausse les épaules et s'éloigne, avec un clin d'œil qui signifie « à plus tard ! » (je crois qu'il sait aussi bien que moi qu'il ne va pas tarder à me semer).

Ouais... impossible de suivre. Mais ce n'est pas un problème. Je vais y aller à mon rythme. Sans trop forcer. Nous y voici... Vous voyez ! J'y arrive ! Hé, regardez-moi ! Je cours ! Je...

C'est bon. J'ai eu ma dose. Sans parler des risques d'hyperventilation. Et puis, franchement, c'est mon premier jour. Je ne voudrais pas abuser de mes forces.

En fait, il me semble avoir senti un truc se détacher, là en bas. Je ne voudrais pas paniquer inutilement ou quoi que ce soit, mais je crois que c'était mon utérus. Sans blague. Je crois que mon utérus s'est décroché.

Est-ce seulement possible ? Un utérus peut-il ficher le camp, comme ça ?

Je prie pour que ce ne soit pas le cas, car mon pantalon de yoga n'est pas assez serré pour le contenir. J'ai choisi le XXL au lieu du XL archi-moulant, en espérant qu'il ne laisserait rien deviner de ma cellulite.

Tout à l'heure, ce n'était peut-être pas mon utérus… C'était peut-être juste mes ovaires ? Ce qui n'est pas grave, vu que je ne suis pas sûre d'en vouloir, des enfants. Enfin, ça doit être chouette, j'imagine. Mais honnêtement, vous me voyez en mère de famille ? Si Cooper – le frère de mon ex, et la brebis galeuse de la famille Cartwright – ne m'avait proposé d'occuper un étage de sa maison de ville en échange de la comptabilité de son agence de détectives, sans doute partagerais-je, à ce jour, un appartement à Long Island City avec cinq autres personnes. En semaine, j'aurais du mal à arriver au boulot avant midi, car il est déjà rare que j'y sois avant neuf heures, alors que j'habite à deux minutes à pied.

Comment pourrais-je alors parvenir à élever un enfant qui dépendrait de moi pour tous ses besoins ?

Regardez ma chienne ! Je l'ai laissée à la maison au lieu de l'emmener courir avec moi ce matin. Tout ça parce qu'elle dormait encore et a refusé de se lever en même temps que moi, bien que j'aie fait cliqueter la chaîne de sa laisse. Quelle mère digne de ce nom accepterait ça ? Quel genre de mère répliquerait : « OK. Comme tu veux ! » quand ses gamins décrètent qu'ils veulent rester chez eux faire la grasse matinée au lieu d'aller à l'école ?

Je vais vous le dire, moi ! Le genre qu'on voit au JT de vingt heures… Le genre que l'on entraîne, menottée, tandis qu'elle hurle : « Virez-moi cette putain de caméra ! »

Bref, moi.

Pour en revenir aux choses sérieuses, je suis sacrément matinale aujourd'hui. Si matinale que ma propre chienne n'a pas manifesté le désir de se lever et de me suivre. Quelle tristesse !

Surtout que Lucy ne se doute pas de ce qui va lui tomber sur le coin de la gueule : depuis que Cooper a permis à mon père (l'ex-détenu) de s'installer chez lui, Lucy mène la grande vie, papa ayant pris l'habitude de mitonner des petits plats et de l'emmener faire de longues balades à travers la ville. Car, en échange du gîte et du couvert, Cooper chargeait papa de prendre en filature quelques-uns des futurs ex de ses clientes. Et mon père pensait pouvoir être plus discret, quand il lui fallait poireauter devant le Ritz, s'il tenait un chien en laisse.

Mais maintenant qu'il a renoué les liens avec Larry, son ancien associé en affaires, et que tous deux ont élaboré ce projet archi-top-secret pour « faire leur super-come-back dans le show-biz », mon père va s'installer ailleurs. Peut-être pas dans un appartement de standing au dernier étage d'une tour, mais dans la chambre d'amis de l'appartement dont Larry est propriétaire. Sur la Cinquante-septième Rue, rien que ça...

Ce dont, croyez-moi, je ne me plains pas. Bien sûr, je me désole de voir mon père partir... C'était plutôt chouette de trouver en rentrant, chaque soir, un repas maison et une chienne qui avait déjà fait sa promenade.

Mais vous en connaissez beaucoup, des filles de trente ans qui vivent avec leur père ?

Bref, toujours est-il que si Lucy savait que son train de vie ne va pas tarder à changer, je parie qu'elle ne ferait pas la dégoûtée et qu'elle serait sortie se balader avec moi ce matin.

Pardon ! Je voulais dire... pratiquer la course à pied.

Cela dit, Lucy n'a peut-être pas eu tort. Une fois reluqué tous les beaux profs en short, le jogging, c'est assez rasoir. Je crois que je vais marcher. La marche à pied est un excellent exercice. Il paraît qu'il suffit de marcher à vive allure une demi-heure par jour pour ne pas prendre de poids, ou un truc dans ce goût-là. Ce n'est pas aussi bien que perdre du poids, c'est sûr. Enfin, pour ceux qui en ont besoin...

Mais c'est déjà ça.

Ouais, c'est cool de marcher. D'accord, des tas de gens me dépassent – ou plutôt me contournent. De vrais sportifs.

– Heather ?

Bleurps ! C'est Tad !

– Ça va ?

Il court à côté de moi. On dirait qu'il fait du surplace... C'est que je marche si lentement.

– Très bien. J'y vais tout doucement. Comme tu me l'as recommandé.

Tad prend une expression soucieuse.

– Oh... tout va bien, alors ?

– Tout va bien !

– Euh... marmonne Tad. OK. Eh bien...

– Vas-y ! dis-je d'un ton joyeux. (Je suis très attentive à ne pas laisser paraître ma véritable personnalité devant Tad. Il n'est pas encore mûr pour ça.) T'inquiète pas pour moi !

– OK, répète Tad. À plus !

Il s'éloigne à nouveau, agile et doré comme une gazelle. Regardez-moi cet homme ! *C'est mon petit ami*, j'ai envie de dire à la taille trente-quatre qui file devant moi telle une flèche, dans son short riquiqui et ses innombrables débardeurs portés les uns sur les autres. (Franchement, je ne comprends pas l'intérêt de juxtaposer les tops, d'autant plus qu'on voit clairement que l'un d'entre eux est un soutien-gorge de sport...

dont, si vous voulez mon opinion, elle n'a aucun besoin, vu qu'elle n'a pas de seins, pour ainsi dire. Et j'ai failli me prendre son coude dans l'œil, alors que je voulais juste courir tranquillement.)

Ouais. Mon petit ami. Il est sexy, hein ?

Ohé, au fait, visez un peu ! J'ai réussi à faire un tour complet du parc ! Une fois. D'accord, j'ai marché les trois quarts du temps, mais quand même... Plus que onze tours à effectuer ! Ouais, c'est du gâteau, ces cinq kilomètres ! Quoi qu'il en soit, je me demande pourquoi Tad tient tellement à ce que je coure ces cinq kilomètres avec lui. Ça ne peut pas être juste qu'il se soucie de moi et qu'il tient à ce que je sois en bonne santé, pas vrai ? Parce que je viens d'aller faire un bilan de santé au dispensaire et je suis en pleine forme. Un peu en surpoids, à en croire mon indice de masse corporelle, mais qui a dit que l'indice de masse corporelle était un critère fiable de bonne santé ?

À part le ministère de la Santé, personne.

Et puis j'imagine qu'un couple qui court ensemble reste ensemble...

Enfin, façon de parler. Tad a déjà cinq foulées d'avance.

Ou plutôt six.

Comment ai-je pu le laisser me convaincre de venir ici ? Ohé, une seconde... je connais la réponse : c'est que je veux qu'il m'aime. Et vu que c'est un homme énergique et soucieux de sa santé, je tiens à ce qu'il pense qu'il en va de même pour moi. Étonnant que j'aie réussi à le garder si longtemps... Presque trois mois. Lui et moi sortons ensemble depuis douze semaines, et il s'imagine encore que je suis du genre à trouver marrant de courir cinq kilomètres le matin. Quand je suis plutôt du genre à prendre des bains au lieu de douches parce que je suis trop flemmarde pour rester debout pendant toute la durée du shampooing.

Cela est évidemment dû au fait qu'il retire ses lunettes avant de se coucher.

Cooper a essayé de me mettre en garde – avec sa discrétion habituelle, bien sûr. Il nous a croisés un jour que Tad et moi déjeunions au *Paradis du bio*. Je n'avais jamais ramené Tad à la maison car...

... Eh bien, car Cooper n'y ramène jamais ses petites amies. Je suis pourtant sûre qu'il en a, car certains messages, sur notre répondeur, ne laissent aucun doute sur la question. Une voix féminine susurrant d'une voix sensuelle : « Coop, c'est Kendra, rappelle-moi ! » Ce genre de choses...

Mais il m'avait été impossible d'éviter de les présenter l'un à l'autre au *Paradis du bio*, que Tad fréquente parce qu'il est végétarien, où Cooper va parce que... parce que... à dire vrai, je ne vois vraiment pas ce que Cooper fichait là.

Quoi qu'il en soit, je n'avais pu m'empêcher, plus tard, de demander à Cooper comment il avait trouvé Tad. Je suppose que j'espérais, au fond de moi, que Cooper, après m'avoir vue heureuse avec un superbe adepte du Frisbee, regretterait de m'avoir dit que j'avais besoin d'un « amour-pansement » et qu'il n'était pas prêt à jouer ce rôle-là.

Or un seul point avait attisé la curiosité de Cooper : Tad étant végétarien, que diable pouvions-nous avoir en commun, lui et moi ?

Ce que j'avais trouvé plutôt insultant. Tout de même, plein de choses me passionnent en dehors de la nourriture.

Certes, aucune n'intéresse Tad. Il est branché prise de terre, et moi plutôt dessins animés. Il aime Neil Young, et j'aime

Neil Diamond (au trente-sixième degré, pas pour l'écouter. À part « Brother Love's Traveling Salvation Show », et seulement quand je suis seule). J'aime les films où il y a des explosions. Il aime les films où il y a des sous-titres.

Ce genre de trucs...

Mais tout de même... qui aurait idée de poser aux gens de telles questions ? De demander à un couple ce qu'ils ont en commun, je veux dire... C'est drôlement grossier, non ? J'ai bien failli demander à Cooper ce que NOUS (c'est-à-dire lui et moi) avions en commun, comme couple... jusqu'à ce que je me rappelle que nous n'en étions pas un.

Le plus flippant, c'est que Cooper et moi avons des tonnes de goûts communs : nous aimons tous deux les bons petits plats (les hot dogs de chez Nathan, les huîtres et le canard laqué, pour n'en citer que quelques-uns), la bonne musique (comme le blues, toutes les sortes de jazz sauf le jazz-rock, la musique classique, l'opéra, le rythm-and-blues et tous les genres de rock sauf le hard, bien que j'aie un faible inavoué pour Aerosmith) et le bon vin (d'accord, je saurais à peine distinguer un grand cru d'une piquette, mais je sais néanmoins que le bon vin n'a pas le goût de vinaigrette et ne donne pas mal à la tête).

Et, évidemment, les pires émissions de télé. Je n'ai découvert que tout récemment que Cooper les aimait lui aussi. Je l'avais surpris à un moment où, de toute évidence, il se croyait seul dans la maison. Il s'était empressé de saisir la télécommande et avait tenté de passer sur CNN avant que j'aie pu jeter un coup d'œil à l'écran.

Trop tard. J'avais vu.

– Honte à toi, Cooper, avais-je dit (tout en me réjouissant intérieurement, bien entendu). *Les Craquantes* ?

– La ferme ! avait-il rétorqué sans agressivité.

– Franchement, j'avais continué. (Parce que, honnêtement, qui n'aime pas *Les Craquantes* ? Enfin, Tad mis à part, étant donné qu'il n'a pas de télé.) À laquelle tu t'identifies ?

Cooper m'a fixée comme si j'étais folle. Mais pas pour ce que je croyais. Car il s'est avéré qu'il savait parfaitement de quoi je parlais.

– À Dorothy, évidemment.

Mon cœur avait failli s'arrêter.

– Moi aussi, avais-je murmuré.

Avant de me glisser à côté de lui sur le canapé, pour regarder l'épisode.

Cooper et moi avons énormément de choses en commun – jusqu'au fait que nous ne supportons pas qu'une injustice sociale ou un crime puisse demeurer impuni, même s'il nous faut risquer notre vie pour régler le problème. Sans parler de nos rapports quasi inexistants avec nos familles respectives,

N'allez pas en conclure que je ne suis pas accro à Tad. Je le suis.

Je ne suis pas accro au jogging, voilà tout.

C'est pourquoi, lorsque Tad me dépasse pour la huitième fois et ralentit pour me demander : « Heather ? Tu vas bien ? », je me mets soudain à boiter. Et je réponds :

– Euh... je crois que je me suis froissé un muscle. Si ça ne te dérange pas, on pourrait peut-être arrêter là et rentrer chez toi prendre une douche. Après, je t'emmène petit-déjeuner. Ils servent des gaufres, aujourd'hui, à la cafétéria.

Il s'avère qu'il ne faut pas sous-estimer l'attrait des gaufres sur les professeurs adjoints végétariens adeptes du Frisbee. Même ceux qui tentent de convertir leurs copines aux joies du sport.

À moins que ce ne soit la douche... Tad est convaincu, dans un souci de respect de l'environnement, que deux personnes ne devraient pas se doucher séparément quand elles peuvent se doucher ensemble.

Jusqu'à présent, je n'étais pas une grande fan des douches, mais désormais...

Et puis, Tad étant contraint de retirer ses lunettes avant d'y entrer, je ne suis pas obligée de me tasser contre le mur pour cacher ma cellulite, ce qui constitue un avantage non négligeable.

Surtout quand Tad, pendant que nous nous savonnons l'un l'autre, me demande d'une voix mal assurée :

– Heather. Il y a une question que je veux te poser depuis quelque temps.

– Oh ?

Difficile de garder un ton neutre quand un mec vous savonne la poitrine avec un gant de toilette. Même s'il ne la distingue pas vraiment, étant donné son degré de myopie.

– Ouais. Tu as... euh... des projets pour cet été ?

– Tu veux dire... partir un week-end, ou un truc dans le genre ?

Est-il en train de me demander si je veux louer un bungalow sur la plage avec lui ? Eh bien, c'est embarrassant. La plage, ce n'est pas trop mon truc. Parce que qui dit « plage » dit « maillot de bain », et qui dit « maillot de bain » dit « sarong », et qui dit « sarong » dit « gêne assurée » quand tout le monde demande : « Quand vas-tu enfin retirer ton sarong et venir nous rejoindre dans l'eau ? »

– Non, répond Tad. Je voulais dire... tu ne pourrais pas prendre quelques semaines de congé ?

– Je ne sais pas, je réplique prudemment.

Quelques semaines sur la plage ? Comment prétendre que je fais un terrible érythème solaire (et que je ne peux par conséquent pas retirer mon sarong) pendant plusieurs semaines ?

– Vu quand j'ai commencé à travailler, je n'ai droit qu'à une semaine.

Me croirait-il si je lui disais que je suis allergique aux puces de sable ?

– Ça prendra plus d'une semaine, murmure Tad, alors que sa main glisse un peu plus bas. Qu'est-ce que tu dirais d'un congé sans solde ? Tu ne peux pas te débrouiller pour en avoir un ?

– Je suppose que je pourrais faire une demande.

Qu'est-ce qui se passe ? Enfin, je sais ce qui se passe ici, sous la douche. Ce que je saisis moins, c'est ce qui se passe dans la tête de mon petit ami. Ça ressemble de moins en moins à une location de bungalow pour le week-end et de plus en plus à... à je ne sais pas quoi.

– Combien de temps penses-tu qu'il faudra ? C'est quoi, ton idée ? Traverser le pays en voiture ?

Tad sourit.

– Pas exactement. Sinon... oublie ce que j'ai dit. Pour te parler de ça, je préfère attendre le bon moment. Et de toute évidence... le moment est mal choisi.

Le moment est parfaitement choisi, si vous voulez mon avis. Pour faire des galipettes, en tout cas.

Pourtant, tout ça me trouble un peu. Que diable Tad peut-il bien avoir à me demander – à condition que ce soit le bon moment – qui nécessite que je prenne quelques semaines de congé cet été ?

Non ! Pas ça ! Non ! Pas possible… Nous ne sortons ensemble que depuis douze semaines !

D'un autre côté… je suis allée courir avec lui ce matin. Si ce n'est pas un signe d'engagement, je ne sais pas ce qu'il vous faut.

Ce sont les petites choses qui comptent le plus dans la vie. Sérieusement.

En y repensant, c'est drôle (drôle bizarre, pas drôle marrant) qu'au moment précis où je pensais ça, mon nouveau boss buvait la première gorgée de son café…

… et mourait.

2

Tu n'es pas grosse,
Tu as juste besoin d'éliminer.
On ne mesure pas le succès
Avec un mètre-ruban.

« Bien charpentée »
Écrit par Heather Wells

Je me sens plutôt bien, ce matin-là, en me dirigeant vers mon bureau après le petit déjeuner. OK, Pete, l'agent de sécurité, a ricané en me voyant dire au revoir à Tad d'un air faussement décontracté lorsque ce dernier a quitté le bâtiment.

Moi : « À plus, Tad ! »

Tad : « Ouais, c'est ça. »

Je présume que quelques employés de l'université de New York nous ont percés à jour. Magda, par exemple, qui n'a pas pu réprimer un petit sourire en constatant que Tad et moi avions les cheveux encore mouillés. (Il faut que je songe à acheter un sèche-cheveux que je laisserai chez lui, de même que les vêtements de rechange que j'ai entassés dans le tiroir, en bas de la commode, qu'il me permet généreusement d'utiliser.)

Mais ce n'est pas si grave. Ils ne sont pas du genre à le répéter à qui que ce soit. Cela dit, Tad et moi devrions peut-être nous abstenir de prendre nos petits déjeuners à la résidence. Si un autre des élèves de Tad se pointait à la cafétéria un matin et nous surprenait en train de partager un demi-pamplemousse, il nous serait assez difficile de faire passer cela pour un cours particulier.

La seule personne dont je doive réellement me méfier en ce qui concerne Tad, c'est mon nouveau boss, le docteur Owen Veatch. Owen a été temporairement relevé de ses fonctions de médiateur du bureau du président pour occuper celles de directeur de Fischer Hall, tandis qu'on mène une campagne nationale pour trouver un remplaçant définitif à Tom, mon boss précédent – lequel a obtenu une promotion.

On ne penserait pas qu'il soit si dur de trouver quelqu'un qui soit prêt à diriger une résidence universitaire de sept cents lits contre trente mille dollars par an et un logement gratuit à Greenwich Village (où les loyers sont parmi les plus élevés du pays).

Mais quand la résidence en question a été le théâtre de plusieurs crimes au cours des mois précédents et que cela lui a valu le surnom de « Dortoir de la mort », vous seriez surpris de constater à quel point les candidatures sont rares.

Dommage, car Fischer Hall est un bâtiment du tonnerre. C'est l'un des plus imposants de Washington Square. Datant du milieu du XIXe siècle, il conserve beaucoup de sa splendeur d'antan, avec ses sols de marbre et ses salons avec cheminées. Certes, la plupart de ses chambres ont été divisées de façon à former deux « triples » (soit deux chambres flanquées d'une salle de bains, occupées chacune par trois résidents – ce qui nous fait un total de six étudiants par cabinet de toilette) et, l'autre jour, j'ai trouvé des excréments humains (du type solide) dans l'une des cabines téléphoniques en bois d'acajou délicatement ouvragé du hall.

Bref, je ne comprends pas pourquoi tous les diplômés de troisième cycle du pays ne se disputent pas ce poste.

Quoi qu'il en soit, en attendant, faut qu'on se coltine Owen, qui est un homme aimable et tout ce que vous voulez, mais super vieille école. Du genre à venir tous les jours au boulot en costume. Dans un endroit où les gens défèquent dans les cabines téléphoniques ! Vous imaginez...

Et il est archi-tatillon pour tout ce qui touche au respect du règlement. Par exemple, il m'a fait une remarque le jour où, à court de papier pour la photocopieuse, j'ai envoyé notre ED (employée diplômée), Sarah, en emprunter au bureau de la cafétéria. Owen s'est exclamé :

– Heather, j'espère qu'il n'est pas dans vos habitudes d'emprunter des fournitures aux autres bureaux. Votre fonction consiste, entre autres, à faire en sorte que notre bureau soit correctement approvisionné afin que nous ne manquions de rien.

Euh. OK.

Et puis Owen est impliqué jusqu'au cou dans tout ce raffut que font actuellement, sur le campus, les ED qui se sont ligués afin de protester contre la réduction de leur salaire et la restriction de leur couverture sociale. Il est censé agir comme intermédiaire entre les étudiants et le bureau du président – ce qui signifie, en gros, qu'il passe la moitié de ses heures de bureau à se chamailler au sujet de la politique de l'université avec des ED en colère qui ne vivent même pas ici.

Vous comprenez pourquoi je prends garde de ne pas m'afficher avec Tad tant qu'Owen est dans les parages.

Ce qui est très injuste, car Tad m'a vraiment aidée à devenir une meilleure employée. Non seulement je fais moins d'erreurs de calcul quand je prépare les bulletins de paie ces temps-ci, mais j'arrive toujours au boulot avec quelques minutes d'avance quand j'ai passé la nuit chez Tad, vu que son appartement-studio de fonction est encore plus près de Fischer Hall que la maison de Cooper. Patty, ma meilleure amie, voudrait savoir comment je me suis débrouillée pour dégoter et emballer le seul homme qui vive plus près que moi de mon lieu de travail. Et à quel point cela a joué dans ma décision de le conquérir.

Patty est d'un cynisme étonnant pour une jeune mère et épouse comblée.

Le matin de ma première séance d'entraînement – et éventuel prélude à une demande en mariage – avec Tad, je parviens justement à arriver à la résidence avant mon chef, ce qui est une sacrée victoire. Je commençais à me demander si mon nouveau boss par intérim ne dormait pas au bureau. Car il semble ne jamais le quitter.

Je ne suis pas la seule à être surprise de trouver la porte fermée à clé ce matin-là. Une blonde aux yeux bleus et aux épaules carrées s'extirpe de la banquette placée devant mon bureau, l'air anxieux. Je reconnais Jamie Price, résidente étudiante transférée au second semestre.

– Salut ? (Jamie est une de ces filles qui semblent conclure toutes ses phrases par un point d'interrogation – même quand il ne s'agit pas d'une question.) J'avais rendez-vous ? Avec le docteur Veatch ? À huit heures et demie ? Mais il n'est pas là ? J'ai frappé ?

– Il est sûrement un peu en retard, dis-je en sortant mes clés de la poche de mon sac à dos.

Je me balade toujours avec un sac à dos et non un sac à main, parce que les premiers sont suffisamment spacieux pour y mettre tout mon maquillage, mes produits capillaires, mes sous-vêtements de rechange, etc., ce qui ne s'est jamais révélé plus pratique qu'à présent que je partage mon temps entre mon appartement et celui de mon professeur de mathématiques. Il faut juste que je me souvienne d'acheter un sèche-cheveux de voyage. À part ça, je suis pour ainsi dire une pro de la vie nomade. Rien d'étonnant, vu le nombre d'années que j'ai passées sur la route avec ma mère, toutes mes possessions contenues dans une seule valise... Des années à jouer les Lolita Pop, à faire la tournée des centres commerciaux (aucune scène n'était trop petite pour Heather Wells !) puis à graviter lentement vers des lieux plus prestigieux, du type foires... jusqu'à parvenir au top du top : la première partie du boys band Easy Street, où j'avais rencontré l'ex-amour de ma vie, Jordan Cartwright, dont le père m'avait fait signer le méga-contrat qui m'avait apporté la célébrité...

... pendant cinq minutes, avant que je ne me décide à faire entendre ma propre voix et mes propres chansons au lieu des nullités sirupeuses que la compagnie me refilait, et que le papa de Jordan ne me vire...

... et que ma mère ne se tire en Argentine avec mon manager et tout mon argent.

Mais bon... ce n'est pas le genre de choses sur lesquelles j'aime m'étendre avant neuf heures du matin. Ou à n'importe quelle heure, à vrai dire.

– Je suis sûre qu'il va arriver d'une minute à l'autre.

Contrairement à la personne qui sera embauchée et le remplacera, Owen n'habite pas le bâtiment. L'appartement du directeur de Fischer Hall est demeuré inoccupé depuis que l'ancien directeur, Tom, a déménagé le mois dernier pour s'installer dans un appartement beaucoup plus classe à Waverly Hall, le bâtiment des fraternités où il s'est fait son petit nid d'amour avec son nouveau concubin, l'entraîneur de base-ball. Owen dispose, comme Tad, d'un logement de fonction. Mais dans un immeuble infiniment plus chic, sur le côté nord de Washington Square.

– OK, dit Jamie.

Une fois la porte ouverte, elle me suit dans le premier bureau, que je partage avec Sarah et la quinzaine de RE (les « responsables étudiants ») qui, en échange du gîte et du couvert, supervisent chacun un étage de la résidence, y jouant auprès de quarante-cinq étudiants les rôles de conseiller, de confident et d'agent des stups. Mon bureau est au fond, ce qui me permet d'être assise dos au mur tout en gardant un œil sur la photocopieuse, quotidiennement victime de tant de mauvais traitements que je pourrais bosser au noir comme dépanneuse spécialisée, tellement j'ai passé de temps à la réparer.

La porte du bureau du directeur (séparé du mien par une cloison en plâtre, surmontée d'une grille métallique d'environ soixante centimètres qui va jusqu'au plafond) est fermée.

Sauf que voilà : depuis la grille, des effluves de café me parviennent aux narines. Ainsi qu'une autre odeur, que je n'identifie pas bien. Et je distingue les bruits de la rue – un Klaxon, des pas sur le trottoir – depuis le bureau du directeur, lequel dispose d'une fenêtre donnant sur une rue en retrait de Washington Square.

J'en conclus, d'après ces indices, qu'Owen est dans son bureau, à boire du café, avec la fenêtre ouverte. Et sa porte est fermée à clé, sans doute par volonté d'intimité. Pour regarder des photos porno sur Internet, dans le meilleur des cas.

Mais sincèrement, Owen ne m'a jamais fait l'effet d'un fana du porno en ligne, bien qu'il soit un homme mûr et divorcé, c'est-à-dire la cible privilégiée de ce type de sites (si l'on omet les garçons de quatorze ans).

– Owen ! dis-je en tapotant la porte. Jamie, votre rendez-vous de huit heures et demie, est arrivée.

Jamie, qui se tient à côté de mon bureau, en jean et twin-set bleu ciel, crie à travers la grille :

– Euh... bonjour, docteur Veatch ?

Le docteur Veatch ne répond pas. Ce qui est extrêmement bizarre. Car je sais qu'il est là.

C'est alors que j'ai comme une appréhension. Et en fait, je bosse depuis assez longtemps à Fischer Hall pour savoir que quand j'ai une appréhension, c'est généralement justifié.

– Jamie, dis-je en m'efforçant de ne pas trahir mon inquiétude grandissante. Va à l'accueil et demande à ce que Pete, l'agent de surveillance, passe ici, tu veux bien ?

Perplexe mais néanmoins toujours souriante, Jamie répond « OK ? » et se dirige vers le hall.

À peine est-elle partie que je sors la clé du bureau du directeur, l'insère dans la serrure et ouvre la porte d'Owen.

C'est alors que je comprends pourquoi il ne répondait pas à nos appels.

Je referme vivement la porte, retire ma clé et me laisse glisser sur la chaise la plus proche – celle qui est à côté du bureau de Sarah.

Puis je plonge ma tête entre mes genoux.

J'ai les yeux rivés sur le bout de mes chaussures de jogging lorsque Pete et Jamie arrivent. Pete est un peu haletant, car il a autant de mal que moi à dire « non » à Magda quand elle lui fourgue des Esquimau gratuits.

– Qu'est-ce qui se passe ? demande Pete. Pourquoi tu es pliée en deux, comme ça ?

– J'ai des crampes, dis-je, m'adressant à mes lacets. Jamie, nous allons devoir reporter ton rendez-vous, d'accord ?

Je lève les yeux et constate que Jamie paraît perdue.

– Tout va bien ? lance-t-elle.

– Euh...

Qu'est-ce que vous voudriez que je dise ? « Ouais, tout va bien » ?

Parce que, enfin, tout ne va pas bien. Et elle ne va pas tarder à l'apprendre.

– Pas vraiment. On t'appellera pour te proposer un autre rendez-vous, OK ?

– OK, dit Jamie, qui semble à présent plus inquiète que perdue. Je...

Mais quelque chose dans mon expression – peut-être l'envie de vomir que je m'efforce de maîtriser. Pourquoi a-t-il fallu que je prenne une *deuxième* gaufre ? – l'arrête. Elle pivote sur ses talons et quitte le bureau.

– Ferme la porte ! dis-je à Pete, qui s'exécute aussitôt.

– Heather. C'est quoi, ce cirque ? Qu'est-ce que tu as ? Tu ne te sens pas bien ? Tu veux que je fasse venir l'infirmière ?

– Je vais bien, je rétorque en brandissant les clés et en maintenant mon visage aussi près du sol que possible. (J'espère que cela m'aidera à résister aux haut-le-cœur.) C'est Owen qui va mal. Tellement mal qu'il est... mort. Tu devrais appeler police secours. Je le ferais bien mais... je ne suis pas dans mon assiette, pour le moment.

– Mort ?

Si je ne distingue pas son visage, j'ai ses chaussures en plein dans mon champ de vision. Des chaussures noires et massives, renforcées de pointes d'acier pour dissuader les résidents (ou leurs hôtes) de résister à l'intimidation physique alors qu'ils ont été surpris à pratiquer des jeux aussi débiles que dangereux.

– Comment ça, mort ?

– Mort. Mort de chez mort.

– Pourquoi ne pas l'avoir dit tout de suite ?

Pete pousse un juron et s'empare de mon trousseau de clés. Je les entends cliqueter tandis qu'il cherche la bonne, mais ne me risque pas à lever la tête pour l'aider. J'ai encore le cœur au bord des lèvres.

C'étaient des gaufres avec du chocolat, qui plus est. N'importe quoi ! Pourquoi suis-je incapable de consommer un petit déjeuner équilibré ? De me contenter d'une tranche de pain grillé complet, d'un demi-pamplemousse et d'une omelette de blancs d'œuf ? Pourquoi me faut-il toujours tendre la main vers la chantilly ? *Pourquoi* ?

– Pourquoi ne pas avoir tenté quelque chose ? Un massage cardiaque ou un truc dans ce goût-là ?

– Je ne vois pas à quoi ça aurait servi. Vu qu'il est mort.

– Quand as-tu obtenu ton diplôme de médecine ? demande Pete.

Il finit par trouver la bonne clé et pousse la porte d'un geste de l'épaule, avec beaucoup plus de force que nécessaire.

Puis il se fige.

Je sais qu'il se fige car je fixe toujours ses pieds.

– Oh, murmure-t-il.

– Baisse le store, dis-je, les yeux rivés au sol.

– Hein ?

Pete a une drôle de voix.

– Le store ! Baisse le store ! N'importe quel passant peut l'apercevoir depuis le trottoir. Je suis surprise que ça ne se soit pas déjà produit.

D'un autre côté, on est à New York. Une ville pressée, pressée, pressée, peuplée de gens affairés, affairés, affairés.

Je constate que je me sens un peu mieux. Pas assez bien pour jeter un coup d'œil dans la pièce où se trouve à présent Pete. Mais assez pour me redresser un peu et saisir le téléphone.

– J'appelle police secours. Toi, baisse le store.

– Bien.

Pete a toujours une voix bizarre. Peut-être à cause des jurons qu'il marmonne dans sa barbe, avec une régularité qui n'a d'égale que son inventivité en la matière. Je l'entends baisser le store.

Néanmoins, je me garde bien de me retourner. Je presse le combiné contre mon oreille et compose le 9911 pour appeler police secours. Le premier « 9 », c'est pour obtenir une ligne extérieure.

C'est alors qu'une clé est introduite dans la serrure de mon bureau – qui se verrouille automatiquement quand on claque la porte – et qu'entre Sarah, employée diplômée qui nous sert d'assistante (qui *me* sert d'assistante, devrais-je dire, vu qu'il n'y a plus que moi), visiblement surprise de me voir assise à son bureau à elle.

– Hé, dit-elle. Que se passe-t-il ? Que fait Pete là-dedans ? Où est...

Tandis que Sarah s'avance vers le bureau du docteur Veatch, Pete et moi hurlons, dans un même cri :

– Non !!!

– Ici police secours, me braille une opératrice dans l'oreille. Quelle est la raison de votre appel ?

– Qu'est-ce qui ne va pas ? insiste Sarah, car Pete lève les mains et marche à grands pas vers elle, lui barrant l'accès au bureau du docteur Veatch.

– Que se passe-t-il ? Laissez-moi regarder ! Je veux regarder !

– Allô, beugle l'opératrice.

– Oui, allô, dis-je. J'ai besoin qu'on envoie des agents à Fischer Hall, sur Washington Square West.

Je leur donne l'adresse, même si ce n'est vraiment pas nécessaire. Tous les opérateurs de police secours de Manhattan savent désormais où est situé le Dortoir de la mort.

– Va t'asseoir là-bas, au bureau d'Heather ! dit Pete à Sarah, refermant derrière lui la porte du bureau du docteur Veatch.

– Pourquoi ? demande-t-elle. Il se passe quoi, là-dedans ? Pourquoi je ne peux pas regarder ? Ce n'est pas juste. Je...

– C'est quoi, ton problème ? rétorque Pete. Je t'ai demandé de t'asseoir, tu t'assieds !

– Ce n'est pas à toi de me dire ce que j'ai à faire. Je ne suis pas une simple étudiante, tu sais. Je suis employée par cette université, au même titre que toi. Il est de ton devoir de me tenir informée, comme n'importe quelle employée. J'en ai assez d'être traitée en...

– La nature de l'urgence, m'dame ? demande l'opératrice.

– Euh...

J'ai du mal à réfléchir, au milieu des jérémiades de Sarah.

– ... en citoyenne de seconde zone par l'administration du président Allington, poursuit-elle. Nous sommes en train de nous syndiquer, et ce n'est pas une décision rétrograde du bureau des travailleurs de l'administration qui va nous priver de ce droit !

– M'dame ? demande l'opératrice. Vous êtes toujours là ?

– Oui. Désolée.

– Quelle est la nature de l'urgence ?

– Euh... la nature de l'urgence ? Quelqu'un a abattu mon chef d'une balle dans la tête.

3

Tu n'es pas grosse
Mais repose ce gâteau !
Prends cette tige de céleri
À zéro calorie.

« Bien charpentée »
Écrit par Heather Wells

OK. Je l'avoue. Je ne faisais pas partie du fan-club d'Owen.

Mais qu'importe ! Après tout, si on l'avait affecté à Fischer Hall, c'était dans le seul but de limiter les dégâts. C'est le rôle d'un médiateur. Ce n'est pas comme s'il avait tenu à occuper ce poste. Le bureau du président l'avait parachuté là, pour gérer du mieux possible la crise due à tous ces meurtres.

Or Owen n'avait pas été en mesure de se concentrer sur cette tâche, car il en était constamment détourné par les ED menaçant de se liguer contre lui.

Et avec ça, il trouvait le temps de me chercher des poux dans la tête parce que j'avais emprunté des fournitures au bureau de la cafète !

D'accord, je sais qu'il est mesquin de se plaindre alors que le malheureux est mort.

Mais au moins, je n'ai pas eu le mauvais goût de déclarer, comme Sarah, qu'il méritait de se faire abattre !

Certes, Sarah n'a pas pu voir de quelle façon la balle avait traversé le crâne d'Owen pour ressortir de l'autre côté, laissant un trou noir – entouré d'éclaboussures de sang – au milieu de son calendrier Garfield du mois en cours (Garfield est un chat qui porte des lunettes de soleil et se nourrit de lasagnes).

Les dégâts causés sur le crâne d'Owen étaient étonnamment réduits. La balle avait pénétré par la nuque, depuis la fenêtre (si j'avais pu distinguer les bruits de la rue depuis le bureau voisin, c'est qu'elle était ouverte, non que le coup de feu avait fait sauter les carreaux) et était ressortie par le devant. Je suppose qu'Owen avait voulu profiter de cette chaude matinée de printemps.

Il n'était même pas tombé de sa chaise. Au contraire, il était assis bien droit, devant son café intact – mais froid, de toute évidence. Seule sa tête était renversée en avant, comme s'il faisait la sieste. De toute évidence, la mort avait surgi à l'improviste. Et, Dieu merci, avait été instantanée.

N'empêche que... je serais prête à jurer qu'il ne méritait pas de mourir comme ça. Ni de mourir tout court.

– Bon, d'accord, rétorque Sarah lorsque je lui en fais la remarque.

Nous sommes assises dans une pièce de stockage vide, à l'autre bout du hall, un ruban de police interdisant l'accès à notre bureau – désormais scène de crime.

Elle servait autrefois de local administratif aux délégués étudiants. Jusqu'à ce que, suite à des mois de protestation, nous leur en proposions un autre, à l'étage, qui ne pue pas la fumée à cause des cigarettes que le directeur de la cafète fume en douce dans le bureau d'en face. Cette pièce sert désormais en théorie à entreposer les vieilles chaises cassées et les colis (parvenus ici par erreur, et que j'« oublie » souvent de faire suivre) destinés à l'Association nord-américaine pour la liberté de porter du vison, qui possède un bureau de l'autre côté de la rue.

Dieu sait pourquoi, on a installé un ordinateur dans la pièce de stockage, de même que plusieurs chaises intactes, un sac de couchage et ce qui m'a tout l'air d'une cafetière électrique en parfait état de marche autour de laquelle traînent une bonne quantité de tasses. Je suppose que les gouvernantes ou les employés chargés de la maintenance l'utilisent comme espace de détente clandestin. Heureusement qu'Owen est mort, parce qu'en découvrant ça, il aurait fait un infarctus, croyez-moi...

– C'était une tête de nœud, reconnais-le ! dit Sarah, à croire qu'elle lit dans mes pensées.

– Au point de se faire descendre ? Je ne trouve pas.

– Et toutes ces histoires au sujet du papier ?

– Il ne voulait pas que j'aille chercher des ramettes dans les autres bureaux ! Il faisait juste son boulot de boss !

– Pas la peine de hurler, dit Sarah. Et ça te ressemble tellement, de ne pas voir que Veatch, avec ses pinailleries bureaucratiques, nous cherchait des poux dans la tête au lieu de s'occuper des problèmes nécessitant réellement d'être pris en compte... comme le mépris de l'université pour les besoins élémentaires de ses travailleurs les plus acharnés.

– Je ne sais pas si je me définirais comme l'une des travailleuses les plus acharnées de l'université de New York, dis-je d'un ton modeste.

Certes, mon contrat ne stipule pas que j'ai droit à des repas gratuits – je me contente de les voler.

– Je ne parle pas de toi ! rétorque Sarah. Je parle des enseignants, des chercheurs et des ED comme moi, à qui une administration insensible refuse la prise en charge d'une couverture sociale, la garantie des conditions d'emploi, un service de garde d'enfants, la procédure de plainte en cas de désaccord employé-employeur, et autres droits du travail !

– Oh...

Je ne puis m'empêcher de constater que le bureau devant lequel je suis assise – où se trouve l'ordinateur – est archicrade. Il est parsemé de Post-it griffonnés, de miettes de nourriture impossibles à identifier et d'auréoles laissées par les tasses de café. Je ne me rappelle pas que la délégation étudiante ait laissé cet endroit dans un tel état de saleté quand ils l'ont quitté. Mais visiblement, si... Faudra que je demande à l'équipe d'entretien de le nettoyer, ou on aura des souris à coup sûr. Si Owen avait vu ce bureau, je sais qu'il aurait secoué tristement la tête. Il était assez maniaque, comme j'avais pu m'en rendre compte la fois où il m'avait demandé comment je parvenais à retrouver quoi que ce soit sur mon bureau – ce qui m'avait incitée à tout balancer dans le tiroir du bas dès qu'il avait eu le dos tourné.

Problème réglé.

Sarah n'avait peut-être pas tort. Qui sait si Owen ne se concentrait pas sur des bêtises – les bureaux bordéliques, par exemple – pour ne pas avoir à se pencher sur des choses plus importantes ? Comme le fait que quelqu'un voulait sa peau.

– Toujours est-il, poursuit Sarah, que si le bureau du président continue à nous interdire de nous syndiquer, ne nous accorde même pas un lieu où nous réunir et refuse de signer le protocole actuel, nous nous mettrons en grève. Les autres syndicats seront forcés de se montrer solidaires, ce qui signifie qu'il n'y aura plus de service de gardiennage, d'entretien ou de maintenance. On verra combien de temps il faudra au président Allington pour prendre conscience de notre importance quand il sera contraint de se faufiler entre des piles de sacs-poubelles lui arrivant à la taille pour parvenir à son bureau.

– Euh... OK.

– Et ne t'imagine pas que le docteur Veatch n'était pas au courant, ajoute Sarah. On le lui avait dit bien en face, que si nos exigences n'étaient pas transmises au bureau du président, ça finirait par arriver !

Je la fixe, stupéfaite.

– Quoi, « ça » ? Qu'il se prendrait une balle dans la tête ?

Sarah lève les yeux au ciel.

– Non. Qu'on ferait grève. Le docteur Veatch le savait. Et ils ont laissé passer l'échéance – hier à minuit – pour la signature de notre protocole. À présent, ils vont devoir affronter les conséquences de leurs actes.

– Une minute ! Tu crois que le docteur Veatch a été abattu par un membre de votre organisation ? Parce qu'il n'accordait pas suffisamment d'attention à vos exigences ?

Sarah laisse échapper un cri.

– Heather ! Bien sûr que non ! L'AED est contre le recours à la violence !

– Oh... (J'ouvre une nouvelle fois des yeux ronds comme des soucoupes.) Mais... dans la mesure où le médiateur a, selon toute évidence, été assassiné ce matin, tu ne penses pas que tu pourrais demander à... la... euh...

– À l'Association des employés diplômés. L'AED, c'est une abréviation.

– Ouais. D'accord. Eh bien, puisque le gars par l'intermédiaire de qui vous vous adressez généralement au bureau du président est MORT, vous pourriez faire une trêve d'une journée, le temps qu'on comprenne qui a fait ça, et pourquoi ?

Sarah secoue tristement la tête, ses longs cheveux balayant ses épaules. Elle est vêtue de la panoplie complète de l'Association des étudiants diplômés – laquelle consiste en une salopette portée sur un justaucorps noir. Le tout agrémenté de bottes de combat, de lunettes cerclées de fer, d'une absence totale de maquillage et de frisottis disgracieux.

– Tu ne comprends pas, Heather ? C'est ce qu'ils *veulent* ! Comment savoir si le bureau du président n'a pas planifié le meurtre du docteur Veatch dans le seul but de retarder la grève, conscients comme ils le sont du chaos qu'elle va susciter ?

– Sarah, dis-je en me frottant les tempes. (Je sens qu'une migraine s'annonce.) Le docteur Veatch n'a pas été abattu par quelqu'un du bureau du président. C'est une suggestion complètement absurde !

– Pas plus que la tienne, quand tu suggères que c'est nous qui l'avons tué ! C'est ce qui les protège, tu sais, ajoute-t-elle d'une voix sombre. Tu ne saisis pas ? Tout le monde va rejeter cette hypothèse sous prétexte qu'elle est absurde. C'est justement comme ça qu'ils risquent de s'en tirer. Je veux dire, s'ils sont coupables. Ce que je n'affirmerais pas avec certitude.

– Coupables de quoi ?

Un grand jeune homme au teint pâle apparaît dans l'encadrement de la porte. Il porte le traditionnel sac en bandoulière, et les longues dreadlocks négligées de la version masculine du diplômé de l'université de New York. Pour l'avoir vu en photo dans la gazette du campus (et lui avoir été rapidement présentée un après-midi devant la bibliothèque, où Sarah et lui faisaient le piquet de grève), je reconnais Sebastian Blumenthal, leader de l'Association des étudiants diplômés.

À qui, si j'en crois mon sixième sens, Sarah tient comme à la prunelle de ses yeux.

– Et c'est quoi, tous ces flics dans le hall ? demande-t-il. On a encore laissé un morceau de corps dans l'ascenseur ?

Je le fusille du regard. Hallucinant, la vitesse à laquelle les nouvelles font le tour du bâtiment !

– C'était juste une mauvaise blague.

– Eh, c'est pas moi qui n'ai pas réalisé qu'il s'agissait d'une prothèse et qui ai appelé police secours ! proteste Sebastian. Alors, qu'est-ce qui se passe ?

– Quelqu'un a abattu le docteur Veatch, répond Sarah de but en blanc.

– Sans blague !

Sebastian balance son sac à côté d'elle, sur le canapé – saisi dans la chambre d'un étudiant et confisqué, vu que les tissus non ignifugés sont interdits dans les résidences de l'université de New York.

– D'une balle dans le ventre ?

– Dans la tête, rectifie Sarah. Style contrat.

– Waouh ! s'exclame Sebastian. Je t'avais dit que ce type fricotait avec la mafia.

– Ohé, vous deux ! je m'écrie, horrifiée. Cet homme est mort ! Il n'y a rien de cool là-dedans. Et bien sûr que le docteur Veatch ne traficotait pas avec la mafia. Qu'est-ce que vous allez chercher ? Il s'est sûrement pris une balle perdue lors d'un échange de coups de feu entre les dealers du parc.

– Ça m'étonnerait, Heather, dit Sarah, sceptique. Tu dis que la balle a traversé la tête en entrant par la nuque ? Ça ne ressemble pas à la trajectoire d'une balle perdue. Je pense qu'il a été tué volontairement, et par quelqu'un qui le connaissait.

– Ou par quelqu'un qui a été payé pour ça, suggère Sebastian. Par le bureau du président, par exemple, afin de remettre les négociations à plus tard.

– Qu'est-ce que je disais ! s'exclame Sarah, ravie.

Sebastian semble assez content de lui.

– Merde, eh ouais... c'est comme ça que j'vois la chose.

J'interviens :

– Ça suffit. Sortez ! Tous les deux. Immédiatement.

Sebastian cesse de sourire.

– Ohé, ça va, Heather ! Reconnais-le, ce type craignait. Tu te rappelles quand il t'a engueulée à cause du papier ?

À présent, c'est Sarah que je foudroie du regard.

Je n'en reviens pas qu'elle le lui ait raconté.

– Pourquoi faut-il que *tout le monde* ressorte ça ? Et puis il n'a pas hurlé, il a...

– Ça ne change rien, interrompt Sarah. C'est Heather qui a découvert le corps, Sebastian. C'est normal qu'elle soit secouée. Je suis censée lui tenir compagnie jusqu'à ce que les flics soient prêts à l'interroger. On sait qu'elle en voulait à la victime à cause de cette histoire de papier...

– Je ne suis pas secouée ! je m'écrie. Je vais bien. Et personne ne va m'interroger. Je...

– Oh, merde ! réplique Sebastian, tendant la main pour la poser sur mon épaule. Je suis désolé. Tu es sûre que ça va ? Je peux te rapporter quelque chose de la cafète ? Un thé ou un truc dans ce goût-là ?

– Ooooohhhh ! s'exclame Sarah. Pour moi, ce sera un café. Et du cake, s'il y en a.

– Sarah !

Je suis choquée.

– Qu'est-ce qu'il y a, Heather ? dit-elle, visiblement agacée. Puisqu'il le propose. Quand l'AED va frapper – ce qui ne saurait tarder – on va certainement être privés de salaire. C'est pourquoi je ne voudrais pas gaspiller mon maigre pécule, alors qu'on me propose de me payer mon...

– Heather !

Gavin McGoren, étudiant dégingandé en licence de cinéma, éprouvant pour moi un amour à sens unique, apparaît sur le seuil de la pièce de stockage et me lance, à bout de souffle :

– Oh, mon Dieu, Heather. Te voici ! Ça va ? Je viens à peine d'apprendre... Je suis venu dès que j'ai pu...

– McGoren, fallait justement que je te voie ! dit Sebastian. J'ai besoin de quelqu'un qui installe les micros pour le rassemblement de demain soir, dans le parc. Tu es partant ?

– Bien sûr, dit Gavin, laissant glisser son sac à dos sur le sol sans me quitter des yeux. C'est vrai ? Il a reçu une balle perdue lors d'un règlement de comptes entre dealers ? Je savais que c'était risqué de ne pas faire murer les fenêtres qui se trouvent au niveau de la rue. Tu réalises que ç'aurait pu t'arriver à toi, n'est-ce pas, Heather ?

– Du calme, Gavin ! dit Sarah. Elle flippe assez comme ça. Qu'est-ce que tu cherches à faire, à aggraver son cas ?

– Oh, mon Dieu ! Je ne flippe pas. Enfin, si. Mais... franchement, on est obligés de parler de ça ?

– Bien sûr qu'on est pas obligés, Heather, dit Sarah de sa voix la plus réconfortante.

Puis, à l'intention de Gavin et de Sebastian :

– Je vous en prie, les garçons, laissez Heather tranquille. Trouver un cadavre – surtout celui d'un proche collaborateur, comme l'était le docteur Veatch pour Heather – peut être très déstabilisant. Heather va probablement souffrir pendant quelque temps de stress posttraumatique. Il nous faudra guetter, chez elle, tout signe d'agressivité injustifiée, de dépression ou de détachement émotionnel.

Je suis accablée.

– Sarah, tu veux bien la boucler !

– Bien sûr, Heather, répond-elle d'un ton toujours aussi apaisant.

Et elle chuchote, s'adressant aux garçons :

– Je ne vous avais pas parlé d'agressivité injustifiée ?

– Sarah ! (Décidément, il me faut une aspirine.) Je t'ai parfaitement entendue.

– Euh... bredouille Sebastian, fixant ses pieds. Ça dure combien de temps, en général, ce stress posttraumatique ?

– Impossible à dire, répond Sarah à l'instant où je m'écrie :

– Je ne souffre pas de stress posttraumatique !

– Ah, réplique Sebastian, cessant de regarder ses pieds pour me regarder, moi. Eh bien, tant mieux ! Parce que j'avais un truc à te demander.

Je pousse un grognement :

– Tu ne vas pas t'y mettre toi aussi ?

– Elle ne sort pas avec les étudiants, lui explique Gavin. J'ai déjà essayé. C'est une sorte de principe, chez elle.

Je prends ma tête entre mes mains. Honnêtement... pour une seule journée, j'ai eu ma dose. Déjà que ça a mal commencé avec le jogging de ce matin (qui n'a consisté qu'en quelques pas, mais tout de même. J'aurais pu me déboîter Dieu sait quoi. Toutes mes parties intimes semblaient en parfait état de fonctionnement chez Tad, lorsque nous les avons testées. Mais comment en être assurée sans une visite chez le gynéco ?).

Et voilà que mon boss a été abattu, mon bureau pris d'assaut par les experts de la police scientifique, et que Gavin McGoren fait un discours sur la position officielle de l'université de New York au sujet des relations entre étudiants et employés... Pitié ! Qu'on me rende les deux heures et demie de sommeil que j'ai perdues !

– Euh... j'allais pas lui demander de sortir avec moi, mec, dit Sebastian. Je voulais juste savoir si elle pouvait venir à notre rassemblement de demain soir.

J'écarte les doigts et le regarde à travers.

– *Hein ?*

– Allez ! supplie Sebastian. Tu es *Heather Wells*. Ta présence signifierait beaucoup pour nous, tu pourrais nous chanter les premières mesures de « Kumbaya »...

– Non, dis-je. Pas question !

– Heather, insiste Sebastian. Tu réalises ce que ça signifierait pour l'AED, qu'une célébrité de ton envergure vienne officiellement nous soutenir ?

– Vienne officiellement vous soutenir ? je répète d'une voix faible, laissant retomber les bras. Sebastian, ça pourrait me coûter mon job !

– Non ! rétorque Sebastian. Et la liberté d'expression, alors ? Ils n'oseront pas !

– Franchement, ils sont fascistes, mais pas à ce point-là, grommelle Sarah.

– Enfin... je reprends. Je vous soutiens à cent pour cent et tout le tralala. T'ai-je jamais reproché, Sebastian, de traîner en permanence dans ce bâtiment, alors que tu n'es pas un étudiant de premier cycle et que tu n'habites même pas ici ? Mais chanter à votre rassemblement ? Dans le parc de Washington Square ? Devant la bibliothèque et le bureau du président ? Tu blagues ou quoi ?

– Vraiment, Sebastian, dit Sarah avec cette voix dont seule peut user une femme en adoration devant un homme qui ignore désespérément ses sentiments. Parfois, tu vas trop loin.

Il lui jette un regard offusqué.

– C'est toi qui as suggéré de le lui demander ! proteste-t-il.

– Je ne voulais pas dire *maintenant*. Elle vient à peine de trouver son boss avec une balle dans la tête, nom de Dieu ! Et tu voudrais qu'elle anime un rassemblement syndical ?

– Pas qu'elle l'anime ! s'écrie Sebastian. Qu'elle fasse une intervention et qu'elle chante quelque chose. Un truc inspirant. Pas forcément « Kumbaya ». « Une envie de sucré » serait chouette, aussi ! Même en acoustique. On n'exige pas la lune.

– Bon sang, dit Sarah, secouant la tête de dégoût. Tu exagères, parfois, Sebastian !

– Elle n'arrête pas de dire qu'elle va bien, insiste Sebastian.

– Ne le fais pas, Heather, dit Gavin. À moins de t'en sentir vraiment capable.

– Je ne vais pas le faire, parce qu'il se trouve que j'aime mon boulot et que je ne tiens pas à me faire virer cette semaine.

– Impossible qu'ils te virent, explique Sebastian d'un ton neutre. D'une part, sans vouloir manquer de tact, ton chef vient de se faire tuer. Qui dirigerait cet endroit ? D'autre part, tenter de te virer serait porter atteinte à ton droit de participer à un rassemblement pacifique de protestation.

– Hé, mon gars, dit Gavin. Si tu crois qu'elle ne sait pas que c'est toi qui as mis ce faux bras dans l'ascenseur…

– Heather Wells !

La voix provient de l'encadrement de la porte ouverte. Levant les yeux, j'aperçois l'un des héroïques représentants de la police new-yorkaise.

– L'inspecteur Canavan désire s'entretenir avec vous.

– Dieu merci ! je m'exclame.

Je bondis hors de la chaise, derrière le bureau, et me dirige vers la porte. Vous savez que vous êtes en train de passer une sale journée au boulot quand vous êtes soulagé de devoir aller subir l'interrogatoire d'un inspecteur de la brigade criminelle.

Mais quand vous travaillez au Dortoir de la mort, ce genre de choses se produit à une fréquence alarmante.

4

Tu n'es pas grosse,
Tout va s'arranger.
Dis juste « non » à la sauce caramel
Et tu verras le bout du tunnel.

« Bien charpentée »
Écrit par Heather Wells

L'inspecteur Canavan s'est fait couper les cheveux depuis notre dernière rencontre. Ils sont taillés en brosse, et grisonnants au point de paraître bleus à la lueur du néon au-dessus de mon bureau (sur lequel j'avais installé une lampe pour créer une atmosphère cosy. Visiblement, l'inspecteur a décidé de ne pas en profiter. Les atmosphères cosy, ça ne doit pas être leur truc, aux inspecteurs de la brigade criminelle). Pressant mon téléphone contre son oreille, il affiche une mine contrariée. Il lève les yeux vers moi à mon approche et me regarde comme si j'étais un rat surgi de derrière une poubelle.

– Ouais, braille dans le combiné l'inspecteur Canavan. Je sais très bien ce que la municipalité va dire. Ils sont trop contents de fermer une rue quand quelqu'un veut tourner un épisode de *New York section criminelle*. Mais quand c'est la véritable brigade criminelle qui a besoin d'enquêter sur un crime réel...

La porte du bureau du docteur Veatch s'ouvre et un expert de la police scientifique en sort, mâchouillant un *taco*. Je constate qu'il a fait un tour à la cafète avant de venir photographier les taches de sang.

– Salut, Heather ! me lance-t-il avec un clin d'œil.

– Oh, salut. La cafète sert déjà le déjeuner ?

– Ouais. Le plat du jour, c'est les *tacos* au bœuf. Oh, et la tourte à la dinde.

– Mmm... dis-je en louchant dessus.

C'est que les gaufres semblent remonter à longtemps.

– Je sais, reprend le gars de la police scientifique, en soupirant d'aise. J'*adore* quand on est appelés au Dortoir de la mort.

Je rectifie :

– À la *Résidence universitaire* de la mort !

– Que je ne vous reprenne pas à répandre de la sauce pimentée sur ma scène de crime, Higgins ! lui balance Canavan d'un ton revêche en raccrochant violemment mon téléphone.

Higgins lève les yeux au ciel et retourne dans le bureau d'Owen.

– Alors... me dit l'inspecteur Canavan, comme je me laisse tomber dans le fauteuil en vinyle bleu qui se trouve de l'autre côté de mon bureau – lequel est généralement réservé aux anorexiques, aux joueurs de l'équipe de basket et autres résidents à problèmes.

– Que diable se passe-t-il ici, Wells ? Comment se fait-il que dès que j'ai le dos tourné, quelqu'un meure sur votre lieu de travail ?

– Qu'est-ce que vous voulez que j'en sache ? je réplique d'une voix tout aussi bourrue. Je travaille ici, c'est tout.

– Ouais, grommelle l'inspecteur. Vous m'en direz tant... Enfin, cette fois-ci au moins, la personne qui a buté votre chef ne l'a pas fait à l'intérieur du bâtiment mais depuis la rue, pour changer. Où étiez-vous, ce matin, aux environs de huit heures ?

Les bras m'en tombent.

– Vous me soupçonnez ? Vous me faites marcher ou quoi ?

Son expression demeure impassible.

– Vous m'avez entendu. Où étiez-vous ?

– Mais... après tout ce que nous avons traversé ensemble ? Vous me *connaissez* ! je m'écrie. Vous savez que je serais incapable de...

– Je suis au courant de l'histoire du papier, Wells, rétorque Canavan.

– Le... le *papier* !

Je suis littéralement sidérée.

– Ohé, franchement ! Vous pensez que je pourrais abattre un gars d'une balle dans la tête à cause d'une ramette de feuilles ?

– Non, répond l'inspecteur. Mais je suis obligé de vous poser la question.

– Et pour commencer, qui vous en a parlé ? je demande, furieuse. C'est Sarah, pas vrai ? Je vais la tuer...

J'avale ma salive, regrettant aussitôt ces mots malheureux, et je jette un coup d'œil à la grille qui sépare mon bureau de la scène de crime. Des sons discrets trahissent une activité dans la pièce voisine : des mesures prises à voix haute ou le bruit régulier de *tacos* qui croustillent sous la dent.

Le toujours flegmatique inspecteur Canavan paraît las.

– Wells, cessez de monter sur vos grands chevaux. On sait tous où vous étiez à huit heures du matin. C'est juste une formalité. Je vous prie donc d'être aussi coopérative que vous savez l'être et de nous dire...

Il prend une voix haut perchée qui – je le réalise, offusquée – est censée imiter la mienne :

– ... « J'étais dans mon lit, à deux pas d'ici, en train d'appuyer sur la fonction "répétition" de mon réveil, inspecteur Canavan... »

Il tient son stylo juste au-dessus des formulaires, prêt à griffonner ça.

Je me sens rougir. Pas parce que je ne reconnais pas ma voix (du moins, je ne crois pas). Mais parce que ce n'est pas là que je me trouvais ce matin.

– Euh... dis-je. Eh bien... le fait est... que je n'étais pas dans mon lit ce matin. Le fait est que... euh... que ce matin, je suis allée courir.

L'inspecteur laisse tomber son stylo.

– Quoi ?

– Ouais.

La zone du parc de Washington Square grouille d'agents de la brigade criminelle cherchant des indices dans l'affaire du meurtre du docteur Veatch.

– Vous êtes allée courir, dit Canavan d'un ton incrédule.

– Je n'essaie pas de perdre du poids, je veux simplement me muscler, j'explique piteusement.

À voir sa tête, l'inspecteur ne tient pas à s'aventurer sur ce terrain. Rien d'étonnant, il a des filles.

– Bon, vous avez dû passer par ici en rentrant vous changer avant de partir travailler ? demande-t-il. Avez-vous remarqué quoi que ce soit d'inhabituel, alors ? Quelque chose ou quelqu'un ?

Je déglutis une nouvelle fois.

– Euh… je ne me suis pas changée chez moi. Je me suis changée chez… un ami.

Canavan me fixe droit dans les yeux. Ça ne rigole pas.

– Quel ami ?

– Un… nouvel ami ?

Je me rends compte que, comme Jamie Price, je commence à abuser du point d'interrogation. C'est plus fort que moi. L'inspecteur Canavan m'effraie un peu. J'ai déjà été mêlée à tout un tas de meurtres, à Fischer Hall.

Mais c'est la première fois que je fais figure de *suspecte*.

En plus, sa façon de me mettre sur le gril me rappelle mon père. Enfin, mon père s'il s'intéressait le moins du monde à ma vie personnelle. Ce qui n'est pas le cas.

– Quel nouvel ami ? insiste-t-il.

– Nom de Dieu !

Heureusement que je suis née à l'époque où je suis née, et que je n'ai pas eu à faire partie de la Résistance française. Je n'aurais pas tenu deux secondes sous la torture nazie. Ils n'auraient eu qu'à me regarder pour que je déballe tout ce que je savais.

– Je couche avec mon prof de maths de rattrapage, OK ? Mais il ne faut surtout pas que vous le répétiez, ou ça pourrait lui causer de gros ennuis. Y a-t-il moyen de ne pas le citer dans votre rapport ? Je vous donnerai quand même son nom, bien sûr, et vous pourrez l'interroger si vous ne me croyez pas et que vous voulez comparer nos deux versions… Mais s'il y a moyen d'éviter que son nom soit cité, je vous en serai très, très…

L'inspecteur Canavan me fixe longuement. Je ne sais pas ce qu'il pense. Même si je le devine aisément. Il pense que je suis une arriviste, qui couche avec son prof pour obtenir un « A ».

Il se révèle que je me trompe.

– Et Cooper dans tout ça ? demande-t-il.

À mon tour de le fixer.

– Cooper ? Quoi, Cooper ?

L'inspecteur a l'air aussi perdu que moi.

– Eh bien, je croyais que c'était votre... vous savez. Votre galant. Votre petit copain. Je sais pas comment vous appelez ça, aujourd'hui, vous, les jeunes.

Je garde les yeux rivés sur lui, littéralement horrifiée.

– Mon galant ? Vous avez quatre-vingts ans ou quoi ?

– Je croyais que vous craquiez pour lui, grogne l'inspecteur. C'est ce que vous avez dit, le soir où ces garçons de la fraternité ont voulu vous offrir en sacrifice à...

– La drogue du viol était seule responsable ! je rétorque d'un ton prude, en espérant qu'il ne remarquera pas le fard que je suis en train de piquer. Si ma mémoire est bonne, à vous aussi j'ai fait une déclaration d'amour. Et aux plantes vertes qui se trouvent devant l'entrée du bâtiment. Et aux ambulanciers. Ainsi qu'au médecin des urgences qui m'a fait mon lavage d'estomac. Et qu'au support à intraveineuses...

– N'empêche, insiste l'inspecteur, étrangement troublé (ce qui n'est pas son genre). Je me suis toujours figuré que Cooper et vous...

– Ouais. Eh bien, vous aviez tort. Désormais, je sors avec Tad. Je vous en prie, n'allez pas lui compliquer la vie en le citant dans votre rapport. C'est un type chouette, et je ne voudrais rien faire qui puisse remettre en question sa titularisation.

À part me le taper le plus souvent possible !

Ce que je me garde bien sûr d'exprimer à haute voix.

– Euh... bafouille Canavan. Bien sûr. Vous... n'avez donc rien vu – ou entendu – lorsque vous étiez dans le parc ?

– Non.

Dans le bureau du docteur Veatch, quelqu'un a fait une blague – peut-être au sujet du calendrier Garfield. Ce qui a fait doucement rire quelqu'un d'autre.

– Bon, que savez-vous à propos de ce « Vetch » ? demande Canavan.

– Ça se prononce « Vitch ».

Il écarquille les yeux.

– Vous vous fichez de moi ?

Je souris tristement.

– Non. Je vous assure. Je sais qu'il a été marié. Il était en pleine procédure de divorce. C'est une des raisons pour lesquelles il a accepté ce poste. Il était en poste dans l'Iowa, je crois.

– L'Illinois, corrige Canavan.

– C'est juste. L'Illinois.

Je me tais. Il me fixe.

– C'est tout ?

Je tente de me concentrer.

– Un jour, dis-je, il m'a montré une page de son calendrier Garfield qu'il trouvait drôle. C'était une bande dessinée où Garfield donnait au chien...

– ... à Odie, précise Canavan à mon intention.

– Ouais, Odie. Il donne à Odie des lasagnes. Le chien est tout content. Mais alors Garfield se débrouille pour que le chien ne puisse pas les atteindre, même en tirant sur sa laisse.

– Quel sale pervers ! s'exclame Canavan.

– Qui ça, Garfield ou le docteur Veatch ? je demande.

– Les deux.

– Ouais.

– Vous avez idée de qui pouvait lui en vouloir ?

– Lui en vouloir ? Au point de lui tirer une balle dans la tête ? (Je lève la main et passe un doigt dans mes cheveux raidis par le gel.) Il n'était peut-être pas archi-populaire auprès de certains élèves. Mais c'était le directeur de la résidence. Enfin, directeur par intérim. Et médiateur du bureau du directeur. Il n'était pas censé être populaire. Personne ne le détestait non plus – pas à ce point. Enfin, pas à ma connaissance.

L'inspecteur feuillette son carnet de notes.

– Veatch a-t-il fait renvoyer qui que ce soit au cours des deux derniers mois ?

– Renvoyer ? je demande en riant. Ici, c'est l'université de New York. On ne vire jamais personne. On *transfère* les gens.

– Le divorce qu'il était en train de vivre... il se passait mal ?

– Qu'est-ce que vous voulez que j'en sache ?

L'inspecteur me regarde en plissant les yeux.

– N'allez pas me faire croire que, assise là sous cette grille, vous n'écoutez pas toutes les conversations qui ont lieu dans le bureau d'à côté, ma petite dame ! Vous savez parfaitement si le divorce se passait mal ou bien. À présent, dites-moi tout.

Je pousse un soupir.

– Il y avait pas mal de discussions autour du service en porcelaine. C'est tout. Je vous assure. C'est tout ce que j'ai entendu.

Canavan a l'air déçu.

– C'est quoi, cette histoire de grève des employés diplômés ? C'est sérieux ?

– À leurs yeux, oui, dis-je en pensant à Sarah. Et pour le bureau du président, ça l'est aussi. Si ces jeunes gens se mettent en grève, tous les autres syndicats liés à l'université seront obligés de suivre. Et alors, je ne vous dis pas le bordel... En pleine période de remise de diplômes, qui plus est.

– Et c'est Veatch qui arbitrait le conflit ?

– Il était médiateur en chef. Mais tout de même... dis-je en secouant la tête. N'est-il pas plus probable qu'il ait été touché par hasard lors d'un échange de tirs entre dealers ? Enfin, vous me comprenez. Vous avez des gars infiltrés là-dehors...

– C'est pourquoi je sais que votre chef n'a pas été victime d'une balle perdue, réplique Canavan d'une voix ferme. Mes hommes étaient en force, occupés à surveiller...

Je le mets en garde :

– Si vous dites « les suspects habituels », je vais crier de joie !

Il me foudroie du regard.

– Votre chef est mort, Wells. Quelqu'un s'est dirigé vers la fenêtre de son bureau et l'a délibérément abattu – pour ne pas dire exécuté – d'une balle dans la tête. À bout portant ou tout comme. Cette personne le connaissait et voulait le tuer. C'est mon boulot d'essayer de deviner qui. Si vous êtes trop occupée avec votre nouveau petit copain pour « aider les enquêteurs », je suis, croyez-moi, très heureux de l'apprendre. La dernière chose dont j'aie besoin, c'est de devoir m'inquiéter de ce que votre frêle personne se trouve à nouveau en danger de mort. À présent, notez-moi ici le nom de Roméo, que je puisse comparer son alibi et le vôtre. Après, vous serez libre de vous en aller.

Je le fixe, les yeux soudain embués de larmes.

– Vous me trouvez réellement « frêle » ? je demande. Honnêtement, inspecteur, c'est la plus gentille chose qu'on m'ait jamais dite.

– Wells, réplique-t-il d'un ton excédé. Fichez-moi le camp !

Bien sûr, je n'ai nulle part où aller, vu qu'il a réquisitionné mon bureau. Impossible de retourner à la pièce de stockage. Franchement, je ne me crois pas capable de supporter davantage les sermons révolutionnaires de Sarah. L'odeur des *tacos*, qui me parvient depuis la grille, devient irrésistible. D'accord, il est onze heures à peine passées.

Mais après tout, j'ai couru aujourd'hui. Pourquoi n'aurais-je pas droit à un petit snack ?

Assise à sa caisse, Magda polit d'un air las ses ongles bleu ciel (en hommage au printemps) à l'aide d'une lime pailletée sur laquelle on peut lire « PRINCESSE ». Son visage s'illumine lorsqu'elle m'aperçoit.

– Heather !

La cafétéria est quasi déserte, si tôt dans la journée. On n'y trouve guère que les résidents qui ne se sont pas réveillés à temps pour le petit déjeuner et profitent des bagels en vente toute la journée, et tous les membres de la brigade criminelle que Magda a fait entrer gratis – lesquels ont piqué droit sur le bar à *tacos*.

– C'est vrai ? On a tué ce... (Magda dit un gros mot en espagnol) d'une balle dans la tête ?

– Nom de Dieu, Magda ! Il n'était pas si horrible que ça.

– Oh si, m'assure-t-elle. Un jour, il m'a dit que s'il me surprenait à te donner des Esquimau gratis, il ferait un rapport. Je ne t'en ai pas parlé, tu sais, pour ne pas te contrarier. N'empêche qu'il l'a dit. Je suis contente qu'il soit mort.

– Chut !

Je jette un coup d'œil alentour. À une table, non loin de nous, des collègues de l'inspecteur Canavan savourent une assiette de *tacos*, servie avec crème fraîche et guacamole.

– Magda, ne répète pas trop ça dans les parages. On est tous plus ou moins coupables tant qu'on n'a pas prouvé notre innocence dans cette affaire.

– À part ça, quoi de neuf ? demande Magda, levant au ciel ses yeux savamment maquillés où brille une soudaine lueur de curiosité. On dirait que ça gaze avec le prof de maths ? Je vous ai vus ici, ce matin, mangeant de la crème fouettée avec la même petite cuillère...

Malgré moi, je fronce les sourcils.

– Ça se passe bien. Si bien que...

Je m'interromps. Il s'est passé tellement de choses depuis le très étrange interlude de la douche, ce matin, que je ne suis plus sûre que ça se soit réellement produit.

C'est pourtant le cas. N'est-ce pas ?

Magda hausse ses sourcils dessinés au crayon.

– Oui ?

– Il voulait savoir si je pouvais prendre un congé cet été. Et il a dit qu'il avait quelque chose à me demander. Mais préférait attendre le bon moment.

Magda en reste bouche bée. Puis pousse un cri aigu avant de bondir hors de son tabouret, de faire rapidement le tour de la caisse, juchée sur ses talons de dix centimètres, et de m'entourer de ses bras. Vu qu'elle a environ une tête de moins que moi, ça signifie qu'elle m'enlace au niveau de la taille et que sa chevelure extrêmement bouffante me chatouille les narines.

– Heather ! s'écrie-t-elle. Ce que je suis heureuse pour toi ! Tu feras une magnifique mariée !

– Je ne sais pas, dis-je, réalisant avec gêne que l'on nous jette, alentour, des regards intrigués. Enfin… j'ai du mal à imaginer qu'il veuille me demander *ça*. Pas toi ? On sort ensemble depuis quelques mois à peine…

– Quand ça roule, ça roule ! réplique Magda, me lâchant la taille pour me saisir le bras, qu'elle secoue légèrement. Le prof de maths n'est pas un idiot. Pas comme Cooper.

Encore ce nom… Je sens mes joues s'empourprer, comme chaque fois qu'on mentionne le nom de mon propriétaire, ces derniers temps.

– Alors… tu vas répondre quoi ? demande Magda. Tu vas dire « oui », pas vrai ? Heather, tu ne peux pas passer le reste de ta vie à attendre que Cooper se réveille. Il y a des hommes à qui ça n'arrive jamais. Pete, par exemple. Tu sais que j'avais des vues sur lui, à un moment…

Je n'en reviens pas.

– Tu craques pour Pete ?

Je la fixe, aussi stupéfaite que si elle venait de m'annoncer qu'elle était scientologue et invitée à embarquer dans le vaisseau spatial avec Tom et Katie, en temps voulu.

– Notre Pete ? Celui qui tient le poste de sécurité ? Le Pete veuf et père de quatre enfants ? Le Pete qui raffole des *empanadas* ?

– Très drôle, dit Magda en me jetant un regard noir. Oui, notre Pete. Mais c'était il y a longtemps, juste après la mort de sa femme. Je le plaignais tellement, et tout le reste. Non que ça ait changé quoi que ce soit. Il n'a toujours pas réalisé que j'existais. Et pourtant, il faudrait qu'on m'explique comment un homme peut ignorer *ça* ! dit-elle en désignant, de ses ongles bleu ciel, son corps pulpeux moulé dans son uniforme rose.

Qui est indiscutablement sexy, depuis les ongles des orteils (d'un bleu assorti à ceux des mains) dépassant de ses chaussures à talons aiguilles roses jusqu'aux cheveux mi-longs d'un blond décoloré qui encadrent son visage.

– Il est toujours fou de douleur ? je demande.

Il est bien plus probable que Pete, tout comme moi, soit loin de se douter que Magda ait jamais vu en lui autre chose qu'un sympathique compagnon de table.

– Sans doute, répond Magda en haussant ses épaules potelées.

Puis, parce qu'un résident aux cheveux ébouriffés vient de débouler, à demi assoupi, dans la cafétéria, et de lui tendre sa carte-repas, elle s'empresse de regagner son tabouret. Elle prend la carte, en lit la bande magnétique et la rend à l'étudiant avec un « Regardez-moi la petite star de ciné ! Bon brunch, mon chou ! ».

Puis, s'adressant à moi :

– Bon... on en était où, déjà ?

– Une seconde !

Je n'en reviens toujours pas de ce que je viens d'apprendre.

– Pete te plaisait... Tu craquais pour lui ? Et il ne s'en est jamais rendu compte ?

Magda hausse une nouvelle fois les épaules.

– J'aurais peut-être eu plus de chance si je m'étais scotché des *empanadas* au niveau des seins ?

– Magda… (Je n'ai toujours pas accusé le coup.) Lui as-tu jamais… je ne sais pas… proposé de sortir avec toi ?

– Oh, bien sûr que je lui ai proposé. Des tas de fois.

– Ah oui ? Où ? Vous êtes allés où ensemble ?

– Voir des matchs, rétorque Magda d'un ton indigné. Et au bar.

– Au *Corbeau ivre* ? Magda ! Sortir boire un verre après le boulot n'a rien d'un vrai rendez-vous. Aller assister aux matchs de l'équipe de basket de la fac non plus. Surtout avec une fan de basket comme toi. Tu as dû passer le temps à hurler sur les arbitres. Rien d'étonnant à ce qu'il n'ait pas capté. Enfin… lui as-tu jamais parlé ?

– Parlé de quoi ?

– De tes sentiments !

Magda marmonne Dieu sait quoi en espagnol et se signe. Puis dit :

– Pourquoi je ferais une chose pareille ?

– Parce que c'est peut-être la seule manière d'amener un gars comme Pete à comprendre que tu éprouves pour lui plus que de l'amitié et… tu sais… de passer à l'étape suivante. Tu n'y as jamais songé ?

Magda lève une main, tournée vers moi.

– Je t'en prie. C'est de l'histoire ancienne, OK ? Je ne veux pas en parler. Ça ne s'est pas produit. Je suis passée à autre chose. Revenons-en à toi.

Je la fixe, incrédule. Ouais… c'est ça, elle est passée à autre chose. Et moi, je n'aime plus les Esquimau.

– OK, très bien. Si c'est ce que tu veux. Donc, Tad a une demande à me faire. Et… de son côté, l'inspecteur Canavan tient à savoir où j'étais ce matin, au moment de la mort du docteur Veatch – laquelle s'est apparemment produite à l'instant précis où Tad me... bref, me disait qu'il avait une question à me poser. Il a donc fallu que je donne à l'inspecteur le nom de Tad. Dieu sait ce qu'il va en faire. Tad pourrait avoir de gros ennuis si les gens apprenaient qu'il couche avec une étudiante.

Magda pousse un si gros soupir de dégoût que les boucles blondes citées plus haut se soulèvent.

– Je t'en prie. Tu n'es pas vraiment une nymphette de première année. Sans vouloir te vexer.

– Si, c'est précisément ce que je suis.

– Mais tu es vieille ! s'exclame Magda.

Je la foudroie du regard.

– Je te remercie.

– Tu sais ce que je veux dire. Vous êtes tous deux des... comment on dit, déjà ? Des adultes consentants. Ça ne choquera personne. Enfin, personne à part le docteur Veatch. Qui est mort, de toute façon. Problème résolu.

– Tu pourrais dire ça sur un ton moins joyeux ?

– Tu vas dire quoi, alors ? interroge Magda.

– À quel sujet ?

– Quand il te fera sa demande en mariage ! crie-t-elle, suffisamment fort pour que l'étudiant aux cheveux ébouriffés et des agents de la brigade criminelle tournent les yeux vers nous.

– Magda, je n'en sais rien. Je ne sais même pas s'il veut me demander ça. Tu sais quoi ? Je trouve ça un peu rapide.

– Tu devrais dire « oui », conseille fermement Magda. Ça ferait rager Cooper. Et alors, il se réveillerait ! Crois-moi, je suis experte en la matière.

Je rétorque d'une voix acerbe :

– Dans ce cas, comment se fait-il que Pete et toi ne vous soyez pas retrouvés ensemble ?

Elle hausse les épaules.

– Ça vaut sans doute mieux comme ça. Ai-je envie d'avoir des gosses sur les bras, à mon âge ? Alors que j'ai toute la vie devant moi ?

– Sans vouloir te vexer, Magda, tu as quarante ans.

– Trente-neuf et demi, rectifie-t-elle. Oh, merde !

Je suis son regard... et mes pensées font écho à ses dernières paroles.

Car le président Allington, entouré de sa garde rapprochée, a fini par arriver.

5

Pas la peine de pleurer dans le noir,
De te bafrer par désespoir !
Lâche ce cornet de glace,
Regarde ta vie en face !

« Pas la peine de pleurer à cause d'un dessert renversé »
Écrit par Heather Wells

J'envisage de me baisser et de me cacher aux pieds de Magda, sous la caisse. Mais ça ne serait pas professionnel.

Je campe donc sur mes positions, pendant que le président Allington – toujours inexplicablement vêtu d'un gilet arborant les mots « Université de New York », d'un jean blanc (bien que ce ne soit pas Memorial Day) et de tennis – entre dans la cafétéria, flanqué par le docteur Jessup, directeur du département logement, et par le docteur Flynn, psychologue du département. Avec une stupéfaction visible, les trois hommes écoutent la gourou en relations publiques Muffy Fowler. L'université vient de l'embaucher pour aider à gérer l'image de la fac, relativement aux négociations avec les syndicats étudiants.

Or, en ce moment, Muffy tente plutôt de limiter les dégâts causés par le meurtre du docteur Veatch.

– Eh bien, vous n'avez qu'à les chasser, Phil ! dit Muffy avec un fort accent du Sud alors qu'ils pénètrent tous quatre dans la salle. C'est une propriété privée, après tout.

– À vrai dire, dit le docteur Flynn d'une voix monocorde, les trottoirs de New York ne sont pas une propriété privée.

– Enfin, vous voyez ce que je veux dire, rétorque Muffy.

Je ne peux m'empêcher de constater que tous les hommes présents ont les yeux rivés sur elle. La trentenaire et ex-reine de beauté (je ne plaisante pas, c'est écrit sur son CV dans *Le Coquelicot*, la *newsletter* mensuelle destinée aux administrateurs de l'université de New York) porte ses cheveux châtains en une sorte de casque. Dans une décennie lointaine, on aurait appelé cela une « choucroute ». Dans celle-ci... je ne sais pas. Sa silhouette longiligne est mise en valeur par une jupe crayon et de hauts talons.

Je n'ai pas de mal à comprendre l'effet produit par Mme Fowler sur tous les mâles alentour – du moins, tant qu'elle n'ouvre pas la bouche.

– Il ne serait pas non plus souhaitable d'envoyer un de ces vigiles que vous appelez « agents de sécurité » pour les disperser, dit Muffy. La liberté de la presse, et tout le tralala. Nous devons adopter une approche plus subtile. Je crois qu'il faudrait envoyer une femme... quelqu'un de l'équipe administrative.

Un frisson me court le long de l'échine. Je ne comprends rien à ce qu'elle raconte, et n'ai néanmoins qu'une idée en tête : *Non ! Pour l'amour de Dieu !*

– Nous faisons en sorte que les résidents puissent disposer d'un soutien psychologique s'ils en éprouvent le besoin. Le docteur Kilgore va arriver d'un moment à l'autre, s'efforce d'expliquer le docteur Jessup au président. La nouvelle du meurtre ayant déjà été relayée par les radios locales et par New York Première, nous encourageons les étudiants à appeler leurs parents pour leur faire savoir qu'ils vont bien...

Nous *encourageons* ? Waouh, ce qu'on rate quand on est réellement soupçonné de meurtre, au lieu d'être un pauvre pékin qui se trouvait là par hasard – ce que je suis, d'ordinaire.

Mais le président Allington n'écoute pas le docteur Jessup. Peut-être parce que toute son attention se concentre sur Muffy, qui s'est débrouillée Dieu sait comment pour accrocher son énorme bague en diamant sur un fil dépassant du « NY » brodé en lettres dorées sur le gilet de celui-ci.

– Oh, mon Dieu ! s'esclaffe Muffy. Je vous tiens, pas vrai, Phil ? Surtout, ne bougez pas ! On a affaire à un diamant jonquille de trois carats...

Le docteur Allington reste planté là, les yeux baissés sur la choucroute de Muffy, à rire bêtement (désolée, il n'y a pas d'autre mot). Jetant un coup d'œil à Magda, je constate qu'elle observe le président et la responsable des relations publiques comme s'ils débarquaient, hilares, d'une autre planète. Je comprends aisément sa stupéfaction.

Certes, depuis qu'on a tenté de l'assassiner à l'intérieur même de la résidence, Mme Allington passe le plus clair de son temps dans la propriété que le couple possède dans les Hamptons. Néanmoins, on peut s'étonner que son mari se montre aussi manifestement ravi de susciter un tel intérêt chez une représentante du sexe opposé, fût-elle aussi séduisante que Muffy Fowler.

– C'était drôle, non ? demande Muffy Fowler au reste de la salle, une fois parvenue à se dépêtrer du président.

Non que cela ait fait rire quiconque. Hormis elle et « Phil ». Mais à dire vrai, tout le monde la regarde à présent – même les femmes.

– Où en étions-nous ? poursuit-elle. Ah oui... Y a-t-il quelqu'un que vous puissiez envoyer parler aux journalistes rassemblés dehors, Stan ? Quelqu'un qui prenne les choses à cœur ?

– Eh bien... commence le docteur Jessup. On peut toujours envoyer Gillian, quand elle nous aura rejoints. Mais ne pensez-vous pas être la mieux placée pour ça, madame Fowler, dans la mesure où l'université vous a embauchée pour...

Le docteur Jessup n'a pas le temps d'achever sa phrase que le regard du président Allington tombe sur moi... ce à quoi, Dieu sait pourquoi, je m'attendais. Parce que, franchement... n'est-ce pas là l'histoire de ma vie ? Une tâche ingrate à accomplir ? Pourquoi ne pas demander à Heather Wells de s'en charger ?

– Oh, Jessica ! dit le docteur Allington (émergeant temporairement de l'état d'hypnose dans lequel l'a plongé Muffy, et reconnaissant vaguement en moi la fille qui, un beau jour, a sauvé la vie de son épouse.) Jessica est ici. Pourquoi ne s'en chargerait-elle pas ?

Pour des raisons qui m'échappent, le président Allington me prend pour Jessica Simpson.

Si, si, je vous assure. Bien que les gens (et moi-même) ne cessions de le reprendre à ce sujet.

– Voyons, Phil ! réplique le docteur Flynn.

Ç'a toujours été un gars réglo. Sans doute parce qu'il ne vit pas sur le campus et garde le sens des réalités en faisant tous les matins la navette pour venir ici depuis sa banlieue.

– C'est Heather, vous vous souvenez ? Et Heather a eu une matinée difficile. C'est elle qui a découvert le corps...

Muffy me regarde et fait claquer ses doigts.

– C'est vrai ? C'est vous qui l'avez trouvé ?

J'échange avec Magda un regard paniqué.

– Euh... oui ?

– Parfait ! réplique Muffy en me saisissant le bras. Venez avec moi !

Le docteur Flynn semble inquiet.

– Muffy. Je ne crois vraiment pas que...

– Oh, chut ! rétorque-t-elle.

Sans blague. Elle ose.

– Madame Fowler, objecte à son tour le docteur Jessup, visiblement plus las qu'à l'ordinaire. (Je le trouve un peu pâle sous son bronzage rapporté d'un séjour à Aspen.) Je ne suis pas certain que...

– Ma parole, je n'avais encore jamais vu une telle bande de timorés ! déclare Muffy en feignant d'être scandalisée. Jessica et moi allons juste avoir une petite conversation entre filles... Aucune raison de vous angoisser pour ça, les garçons. Allez donc vous chercher un café ! Je reviens tout de suite. Venez, Jessica !

Sans m'avoir laissé le temps de protester, elle m'entraîne hors de la cafétéria et dans le hall, un bras passé sur mon épaule, l'autre autour de ma taille.

Sérieusement. Une étreinte digne d'une catcheuse.

– Écoutez, Jessica, me dit-elle tandis que nous nous dirigeons vers la sortie, ses yeux brillant avec plus d'intensité que les pierres précieuses qui ornent ses doigts et le lobe de ses oreilles. Je veux juste que vous adressiez quelques paroles aux journalistes rassemblés autour du bâtiment. Quelques mots pour leur décrire le choc que ç'a été de découvrir le cadavre d'Owen et tout le tralala... Vous pensez pouvoir faire ça pour moi, Jessica ?

– Euh...

Son haleine donne l'impression qu'elle a avalé tout le contenu d'un distributeur de poche de Listerine.

– ... je m’appelle Heather.

Dehors, le ciel de printemps est aussi bleu que quelques heures plus tôt. Il fait une chaleur insensée. Difficile, par une matinée pareille, de rester enfermé dans un bureau, avachi devant un tableau noir ou retenu sur une scène de crime. Certes, les dealers ont fui les lieux pour cause de présence massive des forces de police.

Il y a tout de même une quantité de badauds qui, les yeux fixés sur les camionnettes des chaînes de télé illégalement garées sur le côté ouest du parc, envahissent les trottoirs et bloquent la circulation.

C’est vers ces camionnettes que Muffy m’entraîne – même si je freine aussitôt des quatre fers.

– Euh... dis-je. Je crois que ce n’est pas une bonne idée.

– Vous plaisantez ? rétorque Muffy.

Pour une créature aussi frêle, elle ne manque pas de force. Elle fait de la gym, de toute évidence. C’est typique des beautés du Sud : elles semblent aussi fragiles qu’un courant d’air mais pour ce qui est de soulever des haltères, elles battent votre petit ami à plate couture.

– Qu’est-ce qui pourrait plus rapidement détourner leur attention de cette grève que la blonde aux yeux brillants de larmes qui vient de découvrir son patron tué d’une balle dans la tête ? Vous pourriez peut-être...

– Aïe ! je m’écrie, tandis qu’elle pince violemment, entre le pouce et l’index, la graisse de mon bras. Qu’est-ce qui vous prend ? Ça fait mal !

– Super. À présent, vous avez les larmes aux yeux, dit Muffy. Restez comme ça ! Hé, les gars ! Par ici ! C’est cette fille qui a trouvé le corps !

Je me retrouve aussitôt avec une cinquantaine de micros sous le nez, à expliquer d'un ton pleurnichard (oui, elle m'a vraiment fait mal en me pinçant. Si je ne m'en sors pas avec un bleu, ce sera une chance) que, bien que ne travaillant pas avec Owen Veatch depuis longtemps et ne le connaissant pas si bien, j'étais certaine qu'il nous manquerait. Et que, quelles qu'aient été ses positions sur le régime social des employés diplômés, il ne méritait pas de mourir de cette façon, ni d'aucune autre, d'ailleurs. Et que oui, je suis bien cette Heather Wells-là.

Ce n'est que lorsque je remarque, au milieu du cercle des joueurs d'échecs, la présence familière d'une fille aux cheveux crépus vêtue d'une salopette, que je réalise pourquoi Muffy Fowler m'a ainsi envoyée en première ligne : Sarah était là, à profiter de la mort du docteur Veatch et du bruit qu'elle suscite pour promouvoir les objectifs de l'AED.

Maintenant que je lui ai volé la vedette, Sarah s'entretient avec une bande d'individus (dont fait partie Sebastian) à l'allure aussi négligée que la sienne. Ceux-ci n'ont rien à voir avec les gens venus jouer aux échecs, lesquels paraissent excessivement contrariés par cette invasion de pseudo-hippies chevelus.

Sebastian ne cesse de me jeter des regards noirs, que je m'efforce de ne pas prendre personnellement, mais qui me désignent clairement comme une traîtresse... bien que je gagne moi-même à peine de quoi vivre. Et ce n'est certainement pas moi qui ai décidé de réduire les avantages sociaux des employés diplômés !

Ou peut-être m'en veut-il toujours d'avoir refusé de chanter « Kumbaya » à son rassemblement.

– Alors vous ne voyez pas qui aurait eu des raisons de tuer votre chef ? me demande un reporter de Channel 4.

– Non, dis-je. Je vois vraiment pas. C'était un chic type. Discret, mais sympathique.

Enfin, si on oublie sa fixation sur Garfield qui, franchement, relevait du pathologique...

– Pensez-vous que l'AED soit responsable en quelque façon ?

– Je n'ai aucun commentaire à faire à ce sujet.

Bien que je sois d'avis que l'AED ne serait même pas capable d'organiser une vente de gâteaux pour ramasser des fonds. Alors un meurtre, pensez donc !

– C'est bon, dit Muffy, se frayant un chemin dans la foule de journalistes et me saisissant par le bras. Assez de questions pour aujourd'hui. Mlle... euh... Wells est assommée par son affreuse, son épouvantable découverte.

– Une dernière question ! s'écrie l'envoyé spécial de la Fox. Heather, avez-vous un message à faire passer à votre ex-petit ami, l'ex-membre du groupe Easy Street, Jordan Cartwright, à présent que Tania Trace et lui attendent un enfant ?

– Mlle Wells ne répond plus aux questions, rétorque Muffy en m'arrachant à la plate-forme branlante que l'une des chaînes d'info a généreusement installée là, à mon intention.

– À présent, j'apprécierais que vous remballiez votre matériel, que vous repartiez, et que vous laissiez la police faire son travail et ces étudiants regagner leurs salles de...

Je me dégage de son étreinte.

– Une seconde ! dis-je.

Puis, m'adressant au reporter :

– Tania est enceinte ?

– Vous n'avez pas vu l'annonce ? demande le type, visiblement impatient. Elle l'a diffusée ce matin sur son site Internet. Vous voudriez faire une déclaration ? Félicitations ? Meilleurs vœux ? Un truc dans ce goût-là ?

Jordan va être père ? Mon Dieu !

Mon chien ferait un meilleur père que lui !

Et c'est un chien ! Femelle, qui plus est !

– Euh... dis-je. Ouais. Les deux. Félicitations. Meilleurs vœux. *Mazel tov.* La totale !

Il semblerait que je doive dire quelque chose de plus profond. Après tout, Jordan et moi sommes sortis ensemble pendant presque dix ans. C'était lui, mon premier baiser, mon premier amour, mon premier... ouais, ça aussi. Sans doute devrais-je ajouter quelque chose, mais quoi ? Évoquer le cycle de la vie et de la mort ? Ouais, ça me paraît pas mal...

– Euh... voilà qui démontre que lorsqu'une vie s'éteint, une autre...

– Venez ! insiste Muffy.

– Mon Dieu ! je murmure, tandis qu'elle m'entraîne. Je n'en reviens pas ! Mon ex va avoir un bébé !

– Bienvenue au club ! réplique Muffy. Le mien vient d'avoir des jumeaux.

Je la regarde avec surprise.

– Vraiment ? Ça fait... ça fait bizarre, non ? Je veux dire, ça ne vous a pas paru bizarre ? Est-ce que j'ai tort de trouver ça bizarre ? Votre ex est-il un loser ? Parce que le mien, c'est le roi des losers ! Et j'ai du mal à me l'imaginer responsable d'une autre vie humaine.

– Le mien est P-DG d'une société d'investissement d'Atlanta, déclare Muffy, sans cesser de regarder droit devant elle. Il m'a quittée pour ma demoiselle d'honneur la veille de notre mariage. Alors ouais, c'est sûr que ça me fait bizarre. Tout comme je trouve bizarre que des millions de bébés africains meurent de faim chaque année pendant que moi, je pète un câble si le serveur met du lait entier au lieu de lait écrémé dans mon café du matin. Pourquoi ne pas m'avoir dit que vous étiez Heather Wells, l'ex-Lolita de la pop ?

– J'ai essayé, dis-je d'une voix piteuse.

– Non.

Muffy freine des quatre fers (ou plutôt des deux talons de ses Manolo Blahnik) et me désigne d'un doigt accusateur.

– Vous m'avez juste dit que vous ne vous appeliez pas Jessica. Je n'aime pas qu'on me laisse dans le brouillard. Que me cachez-vous, encore ? Vous savez qui a tué cet homme ?

Je la fixe, bouche bée. Bien que j'aie dix bons centimètres de plus qu'elle, j'ai l'impression de devoir lever la tête pour la regarder.

– Non ! je m'écrie. Bien sûr que non ! Si je le savais, j'aurais prévenu la police.

– Pas si sûr. Vous aviez peut-être une liaison avec lui.

– Beurk ! je hurle. VOUS CONNAISSIEZ OWEN, AU MOINS ?

– Oui, réplique calmement Muffy. Calmez-vous... je posais la question, c'est tout.

– Et vous croyez que je couchais avec lui ! Moi ?

– On a déjà vu des choses plus étranges. Après tout, nous sommes à New York.

Tout à coup, tout devient plus clair à mes yeux : comment la bague de Muffy s'est « accidentellement » accrochée au gilet du président Allington ; pourquoi elle peut ne serait-ce qu'imaginer que j'aurais pu courir après Owen Veatch ; la raison pour laquelle elle porte talons et jupe crayon ; ce qu'elle est venue faire à New York, si loin de son Atlanta natale...

Écoutez, je ne suis pas là pour juger les gens. Chacun sa voie, etc.

Mais l'idée d'une femme s'installant à New York et dégotant un job dans le seul but de se choper un mari, ça me débecte un peu...

Qui sait ce que j'aurais pu rétorquer à Muffy Fowler si quelque chose n'avait pas détourné mon attention à cet instant précis ? Quelque chose de capital (pour moi, en tout cas) au point de me faire perdre le fil de toute conversation avec Muffy, et même de me faire oublier que je me trouve devant Fischer Hall, théâtre d'une nouvelle grande affaire criminelle – et lieu où je consomme régulièrement plus que l'apport calorique quotidien maximum conseillé par le gouvernement.

Tout ça à cause de l'apparition de mon propriétaire, employeur à temps partiel – et grand amour –, Cooper Cartwright. Lequel se précipite vers moi et lance, d'une voix haletante :

– Je suis venu dès que j'ai entendu la nouvelle. Ça va, toi ?

6

En regardant les avions traverser le ciel de midi,
Disparaître parmi les nuages,
Je pense aux Speculoos qu'on sort de leur emballage
Et ça me fait drôlement envie.

« On peut acheter des Speculoos en ligne »
Écrit par Heather Wells

– Hé, bonjour, là...

C'est ce que Muffy dit à Cooper après s'être retournée pour le regarder. Aussitôt, elle se déhanche et pose une main sur sa taille de guêpe, tandis que ses grands yeux vont du bout des tennis de Cooper (il est détective privé, après tout. Ce qui doit sans doute l'amener à *courir* après des gens... des méchants, des criminels ou Dieu sait quoi...) à la pointe de ses cheveux, qui auraient besoin d'une bonne coupe un de ces quatre.

Le regard de Cooper passe de moi à Muffy, avant de revenir se poser sur moi.

– Euh... salut.

– Muffy Fowler.

Elle tend la main, sa bague en diamant (qui n'est autre, je le réalise à présent, que la bague de fiançailles de son mariage annulé) brillant de mille feux au soleil de midi. Cooper la lui serre.

– Chargée des relations publiques de l'université de New York. Et vous êtes ?

– Euh... Cooper Cartwright, un ami d'Heather. Vous permettez que je lui parle quelques minutes en privé ?

– Bien sûr !

Muffy garde un peu trop longtemps la main de Cooper dans la sienne – comme si elle s'imaginait que je ne remarque pas son manège – et m'adresse un grand sourire.

– Prenez le temps qu'il vous faut, Heather ! Je serai à l'intérieur avec le président Allington, au cas où vous auriez besoin de quoi que ce soit.

Je la fixe. Pourquoi me parle-t-elle comme si elle était ma chef ou Dieu sait quoi ?

– Euh... tout à fait, Muffy, dis-je lentement.

Elle me serre brièvement contre elle en signe de soutien, m'enveloppant non seulement de ses bras, mais d'un nuage de Chanel n° 19. Puis s'empresse de regagner le bâtiment.

– C'était quoi, ça... marmonne Cooper.

Ce n'est pas exactement une question.

– Ça, c'était Muffy. Elle s'est présentée, tu as pas entendu ?

– Si, j'ai entendu. Mais j'ai cru que c'était une hallucination.

Par-dessus son épaule, Cooper jette un coup d'œil aux reporters qui, loin de suivre les conseils de Muffy et de remballer leur matos, arrêtent les étudiants qui traversent la rue pour rentrer déjeuner à Fischer Hall après leurs cours, et leur demandent s'ils connaissaient Owen Veatch, et ce que sa mort brutale et prématurée leur inspire.

– C'est invraisemblable. Ça va, toi ?

– Ouais, dis-je, surprise. Pourquoi ça n'irait pas ?

Cooper baisse les yeux vers moi, l'air ironique.

– Pourquoi ? Bon Dieu, j'en sais rien. Parce que quelqu'un a descendu ton boss d'une balle dans la tête ce matin, par exemple ?

Ça me touche. Je n'en reviens pas, qu'il se soucie de moi à ce point-là. Certes, je sais qu'il m'aime bien.

Mais je n'en reviens pas qu'il se soucie suffisamment de moi pour venir en personne s'assurer que je vais bien.

C'est sûr, le Central 6 occupe mon bureau et, trop occupée à répondre aux questions de la chaîne d'info Fox News, j'ai laissé sonner mon portable.

Mais tout de même. C'est chouette de savoir que Cooper veille sur moi.

– Alors, que sais-tu au sujet de ce type ? demande-t-il en posant un pied sur l'une des plantes en pot dont les résidents ont coutume de se servir comme cendriers, en dépit de toutes mes tentatives de dissuasion. Tu connais quelqu'un qui aurait eu des raisons de vouloir sa mort ?

Si on me pose une fois de plus la question, je crois que ma tête va exploser.

– Non. À part Odie.

Cooper me regarde bizarrement.

– Qui ça ?

– Laisse tomber ! Écoute, j'en sais rien. Tout le monde m'a posé cette question. Si je le savais, je l'aurais déjà dit, tu ne crois pas ? C'est tout juste si on se parlait, ce type et moi. Enfin... on a travaillé ensemble quelques mois, d'accord, mais c'est pas comme si c'était mon ami... c'était pas comme avec Tom.

Tom, mon boss précédent, avec qui je vais encore régulièrement boire des bières au *Corbeau ivre* après le boulot.

– Je veux dire, à part ces losers de l'AED, je ne vois vraiment pas qui aurait pu en vouloir à Owen Veatch. Il était tellement... fadasse.

Cooper écarquille les yeux.

– Fadasse ?

Je hausse les épaules, démunie.

– Absolument. Comme la vanille. Enfin, pour que quelqu'un puisse te haïr assez pour te tuer, il faut au moins – je sais pas, moi ? – avoir fait quelque chose. Quelque chose d'intéressant. Mais Owen n'avait strictement aucun intérêt. Franchement.

Cooper jette un coup d'œil de l'autre côté de la rue, aux équipes télé et aux camionnettes avec leurs antennes paraboliques dépassant du toit. D'un côté des véhicules, toujours dans le cercle des joueurs d'échecs – mais quasiment à la périphérie, la vieille garde des joueurs en ayant eu assez et les ayant expulsés –, se trouvent Sarah et ses troupes de l'AED. Parmi elles, un Sebastian aux épaules avachies. Tous marmonnent amèrement entre eux car les journalistes ont recueilli toutes les déclarations qui les intéressaient et ne les intervieweront plus.

– Et tu ne penses pas qu'un de ces individus pourrait être mêlé au crime ? demande Cooper, agitant la tête en direction de Sarah.

Je lève les yeux au ciel.

– Je t'en prie ! *Eux ?* Ils sont tous végétariens ou Dieu sait quoi. Tu crois que l'un d'eux aurait le cran d'abattre un gars d'une balle dans la tête ? Ils ne mangent même pas d'œufs !

– Pourtant... insiste Cooper. Maintenant qu'ils sont débarrassés de Veatch...

– Ça ne va rien changer, dis-je. L'administration campera sur ses positions. Au contraire, l'AED a perdu la seule voix raisonnable au milieu de la confusion générale. À présent... (Je frissonne.) Mon Dieu, Cooper. S'il y a une grève, ce sera un désastre à n'en plus finir.

Cooper paraît songeur.

– À qui profite la grève ?

– À qui profite la grève ? À personne. Tu es dingue ou quoi ?

– Un meurtre profite toujours à quelqu'un, dit Cooper, toujours songeur. *Toujours.*

– Eh bien, je rétorque. Je ne vois pas qui pourrait profiter du fait d'avoir partout un tas d'ordures qui lui arrive à la taille... et les toilettes bouchées... et pas de gardiens... parce que si les étudiants font la grève, les syndicats de l'entretien et de la maintenance seront obligés de suivre, par solidarité. Ça fait partie de leur accord. Cet endroit va devenir un vrai zoo.

– Des compagnies privées de nettoyage et d'entretien des locaux vont devoir prendre le relais, dit Cooper en hochant la tête. Ainsi que des sociétés privées de vigiles. Qui sait si les directeurs de ces sociétés n'attendaient pas ça ? Un petit coup d'accélérateur en milieu d'année !

Je le fixe bouche bée, prenant conscience de ce qu'impliquent ses paroles.

– Une seconde ! Tu penses pas que la MAFIA est pour quelque chose dans la mort d'Owen ?

Il hausse les épaules.

– Ça n'aurait rien d'étonnant. Après tout, on est à New York.

Je suis sous le choc.

– Mais... mais... je ne pourrai jamais découvrir qui l'a tué si ça a à voir avec la MAFIA !

C'est alors que Cooper retire son pied du pot et, pivotant sur lui-même, me saisit par les épaules – ce qui se révèle assez douloureux. Aussitôt après, je sens que l'on me plaque contre les briques rouges de la façade de Fischer Hall, mes cheveux presque secs touchant la plaque « 1855 » qui se trouve à côté de l'entrée principale.

– N'y songe même pas ! dit Cooper.

Il ne crie pas. N'a pas même élevé la voix.

Il est juste très, très sérieux. Je ne l'ai jamais vu aussi sérieux. Pas même la fois où j'ai fait passer au sèche-linge son sweat préféré et qu'il en est ressorti en taille extra-small. À peine quelques centimètres nous séparent. Son visage est si proche qu'il me cache le ciel, le feuillage des arbres au-dessus de nous et les antennes paraboliques dressées sur le toit des camionnettes. Ainsi que les taxis défilant sur Washington Square West, et le flot d'étudiants pénétrant dans le bâtiment en se lançant des « C'est quoi, tous ces flics autour de Waverly Hill ? Quelqu'un s'est balancé par la fenêtre ou quoi ? ».

Je constate, à la vue de ses joues ombrées de noir, que Cooper n'a pas eu le temps de se raser ce matin. Et me demande quel effet ça ferait de passer la main sur sa peau piquante... Ce qui est ridicule, vu que j'ai déjà un petit ami. Qui m'a demandée en mariage ce matin. Enfin, pour ainsi dire.

– Mon Dieu ! dis-je d'une voix nerveuse. Je blaguais !

– Non, rétorque Cooper, ses yeux bleus restant rivés aux miens. Tu ne blaguais pas. Cette affaire-là, Heather, pas question que tu t'en mêles ! Ce n'était pas un étudiant. Qui plus est, il ne t'inspirait aucune affection. Ce cas ne relève pas de ta responsabilité.

Dorothy. Dans *Les Craquantes*. Nous sommes tous les deux la Dorothy des *Craquantes*.

Bizarre, ce qui vous traverse l'esprit quand les lèvres du type que vous aimez se trouvent à quelques centimètres des vôtres. Surtout quand vous couchez avec un autre...

– Euh... je bredouille, incapable de détacher mes yeux de sa bouche. OK.

– Je ne plaisante pas cette fois-ci, Heather. (Sur mon épaule, ses doigts resserrent leur étreinte.) Reste en dehors de ça !

– Promis.

Je suis – chose incompréhensible – au bord des larmes. Non parce qu'il me fait mal, il ne me serre pas à ce point-là. Mais parce que je ne peux m'empêcher de songer à Magda et à Pete. Combien de temps ces deux-là ont-ils perdu, qu'ils auraient dû passer ensemble ? Alors qu'au fond, seuls les séparent l'aveuglement typiquement masculin de Pete et l'orgueil typiquement féminin de Magda. Enfin, à supposer qu'elle lui plaise elle aussi. Ce dont je suis presque sûre. Peut-être que si je disais à Cooper ce que je ressens...

– Cooper...

– Je parle sérieusement, Heather. Il se peut que ce type ait trempé dans des choses dont tu n'as pas idée – que tu n'imaginerais même pas. Tu saisis ?

Certes, je lui ai déjà fait une déclaration. Mais il m'a répondu un truc du style « Je ne veux pas être un amour-pansement ».

Tad ne s'avérait-il pas plus que parfait, dans ce rôle-là ?

Pauvre Tad ! Comment puis-je lui faire ça ? Il a cette question à me poser, après tout.

Mais bon... Tad n'a même pas de télé ! Pourrais-je sérieusement envisager de passer le reste de mon existence avec un gars qui veut que nous allions courir ensemble cinq kilomètres tous les matins, qui évite la viande et tous ses produits dérivés, et qui ne possède pas un poste de télé ?

Non... je ne pourrais pas !

– Cooper...

– Oublie ! OK ? Si tu avais le projet d'élucider toi-même le meurtre de ton boss, oublie-le tout de suite !

– Cooper !

Il desserre son étreinte et ses épaules retombent.

– Quoi ?

– Il y a une chose dont je voulais te parler... dis-je, après avoir respiré un grand coup.

Il faut que je le fasse. Que je ravale ma fierté et que j'avoue mes sentiments à Cooper. Je vous l'accorde, le lieu (devant mon bureau) et le moment (le jour de l'assassinat de mon boss) ne sont pas idéaux. Mais quel lieu, quel moment choisir pour dire au mec qu'on aime sans espoir de retour qu'on l'aime sans espoir de retour ? *Après* avoir accepté la demande en mariage d'un autre ?

– Qu'est-ce qu'il y a ? demande Cooper, l'air soupçonneux.

À croire qu'il redoute que je ne me lance dans un numéro chanté et dansé autour de l'importance que ça a, pour mon évolution professionnelle, que j'enquête personnellement sur la mort de mon chef !

– Je...

J'ai la gorge nouée. Il a dû le remarquer, non ? Entre le battement effréné de mon pouls et mes yeux embués de larmes, il doit comprendre qu'il se passe quelque chose, pas vrai ?

– Le fait est que...

– Heather !

Je tourne la tête, surprise, alors qu'une silhouette familière s'approche de nous à grands pas depuis la Quatrième Rue Ouest. C'est Tad, sa longue queue-de-cheval blonde tressautant derrière lui, un sac de papier blanc dans chaque main.

Bon sang ! Pas ça ! Pas *maintenant* !

– Heather, dit-il quand il nous a rejoints.

Derrière ses verres à monture dorée, il a le regard soucieux.

– Je viens d'apprendre ce qui s'est passé. Oh, mon Dieu ! Je suis désolé. Tu n'y étais pas quand c'est arrivé, n'est-ce pas ? Oh, salut, Cooper !

– Salut.

Et, comme s'il réalisait soudain que ses mains sont encore sur mes épaules, Cooper les laisse retomber et recule d'un pas. Il a presque l'air... coupable.

Ce qui est absurde, vu que nous ne faisons rien de mal. Si ce n'est que j'étais sur le point de lui avouer mon amour éternel.

Mais ça, il ne le sait pas.

– Je suis venu dès que j'ai appris la nouvelle, me dit Tad. Au sujet de ton chef, je veux dire.

Il jette un coup d'œil aux camionnettes de la télévision.

– On dirait qu'ils sont venus en force, hein ? Les vautours !

Il frissonne et me tend l'un des sacs.

– Tiens ! Je nous ai acheté de quoi déjeuner.

Je prends le sac, touchée par son geste.

– Ah oui ? C'est vraiment adorable, Tad.

– Ouais. Je suis passé à la coopérative étudiante et j'ai pris deux salades aux trois haricots. Et deux milk-shakes protéinés. J'ai pensé que tu aurais besoin d'aliments à haute valeur nutritive, suite au choc que tu viens de subir... et après cet affreux petit déjeuner...

– Ah.

De la salade aux trois haricots ? C'est une blague ou quoi ? Ai-je l'air d'une fille qui pourrait se contenter d'une salade aux trois haricots ? Un chili con carne aux trois haricots surmonté d'un demi-kilo de fromage fondu, passe encore.

Et le petit déjeuner n'avait rien d'affreux. Affreusement délicieux, à la rigueur.

Je m'efforce néanmoins d'être agréable.

– Merci mille fois, Tad.

– Désolé de ne t'avoir rien pris, Cooper, dit Tad avec un sourire piteux.

– Oh, répond Cooper d'un ton affable. Pas de problème. J'ai déjà fait le plein de salade aux trois haricots.

Tad sourit de plus belle, comprenant que Cooper plaisante. Puis :

– Et au fait... félicitations ! Au futur oncle, je veux dire.

Cooper semble perdu.

– Pardon ?

Je réalise que si Jordan a prévenu ses fans que sa famille s'agrandissait, il ne s'est pas donné la peine de passer un coup de fil à son frère. Cool. Et si typique de Jordan.

J'explique :

– Jordan et Tania attendent un bébé.

Cooper a l'air horrifié – réaction adéquate, vu les circonstances.

– Tu me fais marcher ?

Il se garde d'ajouter : « Qu'est-ce qui s'est passé ? La capote a craqué ? » Il est trop classe pour ça. Mais c'est ce qu'il pense, c'est évident. Parce que c'est ce que penserait n'importe qui les connaissant.

– Ouais, dis-je. Leur agent a visiblement diffusé la nouvelle ce matin sur leurs sites Web.

– Eh bien, commente Cooper. C'est chouette. Je me réjouis pour eux. Va falloir que j'aille leur acheter un... hochet. Ou un truc dans le genre.

– Ouais.

Planté là, serrant contre lui le sac contenant sa salade aux trois haricots et son milk-shake protéiné, Tad me fixe avec impatience.

– Bon, dis-je. On ferait mieux d'aller déjeuner, j'imagine. Avant que quelqu'un d'autre ne se fasse descendre.

Ma petite blague n'amuse personne. Or, pour citer Sarah : « On a souvent recours à l'humour noir pour casser le lien entre un stimulus insupportable et une réaction émotionnelle non désirée. »

Je prends le bras de Tad.

– Ouais. Allons déjeuner. À plus tard, Cooper.

Et j'entraîne mon petit ami à l'intérieur.

7

Le docteur dit : Il n'y a pas de piqûre,
Il n'y a pas de médicament magique,
Ça a beau être pathologique,
L'amour ça dure ce qu'il faut que ça dure !

« Maladie d'amour »
Écrit par Heather Wells

Tad se fait du souci pour moi. C'est ce qu'il ne cesse de me répéter. Qu'il se fait du souci.

– C'est juste que ç'aurait pu être toi.

Je repose ma fourchette. Nous sommes à la cafétéria de Fischer Hall, assis dans un coin sombre où Tad pourrait, s'il le voulait, me poser la question qu'il ne m'a pas posée ce matin parce que ce n'était pas le bon moment.

Quoique sincèrement, si ce n'était pas le bon moment quand nous étions tous deux nus sous la douche, sans doute l'est-ce encore moins maintenant, alors que nous consommons une salade aux trois haricots, quelques heures après que j'ai découvert mon boss avec une balle dans la tête.

– Non, dis-je. Ça n'aurait pas pu être moi, Tad. Primo, il n'y a pas de fenêtre dans mon bureau. Tu te souviens ? C'est pour ça qu'ils ont mis la grille. Pour laisser entrer un minimum de lumière naturelle. Secundo, la personne qui a abattu Owen Veatch lui en voulait apparemment beaucoup. Alors que personne n'a rien contre moi. Je ne suis pas le genre à susciter ça.

– Oh ? Alors que le docteur Veatch, si ?

Tad s'esclaffe, mais pas comme s'il trouvait que ce que je viens de dire est drôle. Surtout pas l'histoire de la grille. Ça m'arrive fréquemment (que les gens ne me trouvent pas aussi drôle que je m'imagine l'être, je veux dire).

– Lui, un administrateur divorcé, dégarni et plus tout jeune ?

– Va savoir... je rétorque en haussant les épaules. Après tout, je ne le fréquentais pas en dehors du bureau. Il vendait peut-être des bébés au marché noir, ou Dieu sait quoi.

– Heather !

– Enfin... tu vois ce que je veux dire.

Je triture ma salade aux haricots avec ma fourchette, espérant tomber, par miracle, sur un bout de jambon, une pâte ou un truc dans le genre. Peine perdue. Où sont ces fichus rigatonis quand on a besoin d'eux ?

– Je veux juste que tu comprennes qu'un tueur se balade dans la nature, Heather, reprend Tad d'une voix pressante. Il s'en est pris à ton chef, un homme qui, pour ce que nous en savons, est à peu près aussi menaçant que... que cette salade aux trois haricots. C'est tout. Et je suis... eh bien, je suis vraiment soulagé que ça ne te soit pas arrivé à toi.

Je lève les yeux du contenant en plastique, hilare, m'imaginant que Tad plaisante. Certes, il est content que ce ne soit pas moi qui aie pris une balle dans le ciboulot. Mais il n'est peut-être pas nécessaire de l'exprimer à voix haute, non ?

Tad y tient pourtant, à ce qu'il semblerait. Parce qu'en même temps, le voilà qui tend la main par-dessus la table pour saisir la mienne. Et qui me regarde tendrement dans les yeux.

Mon Dieu… il est sérieux. Qu'est-ce que je dois dire ? Qu'est-ce que je peux dire ?

– Euh… merci. Je… moi aussi je suis contente que ça n'ait pas été moi.

Nous sommes assis ainsi, les mains jointes au-dessus de nos salades aux trois haricots lorsque Sarah se dirige vers nous à grands pas, la mine renfrognée.

– Salut, lance-t-elle. (Pas sur le ton d'un salut, justement, mais plutôt sur le mode : « Où est-ce que tu étais fourrée ? ») Te voilà enfin ! Tout le monde te cherche ! Réunion d'urgence du personnel administratif du département logement, dans la bibliothèque du deuxième étage. Tout de suite ! Ils n'attendent plus que toi !

Je bondis hors de ma chaise, m'essuyant rapidement la bouche avec une serviette.

– Oh, mon Dieu ! C'est vrai ? J'ignorais que… Désolée, Tad, il faut que je te laisse.

Ça semble perturber Tad.

– Tu n'as même pas fini ton milk-shake protéiné…

– Ça ira, je lui assure. (Sans vouloir être vexante, ce milk-shake a un goût de déchet chimique.) Je t'appelle plus tard, OK ?

Je me garde de l'embrasser. Après tout, nous sommes dans la cafétéria, pleine de résidents qui déjeunent, et notre relation est censée se borner à des rapports professeur-élève. Je me contente donc d'une brève pression de sa main, avant de partir dans le sillage d'une Sarah toujours aussi grincheuse. Nous franchissons le hall et montons les marches jusqu'à la bibliothèque du deuxième étage. Celle-ci est toujours pourvue des étagères en acajou qui contenaient jadis les ouvrages reliés de cuir constituant l'immense collection de littérature classique de la famille Fischer. Nous avons tenté, à plusieurs reprises, d'y placer des livres. Or ceux-ci, aussi piteuse et abîmée que soit leur couverture, étaient systématiquement volés et revendus sur la place Saint-Mark.

La salle est néanmoins toujours très populaire auprès des étudiants qui ont un partiel à réviser et souhaitent s'isoler de camarades de chambre trop fêtards. C'est moi qui ai fabriqué les pancartes et les affiches où l'on peut lire : « Chut ! Ici, on travaille en silence ! » et « Pour tout travail collectif, se rendre en salle 211 », et qui les ai accrochées sous les chérubins en plâtre qui avaient dominé des soirées mondaines un siècle plus tôt, et contemplent désormais des groupes d'ados tapotant sur le clavier de leur portable.

– Qu'est-ce qui se passe ? je demande à Sarah, comme nous grimpons les escaliers en vitesse. Pourquoi cette réunion ?

– Aucune idée, dit Sarah en reniflant. Les employés diplômés n'y sont pas conviés. Notre meeting se tiendra ce soir à vingt et une heures. Une fois de plus, on ne nous juge visiblement pas dignes d'être associés au noble personnel administratif.

– Je suis sûre qu'ils ont dû se dire que vous seriez tous en cours à cette heure-ci, je rétorque, prise au dépourvu – par la violence de son ton, en premier lieu.

Sarah a horreur d'être tenue à l'écart de ce que fait le personnel professionnel. Ce en quoi elle n'a pas tort, par ailleurs. Elle travaille au moins autant (si ce n'est plus) que la majorité d'entre nous, et n'a droit, en échange, qu'au gîte et au couvert. En plus de ça, elle suit un cursus complet. La fac craint vraiment, à vouloir la priver de sa couverture sociale, et tout le tralala. Elle a tout à fait raison de protester, voire de se mettre en grève.

Je regrette juste que l'AED n'ait pas trouvé un moyen moins radical pour se faire entendre du bureau du président. Ne pouvaient-ils pas s'asseoir et *dialoguer* ?

Certes, j'imagine qu'ils ont essayé. Le boulot d'Owen ne consistait-il pas en cela ?

Et voyez comment ça a tourné !

– Où en est la situation ? je lui demande, tandis que nous parvenons au deuxième étage (très calme, à cette heure-ci, les étudiants étant soit en cours, soit à la cafète en train de déjeuner). Je veux dire, avec l'AED, maintenant que le docteur Veatch a... comment dire... quitté la scène ? Je sais que ça fait à peine quelques heures, mais les choses ont-elles... évolué ?

– À ton avis ? demande Sarah d'une voix furieuse.

– Oh, Sarah. Je suis désolée...

– C'est ça, rétorque Sarah avec une hargne inhabituelle (même chez elle). Tu veux que je te dise ce qui va se passer dans cette réunion à laquelle tu t'apprêtes à assister ? Le président Allington va désigner un médiateur par intérim – sans doute le docteur Jessup – qui s'acquittera de cette fonction jusqu'à ce qu'on ait trouvé un remplaçant au docteur Veatch. Ce qui est ironique, quand on songe que le docteur Veatch occupait lui-même ce poste de façon provisoire, en attendant qu'on ait trouvé un remplaçant à Tom. Sebastian soutient que ça ne se passera pas comme ça – que maintenant que Veatch ne fait plus partie du tableau, le docteur Allington devra nous affronter directement. J'ai essayé de le prévenir. De lui dire que ça n'aurait jamais lieu. Car enfin, pourquoi le président Allington se salirait-il les mains avec de la vermine telle que nous, quand il peut engager quelqu'un... *quelqu'un d'autre*... pour le faire ?

À ma grande surprise, Sarah éclate en sanglots – là, dans le couloir du deuxième étage, juste devant le panneau d'information sur la prévention du sida. Inquiète à plus d'un titre, je la prends dans mes bras et presse sa tête contre mon épaule tandis que sa folle chevelure frisottée me chatouille le nez.

– Sarah, dis-je en lui tapotant le dos. Voyons. Franchement, il n'y a pas de quoi se mettre dans cet état. D'accord, un type est mort, et tout et tout... Mais tes parents se sont engagés à te payer une mutuelle. Et puis ils viennent de s'acheter une résidence d'hiver au Nouveau-Mexique. Ce ne sont pas six cents dollars de plus par trimestre qui vont les mettre sur la paille ! Et les parents de Sebastian ne sont-ils pas propriétaires de tous les cinémas de Grosse Pointe ? Il n'en est pas non plus à compter les pièces jaunes...

– C'est pas le problème, pleurniche Sarah dans mon cou. C'est une question de principe ! Et les gens dont les parents ne gagnent pas un million de dollars par an ? Ne méritent-ils pas d'avoir une couverture sociale ? Ne méritent-ils pas d'avoir accès aux soins ?

– Bien sûr. Mais tu sais, tout ne dépend pas du président Allington. La renégociation éventuelle de vos contrats revient en premier lieu au conseil d'administration...

– C'est ce que j'ai dit à Sebastian ! s'exclame Sarah, se détachant soudain de mon cou et essuyant ses larmes du revers de la main. Nom de Dieu... il est tellement... belliqueux !

Je m'apprête à lui conseiller de prendre garde à ses paroles – d'autant plus que la police cherche probablement un suspect parmi les membres de l'AED – mais je n'ai pas le temps de le faire. Car, à cet instant précis, la porte de la bibliothèque s'ouvre brusquement et Tom (qui était mon boss ici, à Fischer

Hall, jusqu'à sa promotion, il y a de cela quelques mois) jette un coup d'œil à l'extérieur, m'aperçoit et me souffle :

– Te voilà enfin ! Entre ! Tu es en train de louper les meilleurs moments !

Je sais que les « meilleurs moments » dont il parle sont ceux où les responsables de l'administration font leurs grands numéros comiques – spectacle qui nous met en joie, Tom et moi, et auquel nous aimons en général assister ensemble, assis au tout dernier rang.

– J'arrive, dis-je à Tom.

Puis, à l'adresse de Sarah, à qui je dégage le visage en écartant sa chevelure excessivement broussailleuse :

– Faut que j'y aille. Ça va aller, toi ? Je me fais du souci pour toi.

– Hein ?

Sarah lève la tête. Elle ne pleure plus, comme par magie. Des larmes perlent encore au niveau des cils, mais ça pourrait presque passer pour une allergie au pollen.

– Moi, ça va. Allez, vas-y ! Ça vaut mieux. Tu ne vas quand même pas être en retard à ta *grande réunion méga-importante* ?

Je la regarde d'un œil dubitatif.

– L'inspecteur Canavan est-il toujours dans mon bureau ? Si ce n'est pas le cas...

– J'ai compris, rétorque-t-elle, levant ironiquement au ciel ses yeux encore brillants. Il faut que quelqu'un soit présent pour que les résidents aient un interlocuteur avec qui s'entretenir de la tragédie récente. Ne t'inquiète pas. Je m'en occupe.

– Bien. Quand je serai sortie d'ici, on discutera, toi et moi.

– Super, réplique Sarah avec un sourire narquois. J'ai hâte.

Je lui adresse un dernier regard soucieux, puis me faufile par la porte que Tom maintient ouverte.

– Je vois que cette enquiquineuse de Sarah n'a pas changé d'un poil depuis mon départ.

– Elle a eu une semaine difficile, j'explique, prenant la défense de Sarah. Elle est tombée amoureuse du leader de l'AED, lequel n'est même pas conscient de son existence.

Tom ne manifeste aucune compassion :

– Ah oui ? Quelle idée ! Ce type doit se laver une fois par an. Et porte un sac de nana... et c'est moi qui le dis !

J'acquiesce et, tournant la tête, constate que la totalité du département logement est rassemblée dans la bibliothèque de Fischer Hall. Il y a là les neuf directeurs de résidence ainsi que leurs directeurs adjoints ; le docteur Flynn et le docteur Jessup, respectivement psychologue et directeur du département logement ; le docteur Gillian Kilgore, du service de soutien psychologique ; un homme que je vois pour la première fois ; le président Allington et, Dieu sait pourquoi, Muffy Fowler. Tous sont assis sur les austères divans bleus (ou plutôt « causeuses », car de véritables divans auraient pu encourager les résidents à s'y endormir, quand nous souhaitons les voir utiliser leurs chambres à cette fin, non les espaces collectifs...).

– Eh bien ! lance le docteur Jessup en m'apercevant.

De toute évidence, Sarah n'a rien exagéré. Ils attendaient tous mon arrivée pour débuter la réunion. Le docteur Jessup demeure silencieux pendant que Tom et moi trouvons où nous asseoir – au fond de la salle. Toutes les causeuses étant occupées, nous sommes contraints de nous installer à même la moquette beige (couleur propre à dissimuler les taches de soda), le dos appuyé au mur, sous une rangée de fenêtres donnant sur le parc de Washington Square. Tom retire aussitôt le capuchon du Mont Blanc offert par ses parents pour sa remise de diplôme et griffonne « Bienvenue en ENFER ! » en haut d'une page blanche de son agenda. Du bout des lèvres, je lui adresse un « merci » silencieux. Tom me manque. La vie était tellement plus agréable quand c'était lui, mon chef ! Pour commencer, nous nous arrangions pour faire à tour de rôle les boutiques de chaussures de la Huitième Rue, lorsque nous n'étions pas occupés à échanger des ragots sur les résidents ou à écouter Kelly Clarkson sur iTunes.

Ensuite, Tom ne s'était jamais soucié de savoir où je prenais le papier pour la photocopieuse. Du moment qu'il y en avait.

Et puis Tom avait eu le bon goût de ne pas se prendre de balle dans la tête.

– Maintenant que nous sommes tous là, poursuit le docteur Jessup, permettez-moi de vous expliquer la raison de votre présence. Comme vous le savez probablement tous, Fischer Hall a été ce matin le théâtre d'un événement tragique qui aura des répercussions, outre sur notre département, sur l'université elle-même. Owen Veatch, directeur par intérim de Fischer Hall et médiateur du bureau du président, a été abattu d'une balle dans la nuque ce matin, dans son bureau. Bien que je sois certain qu'aucun d'entre nous n'ait, au cours du semestre, connu Owen aussi bien que nous l'aurions souhaité, ce que nous savions de lui nous incite à penser que c'était un brave homme qui ne méritait pas de finir de façon si horrible, si tragique...

Se penchant, Tom me glisse à l'oreille :

– Et de deux !

– Deux quoi ?

– Deux « *tragique* », chuchote-t-il. « Un événement *tragique* » et « de façon si horrible, si *tragique* ».

Avec gravité, Tom inscrit le mot « tragique » en haut de la page de son agenda et trace, au-dessous, deux barres obliques.

– C'est parti, souffle-t-il joyeusement.

– C'est qui, ce type ? dis-je dans un murmure, en désignant le seul individu que je n'aie encore jamais vu.

– Tu ne sais pas ? demande Tom, l'air scandalisé. C'est le révérend Mark Halstead, le nouveau pasteur œcuménique du campus.

J'observe le révérend Mark. En jean soigneusement délavé, veste classique et cravate, il a la beauté fadasse d'un présentateur sportif. Il est assis sur l'un des accoudoirs de la causeuse que Muffy Fowler partage avec Gillian Kilgore. Penchée en avant, les coudes sur les genoux, Muffy fixe le docteur Jessup, les lèvres légèrement entrouvertes.

Je remarque, malgré moi, qu'elle vient de remettre une couche de gloss.

Et que le révérend Mark jouit d'une vue imprenable sur le décolleté du chemisier blanc à volants de Muffy.

– Nous tenions à tous vous réunir cet après-midi, dit le docteur Jessup, afin de vous assurer que la police se met en quatre pour faire la lumière sur ce crime tragique...

Avec solennité, Mark trace une troisième barre oblique sur son agenda.

– ... et que celui-ci apparaît, de toute évidence, comme un incident dû au hasard, aussi absurde qu'isolé. Le reste du personnel n'est en aucun cas menacé. Oui, Simon ?

Simon Hague, qui a levé la main, est le directeur de Wasser Hall, résidence équipée d'une piscine en sous-sol. Pour cette raison, et parce que nul ne la surnomme le « Dortoir de la mort », c'est (du moins à mes yeux) la pire rivale de Fischer Hall.

– Euh... d'accord, glapit Simon Hague de son insupportable (du moins à mes oreilles) voix geignarde. Mais c'est vous qui le dites... que le reste du personnel n'est pas menacé. Qui peut nous le garantir ? Enfin, comment être sûr de ne pas être le prochain sur la liste ? Comment savoir avec certitude que d'autres membres du personnel ne seront pas visés ?

Plusieurs directeurs de résidence hochent la tête. Tom griffonne un petit bonhomme qui ressemble beaucoup à Simon. Puis dessine sa tête qui explose.

– Alors, demande-t-il d'un ton décontracté, l'homme se porte bien ?

J'écarquille les yeux.

– Tu parles de Tad ?

Tom lève les yeux au ciel.

– Non. Je parle de celui que tu aimes *vraiment*. Cooper. Il va comment ? Je ne l'ai pas vu depuis une éternité.

– Il va bien, je réponds – assez sombrement, je l'admets.

Bon, d'accord, je sais qu'on est en pleine réunion au sujet de mon chef, que j'ai trouvé mort quelques heures plus tôt. Je sais que c'est tragique (nous ne le savons tous que trop) d'être ainsi tué sans raison, et dans la fleur de l'âge...

Mais j'ai besoin qu'on me conseille, côté cœur. Et pour ça, qui est mieux placé qu'un homo ?

– Tad m'a demandé, ce matin, si je pouvais prendre un congé cet été. Il m'a dit qu'il avait quelque chose à me demander, mais préférait attendre le bon moment. Et je ne crois pas qu'il veuille me demander de louer un bungalow sur la plage avec lui.

Tom paraît – à juste titre – horrifié.

– Hein ? Tu es sérieuse ? Tu sors avec lui depuis quoi... un mois ?

– Non, trois. Et ça te va bien de parler ! Est-ce que tu ne t'es pas carrément installé avec l'entraîneur de l'équipe de basket de l'université de New York ?

– Aucun rapport ! rétorque Tom, indigné. Nous *ne pouvons pas* nous marier. Ses parents ignorent qu'il est homo.

– Eh bien, l'inspecteur Canavan m'a assuré, dit le docteur Jessup, que lui et ses hommes font leur possible pour apporter une conclusion à cette tragédie...

Tom hésite à ajouter une barre oblique, puis s'exécute.

– ... et semble convaincu, poursuit Jessup, que nul ne va s'attaquer à d'autres membres du...

La racine de ses cheveux luit un peu à la lueur des néons. Les lustres d'origine de la bibliothèque ainsi que les conduits en amiante ont été retirés et remplacés par un faux plafond dans les années soixante-dix.

– Pourquoi est-ce que personne n'ose le dire ? s'exclame le directeur d'une résidence située sur Wall Street (que l'université a été forcée d'acquérir car il ne restait plus assez de place sur le campus), se levant et jetant à l'assistance des regards accusateurs. Nous savons tous qui a agi ! Et pourquoi ! C'est un coup de l'AED. Sebastian Blumenthal est forcément derrière tout ça ! Ne nous racontons pas d'histoires !

Un terrible chahut s'ensuit. La plupart des gens présents ont l'air de penser que, en effet, Samuel Blumenthal est forcément derrière tout ça. Cette conviction paraît fondée, en tout et pour tout, sur le fait que Sebastian a les cheveux longs et ne se lave visiblement pas tous les jours.

Ce qui pousse le révérend Mark à faire remarquer qu'un certain Sauveur pourrait correspondre à cette description sans, pour autant, avoir jamais tué personne.

Cette remarque met Tom en joie. Au point qu'il lève les yeux au ciel et articule en silence : « Merci, mon Dieu ! »

Puis il crie, sans s'adresser à personne en particulier :

– Et le sac de fille, vous en faites quoi ?

Le docteur Jessup fait le tour des tables et s'efforce de calmer les esprits en soulignant que tous les citoyens de ce pays – même les employés diplômés aux cheveux longs et à l'hygiène douteuse – sont présumés innocents jusqu'à preuve du contraire. En vain. Plusieurs directeurs adjoints de sexe masculin proposent d'aller chercher Sebastian pour le rouer de coups (comme moi, ces derniers visent à obtenir une licence, respectivement en droit pénal, tourisme et éducation physique). Les docteurs Kilgore et Flynn s'efforcent de rétablir le calme en grimpant sur leurs causeuses, en frappant dans leurs mains et en hurlant :

– S'il vous plaît ! S'il vous plaît ! Nous sommes des responsables universitaires, non de vulgaires casseurs !

Ce qui n'est bien sûr d'aucun effet.

Contrairement au geste de Tom : celui-ci décroche l'extincteur fixé au mur et décharge un jet de CO_2 au beau milieu de la pièce. Vu que c'est la méthode qu'il a coutume d'employer pour mettre fin aux soirées dans la résidence des fraternités où il vit et travaille, il s'exécute avec une expression de lassitude assez comique.

– Asseyez-vous tous ! lance-t-il d'une voix neutre.

Étonnant comme tous s'empressent de lui obéir. Certes, Tom connaît plus de chansons de Judy Garland par cœur que toute autre personne présente dans la pièce. Mais c'est aussi un ancien seconde ligne de l'équipe de foot de l'université du Texas d'un mètre quatre-vingt-dix pour quatre-vingt-dix kilos. Bref, le genre qu'on n'a pas envie de contrarier.

– S'il vous plaît ! reprend le docteur Jessup, à présent que Tom a rétabli l'ordre. Essayons de ne pas oublier où nous sommes... et *qui* nous sommes. Quand la police disposera des preuves nécessaires pour procéder à une arrestation, elle le fera. En attendant, n'aggravons pas la situation en tirant des conclusions hâtives et en désignant sans preuves de prétendus coupables.

Sérieusement.

Je me demande si je ne devrais pas prévenir Sarah, afin qu'elle mette Sebastian en garde... Ce gosse a intérêt à la jouer discret, à en croire ce que je viens d'entendre. Du moins s'il comprend où est son intérêt.

– Mark, dit le docteur Kilgore, les doigts sur les tempes (signalant ainsi, comme Sarah ne manquerait pas de le faire remarquer, qu'elle se juge supérieure à nous tous). Je me demandais... vous ne pensez pas qu'il serait bon de nous inciter à nous recueillir en silence, en hommage à Owen ?

– Tout à fait, approuve le révérend Mark, qui se redresse d'un bond, quittant l'accoudoir sur lequel il s'était laissé retomber, et incline sa tête aux cheveux bruns.

Tous (moi comprise) l'imitent.

– Notre Père qui êtes aux cieux, nous te prions de...

Tom, qui s'est rassis à côté de moi sur la moquette, me donne un petit coup de coude. Je lui jette un regard en biais.

– Quoi ? Je te rappelle qu'on est censés observer une minute de silence.

– Je sais. Désolé. J'avais oublié. Mais bon... c'est quoi ? Ton troisième boss de l'année ?

– Oui, dis-je dans un murmure. Chut !

Sa tendance à l'ironie, toute récente, témoigne de l'assurance que lui procure son nouveau job – et sa nouvelle relation amoureuse.

Et je suis heureuse pour lui. Vraiment.

Mais l'ironie, ça peut être usant.

Tom reste deux secondes silencieux. Puis :

– Tu devrais démissionner, chuchote-t-il.

– Impossible ! J'ai besoin d'être exemptée des frais d'inscription. Sans parler de mon salaire. Chut !

Encore trois secondes de silence. Puis :

– Ne démissionne pas tout de suite. Attends d'avoir eu huit chefs. Alors, tu pourras démissionner. Et faire une sortie du style « Huit, ça suffit[1] ! »

1. *Huit, ça suffit !* (*Eight is Enough*) : série télévisée américaine dans laquelle un veuf élève seul ses huit enfants. (N.d.T.)

8

Le type de janvier était frileux,
Celui de février bien trop vieux,
Le gars de mars est venu trop tard,
Celui d'avril voulait tout faire dare-dare.

« Calendrier »
Écrit par Heather Wells

Le véritable cauchemar ne commence qu'après la déclaration de routine qui suit la minute de silence : Tom fera office de remplaçant du directeur par intérim de Fischer Hall jusqu'à ce qu'on trouve un autre directeur par intérim. (J'ai envie de lui taper dans la main à cette nouvelle mais, sentant tous les regards braqués sur moi, je préfère fixer tristement mes pieds. Après tout, c'est moi qui ai trouvé le cadavre ce matin. Et nul n'est censé savoir que j'avais mon boss dans le nez.)

Le doyen des affaires étudiantes, nous assure-t-on, fera circuler un mail collectif pour annoncer le décès d'un fonctionnaire de l'université – en se gardant d'en mentionner la nature tragique (barre oblique) – et encourager l'ensemble de la population du campus à avoir recours au service de soutien psychologique.

Le révérend Mark va, quant à lui, organiser un hommage funèbre, dont le lieu et la date restent à préciser. La famille de Veatch (Owen avait une famille ? Des gens qui avaient *réellement* de l'affection pour lui ?) ainsi que l'épouse dont il était sur le point de divorcer sont en route. Eu égard à la tragédie (barre oblique), tous seront gracieusement logés dans les suites VIP de Wasser Hall. Quels salopards ! (Je veux parler de Wasser Hall, bien entendu, pas de la famille du docteur Veatch.) Ça ne leur suffit donc pas, à ces lèche-bottes, d'avoir une piscine (et pas un seul crime) ? Faut-il vraiment qu'ils en rajoutent une couche en possédant en plus des suites VIP ? Celles-ci sont généralement réservées aux célébrités à qui l'université doit décerner un diplôme honorifique (l'année dernière : Neil Diamond. L'année d'avant : Tippi Hedren).

C'est alors que les docteurs Jessup, Kilgore et Flynn font une dernière déclaration (qui me glace le sang – ainsi qu'à Tom, à en croire son expression) : cette tragédie (barre oblique) ainsi que les récents conflits impliquant l'AED nous ayant visiblement déchirés, un exercice de renforcement de l'esprit d'équipe est à l'ordre du jour.

Tom et moi échangeons un regard de panique. Un exercice de renforcement de l'esprit d'équipe ?

– Doux Jésus, souffle Tom. Pitié ! Tout sauf ça !

Par malheur, le docteur Kilgore – avec qui Tom et moi avons eu le déplaisir de collaborer étroitement dans le passé – surprend nos paroles. Elle nous fusille du regard.

– La participation est obligatoire, lance-t-elle d'un ton cassant.

Pas pour les présidents d'université, à ce qu'il semblerait... Le président Allington se retire, prétextant un rendez-vous important (avec une bouteille de scotch, s'il lui reste un peu de bon sens). Je m'attends à voir Muffy Fowler le suivre – après tout, elle ne fait pas partie du département logement. Mais je constate qu'elle est parvenue à accrocher le diamant trois carats de sa bague au devant de la veste du révérend Mark. Et qu'elle a décidé de rester parce que « Flûte ! Ça risque d'être vraiment rigolo ».

Je cite texto.

L'exercice de renforcement de l'esprit d'équipe se révèle encore plus atroce que Tom et moi l'avions anticipé. Le docteur Flynn apporte un tas de journaux non réclamés qu'il a récupérés à la réception. Puis on nous demande de former des groupes de cinq, et une pile de journaux est remise à chacun de ces groupes. Tom et moi nous agrippons aussitôt l'un à l'autre afin d'être dans la même équipe.

– Elle en a tellement enduré aujourd'hui, elle a vraiment besoin de moi, explique Tom au docteur Kilgore lorsque cette dernière hausse les sourcils, apparemment sceptique.

Logique, le but de l'exercice étant d'apprendre à connaître les membres du personnel qui, sans cela, demeureraient pour nous des étrangers. Dieu sait comment, nos coéquipiers se trouvent être le révérend Mark, Muffy Fowler et le docteur Kilgore (c'est elle qui choisit de se joindre à notre groupe, sans doute pour pouvoir nous avoir à l'œil, Tom et moi).

– À présent... commence le docteur Flynn, lorsque chaque équipe a pris place sur sa causeuse.

Les causeuses n'étant cependant pas suffisamment larges pour accueillir une équipe au complet, Tom et moi nous retrouvons, une fois de plus, assis par terre.

– ... vous devez tous vous demander ce que nous faisons avec ces journaux ? Eh bien, mes amis, je veux que vous et vos coéquipiers utilisiez ces journaux pour ériger une structure autonome assez grande pour que toute votre équipe puisse y trouver refuge.

Simon, le directeur de Wasser Hall, écume de rage :

– Comment on est censés s'y prendre ? On n'a même pas de ciseaux ! Ni de Scotch !

– J'en suis conscient, Simon, dit le docteur Flynn d'une voix calme. En revanche, vous avez une maîtrise de sociologie et quatre coéquipiers aussi diplômés que vous, tous dotés d'exceptionnelles qualités humaines. Je pense que vous devriez, en mettant en commun vos compétences, parvenir à ériger un genre de structure dans laquelle vous pourrez tenir tous les cinq, le temps suffisant pour que vos résultats soient...

– Parce qu'on est *notés* ? hurle quelqu'un d'autre, visiblement scandalisé.

– Un exercice censé développer l'esprit d'équipe ne devrait pas être noté ! ajoute Dieu sait qui.

– Du calme, du calme... Ce n'est qu'un jeu ! Le docteur Veatch aurait voulu que cela se passe ainsi.

Je crois que nul, dans cette pièce, n'a idée de ce qu'aurait voulu le docteur Veatch. Vu que personne (pas même moi) ne le connaissait plus que ça. Peut-être aurait-il effectivement trouvé amusant de construire des maisons en papier journal... Une chose est sûre, si vous voulez mon avis : c'est qu'il aurait été *pour* que les maisons soient notées.

– Est-ce que c'est pas fendant ? demande Muffy, tandis que notre équipe se met au travail.

– Oh ouais, approuve Tom. Je suis tellement mieux ici que dans mon bureau !

Tom ment comme un arracheur de dents. Son ordinateur de bureau est équipé de jeux de football américain, ses favoris.

Il y joue toute la journée... quand il n'est pas occupé à faire la guerre aux soirées biture et aux rendez-vous amoureux qui tournent au viol. Il y jouerait aussi toute la nuit, si son petit ami Steve n'y trouvait à redire.

– Moi aussi ! lance le révérend Mark d'un ton jovial.

Puis il me regarde et cesse de sourire.

– Bien que la raison de notre présence ici m'afflige, bien entendu.

Muffy perd elle aussi son sourire.

– C'est juste, dit-elle en me fixant de ses grands yeux de biche, embués de larmes. (Comment fait-elle ? Et juste au bon moment !) Vous étiez collègues de travail. Vous devez être effondrée ! Quel choc !

– Vous étiez la secrétaire du docteur Veatch ? demande Mark, me jetant un regard préoccupé... où perce la fascination perverse qu'éprouve tout un chacun à l'égard de qui vient de découvrir un cadavre.

– Sa directrice adjointe, rectifient Tom et le docteur Kilgore, d'une même voix.

– Pourquoi ne pas commencer à travailler sur notre structure ? demande le docteur Kilgore, tenant une pile de journaux entre le pouce et l'index, visiblement soucieuse de ne pas tacher ses vêtements d'encre. (Le *New York Post* est notoirement salissant.) Vous suggérez qu'on s'y prenne comment ?

– Eh bien... dit Tom en lui arrachant les journaux des mains, apparemment agacé par son infantilisme. Il faut qu'elle tienne toute seule, n'est-ce pas ? Pourquoi ne pas fabriquer quatre supports, comme ça...

Il enroule plusieurs feuilles sur elles-mêmes, de façon à former une sorte de bâton.

– Nous nous en servirons comme de colonnes, et n'aurons plus qu'à surmonter le tout d'une autre feuille, en guise de toit.

– Super ! je m'exclame, ravie. C'est comme si c'était fait !

– Euh... objecte le révérend Mark. Ne le prenez pas mal, mais... j'ai travaillé comme missionnaire au Japon, et je me disais qu'on pourrait *plier* les feuilles, de manière à... attendez, laissez-moi vous montrer...

Le révérend Mark prend les journaux à Tom et entreprend de les déchirer et de les plier de façon archi-élaborée. Muffy et le docteur Kilgore l'observent, apparemment impressionnées par l'habileté de ses doigts.

– Mon Dieu, Mark... Vous permettez que je vous appelle Mark ? demande Muffy

– Je vous en prie.

– Eh bien, Mark, c'est incroyable comme vous faites ça bien !

– Dans de nombreuses cultures, le pliage est considéré comme un art, souligne le révérend Mark. Mais le rapprochement avec les mathématiques s'impose davantage. En géométrie, certains problèmes de construction ne pouvant être résolus à l'aide d'une règle et d'un compas peuvent l'être, en revanche, grâce à un simple pliage de papier. Étonnant, non ?

Admirative, Muffy écarquille ses grands yeux marron.

– Stupéfiant ! Les Japonais sont géniaux ! J'adore les sushis !

Tom et moi échangeons un regard. Tom lève les yeux au ciel.

– Bien ! s'exclame le docteur Flynn, en passant d'une équipe à l'autre. Bien ! Je vois que vous vous rapprochez, que vous travaillez ensemble. C'est ce à quoi nous espérions assister,

Gillian et moi. Un personnel qui surmonte l'adversité, qui défie la tragédie...

– Où est mon agenda ? marmonne Tom.

– Et maintenant, parce que je constate que cet exercice est beaucoup trop simple pour vous tous, je vais vous compliquer la tâche et... vous bander les yeux !

D'un carton que les docteurs Kilgore et Flynn ont apporté avec eux, ce dernier tire deux douzaines de foulards en soie bon marché, qu'il entreprend de distribuer en nous priant de nous en couvrir les yeux, de les nouer derrière la tête et de construire nos maisons en papier sans rien y voir.

Simon, de Wasser Hall, proteste :

– Mais si nous avons les yeux bandés, nos maisons ne ressembleront à rien, et nous aurons une mauvaise note !

– Pas du tout ! rétorque le docteur Flynn. L'un des membres de l'équipe est dispensé du port du bandeau. C'est à chacun des groupes de choisir lequel. C'est cet équipier qui guidera les autres.

– Je choisis Mark ! s'empresse de déclarer Muffy.

– Oh, fait Mark, l'air embarrassé, levant les yeux de son mur de papier savamment plié. Honnêtement, je...

– Moi aussi, dit Gillian.

Puis, se tournant vers Tom et moi :

– Et vous deux, vous approuvez ?

On en a pour la journée si c'est Mark qui dirige l'équipe. Je ne vois pas comment il va nous apprendre à faire des murs en papier plié. Surtout si nous avons les yeux bandés.

– Euh... bien sûr, dis-je.

– Je ne sais pas, annonce lentement Tom, avec une étrange expression rêveuse. C'est que... Heather a subi un tel traumatisme aujourd'hui, quand elle est entrée dans son bureau et a trouvé son chef... pas tant son chef que son mentor... C'est bien ce que tu m'as dit, Heather ? Qu'Owen était cela pour toi... un mentor ?

Je le fixe, hébétée.

– Hein ?

– Ne sois pas timide ! Nous sommes entre amis. Nous savons à quel point ça t'a fichue en l'air de voir Owen dans cet état. Reconnais-le, Heather. Tu peux avoir confiance en nous, n'est-ce pas ? Voir tout ce sang répandu sur mon ancien bureau...

– Tom, pour l'amour de Dieu ! s'exclame Gillian avec dégoût.

– Enfin, bref... je pense que c'est à Heather de diriger l'équipe, dit Tom, faux jeton à souhait. Après ce qu'elle a subi aujourd'hui, il serait cruel de lui faire mettre un bandeau sur les yeux. Elle m'a raconté que chaque fois qu'elle ferme les yeux, elle revoit la cervelle d'Owen recouvrant son calendrier Dilbert...

Je le reprends :

– Garfield.

– Est-ce que vous voudriez bien, tous les deux... commence Gillian.

Mais le révérend l'interrompt.

– Je suis d'accord avec... Tom, c'est ça ? (Mark ferme les yeux et secoue la tête.) Vu ce qu'elle vient de vivre, il est normal qu'Heather soit notre capitaine.

– Je trouve aussi, glisse Muffy. (Elle regarde Gillian, les yeux baignés de larmes.) C'est le minimum.

Le docteur Kilgore semble au bord de l'apoplexie.

– Très bien, concède-t-elle, les mâchoires serrées, distribuant les foulards que lui a remis le docteur Flynn.

– Que chacun d'entre vous se bande les yeux. Enfin, à part Heather.

– Vous aussi, docteur Kilgore ? demande Tom, un sourire aux lèvres.

– Moi aussi, répond-elle d'une voix sombre, en nouant le foulard derrière sa tête.

– Mark ! glapit Muffy. Je n'arrive pas à mettre le mien... Vous pourriez m'aider ?

– Oh, réplique Mark. C'est que j'ai déjà mis le mien... mais je vais essayer.

Le révérend tâtonne, cherchant Muffy, et se débrouille pour saisir à pleine main le sein qu'elle lui a quasiment balancé dans la paume.

– Oh, mon Dieu ! s'écrie-t-il, devenant blême.

– Oh !

Muffy rougit gracieusement sous son bandeau, même s'il est clair que tout cela l'excite.

– Je suis vraiment désolé !

Le révérend semble prêt à se faire hara-kiri. En trois petites secondes, son beau visage, d'abord livide, est devenu rouge comme une pivoine.

– Ce n'est pas votre faute. Vous n'y voyez rien ! lui rappelle Muffy.

Elle parvient à nouer toute seule son bandeau, comme elle en était capable dès le départ.

– Voyons un peu... Ça y est, c'est bon !

– Vous... vous êtes sûre ? bafouille le révérend. Peut-être le docteur Kilgore... ou Heather...

– Tout va bien, susurre Muffy.

– Eh bien, puisque c'est Heather qui dirige notre groupe, lance Gillian d'un ton sec, peut-être devrait-elle commencer à diriger !

– Certainement, dis-je. Mark, pourquoi ne pas nous montrer comment vous fabriquez ces espèces de murs ?

– Eh bien, ça ne va pas être facile, répond le révérend. Surtout avec un bandeau sur les yeux. Mais, par respect pour l'esprit d'équipe, je veux bien essayer. D'abord, vous prenez une page de journal et vous la déchirez, de façon à...

Gillian et Muffy se mettent toutes deux à déchirer des bandes de papier. Tom mouline l'air de ses bras, s'efforçant de saisir un journal sur la pile, puis se penche vers mon oreille (ou du moins, vers ce qu'il prend pour mon oreille, qui se révèle être le sommet de mon crâne).

– Je n'ai jamais rien fait de plus gai. Et pourtant, je suis gay, comme je n'ai sans doute pas besoin de te le rappeler.

– Tu ne veux pas recommencer à fabriquer tes supports comme tu le faisais avant ces histoires d'origami ? Sinon, au rythme où on va, on ne battra jamais Wasser Hall.

– Heather, dit Tom, feignant la désapprobation. Le but n'est pas de gagner, mais de stimuler notre esprit d'équipe.

– La ferme ! Il faut qu'on ratatine Wasser Hall, c'est tout ce qui compte !

Notre « maison » est terminée bien avant celles des autres. J'y fais entrer mes coéquipiers et, agitant la main, je m'écrie :

– Docteur Flynn ! Ohé, docteur Flynn ! Je crois que nous avons fini.

Le docteur Flynn s'approche, l'air satisfait, et examine le travail de mon équipe.

– Oh oui ! dit-il. Beau boulot. Formidable, vraiment. Vous avez tous fait un excellent travail d'équipe.

– Maintenant on peut retirer nos bandeaux ? demande Muffy.

– Oh oui, bien sûr.

Muffy, le révérend Mark, Gillian et Tom retirent leurs bandeaux et jettent un coup d'œil autour d'eux, à la maison dans laquelle ils sont assis.

– N'est-ce pas stupéfiant, les amis ? demande le docteur Flynn. N'est-il pas incroyable de penser que vous avez collaboré afin d'ériger quelque chose de vos propres mains – et les yeux bandés ? Allez vous rasseoir et détendez-vous pendant que les autres terminent la maison. Et n'oubliez pas les tapes dans le dos, vous les méritez...

Gillian fixe avec stupéfaction les quatre colonnes fragiles qui maintiennent un toit de papier journal tout aussi léger... La *chuppah*[1] la plus ringarde du monde, tendue au-dessus de deux couples totalement hébétés.

– Mais... où sont les murs que nous avons fabriqués ? demande Muffy.

– Oh, dis-je. Ça risquait de prendre des plombes. Alors j'ai décidé, en tant que chef d'équipe, de ne pas les utiliser et de suivre l'idée de Tom.

– Tout de même, proteste Gillian, baissant les yeux sur ses doigts maculés d'encre ainsi, par conséquent, que son tailleur crème en lin. Vous auriez pu nous prévenir.

– Vous étiez tous si enthousiastes. Je ne voulais pas briser cette humeur conquérante !

1. *Chuppah* : dais nuptial sous lequel les mariés se trouvent dans la synagogue. (N.d.T.)

– Eh bien, dit le révérend Mark en émergeant de la structure en papier. On s'est bien amusés, non ? Attendez, laissez-moi vous aider...

– Oh, je vous remercie.

Muffy semble avoir du mal à se remettre debout, d'autant plus que sa jupe crayon est très étroite et que ses talons sont très hauts. Elle glisse ses mains tachées d'encre dans celles du révérend et, le regardant droit dans les yeux, lui permet de l'aider à se relever.

– *Oh, mon cœur, oh, mon amour, je suis à toi pour toujours*, me chantonne Tom à l'oreille.

Simon, de Wasser Hall, retire soudain son bandeau.

– Est-il nécessaire de poursuivre cette mascarade ? Ils ont gagné. Pourquoi, dans ce cas, continuer à...

– L'important, ce n'est pas de gagner, Simon, explique le docteur Flynn d'une voix patiente.

Je dois pourtant dire, dans mon cas, que l'important était que je gagne et que Wasser Hall perde.

– Remettez votre bandeau, je vous prie, et continuez à aider vos coéquipiers.

– Mais ce n'est pas juste ! Heather et Tom ont déjà travaillé ensemble, glapit Simon. Ils sont manifestement compatibles. Alors que je connais à peine les gens avec qui on m'a collé... Ne le prenez pas mal, les gars.

– Simon ! s'exclame le docteur Jessup qui, un bandeau multicolore sur les yeux, est assis au centre d'une sorte de tipi inachevé. Remets ton bandeau !

C'est à cet instant précis que la porte s'ouvre et qu'entre un étudiant.

– Désolé, lui lance le docteur Flynn. La bibliothèque est

fermée cet après-midi pour cause de réunion administrative importante.

L'étudiant balaie des yeux la pièce où des hommes et des femmes adultes – qui ont tout l'air de fonctionnaires, avec leurs vêtements stricts – portant des bandeaux sur les yeux sont assis dans des maisonnettes fabriquées avec de vieux journaux. Il semble interloqué. (On le serait à moins.)

C'est alors que je réalise qu'il s'agit de Gavin McGoren.

– Euh... en bas, ils m'ont dit que je trouverais Heather Wells ici.

Je m'empresse de quitter mon groupe et me précipite vers lui.

– C'est bon, j'assure au docteur Kilgore. J'en ai pour une minute.

– Bien, mais dépêchez-vous de revenir ! rétorque-t-elle, les sourcils froncés. Nous devons encore nous pencher sur ce que nous avons appris aujourd'hui.

Ah oui ? Quoi, par exemple ? Que je te déteste ? Pas besoin de me pencher sur la question, je le sais déjà !

Je fais signe à Gavin de me suivre dehors, dans le couloir. Il a visiblement du mal à ne pas rire.

– Bordel ! Il se passe quoi là-dedans, frangine ? demande-t-il dès que nous sommes sortis de la salle. Un mec se prend une balle dans la tête, et v'là que vous pétez tous un câble.

– Gavin... (Je referme vite les portes de la bibliothèque.) Nous tentons de nous entraider pour surmonter notre douleur. Qu'est-ce que tu veux ?

– En jouant aux cow-boys et aux Indiens ? C'est qui, la bombe à gros nibards ?

– Elle s'appelle Muffy. Honnêtement, tu vas me causer des ennuis. Tu veux quoi ?

Gavin secoue la tête, incrédule.

– *Muffy* ? OK. Voilà de quoi il s'agit. J'ai pensé que ça t'intéresserait. Il y a cette meuf à mon étage... Jamie ?

– Ouais ?

– Eh bien, je suppose qu'elle avait rendez-vous avec Veatch, ce matin, ou quelque chose dans le genre ?

Je finis par saisir.

– OK. Price, Jamie Price. J'ai pas le temps, crois-moi, Gavin.

– Si c'est comme ça, dit-il, levant les mains comme s'il faisait le geste de se rendre. Tu sais, elle m'a dit que ça n'intéresserait personne. Mais moi, j'ai répondu : « Heather, c'est pas tout le monde. Heather se soucie des autres. » Mais si tu aimes mieux retourner jouer aux cow-boys et aux Indiens.

Je le fusille du regard.

– Gavin, de quoi s'agit-il ? Allez, dis-le-moi !

Gavin hausse les épaules.

– Rien... à part... Bon, j'ai entendu cette fille, cette Jamie... Elle était dans sa chambre, à pleurer, tu me suis ? Sa camarade de chambre est sortie et m'a dit qu'il n'y avait pas moyen de la calmer, OK ? Alors, j'ai balancé un truc style « Le Gavinator va essayer d'arranger ça ! ».

– Gavin !

Je n'en reviens pas, de la journée que j'ai passée. Honnêtement ! Et elle a commencé tellement tôt ! À six heures du matin ! Et tout de suite, la douleur (la mienne) et, OK, une petite partie de jambes en l'air. Et maintenant, ça !

– Tu as envie de mourir aujourd'hui ? Parce que je te jure que...

Gavin cesse de jouer les chefs de gang.

– OK, voici ce qui s'est passé. Je suis entré dans la chambre et lui ai demandé ce qui clochait. Elle m'a dit de m'en aller, et je lui ai répliqué : « Non, franchement, je peux t'aider car... (À cet instant, Gavin a le bon goût de sembler gêné.) Enfin, pas la peine d'entrer dans les détails. Bref, elle me répond...

– Si, Gavin. Entrons dans les détails. Tu lui as dit quoi ?

– Ça n'a pas d'importance. Ça ne change rien à l'histoire, OK ? Donc, elle me répond...

– Gavin ! Je retourne immédiatement dans la salle si tu ne me dis pas ce que...

– Je lui ai dit que ma mère était gynéco, OK ? (Gavin est écarlate à présent.) Écoute, je sais que c'est débile mais... les filles racontent absolument tout quand on leur dit qu'on a une mère gynéco. Je ne sais pas pourquoi.

Je le fixe, hébétée. Dommage que Gavin soit en licence de ciné. Il aurait pu faire des miracles dans les services de renseignements de la nation.

Je ne trouve rien à répliquer, si ce n'est :

– Continue !

– Quoi qu'il en soit, je m'attends à ce qu'elle me dise... je sais pas... qu'elle a chopé une MST ou un truc dans le genre. Du moins c'est ce que j'espère, parce que ça voudrait dire qu'elle est du genre coquine...

Je pousse un soupir et lève les yeux au ciel.

– Oh, Gavin ! Et moi qui pensais que ton amour pour moi était pur comme de l'eau de roche.

Gavin rougit à nouveau et, cette fois-ci, oscille un peu sur ses Nike.

– Un homme a des besoins. Et puis, elle est plutôt... plutôt sexy... si on aime les... enfin, elle est un peu comme toi. Un peu...

– C’est bon. Je crois que vais vomir. Gavin, si tu m’as arrachée à ma réunion pour me faire du gringue...

– Pas du tout ! proteste Gavin, trop indigné pour n’être pas sincère.

– Alors, tu voulais me dire quoi, Gavin ?

– Ce qu’elle m’a dit, elle ! rétorque-t-il en dressant son menton orné d’un bouc.

– Eh bien ? je demande, les bras croisés sur la poitrine. Je t’écoute.

– Elle m’a dit qu’elle sait pourquoi il a été abattu. Ton chef, je veux dire. Et ça semblait la mettre dans tous ses états.

Les bras m’en tombent – littéralement.

– Quoi ? *Pourquoi ?*

– Je ne sais pas pourquoi. Je te répète juste ce qu’elle m’a raconté. Elle a dit que tout était sa faute. Que, sans elle, le docteur – c’est quoi son nom déjà ? – serait encore en vie.

9

En juin, les gars en chemises en lin.
En juillet-août, tu ne trouveras que des crétins !
L'homme de septembre avait des mains de magicien,
Celui d'octobre m'emmena dans des pays lointains.

« Calendrier »
Écrit par Heather Wells

Plantée au milieu du couloir du deuxième étage, je fixe Gavin McGoren, bouche bée. Les portes de l'ascenseur s'ouvrent à notre droite et deux étudiantes de première année déboulent de la cabine en gloussant et – trop absorbées par leurs énormes jus de fruits et leur accès d'hilarité pour voir la pancarte « Fermé pour réunion. Ne pas déranger » – se dirigent vers la porte de la bibliothèque de Fischer Hall.

– Hé, les filles ! leur lance Gavin.

Elles cessent de rire et tournent la tête.

– N'entrez pas ! dit-il en désignant la pancarte. C'est fermé, vous voyez bien ?

Les filles jettent un coup d'œil à la pancarte. Puis à Gavin. Enfin, elles échangent un regard, se remettent à glousser et filent vers l'escalier de secours, secouées d'un rire hystérique.

Le regard de Gavin se pose à nouveau sur moi. Je vois qu'il devine, à mon expression, qu'il ne m'a pas encore convaincue.

– Heather, je te jure que je ne te fais pas marcher. C'est ce qu'elle a dit. Tu peux le prendre pour argent comptant.

– Elle a dit que c'était sa faute si Owen était mort ? je demande, secouant la tête. Gavin, ça n'a ni queue ni tête.

– Je sais, rétorque-t-il avec un haussement d'épaules. Mais ce sont ses paroles. C'est pourquoi il fallait que je te voie. Parce que j'ai eu le sentiment que c'était... tu sais... un indice.

Je secoue toujours la tête.

– Ça, j'en sais trop rien. Elle n'a rien dit d'autre ?

– Non. Après, elle s'est mise à pleurer si fort que je n'ai plus pu lui soutirer un mot. Elle a dit qu'elle voulait rentrer chez elle. Vu qu'elle vient du comté de Westchester, c'est pas très compliqué pour elle. Elle m'a expliqué qu'elle allait appeler sa mère pour qu'elle vienne la chercher à la gare. C'est là que j'ai songé à venir te voir. Tu sais, pour tenter de la retenir avant qu'elle n'ait... euh... quitté les lieux. Tout ça s'est passé il y a cinq minutes, si tu te dépêches tu pourras peut-être encore la choper.

J'acquiesce, surprise par la présence d'esprit de Gavin.

– OK. Eh bien, merci, Gavin. Je monte tout de suite la voir. J'arriverai peut-être à la calmer suffisamment pour qu'elle parle à la police avant de...

Je m'interromps en entendant un cri glaçant. On dirait qu'il provient d'en bas.

Sans attendre que mes supérieurs soient sortis de la bibliothèque, je m'empresse d'ouvrir les portes donnant sur l'escalier de secours et m'élance sur les pas des deux étudiantes de première année, dévalant les marches trois par trois, Gavin dans mon sillage.

Je trouve les deux filles dans le hall, visiblement indemnes. Elles se tiennent au milieu d'un groupe compact de résidents qui regardent, bouche bée, Sebastian Blumenthal franchir le bureau d'accueil et le poste de sécurité, menotté et escorté par la fine fleur de la police de New York. L'inspecteur Canavan suit, la mine sombre, les mains levées.

– C'est bon, les gosses, dit-il. Le spectacle est terminé ! Retournez dans vos chambres ! Allez, ne restez pas là !

Pourtant, personne ne s'en va. Et pourquoi le feraient-ils ? Le spectacle était manifestement loin d'être terminé !

– Ouvrez bien les yeux ! hurle Sebastian tandis que les agents l'entraînent. (Il ne se laisse pas volontiers emmener mais, maigre comme il est, il ne semble pas poser de gros problèmes aux balèzes qui l'entourent.) Voilà où passe l'argent de vos impôts ! Bon, OK, peut-être pas l'argent de vos impôts, vu qu'en tant qu'étudiants, vous n'en payez pas. Mais c'est à ça qu'il sera utilisé, un jour : à persécuter des individus qui voulaient juste améliorer la condition des pauvres et des opprimés ! Je suppose que cela n'importe guère, que je sois totalement innocent de ce dont on m'accuse. Je suppose que cela n'importe guère, que j'aie simplement essayé de réformer les conditions de travail de vos enseignants, qui sont quasiment traités en esclaves...

– Que... que se passe-t-il ici ? bredouille le docteur Jessup en émergeant de l'ascenseur.

Son foulard noué autour du cou lui donne l'air d'un pilote de la Royal Air Force. Il est talonné par les docteurs Flynn et Kilgore et autant de membres du département logement que peut en contenir la cabine d'ascenseur.

L'origine du cri entendu par tous un peu plus tôt devient évidente lorsque, de là où elle se tient derrière l'inspecteur Canavan, Sarah m'aperçoit dans la foule.

– Heather ! glapit-elle en s'avançant vers moi d'un pas chancelant, le visage baigné de larmes, la tignasse plus en bataille que jamais. Ils ont arrêté Sebastian ! Pour mmmm... pour meurtre ! Faut que tu les en empêches ! Il n'est pas coupable ! Il n'en serait pas capable ! Il ne croit pas au meurtre ! Il est vvvv... il est végétarien !

Laissez-moi vous dire un truc : si Sarah est, les trois quarts du temps, une sacrée casse-bonbon, c'est aussi une personne travailleuse, avec un cœur gros comme ça. Au fond, c'est plutôt une brave fille.

Mais une chose qu'elle n'est pas, c'est légère. Et vu qu'elle s'appuie sur moi de tout son poids, je suis sur le point de tomber à la renverse.

Dieu merci, Pete s'empresse de quitter le poste de sécurité et lui lance :

– OK, Sarah. Tu ne veux pas qu'on t'aide à t'asseoir là, dans le hall, et qu'on t'apporte un verre d'eau ? Tu n'as pas soif ? Un bon verre d'eau bien fraîche ? Ça ne te dit pas ?

– Je ne veux pas d'eau ! s'écrie Sarah, le visage enfoui dans ma poitrine.

Je ne distingue rien de ce qui se passe autour de moi, car j'ai ses cheveux dans la figure.

– Ce que je veux, c'est la justice ! gémit-elle.

– Eh bien, on t'en apportera aussi, dit Magda, surgie de Dieu sait où. Il en reste peut-être un peu au congélateur.

Pete et elle me débarrassent de Sarah. Je constate alors que la police est parvenue à évacuer Sebastian du bâtiment. L'inspecteur Canavan est encore dans le hall, s'entretenant à voix basse avec les docteurs Flynn, Jessup et Kilgore. Muffy Fowler est là, elle aussi. Elle n'a d'yeux que pour le révérend Mark, lequel semble avoir retrouvé une partie de ses brebis (ou de ses « ouailles »... j'ignore le terme exact) étudiantes. Il plaisante gaiement avec elles tandis que Muffy, faisant mine de savoir de quoi ils parlent, mêle son rire aux leurs.

Pendant ce temps, Gavin, qui m'a suivie depuis le deuxième étage, me fusille des yeux. « Jamie », articule-t-il en silence, indiquant les ascenseurs d'un geste de la tête.

À mon tour, je mime les mots « Une seconde ! », avant de désigner Sarah. Il doit pouvoir comprendre que je ne peux gérer qu'une crise à la fois. Je ne suis pas Super-Directrice-adjointe-de-dortoir, après tout. Euh... pardon... de résidence universitaire.

Pete et Magda font entrer Sarah dans la cafétéria, l'installent sur l'une des chaises en vinyle bleu et parviennent, à force d'insistance, à lui faire boire un verre d'eau. La cafétéria est fermée pour nettoyage entre le service de midi et celui du soir. Nous n'avons donc pas à nous inquiéter d'être observés... Tant mieux pour Sarah, qui n'est pas à son avantage. Sa peau est moite et rougie, et des boucles de cheveux noirs lui collent au front et aux tempes.

– Ça a été tellement horrible, murmure Sarah. On était assis dans la pièce de stockage. On était là, tout simplement, à vaquer à nos affaires étant donné que les experts étaient encore à passer ton bureau au peigne fin, Heather. Tout à coup, l'inspecteur Canavan est entré et a dit qu'il voulait parler à Sebastian. Sebastian a répondu « OK », ou un truc dans le genre, vu qu'il n'a rien à cacher. Pourquoi n'aurait-il pas répondu oui ? Et puis, presque aussitôt, ne voilà-t-il pas qu'ils le menottent et l'embarquent. Heather... ils l'ont arrêté ! Qu'est-ce qu'on va faire ? Il faut que j'appelle ses parents. Quelqu'un doit prévenir ses parents...

– On va s'en charger, dis-je d'une voix que j'espère réconfortante.

J'essaie de repousser les mèches de cheveux plaquées sur son front. En vain. Sarah transpire tellement qu'elles collent littéralement à sa peau.

– Mais je suis certaine qu'il va les appeler lui-même, j'ajoute.

– Oui, dit Magda. Les prisonniers ont bien droit à un coup de téléphone, non ?

Cette question provoque une nouvelle crise de sanglots.

Je jette un regard noir à Magda par-dessus la tête de Sarah.

– Quoi ? demande Magda, sur la défensive. C'est vrai, ce que je dis. Quand mon cousin Tito...

– ... Ton cousin Tito n'intéresse personne, Magda, dit Pete.

À son ton, j'ai comme le sentiment que Magda a peut-être raison : Pete ne l'aime pas... du moins, pas comme elle le voudrait. D'un autre côté, il a sans doute d'autres choses en tête. Il se fait visiblement du souci pour Sarah.

– Le tout, c'est de savoir pourquoi ils l'ont arrêté. C'est quoi, leurs preuves ?

– Ils n'ont pas de preuves, gémit Sarah, la tête entre les bras, qu'elle tient croisés sur la table. Ils n'ont pas de preuves, parce qu'il n'est pas coupable ! Sebastian est pacifiste. Il ne ferait pas de mal à une mouche ! Il est en maîtrise d'histoire des religions... Il mange kasher, nom de Dieu !

Pete et moi nous jetons un coup d'œil par-dessus ses épaules tremblantes.

– Faut bien qu'ils aient quelque chose, dit-il. Et quelque chose de solide. Ils ne voudraient pas courir le risque de se tromper et d'être montrés du doigt.

Je tire la chaise voisine de celle de Sarah et m'assieds près d'elle.

– Sarah...

Je m'efforce d'ignorer ses sanglots. Ce n'est pas le moment de pleurer. Du moins, si elle veut éviter à son ami la prison à vie. Voire pire. On pratique la peine de mort, dans l'État de New York.

– Réfléchis. Qu'est-ce qui peut leur laisser penser que Sebastian a fait le coup ? Est-ce qu'il possède une arme à feu ?

– Mon Dieu, non ! s'exclame Sarah dans un frisson. Je vous l'ai dit, c'est un pacifiste.

Elle m'a aussi dit qu'il était belliqueux. Mais je préfère ne pas y revenir. Qui plus est, n'importe qui peut se procurer une arme. On est à New York, après tout.

– Eh bien, où était-il le matin où le docteur Veatch a été tué ? Le sais-tu ? A-t-il un alibi ?

Sarah lève la tête. Des larmes brillent sur ses joues.

– Je... je n'en sais rien, bredouille-t-elle. Je ne suis pas vraiment sa petite copine. Comment je saurais où il était à huit heures du matin ?

Il est clair que cet aveu la blesse plus qu'elle ne veut le laisser paraître.

Pete se passe la langue sur les lèvres.

– Ça se présente mal, dit-il.

– Mais ce n'est pas lui ! gémit Sarah. Je sais que ce n'est pas lui !

– Ouais, réplique Pete. C'est bizarre, mais il se trouve que les juges et les jurés ont besoin de preuves, et que le fait de dire « Je sais que c'est pas lui ! » n'est pas considéré comme une preuve. Faut que je retourne à mon poste. Ça va aller, les filles ?

Nous acquiesçons et Pete s'en va en secouant la tête. Sarah le suit des yeux jusqu'à ce que la porte de la cafétéria se referme derrière lui. Puis elle nous fixe, Magda et moi, de ses grands yeux mouillés de larmes.

– OK. Alors, qu'est-ce qu'on va faire ?

Magda consulte sa montre ornée de vrais faux diamants.

– Vous, je ne sais pas. Mais moi, j'ai rendez-vous pour me faire épiler les sourcils, après le boulot.

– C'est pas ce que je voulais dire, soupire Sarah. Je voulais dire au sujet de Sebastian.

– Je ne vois pas ce que nous pouvons faire, Sarah, dis-je. Enfin, la police...

– ... a arrêté un innocent ! De toute évidence, ils ont fait une terrible erreur.

Sarah ne pleure plus, mais son regard n'a pas perdu l'éclat fiévreux qu'il a acquis à l'instant où les flics ont passé les menottes à Sebastian... et qu'elle a poussé ce hurlement qui a traversé tous les couloirs de Fischer Hall. Je suis étonnée qu'elle ne se soit pas fait éclater un vaisseau, tellement elle a crié fort.

– Sarah, dis-je d'une voix hésitante. (Pourtant, il faut bien que ie le dise !) Je sais que tu... euh... que tu aimes beaucoup ce garçon. Mais comment peux-tu être si certaine de son innocence ?

Sarah se contente de me fixer. Je poursuis :

– Parce que tout de même, l'AED gagne à être débarrassée du docteur Veatch...

Sarah me fixe toujours.

– OK, je sais. J'étais là, ce matin. Et c'est sûr, Sebastian a paru aussi surpris que les autres d'apprendre qu'Owen était mort. Mais nous savons, toi et moi, que les sociopathes sont de bons acteurs. Peut-être que...

Sarah écarquille les yeux.

– Très bien, dis-je. OK, il n'est pas coupable.

– Enfin, grommelle-t-elle. Tu sais, par moments j'ai l'impression que tu n'enregistres pas les informations. Tu devrais t'assurer que tu ne souffres pas d'un léger trouble du lobe temporal. Tu n'as pas subi de commotion cérébrale dans ton enfance ? Ça pourrait tout expliquer. Enfin, bref, je crois que nous devons employer tous nos efforts à trouver la personne qui a réellement abattu le docteur Veatch.

J'avale ma salive.

– Euh... Sarah ? J'en ai discuté avec Cooper un peu plus tôt. Et il avait l'air de penser que c'était une très mauvaise idée.

– Ah ouais, rétorque Sarah, totalement indifférente à mes objections. Eh bien, la situation a pas mal changé, non ? Un innocent a été envoyé en prison pour un crime qu'il n'a pas commis. Bon, alors... qui d'autre, d'après vous, aurait eu intérêt à faire ça ? Quelqu'un a une idée ? Magda ?

Magda consulte une nouvelle fois sa montre.

– Je dois y aller.

Le visage de Sarah se décompose.

– Franchement, Magda, c'est trop te demander que te prier, pour une fois, de t'occuper d'autre chose que de ton allure ? Comme, par exemple, de la vie d'un jeune homme si progressiste et si altruiste qu'il n'est pas impossible qu'il devienne un jour président des États-Unis ?

Magda paraît sceptique.

– Je ne sais pas, dit-elle. J'ai des trucs pas cool qui commencent à pousser là où je devrais pas avoir de poils...

La porte de la cafétéria s'ouvre brusquement, et Gavin entre à grands pas.

– Hé ! lui crie Magda. C'est fermé jusqu'à cinq heures.

– Ouais, dit Gavin. Heather, on l'a loupée. Je viens d'appeler la chambre de Jamie. La camarade qui la partage m'a dit qu'elle était rentrée chez elle...

Je pousse un juron. Sarah me jette un regard perçant.

– Jamie qui ? demande-t-elle.

– Jamie Price, dis-je. Elle avait rendez-vous...

– ... avec Owen ce matin, complète Sarah. Je me rappelle. C'est moi qui ai fixé son rendez-vous. Elle a refusé de m'en communiquer le motif. Pourquoi Gavin est-il au courant, cela dit ? Et quelle importance, qu'elle soit ou non rentrée chez elle ? De quoi s'agit-il ?

– Rien, je réponds, désireuse de ne pas lui donner de faux espoirs. Elle a simplement dit quelque chose...

Gavin se tient à présent devant notre table.

– Faut qu'on aille la trouver ! Qu'on loue une caisse et qu'on aille chez elle découvrir ce qui se passe.

– Une seconde, dis-je en appuyant les paumes sur la nappe légèrement collante. *Hein* ? Non !

– On pourrait prendre le train, j'imagine, poursuit Gavin. Mais après, on fera comment pour aller de la gare à chez elle ? C'est plus rapide de louer une voiture.

– Aux heures de pointe, pas vraiment, fait remarquer Sarah. Et il est presque quatre heures. Pourquoi vous voulez faire ça, au juste ?

– Parce qu'elle sait pourquoi le docteur Veatch s'est fait refroidir, répond Gavin en haussant les épaules.

L'attitude de Sarah change du tout au tout. Elle redresse les épaules et braque sur moi le rayon laser de son regard :

– Pourquoi tu ne m'en as pas parlé avant ? demande-t-elle.

– Sarah, dis-je, résignée à ce qui m'attend. C'est seulement... On ne sait même pas de quoi Jamie a voulu parler. Si ça se trouve, c'est rien...

– Et si ça se trouve, c'est quelque chose ! réplique Sarah, à bout de souffle. Tu as prévenu l'inspecteur Canavan ?

– Sarah... non... je viens tout juste de l'apprendre. Je...

Mais Sarah, qui s'est déjà levée, se dirige vers la porte de la cafétéria. Je jette à Gavin un regard las.

– Merci !

Il lève les deux mains, comme pour me dire : « J'y suis pour rien ! »

– Allons-y, je lui dis.

Puis, à l'adresse de Magda :

– À plus tard. Bonne chance pour ton épilation !

Elle me foudroie des yeux tandis que je me lance à la poursuite de Sarah, moi-même talonnée par Gavin.

– On n'a pas toutes la chance d'être blondes comme toi, Heather. Certaines d'entre nous ont besoin d'un petit coup de pouce !

Une fois dans le hall, nous découvrons que Sarah s'est déjà jetée au milieu du cercle étroit d'administrateurs qui entoure l'inspecteur Canavan, et insiste pour se faire entendre :

– ... c'est pourquoi vous devez la contacter chez ses parents dès que possible. Vous pouvons bien sûr vous communiquer les informations nécessaires, si cela peut vous aider dans votre enquête...

L'inspecteur Canavan, me voyant approcher, me jette un regard suppliant par-dessus la tête de Sarah.

– Très bien, lui réplique-t-il. Ne vous inquiétez pas pour ça.

– Sarah, dis-je d'une voix douce.

– D'ailleurs, pourquoi n'irais-je pas vous les chercher tout de suite ? propose-t-elle.

Sarah fait volte-face avant de regagner nos bureaux.

– Je suppose que les experts sont partis, n'est-ce pas ?

– Euh... oui, répond Canavan. Le lieu du crime est à nouveau accessible.

– Le lieu du crime, ricane Sarah. (Son ton n'a rien d'amusé, cela dit.) Parfait. Je vais chercher l'adresse des parents de Jamie et je reviens. Attendez-moi !

Elle s'éloigne précipitamment. Toujours planté devant Canavan, le docteur Jessup me dévisage.

– C'est quoi cette histoire d'une résidente qui saurait quelque chose au sujet du meurtre du docteur Veatch, Heather ? demande-t-il.

– Je ne sais pas, dis-je. Un autre résident l'a entendue mentionner cela. C'est sans doute pas grand-chose... une simple rumeur.

– Hé ! proteste Gavin, indigné.

Je le fais taire d'un coup de coude.

– Je vais charger quelqu'un de contacter cette fille... euh... cette Mlle Price. Mais nous avons contre Blumenthal des preuves assez accablantes.

– Puis-je vous demander lesquelles ? dis-je.

– Vous pouvez, répond Canavan avec un sourire. Mais ce n'est pas pour ça que je vous répondrai.

Surprenant cet échange, le docteur Jessup rit de bon cœur. (Mais son rire n'a rien d'amusant.)

– J'imagine qu'Heather travaille ici depuis si longtemps qu'elle commence à se considérer comme une experte en matière criminelle, déclare-t-il d'une voix forte – mais pas suffisamment pour que les étudiants traînant alentour puissent comprendre ses paroles.

– Certes, approuve Canavan. Ce bâtiment semble être le théâtre d'une quantité inhabituelle de meurtres.

Cette remarque met visiblement le docteur Jessup mal à l'aise. Comme il doit regretter d'avoir abordé le sujet !

Sarah revient en courant, un morceau de papier à la main.

– Voici, inspecteur. L'adresse et le numéro de téléphone des parents de Jamie Price. C'est là qu'elle est. Ou qu'elle ne va pas tarder à être. Vous allez l'interroger ?

– Comptez sur nous ! dit Canavan, prenant le morceau de papier, le pliant en deux et le fourrant dans sa poche. À présent, si vous le permettez, j'ai des gens à voir, des choses à faire...

Le docteur Jessup pose une main dans le dos de l'inspecteur.

– Bien sûr, bien sûr. À propos...

Les deux hommes quittent le hall, suivis par le reste du conseil d'administration, le révérend Mark et, bien entendu, Muffy Fowler.

Sarah me regarde, toujours essoufflée.

– Il ne va pas interroger Jamie, pas vrai ?

– Je n'en sais rien, Sarah. Peut-être que si. Sûrement pas tout de suite. D'après lui, ils ont des preuves accablantes contre Sebastian.

Sarah a à nouveau les larmes aux yeux.

– Alors Gavin a raison. Il faut qu'on aille nous-mêmes l'interroger.

– Sarah, à mon avis, ce n'est vraiment pas une bonne idée.

– La vie d'un homme est en jeu, insiste Sarah.

– Je suis d'accord avec elle, dit Gavin. Et puis, Jamie a sûrement besoin de nous.

– *Sebastian* a besoin de nous, rectifie Sarah.

Je fixe le plafond.

– Je rêve !

– Et, poursuit Sarah, pas besoin de louer une voiture. Je connais quelqu'un qui en a une… et qui sera trop content de pouvoir nous aider.

Je la fixe avec curiosité.

– Ah oui ? Qui ça ?

10

Novembre, mois de l'amitié,
Décembre, seule sur l'oreiller.

« Calendrier »
Écrit par Heather Wells

– Non, dit Cooper.

Ça ne m'étonne pas. Ils lui ont tendu une embuscade, en me suivant jusque chez moi et – bien que je leur aie répété et re-répété que ça ne marcherait pas – ont insisté pour qu'il leur prête sa bien-aimée et tendrement retapée BMW 2002 de 1974.

Ouais, le jour où ça se produira, je me réveillerai tous les matins pour aller courir six kilomètres ! Pour le plaisir.

Ils n'en sont pas moins plantés là, dans son bureau du deuxième étage, où la fenêtre grande ouverte laisse entrer un léger vent de fin d'après-midi – toutes les balles perdues du parc n'y changeront rien !

– Cooper, dit Sarah. Tu ne comprends pas. C'est un cas d'urgence. La vie d'un homme est en jeu.

– Vous n'avez qu'à prendre le train, rétorque-t-il.

Il est assis, les pieds posés sur son bureau où règne un désordre de tous les diables, et passe son courrier en revue. Cooper est un homme très ordonné. Les pièces communes, et même sa chambre à coucher, sont les trois quarts du temps d'une propreté quasi maniaque.

Mais en ce qui concerne son bureau et sa voiture, c'est une

autre histoire. Ça me dépasse. Parfois, on croirait qu'ils ont subi le passage d'une tornade... Il y a là des papiers, des emballages de hamburgers gluants de fromage, des serviettes roulées en boule, des tasses à café vides, des Post-it couverts d'inscriptions énigmatiques... Tout cela formant des tas, un peu partout. Régulièrement, il s'attaque à ces deux espaces – le bureau et la voiture – qu'il range et récure au point de les rendre méconnaissables. Puis il laisse les choses s'accumuler de nouveau. Il prétend que c'est ainsi qu'il parvient à rester organisé.

Heureusement que je suis là pour faire sa compta, sans quoi il n'aurait aucune rentrée d'argent, vu qu'il serait incapable de retrouver les notes de frais destinées à ses clients et encore moins de les renvoyer à temps.

– C'est ça, dit Gavin, les yeux rivés sur une mouche qui vient tout juste de se poser sur un emballage de fast-food particulièrement riche en fromage, qui se trouve sur l'une des enceintes de Cooper. On n'a qu'à prendre le train. Mais après, on fait comment pour aller de la gare chez les parents de Jamie, hein ?

– Il y a un moyen très simple, répond Cooper, balançant nonchalamment sur le parquet une réclame lui annonçant qu'il a peut-être gagné un million de dollars. Ça s'appelle un taxi.

– Je ne suis même pas sûre qu'il y en ait à Rock Ridge, s'écrie Sarah. Je ne crois pas que ça entre dans leur projet urbain.

– Mauvais pour vous, les amis. Vous allez devoir louer une voiture.

– À New York, il faut être âgé de plus de vingt-cinq ans pour louer une voiture, souligne Gavin.

Cooper lève les yeux du catalogue Victoria's Secret qu'il a trouvé sous sa pile de courrier.

– Vous m'en direz tant ! Mais dis-moi, Heather, tu n'aurais pas dépassé les vingt-cinq ans ? Oh... une seconde... Il me semble qu'on a eu une petite discussion ce matin, toi et moi, au sujet de ton éventuelle implication dans cette affaire, non ?

Je fixe la pointe de mes souliers. Je comprends son point de vue. Vraiment. Mais pourquoi ce ton de donneur de leçons ?

– Les amis, dis-je à Sarah et Gavin. Cooper a raison. La police n'a nul besoin de notre aide. Nous ferions mieux de rester en dehors de tout ça.

– Mais Sebastian n'est pas coupable ! glapit Sarah.

– Dans ce cas, il n'a aucune raison de s'inquiéter, dit calmement Cooper en tendant le catalogue Victoria's Secret à ma chienne Lucy.

Comme, assise à ses pieds pendant tout ce temps, elle n'attendait que ça, là voilà qui pousse un cri de joie canin, se laisse glisser ventre au sol et se met au travail. Elle lacère le catalogue avec méticulosité, ajoutant de nouveaux déchets à ceux qui jonchent déjà le parquet de Cooper.

Les paroles de ce dernier ne semblent en rien rassurer Sarah. Bien au contraire, à croire qu'elles produisent l'effet inverse. Elle s'effondre sur le canapé recouvert de paperasse, en face du bureau de Cooper. (Qui possède heureusement, à l'extérieur, un bureau toujours impeccable où recevoir ses clients. La liste de ces derniers diminuerait sans doute de façon spectaculaire s'ils venaient à visiter son sanctuaire. Ils ne pourraient alors que douter des compétences d'un détective incapable de retrouver quoi que ce soit dans son bureau – pas même ses clients.)

Repliée sur elle-même, Sarah se balance d'arrière en avant, les yeux rivés sur le sol, émettant une sorte de léger gémissement.

Cooper l'observe d'un œil méfiant, comme un cheeseburger qui arrive saignant alors qu'on l'a commandé bien cuit.

C'est à cet instant que Gavin déclare :

– Tout ça, c'est... c'est des foutaises !

Avant de pivoter sur ses talons et de quitter la maison en claquant bruyamment la porte derrière lui. Je me précipite vers la fenêtre ouverte et sors la tête juste à temps pour le voir débouler les marches du perron et se diriger vers la Sixième Avenue, les épaules voûtées et les mains plongées dans les poches de son jean.

Je l'appelle.

– Gavin ! Attends ! Tu vas où ?

Ses épaules se contractent, mais il ne répond pas. Il ne tourne même pas la tête, alors que je sais très bien qu'il m'a entendue. Tous les dealers de la rue ont fait volte-face et se sont joyeusement écrié :

– Ohé, Heather !

De vrais gosses.

Je leur adresse un signe de la main, puis m'écarte de la fenêtre.

– Je ne comprends pas, dis-je à personne en particulier. Il va où ?

– Qu'est-ce que tu crois ? demande Sarah depuis le canapé, d'une voix acerbe. Il va la voir, elle.

J'écarquille les yeux.

– Ah oui ? *Pourquoi ?*

– À ton avis ? redemande rageusement Sarah en écartant de son visage une partie de sa tignasse sombre et épaisse afin de me jeter un regard noir. Depuis quand tu es si longue à la détente ? Tu es aveugle ou quoi ? Jamie Price et toi vous ressemblez comme deux gouttes d'eau. Sauf qu'elle est... bref... plus jeune, quoi.

Trop choquée pour trouver quoi répliquer, j'opte pour le silence. Pendant une seconde ou deux, pas un bruit, hormis les joyeux léchouillis, triturages et autres mastiquages de Lucy. Puis Cooper dit :

– OK... Ça a commencé comment, ce délire ?

Sarah hausse les épaules et soupire.

– Écoutez, il faut que je parle à Sebastian.

Nous la fixons tous deux. Elle relève lentement les yeux.

– Ils sont autorisés à recevoir des visites, non ? demande-t-elle, faisant soudain beaucoup moins que ses vingt-deux ans. En prison, je veux dire.

– Avec d'éventuels complices ? répond Cooper. Pour qu'ils puissent se mettre d'accord sur les détails de leur histoire ? Franchement, je serais surpris.

Je me tourne brusquement vers lui et le regarde bouche bée. Sarah est interloquée... et ne tarde pas à fondre en larmes.

– Comment... comment pouvez-vous... gémit-elle. Je n'ai jamais... Vous devez savoir que je ne pourrais jamais...

Secouée de sanglots de plus en plus violents, elle enfouit son visage dans l'accoudoir du canapé.

Je fusille Cooper des yeux. Il nous fixe tour à tour avec stupéfaction, Sarah et moi.

– Qu'est-ce que j'ai dit ? demande-t-il.

– Pas de ça avec moi ! je lui rétorque. Tu sais très bien ce que tu as dit ! Éventuels complices, mes fesses ! Sarah...

Je traverse la pièce, me laisse tomber près d'elle sur le canapé et tente d'écarter les cheveux qui lui retombent sur les yeux.

– Sarah, il s'est mal exprimé... Il ne voulait pas dire que tu étais une éventuelle complice. Il voulait juste dire que, du point de vue de l'accusation, ça pourrait donner l'impression, si tu demandais à voir Sebastian tout de suite, que...

– Oh, Heather, tu es à la maison !

Avec son légendaire sens du timing, mon père apparaît sur le seuil. Il tient un grand carton rempli de ses effets personnels. Mon père déménage, lentement mais sûrement, depuis le début de la semaine.

Quand il remarque Sarah et ses sanglots dramatiques, son joyeux sourire s'efface.

– Mon Dieu, dit-il. Je vois que je tombe comme un cheveu sur la soupe. J'ai appris la nouvelle, tu sais. À propos de ton chef. Comme c'est fâcheux ! Les morts semblent se succéder à une fréquence inquiétante sur ton lieu de travail, Heather. Non que je croie à ce genre de choses, bien sûr, mais si j'étais superstitieux, je pourrais presque commencer à penser que Fischer Hall est un endroit maudit.

Lorsqu'elle aperçoit mon père, Lucy s'arrache à son magazine presque entièrement réduit en miettes et, remuant la queue, va lui lécher la main.

– Oh, salut, Lucy ! Pas maintenant, ma jolie. On ira se promener plus tard. Il faut que j'apporte ce carton à Uptown. Ce qui me rappelle, Heather... il y a un truc dont il faudra que je te parle, quand tu auras un moment. Une petite proposition de boulot dont nous voulions discuter avec toi, Larry et moi. Ça pourrait se révéler très profitable pour nous trois. Franchement, je pense que ça va te plaire. Mais le moment est mal choisi, à ce qu'il semblerait...

Sarah se remettant à sangloter de plus belle, papa interroge Cooper du regard. (Je suis quant à moi trop occupée à étancher les larmes de Sarah pour lui expliquer quoi que ce soit.)

– C'est ma faute, reconnaît Cooper en désignant Sarah. Je ne suis qu'une brute sans cœur.

– Oui, en effet, réplique papa. C'est ce que j'ai toujours apprécié, chez toi. Euh... Heather ?

Je cesse de tapoter le dos de Sarah et lève les yeux.

– Oui, papa ?

– Tad a appelé. Il a apparemment essayé de te joindre sur ton portable. Il aimerait que tu le rappelles. Il voulait juste savoir comment tu allais après... enfin, bref, tout ce qui s'est passé.

– Merci, papa.

– Eh bien... (Il jette un dernier coup d'œil à la silhouette effondrée sur le canapé.) Je crois que cette nuit sera la dernière que je passe ici. Si vous n'avez pas d'objections, je cuisinerais bien des travers de porc pour tout le monde. Ils sont en train de mariner. Je suppose que vous comptiez tous les deux dîner ici ?

Cooper et moi hochons la tête. Papa a l'air content.

– Formidable, dit-il. On se retrouve vers huit heures, alors. Toi aussi, Lucy.

Puis, à l'adresse de Sarah :

– Si vous souhaitez dîner avec nous, mademoiselle, vous êtes la bienvenue. J'espère que vous... que vous serez un peu remise d'ici là. Il y en aura bien assez pour tout le monde. Bon, à plus tard.

Et le voilà reparti. Déçue qu'il ne l'ait pas emmenée avec lui, Lucy, boudeuse, retourne déchiqueter le visage de Giselle Bündchen. Cooper regarde, par la fenêtre, le ciel rosissant, à peine visible par-dessus les toits des maisons d'en face. Les sanglots de Sarah ont perdu de leur vigueur. On dirait qu'elle s'est un peu calmée, si j'en crois la façon qu'elle a de s'essuyer le nez sur sa manche. Je jette un coup d'œil alentour, à la recherche de mouchoirs en papier... avant de me rappeler où je suis.

Je parviens à dégoter, près d'un carton de beignets, une pile de serviettes en papier qui ne paraissent pas avoir trop servi. Je les lui passe. Sarah lève la tête et se mouche dans l'une d'entre elles. Puis elle se tourne vers Cooper et, les yeux brillants de haine (il n'y a pas d'autre mot), dit :

– Je n'ai rien à voir avec le meurtre, Cooper.

– Je n'ai pas dit ça, rétorque-t-il.

Il a retiré les pieds de son bureau et tapote à présent son clavier, effectuant manifestement une recherche sur le Net. Le connaissant, il a dû taper « Giselle Bündchen ».

– Tu m'as traitée de... de complice ! s'écrie Sarah.

Il garde les yeux rivés sur son écran.

– Heather vient de t'expliquer.

– Il a raison, Sarah, dis-je. Ils ne te laisseront pas parler à Sebastian. Je doute qu'on l'autorise même à recevoir des visites, hormis celles de son avocat. D'ailleurs, il n'est probablement plus à Manhattan à l'heure qu'il est. Il doit être à la prison de Rikers.

– Rikers ! répète Sarah, horrifiée.

– Non. C'est aux Tombs qu'il doit être, rectifie Cooper, toujours sans nous regarder. Ils l'ont sûrement transféré du Central 6 au centre de détention de Manhattan. (Il consulte l'heure, sur son écran.) Ou peut-être pas encore. On l'emmènera à Rikers dans la matinée, ça, c'est certain.

– C'est impossible ! s'exclame Sarah, bondissant hors du canapé. Il ne faut pas qu'il aille à Rikers ! Vous ne comprenez pas... Il fait de l'asthme ! Il a des allergies !

Cooper finit par se détourner de son ordinateur. Il fixe Sarah avec une expression de fureur. Il est... carrément flippant. Comme ce matin quand il m'a ordonné de ne pas mettre mon nez dans l'enquête sur la mort d'Owen.

– OK, dit-il, écumant de rage. J'ai eu ma dose ! J'en ai assez de toutes ces conneries, Sarah. Soit tu m'expliques ce qui se passe, soit tu te tires de chez moi. (Sarah me cherche des yeux.) Non... ne regarde pas Heather ! C'est moi qu'il faut regarder ! Allez, dis-moi tout, ou bien casse-toi ! Je compte jusqu'à trois. Un...

– Il n'y est pour rien ! s'écrie Sarah.

– J'ai compris qu'il n'y était pour rien ! Dis-moi comment tu peux le prouver. Deux...

– Je le sais, c'est tout. Je le sais !

– Ça ne suffira pas pour que le procureur abandonne les poursuites, Sarah. Trois. Fiche-moi le...

– Il ne peut pas être coupable parce qu'Owen Veatch a été abattu depuis l'extérieur du bâtiment, hurle Sarah. Et je peux prouver que Sebastian était à l'*intérieur* de Fischer Hall au moment où Owen a été tué.

– Et comment peux-tu le prouver ?

– Parce que... (Les joues de Sarah virent soudain à l'écarlate.) Parce que je... je l'ai inscrit sur le registre, la veille au soir.

– Tu as quoi ?

Je me fige (mais au fond, je suis soulagée).

Puis je me lève du canapé et traverse la pièce pour rejoindre Sarah, en sentant craquer sous mes pieds des lambeaux du catalogue Victoria's Secret.

– Elle l'a inscrit sur le registre, dis-je. Le registre qui se trouve au poste de sécurité. Toutes les personnes invitées dans la résidence doivent le signer et laisser une pièce d'identité au gardien. À quelle heure tu as signalé sa sortie ce matin, Sarah ?

Elle secoue la tête.

– Tard. Après le petit déjeuner. Il devait être neuf heures moins le quart.

Je jette à Cooper un regard triomphant.

– *Après* que le meurtre a eu lieu. Tu saisis ? Ça prouve qu'il ne peut pas en être l'auteur. Le gardien ne l'aurait pas laissé sortir du bâtiment sans le faire signer. Ça ne peut pas être lui !

Cooper n'en fronce pas moins les sourcils.

– Je ne pige pas, dit-il. Si tout cela est vrai, pourquoi le gosse ne l'a-t-il pas dit aux flics quand ils lui ont demandé où il était au moment du meurtre ? Pourquoi ne leur a-t-il pas montré le registre ?

– Parce que... réplique Sarah d'une voix piteuse. Parce qu'il... qu'il protégeait quelqu'un.

– Qui ça ? je demande. Qui a-t-il bien pu...

– Moi, OK ? (Sarah ne peut apparemment pas quitter des yeux le plancher.) C'est moi qu'il protégeait.

Avec un soupir de contentement, Cooper se renverse sur sa chaise de bureau, ce qui la fait grincer.

– Et moi qui croyais que l'esprit chevaleresque était mort !

– Ce n'est pas ce que tu crois ! rétorque aussitôt Sarah, relevant les yeux et piquant à nouveau un fard. Nous ne sommes pas... nous n'avons jamais...

Je lui jette un regard intrigué.

– Mais Sarah... dans ce cas, pourquoi aurait-il voulu te protéger ?

– Je... je préfère ne pas le dire, répond Sarah. On ne pourrait pas se contenter de lui apporter le registre ? À l'inspecteur Canavan, je veux dire...

– Qu'avez-vous donc traficoté toute la nuit si vous n'étiez pas occupés à faire des galipettes ? s'enquiert Cooper. Pardonne ma curiosité, mais tu peux être sûre que Canavan te le demandera.

– Non. On ne peut pas se contenter de lui apporter le registre, dis-je, agacée, en réponse à la question de Sarah. Il faut que je sache. De quoi Sebastian te protège-t-il, Sarah ? Et qu'est-ce que...

– Était-il avec toi à huit heures du matin ? interrompt Cooper. Tu dis que tu as signalé sa sortie à huit heures quarante-cinq. Mais as-tu passé avec lui la totalité du temps écoulé entre l'heure où tu as signalé son entrée et l'heure où tu as signalé sa sortie ?

– Vous ne pouvez pas arrêter de parler en même temps ? crie Sarah, qui semble à deux doigts de fondre à nouveau en larmes. C'est vraiment énervant ! Je croirais entendre mes PARENTS !

Ça nous coupe le sifflet, à Cooper et moi. Nous échangeons un regard hébété. *Parents ?*

– Non, je n'ai pas passé tout ce temps-là avec lui, confirme Sarah. Quant à ce qu'on a fait, ça ne concerne que nous.

– Mais Sarah, j'objecte, une fois remise de l'allusion aux parents. Tu sais que quand on fait entrer une personne dans la résidence, on s'engage à rester avec elle le temps que...

– Tu crois pouvoir arriver comme une fleur au Central 6 et, quand ils te poseront une question, leur répondre que ça n'est pas leurs oignons ? s'esclaffe Cooper. Parce que j'aimerais bien être là quand tu feras ça !

Soudain, tout s'éclaire.

– La cafetière ! je m'écrie, désignant Sarah d'un doigt accusateur.

Cooper et Sarah me fixent comme si je m'étais mise à parler dans une langue inconnue. Sarah paraît tout de même un peu nerveuse.

– Je ne sais pas de quoi tu parles, dit-elle.

– Oh si, tu sais, j'insiste sans cesser de la montrer du doigt. La pièce de stockage. Là où on a attendu que les experts en aient fini avec notre bureau. J'ai cru que les gars de l'équipe d'entretien s'en servaient comme d'un espace-détente. Il y avait même un sac de couchage. Et une cafetière. Quelqu'un s'était manifestement installé dans la pièce. Mais ce n'était pas l'équipe d'entretien.

– C'est Sebastian, pas vrai ? Tu as fait entrer Sebastian et tu l'as laissé vivre *clandestinement* dans la résidence ? C'est ça, pas vrai ?

Sarah frissonne et enfouit son visage dans ses mains, sans dire un mot.

Pas besoin. Son attitude la trahit.

– Pas étonnant que Sebastian n'ait pas dit aux flics où il était quand Owen a été buté, je poursuis. Il ne pouvait pas !

Parce qu'il savait que ça te causerait des ennuis, et que d'avoir permis à un étudiant d'habiter illégalement dans la résidence te coûterait ton poste. Sarah ! Qu'est-ce qui t'a pris ? Tu as perdu les pédales ou quoi ?

Sarah laisse retomber ses bras et me jette un regard noir.

– C'est pas la faute de Sebastian ! s'écrie-t-elle. C'est moi qui ai eu l'idée. Et ce sont ces imbéciles du département logement qui sont responsables ! Il avait demandé un camarade de chambre qui mange kasher. Et avec qui il s'est retrouvé ? Avec un surfeur californien qui avait coché la case « kasher » parce que c'était la formule de repas la plus chère et qu'il en avait conclu que la nourriture devait être meilleure. Il ne savait même pas ce que signifiait le mot « kasher ». Et alors, quand Sebastian est allé trouver le directeur de sa résidence pour demander à changer de chambre, on lui a répondu qu'il n'y en avait pas de libre. Il était censé faire quoi ? Compromettre ses valeurs religieuses ?

– Non, dit Cooper. Apparemment, il a préféré compromettre ton boulot.

La respiration de Sarah s'accélère et devient saccadée. Une seconde plus tard, c'est l'hyperventilation.

Par chance, je trouve un sac en plastique au milieu du fouillis et, après avoir poussé Sarah vers le canapé et l'avoir aidée à se rasseoir, je la force à respirer dedans. Bientôt, son souffle redevient régulier.

Assise entre Cooper et moi, regardant tristement Lucy mastiquer la dernière page du catalogue Victoria's Secret, Sarah demande :

– Je suis la reine des idiotes, pas vrai ?

– Peut-être pas la reine... atténue Cooper.

– On n'est pas obligés de leur dire combien de temps tu lui as permis d'habiter là. On peut prétendre que c'était juste pour ce soir-là.

Sarah secoue la tête si violemment que sa chevelure broussailleuse nous fouette presque le visage, à Cooper et moi.

– Non ! C'est moi que l'amour a rendue aveugle ! Pas même le véritable amour, puisqu'il n'a jamais vu en moi autre chose qu'une amie. Comme si un type comme lui pouvait craquer pour une fille comme moi !

– On a vu des choses plus étranges, rétorque Cooper. Surtout après une nuit ou deux passées aux Tombs. Il pourrait en ressortir bien mieux disposé à l'égard du beau sexe en général.

Je brûle de lui donner un coup de coude mais c'est impossible, Sarah étant assise entre nous.

Or, qu'ai-je besoin de m'inquiéter ? Elle ne l'écoute pas, de toute façon.

– J'ai abusé de mon pouvoir en tant qu'assistante de la directrice adjointe. J'ai menti et profité de mes privilèges relatifs au droit d'entrée et aux clés. Je vais tout dire.

– Excuse-moi, mais... tu vas tout dire à qui ? Ton boss est mort.

– Ouais, j'approuve. Et je serais d'accord pour mettre ça sur le compte d'un coup de folie passager. Dû au rhume des foins.

– Je ne lui adresserai plus la parole, déclare Sarah. Une fois qu'on aura remis le registre à la police et que j'aurai fait ma déposition. Et que le bureau du président aura répondu favorablement à toutes les exigences de l'AED. Et que je lui aurai trouvé, ailleurs, un logement sûr mais abordable. Et que je me serai assurée qu'il reçoit le soutien psychologique adapté pour surmonter le stress posttraumatique dont il souffrira peut-être, suite à tout ça...

– Bien parlé ! lance Cooper d'un ton encourageant.

– Évidemment... commence Sarah, tandis que nous retournons tous trois à Fischer Hall pour aller chercher les registres et les remettre à l'inspecteur Canavan – ce, afin de hâter la remise en liberté de l'homme dont Sarah prétend formellement ne plus être amoureuse.

– ... il vaudrait mieux qu'on parvienne à découvrir qui a vraiment tué Owen. Pas seulement pour Sebastian, s'empresse-t-elle d'ajouter. Mais pour que tout rentre enfin dans l'ordre.

Cooper et moi échangeons un regard.

– Oui, dis-je. Ça vaudrait mieux.

11

Quand on se balade dans le parc,
Qu'on dépasse l'enclos à chiens
Et les gens au cœur serein [...].

« La Chanson de Lucy »
Écrit par Heather Wells

L'inspecteur Canavan n'est guère impressionné par les feuilles de registre que nous lui présentons trois quarts d'heure plus tard – sans doute est-il épuisé après une longue journée de boulot et n'aspire-t-il qu'à rentrer chez lui (il n'est pas le seul).

Mais c'est aussi, comme il nous le fait remarquer, que les feuilles en question ne constituent pas vraiment un alibi en béton : car n'importe qui peut échapper à la surveillance d'un gardien, se glisser hors de la résidence, abattre un directeur de résidence intérimaire d'une balle dans la tête et retourner dans le bâtiment ni vu ni connu.

Je me déclare offusquée par le peu de confiance que lui inspire l'infaillible service de sécurité de l'université de New York. Ce à quoi il ne daigne pas répondre... si ce n'est pour mentionner un petit détail : le revolver trouvé dans le sac de Sebastian.

– Un revolver ? ricane Sarah. Ne soyez pas absurde. Sebastian ne possède pas d'arme. C'est un pacifiste. Il pense que la violence n'est pas une solution, qu'elle ne règle rien.

L'inspecteur pousse un grognement.

– Un pacifiste qui se balade avec un calibre 38 non enregistré.

Dans la mesure où c'est une balle de ce même calibre qui a traversé le crâne d'Owen et que Sebastian n'a pas d'alibi solide pour l'heure où cela s'est produit, il est le suspect numéro un – et même l'unique suspect. Des analyses balistiques démontreront si l'arme est, oui ou non, celle qui a expédié mon boss dans l'autre monde. Les feuilles du registre serviront tout au plus à renforcer l'accusation, vu qu'elles apportent à la police de New York la première preuve tangible de la présence de Sebastian sur le lieu du crime, à l'heure où il a été commis.

Oups !

Lorsque, sortant du commissariat, nous nous dirigeons vers la Dixième Rue Ouest, Sarah est pâle comme un linge.

– Écoute, dis-je, redoutant qu'elle ne fasse une nouvelle crise d'hyperventilation et scrutant discrètement les trottoirs, à la recherche de sacs en papier abandonnés dans lesquels je pourrais la forcer à respirer. Tout va s'arranger. Je suis certaine qu'il a déjà dû contacter ses parents. Ils lui trouveront un bon avocat. Il se fera inculper, ses parents paieront la caution et il sera sorti demain matin.

À ces paroles, Cooper ouvre la bouche. Mais je le foudroie des yeux, et il la referme aussitôt.

– Je sais, dit Sarah d'une voix douce.

– Et tout se passera bien au centre de détention. L'inspecteur veillera à ce qu'il ait son inhalateur de Ventoline.

– Je sais, dis Sarah, toujours aussi calme.

Trop calme.

Je jette un coup d'œil à Cooper par-dessus la tête de Sarah. Il écarquille les yeux. Nous en sommes tous les deux conscients : il y a un truc qui cloche. Sarah devrait être dans tous ses états. Pourquoi est-elle si impassible ?

Nous attendons, au coin de la rue, qu'un taxi libre passe et nous reconduise à Washington Square. C'est une belle soirée de printemps, et une quantité de gens erre dans les rues. Des couples hétéro ou homo, certains poussant des landaus, d'autres non ; des célibataires, certains promenant leur chien, d'autres non. Tous sont élégamment vêtus (on est à West Village, après tout) et, profitant de la douceur de l'air et du crépuscule, flânent le long des terrasses de café et de leurs marquises aux couleurs vives, des magasins de déco hors de prix, des pâtisseries libérant de délicieux effluves, des boutiques spécialisées dans la vente de préservatifs...

Sarah ne prête guère attention à tout ça. Elle regarde droit devant elle, l'air absent. Quand Cooper hèle un taxi, que celui-ci s'arrête devant nous et que Sarah ne bronche pas, je tends la main et je la pince, à la façon de Muffy Fowler.

Pas fort ou quoi que ce soit... juste pour la faire réagir.

– Aïe ! s'exclame Sarah, sursautant, se frottant le bras et me fixant avec hostilité. Qu'est-ce qui te prend ?

– Qu'est-ce qui te prend à toi ? je rétorque. Tu viens de découvrir que l'amour de ta vie est un faux-jeton de première. Pourquoi tu n'es pas en train de faire une crise d'hyperventilation ? Ou de pleurer ?

– Qu'est-ce que tu racontes ? demande-t-elle, fronçant des sourcils qui auraient drôlement besoin d'être épilés. Sebastian n'est pas l'amour de ma vie. Et N'EST PAS un faux-jeton.

Cooper ouvre la portière arrière, une expression sceptique sur le visage.

– Un pacifiste qui se balade avec un calibre 38 ? Tu ne trouves pas ça un peu tartufe ?

– Mon Dieu, vous ne pigez rien ou quoi ? dit Sarah dans un ricanement en s'engouffrant dans la voiture. C'est évident. Quelqu'un a placé l'arme sur lui.

Je croise le regard de Cooper alors que je m'installe près d'elle sur la banquette. Il hausse les épaules, visiblement aussi largué que moi.

– Sarah, c'est quoi, cette histoire ?

– C'est manifestement un complot, nous explique Sarah comme si nous étions, Cooper et moi, deux simples d'esprit. Il a été piégé par le bureau du président. Je ne sais pas comment ils ont fait, mais vous pouvez être sûrs que ce sont eux qui ont tout manigancé. Sebastian n'a pas pu porter une arme. Quelqu'un a dû la glisser dans son sac.

– Washington Square West et Waverly, annonce Cooper au chauffeur en me rejoignant sur la banquette arrière. Puis, à l'intention de Sarah :

– Chapeau, jeune fille ! Celle-là, je l'avais encore jamais entendue. Un complot du bureau du président de l'université de New York. Quelle imagination !

– Riez autant que vous voudrez, rétorque Sarah. (Elle tourne la tête vers la fenêtre, en un geste résolu.) Mais dès demain matin, ils le regretteront. Pour de bon.

J'observe son visage de profil. Il commence à faire sombre, et j'ai du mal à le distinguer. Je ne saurais dire si elle plaisante ou pas.

Mais bon... c'est Sarah. Et la plaisanterie, ça n'a jamais été son truc.

– Comment ça, ils vont le regretter ? je demande. À quoi tu fais allusion ?

– À rien, dit Sarah d'un ton innocent. Ne t'inquiète pas !

Je jette un coup d'œil à Cooper. Il s'efforce de ne pas sourire – bien que le comique de la situation m'échappe.

Comme le taxi s'arrête devant Fischer Hall, Sarah décline mon invitation à dîner. Elle prétend avoir des tas de choses à faire – allez savoir quoi... Une fois Sarah partie, Cooper fait remarquer que ça vaut mieux comme ça. Il a eu sa dose de drames juvéniles pour la journée.

– Mais qu'est-ce qu'elle insinue, quand elle dit qu'ils vont le regretter ? je demande tandis que nous gravissons les marches du perron. Qu'est-ce qu'elle mijote, à ton avis ?

– J'en sais rien, répond Cooper en se battant avec son trousseau de clés. Mais si elle commence à déconner, tu as moyen de faire pression sur elle avec l'affaire du gars qu'elle hébergeait clandestinement dans le bâtiment. Tu n'auras qu'à menacer de la dénoncer.

– Oh, Cooper ! Je ne ferais jamais une chose pareille.

– Pourquoi ? Tu es trop coulante avec eux, Heather. Et c'était quoi, tout ce cirque à propos de ma voiture ? Tu n'imagines pas qu'il y avait la moindre chance pour que je la leur prête ?

– Non. Mais ça te va bien de parler. Et toi, qu'est-ce qui t'a pris dans ton bureau, quand tu t'es mis à agresser Sarah et à lui dire de ficher le camp ? Comme si tu allais réellement la jeter dehors ! Même un cafard, tu le chasserais pas ! Il y a qu'à regarder...

– Heather, tu ne t'en es peut-être pas rendu compte, mais elle nous racontait un tas de bobards. (Étant enfin parvenu à déverrouiller la porte, Cooper l'ouvre.) Tu crois qu'on aurait réussi à lui arracher la vérité si je l'avais bichonnée comme tu l'as fait ?

Mon portable sonne. Je le sors, constate que c'est Tad qui cherche à me joindre, et transfère aussitôt l'appel sur ma messagerie.

Manque de bol, Cooper se tient assez près de moi pour voir qui appelle et sur quelle touche j'appuie.

– De l'orage dans l'air ? demande-t-il, le sourcil dressé.

– Non, je rétorque. C'est juste que je n'ai pas envie de lui parler maintenant.

Je suis Cooper à l'intérieur, et balance mon sac à main et mes clés sur la console où lui-même a jeté son portefeuille et son trousseau.

– Le fait est que tu n'avais pas besoin d'être aussi méchant...

Cooper fait volte-face et me regarde.

– Si, Heather. Pour connaître la vérité, il faut parfois bousculer un peu les gens. C'est peut-être pas joli-joli, mais ça marche.

– Eh bien, on va devoir se résoudre à ne pas être d'accord, dis-je. Parce que je pense qu'on peut être gentil avec les gens et obtenir les mêmes résultats.

– Ouais, ricane Cooper. En quatre ans.

– Sarah aurait fini par entendre raison et par dire la vérité. Tôt ou tard. Ça n'aurait pas pris quatre ans. Plutôt quatre minutes. Et c'est précisément ce qui s'est passé. Oh, mon Dieu ! Ça sent quoi, là ?

Cooper renifle l'air.

– Ça, déclare-t-il sur le ton d'un homme content de ce qu'il découvre, c'est l'odeur succulente des travers de porc braisés de ton père.

Je suis sous le choc.

– Mon Dieu ! C'est incroyable ce que ça sent bon !

– Ouais. Eh bien, profites-en tant qu'il est temps, parce que c'est la dernière fois.

– La ferme. Il déménage juste à Uptown. Il ne va pas mourir.

– C'est toi qui ne supportais plus de l'avoir dans la maison, souligne Cooper en se précipitant vers le fond de la demeure. (C'est de là que proviennent les sublimes effluves.) En ce qui me concerne, il pouvait habiter ici pour toujours.

Je trotte dans son sillage, n'en croyant pas mes oreilles.

– Allez… Pour *toujours* ? Le yoga, les bougies aromathérapeutiques et tout le cirque, ça te dérangeait pas ? Sans parler de la flûte…

– Quand j'ai droit à ce genre de dîner en rentrant chez moi ? Parfaitement pardonnables !

– Vous voici enfin ! s'exclame papa depuis la cuisine.

S'il nous entend quand nous sommes dans le couloir, en revanche il ne peut (je le sais d'expérience) distinguer nos paroles. Il n'a pas une aussi bonne ouïe qu'autrefois, et les murs de la maison de Cooper sont épais. Rien de tel que ces bâtisses du XIXe siècle.

– Cessez de vous chamailler, vous deux, et dépêchez-vous. Le dîner est prêt. Vous êtes en retard !

Nous nous hâtons de gagner l'immense (pour Manhattan, du moins) cuisine sous verrière. Sur le bloc de boucher éclairé aux chandelles, le couvert est déjà mis, le vin déjà versé dans les verres. Planté derrière le plan de travail, papa remue une salade. Sous son tablier bleu et blanc, il porte une chemise, un pantalon en velours vert olive et une paire de sandales. Il prend une expression joyeuse en nous voyant entrer. Tout comme Lucy, qui frappe le sol avec sa queue avec la satisfaction d'un chien qui a déjà fait sa promenade du soir.

– Salut, dit mon père. Je suis content que vous soyez là.

– Désolée pour le retard. On a dû accompagner Sarah au commissariat. Il se trouve qu'elle...

Je n'achève pas ma phrase. Car il se trouve que nous ne sommes pas seuls – en plus de papa et Lucy – dans la cuisine. Quelqu'un est assis à table, une assiette de nourriture posée devant lui, bien qu'il se soit poliment gardé de commencer avant nous. En revanche, il ne nous a pas attendus pour boire.

– Heather ! lance Jordan – le frère de Cooper – d'une voix pâteuse, levant son verre dans notre direction. Cooper, tu as appris la nouvelle ? Je vais être papa !

– J'ai dû le laisser entrer, il ne m'a pas laissé le choix, m'explique mon père beaucoup plus tard, alors que Cooper est parti, après dîner, reconduire son frère dans son appartement-terrasse de l'Upper East Side. Il a beaucoup insisté pour te voir. Et il était, comme tu as pu le constater, d'humeur à faire la fête.

Si vous voulez mon avis, Jordan était surtout d'humeur à se flinguer. Mais bon... C'est ce qui arrive quand un homme découvre que sa femme attend un enfant et qu'il doute d'être prêt à devenir père.

Mais c'est quelque chose que Jordan m'avait demandé de garder pour moi, lorsqu'il m'avait coincée dans le couloir, pendant le dîner, alors que je revenais des toilettes.

– Je n'aurais jamais dû te laisser partir, m'avait-il sombrement déclaré en me plaquant contre le mur.

Etant donné que nous avons cette conversation tous les trois ou quatre mois, je connais le scénario et j'ai mémorisé mes répliques.

– Jordan, lui dis-je donc chaque fois. Nous avons déjà discuté de ça. Toi et moi, ça n'a jamais marché. Tu es bien plus heureux avec Tania. Tu sais qu'elle t'aime.

Ce soir, il s'est néanmoins livré à des variations inhabituelles :

– Justement. Je crois pas qu'elle m'aime. Je sais que ça va te sembler dingue, Heather, mais... mais je crois que si elle m'a épousé, c'est à cause de mon nom. Ou de celui de mon père... Cartwright... le directeur des Disques Cartwright. Cette histoire de bébé... j'ai pas confiance. Si c'était juste un truc pour récupérer une plus grosse pension alimentaire plus tard ?

J'avoue que ça m'a choquée.

D'un autre côté, c'était Jordan. Il était soûl. Et l'alcool ne lui a jamais réussi.

– Bien sûr que ce n'est pas pour ça qu'elle veut un bébé, dis-je d'une voix réconfortante. Tania t'aime.

La vérité, évidemment, c'est que je n'en sais fichtre rien. Mais je n'allais pas risquer de lui dire le contraire.

– Mais un *bébé*... Comment je vais pouvoir être papa ? Je connais rien aux bébés. Je ne connais rien à rien...

Déclaration d'une lucidité étonnante... surtout pour Jordan ! Il a dû sacrément mûrir pour en arriver là. Du moins, c'est ce que je me dis alors.

– Jordan, rien que le fait que tu en sois conscient, ça prouve que tu es plus prêt à être père que tu ne l'as jamais été. Et franchement... tant que tu te souviendras que... que tu ne connais rien à rien... je pense que tu pourras être un père épatant.

Son visage s'est illuminé, comme si mon opinion sur le sujet lui importait réellement.

– C'est vrai ? Tu penses vraiment ce que tu dis, Heather ?

– Promis, ai-je répondu en lui pressant la main. Et maintenant, qu'est-ce que tu dirais de retourner dîner ?

C'est peu de temps après que Cooper est parvenu à convaincre son frère qu'il s'était assez amusé comme ça. Et qu'il allait devoir accepter d'être ramené chez lui. Jordan a fini par obtempérer, à condition que, dans la voiture, Cooper le laisse passer la démo de sa dernière chanson. Cooper a consenti avec un frisson de dégoût, et j'ai proposé à papa de rester boire une de ses tisanes pendant que je me chargerais de la vaisselle du dîner.

– Quelle journée tu as eue ! fait remarquer papa, pendant que je gratte la sauce durcie qui nappe le faitout où ont cuit les travers de porc. Tu dois être épuisée. Tu n'es pas allée courir ce matin ?

– C'est beaucoup dire.

Entre nous, ses travers de porc étaient délicieux, mais fallait-il pour autant qu'il utilise, pour les faire, la batterie de cuisine au complet ?

– Tad doit être très fier de toi. C'est quasiment un exploit, pour toi, d'aller courir. Il a rappelé ici, tu sais, un peu avant ton retour. Je l'aurais bien invité à dîner, mais il ne mange pas de viande, et je n'avais pas préparé d'autre aliment protéiné...

– C'est bon. Je le rappellerai plus tard.

– Ça commence à devenir sérieux avec lui, non ?

Je repense à l'étrange comportement de Tad, ce matin. Ce matin ? Ça me paraît si loin...

– Ouais. On dirait. Enfin... (Il va me demander de l'épouser.) Je sais pas.

– C'est bien, dit papa d'un ton un peu vague, que tu aies quelqu'un. Il m'arrive encore de me faire du souci pour toi, Heather. Tu n'as jamais ressemblé aux autres filles, tu sais.

– Ah ouais ?

Je suis tombée sur un bout de sauce durcie particulièrement coriace, auquel je m'attaque avec l'ongle. Je me demande si un tampon à récurer risque de rayer la batterie de cuisine en fonte émaillée de Cooper – cadeau d'une ex-petite amie, cuisinière de haut vol, dont le nom s'est perdu dans les brumes du passé.

– Il m'a toujours paru, poursuit papa, que tu me ressemblais plus qu'à ta mère. La routine, le métro-boulot-dodo, c'est pas ton truc. C'est pourquoi ça m'étonne de te voir te sacrifier ainsi à ton travail.

– Je dirais pas que je me sacrifie.

Je finis par me saisir du tampon à récurer. En faisant très attention, peut-être ne rayerai-je pas l'émail.

– Enfin, ce boulot me plaît, quoi...

– Mais ce que tu aimes par-dessus tout, c'est chanter, reprend papa. Et composer des chansons. Pas vrai ?

Même avec le tampon à récurer, je n'y arrive pas.

– Je ne sais pas. Ça me plaît aussi.

– Et si je te disais que je t'ai trouvé une opportunité de faire les deux choses à la fois ? Composer et interpréter tes propres chansons ? Et gagner de l'argent ? Un tas d'argent. Ça te ferait quel effet ?

Bingo ! J'ai réussi à détacher le morceau de sauce séchée. Mais ce n'est qu'un début...

– Je ne sais pas, je réponds. Tu fais allusion à quoi, au juste ? À vrai dire, Frank, le mari de Patty, passe son temps à essayer de me convaincre de partir en tournée avec son groupe. Et il faut que je t'avoue une chose, c'est plus vraiment ma tasse de thé...

– Non, non ! rétorque papa, se redressant sur son siège.

Derrière lui, j'aperçois, par les vitres de la cuisine, les fenêtres illuminées de Fischer Hall. Après le dîner, les gosses sont rentrés se remettre au boulot ou se préparent à sortir. Qu'importe qu'on soit en semaine... ou que le directeur intérimaire de la résidence ait été assassiné ce matin. Tant que la bière coule à flots...

– Larry et moi voudrions te faire profiter d'une superbe opportunité. Nous savons ce que t'inspire l'industrie du disque... Chat échaudé craint l'eau froide et tout le toutim. Mais ce n'est rien de ce genre. C'est quelque chose de totalement différent. Tu as entendu parler des *Wiggles*, n'est-ce pas ?

Je cesse de racler frénétiquement.

– Cette émission anglaise pour la jeunesse ? Ouais, le fils de Patty les adore.

– C'est une émission australienne, en fait, rectifie papa. Mais ce serait quelque chose d'assez similaire, oui. Larry et moi projetons de produire et de commercialiser une collection de clips et de DVD musicaux pour les enfants. Les coûts de production sont modiques par rapport aux sommes énormes que ça peut rapporter. C'est là que tu entres en scène. Nous voudrions que tu sois la star – la présentatrice et l'auteur-compositeur-interprète de ces clips. Tu as toujours plu aux enfants, même quand tu étais ado... Il y a quelque chose dans ta voix, dans tes gestes... c'est peut-être tes cheveux blonds... je ne sais pas. Tu serais entourée par toute une bande de personnages de dessins animés... Tu serais l'unique personnage réel, d'ailleurs. Dans chacun des épisodes, tu traiterais d'un thème différent : s'habituer au pot, aller à la crèche, ne pas avoir peur d'être aspiré par la baignoire quand maman enlève le bouchon... ce genre de choses. On a bien étudié la question et on a le sentiment de pouvoir rivaliser avec la concurrence – les *Wiggles*, *Dora l'exploratrice* et autres *Blue's Clues le chien*. On pensait appeler ça *Le Monde d'Heather*. Qu'est-ce que tu en dis ?

J'ai cessé de frotter. Plantée devant l'évier, je fixe mon père. J'ai l'impression que mon cerveau est un magnétoscope et que quelqu'un a appuyé sur la touche « pause ».

– Hein ? dis-je (décidément brillante).

– Je sais que tu es déterminée à reprendre tes études, ma chérie, dit papa, se penchant en avant. Et rien ne t'en empêchera. C'est ça, le plus formidable : pas de tournées, pas de promotion... du moins, pas pour le moment. Il s'agit juste de composer des chansons, de tourner les vidéos, de les lancer sur le marché et de voir ce qui se passe. J'ai le sentiment – et Larry est d'accord avec moi – qu'on va casser la baraque. Après, nous pourrons faire en sorte que la promotion éventuelle colle avec ton emploi du temps. Tu remarques que j'ai dit « nous ». Ce sera à toi de décider si tu souhaites t'investir un peu ou beaucoup. Je ne suis pas ta mère, Heather. Pour rien au monde, je ne voudrais te pousser à en faire plus que tu ne le souhaites...

J'ai du mal à percuter.

– Tu veux dire... qu'il faudrait que j'arrête de travailler à Fischer Hall ?

– Eh bien, répond papa d'une voix lente, je crains que ce soit nécessaire. Mais, Heather, ta participation au projet serait largement rémunérée. Tu toucherais une avance considérable, équivalant à cent fois ton salaire annuel... sans parler des royalties. Et je pense que Larry ne serait pas opposé à ce que tu touches un pourcentage sur les recettes brutes.

– Ouais, mais... je sais pas... Enfin... quitter mon boulot ? C'est un bon boulot. J'ai des avantages. Je suis exemptée des frais d'inscription, entre autres. Et j'ai une excellente assurance-santé.

– Heather ! (Papa commence à manifester de l'impatience.) Les *Wiggles* font un chiffre d'affaires d'environ cinquante millions de dollars par an. Je crois qu'avec cinquante millions de dollars par an, tu pourrais t'offrir la mutuelle de ton choix.

– Ouais. Mais comment tu peux être sûr que ces vidéos vont marcher ? Les gamins vont peut-être détester. Elles vont peut-être être super-craignos et finir dans le panier « tout à un dollar » des boutiques vidéo.

– C'est le risque que nous prenons tous dans cette affaire.

– Mais... je n'écris pas des chansons pour les enfants ! J'écris des chansons pour les adultes... comme moi.

– C'est vrai. Mais entre écrire des chansons pour les enfants et écrire des chansons pour les jeunes femmes insatisfaites comme toi, il ne doit pas y avoir une si grande différence.

– Insatisfaites ?

– Au lieu de te plaindre de la taille de tes jeans, poursuit papa, plains-toi d'avoir à te servir d'une tasse pour bébé. Ou de ne pas pouvoir porter un pantalon de grande fille. Pourquoi ne pas essayer ? Je crois que ça viendra tout seul. La vérité, Heather, c'est que je me suis battu pour t'imposer. Larry veut démarcher Mandy Moore. Je lui ai demandé d'attendre un peu. Je lui ai dit que j'étais sûr que tu allais nous épater.

Je secoue la tête.

– Papa, je n'ai pas envie de composer – ni de chanter – des chansons sur les tasses pour bébé.

– Heather, insiste papa. Je crois que tu ne saisis pas. C'est une opportunité extraordinaire pour nous tous. Mais surtout pour toi. Ce serait l'occasion de quitter cet enfer dans lequel tu travailles... Un endroit où, ne serait-ce qu'aujourd'hui, ton chef s'est fait tuer d'une balle dans la tête dans le bureau voisin du tien. Et ce serait aussi pour toi l'occasion – nous pouvons nous parler franchement, n'est-ce pas, Heather ? – de te prendre un appartement, de façon à ne plus avoir à vivre ici avec Cooper. Parce que ce n'est pas la situation la plus saine qui puisse exister...

Je retourne vivement à ma vaisselle.

– Je ne vois pas de quoi tu parles.

– Ah oui ? demande doucement papa. Pourquoi n'as-tu pas encore rappelé Tad, Heather ? Est-ce réellement parce que tu as eu trop de choses à faire ? Ou parce que, au fond de toi, tu sais que tu es amoureuse de quelqu'un d'autre ?

Je manque de laisser tomber le verre à vin que je suis en train de laver.

– Aïe, papa ! Ce que tu peux être blessant !

Papa se lève de table et me pose la main sur l'épaule.

– Justement, non. Je ne veux pas qu'on blesse ma petite fille. Ce que je veux, c'est t'aider. Dieu sait que tu m'as aidé au cours de ces derniers mois, et je veux te rendre la pareille. Pourquoi ne pas me le permettre ?

Pas question de le regarder. Si je le fais, je sais que je dirai oui. Or je ne veux pas dire oui. Du moins, je ne pense pas.

Ou peut-être qu'une partie de moi le veut. Cette même partie qui est prête à dire oui à Tad, quand il décidera que le moment est venu de me poser la question fatidique.

Au lieu de ça, je fixe l'eau marron et savonneuse de l'évier.

Et soupire.

– Laisse-moi y réfléchir, OK, papa ?

Je ne le vois pas sourire, évidemment, puisque je ne le regarde pas. Mais ce sourire, je le sens.

– Bien sûr, ma chérie. Simplement, ne réfléchis pas trop longtemps. Des opportunités comme celles-là, ça ne dure pas toute la vie. Enfin... ça tu le sais, à cause de la dernière fois.

Il ne croit pas si bien dire.

12

S'amuser comme à la récré
(Ce serait chouette),
Un gars beau comme un camion
(Ça aussi, ce serait chouette),
Toujours dire la vérité
(Avec lui, pas de dérogation !),
Fini le chiqué
(Cette fois-ci c'est juré !).

« Comme à la récré »
Écrit par Heather Wells

Le lendemain matin, je suis loin de me douter qu'il se passe quoi que ce soit d'inhabituel du côté ouest de Washington Square, avant de tourner à l'angle de Waverly Place. Je gobe la crème fouettée surmontant mon café viennois (et alors ? C'est pas comme si je n'avais pas fait de sport hier. Je l'ai bien méritée, ma crème fouettée ! Qui plus est, c'est un produit laitier et, comme chacun sait, les filles ont besoin d'en consommer tous les jours pour combattre l'ostéoporose).

Je lèche ma moustache de crème fouettée quand je l'aperçois – ou que je crois l'apercevoir : un rat géant.

Je ne parle pas du rat commun, le rat marron-gris du métro, gros comme un chat. Je parle d'un rat gonflable GÉANT, reproduit de façon assez réaliste et mesurant près de quatre mètres de haut, qui se tient sur les pattes arrière et montre les dents sur le trottoir, juste en face de l'entrée principale de Fischer Hall.

Comment est-ce possible ? Que fait un rat de près de quatre mètres de haut devant mon lieu de travail ? Aurais-je des hallucinations ? Certes, je viens à peine de me réveiller. Profitant de pouvoir dormir – pas de jogging pour moi ! –, je ne me suis levée qu'à huit heures et demie et, renonçant à ma douche du matin (bon, OK... mon bain du matin. Pourquoi se fatiguer à prendre des douches debout quand on peut prendre des bains couché ?), je me suis contentée d'enfiler un jean et un chemisier propres, de me passer un coup de brosse dans les cheveux, de me laver la figure et d'appliquer vite fait crème hydratante et maquillage. À neuf heures moins cinq, j'étais dehors, ce qui me laissait le temps d'aller me chercher un grand café viennois. Tout cela, sans avoir croisé mon père ou Cooper. Tous deux étant du genre matinal, ils étaient déjà levés et sortis – mon père avait même fait faire sa promenade à Lucy. Ça, c'est certain que ça va me manquer, quand papa sera parti.

Mais j'ai beau rester plantée là, et fermer et rouvrir les yeux, le rat ne disparaît pas. Je suis bel et bien réveillée.

Pire... Devant le rat, brandissant des pancartes où l'on peut lire des choses comme « L'université de New York abandonne ses employés diplômés » ou « Le droit à la santé maintenant ! », vont et viennent des dizaines, voire des centaines de manifestants. Certains ont l'allure débraillée des étudiants : pantalons baggy et dreadlocks...

... mais d'autres, bien plus nombreux, sont en uniforme. Qui plus est, ces uniformes sont ceux des équipes d'entretien, de maintenance et de surveillance de l'université de New York.

C'est alors que la terreur me serre le cœur de ses tentacules glacés.

Sarah est parvenue à ses fins. Elle a convaincu l'AED de se mettre en grève.

Et a persuadé les principaux autres syndicats du campus de suivre le mouvement.

Si ma vie était un film, j'aurais à cet instant laissé tomber mon café viennois sur le trottoir et serais tombée à genoux au ralenti en me tenant la tête et en criant : « Nooooooooon ! Pourquoi ???????? Pourquoooooiiiiiiii ?????? »

Mais ma vie n'étant pas un film, je me contente de balancer ma boisson, qui me paraît soudain franchement écœurante, dans la poubelle publique la plus proche. Puis je traverse la rue, en regardant des deux côtés, même si elle est en sens unique – sur un campus, on n'est jamais à l'abri d'un skateur, ou d'un livreur de nourriture chinoise conduisant son vélo à contresens. Je me fraie un chemin parmi les nombreuses camionnettes des chaînes de télé garées le long du trottoir, jusqu'à atteindre le cercle compact des journalistes rassemblés autour de Sarah – qui est en train de procurer aux flashes d'informations du matin leurs meilleures citations *live*.

– Ce que j'aimerais savoir, dit Sarah d'une voix forte et claire, c'est pourquoi le président Allington, après s'être engagé auprès de la communauté étudiante à ne pas augmenter les frais d'inscription et à ne pas bénéficier (de même que les autres membres du comité d'administration) d'une hausse de salaire, a augmenté de six pour cent les droits d'inscription, pour toucher ensuite un salaire à six chiffres qui fait de lui le président d'université le mieux payé du pays. Pendant ce temps, ses employés étudiants ou chargés de cours touchent un salaire au rabais et n'ont même pas accès au centre de santé du campus !

Une journaliste de Canal 7 dotée d'une tignasse aussi volumineuse que celle de Sarah (volume encore accentué, chez cette dernière, par le manque de sommeil et de sérum capillaire. Alors que je suppose que chez la journaliste, c'est délibéré) fait volte-face et brandit son micro sous le nez d'une Muffy Fowler stupéfaite. Celle-ci vient tout juste de débouler sur les lieux. Oui, elle a littéralement déboulé d'un taxi, juchée sur ses talons de dix centimètres et serrant un carnet de notes rouge contre son trench-coat archi-cintré, tout en s'efforçant de retirer les cheveux rebelles venus se coller à ses lèvres tartinées de gloss.

– Madame Fowler, en tant que porte-parole de l'université, comment répondriez-vous à ces allégations ? demande la reporter, tandis que Muffy écarquille ses grands yeux de biche.

– Eh bien... faudrait que je jette un coup d'œil à mes notes, bafouille Muffy. M... mais j'ai cru comprendre que le président avait reversé à l'université la différence entre son salaire de cette année et celui de l'année dernière...

– À qui il l'a reversée ? Aux Coquelicots ?

Rire général. Le soutien apporté par le président Allington à la peu reluisante équipe de basket de la fac est de notoriété publique, même chez les journalistes.

– Faudra que je vérifie, reprend Muffy. Mais je vous assure que le président est très soucieux de...

– Pas assez, à ce qu'il semblerait ! rétorque Sarah, assez fort pour que ses paroles recouvrent celles de Muffy et incitent tous les micros alentour à se tourner de nouveau vers elle. Il est apparemment prêt à laisser les étudiants de sa propre faculté passer les six dernières semaines du semestre sans maîtres-assistants, agents de sécurité ni éboueurs.

– Ce n'est pas vrai ! s'écrie Muffy d'une voix perçante. Le président Allington désire négocier. Ce qu'il refuse, c'est d'être pris en otage par un groupuscule d'extrême gauche !

Je sais – avant même que Sarah n'en soit restée bouche bée – que Muffy a dit exactement ce qu'il ne fallait pas. Les journalistes abandonnent déjà le terrain, remballant leur équipement. Peut-être reviendront-ils à midi pour faire un point rapide de la situation.

Mais Sarah rallie déjà ses troupes.

– Vous avez entendu ça ? hurle-t-elle à ses camarades de grève. La porte-parole du bureau du président vient de nous traiter de groupuscule d'extrême gauche ! Juste parce que nous exigeons une couverture sociale et des salaires décents ! Qu'est-ce que vous avez à répondre à ça ?

S'ensuit un brouhaha confus. Parce qu'il est encore très tôt, sans doute, et que personne n'est encore sûr de ce qu'il est en train de faire. Ou parce que nul ne distingue ce que dit Sarah au milieu du vacarme ambiant, à cause de toutes les chaînes d'info qui remballent. Lorsqu'elle en prend conscience, Sarah saute de la plate-forme sur laquelle elle était juchée et porte à sa bouche un haut-parleur. Sa voix fuse dans un crépitement, suffisamment forte pour que, dans le cercle des joueurs d'échecs, les vieux messieurs s'apprêtant à disputer leur première partie de la journée nous jettent des regards noirs.

– Mes amis ! Que voulons-nous ?

Marchant docilement autour du rat géant, les grévistes répondent :

– Des salaires plus justes !

– QUOI ? demande Sarah.

– DES SALAIRES PLUS JUSTES !

– J'aime mieux ça, dit Sarah. Et quand les voulons-nous ?

– TOUT DE SUITE ! répliquent les grévistes.

– Doux Jésus ! s'exclame Muffy, en les regardant d'un air affligé.

Je ne peux m'empêcher de la plaindre. Avec son filet de bave peint dégoulinant de ses dents jaunes, le rat est assez intimidant, tandis qu'il oscille lentement dans le petit vent de printemps.

– Tenez bon, dis-je, lui tapotant doucement l'épaule.

– C'est parce qu'ils ont arrêté le gosse, dit-elle, les yeux toujours rivés sur le rat. C'est ça ?

– Je suppose.

– Mais il avait un revolver. Enfin... c'est sûr que c'est lui le coupable. Il avait un revolver.

– J'imagine qu'ils ne sont pas de cet avis.

– On va me virer, dit Muffy. Si on m'a embauchée, c'est pour éviter ça. Maintenant, on va me virer. Et je ne fais ce boulot que depuis trois semaines. J'ai versé vingt mille dollars de commission d'agence pour mon appartement. J'ai dû vendre mon service en porcelaine pour ça. Je ne reverrai jamais cet argent.

J'émets un long sifflement.

– Vingt mille dollars. Ce devait être un sacré service !

– Limoges, réplique Muffy. Avec liseré. Huit pièces, pour vingt personnes. Rince-doigts compris.

– Flûte ! je m'exclame, impressionnée.

Des rince-doigts ? Je ne pourrais même pas dire à quoi ça ressemble. Et Dieu sait ce qu'est un liseré. Je pense vaguement que c'est le genre de sujet que je devrais apprendre à maîtriser si Tad et moi devons... vous savez quoi.

À cette pensée, j'ai un peu la nausée. C'est peut-être toute cette crème fouettée alors que j'avais l'estomac vide. Ou la vision de cet énorme rat.

C'est alors que je remarque une chose qui me fait oublier mes problèmes de digestion : Magda sort de Fischer Hall en courant dans son uniforme rose. Elle se fraie un chemin entre les taxis qui repartent en marche arrière et se dirige vers le piquet de grève, tenant précautionneusement entre ses doigts une tasse de café fumant...

... qu'elle tend à un gréviste vêtu de l'uniforme gris des agents de sécurité de l'université de New York – qui cesse de marcher, baisse une pancarte où l'on peut lire « L'avenir de la fac est entre les mains des grévistes » et lui adresse un grand sourire reconnaissant...

Et celui-ci n'est autre que Pete !

Qui n'est pas derrière son bureau, comme ce devrait être le cas.

Au lieu de ça, il est dans le parc... en train de faire LE PIQUET DE GRÈVE !

– Oh, mon Dieu !

Oubliant complètement Muffy, je me précipite vers lui et lui crie :

– Tu es dingue ou quoi ? Qu'est-ce que tu fiches là ? Pourquoi tu n'es pas à l'intérieur ? Qui s'occupe du poste de sécurité ?

Les yeux de Pete passent de la tasse (sur laquelle il souffle délicatement) à ma personne.

– Bonjour, Heather, dit-il. Tu vas bien ?

– Je pète la forme ! je hurle. Plus sérieusement, qui s'occupe de ton poste ?

– Personne.

Magda me regarde avec un étrange froncement de sourcils. Je réalise alors qu'elle ne les fronce pas délibérément, mais qu'elle vient simplement de les faire épiler.

– J'ai l'œil dessus. Il y a un gars du bureau du directeur qui est venu fouiner. Il a dit qu'ils allaient faire appel à une société privée de surveillance. Je pense pas que ce soit une très bonne idée, cela dit, Heather. Parce qu'enfin... une personne envoyée par une société privée ne va pas être au courant, tu sais, pour les employés chargés d'aider les étudiants handicapés, dans les salles spécialement équipées pour eux ? Et comment cette personne pourrait savoir que les gamins ne doivent pas signer le registre pour les livreurs des restaurants chinois, si on ne veut pas se retrouver avec un menu sous la porte de chaque chambre de la résidence ?

Je pousse un grognement, me remémorant ma conversation de la veille avec Cooper. Il avait cent pour cent raison. On va se retrouver avec des équipes de vigiles contrôlés par la mafia et des entreprises de gardiennage privées. Je le savais...

Je fixe Magda.

– Une seconde... Comment se fait-il que tu ne sois pas en grève, toi ?

– On ne dépend pas du même syndicat. Moi, c'est la restauration, lui, l'hôtellerie et l'automobile.

– L'automobile ? Qu'est-ce qu'un syndicat automobile a à voir avec la fac ?

– Toi, là !

Nous sursautons et interrompons notre conversation lorsque nous parvient la voix de Sarah, considérablement amplifiée par le haut-parleur dans lequel elle parle.

– Tu es là pour mondaniser ou pour changer la société ? demande Sarah à Pete.

– Nom de Dieu ! marmonne Pete. Je buvais juste un café avec mes amis...

– Rejoins tout de suite le piquet de grève ! braille Sarah.

À regret, Pete rend la tasse de café à Magda.

– Faut que j'y aille, dit-il, avant de brandir sa pancarte et de reprendre sa place dans le groupe défilant autour du rat géant.

Magda les regarde passer, à peu près aussi vifs que les zombies de *La Nuit des morts-vivants*.

– Ça sent pas bon ! fait-elle remarquer.

– Tu m'étonnes. Je ferais mieux d'aller surveiller l'entrée. Tu m'apportes un bagel ?

– Avec option ? demande Magda.

L'option étant le mot de code qui nous sert à désigner le fromage frais et (je l'avoue en rougissant) trois tranches de bacon.

– Et comment !

Je m'installe au poste de sécurité de Pete, après avoir retiré du tiroir du milieu ce qui se révèle être un beignet très rassis et non, comme je l'ai d'abord cru, un butoir de porte. Remarquant malgré moi que la poubelle dans laquelle je le jette n'a pas été vidée depuis un certain temps, j'en conclus que Julio et son équipe de cracks du ménage ne sont pas dans les parages. Constatation qui me déprime plus que tout le reste. Puis j'instaure de nouvelles règles. « Tous les résidents s'arrêteront et présenteront une pièce d'identité, assez longtemps pour me laisser le temps d'examiner la photo. » Car, contrairement à Pete, je suis incapable d'identifier chacun des résidents, ce qui semble les agacer prodigieusement… mais pas autant que lorsque j'imposerai « Jetez vos détritus dans la poubelle située à l'extérieur du bâtiment ».

C'est alors qu'arrive le « gars du bureau du directeur » auquel Magda a fait allusion plus tôt. C'est un sous-fifre que je n'ai encore jamais vu, vêtu d'un costume coûteux. Il est accompagné d'un type beaucoup plus balèze, qui porte un costume moins cher mais beaucoup plus voyant.

– C'est vous, Heather ? me demande le gars envoyé par le bureau du président.

Je lui réponds oui, et il entreprend de m'expliquer que M. Rosetti (c'est le nom du monsieur qui porte le costume tape-à-l'œil, agrémenté d'une chemise en soie bleu lavande, de plusieurs ravissantes chaînes en or qui se mêlent aux poils frisottés et grisonnants de son torse, et de nombreuses bagues en or – une à chacun de ses doigts boudinés) va se charger de nous envoyer des gens pour surveiller le bâtiment. Puis il me prie de leur faire part des spécificités de Fischer Hall, pour ce qui est des problèmes de sécurité.

J'explique gentiment à l'homme du bureau du président que les besoins de Fischer Hall en matière de surveillance sont déjà pourvus dans l'immédiat. Mais je le remercie quand même.

L'homme – qui m'a dit s'appeler Brian – paraît perdu.

– Comment cela se peut-il ? demande Brian. Les services de surveillance de l'université sont en grève. Je suis censé organiser leur remplacement sur tout le campus…

– Oh, je m'en suis déjà chargée, ici, à Fischer Hall, dis-je à l'instant précis où un grand jeune homme maigrichon s'engouffre dans le bâtiment et retire son sac à dos. Bien qu'essoufflé, il n'a qu'une minute de retard.

– Désolé, Heather, lance-t-il d'une voix pantelante. Je n'ai eu ton Texto que maintenant. J'étais en cours de biologie. Je prends le créneau de dix à quatorze heures. Tu paies vraiment dix dollars de l'heure ? Je peux faire le dix-huit - vingt-deux heures ce soir ? Et le dix-quatorze heures demain ?

Je me lève en hochant la tête.

– Pas le dix-huit - vingt-deux heures ce soir, c'est déjà pris. Le dix-quatorze heures demain, c'est bon. Si tout n'est pas rentré dans l'ordre d'ici là, bien sûr.

– Super.

Jeremy se glisse dans le fauteuil que j'ai libéré et se met aussitôt à hurler sur un étudiant qui vient d'entrer à Fischer Hall, d'exhiber sa carte d'étudiant et de passer son chemin sans attendre d'avoir été reconnu.

– Arrête-toi ! Montre-moi cette photo !

Levant les yeux au ciel, l'étudiant s'exécute.

De son côté, Brian semble plus paumé que jamais.

– Une seconde, dit-il tandis que je me dirige tranquillement vers l'accueil afin d'inscrire le nom de Jeremy sur le registre que j'ai préparé. Vous demandez à des *étudiants* d'assurer la surveillance de la résidence ?

– À ceux qui travaillent à temps partiel pour l'université, je précise. Ça ne coûte à la fac que quelques *cents* sur chaque dollar que nous leur payons. Rien du tout, j'imagine, en comparaison de ce que doit coûter la société de M. Rosetti. Qui plus est, mes étudiants employés connaissent par cœur le bâtiment et ses résidents. Et il me reste encore environ dix mille dollars dans le budget de fonctionnement annuel. C'est plus que suffisant pour tenir jusqu'au bout de la grève. On a été plutôt économes cette année.

Je néglige de préciser que ma tendance à piquer du papier aux autres bureaux y est pour beaucoup.

– Je... euh... je n'étais pas au courant, dit Brian, sortant un Palm de la poche de sa veste et tapotant frénétiquement sur les touches. Faut que je m'en assure auprès de mon responsable. Aucune autre résidence ne fait ça. Ce n'est pas nécessaire, à vrai dire. Le bureau du président a déjà prévu, dans son budget, le remplacement de vos gardiens, pendant la durée de la grève, par la société de M. Rosetti.

Ce dernier agite ses doigts couverts de bagues (et très poilus) et dit, non sans sagesse :

– Si cette demoiselle n'a pas besoin de nos services, elle n'a pas besoin de nos services ! Peut-être pouvons-nous nous rendre utiles ailleurs.

– Vous savez où vous pouvez être utiles, à mon avis ? À Wasser Hall.

– Pardonnez-moi...

Une dame entre deux âges, aux cheveux mi-longs, s'est approchée de l'accueil. Elle porte un sweat-shirt vert foncé avec, cousu sur le devant, un motif figurant deux poupées de chiffon – une blanche et une noire – qui se tiennent par la main.

– Pourriez-vous me dire...

Sans même lever les yeux du *Cosmopolitan* qu'elle a chouravé dans le courrier de Dieu sait qui, Felicia, l'étudiante de service à l'accueil, répond :

– Si vous désirez appeler un résident, utilisez le téléphone fixé au mur. Pour toute information relative au numéro, composez le zéro.

– Wasser Hall, répète M. Rosetti. Ça sonne bien. Hé, toi ! (Il donne un petit coup à Brian, occupé à passer un coup de fil sur son portable.) C'est quoi ton nom, déjà ? Viens, on va à Wasser Hall !

– Un moment, je vous prie, rétorque Brian, agacé. Je voudrais vraiment pouvoir joindre quelqu'un au sujet de tout ça. Parce que je ne crois pas qu'il s'agisse d'une utilisation réglementaire des fonds de votre service. Heather, votre chef a-t-il approuvé la façon dont vous gérez vos budgets ?

– Non, dis-je.

– C'est ce que je pensais, réplique Brian avec un air suffisant.

N'étant visiblement pas parvenu à joindre qui que ce soit, il referme son portable.

– Votre chef est là ? demande-t-il. Je crois qu'on ferait bien d'aller lui parler.

– Eh bien... ça va être difficile.

– Pourquoi, nom de Dieu ?

– Parce qu'il a été abattu hier d'une balle dans la tête.

Brian tressaille. M. Rosetti se contente d'un hochement de tête.

– Ce sont des choses qui arrivent, dit-il en haussant les épaules.

– Heather... bafouille Brian, blanc comme un linge. Je suis tellement... tellement désolé... J'avais... j'avais oublié. Je... je savais que j'étais à Fischer Hall, mais avec toute cette agitation, j'ai...

– Pardonnez-moi...

La dame aux cheveux mi-longs avance une nouvelle fois la tête au-dessus du bureau de l'accueil.

– Je crois que vous faites erreur.

Felicia lève enfin les yeux de son magazine et l'informe :

– Pas du tout. Par respect de la vie privée des étudiants, l'université s'engage à ne communiquer aucun renseignement à leur sujet, fût-ce à leurs parents. Ou aux gens qui se prétendent leurs parents. Même s'ils présentent une pièce d'identité.

– Brian, laissons cette demoiselle tranquille, dit M. Rosetti. Elle a l'air de maîtriser la situation.

Je lui souris. Franchement, ce n'est pas un mauvais bougre. À part qu'il va s'en mettre plein les poches sur le dos de la fac pour un boulot que je peux faire faire pour presque rien.

– Je vous prie sincèrement de me pardonner, insiste Brian. À présent, retirons-nous...

– Je pense que ça vaut mieux, dis-je sans cesser de sourire.

Le téléphone de l'accueil sonne. Felicia décroche.

– Fischer Hall. Ici Felicia. À qui désirez-vous parler ?

– J'ai été ravi de faire votre connaissance, m'dame, dit M. Rosetti en m'adressant un respectueux signe de tête.

– Moi aussi, monsieur.

Ce qu'il est aimable ! Tellement vieille école. Comment Cooper a-t-il pu soupçonner la mafia du meurtre d'Owen ? Enfin, peut-être sont-ils responsables. Mais à supposer qu'ils le soient, M. Rosetti n'a pas pu tirer, ça c'est certain. D'abord, il n'aurait pas pu passer inaperçu avec tous ses bijoux. Quelqu'un, à coup sûr, se serait rappelé l'avoir vu à l'extérieur du bâtiment.

Et puis il est si *gentil*.

Cela dit, j'ai peut-être tort de conclure – juste parce qu'il est italo-américain, gère une société de vigiles privée, et porte un costume tape-à-l'œil et une tonne de chaînes et de bagues – qu'il est dans la mafia. Peut-être n'est-ce pas le cas. Peut-être...

C'est moi que Cheveux Mi-Longs fixe à présent.

– Je vous prie de m'excuser… Vous n'êtes pas Heather Wells ?

Super. Comme si j'avais pas eu ma dose ce matin.

– Oui, dis-je, m'efforçant de conserver mon sourire. C'est moi. En quoi puis-je vous être utile ?

Je vous en prie, ne me demandez pas d'autographe. Ça ne vaut plus rien. Vous savez combien ça rapporte de vendre mon autographe sur e-Bay, ces jours-ci ? Un dollar ! Si vous avez du bol. Je suis tellement has-been que je vais bientôt chanter à la gloire de la tasse pour bébé ! Si ça marche.

– Désolée de vous déranger, reprend Cheveux Mi-Longs, mais je crois que vous travailliez avec mon mari. Enfin… je devrais dire « ex-mari ». Owen Veatch ?

J'écarquille les yeux. Mon Dieu ! Mme Cheveux Mi-Longs Poupées de Chiffon est l'ex-Mme Veatch !

– Veuillez ne pas quitter. Heather, dit Felicia en posant le combiné. Pardonne-moi de t'interrompre, mais Gavin McGoren souhaite te parler.

– Dis-lui que je le rappelle.

Je prends dans la mienne la main droite de Mme Veatch. Sa rugosité me frappe. Je me souviens qu'Owen, un jour, avait mentionné que sa femme faisait de la poterie, qu'elle était du genre artiste.

– Madame Veatch… je suis tellement, tellement désolée de ce qui est arrivé à votre mari. Je voulais dire « ex-mari ».

– Oh, réplique-t-elle avec un sourire triste. Appelez-moi Pam, je vous prie. Il y a un bout de temps que je ne suis plus Mme Veatch… D'ailleurs, je n'ai pas le souvenir de l'avoir jamais été. Pour moi, Mme Veatch, ça a toujours été sa mère.

– Pam, alors. Je suis désolée. C'est ma faute. Que puis-je faire pour vous, Pam ?

– Heather ! insiste Felicia. Gavin dit que tu ne vas pas pouvoir le rappeler, parce qu'il n'est pas chez lui en ce moment.

– Ne dis pas de bêtises ! Bien sûr que je vais pouvoir le rappeler. Note le numéro de l'endroit où il se trouve.

– Non. Il dit que là où il est, à la prison de Rock Ridge, il n'a droit qu'à un seul coup de téléphone.

Tandis que je tourne la tête pour lui faire face, la porte du hall s'ouvre et Tom entre, visiblement aussi choqué que moi.

– Vous n'allez pas le croire, annonce-t-il à l'ensemble des personnes présentes. Mais le flingue qu'ils ont trouvé dans le sac de ce mec... C'est le même que celui qui a labouré la cervelle d'Owen !

13

Je promène bébé dans sa poussette,
Tu vois bien ?
Ou bien est-ce bébé qui me promène ?

« Le Temps des bébés »
Écrit par Heather Wells

Tom s'est excusé un million de fois pour cette histoire de cervelle labourée.

– Je vous jure, ne cesse-t-il de répéter. Si j'avais su que c'était son ex-femme...

– T'inquiète !

J'ai d'autres soucis en tête que la gaffe de Tom. Le fait que Gavin soit en prison, par exemple.

– Et d'abord, qu'est-ce qu'elle fait là ? demande Tom. Pourquoi n'a-t-elle pas dit au taxi pris à l'aéroport de la conduire à Wasser Hall, comme tous les autres membres de la famille d'Owen ? Elle n'a pas eu le mémo ?

– Elle voulait examiner certaines affaires concernant Owen, dis-je.

Nous sommes assis dans mon bureau – enfin, Tom dans son ancien bureau (désormais théâtre d'un meurtre effroyable... Par chance, l'équipe d'entretien ne s'est pas mise en grève avant d'avoir nettoyé le lieu du crime) et moi juste à côté, dans le mien. Comme au bon vieux temps...

À part que Tom a eu une promotion et ne fait qu'assurer

l'intérim en attendant que le département logement ait trouvé un successeur à son successeur – lequel a été abattu d'une balle dans la tête.

Je n'en dis pas plus à Tom. Je ne lui dis pas, par exemple, que Mme Veatch ignorait tout de la nouvelle vie de son ex-mari. Et que *nous-mêmes* ne savions rien du docteur Veatch. Parce que je suis toujours sous le coup de ce que j'ai appris.

Au lieu de quoi, je m'assieds et me mets à tapoter sur mon clavier et cherche, sur Google, « service de police de Rock Ridge ». Allez... pitié... Je sais que c'est une petite ville, mais il doit bien y avoir des flics, non ?

Bingo !

Pam supposait que, dans la mesure où Owen travaillait dans une résidence universitaire, il devait aussi y vivre, la plupart des directeurs de résidence disposant d'un appartement sur place.

Je lui ai expliqué que son ex avait été bien plus qu'un simple directeur de résidence et qu'entre autres avantages liés à sa fonction – médiateur du bureau du président – il disposait à titre gracieux d'un luxueux appartement situé dans un immeuble voisin, où logeaient nombre d'administrateurs de l'université, parmi lesquels le directeur lui-même.

– Et c'est loin ? a demandé Pam.

Je l'ai fixée. Il y avait un tel vacarme à l'accueil, à cet instant précis : Brian et M. Rosetti étaient sur le départ ; Tom venait d'annoncer que le revolver de Sebastian était identique à celui qui avait tué Owen ; Felicia brandissait toujours le téléphone pour que je prenne l'appel de Gavin. Etc.

– C'est loin ? a répété Pam.

– Qu'est-ce qui est loin ? j'ai répliqué.

– L'immeuble où vivait Owen ? a demandé Pam.

– Hein ?

Une seule pensée m'obsédait : *Gavin est en prison. À Rock Ridge ? Dans cette banlieue chic de New York, qui ne doit guère comporter plus de cinq mille habitants ? Y a-t-il seulement une prison là-bas ? Le monde entier a-t-il perdu la raison ?*

Tom a choisi ce moment pour entamer une interminable série d'excuses, qu'il va distiller tout au long de la demi-heure suivante.

– Sincèrement. Je suis vraiment vraiment désolé, m'dame. Je ne pouvais me douter que...

– Ce n'est pas grave, lui a-t-elle répondu avec un léger sourire. Vous ne pouviez pas savoir.

Puis, à mon intention :

– Alors ? C'est loin ou pas ?

– À un pâté de maisons, j'ai répondu.

Elle a paru soulagée.

– Alors je peux y aller à pied ? Je m'excuse de vous importuner... mais j'ai déjà tellement marché aujourd'hui...

Elle voulait voir son appartement. *Pourquoi ?*

– Oh. C'est à deux pas...

J'ai alors remarqué que Pam tirait une valise à roulettes et portait sur l'épaule un grand sac matelassé à motif floral rouge et blanc.

– Sans doute pouvez-vous m'aider, Heather... Vous devez très certainement être au courant, vu qu'Owen et vous étiez collègues de travail...

Sa figure large et amicale (pas du tout maquillée, elle est, sans être jolie, agréable à regarder) a pris une expression inquiète.

– ... Quelqu'un a-t-il donné ses pilules à Garfield ?

Tom et moi avons échangé un regard perplexe.

– Euh... qui ça, m'dame ?

L'ex du docteur Veatch nous a fixés comme si nous venions de la planète Mars.

– Garfield, le chat d'Owen.

Owen avait un chat ? Owen était propriétaire – s'était rendu *responsable* – d'un autre être ? Du genre quadrupède, certes, mais tout de même. C'est vrai qu'Owen avait toujours raffolé (au point que ça nous semblait incompréhensible) de la bande dessinée *Garfield*.

Mais qu'il ait eu lui-même un chat, dans son appartement ? *Owen*, le type le plus sec, le moins chaleureux que j'aie jamais connu, avait eu un ANIMAL DOMESTIQUE ?

J'étais si loin de m'en douter.

Ça changeait ma vision du personnage, je l'avoue. Même si ça peut paraître idiot, c'était ainsi : ça me le rendait plus sympathique.

Bon, OK... Ça me le rendait sympathique, point final.

Mon expression a certainement trahi ma surprise car Pam s'est alors écriée, horrifiée :

– Vous voulez dire que le pauvre chéri n'a pas mangé ou bu depuis hier ? Il a une maladie thyroïdienne. Il doit prendre une pilule par jour !

Je l'ai moi-même accompagnée chez Owen, pendant que Tom s'empressait de regagner notre bureau pour en assumer la responsabilité. Puis j'ai attendu le concierge et je suis montée à l'appartement avec Mme Veatch. Une fois à la porte, je l'ai aidée à l'ouvrir (les serrures de ces vieux immeubles sont souvent problématiques) et j'ai patienté nerveusement pendant qu'elle appelait :

– Garfield ! Garfield ! Tu es où, mon minou ?

Le chat – grosse masse orange et menaçante qui portait bien son nom – n'avait pas trop souffert. Une boîte de pâtée (bon, OK, deux...), de l'eau et une minuscule pilule blanche – provenant d'un flacon que Mme Veatch n'a eu visiblement aucun mal à trouver, dans un sucrier bleu et blanc assorti à toutes les pièces en porcelaine chargeant les étagères du vaisselier –, et Garfield, requinqué, ronronnait avec satisfaction sur les genoux de Pam.

Ignorant la marche à suivre, je l'ai laissée là. Le chat semblait la connaître et le docteur Veatch n'aurait plus besoin de son appartement. Sans doute le bureau du président ne tarderait-il pas à l'attribuer à quelqu'un d'autre. Mais en attendant, Pam avait de toute évidence de l'affection pour le chat. Et il fallait bien que quelqu'un s'en occupe. Il m'a donc paru logique de la laisser avec Garfield.

Et ce n'était pas Simon Hague qui risquait de lui permettre de l'introduire à Wasser Hall. Je connaissais son intolérance à l'égard des animaux. (Quant à moi, il m'est arrivé, confrontée à un chaton ou à un iguane, de faire celle qui n'avait rien vu, du moment que les résidents partageant la chambre ou la salle de bains de son propriétaire n'y voyaient pas d'objection, et que je ne recevais pas de coups de fil de parents mécontents.) Simon aurait été capable de refuser l'entrée à Pam si elle avait emmené le chat avec elle – qu'il s'agisse ou pas de l'animal domestique d'un membre du personnel fraîchement assassiné.

Non. Pam et le chat d'Owen étaient très bien là où ils étaient.

Même si un petit coup de fil à l'inspecteur Canavan, pour m'assurer que lui et ses hommes avaient fini d'inspecter les effets personnels d'Owen, ne pourrait pas faire de mal.

Le temps que je regagne Fischer Hall, que je laisse le message à Canavan et que je me souvienne de Gavin, il avait raccroché.

Mais je constate, en rappelant enfin le commissariat de Rock Ridge, que sa cellule ne comprend qu'un seul détenu. Et le poste lui-même qu'un seul officier : c'est le chef en personne, T. O'Malley, qui répond dès la première sonnerie.

– Heather Wells, la vraie ? demande-t-il. Celle que ma gamine me forçait à écouter en boucle il y a une dizaine d'années, jusqu'à ce que je devienne dingue et manque de me faire sauter le caisson avec mon arme de service ?

Ignorant sa question, je réponds par une autre :

– Pourriez-vous me dire pourquoi vous détenez Gavin McGoren dans la prison de la ville, monsieur ?

– « *Chaque fois que je t'aperçois, j'ai une envie de sucré* » chante-t-il (pas trop mal, pour un amateur). « *Tu es ma barre de nougat. J'ai qu'une envie, c'est de croquer !* »

– Quoi qu'il ait pu faire, je suis sûre qu'il n'était pas malintentionné. Il lui arrive de s'emballer un peu, certes. Il n'a que vingt et un ans.

– Violation de propriété... (O'Malley lit à voix haute ce que je suppose être le mandat d'arrêt de Gavin.) Introduction avec effraction... mais entre vous et moi, ça, ça va sûrement être levé. Ce n'est pas une effraction si on vous ouvre la fenêtre, et il n'y a rien de mal à entrer si vous y êtes invité, quoi que le père de la fille ait envie de penser. Oh, et il a uriné en public. Ça, il va avoir beaucoup plus de mal à s'en dépêtrer. Il a défait sa braguette, là, devant moi !

Chose incroyable, j'entends, en arrière-fond sonore, Gavin hurler :

– Je vous ai dit que je pouvais plus me retenir !

– Calme-toi, tu veux bien ! crie l'officier en guise de réponse (par-dessus son épaule, à ce qu'on dirait. Il me faut tenir le téléphone à distance de mon oreille afin de préserver mon tympan). Tu as de la chance que ce soit moi qui aie pris l'appel et pas la police de l'État ! Tu serais en taule à Westchester, et là, tu crois qu'on t'aurait apporté du café et des gaufres pour le petit déjeuner ? Hein ? Avec une orange pressée ?

J'entends Gavin reconnaître à contrecœur :

– Non.

– Alors n'oublie pas ça ! lui conseille O'Malley. Bon, dit-il dans le combiné. Où est-ce qu'on en était ? Ah oui. « Une envie de sucré ». « *J'oublie les calories ! Pas moyen de résister.* » Les paroles sont à jamais gravées dans ma mémoire. Ma fille les chantait matin, midi et soir. Ça a duré deux ans.

– Je suis désolée, dis-je.

Pourquoi je tombe toujours sur les officiers de police cyniques et blasés, et jamais sur ceux qui sont gentils et enthousiastes ? Existe-t-il seulement des officiers de police gentils et enthousiastes ?

– À combien s'élève le montant de la caution ?

– Attendez voir...

Je distingue un froissement de papiers, pendant que me parviennent, en arrière-fond, les hurlements de Gavin :

– Je peux lui parler, s'il vous plaît ? Vous avez dit que j'avais droit à un coup de téléphone ! Eh bien, je n'en ai jamais profité vu que je ne suis pas arrivé à la joindre. Alors, s'il vous plaît, laissez-moi lui parler ! Sortez-moi de là, que je puisse lui dire un mot ! S'il vous plaît ?

– La caution a été fixée à cinq mille dollars, répond enfin O'Malley.

– *Cinq mille dollars ?* (Choquée, j'ai haussé la voix, au point que Tom a glissé la tête dans l'embrasure de la porte et me fixe d'un air interrogateur.) Pour avoir pénétré dans une propriété privée ? Et avoir uriné en public ?

– Et s'être introduit dans la maison par effraction, ajoute O'Malley.

– Vous venez de me dire que ce chef d'inculpation serait levé !

– Mais ce n'est pas encore le cas.

– C'est... c'est du... je bafouille, interloquée. C'est du brigandage !

– Nous sommes une petite ville tranquille, mademoiselle Wells. Il y a peu de délinquance ici. Quand c'est le cas, nous sévissons. Durement. Nous sommes contraints d'avoir des principes si nous voulons rester une petite ville tranquille.

– Où est-ce que je vais trouver cinq mille dollars ?

– J'avais suggéré à M. McGoren d'appeler ses parents, dit O'Malley. Mais pour des raisons qu'il refuse de me confier, il a préféré vous appeler, vous.

– Laissez-moi lui PARLER ! hurle une nouvelle fois Gavin.

– Ce sont les parents de Jamie Price ? je demande. Les gens qui vous ont appelé ? C'est chez elle que vous l'avez surpris ?

– Je ne suis pas censé discuter avec vous des détails de l'affaire... mais oui. Et, poursuit-il d'un ton un peu gêné, je tiens à préciser qu'il était partiellement dévêtu au moment de son arrestation – qui a eu lieu alors qu'il tentait de s'échapper par la fenêtre de la chambre à coucher de Mlle Price. Et je ne parle pas de quand il a défait sa braguette pour se soulager...

– Hé ! j'entends Gavin protester.

Je laisse tomber ma tête sur mon bureau. Nom de Dieu ! Je n'ai pas besoin de ça. Qui plus est, aujourd'hui ! Depuis la place, me parviennent aux oreilles les cris des manifestants :

– Que voulons-nous ? Le droit à la santé pour tous ! Quand le voulons-nous ? Tout de suite !

– Dites-lui que je serai là dès que possible, dis-je à O'Malley.

– Prenez votre temps, répond-il. Je suis content d'avoir de la compagnie. C'est rare que j'aie quelqu'un de sobre là-dedans, et encore moins quelqu'un qui a des diplômes. Pour le déjeuner, je pensais rapporter des ailes de poulet.

Il tient le combiné à distance de sa bouche et lance, à l'adresse de Gavin :

– Ohé, mon garçon, tu n'es pas végétarien, au moins ?

J'entends Gavin crier :

– Heather ! Il faut que je te dise un truc ! Ce n'est pas Sebastian... ce n'est pas...

Ça a coupé. À bout de patience, l'officier a fini par raccrocher.

Quand je relève la tête, Tom se tient à côté de mon bureau et me regarde avec inquiétude.

– Une seconde... dit-il. Tu parlais de qui, là, au téléphone ? De Gavin ? Ou de Sebastian Blumenthal ?

– De Gavin, je réponds, les yeux rivés sur mon clavier.

– Il est lui aussi en prison ? Pour de bon ?

– Ouais, pour de bon. Tom, faut que j'y aille.

–Où ça ? À l'appartement d'Owen ? Tu en viens. Tu ne vas pas passer la journée à soutenir cette dame ? Après tout, ils étaient divorcés, non ? Tu devrais peut-être lui envoyer Gillian, pour l'aider à surmonter sa douleur. Elles sont faites pour s'entendre, tu ne crois pas ?

– Non. Je veux dire, c'est à Westchester qu'il faut que j'aille, dis-je en faisant rouler ma chaise de bureau en arrière et en me levant. Il faut que je parle à Gavin.

– Tout de suite ? demande Tom, visiblement choqué (et pas mal flippé.) Tu ne vas pas me laisser seul ? Avec tout ce qui se passe là-dehors ?

Il jette un coup d'œil nerveux sur la fenêtre – à présent bien fermée, stores baissés – par laquelle on a tiré sur le docteur Veatch.

– Et *ça*... ajoute-t-il.

– Tout va bien se passer. Tu as les RE à ta disposition. Le roulement à l'accueil et à la sécurité est assuré. Tous les rendez-vous du docteur Veatch ont été annulés. Nom de Dieu, Tom, tu t'occupes de la résidence des fraternités ! C'est autrement plus dur que de bosser ici.

– Ouais, concède Tom, visiblement anxieux. Mais personne ne se fait *assassiner* là-bas.

– Je promets de faire aussi vite que possible, dis-je. Ça ne prendra sans doute pas plus de quelques heures. Je serai joignable sur mon portable, si tu as besoin de moi. Si quelqu'un demande où je suis, dis que j'ai eu une urgence, un problème de famille... Pas un mot au sujet de Gavin ! Crois-moi, c'est important.

– D'accord, réplique-t-il, apparemment contrarié.

– Je ne plaisante pas, Tom.

– OK !

Satisfaite, je fais volte-face pour repartir. Et manque de percuter ma meilleure amie Patty, ex-danseuse de variétés, désormais mariée à Franck Robillard, légende vivante du rock. Patty serre une demi-douzaine de revues de mariage sur son ventre légèrement proéminent. Mais il y a une raison à ça, et ce ne sont pas les grands cafés viennois avec suppléments de chantilly. Patty, déjà maman d'un garçon de trois ans, est enceinte de quatre mois.

– Qui t'a prévenue ? je demande, fixant la couverture du magazine *Mariages*.

Patty désigne Tom du regard.

– Ah ouais, dit celui-ci, haussant les épaules. J'avais oublié de t'avertir, Heather. Patty a appelé pendant que tu étais à côté avec l'ex d'Owen. Oooooohhhh, tu as le numéro de mai ! Mon Dieu, il pèse aussi lourd qu'une dinde de réveillon !

– Comment tu as osé le lui annoncer avant de me l'apprendre à moi ?

Patty qui, même quand elle n'est pas enceinte, a tendance à irradier au point que c'en est rageant, se laisse tomber, avec une grâce de danseuse, sur le fauteuil en vinyle bleu qui se trouve à côté de mon bureau. Puis s'empare de l'une des revues.

– Je trouve qu'elle devrait carrément porter du blanc. Le blanc cassé risque de lui donner mauvaise mine, tu ne crois pas, Tom ?

– Je me disais exactement le contraire, réplique Tom en s'installant à mon bureau. Les tons crème mettront en valeur le rose de sa peau.

– Tu sais qu'il y a un énorme rat sur le trottoir d'en face, et toutes sortes de gens qui tournent autour ? demande Patty. Et quand est-ce que tu comptais me dire que ton boss avait été abattu d'une balle dans la tête, Heather ? C'est absurde !

Combien de temps tu comptes encore bosser dans ce coupe-gorge ? Je n'en reviens pas, que tu aies encore perdu un boss.

– Je lui ai conseillé d'attendre d'en avoir eu huit, s'esclaffe Tom. Puis de démissionner en déclarant :

– *Huit, ça suffit* ! s'exclament-ils en chœur.

– Une seconde, dis-je. Je reviens tout de suite.

Je sors précipitamment du bureau, sans leur laisser le temps de protester ou de lever les yeux de la robe de mariée style Jackie Kennedy sur laquelle ils s'extasient – modèle qui, jamais au grand jamais, ne ressemblera à quoi que ce soit sur une fille comme moi.

14

Ma tasse bébé, ô toi ma tasse,
Tu tombes par terre, je te ramasse,
Rien ne s'est renversé !
Vive ma belle tasse bébé !

« Que quelqu'un m'achève ! »
Écrit par Heather Wells

– Je ne pige pas, dis-je à Cooper, tandis que nous remontons la Hutchinson River Parkway.

– Qu'est-ce que tu ne piges pas ?

Des voitures nous doublent, roulant à une vitesse effarante. En nous dépassant, leurs chauffeurs nous gratifient de regards noirs et de gestes obscènes.

Mais Cooper n'a pas l'air de s'en soucier. Il est d'une prudence extrême avec sa BMW 2002 de 1974, la maniant comme si c'était un nouveau-né. Et tant mieux, car à la moindre secousse ou pointe de vitesse dépassant les quatre-vingts kilomètres à l'heure, la berline risquerait de partir en morceaux.

Par chance, j'arrive après le grand ménage de printemps. Pour une fois, je n'ai pas les pieds posés sur huit centimètres d'emballages de fast-food, mais sur la moquette d'origine de la voiture.

– Quand Sarah et Gavin t'ont demandé, hier, de les conduire à Rock Ridge, tu as refusé. Mais quand je t'ai dit que je devais m'y rendre, tu t'es littéralement jeté sur les clés, dis-je en étudiant son visage de profil. Tu peux m'expliquer ?

– Jusqu'où je n'irais pas, répond Cooper en changeant de vitesse, pour voir ce gamin derrière les barreaux !

Je lève les yeux au ciel. Évidemment. C'était donc ça ! S'il s'était rué sur ses clés de voiture à l'instant où, entrant dans son bureau, j'avais lancé : « Faut que je me rende à Westchester, Gavin est en prison », c'était parce qu'il voulait se moquer du jeune homme, surpris le pantalon baissé – et non pour m'aider à tirer du pétrin un gamin pour qui il sait que j'ai une affection de grande sœur.

Ah, les hommes.

D'autre part… *les hommes*. Je m'efforce de ne pas me laisser déconcentrer par sa main serrée sur le levier de la boîte de vitesses, si sexy avec ses poils noirs et brillants… Qu'est-ce qui me prend ? J'ai déjà un petit ami. Un petit ami qui a l'intention de m'épouser. J'en suis presque sûre.

C'est juste que les mains de Tad ne sont pas poilues. Enfin, si… il a des poils. Mais comme il est blond, on ne les voit pas vraiment.

Non qu'il faille forcément avoir les mains velues pour être craquant. Néanmoins, pour en revenir à Cooper, ça ajoute à son sex-appeal en lui donnant un côté viril et menaçant, voire prédateur… Difficile de ne pas songer à ces mains courant partout sur mon corps…

– Qu'est-ce que tu as, à regarder mes doigts ? demande Cooper.

Oh, mon Dieu !

M'arrachant à la contemplation de sa main, je bafouille :

– Je ne… je ne… je ne comprends pas comment Sebastian

aurait pu abattre Owen. Enfin… je l'ai vu juste après le meurtre. Environ deux heures après. Et il plaisantait. Ça ne peut pas être lui. Il ne peut pas être si bon acteur.

– Ah. Tu adoptes la ligne de défense « ce n'est pas parce qu'il avait sur lui l'arme du crime qu'il a fait le coup » ? dit Cooper avec un haussement d'épaules. C'est un classique. Mais bon, je suppose que quelqu'un *aurait pu* descendre le type, puis glisser l'arme dans le sac de Sebastian…

– Exactement ! je m'écrie, ragaillardie, au moment où une mère de famille à l'air angélique au volant d'un break nous double en nous adressant un doigt d'honneur alors que nous rejoignons l'autoroute. C'est ce qui a dû se passer ! Ce qui signifie que le coupable a dû se trouver à proximité de Sebastian hier matin, pendant le laps de temps séparant le meurtre et son arrestation. Ce qui nous fait – j'ajoute d'une voix désolée – un million et demi de suspects. Je suis sûre qu'il a dû se balader sur tout le campus entre ses TD, ses meetings de l'AED et tous les trucs dont s'occupe Sebastian. Je l'avais aperçu dans le cercle des joueurs d'échecs, avec Sarah et tous ces reporters. N'importe lequel des SDF présents aurait pu s'approcher de Sebastian et glisser tout ce qu'il voulait dans son sac sans que celui-ci s'en rende compte. Sans que personne s'en rende compte.

– Eh bien, ses avocats doivent être sur le coup.

– La police n'est pas censée retrouver… je ne sais pas… des traces de poudre sur ses doigts ? Et des témoins ?

– Il a un mobile, répond Cooper. Et l'arme du crime. Et pas d'alibi. Pour le procureur, c'est sans doute une affaire réglée.

– Ouais. Sauf qu'il oublie un petit détail, je grommelle. Sebastian n'est pas coupable.

Mon portable gazouille. C'est Patty. J'ai beau être consciente qu'elle doit m'en vouloir, je suis néanmoins surprise par la rapidité avec laquelle elle me fait part de son mécontentement.

– Tout de suite ? hurle-t-elle. Tu es en route pour Westchester ? Mais tu reviens tout de suite ?

– Fallait que je parte, dis-je.

En temps normal, Patty est la plus enjouée des femmes. Sauf quand elle est dans les trois premiers mois de grossesse. Euh... les six premiers mois. Et même les neuf premiers mois, si je repense aux jours qui ont précédé la naissance d'Indiana. Bref, pendant la totalité de sa grossesse.

– Je ne pouvais pas t'expliquer à ce moment-là...

– Pourquoi ? rétorque Patty. Parce que je t'aurais traitée de dingue ? Parce qu'il faut l'être pour aller payer la caution d'un gamin qui n'est même pas le tien ! Tout comme il faut être dingue pour épouser un mec avec qui on ne sort que depuis trois mois !

Elle crie tellement fort qu'il me faut tenir le téléphone à distance de mon oreille. Je ne peux me retenir de jeter un coup d'œil à Cooper pour voir s'il a entendu. Mais il est occupé à se battre avec le lecteur de cassettes (oui, sa BMW 2002 n'est équipée que d'un lecteur de cassettes) afin d'entendre la douce voix d'Ella. *A priori*, je suis à l'abri.

– Si je vais à Rock Ridge, ce n'est pas pour payer sa caution, mais simplement pour *discuter* avec lui. Qui plus est... (Je baisse encore la voix et me tourne vers la vitre.) C'est toi qui a apporté les magazines de mariage. Il ne m'a même pas encore fait sa demande. Il a simplement dit qu'il avait quelque chose à...

– Hein ? Je n'entends rien... Heather, un homme est MORT. Assassiné d'une balle dans la tête à quelques mètres de ton bureau. Dans le bâtiment où tu as toi-même failli être tuée, il y a quelques mois à peine. Que faut-il de plus pour te décider à changer de boulot ? À trouver un travail où les gens ne passent pas leur temps à MOURIR ?

– C'est drôle que tu parles justement de ça... dis-je, observant Cooper du coin de l'œil.

Il garde à présent les yeux rivés sur la route, car un énorme semi-remorque est en train de nous dépasser. Le chauffeur klaxonne avec rage, exaspéré par notre lenteur. Loin d'en prendre ombrage, Cooper lui fait joyeusement signe de la main.

– C'est quoi, ce bruit ? demande Patty. Tu es sur un bateau ?

– Non, je ne suis pas sur un bateau.

– On aurait dit une corne de brume.

– C'est juste un camion. Je suis sur l'autoroute. Patty, ce n'est pas le moment idéal pour discuter de ça...

– Heather, tu sais que si je te parle ainsi, c'est parce que je t'aime comme une sœur...

Et, comme à une sœur, Patty ne m'accorde pas la moindre attention.

– ... mais ça ne peut pas durer. Tu ne peux pas continuer à coucher avec un mec quand tu en aimes un autre...

– Pardon... quoi... Patty ? dis-je en émettant des sortes de chuintements. Je ne capte plus...

– Heather, je sais très bien que ces bruits, c'est toi qui les fais ! Ça ne ressemble pas du tout à des parasites. Quand tu seras de retour en ville, il faudra qu'on se prenne un moment et qu'on *discute*.

– Euh… oh, je ne t'entends plus du tout à présent. On doit être dans une zone sans réseau. Faut que je te quitte. Salut.

Je raccroche. Aussitôt, Cooper lance :

– Tad t'a demandée en mariage ?

– Nom de Dieu ! je m'écrie, furieuse. Non. C'est clair ?

– Dans ce cas-là, c'est quoi cette histoire de revues de mariage que t'aurait apportées Patty ?

– C'est juste que tout le monde vend la peau de l'ours avant de l'avoir tué ! dis-je, regrettant aussitôt mes paroles. Zut, pourquoi je parle de *tuer* ! Il se trouve simplement que Tad a quelque chose à me demander, mais qu'il préfère, pour cela, attendre le bon moment.

Je n'en reviens pas d'être en train de raconter ça à Cooper, la dernière personne avec qui j'aie envie de discuter d'affaires relatives à mon petit ami. Je vais tuer Patty, à mon retour. Je ne plaisante pas.

– Mais c'est rien, j'en suis sûre. Je n'aurais jamais dû en parler à personne, et surtout pas à Tom, qui est la pire commère que la Terre ait portée et…

– Il y a à peine deux mois que vous sortez ensemble ! dit Cooper, les yeux rivés sur le volant.

– Ouais. Mais tu comprends.

Il me regarde à présent. Et si je devais décrire son expression, je dirais que c'est un mélange d'incrédulité et de sarcasme.

– Non. Je ne comprends pas. Qu'est-ce qui te prend ? C'est quoi, ton nouveau rôle ? Britney Spears ? Mon frère s'est marié et va avoir un gosse. Et toi, tu ne supportes pas d'être laissée en rade, c'est ça ? C'est quoi, l'étape suivante ? Tu vas te faire mettre en cloque toi aussi ?

– Si tu permets... dis-je, offensée par ses propos. D'abord, je n'ai pas dit que j'allais dire « oui ». Je ne suis même pas sûre qu'il veuille me demander ça. Peut-être veut-il simplement que je m'installe avec lui, ou un truc dans ce goût-là.

– Et tu crois que c'est une bonne idée ? Emménager avec ton professeur de mathématiques ? Qui n'a même pas la télé ? Et ne se nourrit que de pâtes de soja enrobées de tofu et trempées dans la poudre de germe de blé ?

– Tu ne sais même pas de quoi tu parles ! je lui fais remarquer. (C'est vrai, il n'y connaît rien.) Mais si c'était le cas, tu devrais t'y mettre, toi aussi. Ça te ferait sans doute du bien, à en juger par tous les emballages de fast-food qui traînent dans ton bureau. Quand as-tu fait vérifier ton taux de cholestérol pour la dernière fois ? Ton cœur doit être une véritable bombe à retardement.

– Oh, pardonne-moi mais ce n'est pas toi qui aurais préparé les sandwichs glacés au nougat et aux biscuits aux pépites de chocolat que j'ai aperçus dans le congélateur, hier soir ?

Je le foudroie du regard.

– Oh, mon Dieu ! Je te jure que si tu en as mangé un...

– Oh, j'en ai mangé un, c'est certain, dit-il, à nouveau concentré sur la route. Je les ai *tous* mangés.

– Cooper ! Je les avais préparés exprès pour...

– Pour quoi ? Pour les manger avec *Tad* ? Il ne voudrait pas toucher à ces nids de graisses hydrogénées, même si tu les lui servais sur son Frisbee favori avec une grosse louche de sauce au lait de soja.

– Tu deviens méchant. Ça ne te ressemble pas. C'est quoi, ton problème avec Tad ? Ou avec Tad et moi, plus précisément ?

– Je n'ai pas de problème avec Tad, répond Cooper, bien qu'il paraisse incapable de prononcer son nom sans ricaner. Ou avec Tad et toi. Je ne pense pas – en tant qu'*ami* – qu'emménager avec lui soit une bonne idée.

– Ah oui, vraiment ? Et pourquoi ?

Je me demande où diable va cette conversation.

– Parce que c'est la catastrophe annoncée !

– Ah oui ? Et pourquoi ? Parce qu'il est végétarien et pas moi ? Ça arrive fréquemment, Cooper, que des gens qui ont des valeurs différentes décident de vivre ensemble. Quant à la télé... je doute que ça remette tout en question. Il regarde quand même des films, tu sais.

Cooper émet un drôle de bruit. Il pouffe, à ce qu'on dirait.

– Bon sang, ça va pas ou quoi ? Tu te comportes comme un sale...

Mon téléphone sonne une nouvelle fois. Cette fois-ci, je ne reconnais pas le numéro. Craignant que ce soit en rapport avec le boulot (j'ai, il n'y a pas d'autre mot, abandonné mon poste), je décroche.

– Heather ! lance une voix masculine inconnue mais joviale. C'est moi, Larry ! Larry Mayer, l'ancien associé de ton père. Ou, devrais-je plutôt dire, son nouvel associé !

– Oh, dis-je sans enthousiasme. Salut, Larry.

Cooper vient de prendre la sortie pour Rock Ridge.

– J'ai appelé ton bureau, mais ton boss m'a dit que tu étais joignable sur ton portable. Je ne te dérange pas, n'est-ce pas ? J'espérais qu'on pourrait discuter...

– Le moment n'est pas très bien choisi...

– Parfait, parfait, réplique Larry, qui a de toute évidence mal entendu. Il y a un bail qu'on s'est pas parlé, hein ? Bon Dieu, la dernière fois que je t'ai vue, tu portais encore un pantalon transparent à paillettes comme celui que tu avais aux MTV Music Awards. Tu sais, celui qui, après que tu l'as arraché, t'a valu tellement de problèmes avec la commission de censure ? Ce que je n'ai jamais vraiment compris, vu que la culotte que tu avais dessous cachait tout. Enfin... presque tout. Ah, le bon vieux temps ! Bref, ton père et moi, on était là à parler de toi – tu as dû avoir les oreilles qui sifflent – et on se demandait si tu avais eu le temps de réfléchir à notre proposition.

– Ouais. Comme je te disais, ce n'est pas le meilleur moment pour...

– Parce que le temps presse, mon petit. On a déjà loué le studio, et si on se tient à notre programme, va falloir s'y coller et sortir rapidement des trucs. C'est pas pour te mettre la pression. Mais bon, si je me souviens bien, ça te réussit, d'avoir le couteau sur la gorge...

Nous longeons les murets de pierre peu élevés qui entourent des prés à chevaux onduleux et verdoyants – et les épais bosquets derrière lesquels se dissimulent les demeures de multimillionnaires équipées de systèmes d'alarme sophistiqués – et signalent l'entrée de Rock Ridge, banlieue hyper-chic de New York. Le visage de Cooper est aussi fermé que les grilles à pointes de lance au fond des longues allées sinueuses que nous dépassons.

– Larry, je vais être obligée de te rappeler, dis-je. Je suis très occupée en ce moment, ça a rapport avec mon travail.

– Je comprends. Ton père m'a expliqué à quel point tu tenais à ce petit job. Je ne te dirai que quatre mots, mon petit : « pourcentage sur les recettes ». C'est tout. Réfléchis-y. Rappelle-moi. Salut.

– Salut.

Je raccroche.

Nous pénétrons dans le pittoresque centre de Rock Ridge, tout en rues pavées et toits de chaume. Juchées sur les réverbères à l'ancienne, des caméras de surveillance épient les faits et gestes de tous les résidents et visiteurs du centre-ville.

– Alors, reprend Cooper. Tu disais...

– Crois-moi... ça n'a aucun intérêt. Même moi, ça ne m'intéresse pas...

– Oh. Eh bien si, ça m'intéresse. Dois-je commencer à chercher une nouvelle colocataire... et quelqu'un d'autre pour s'occuper de ma compta ?

J'avale ma salive.

– J'en sais rien. Quand je saurai, tu seras le premier au courant.

Cooper demeure quelques instants silencieux. Puis :

– Merde ! s'exclame-t-il soudain, à ma grande surprise.

Je constate que ce n'est pas en réaction à ce que j'ai dit, mais au fait qu'il vient de dépasser le commissariat et qu'il lui faut à présent faire demi-tour.

En y retournant, nous notons avec étonnement que c'est l'un des seuls endroits à ne pas posséder une devanture à l'ancienne. Nous nous garons sur l'un des nombreux emplacements disponibles devant le bâtiment – nous sommes, à ce qui semblerait, les seuls visiteurs du commissariat en cette journée de printemps, impression confirmée lorsque nous entrons et trouvons l'endroit quasiment désert. Seul un policier corpulent, en uniforme bleu foncé, est installé à son bureau, où il mange des ailes de poulet. Non loin de lui, dans l'unique cellule à barreaux, d'une propreté irréprochable, est assis Gavin McGoren, son bouc taché de sauce pimentée. Lui aussi ronge des ailes de poulet.

– La voici ! s'exclame gaiement l'inspecteur O'Malley. (Du moins, c'est ce que dit la plaque, sur son bureau ; et puis sa voix m'est familière.) Heather Wells en personne ! Je reconnaîtrais cette chevelure n'importe où. Mais tu as pris quelques kilos, hein, ma jolie ? On en est tous là, pas vrai ?

– Heather !

Gavin se lève d'un bond de son lit de camp. Il s'agrippe aux barreaux, envoyant valser les ailes de poulet.

– Hé, attention ! proteste O'Malley. Ne va pas me mettre de la sauce pimentée partout ! Hier, j'ai tout fait briquer à la nouvelle recrue.

– Merde ! lance une nouvelle fois Cooper.

Là encore, ça n'a rien à voir avec moi. Il vient simplement d'enregistrer la présence de Gavin derrière les barreaux.

– J'ai oublié mon appareil photo.

Or Gavin n'a d'yeux que pour moi.

Non du fait de ses sentiments (non réciproques) à mon égard, mais parce qu'il a quelque chose à me dire.

– Heather, s'écrie-t-il tout excité. Ce que je suis content que tu sois là ! Écoute ! Jamie affirme que ce n'est pas Sebastian qui a abattu le docteur Veatch. Elle avait rendez-vous avec celui-ci hier parce qu'il devait l'aider à déposer une plainte officielle contre un employé de l'université de New York qui lui aurait fait des avances déplacées. C'est pourquoi elle a flippé et est retournée chez elle… Elle croit que c'est sa faute s'il a été tué. Elle pense que c'est l'employé en question qui l'a descendu, avant qu'il n'ait pu déposer plainte… et qu'elle est la prochaine sur la liste.

Le rythme de mon cœur s'accélère.

– C'était qui ? je demande. Simon Hague ?

Pitié, pitié, faites que ce soit Simon Hague ! Ce serait trop génial !

– Non, dit Gavin. C'est un gars que la fac vient d'embaucher. Un certain révérend Mark.

15

Ne t'approche pas de moi,
Sale pleurnichard !
Espèce de gosse gâté,
Espèce de sale moutard !

« Les Gamins des autres ! »
Écrit par Heather Wells

Je grimpe les marches de pierre menant à la porte à vitrail – très impressionnante – et appuie sur le bouton de la sonnette. S'ensuit un ding-dong réitéré. Puis une dame blonde vient m'ouvrir, vêtue d'un pull vert pâle, d'un jodhpur (non, non, je n'en rajoute pas...) et d'un foulard rose négligemment noué autour du cou.

– Oui ? demande-t-elle d'une voix pas désagréable.

– Bonjour. Je me présente : Heather Wells, directrice adjointe de Fischer Hall, à l'université de New York. Vous êtes la mère de Jamie Price ? (Elle semble quelque peu troublée.) Mais oui... il me semble vous avoir déjà vue. Je crois qu'on s'est croisées lorsque Jamie a emménagé.

Elle glisse sa main dans la mienne, que je lui ai tendue presque machinalement. Je la lui serre.

– Oh oui. Deborah Price. Enchantée.

– Bonjour. Désolée de vous déranger chez vous. Voilà... on a remarqué que Jamie avait quitté la résidence, et sa camarade de chambre nous a confirmé qu'elle était rentrée dans sa famille. J'ai donc décidé de venir m'en assurer et de vérifier que tout allait bien. Et si elle a besoin qu'on la ramène à la fac, eh bien... je suis là.

– Oh...

Mme Price paraît de plus en plus déconcertée, mais n'en reste pas moins affable. Dans son milieu, c'est une question d'éducation... vous savez, sauver la face quoi qu'il arrive. Une employée de la fac, surgie de nulle part, se pointe à sa porte ? Un type est surpris à poil dans le lit de sa fille ? Qu'importe, elle continue à sourire. Sous le foulard, un collier de perles. Elles s'accordent à ravir avec ses bottes d'équitation parfaitement cirées, qui n'ont pas une éraflure. Ont-elles jamais foulé le sol d'une écurie ?

– Oh, doux Jésus ! J'ignorais que l'université proposait ce genre de service à domicile !

– C'est que nous sommes soucieux de vous satisfaire, dis-je avec modestie. Jamie est là ? Vous permettez que je lui dise quelques mots ?

– Oh, eh bien... oui, bien sûr. Entrez, je vous prie.

Je remarque que son regard bleu – pas une ride autour des yeux. Botox ? Chirurgie esthétique ? Ou juste de bons gènes ? – plonge derrière moi, en direction de l'allée circulaire.

– Vous dites que vous êtes venue en voiture ? Je ne la vois pas.

– Je me suis garée dans le centre. C'est une si belle journée. J'ai préféré marcher.

Ce n'est même pas un mensonge. Parfaitement. Il se trouve que les Price n'habitent pas très loin du commissariat. L'inspecteur O'Malley s'est fait un plaisir de m'indiquer la direction de leur maison, pendant que Cooper était dans la voiture, sur son portable, à essayer de convaincre l'un des nombreux assureurs qu'il connaît d'acquitter la caution de Gavin. Parce que après sa réaction initiale – l'hilarité –, même lui n'a pu se résoudre à laisser Gavin dormir une nuit de plus en prison.

Et puis je me doutais que Cooper n'apprécierait pas que je gravisse péniblement la longue allée jusqu'à la grande maison de pierre – avec, d'un côté, ses écuries vert et blanc et son bassin regorgeant de poissons rouges géants (si, si... j'ai vérifié) ; et, de l'autre, un garage quatre places et ses Jaguar assorties. Mais, même s'il risquait de me faire ma fête pendant tout le trajet de retour, je m'étais dit que ça vaudrait la peine. Il me fallait tirer au clair cette histoire à propos du révérend Mark.

Car j'aurais juré qu'il n'avait pas tué Owen Veatch.

Mais je mourais d'envie de savoir pourquoi Jamie l'en avait cru capable.

– Je ne vous mentirai pas, mademoiselle Wells... commence Mme Price, comme nous nous dirigeons vers un long escalier en courbe.

Bien que la demeure soit, pour donner une impression d'ancienneté, décorée d'armures et de meubles dénichés chez les antiquaires, c'est en fait une construction récente. Elle comprend ce hall gigantesque commun à toutes les villas actuelles. Il donne sur la salle à manger, le séjour, le salon, la cuisine, et sur ce qui a tout l'air d'être une bibliothèque-salle de billard. À l'arrière de la maison, je distingue une immense piscine en granit noir équipée d'un bain à remous et, un peu plus loin, des courts de tennis. Pas de M. Price dans les parages. J'en conclus qu'il doit être en train de travailler pour payer tout ça.

– En fait, je suis soulagée de vous voir, poursuit Mme Price. Les dernières vingt-quatre heures, depuis le retour de Jamie, n'ont pas été de tout repos.

– Ah oui ? je rétorque, faisant mine d'ignorer de quoi elle parle. Comment ça ?

– Jamie et son père ont une relation conflictuelle... Ils se ressemblent tellement, vous comprenez, et elle a toujours été la petite fille à son papa. Et voilà qu'hier soir... ce *garçon* de sa fac est venu... ici même, figurez-vous !

Je feins d'être choquée.

– Pas possible !

Mme Price secoue la tête comme si elle n'en revenait pas. Elle n'a visiblement toujours pas intégré le fait qu'un garçon puisse trouver sa fille à son goût.

– Nous l'avons surpris dans son *lit* ! Évidemment, ce n'est pas comme s'il n'y avait pas été invité, vous voyez ce que je veux dire. Enfin, il ne s'est pas imposé par la force... Mais elle l'a laissé entrer dans notre dos. Roy et moi étions loin de nous douter... Elle n'est pas autorisée à recevoir des garçons dans sa chambre. Certes, elle a plus de dix-huit ans, elle est par conséquent majeure. Or elle vit encore sous notre toit et, tant que nous payons ses études, nous exigeons qu'elle se plie à nos règles. Nous sommes presbytériens. Il nous faut respecter certains principes.

– Bien sûr, dis-je, non sans pruderie.

– Pour résumer, Roy a tout dramatisé. Il a appelé la police ! À présent, le malheureux garçon est en prison. Et Jamie ne veut plus nous parler, ni à l'un ni à l'autre.

– Oh non ! je m'exclame, prenant l'air soucieux.

– Si ! Vous savez, Jamie et moi n'avons jamais eu les habituelles relations mère-fille. En revanche, sa grande sœur et moi... enfin, nous nous ressemblons davantage. Jamie, quant à elle, a toujours eu un côté garçon manqué. Elle est si... comment dire... si forte. Elle est comme vous... bien charpentée. Nous n'avons jamais eu grand-chose en commun, alors que sa sœur et moi faisons toutes les deux du trente-huit, et partageons tout. Je n'ai donc pas pu lui arracher un mot de toute la matinée. Vous, vous y parviendrez peut-être.

Je hausse les épaules.

– Mon Dieu ! Je n'en sais rien. Je peux essayer.

– C'est vrai ? demande-t-elle, relevant la tête. Parce que figurez-vous que je dois me rendre à mon cours de dressage.

– Votre quoi ?

– Mon cours de dressage, répète-t-elle, comme s'il suffisait qu'elle le dise une deuxième fois pour que je comprenne. Jamie ! appelle-t-elle en direction de l'escalier. Vous désirez un café, mademoiselle Wells ?

– Volontiers.

– Bien. Il y en a dans la cafetière, à la cuisine. Servez-vous. Les tasses sont sur le présentoir. JAMIE !

– Bon sang ! Qu'est-ce qu'il y a, maman ?

Jamie apparaît en haut de l'escalier, vêtue d'un pantalon en tissu-éponge et d'un tee-shirt rose. Ses cheveux blonds tombent en cascade sur ses larges épaules. On dirait qu'elle se réveille à peine. J'aimerais bien être aussi jolie au réveil.

Elle écarquille les yeux en m'apercevant.

– Toi ! s'écrie-t-elle.

Elle ne semble pas vouloir s'enfuir, plus intriguée qu'effrayée.

– Jamie, Mlle Wells est envoyée par la faculté, dit Mme Price. Je veux que tu parles avec elle. Elle dit qu'elle peut te ramener, si tu le souhaites. Et il serait préférable que tu repartes avec elle. Tu as vu comme papa est en colère. Il vaudrait mieux que tu ne sois pas là, ce soir, quand il rentrera du bureau. Les choses finiront par se tasser.

– Je ne m'en irai pas, déclare Jamie, dressant farouchement le menton, tant qu'il n'aura pas retiré sa plainte contre Gavin.

Je ne peux m'empêcher de remarquer que, dans sa famille, Jamie n'achève pas toutes ses phrases par un point d'interrogation. Loin de là.

– Eh bien, autant espérer un miracle, ma chérie. Je n'ai pas le temps de discuter de ça. Il faut que j'aille à mon cours de dressage. J'ai dit à Mlle Wells de se servir du café. N'approche pas du crumble aux cerises que j'ai préparé ! C'est pour la réunion de ce soir de l'association Maisons et jardins. À plus tard.

Sur ce, Mme Price s'empresse de quitter le hall immense. Quelques secondes plus tard, l'une des Jaguar garées devant le garage vrombit, démarre et s'éloigne.

– Waouh, dis-je, surtout afin de briser le silence qui s'ensuit. Elle doit vraiment aimer le dressage. Quoi que ça puisse signifier.

– Elle n'en a rien à fiche du dressage, explique Jamie d'un ton dégoûté. Elle couche avec son instructeur. C'est ça, d'avoir des *principes*.

– Oh.

Je suis Jamie des yeux, tandis qu'elle descend l'escalier, me dépasse, se dirige vers la cuisine, prend une tasse sur le présentoir à l'ancienne, près de la cafetière, et se sert du café.

– J'en prendrais bien un moi aussi.

– Sers-toi ! réplique Jamie, du même ton poli que sa mère.

Elle s'avance vers le frigo, l'ouvre et en sort une brique de crème légère. Elle en verse une bonne dose dans sa tasse. Puis, remarquant mon expression, en verse aussi dans la mienne, avant de remettre la brique là où elle l'a prise.

– Bon, dis-je en remplissant ma tasse de café. Ne t'inquiète pas pour Gavin. On est en train de régler sa caution.

Jamie me fixe avec stupéfaction.

– C'est vrai ?

Je hoche la tête. Le café est délicieux. Mais serait encore meilleur avec du sucre. Je jette un coup d'œil alentour.

– Il devrait être libre d'ici une heure.

– Oh, mon Dieu !

Jamie écarte une chaise de la table pseudo-rustique, s'y laisse tomber comme si ses jambes ne pouvaient plus la porter et enfouit son visage dans ses mains.

- Merci. Merci mille fois.

Je trouve enfin le sucre et en verse une cuillerée dans ma tasse. Puis, quelques secondes plus tard, une autre. Ah... la perfection ! Enfin, presque. Un peu de crème fouettée et ce serait la perfection. Mais on ne peut pas tout avoir.

– N'en parlons plus. Mais je veux quelque chose en retour.

– Ce que tu voudras, dit Jamie, levant les yeux.

Je constate avec étonnement que son visage est baigné de larmes.

– Je suis sérieuse, ajoute-t-elle. J'ai flippé toute la matinée. Je ne voyais pas où j'allais pouvoir trouver l'argent de la caution. Je ferais n'importe quoi... merci encore.

Je m'assieds à côté d'elle. Remarque, malgré moi, que Mme Price a mis à refroidir le crumble aux cerises au beau milieu de la table. Il est dans un moule en Pyrex à bords hauts et, au-dessus du coulis de cerises, la croûte est caramélisée. Franchement, il faut être démoniaque pour laisser un truc pareil exposé à la vue, sans même le recouvrir de papier aluminium. Pas étonnant que Jamie la déteste ! À sa place, j'en ferais autant.

– Comme j'ai dit, n'en parlons plus. Mais c'est quoi, cette histoire qu'a racontée Gavin, à propos de toi et du révérend Mark ?

Le visage de Jamie se décompose.

– Oh, fait-elle d'un ton sinistre. Il était censé ne rien répéter à personne.

– Jamie... Un homme est mort. Et tu as l'air de penser que ce qui t'est arrivé est en rapport avec sa mort. Ne me demande pas de ne pas mettre la police au courant ! Tu sais qu'ils ont arrêté quelqu'un pour le meurtre du docteur Veatch ? Et que ce quelqu'un est peut-être innocent ? Du moins, si ce que tu dis est vrai.

Jamie se mordille la lèvre inférieure. Je note qu'elle lorgne sur le crumble aux cerises. Je suis contente d'avoir conservé la cuillère dont je me suis servie pour le sucre. Au cas où elle se révèlerait utile...

– Quand je suis allée à la fac, mes parents voulaient être sûrs que je respecterais leurs principes, raconte Jamie, entre deux gorgées de café. Et c'est ce que j'ai fait. Je me suis inscrite à l'Association des jeunes chrétiens. J'aime chanter. Je n'ai pas l'ambition d'en faire mon métier, pas comme toi. Je veux être comptable. J'aime chanter pour le plaisir. Alors je me suis inscrite à la chorale du campus. Ça me plaisait... du moins au début. Jusqu'à l'arrivée du révérend Mark.

À ma grande joie, elle tend la main vers le crumble, le tire vers elle et y plonge sa propre petite cuillère. La croûte caramélisée craque, et l'épais coulis se répand comme de la lave par-dessus les bords du moule. Tout en engouffrant une bouchée, elle pousse le crumble vers moi. Je suis son exemple.

Waouh... c'est l'extase. Mme Price est peut-être une garce, mais pour ce qui est de la cuisine, c'est une fée.

– Qu'est-ce qu'il t'a fait ? je demande, la bouche pleine.

Le crumble est « grave chaud », comme dirait Gavin.

– Pas qu'à moi, précise Jamie comme je pousse à nouveau le moule vers elle. À *toutes* les filles. Il ne fait rien de flagrant. Mais il ne rate pas une opportunité de nous frôler, quand on installe les gradins, par exemple. Et puis il s'excuse, comme s'il ne l'avait pas fait exprès.

Elle prend une autre cuillerée et me repasse le crumble.

– Il nous touche « par accident ». C'est dégueu. Et je sais que ce n'est pas de la maladresse. Il va finir par aller trop loin... Pas avec moi, parce que je me rebifferais et que je lui en collerais une... mais avec une fille moins forte que moi, qui aurait peur de lui ou Dieu sait quoi. Je veux empêcher ça.

Je me rappelle le fard qu'avait piqué le révérend Mark lorsque Muffy Fowler lui avait fourré son sein dans la main, au cours du jeu consistant à construire des maisons en papier. Certes, ce n'était pas un hasard... sauf que c'était elle la responsable de ce manège.

Je reprends une cuillerée de crumble. Maintenant que la croûte est fendue, le coulis refroidit vite. Mais n'en est pas moins exquis.

– Tu allais donc le dénoncer au docteur Veatch ?

– Je l'*avais* dénoncé, dit Jamie. Du moins, verbalement, la semaine dernière. Suite à quoi je devais le voir hier afin de rédiger une plainte en bonne et due forme – laquelle aurait été transmise au supérieur hiérarchique du révérend Mark et au conseil d'administration. Sauf que...

– ... quelqu'un l'a descendu.

– Exactement.

– Mais qu'est-ce qui te fait penser que le révérend Mark pourrait être le coupable ? D'abord, comment aurait-il été au courant de ton rendez-vous avec Veatch ?

– J'ai commis l'erreur d'essayer de convaincre d'autres filles de la chorale d'appuyer ma plainte. Parce qu'enfin... il nous le faisait à *toutes*. Et que je pensais que si on y allait toutes, ça donnerait du poids à l'accusation. Tu sais comme il est difficile de prouver ce genre de choses. Le problème, c'est que les autres filles... c'est qu'elles...

La voyant hésiter, je suggère :

– ... que certaines d'entre elles ne se rendaient pas bien compte ?

– Absolument. Ou qu'elles s'imaginaient qu'il ne faisait rien de mal. Ou qu'il ne faisait pas exprès. Elles m'ont dit que j'en faisais une montagne.

Jamie engouffre une bouchée de crumble plus grosse que les autres.

– Qui sait ? Elles ont peut-être raison, conclut-elle.

– Non, Jamie. Si ça te mettait mal à l'aise, tu as eu raison de le signaler à quelqu'un.

– Possible, dit Jamie, avalant sa salive. J'en sais rien. Toujours est-il que ma démarche a mis une des filles tellement en colère qu'elle est allée prévenir le révérend Mark.

– Bon Dieu !

À la place de Jamie, j'aurais tué la fille. Je l'admire de n'en avoir rien fait.

– Je sais. Il m'a prise à part après la répétition d'avant-hier soir et a tenté de me dissuader. Il a tourné ça à la blague, en disant qu'il était juste un grand gars affectueux pas toujours conscient de ce que faisaient ses mains. C'était vraiment... dégueulasse.

J'engouffre une bouchée aussi grosse que la sienne.

– Quand il a compris que je ne marcherais pas, poursuit-elle, il s'est mis à m'expliquer que ma plainte allait briser sa carrière. Il m'a suppliée de ne pas aller voir le docteur Veatch, m'a promis de s'amender. Alors, je lui ai dit qu'il était trop tard... Que le docteur Veatch était déjà au courant et que toute la fac n'allait pas tarder à l'être. Après ça, il est resté silencieux, puis m'a dit que je pouvais partir. C'est pourquoi quand je me suis pointée à ton bureau le lendemain matin, et que le docteur Veatch était mort...

– ... tu en as conclu que le révérend Mark l'avait réduit au silence pour l'éternité. Et que tu serais sa prochaine victime.

– Tout à fait, approuve Jamie en raclant consciencieusement les bords du moule avec sa cuillère, afin qu'il ne soit pas nécessaire de le récurer avant de le mettre au lave-vaisselle.

Je l'imite. Je vois que nous allons devoir unir nos forces pour finir le crumble... euh... pour faire tomber le révérend Mark.

– Je veux que tu retournes en ville avec moi et que tu répètes tout ce que tu viens de me dire à un inspecteur de mes amis. Ne crains pas que le révérend Mark s'en prenne à toi... si c'est réellement l'assassin, je veux dire. L'inspecteur Canavan ne permettra pas que ça arrive. *Je* ne permettrai pas que ça arrive.

– Et comment ça ? demande Jamie.

– Facile. En le faisant interdire d'accès à Fischer Hall. Ainsi, tu y seras en sécurité.

– Je ne sais pas, dit Jamie, en mastiquant des morceaux de croûte caramélisée.

– Jamie, sérieusement... C'est quoi, l'alternative ? Passer le reste de ta vie ici, à Rock Ridge, avec papa-maman ? On ramène Gavin en ville. Tu n'as pas envie de sortir avec lui ?

L'un des sourcils de Jamie se relève, tout comme le coin de ses lèvres tachées de coulis de cerise.

– Eh bien... ouais, reconnaît-elle lentement. Il est sympa. Et tellement compréhensif. Il n'y a pas beaucoup de mecs qui resteraient assis là, à écouter déblatérer une fille aussi hystérique que je l'étais hier soir... Enfin, j'imagine que ce n'est pas étonnant, vu que sa mère est gynéco.

Je m'efforce de ne rien répliquer. Après tout, ce ne sont pas mes oignons.

– Tu crois que... (Jamie me fixe, ses yeux bleus écarquillés.) Tu crois qu'il a envie de sortir avec moi ?

Je ne peux m'empêcher de lever au ciel mes propres yeux bleus.

– Euh... ouais, Jamie, je le crois. Qui plus est, quand ta mère va rentrer et découvrir ce qui est arrivé à son crumble, elle va te tuer, sois-en sûre ! Si tu tiens à la vie, mieux vaut rentrer en ville.

Jamie sourit de plus belle.

– OK. Laisse-moi juste le temps de prendre une douche et de rassembler mes affaires.

– Marché conclu ! dis-je, me renversant sur ma chaise.

Une fois Jamie partie, je défais discrètement le bouton de mon jean. Bien que j'aie mangé autant qu'elle – à la bouchée près – je n'assure plus, comparée à la jeune génération.

C'est triste à dire, mais c'est ainsi.

16

Pas besoin de pétales de rose sur mon lit,
C'est pas comme ça que tu vas me charmer,
Rapporte cet écrin chez Tiffany !
Offre-moi plutôt une coupe glacée !

« Accro au chocolat »
Écrit par Heather Wells

Plus de rat gonflable qui montre les dents devant Fischer Hall lorsque nous nous garons, après avoir fait un détour par le Central 6. Les manifestants (et leur rat) ont quitté la rue pour la bibliothèque, où ils attireront sans doute davantage l'attention, vu que c'est là que se trouvent les bureaux du président Allington.

Par chance, les camionnettes des chaînes locales sont elles aussi parties, et Cooper trouve facilement où se ranger, le temps que nous descendions.

Et voilà que – bien que ce soit Gavin qui ait semé la zizanie en passant la nuit en prison – Cooper me saisit par le bras alors que je sors de la voiture.

– Une seconde ! dit-il, tandis que les deux jeunes gens émergent du véhicule.

Cooper attend, prudent, qu'ils aient gagné l'intérieur du bâtiment pour me demander :

– Alors comme ça, tu vas déclarer Halstead *persona non grata*. Et après, tu comptes faire quoi ?

Il semblerait qu'être interdit d'accès à Fischer Hall est la seule sanction que le révérend Mark va se voir infliger. Le récit de Jamie n'avait guère impressionné l'inspecteur Canavan, qui s'était quand même engagé à vérifier l'emploi du temps de Mark Halstead le matin du meurtre. Jamie avait paru satisfaite...

... contrairement à moi. Je voyais bien que Canavan, certain de tenir son assassin, n'allait pas plus vérifier l'emploi du temps de Mark Halstead le matin du meurtre que la fac ne s'était renseignée sur les états de service de ce dernier.

– Je ne sais pas, dis-je à Cooper, un peu distraite par la puissance de sa main autour de mon poignet. (Cooper est un mec baraqué. Plus que Tad. Je sens, sur ma peau, la tiédeur de ses doigts...) Mon boulot, j'imagine... Il va falloir que je prépare les feuilles de paie. Que j'envoie un mémo aux RE pour qu'ils remplissent les feuilles de présence.

– Ce n'est pas ce que je veux dire, rétorque Cooper. Et tu le sais.

Il n'a pas tort. Mais j'ai du mal à affronter son regard – si bleu, si déterminé. Soudain, j'ai la bouche sèche et l'impression d'avoir un problème au cœur (arrêt cardiaque ou palpitations, c'est dur à dire...). Je suis contente d'avoir montré à mes RE, pendant notre séance annuelle de décoration de cookies, ces DVD pédagogiques où l'on apprend à faire un massage cardiaque. Sans doute aurai-je besoin qu'on m'en fasse un dans quelques minutes, quand j'entrerai en chancelant dans le bâtiment.

– Ne t'inquiète pas, je réponds, les yeux rivés sur ses ongles (qui ne sont pas vraiment soignés, contrairement à ceux de son frère). Je n'ai pas l'intention de mener mon enquête perso sur la mort du docteur Veatch. J'ai bien enregistré, hier, ces histoires de mafia et tout le tralala...

– Je ne faisais pas non plus allusion à ça, dit Cooper d'une voix anormalement agacée.

Me risquant alors à lever les yeux, j'ai la surprise de constater que ce n'est pas moi qu'il regarde, mais un point lointain, par-delà mon épaule gauche. Quand je tourne la tête pour voir ce qu'il y a de si fascinant derrière moi, je n'aperçois qu'un camion de location, garé devant le bâtiment où habitait Owen. Ce qui est étrange, car on n'est ni à la fin ni même au milieu du mois. Qui peut bien emménager ou déménager maintenant ? Un couple qui a décidé de divorcer, sans doute.

Quand je fais à nouveau face à Cooper, il m'a lâché la main et a les yeux rivés sur le volant.

– Tu ferais mieux d'y aller, lance-t-il, légèrement ironique, comme à son habitude. Les feuilles de paie, ça n'attend pas !

– Euh...

Une seconde ! C'est quoi, ce qu'il voulait me dire ? Maudit camion de déménagement ! Maudit couple qui a décidé de divorcer !

– Ouais. Ça vaudrait mieux. Merci de m'avoir emmenée à Rock Ridge et de m'avoir filé un coup de main pour Gavin, Jamie et tout le reste...

Cooper fait alors une chose qui me stupéfie : il sourit à la mention du nom de Gavin.

Je vais avoir besoin d'un massage cardiaque, c'est certain. Car ce sourire est en train de provoquer l'obstruction de toutes mes artères principales.

– Tu avais raison depuis le début. Finalement, ce gosse a un bon fond.

OK. Qu'est-ce qui lui prend ?

Avant que j'aie pu chercher une réponse à cette question, quelqu'un m'appelle. Levant les yeux, je vois Sarah plantée sur le trottoir. Elle me fixe avec inquiétude.

Du moins, il me semble que c'est Sarah.

– Euh... à plus tard, Heather, dit Cooper, examinant la tenue de Sarah, le sourcil dressé.

Pas besoin d'être détective professionnel pour constater que Sarah a subi une transformation radicale : elle porte du rouge à lèvres et des talons hauts, des lentilles de contact à la place de lunettes. Elle a les cheveux lisses et soyeux, les jambes nues... et épilées. Qui plus est, elle porte une *jupe* – celle du tailleur avec lequel elle a passé son entretien d'embauche, j'imagine – et un chemisier blanc avec un col Claudine (j'ignorais que ça se faisait encore)

N'empêche que c'est une jupe.

Elle est jolie. Plus que jolie. Carrément sexy. Dans le genre « bibliothécaire coquine ».

– Euh... salut, dis-je à Cooper, sortant lentement de la voiture avant de claquer la portière derrière moi.

Cooper secoue la tête et démarre, me laissant seule sur le trottoir avec Sarah. Je réalise que je vais devoir me résoudre à m'occuper de lui – et de son sourire fatal – plus tard.

Mais pour être sincère, mon cœur se serre à la pensée que mon père aura définitivement déménagé ce soir et que Cooper et moi passerons notre première nuit depuis des mois seuls dans la maison.

Ça suffit, Heather ! Tu es fiancée – enfin, quasiment – à un autre. À un homme avec qui tu devrais dormir cette nuit.

Bizarre comme à l'idée de passer la nuit avec Tad, mon cœur cesse de vibrer.

Bien qu'ils se trouvent à quatre cents mètres de distance, j'entends les manifestants scander leurs slogans devant la bibliothèque. Ce qu'ils crient, au juste, je ne saurais le dire. Mais leurs voix véhémentes me parviennent aux oreilles aussi clairement que le bruit de la circulation sur la Sixième Avenue, à un pâté de maisons de nous.

– Salut, Heather, dit Sarah en triturant l'ourlet de sa jupe. Je... je voulais te parler, mais tu... mais tu étais partie.

– J'avais une course à faire, dis-je d'un ton incertain. Pourquoi n'es-tu pas là-haut en train de protester ? Et pourquoi t'être mise sur son trente et un ?

Le joli (si, si...) visage de Sarah se tord en une grimace.

– J'ai l'air endimanchée, c'est ça ? demande-t-elle. Tu crois qu'il faut que je remonte me changer ? Je voulais... je voulais te voir pour que tu me donnes des conseils vestimentaires, mais tu n'étais pas dans les parages. Alors, je suis allée voir Magda... C'est Magda qui a fait ça.

J'examine Sarah des pieds à la tête. Elle est – n'ayons pas peur des mots – canon.

– *Magda* ?

– Oui. Elle en a trop fait, pas vrai ? Je le savais. Je lui ai dit qu'elle exagérait. Je vais remonter me changer.

Je lui saisis le poignet pour l'en empêcher.

– Une minute, dis-je. Tu es magnifique. Crois-moi. Ce n'est pas exagéré. Du moins, je ne trouve pas. Tu vas où ?

Les joues de Sarah prennent un ton rosé qui ne doit rien au maquillage.

– Les parents de Sebastian sont en ville. Il a été libéré ce matin. Ils ont payé la caution. Je... j'ai rendez-vous avec eux à Chinatown. On va aller manger quelque part.

– Alors comme ça, dis-je, riant malgré moi, c'est ton look « spécial parents ».

– J'ai l'air d'une andouille, dit Sarah en tentant de dégager son poignet. Je vais me changer.

– Non ! Tu es super-belle ! j'insiste, riant toujours. Tu es magnifique. Fais-moi confiance, ne change rien !

Elle cesse de lutter.

– Tu es sincère ? Vraiment ?

– Vraiment, dis-je, lui lâchant le poignet. Sebastian va halluciner. Tu imagines, il a passé les dernières vingt-quatre heures en prison. Tu veux le rendre fou ou quoi ?

Le rose de ses joues vire au cramoisi.

– C'est seulement... je sais qu'il ne pense pas à moi... de cette façon-là. J'ai envie que ça change. Ah, ce que j'en ai envie !

– Il n'aura qu'à t'apercevoir pour ne plus pouvoir penser à autre chose. Tu pourras remercier Magda. Vraiment.

Sarah se mordille la lèvre inférieure – mauvaise idée, avec le rouge à lèvres. Heureusement, elle a son tube sur elle, dans un sac-pochette en cuir verni, qu'elle ouvre d'une main tremblante.

– Je m'en veux de laisser l'AED se débrouiller toute seule, dit-elle en sortant son brillant à lèvres. Et ce soir a lieu le grand rassemblement. Mais ça aussi, c'est important.

– Bien sûr, dis-je.

Elle applique son gloss à l'aide d'un bâtonnet.

– Après tout, il ne s'agit pas que de couverture sociale, explique Sarah. Sebastian joue sa *vie*.

– Je comprends. Il a de la chance de t'avoir.

– J'aimerais qu'il s'en rende compte, soupire Sarah. (Elle remet le brillant à lèvres dans sa pochette, qu'elle referme.)

Heather, il y a autre chose dont je voulais te parler... Sebastian n'est pas autorisé à quitter la ville, tu sais, tant que l'affaire n'est pas résolue et que les charges pesant sur lui n'ont pas été levées. Quand ce sera le cas... qui sait si Sebastian aura envie de rester ici ? Je l'espère. Toujours est-il que d'ici là, ses parents logent à l'hôtel, qui est assez loin du campus. Je me demandais... Je suis consciente qu'il ne peut plus utiliser la salle de stockage... J'ai eu tort d'abuser, comme je l'ai fait, de ma position d'assistante de direction. Mais est-ce que je pourrais l'inscrire sur le registre et le recevoir dans ma chambre ? Je veux dire, s'il veut me rendre visite ?

Je hausse les épaules.

– Bien sûr.

Sarah me fixe, étonnée.

–Même s'il est le principal suspect du meurtre de notre chef ? Ça ne va pas rendre Sebastian très populaire dans les parages, Heather. Enfin, je ne veux pas que tu dises « oui » juste parce que tu as de l'affection pour moi. J'en ai déjà parlé avec Tom, et il m'a déclaré qu'il n'y voyait pas d'inconvénient, mais que c'était à toi de décider. De toute la résidence, c'est toi qui étais la plus proche d'Owen, et je ne veux rien faire qui puisse avoir sur toi des conséquences émotionnelles. Tu sais comment tu es, Heather. Tu joues les dures mais au fond, tu n'es qu'un gros Marshmallow, un cas classique de personnalité passive-agressive...

– Oh, regarde ! je m'exclame. Un taxi libre ! Tu ferais mieux de le prendre. C'est tellement difficile d'en trouver par ici. À moins que tu n'aies envie de marcher jusqu'à la Sixième Avenue. Mais vu tes talons, je te le déconseille.

– Oh… (Elle gagne le bord du trottoir d'un pas vacillant.) Merci. Au revoir, Heather, souhaite-moi bonne chance !

– Bonne chance !

Je la salue d'un geste de la main et la regarde tituber jusqu'au taxi. À peine est-elle partie que je m'empresse de gagner le bâtiment.

– Tom a demandé que tu passes le voir dès que tu seras revenue, m'annonce Felicia en me tendant une liasse de messages. Sarah t'a trouvée ?

– Elle m'a trouvée, ne t'inquiète pas pour ça !

De retour à mon bureau, je constate que Tom est, comme à son habitude, dans tous ses états.

– Tu étais où ? s'écrie-t-il lorsqu'il m'aperçoit.

– À Westchester. Je t'ai dit que j'allais à Westchester, tu as oublié ?

– Mais ça t'a pris si longtemps, gémit Tom. À croire que tu ne reviendrais jamais… Et ces gens qui n'arrêtaient pas d'appeler…

– Tu m'étonnes ! dis-je, agitant la liasse de messages et me laissant tomber sur ma chaise. Rien d'important ?

– Non, sauf que l'hommage funèbre d'Owen a lieu AUJOURD'HUI ! hurle Tom

– Hein ?

Je manque de lâcher le téléphone que je venais de décrocher afin de rappeler Tad – le premier message de la pile que j'aie en main.

– Ouais, reprend Tom. Et ils veulent que tu dises quelques mots car, de tout le campus, c'est toi qui connaissais le mieux Owen.

Cette fois-ci, je lâche vraiment le téléphone.

– HEIN ?

– Ouais.

Tom se renverse sur sa chaise, qu'il a fait rouler jusqu'à la porte séparant nos deux bureaux, afin de pouvoir me regarder en face tandis qu'il lâche ses bombes. Il est clair qu'il y prend un certain plaisir.

– Et c'est à dix-sept heures. C'était censé avoir lieu à la chapelle, mais la *tragédie* a suscité une telle émotion dans notre communauté qu'ils ont décidé que la cérémonie se tiendrait au centre sportif. Dépêche-toi de pondre quelque chose. Tu as intérêt à assurer. Parce qu'ils attendent au moins deux mille personnes.

Je manque de m'étouffer. *Deux mille* personnes ? Pour l'hommage funèbre d'Owen Veatch, M. Je-vous-interdis-d'aller-chercher-des-ramettes-de-feuilles-dans-les-autres-bureaux ?

Et il faut que *moi*, je dise quelques mots ?

Je suis tellement crevée...

– Mais je le connaissais à peine !

– Tu pourrais te contenter de chanter « Une envie de sucré », suggère Tom.

– Tu ne m'aides pas.

– Je sais... C'est quoi, ce que Sebastian voulait que tu interprètes ce soir, au rassemblement de l'AED ? « Kumbaya » ? C'est ça que tu devrais chanter.

– Sérieusement, Tom. Tais-toi. Laisse-moi réfléchir.

Il faut que j'écrive quelque chose de fort. Le docteur Veatch le mérite. Ne serait-ce que pour avoir aidé... enfin... essayé d'aider Jamie, il mérite au moins ça.

Mais auparavant, je dois faire interdire l'accès de la résidence au révérend Mark. C'est la première chose qu'Owen aurait souhaité : protéger Jamie.

Je remplis les formulaires appropriés, puis les photocopie en plusieurs exemplaires, destinés au bureau de la sécurité (sans doute tenu, à l'heure qu'il est, par les hommes de M. Rosetti) ainsi qu'à l'accueil et au poste de sécurité de la résidence. Je devrai m'assurer que les RE ont bien enregistré que le révérend, même s'il est employé par l'université, n'est autorisé sous aucun prétexte à pénétrer dans le bâtiment. Cela ne me surprendrait pas qu'il tente de le faire... surtout lorsque je me serai assurée qu'il a eu, lui aussi son exemplaire du document, ainsi que son supérieur hiérarchique.

Et, vu que sous « Motif justifiant la décision », j'ai inscrit : « comportement sexuel déplacé envers des résidentes », j'ai comme l'impression que j'aurai des nouvelles de ce dernier dès que le document aura atterri sur son bureau.

J'appelle le RE de service, occupé à trier le courrier à l'accueil. Je lui tends les formulaires et le prie de les porter aux différents bureaux auxquels ils sont adressés.

C'est seulement alors que je commence à réfléchir à mon speech pour le service funèbre d'Owen.

Que suis-je censée dire à son propos ? Que les RE se souciaient de lui comme d'une guigne ? Je n'en ai pas croisé un seul à qui sa mort ait fait verser une larme. Je les ai vus plus tristes après l'arrestation, pour meurtre, d'une autre de mes chefs. (Je ne plaisante pas.)

Qu'il était un bon chef ? Sans doute était-ce le cas. Il ne faisait certainement pas de favoritisme. Qui sait si cela ne lui aurait pas évité de prendre une balle dans la tête ?

Flûte, c'est vraiment pas facile. Je ne trouve rien de favorable à dire sur ce gars.

Une seconde... Il était gentil avec les chats ! Et avec Jamie ! Il était gentil avec les chats et avec les filles bien charpentées ! C'est déjà quelque chose, non ?

Mais je ne peux tout de même pas déclarer devant toute la communauté universitaire : « Il était bon avec les chats et les grosses ! »

OK, j'en ai ma claque ! J'ai besoin de protéines. J'ai abusé du crumble aux cerises. Il me faut un bagel – ou à la rigueur un Esquimau – pour me calmer les nerfs.

Je vais prévenir Tom que je reviens tout de suite et foncer à la cafète. Elle est fermée, comme toujours entre l'heure du déjeuner et celle du dîner, mais je sais que Magda me fera entrer. Elle le fait... Or je constate avec surprise qu'elle n'est pas seule. En plus du personnel habituel, je vois quatre petites têtes brunes penchées sur ce qui m'a tout l'air d'être des devoirs... Ça va du CP à la quatrième, en passant par le CE2 et la sixième.

Dans leur uniforme bleu et blanc, je reconnais tout de suite les gamins de Pete.

– Salut, dis-je, jetant un coup d'œil incrédule en direction de Magda. Assise derrière sa caisse, elle se lime les ongles – aujourd'hui jaune citron.

– Salut, Heather ! lancent les enfants de Pete, avec plus ou moins d'enthousiasme (les filles avec plus de cœur que les garçons).

– Salut. Qu'est-ce que vous faites tous ici ?

– On attend notre papa, répond Nancy, l'aînée. Il nous ramènera à la maison quand il aura fini de protester.

– Non, rectifie sa sœur. Il va nous emmener manger une pizza, et puis on rentrera à la maison.

– On va tous aller manger une pizza, précise Magda. Dans la meilleure pizzeria du monde, qui se trouve être dans mon quartier.

– Ah oui... risque Nancy, sceptique. Dans notre quartier aussi, il y a de bonnes pizzas.

Magda fait la grimace.

– Ces enfants pensent que la vraie pizza, c'est celle qu'on mange chez Pizza Hut ! Dis-leur que non.

– La pizza de Pizza Hut n'est pas la vraie pizza. De même que le gros oiseau gonflable qu'ils font voler dans la parade de Thanksgiving n'est pas un vrai oiseau !

– Mais le Père Noël au bout de la parade, c'est le vrai Père Noël, déclare avec gravité le benjamin des enfants.

– Bien sûr, dis-je, avant de chuchoter, à l'adresse de Magda : OK, mère Teresa, tu veux bien m'expliquer ?

– Il n'y a rien à expliquer, répond-elle innocemment. Je les garde juste un petit moment. Tu vois bien que Pete ne peut pas encore les ramener, puisqu'il n'a pas fini de faire le piquet de grève.

– D'accord, je réponds dans un murmure. Et toi, tu as proposé de t'occuper d'eux ? Sans aucune idée derrière la tête, évidemment...

Magda hausse les épaules.

– J'ai réfléchi à ce que tu m'as dit hier, dit-elle, en évitant de croiser mon regard. Peut-être n'ai-je pas exprimé mes intentions de manière assez claire. Je compte bien y remédier. Et attendre de voir ce qui se passe...

D'un signe de tête, je désigne les gamins :

– Tu veux la médaille de la « maman de l'année » ? Je croyais que tu étais trop jeune pour ça.

– Je suis trop jeune pour en avoir, réplique Magda, écarquillant ses yeux archi-maquillés. Mais je veux bien ceux de quelqu'un d'autre. Aucun problème. Pas besoin de leur apprendre à aller au pot.

Je secoue la tête, prend un Esquimau et m'en retourne à mon bureau. Je me fais des idées, ou bien tous les gens qui m'entourent ont brusquement entrepris de s'accoupler ? Je veux bien que ce soit le printemps et tout le tralala, mais tout de même... ça devient grotesque ! Tout le monde... enfin, tout le monde à part moi.

Une seconde ! J'en ai un, de petit ami, moi aussi. Nom de Dieu, pourquoi ça me sort tout le temps de la tête ? Un petit ami qui a une question à me poser mais préfère attendre le bon moment.

C'est plutôt mauvais signe, pas vrai ? Je veux dire, que j'oublie Tad dès qu'il n'est plus dans les parages ? Ça ne laisse rien présager de bon pour l'avenir de notre relation.

Tout comme le fait que je n'arrive pas à m'ôter de la tête le sourire et (soyons francs !) les mains d'un autre.

Qu'est-ce qui cloche chez moi ?

Lorsque je regagne mon bureau, le téléphone sonne frénétiquement. Mon identificateur d'appel m'indique que c'est le directeur du département logement, le docteur Stanley Jessup.

– Bonjour, docteur Jessup, dis-je en décrochant. Que puis-je faire pour vous ?

– Vous pouvez m'expliquer pourquoi vous avez fait interdire l'accès de la résidence à Mark Halstead ?

– Oh. Parce qu'il tripote régulièrement l'une de mes résidentes. C'est une drôle d'histoire, à vrai dire. Elle avait rendez-vous avec le docteur Veatch pour porter plainte en bonne et due forme le matin où ce dernier a été tué.

– Vous êtes sûre que la fille est sincère ?

– Euh... ouais, dis-je, surprise. Pourquoi ?

– Parce que si vous souhaitez revenir sur votre décision, il est encore temps. C'est le révérend Mark qui doit prononcer l'hommage funèbre d'Owen, au cours duquel vous allez intervenir. Les deux prochaines heures risquent donc d'être très, très embarrassantes pour vous.

17

Sors de ta nuit
Et vis ta vie,
Regarde ce que voit le monde,
Ne te laisse pas dicter tes envies.

« Ça, c'est vraiment toi »
Écrit par Heather Wells

– Qui était le docteur Owen Veatch ?

C'est la question, apparemment formelle, par laquelle le révérend Mark Halstead débute son éloge.

Je jette un coup d'œil alentour pour voir si, parmi les personnes assises sur les chaises pliantes, quelqu'un aurait une réponse. Ce qui n'est pas le cas. Tous penchent la tête... mais ne croyez pas qu'ils prient. Non. Mes collègues examinent l'écran de leurs téléphones portables ou de leurs agendas électroniques.

Sympa.

– Je vais vous dire qui était le docteur Owen Veatch, poursuit le révérend Mark. Le docteur Owen Veatch était un homme de convictions. De fortes convictions. Owen Veatch était un homme qui avait eu le courage de se dresser pour dire *non.*

Au mot « non », le révérend ouvre grand les bras, et les longues manches de sa chasuble se déploient, telle une cape.

– C'est cela. Owen Veatch disait non parce qu'il refusait que le campus devienne un lieu de division. Owen Veatch disait non parce qu'il refusait que l'université de New York soit prise en otage par un groupe soutenant que ses convictions valaient mieux que celles des autres. Owen Veatch était simplement un homme qui disait non...

Muffy Fowler décroise ses longues jambes gainées de Nylon noir (pourquoi n'ai-je pas songé à passer chez moi me changer avant de venir ici ? Je suis encore en jean... en jean à l'hommage funèbre de mon boss ! Je suis sûrement la pire employée qui ait jamais existé. Aucune chance que je reçoive un coquelicot cette année), se penche et me glisse à l'oreille :

– Vous ne trouvez pas qu'il est encore plus mignon que Jake Gyllenhaal ?

Tom – qui s'évente avec l'exemplaire de *People* qu'il a chouravé à l'accueil pour se remonter le moral – paraît choqué.

– Silence, mesdames.

– Ce n'est pas à vous que je parle, rétorque Muffy.

Nous devons être prudentes en échangeant nos messes basses car nous sommes au deuxième rang – bien que très en retrait par rapport à la tribune sur laquelle Mark Halstead est en train de frapper du poing. Nous nous sommes déjà fait repérer une fois, et le révérend nous a foudroyées du regard. Je jurerais que tous les gens rassemblés dans la salle de gym – dernier rang compris – s'en sont rendu compte.

Devant nous, au premier rang, Pam Ne-m'appelez-pas-Mme Veatch est prise en sandwich entre Mme Allington, l'épouse du président, et une femme qui ne peut être que la mère d'Owen, Mme Veatch senior. Âgée de quatre-vingts et quelques années, elle semble sur le point de tomber raide morte d'une seconde à l'autre – sans avoir besoin qu'on lui tire une balle. Les trois femmes fixent, le visage ruisselant de larmes, le révérend Mark. Or celles de Mme Allington sont dues à la flasque qu'elle cache dans son sac Prada et à laquelle elle boit à intervalles réguliers des petites gorgées quand elle croit que personne ne regarde. Sur son agenda électronique, Tom tient le compte de toutes les gorgées qu'elle avale. Il l'a apporté car, pour prendre des notes, c'est plus pratique que l'agenda classique.

– Et cet homme, ce professionnel de l'éducation qui tenait tant à ses convictions et s'était efforcé de créer, pour tous, un environnement sûr, juste et propice à l'étude... cet homme est mort pour son travail – travail auquel il a consacré plus de la moitié de sa vie – et s'est sacrifié pour les jeunes gens de ce pays. Il s'est consacré à nos enfants pendant plus de vingt ans...

Le révérend Mark semble prendre de plus en plus d'intérêt à son sujet. Sur leurs gradins, d'un des côtés de la tribune, presque aussi fascinées que Muffy et Tom, les filles de la chorale le mangent des yeux. Je constate, sans surprise, que Jamie ne se trouve pas parmi elles et qu'aucune ne paraît s'inquiéter de son absence. Avec leurs robes blanc et doré, elles ont un air enfantin et angélique que je ne leur avais jamais vu... J'en reconnais plusieurs pour les avoir surprises à essayer d'introduire, dissimulés sous leur veste, des tonnelets de bière dans le bâtiment.

– Vénéré et admiré pour son aptitude à communiquer avec les jeunes d'aujourd'hui, le docteur Veatch nous manquera cruellement et sera profondément regretté, nous informe le révérend Mark. Cependant, laissons-nous réconforter par les paroles de Jésus, telles qu'elles sont rapportées dans l'Évangile selon saint Jean, chapitre 3, verset 15 : « Quiconque croit en lui ne périra pas mais aura la vie éternelle. »

Je jette un coup d'œil aux deux Mme Veatch pour voir si les mots du révérend les réconfortent. Mme Veatch senior semble s'être assoupie. Pam et Mme Allington fixent le révérend bouche bée. Apparemment, ni l'une ni l'autre ne s'était figurée qu'Owen avait pu atteindre à l'immortalité dans le royaume des Cieux. Cette éventualité ne m'avait pas non plus effleurée. Mais la Bible ne fait pas vraiment partie de mes livres de chevet.

À côté de Mme Allington, son mari, le président Allington, est subjugué par son agenda électronique. En y regardant de plus près, je découvre qu'il n'est pas en train de consulter ses mails ou de surfer sur le Net, mais de faire une partie de football américain.

– Amis Coquelicots, poursuit le révérend, de sa voix grave et mélodieuse, je vous invite à ne pas pleurer ni regretter le docteur Veatch, mais à célébrer son entrée au royaume des Cieux.

Il ne devrait pas tarder à conclure. Je vois que la chorale s'apprête à lancer son deuxième morceau. On a déjà eu droit à « Bridge over Troubled Water » de Simon & Garfunkel. En feuilletant mes fiches pour bien me remettre en tête ce que je vais dire au sujet d'Owen, je me demande en quoi consistera le prochain interlude musical. J'ignore totalement quel type de musique plaisait à Owen. Je me souviens de l'avoir entendu, un jour, mentionner Michael Bolton. Je frissonne malgré moi. Tom tourne la tête vers moi et, désignant Mme Allington d'un geste du menton, me signifie d'un air complice :

– Je sais. Si elle continue à ce rythme-là, ils vont être obligés de la porter dehors.

Après nous avoir une dernière fois assuré que le docteur Veatch vit désormais dans la demeure de Dieu – un logis bien supérieur au deux-pièces qu'il occupait juste avant –, le révérend Mark quitte la tribune en s'essuyant le front avec un mouchoir, les longs pans de sa chasuble flottant derrière lui. Muffy lui adresse son grand sourire style Miss America quand il passe près d'elle. Le révérend Mark le lui rend, mais avec moins d'entrain...

Ses yeux s'arrêtent alors sur moi, assise près de Muffy. Son sourire se fige, pour aussitôt s'effacer. À vrai dire, il me fusille carrément du regard.

Ouais. Le révérend Mark m'a dans le nez.

Et il est si occupé à me le prouver qu'il manque de percuter le docteur Jessup, qui s'apprête à gagner à son tour la tribune. Le docteur Jessup serre la main du pasteur. Ce dernier adresse quelques paroles au chef du département logement et pose sur son épaule une main réconfortante.

Cette petite trêve me donne le loisir d'observer le gymnase du centre sportif de l'université de New York (lequel a été récemment rebaptisé, pour des raisons qu'il vaut mieux ne pas mentionner). Toutes les chaises pliantes, ainsi que la quasi-totalité des gradins, sont occupés. Il y a là des gens qui ne connaissaient même pas Owen. Qui sont venus assister, fascinés, à l'hommage funèbre de la victime d'un meurtre. Le sol du gymnase est couvert de fleurs... et d'équipes de tournage des chaînes de télé locales. Je ne vois presque pas d'étudiants, à part la chorale et les RE de Fischer Hall (que Tom a obligés à assister à la cérémonie, les menaçant, s'ils ne venaient pas, de leur coller des heures de service en plus à l'accueil).

Ah si... il y en a un... mettons deux. Je les aperçois, tout en haut des gradins. Jamie et Gavin. Ils se tiennent par la main. Et, à cet instant précis, se roulent un palot.

N'empêche qu'ils sont venus, sans que personne les y ait contraints, rendre un dernier hommage à Owen. J'en ai les larmes aux yeux. Nom de Dieu, qu'est-ce qui me prend ? Je n'ai jamais été aussi émotive suite à une mort suspecte dans le bâtiment. Et on en a eu, des victimes ! Celle-ci ne me plaisait même pas !

Le docteur Jessup tousse dans le micro, et je me retourne pour faire face à la tribune. Le chef du département logement remercie le révérend Mark pour son bel éloge funèbre et annonce que la bibliothèque de Fischer Hall va s'appeler, à compter d'aujourd'hui, la bibliothèque Owen-Leonard-Veatch. Une plaque est en train d'être gravée et sera inaugurée dès qu'elle sera prête.

Cette annonce suscite une vague d'applaudissements, après quoi le docteur Jessup demande à ce que les dons soient envoyés aux bureaux de l'administration de Fischer Hall.

Oh, génial... Il va falloir que je m'occupe de la récolte des chèques, en plus de tout le reste. Le docteur Jessup ajoute que, pour ceux qui le souhaiteraient, des rafraîchissements seront servis au rez-de-chaussée du centre sportif (devant le bureau des entraîneurs) entre dix-huit heures et dix-huit heures trente.

La chorale surprend alors tout le monde en se lançant soudain dans une interprétation particulièrement vigoureuse d'une chanson de la comédie musicale *Hair*. Ce n'est pas juste qu'on ne s'attend pas à entendre « Good Morning Starshine » lors d'un service funèbre. C'est qu'on ne s'attend pas à entendre « Good Morning Starshine » *où que ce soit*. Les dames Veatch ont néanmoins l'air d'apprécier, de même que Mme Allington. Toutes trois s'essuient le coin de l'œil avec un mouchoir. Mme Veatch senior a vaguement émergé de son sommeil et demande à voix haute :

– Ce n'est pas fini ? Ce n'est pas encore fini ?

La chanson s'achève bien trop tôt, hélas. Le docteur Jessup s'approche à nouveau du micro.

– Et maintenant, celle de ses collègues dont le docteur Veatch était le plus proche pendant la période qu'il a passée ici, sur le campus... la directrice adjointe de Fischer Hall, notre très chère Heather Wells, va dire quelques mots. Heather ?

Mon cœur, qui semblait s'être remis à battre normalement depuis le départ de Cooper, se soulève à nouveau. Je n'ai jamais eu de problème de trac quand il s'agit de chanter. Après tout, on peut se cacher derrière une chanson. Mais pour ce qui est de parler en public... c'est la cata. Sincèrement, j'aime mieux me balancer au-dessus du vide agrippée à un câble d'ascenseur ou être contrainte par un chef de fraternité psychotique à boire la drogue du viol que devoir aller m'adresser à tous ces gens.

Je serre mes notes et m'efforce de surmonter ma peur. Les conseils et encouragements que me murmurent Tom (« Tu peux y arriver ! ») et Muffy (« Imaginez-les tous en slip ou en culotte ! ») ne m'aident en rien. Ce genre de trucs, ça marche dans les sitcoms. Mais dans la vraie vie ? Pas tant que ça.

Je me fraie un chemin jusqu'à la tribune, regrettant une fois de plus de ne pas être passée chez moi me changer. Je constate que je ne suis pas vêtue autrement que les étudiants.

Persuadée que je vais gerber, je me retourne pour m'adresser à la mer de visages qui s'étale devant moi... et réalise alors que j'en reconnais certains que je n'aurais pas cru voir là. Celui de Tad, par exemple, assis au milieu d'une rangée de chaises pliantes. Tad qui lève la main et m'adresse un sourire d'encouragement. Je lui réponds par un sourire contraint...

... qui s'efface à la seconde où j'aperçois Cooper quatre rangées plus loin. Lui aussi lève la main, pensant que c'est à lui que je souris.

Bon sang ! Je vais gerber ! Je vous jure que je vais gerber !

Baissant les yeux sur le tas de notes que j'ai posé sur la tablette de la tribune, je secoue la tête. Je n'y arriverai pas. Impossible. Pourquoi ne puis-je pas plutôt me lancer à la poursuite du révérend Mark et lui botter les fesses ? Ce serait tellement plus simple !

– Salut, dis-je dans le micro, ma voix résonnant dans le gymnase de façon déconcertante. Salut... salut... euh... Le jour où j'ai vu Owen Veatch pour la première fois, la première chose qu'il a installée dans son nouveau bureau de Fischer Hall, ç'a été un calendrier Garfield...

Je jette un coup d'œil au public pour voir comment les uns et les autres reçoivent cette information. Tous sont de marbre. Sauf Tom. Il a enfoui son visage dans ses mains. Et Tad, qui a toujours son sourire encourageant. Quant à Cooper, il semble perplexe.

C'est alors que je remarque mon père, dans la chaise voisine de celle de Cooper. Mon Dieu ! Mon père est là, lui aussi ? Sérieusement, c'est la preuve que Dieu n'existe pas. Je poursuis :

– Le docteur Veatch aimait Garfield. Encore plus, s'est-il avéré, que je ne l'aurais cru. Tellement, à vrai dire, qu'il a adopté un gros chat roux qui lui ressemblait comme deux gouttes d'eau, et qu'il a appelé Garfield. Et quand ce chat a développé une maladie thyroïdienne, qu'a fait le docteur Veatch ? Il ne s'est pas soucié de ce qu'allait lui coûter de prendre soin d'un animal malade, il ne l'a pas fait piquer. Il lui a donné des pilules. Le docteur Veatch était cette sorte d'homme. Un homme qui aimait son chat, Garfield.

Je regarde Pam Ne-m'appelez-pas-Mme-Veatch. Elle pleure et lève vers moi des yeux pleins de reconnaissance. Tant mieux. C'est à eux que cela s'adresse, après tout. Aux gens qui aimaient réellement le docteur Veatch. Et Garfield. Je fais ce qu'il faut, j'en suis certaine.

Même si je vois que Tom fait mine de fourrer son doigt au fond de sa gorge et de vomir...

– La dernière fois que j'ai vu Owen, il était assis à son bureau et rédigeait le discours qu'il donnerait au cours du dîner donné en l'honneur des RE tout juste diplômés. La remise des diplômes était la cérémonie universitaire préférée d'Owen, m'avait-il confié, parce qu'on y célébrait, disait-il, la réussite. La réussite des étudiants, certes, mais aussi la réussite du personnel de l'université de New York. La cérémonie de remise de diplômes constituait, pour Owen, une preuve tangible de l'efficacité de nos efforts. Chaque étudiant sortant diplômé de l'université de New York était une victoire – pas seulement pour nous, membres de l'administration, mais pour tout le personnel de l'université...

Regardant le président Allington bien en face, je précise :

– ... tous ces employés qui ont aidé les étudiants à passer en classe supérieure et à obtenir leurs diplômes, depuis les professeurs assistants qui ont corrigé leurs partiels jusqu'aux agents d'entretien qui ont veillé à ce que les classes restent propres.

J'aimerais pouvoir dire qu'à cet instant, le président Allington s'est levé pour déclarer que j'avais raison et qu'il avait décidé de mettre un terme à la grève en satisfaisant à toutes les exigences de l'AED.

Mais il garde les yeux baissés, sans doute toujours rivés sur sa partie de football américain. Je poursuis donc :

– Je ne sais pas ce qu'il advient de nous après notre disparition. J'ignore tout de la vie après la mort. Mais je sais une chose : c'est qu'Owen nous manquera cruellement, lors de la cérémonie de remise des diplômes de cette année. J'ai tout de même le sentiment qu'il sera là, en esprit... comme il sera toujours ici, dans nos cœurs.

Un moment de silence total accueille la conclusion de mon speech. Des applaudissements suivent, d'abord discrets. Puis Cooper se lève, hurle « Bravo ! » et claque bruyamment des mains. Après avoir jeté un coup d'œil par-dessus son épaule, Tad se dresse sur ses talons et fait de même. Alors, les timides applaudissements se transforment en *standing ovation.*

Quelques secondes plus tard, Brian – le même Brian qui s'est pointé ce matin à Fischer Hall en compagnie de M. Rosetti – s'empresse de venir me remplacer au micro, dans lequel il murmure nerveusement :

– Euh... merci ? Merci, Heather. Euh... merci, tout le monde. Comme l'a dit le docteur... euh... le docteur Jessup... des rafraîchissements seront servis au rez-de-chaussée, devant le bureau des entraîneurs. C'est tout. Au revoir.

La chorale, peut-être inspirée par ces derniers mots, se lance dans une nouvelle interprétation. De quoi, d'après vous ?

De « Kumbaya », bien sûr.

18

Tout l'or du monde
Ne pourra corrompre ce cœur,
Car je sais où je vais, et je sais d'où je viens,
Et où jamais je ne retournerai.

« Mon cœur n'est pas à vendre »
Écrit par Heather Wells

– Vous savez, Owen parlait de vous avec beaucoup d'affection, me dit Pam Ne-m'appelez-pas-Mme Veatch, les yeux rougis de larmes. Garfield et vous étiez sans doute les deux êtres dont il était le plus proche au monde à... à la fin.

– Waouh ! je réponds. (Ce qui n'est sans doute pas la chose à dire, mais que voulez-vous répliquer quand on vous sort un truc pareil ?) Merci, Pam.

Si elle est authentique, la chose est des plus troublantes. Avant qu'il ne soit tué, je n'ai guère (voire jamais) accordé une pensée à Owen en dehors des heures de travail.

Je n'en souris pas moins aux dames Veatch, qui m'ont assaillie, telles deux lionnes affamées se jetant sur une gazelle blessée, à la seconde où le service funèbre s'est achevé. J'ai tenté de ne pas paraître trop affligée, pressée de m'éclipser.

– Owen m'a confié un jour que vous étiez la dactylo la plus rapide qu'il eût jamais connue, déclare Mme Veatch numéro un (la maman d'Owen) avec un sourire ému.

Pam hoche la tête.

– C'est vrai, confirme-t-elle.

– Eh bien... merci, madame Veatch. Et... Pam.

Owen faisait manifestement référence à quelqu'un d'autre. Je tape vingt mots à la minute maximum.

Je parcours du regard l'atrium dans lequel nous nous trouvons – le rez-de-chaussée du centre sportif, provisoirement transformé en salon funéraire, où l'on a dressé de longues tables, avec punch et gâteaux secs. Bien entendu, nul ne s'étant donné la peine de fermer le centre sportif aux étudiants, ceux-ci fendent, en survêtement, la foule venue rendre hommage à Owen, après avoir montré leurs cartes d'étudiant aux agents de sécurité provisoires (envoyés par M. Rosetti, et considérablement plus baraqués et menaçants que nos propres gardiens). Ils jettent des coups d'œil intrigués aux couronnes de fleurs et posent des questions du style : « C'est quoi ? Un genre de tea-party ? »

Je fais de mon mieux pour éviter quelques présences importunes, sans y parvenir. En effet, voilà que mon père me touche le bras.

– Euh... dis-je. Salut, papa.

– Salut ma chérie. Je peux te parler une minute ?

Super. J'ai besoin de ça comme j'aurais besoin... d'une balle dans la tête.

– Bien sûr. Pam... mon père. Papa, voici Pam, l'ex-femme d'Owen.

– Enchanté, dit papa, serrant énergiquement la main de Pam.

Elle s'est changée, troquant son hideux sweat-shirt à motif poupées de chiffon pour un sobre tailleur noir. À mon père, je présente également Mme Veatch numéro un. Puis lui et moi nous dirigeons vers le grand palmier en pot qui se dresse près de l'immense paroi de verre dominant la piscine olympique couverte du centre sportif. Dans l'air flotte une légère odeur de chlore. J'ai le sentiment que cette odeur constituera le seul élément agréable de la conversation.

– Merci d'être venu, papa. Tu n'étais pas obligé. C'est vraiment généreux de ta part. Tu ne connaissais même pas Owen.

– Eh bien, c'était ton chef, réplique mon père. Je sais quelle importance ce boulot a pour toi. Même si je ne saisis pas bien pourquoi. Mais je comprends que tu l'aimes.

– Ouais. À propos de ce...

Il lève la main, paume dirigée vers moi.

– N'en dis pas plus !

– Je suis vraiment désolée, papa.

Le pire, c'est que je suis sincère. Je *suis* désolée. Pour Mandy Moore, du moins.

– Faut que je t'avoue que si je n'avais pas entendu ce discours que tu as fait au sujet de ton boss, j'aurais pensé... eh bien... que tu commettais la pire erreur de ta vie. Mais après que tu as expliqué ce qui vous motive, vous autres, je comprends un peu mieux pourquoi tu aimes ce boulot... même si...

– C'est juste que... Écrire sur les tasses pour bébé ? Honnêtement, c'est pas mon truc. J'ai essayé. Mais je n'y suis pas arrivée. Ce que vous m'avez proposé, Larry et toi... je me dis que ça ne me rendrait pas heureuse. Je crois que j'aimerais redevenir auteur-interprète un de ces quatre... mais dans des conditions que j'aurais moi-même fixées. Avec *mes* chansons, qui parlent de *mes* expériences. Pas des trucs sur les tasses pour bébé. Et si ça ne se produit pas... ce n'est pas grave. Parce que j'apprécie ce que je fais maintenant. Et je ne suis pas pressée. Sincèrement

– Ouais, je m'en doutais. Mais j'ai pensé que ça valait tout de même la peine d'essayer, dit papa. J'expliquerai ça à Larry. Quoi qu'il en soit... je voulais te dire au revoir. J'ai emporté mon dernier carton à Uptown ce matin et fait faire à Lucy une balade d'une demi-heure. Je ne reviendrai pas. À moins que tu ne m'invites, bien sûr. Et je téléphonerai toujours avant de passer...

Je le serre dans mes bras. Il fut un temps (pas si éloigné, à vrai dire) où sa présence dans la maison me rendait à moitié folle. Mais maintenant qu'il s'en va, je reconnais que ça m'embête un peu.

– Tu sais que tu peux passer quand tu veux. Pas besoin d'appeler avant... ou d'attendre qu'on t'invite.

– Je ne suis pas certain que Cooper serait d'accord, me souffle papa dans les cheveux, me serrant à son tour contre lui. Mais c'est tant mieux.

Par-dessus l'épaule de mon père, je jette à Cooper un regard stupéfait.

– Qu'est-ce que tu veux dire par là ? Cooper t'a dit quoi ?

– Rien, rétorque papa en se détachant de moi. Porte-toi bien. On se reparle plus tard.

– Non, je veux savoir. Qu'est-ce que Cooper t'a...

– Heather ?

Je tourne la tête. Tad est planté là, un sourire timide aux lèvres. Tu parles d'un mauvais timing.

– Je t'appelle, dit papa, en mimant un téléphone à l'aide du pouce et du petit doigt.

Nom de Dieu ! Depuis quand se la joue-t-il star de ciné ? À Tad, il lance :

– À plus, mon gars !

OK. Ce n'est peut-être pas une si mauvaise chose que papa déménage.

– Comment vas-tu ? demande Tad en me caressant le bras.

– Bien, pourquoi ? je réponds.

Je fixe mon père avec une telle intensité que je me demande s'il ne sent pas mes yeux lui trouer le dos. Qu'a bien pu lui dire Cooper ? Pourquoi refuse-t-il de me le répéter ? Pourquoi tous les hommes de ma vie conspirent-ils contre moi ? Ce n'est pas juste !

– J'ai essayé de te joindre, dit Tad. Mais tu n'as répondu à aucun de mes messages.

– Ouais...

Au moment où mon père s'en va, je remarque que Cooper, renonçant à toute discrétion (et bien que Tom et lui aient été rejoints par Steve, le petit ami de Tom, et paraissent embarqués dans une grande conversation ayant sans doute trait à l'équipe de basket de la fac), me regarde à présent carrément.

– J'étais débordée... avec la grève, et tout le reste...

– Eh bien, les choses vont s'arranger. Et j'ai appris que Tom avait été désigné comme directeur intérimaire. C'est une bonne nouvelle.

– Ouais...

Cooper a-t-il demandé à mon père de téléphoner avant de passer à la maison ? Et si oui, pourquoi ? Pourquoi mon père ne peut-il pas venir à l'improviste ? Qu'est-ce que Cooper craint que mon père interrompe ?

– Ça va, Heather ? demande Tad.

Je me ressaisis. Qu'est-ce qui me prend ? Les hommes de ma vie ne conspirent pas contre moi.

Personne ne conspire contre moi. Faut que je me calme. Faut que je me reprenne.

– Oui, très bien, je réponds à Tad. Je vais très bien. Désolée d'avoir été si zarbi ces derniers temps. C'est juste que... enfin, tu vois...

Tad hoche la tête, compréhensif. Dans la lumière bleutée émanant de la piscine, ses cheveux blonds prennent des reflets légèrement verdâtres.

– Tu as eu une semaine très éprouvante, dit-il. Je comprends, crois-moi. Ce qui est arrivé à Owen...

– Je sais, je réplique, glissant ma main dans la sienne.

– Et que le coupable se soit révélé être un étudiant. Franchement, je n'en reviens toujours pas.

Je ne lui lâche pas la main. Mais j'y songe. Surtout quand je surprends le regard de Cooper à nouveau braqué dans ma direction. Du moins, il semblerait.

– Sebastian n'est pas coupable, Tad, je rétorque d'un ton aussi aimable que possible.

– Mais bien sûr que si, Heather. On a trouvé l'arme du crime dans son sac à dos.

– C'était un sac en bandoulière ! Et le fait qu'ils ont trouvé l'arme ne signifie pas qu'il soit coupable.

– Eh bien, sans vouloir te vexer, il ne serait pas très logique de soupçonner quelqu'un d'autre. Le jeune Blumenthal avait un mobile, la possibilité de commettre le crime, et ils ont trouvé l'arme sur lui. Par conséquent...

– D'accord, dis-je. (Cette fois-ci, je lui lâche la main.) Il est néanmoins *possible* que ce ne soit pas lui. Ça, tu peux le reconnaître.

– Eh bien, évidemment. Tout est *possible*. Mais statistiquement parlant, c'est très peu probable.

– Sebastian Blumenthal a fort bien pu être piégé. Tu y as songé ?

Tad me fixe de ses beaux yeux dissimulés sous les verres épais de ses lunettes à monture métallique. Et moi qui trouvais que c'était un point positif – vous savez, que personne à part moi ne puisse voir à quel point il a de beaux yeux.

Or voilà que je me demande si c'est une si bonne chose. Qui sait si ces verres épais ne m'ont pas empêchée, *moi*, d'y voir ce que j'aurais dû y voir ? Un détail crucial, en ce qui concerne Tad. Pas qu'il est archi-sexy mais que – aussi sympa soit-il – il est tout de même un peu nouille...

– Heather, répond-il. C'est une hypothèse complètement absurde. Qui ferait une chose pareille ? Qui aurait idée de se donner cette peine ?

– Euh... dis-je. Le véritable assassin, par exemple ? Tu n'as jamais regardé *New York section criminelle* ? Tu n'as jamais vu un épisode d'*Arabesque* ?

Agacée, je balaie d'un geste de la main une mèche qui me retombe dans les yeux. C'est comme si je retirais un voile qui était là depuis des mois et que, pour la première fois, je voyais Tad clairement.

– Tad, tu as une boîte à goûter Scooby-Doo dans ton bureau. As-tu jamais regardé *Scooby-Doo* ?

– C'est un étudiant qui me l'a donnée. Qu'est-ce qui te prend, Heather ? Tu sais que je ne crois pas à la télévision. Qu'as-tu, à te comporter comme ça ?

– Comment peux-tu ne pas *croire* à la télévision ? je demande. Comment peux-tu ne pas croire à quelque chose qui n'a jamais fait de mal à personne ? Bien sûr, consommée en grande quantité, la télévision peut être nocive. Mais c'est pareil pour tout ! Le chocolat, par exemple. Et même le sexe !

Tad me fixe toujours avec stupéfaction.

– Heather. Je crois que tu devrais rentrer chez toi, t'allonger un peu et te préparer une bonne infusion. Tu m'as l'air un peu surmenée.

Je sais qu'il a raison. Cent pour cent raison. Et que je ne suis pas juste.

Mais c'est plus fort que moi. C'est comme si un morceau de moi avait cassé, là, derrière cette tribune. Et que quelque chose de vital s'épanche de mon corps, sans que je puisse le retenir.

D'autant plus que je ne crois pas en avoir envie. Je ne suis même pas sûre de devoir le regretter.

– Que voulais-tu me demander, Tad ?

Il me regarde, complètement perdu.

– Quoi ? Quand ?

– L'autre jour. Tu as dit que tu avais quelque chose à me demander, mais que tu préférais attendre le bon moment. C'était quoi ?

Tad rougit. Du moins, à ce qu'il me semble. C'est difficile à dire car, dans la lumière émanant de la piscine, il est vert, avant tout.

– Et tu trouves le moment bien choisi ? demande-t-il. Parce que je ne...

– Oh, pose-la, ta question ! je rétorque.

Franchement, je ne sais pas ce qui m'arrive. À croire que je me suis transformée en Sarah. Avant son relooking.

Tad paraît trop effrayé pour ne pas s'exécuter.

– Très bien, dit-il presque dans un gémissement. Voilà... avec d'autres enseignants du département de mathématiques, on part en randonnée sur la piste des Appalaches... Tu sais, on marche le jour et, la nuit, on dort sous la tente. Je me demandais si ça te dirait de venir avec nous. Évidemment, je sais que les sports de plein air, c'est pas trop ton truc, et que tu as du boulot. Mais j'ai pensé que si tu parvenais à obtenir un congé, tu aurais peut-être envie de venir. On devrait s'éclater ! On a l'intention de trouver de quoi se nourrir sur place, d'échapper à tout... pas de téléphones portables, pas d'iPod. Ça va être super-enrichissant. Qu'est-ce que... qu'est-ce que tu en dis ?

L'espace d'une minute, je le regarde bouche bée.

Puis, lentement, je réalise que ce qui avait cassé en moi semble s'être rétabli.

Je me sens à nouveau entière.

Et j'ai très, très envie d'éclater de rire.

Mais ce ne serait pas convenable, vu les circonstances – les circonstances étant le pot qui suit l'hommage funèbre du docteur Veatch, et le fait que mon petit ami vient de me demander, le plus sérieusement du monde, de passer l'été avec lui à parcourir la piste des Appalaches.

– Eh bien, Tad, dis-je, luttant pour garder un visage grave, je suis réellement flattée. Mais tu sais, j'occupe ce poste depuis moins d'un an et je pense qu'il me serait très difficile d'obtenir un congé aussi long.

– Ils t'accorderont sûrement une semaine, réplique Tad. Tu pourrais nous rejoindre pour une semaine ?

L'idée de passer mon unique semaine de congé de l'été à suer dans ma crasse sur une piste poussiéreuse infestée de tiques, et à me nourrir de noix et de baies avec une bande de profs de maths me donne envie de pleurer. De rire.

Mais je parviens à me contenir en mordant avec force l'intérieur de mes joues.

– Je ne crois pas. (Les mots sonnent bizarrement, vu mes efforts pour ne pas pouffer.) Tad… je ne crois pas que ça va marcher.

Tad paraît soulagé. Tout comme il paraît lutter pour ne pas le laisser deviner.

– Heather, répond-il d'un ton prudent. Es-tu… es-tu en train de me dire que c'est fini ?

– Ouais. Je suis désolée, Tad. Je t'aime bien, et tout et tout. Mais je pense qu'il vaut mieux que nos rapports se bornent à ceux d'un professeur et de son élève. Si la mort du docteur Veatch m'a appris quoi que ce soit, c'est que la vie ne tient qu'à un fil et qu'il est préférable de ne pas perdre de temps dans des relations qui ne sont manifestement pas faites pour durer.

Tad semble libéré d'un tel poids que je crains qu'il ne s'évanouisse. Je rassemble mes forces, au cas où il me faudrait le rattraper au vol.

– Bien, dit-il, s'efforçant de conserver une mine affligée. Si tu penses que ça vaut mieux.

– Oui, Tad, je le pense. Mais je veux qu'on reste amis, d'accord ?

– Oh, bien sûr.

Tad respire de plus belle. Son soulagement vire à la panique quand, un instant plus tard, Muffy Fowler se glisse à côté de moi et, regardant Tad en battant des cils, demande :

– Coucou, Heather. Vous ne me présentez pas votre ami ?

– Mais si, bien sûr. Muffy, voici Tad Tocco, mon professeur de mathématiques. Tad, voici Muffy Fowler. C'est la nouvelle RP du bureau du président. C'est aussi (j'ajoute, sans bonne raison si ce n'est… après tout, qui sait ?) une passionnée de sports de plein air.

– Ah oui ? demande Muffy avant de pousser un cri aigu lorsque je lui donne un petit coup de pied. Aïe ! Euh... enfin, oui, en effet.

Tad lui tend la main droite.

– Salut.

– Salut, répond Muffy, les yeux pétillants. (Je n'invente rien Elle parvient, Dieu sait comment, à pétiller des yeux.) J'aurais aimé que mes profs de maths vous ressemblent quand j'étais au lycée. J'aurais sûrement mieux compris les fractions.

– Euh... quels sports de plein air aimez-vous pratiquer ? demande Tad, visiblement embarrassé.

– Tous, réplique Muffy du tac au tac. Pourquoi ? Quels sont ceux que *vous* préférez, Tad ?

Remarquant que Cooper a toujours les yeux fixés sur moi – et me signifie, par des gestes de la main, de venir le rejoindre –, je dis :

– Vous permettez que je vous laisse une minute ? Je reviens tout de suite.

– Prenez votre temps, ronronne Muffy en réajustant la cravate en fibres de chanvre de Tad, qui est légèrement de travers.

Tad semble saisi de panique.

Et aussi quelque peu excité. Il est clair qu'il ne peut s'empêcher de mater les jambes de Muffy.

Nom de Dieu ! Les hommes...

– Qu'est-ce qu'il y a ? je lance à Cooper, qui a commencé à se diriger vers moi à la seconde où il m'a vu m'écarter de Tad et de Muffy.

– Qu'est-ce que vous vous êtes raconté ? demande-t-il en désignant Tad d'un geste de la tête.

– Ça ne te regarde pas. Qu'est-ce que tu veux ?

– Il t'a demandé d'emménager chez lui ? demande Cooper. Oui ou non ?

– Je t'ai répondu. Ce ne sont pas tes oignons.

Je constate, malgré moi, que Jamie et Gavin sont en train de se tripoter grave. Qu'on leur trouve une chambre, vite !

– Ce sont un peu mes oignons, rétorque Cooper, comme il me semble te l'avoir déjà fait remarquer. Mais pour le moment, laissons ça de côté... J'ai effectué quelques recherches sur ton révérend Mark, quand je suis rentré chez moi. Joli discours, soit dit en passant.

– Merci d'avoir applaudi comme ça. Vraiment. Owen était un pète-sec de première, mais personne ne mérite de mourir comme ça.

– Eh bien, Halstead avait des raisons d'avoir peur, continue Cooper. Peut-être même des raisons de tuer. Il avait été viré de son dernier poste pour « motifs non précisés ». Idem pour le boulot précédent. « Motifs non précisés », tu sais ce que ça signifie...

– Ouais, dis-je d'une voix amère. Ça signifie qu'une fois de plus, le département des ressources humaines a négligé de vérifier les références d'un employé potentiel avant de décider de l'embaucher. Qu'est-ce qu'on fait, alors ?

Cooper jette un coup d'œil par-dessus mon épaule.

– Je ne sais pas, mais on a intérêt à réfléchir vite, parce qu'il se dirige vers nous. Je pense qu'il veut te parler.

– Tu m'étonnes qu'il veut me parler ! Je lui ai interdit l'accès à la résidence ce matin. Il doit bouillir de rage.

– Heather, dit Cooper, me prenant le bras et m'attirant vers lui – si bien que soudain sa bouche me frôle l'oreille, son souffle me caresse la joue… Ce qui a un effet immédiat sur ma colonne vertébrale, laquelle semble aussitôt se liquéfier.

– Quoi que tu fasses… ne quitte pas cette salle avec lui. Tu as compris ? Reste dans mon champ de vision.

Je n'aurais qu'à bouger la tête de quelques centimètres pour que ces lèvres qui me frôlent l'oreille entrent en contact avec ma bouche.

J'ai dit « je n'aurais qu'à bouger la tête »…

Bien entendu, je ne le fais pas.

Mais je le pourrais.

– OK, dis-je d'une voix faible.

Et il me lâche.

19

Du cachemire et du daim, de Milan et de Paris,
Qui crient : « Pourquoi ne pas nous porter ? »
Ce n'est pas à cause du prix, ce n'est pas par méchanceté,
C'est juste que vous n'existez pas en quarante-six !

« Bien charpentée »
Écrit par Heather Wells

Par miracle, je parviens Dieu sait comment à ne pas m'effondrer. Toujours est-il que mes genoux ne me lâchent pas, et que je demeure debout.

Comment se fait-il que Cooper Cartwright n'ait qu'à m'effleurer pour que ma colonne vertébrale se liquéfie et que mes genoux flageolent ? C'est tellement... tellement injuste. Parce qu'enfin, pourquoi pourrait-il provoquer cela en moi quand mon petit copain – euh... ex-petit copain – en était incapable ?

Mark Halstead sourit en s'avançant nonchalamment vers moi, le visage détendu. Muffy a raison. Il est plus mignon que Jake Gyllenhaal. Pas étonnant que tant de filles de la chorale de Jamie ne se soient pas formalisées de ce qu'il les tripote « sans le faire exprès ».

– Heather, n'est-ce pas ? demande-t-il lorsqu'il m'a enfin rejointe.

Il a retiré sa chasuble. Dessous, il est vêtu d'une veste bleu marine et d'un pantalon à pinces. D'un pantalon à pinces ! (Mais pas un de ceux avec le pli bien repassé sur le devant.)

J'examine ses chaussures et détourne aussitôt les yeux en tressaillant.

Des mocassins... à franges, qui plus est !

On dirait la fée Clochette. Si la fée Clochette était brune. Et velue.

– Ouais, je réponds.

J'ai une irrésistible envie de foncer vers la table et de me fourrer autant de biscuits que possible dans la bouche. Ils sont bons. Faits maison par les pâtissiers du centre étudiant, et non achetés au supermarché. Il reste plein de cookies aux pépites de chocolat. Et même des brownies.

– Écoutez, dit Mark. Ce n'est peut-être pas l'endroit idéal pour parler de ça, mais on m'a fait part de quelque chose d'assez dérangeant aujourd'hui, et je ne peux m'empêcher de penser qu'il a dû y avoir un malentendu. Si vous n'y voyez pas d'objection, j'aimerais bien que nous nous expliquions tout de suite, de façon à pouvoir régler la situation...

Ça y est ! J'ai besoin d'un brownie. Je me retourne et vise la table la plus proche.

– Il n'y a pas de malentendu, dis-je en choisissant soigneusement un biscuit aux pépites de chocolat – sans noix – à peu près aussi gros que ma tête. J'ai reçu la plainte d'une étudiante à votre sujet, et j'ai jugé bon, pour sa sécurité physique et émotionnelle, de vous interdire l'accès à mon bâtiment tant que vous n'aurez pas été blanchi par le comité d'administration lors d'une audience officielle.

Le révérend Mark hausse les sourcils (très, très haut) en signe de surprise.

– Une audience... Une seconde ! Vous plaisantez ou quoi ?

Je croque dans le biscuit. Un vrai régal ! C'est ce qu'il y a de bien, dans les cookies maison, contrairement à ceux qu'on trouve dans les magasins : ils sont préparés avec du beurre véritable, et non avec ces trucs hydrogénés dont, à dire vrai, on ne sait même pas ce que c'est.

Je ne mâche pas. Pas besoin. Le biscuit fond dans ma bouche.

– Non, dis-je. Je vous assure.

– Pourquoi êtes-vous si volontiers décidée à croire la fille plutôt que moi ? demande le révérend Mark.

– Parce que je l'aime bien.

– Vous ne me laissez aucune chance de me défendre ?

– Si. Lors de l'audience officielle.

– Mais je ne sais même pas de quoi je suis accusé ! proteste le révérend Mark. Ce n'est pas juste.

– Oh si, dis-je en avalant ma salive. Je pense que vous le savez. N'avez-vous pas déjà cherché à *influencer* (je prends le mot au sens large ; quelqu'un de moins coulant aurait dit *menacer*) la victime afin de tenter de la dissuader de porter plainte en bonne et due forme ? Une chance pour vous que la personne qu'elle était censée voir afin de rédiger cette plainte soit morte soudainement !

Plissant les yeux, j'ajoute :

– Pas vrai ?

Mais Mark ne mord pas à l'appât. Au lieu de ça, il bafouille, très nerveux :

– Vous ne comprenez pas... Jamie Price est une gentille fille, mais elle est... elle confond tout. Elle a donné une connotation sexuelle à des gestes purement amicaux.

J'espère de tout cœur qu'il ne va pas se retourner et remarquer que Jamie, dans un coin de la salle, est en train de rouler un énorme palot à un certain étudiant en licence de cinéma...

– Elle est très perturbée, insiste Mark. J'allais demander qu'elle soit suivie par un psychologue.

– Vraiment ?

Le biscuit, que je viens de finir, passe mal. Il me faudrait peut-être autre chose, pour me caler l'estomac. Mais quoi, au juste ? Je constate que Tad et Muffy, devant la jatte à punch, sont encore en train de discuter. Et sont donc passés au punch... Je note également que Cooper garde un œil sur moi, comme il me l'a promis. Il se tient près des biscuits mexicains. Miam... des biscuits mexicains. Ces bouchées fondantes et sablées...

– Tout ça, vous pourrez en parler à l'audience, dis-je au révérend Mark. Même si vous devriez songer à vous faire, vous aussi, aider par un psychologue.

– Me faire aider, moi ? demande Mark, stupéfait. Quel besoin j'ai de *ça* ?

– Eh bien...

Mon regard s'arrête sur les dames Veatch, qui serrent la main au président Allington et à son épouse – qui semblent sur le départ. Le président Allington tient fermement le bras de sa femme... C'est la seule chose, à ce qu'on dirait, qui permette à cette dernière de tenir debout.

– Les oiseaux... répète Mme Allington, se référant à ses cacatoès, auxquels elle fait fréquemment allusion lorsqu'elle a bu un petit coup de trop. Les oiseaux...

Je m'arrache au spectacle fort divertissant des singeries de Mme Allington.

– J'ai cru comprendre, dis-je au révérend Mark, que vous avez déjà eu ce genre de problèmes dans d'autres établissements...

Le révérend change d'expression. De beau et fadasse, son visage devient sombre et furieux. Presque aussitôt après, je sens sa main sur mon bras, ses doigts qui me serrent, tel un étau douloureux... Enfin, ce n'est peut-être pas si douloureux que ça, mais c'est drôlement embêtant.

– Aïe ! je m'exclame, cherchant Cooper des yeux.

Mais il se passe quelque chose au poste de sécurité : quelqu'un que nul ne s'attendait à voir surgir à l'hommage funèbre d'Owen Veatch – ou, du moins, au pot suivant l'hommage funèbre – vient d'arriver.

Et ce quelqu'un n'est autre que Sebastian Blumenthal, le suspect numéro un.

Dire qu'un vent de panique souffle aussitôt sur les lieux serait en dessous de la vérité. Comme l'aurait fait n'importe quel vigile employé par le campus (Pete excepté, bien entendu), le gardien le laisse entrer. Talonné par une Sarah aux mâchoires serrées, Sebastian se dirige tout droit vers Pam Ne-m'appelez-pas-Mme-Veatch. J'ignore comment il sait qu'il s'agit de la non-veuve éplorée... Sans doute parce qu'elle reçoit les condoléances, juste à côté de la vieille mère du défunt.

Ce qui est sûr, c'est que tous les regards présents (y compris le mien et celui de Cooper) sont aussitôt aimantés par le mini-drame qui est en train de se produire. Pam a un mouvement de recul lorsque Sebastian lui tend la main et lui glisse, d'une voix émue :

– Madame Veatch, je suis tellement, tellement désolé pour vous...

Et c'est ce moment que choisit Mark Halstead pour me tirer violemment par le bras et m'emmener vers une petite porte qui conduit au complexe nautique.

Je suppose que mon cri aurait pu alerter mes voisins du danger que j'encourais… si, comme tout bruit dans un rayon d'environ huit kilomètres, mon cri n'avait été couvert par le hurlement horrifié de Pam. (J'exagère un peu, mais cette dame a tout de même de sacrés poumons.)

Je n'ai pas le loisir d'assister à la suite car je passe, d'une seconde à l'autre, de l'atrium à la cage d'escalier.

Mais j'imagine que des ongles ont voulu labourer la face de Sebastian…

Franchement, je ne comprends pas ce qui a pris à Sarah. Comment a-t-elle pu se laisser convaincre de l'amener ici ? Elle devait savoir que ce n'était pas une bonne idée. Je conçois que Sebastian ait voulu présenter ses condoléances…

Mais il aurait pu choisir un contexte plus neutre, où les passions n'auraient pas été exacerbées…

Quoi qu'il en soit, je ne vois pas comment les dames Veatch numéro un et numéro deux réagissent à l'arrivée de son assassin présumé à l'hommage funèbre d'Owen (hormis le cri de la seconde). Car, en moins de temps qu'il ne faut pour le dire, Mark m'a entraînée dans l'escalier et plaquée contre le mur en parpaings. Et semble disposé à faire son possible pour me convaincre de garder pour moi ce que je sais de ses précédents postes – et renvois consécutifs.

Je réalise, malgré moi, que nous nous tenons en haut d'un escalier très raide et que Mark est, pour un homme de sa profession, d'une force exceptionnelle. Il ne serait pas totalement impossible qu'il me balance dans les escaliers et que je m'y casse le cou. Il pourrait ensuite prétendre que je suis tombée accidentellement. Tout le monde le croirait. Après tout, je ne suis pas réputée pour mon agileté.

– Écoutez ! dit Mark, me secouant de toutes ses forces. (Il me serre désormais les deux bras. Ses pouces me coupent la circulation du sang.) Ce n'est pas ma faute, pour ces autres filles ! Je suis beau mec. Les filles me courent après ! Bien sûr, je repousse leurs avances. Ça les met en rogne et c'est pour ça qu'elles me dénoncent ! Je n'y suis pour rien... Ce sont elles !

– Mark, dis-je de la voix la plus calme possible.

Seul un fin garde-corps métallique nous sépare de la cage d'escalier. Autour de nous flotte une forte odeur de chlore. Ça me rappelle toutes ces fois où j'ai tenté de brûler des calories en faisant des longueurs. Ouais. Comme si ça allait marcher ! J'avais tellement faim quand je rentrais chez moi qu'un jour, j'ai dévoré toute une miche de pain. Comme ça, sans rien.

– Je me fiche des autres filles. Ce qui m'intéresse, c'est Owen.

– Owen ? demande-t-il, le visage perplexe. Qui diable est OWEN ?

– Owen Veatch. L'homme à qui vous venez de rendre hommage.

– Qu'est-ce qu'il vient faire là-dedans ? demande Mark. Nom de Dieu... Il n'a quand même pas dit que j'avais voulu le tripoter, lui aussi ? Je suis peut-être beaucoup de choses, mais je ne suis pas GAY.

J'éclate de rire. C'est plus fort que moi.

– OK. Elle est bien bonne.

– Je parle sérieusement. Heather, je sais que j'ai un problème. Mais enfin... il y a un tas de filles qui aiment ça.

Surtout celles qui ne sont pas aussi belles que leurs camarades, vous voyez ce que je veux dire ? Les ingrates... les trop potelées... ça booste leur amour-propre. Je ne leur veux aucun mal. Vraiment pas. Je veux juste leur faire du bien.

Je le fixe en plissant les yeux.

– Franchement, vous n'êtes pas croyable. Vous le savez, non ? Vous êtes vraiment un porc !

– Dieu m'a donné un don, Heather, insiste-t-il, le visage à quelques centimètres du mien. Ce physique, cette personnalité... Je suis censé m'en servir pour apporter du bonheur aux gens. Je suis censé m'en servir afin d'accomplir Son œuvre...

– Et depuis quand le meurtre participe-t-il de l'œuvre du Seigneur ?

– Le meurtre ? (Mark écarquille les yeux.) De quoi est-ce que vous parlez ?

– Je vois, dis-je d'un ton ironique.

J'essaie de gagner du temps, évidemment. Cooper va bien finir par trouver par quelle porte Mark m'a embarquée, et surgir en trombe. D'ici là, il faut que je parvienne à entretenir la conversation. Car pendant qu'il me parle, il n'est pas occupé à faire autre chose. À me tuer, par exemple.

– Comme si vous n'aviez pas abattu Owen d'une balle, hier matin, à travers la fenêtre de son bureau... pour l'empêcher de vous balancer à votre supérieur hiérarchique et au conseil d'administration.

Mark semble de plus en plus stupéfait.

– Hein ? Qu'est-ce que vous...

– Allez, Mark ! Tout le monde sait que c'est vous qui avez fait le coup. Jamie le sait. Je le sais. Les flics le savent. Vous feriez aussi bien de vous rendre. Vous pouvez toujours dissimuler des preuves sur des innocents, vous finirez quand même par vous faire prendre. C'est juste une question de temps.

Mark a, alors, une réaction extraordinaire.

Il éclate de rire. Puis me lâche.

– C'est de ça qu'il s'agit ? demande-t-il, s'écartant de la cage d'escalier vers le mur et passant la main dans son épaisse chevelure noire. Vous pensez que... oh, mon Dieu. Vous ne parlez pas sérieusement ?

– Oh, si, croyez-moi, dis-je, les yeux rivés sur la porte. Je suis sérieuse comme la mort.

Je suis certaine que Cooper va accourir, par cette porte, d'une seconde à l'autre. Je pourrais essayer de l'atteindre, mais je suis certaine qu'Halstead m'en empêcherait avant que j'aie pu faire un pas. Il m'arrêterait et me tuerait en me précipitant par-dessus le garde-corps.

– Comment aurais-je pu tuer votre boss ? demande Mark. Ils ont déjà arrêté le coupable !

– Vous l'avez abattu, dis-je. Puis vous avez glissé l'arme dans le sac de Sebastian.

– Ah, d'accord, rétorque-t-il sur un ton quelque peu ironique, pour un pasteur. Et votre boss a été tué à quelle heure, déjà ?

– Entre huit heures et huit heures et demie hier matin.

– OK. Pendant que j'étais en train de dire la messe du matin, ce que je fais quotidiennement entre sept heures trente et huit heures trente, devant pas moins de vingt à trente étudiants. Pourriez-vous m'expliquer comment j'aurais pu m'esquiver discrètement, tirer sur votre boss, revenir tout aussi discrètement et continuer à dire la messe sans que personne ait réalisé que j'étais parti ?

J'avale ma salive. Pas étonnant que l'inspecteur Canavan ne se soit pas empressé d'arrêter le révérend. Ce n'était pas parce qu'il avait déjà un suspect en prison.

C'était parce que le révérend Mark avait un alibi en béton.

– Oh, dis-je.

Flûte ! J'aurais tellement voulu qu'il soit aussi le tueur !

– Vous savez, reprend Mark d'un ton las, je commence à en avoir assez que les gens s'imaginent, à cause des quelques leaders religieux qui se sont révélés peu recommandables, que tous les hommes d'Église sont systématiquement malhonnêtes. Apparemment, nous serions tous des pédophiles, des coureurs de jupons ou des assassins sans scrupules.

– OK, je suis désolée. Mais vous venez de reconnaître que vous étiez porté vers les filles ingrates ou trop grosses, et que ça boostait leur amour-propre. C'est complètement tordu, surtout quand on considère que vous êtes en position de pouvoir et qu'elles sont sans doute trop intimidées pour vous dire d'arrêter si elles n'aiment pas ça.

Mark proteste d'une voix glapissante :

– Ce n'est pas tordu ! En fait, c'est très...

Il n'a pas le temps de me déballer sa théorie sur le sujet parce qu'à cet instant précis, la porte de la cage d'escalier s'ouvre brusquement. En surgit une masse floue aux cheveux sombres.

– Heather ! appelle Cooper, en me voyant, toujours plaquée contre les parpaings.

Il écarquille les yeux, ému. Je ne saurais définir la nature de son émotion. Mais quelque chose me dit que ce pourrait bien être... de la peur. Ou, tout au moins, de l'inquiétude.

– Tu vas bien ?

– Très bien, je rétorque d'un ton un peu revêche.

Je n'en reviens pas de m'être trompée au sujet du révérend Mark.

– Je t'avais demandé de rester dans mon champ de vision ! s'écrie Cooper.

– Ouais. Mais le révérend chaud lapin avait d'autres projets.

Ce n'était pas la chose à dire. Car, avant que j'aie pu ajouter un mot, Cooper franchit d'un bond la distance le séparant de Mark Halstead – sans se soucier de l'expression de panique de ce dernier. Une seconde plus tard, Cooper se jette, l'épaule la première, dans le ventre du révérend.

Puis tous deux dévalent les escaliers en roulant.

20

Le mec du lundi ne se prend pas pour de la gnognotte,
Le mec du mardi ne boit que du whisky, quinze ans d'âge,
Le mec du mercredi n'est pas du genre popote,
Le mec du jeudi a déjà oublié mon visage.

« Les Mecs de la semaine »
Écrit par Heather Wells

Il faut les efforts combinés de Tom, Steve, Gavin, moi-même et Jamie (« C'est grâce au dressage », fait-elle remarquer, lorsque je m'étonne de sa force surprenante) pour séparer Cooper et le révérend Mark. Hélas, nous y parvenons trop tard pour empêcher de sérieux dégâts. Plus tard, les ambulanciers diagnostiquent une fracture du nez et des côtes froissées (pour le révérend Mark) et un doigt disloqué, ainsi qu'une éventuelle commotion (pour Cooper). Il est cependant impossible de vérifier si Cooper souffre ou non d'une commotion, car il refuse de se rendre à l'hôpital.

– Ils vont me faire quoi, en cas de commotion ? demande-t-il, après que l'un des ambulanciers lui a remis son petit doigt en place. Me dire de ne pas prendre de codéine et charger quelqu'un de me réveiller toutes les deux heures pour s'assurer que je ne tombe pas dans le coma ? Désolé, mais je peux faire ça chez moi.

Mark se montre drôlement conciliant en ce qui concerne son nez, refusant de porter plainte, même après qu'il a découvert que son agresseur est un Cartwright, des Disques Cartwright.

Tandis qu'on l'embarque dans l'ambulance (contrairement à Cooper, il n'est que trop désireux d'aller à Saint-Vincent, sans doute pour échapper momentanément aux questions embarrassantes qui lui seront posées par ses supérieurs, à son retour à la chapelle universitaire), le révérend Mark me dit :

– Peut-être que cela va résoudre mon petit problème, en me rendant moins attirant aux yeux des femmes.

– Ouais. Bonne chance !

Je maintiens mon interdiction d'accès, même s'il n'a pas tué le docteur Veatch. Et Jamie compte toujours porter plainte. Plainte qui sera accompagnée de mes notes sur les aveux qu'il m'a faits, en plus de la mention qu'il a été renvoyé de ses deux précédents postes pour « motifs non précisés ».

Parce que d'accord, ce n'est peut-être pas un assassin. Mais c'est tout de même un gros vicelard.

– Eh bien, ça a cassé l'ambiance ! dit Sebastian tandis que nous retournons tous à Fischer Hall en traînant la patte, une fois le calme revenu.

(Si nous marchons lentement, c'est que nous réglons notre pas sur celui de Cooper – qui, bien qu'il refuse de l'admettre, semble souffrir de contusions dont il n'a pas parlé aux ambulanciers, et qui ralentissent passablement son allure.)

– Ouais, tout se serait bien passé si tu ne t'étais pas pointé, ne puis-je m'empêcher de rétorquer.

Je reste tout près de Cooper, prête à le rattraper s'il tombe. Ça ne l'amuse pas, et il m'a déjà demandé à deux reprises de m'écarter. Je lui réponds que je veille sur lui, tout comme il a veillé sur moi au centre sportif. Il objecte qu'il n'a pas, à sa connaissance, de pasteur criminel à ses trousses.

Voilà comment on est récompensé quand on cherche à aider son prochain !

– C'est ma faute, dit Sarah, comme nous descendons tranquillement Bleecker Street, dépassant les cafés-théâtres en sous-sol, les salons de manucure qui ont pignon sur rue et les bars à sushis. J'ai pensé que ce serait une bonne idée que Sebastian aille à l'hommage funèbre présenter ses condoléances. Je n'aurais jamais imaginé que ça rendrait Mme Veatch aussi hystéro.

– Enfin, tu t'attendais à quoi ? demande Gavin. Son ex-mari vient de se faire refroidir.

– Précisément, poursuit Sarah. Ce n'est plus son mari, c'est son ex. Sa réaction est tout à fait injustifiée. Cette femme avait encore des griefs envers Owen. C'est l'évidence même.

Je ne peux m'empêcher de remarquer que Sarah et Sebastian se tiennent la main. J'en conclus que le dîner avec les parents Blumenthal s'est bien passé. À vrai dire, Cooper et moi sommes les seuls, de tout le groupe qui se dirige vers Fischer Hall, à ne pas se tenir par la main. Décidément, il y a de l'amour dans l'air.

J'ai d'ailleurs constaté, en jetant un coup d'œil alentour après le départ des ambulanciers, que Tad était parti. Ainsi que Muffy.

Je ne dis pas qu'ils sont partis ensemble. J'ai simplement noté qu'ils avaient tous deux disparu.

Certes, il n'y avait plus personne. Marrant, comme il suffit que deux ambulances se pointent à un hommage funèbre pour que tout le monde en conclue que la fête est finie. Tom et Steve étaient rentrés chez eux, de l'autre côté du parc - ce qui se comprenait. Les Allington étaient repartis en voiture et les dames Veatch s'étaient également retirées.

N'empêche... Tad aurait pu s'attarder un peu, ne serait-ce que pour me raccompagner chez moi, vu qu'il avait de bonnes raisons de penser que quelqu'un venait de tenter de me tuer.

Mais je suppose que quand on casse avec un mec, il n'y a plus rien à en attendre.

– Je pense simplement, dis-je à Sebastian, que si tu tenais à faire la connaissance de l'ex-femme d'Owen, tu aurais pu mieux choisir ton moment.

Nous tournons à l'angle de MacDougal Street. Fischer Hall ne se trouve plus qu'à deux pâtés de maisons. Nous distinguons une clameur, au loin : le rassemblement de l'AED. Au cours duquel je ne chanterai pas « Une envie de sucré ».

– Justement, réplique Sebastian. J'ai déjà fait sa connaissance.

–Ouais, essaie autre chose, dis-je. C'est impossible. Elle n'est arrivée qu'aujourd'hui. Et toi, tu es sorti de prison il y a quelques heures à peine, pas vrai ?

– J'ai faim, déclare Jamie.

Tu m'étonnes ! On est en train de passer devant la Troisième Rue Ouest, et le vent du soir souffle vers nous, charriant le parfum des pizzas de *Chez Joe*.

– On en commandera une fois rentrés, dit Gavin. À moins que tu ne préfères sortir.

– Super, répond Jamie. J'adore les saucisses-champignons. Et toi ?

– Tu sais quoi ? Je me damnerais pour les saucisses-champignons ! réplique Gavin.

– Nous avons rencontré Pam hier, dans le cercle des joueurs d'échecs, fait remarquer Sarah tandis que nous traversons la Troisième Rue Ouest pour nous diriger vers la Quatrième Rue Ouest. Du moins, à ce qu'il me semble. Ou bien c'était son sosie. Hein, Sebastian ?

– Ouais, confirme Sebastian. Elle nous a posé des questions au sujet de l'AED. Et a pris quelques-uns de nos tracts.

– C'est impossible, dis-je. Elle n'était pas à New York hier matin. Elle n'a pas pu arriver si vite. Elle habite dans l'Iowa.

– Dans l'Illinois, rectifie Cooper.

– Quoi qu'il en soit... elle a débarqué ce matin à Fischer Hall en traînant sa valise.

Sarah paraît perplexe.

– Bon... alors c'était qui, la dame qu'on a vue hier, Sebastian ?

– J'en sais rien.

Sebastian secoue la tête.

– Je suis tellement fatigué. J'arrive plus à réfléchir.

Sarah tend la main et caresse la barbe naissante sur les joues de Sebastian. Apparemment, ils ne distribuent pas de rasoirs, à la prison de Rikers.

– Mon pauvre chéri. Tu vas aller te coucher, et tu te sentiras mieux demain matin.

– Peux pas, réplique Sebastian dans un souffle. Il faut qu'on aille au rassemblement.

– L'AED peut bien se passer de toi une soirée, dit Sarah, à ma grande surprise.

– Non, proteste Sebastian d'une voix incroyablement lasse. On ne fuit pas ses responsabilités. Faut que j'y aille.

– Bien, réplique Sarah d'un ton résigné. Mais d'abord, rentrons nous changer. On ne peut pas y aller habillés comme ça.

Nous atteignons le parc. La clameur y est bien plus forte. Nous apercevons la foule rassemblée devant l'arche de Washington Square, où l'on a installé une scène provisoire. Quelqu'un s'y trouve et, dans un haut-parleur, incite les personnes présentes à scander des slogans :

– Que voulons-nous ?

– L'égalité des droits !

– Quand la voulons-nous ?

– Tout de suite !

La nuit commence à tomber. Comme c'est une chaude soirée, les marginaux habituels sont de sortie – les skateurs, les joueurs de bongo, les fugueurs et leurs chiens (pourquoi ont-ils toujours des chiens ?), les jeunes couples amoureux, les dealers, les vieillards querelleurs du cercle des joueurs d'échecs.

Et les flics, bien entendu. Le parc grouille de flics à cause du rassemblement.

Et, garé devant chez Owen, au même endroit que cet après-midi, le camion de location est toujours là. Sauf que les portières de la cabine sont fermées. La personne qui l'a loué s'apprête donc à repartir.

Tant mieux car on n'a pas le droit de se garer pour la nuit de ce côté-ci du parc.

– Si je rédige un laissez-passer pour Sebastian, tu accepteras de le signer, Heather ? demande Sarah.

– Sarah... dis-je, ennuyée.

Je ne veux qu'une chose : ramener Cooper et le mettre au lit. Il va falloir que je le réveille toutes les deux heures...

Aucun de nous deux ne va beaucoup dormir cette nuit. Mais quand je pense que j'ai bien failli le perdre pour de bon, j'en frémis. Il aurait pu se briser la colonne vertébrale dans cet escalier. Voire pire.

– Je sais, reprend Sarah. On est censés les remettre vingt-quatre heures à l'avance. Mais comment j'aurais pu deviner qu'il serait sorti ? (Ses yeux écarquillés me supplient dans l'obscurité grandissante.) Je t'en prie...

– D'accord, je soupire. Cooper, ça te dérange pas qu'on fasse un mini-détour ?

– Non. Allez-y. Moi, je rentre à la maison.

– Cooper... (Malgré son éventuelle commotion, il a toujours la tête aussi dure.) Ça ne prendra pas plus d'une minute.

– Et je suis un grand garçon, souligne Cooper. Capable de rentrer seul dans sa maison, qui ne se trouve qu'à un bloc d'ici.

Devant mon air déconfit, il tend la main pour m'ébouriffer les cheveux – geste que je n'ai jamais apprécié, soit dit en passant – et déclare :

– Heather. Ne t'inquiète pas pour moi. On se retrouve à la maison.

Et le voilà qui s'éloigne en boitillant.

Sarah le suit des yeux. Elle se mord nerveusement la lèvre.

– Je suis vraiment désolée, dit-elle lorsqu'elle se retourne et constate que je la fusille du regard. C'est si gentil de ta part. Surtout après tout ce que j'ai fait. Je sais que je ne mérite pas...

Je l'interromps :

– Tais-toi et entre !

Je pénètre avec elle dans le bâtiment.

Fischer Hall n'a pas le même rythme le jour et la nuit. À ce propos, je ne dirai qu'une chose : heureusement que je travaille le jour ! La plupart des résidents sont en classe ou dorment encore à mon arrivée, à neuf heures. Quand je repars, à dix-sept heures, la majorité d'entre eux ne sont pas rentrés – ou réveillés. Lorsqu'ils sont là, comme à présent, le hall grouille d'activité. Des ados qui font du roller, inscrivent le nom de leurs invités sur le registre, se plaignent à l'accueil de mal capter une chaîne de télé, appellent leurs amis depuis leur chambre, poussent des jurons en ouvrant leur courrier, crient des « salut ! » qui vous percent les oreilles... Bref, c'est un véritable zoo. Je ne sais pas comment les directeurs possédant un appartement de fonction à l'intérieur de leur résidence parviennent à supporter ça. Certains – tel Simon Hague – s'en tirent en devenant des fourbes mielleux.

D'autres gardent leur calme en laissant courir, comme Tom. J'ai toujours espéré que je serais ce genre de directrice si par miracle je parvenais à décrocher mon équivalence de bac, puis ma maîtrise, puis un poste de directrice (quoi qu'il y ait peu de chances que ça arrive un jour...).

D'autres se transforment, comme Owen, en bureaucrates modèles. J'ai l'impression que ce serait mon cas. Je sens ma tension monter rien qu'à voir les éraflures que les roues des rollers laissent sur les sols en marbre. Julio va avoir une attaque en voyant ça demain matin, quand il reviendra travailler.

Soudain, je me rappelle qu'il ne viendra pas. À cause de la grève.

– Tiens, Sebastian ! dis-je en lui tendant le laissez-passer une fois rempli. Éclatez-vous bien !

Il baisse les yeux sur le document.

– Waouh ! fait-il.

L'espace d'un instant, il ressemble plus à un gosse flippé qui s'est retrouvé mêlé à quelque chose qui le dépasse qu'à un leader révolutionnaire soupçonné de meurtre.

– Merci mille fois, Heather. Tu n'as pas idée de ce que ça signifie pour moi. Enfin... je sais que Sarah t'a dit ce qui s'est passé avec mon ancien camarade de chambre, et que mes parents m'ont pris une chambre d'hôtel, mais... je suis heureux de pouvoir dormir dans la chambre de Sarah. Elle... elle compte beaucoup pour moi. Même si je ne m'en suis rendu compte que tout récemment.

Gênée, Sarah fixe la pointe de ses escarpins. Elle rougit avec grâce et ne paraît pas consciente du regard que Sebastian pose sur elle. J'oscille entre deux envies : vomir ou les prendre dans mes bras. C'est qu'ils sont si... mignons.

Je réalise que je ressens autre chose : de la jalousie.

Moi aussi, je veux ça. Ce qu'ils ont.

Je croyais l'avoir. Plus ou moins. Par bonheur, j'ai compris à temps que ce n'était pas le cas. Non que j'aie réellement risqué de faire une bêtise, comme me marier ou passer l'été à parcourir la piste des Appalaches.

Mais quand même... j'aimerais bien avoir ce qu'ils ont. Un jour.

Je finis par me décider à dire, d'un ton bourru :

– Bon... pensez à vous protéger, les amoureux. Et Sarah, ta journée n'est pas finie. Si la directrice adjointe t'appelle, tu devras répondre, quelles que soient les circonstances.

Sarah rougit de plus belle.

– Bien sûr, Heather, répond-elle, les yeux rivés au sol.

Entendant prononcer mon nom, une étudiante aspire une grande bouffée d'air et se précipite vers moi.

– Oh, mon Dieu ! Vous êtes Heather Wells ?

Je lève les yeux au ciel, comme pour y trouver de la force.

– Oui, pourquoi ?

– Oh, mon Dieu ! Je sais que les bureaux de la résidence sont fermés, mais mon cousin a débarqué à l'improviste et j'ai besoin d'un laissez-passer. Si vous pouviez faire une exception, juste pour cette fois-ci, et m'en signer un, je vous en serais éternellement reconnaissante...

Je montre Sarah du doigt.

– Voyez ça avec elle. Faut que je parte.

Et je traverse le hall pour regagner la fraîcheur du dehors.

Dans la lueur bleutée de la lampe de sécurité du bâtiment, je balaie le parc des yeux. Je m'efforce d'ignorer les groupes de fumeurs qui baissent la voix lorsqu'ils m'aperçoivent, me prenant pour un agent des stups. Près de l'arche, les protestataires scandent désormais : « Vive la convention collective ! Halte au manque de respect ! » Ce n'est pas un slogan facile, mais ils ont l'air de s'amuser.

C'est une belle soirée... trop belle pour rentrer de si bonne heure. D'un autre côté, maintenant que mon père a déménagé, c'est à moi de promener le chien... sans parler du détective à moitié commotionné sur lequel je dois veiller.

Je me demande ce que je ferais si j'étais une citadine célibataire *normale* – comme Muffy. Sans doute sortirais-je boire un cocktail avec mes amies. Certes, je n'ai pas de copines. Non, j'exagère ! Mais voilà : ma copine célibataire est occupée à traquer l'un de nos collègues et ses enfants, et ma copine mariée est trop dominée par ses hormones pour être marrante.

Je ne peux m'empêcher de regarder le camion de location. Il est toujours là, au bout de la rue.

Je me demande ce qui va arriver à Muffy, une fois la grève finie – parce qu'il va bien falloir qu'elle finisse un jour. Le président ne va pas supporter longtemps d'avoir un rat gonflable géant devant son bureau. Elle ne va pas être renvoyée, bien sûr, et en sera certainement très soulagée. Elle ne sera pas obligée de renoncer à cet appartement pour lequel elle a dû vendre son service en porcelaine. Mais que fera-t-elle de ses journées ?

Eh bien, j'imagine qu'elle va pouvoir s'entraîner pour sa randonnée avec Tad. Ils font un joli couple. C'est vrai qu'ils ont encore moins en commun que lui et moi. Difficile d'imaginer Muffy sur la piste des Appalaches. Comment va-t-elle entretenir sa coiffure bouffante sans sèche-cheveux ? Et je ne vois pas Tad discuter liserés et porcelaine.

Mais il arrive que les gens changent.

Le crime profite toujours à quelqu'un. C'est ce que Cooper a dit, alors qu'il se tenait tout près de l'endroit où je me tiens à présent. *Toujours.*

Et soudain... *eurêka* !

Ça doit faire un bout de temps que c'est là, à couver dans mon esprit – tout comme la vérité sur mes sentiments pour Tad. Or, Dieu sait pourquoi, je n'ai cessé de repousser cette pensée. Sans doute le moment était-il mal choisi pour l'affronter.

Cette fois-ci, je ne la repousse pas.

Et elle demeure.

Et je sais qu'il va me falloir agir.

Tout de suite.

Je pivote sur mes talons.

Et voilà que, au lieu de prendre à gauche vers la maison, je tourne à droite en direction de chez Owen et du camion de location. Je continue à marcher, jusqu'au bâtiment où s'est installée Pam. Je pique droit vers le portier et le prie d'appeler l'appartement d'Owen.

– Qui dois-je annoncer ? demande-t-il.

C'est un des hommes de M. Rosetti, qui s'efforce de faire bonne impression – pas facile avec un cure-dents dans la bouche.

– Dites que c'est Heather.

– Très bien.

Il s'exécute, un instant plus tard, quand Pam répond à l'interphone. D'une voix surprise, Pam lui dit de me laisser monter.

J'ignore ce qui me pousse à agir comme je le fais. Tout ce que je sais, c'est que je tremble. Pas de peur.

Mais de colère.

Une image s'impose à moi : ce sweat-shirt débile qu'elle portait, avec ces deux poupées de chiffon, une noire et une blanche, se tenant par la main.

Bizarre, ce à quoi vous pensez, quand la vie de votre boss défile devant vos yeux.

Je me dirige vers l'ascenseur. L'immeuble d'Owen – où résident également le président Allington et son épouse – ne ressemble en rien à Fischer Hall. Il est élégant, tout en marbre et cuivre. Et d'un calme absolu, à cette heure de la soirée. Dans la cabine, la clameur du rassemblement ne me parvient même pas aux oreilles. Mon trajet jusqu'au sixième étage, où vivait Owen, se déroule dans un silence total. Jusqu'à ce que le « ding » de la sonnette annonce que je suis arrivée et que s'écartent les portes de l'ascenseur.

Je m'engouffre alors dans le couloir, jusqu'à l'appartement 6-J. L'appartement d'Owen.

Pam n'attend pas que j'aie frappé pour ouvrir.

– Heather ! s'exclame-t-elle avec un sourire.

Elle ne porte plus le tailleur noir qu'elle avait à l'hommage funèbre. Eh oui, elle a remis le sweat-shirt avec les poupées de chiffon. Comme si le fait d'arborer des poupées de chiffon noires et blanches qui se tiennent par la main allait rétablir l'harmonie dans le monde.

– Quelle surprise ! s'écrie-t-elle. Je ne vous attendais pas. Vous venez voir comment je me porte, je suppose. À cause de tout ce grabuge à l'hommage funèbre. N'est-ce pas que c'était atroce ? Je n'en croyais pas mes yeux. Je vous en prie, entrez donc.

Je la suis à l'intérieur de l'appartement. Comme je l'avais soupçonné, elle s'est volatilisée. Jusqu'à la dernière pièce. La porcelaine, je veux dire. La totalité du service en porcelaine décorée bleu et blanc qu'Owen exposait dans le vaisselier de la salle à manger a disparu.

Ainsi que le meuble qui la contenait.

– C'est si gentil de votre part, continue Pam. Owen a toujours vanté vos qualités... votre prévenance et votre générosité à l'égard des étudiants. Je vois que cela dépasse le cadre professionnel. Mais je vous en prie, ne vous inquiétez pas pour moi. Je vais bien. Vraiment. Vous désirez une tasse de café ? Une infusion ? Ça ne me dérange pas, j'allais justement m'en faire une.

Je me retourne pour lui faire face. Garfield dort, lové sur le canapé. Pam était visiblement assise à côté de lui. La télévision est allumée, la télécommande juste à côté du chat. Elle était en train de regarder une émission de divertissement.

– Où est-elle ? je demande.

Dieu sait pourquoi, j'ai la voix rauque.

Elle me regarde d'un air ébahi.

– Qui ça, mon petit ?

– Vous savez de quoi je parle. Elle est dans le camion qui est en bas, c'est ça ?

Elle fait toujours mine de ne pas comprendre. Mais ses joues prennent une teinte plus vive.

– Je… je crains de ne pas savoir de quoi vous parlez, Heather.

– La porcelaine. Le service qui a été attribué à Owen, lors du divorce. La porcelaine pour laquelle vous l'avez tué. Elle est où ?

21

Le mec du vendredi n'est pas près de rappeler,
Le mec du samedi n'aime pas du tout les filles,
Mais c'est le mec du dimanche, le plus dégénéré :
Scotché à la télé et à ses matchs débiles.

« Les Mecs de la semaine »
Écrit par Heather Wells

– Donnez-moi les clés ! dis-je, tendant la main.

L'espace d'une minute, Pam se contente de me fixer, visiblement stupéfaite. Puis elle rejette la tête en arrière et éclate de rire.

– Oh... vous, alors ! rétorque-t-elle en me poussant du coude. Owen disait toujours que vous aimiez plaisanter. D'après lui, vous passiez tellement de temps à blaguer qu'il y avait tout lieu de craindre que votre travail en pâtisse.

Voilà une chose (contrairement à cette histoire de dactylographie) qu'Owen a réellement dû dire.

– Je ne plaisante pas. Et vous le savez. Donnez-moi les clés, Pam. Je ne vous laisserai pas vous en tirer ainsi. Et les flics non plus, vous le savez. On ne peut pas, comme ça, embarquer les affaires d'une victime et se faire la belle. Il y a sûrement un protocole à respecter...

Pam cesse de rire. Mais garde son sourire. Un sourire un peu crispé, qui rappelle une citrouille d'Halloween.

Ou Muffy Fowler.

– Un protocole ? répète-t-elle avec un ricanement glaçant. Pour un peu, j'aurais l'impression d'entendre Owen.

– Écoutez, Pam...

Je n'en reviens pas d'avoir mis tant de temps à le constater : cette dame est plus givrée que les Esquimau glacés de Magda.

Je sais qu'il va me falloir la jouer fine. Mais je ne m'inquiète pas plus que ça, car je sais où se trouve l'arme du crime... Sous clé, dans le bureau du procureur. Je ne risque rien. Elle ne peut rien contre moi. Je suppose qu'elle pourrait tenter de m'en coller une, mais j'ai au moins dix ans et dix kilos de moins qu'elle. Je pourrai facilement me défendre, si elle m'y oblige. À vrai dire, je ne détesterais pas qu'elle me provoque.

Certes, je n'avais guère d'affection pour Owen.

Mais j'avais encore moins apprécié de tomber sur son cadavre en entrant dans son bureau. Et rien ne me serait plus agréable que d'en balancer une à celle qui m'a fait endurer tout ça.

– Ne me prenez pas pour une idiote ! dis-je. Je sais que vous l'avez tué. Je sais que vous n'êtes pas arrivée aujourd'hui, comme vous l'avez prétendu, mais que vous étiez déjà là hier. On vous a repérée dans le cercle des joueurs d'échecs, sur le trottoir d'en face.

Pam me fixe, hébétée, les lèvres légèrement entrouvertes. Elle n'en continue pas moins à sourire.

– Ce sont... ce sont des balivernes !

Je n'invente rien. Ce sont ses mots. Des *balivernes.* Pas des conneries ou des foutaises... Des *balivernes*.

– Je sais que vous avez glissé l'arme dans le sac de Sebastian Blumenthal, je poursuis. Je sais aussi que vous vous disputiez,

Owen et vous, le service en porcelaine. Owen m'avait tout raconté à ce sujet. Il le voulait, Dieu sait pourquoi. Sans doute parce que vous y teniez et qu'il souhaitait, tout en étant totalement dépourvu d'imagination, vous faire payer ce divorce. C'était la seule manière qu'il avait trouvée de se venger de vous. J'ignore quand vous êtes arrivée en ville, mais j'imagine que la police n'aura pas trop de mal à le découvrir. Comment avez-vous procédé ? Vous avez d'abord loué le camion et puis vous avez roulé jusqu'ici ? Ensuite, vous avez attendu le moment opportun et, surprenant Owen alors qu'il était seul, vous lui avez fait sauter la cervelle. C'est ainsi que ça s'est passé ?

Pam secoue lentement la tête. Sa chevelure mi-longue et grisonnante a été si bien lissée pour l'hommage funèbre qu'elle ne bouge pas d'un millimètre.

– Vous avez beaucoup d'imagination, dit-elle, toujours souriante. C'est sans doute dû à votre expérience dans le show-biz.

– Ça s'appelle de la préméditation, vous savez, Pam. Et ça risque de vous coûter la perpétuité. Quant au fait d'avoir voulu piéger un innocent... Ce sera la perpétuité sans possibilité de remise de peine.

Quand je mentionne qu'elle a piégé Sebastian, Pam cesse de secouer la tête et me fixe. Le plus bizarre, c'est qu'elle s'obstine à sourire.

Mais ce sourire n'atteint pas ses yeux. On dirait qu'il s'est figé en route.

– Je n'arrive pas à croire, dit-elle avec cette expression glaçante, que vous soyez de son côté.

– Du côté de qui ?

– Vous me comprenez : du côté d'Owen. Vous bossiez avec lui... dans le même bureau ! Vous avez eu le loisir de l'observer. C'était un vrai robot, avec ses agendas, ses itinéraires, ses calendriers de rendez-vous. Il n'avait rien d'humain !

J'écarquille les yeux. Le sourire a fini par disparaître. Le rouge de ses joues s'est répandu et a gagné en intensité. Dans ses yeux noisette brille une lueur de folie que j'apprécie moyennement. Elle n'a plus l'air d'une gentille potière, mais d'une psychopathe, si vous voulez mon avis.

Je recule d'un pas. Ce n'était peut-être pas une si bonne idée de venir ici.

– Euh... dis-je. Vous l'avez tout de même épousé.

– Oui, je l'ai épousé, rétorque Pam. Je l'ai rencontré à la fac, où j'étudiais l'histoire de l'art. J'étais une véritable rebelle. Les drogues, la fête, les expériences sexuelles... j'étais à fond là-dedans. Il était directeur adjoint de ma résidence, et archi-sérieux. Je me suis dit que ça m'aiderait à m'assagir un peu. Ce dont je n'avais pas besoin, cela dit, c'était d'être étouffée ! D'être bâillonnée, artistiquement parlant, pendant vingt ans. Or c'est ce qui est arrivé... jusqu'à ce que j'aie enfin le cran de le quitter. Eh oui, vous avez raison... Il a tenu à emporter le service en porcelaine... *Mon* service. Non parce qu'il y tenait, mais parce qu'il savait que je l'adorais. Pour me punir de l'avoir quitté ! Eh bien, j'ai fini par le récupérer, pas vrai ?

Je secoue la tête.

– Non. C'est mal, Pam, et vous le savez. Pas question que je vous laisse l'emporter. Donnez-moi les clés.

Elle pleure franchement, à présent. Les larmes ruissellent de ses yeux noisette et coulent sur les tabliers de tissu que portent les poupées de chiffon.

– Je... je... parvient-elle tout juste à articuler.

Je lui tends la main.

– Venez, Pam, dis-je d'une voix aussi réconfortante que possible. Donnez-moi les clés ! Je suis sûre qu'on pourra arranger quelque chose avec le procureur. Du genre « syndrome de la femme battue ». Peut-être peuvent-ils vous envoyer là où ils ont envoyé Martha Stewart ? Elle avait droit à des tas d'activités manuelles. Vous pourriez peut-être continuer à faire de la poterie.

En soupirant, Pam se tourne vers la commode.

– C'est ça... dis-je pour l'encourager.

Je lui parle sur le même ton que j'utilise avec les anorexiques que nous recevons régulièrement au bureau, et qu'il nous faut convaincre de manger les muffins hypercaloriques que nous envoient les nutritionnistes.

– Vous prenez la bonne décision.

Or, lorsque Pam pivote sur ses talons, je constate à mon grand désarroi qu'elle ne tient pas un trousseau de clés.

Mais un revolver.

Et que celui-ci est braqué sur moi. Je remarque, l'estomac noué, qu'elle s'est remise à sourire.

– Vous n'imaginiez pas que je ne possédais qu'une seule arme, n'est-ce pas, Heather ? Je suis une fille de la campagne, vous savez. J'ai grandi parmi les armes à feu. Je sais m'en servir, même si je trouve que la plupart des gens peuvent s'en procurer trop facilement.

Je n'en reviens pas ! Ce qu'elle est faux jeton ! Son sweatshirt, c'est du bluff total. Elle ne croit pas une seconde à l'harmonie interraciale !

Enfin, elle y croit peut-être.

Mais tuer ne la dérange pas. Même s'il s'agit de tuer d'innocentes directrices adjointes de résidence universitaire.

– Pam, dis-je en tendant les mains. Vous ne feriez pas ça.

– Détrompez-vous ! réplique Pam. (Elle s'approche de moi.) Le temps qu'on trouve votre corps, je serai partie depuis longtemps. Vous tuer ne me pose donc aucun problème.

Je recule machinalement. Or chaque fois que je fais un pas en arrière, elle en fait un en avant. Je regarde autour de moi, me demandant frénétiquement comment diable je vais m'en tirer. L'appartement d'Owen est aussi impeccable que son bureau. Contrairement à chez moi, aucun objet ne traîne çà et là, que je pourrais ramasser et lancer au visage de ma future meurtrière. Pas de lampe fantaisie à pied en forme de sirène achetée pour une bouchée de pain au marché aux puces du coin et susceptible d'être utilisée comme projectile. Pas de serres d'appartement où ramasser des coquillages que je puisse balancer dans sa direction...

Il est peu probable que je l'atteindrais... mais ce serait mieux que rien.

Le pire, c'est que personne ne sait que je suis là, à part le crétin au cure-dents qui fait office de portier. Et il ne travaille même pas pour l'université. Il est employé par Rosetti et risque de prêter aussi peu d'attention au coup de feu qu'au bruit de ses nombreux bracelets et de ses multiples chaînes en or s'entrechoquant.

C'est comme si j'étais morte.

Et pour quoi ? Pour Owen.

Un type pour qui je n'avais aucune affection !

Il faut quand même que je tente quelque chose...

– On n'est pas dans l'Iowa, Pam. Quelqu'un va entendre le coup de feu et appeler les flics.

– Je viens de l'Illinois, rétorque Pam. Et j'ai déjà pensé à ça.

Elle tend la main vers le téléphone qui se trouve près du canapé que je viens de heurter (j'ai reculé autant que j'ai pu) et compose le numéro de police secours.

– Bonjour, monsieur, halète-t-elle d'une voix paniquée (et méconnaissable) lorsque quelqu'un décroche, à l'autre bout de la ligne. Envoyez tout de suite des hommes ici ! J'appelle de l'appartement 6-J, au 21 Washington Square Ouest. L'ancienne Lolita pop, Heather Wells, a perdu la tête ! Elle s'est introduite dans mon appartement et menace de me tuer ! Elle a un revolver ! Ah !

Sur ce, elle raccroche.

Je la fixe, avec la plus totale hébétude.

– Vous venez de commettre une grosse erreur, dis-je.

Pam hausse les épaules.

– On est à New York. Vous savez combien de temps ils vont mettre à arriver ? D'ici là, je serai partie depuis longtemps. Et vous vous serez vidée de votre sang.

Pam n'est apparemment pas consciente de ce qui se passe dans le parc, à une centaine de mètres environ de l'immeuble de son ex-mari.

Et de la quantité de flics qui, par conséquent, se trouvent sur les lieux.

D'un autre côté, je ne vois pas ce que ça changera si deux douzaines de flics déboulent dans les vingt secondes à l'appartement 6-J si elle est parvenue à me loger, à moi aussi, une balle dans la cervelle.

Ce qu'elle s'apprête précisément à faire lorsqu'elle lève le revolver qu'elle a en main et me vise à la tête.

– Au revoir, Heather, dit-elle. Owen avait vu juste, en ce qui vous concerne. Vous n'êtes pas si bonne que ça, comme administratrice.

Owen a dit ça ? Bon sang ! Tu parles d'un ingrat ! Et moi qui me suis tellement rendue utile, à son arrivée. Qui lui a tout expliqué ? Qui lui a montré où acheter les meilleurs bagels du quartier (en dehors de la cafétéria, s'entend) ? Et avec ça, il prétendait que je faisais mal mon travail ? Comment osait-il ? Avait-il seulement vu les classeurs à anneaux que j'avais installés à l'accueil, afin que les gamins gèrent eux-mêmes leurs feuilles de présence, sans que j'aie à m'en occuper ? Et mon initiative pour inciter les étudiants employés à s'intéresser à ce qui se passe à l'intérieur et à l'extérieur de la résidence, *La Newsletter de Fischer Hall* ? Owen savait-il que Simon Hague – de Wasser Hall – m'avait volé mon idée et avait lancé sa propre *newsletter* – qu'il avait eu le culot de baptiser *La Newsletter de Wasser Hall* ?

Mais je n'ai pas le temps de me pencher sur ce que m'inspire cette trahison, étant trop occupée à esquiver la balle que l'ex-femme d'Owen vient de tirer sur moi. À l'esquiver et à plonger sur le bord du canapé, où je me saisis de la seule chose susceptible de me permettre de survivre pendant les deux minutes qui nous séparent de l'arrivée des gars (et des filles) en bleu.

À savoir Garfield.

Qui n'est pas très content d'être arraché à son bout de canapé, soit dit en passant.

Le coup de feu, tiré à courte distance, n'a pas non plus paru le réjouir.

Avec force grognements et coups de dents, le gros matou roux tente de se dégager. Mais je le tiens d'une main par la peau du cou. Et, de l'autre, par son gros ventre. Il sort les griffes et agite les pattes, dans le sens opposé à mon visage. Il lui est donc quasiment impossible de s'échapper.

Or personne ne le lui a dit. Dix kilos de muscles et de rage… et c'est après moi qu'il en a !

L'espace d'un instant, je ne distingue plus que l'odeur de la fourrure et de la poudre, d'autant que je lui tombe pratiquement dessus.

Mais je suis en vie.

Je suis en vie.

Je suis en vie.

Pam regarde, perplexe, l'endroit où je me tenais. Tournant la tête, elle fixe le point où j'ai bondi, sur le canapé.

Et écarquille les yeux en voyant ce que j'ai dans les bras.

– Eh oui… dis-je.

Ma voix me semble étrangement sourde. C'est que comparés à la puissance du coup de feu, les autres bruits paraissent totalement étouffés (y compris les cris de protestation de la créature que je tiens), comme ceux d'une ville après une chute de neige record.

– J'ai Garfield. Approchez-vous, Pam, et je vous jure que le chat aura son compte !

Le sourire de l'ex-femme d'Owen s'efface, et sa lèvre supérieure se met à trembler.

– Vous… vous bluffez, bafouille-t-elle.

– Vous voulez tenter le coup ?

La sale bête n'arrête pas de se débattre mais, pour que je la lâche, il faudra me tuer. Littéralement.

– Appuyez encore une fois sur la détente et ouais, vous me toucherez peut-être. Mais j'aurais le temps de lui tordre le cou avant de tomber. Je le ferai, vous pouvez me croire. J'aime les animaux... mais pas celui-ci.

Et je suis sincère, d'autant que je le sens enfoncer ses crocs dans mon poignet. Aïe ! Crétin de matou ! Quand je pense que c'est moi qui ai amené Pam ici, pour qu'elle puisse lui donner ses conneries de pilules. Tu parles d'un ingrat ! Tel maître, tel chat !

Le visage de Pam se tord de douleur – bien que ce soit moi qui saigne.

– Garfield ! s'écrie-t-elle, angoissée. Non ! Lâchez-le, espèce de sorcière !

Je ne le jurerais pas, vu ma semi-surdité temporaire, mais il me semble distinguer des voix dans le couloir. Soudain, on frappe à la porte de l'appartement.

– Baissez votre arme, Pam, dis-je, m'efforçant de gagner du temps. Baissez votre arme, Pam, et personne – pas même Garfield – ne sera blessé. Il est encore temps de vous rendre.

– Vous... Méchante fille ! lance Pam, les yeux mouillés de larmes. Je ne voulais que ce que je méritais. Et pouvoir repartir de zéro. Lâchez le chat et on oublie tout ! Je m'en irai... Je prendrai Garfield et je m'en irai. Laissez-moi juste prendre un peu d'avance.

– Impossible, Pam. Vous avez appelé les flics, vous vous rappelez ? À vrai dire... je crois qu'ils sont déjà là.

Pam pivote sur ses talons lorsque quelque chose, une sorte de mini-explosion, se fait entendre dans le couloir. Une seconde plus tard, quatre ou cinq agents surgissent dans le séjour, brandissant leurs armes.

Je ne me rappelle pas avoir été aussi heureuse, de toute ma vie, de voir qui que ce soit. Je courrais volontiers les embrasser, mais mon premier souci est de ne pas avoir les mains déchiquetées.

– M'dame ! crie un premier flic, braquant le canon de son arme sur la poitrine de Pam. Laissez tomber le revolver, couchez-vous sur le sol et posez les mains sur la tête, ou je serai forcé de tirer.

Je me dis que c'est enfin terminé. Je me dis : *OK, super, elle va lâcher son arme, je vais pouvoir lâcher le chat et rentrer chez moi. Je vais pouvoir retrouver ma petite vie pépère, dont je ne me plaindrai plus jamais. Je l'aime, ma petite vie pépère. Ah, ce que je l'aime ! Dieu merci, c'est fini !*

Sauf que ce n'est pas le cas. Loin de là.

– Vous ne comprenez pas, gémit Pam en agitant l'arme vers moi. Elle a Garfield. Elle refuse de lâcher Garfield !

Mon Dieu, non. Je vous en prie.

– M'dame, répète l'agent. Je vous demande à nouveau de lâcher votre arme, ou je serai forcé de tirer.

Lâche le revolver, Pam. Pam, je t'en prie, lâche-le.

– Mais c'est moi qui vous ai appelés ! insiste Pam en agitant toujours le revolver. C'est elle qui m'a menacée !

Soudain, un autre coup de feu est tiré. J'ignore par qui, ou s'il atteint son but. Car, serrant Garfield contre moi, je me suis jetée sur le sol et recroquevillée au maximum, histoire de constituer la plus petite cible possible. Pour sa part, le chat a cessé d'essayer de me mordre et s'accroche désormais à moi aussi fermement que je m'accroche à lui. Si ses oreilles bourdonnent autant que les miennes, je suppose que la situation lui échappe autant qu'elle m'échappe à moi.

Tout ce que je sais c'est que nous sommes alors seuls au monde, Garfield et moi. Je n'ai que lui, il n'a que moi. Plus question que je le lâche un jour. Ou que lui – j'en suis pour ainsi dire certaine – me lâche un jour.

Je sens une main sur mon épaule.

– Mademoiselle, me hurle-t-on. C'est bon ! Vous pouvez vous lever ! (Apparemment, la personne doit crier pour se faire entendre, le coup de feu m'ayant rendue à moitié sourde.)

Alors seulement, je me redresse et constate, jetant un coup d'œil alentour, que le revolver de Pam lui a été arraché – parce qu'un exceptionnel tireur d'élite est parvenu, d'un coup de feu, à le faire sauter d'entre ses doigts. De sa main intacte, Pam les caresse, inertes et sanglants. En même temps, elle avoue tout, d'une voix sanglotante, à mon vieil ami l'inspecteur Canavan – lequel me jette un regard las par-dessus la tête de la femme à demi hystérique.

– *Un service en porcelaine ?* articule-t-il en silence.

Toujours sous le choc, je ne parviens même pas à hausser les épaules. À vrai dire, je ne capte même pas. Mais aussi, il y a un tas de trucs que je ne capte pas... Pourquoi, par exemple, lorsque les agents et les ambulanciers me proposent de me prendre Garfield des bras, je refuse de m'en séparer. À ma décharge, lui aussi refuse de me lâcher. C'est comme si nous étions les deux seules créatures fiables dans un monde brusquement livré au chaos.

Je m'accroche toujours à lui – et lui à moi – une demi-heure plus tard, lorsque l'inspecteur Canavan me reconduit enfin jusqu'à l'ascenseur, puis jusqu'au hall. Les éclairs de lumière rouge provenant des voitures de flics garées devant chez Owen se reflètent sur le marbre et le cuivre. Mais il n'y a pas que ça qui ait changé depuis mon arrivée dans le bâtiment. Il y a autre chose... S'il me faut une bonne minute pour comprendre quoi, c'est que mes oreilles ne se sont pas encore tout à fait remises du coup de feu.

C'est alors que je saisis.

Tous ces cris, venus du parc...

Pas des slogans que l'on scande. Pas des protestations. Des cris.

Sur le point de sortir de l'immeuble, je me fige, la main de l'inspecteur dans mon dos. Après avoir recueilli ma déclaration, là-haut, il s'apprête à me raccompagner chez moi.

Or voilà que je rechigne à franchir le seuil. Pas ça. C'en est trop.

– Tout va bien, Heather, dit-il d'un ton encourageant. Ce sont juste les gamins qui se sont rassemblés dans la soirée. Ils sont en train de fêter ça !

– De fêter quoi ?

– Le bureau du président a apparemment envoyé un mémo, il y a un petit moment. Ils ont réglé leurs différends.

J'écarquille les yeux.

– Ils sont... parvenus à un accord ?

– Oui. Les gamins ont gagné. Le bureau du président a cédé sur tous les points. Ils ont dû juger qu'ils avaient eu assez de mauvaise publicité ces derniers temps. Ça, ou bien le président en avait assez d'avoir un gros rat devant la porte de son bureau. Il n'a pas beaucoup fréquenté le West Side, à ce qu'on dirait.

Je le fixe avec stupéfaction.

– Le président Allington a cédé ? L'AED a réussi ?

– À ce que j'ai entendu, confirme l'inspecteur. Tous mes hommes sont en état d'alerte, au cas où il y aurait des émeutes. Il risque d'y avoir, d'une minute à l'autre, des voitures retournées. Vous avez choisi une fichue soirée pour vous faire tirer dessus ! Ah, voilà le petit ami ! Il tombe à pic !

Sur ce, l'inspecteur Canavan me fait franchir la porte...

... et je me retrouve dans les bras grands ouverts de Cooper Cartwright.

22

Comparées à mes joues,
Même les tomates ont l'air livide.
Faut que je t'avoue :
Sans toi, ma vie est vide.

« Quand on voit rouge »
Écrit par Heather Wells

– Alors... commence Cooper.

Assis dans sa cuisine, nous regardons le chat d'Owen faire sa toilette sous l'évier, ignorant délibérément Lucy qui, planquée sous la table, l'observe avec inquiétude.

– ... on a un chat maintenant ?

– On n'est pas forcés de le garder, dis-je. Je peux essayer de voir si Tom en voudrait. À mon avis, c'est le genre de chats que Tom et Steve pourraient aimer.

– Le genre agressif, acariâtre ?

– Précisément.

Cooper est sympa de ne pas se plaindre. Je l'ai déjà envoyé acheter un bac à chat, de la litière et de la pâtée. J'ai même passé dix minutes à chercher en vain, chez Owen, les pilules de Garfield. Il s'est trouvé que Pam les avait rangées dans son sac, car elle avait l'intention d'emmener le chat avec elle en cavale.

Le service en porcelaine n'était pas la seule chose précieuse qu'Owen avait réussi à lui soutirer lors du divorce.

– Attendons de voir comment ça se passe, déclare Cooper. Bien que je ne voie pas comment je vais pouvoir vivre avec un chat nommé Garfield.

– Je sais. C'est comme avoir un chien qui s'appelle Médor ou Rex, pas vrai ? Comment on pourrait l'appeler à la place ?

– Je me demande… Pol Pot ? Idi Amin Dada ?

Nous sommes assis à la table de la cuisine, devant deux whiskies *on the rocks*. Avec ce qu'on a enduré, ça paraissait l'unique façon logique de finir la soirée.

– La vraie question, reprend Cooper, c'est de décider combien de temps il va rester. Je ne voudrais pas lui donner un nom et m'attacher à lui (à supposer qu'on puisse s'attacher à un truc pareil) pour qu'on me l'arrache alors que je commence tout juste à m'habituer à sa présence.

– Je parlerai à Tom demain matin. Je suis lessivée. Quelle journée ! Quelle semaine !

– Ce n'est pas ce que je voulais dire…

Quelque chose, dans le ton de sa voix, m'incite à lever les yeux. À la lueur du plafonnier de la cuisine, je remarque que Cooper semble en pleine forme, alors que je suis à ramasser à la petite cuillère… Et il est tombé dans l'escalier, alors que moi, je me suis simplement fait tirer dessus.

Ce n'est pas juste. Comment les mecs peuvent-ils supporter tellement plus que nous et avoir meilleure mine à l'arrivée ?

– Je t'ai répété ce qu'ont dit les ambulanciers, là-bas, au centre sportif ? demande-t-il.

À croire qu'il lit dans mes pensées.

– Non.

– Ma tension artérielle est de 165/94.

Je prends une gorgée de whisky pour me remonter. J'en ai besoin. À le regarder dans les yeux, mon pouls s'est emballé. Ce n'est pas juste...

– Eh bien, la chute t'a sûrement fragilisé.

– Je suis censé consulter mon généraliste. On a tendance à avoir des problèmes de tension dans la famille, tu sais.

Je hoche la tête.

– On n'est jamais trop prudent. L'hypertension tue à petit feu, dis-je.

– Tu sais ce que ça signifie. Plus de sandwichs glacés au nougat et aux biscuits aux pépites de chocolat pour moi !

Je hausse les épaules.

– Si ton médecin te met sous traitement, tu peux manger ce que tu veux.

Cooper se penche vers moi.

– Tu es là depuis une demi-heure et tu n'as rien remarqué.

– Remarqué quoi ? De quoi tu parles ?

Il désigne la porte donnant sur le jardin, juste à côté de la cuisinière. C'est seulement alors que j'aperçois qu'on a installé, au beau milieu, une grande trappe à chien.

– Oh, mon Dieu ! je m'exclame, bondissant hors de ma chaise. Cooper, quand as-tu fait ça ?

Un grand sourire aux lèvres, il se lève lui aussi et traverse la pièce pour me démontrer la parfaite mobilité du clapet.

– À notre retour de Rock Ridge. Je l'avais commandée il y a un bout de temps. Elle fonctionne avec un collier spécial. C'est un système de sécurité, tu sais, pour empêcher les camés de s'en servir pour entrer dans les maisons. C'est vraiment facile à installer. Le plus dur, ça va être d'amener Lucy à l'utiliser. J'ai pensé que ton père étant parti, ça te faciliterait la vie pendant la journée, quand tu es au boulot. Bien sûr, il faudra quand même la promener. Mais en cas d'urgence, elle n'aura qu'à sortir. Enfin, si elle parvient à comprendre comment ça marche.

Je m'accroupis pour admirer le travail. Il y a quelques interstices entre là où il a scié et là où il a inséré le clapet. Or ce qui compte, ce n'est pas tant la qualité esthétique de l'ouvrage que le fait qu'il ait, chez lui, installé quelque chose de *permanent* pour mon chien.

Je suis au bord des larmes. (Pourvu qu'il se s'en rende pas compte.)

– Cooper, c'est si... si gentil de ta part.

– Eh bien. Je n'ai qu'un seul collier de sécurité, précise-t-il, l'air embarrassé. Je ne pouvais pas me douter que nous aurions deux animaux domestiques qui vont et viennent.

– Ne t'inquiète pas, dis-je.

Je jette un coup d'œil à Garfield. Il s'est installé sur le tapis de la cuisine et foudroie Lucy (toujours planquée sous la table) de son regard jaune et vaguement maléfique.

– Je lui cherche une autre maison demain matin. D'ailleurs, c'est un chat d'intérieur, j'en suis sûre.

– À vrai dire, reprend Cooper, je ne savais même pas combien de temps Lucy et toi comptiez encore passer ici.

Je me redresse et essuie sur mon jean mes paumes soudain moites.

– Ouais. (Je n'ose pas le fixer. Au lieu de ça, je garde les yeux rivés sur Garfield.) À ce propos...

Cooper se redresse lui aussi.

– C'est juste que... commence-t-il.

J'ignore ce qu'il regarde, car je suis trop absorbée par Garfield. Mais, comme j'ai l'impression que c'est moi qu'il regarde, je sens mes joues s'empourprer.

– Quand je t'ai dit, il y a quelques mois, que je ne voulais pas être un amour-pansement...

Oh... j'ai comme le sentiment que cette conversation ne va pas me plaire.

– On n'est vraiment pas obligés de parler de ça ! dis-je précipitamment. En fait, j'ai une idée ! Pourquoi on n'irait pas se coucher ? On a tous les deux eu une journée longue et éprouvante. Allons dormir ! Ne nous lançons pas dans des discussions que nous pourrions regretter.

– Je ne regretterai pas d'avoir dit ce que j'ai à te dire.

À ces mots, je cesse de fixer Garfield.

– Tu fais une commotion ! Tu ne sais plus ce que tu dis !

Suivant les instructions des ambulanciers, j'examine ses pupilles pour voir si l'une est plus dilatée que l'autre. Elles m'ont l'air symétriques. Mais comment en être sûre ?

À ma grande surprise, il prend mes mains dans les siennes et me regarde droit dans les yeux. Ses pupilles sont exactement de la même taille.

– Je ne fais pas de commotion ! Je sais très bien ce que je dis. Quelque chose que j'aurais dû dire il y a longtemps.

Nom de Dieu ! Pourquoi moi ? Ma journée n'a-t-elle pas été assez atroce comme ça ? Honnêtement... On m'a tiré dessus. J'ai été mordue par un gros chat roux nommé Garfield. Faut-il, par-dessus le marché, que l'homme que j'aime me repousse ?

– Cooper... on ne pourrait pas...

– Non, réplique-t-il d'une voix ferme. Je t'ai dit que je ne voulais pas être un amour-pansement. À ce moment-là, j'étais sincère. Mais je ne m'attendais pas à ce que tu trouves un amour-pansement si...

Je fais la grimace.

– Écoute... je sais. OK ? Mais...

– ... si parfait, conclut Cooper.

J'écarquille les yeux, m'imaginant avoir mal entendu.

– Une seconde... *Quoi ?*

– Enfin, je ne pensais pas qu'il te demanderait de venir *vivre avec lui*, explose Cooper. Et que tu dirais oui !

– Je n'ai pas... je n'ai pas dit oui !

Cooper resserre brusquement l'étreinte de ses mains.

– Attends... tu n'as pas dit oui ?

Son regard est déterminé. Je note que ses pupilles font toujours la même taille.

– Mais alors, quand tu discutais avec Tad un peu plus tôt...

Soudain, j'ai la bouche sèche. Et je commence à songer que ma journée ne va peut-être pas si mal finir après tout.

– J'ai dit non.

Inutile de lui expliquer ce que Tad m'a demandé, au juste – et à quoi j'ai dit non. Quel besoin a-t-il de le savoir ?

– Et ton père ? ajoute lentement Cooper. Ce projet avec Larry ?

– À ça aussi, j'ai dit non.

Mon cœur s'est mis à faire de drôles de trucs dans ma poitrine. Je ne sais pas trop quoi... Je crois qu'il danse le cha-cha-cha.

– Cooper, je n'ai pas envie de vivre avec Tad. Il n'est pas parfait, d'ailleurs. Loin de là. En fait, on a rompu ce soir. Et je ne tiens pas à relancer ma carrière de chanteuse. J'adore mon boulot. Et j'adore vivre avec toi. Depuis que je suis venue m'installer ici, j'ai une vie super. Je n'ai pas envie que les choses changent. À vrai dire, quand on m'a tiré dessus et que j'ai cru que j'allais mourir, je n'avais que cette idée en tête : je voulais que *rien* ne change !

– Ouais. J'aimerais pouvoir en dire autant... mais moi, je suis prêt à ce que ça change.

Sur ce, il me lâche les mains et me saisit par la taille.

Et sans me laisser le temps de répliquer, il m'attire vers lui et plaque sa bouche (avec une certaine possessivité, préciserai-je) sur la mienne.

Une quantité de pensées me traversent alors l'esprit. Parmi lesquelles, en premier lieu : *Waouh, je suis en train d'embrasser Cooper*. Je n'en reviens pas. Tous ces mois à craquer pour lui sans oser m'imaginer qu'il pourrait m'aimer, lui aussi.

Et il a suffi, pour qu'il en prenne conscience, que je sorte avec mon prof de maths végétarien et accro au Frisbee.

Oh, et que je frôle Dieu sait combien de fois la mort.

Cooper ne fait pas les choses à moitié quand il embrasse une fille – enfin, moi en tout cas. Il ne perd pas de temps. Il presse fermement son corps contre le mien et me serre contre lui. Et sa langue... Il maîtrise parfaitement la technique du baiser. Je suis impressionnée. Plus qu'impressionnée. Je fonds, littéralement. J'ai l'impression d'être un Esquimau oublié hors du frigo. Je me liquéfie...

Lorsque Cooper me laisse reprendre mon souffle, ma croûte de chocolat a totalement fondu, je ne suis plus qu'un gros truc ramollo...

Et j'adore ça !

– Au cas où je n'aurais pas été clair... dit Cooper, d'une voix un peu haletante, en me fixant de ses pupilles indéniablement symétriques. Je pense que tu devrais t'installer chez moi.

– Mais, Cooper, nous vivons déjà ensemble !

– Je veux dire, t'installer pour de bon. En haut. Chez moi, pas chez toi.

– Il va falloir que tu ranges un peu. (J'examine comment sa barbe naissante disparaît dans le col de sa chemise.) Fini les emballages de fast-food dans le bureau !

– Très bien. Et fini d'enquêter sur des crimes tant que tu n'as pas de diplôme en justice pénale. J'ai pensé qu'octobre était un chouette mois pour se marier.

– OK.

Je m'arrache soudain à la contemplation de son col de chemise.

– Pardon ? *Quoi ?*

Il me semble que mon cœur a arrêté de danser le cha-cha-cha et s'est lancé dans quelque chose de beaucoup plus compliqué. Un truc qui va nécessiter une défibrillation.

– Tu as bien dit...

– Ou pour un enlèvement, rectifie Cooper. Je n'aime pas les mariages. Mais j'ai toujours eu un faible pour le cap Cod en octobre. Il y a beaucoup moins de touristes.

– *Un enlèvement ?*

J'ai sérieusement besoin d'un sac en papier. Je n'arrive plus à respirer... Je crois que je fais de l'hyperventilation.

– À moins que tu ne le souhaites pas, se hâte d'ajouter Cooper, devant mon expression stupéfaite. On peut prendre notre temps, si tu préfères. Mais avec cette histoire de Tad, j'ai pensé qu'il valait mieux...

– Un enlèvement, ça me va ! je m'empresse de répliquer.

Je n'en reviens pas d'avoir bien entendu. Il l'a dit. Il l'a bien dit. Notre agence de détectives (ce cabinet d'investigations Wells-Cartwright dont j'ai toujours rêvé) et nos trois enfants (Jack, Emily et Charlotte, la petite dernière) existeront peut-être un jour... et dans pas si longtemps !

Oh, mon Dieu ! Ça y est. Je vais tomber dans les pommes.

Une seconde ! Non ! Je suis trop... je suis trop bien.

J'ai du mal à m'empêcher de sourire. Puis je réalise que rien ne m'y oblige.

– S'enfuir, c'est une super-idée ! On pourra inviter mon père ?

– Si tu y tiens, répond Cooper à contrecœur.

– Et Frank et Patty ?

Il lève les yeux au ciel.

– Pourquoi pas ? Plus on est de fous, plus on rit.

– Et Tom et Steve ? Ils seraient très vexés de ne pas être invités. Sarah aussi. Et Sebastian, s'ils sont toujours ensemble. Et Magda. Et Pete aussi. Ses filles feraient de jolies petites demoiselles d'honneur.

– Heather, si on invite tous ces gens, ce ne sera pas un enlèvement, mais un mariage. Or j'ai horreur des mariages.

– Tout ira bien ! Du moment que tes parents et que ma mère ne viennent pas. Il nous faudra bien des témoins, de toute façon.

– Dans ce cas, affaire conclue.

– Et je trouve qu'on devrait garder le chat.

– Quel chat ? Ah oui, soupire-t-il. Ce chat ! OK. Tant qu'on n'est pas obligés de l'appeler Garfield.

– Je sais, dis-je avec un grand sourire. Si on l'appelait Owen ?

– Comme ton boss ?

– Ouais. Vu que dans un sens, c'est sa mort qui nous a réunis.

– Je t'assure que tu te trompes complètement, réplique Cooper.

– Comme tu voudras. On peut recommencer à s'embrasser ?

– C'est la meilleure idée que tu aies eue de toute la soirée, répond-il.

Quelques instants plus tard, sans cesser de nous embrasser, nous gagnons le couloir où nous renversons pas mal des cadres suspendus par le grand-père de Cooper. Puis nous nous retrouvons dans le vestibule, près de l'escalier menant au deuxième étage. C'est un miracle que nous ne tombions pas, d'autant que nous sommes torse nu et que l'un de nous a perdu son pantalon.

– Non ! je rétorque – sans m'étendre sur les raisons de ma réticence – quand Cooper suggère que ce ne serait pas une mauvaise idée de faire ça, pour la première fois, sur le tapis du vestibule.

Nous parvenons tout de même à sa chambre.

De justesse.

23

Tu m'as ouvert les yeux,
Ça y est, je le vois,
Ce que
Tu as toujours vu en moi.

« Chanson gaie »
Écrit par Heather Wells

Le lendemain matin, c'est en chantonnant que je me rends au bureau.

C'est plus fort que moi. C'est une si belle journée de printemps. Le ciel est d'un bleu incomparable, les oiseaux chantent, il fait chaud, les fleurs sont écloses, et les dealers, venus en grand nombre, trimballent joyeusement leur camelote. À dire vrai, il y a de quoi chantonner. Je suis heureuse – heureuse à cent pour cent – pour la première fois depuis... pour la première fois de ma vie.

Pas parce que je viens de m'envoyer l'une des pâtisseries archi-caloriques du salon de thé voisin. Mais parce que je suis remplie d'*amour*.

C'est mièvre ? Écœurant de banalité ? Je sais. Je n'y peux rien. Il m'*aime*. Il m'a *toujours* aimée.

Bon, OK, peut-être pas *toujours*. N'empêche qu'il devait déjà bien m'aimer du temps où nous sortions ensemble, Jordan et moi. Ce n'est pas un hasard s'il avait débarqué pour me proposer un boulot et un toit alors que son frère venait de me jeter.

Il prétend avoir simplement voulu tendre la main à une femme roulée dans la farine par un membre de sa famille. Puis l'amitié qu'il avait pour moi s'était transformée, pendant cette année où nous avions vécu ensemble, en amour.

Or la vérité, je la connais : il était loin de réaliser à quel point il craquait pour moi jusqu'à ce qu'il m'ait vue avec un autre gars et en ait conclu (à tort) qu'il allait me perdre. Non à cause d'un tueur psychopathe cette fois-ci, mais à cause d'un prof de maths myope et végétarien. Et alors, révélation ! Il n'y en avait plus que pour Heather !

Même si Tad s'est avéré être un gros naze, je lui devrai une fière chandelle (et je ne parle pas de la note d'admissibilité).

En fin de compte, qui se soucie de savoir depuis combien de temps Cooper m'aime ? L'important, c'est qu'il m'aime maintenant. Il a installé une porte à chien pour Lucy. Oh, et puis on va se marier.

Et nous avons un chat prénommé Owen qui a grimpé sur notre lit hier soir et a dormi du côté de Cooper, pendant que Lucy se lovait à mes pieds. Et ils ne se sont même pas battus.

Je suis si occupée à fredonner et à déborder d'amour que je ne vois pas la femme qui court à côté de moi – du moins pas avant qu'elle n'ait quasiment frôlé mon visage avec le sien.

– Ohé, Heather ! Je vous ai dit bonjour trois fois ! Qu'est-ce qui vous arrive ?

C'est alors, seulement, que je reconnais Muffy.

C'est qu'elle n'a pas du tout le même air que quand je l'ai vue pour la dernière fois. Sa chevelure, dégonflée, est coiffée en queue-de-cheval. Elle est en leggings et débardeur, et porte des tennis. Ce qui lui fait perdre une bonne dizaine de centimètres.

– Muffy ! Salut ! Super ! Je vous ai pas vue venir !

– On dirait bien. Qu'est-ce qui vous met tellement en joie ce matin ? Vous êtes rayonnante.

– Oh, dis-je, résistant à l'envie de l'enlacer vivement. Rien. C'est juste... une si belle journée.

– N'est-ce pas ? Vous êtes au courant, pour la grève ? Hein, que c'est génial ? Dites, ajoute-t-elle en prenant un air grave, j'ai appris ce qui vous est arrivé hier soir. Vous allez bien, n'est-ce pas ? Incroyable... Pendant qu'on soupçonnait le jeune Blumenthal, c'était l'ex-femme qui avait fait le coup. Quelle garce !

– Ouais. Ça, c'est sûr.

– Elle n'aura pas de séquelles, à ce qu'on raconte. C'était une simple... comment on dit déjà... une blessure superficielle. Ils sont en train de lui faire subir des examens psychiatriques. Il semblerait que ce soit pour ça que le docteur Veatch l'ait quittée. Parce qu'elle avait une sacrée araignée au plafond. Pauvre homme ! J'imagine qu'ils vont plaider l'irresponsabilité. En même temps, ça se comprend. Péter les plombs pour un service en porcelaine ? Franchement ! Oh, mon Dieu, et vous avez entendu parler de cette autre histoire ? Au sujet du révérend Mark ?

J'écarquille les yeux.

– Non ? Quoi ?

– Il a donné sa démission, dit Muffy. Comme ça, du jour au lendemain. Personne ne comprend pourquoi. Certes, je sais qu'il y a eu un genre d'altercation hier soir, à l'hommage funèbre, avec ce beau mec, votre ami... Mais de là à démissionner ! Vous avez une idée de pourquoi il a fait ça ?

C'est plus fort que moi. Je souris à m'en décrocher la mâchoire.

– Pas la moindre. Sans doute désire-t-il passer à autre chose, j'imagine.

– Sûrement. Mais quel dommage ! Il était tellement mignon. Dieu merci, il y a cet autre ami à vous, ce Tad. Il reste au moins UN beau mec sur le campus. C'est un vrai trésor. Bon, à part qu'il ne mange pas de viande. Mais je vais vite changer ça ! Je ne pourrais jamais sortir avec un mec qui n'apprécie pas le poulet frit de ma maman, vous voyez ce que je veux dire ? Enfin, bref... il m'a donné rendez-vous pour courir, ce soir, après le boulot, et j'ai pensé qu'il valait mieux m'entraîner un peu avant. Je me suis complètement laissée aller. Faut que j'y aille, à présent. Maintenant que la grève est finie, je vais travailler, à l'initiative du président, à améliorer l'image de l'université de New York auprès des médias. On en a besoin, j'imagine, avec tous ces meurtres qui ont eu lieu sur le campus. Il faut faire quelque chose au sujet de ce qu'ils appellent le « Dortoir de la mort », cet endroit dans lequel vous travaillez. C'est vraiment ridicule. Bon, *ciao* !

Muffy s'éloigne en courant. Je la suis des yeux, admirant sa capacité à courir grâcieusement.

Il y a des femmes qui ont de la veine.

J'arrive à Fischer Hall. La première chose que j'aperçois, en poussant la porte, c'est Julio qui frotte, sur le sol de marbre, les traces de rollers.

– Bon retour !

Il se contente de secouer tristement la tête.

– Regarde-moi ça ! s'exclame-t-il, les yeux sur les éraflures. C'est dégoûtant.

– Oui, dis-je d'une voix guillerette. C'est affreux !

J'ai à peine fait quelques pas que je tombe sur Jamie, qui marche d'un pas rapide.

– Heather ! s'écrie-t-elle, son visage s'illuminant à ma vue. Tu as entendu les nouvelles ?

Je hoche la tête.

– À propos du révérend Mark ? Bien sûr. Félicitations. Tu l'as carrément fait fuir.

– Je te parle pas de ça, rétorque-t-elle, agitant la main en signe d'impatience. Bien que ce soit cool. Non, c'est au sujet de mon père. Il a retiré sa plainte contre Gavin. Je suppose que l'inspecteur O'Malley a dû le convaincre qu'il n'y avait pas matière à poursuites. Ton copain Cooper va donc pouvoir récupérer l'argent qu'il a versé pour obtenir la libération de Gavin.

Je lui souris.

– Oh, ça ! Ce n'était pas l'argent de Cooper. C'est un assureur qui s'est acquitté de la caution. Cooper a juste versé les dix pour cent réglementaires.

Jamie fronce les sourcils.

– Non. Ça, c'est ce qu'il t'a raconté. Moi, j'étais à côté de lui quand il l'a payée. Comme tu étais occupée à discuter avec Gavin, tu n'as pas dû t'en rendre compte. Mais c'est lui qui a réglé la totalité de la somme. Il a demandé à l'inspecteur si un chèque personnel faisait l'affaire, et celui-ci a répondu que ça irait pour cette fois. C'est donc Cooper qui a tout payé.

Je la fixe. Je souris.

Et puis j'éclate de rire.

Jamie me regarde comme si j'étais cinglée.

– Euh... il faut que j'y aille, dit-elle. J'ai rendez-vous avec Gavin. Il doit tourner des plans à Uptown. Je lui dirai bonjour de ta part. Euh... à plus tard, Heather !

Riant toujours, je pivote sur mes talons et aperçois Pete, au poste de sécurité.

– Qu'est-ce qu'il y a de si drôle ? demande-t-il.

Puis, jetant un coup d'œil à sa montre.

– Hé, tu sais quoi ? C'est un nouveau record du monde ! Tu es pile à l'heure ! Et que vois-je ? Pas d'énorme café au lait surmonté de crème glacée ? Qu'est-ce qui se passe ?

– C'est juste que je n'en avais pas envie, ce matin. Je suis tellement heureuse de te revoir à ton poste, tu n'imagines pas...

Je me précipite vers lui et lui jette les bras autour du cou Surpris, Pete me retient et me tapote le dos, vaguement gêné.

– Ben si, j'imagine... *Jesus Cristo !* Une dame te tire dessus et te voilà comme une gosse ! Qu'est-ce qui te prend ?

– Rien, dis-je, me détachant de lui et restant plantée là, les larmes aux yeux.

Je délire complètement, mais qu'importe ! Je suis si contente de le voir, et que tout soit revenu à la normale. Enfin, pas tout à fait. Il y a quand même du nouveau... Tout est revenu à la normale, mais en mieux.

Pete lève un doigt, qu'il vrille près de son oreille, pour signaler à l'étudiante de service à l'accueil que j'ai perdu la tête.

– Ouais... On peut redescendre sur terre ? demande-t-il en ouvrant grand les tiroirs de son bureau. OK. Qui a fait le ménage pendant mon absence ? Où sont passés tous mes beignets ? Tout le monde m'a dit que c'est toi qui...

– Je t'en prie... Si ce bureau avait fait l'objet d'une inspection sanitaire, on t'aurait obligé à le fermer, tellement c'était crade. Je t'ai rendu service.

– Tu parles d'un service ! C'est du harcèlement, tu sais ! J'appelle mon responsable de service ! Je vais te signaler !

Je ris toujours lorsque je retrouve Magda à sa caisse, en train de faire passer la carte repas d'une étudiante dans son scanner.

– Regarde-moi toutes les sublimes stars de ciné qui viennent manger ici, roucoule-t-elle. Ce qu'on est veinards d'avoir toutes ces stars de ciné ici, à Fischer Hall !

– Magda, dit l'étudiante. Je t'en prie. Pas maintenant. Je suis juste descendue prendre un café. Épargne-moi tes simagrées..

Je reconnaîtrais n'importe où ce ton revêche.

– Sarah ?

L'étudiante se retourne. C'est effectivement Sarah, dont la tignasse volumineuse a repris son aspect habituel. Elle porte un pantalon de pyjama en tissu éponge, des chaussons et un énorme sweat-shirt. Elle a renoncé aux verres de contact et n'est pas du tout maquillée. Cendrillon a quitté sa tenue de princesse pour remettre ses haillons.

Mais à peine m'a-t-elle aperçue que sa beauté intérieure transparaît. Son visage se transforme, son expression passant du demi-sommeil à la joyeuse surprise. Haletante, elle se jette à mon cou.

– Heather ! s'écrie-t-elle, me serrant au niveau de la gorge si fort que j'ai du mal à respirer. Oh, Heather ! Merci ! *Merci !*

– Euh, dis-je à bout de souffle. Je t'en prie.

– Tu ne sais pas... Tu ne peux même pas t'imaginer ce que tu as fait pour nous, me souffle-t-elle dans les cheveux. Parce que tu as arrêté le véritable assassin d'Owen, aucun chef d'inculpation n'a été retenu contre Sebastian. Il est libre... libre d'assister aux cours... libre d'enseigner... libre de tout. Tu l'as sauvé, Heather. *Tu l'as sauvé*. Tu as été la seule à croire en lui. La seule ! Je ne vois pas comment je pourrais assez te remercier... On a passé la nuit ensemble. Je veux dire, pour de bon. Et ça a été divin ! J'avais abandonné l'idée de trouver un homme qui puisse me satisfaire sur le plan physique *et* sur le plan intellectuel. Or, avec Sebastian, je l'ai trouvé ! Je n'ai jamais été aussi heureuse de ma vie. Et je suis sûre que rien ne serait arrivé si on avait eu *ça* au-dessus de nos têtes. Mais grâce à toi... Je ne sais pas comment nous pourrons jamais te prouver notre reconnaissance...

– Eh bien, tu peux commencer par ne pas m'étrangler.

Sarah me lâche aussitôt.

– Oh, dit-elle en reculant d'un pas, l'air gênée. Désolée.

– C'est bon. Je suis contente que ça se passe bien, entre toi et Sebastian.

– Que ça se passe bien, s'esclaffe Sarah. Que ça se *passe bien* ? C'est bien au-delà de ça, Heather ! Je ne trouve même pas les mots pour... C'est comme dans un rêve. Je descendais juste chercher des bagels et du café. Et puis on passera toute la journée au lit, histoire de célébrer nos victoires sur le système judiciaire et sur le bureau du président.

Magda et moi échangeons un regard. Nous ne parvenons ni l'une ni l'autre à garder une expression sérieuse.

– OK, dis-je. Bonne chance, Sarah. N'oubliez pas de vous protéger, hein ?

– Bien sûr.

Et puis – apparemment, c'est plus fort qu'elle – voilà qu'elle me serre une nouvelle fois dans ses bras avant de pivoter sur ses talons et de courir chercher ses bagels.

– Oh, Heather, reprend-elle. Tout ce que je peux te souhaiter, c'est d'être aussi heureuse en amour, un jour, que Sebastian et moi.

– Ouais, dis-je en lui tapotant la tête. Ce serait cool.

Enfin, à mon grand soulagement, elle s'éloigne en direction du bar à bagels.

– Ce qu'elle peut être pénible, parfois ! fait remarquer Magda en redonnant du volume à sa chevelure déjà très volumineuse.

– Tu m'étonnes !

– Eh bien, lance Magda, tu ne devineras jamais.

– Non. *Tu* ne devineras jamais.

– Je suis déjà au courant, pour toi, rétorque-t-elle en agitant une main archi-manucurée. Tu as arrêté la véritable meurtrière du docteur Veatch, elle a tenté de t'abattre et tu as failli mourir. Tout ça, on le sait ! Moi, j'ai quelque chose de *vraiment* important à raconter.

J'attends patiemment.

– OK. Ce n'est pas ce que je voulais te dire, mais tant pis. Vas-y, raconte ! Je suis sûre que tes nouvelles sont bien plus importantes que les miennes. (Tu parles !)

Magda jette un coup d'œil alentour pour s'assurer que personne ne nous écoute. Puis, se penchant au-dessus du comptoir, elle chuchote :

– Le scoop, c'est... que tu avais raison !

J'écarquille les yeux. Il est si rare que quiconque reconnaisse que j'ai eu raison en quoi que ce soit. C'est un scoop, en effet !

– Que j'avais raison... à quel sujet ?

– Au sujet de Pete ! s'exclame Magda, se renversant sur sa chaise, un grand sourire aux lèvres. Tu m'avais conseillé de lui dire ce que je ressentais. Eh bien, hier soir, après la pizzeria, j'ai rassemblé tout mon courage. Vraiment. Et...

Ce n'est pas mon genre, de pousser des cris perçants, mais laisser ainsi sa phrase inachevée, c'est pur sadisme de la part de Magda.

– Et *quoi* ? je glapis.

– *Et il a répondu qu'il ressentait la même chose pour moi*. On sort ensemble maintenant.

Je la fixe.

– Tu blagues ?

Elle sourit de plus belle.

– Non, je ne blague pas. Oh, on n'en est pas à « passer toute la journée au lit », comme dirait Sarah. On prend notre temps... à cause des enfants, tu comprends. Mais on est décidément faits l'un pour l'autre. Alors ? Que dites-vous de ça, mademoiselle Heather Wells ?

Je souris.

– Que je l'avais toujours su, je réponds.

www.wiz.fr
Logo Wiz : Cédric Gatillon

Composition Nord Compo
Impression CPI Bussière en mars 2013
à Saint-Amand-Montrond (Cher)
Éditions Albin Michel
22, rue Huyghens, 75014 Paris

ISBN : 978-2-226-24752-0
ISSN : 1637-0236
N° d'édition : 20767/01. – N° d'impression : 2001529.
Dépôt légal : avril 2013.
Loi n° 49-956 du 16 juillet 1949 sur les publications destinées à la jeunesse.
Imprimé en France.